中国古代小说版本数字化研究丛书之一

《红楼梦》版本数字化研究（下）

周文业 编著

中州古籍出版社

"庚寅本"《石头记》等版本整理比对本

下册目录

"庚寅本"《石头记》等版本整理比对本

前言...1
"庚寅本"《石头记》整理本..1
 整理说明...3
 《红楼梦》旨义...5
 目 录...6
  第一回 甄士隐梦幻识通灵 贾雨村风尘怀闺秀............7
  第二回 贾夫人仙逝扬州城 冷子兴演说荣国府..........17
  第三回 贾雨村补授应天府 荣国府收养林黛玉..........25
  第四回 薄命女偏逢薄命郎 葫芦僧乱判葫芦案..........36
  第五回 游幻境指迷十二钗 饮仙醪曲演红楼梦..........43
  第六回 贾宝玉初试云雨情 刘姥姥一进荣国府..........53
  第七回 送宫花贾琏戏熙凤 晏宁府宝玉会秦钟..........61
  第八回 比通灵金莺微露意 探宝钗黛玉半含酸..........70
  第九回 恋风流情友入家塾 起嫌疑顽童闹学堂..........79
  第十回 金寡妇贪利权受辱 张太医论病细穷源..........85
  第十一回 庆寿辰宁府排家宴 见熙凤贾瑞起淫心........90
  第十二回 王熙凤毒设相思局 贾天祥正照风月鉴........95
  第十三回 秦可卿死封龙禁尉 王熙凤协理宁国府......100
  第十四回 林儒海捐馆扬州城 贾宝玉路谒北静王......106

《红楼梦》前十四回辑评..109
 整理说明...111
  第一回 甄士隐梦幻识通灵 贾雨村风尘怀闺秀........113
  第二回 贾夫人仙逝扬州城 冷子兴演说荣国府........127
  第三回 贾雨村夤缘复旧职 林黛玉抛父进京都........137
  第四回 薄命女偏逢薄命郎 葫芦僧乱判葫芦案........153
  第五回 游幻境指迷十二钗 饮仙醪曲演红楼梦........162
  第六回 贾宝玉初试云雨情 刘姥姥一进荣国府........174
  第七回 送宫花贾琏戏熙凤 宴宁府宝玉会秦钟........183
  第八回 比通灵金莺微露意 探宝钗黛玉半含酸........192
  第九回 恋风流情友人家塾 起嫌疑顽童闹学堂........205

第十回　金寡妇贪利权受辱　张太医论病细穷源..........210
第十一回　庆寿辰宁府排家宴　见熙凤贾瑞起淫心..........213
第十二回　王熙凤毒设相思局　贾天祥正照风月鉴..........216
第十三回　秦可卿死封龙禁尉　王熙凤协理宁国府..........223
第十四回　林如海捐馆扬州城　贾宝玉路谒北静王..........229

《石头记》四版本比对本..........231

整理说明..........233
《红楼梦》旨义..........235
第一回　甄士隐梦幻识通灵　贾雨村风尘怀闺秀..........237
第二回　贾夫人仙逝扬州城　冷子兴演说荣国府..........256
第三回　托内兄如海酬西宾　接外孙贾母惜孤女..........272
第四回　薄命女偏逢薄命郎　葫芦僧乱判葫芦案..........293
第五回　游幻境指迷十二钗　饮仙醪曲演红楼梦..........308
第六回　贾宝玉初试云雨情　刘姥姥一进荣国府..........326
第七回　送宫花贾琏戏熙凤　宴宁府宝玉会秦钟..........344
第八回　比通灵金莺微露意　探宝钗黛玉半含酸..........363
第九回　恋风流情友入家塾　起嫌疑顽童闹学堂..........379
第十回　金寡妇贪利权受辱　张太医论病细穷源..........390
第十一回　庆寿辰宁府排家宴　见熙凤贾瑞起淫心..........400
第十二回　王熙凤毒设相思局　贾天祥正照风月鉴..........411
第十三回　秦可卿死封龙禁尉　王熙凤协理宁国府..........419
第十四回　林儒海捐馆扬州城　贾宝玉路谒北静王..........431
第十五回　王凤姐弄权铁槛寺　秦鲸卿得趣馒头庵..........443
第十六回　贾元春才选凤藻宫　秦鲸卿夭逝黄泉路..........453
第二十五回　魇魔法叔嫂逢五鬼　通灵遇蒙蔽遇双真..........468
第二十六回　蜂腰桥设言传心事　潇湘馆春困发幽情..........484
第二十七回　滴翠亭杨妃戏彩蝶　埋香冢飞燕泣残红..........498
第二十八回　蒋玉菡情赠茜香罗　薛宝钗羞笼红麝串..........510

后　记..........529

前 言

　　本书是《〈红楼梦〉版本数字化研究》的下册，主要包括三部分内容，一是"庚寅本"整理本，二是"庚寅本"批语辑评，三是"庚寅本"和甲戌本、己卯本、庚辰本和戚序本比对本。整理这些资料的目的是为"庚寅本"等版本的研究，提供一套完整、全面的参考资料。

　　第一部分为"庚寅本"的整理本，包括正文和全部批语。"庚寅本"中所有批语都逐一插入正文，如此批语在其他版本中也有，则全部加以注明。"庚寅本"中独有批语也全部收入，并注明。"庚寅本"中没有的其他版本批语不收。

　　第二部分为《红楼梦》前13回半全部版本批语的辑评，并收入"庚寅本"中没有的其他版本的批语。因为"庚寅本"只有13回半，所以辑评也只整理前13回半的批语，由此可看出"庚寅本"收入和未收入的全部批语。

　　第三部分是《红楼梦》四版本正文比对本。由于"庚寅本"主要和甲戌本、庚辰本、戚序本有关，本书除研究"庚寅本"外，还研究了戚序本、庚辰本和甲戌本的关系，因此比对本也只收入这四种版本。由于"庚寅本"有13回半，甲戌本只16回，因此也只整理前28回中有"庚寅本"和甲戌本的20回。比对采取逐行逐字比较方式，这样文本差异很清楚。

　　三部分的编辑方式请见各部分的整理说明。

"庚寅本"《石头记》整理本

"鬼本"《正失方》塾野本

整理说明

整理"庚寅本"《石头记》的目的是为研究此本提供资料，以促进对此本的研究，而不是为一般的阅读。根据此目的制定如下编辑体例。

1. 由于整理目的是为研究而非一般阅读，因此所有文字（正文和批语）都全部保持原貌。即便原文有明显错误，也保持原貌而不加任何修改。

2. 整理比对采用简化字。

3. 《红楼梦》的批语主要有三种形式，即文字之间的双行批语，两行文字之间的夹批，和正文上方页眉处的眉批。这三种批语在"庚寅本"中分别标记为【双】、【夹】和【眉】。

4. 本书是"庚寅本"的整理本，因此只收"庚寅本"有的批语，其他版本有，而"庚寅本"没有的批语一概不收。

5. "庚寅本"多数批语在其他版本中也有，凡其他版本也有的批语都加注说明。有的批语在其他版本中文字略有不同，一般都不再注明文字差异，除个别特殊情况加注。

6. 其他版本的双行批语不再加注批语形式，只记版本名，如甲戌本双行批语记为"甲戌"。其他版本的夹批和眉批都逐一注明批语形式，如甲戌本夹批、眉批记为（甲戌夹）、（甲戌眉）。

7. 甲戌本中在句末也有批语，此批语形式特殊。俞平伯《脂砚斋红楼梦辑评》中名为"甲戌"，但在批语后加注（写在句下）；陈庆浩《新编石头记脂砚斋评语辑校》中名为（甲戌特批）；朱一玄《红楼梦脂评校注》中名为（甲戌夹），与其他侧批同名。本书为简化起见，也名为（甲戌夹），与夹批同名。

8. 甲戌本中有一些墨笔的夹批和眉批，"庚寅本"中收入了部分墨笔批语。这些墨笔批语肯定不是甲戌本原有批语，很多是孙桐生等后人的批语，一般《红楼梦》批语辑评都不收。本书对"庚寅本"收入的墨笔批语加注（甲戌墨夹），或（甲戌墨眉）。

9. 本书中三种批语的位置和"庚寅本"完全一致，但"庚寅本"中有些批语位置（主要是夹批和眉批，也有部分双行批）可能和其他版本批语位置不同。

10. "庚寅本"中有60多条其他版本没有的批语，可以认为是此本独有的批语，为此在这些批语后加注"独有"。

11. "庚寅本"在装订线外有5条批语，在本书中标记为【装订线外】。

12. "庚寅本"中有些文字被挖补，为此保留原文字，并在挖补部加注，说明挖补情况。

13. 为便于和原书核对，在"庚寅本"正文旁注明了百花文艺出版社出版的影印本的页数。

《红楼梦》旨义

　　是书题名极多，《红楼梦》是总其全部之名也。又曰《风月宝鉴》，是戒妄动风月之情。又曰《石头记》，是自譬石头所记之事也。此三名书中曾已点睛矣。如宝玉作梦，梦中有曲名曰《红楼梦十二支》。此则《红楼梦》之点睛。又如贾瑞病，跛道人持一镜来，上面即錾"风月宝鉴"四字。此则《风月宝鉴》之点睛也。又如道人亲眼见石上大书一篇故事，则系石头所记之往来，此则《石头记》之点睛处。然此书又名《金陵十二钗》，审其名，则必系金陵十二女子也。然通部细搜检去，上中下女子岂止十二人哉？若云其中有十二个，则又未尝指明白系某某。及至《红楼梦》一回中，亦曾翻出十二钗之薄籍又有十二支曲可考。

　　书中凡写"长安"，在文人笔墨之间，则从古之；称凡愚夫妇儿女子家常口角，则曰"中京"，是不欲着迹于方向也。盖天子之邦，也当以中为尊，特避其东南西北四字样也。

　　此书中是着意于闺中，故叙闺中之事切，略涉于外事者则简，不得谓其不均也。

　　此书不干涉朝廷，凡有不得不用朝政者，只略用一笔带出，盖实不敢以写儿女之笔，唐突朝廷之上也，又不得谓其不备也。

目 录

3 石头记
　第一回 至十回，脂砚斋凡四阅评过
　　甄士隐梦幻试通灵　　贾雨村风尘怀闺秀
　　贾夫人仙逝扬州城　　冷子兴演说荣国府
　　贾雨村补授应天府　　荣国府收养林黛玉
　　薄命女偏逢薄命郎　　葫芦僧乱判葫芦案
　　游幻境指迷十二钗　　饮仙醪曲演红楼梦
　　贾宝玉初试云雨情　　刘姥姥一进荣国府
　　送宫花贾琏戏熙凤　　宴宁府宝玉会秦钟
　　比通灵金莺微露意　　探宝钗黛玉半含酸
　　恋风流情友入家塾　　起嫌疑顽童闹学堂
　　金寡妇贪利权受辱　　张太医论病细穷源

第一回　甄士隐梦幻识通灵　贾雨村风尘怀闺秀

脂砚斋重评石头记卷之

第一回　甄士隐梦幻识通灵　贾雨村风尘怀闺秀

　　此开卷第一回也。作者自云：因曾经历过一番梦幻之后，故将真事隐去，而借"通灵"之说，撰《石头记》一书也。故曰"甄士隐"云云。但书中所记何事何人？自又云："今风尘碌碌，一事无成，忽念及当日所有之女子，一一细考较去，觉其行止见识，皆出于我之上。何我堂堂须眉，诚不若此裙钗哉实？愧则有余，悔又无益之大，无可如何之日也！当此，则自欲将已往所赖天恩祖德，锦衣纨袴之时，饫甘餍肥之日，背父兄教育之恩，负师友规谈之德，以至今日一技无成，半生潦倒之罪，编述一集，以告天下人，我之罪固不免，然闺阁中本自历历有人，万不可因我之不肖，自护己短，一并使其泯灭也。岁今日之茅椽蓬牖，瓦灶绳床，其晨夕风露阶柳庭花，亦未有防我之襟怀笔墨。虽我未学，下笔无文，又何妨用假语村言，敷出一段故事来，亦可使闺阁昭传，复可以悦世之目，破人愁闷，不亦宜乎？"故曰"贾雨村云云"。

　　诗曰：
　　　　浮生着甚苦奔忙，盛席华筵终散场。
　　　　悲喜千般同幻渺，古今一梦近荒唐。
　　　　谩言红袖啼痕重，更有情痴抱恨长。
　　　　字字看来皆是血，十年辛苦不寻常。

　　此回中凡用梦用幻等字，是提醒阅者眼目，亦是此书立意本旨。

　　列位看官，你道此书从何而来？说起根由岁近荒唐，【双】自占地步，自首荒唐，妙。（甲戌夹）细按则深有趣味。待在下将此来历注明，方使阅者了然不惑。原来女娲氏炼石补天之时，【双】补天济世，勿认真用常言。（甲戌夹）于大荒山【双】荒唐也。（甲戌夹、戚序、甲辰）无稽崖，【双】无稽也崖。（甲戌夹、戚序、甲辰）炼成高经十二丈，【双】总应十二钗。（甲戌夹、戚序、甲辰）方经二十四丈，【双】照应副十二钗。（甲戌夹、戚序、甲辰）顽石三万六千五百零一块。【双】合周天之数。（甲戌夹、戚序、甲辰）娲皇氏只用了三万六千五百块，只单单剩了一块未用，【双】剩了一块，便生出这许多故事。使当日虽不以此补天，该去补地之坑陷，使地平坦，而不得有此一部鬼话。（甲戌夹）便弃在此山青埂峰下。【双】妙，自谓堕落情根，故无补天之用。（甲戌眉、戚序）

　　谁知此石自经锻炼之后，灵性已通，【双】锻炼后性方通，甚哉人生不能不学也。（甲戌夹、戚序）因见众石俱得补天独自己无材，不堪入选，遂自怨自叹，日夜悲号惭愧。

一日，正当嗟悼之际，俄见一僧一道远而来，生得骨格不凡，【夹】这是真像，非幻觉也。（戚序、甲辰）丰神迥异，来至石下，席地而坐长谈。见一块鲜明莹洁的美玉，且又缩成扇坠大小的可佩可拿。【双】奇诡险怪之文，有如罄苏《石钟》《赤壁》用幻处。（甲戌夹、甲辰）那僧托于掌上，笑道："形体到也是个宝物了！【双】自愧之语。（甲戌夹）还只没有实在的好处，【双】妙极。今之金玉其外、败絮其中者，见此大不欢喜。（甲戌夹）须得再镌上数字，使人一见便知是个奇物方妙。【双】世上原宜假不宜真也。谚云："一日卖了三千假，三日卖不出一个真。"信哉。（甲戌夹、戚序）然后携你到那昌明隆盛之邦，【双】伏长安大都。（甲戌夹、甲辰）诗礼簪缨之族，【双】伏荣国府。（甲戌夹、戚序、甲辰）花柳繁华之地，【双】伏大观园。（甲戌夹、戚序、甲辰）温柔富贵之乡【双】伏紫芸轩。（甲戌夹、戚序、甲辰）去安身乐业。"石头听了，喜不能禁，【双】何不再添一句云：择个绝世情痴作主人。（甲戌夹、甲辰）乃问："不知赐了弟子那几件奇处，【双】可知若果有奇之处，自己亦不知者。若自以奇贵而居，究竟是无真奇贵之人。（甲戌夹）又不知携了弟子到何地方？望乞明示，使弟子不惑。"那僧笑道："你且莫问，日后自然明白的。"说着便袖了这石，同那道人飘然而，去竟不知投奔何方何舍。

后又不知过了几世几劫，因有个空空道人访道求仙，忽从这大荒山无稽崖青埂峰下经过，忽见一大块石上字迹分明，编述历历。空空道人乃从头一看，原来就是无材补天，幻形入世，【双】八字便是作者一生惭恨。（甲戌夹、戚序、甲辰）蒙茫茫大士、渺渺真人携入红尘，历尽离合悲欢炎凉世态的一段故事。后面又有一偈云：

无材可去补苍天，【双】书之本旨。（甲戌夹）枉入红尘若许年。【双】惭愧之言，呜咽如闻。（甲戌夹）

此系身前身后事，倩谁记去作奇传？

诗后便是此石坠落之乡，投胎之处，亲自经历的一段陈迹故事。其中家庭闺阁琐事，以及闺情诗词倒还全备，或可适趣解闷；【双】或字谦得好。（甲戌夹）然朝代年纪地舆邦国，【双】若用此文者，胸中必无好文字，手中断无新笔墨。（甲戌夹）却反失落无考。【双】据余说，大有考证。（甲戌夹）

空空道人遂向石头说道："石兄，你这一段故事，据你自己说有些趣味，故编写在此，意欲问世传奇。据我看来，第一件，无朝代年纪可考。第二件，并无大贤大忠理朝廷治风俗的善政，【双】将世人欲驳之腐言预先代人驳尽，妙。（甲戌夹）其只不过几个异样女子，或情或痴，或小才微善，亦无班姑、蔡女之德能。我纵抄去，恐世人不爱看呢。"石头笑答道："我师何太痴也！若云无朝代可考，今我师竟假借汉唐等年纪添缀，【双】所以答得好。（甲戌夹）有何难？但我想历来野史皆蹈一辙，莫如我这不借此套者，反倒新奇别致，不过只取其事体情理罢了，又何必拘拘于朝代年纪哉！再者，市井俗人喜看理治之书者甚少，爱适闲文者特多。历来野史，或讪谤君相，或贬人妻女，【双】先批其大端。（甲戌夹）奸淫凶恶，不可胜数。【眉】事则实事，然也叙得有间架、有曲折、有顺逆、有映带、有隐有现、有正有闰，以至草蛇灰线、空谷传声、一击两鸣、明修栈道暗度陈仓、云龙雾雨、两山对峙、烘云托月、背面傅粉、千皴万染诸奇，书中之秘法，亦复不少，予亦于逐回中搜剔剜剖，明白注释，以待高明，再批示谬误。开卷一篇立意，真打破历来小说窠臼。阅其笔，则是《离骚》《庄子》之亚。（甲戌眉）至若佳人才子等书，则又千部共出一套，且其中终不能不涉于淫滥，以致满纸潘安、子建、西子、文君，不过作者要写出自己的那两首情诗艳赋来，故假拟出男女二人姓名，又必傍出一小人拨乱，亦如戏中之小丑然。且环婢开口即者也之乎，非文即理。故逐一看去，悉皆自相矛盾，大不近情理之话，竟不如我半世亲睹亲闻的这几个女子，虽不敢说强似前代书中所有之人，但事迹原委，也可消愁破闷；也有几首歪诗熟话，可以喷饭供酒。至若离合悲欢际遇，则又追踪摄迹，不敢稍加穿凿，徒为供人之目而反失其真传者。今之人，贫者日为衣食所累，富者又怀不足之心，纵然一时稍闲，又有贪淫恋色、好货寻愁之事，那里有工夫去看那道理之书？所以我这一段故事，也不愿世人称奇道妙也，不要世人喜悦检读，【双】转得更好。（甲戌夹）只愿你们当那醉淫饱卧之时，或避事去愁之际，把此一玩，岂不省了些寿命筋力？就比那谋虚逐妄，却也省了口舌是非之害，腿脚奔忙之苦。再者，也令世人换新眼目，不比那些胡牵乱扯忽离忽遇，满纸才人淑女、子建、文君、红娘、小玉等通共熟套之旧稿。我师意为如何？"【双】余代空空道人答曰：不独破愁醒盹，且有大益。（甲戌夹）

空空道人听如此话，思忖半晌，将《石头记》再细阅一遍，【双】这空空道人也太小心了，想亦世之一腐儒耳。（甲戌夹）因见上面岁有些指奸责佞贬恶诛邪之语，【双】亦不可少。（甲戌夹）亦非骂世之旨，【双】要紧句。（甲戌夹）及至君仁臣良父慈子孝，凡伦常所关之处，皆是称功颂德，眷眷无穷，实非别书之可比。虽其中大旨谈情，亦不过实录其事，又非假拟妄称，【双】要紧句。（甲戌夹）一味淫邀艳约、私讨偷盟之可比。因毫不干涉时世，【双】要紧句。（甲戌夹）方从头至尾抄录回来，问世传奇。因空见色，由色生情，传情入色，自色悟空，遂易名为《情僧录》，改《石头记》为《情僧录》。东鲁孔梅溪则题曰《风月宝鉴》。【眉】雪芹旧有《风月宝鉴》之书，乃其弟棠村序也。今棠村已逝，余睹新怀旧，故乃因之。（甲戌眉、甲辰）后因曹雪芹于悼红轩中披阅十载，增删五次，【双】若云雪芹披阅增删，然则开卷至此，这一篇楔子又系谁撰？足见作者之笔，狡猾之甚。后文如此者不少。这正是作者用画家烟云模糊处，观者万不可被作者瞒弊了去，方是巨眼。（甲戌眉）纂成目录，分出章回，则题曰《金陵十二钗》。并题一绝云：

满纸荒唐言，一把辛酸泪。
都云作者痴，谁解其中味。【双】此是第一首标题诗。（甲戌夹、甲辰）

出则既明，且看石上是何故事。【眉】能解者方有辛酸之泪，哭成此书。壬午除夕，书未成，芹为泪尽而逝。余尝哭芹，泪亦待尽。每意觅青埂峰再问石兄，余不遇獭头和尚，何怅怅！今而后，惟愿造化主再出一芹一脂。是书何本，余二人亦太快遂心于九泉矣。甲午八日泪笔。（甲戌眉）

按那石上书云：【双】以下石上所记之文。（甲戌夹、戚序、甲辰）

当日地陷东南，这东南一隅有一处曰姑苏，【双】是金陵。（甲戌夹、戚序）有城曰阊门者，最是红尘中一二等富贵风流之地。【双】妙极。是石头口气，惜米颠不遇此石。（甲戌夹、戚序、甲辰）这阊门外有个十字街，【双】开口先云"势利"，是伏甄封二姓之事。（甲戌夹、戚序、甲辰）街内有个仁清巷，【双】又言人情，总为士隐火后伏笔。（甲戌夹、戚序、甲辰）巷内有个古庙，因地方窄狭，【双】世路宽平者甚少。亦凿。（甲戌夹、戚序、甲辰）人皆呼作葫芦庙。【双】糊涂也，故假语从此焉。（甲戌夹、戚序、甲辰）庙傍住着一家乡宦，【双】不出荣国大族，先写乡宦小家，从小至大，是此书章法。（甲戌夹、甲辰）姓甄，【双】真。后之甄宝玉，亦借此音，后不注。（甲戌眉、戚序）名费，【双】废。（甲戌夹、戚序、甲辰）字士隐，【双】托言将甄事隐去也。（甲戌夹、戚序、甲辰）嫡妻封氏，【双】风，是因风俗来。（甲戌夹、戚序、甲辰）情性贤淑，深明礼义。【双】八字正是写日后之香菱，见其根源不凡。（甲戌夹）家中岁不甚富贵，然本地也推他为望族了。【双】本地推为望族，宁荣则天下推为望族，叙事有层落。（甲戌夹、甲辰）因这甄士隐禀性恬淡，不以功名为念，【双】自是羲皇上人，便可做是书之朝代年纪矣。总写香菱根基，原与正十二钗无异。（甲戌夹、甲辰）每日只以观花修竹酌酒吟诗为，到是神仙一流人品。只是一件不足：如今年已半百，膝下无儿，【双】所谓美中不足也。（甲戌夹、戚序）只有一女，乳名唤作英莲，【双】设云应怜也。（甲戌夹、戚序、甲辰）年方三岁。

　　一日，炎夏永昼，【双】热日无多。（甲戌夹、戚序、甲辰）士隐于书房闲坐，至手卷抛书，伏几少憩，不觉朦胧睡去。梦至一处，不知是何地方，忽见那厢来了一僧一道，【双】是方从青埂峰袖石而来也。接得无痕。（甲戌夹、戚序、甲辰）且行且谈。

　　只听道人问道："你携了这蠢物，意欲何往？"那僧笑道："你放心，如今现有一段风流公案正该了结，这一干风流冤家尚未投胎入世，趁此机会，就将此蠢物夹带于中，使他去经历经历。"那道人道："原来近日风流冤孽又将造劫历世去不成？但不知落于何方何处？"那僧笑道："此事说来好笑。竟是千古未闻的罕事。只因西方灵河岸上三生石畔，【双】妙，所谓"三生石上旧精魂"也。（甲戌夹、戚序、甲辰）有绛珠草一株，时有赤瑕宫【眉】按瑕字本注，玉小赤也；又玉有病也。以此命名，极恰。（甲戌眉、甲辰）神瑛侍者，【双】单点玉字。（甲戌夹、甲辰）日以甘露灌溉，这绛珠草始得久延岁月。后来竟受天地精华，复得雨露滋养，遂得脱却草胎木质，换得人形，仅成个女体，【眉】全用幻。情之至，莫如此，全来束压卷，其后可知。以顽石草木为偶，实历尽风月波澜，尝遍情缘滋味，至无可如何，始结此木石因果，以泄胸中恨郁。古人之"一花一石如有意，不语不笑能留人"，此之谓也。（甲戌眉）终日游于离恨天外，饥则食蜜青果为膳，渴则饮灌愁海水为汤。【双】饮食之名甚奇，出身履历更奇甚，写黛玉来历，自与别个不同。（甲戌夹、甲辰）只因尚未酬报灌溉之德，故在其五内便郁结成一段缠不舒之意。【双】妙极。恩怨不清，西方尚如此，况世之人乎？趣极警甚。（甲戌夹、甲辰）恰近日这神瑛侍者凡心偶炽，【双】总悔轻举妄动之意。（甲戌夹、甲辰）乘此昌明太平朝世，意欲下凡造历幻缘，【双】点幻字。（甲戌夹、戚序、甲辰）已在警幻仙子案前挂了号。【双】又出一警幻，皆大关键处。（甲戌夹、甲辰）警幻也曾问及，灌之情未偿，趁此倒可了结的。那绛珠仙子道：'他是甘露之惠，我并无此水可还。他既下世为人，我也去下世为人，但把我一生所有的眼泪还他,【夹】知眼泪还债,大都作者一人耳。余亦知此意,但不能说得出。(甲戌眉)也偿还得过他了。'【双】观者至此,请掩卷思想,历来小说可曾有此句千古未闻之奇文。(甲戌夹、甲辰)因此一事,就勾出多少风流冤家来,【双】余不及一人者,盖全部之主,惟二五二人也。(甲戌夹、甲辰)陪他去了结此案。"

果是罕闻。实未闻有还泪之说,想来这一段故事,比历来风月故事更加琐碎细腻了。那僧道:"历来几个流风人物,不过传其大概以及诗词篇章而已;至家庭闺阁中一饮一食,总未述记。再者大半风月故事,不过偷香窃玉,暗约私奔而已,并不曾将儿女之真情发泄一二。想这一干人入世,其情痴色鬼、贤愚不肖者,悉与前人传述不同矣。"那道人道:"趁此何不你我也去下世度脱几个,岂不是一场功德?"那僧道:"正合我意,你且同我到警幻仙子宫中,将蠢物交割清楚,待这一干风流孽鬼下世已完,你我再去。如今虽已有一半落尘,然犹未全集。"【夹】若从头逐个写去,成何文字。《石头记》得力处在此。丁亥春,脂砚。(甲戌夹,"脂砚"二字为"庚寅本"独有。)道人道:"既如此,便随你去来。"

却说甄士隐俱听得明白,但不知所云"蠢物"系何东西,随不禁上前施礼,笑问道:"二仙师请了。"那僧道也忙答礼相问。士隐因说道:"适闻仙师所谈因果,实人世罕闻者。但弟子愚浊,不能洞悉明白,若能大开痴顽,备细一闻,弟子则洗耳谛听,稍能警省,亦可免沉沦之苦。"二仙笑道:"此乃玄机不可预泄者。那到时不要忘我二人,便可跳出火坑矣。"士隐听了,不便再问,因笑道:"玄机不可预泄,但适云'蠢物',不知为何,或可一见否?"那僧道:"若问此物,倒有一面之缘。"说着,取出递与士隐。

士隐接了看时,原来是块鲜明美玉,上面字迹分明,镌着"通灵宝玉"四字,【双】凡三四次,始出明玉形,隐屈之至。(甲戌夹)后面还有几行小字。正欲细看时,那僧便说已到幻境,【双】又点幻字,云书已入幻境矣。(甲戌夹、戚序、甲辰)便强从手中夺了去,与道人竟过一大石牌坊,上书四个大字,乃是"太虚幻境"。【双】四字可思。(甲戌夹、甲辰)两边又有一付对联,道是:

假作真时真作假,【夹】迭用"真""假""有""无"字,妙。(甲戌夹、甲辰)无为有处有为无。

士隐意欲也跟了过去,方举步时,忽听一声霹雳,有若山崩地陷。士隐大叫一声,定睛一看,只见烈日炎炎,芭蕉冉冉,【双】醒得无痕,不落旧套。(甲戌夹、戚序、甲辰)梦之事便忘了对半。【夹】妙极。若记得,便是俗笔了。(甲戌夹)又见奶母正抱了英莲走来。士隐见女儿越发生得粉妆玉琢,甚觉可喜,便伸手接来抱在怀内逗他玩耍一回,又带至街前,看那过会的热闹。

方欲进来时,只见从那边了一僧一道;【双】所谓"万境都如梦境看"也。(甲戌夹、甲辰)那僧则癞头跣脚,那道则跛足蓬头,【双】此门是幻像。(甲戌夹、戚序)疯疯癫癫,挥霍谈笑而至。及到他门前,看见士隐抱着英莲,那僧便大哭起来,【双】奇怪,所谓情僧也。(甲戌夹、甲辰)又向士隐道:"施主,你把这有命无运、累及爹娘之物,抱在怀内作甚?"【双】看他所写开卷之第一个女子,便用此二语以订终身,则知托言寓意之旨。谁谓独寄兴于一"情"字也？脂砚。（甲戌眉、甲辰，"脂砚"二字为"庚寅本"独有。）士隐听了，知是疯话，也不去采他。那僧还说："舍我罢，舍我罢！"士隐不耐烦，便抱女儿侧身要进去，那僧乃指着他大笑，口内念了四句言词道：

　　惯养娇生笑你痴，【双】为天下父母痴心一哭。（甲戌夹）菱花空对雪澌澌。【双】生不遇时，遇又非偶。（甲戌夹）

好防佳节元宵后，【双】前后一样，不直云前而云后，是讳知者。（甲戌夹）便是烟消火灭时。【双】伏后文。（甲戌夹、甲辰）

　　士隐听得明白，心下犹豫，意欲问他们来历。只听道人说道："你我不必同行，就此分手，各干营生去罢。三劫后，【眉】佛以世为劫，凡三十年为一世。三劫者，想以九十春光寓言也。（甲戌眉）我在北邙山等你，会了同往太虚幻境销号。"那道："最妙、最妙！"说毕，二人再不见个踪影了。士隐心中此时自想：这两个人必有个来历，该试一问，如今悔却晚也。

　　这士隐正痴想，忽见隔壁葫芦庙内【双】隔壁二字，极细极险，记清。（甲戌夹、甲辰）寄居的一个穷儒，姓贾，名化，【双】假话，妙。（甲戌夹、戚序、甲辰）字时飞，【双】实非，妙。（甲戌夹、戚序、甲辰）别号雨村者，【双】雨村者，村言粗语也，言以村粗之言，演出一段假话也。（甲戌夹、甲辰）【夹】愚蠢也。（独有）走了出来。这贾雨村原系胡州人氏，原系诗书仕宦之族，因他生于末世，【夹】又写一末世男子。（甲戌夹、甲辰）父母祖宗根基已尽，人口衰丧，只剩得他一身一口，在家乡无益，因进京求取功名，再整基业。自前岁来此，又淹蹇住了，暂寄庙中安身，每日卖字作文为生，故士隐常与他交接。【双】又夹写士隐实是翰林文苑，非守钱房也，直灌入"慕雅女雅集苦吟诗"一回。（甲戌夹）

　　当下雨村见了士隐，忙施礼陪笑道："老先倚门伫望，敢街市上有甚新闻否？"士隐笑道："非也。适因小女啼哭，引他出来作耍，正是无聊之甚，兄来得正妙，请入小斋一谈，彼此皆可消此永昼。"说着便令人送女儿进去，自与雨村携手来至书房中。小童献茶，方谈得三五句话，忽家人飞报："严老爷来拜。"【夹】炎也。炎既来，火将至矣。（甲戌夹、戚序、甲辰）士隐慌的忙起身谢罪道："恕诳驾之罪，略弟即来陪。"雨村忙起身亦让道："老先生请便，晚生乃常造之客，稍候何妨。"说着，士隐已出前厅去了。

　　这里雨村且翻弄书籍解闷，忽听得窗外有女子嗽声，雨村遂起身往窗外一看。原来是一个丫环在那里撷花，生得仪容不俗，眉目清楚，虽无十分姿色，却也有动人之处。【双】八字足矣。（甲戌夹、甲辰）【眉】更好。这便是真正情理之文。可笑近之小说中，满纸"羞花""闭月"等字。这是雨村目中又不与后人相似。（甲戌夹、甲辰）雨村不觉看的呆了。【夹】古今穷酸，色心最重。（甲戌夹、戚序、甲辰）

　　那甄家丫环撷了花，方欲走时，猛抬头，见窗内有敝巾旧服，虽是贫窘，然生得腰圆背厚，面阔口方，更兼剑眉星眼，直鼻权腮。【双】是莽、操遗容。（甲戌夹、甲辰）这丫环忙转身回避，心下乃想："这人生的这样雄壮，【夹】这方是女儿心中意中之文，又最恨近之小说中，满纸"红拂""紫烟"。（甲戌眉、甲辰）【眉】最可笑世之小说中，凡写奸人,则"鼠耳鹰腮"等语。(甲戌眉)却又这样缱绻,想他定是我家主人谈常的甚么贾雨村了,每有意帮助周济,只是没甚机会,我家并无这样贫窘亲友,想定是此人无疑了。怪道又说他必非久困之人。"如此想,不免又回头两次。

雨村见他回了头,便自以为这女子心中有意于他,【双】今古穷酸,皆会替女心中取中自己。(甲戌夹、甲辰)便狂喜不尽,自以为此女子必是个巨眼英雄,风尘中知己也。一时小童进来,雨村打听得前面留饭,不可久待,遂从夹道中自便出门去了。士隐待客既散,知雨村自便,也不去再邀。

一日,早又中秋佳节,士隐家宴已毕,乃又另具一席于书房,却自己步月至庙中来邀雨村。【双】写士隐爱才好客。(甲戌夹、甲辰)原来雨村自那日见了甄家之婢曾回顾他两次,自以为是个知己,便时刻放在心上。今又正值中秋,不免对月有怀,因而口占五言一律云:

未卜三生愿,频添一段愁。

闷来时敛额,行去几回头。

自顾风前影,谁堪月下俦?

蟾光如有意,先上玉人楼。【双】这是第一首诗。后文香奁闺情,皆不落空。余谓雪芹撰此书中,亦为传诗之意。(甲戌夹)

雨村吟罢,因又思及平生抱负,苦未逢时,乃有搔首对天长叹,复高吟一联曰:

玉在匮中求善价,钗于奁内待时飞。【双】表过黛玉,则紧接上宝钗。前用二玉合传,今用二宝合传,自是书中正眼。(甲戌夹)

恰置士隐走来听见,笑道:"雨村兄真抱负不浅也!"雨村忙笑道:"此不过偶吟前人之句,何敢妄诞至此。"因问:"老先生何兴至此?"士隐笑道:"今夜中秋,俗谓团圆之节,想尊兄旅寄僧房,不无寂寥之感,故特具小酌,邀兄到敝斋一饮,不知可纳芹意否?"雨村听了,并不推辞便笑道:"既蒙厚爱,何敢拂此盛意。"【夹】写雨村豁达,气象不俗。(甲戌夹、甲辰)说便同士隐复过这边书院中来。

须臾茶毕,早已设下杯盘,那美酒佳肴自不必说。二人归坐,先是款斟漫饮,次渐谈至兴浓,不觉飞觥限斝起来。当时街坊上家家箫管,户户弦歌,当头一轮明月,飞彩凝辉,二人愈添豪兴,酒到杯干。雨村此时已有七八分酒意,狂兴不禁,乃对月寓杯,口号一绝云:

时逢三五便团圆,【夹】是将发之机。(甲戌夹)满把晴光护玉栏。【夹】奸雄心事,不觉露出。(甲戌夹)【眉】这首诗非本旨,不过欲出雨村,不得不有者。(甲戌眉)

天上一轮才捧出,人间万姓仰头看。【眉】用中秋诗起,用中秋诗收;又用起诗社于秋日,所叹者三春也,却用三秋作关键。(甲戌眉)

士隐听了,大叫:"妙哉!吾每谓兄必非久居人下者,今所吟之句,飞腾之兆已见,不日可接履于云霓之上矣。可贺,可贺!"乃亲酌一斗为贺,【双】这个"斗"字,莫作升斗之斗看,可叹。(甲戌夹)雨村因干过,叹道:"非晚生酒后狂言,若论时尚之学,晚生也或可去充数沽名,【双】四字新而含蓄最广,若必指明,则又落套矣。(甲戌夹、甲辰)只是目今行囊路费一概无措,神京路远,非赖卖字撰文即能到者。"士隐不待说完便道："兄何不早言，愚每有此心，但每遇兄时，兄并未谈及，愚故未敢唐突。今既及此，愚岁不才，'义'二字却还识得。且喜明岁正当大比，兄宜作速入都，春闱一战，方不负兄之所学也。其盘费余事，自代为处置，亦不枉兄之谬识矣！"当下即命小童进去，速封五十两白银，并两套冬衣。又云："十九日乃黄道之期，兄可即买舟西上，【眉】写士隐如此豪爽，又全无一些粘皮带骨之气相，愧杀近之读书假道学矣。（甲戌眉）予若能遇士翁这样的朋友，也不至于如此矣，亦不至似雨村之负义也。【夹】写士隐豪杰如此，又全无一此粘皮带骨之气。（甲戌）待雄飞高举，明冬再晤，岂非大快之事耶！"雨村收了银衣，不过略谢一语，并不介意，仍是吃酒谈笑。【双】写雨村真是个英雄。（甲戌夹、甲辰）那天已交了三更，二人方散。

士隐送雨村去后，回房一觉，直至红日三竿方醒。【双】是宿酒。（甲戌夹、甲辰）因思昨夜之事，意欲再写两封荐书与雨村带至神都，使雨村投个仕宦之家为寄足之地。【双】又周到如此。（甲戌夹、甲辰）因使人过去请时，那家人去了回来说："和尚说，贾爷今日五鼓已进京去了，他曾留话与和尚转达老爷，说'读书人不在黄道黑道，总以事理为要，不及面辞了。'"【双】写雨村真令人爽快。（甲戌夹、甲辰）士隐听了，也只得罢了。

真是闲处光阴易过，倏忽又是元宵佳节矣。因士隐命家人霍启【夹】妙，祸起也。此因事而命名。（甲戌夹、戚序、甲辰）抱了英莲去看社火花灯，半夜中，霍启因要小解，便将英莲放在一家门坎上坐着。待他小解完了来抱时，那有英莲的踪影？急得霍启直寻了半夜，至天明不见，那霍启也就不敢回来见主人，便逃往他乡去了。那士隐夫妇，见女儿一夜不归，便知有些不安，再使几人去寻找，回来皆云连音响皆无。夫妇二人，半世只生此女，一旦失落，岂不思想，【眉】喝醒天下父母之痴心。（甲戌眉）因昼夜啼哭，几乎不曾寻死。看看有一月，士隐先就得了一病，当时封氏孺人也因思女构疾，日日请医疗治。

不想这日三月十五，葫芦庙中炸供，那些和尚不加小心，【夹】写出南直召祸之实病。（甲戌眉、甲辰）致使油锅火溢，便烧着窗纸。此方人家多用竹壁【双】土俗人风。（甲戌夹）木壁者，其大抵也因劫数，于是接二连三，牵五挂四，将一条街烧得如火焰山一般。彼时虽军民来救，那火已成了势，如何救得下？直烧了一夜，方渐渐的熄去，也不知烧了几家。只可怜甄家在隔壁，早已烧成一片瓦砾场了。只有他夫妇及几个家人的性命不曾伤了。急得士隐惟跌足长叹而已。只得与妻子商议，且到田庄上去安身。偏值近年水旱不收，鼠盗蜂起，无非抢田夺地，鼠窃狗盗，民不安生，因此官兵剿捕，难以安身。士隐只得将田庄都折变了，两携了妻子与两个丫环报他岳父家去。

他岳父名唤封肃，【双】风俗也。（戚序、甲辰）本贯大如州人氏，虽是务农，家中都还殷实。今见女婿这等狼狈而来，心中便有些不乐。【夹】所以大概之人情如是，风俗如是也。（甲戌夹）幸而士隐还有折变地的银子未曾用完，拿出来托他随分就价薄置些须房地，为后日衣食之计。那封肃便半哄半赚，些须与他些薄田朽屋。士隐乃读书之人，不惯生理稼穑等事，免强支持了一二年，越觉穷了下去。封肃每见面时，便说些现成话，且人前人后又怨他们不善过活，只一味好吃懒作等语。【双】此等人何多之极。（甲戌夹、甲辰）士隐知投人不着，心中未免悔恨，再兼上年惊唬，急忿怨痛，已伤暮年之人，贫病交攻，竟渐渐地露出那下世的光景来。

可巧这日拄了拐杖挣到街前散散心时，忽见那边来了一个跛足道人，疯癫落脱，麻屣鹑衣，口内念着几句言词，道是：

世人都晓神仙好，唯有功名忘不了！
古今将相在何方？荒冢一堆草没了。
世人都晓神仙好，只有金银忘不了！
终朝只恨聚无多，及到多时眼闭了。
世人都晓神仙好，只有姣妻忘不了！
君在日日说恩情，君死又随人去了。
世人都晓神仙好，只有儿孙忘不了！
痴心父母古来多，孝顺儿孙谁见了？

士隐听了，便迎上来说道："你满口说些什么？只听见些'好''了''好''了'。"那道人笑道："你若果听见'好''了'二字，还算你明白。可知世上万般，好便是了，了便是好。若不了，便不好，若要好，须是了。我这歌，便名《好了歌》"士隐本是有宿慧的，一闻此言，心中早已彻悟。因笑道："且住！待我将你这《好了歌》解注出来何如？"道人笑道："你解，你解。"士隐乃说道：【夹】要写情，要写幻境，偏先写出一篇奇人奇境来。（戚序）

陋室空空，当年笏满床，【夹】宁荣未有之先。（甲戌夹）【眉】先说场面，忽新忽败，忽丽忽朽，已见得反复不了。（甲戌眉、甲辰）衰草枯杨，曾为歌舞场。【眉】一段妻妾迎新送死，倏恩倏爱，倏痛倏悲，缠绵不了。（甲戌眉）【夹】宁荣既败之后。（甲戌夹）蛛丝儿结满雕梁，【夹】潇湘馆、紫芸轩等处。（甲戌夹）绿纱今又糊在蓬窗上。【夹】雨村等一干新荣暴发之家。（甲戌夹）说什么脂正浓，粉正香，【夹】宝钗、湘云一干人。（甲戌夹）如何两鬓又成霜？【夹】黛玉、晴雯一干人。（甲戌夹）昨日黄土陇头送白骨，今宵红灯帐底卧鸳鸯。【夹】熙凤一干人。（甲戌夹）【眉】一段石火光阴，悲喜不了，风露草霜，富贵嗜欲，贪婪不了。（甲戌眉、甲辰）金满箱，银满箱，【夹】甄玉、宝玉一干人。（甲戌夹）展眼乞丐人皆谤。正叹他人命不长，那知自己归来丧！训有方，【夹】言父母死后之日。柳湘莲一干人。（甲戌夹）保不定日后作强梁。【眉】一段儿女死后无凭，生前空为筹画，计算痴心不了。（甲戌眉、甲辰）择膏粱，谁承望流落在烟花巷！因嫌纱帽小，【夹】贾赦、雨村一干人。（甲戌夹）致使锁枷槓，昨怜破袄寒，今嫌紫蟒长：【夹】贾兰、贾菌一干人。（甲戌夹）【眉】一段功名升黜无时，强夺苦争，喜惧不了。（甲戌眉、甲辰）乱烘烘你方唱罢我登场，【夹】总收。（甲戌夹）反认他乡是故乡。【夹】太虚幻境青埂峰，一并结住。（甲戌夹）【眉】总收古今亿兆之人，共历幻场。此幻事，扰扰纷纷，无日可了。（甲戌眉、甲辰）甚荒唐，到头来都是为他人作嫁衣裳！【夹】语虽旧句，用于此妥极是极。苟能如此，便了得。（甲戌夹）【眉】此等歌谣，原不宜太雅，恐其不能通俗，故只此便妙极。其说得痛切处，又非一味俗语可到。

（甲戌眉）【眉】谁不解得世事如此，有龙像方能放得下。（戚序）

那疯跛道人听了，拍掌笑道："解得切，解得切！"士隐便说一声"走罢！"【眉】"走罢"二字，真悬崖撒手，若个能行。（甲戌眉）【双】如见如闻。（甲戌夹）将道人肩上搭连抢了过来背着，竟不回家，同了疯道人飘飘而去。当下烘得街坊，众人当作一件新闻传说。封氏闻得此信，哭得死去活来，只得与父亲商议，遣人各处访寻，那讨音讯？无奈何，少不得依靠着他父母度日。幸而身边还有两个旧日的丫环伏持，主仆三人，日夜作些针线发卖，帮着父亲用度。那封肃虽然日日抱怨，无也奈何了。

这日，那甄家丫环在门前买线，忽听街上喝道之声，众人都说新太爷到任了。丫环于是隐在门内看时，只见军牢快手，一对一对的过去了，俄而大轿抬着一个乌帽猩袍的官府过去了。【双】雨村别来无恙否？可贺可贺。（甲戌夹、甲辰）丫环到发了个怔，自思这官好面善，到像在那里见过的。于是进入房中，也就丢过不在心上。【双】是无儿女之情，故有夫人之分。（甲戌夹）至晚间，正待歇之时，忽听一片声打的门响，许多人乱嚷，说："本府太爷的差人来传人问话。"封肃听了，唬得目瞪痴呆，不知有何祸事。

第二回　贾夫人仙逝扬州城　冷子兴演说荣国府

　　石头记　第二回

　　脂砚斋重评石头记卷之
　　第二回　贾夫人仙逝扬州城　冷子兴演说荣国府
　　此回亦非正文本旨，只在冷子兴一人，即俗语所谓"冷中出热，无中生有"也。其演说荣一篇者，盖因族大人多，若从作者笔下一一叙出，书一二回不能说得明，成何文字？故借用冷子兴一人略出其文好，使阅者心中已有一荣府隐隐在心。然后用黛玉、宝钗等两三次皴染，心耀然于心中眼中矣。此即画家三染法也。
　　未写荣府正人，先写外戚，是由远及近，由小至大也。若使先叙出荣府，然后又一一叙及外戚，又一一至朋友，至奴仆，其死板拮据之笔，岂作《十二钗》人手中之物也？今先写外戚者，正是写荣国一府也。故又怕闲文赘累，开笔即写贾夫人已死，是特使黛玉入荣府之速也。
　　通灵宝玉由士隐梦中一出，今又于子兴口中一出，阅已洞然矣。然后于黛玉、宝钗二人目中，极精极细一描，则是文章关锁何处。盖不肯一笔正下，有若放闸之水，然信之爆，使其精华一泄而无余也。究竟此玉原应出自钗、黛目中，方有照应；今预从子兴口中说出，实虽写而却未写。观其后文可知。此一回则是虚敲旁击之文，笔则是反逆隐曲之笔。
　　诗云：
　　　　一局输盈料不真，香消茶尽尚逡巡。
　　　　欲知目下兴衰兆，须问旁观冷眼人。
　　却说封肃因听见公差传唤，忙出来陪笑启问。那些人只嚷："快请出甄爷来！"【双】一丝不乱。（甲戌夹）封肃忙陪笑道："小人姓封，并不姓甄。只有当日小婿姓甄，今已出家一二年了，不知可是问他？"那些公人道："我们也不知什么'真''假'，【双】点睛妙笔。（甲戌夹）因奉太爷之命来问，你既是你女婿，便带了你去亲见老爷面禀，省得乱跑。"说着，不容封肃多言，大家推拥他去了。封家人个个都惊慌，不知何兆。
　　那天约二更时，只见封肃方回来，欢天喜地。【双】出自封肃口内，便省却多少闲文。（甲戌夹）众人忙问端的。他乃说道："原来本府新升的太爷姓贾名化，本贯胡州人氏，曾与女婿旧日相交。方才在咱门前过去的，因见娇杏【双】侥幸也。那丫头买线，【双】托言当日丫头回顾，故有今日，亦不过偶然侥幸耳，非真实得风尘中之英杰也。非近日小说中满纸"红拂""紫烟"之比也。(甲戌夹)【眉】余批重出。余阅此书，偶有所得，即笔录之，非从首至尾阅过，复从首加批者，故偶有复处。且诸公之批，自是诸公眼界，脂斋之批，亦有脂斋取乐处。后每一阅，也必有一语半言，重加批评于侧，故又有"于前后照应"之说等批。(甲戌眉)所以他只当女婿移住于此。我一一的将原故回明，那太爷到伤感叹息了一回，又问外孙女儿，我说看灯丢了。太爷说：'不妨，我自使番役务必探访回来。'【双】为葫芦案伏线。(甲戌夹、甲辰)说了一回话，临走到送了我二两银子。"甄家娘子听了，不免心中伤感。【双】所谓"旧事凄凉不可闻"也。(甲戌夹)一宿无话。

至次日，早有雨村遣人送了两封银子，四匹锦缎，答谢甄家娘子，又寄一封密书与封肃，转托问甄家娘子，【夹】谢礼却为此，险哉，人之心也。(甲戌夹)要那娇杏作二房。【双】雨村已是下流人物，看此，今之如雨村者未有矣。(甲戌夹)封肃喜的屁滚尿流，巴不得去奉承，便在女儿前一力撺掇成了，【夹】一语道尽。(甲戌夹)乘夜只用一乘小轿，便把娇杏送进去了。雨村欢喜，自不必说，乃封百金赠封肃，外谢甄家娘子许多物事，令其好生养赡，以待寻访女儿下落。【双】找前伏后。(甲戌夹)士隐家一段小荣枯，至此结住。所谓真不去，假焉来也。(甲戌夹、甲辰)封肃回家无话。

却说娇杏这丫环，便是那年回顾雨村者。因偶然一顾，便弄出这段事来，亦是自己意料不到之奇缘。【夹】注明一笔，更妥当。(甲戌夹)谁想他命运两济，【眉】好极，与英莲"有命无运"四字，遥遥相映射。莲，主也，杏，仆也，今莲反无运，而杏则两全，可见世人原在运数，不在眼下之高低也。此则大有深意存焉。(甲戌眉)不承望自到雨村身边，只一年便生了一子，又半载，雨村嫡妻忽染疾下世，雨村便将他扶侧作正室夫人了。正是：偶因一着错，【双】妙极，盖女儿原不应私顾外人之谓。(甲戌夹)便为人上人。【双】更妙，可知守礼侯命者，终为饿莩，其调侃寓意不小。(甲戌夹)【夹】从来只见集古集唐等句，未见集俗语者，此又更奇之至。(甲戌眉)

原来，雨村因那年赠银之后，他于十六日便起身入都，至大比之期，不料他十分得意，已会了进士，选外班，今已升了本府知府。虽才干优长，未免有些贪酷之弊，且又恃才侮上，那些官员皆侧目而视。【双】此亦奸雄必有之理。(甲戌夹)不上一年，便被上司寻了个空隙，作成一本；参他"生情狡猾，擅篡礼义，且沽清正之名，而暗结虎狼之属，致使地方多事，民命不堪"等语。龙颜大怒，即批革职。该文书一到，本府官员无不喜悦。那雨村心中虽十分惭恨，却面上全无一点怨色，仍是嘻笑自若，【双】此亦奸雄必有之态。(甲戌夹、甲辰)交待过公事，将历年做官积的些资本并家小人属送至原藉，安排妥协，【夹】先云根基已尽，故今用此四字，细甚。(甲戌夹)却是自己担风袖月，游览天下胜迹。【双】已伏下至金陵一节矣。(甲戌夹、甲辰)

那日，又偶游至维淮阳地面，因闻得今岁鹾政点的是林如海。这林如海姓林名海，字表如海，【双】盖云学海文林也，总是暗写黛玉。(甲戌夹、甲辰)乃是前科的探花，今已升至兰台寺大人，【眉】官制半遵古名，亦好。余最喜此等半有半无，半古半今，事之所无，理之必有，极玄极幻，荒唐不经之处。(甲戌眉)本贯姑苏人氏，【夹】十二钗正出之地，故用真。(甲戌夹、甲辰)今钦点出为巡盐御史，到任方一月有余。原来这林如海之祖，曾袭过列侯，今到如海，业经五世。起初时，只封袭三世，因当今隆恩盛德，远迈前代,【眉】可笑近时小说中,无故极力称扬浪子淫女,临收结时,还必致感动朝廷,使君父同入其情欲之界,明逊其意,何无人心之至。不知被作者有何好处,有何谢报到朝廷廊庙之上,直将半生淫污渎睿聪,又苦拉君父作一干证护身符,强媒硬保,得遂其淫欲哉。(甲戌眉)额外加恩,至如海之父,又袭了一代;至如海,便从科第出身。系虽钟鼎之家,却亦是书香之族。【双】要紧二字,盖钟鼎亦必有书香方至美。(甲戌夹)只可惜这林家支庶不盛,子孙有限,虽有几门,却与如海俱是堂族而已,没甚亲支嫡派的。【双】总为黛玉极力一写。(甲戌夹)虽有几房姬妾,【双】带写贤妻。(甲戌夹)奈他命中无子,亦无可如何之事。今只有嫡妻贾氏,生得一女,乳名黛玉,年方五岁。夫妻无子,故爱如珍宝,且又见他聪明清秀,【双】看他写黛玉,只用此四字。可叹近来小说中,满纸"天下无二""古今无双"等字。(甲戌夹)【夹】如此叙法,方是至情至理之妙文。最可笑者,近小说中,满纸"班昭""蔡琰""文君""道韫"。(甲戌眉)便也欲使他读书识得几个字,不过假充养子之意,聊解膝下荒凉之叹。

雨村正值偶感风寒,病在旅店,将一月光景方渐愈。一因身体劳倦,二因盘费不济,也正欲寻个合式之处,暂且歇下。幸有两个旧友,亦在此境居住,【双】写雨村自得意后之交识也,又为冷子兴作引。(甲戌夹)因闻得盐政欲聘一西宾,雨村便相托友力,谋了进去,且做安身之计。妙在只一个女学生,并两个伴读丫环,这女学生年又小,身体又极怯弱,工课不限多寡,故十分省力。

堪堪又是一载的光阴,谁知女学生之母贾氏夫人一疾而终。女学生侍汤奉药,守丧尽哀,遂又将辞别馆图。林如海意欲令女守制读书,故又将他留下。近因女学生哀痛过伤,本自怯弱多病的,触犯旧症,遂连日不曾上学。【双】上半回已终写仙逝,正为黛玉也,故一句带过,恐闲文有防正笔。(甲戌眉)

雨村闲居无聊,每当风月晴和,饭后便出来闲步。这日,偶至郭外,意欲赏鉴那村野风光。【眉】大都世人意料此终不能,此不及彼者而反及彼。故特书意在村野风光,却忽遇见子兴,一篇荣国繁华气象。(甲戌眉)忽信步至一山环水旋,茂林深竹之处,隐隐的有一座庙宇,门巷倾颓,墙垣朽败,门前有额,题着"智通寺"三字,【双】谁为智者?又谁能通?一叹。(甲戌夹)门旁又有一付旧破的对联,曰:

身后有余忘缩手,【双】先为宁荣诸人当头一喝,却是为余一喝。(甲戌夹)眼前无路想回头。

雨村看了,因想到:"这两句话,文虽浅近,其意则深。【双】一部书之总批。(甲戌夹)也曾游过些名山大刹,到不曾见过这话头,其中想必有个翻过筋斗来的也未可知,【双】随笔带出禅机,又为后文多少语录不落空。(甲戌夹)何不进去看看。"想着走入看时,【眉】毕竟雨村还是俗眼,只能识得阿凤、宝玉、黛玉等未觉之先,却不识得既证之后。未出宁荣繁华盛处,却先写出一荒凉小境;未写通部入世之迷人,却先写出世醒人,迎风舞雪,倒峡逆波,别小说中所无之法。(甲戌眉)看只有一个龙钟老僧在那里煮粥。【夹】雨村火气。(甲戌夹)雨村见了,并不在意。【夹】火气。(甲戌夹)及至问他两句话,那老僧既聋且昏,【夹】的是翻过来的。(甲戌夹)齿落舌钝,【双】是翻过来的。(甲戌夹)所答非所问。

雨村不耐烦，便仍出来，意欲到那村肆中沽饮三杯，以助野趣，于是款步行来。将入肆门，只见座上吃酒之客有一人起身大笑，接了出来，口内说："奇遇，奇遇。"雨村忙看时，此人是都中在古董行中贸易的号冷子兴者，【双】此人不过借为引绳，不必细写。（甲戌夹）旧日在都中相识雨村。雨村最赞这冷子兴是个有作为大本领的人，【双】不赞出则文不灵活，而冷子兴之谈吐似觉唐突矣。（戚序）这冷子兴又借雨村斯文之名，故二人说话投机，最相契和。雨村忙笑问道："老兄何日到此？弟竟不知。今日偶遇，真奇缘也。"子兴道："去年岁底到家，今因还要入都，从此顺路找个敝友说一句话，承他之情，留我多住两日。我也无紧事，且盘桓两日，待月半时也就起身了。今日敝友有事，我因闲步至此，且歇歇脚，不期这样巧遇！"一面说，一面让雨村同席坐了，另整上酒肴来。二人闲谈漫饮，叙些别后之事。【双】好。若多谈则累赘。（甲戌夹）

雨村因问："近日都中可有新闻没有？"【双】不突然，也常问常答之言。（甲戌夹）子兴道："到没有什么新闻，到是老先生你贵同宗家，【双】雨村已无族中矣，何及此耶？看他下文。（甲戌夹）出了一件小小的异事。"雨村笑道："弟族中无人在都，何谈及此？"子兴笑道："你们同姓，定非同宗一族？"雨村问："是谁家。荣国府贾府中，可也玷辱了先生的门楣么了？"【双】剜小人之心肺，闻小人之口角。（甲戌夹）雨村笑道："原来是他家。若论起来，寒族人丁却不少，自东汉贾复以来，【双】此乃假话。（独有）【夹】此话纵真，亦必谓是雨村欺人语。（甲戌夹）枝派繁盛，各省皆有，谁逐细考查得来？若论荣国一枝，却是同谱。但他那等荣耀，我们不便去攀扯，故至今越发生疏难认了。"子兴叹道："老先生休如此说。如今的这荣国两门，也都萧疎了，不比先时的光景。"【双】记得此句。可知书中之荣府，已是末世了。（甲戌夹）雨村道："当日宁荣两宅的人口也极多，如何就萧疎了？"冷子兴道："正是，说来也话长。"雨村道："去岁我到金陵地界，因欲游览六朝遗迹，那日进了石头城，【双】点睛，神妙。（甲戌夹、甲辰）从老宅门前径过。街东是宁国府，街西是荣国府，二宅相连，竟将大半条街占了。大门前虽冷落无人，【夹】好。写出空宅。（甲戌夹）隔着围墙一望，里面厅殿楼阁，也还都峥嵘轩峻，就是后一带花园子里面，【双】"后"字何不直用"西"字？恐先生堕泪，故不敢用"西"字。（甲戌夹）树木山水，也还都有蓊蔚洇润之气，那里像个衰败之家？"冷子兴笑道："亏你是进士出身，原来不通！古人有云：'百足之虫，死而不僵。'如今虽说不及先年那样兴盛，较之平常仕宦之家，到底气象不同。如今生齿日繁，事务日盛，主仆上下，安富尊荣者尽多，【夹】二语乃自古富贵世家之大病。（甲戌夹）运筹谋画者无一，其日用排场费用，又不能将就省俭，如今外面的架子虽未甚倒，【夹】"甚"字好，盖已半倒矣。（甲戌夹）内囊却也尽上来了。这还是小事。更有一件大事：谁知这钟鸣鼎食之家，翰墨诗书之族，【双】两句写出荣府。（甲戌夹）【眉】文是极好之文，理是必有之理，话则极痛极悲之语。（甲戌眉）如今的儿孙，竟一代不如一代了！"雨村听说，也纳罕道："这样诗礼之家，岂有不善教育之理？别门不知，只说这宁，荣二宅，是最教子有方的。"【夹】一转有力。（甲戌夹）

第二回　贾夫人仙逝扬州城　冷子兴演说荣国府　21

　　子兴叹道："正说的是这两门呢。待我告诉你：当日宁国公是一母同胞弟兄两个。宁公居长，生了四个儿子。【双】贾蔷、贾菌之祖，不言可知矣。（甲戌夹）宁公死后，贾代化袭了官，也养了两个儿子：长名贾敷，至八九岁上便死了，只剩了次子贾敬袭了官，如今一味好道，只爱烧丹炼汞，【双】亦是大族末世常有之事，叹叹。（甲戌夹）余者一概不在心上。幸而早年留下一子，名唤贾珍，因他父亲一心想做神仙，【夹】勿当是个翻过筋斗来者同看。（独有）把官倒让他袭了。他父亲又不肯回原藉来，只在都中城外和道士们胡羼。这位珍爷到生了一个儿子，今年才十六岁，名叫贾蓉。【夹】至此五代。（甲戌夹、甲辰）如今敬老爹一概不管。这珍爷那里肯读书，只一味高乐不了，把宁国府竟翻了过来，也没有敢来管他。【双】伏后文。（甲戌夹、甲辰）再说荣府你听，方才所说异事，就出在这里。自荣国公死后，贾代善袭了官，娶的也是金陵世勋史侯家的小姐为妻，【双】因湘云，故及之。（甲戌夹、甲辰）生了两个儿子：长子贾赦，次子贾政。如今代善早已去世，太夫人尚在，【双】湘云祖姑史氏太君也。（甲戌夹、甲辰）长子贾赦袭着官，为人平静中和也不管家务。【双】伏下贾琏、凤姐当家之文。（甲辰）次子贾政，自幼酷喜读书，祖父最疼，原欲以科甲出身的，不料代善临终时遗本一上，皇上因恤先臣，即时令长子袭官外，问还有几子，立刻引见，遂额外赐了这政老爹一个主事之衔，【双】嫡真实事，非妄拥也。（甲戌夹）令其入部习学，如今现已升了员外郎了。【夹】总是称功颂德。（甲戌夹）这政老爹的夫人王氏，头胎生的公子，名唤贾珠，十四岁进学，不到二十岁就娶了妻生了子，一病死了。第二胎生了一位小姐，生在大年初一，这就奇了，不想后来又生一位公子，【眉】一部书中第一人，却如此淡淡带出，故不见后来玉兄文字繁难。（甲戌眉）说来更奇，一落胎胞，嘴里便衔下一块五彩晶莹的玉来，上面还有许多字迹，【双】青埂顽石，已得下落。（甲戌夹、甲辰）就取名叫作宝玉。你道是新奇事不是？"【夹】正是宁荣二处支谱。（甲辰）

　　雨村笑道："果然奇异。只怕这人来历不小。"子兴冷笑道："万人皆如此说，因而乃祖母便先爱如珍宝。那年周岁时，政老爹便要试他将来的志向，便将那世上所有之物摆了无数，与他抓取。谁知他一概不取，伸手只把些脂粉钗环抓来。政老爹便大怒了，说：'将来酒色之徒耳！'因此便大不喜悦。独那史老太君还是命根一样。说来又奇，如今长了七八岁，虽然淘气异常，但其聪明乖觉处，百个不及他一个。说起孩子话来竟也奇怪，他说：'女人是水作的骨肉，【夹】真千古奇文奇情。（甲戌夹、甲辰）男人是泥作的骨肉。我见了女儿，我便觉清爽，见了男子，便觉浊臭逼人。'你道好笑不好笑？将来色鬼无疑了！"【双】没有这一句，雨村如何罕然厉色，并后奇奇怪怪之论。（甲戌夹）雨村罕然厉色忙止道："非也！可惜你们不知道这人来历。大约政老前辈也错以淫魔色鬼看待了。若非多读书识字，加以致知格物之功，悟道参玄之力，不能知也。"

　　子兴见他说得这样重大，忙请教其端。雨村道："天地生人，除大仁大恶那种，余者皆无大异。若大仁者，则应运而生，大恶者，则应劫而生。运生世治，劫生世危。尧、舜、禹、汤、文、武、周公、孔、孟、董、韩、周、程、张、朱，皆应运而生者。蚩尤、共工、桀、纣、始皇、王莽、曹操、恒温、安禄山、秦桧等，皆应劫而生者。大仁者，修治天下，大恶者，挠乱天下。清明灵秀，天地之正气，仁者之所秉也，残忍乖僻，天地之邪气，恶者之所秉也。今运隆祚永之朝，太平无为之世，清明灵秀之气所秉者，上至朝廷，下至草野，比比皆是。所余之秀气，漫无所归，遂为甘露，为和风，沛然溉及四海。彼残忍乖僻之邪气，不能荡溢于光天化日之中，遂内结充塞于深沟大壑之内，偶因风荡，或被云拥，略有动摇感发之意，一丝半缕误而泄出者，偶值灵秀之气适过，正不容邪，邪复妒正，【双】譬得好。（甲戌夹）两不肯下，亦如风水雷电，地中既遇，既不能消，又不能让，必至搏击掀发后始尽。收其气亦必赋人，发泄一尽始散。使男女偶秉此气而生者，在上则不能成仁人君子，下亦不能为大凶大恶。【双】恰极，是确论。（甲戌夹）置之于万万人之中，其聪俊灵秀之气，则在万万人之上，其乖僻邪谬不近人情之态，又在万万人之下。若生于公侯富贵之家，则为情痴情种，若生于诗书清贫之族，则为逸士高人，纵然偶生于薄祚寒门，断不能为走卒健仆，甘遭庸人驱制驾驭，必为奇优名倡。如前代之许由，陶潜，阮籍，嵇康，刘伶，王谢二族，顾虎头，陈后主，唐明皇，宋徽宗，刘廷芝，温飞卿，米南宫，石曼卿，柳耆卿，秦少游，近日之倪云林，唐伯虎，祝之山，再如李龟年，黄旛绰，敬新磨，卓文君，红拂，薛涛，崔莺，朝云之流，此皆异地则同之人也。"【夹】《女仙外史》中论魔道已奇，此又非《外史》之立意，故觉愈奇。（甲戌夹）

子兴道："依你说，则成则王侯败则贼了。"雨村道："正是这意。你还不知，我自革职以来，这两年遍游各省，也曾遇见两个异样孩子。【双】先虚陪一个。（甲戌夹）所以，方才你一说这宝玉，我就猜着了八九亦是这一派人物。不用远涉，只金陵城内，钦差金陵省体仁院总裁甄家，【双】此衔无考，亦因寓怀而设置，而勿论。（甲戌夹）你可知么？"子兴道："谁人不知！这甄府和贾府就是老亲，又系世交。两家来往，极其亲热的。便在下也和他家来往非止一日了。"【夹】说大话之走狗，逼真。（甲戌夹）

雨村笑道："去岁我在金陵，也曾有人荐我到甄府处馆。我进去看看其光景，谁知他家那等显贵，却是个富而好礼之家，【双】如闻其声。（甲戌夹）到是个难得之馆。【眉】只一句便是一篇家传，与子兴口中是两样。（甲戌眉）但这一个学生，虽是启蒙，却比一个举业的还劳神。说起来更可笑，他说：'必得两个女儿伴着我读书，我方能认得字，【双】甄家宝玉，仍上半部不写者，故此处极力表明，以遥照贾家之宝玉。凡写贾宝玉之文，则正为真宝玉传影。脂砚斋。（甲戌夹）心里也明，不然我自己心里糊涂。'又常对跟他的小厮们说：'这女儿两个字，极尊贵，极清净的，比那阿弥陀佛，元始天尊的两个宝号还更尊荣【双】如何只以释老二号为譬，略不敢及我先师圣儒等人？余则不敢以顽劣目之。（甲戌眉）无对的呢！你们这浊口臭舌，万不可唐突了这两个字，要紧。但凡要说时，必须先用清水香茶漱了口才可，设若失错，便要凿牙穿腮等事。'其暴虐浮躁，顽劣憨痴，种种异常。只一放了学，进去见了那些女人们，其温厚和平，聪敏文雅，【夹】与前八个字嫡对。（甲戌夹）竟又变了一个。因此，他令尊也曾下死答楚过几次，无奈竟不能改。每打的吃疼不过时，他便'姐姐''妹妹'乱叫起来。【眉】

第二回 贾夫人仙逝扬州城 冷子兴演说荣国府

以自古未闻之奇语，故写成自古未有之奇文。此是一部书中大调侃寓意处。盖作者实因鹡鸰之悲，棠棣之威，故撰此闺阁庭帏之传。（甲戌眉）后来听得里面女儿们拿他取笑：'因何打急了只管叫姐妹做甚？莫不是求姐姐妹妹去讨讨情讨饶？你岂不愧些！'他回答的最妙。他说：'急疼之时，只叫"姐姐""妹妹"字样，或可解疼也未可知，因叫了一声，便果觉不疼了，遂得了秘法：每疼痛之极，便连叫姐妹起来了。'你说可笑不可笑？也因祖母溺爱不明，每因孙辱师责子，因此我就辞了馆出来。如今在这巡盐御史林家做馆了。你看，这等子弟，必不能守祖父之根基，从长之规谏的。只可惜他们家几个姊妹都是少有的。"【双】实点一笔。余谓作者必有。（甲戌夹）

子兴道："便是贾府中，现有的三个也不错。政老爹的长女，名元【双】原。（甲戌夹）春，现因贤孝才德，选入宫中作女史去了。【双】因汉以前例，妙。（甲戌夹）二小姐乃政老爹前妻所出，名迎【双】应。（甲戌夹）春，三小姐乃政老爹之庶出，名探【双】叹。（甲戌夹）春，四小姐乃宁府珍爷之胞妹，【夹】贾敬之女。（甲辰）名唤惜【双】息。（甲戌夹）春。因史老夫人极爱孙女，都跟在祖母这边一处读书，【夹】复续前文未及，正词源三叠。（甲辰）听得个个不错。雨村道："更妙在甄家的风俗，女儿之名，亦皆从男子之名命字，不似别家另外用这些'春''红''香''玉'等艳字的。何得贾府也乐此俗套子？"子兴道："不然。只因现今大小姐是正月初一日所生，故名元春，余者方从了'春'字。上一辈的，却也是从弟兄而来的。现有对证：目今你贵东家林公之夫人，即荣府中赦，政二公之胞妹，在家时名唤贾敏。不信时，你回去细访可知。"雨村拍案笑道："怪道这女学生读书时，字中有'敏'字，皆念作'密'字，每每如是，写字遇见'敏'字，又减一二笔，我心中有些疑惑。今听你说的，是为此无疑矣。怪道我这女学生言语举止另是一样，不与近日女子相同，度其母必不凡，方得其女，今知为荣府之孙，又不足罕矣，可伤上月竟亡故了。"子兴叹道："姊妹四个，这一个是极小的，又没了。长一辈的姊妹，一个也没有了。只看这小一辈的，将来之东床如何呢。"

雨村道："正是。方才说这政公，已有衔玉之儿，又有长子所遗一个弱孙。这赦老竟无一个不成？"子兴道："政公既有玉儿之后，其妾又生了一个，到不知其好歹。只眼前现有二子一孙，却不知将来如何。若问那赦公，也有二子，长名贾琏，今已二十来往了，亲上做亲，娶的就是政老爹夫人王氏之内侄女，【眉】非警幻案下而来为谁。（甲戌眉）今已娶了二年。这位琏爷身上捐的是个同知，也是不肯读书，于世路上好机变，言谈去的，所以如今只在乃叔政老爷家住着，帮着料理些家务。谁自娶了他令夫人之后，到上下无一人不称颂他夫人的，琏爷到退了一射之地：说模样又极标致，言谈又爽利，心机又极深细，竟是个男人万不及的。"【双】未见其人，先已有照。（甲戌夹）

雨村听了，笑道："可知我前言不谬。【双】略一总注。（甲戌夹）你我方才所说的这几个人，都只怕是那正邪两赋而来一路之人，未可知也。"子兴道："邪也罢，正也罢，只顾算别人家的帐，你也吃一杯酒才好。"雨村道："正是，只顾说话，竟多吃了几杯。"子兴笑道："说着别人家的闲话，正好下酒，【夹】盖云此段话，也为世人茶酒之笑谈耳。(甲戌夹)即多吃几杯何妨。"雨村向窗外看道:"天也晚了,仔细关了城。我们慢慢的进城再谈,未为不可。"于是,二人起身,算还酒帐。【双】不得谓此处收得索然,盖原非正文也。(甲戌夹)方欲走时,又听得后面有人叫道:"雨村兄,恭喜了!【双】此等套头也,不得不用。(甲戌夹)特来报个喜信的。"雨村忙回头看时——【夹】语言太烦,令人不耐。古人云"惜墨如金",看此则视墨如土矣,虽演至千万回亦可。(己卯夹)

第三回　贾雨村补授应天府　荣国府收养林黛玉

　　石头记　第三回

脂砚斋重评石头记卷之
第三回　贾雨村□□□□□（注：此处原文被挖去，未补上，原文应为"补授应天府"）
□荣国府收养林黛玉【夹】二字触目凄凉之至！（甲戌夹）

　　却说雨村忙回头看时，不是别人，乃是当日同僚一案参革的号张如圭者。【双】所谓盖言如鬼如蜮也，也亦非正文正旨。（甲戌夹、戚序）他本系此地人，革后家居，今打听得都中奏准起复旧员之信，他便四下里寻情找门路，忽遇见雨村，故忙道喜。二人见了礼，张如圭便将此信告诉雨村，雨村自是欢喜，忙忙的叙了两句，【双】画出心事。（甲戌夹）遂作别各自回家。冷子兴听得此信，便忙献计，【双】毕肖趋热灶者。（甲戌夹）令雨村央烦林如海，转向都中去央烦贾政。雨村领其意，作别回至馆中，忙寻邸报看真确了。【双】细。（甲戌夹、戚序）

　　次日，当面谋之如海。如海道："天缘凑巧，因贱荆去世，都中家岳母念及小女无人依傍教育，前已遣了男女船只来接，因小女未曾大痊，故未及行。此刻正思向蒙训教之恩未经酬报，遇此机会，岂有不尽心图报之理。但请放心。弟已预为筹画至此，已修下荐书一封，转托内兄务为周全协力，方可稍尽弟之鄙诚，即有所费用之例，弟于内家信中已注明白，亦不劳尊兄多虑矣。"雨村一面打恭，谢不释口，一面又问："令亲大人现居何职【双】奸险小人欺人语。（甲戌夹）只怕晚生草率，不敢骤然入都干渎？"【双】全是假，全是诈。（甲戌夹）如海笑道："若论舍亲，与尊兄犹系同谱，乃荣公之孙：大内兄现袭一等将军，名赦，字恩候，二内兄名政，字存周，【双】二名二字，皆颂德而来，与子兴口中作证。（甲戌夹、戚序）现任工部员外郎，其为人谦恭厚道，大有祖父遗风，非膏粱轻薄仕宦之流，故弟方致书烦托。否则不但有污尊兄之清操，即弟也不屑为矣。"【双】写如海，实不写政老。所谓此书有不写之写是也。（甲戌夹）雨村听了，心下方信了昨日子兴之言，于是又谢了林如海。如海乃说："已择了出月初二日小女入都，尊兄即同路而往，岂不两便？"雨村唯唯听命，心中十分得意。如海遂打点礼物并饯行之事，雨村一一领了。

　　那女学生黛玉，身体又愈，原不忍弃父而往，无奈他外祖母致意务必要去，且兼如海说："汝父年将半百，再无续室之意，且汝多病，年又极小，上无亲母教养，下无姊妹兄弟扶持，【夹】可怜。一句一滴泪，一句一滴血之文。（甲戌夹）今依傍外祖母及舅氏姊妹去，正好减我顾盼之忧，何反云不往？"黛玉听了，方洒泪拜别，【双】实写黛玉。（甲戌夹）随了奶娘及荣府几个老妇人登舟而去。雨村另有一支船，带两个小童，依附黛玉而行。【双】老师依附门生，怪道今时以收纳门生为幸。（甲戌夹）

　　有日到了都中，【夹】繁中减笔。（甲戌夹）进神京，雨村先整了衣冠，【双】且按下黛玉以待细写，今故先将雨村安置过一边，方起荣府中之正文也。（甲戌夹）带了小童，拿着宗侄的名帖，【夹】此帖妙极，可知雨村的品行矣。（甲戌夹、戚序）至荣府的门前投了。彼时贾政已看了妹丈之书，即忙请入厢会见。雨村相貌魁伟，言语不俗，且这贾政最喜读书人，【双】君子可欺以其方也。况雨村正在王莽谦恭下士之时，虽政老亦无所惑，在作者系指东说西也。（甲戌夹）礼贤下士，扶弱济危，大有祖风，况又系妹丈致意，因此优待雨村，更又不同，便竭力内中协助，题奏之日，轻轻谋了一个复职候缺，不上两个月，金陵应天府缺出，便谋补了此缺，拜辞了贾政，择日上任去了。不在话下。【双】因宝钗，故及之故事，语过至下回。（甲戌夹、戚序）

　　且说黛玉自那日弃舟登岸时，【双】这方是正文起头处。此后笔墨，与前两回不同。（甲戌夹、戚序）便有荣国府打发了轿子并拉行李的车辆久候了。这林黛玉常听得母亲说过，【双】三字细。（甲戌夹）他外祖母家与别家不同。他近日所见的这几个三等的仆妇，吃穿用度，已是不凡了，何况今至其家。因此步步留心，时时在意，不肯轻易多说一句话，多行一步路，惟恐被人耻笑了他去。【夹】写黛玉自幼之心机。（甲戌夹、戚序）自上了轿，进入城中从纱窗向外瞧了一瞧，其街市之繁华，人烟之阜盛，自与别处不同。【双】先从街市写来。（甲戌夹、戚序）又行了半日，忽见街北蹲着两个大石狮子，三间兽头大门，门前列坐着十来个华冠丽服之人。正门却不开，只有东西两角门有人出入。正门之上有一匾，匾上大书"敕造宁国府"五个大字。【双】先写宁国府，这是由东向西而来。（甲戌夹、戚序）黛玉想道：这必是外祖之长房了。想着，又往西行，不多远，照样也是三间大门，方是荣国府了。却不进正门，却只进了西边角门。那轿夫抬进去，走了一射之地，将转弯时，便歇下退出去了。后面的婆子们已都下了轿，赶上前来。另换了三四个衣帽周全十七八岁的小厮上来，复抬起轿子。众婆子在步下围随至一垂花门落下。众小厮退出，婆子们来打起轿帘，扶黛玉下轿。林黛玉扶着婆子的手，进了垂花门，两边是超手游廊，当中是穿堂，当地放着一个紫檀架子大理石的大插屏。小小的三间厅，厅后就是后面的正房大院。正面五间上房，皆雕梁画栋，两边穿山游廊厢房，挂着各色鹦䴗，画眉等雀。台矶之上，坐着几个穿红挂绿的丫头，一见他们来了，便忙都笑迎上来了，【夹】如见如闻，活现于纸上之笔，好看煞。（甲戌夹）说："刚才老太太还叨呢，可巧就来了。"于是三四人争着打起帘笼，一面听得人回话："林娘到了。"【眉】此书得力处，全是此等地方，所谓颊上三毫也。（甲戌眉）

　　黛玉方进入房时，只见两个人搀着一位鬓发如银的老母迎上来，黛玉便知是他外祖母。方欲拜见时，早被他外祖母一把搂入怀中，心肝肉儿叫着大哭起来。【双】写尽天下疼女儿的心神理。（戚序）【夹】几千斤力量，写此一笔。（甲戌夹、戚序）当下地下

第三回　贾雨村补授应天府　荣国府收养林黛玉　27

侍立之人，无不掩面涕泣，【双】傍写一笔，更妙。（甲戌夹）【夹】如见。（独有）【眉】书中正文之人，却如此写出，却是天生地设章法，不见一丝勉强。（甲戌眉）黛玉也哭个不住。【双】自然顺写一笔。（甲戌夹）一时众人慢慢解劝住了，黛玉方拜见了外祖母。此即冷子兴所云之史氏太君，贾赦贾政之母也。【双】书中人目太繁，故明注一笔，使观者省眼。（甲戌夹）当下贾母一一指与黛玉："这是你大舅母，这是你二舅母，这是你先珠大哥的媳妇珠大嫂子。"黛玉一一拜见过。贾母又说："请姑娘们来。今日远客才来，可以不必上学去了。"众人答应了一声，便去了两个。

不一时，只见三个奶嬷嬷并五六个丫环，【双】声势如现纸上。（甲戌夹）拥簇着三个姊妹来了。第一个肌肤微丰，【双】迎春不犯宝钗。（甲戌夹）【夹】为迎春写照。（甲戌夹、戚序、甲辰）合中身材，腮凝新荔，鼻腻鹅脂，温柔沉默，观之可亲。第二个削肩细腰，【双】洛神赋中之"肩若削成"是也。（甲戌夹）【夹】为探春写照。（甲戌夹、戚序、甲辰）长挑身材，鸭蛋脸面，俊眼修眉，顾盼神飞，文彩精华，见之忘俗。【眉】浑写一笔更妙。必个个写去，则板矣。可笑近之小说中，有一百个女子，皆是如花似玉一副脸面。（甲戌眉）第三个身量未足，形容尚小。其钗环裙袄，三人皆是一样的妆饰。【夹】毕肖。（戚序）黛玉忙起身迎上来见礼，互相厮认过，大家归了坐。丫环们斟上茶来。不过说些黛玉之母如何得病，如何请医服药，如何送死发丧。不免贾母又伤感起来，因说："这些女儿，所最疼者独有你母，今日一旦先舍我而去，连面也不能一见，今见了你，我怎不伤心！"说着，搂了黛玉在怀，呜咽起来。众人忙都宽慰解释，方略略止住。【双】总为黛玉至此不能别往。（甲戌夹、戚序）

众人见黛玉年貌虽小，【眉】从众人目中写黛玉。（甲戌夹）其举止言谈不俗，【眉】草胎卉质，岂能胜物？想其衣裙，皆不得不勉强支持者也。（甲戌眉）身体面庞虽怯弱不胜，【双】写美人是如此笔伏，看官怎得不叫绝称赏。（甲戌夹）却有一段自然的风流态度，【双】为黛玉写照，众人目中只此一句，足矣。（甲戌夹、戚序）便知他有不足之症。因问："常服何药，如何不急为疗治？"黛玉道："我自来是如此，从会吃饮食时便吃药，【夹】细想黛卿自何而来，当必如此也。（独有）到今日未断，请了多少名医修方配药，皆不见效。【眉】甄英莲乃付十二钗之首，却明写癞僧一点。今黛玉为正十二钗之贯，反用暗笔。盖正十二钗，人或洞悉可知，副十二钗或恐欢者忽略，故写极力一提，使欢者万勿稍加玩忽之意耳。（甲戌眉）那一年我三岁时，听得说来了一个癞头和尚，【双】文字细如牛毛。（甲戌夹）三岁时尚未能甚记事，故云听说，莫以为亲闻亲见。（甲戌墨夹）【夹】奇奇怪怪，一至于此。通部中假僧道二人，点明情痴幻海中有数之人也。非袭《西游》中一味无稽，至不能处便用观世音可比。（甲戌眉、戚序）说要化我去出家，我父固是不从。他又说：'既舍不得他，只怕他的一生也不能好的了。要好时，除非从此以后总不许见哭声，【双】爱哭的偏写出有人不教哭。（戚序）除父母之外，凡有外姓亲友之人，一概不见，【双】唯宝玉是更不可见之人。（甲戌墨夹）方可平安了此一世。'疯疯癫癫，说了这些不经之谈，【双】是作者自注。（甲戌夹、戚序）也没人理他。如今还是吃人参养荣丸。"【双】人参当自养荣谓。（甲戌夹、戚序）贾母道："正好，我这里正配丸药呢。【双】为后蘅芜伏脉。（甲戌夹、戚序、甲辰）叫他们多配一料就是了。一语未了【双】接笋甚便史公之笔力。（甲戌墨夹）只听后院中有人笑声，【眉】另磨新墨，搦锐笔，特独出熙凤一人，未写其形，先使闻声，所谓"绣幡开遥见英雄俺"也。（甲戌夹、戚序）说："我来迟了，不曾迎接远客！"【双】第一笔，阿凤三魂六魄，已被作者拘定了，后文焉得不活跳纸上？此等非仙助非神助，从何而得此机括耶。（甲戌夹）黛玉纳罕道："这些人个个皆敛声屏气，恭肃严整如此，这来者系谁，这样放诞无礼？"【双】原有此一想。（甲戌夹、戚序）【眉】试问诸公，从来小说写形追像至此者乎？（甲戌眉）心下想时，只见一群媳妇丫环围拥着一个人从后房门进来。这个人打扮与众姑娘不同，彩袖辉煌，恍若神妃仙子：头上带着金丝八宝攒珠髻，绾着朝阳五凤挂珠钗，【夹】头。（甲戌夹、戚序）项上代着赤金盘螭璎珞圈，【夹】颈。（甲戌夹、戚序）裙边系着豆绿色宫绦，双鱼比目玫瑰佩，【夹】腰。（甲戌夹、戚序）身上穿着缕金百蝶串花大红萍缎窄褃袄，外罩五彩刻系石青银鼠褂，下着翡翠撒花洋绉裙。【夹】身。（独有）一双丹凤三角眼，两湾柳叶掉梢眉，身量苗条，体格风骚，粉面含春威不露，【夹】容。（独有）丹唇未启笑先闻。【双】有熙凤写照。（甲戌夹、戚序、甲辰）黛玉连忙起身接见。贾母笑道，【双】阿凤一至，贾母方笑，与后文多少笑字作偶。（甲戌夹、戚序）【夹】阿凤笑声进来，老太君打谆，虽是空口传声，却是补出一向晨昏起居，阿凤于太君处承欢应候，一刻不可少之人，看官勿以闲文淡文也。（甲戌夹）"你不认得他，他是我们这里有名的一泼皮破落户儿，南省俗谓作'辣子'，你只叫他'凤辣子'就是了。"黛玉正不知以何称呼，只见众姊妹都忙告诉他道："这是琏二嫂子。"黛玉虽没见过，也曾听见母亲说过，大舅贾赦之子贾琏，娶的就是二舅母王氏之内侄女，自幼假充男儿教养的，学名王熙凤。【双】奇想奇文。（甲戌夹、戚序）【夹】以女子曰学名，固奇。然比偏有学名的，不识字，不曰学名者，反若假。（甲戌夹、戚序）黛玉忙陪笑见礼，以"嫂"呼之。这熙凤携着黛玉的手，上下细细打谅了一回，【双】写阿凤全部转神第一笔也。（甲戌夹）仍送至贾母身边坐下，因笑道："天下真有这样标致的人物，【眉】"真有这样标致人物"，出自凤口，黛玉风姿可知。宜作史笔看。（甲戌夹）【双】这方是阿凤言语，若一味浮词套语，岂复为阿凤哉。（甲戌夹）我今儿才算见了！况且这通身的气派，竟不像老祖宗的外孙女，竟是个嫡亲的孙女，【双】仍归太君，方不失《石头记》文字，且是阿凤身心之至文。（甲戌夹）怨的老祖宗天天口头心头一时不忘。【双】却是极淡之语，偏能恰投贾母之意。（甲戌夹、戚序）只可怜我这妹妹这样命苦，【夹】这是阿凤见黛玉之文。（甲戌夹）怎么姑妈偏就去世了！"【双】若无这几句，便不是贾府媳妇。（甲戌夹）说着，便用帕拭泪。贾母笑道："我才好了，【双】文字好看之极。（甲戌夹）你到来招我。你妹妹远路才来，身子又弱，也才劝住了，快再休题前话。"【双】反用贾母劝，看阿凤之术，亦甚矣。（甲戌夹、戚序）这熙凤听了，忙转悲为喜道：【夹】何转得快也，真真写煞！（独有）"正是呢！我一见了妹妹，一心都在他身上了，又是喜欢，又是伤心，竟忘记了老祖宗。该打，该打！"又忙携黛玉之手，问："妹妹几岁了？可也上过学？现吃什么药？在这里不要想家，想要什么吃的，什么玩的，只管告诉我，丫头老婆们不好了，也只管告诉我。"一面又问婆子们："林姑娘的行李东西可搬进来了？【双】

第三回　贾雨村补授应天府　荣国府收养林黛玉

当家的人事如此。毕肖。(甲戌夹)代了人来？你们赶早打扫两间下房，让他们去歇歇。"

说话时，已摆了茶果上来。【夹】总为黛玉眼中写出。(甲戌夹、戚序)熙凤捧茶捧果。又见二舅母问他："月钱放过了不曾？"【双】不见后文，不见此笔之妙。(甲戌夹)熙凤道："月钱也放完了。才刚代着人到后楼上找缎子，【双】接闲文，是本意避繁也。却是日用家常实事。(甲戌夹)找了这半日，也没有见昨日太太说的那样的，想是太太也记错了？"王夫人道："有没有，什么要紧。"因又说道："该随手拿出两个来给你这妹妹去裁衣裳的，等晚上想着叫人再去拿罢，可别忘了。"【双】仍归前文，妙。(甲戌夹)熙凤道："这道是我先料着了，【眉】余知此缎阿凤并未拿出，此借王夫人之语，机变欺人处耳。若信彼果拿出预备，不独被阿凤瞒过，且被石头瞒过了。(甲戌眉)知道妹妹不过这两日到的，我已预备下了，等太太回去过了目好送来。"【双】试看他心机。(甲戌夹、戚序)王夫人一笑，点头不语。【双】深取之意。(甲戌夹、戚序)【夹】很露凤姐是个当家人。(甲辰)

当下茶果已撤，贾母命两个老嬷嬷代了黛玉去见两个母舅。时贾赦之妻邢氏忙也起身，笑道："正是呢，你也去罢，不必过来了。"邢夫人答应了一声"是"字，遂带了黛玉与王夫人作辞，大家送至穿堂前。出了垂花门，早有众小厮们拉过一辆翠幄青绸车，邢夫人携了黛玉，【夹】未识黛卿能乘此否？(甲辰)坐在上面，众婆子们放下车帘，方命小厮们抬起，拉至宽处，方驾上驯骡，也出了西角门，往东过荣府正门，便入一黑油漆大门中，至仪门中至仪门前方下来。众小厮退出，方打起车帘，邢夫人搀着黛玉的手，进入院中。黛玉度其房屋院宇，必是荣府中花园隔断过来的。【双】黛玉之心机眼力。(甲戌夹、戚序)进入三层仪门，果见正房厢庑游廊，悉皆小巧别致，不似方才那边轩峻壮丽，且院中随处之树木山石皆有。【双】为大观园伏脉。(甲戌夹、戚序、甲辰)【夹】试思荣府园今在西，后之大观园偏写在东，何不畏难之若此。(甲戌夹、戚序)一时进入正室，早有许多盛妆丽服之姬妾丫环迎着，邢夫人让黛玉坐了，一面命人到外面书房去请贾赦。【双】这一句却是写贾赦，妙在全是指东击西、打草惊蛇之笔。若看其写一人，即做此一人看，先生便呆了。(甲戌夹)一时人来回话说："老爷说了：'连日身上不好，见了姑娘彼此倒伤心，【双】追魂摄魄。(甲戌夹、戚序)【眉】余久不做此语矣，见此语未免一醒。(甲戌眉)暂且不忍相见。'【双】若一见时，不独死板，且亦大失情理，亦不能有此等妙文矣。(甲戌夹)劝姑娘不要伤心想家，跟着老太太和舅母，即同家里一样。姊妹们虽拙，大家一处伴着，【双】赦老亦能作此语，叹叹。(甲戌夹)亦可以解些烦闷。或有委屈之处，只管说得，不要外道才是。'"黛玉忙站起来，一一听了。再坐一刻，便告辞。邢夫人苦留吃过晚饭去，黛玉笑回道："舅母爱惜赐饭，原不应辞，只是还要过去拜见二舅舅，恐领了赐去不恭，【双】得体。(甲戌夹)异日再领，未为不可。望舅母容量。"邢夫人听说，笑道："这到是了。"遂令两三个嬷嬷用方才的车坐好送了过去，于是黛玉告辞。邢夫人送至仪门前，又嘱咐了众人几句，眼看着车去了方回来。

一时黛玉进了荣府，下了车。众嬷嬷引着，便往东转湾，穿过一个东西的穿堂，【双】这一个穿堂是贾母正房之南者，凤姐处所通者，则是贾母正房之北。(甲戌夹、戚序)向南大厅之后，仪门内大院落，上面五间大正房，两边厢房鹿顶耳房钻山，四通八达，轩昂壮丽，比贾母处不同。黛玉方知道这便是正紧正内室，一条大甬路，直接出大门的。进入堂屋中，抬头迎面先看见一个赤金九龙青地大匾，匾上写着斗大的（注：此处原文"斗大的"三字挖补。）三个大字，是"荣禧堂"，后有一行小字是："某年月日，书赐荣国公贾源"，又有"万岁宸翰之宝"。大紫檀雕螭案上，设着三尺来高青绿古铜鼎，悬着待漏随朝墨龙大画，一边是金蜼彝，【夹】蜼音垒，周器也。（甲戌夹）一边是玻璃 。【夹】 音海。（甲戌夹）两溜十六张楠木交椅，又有一付对联，乃乌木联匾，镶着鏨银的字迹，道是：

　　　　　　座上珠玑昭日月，堂前黼黻焕烟霞。【夹】雅而丽，富而文。（甲戌夹）【双】实贴。（甲戌夹、戚序）

下面一行小字，道是："同乡世教弟勋袭东安郡王穆莳拜手书"。【夹】先虚陪一笔。（甲戌夹、戚序）

原来王夫人时常居坐宴息，亦不在这正室，只在这正室东边的三间耳房内。【双】黛玉由正室一段而来，是为拜见政老耳，故进东房。若见王夫人，即直写引至东廊小正室内矣。（甲戌夹）于是老嬷嬷引黛玉进东房门来。临窗大炕猩红洋罽，正面设着大红金钱蟒靠背，石青金钱蟒引枕，秋香色金钱蟒大条褥。两边设一对梅花式样漆小几。左边几上文王鼎匙箸香盒，右边几上汝窑美人觚，觚内插着时鲜花卉，并茗碗痰盒等物。地下面西一溜四张椅上，都搭着金红撒花椅搭，底下四付脚踏。椅之两边，也有一对高几，几上茗碗瓶花俱备。【夹】写得确。（独有）其余陈设，自不必细说。【双】此不过略叙荣府家常之礼数，特使黛玉一识阶级座次耳，馀则凡。（甲戌夹、戚序）老嬷嬷们让黛玉炕上坐，炕沿上却有两个锦褥对设，黛玉度其位次，便不上炕，【夹】可知黛玉度其房内阶级陈设之文，乃必写之文也。（独有）只向东边椅子上坐了。【双】写黛玉心意。（甲戌夹、戚序）本房内的丫环忙捧上茶来。黛玉一面吃茶，一面打谅这些丫环们，妆饰衣裙，举止行动，果与别家不同。

茶未吃了，只见一个穿红绫袄青缎掐牙背心的一个丫环【双】金乎，玉乎？（甲戌夹）走来笑说道："太太说，请林姑娘到那边坐罢。"老嬷嬷听了，于是又引黛玉出来，到了东廊三间小正房内。正房炕上横设一张炕桌，桌上磊着书籍茶具，【夹】伤心笔，堕泪笔。（甲戌夹）靠东壁面西设着半旧的青缎靠背引枕。王夫人却坐在西边下首，亦是半旧的青缎靠背坐褥。【眉】此处则一色旧的，可知前正室中亦非家常之用度也。可笑近之小说中，不论何处，则曰"商尊彝鼎"，"绣幔珠帘"，"孔雀屏"，"芙蓉褥"等样字眼。（甲戌夹、戚序）见黛玉来了，便往东让。黛玉心中料定这是贾政之位。【夹】写黛玉心到眼到。伧夫但云为贾府叙坐位，岂不可笑。（甲戌夹、戚序）因见挨炕一溜三张椅子上，也搭着半旧的弹墨椅袱，【双】"三"字有神。（甲戌夹、戚序）黛玉便向椅上坐了。王夫人再四携他上炕，他方挨王夫人坐了。王夫人因说："你舅舅今日斋戒去了，【双】点缀宦途。（甲戌夹、戚序）再见罢。【双】赦老不见，又写政老。政老又不能见，是重不见重，犯不见犯。作者惯用此等章法。（甲戌夹）只是有一句话嘱咐你：你三个姊妹到都极好，

第三回　贾雨村补授应天府　荣国府收养林黛玉　31

以后一处念书认字学针线，或是偶一顽笑，都有尽让的。但我不放心的最是一件：我有一个孽根祸胎，【双】四字是血泪盈面，不得已无奈何而下四字，是作者痛哭。（甲戌夹）是家里的'混世魔王'，【夹】与绛洞花王为对看。（甲戌夹）今日因庙里还愿去了，【双】是富贵公子。（甲戌夹）尚未回来，晚上你看见便知了。你只以后不要睬他，你这些姊妹都不敢招惹他的。"黛玉也常听得母亲说过，二舅母生的有个表兄，乃衔玉而诞，顽劣异常，【夹】与甄家子恰对。（甲戌夹、戚序）极恶读书，【双】是极恶每日"诗云子曰"的读书。（甲戌夹）最喜在内帏私混，外祖母又溺爱，无人敢管。今见王夫人如此说，便知说的是这表兄了。因陪笑道："舅母说的，可是衔玉所生的这位哥哥？在家时亦曾听见母亲常说，这位哥哥比我大一岁，小名就唤宝玉，虽极憨顽，【双】以黛玉道宝玉之文，方不失正文，"虽"字是有情字宿根而发，勿得泛泛看过。（甲戌夹）说在姊妹情中极好的。况我来了，自然只和姊妹同处，兄弟们自是别院另室的，【夹】又撑开一笔，妙妙。（甲戌夹）岂得去沾惹之礼？"王夫人笑道："你不知道原故：他与他人不同，自幼因老太太疼爱，系同姊妹们一处娇养惯了的。【夹】此一笔收回，是明通部同处之原委也。（甲戌夹）若姊妹们有日不理他，他到还安静些，纵然他没趣，不过出了二门，背地里拿跟着他的两个小子出气，咕唧一会子就完了。【双】这可是宝玉本性真情。前四十九字迥异之批，今始知。盖小人口碑累累如是。是是非非，在尔口角，大都皆然。（甲戌夹）若这一日姊妹们合他多说一句话，他心里一乐，便生出多少事来。所以嘱咐你别采他。他嘴里一时甜言蜜语，一时有天无日，一时又疯疯傻傻，只休信他。"

黛玉一一的都答应着。只见一个丫环又回说："老太太那里传晚饭了。"王夫人忙携黛玉从后房门由后廊往西，【双】后房门。是正房后廊也。（甲戌夹、戚序）出了角门，【双】这是正房后西界墙角门。（甲戌夹、戚序）是一条南北宽夹道。南边是到座三间小小的抱厦厅，北边立着一个粉油大迎壁，后有一半大门，小小一所房室。王夫人笑指向黛玉道："这是你凤姐姐的屋子，回来你好往这里找他来，少什么东西，你只管和他说就是了。"这院门上也有几个才总角的小厮，【夹】二字是他处不写之写也。（甲戌夹）都垂手侍立。王夫人遂携黛玉穿过一个东西穿堂，【双】这是贾母正室后之穿堂也，与前穿堂是一带之屋，中一带乃贾母之下室也。记清。（甲戌眉）便是贾母的后院了。【双】写得清，一丝不错。（甲戌夹、戚序）于是，进入后房门，已有多少人在此伺候，见王夫人来了，方安设桌椅。【双】不是待王夫人用膳，是恐使王夫人有失侍膳之理耳。（甲戌夹、戚序）贾珠之妻李氏捧饭，熙凤安箸，王夫人进羹。贾母正面榻上独坐，两边四张空椅，熙凤忙拉了黛玉在左边第一张椅上坐了，黛玉十分推让。贾母笑道："你舅母你嫂子们不在这里吃饭。你是客，原应如此坐的。"黛玉方告了坐。贾母命王夫人坐了。迎春姊妹三个告了坐方上来。迎春便坐右手第一，探春坐第二，惜春就坐左手第二。旁边丫环执着拂尘，漱盂，巾帕。李，凤二人立于案旁布让。外间伺候之媳妇丫环虽多，却连一声咳嗽不闻。寂然饭毕，各有丫环用小茶盘捧上茶来。当日林如海教女以惜福养身，云饭后务待饭粒咽尽，【双】夹写如海一派书气，最妙。（甲戌夹、戚序）过一时再吃茶，方不伤脾胃。【眉】今看至此，故想日后以闽王敦初尚公主，登厕时不知塞鼻用枣，敦辄取而啖之，早为宫人邮诮多矣。今黛玉若不漱此茶，或饮一口，不无荣婢所诮乎。观此则知黛玉平生之心思过人。(甲戌眉)今黛玉见了这里许多事情不合家中之式，不得不随的，少不得一一改过来，因而接了茶。早见人又捧过漱盂来，黛玉也照样漱了口。盥手毕，又捧上茶来，这方是吃的茶。【双】总写黛玉以后之事，故只以此一件小事，略为一表也。(甲戌夹、戚序)贾母便说：'你们去罢'，让我们自在说话儿。"（注：原文："贾母便说：'你们去罢'，让"被挖补。）王夫人听了，忙起身，又说了两句闲话，方引凤，李二人去了。贾母因问黛玉念何书。黛玉道："只刚念了《四书》。"【双】好极。稗官专用"腹隐五车书"者来看。(甲戌夹)黛玉又问姊妹们读何书。贾母道："读的是什么书，不过是认得两个字，不是睁眼的瞎子罢了！"

一语未了，只听外面一阵脚步响，【双】与阿凤之来，相映而不相犯。(甲戌夹)【眉】文字不反，不见正文之妙，似此应从《国策》得来。(甲戌夹)丫环进来笑道：【双】余为一乐。(甲戌夹、戚序)"宝玉来了！"黛玉心中正疑惑着："这个宝玉，不知是怎么个惫懒人物，懵懂顽童？到不见那蠢物也罢了。"【双】这蠢物不是那蠢物，却有个极蠢之物相待，妙极。(甲戌夹、戚序)心中想着，忽见丫环话未报完，已进来了一位年轻的公子：头上带着束发嵌宝紫金冠，齐眉勒着二龙抢珠金抹额，穿一件二色金百蝶穿花大红箭袖，束着五彩系攒花结长穗宫绦，外罩石青起花八团倭锻排穗褂，登着青缎粉底小朝靴。【夹】少年色嫩不坚牢，以及非天即贫之语，余犹在心，今阅至此，放声一哭。脂砚。(甲戌眉、戚序)面若中秋之月，色如春晓之花，【眉】此非套满月。盖人生有面扁而青白色者，则皆可谓之秋月也。用"满月"者，不知此意。(甲戌眉、戚序)鬓若刀裁，眉如墨画，面如桃瓣，目若秋波。虽怒时而若笑，即瞋视而有情。【双】真真写杀。真真写杀。(甲戌夹、戚序)项上金螭璎珞，又有一根五色系绦，系着一块美玉。黛玉一见，便吃一大惊，【夹】怪甚。(甲戌夹、戚序)【双】写宝玉只是宝玉，写黛玉只是黛玉，从中用黛玉一惊，宝玉之面善等字，文气自然笼就，要分开不得了。(戚序)心下想道："好生奇怪，到像在那里见过一般，何等眼熟到如此！"【双】正是。想必在灵河岸上三生石畔曾见过。(甲戌夹、戚序、甲辰)只见这宝玉向贾母请了安，贾母便命："去见你娘来。"宝玉即转身去了。一时回来，再看，已换过了冠带：头上周围一转的短发，都结成小辫，红丝结束，共攒至顶中胎发，总辫一根大辫，如漆黑亮，从顶至稍，一串四颗大珠，用金八宝坠角，身上穿着银红撒花半旧大袄，仍旧带着项圈，宝玉，寄名锁，护身符等物，下面半露松花撒花绫裤腿，锦边弹墨袜，厚底大红鞋。越显得面如敷粉，唇若施脂，转盼多情，语言带笑。天然一段风骚，全在眉稍，半生万种情思，悉堆眼角。看其外貌最好，却难知其底细。后人有《西江月》二词，【眉】二词更妙。最可厌野史"貌如潘安、才如子建"等语。(甲戌眉)批宝玉极恰，其词曰：

无故寻愁觅恨，有时似傻如狂。纵然生得好皮囊，腹内原来草莽。潦倒不通世务，愚顽怕读文章。行为偏僻性乖张，那管世人诽谤！

富贵不知乐业，贫穷难耐凄凉。可怜辜负好韶光，于国于家无望。天下无能第一，古今不肖无双。寄言纨袴与膏粱：莫效此儿形状！【夹】末二语最要紧。只是纨袴膏粱，亦未必不见笑我玉卿。可知能效一二者，亦必然不是蠢然纨袴矣。(甲戌眉)

【眉】"纨袴膏粱""此儿形状"极有意思,当设想其像,和宝玉之来历同看,不被作者愚弄。(戚序)

贾母因笑道:"外客未见,就脱了衣裳,还不去见你妹妹!"宝玉早已看见多了一个姊妹,便料定是林姑妈之女,忙来作揖。厮见毕归坐,细看形容,与众各别:【眉】又从宝玉目中细写一黛玉,直画一美人图。(甲戌眉)两湾似蹙非蹙罩烟眉,【双】奇眉妙眉,奇想妙想。(甲戌夹、戚序)一双似笑非笑含情目。【双】奇目妙目,奇想妙想。(甲戌夹、戚序)态生两靥之愁,娇袭一身之病。泪光点点,娇喘微微。闲静如姣花照水,行动处似弱柳扶风。【双】至此八句,是宝玉眼中。(甲戌夹)心较比干多一窍,【夹】此一句是宝玉心中。(甲戌夹)多一窍固是好事,然未免偏僻了,所谓过尤不及也。(甲戌眉、戚序)不写衣裙妆饰,正是宝玉眼中不屑之物,故不曾看见。黛玉举止容貌也是宝玉眼中看,心中评。若不是宝玉,断不能知黛玉终是何等品貌。(甲戌眉、戚序)病如西子胜三分。【双】此十句定评,直抵一赋。(甲戌夹)【眉】黛玉见宝玉写一"惊"字,宝玉见黛玉写一"笑"字,一存于中,一发乎外,可见文于下笔,推敲的准稳,方可用笔。(甲戌眉)宝玉看罢,因笑道:【双】看他第一句是何话。(甲戌夹、戚序)"这个妹妹我曾见过的。"【双】疯话。与黛玉心同,是两样笔墨,观此则知玉卿心中有则说出,一毫宿滞皆无。(甲戌夹、戚序)贾母笑道:"可又是胡说,你又何曾见过他?"宝玉笑道:"虽然未曾见过他,然我看着面善,【双】一见便做如是语,宜乎王夫人谓之疯疯傻傻也。(甲戌夹)心里就算是个旧相识,今日只做远别重逢,亦未为不可。"【双】妙极奇语,全作如是等语,怪人谓之痴狂。(甲戌夹、戚序)贾母笑道:"更好更好若如此更相和睦了,【双】亦是真话。(戚序)你好好的坐下罢。"宝玉坐下,又细细打量番,【双】与黛玉两次打量一对。(甲戌夹、戚序)因问:"妹妹可曾读书?"【双】自己不读书,却问别人,妙。(甲戌夹、戚序)黛玉道:"不曾读,只上了一年学,些须认得几个字。"宝玉又道:"妹妹尊名是那两个字?"黛玉便说了名字。宝玉又问表号。黛玉道:"无字。"宝玉笑道:"我送妹妹一妙字,莫若'颦颦'二字极妙。"探春便问何出。【双】写探春。(甲戌夹、戚序)宝玉道:"《古今人物通考》上说:'西方有石名黛,可代画眉之墨。'况这林妹妹眉尖若蹙,取用这两个字,岂不两妙!"探春笑道:"只恐又是你的杜撰。"宝玉笑道:"除《四书》外,杜撰的太多,偏只我是杜撰不成?"【双】如此等语,焉得怪彼世人谓之怪,只瞒不过批书者。(甲戌夹、戚序)

又问黛玉:"可也有玉没有?"众人不解其语,黛玉便忖度着因他有玉,故问我有也无,【双】奇之至极,又忽将黛玉亦写成一痴女子。观此初会二人之心,则可知以后之事也。(甲戌夹、戚序)因答道:"我没那个。想来那玉是一件罕物,岂能人人有的。"宝玉听了,登时发起痴狂病来,摘下那玉,就狠命摔去,【夹】试问石兄,此一摔,比在青埂峰萧然坦卧何如?(甲戌夹)骂道:"什么罕物,连人之高低也不择,还说'通灵'不'通灵'呢!我也不要这劳什子了!"【眉】"不是冤家不聚头"第一场也。(甲戌眉)吓的众人一拥争去拾玉。贾母急的搂了宝玉道:"孽障!你生气,要打骂人容易,【双】如闻其声,恨极语,却是疼极语。(甲戌夹、戚序)何苦摔那命根子!"【双】一字一千斤重。(甲戌夹、戚序)宝玉满面泪痕泣道:【双】千奇百怪。不写黛玉泣,却反先写宝玉泣。(甲成夹、戚序)"家里姐姐妹妹都没有,单我有,如今来了这们一个神仙似的妹妹也没有,可知这不是个好东西。"贾母忙哄他道:"你这妹妹原有这个来的,因你姑妈去世时,舍不得你妹妹,无法处,遂将他的玉带了去了:一则全尽葬之理,尽你妹妹之孝心,二则你姑妈之灵,亦可权作见了女儿之意。因此他只说没有这个,不便自己夸张之意。你如今怎比得他?还不好生慎重带上。宝玉听如此说,想一想大有情理,也就不生别论了。【双】所谓小儿易哄,余则谓君子可欺以其方云。(甲戌夹、戚序)

当下,奶娘来问黛玉之房舍。贾母说:"今将宝玉挪出来,同我在套间暖阁里,把你林姑娘暂安置碧纱厨里。等过了残冬,春天再与他们收拾房屋,另作一番安置罢。"宝玉道:"好祖宗,我就在碧纱厨外之床上很妥当,【双】跳出一小儿。(甲戌夹、戚序)何必又出来闹的老祖宗不得安静。"贾母想了一想说:"也罢哩。"每人一个奶娘并一个丫环照管,余者在外间上夜听唤。一面早有熙凤命人送了一顶藕合色花帐,并几件锦被缎褥之类。

黛玉只带了两个人来:一个是自幼奶娘王嬷嬷已睡了,一个是十岁的小丫头,亦是自幼随身的,名唤作雪雁。【双】新雅不落套,是黛玉之文章也。(甲戌夹、戚序)贾母见雪雁甚小,一团孩气,王嬷嬷又极老,料黛玉皆不随心省力的,便将自己身边的一个二等丫头,名唤鹦哥者与了黛玉。【夹】妙极。此等名号,方是贾母之文章。最厌近之小说中,不论何处,满纸皆是"红娘""小玉""嫣红""香翠"等俗字。(甲戌眉、戚序)外也如迎春等例,每人除自幼乳母外,另有四个老嬷嬷,除贴身管钗钏盥沐两个丫环外,另有五六个洒扫房屋来往使役的小丫环。当下,王嬷嬷与鹦哥陪侍代玉在碧纱厨内。宝玉之乳母李嬷嬷,并大丫环名唤袭人者,【夹】奇名新名,必有所出。(甲戌夹、戚序)陪侍在外大床上。

原来这袭人也是贾母之婢,本名唤珍珠。【双】亦是贾母之文章。前鹦哥已伏下一鸳鸯,今珍珠又伏下一琥珀矣。已下乃宝玉之文章。(甲戌夹、戚序)贾母因溺爱宝玉,恐宝玉之婢无竭力尽忠之人,素喜袭人心地纯良,克尽职任,遂与了宝玉。宝玉因知他本姓花,又曾见旧人诗句上有"花气袭人"之句,遂回明贾母,更名袭人。这袭人亦有些痴处:【双】只如此写又好极。最厌近之小说中,满纸"千伶百俐","这妮子也通文墨"等语。(甲戌夹、戚序)伏侍贾母时,心中眼中只有一个贾母,如今服侍宝玉,他心中眼中只有一个宝玉。只因宝玉性情乖僻,每每规谏宝玉,心中着实忧郁。是晚,宝玉、李嬷嬷已睡了,他见里面黛玉和鹦哥犹未安息,他自卸了妆,悄悄进来,笑问:"姑娘怎么还不安息?"黛玉忙让:"姐姐请坐。"袭在床沿上坐下。鹦哥笑道:"林姑娘正在这里伤心呢,自己淌眼抹泪的说:【夹】可知前批不谬。(甲戌夹)【双】黛玉第一次哭,却如此写来。(戚序)'今儿才来,就惹出你家哥儿的狂病,倘或摔坏了那玉,岂不是因我之过!'【双】所谓宝玉知己,全用体贴工夫。(甲戌夹)因此便伤心,我好容易劝好了"。【眉】前文反明写宝玉之哭,今却反如此写黛玉,几被作者瞒过。这是第一次算还,不知下剩还该多少。(甲戌眉)袭人道:"姑娘快休如此,将来只怕比这个更奇怪的笑话儿还有呢!若为他这种行止,你多心伤感,只怕你伤感不了呢。【夹】应知此非伤感,还甘露水也。(甲辰)快别多心！"黛玉道："姐姐们说的，我记着就是了。究竟那玉不知是怎么个来历？上面还有字迹？"袭人道："连一家子也不知道来历，听得说，落草时是从他口里掏出来的，上面还有现成穿眼，【双】癞僧幻术亦太奇矣。(甲戌夹)黛玉忙止道："罢了，此刻夜深，明日再看也不迟。"【夹】总是体贴，不肯多事。(甲戌夹)大家又叙了一回来，方才安歇。

次日起来，省过贾母，因往王夫人处来，正值王夫人与熙凤在一处拆金陵来的书信看，又有王夫人之兄嫂处遣了两个媳妇来说话的。黛玉虽不知原委，探春等却都晓得，这议论金陵城中所居的薛家姨母之子姨表兄薛蟠，仗财势力，打死人命，现在应天府案下审理。如今母舅王子腾得了信息，故遣人来告诉这边，意欲唤取进京之意。

第四回　薄命女偏逢薄命郎　葫芦僧乱判葫芦案

石头记　第四回

脂砚斋重评石头记卷之
第四回　薄命女偏逢薄命郎　葫芦僧乱判葫芦案

却说黛玉同姊妹们至王夫人与兄嫂处，来时便计议家务，又说姨母家遭人命官司等语。因见王夫人事情冗杂，姊妹们遂出来，至寡嫂李氏房中来了。

原来这李氏即贾珠之妻。【双】起笔写薛家事，他偏写宫裁，是结黛玉，明李纨本末，又在人意料之外。（甲戌夹）珠虽夭亡，幸存一子，取名贾兰，今方五岁，已入学攻书。这李氏亦系金陵名宦之女，【夹】盖云人能以理白守，安得为情所陷哉。（甲戌夹）父名李守中，曾为国子监祭酒，族中男女无有不诵诗读书者。【双】未出李纨，先伏下李纹、李绮。（甲戌夹）至李守中承继以来，便说"女子无才便有德"，【双】有字改的好。（甲戌夹）故生了李氏时，便不十分令其读书，只不过将些《女四书》，《列女传》，《贤媛集》等三四种书，使他认得几个字，记得前朝这几个贤女便罢了，却只以纺绩井臼为业，因取名为李纨，字宫裁。【双】一洗小说窠臼俱尽，且命名字，亦不见"红香""翠玉"恶俗。（甲戌夹）因此这李纨虽青春丧偶，居家处膏梁锦绣中，【夹】此时处此境，最能越理生事，彼竟不然，实罕见者。（甲戌夹）竟如槁木死灰一般，一概无见无闻，惟知侍亲养子，外则陪侍小姑等针？黹诵诗而已。【双】一段叙出李纨，不犯熙凤。（甲戌夹）今黛玉虽客寄于斯，日有这般姑嫂相伴，除老父，余外者也都无庸虑及了。【双】仍是从黛玉身上写来。以上了结住黛玉，复找前文。（甲戌夹）如今却说雨村，因补授了应天府，一下马就有一件人命官司详至案下，乃是两家争买一婢，各不相让，以至殴伤人命。彼时雨村即提原告之人来审。那原告道："被殴死者乃小人之主人。因那日买了一个丫头，不想是拐子拐来卖的。这拐子先已得了我家的银子，我家小爷原说第三日方是好日子，再接入门。【夹】所谓迟则有变，往往世人因不经之谈，误却大事。（甲戌夹）这拐子便又悄悄的卖与薛家，被我们知道了，去找拿卖主，夺取丫头。无奈薛家原系金陵一霸，倚财仗势，众毫奴将我小主人竟打死了。凶身主仆已皆逃走，无影无踪，只剩了几个局外之人。小人告了一年的状，竟无人作主。望大老爷拘拿凶犯，以救孤寡，死者感代天恩不尽！"

雨村听了大怒道："岂有这样放屁的事！打死人命就白白的走了，再拿不来的！"因发签差公人立刻将凶犯族中人拿来拷问，令他们实供藏在何处，一面再动海捕文书。未发签时，只见案边立的一个门子使眼色，不令他发签之意。雨村心下甚为疑怪，【夹】原可疑怪，余亦疑怪。（甲戌夹）只得停了手，实时退堂，至密室，侍从皆退去，只留门子扶侍。这门子忙上来请安，笑问："老爷一向加官进禄，八九年来就忘了我了？"【双】语气傲慢，怪甚。（甲戌夹）雨村道："却十分面善得紧，只是一时想不起来。"那门子笑道："老爷真是贵人多忘事，把出身之地竟忘了，【双】剌心语，自招其祸，也能夸能恃才也。（甲戌夹）不记当年葫芦庙里之事？"雨村听了，如雷震一惊，【夹】余亦一惊，但不知门子何知，尤为怪甚。（甲戌夹）方想起往事。原来这门子本是葫芦庙内一个小沙弥，因被火之后，无处安身，欲投到别庙去修行，又耐不得清凉情况，因想这件生意还轻省热闹，【双】新鲜字眼。（甲戌夹）遂趁年纪蓄了发，【夹】一路奇奇怪怪，调侃世人总在人意臆之外。（甲戌夹）充了门子。雨村那里料得是他，便忙携手笑道："原来是故人。"【双】妙称，全是假态。（甲戌夹）又让坐了好谈。这门子不敢坐。雨村笑道："贫贱之交不可忘。你我故人也，二则此系私室，既欲长谈，岂有不坐之理？"这门子听了，方告了坐，斜迁着坐了。

雨村因问方才何故有不令发签之意。这门子道："老爷既荣任到这一省，难到就抄一张本省'护官符'来不成？"【双】可对聚宝盆，一叹。三字从来未见，奇之至。（甲戌夹）雨村忙问："何为'护官符'？我竟不知。"【双】余亦欲问。（甲戌夹）门子道："这还了得！连这个不知，怎能做得长远！【双】骂得爽快。（甲戌夹）如今凡做地方官者，皆有一个私单，上面写的是本省最有权有势，极富极贵的大乡绅名姓，各省皆然，倘若不知，一时触犯了这样人家，不但官爵，只怕连性命还保不成呢！【双】可怜可叹，可恨可气，变做一把眼泪也。（甲戌夹）所以绰号叫作'护官符'。【双】奇甚趣甚，如何想来。（甲戌夹）方才所说的这薛家，老爷如何惹得他！他这件官司并无难断之处，皆因都碍着情分面上，所以如此。"一面说，一面从顺袋中取出一张抄写的"护官符"来，递与雨村，看时，上面皆是本地大族名宦之家的谚语口碑。其口碑排写得明白，其下面所注的皆是自始祖官爵并房次。石头亦曾照样抄写了一张，【夹】忙中闲笔，用得好。（甲戌夹）今据石上所抄云：【双】此等人家，岂必欺霸方始成名耶，总因子弟不肖招接匪人，一朝生事则百计营求，父为子隐，群小迎合，虽暂时不罹祸纲，而从此放胆，必破家灭族不已，哀哉。（戚序）

贾不假，白玉为堂金作马。

阿房宫，三百里，住不下金陵一个史。

东海缺少白玉床，龙王来请金陵王。

丰年好大雪，珍珠如土金如铁。【眉】妙极。若只有此四家，则死板不活；若再有两家，则又觉累赘，故如此断法。（甲戌眉）

雨村犹未看完，忽听传点，人报："王老爷来拜。"【夹】横云断岭法，是板定大章法。（甲戌夹）雨村听说，忙具衣冠迎接出去。有顿饭工夫，方回来细问。这门子："这四家皆连络有亲，一损皆损，一荣皆荣，扶持遮饰，俱有照应的。【双】早为下半部伏线。（甲戌夹、甲辰）今告打死人之薛，就系丰年大雪之'雪'也。不单告的这薛家就是这三家，他的世交亲友在都在外者，本亦不少。老爷如今怎么办？"雨村听如此说，便笑问门子道："如你这样说来，却怎么了解此案？你大约也深知这凶犯躲的方向了？"

门子笑道："不瞒老爷说，不但这凶犯躲的方向我知道，一并这拐卖之人我也知道，【双】斯何人也。（甲戌夹）死鬼买主也深知道。待我细说与老爷听：这个被打之死鬼，乃是本地一个小乡绅之子，名唤冯渊，【双】真真是冤孽相逢。（甲戌夹）自幼父母早亡，又无兄弟，只他一个人守着些薄产过日子。长到十八九岁上，【夹】不是写冯渊，是写英莲。（甲辰）酷爱男风，不喜女色。【双】最厌女子，仍为女子丧生，是何等大笔。不是写冯渊，正是写英莲。（甲戌夹）这也是前生冤孽，可巧遇见这拐子卖丫头，他便一眼看上了【双】善善恶恶，多从可巧而来，可畏可怕。（甲戌夹）这丫头，立意买来作妾，【双】谚云："人若改常，非病即亡。"信有之乎？（甲戌夹）立誓再不交结男子【装订线外】有如我挥泪抄此书者乎？予与玉兄同肝胆也。（独有）也不再娶第二个了，【双】虚写一个情种。（甲戌夹）所以三日后方过门。谁晓这拐子又偷卖与薛家，他意欲卷了两家的银子，再逃往他省。谁知又不曾去脱，两家拿住，打了个臭死，都不肯收银，只要领人。那薛家公子岂是让人的，便喝着手下人一打，将冯公子打了个稀烂，抬回家去三日就死了。这薛公子原是早已择定日子上京去的，头起身两日前，就偶然遇见这个丫头，意欲买了就进京的，谁知闹出这事来。就打了冯公子，夺了丫头，他便没事人一般，只管带了家眷走他的路。他这里自有弟兄奴仆在此料理，也非并为此些些小事值得他一逃。【双】妙极。人命视为些些小事，总是刻画阿呆耳。（甲戌夹）这且别说，老爷你当这被买丫头是谁？"【夹】问得又怪。（甲戌夹）雨村道："我如何得知。"门子冷笑道："这人算来还是老爷的大恩人呢！他就是当年在葫芦庙旁住的甄老爷的小姐，名唤英莲的。"雨村罕然道："原来就是他！闻得养至五岁被人拐去，却到如今才被拐子卖呢？"

门子道："这一种拐子单管偷拐五六岁的儿女，养在一个僻静之处，到十一二岁，度其容貌，带至他乡转卖。当日这英莲，我们天天哄他玩耍，虽隔了七八年，如今十二三岁的光景，其模样虽然出脱得齐整好些，然大概相貌，自是不改，熟人自然认得。且他眉心中原有米粒大小的一点胭脂记，从胎里带来的，【夹】宝钗之热，黛玉之怯，悉从胎中代来。今英莲有痣，其人可知矣。（甲戌夹）所以我却认得。偏生这拐子又租了我的房舍居住，【双】作者要说容貌势力，要说情，要说幻，又要说小人之居心，豪强之脱大，了结前文旧案，铺设后文根基，点明英莲，收叙宝钗等项诸事，只借先之沙弥，今日门子之口层层叙来，真是大悲菩萨，千手千眼一时转动，毫无遗露，可见其大光明者，故无难事，诚然。（咸序）那日拐子不在家，我也曾问他。他是被拐子打怕了的，万不敢说，【夹】可怜，应怜。（甲戌夹）只说拐子是他亲爹，因无钱偿债，故卖他。我又哄他再四，他又哭了，只说'我不记得小时之事！'这可无疑了。那日冯公子相看了，兑了银子，拐子醉了，他自叹道：'我今日醉孽可满了！'后又听见冯公子令三日之后过门，他又转有忧愁之态。我又不忍看其形，等拐子出去，又命内人去解释他：'这冯公子必待好日期来接，可知必不以丫环相看。况他是个绝风流人品，家里颇过得，素习又最厌恶堂客，今竟破价买你，后事不言可知。【眉】又一首薄命叹。英、冯二人

第四回　薄命女偏逢薄命郎　葫芦僧乱判葫芦案

一段小悲欢幻景,从葫芦僧口中补出,省却前文之法也。所谓美中不足,好事多魔,先用冯渊作一开路之人。(甲戌眉) 只耐得三两日,何必忧闷!'他听如此说,方才略解忧闷,自为从此得所。谁料天下竟有这等不如意事,【夹】可怜,真可怜。(甲戌夹)【双】一篇薄命赋,特出英莲。(甲戌夹)第二日,他便又卖与薛家。若卖与第二个人还好,这薛公子的混名人称'呆霸王',最是天下第一个弄性尚气的人,而且使钱如土,【双】世路难行钱作马。(甲戌夹)遂打了个落花流水,生拖死拽,把个英莲拖去,如今也不知死活。【双】为英莲留后步。(甲戌夹)这冯公子空喜一场,一念未遂,花了钱,送命,岂不可叹!"

雨村听了,也叹道:"这也是他们的孽障遭遇,也非偶然。不然这冯渊如何偏只看准了这英莲了?拐子这几年折磨才得了个头路,且又是个多情的,若能聚合了,倒是件美事,偏又生出这段事来。薛家纵然比冯渊贵富,想其为人,自然姬妾众多,淫佚无度,未必及冯渊定情于一人者。这正是梦幻情缘,【双】点明原委。(独有)恰遇一对薄命儿女。且不要议论他,只目今这官司,如何剖断才好?"门子笑道:"老爷当年何其明决,今日何反成了个没主意的人了!小的闻得老爷补升此任,亦系贾府王府之力,此薛蟠即贾府之亲,老爷何不顺水行舟,作个整人情,将此案了结,日后也好去见贾府王府。"雨村道:"你说的何尝不是。【双】可发一长叹。这一句,已见奸雄全是假。(甲戌夹)但是关系人命,蒙皇上隆恩,起复委用,【双】奸雄,(甲戌夹)假话。(独有)实是重生再造,正当殚心竭力图报之时,【双】奸雄。(甲戌夹)岂可因私而废法?我是不能忍为者。"【双】奸雄。(甲戌夹)【夹】全是假。(甲戌夹)门子听了,冷笑道:"老爷说的何尝不是大道理,但只如今世上是行不去的。【双】诚然事态。(独有)岂不闻古人有云:'大丈夫相时而动',又曰'趋吉避凶者为君子'。【双】近世错会书意者多多如此。(甲戌夹)依老爷这一说,不但不能报効朝廷,亦且自身不保,还要三思为妥。"【眉】盖宝钗一家,不得不细写者。若另起头绪,则文字死板,仍借雨村一人,穿插出阿呆兄人命一事,且又代叙出英莲一向之行踪,并以后之归结。是以故意戏用"葫芦僧乱判"等字样,撰成半回,略一解颐,略一叹世,盖非有意讥刺仕途,实亦出人之闲文耳。(甲戌眉)

雨村低了半日头,方说道:【双】奸雄欺人。(甲戌夹)"依你怎么样?"门子道:"小人已想了一个极好的主意在此:老爷明日坐堂,只管虚张声势,动文书发签拿人。原凶自然是拿不来的,原告故是定要薛家族中及奴仆人等拿几个来拷问。小的在暗中调停,令他们报了暴病身亡,令族中及地方上共递一张保呈,老爷只说善能扶乩请仙,【夹】僧道本行,不忘出身。(独有)堂上设下乩坛,令军民人等只管来看。乩仙批了,死者冯渊与薛蟠原因宿孽相逢,今狭路既遇,原应了结。薛蟠今已得了无名之病,【双】无名之病却是病之名,而反曰无,妙极。(甲戌夹)被冯魂追索已死。其祸皆因拐子其人而起,拐子原系某乡某姓人氏,按法处治,余不略及等语。小人暗中嘱托拐子,令其实招。【眉】又注冯家一笔更要,可见冯家正不为人命,实赖此获利耳。故用"乱判"二字为题,虽曰不涉世事,或亦有微词耳。但其意实欲出宝钗,不得不做此穿插。故云此等皆非《石头记》之正文。(甲戌眉)众人见乩仙批语与拐子所招相符,余者自然也都不虚了。薛家有的是钱，老爷断一千也可，五百也可，与冯家做烧埋之费。那冯家无有甚要紧的人，不过为的是钱，见有了这个银子，想来也就无话了。老爷细想此计如何？"雨村笑道："不妥，不妥。等我再斟酌斟酌，【双】奸雄欺人。（甲戌眉）或可压服口声。"二人计议，天色已晚，别无话说。

至次日坐堂，勾取一应有名人犯，雨村详加审问，果见冯家人口稀疏，不过赖此欲多得些烧埋之费，【双】因此三四语收住，极妙。此则重重写来，轻轻抹去也。（甲戌眉）薛家仗势倚情，偏不相让，故致颠倒未决。雨村便狥情枉法，胡乱判断了此案。【双】实注一笔，更好。不过是如此等事，又何用细写。可谓此书不敢干涉廊庙者，即此等处也。莫谓写之不到。盖作者立意写闺阁尚不暇，何能又及此等哉。（甲戌夹）冯家得了许多烧埋银子，也就无甚话说了。雨村断了此案，急忙作书信二封，与贾政并军营节度使王子腾，【双】随笔带出王家。（甲戌夹）不过说"令甥之事已完，不必过虑"等语。此事皆由葫芦庙内之沙弥新门子所出，雨村又恐他对人说出当日贫贱时的事来，【双】瞧他写雨村如此，可写雨村终不是大英雄。（甲戌夹）因此心中大不乐业，后来到底寻了个不是，【夹】与后文雨村下场遥遥相照。（独有）远远的充发了他才罢。【双】至此了结葫芦庙文字，又伏下千里伏线。起用葫芦字样，收用葫芦字样，盖云一部书，皆用葫芦提之意也，此亦系寓意处。本是立意写此，却不肯特起头绪，故意设出乱判一段戏文，其中穿插至此，却淡淡写来。（甲戌夹）

当下言不着雨村。且说那买英莲打死冯渊的薛公子，亦系金陵人氏，本是书香继世之家。只是如今这薛公子幼年丧父，寡母又怜他是个独根孤种，未免溺爱纵容，遂至老大无成，且家中有百万之富，现领着内帑钱粮，采办杂料。这薛公子学名薛蟠，字表文起，五岁性情奢侈，言语傲慢。虽也上过学，【夹】这句加于老兄，却是实写。（甲戌夹）略识几字，终日唯有斗鸡走马，游山玩水而已。虽是皇商，一应经济世事，全然不知，不过赖祖父之旧情分，户部挂虚名，支领钱粮，其余事体，自有伙计老人家等措办。寡母王氏乃现任军营节度使王子腾之妹，与荣国府贾政的夫人王氏，是一母所生姊妹，今年方四十岁上下年纪，只有薛蟠一子。还有一女，比薛蟠小两岁，乳名宝钗，生得肌骨莹润，【夹】初见。（甲戌夹）举止娴雅。【双】写宝钗只如此，更妙。（甲戌夹）当日有他父亲在日，酷爱此女，令其读书识字，较之乃兄竟高过十倍。【双】又只如此写来，更妙。（甲戌夹）自父亲死后，见哥哥不能依贴母怀，他便不以书字为事，只留心针黹家计等事，好为母亲分忧解劳。近因今上崇诗尚礼，征采才能，降不世出隆恩，【双】一段称功颂德，千古小说中所无。（甲戌夹）除聘选宫妃外，在仕宦名家之女，皆亲名达部，以备选为公主郡主入学陪侍，充为才人赞善之职。二则自薛蟠父亲死后，各省中所有的买卖承局，总管，伙计人等，见薛蟠年轻不谙世事，便趁时拐骗起来，京都中几处生意，渐亦消耗。薛蟠素闻得都中乃第一繁华之地，正思一游，更趁此机会，一为送妹待选，二为望亲，三因亲自入部销算旧帐，再计新支，——其实为游览上国风光之意。因此早已就打点下行装细软，以及馈送亲友各色土物人情等类，正择日一定起身，不想偏遇上了拐子重卖英菊。薛蟠见英莲生得不俗，【双】阿呆兄也知英莲不俗，人品可知矣。（甲戌夹）立买他，又遇冯家来夺人,因恃强喝令手下豪奴将冯渊打死。他便将家中事务一一的嘱托了族中人并几个老家人,他便带了母妹竟自起身长行去了。人命官司,他竟视为儿戏,以为花上几个臭钱,无有不了的。【夹】是极。人谓薛蟠为呆,余则谓是大彻悟。(甲戌夹)

在路不记其日。【双】更妙。必云程限,则又有落套,岂暇又记路程单哉。(甲戌夹)那日将入都时,却又闻得母舅管辖着不能任意挥霍挥霍,偏如今又升出去了,可知天从人愿。【夹】写尽五陵心意。(甲戌夹)因和母亲商议道:"咱们京中虽有几处房舍,只是这十年来没人进京居住,那看守的人未免偷着租赁与人,须得先着几个人去打扫收拾才好。"他母亲道:"何必如此招摇!咱们这一进京,原是先拜望亲友,或是在你舅舅家,【双】陪笔。(甲戌夹)或是你姨爹家。【双】正笔。(甲戌夹)他两家的房舍极是便宜的,咱们先能着住下,再慢慢的着人去收拾,岂不消停些。"薛蟠道:"如今舅舅正升了外省去,家里自然忙乱起身,咱们这工夫一窝一拖的奔了去,岂不没眼色。"他母亲道:"你舅舅家虽升了去,还有你姨爹家。况这几年来,你舅舅姨娘两处,每每带信稍书,接咱们来。如今既来了,你舅舅既来虽忙着起身,你贾家姨娘未必不苦留我们。咱们且忙忙收拾房屋,【夹】闲语中补出许多前文,此画家之云罩峰尖法也。(甲戌夹)岂不使人见怪?你的意思我却知道,【双】知子莫如父。(甲戌夹)守着舅舅姨爹住着,未免拘紧了你,不如你自住着,好任意施为。【双】寡母孤儿一段,写得毕肖毕真。(甲戌夹)你既如此,你自去挑所房子去住,我和你姨娘,姊妹们别了这几年,却要厮守几日,我带了你妹子投你姨娘家去,【双】薛母亦善训子。(甲戌夹)你道好不好?"薛蟠见母亲如此说,情知扭不过的,只得吩咐人夫一路奔荣国府来。

那时王夫人已知薛蟠官司一事,亏贾雨村维持了结,才放了心。又见哥哥升了边缺,正愁又少了娘家的亲戚来往,【夹】大家尚义,人情大都是也。(甲戌夹)更加寂寞。过了几日,忽家人传报:"姨太太带了哥儿姐儿,合家进京,正在门外下车。"喜的王夫人忙带了女媳人等,接出大厅,将薛姨妈等接了进去。姊妹们暮年相会,自不必说悲喜交集,泣笑叙阔一番。忙又引了拜见贾母,将人情土物各种酬献了。合家俱厮见过,忙又治席接风。

薛蟠已拜见过贾政,【眉】用政老一段,不但王夫人得体,且薛母亦免靠亲之嫌。(甲戌眉)贾琏又引着拜见了贾赦,贾珍等。贾政便使人上来对王夫人说:"姨太太已有了春秋,外甥年轻不知世路,在外住着恐有人生事。咱们东北角上梨香院一所【双】好香色。(甲戌夹)十来间房,白空闲着,打扫了,请姨太太和姐儿哥儿住了甚好。"王夫人未及留,贾母也就遣人来说:【双】偏不写王夫人留,方不死板。(甲戌夹)"请姨太太就在这里住下,【双】老太君口气,得情。(甲戌夹)大家亲密些"等语。薛姨妈正要同居一处,方可拘紧些儿,若另住在外,又恐纵性惹祸,遂忙道谢应允。又私与王夫人说明:"一应日费供给一概免却,【双】作者题清,犹恐看官误认今之靠亲投友者一例。(甲戌夹)方是处常之法。"王夫人知他家不难于此,遂也从其愿。从此后薛家母子去在梨香院住了。

原来这梨香院即当日荣公暮年养静之所,小小巧巧,约有十余间房屋,前厅后舍俱全。另有一门通街,薛蟠家人就走此门出入。西南有一角门,通一夹道,出夹道便是王夫人正房的东边了。每日或饭后，或晚间，薛姨妈便过来，与贾母闲谈，或与王夫人相叙。宝钗日与黛玉迎春姊妹等一处，或看书下棋，或做针黹，【眉】金玉如见，却如此写，虚虚实实，总不相犯。（甲戌眉）到也十分乐业。【双】这一句衬出后文黛玉不能乐业，细甚妙甚。（甲戌夹）只是薛蟠起初之心，原不欲贾宅居住者，但恐姨父管的紧约，料必不自在的，无奈母亲执意在此，且宅中又十分殷勤苦留，只可暂且住下，一面使人打扫出自己的房屋，再移居过去的。【双】交待结构，曲曲折折，笔墨尽矣。（甲戌夹）谁知自从在此住了不上一月的日期，贾宅族中凡有的子侄，俱已认熟了一半，凡是那些纨袴气习者，莫不喜与他来往，今日会酒，明日观花，甚至聚赌嫖娼，【夹】虽说为纨袴设鉴，其意原只罪贾宅，故用此等句法写来。（甲戌夹）渐渐无所不至，引诱的薛蟠比当日更坏了十倍。虽然贾政训子有方，治家有法，【双】八字特洗出政老来，又是作者隐意。（甲戌夹）一则族大人多，照管不到这些，二则现任族长乃是贾珍，【双】把宁国府竟翻了过来。（独有）彼乃宁府长孙，又现袭职，凡族中事，自有他掌管，三则公私冗杂，且素性潇洒，不以俗物为要，【夹】其用笔墨何等灵活，能足见摇后，即境生文，真到不期然而然，所谓水到渠成不劳着力者也。（戚序）每公暇之时，不过看书着棋而已，余事多不介意。况且这梨香院相隔两层房舍，又有街门另开，任意可以出入，所以这些子弟们竟可以放意畅怀的，因此遂将移居之念渐渐打灭了。

第五回　游幻境指迷十二钗　饮仙醪曲演红楼梦

石头记　第五回

脂砚斋重评石头记卷之
第五回　游幻境指迷十二钗　饮仙醪曲演红楼梦
　　第四回中既将薛家母子在荣府内寄居等事略已表明，此回则暂不能写矣。【夹】此处写宝钗，前回中略不一写，可知前回迥非十二钗之正文也。（甲戌眉、戚序）【双】此等实非别部小说之熟套起法。（甲戌眉、戚序）【眉】不叙宝钗，反仍叙黛玉，盖前回不过欲出宝钗，非实写之文耳。此回若仍绪写，则将二玉高搁矣，故急转笔仍归至黛玉，使荣府正文方不至于冷落也。今写黛玉，神妙之至，何也？因写黛玉，实是写宝钗，非真有意去写黛玉，几乎又被作者瞒过。（甲戌眉、戚序）
　　如今且说林黛玉【双】欲出宝钗，便不肯从宝钗身上写来，却先款款叙出二玉，陡然转出宝钗，三人方可鼎立，行文之法又一变体。（甲戌眉）自在荣府一来，贾母万般怜爱，寝食起居，一如宝玉，【双】妙极，所谓一击两鸣法，宝玉身分可知。（甲戌夹、戚序）迎春，探春，惜春三个亲孙女到且靠后，【双】此句写贾母。（甲戌夹、戚序）便是宝玉和黛玉二人之亲密友爱处，亦自较别个有同，【双】此句妙，细思有多少文章。（甲戌夹、戚序）日则同行同坐，夜则同息同止，真是言和意顺，略无参商。不想如今忽然来了一个薛宝钗，【双】总是奇峻之笔，写来健跋，似新出之一人耳。（甲戌夹、戚序）年岁虽大不多，然品格端方，容貌丰美，人多谓黛玉所不及。【夹】按黛玉宝钗二人，一如姣花，一如纤柳，各极其妙者，然世人性分甘苦不同之故耳。（甲戌夹、戚序）【双】此句定评，想世人目中，各有所取也。（甲戌夹、戚序）而且宝钗行为豁达，随分从时，不比黛玉孤高自许，目无下无尘，【双】将两个行止，撮总一写，实是难写，亦实系千部小说中未敢说写者。（甲戌夹、戚序）故比黛玉大得下人之心。便是些小丫头子们，亦多喜与宝钗去玩笑。因此黛玉心中便有些悒郁不忿之意，【夹】此是黛玉缺处。（甲戌夹、戚序）【双】此一句是今古才人同病。如人人皆如我黛玉之为人，方许他妒。（甲戌夹、戚序）宝钗却浑然不觉。【双】这还是天性，后文中则是又加学力了。（甲戌夹、戚序）那宝玉亦在孩提之间，况自天性所禀来的一片愚拙偏僻，【双】四字是极不好，却是极妙，只不要被作者瞒过。（甲戌夹、戚序）姊妹弟兄皆出一意，并无亲疏远近之别。【双】如此反谓愚病，正从世人意中写也。（甲戌夹、戚序、甲辰）其中因与黛玉同随贾母坐卧一处，故略与别个姊妹熟惯些。既熟惯，则更觉亲密，既亲密，则不免一时有求全之毁，不虞之隙。【双】八字定评有趣，不独黛玉宝玉二人，亦可为天下古今亲密人当头一喝。（甲戌夹）这日不知为何，他二人言语有些不合起来，黛玉又气的独在房中垂泪，【双】又字妙极，补出近日无限垂泪之事矣。此仍淡淡写来，使后文来得不突然。（甲戌夹、戚序）宝玉又自悔言语冒撞，前去俯就，【双】又字妙极。凡用二又字，如双峰对峙，总补二玉正文。（甲戌夹、戚序）那黛玉方渐渐的回转来。

因东边宁府中花园内梅花盛开，【双】元春消息动矣。（甲戌夹、戚序、甲辰）贾珍之妻尤氏乃治酒，请贾母，邢夫人，王夫人等赏花。是日先携了贾蓉夫妻二人来面请。贾母等于早饭后过来，就在会芳园【双】随笔带出，妙，字义可思。（甲戌夹、戚序）遊玩，先茶后酒，不过皆是荣宁二府女眷家晏小集，并无别样新文趣事可记。【双】这是第一家宴，却如此草草写此。此如晋人倒食甘蔗，渐入佳境一样。（甲戌夹、戚序）

一时宝玉倦怠，欲睡中觉，贾母命人好生哄着，歇一回再来。贾蓉之妻秦氏便忙笑回道："我们这里有给宝叔收拾下的屋子，老祖宗放心，【双】放心。（独有）只管交与我就是了。"又向宝玉的奶娘丫环等道："嬷嬷，姐姐们，请宝叔随我这里来。"贾母素知秦氏是个极妥当的人，【夹】借贾母心中定评。（甲戌夹、戚序）【双】极妥当。（独有）生得袅娜纤巧，【双】袅娜纤巧。（独有）行事又温柔和平，【双】温柔。（独有）乃众孙媳中第一个得意之人，【夹】又夹写出秦氏来。（甲戌夹、戚序）见他去安置宝玉，自是安稳的。

当下秦氏引了一簇人来至上房内间。宝玉抬头看见一幅画贴在上面，画的人物固好，其故事乃是《燃藜图》，也不看系何人所画，心中便有些不快。【眉】如此画联，焉能入梦。（甲戌眉）又有一幅对联，写的是：

世上洞明皆学问，人情练达即文章。【夹】看此联极俗，用于此则极妙。盖作正因古今王孙公子，劈头先下金针。（甲戌夹）

及看完了这两句，纵然室宇精美，铺陈华丽，也断断不肯在这里了，忙说："快去！快去！"秦氏听了笑道："这个还不好，可往那里去呢？不然往我屋里去罢。"宝玉点头微笑。有一个嬷嬷说道："那里有个叔叔往侄儿房里睡觉的理？"【夹】可知下人之传闻宁府秽事之由。（独有）秦氏笑道："嗳哟哟，不怕他恼。他能多大呢，就忌讳这些个！上月你没看见我那个兄弟来了，【双】又伏下一人，随笔便出，得隙便入，精细之极。（甲戌夹、戚序）虽然与宝叔同年，两个人若站在一处，只怕那个还高些呢。"宝玉道："我怎么没见过？你带他来我瞧瞧。"【双】侯门少年纨袴，活跳下来。（甲戌夹、戚序）众人笑道："隔着二三十里，往那里带去，见的日子有呢。"说着大家来至秦氏房中。刚至房门，便有一股细细的甜香袭人来到。【双】此香名引梦香。（甲戌夹）宝玉觉得眼饧骨软，连说"好香！"【双】刻骨吸髓之情景，如何想得来，又如何写得来。（甲戌夹、戚序）（注：以下文字被挖补"来到。【双】此香名引梦香。宝玉觉得眼饧骨软，连说"好香！"【双】刻骨吸髓之情景，如何想得来，"）【夹】进房如梦境。（甲辰）入房向壁上看时，有唐伯虎画的《海棠春睡图》，【双】妙图。（甲戌夹、戚序）两边有宋学士秦太虚【双】以人名而渐入梦。（独有）写的一付对联，其联云：

第五回　游幻境指迷十二钗　饮仙醪曲演红楼梦

嫩寒锁梦因春冷，芳气笼人是酒香。【双】艳极，淫极。入梦境矣。（甲戌夹、戚序）

案上设着武则天当日镜室中设的宝镜，【眉】设譬调侃耳。若真以为然，则又被作者瞒过。（甲戌夹、戚序）一边摆着飞燕立着舞过的金盘，盘内盛着安禄山掷过伤了太真乳的木瓜。上面设着寿昌公主于含章殿下卧的榻，悬的是同昌公主制的联珠帐。宝玉含笑连说："这里好！"秦氏笑道："我这屋子大约神仙也可以住得了。"说着亲自展开了西子浣过的纱衾，移了红娘抱过的鸳鸯枕。【夹】一路设譬之文，迥非《石头记》大笔所屑，别有他属，余所不知。（甲戌夹）于是众奶母伏侍宝玉卧好，款款散了，只留袭人，媚人，晴雯，麝月四个丫环为伴。【夹】看此四婢之名，则知历来小说，难与并肩。（甲戌夹、戚序）【双】一个再现；二新出；三新出，名妙而文；四新出，尤妙。（甲戌夹、戚序、甲辰）秦氏便分咐小丫环们，好生在廊檐下看着猫儿狗儿打架。【双】寓言（甲戌墨夹）细极。（甲戌夹）【眉】文至此，不知从何处想来。（甲戌眉）何处睡卧不可入梦。而必用到秦氏房中，其意我亦知之矣。（甲戌墨眉）

那宝玉刚合上眼，便惚惚的睡去，犹似秦氏在前，遂悠悠荡荡，随了秦氏，至一所在。【夹】此梦文情固佳，然必用秦氏引梦，又用秦氏出梦，竟不知立意何属。惟批书人知之。（甲戌夹、戚序）【双】用秦氏引梦，又用秦氏出梦，妙。（甲辰）但见朱栏白石，绿树清溪，真是人迹罕逢，飞尘不到。【双】一篇蓬莱赋。（甲戌夹、戚序）宝玉在梦中欢喜，想道："这个去处有趣，我就在这里过一生，纵然失了家也愿意，强如天天被父母师父打呢。"【双】一句忙里点出小儿心性。（甲戌夹、戚序）正胡思之间，忽听山后有人作歌曰：

春梦随云散，飞花逐水流，【双】开口拿春字，最要紧，二句比也。（甲戌夹）

寄言众儿女，何必觅闲愁。【双】将通部人一唱。（甲戌夹）

宝玉听了是女子的声音。【双】写出终日与女儿厮混最熟。（甲戌夹、戚序）歌音未息，早见那边走出一个人来，蹁跹袅娜，端的与人不同。有赋为证：【眉】按此书凡例，本无赞赋闲文。前有宝玉二词，今后见此一赋，何也？盖此二人乃通部大纲，不得不用此套。前词却是作者别有深意，故见其妙；此赋则不见长，然亦不可无者也。（甲戌眉、戚序）

方离柳坞，乍出桃房。但行处，鸟惊庭树，将到时，影度回廊。仙袂乍飘兮，闻麝兰之馥郁，荷衣欲动兮，听环佩之铿锵。靥笑春桃兮，云堆翠髻，唇绽樱颗兮，榴齿含香。纤腰之楚楚兮，回风舞云，珠翠之辉辉兮，满额鹅黄。出没花间兮，宜嗔宜喜，徘徊池上兮，若飞若扬。蛾眉颦笑兮，将言而未语，莲步乍移兮，待止而欲行。羡彼之良质兮，冰清玉润，慕彼之华服兮，闪灼文章。爱彼之貌容兮，香培玉琢，美彼之态度兮，凤翥龙翔。其素若何，春梅绽雪。其洁若何，秋兰被霜。其静若何，松生空谷。其艳若何，霞映池塘。其文若何，龙游曲沿。其神若何，月射寒江。应惭西子，实愧王嫱。奇矣哉，生于孰地，来自何方，方信矣乎，瑶池不二，紫府无双。果何人哉？如斯之美也！

宝玉见是一个仙姑，喜的忙来作揖笑问道：【夹】千古未闻之奇称，写来竟成千古未闻之奇语，故是千古未有之奇文。（甲戌夹）"神仙姐姐不知从那里来，如今要往那里去？

也不知这是何处，望乞携带携带。"那仙姑笑道："我居离恨天之上，灌愁海之中，乃放春巘遣香洞太虚幻境警幻仙姑是也：【双】与首回中甄士隐梦景一照。（甲戌夹、戚序）司人间风情月债，掌尘世之女怨男痴。因近来风流怨孽，【双】四字可畏。（甲戌夹、戚序）缠绵于此处，是以前来访察机会，布散想思。今忽与尔相逢，亦非偶然。此离吾境不远，别无他物，仅有自采仙茗一盏，亲酿美酒一瓮，素练魔舞歌姬数人，新填《红楼梦》仙曲十二支，【双】点题。盖作者自云所历，不得红楼一梦耳。（甲戌夹、戚序）试随我一游否？"宝玉听说，便忘了秦氏在何处，【双】细极。（甲戌夹、戚序）竟随了仙姑，至一所在，【夹】士隐曾见此匾对，而僧道不能领入，留此回警幻邀宝玉后文。（甲辰）有石牌横建，上书"太虚幻境"四个大字，两边一副对联，乃是：

　　假做真时真亦假，无为有处有还无。【双】正恐观者忘却首回，故特将甄士隐梦景重一渲染。（甲戌夹）【眉】菩萨天尊，皆因僧道而有，以点俗人，独不许幻造太虚幻境，以警情者乎。观者恶其荒唐，余则喜其新鲜。（甲戌眉）

转过牌坊，便是一座宫门，上横书四个大字，道是："孽海情天"。又有一付对联，大书云：

　　厚地天高，堪叹古今情不尽，
　　痴男怨女，可怜风月债难偿。【眉】有修庙造塔祈福者，余今意欲起太虚幻境，以较修七十二司，更有功德。（甲戌眉）

宝玉看了，心下自思道："原来如此。但不知何为'古今之情'，何为'风月之债'？从今到要领略领略。"宝玉只顾如此一想，不料早把些邪魔招入膏肓。【双】奇极妙文。（甲戌夹、戚序）当下随了仙姑进入二层门内，至两边配殿，皆有匾额对联，一时看不尽许多，惟见有几处写的是："痴情司""结怨司""朝啼司""夜怨司""春感司""秋悲司"。【双】虚陪六个。（甲戌夹、戚序）看了，因向仙姑道："敢烦仙姑引我到那个司中游玩游玩，不知可使得？"仙姑道："此各司中皆贮的是普天之下所有的女子过去未来的簿册，尔凡眼尘躯，未便先知的。"宝玉听了，那里肯依，复央之再四。仙姑无奈，说："也罢，就在此司内略随喜随喜罢了。"宝玉喜不自胜，抬头看这司的匾上，乃是"薄命司"三字，【双】正文。（甲戌夹、戚序）两边对联写的是：

　　春恨秋悲皆自惹，花容月貌为谁妍。

宝玉看了，便知感叹。【双】便知二字是字法，最为紧要之至。（甲戌夹、戚序）进入门来，只见有十数个大厨，皆用封条封着。看那封条上，皆是各省的地名。宝玉一心只采自己的家乡封条看，遂无心看别省的了。只见那边厨上封条上大书七字云："金陵十二钗正册"。【双】正文。（甲戌夹、戚序）宝玉问道："何为'金陵十二钗钗册'？"警幻道："即贵省中十二冠首女子之册，故为'正正册'。"宝玉道："常听人说，金陵极大，【双】常听二字，神理极妙。（甲戌夹、戚序）怎么只十二个女子？如今单我家里，上上下下，就有几百女孩子呢。"【双】贵公子口声。（甲戌夹、戚序）警幻冷笑道："省省女子固多，不过择其紧要者录之。下边二厨则又次之。余者庸常之辈，则无册可录矣。"宝玉听说，再看下首二厨上，果然写着"金陵十二钗副册"，又一个写着"金

第五回　游幻境指迷十二钗　饮仙醪曲演红楼梦

陵十二钗又副册"。宝玉便伸手先将"又副册"开了，拿出一本册来，揭开一看，只见这首页上画着一付画，又非人物，也无山水，不过是水墨渲的满纸乌云浊雾而已。后有几行字迹，写的是：

霁月难逢，彩云易散。心比天高，身为下贱。风流灵巧招人怨。寿夭多因毁谤生，多情公子空牵念。【夹】恰极之至，病补金雀裘回中，与此合看。（甲戌夹）

宝玉看了，又见后面画着一簇鲜花，一床破席，也有几句言词，写道是：

枉自温柔和顺，空云似桂如兰，
堪羡优伶有福，谁知公子无缘。【夹】骂死宝玉，却是自悔。（甲戌夹、戚序）

宝玉看了不解。遂掷下这个，又去开了副册，拿起一本册来，揭开看时，只见画着一株桂花，下面有一池沼，其中水涸泥干，莲枯藕败，后面书云：

根并荷花一茎香，【夹】却是咏菱妙句。（甲戌夹、戚序）平生遭际实堪伤。
自从两地生孤木，【夹】折字法。（甲戌夹）致使香魂返故乡。

宝玉看了仍不解。【眉】世之好事者，争传推背图之说，想前人断不肯煽惑愚昧，即有此说，亦非常人供谈之物。此回悉借其法，为儿女子数运之机，无可以供茶酒之物，亦无干涉政事，真奇想奇笔。（甲戌眉）他又掷了，再去取"正册"看时，只见头一页上便画着两株枯木，木上悬着一围玉带，又有一堆雪，雪下一股金簪。也有四句言辞，道是：

可叹停机德，【夹】此句薛。（甲戌夹）堪怜咏絮才。【夹】此句林。（甲戌夹）
玉带林中挂，金簪雪里埋。【夹】寓意深远，皆生非生其地之意。（甲戌夹、戚序）

宝玉看了仍不解。待要问时，情知他必不肯泄漏，待要丢下，又不舍。遂又往后看时，只见画着一张弓，弓上挂着香橼。也有一首歌词云：

二十年来辨是非，榴花开处照宫闱。
三春争及初春好，【夹】显极。（甲戌夹）虎兔相逢大梦归。

后面又画着两人放风筝，一片大海，一支大船，船中有一女子掩面泣涕之状。也有四句写云：

才自精明志自高，生于末世运偏消。【夹】感叹句，自寓。（甲戌夹）
清明涕送江边望，千里东风一梦遥。【夹】好句。（甲戌夹）

后面又画几缕飞云，一湾逝水。其词曰：

富贵又何为，襁褓之间父母违。【夹】今人痛煞。（独有）
展眼吊斜辉，湘江水逝楚云飞。

后面又画着一块美玉，落在泥垢之中。其断语云是：

欲洁何曾洁，云空未必空。
可怜金玉质，终陷泥淖中。

后面忽见画着个恶狼，追扑一美女，欲啖之意。其书云：

子系山中狼，得志便猖狂。【夹】好句。（甲戌夹）
金闺花柳质，一载赴黄粱。

后面便是一所古庙，里面有一美人在内看书独坐。其判云：

勘破三春景不长，缁衣顿改昔年装。

可怜绣户候门女，独卧青灯古佛旁。【夹】好句。（甲戌夹）

后面便是一片冰山，上面有一只雌凤。其判曰：

凡鸟偏从末世来，都知爱慕此生才。

一从二令三人木，【夹】折字法。（甲戌夹、戚序）哭向金陵事更哀。

后面又是一坐荒村野店，有一美人在那里纺绩。其判云：

势败休云贵，家亡莫论亲。【夹】非经历过者，此二句则云纸上谈兵。过来人那得不哭。（甲戌夹）

偶因济刘氏，巧得遇恩人。

后面又画着一盆茂兰，傍有一位凤冠霞帔的美人。也有判云：

桃李春风结子完，到头谁似一盆兰。

如冰水好空相妒，枉与他人作笑谈。【夹】真心实语。（甲戌夹）

后面又画着高楼大厦，有一美人悬梁自尽。其判云：

情天情海幻情身，情既相逢必主淫。

漫言不肖皆荣出，造衅开端实在宁。

宝玉还欲看时，那仙姑知他天分高明，性情颖慧，【眉】通部中笔笔贬宝玉，人人嘲宝玉，语语谤宝玉，今却于警幻意中，忽写出此八字来，真是意外之意。此法亦别书中所无。（甲戌眉、戚序）恐把仙机泄漏，遂掩了卷册，笑向宝玉道："且随我去遊玩奇景，【双】是哄小儿语，细甚。（甲戌夹、戚序）何必在此打这闷葫芦！"【夹】为前文葫芦庙一点点醒。（甲戌夹、戚序）

宝玉恍恍惚惚，不觉弃了卷册，【双】是梦中景，妙。（甲戌夹、戚序）又随了警幻来至后面。但见珠帘绣幙，画栋雕檐，说不尽那风摇朱户金铺地，雪照琼窗玉作宫。更见仙桃馥郁，异草芬芳，真好个所在。【双】已为省亲别墅，画下图式矣。（甲戌夹、戚序）又听警幻笑道："你们快出来迎接贵客！"一语未了，只见房中又走出几个仙子来，皆是荷袂蹁跹，羽衣飘舞，姣若春花，媚如秋月。一见了宝玉，便都怨谤警幻道："我们不知系何'贵客'，忙的接了出来！姐姐曾说今日今时必有绛珠妹子的生魂前来游玩，【双】绛珠为谁氏，请观者细思首回。（甲戌夹、戚序）故我等久待。何故反引这浊物来污染这清净女儿之境？"【双】奇笔奇文。（戚序）【眉】奇笔摅奇文。作书者视女儿珍贵之至，不知今时女儿可知？为作者痴心一哭，又为近之自弃自败之女儿一恨。脂砚。（甲戌眉）

宝玉听如此说，便吓欲退不能退，果觉自形污秽不堪。【双】贵公子岂容人如此厌弃不怒，而反欲退，实实写尽宝玉天分中一段情痴来，若是薛阿呆至此闻是语，则警幻之辈共成斋粉矣，一笑。（戚序）警幻忙携住宝玉的手，【夹】妙，警幻自是个多情种子。（甲戌夹、戚序）向众姊妹道："你等不知原委：今日原欲往荣府去接绛珠，适宁府所过，偶遇荣宁二公之灵，嘱吾云：'吾家自国朝定鼎以来，功名奕世，富贵传流，虽历百年，奈运终数尽，不可挽回者。故遗之子孙虽多，竟无可以继业者。【夹】这是作者真正一把眼泪。（甲戌夹）其中惟嫡孙宝玉一人，禀性乖张，生情怪谲，虽聪明灵慧，略可望成，无奈我家运数合终，恐无人规引入正。幸仙姑偶来，可望先以情欲声色等事警其痴顽,【夹】二公真无可奈何,开一觉世觉人之路也。(甲戌夹)或可使彼跳出迷人圈子,然后入于正路,亦我兄弟之幸矣。'如此嘱吾,故发慈心,引彼至此。先以彼家上中下三等女子之终身册藉,令彼熟玩,尚未觉悟,故引彼再至此处,令其再历饮馔声色之幻,或冀将来一悟,亦未可知也。"【双】一段叙出荣宁二公,足见作者深意。(甲戌夹、戚序)

说毕,携了宝玉入室。但闻一缕幽香,竟不知其所焚何物。宝玉遂不禁相问。警幻冷笑道:"此香尘世中既无,尔何能知!此香乃系诸名山胜境内初生异卉之精,合各种宝林诸树之油所制,名'群芳髓'。"【双】好香。(甲戌夹)【夹】细玩此句,遥影宝、林之香。(甲辰)宝玉听了,自是羡慕而已。大家入坐,小丫环捧上茶来。宝玉自觉清香异味,纯美非常,因又问何名。警幻道:"此茶出在放春嶬遗香洞,又以鲜花灵叶上所带之宿露而烹,此茶名曰'千红一窟'。"【双】引哭字。(甲戌夹、戚序)宝玉听了,点头称赏。因看房内,瑶琴,宝鼎,古画,新诗,无所不有,更喜窗下亦有唾绒,奁间时渍粉污。【夹】是宝玉心事。(甲戌夹、戚序)壁上也见悬一付对联,其书云:

幽微灵秀地,无可奈何天。【双】女儿之心,女儿之境。两句尽矣。撰通部大书不难,最难是此等处,可知皆从无可奈何而有。(甲戌夹、戚序)

宝玉看毕,无不羡慕。因又请问众神姑姓名:一名痴梦仙姑,一名钟情大士,一名引愁金女,一名度恨菩提,各道名号不一。少刻,有小丫环来调桌安椅,设摆酒馔。真是:琼浆清泛玻璃盏,玉液浓斟琥珀杯。更不用再说那肴馔之盛。宝玉因闻得此酒清香甘冽,异乎寻常,又不禁相问。警幻道:"此酒乃以百花之蕊,万木之汁,加以麟髓之醅,凤乳之曲酿成,因名为'万艳同杯'。"【夹】与千红一窟一对。【双】隐悲字。(甲戌夹、戚序)宝玉称赏不迭。

饮酒间,又有十二个舞女上来,请问演何词曲。警幻就道:"将新制《红楼梦》十二支演上来。"舞女们答应了,便轻敲檀板,款按银筝,听他歌道是:

开辟鸿蒙……

方歌了一句,【双】故作顿挫摇摆。(甲戌夹、戚序)【眉】此语乃是作者自负之辞,然亦不为过谈。(甲戌墨眉)警幻便说道:"此曲不比尘世中所填传奇之曲,必有生旦净末之则,又有南北九宫之限。此或咏叹一人,或感怀一事,偶成一曲,即可谱入管弦。若非个中人,不知其中之妙。【双】三字要紧。不知谁是个中人。宝玉即个中人乎?然则石头亦个中人乎?作者亦系个中人乎?观者亦个中人乎?(甲戌夹)料尔也未必深明此调。若不先阅其稿,后听其歌,反成嚼腊矣。"【双】作者能处,惯于自站地步,又惯于擅起波澜,又惯于自为曲折,最是行文秘诀。(甲戌眉、戚序)【眉】警幻是个极会看戏人。近之大老观戏,必先翻阅角本,目睹其词,后听彼歌,却从警幻处学来。(甲戌眉)说毕,回头命小丫环取了《红楼梦》原稿来,递与宝玉。宝玉揭起,一面目视其文,一面耳听其歌曰:

〔红楼梦引子〕开辟鸿蒙,谁为情种?【双】非作者为谁?余又曰:非作者,乃石头耳。(甲戌夹、戚序)都只为风月情浓。奈何天,伤怀日,寂寥时,试遣愚衷。【双】愚字自谦得妙。(甲戌夹、戚序)因此上,演出这怀金悼玉的《红楼梦》。

【双】读此几句，厌近世之传奇中，必用开场付末等套，累赘太甚。（甲戌夹）【眉】怀金悼玉，大有深意。（甲戌眉、戚序）

〔终身误〕都道是金玉良姻，俺只念木石前盟。空对着，山中高士晶莹雪，终不忘，世外仙姝寂寞林。叹人间，不足今方信。纵然是齐眉举案，到底意难平。【眉】语句泼撒，不负自创北曲。（甲戌眉、戚序）

〔枉凝眉〕一个是阆苑仙葩，一个是美玉无瑕。若说没奇缘，今生偏又遇着他，若说有奇缘，如何心事终虚化？一个枉自嗟呀，一个空劳牵挂。一个是水中月，一个是镜中花。想眼中能有多少泪珠儿，怎经得秋流到冬尽，春流到夏！

宝玉听了此回，散漫无稽，不见得好处，【双】自批驳，妙极。（甲戌夹、戚序）但其声韵凄惋，竟能销魂醉魄。因此也不察其原委，问其来历，就暂以此释闷而已。【夹】此语是读《红楼梦》之要法。（甲戌墨夹）【双】妙，设言世人亦应如此法看《红楼梦》一书，更不必追究其隐。（甲戌眉、戚序）因又看下道：

〔恨无常〕喜荣华正好，恨无常又到。眼睁睁，把万事全抛。荡悠悠，把芳魂消耗。望家乡，路远山高。故向爹娘梦里相寻告：儿命已入黄泉，须要退步抽身早！【双】悲险之至。（甲戌夹、戚序）

〔分骨肉〕一帆风雨路三千，把骨肉家园齐来抛闪。恐哭损残年，告爹娘，休把儿悬念。自古穷通皆有定，离合岂无缘？从今分两地，各自保平安。【夹】探卿声口如闻。（戚序）奴去也，莫牵连。

〔乐中悲〕襁褓中，父母叹双亡。【双】意真辞切，过来人见之，不免失声。（甲戌夹）纵居那绮罗丛，谁知娇养？幸生来，英豪阔大宽宏量，从未将儿女私情略萦心上。好一似，霁月光风耀玉堂。【双】堪与湘卿写照。（戚序）厮配得才貌仙郎，博得个地久天长，准折得幼年时坎坷形状。终久是云散高唐，水涸湘江。尘寰中消长数应当，何必枉悲伤！【眉】悲壮之极，北曲中不能多得。（甲戌眉）

〔世难容〕气质美如兰，【双】妙卿实当得起。（甲戌夹）才华阜比仙。天生成孤癖人皆罕。你道是啖肉食腥膻，【双】绝妙曲文，填词中不能多见。（甲戌夹）视绮罗俗厌，却不知太高人愈妒，【双】至语。（甲戌夹）过洁世同嫌。可叹这，青灯古殿人将老，辜负了，红粉朱楼春色阑。到头来，依旧是心头肮脏违心愿。好一似，无瑕白玉遭泥陷，又何须，王孙公子叹无缘。

〔喜冤家【双】冤家上加一喜字，真新真奇。（戚序）〕中山狼，无情兽，全不念当日根由。一味的骄奢淫荡贪顽构。觑着那，侯门艳质同蒲柳，作践的，公府千金似下流。叹芳魂艳魄，一载荡悠悠。【双】题则十二钗，却无人不有，无人不备。（甲戌夹、戚序）

〔虚花悟〕将那三春看破，桃红柳绿待如何？把这韶华打灭，觅那清淡天和。说什么，天上夭桃盛，【双】此休恰甚。（戚序）云中杏蕊多。到头来，谁把秋捱过？则看那，白杨村里人呜咽，青枫林下鬼吟哦。更兼着，连天衰草遮坟墓。这的是，昨贫今富人劳碌，春荣秋谢花折磨。似这般，生关死劫谁能躲？

闻说道，西方宝树唤婆娑，上结着长生果。【双】喝醒大众是极。（戚序）【夹】末句开句收句。（甲戌夹）

〔聪明累〕机关算尽太聪明，反送了卿卿性命。【双】警拔之句。（甲戌夹、戚序）生前心已碎，死后性空灵。家富人宁，终有个家亡人散各奔腾。枉费了，意悬悬半世心，好一似，荡悠悠三更梦。忽喇喇似大厦倾，昏惨惨似灯将尽。【眉】过来人睹此，宁不放声一哭。（甲戌眉、戚序）呀！一场欢喜忽悲辛。叹人世，终难定！【双】见得到。（甲戌夹、戚序）

〔留余庆〕留余庆，留余庆，忽遇恩人，幸娘亲，幸娘亲，积得阴功。劝人生，济困扶穷，休似俺那爱银钱忘骨肉的狠舅奸兄！正是乘除加减，上有苍穹。

〔晚韶华〕镜里恩情，更那堪梦里功名！【夹】起得妙。（甲戌夹）那美韶华去之何迅！再休提绣帐鸳衾。只这带珠冠，披凤袄，也抵不了无常性命。虽说是，人生莫受老来贫，也须要阴骘积儿孙。气昂昂头代簪缨，气昂昂头代簪缨，光灿灿胸悬金印，威赫赫爵禄高登，威赫赫爵禄高登，昏惨惨黄泉路近。古来将相可还存？也只是虚名儿与后人钦敬。

〔好事终〕画梁春尽落香尘。【双】六朝妙句。（甲戌夹、戚序）擅风情，秉月貌，便是败家的根本。箕裘颓堕皆从敬，【双】深意他人不解。（甲戌夹、戚序）家事消亡首罪宁。宿孽总因情。【双】是作者见菩萨之心，秉刀斧之笔，撰成此书，一字不可更，一字不可少。（甲戌夹、戚序）

〔收尾〕飞鸟各投林，【夹】收尾更觉悲惨可畏。（甲戌夹）为官的家业凋零，富贵的金银散尽。【双】二句先总宁荣。（甲戌夹、戚序）【夹】与树倒猢狲散作反照。（戚序）有恩的死里逃生，无情的分明报应。欠命的命已还，欠泪的泪已尽：冤冤相报实非轻，分离聚合皆前定。欲知命短问前生，老来富贵也真侥幸。看破的遁入空门，痴迷的枉送了性命。【双】将通部女子一总。（甲戌夹、戚序）好一似食尽鸟投林，落了一片白茫茫大地真干净！【双】又照看葫芦庙。（甲戌夹、戚序）【夹】与树倒猢狲散反照。（甲戌夹、戚序）

歌毕，还要歌副曲。【夹】是极。香菱晴雯辈岂可无，亦不必再。（甲戌夹、戚序）警幻见宝玉甚无趣味，【双】自占地步。（戚序）因叹道："痴儿竟尚未悟！"那宝玉忙止歌姬不必再唱，自觉朦胧恍惚，告醉求卧。警幻便命撤去残席，送宝玉至一香闺绣阁之中，其间铺陈之盛，乃素所未见之物。更可骇者，早有一位女子在内，其鲜艳妩媚，有似乎宝钗，风流袅娜，则又如黛玉。【双】难得双兼，妙极。（甲戌夹、戚序）正不知何意，忽警幻道："尘世中多少富贵之家，那些绿窗风月，绣阁烟霞，皆被淫污纨袴与那些流荡女子悉皆玷辱。【双】真极。（甲戌夹、戚序）更可恨者，自古来多少轻薄浪子，皆以'好色不淫'为事，又以'情而不淫'为案，【双】色而不淫四字已烂熟于各小说中，今却特贬其说，批驳出娇饰之非，可谓至切至当，亦可以唤醒众人勿为前人之矫词所惑也。（戚序）此皆饰非掩丑之语也。好色即淫，知情更淫。是以巫山之会，云雨之欢，皆由既悦其色，复恋其情所至也。【双】色而不淫，今翻案，甚奇。（甲戌夹、戚序)吾所爱汝者,乃天下古今第一淫人也"【双】不见下文,使人一惊,多大胆量敢如此作文?(戚序)【眉】绛芸轩中诸事情景,由此而生。(甲戌眉)

宝玉听了,唬的忙答道:"仙姑差了。我因懒于读书,家父母尚每垂训饬,岂敢再冒'淫'字。况且年纪尚小,不知'淫'字为何物。"警幻道:"非也。淫虽一理,意则有别。如世之好淫者,不过悦容貌,喜歌舞,调笑无厌,云雨无时,恨不能尽天下之美女供我片时之趣兴,【夹】说得恳切恰当之至。(甲戌夹)此皆皮肤淫滥之蠢物耳。如尔则天分中生成一片痴情,我辈推之为'意淫'。【双】二字新雅。(甲戌夹、戚序)'意淫'二字,惟心会而不可以口传,【夹】按宝玉一生心性,只不过是体贴二字,故曰意淫。(甲戌夹)可神通而不可语达。汝今独得此二字,在闺阁中,固可为良友,然于世道中未免迂阔怪诡,百口嘲谤,万目睚眦。今既遇令祖宁荣二公剖腹深嘱,吾不忍君独为我闺阁增光,见弃于世道,是以特引前来,醉以灵酒,沁以仙茗,警以妙曲,再将吾妹一人,乳名兼美【双】妙,盖指薛林而言也。(甲戌夹、戚序)字可卿者,许配于汝。今夕良时,即可成姻。不过令汝领略此仙闺幻境之风光尚如此,何况尘境之情景哉?而今后万万解释,改悟前情,留意于孔孟之间,委身于经济之道。"【双】说出此二句,警幻亦腐矣,然不得不然耳。(戚序)说毕便秘授以云雨之事,【双】这是情之未了着,不得不说破。(戚序)推宝玉入房,将门掩上自去。

那宝玉恍恍惚惚,依警幻所嘱之言,未免有儿女之事,【双】如此方免累赘。(戚序)难以尽述。至次日,便柔情缱绻,软语温存,与可卿难解难分。因二人携手出去游玩之时,忽至了一个所在,但见荆榛遍地,【双】略露心迹。(戚序)狼虎同群,迎面一道黑溪阻路,并无桥梁可通。【双】若有桥梁可通,则世路人情犹不算艰难。特用"形如槁木心如死灰"句以消其念,可谓善于读矣。(甲戌夹、戚序)正在犹豫之间,忽见警幻后面追来,告道:"快休前进,作速回头要紧!"【双】机锋。宝玉忙止步问道:"此系何处?"警幻道:"此即迷津也。深有万丈,遥亘千里,中无舟楫可通,【双】可思。(戚序)只有一个木筏,乃木居士掌舵,灰侍者掌篙,不受金银之谢,但遇有缘者渡之。耳今偶游至此,溪如堕落其中,则深负我从前谆谆警戒之语矣。"【双】看他忽转笔作此语,则知此后皆是自悔。(戚序)话犹未了,只听迷津内水响如雷,竟有许多夜叉海鬼将宝玉拖将下去。吓得宝玉汗下如雨,一面失声喊叫:"可卿救我!"吓得袭人辈众丫环忙上来搂住,叫:"宝玉别怕,我们在这里!"【双】接得无痕,历来小说中之梦未见此一醒。(戚序)

却说秦氏正在房外嘱咐小丫头们好生看着猫儿狗儿打架,【双】细,又是照应前文。(戚序)忽听宝玉在梦中唤他的小名,【双】奇奇怪怪之文,令人摸头不着,云龙作雨,不知何为龙,何为云,又何为雨矣。(戚序)因纳闷道:"我的小名这里从没人知道的,他如何知道,在梦里叫出来?"正是:

一场幽梦同谁近,千古情人独我痴。

第六回 贾宝玉初试云雨情 刘姥姥一进荣国府

　　石头记　第六回

　　【回目后批】宝玉袭人，亦大家常事耳。写得是已全领警幻意淫之训。此回借刘妪，却是写阿凤正传，并非泛文，且伏二进三进及巧姐之归着。此刘妪一进荣国府，用周瑞家的，又过下回无痕，是无一笔写一人文字之笔。（甲戌）

　　题曰：

　　　　朝叩富儿门，富儿犹未足。

　　　　虽无千金酬，嗟彼胜骨肉。（甲戌、戚序）

脂砚斋重评石头记卷之

第六回　贾宝玉初试云雨情（注：原缺回目下联）

　　却说秦氏因听见宝玉从梦中唤他的乳名，心中自是纳闷，又不好细问。彼时宝玉迷迷惑惑，若有所失。众人忙端上桂圆汤来，呷了两口，遂起身整衣。袭人伸手与他系裤带时，不觉伸手至大腿处，只觉冰凉一片沾湿，唬的忙退出手来，问是怎么了。宝玉红涨了脸，把他的手一捻。袭人本是个聪明女子，年纪本又比宝玉大两岁，近来也渐通人事，今见宝玉如此光景，心中便觉撤一半，不觉也羞的红涨了脸面，不敢再问。仍旧理好衣裳，遂至贾母处来，胡乱吃毕了晚饭，过这边来。

　　袭人趁众奶娘丫环不在旁时，另取出一件中衣来与宝玉更换上。宝玉含羞央告道："好姐姐，千万别告诉人。"袭人亦含羞笑问道："你梦见什么故事了？是那里流出来的那些脏东西？"宝玉道："一言难尽。"说着便把梦中之事细说与袭人听了。然后说至警幻所授云雨之情，羞的袭掩面伏身而笑。宝玉亦素喜袭人柔媚娇俏，遂强袭人同领警幻所训云雨之事。【双】数句文完一回题纲文字。（甲戌夹）袭人素知贾母已将自己与了宝玉的，今便如此，也不为越理，【双】写出袭人身分。（甲戌）遂和宝玉偷试一番，幸得无人撞见。自此宝玉视袭人更比别个不同，袭人待宝玉更为尽心。【夹】一段小儿女之态，可谓追魂摄魄之笔。一句接住《红楼梦》大篇文字，另起本回正文。（甲戌）暂且别无话说。【双】伏下晴雯。（甲戌、甲辰）

　　按荣府中一宅人合算起来，人口虽不多，从上至下也有三四百丁，虽事不多，一天也有一二十件，竟如乱麻一般，并无个头绪可作纲领。正寻思从那一件事自那一个人写起方妙，恰好忽从千里之外，芥荳之微，小小一个人家，因与荣府略有些瓜葛，【双】略有些瓜葛，是数十回后之正脉也。真千里伏线。（甲戌夹）这日正往荣府中来，因此便就此一家说来，到还是头绪。你道这家姓甚名谁，又与荣府有甚瓜葛？若谓

聊可破闷时,待蠢物细细言来。【双】妙谦,是石头口角。(甲戌)

　　方才所说的这小小之家,乃本地人氏,姓王,祖上曾作过小小的一个一个的京官,昔年与凤姐之祖王夫人之父认识。因贪王家的势利,便连了宗认作侄儿。【双】与贾雨村遥遥相对。(甲戌)那时只有王夫人之大兄【夹】两呼两起,不过欲观者自醒。(甲戌)凤姐之父与王夫人随在京中的,知有此一门连宗之族,余者皆不认识。目今其祖已故,只有一个儿子,名唤王成,因家业萧条,仍搬出城外原乡中住去了。王成新近亦因病故,只有其子,小名狗儿。狗儿亦生一子,小名板儿,【双】《石头记》中公勋世宦之家,以及草莽庸俗之族,无所不有,自能各得其妙。(甲戌)嫡妻刘氏,又生一女,名唤青儿。一家四口,仍以务农为业。因狗儿白日间又做些生计,刘氏又操井臼等事,青板姊妹两个无人看管,狗儿遂将岳母刘姥姥接来一处过活。【夹】音老,出《谐声字笺》。称呼毕肖。(甲戌)这刘姥姥乃是一个积年的老寡妇,膝下又无儿女,只靠几亩薄田度日。今者女婿接来养活,岂不愿意,遂一心一计,帮助女儿女婿过活起来。【眉】自《红楼梦》一回至此,则珍僖中之斋耳,好看煞。(甲戌眉)

　　因这年秋尽冬初,天气冷将上来,家中冬事未办,狗儿未免心中烦虑,吃了几杯闷酒,在家闲寻气恼,刘氏也不敢顶撞。【双】病。此病人不少,请来看狗儿。(甲戌)因此刘姥姥看不过,乃劝道:"姑爷,你别嗔着我多嘴。咱们村庄人,那一个不是老老诚诚的,守多大碗儿吃多大的饭。【双】能两亩薄田度日,方说的出来。(甲戌夹)你皆因年小的时候,托着你那老家之福,吃喝惯了,【双】妙称,何肖之至。(甲戌)如今所以把持不住。有了钱就顾头不顾尾,没了钱就瞎生气,成个什么男子汉大丈夫呢!【夹】为纨袴下针,却先从此等小处写来。(甲戌)【双】此口气自何处得来。(甲戌夹)如今咱们虽离城住着,终是天子脚下。这长安城中,遍地都是钱,只可惜没人会去拿去罢了。在家跳蹋会子也不中用。"狗儿听说,便急道:"你老只会炕头上混说,难到叫我打劫偷去不成?"刘姥姥道:"谁叫你偷去呢。也到底想法大家裁度,不然那银子钱自己跑到咱家来不成?"狗儿冷笑道:"有钱还等到这会子呢。我又没有个收税的亲戚,【双】骂死。(甲戌)又无作官的朋友,【双】骂死。(甲戌)有什么法子可想的?便有,也只怕他们未必来理我们呢!"

　　刘姥姥道:"这到不然。谋事在人,成事在天。咱们谋到了,看菩萨的保佑,有些机会,也未可知。我到替你们想出一个机会来。当日你们原是和金陵王家连过宗的,【夹】四字便抵一篇世家传。(甲戌)二十年前,他们看承你们还好,如今自然是你们拉硬屎,不肯去亲近他,故疏远起来。想当初我还和女儿还去过一遭。【双】补前文之未到之处。(甲戌、甲辰)他们家的二小姐着实响快,会待人,到不拿大。如今现是荣国府贾二老爷的夫人。听得说,如今上了年纪,越发怜贫惜老,最爱斋僧敬道,舍米舍钱的。如今王府虽升了边任,只怕这二姑太太还认得咱们。你何不去走动走动,或者他念旧,有些好处,也未可知。只要他发一点好心,拔一根寒毛比咱们的腰还粗呢。"刘氏一旁接口道:"你老虽说的是,但只你我这样个嘴脸,怎么好到他门上去的。先不先,他们那些门上的人也未必肯去通信。没的去打嘴现世。"

　　谁知狗儿利名心最重,【双】调侃语。(甲戌)听见此一说,心下便有活动起来。

又听他妻子这话，便笑接道："姥姥既如此说，况且当年你又见过这姑太太一次，何不你老人家明日就走一趟，先试试风头再说。"刘姥姥道："嗳哟哟！【双】口声如闻。(甲戌夹)是啊，人云'侯门深似海'，我是个什么东西，他家人又不认得我，我去了也是白去的。"狗儿笑道："不妨，我教与你老人家一个法子：你竟带了外孙子板儿，先去找陪房周瑞，若见了他，就有些意思了。这周瑞先时曾和我父亲交过一件事，我们极好的。"刘姥姥道："我也知道他的。只是许多时不曾往他家去了，知道他如今是怎样。这也说不得了，你又是个男人，又这样个嘴脸，自然去不得，我们姑娘年轻媳妇子，也难卖头卖脚的，到还是舍着我这付老脸去碰一碰。果然有些好处，大家都有益，便是没银子来，我也到那公府侯门见一见世面，也不枉我一生。"说毕，大家笑了一回。当晚计议一定。

次日天未明，刘姥姥便起来梳洗了，又将板儿教训了几句。那板儿才五六岁的孩子，一无所知，听见带他进城逛去，【夹】音光，去声，游也。出《嘐声字笺》。(甲戌)便喜的无不应承。于是刘姥姥带他进城，找至宁荣街来。【双】街名。本地风光，妙。(甲戌)至荣府大门石狮子前，只见簇簇轿马，刘姥姥便不敢过去，且掸了掸衣服，又教了板儿几句话，然后蹭到角门前。【夹】蹭字神理。(甲戌夹)只见几个挺胸叠肚指手画脚的人，【夹】不如何写来想来，又为侯门三等豪奴写照。(甲戌)坐在大板凳上，说东谈西呢。刘姥姥只得蹭上来问："太爷们纳福。"众人打谅了他一会，便问"那里来的？"刘姥姥陪笑道："我找太太的陪房周大爷的，烦那位大爷替我请他老出来。"那些人听了，都不瞅睬，半日方说道："你远远的在那墙角下等着，一会子他们家有人就出来的。"内中有一老年人说道："不要悮他的事，何苦耍他。"因向刘姥姥道："那周大爷已往南边去了。他在后一带住着，他娘子却在家。你要找时，从这边绕到后街上后门上去问就是了。"【夹】有年纪人诚厚，也是自然之理。(甲戌)

刘姥姥听了谢过，遂带了板儿，挠到后门上。只见门前歇着些生意担子，也有卖吃的，也有卖顽耍物件的，闹吵吵三二十个小孩子在那里厮闹。【双】如何想来，合眼如见。(甲戌)刘姥姥便拉住一个道："我问哥儿一声，有个周大娘可在家吗？"孩子们道："那个周大娘？我们这里周大娘有三个呢，还有两个周奶奶，不知是那个行当差的？"刘姥姥道："是太太的陪房周瑞之妻。"孩子们道："这个容易，你跟我来。"说着，跳蹿蹿的引着刘姥姥进了后门，至一院墙边，指与刘姥姥道："就是他家。"【双】因女眷，又是后门，故容易引入。(甲戌夹)又叫道："周大娘，有个老奶奶来找你呢，我带了来了。"

周瑞家的在内听说，忙迎了出来，问："是那位？"刘姥姥忙迎上来问道："好呀，周嫂子！"周瑞家的认了半日，方笑道："刘姥姥，你好呀！你说说，能几年，我就忘了。【双】如此口角，从何处出来。(甲戌夹)请家里来坐罢。"刘姥姥一壁里走着，一壁里笑说道："你老是贵人多忘事，那里还记得我们呢。"说着，来至房中。周瑞家的命雇的小丫头到上茶来吃着。周瑞家的又问板儿道："你都长这们大了！"又问些别后闲话。又问刘姥姥："今日还是路过，【夹】问的有情理。(甲戌夹)还是特来的？"刘姥姥便说："原是特来瞧瞧嫂子你，二则也请请姑太太的安。若可以领我见一见

更好，若不能，便借重嫂子转致意罢了。"【夹】刘婆也善于权变应酬矣。（甲戌）

周瑞家的听了，便已猜着几分来意。只因昔年他丈夫周瑞争买田地一事，【双】补明狗儿所云周瑞先时曾和他父亲交过的一件事。（独有）其中多得狗儿父亲之力，今见刘姥姥如此而来，心中难却其意，二则也要显弄自己的体面。【双】在今世，周瑞妇算是个怀情不忘的正人。（甲戌）听如此说，便笑说道："姥姥你放心。大远的诚心诚意来了，【夹】自是有宠人声口。（甲戌夹）岂有个不叫你见个真佛去的呢。【双】好口角。（甲戌）论理，人来客至回话，却不与我相干。我们这里各占一样儿：【双】略将荣府中带一带。（甲戌夹）我们男的只管春秋两季地租子，闲时只代着小爷们出门子就完了，我只管跟太太奶奶们出门的事。皆因你原是太太的亲戚，又拿我当个人，投奔了我来，我就破个例，给你通个信去。但只一件，姥姥有所不知，我们这里又不比五年前了。如今太太竟不大管事，都是琏二奶奶管家了。你道这琏二奶奶是谁？就是太太的内侄女，当日大舅老爷的女儿，小名凤哥儿的。"刘姥姥听了，罕问道："原来是他！怪道呢，我当日就说他不错呢。【双】我亦说不错。（甲戌）这等说来，我今儿还得见他了。"周瑞家的道："这自然的。如今太太事多心烦，有客来了，若可推得过去的就推过去了，都是凤姑娘周旋迎待。今儿宁可不去会太太，到要见他一面，才不枉这里来一遭。"刘姥姥道："阿弥陀佛！全仗嫂子方便了。"周瑞家的道："说那里话。俗语说的：'与人方便，自己方便。'不过用我说一句话罢了，碍着我什么。"说着，便唤小丫头到倒厅上悄悄的打听打听，【双】一丝不乱。（甲戌）老太太屋里摆了饭了没有。小丫头去了。这里二人又说些闲话。

刘姥姥因说："这凤姑娘今年大还不过二十岁罢了，就这等有本事，当这样的家，可是难得的。"周瑞家的听了道："我的姥姥，告诉不得你呢。这位凤姑娘年纪虽少，行事却比世人都大呢。如今出挑的美人一样的模样儿，少说些有一万个心眼子。【夹】从周瑞家的口中写阿凤之才略。（独有）再要赌口齿，十个会说话的男人也说他不过。回来你见了就知道了。就只一件，待下人未免太严些个。"【双】略点一句，伏下后文。（甲戌）说着，只见小丫头回来说："老太太屋里已摆完了饭了，二奶奶在太太屋里呢。"周瑞家的听了，连忙起身，催着刘姥姥说："快走，快走。这一下来吃饭是个空子，咱们先赶着去。若迟了一步，回事的人也多了，难说话。【夹】写出阿凤勤劳冗杂，并骄矜珍贵等事来。（甲戌）【眉】写阿凤勤劳等事，然却是虚笔，故于后文不犯。（甲戌眉）再歇了晌觉，越发没了时候了。"说着一齐下了炕，打扫打扫衣服，又教了板儿几句话，随着周瑞家的，逶迤往贾琏的住处来。

先到了倒厅，周瑞家的将刘姥姥安插在那里略等一等。自己先过了迎壁，进了院门，知凤姐未出来，先找着凤姐的一个心腹通房大丫头名唤平儿。【双】着眼。这也是书中一要紧人，《红楼梦》内虽未见有名，想亦在副册内者也。名字真极文雅，则假。（甲戌）周瑞家的先将刘姥姥起初来历说明，【双】细。盖平儿原不知此一人耳。（甲戌）又说："今日大远的特来请安。当日太太是常会的，今儿不可不见，所以我带了他进来了。等奶奶下来，我细细回明，奶奶想也不责备我莽撞的。"平儿听了，便做了主意："叫他们进来，【双】暗透平儿身分。先在这里坐着就是了。"周瑞家的听了，方出去引他

第六回　贾宝玉初试云雨情　刘姥姥一进荣国府　57

两个进来入院。来上了正房台矶，小丫头打起猩红毡帘，【双】是冬日。（甲戌、甲辰）才入堂屋，只闻一阵香扑了脸来，【夹】是刘姥姥鼻中。（甲戌）竟不辨是何气味，身子如在云端里一般。【夹】是刘姥姥身子。（甲戌）满屋中之物都耀眼争光的，使人头眩目晕。【夹】是刘姥姥头目。（甲戌）刘姥姥此时惟点头咂嘴念佛而已。【双】六字尽矣，如何想来。（甲戌）于是来至东边这间屋内，乃是贾琏的女儿大姐儿睡觉之所。【双】记清。（甲戌、甲辰）平儿站在炕沿边，打量了刘姥姥两眼，【双】写豪门侍儿。（甲戌、甲辰）只得问个好【双】字法。（甲戌、甲辰）让坐。刘姥姥见平儿遍身绫罗，插金带银，花容玉貌的，【双】从刘姥姥心目中目中略一写，非平儿正传。（甲戌）便当是凤姐儿了。【夹】毕肖。（甲戌）才要称姑奶奶，忽见周瑞家的称他是平姑娘，又见平儿赶着周瑞家的称周大娘，方知不过是个有些体面的丫头了。于是让刘姥姥合板儿上了炕，平儿合周瑞家的对面坐在炕沿上，小丫头子们捧了茶来吃茶。

刘姥姥只听见咯当咯当的响声，大有似乎打箩筛面的一般，【双】从刘姥姥心中意中，幻拟出奇怪文字。（甲戌）不免东瞧西望的。忽见堂屋中柱子上挂着一个匣子，底下又坠着一个秤砣般一物，【夹】从刘姥姥心中目中设譬拟想，真乃镜花水月。（甲戌）却不住的乱幌。刘姥姥心中想着："这是什么爱物儿？有甚么用呢？"正呆时，【双】三字有劲。（甲戌）只听得当的一声，又若金钟铜磬的一般，不防到唬的一展眼。接着又是一连八九下。【夹】细，是巳时。（甲戌、甲辰）方欲问时，【双】写得出。（甲戌夹）只见小丫头们齐乱跑，说："奶奶下来了。"周瑞家的与平儿忙起身，命刘姥姥"只管等着，到时候我们来请你。"说着，都迎出去了。

刘姥姥只屏声侧耳默候。只听远远有人笑声，约有一二十妇人，【夹】写得是侍仆妇人等。（甲戌夹）都捧着漆捧盒，进这边来等候。听得那边说了声"摆饭"，渐渐人才散出，只有伺候端菜的几个人。半日鸦雀不闻之后，忽见二人抬了一张炕桌来，放在这边炕上，桌上碗盘森列，仍是满满的鱼肉在内，不过略动了几样。板儿一见了，便吵着要肉吃，刘姥姥一把掌打了他去。忽见周瑞家的笑嘻嘻走过来，招手儿叫他。刘姥姥会意，于是带了板儿下炕，至堂屋中，周瑞家的又和他唧咕了一回，方过这边屋里来。

只见门外錾铜钩上悬着大红撒花软帘，【双】从门外写来。（甲戌夹）南窗下是炕，炕上大红毡条，靠东边板壁立着一个锁子锦靠背与一个引枕，铺着金心闪缎大坐褥，旁边有雕漆痰盒。那凤姐儿家常带着秋板貂鼠昭君套，围着攒珠勒子，【双】一段阿凤房室起居器皿，家常正传。奢侈珍贵好奇贤注脚，写来真是好看。（甲戌）穿着桃红撒花袄，石青刻丝灰鼠披风，大红洋绉银鼠皮裙，粉光脂艳，端端正正坐在那里，手内拿着小红火柱儿拨手炉内的灰。平儿站在炕沿边，【夹】这一句是天然地设，非别文杜撰妄拟者。（甲戌）【双】至平庸实至奇，稗官中未见此笔。（甲戌夹）捧着小小的一个填漆茶盘，盘内一个小盖盅。凤姐也不接茶，也不抬头，【双】神情宛肖。（甲戌夹）只管拨手炉内的灰，慢慢的问道：【双】此等笔墨，真可谓追魂摄魄。（甲戌夹）"怎么还不请进来？"一面说，一面抬身要茶时，只见周瑞家的已带了两个人在地下站着呢。这才忙欲起身，犹未起身时，满面春风的问好，又嗔着周瑞家的怎么不早说。刘姥姥在地下已是拜了数拜，问姑奶奶安。凤姐忙说："周姐姐，快搀起来，别拜罢，请坐。我的年轻，不大认得，可也不知是什么辈数，【夹】凤姐云不敢称呼，周瑞家的云那个姥姥。（甲戌夹）不敢称呼。"【双】凡三四句一气读下，方是凤姐声口。（甲戌夹）周瑞家的忙回道："这就是我才回的那个姥姥了。"凤姐点头。刘姥姥已在炕沿上坐了。板儿便躲在背后，百般的哄他出来作揖，他死也不肯。

凤姐儿笑道：【双】二笑。（甲戌夹）"亲戚们不大走动，都疏远了。知道的呢，说你们弃厌我们，不肯常来，不知道的那起小人，还只当我们眼里没人似的。"【双】阿凤真真可畏可恶。（甲戌夹）刘姥姥忙念佛道：【双】如闻。（甲戌夹）"我们家道艰难，走不起，来了这里，没的给姑奶奶打嘴，就是管家爷们看着也不像。"凤姐儿笑道：【双】又一笑，凡五。（独有）"这话没的叫人恶心。不过借赖着祖父虚名，做个穷官儿，谁家有什么，不过是个旧日的空架子。俗语说，'朝廷还有三门子穷亲戚'呢，何况你我。"说着，又问周瑞家的回过了太太了没有。【双】一笔不肯落空，的是阿凤。（甲戌夹）周瑞家的道："如今等奶奶的示下。"凤姐儿道："你去瞧瞧，要是有人有事呢就罢，得闲儿呢就回，看怎么说。"周瑞家的答应着去了。

这里凤姐叫人抓些果子与板儿吃，刚问些闲话时，就有家下许多媳妇管事的来回话。【双】不落空家务事，却不实写。妙极妙极。（甲戌夹）平儿回了，凤姐道："我这里陪客呢，晚上再来回。若有很要紧的，你就挈起来现办。"平儿出去了，一会进来说："我都问了，没什么要紧事，我就叫他们散了。"凤姐点头。只见周瑞家的回来，向凤姐道："太太说了，今日不得闲，二奶奶陪着便是一样。多谢费心想着。来逛逛呢便罢，若有甚说的，只管告诉二奶奶，都是一样。"刘姥姥道："也没甚说的，不过是来瞧瞧姑太太，姑奶奶，也是亲戚们的情分。"周瑞家的道："没甚说的便罢，若有话，【双】周妇系真心为老妪也，可谓得方便。（甲戌夹）只管回二奶奶，是和太太一样的。"一面说，一面递眼色与刘姥姥。【双】何如？余批不谬。（甲戌夹）刘姥姥会意，未语先飞红的脸，欲待不说，今日又所为何来？【眉】老妪有忍耻之心，故后有招大姐之事，作者并非泛写。且为求亲靠友，下一棒喝。（甲戌眉）只得忍耻说道："论理今初次见姑奶奶，却不该说，只是大远的奔了你老这里来，也少不的说了。"刚说到这里，只听二门上小厮们回说："东府里的小大爷进来了。"凤姐忙止刘姥姥："不必说了。"一面便问："你蓉大爷在那里呢？"【双】惯用此等横云断山法。（甲戌夹）只听一路靴子脚响，进来了一个十七八岁的少年，面目清秀，身材俊俏，轻裘宝带，美服华冠。【双】为纨袴写照。（甲戌夹）刘姥姥此时坐不是，立不是，藏没处藏。凤姐笑道："你只管坐着，这是我侄儿。"刘姥姥方扭扭捏捏在炕沿上坐了。

贾蓉笑道："我父亲打发了我来求婶子，说上回老舅太太给婶子的那架玻璃炕屏，明日请一个要紧的客，借了略摆一摆就送过来。"【夹】夹写凤姐好奖誉。（甲戌夹）凤姐道："说迟了一日，昨儿已经给了人了。"贾蓉听了，嘻嘻的笑着，在炕沿上半跪道："婶子若不借，又说我不会说话了，又挨一顿好打呢。婶子只当可怜侄儿罢。"凤姐笑道：【双】又一笑，凡五。（甲戌夹）"也没见你们，王家的东西都是好的不成？

第六回　贾宝玉初试云雨情　刘姥姥一进荣国府

你们那里放着那些好东西，只是看不见，偏我的就是好的。"贾蓉笑道："那里有这个好呢！只求开恩罢。"凤姐道："若碰一点儿，你可仔细你的皮！"因【装订线外】乾隆庚寅秋日。命平儿拿了楼房的钥匙，传几个妥当人抬去。贾蓉喜的眉开眼笑，说："我亲自带了人拿去，别由他们乱碰。"说着便起身出去了。

这里凤姐忽又想起一事来，便向窗外叫："蓉哥儿回来。"外面几个人接声说："蓉大爷快回来。"贾蓉快复身转来，【夹】传神之笔，（甲戌眉）垂手侍立，听阿凤指示。【眉】真传神之笔，写凤姐跃跃纸上。（甲戌眉）那凤姐只管漫漫的吃茶，出了半日的神，又笑道："罢了，你且去罢。晚饭后你来再说罢。这会子有人，我也没精神了。"贾蓉应了一声，方慢慢的退去。

这里刘姥姥心神方定，才又说道：【双】妙，却是从刘姥姥身边目中写来。（甲戌夹、甲辰）"今日我带了你侄儿来，也不为别的，只因他老子娘在家里，连吃的都没有。如今天又冷了，越想越没个派头儿，只得带了你侄儿奔了你老来。"说着又推板儿道："你那爹在家怎么教你来？【双】毕肖。（独有）打发咱们作煞事来？只顾吃果子咧。"【双】毕肖。（独有）凤姐早已明白了，听他不会说话，因笑止道："不必说了，【双】又一笑，凡六。自刘姥姥来，凡笑五次，写得阿凤乖滑伶俐，合眼如立在前。若会说话之人便听他说了，阿凤利害处正在此。问看官：常有将挪移借贷已说明白了，彼仍妆聋妆哑，这人为阿凤若何？呵呵一叹。（甲戌）我知道了。"因问周瑞家的："这姥姥不知可用了早饭没有？"刘姥姥忙说道："一早就往这里赶咧，那里还有吃饭的工夫咧。"凤姐听说，忙命快传饭来。一时周瑞家的传了一桌客饭来，摆在东边屋内，过来带了刘姥姥和板儿过去吃饭。凤姐说道："周姐姐，好生让着些儿，我不能了。"于是过东边房里来。又叫过周瑞家的去，问他才回过太太，说了些什么？周瑞家的道："他们家原不是一家子，不过因为一姓，当年又与老太老爷在一处作官，偶然连了宗的。这几年来也不大走动。当时他们来一遭，却也没有空了他们。今儿既来了瞧瞧我们，是他的好意，也不可简慢了他。【双】穷亲戚来看是好意思，余又自《石头记》中见了，叹叹。（甲戌夹）便是有什么说的，叫奶奶裁度着就是了。"凤姐听了说道："我说呢，既是一家了，怎么我连影儿也不知道。"

说话时，刘姥姥已吃毕了饭，拉了板儿过来，舔舌咂嘴的道谢。凤姐笑道："且请坐下，听我告诉你老人家。方才的意思，我已知道了。若论亲戚之间，原该不等上门来就该有照应才是。但如今家内杂事太烦，太太也渐上了年纪，一时想不到也是有的。【双】点"不待上门就该有照应"数语，此亦于《石头记》再见话头。（甲戌夹）况是我近来接着管些事，都不甚知道这些亲戚们。二则外头看着虽是烈烈轰轰的，殊不知大有大的艰难去处，说与人也未必信罢。今儿你既老远的来了，又是头一次见我张口，怎好叫你空回去呢。【双】也是《石头记》中再见了，叹叹。（甲戌夹）可巧昨儿太太给我的丫头们做衣裳的二十两银子，我还没动呢，【夹】阿凤，阿凤，如此乖猾伶俐！说得若大家私，手下仅仅此二十两矣。岂不将这姥姥骗了？（独有）你若不嫌少，就暂且先拿了去罢。"

那刘姥姥先听见告艰难，只当是没有，心里便突突的，【双】可怜可叹。（甲戌夹）

后来听见给他二十两,喜的又浑身发起痒来,【双】可怜可叹。(甲戌夹)说道:"嗳,我也是知道艰难的。但俗语说的:'瘦死的骆驼比马大',凭他怎样,你老拔根毛比我们的腰还粗呢!"周瑞家的见他说的粗鄙,只管使眼色阻他。凤姐看见,笑而不睬,只命平儿把昨儿那包银子拿来,再拿一吊钱来,【双】这样常例亦再见。(甲戌夹)都送到刘姥姥的面前。凤姐乃道:"这是二十两银子,暂且给这孩子做件冬衣罢。若不拿着,就真是怪我了。这钱雇车坐罢。改日无事,只管来逛逛,方是亲戚们的意思。天也晚了,也不虚留你们了,到家里该问好的问个好儿罢。"一面说,就一面就站了起来。

　　刘姥姥只管千恩万谢的,拿了银子钱,随了周瑞家的来至外面。周瑞家的道:"我的娘啊!你见了他怎么到不会说了?开口就是'你侄儿'。我说句不怕你恼的话,便是亲侄儿,也要说和软一些。蓉大爷才是他的正经侄儿呢,他怎么又跑出这么一个侄儿来了。"【双】与前眼色针对,可见文章中无一个闲字。为财势一哭。(甲戌)刘姥姥笑道:"我的嫂子,我见了他,心眼里爱还爱不过来呢,还说的上话来呢。"二人说着,又到周瑞家坐了片时。刘姥姥便要留下一块银子与周瑞家孩子们买果子吃,周瑞家的如何放在眼里,执意不肯。刘姥姥感谢不尽,仍从后门去了。正是:

　　　　得意浓时是接济,受恩深处胜亲朋。

第七回　送宫花贾琏戏熙凤　宴宁府宝玉会秦钟

石头记　第七回
　　题曰：
　　　　十二花容色最新，不知谁是惜花人？
　　　　相逢若问名何氏，家住江南姓本秦。（甲戌、戚序）

脂砚斋重评石头记
第七回　送宫花贾琏戏熙凤　宴宁府宝玉会秦钟
　　话说周瑞家的送了刘姥姥去后，便上来回王夫人话，【双】不回凤姐，却回王夫人，不交代正交代得清楚。（甲戌夹、戚序）谁知王夫人不在上房，问丫环们时，方知往薛姨妈那边说闲话去了。【双】文章只是随笔写来，便有流利生动之妙。（甲戌夹、戚序）周瑞家的听说，便转出东角门至东院，往梨香院来。刚至院门前，只见王夫人的丫环名金钏儿，【夹】金钏宝钗，互相影射，妙。（甲戌夹、戚序）合一个才留了头的小女孩儿站在台矶石上玩。【双】莲卿别来无恙否？（甲戌夹、戚序）见周瑞家的来了，便知有话回，因向内努嘴儿。【双】画。（甲戌夹、戚序）
　　周瑞家的轻轻掀帘进去，只见王夫人和薛姨妈长篇大套的说些家务人情等语。周瑞家的不敢惊动，遂进里间来。【双】总用双歧岔路之笔，令人估料不到之文。（甲戌、戚序）只见薛宝钗【双】自入梨香，至此方写。（甲戌夹、戚序）穿着家常的衣服，【双】好。写一人换一付笔墨，另出一花样。（甲戌、戚序）头上只散挽着鬓儿，坐在炕里边，伏在小炕桌上同丫环莺儿正描花样子呢，【夹】一幅绣窗士女图，亏想得周到。（甲戌夹、戚序）见他进来，宝钗才放下笔，转过来，满面堆着笑让："周姐姐坐着。"周瑞家的也忙陪笑问："姑娘好？"一面炕沿上坐了，因说："这有两三天也没见姑娘那边逛逛去，只怕是你宝兄弟冲撞了你不成？"【双】一人不漏，一笔不板。（甲戌夹、戚序）宝钗笑道："那里的话。只因我那种病又发了，【眉】那种病，"那"字与前二玉不知因何二"又"字，皆得天成地设之体，且省却多少闲文，所谓"惜墨如金"是也。（甲戌眉）所以这两天且静养两日，【双】得空便入。（甲戌夹、戚序）没出屋子。"周瑞家的道："正是呢！姑娘到底有什么病根儿，也该趁早请个大夫来，好生开个方子，认真吃几剂，一势儿除了根才是。小小的年纪到作下个病根儿，也不是顽的！"宝钗听了便笑道："再不要提吃药。为这病请大夫吃药，也不知白花了多少银子钱呢！凭你什么名医仙药，从不见一点儿效。后来还亏了一个秃头和尚，【双】奇奇怪怪，真如云龙作雨，忽隐忽见，使人

165 逆料不到。(甲戌夹、戚序)说专治无名之症,因请他看了。他说我这是从胎里带来的一股热毒,【夹】凡心偶炽,是以孽火齐攻。(甲戌夹)【眉】热毒二字画出富家夫妇,图一时之采,遗害于子女,而不可谨慎。(戚序)【双】此作者意,为何意耶?与宝玉之从胎里带来的一块通灵宝玉相映。成何拟意?为数十回后之文伏脉,乃千里伏脉之笔。(独有) 幸而先天壮,还不相干;【夹】浑厚故也,假使犟凤犟,不知又如治之。(甲戌夹、戚序) 若吃寻常药,是不中用的。他就说了一个海上方,又给了一包药末子作引子,异香异气的,不知是那里弄来的。【双】卿不知从那里弄来,余则深知是从放春山采来,以灌愁海水和成,烦广寒宫玉兔捣碎,在太虚幻境空灵殿上炮制配合者也。(甲戌、戚序) 他说发了时吃一丸就好。到也奇怪,吃他的药到效验些。"

周瑞家的因问:"不知是个什么海上方儿?姑娘说了,我们也说与人知道,倘遇见这样病,也是行好的事。"宝钗见问,乃笑道:"不用这方还好,若用了这药方儿的病症真真把人琐碎死。东西药料一概都有限,只难得可巧:要春天开的白牡丹花蕊十二两,【夹】凡用十二字样,皆照应十二钗。(甲戌夹) 夏天开的白荷花蕊心十二两,
166 秋天的白芙蓉蕊十二两,冬天的白梅花蕊十二两。将这四样花蕊,于次年春分这日晒干,和在药末子一处,一齐研好。又要雨水这日的雨水十二两,……"周瑞家的忙道:"嗳哟!这么说来,就得三年的工夫。倘或雨水这日竟不下雨,这却怎处呢?"宝钗笑道:"所以说那里有这样可巧的雨?便没雨也只好再等罢了。白露这日的露水十二钱,霜降这日的雪十二钱,小雪这日的雪十二钱。把这四样水调匀,和了丸药,再加十二钱蜂蜜,十二钱白糖,丸了龙眼大的丸子,盛在旧磁坛子内,埋在花根底下。若发了病时,拿出来吃一丸,用十二分黄柏煎汤送下。"【眉】末用黄柏更妙。可知甘苦二字,不独十二钗,世皆同有者。(甲戌、戚序)【夹】历着炎凉,知着甘苦,虽离别也自能安,故名曰"冷香丸",又以谓香可冷得,天下一切无可不冷者。(戚序)

周瑞家的听了笑道:"阿弥陀佛!真坑死人的事儿!等十年未必都这样巧的呢。"宝钗道:"竟好。自他说了去后,一二年间可巧都得了,好容易配成一料。如今从南带至北,现在就埋在梨花树底下呢。"周瑞家的又问道:"这药可有名子没有呢?"宝钗道:"有。【双】一字句。(甲戌夹) 这也是那癞头和尚说下的,叫做'冷香丸'。"

167 【双】新雅奇甚。(甲戌夹、戚序) 周瑞家的听了,点头儿,因又说:"这病发了时到底觉怎么着?"宝钗道:"也不觉怎么着,只不过喘嗽些,吃一丸下去也就好些了。"【夹】以花为药,可是吃烟火人想得出者。诸公且不必问其事之有无,只据此新奇妙文悦我等心目,便当浮一大白。(甲戌夹、戚序)

周瑞家的还欲说话时,忽听王夫人问:"谁在房里呢?"周瑞家的忙出去答应了,趁便回了刘姥姥之事。【眉】行文原只在一二字,便有许多省力处,不得此窍者,便在窗下百般扭捏。(甲戌、戚序) 略待半刻,见王夫人无语,方欲退出,薛姨妈忽又笑道:"你且站住。我有一宗东西,你带了去罢。"说着便叫香菱。【双】二字仍从莲上起来,盖英莲者,应怜也;香菱者,亦相怜之意。此是改名之英莲也。(甲戌、戚序) 只听帘笼响处,方才和金钏顽的那个小丫头进来了,问:"奶奶叫我作什么?"【双】这是英莲天生成的口气,妙。(甲戌夹) 薛姨妈道:"把匣子里的花拿来。"香菱答应了,向那边捧了个

小锦匣来。薛姨妈道:"这是宫里头的新鲜样法,拿纱堆的花儿十二支。昨儿我想起来,白放着可惜了儿的,何不给他们姊妹们代去。昨儿要送去,偏又忘了。你今儿来的巧,就带了去罢。你家的三位姑娘,每人一对,剩下的六枝,送林姑娘两枝,那四枝给了凤哥罢。"【夹】乃王家常称。(独有)【双】妙文,今古小说中可有如此口吻者。(甲戌夹、戚序)王夫人道:"留着给宝姑娘带罢,又想着他们做什么。"薛姨妈说:"姨娘不知道,宝丫头古怪着呢,【双】古怪二字,正是宝卿身分。(甲戌夹、戚序)他从来不爱这些花儿粉儿的。"【双】可知周瑞一回,正为宝菱二人所有,《石头记》得力处也。(甲戌夹、戚序)

说着,周瑞家的拿了匣子,走出房门,见金钏仍在那里晒日头阳儿,周瑞家的因问他道:"那香菱小丫头子,可就是常说临上京时买的、为他打人命官司的那个小丫头子吗?"金钏道:"可不就是他。"【双】出名英莲。(甲戌夹、戚序)正说着,只见香菱笑嘻嘻的走来。周瑞家的便拉了他的手,细细的看了一会,因向金钏笑道:"倒好个模样儿,竟有些像咱们东府里蓉大奶奶的品格儿。"【双】一击两鸣法。二人之美,并可知矣。再忽然想到秦可卿,何玄幻之极。假使说像荣府中所有之人,则死板之至,故远远以可卿之貌为譬,似极扯淡,然是天下必有之情事。(甲戌、戚序)金钏儿笑道:"我也是这们说呢。"周瑞家的又问香菱:"你几岁投身到这里?"又问:"你父母今在何处?今年十几岁了?本处是那里人?"香菱听问,都摇头说:"不记得了。"【双】伤痛之极,必亦如此收住,方妙。不然,则又将做出香菱思乡一段文字矣。(甲戌、戚序)周瑞家的和金钏儿听了,到反为叹息伤感一回。

一时间,周瑞家的携花至王夫人正房后头来。原来贾母说孙女儿们太多了,一处挤着到不方便,只留宝玉黛玉二人这边解闷,却将迎、惜、探三人移到王夫人这边房后三间小抱厦内居住,令李纨陪伴照管。【夹】不作一笔安逸之板矣,否则太板矣。(甲戌夹、戚序)如今周瑞家的因顺路先往这里来,只见几个小丫头子都在抱厦内听呼唤呢。只见迎春的丫头司棋与探春的丫头侍书,【双】妙名。贾家四钗之环,暗以琴棋书画四字列名,省力之甚,醒目之甚,却是俗中不俗处。(甲戌)二人正掀帘子出来,手里都捧着茶钟,周瑞家的便他们姊妹在一处坐着呢,遂进入内房。只见迎春探春二人正在窗下下围棋。周瑞家的将花送上,说明缘故。二人忙住了棋,都欠身道谢,命丫环们收了。

周瑞家的答应了,因说:"四姑娘不在房里,只怕在老太太那边了呢。"【夹】用画家三五聚散法,写来方不死板。(甲戌、戚序)丫环们道:"那屋里不是四姑娘?"周瑞家的听了,便往这边屋里来。只见惜春正和水月庵的小姑子智能儿一处玩耍呢,【双】总是得空便入,百忙中又带出王夫人喜施舍等事,可知一支笔作千百支用。又伏后文。(甲戌夹)【眉】闲闲之笔,却将后半部线索提动。(甲戌眉)见周瑞家的进来,惜春便问他何事。周瑞家的便将花匣打开,说明原故。惜春笑道:"我这里正和智能儿说,我明儿也剃了头同他作姑子去呢,可巧又送了花儿来;若剃了头,可把这花带在那里呢?"说着,大家取笑一回,惜春命丫环入画来收在匣子里。【夹】曰司棋,曰待书,曰入画,后文补抱琴。琴棋书画四字最俗,添一虚字,则觉新雅。(甲戌、戚序)

周瑞家的问智能儿："你是什么时候来的？你师父那秃歪剌往那里去了？"智能儿道："我们一早就来了。我师父见了太太，就往于老爷府内去了，【双】又虚贴一个于老爷，可知所尚僧尼者，悉愚人也。（甲戌）叫我在这里等他呢。"周瑞家的又道："十五的月例香供银子可曾得了没有？"智能儿摇头儿说："不知道。"【双】妙。年轻未任事也，一应骗布施哄斋供诸恶，皆是老秃贼设局，写一种人一种人活像。（甲戌、戚序）惜春听了，便问周瑞家的："如今月例各庙银子是谁管着？"周瑞家的道："是余信管着。"【双】点明愚性二字。（甲戌夹、戚序）惜春听了笑道："这就是了。他师父一来，余信的女人就赶上来，和他师父咕唧了半日，想是就为这事了。"【双】一人不落，一事不忽，伏下多少后文，岂真为送花哉。（甲戌、戚序）

那周瑞家的又和智能儿劳叨了一会，便往凤姐儿处来。穿夹道，从李纨后窗下过，【双】细极。李纨虽无花，岂可失而不写者？故用此顺笔便墨，间三带四，使观者不忽。（甲戌、戚序）隔着玻璃窗户，见李纨在炕上歪着睡觉呢，遂越过西花墙，出西角门进入凤姐院中。走至堂屋，只见小丫头丰儿坐在凤姐房中门槛上，【夹】总不重犯，写一次，有一次的新样文法。（甲戌夹、戚序）见周瑞家的来了，连忙摆手儿【双】二字着紧。（甲戌夹、戚序）叫他往东屋里去。周瑞家的会意，忙摄手蹑足往东边房里来，只见奶子正拍着大姐儿睡觉呢。周瑞家的巧问奶子道："姐儿睡中觉呢？也该请醒了。"奶子摇头儿。【双】有神理。（甲戌夹、戚序）【夹】妙文奇想。阿凤之为人，岂有不着意于"风月"二字之理哉？若直以明笔写之，不但唐突阿凤声价，亦且无妙文可赏；若不写之，又万万不可。故只用柳藏鹦鹉语先知之法，略一皴染，不独文字有隐微，亦且不至污渎阿凤之英风俊骨。所谓此书无一不妙。（甲戌、戚序）此批原鹤轩本在贾琏笑声之下，因以补此。庚寅春日对清。（独有）【眉】余素所藏仇十洲《幽窗听莺暗春图》，其心思笔墨，已是无双，今见此阿凤一传，则觉画工太板。（甲戌眉）正说着，只听那边一阵笑声，却有贾琏的声音。接着房门响处，平儿拿着大铜盆出来，叫丰儿舀水进去。平儿到这边来，一见了周瑞家的便问："你老人家又跑了来做什么？"周瑞家的忙起身，拿匣子与他，说送花一事。平儿听了，便打开匣子，拿了四枝，转身去了。半刻工夫，【夹】攒花簇锦文字，故使人耳目眩乱。（甲戌夹、戚序）手里拿出两枝来，先叫彩明来吩咐道："送到那边府里给小蓉大奶奶带去。"【双】忙中更忙，又曰密处不容针，此等处是也。（甲戌夹）次后方命周瑞家的回去道谢。

周瑞家的这才往贾母这边来。穿过了穿堂，抬头忽见他女儿打扮着才从他婆家来。周瑞家的忙问："你这会儿跑来做什么？"他女儿笑道："妈，一向身上好？我在家里等了这半日，妈竟不出去，什么事情这样忙的不回家？我等烦了，自己先到了老太太跟前请了安了，这会子请太太的安去。妈还有什么不了的差事，手里是什么东西？"周瑞家的笑道："嗳！今儿偏偏的来了个刘姥姥，我自己多事，为他跑了半日；这会子又被姨太太看见了，送这几枝花儿与姑娘奶奶们。这会子还没送清楚呢。你这会子跑了来，一定有什么事。"他女儿笑道："你老人家到会猜。实对你老人家说，你女婿前儿因多吃了两杯酒，和人分争起来，不知怎的被人放了一把邪火，说他来历不明，告到衙门里，要递解他还乡。所以我来和你老人家商议商议，

第七回　送宫花贾琏戏熙凤　宴宁府宝玉会秦钟

这个情分，求那一个才能了事呢？"周瑞家的听了道："我就知道呢。这有什么大不了的事！你且家去等我，给林姑娘送了花去就回家去。此时太太二奶奶都不得闲，你回去等我。这我什么忙的。"他女儿听说如此，【夹】又生出一小段来，是荣宁中常事，亦是阿凤正文。若不如此穿插，直用一送花到底，亦太死板，不是《石头记》笔墨矣。（甲戌、戚序）便回去了，又说："好歹快来。"周瑞家的道："是了。小人家没经过什么事，就急的你这样了。"说着，便道到黛玉房中去了。

谁知黛玉此时不在自己房中，却在宝玉房中，【双】妙极，又一花样。此时二玉已隔房矣。（甲戌夹、戚序）大家解九连环玩儿呢。周瑞家的进来笑道："林姑娘，姨太太着我送花儿与姑娘带来了。"【眉】余问：送花一回，薛姨妈云宝丫头不喜这些花儿粉儿的，则谓是宝钗正传；又生阿凤、惜春一段，则又知是阿凤正传；今又到颦儿一段，却又将阿颦之天性从骨中一写，方知也系颦儿正传。小说中，一笔作两三笔者有之，一事启两事者有之，未有如此恒河沙数之笔也。（甲戌眉）宝玉听说，便先问："什么花儿？拿来给我。"【双】瞧他夹写宝玉。（甲戌夹、戚序）一面早伸手接过来了。开匣看时，原来是宫制堆纱新巧的假花。【双】此处方一细写花形。（甲戌夹、戚序）黛玉只就在宝玉手中看了一看，【双】妙，看他写黛玉。（甲戌夹、戚序）便问道："还是单送我一人的，还是别的姑娘们都有呢？"【双】在黛玉心中，不知有何邱壑。（甲戌、戚序）周瑞家的道："各位都有了，这两枝是姑娘的了。"黛玉冷笑道："我就知道，别人不挑剩下的也不给我。"【双】吾实不知黛卿胸中有何邱壑，再有一看上神。（甲戌夹、戚序）周瑞家的听了，一声儿不言语。宝玉便问道："周姐姐，你做什么到那边去了。"周瑞家的因说："太太在那里，因回话去了，姨太太就顺便叫我带来了。"宝玉道："宝姐姐在家里做什么呢？怎么这几日也不过这边来？"周瑞家的道："身上不大好呢。"宝玉听了，便和丫头说："谁去瞧瞧？只说我与林姑娘打发了来请姨太太姐姐安，【双】"和林姑娘"四字着眼。（甲戌夹、戚序）问姐姐是什么病，现吃什么药。说原该我亲自来的，就说才从学里来，也着了些凉，异日再亲自来看罢。"说着，茜雪便答应去了。周瑞家的自去，无话。

原来这周瑞的女婿便是雨村的朋友冷子兴，【双】着眼。（甲戌夹、戚序）近因卖古董和人打官司，故教女人来讨情分。周瑞家的仗着主子的势利，把这些事也不放在心上，间只求求凤姐儿便完了。

至掌灯时分，凤姐已卸了妆，来见王夫人回话："今儿甄家【双】又是甄家。（甲戌夹、戚序）送了来的东西，【夹】不必细说，方妙。（甲戌夹、戚序）我已收了。咱们送他的，趁着他家有年下送鲜的船回去，一并都交给他们带了去罢？"王夫人点头。凤姐又道："临安伯老太太生日的礼已经打点了，派谁送去呢？"【双】阿凤一生尖处。（甲戌夹、戚序）王夫人道："你瞧谁闲着，就叫他们去四个女人就是了，又来当什么正经事问我。"【双】虚描二事，真真千头万绪，纸上虽一回两回中，或有不能写到阿凤之事，然也有阿凤在彼处手忙心忙矣，观此回可知。（甲戌、戚序）凤姐又笑道："今日珍大嫂子来，请我明日过去旷旷，【双】想作者胸中多少丘壑，下文岂为写尤氏请阿凤之文哉，实欲点焦大胡骂罪宁之文也。（独有）【夹】却不知为玉锺初会。（独有）明日到没有什么事情。"王夫人道："有事没都碍不着什么。每常他来请，有我们，你自然不便意；他既不请我们，单请你，可知是他诚心叫你散谈散谈，别辜负了他的心，便有事也该过去才是。"凤姐答应了。当下李纨、迎、探等姊妹们亦来定省毕，各自归房无话。

次日凤姐梳洗了，先回王夫人毕，方来辞贾母。宝玉听了，也要跟了旷去。凤姐只得答应，立等着换了衣服，姐儿两个坐了车，一时进入宁府。早有贾珍之妻尤氏与贾蓉之妻秦氏婆媳两个，引了多少姬妾丫环媳妇等接出仪门。那尤氏一见了凤姐，必先笑嘲一阵，一手携了宝玉，同入上房来归坐。秦氏献茶毕。凤姐因说："你们请我来做什么？有什么好东西孝敬我，就快献上来，我还有事呢。"尤氏秦氏未及答话，地下几个姬妾先就笑说："二奶奶今儿不来就罢，既来了就依不得二奶奶了。"正说着，只见贾蓉进来请安。宝玉因问："大哥哥今日不在家么？"尤氏道："出城与老爷请安去了。可是你怪闷的，坐在这里做什么？何不也去逛逛？"【眉】欲出鲸卿，却先姁姁闲闲一聚，随笔带出，不见一丝作造。（甲戌眉）

秦氏笑道："今儿巧，宝叔上回立刻要见的我那兄弟，他今儿也在这里，想在书房里呢，宝叔何不去瞧一瞧？"宝玉听了，即便下炕要走。尤氏凤姐都忙说："好生着，忙什么？"一面便吩咐好生小心跟着他、别委曲着他，【双】"委曲"二字极不通，却是至情，写愚妇至矣。（甲戌、戚序）到比不得跟了老太太过来便罢了。"凤姐说道："既这么着，何不请进这秦小爷来，我也瞧一瞧。难道我见不得他不成？"尤氏笑道："罢，罢！可以不必见他，比不得咱们家的孩子们，胡打海摔的惯了。【双】卿家胡打海摔，不知谁家方珍怜珠惜？此极相矛盾，却极入情，盖大家妇人，口吻如此。（甲戌、戚序）人家的孩子都是斯斯文文的惯了，乍见了你这破落户，还被人笑话死了呢。"凤姐笑道："普天下的人，我不笑话就罢了，【双】自负得起。（甲戌夹）竟叫这小孩子笑话我不成？"贾蓉笑道："不是这话，他生的腼腆，没见过大阵仗儿，婶子见了，没的生气。"凤姐道："他是哪咤，我也要见一见！别放你娘的屁了。再不带来我看，给你一顿好嘴巴子。"贾蓉笑嘻嘻的说："我不敢强，就带他来。"

说着，果然出去带进一个小后生来，较宝玉略瘦些，眉清目秀，粉面朱唇，身材俊俏，举止风流，似在宝玉之上，只是怯怯羞羞，有女儿之态，腼腆含糊，慢向凤姐作揖问好。【眉】分明写宝玉，却先偏写阿凤。（甲戌夹、戚序）凤姐喜的先推宝玉，笑道："比下去了！"【夹】不知从何处想来。（甲戌夹、戚序）便探身一把携了这孩子的手，就命他身傍坐了，漫漫的问他：几岁了，读什么书，弟兄几个，学名唤什么，方才知道叫秦钟。【双】设云情种。古诗云："未嫁先名玉，来时本姓秦"，二语便是此书大纲目、大比托、大讽剌处。（甲戌、戚序）秦钟一一答应了。早有凤姐的丫环媳妇们见凤姐初会秦钟，并未备得表礼来，遂忙过那边去告诉平儿。平儿素知凤姐与秦氏厚密，虽是小后生家，亦不可太俭，遂自作主意，拿了一疋尺头、两个"状元及第"的小金锞子，交付与来人送过去。【双】一人不落，又带出强将手下无弱兵。（甲戌、戚序）凤姐犹笑说太简薄等语。秦氏等谢毕。一时吃过饭，尤氏、凤姐、秦氏等抹骨牌，不在话下。

那宝玉自见了秦钟的人品出众，心中似有所失，痴了半日，自己心中又呆意起了，乃自思道："天下竟有这等的人物！如今看来，我竟成了泥猪癞狗了。可恨我为什么生在这侯门公府之家,若也生在寒门薄宦之家,早得与他交结,也不枉了生了这一世。我虽如此比他尊贵,【夹】这句不是宝玉本意中语,却是古今历来膏粱纨袴之意。(甲戌、戚序)可知锦绣纱罗,也不过裹了我这根死木头;美酒羊羔,也不过填了我这粪窟泥沟。'富贵'二字,不料遭我涂毒了!"【双】一段痴情,翻"贤贤易色"一句筋斗,使此后朋友中,无复再敢假谈道义,虚论常情。(甲戌、戚序)秦钟自见了宝玉形容出众,举止不浮,更兼金冠绣服,娇婢侈童,【双】这二句是贬不是奖。此八字遮饰过多少魑魅纨绔,秦卿目中所鄙者。(甲戌、戚序)秦钟心中也自道:"果然这宝玉怨不得人溺爱他。可恨我偏生于贫寒之家,不能与他耳鬓交结,可知'贫窭'二字陷人,【夹】贫富二字中,失却多少英雄朋友。(甲戌、戚序)亦世间大不快事。"二人一样的胡思乱想。【夹】作者又欲瞒过众人。(甲戌、戚序)忽然宝玉问他读什么书。【双】二字写小儿,得神。(甲戌、戚序)【双】宝玉问读书,亦想不到之大奇语。(甲戌、戚序)秦钟见问他,因而实答。【双】四字普天下朋友来看。(甲戌、戚序)二人你问我答,你言我语,十来句后,越觉亲密起来。

一时摆上茶果,宝玉便说:"我两个又不吃酒,把果子摆在里间小炕上,我们那里坐去,省得闹你们。"【双】眼见得二人一身一体矣。(甲戌、戚序)于是二人进里间来吃茶。秦氏一面张罗与凤姐摆酒果,一面忙进来嘱宝玉道:"宝叔,你侄儿倘或言语不防头,你千万看着我,不要理他。他虽然腼腆,却性子倔强,不大随和此是有的。"【双】实写秦钟,双映宝玉。(甲戌夹、戚序)宝玉笑道:"你去罢,我知道了。"秦氏又嘱咐了他兄弟一回,方去陪凤姐。

一时凤姐尤氏又打发人来问宝玉:"要吃什么,外面有,只管要去。"宝玉只答应着,也无心在饮食上,只问秦钟近日家务等事。【双】宝玉问读书已奇,今又问家务,岂不更奇。(甲戌、戚序)秦钟因说:"业于去年病故,家父又年纪老迈,残疾在身,公务繁冗,因此尚未议及再延师一事,目下不过在家温习旧课而已。再读书一事,必须有一二知己为伴,时常大家讨论,才能进益。"宝玉不待说完,便答道:"正是呢,我们家却有个家塾,读书子弟们也有合族中有不能延师的,便可入塾读书,子弟们中也有亲戚在内可以附读。我因上年业师回家去了,也现荒废着呢。家父之意,亦欲暂送我去温习旧书,待明年业师上来,再各自在家里读。家祖母因说:一则家学里子弟太多,生恐大家淘气,反不好;二则也因我病了几天,遂暂且担搁着。如此说来,尊翁也为此事悬心。今日回去,何不禀明,就往我们敝塾里来,我亦相伴,彼此有益,岂不是好事?"秦钟笑道:"家父前日在家提起延师一事,也曾提起这里的义学到好,【双】真是可儿之弟。(甲戌眉)原要来合这里的亲翁商议引荐。因这里又事忙,不好为这点小事来聒絮的。宝叔果然疼小侄或可磨墨涤砚,何不速速的作成,又彼此不至荒废,又可以常相谈聚,又可以慰父母之心,又可以得朋友之乐,岂不是美事?"宝玉道:"放心,放心。咱们回来告诉你姐姐、姐夫和琏二嫂子。你今日回家就禀明令尊,我回去再禀明祖母,再无不速成之理。"二人计议已定。那天气已是掌灯时候,出来又看他们玩了一回牌。算帐却又是秦氏尤氏二人输了戏酒的东道,【夹】自然是二人输。(甲戌夹)言定后日吃这东道。一面就叫送饭。

吃毕晚饭，因天黑了，尤氏因说："先派两个小子先送了这秦相公家去。"媳妇们传出去半日，秦钟告辞起身。尤氏问："派了谁送去？"媳妇们回说："外头派了焦大，谁知焦大醉了，又骂呢。"【双】可见骂非一次矣。（甲戌、戚序）秦氏、尤氏都说："偏又派他做什么？放着这些小子们，那一个派不得？偏要惹他去。"【夹】便奇。（甲戌夹、戚序）凤姐说："我成日家说你太软弱了，纵的家里人这样还了得了？"尤氏叹道："你难道不知这焦大的？连老爷都不理他的，你珍大哥哥也不理他。只因他从小儿跟着太爷们出过三四回兵，从死人堆里把太爷背了出来，得了命；自己挨着饿，却偷了东西来给主子吃；两日没得水，得了半碗水给主子呵，他自己喝马尿。不仗着这些功劳情分，有祖宗时，都另眼看待，如今谁肯难为他去。他自己又老了，又不顾体面，一味的吃酒，吃醉了，无人不骂。我常说给管事的，不要派他差使，全当一个死的就完了。今又派了他。"凤姐道："我何尝不知这焦大。到是你们没主意，有这样的，何不打发他远远的庄子上去就完了。"【眉】是为后协理宁国伏线。（甲戌眉）说着，因问："我们的车可齐备了？"地下众人都应道："伺候齐了。"

凤姐起身告辞，和宝玉携手同行。尤氏等送至大厅，只见灯烛辉煌，众小厮都在丹墀侍立。那焦大又恃贾珍不在家，即在家也不好怎样他，更可以任意洒洒落落。因趁着酒兴，先骂大总管赖二，【双】记荣府中则是赖大。又故意错综妙。（甲戌、戚序）说他不公道，欺软怕硬，"有了好差使就派别人，像这等黑更半夜送人的事，就派我，没良心的王八羔子！瞎充管家！你也不想想，焦大太爷跷跷脚，比你的头还高呢。二十年头里的焦大太爷眼里有谁？别说你们这一起王八羔子们！"

正骂的兴头上，贾蓉送凤姐的车出去，众人喝他不听，贾蓉忍不得，便骂了他两句，使人困起来，"等明日酒醒了，问他还寻死不寻死了！"那焦大那里把贾蓉放在眼里，反大叫起来，赶着贾蓉叫："蓉哥儿，你别在焦大跟前使主子性儿。别说你这样儿的，就是你爹、你爷爷，也不敢和焦大挺腰子！不是焦大一个人，你们就做官享荣华受富贵？你祖宗九死一生挣下这家业，到如今了，不报我的恩，反和我充起主子来了。"【夹】忽接此焦大一段，真可惊心骇目，一字化一泪，一泪化一血珠。（甲戌眉）不和我说别的还可，若再说别的，咱们白刀子进去红刀子出来！"【双】是醉人口中文法。一段借醉奴口角，闲闲补出宁荣往事近故，特为天下世家一哭。（甲戌）凤姐在车上说与贾蓉道："以后还不打发了这个没王法的东西！留在这里岂不是祸害？倘或亲友知道了，岂不笑话咱们这样的人家，连个王法规矩都没有。"贾蓉答应"是"。

众小厮见他太撒野了，只得上来了几个，掀翻捆到，拖往马圈里去。焦大越发连贾珍都说出来，乱嚷乱叫说："我要往祠堂里哭太爷去。【眉】"不如意处常八九，可与人言无二三"，以二句批是假聊慰石兄。（甲戌眉）那里承望到如今生下这些畜生来！每日家偷狗戏鸡，爬灰的爬灰，养小叔子的养小叔子，我什么不知道？咱们'胳膊折了往袖子里藏'！"众小厮听他说出这些没天日的话来，唬的魂飞魄散，也不顾别的了，便把他捆起来，用土和马粪满满的填了他一嘴。

凤姐和贾蓉等也遥遥的闻得，便都装做没听见。宝玉在车上见这般醉闹，到也有趣，因问凤姐道："姐姐，你听他说'爬灰的爬灰'，什么是'爬灰'？"凤姐听了，连忙立眉嗔目断喝道："少胡说！那是醉汉嘴里混吣，你是什么样的人，不说这听见，还到细问！等我回去回了太太，看捶你不捶你！"唬得宝玉忙央告道："好姐姐，我再不敢了。"凤姐道："这才是呢。等咱们到了家，回了老太太，打发你同你秦家侄儿学里去念书要紧。"说着，却自回往荣府而来。正是：

不因俊俏难为友，正为风流始读书。【夹】原来不读书，即蠢物矣。（甲戌夹）

第八回　比通灵金莺微露意　探宝钗黛玉半含酸

187　　石头记　第八回

189　脂砚斋重评石头记卷之
　　第八回　比通灵金莺微露意　探宝钗黛玉半含酸
　　　　题曰：
　　　　　　古鼎新烹凤髓香，那堪翠斝贮琼浆。
　　　　　　莫言绮縠无风韵，试看金娃对玉郎。
　　　话说凤姐和宝玉回家见过众人，宝玉便先回明贾母，秦钟要上家塾之事，自己也有了个知己的朋友，正好发奋；【双】未必。（甲戌夹）又着实的称赞秦钟的人品行事，最使人怜爱。凤姐又在一旁帮着说"过日他还来拜老祖宗"等语，【夹】此止便成了，不必繁文再表，故妙。偷度金针法。（甲戌夹）说的贾母喜欢起来。凤姐又（注：原稿以下文字被挖补"趁势请贾母后日过"）趁势请贾母后日过去看戏。贾母虽年老，【夹】为贾母写传。（甲戌夹）却极有兴头。至后日，又有尤氏来请，【夹】叙事有法。只管写看戏，
190　便是一无见世面之暴发贫婆矣。写"随便"二字，兴高则往，兴败则回，方是世代封君正传。且"高兴"二字，又可生出多少文章来。（甲戌）遂携了王夫人、林黛玉、宝玉等过去看戏。至晌午，贾母便先回来歇息了。【眉】细甚，交代毕。（甲戌夹）王夫人本是好清净的，见贾母回来也就回来了。然后凤姐坐了首席，【双】偏与邢夫人相犯，却是各有各传。（甲戌）尽欢至晚无话。
　　　却说宝玉因送贾母回来，待贾母歇了中觉，意欲还去看戏取乐，又恐扰的秦氏等人不便，【双】全是体贴工夫。（甲戌夹）因想起近日薛宝钗在家养病，未去亲候，意欲去望他一望。若从上房后角门过去，又恐遇别事缠绕，【双】本意正传。实是囊时苦恼，叹叹。（甲戌夹）再或可巧遇见他父亲，更为不妥，宁可绕远路罢了。【双】细甚。（甲戌夹）当下众嬷嬷丫环伺候他换衣服，见他不换，仍出二门去了，众嬷嬷丫环只得跟随出来，还只当他去那府中看戏。谁知到穿堂，向东向北绕厅后而去。顶头遇见了门下清客相公詹光、单聘仁二人【双】妙，盖沾光之意。更妙，盖善于骗人之意。（甲戌夹）走来，一见了宝玉，便都笑着赶上来，一个抱住腰，一个携着手，都道："我的菩萨哥儿，【双】没理没伦，口气毕肖。（甲戌夹）【眉】路用淡三色烘染，行云流水法，写出贵公子家常不迹不离气致。经历过者则喜其写真，未经过者恐不免嫌繁。（甲戌夹）我说作
191　了好梦呢，好容易得遇见了你。"说着，请了安，又问好，劳叨半日，方才走开。

第八回　比通灵金莺微露意　探宝钗黛玉半含酸

老嬷嬷叫住，因问："二位爷是从老爷跟前来的不是？"【双】为玉兄一人，却人人俱有心事，细致。（甲戌夹）二人点头道："老爷在梦坡斋小书房里歇中觉呢，【双】使人起退思。妙。（甲戌夹）【夹】妙，梦遇坡之处也。（甲戌夹、甲辰）不妨事的。"一面说，一面走了。【双】玉兄知己，一哭。（甲戌夹）说的宝玉也笑了。于是转湾向北奔梨香院来。可巧管银库房的总领名唤吴新登【双】妙，盖云"无星戥"也。（甲戌夹、甲辰）与仓上的头目名戴良，【双】妙，盖云"大量"也。（甲戌夹、甲辰）还有几个管事的头目，共有七个人，从账房里出来，一见了宝玉赶来，都齐垂手站立。独有一个买办，唤钱华，【双】亦"钱开花"之意。随事生情，因情得文。（甲戌、甲辰）因他多日未见宝玉，忙上来打千请安，宝玉忙含笑携他起来。众人都笑说："前儿在一处看见二爷写的斗方儿，字法越发好了，多早晚儿赏我们几张贴贴。"【眉】余亦受过此骗，今阅至此，赧然一笑。此时有三十年前向余作此语之人在侧，观其形已皓首驼矣，乃使彼亦细听此数语，彼则潸然泪下。（甲戌眉）宝玉笑道："在那里看见了？"众人道："好几处都有，都称赞的了不得，【夹】未入梨香院，先故作若许波澜曲折。瞧他无意中又写出宝玉写字来，固是愚弄公子之闲文，然亦是暗逗宝玉历来文课事。不然，后文岂不太突然。（甲戌）还和我们寻呢。"宝玉笑道："不值什么，你们说与我的小幺儿们就是了。"一面说，一面往前走，众人待他过去，方都各自散了。

　　闲言少叙，【双】此处用此句最当。（甲戌）且说宝玉来至梨香院中，先入薛姨妈室中来，正见薛姨妈打点针黹分给丫环们呢。宝玉忙请了安，薛姨妈忙一把拉了他，抱入怀内，笑说："这们冷天，我的儿，难为你想着来，快上炕来坐着罢。"遂又命人倒滚滚的茶来。宝玉因问："哥哥不在家？"薛姨妈叹道："他是没笼头的马，天天忙个不了，那里肯在家一日？"宝玉道："姐姐可大安了？"薛姨妈道："可是呢，你前儿又想着打发人来瞧他。他在里间不是，你去瞧他，里间比这里暖和，那里坐着，我收拾收拾就进去和你说话儿。"宝玉听说，忙下了炕来至里间门前，只见吊着半旧的红紬软帘。【夹】从门外看起，有层次。（甲戌夹）宝玉掀帘一迈步进去，就先看见薛宝钗坐在炕上做针线，头上挽着漆黑油光的髻儿，蜜合色绵袄，玫瑰紫二色金银鼠比肩褂，葱黄绫棉裙，一色半新不旧，看去不觉奢华。唇【装订线外】庚寅春日抄鹤轩先生所本。）不点而红，眉不画而翠，脸若银盆，眼如水杏。【眉】画神鬼易，画人物难。写宝卿正是写人之笔，若与黛玉并写更难。今作者写得一毫难处不见，且得二人真体实传，非神功而何。（甲戌眉）罕言寡语，人谓藏愚；安分随时，自云守拙。【双】这方是宝钗正传，与前写黛玉之传一齐参看，各极其妙，各不相犯，使其人难其左右于毫末。（甲戌、甲辰）宝玉一面看，【夹】宝钗之传由宝玉眼中写来。（独有）一面问："姐姐可大愈了？"宝钗抬头，【双】与宝玉迈步针对。（甲戌夹）【夹】此则神情尽在烟飞水逝之间，一展便失于千里矣。（甲戌）只见宝玉进来，连忙起身含笑答说："已经大好了，到多谢记挂着。"说着，让他在炕沿上坐了，即命莺儿斟茶来。一面又问老太太姨娘安，别的姊妹们都好。一面看宝玉【双】"一面"二。口中眼中，神情俱到。（甲戌夹）头上戴着累丝嵌玉紫金冠，额上勒着二龙抢珠金抹额，身上穿着秋香色立蟒白腋箭袖，系着五彩蝴蝶鸾绦，项上挂着长命锁、记名符，另外有一块落草时衔下来的宝玉。宝钗因笑说道：

"成日人家说你的这玉,究竟未曾细细的鉴赏鉴,我今儿到要瞧瞧。"【双】自首回至此,回回说有通灵玉一物,余亦未曾细细赏鉴,今亦欲一见。(甲戌)说着便挪近前来。宝玉亦凑了上去,【眉】余代答曰:遂心如意。(甲戌眉)从项上摘了下来,递在宝钗手内。

194 宝钗托于掌上,【双】试问石兄:此一托,比在青埂峰下,猿啼虎啸之声何如?(甲戌)只见大如雀卵,【双】体。(甲戌夹、甲辰)灿若明霞,【双】色。(甲戌夹、甲辰)莹润如酥,【双】质。(甲戌夹、甲辰)五色花纹缠护。【双】文。(甲戌夹、甲辰)这就是大荒山中青埂峰下的那块顽石的幻相,后人曾有诗嘲云:

　　女娲炼石已荒唐,又向荒唐演大荒。
　　失去幽灵真境界,幻来污浊臭皮囊。【双】二语可入道,故前引庄叟秘诀。(甲戌夹)
　　好知运败金无彩,堪叹时乖玉不光。【双】又夹入宝钗,不是虚图对的工。(甲戌夹)
　　白骨如山忘姓氏,【夹】批得好。末二句似与题不切,然正真贴切语。(甲戌夹)无非公子与红妆。【双】二语虽粗,本是真情。然此等诗只宜如此,为天下儿女一哭。(甲戌夹)

那顽石也曾记下他这幻相并癞僧所镌的篆文,【眉】忽又作此数语,以幻弄成真,以真弄成幻,真真假假,恣意游戏于笔墨之中,可谓狡猾之至。作人要老诚,作文要狡猾。(甲戌眉)今亦按图画于后。但其真体最小,方能从胎中小儿口内衔下。今若按其体画,恐字迹过于微细,使观者大废眼光,亦非畅事。故今只按其形式,无非略展些规矩,使观者便于灯下醉中可阅。今注明此故,方无胎中之儿口有多大,怎得衔此狼犺蠢大之物等语之谤。

195 　　　　　　通灵宝玉反面图式　　通灵宝玉正面图式

註云
一除邪祟
二疗冤疾
三知祸福

註云
莫失莫忘
仙寿恒昌

第八回　比通灵金莺微露意　探宝钗黛玉半含酸

宝钗看毕，又重新翻过正面来细看，【双】余亦想见其物。前回中总用草蛇灰线写法，至此方细细写出，正是大关节处。可谓奇之至。是心中沉音神理。（甲戌夹）【眉】《石头记》立誓不写一家文字。（甲戌眉）口内念道："莫失莫忘，仙寿恒昌。"念了两遍，乃回头向莺儿笑道："你不去倒茶，也在这里发呆作什么？"【双】请诸公掩卷合目，想其神理，想其坐立之势，想宝钗面上口中。（甲戌）莺儿嘻嘻笑道："我听这两句话，到像和姑娘的项圈上的两句话是一对。"【双】又引出一个金项圈来。莺儿口中说出方妙。（甲戌）【眉】恨鞏儿不早来听此数语；若使彼闻之，不知又有何等妙文趣语，以悦我等心臆。（甲戌眉）宝玉听了，忙笑道："原来姐姐那项圈上也有八个字？"【夹】补出素日眼中虽见，而实未留心。（甲戌、甲辰）我也赏鉴赏鉴。"宝钗道："你别听他的话，没有什么字。"宝玉笑央："好姐姐，你怎么睄我的了呢。"宝钗被缠不过，因说道："也是个人给了两句吉利话儿，所以錾上了，叫天天带着；【夹】一句骂死天下浓妆艳饰、富贵中之脂妖粉怪。（甲戌）不然，沉甸甸的有什么趣。"一面说，一面解了排扣，【双】细。（甲戌夹）从里面大红袄上将珠宝晶莹黄金灿烂的璎珞掏将出来。【夹】按，璎珞者，项饰也，想近俗即呼为项圈者是矣。（甲戌）宝玉忙托了锁看时，果然一面有四个篆字，两面八个，共成两句吉谶，也曾按式画下形像：

宝玉看了，也念了两遍，又念自己的两遍，因笑问："姐姐这八个字到真与我的是一对。"【双】余亦谓是一对，不知干支中四注八字，可与卿亦对否。（甲戌、甲辰）【眉】花看半开，酒饮微醉，此文字是。（甲戌眉）莺儿笑道："是个痴癫和尚送的，他说必须錾在金器上——"宝钗不待说完，便嗔他不去到茶，一面又问宝玉从那里来。【双】妙神妙理，请观者自思。（甲戌夹）

不离不弃

宝玉此时与宝钗就近，只闻一阵阵凉森森甜丝丝的幽香，竟不知系何香气，遂问："姐姐熏的是什么香？我竟从未闻见过这味儿。"【双】不知比"群芳髓"又何如。（甲戌夹、甲辰）宝钗笑道："我最怕熏香！好好的衣服，熏的香燎火气的。"宝玉道："既如此，这是什么香？"【夹】黛卿之香系自身草卉之香，宝钗乃食草卉之香，之香作者是何意旨，余亦知之。（独有）宝钗想了一想，笑道："是了，是我早起吃了丸药的香气。"【双】点冷香九。（甲戌夹）宝玉笑道："什么丸药这么好闻？【夹】仍是小儿语气，究竟不知别个小儿，只宝玉如此。（甲戌）好姐姐，给我一丸尝尝。"宝钗笑道："又混闹了。一个药也是混吃的？"

芳龄永继

一语未了，忽听外面人说："林姑娘来了。"【双】紧处愈紧，密不容针之文。（甲戌夹）话尤未了，林黛玉已摇摇的走了进来，【双】二字画出身。（甲戌夹）一见了宝玉，便笑道："嗳哟，我来的不巧了！"【双】奇文，我实不知鞏儿心中是何丘壑。（甲戌夹）宝玉等忙起身笑让坐，宝钗因笑道："这话怎么说？"黛玉笑道:"早知他来,我就不来了。"宝钗道:"我更不解这意。"黛玉笑道:"要来一群都来;要不来一个也不来;今儿他来了,明儿我再来,如此间错开了来着,岂不天天有人来了?【夹】强词夺理。(甲戌夹)也不至于太冷落,也不至于太热闹了。【双】好点缀。(甲戌夹)姐姐如何反不解这意思?"【双】吾不知颦儿以何物为心,为齿,为口,为舌,实不知胸中有何丘壑。(甲戌)

宝玉因见他外面罩着大红羽缎对衿褂子,【夹】岔开文字。繁章法,妙极妙极。(甲戌夹)因问:"下雪了么?"地下婆娘们道:"下了这半日雪珠儿了。"宝玉道:"取了我的斗篷来不曾?"黛玉便道:"是不是,我来了他就该去了。"【双】实不知黛玉胸中有何丘壑。(甲戌夹)宝玉笑道:"我多早晚儿说要去了?不过拿来预备着。"宝玉的奶母李嬷嬷因说道:"天又下雪,也好早晚的了,就在这里同姐姐妹妹一处顽顽罢。姨娘那里摆茶果子呢。我叫丫头去取了斗篷来,说给小幺儿们散了罢。"宝玉应允。李嬷嬷出去,命小厮们都各散去不提。

这里薛姨妈已摆了几样细巧茶果来,【双】是溺爱,非势力。(甲戌夹)【眉】余最恨无调教之家,任其子侄肆行哺啜,观此则知大家风范。(甲戌眉)留他们吃茶。宝玉因夸前日在那府里珍大嫂子叫人做的好鹅掌鸭信。【夹】为前日秦钟之事,恐观者忘却,故忙中闲笔,重一渲染。(甲戌)薛姨妈听了,也把自己糟的取了些来与他尝。【双】是溺爱,非夸富。(甲戌夹)宝玉笑道:"这个须得就酒吃才好。"薛姨妈就人去灌了最上等的酒来。【双】愈见溺爱。(甲戌夹)李嬷嬷便上来道:"姨太太,酒到罢了。"宝玉央道:"妈妈,我只喝一锺。"李嬷嬷道:"不中用!当着老太太、太太,那怕你吃一坛呢。想那日我眼错不见一会,不知是那一个没有调教的,只图讨你的好儿,不管别人死活,给了你一口酒吃,葬送的我挨了两日骂。姨太太不知道,他性子又可恶,【夹】补出素日。(甲戌夹)吃了酒便弄性。有一日老太太高兴了,又尽着他吃,什么日子又不许他吃,何苦我白陪在里面受气。"【双】浪酒闲茶,原不相宜。(甲戌夹、甲辰)薛姨妈笑道:"老货!你只放心吃你的去。我也不许他吃多了。便是老太太问,有我呢。"一面让小丫环们:"来,让你李奶奶他们去,也吃一杯搪搪雪气。"那李嬷听如此说,只得和众人去吃些酒。这里宝玉又说:"不必温暖了,我只爱吃冷的。"【眉】在宝卿口中说出玉兄学业,是作微露卸春挂之萌耳。是书勿看正面为幸。(甲戌眉)薛姨妈忙道:"这可使不得,吃了冷酒,写字手打飐儿。"【双】酷肖。(甲戌夹)宝钗笑道:"宝兄弟,亏你每日家杂学傍收的,【夹】着眼。若不是宝卿说出,竟不知玉卿日就何业。(甲戌夹)难道就不知道酒性最热,若热吃下去,发散的还快;若冷吃下去,便凝结在内,以五脏去暖他,岂不受害?从此还不快不要吃那冷的呢。"【眉】宝玉也听的出有情理的话来,与前问读书家务,并皆大奇之事。(甲戌)【双】知命知身,识理识性,博学不难,庶可称为佳人。可笑别小说中一首歪诗,几句淫曲,便是佳人相许,岂不丑杀。(甲戌)宝玉听这话有情理,便放下冷酒,命人暖来方饮。

黛玉磕着瓜子儿,【夹】实不知其丘壑自何处设想而来。(甲戌夹)只抿着嘴笑。可巧黛玉的小丫环雪雁走来,【夹】又用此二字。(甲戌夹)与黛玉送小手炉,黛玉因含笑问

第八回　比通灵金莺微露意　探宝钗黛玉半含酸

他："谁叫你送来的？难为他费心，那里就冷笑我了！"【双】吾实不知何为心，何为齿口舌。（甲戌夹）雪雁道："紫鹃姐姐怕姑娘冷，使我送来的。"【双】鹦哥改名已。（甲戌夹）又顺笔带出一个妙名来，洗尽"春花""腊梅"等套。（甲戌）黛玉一面接了，抱在怀中，笑道："也亏你到听他的话。我平日和你说的，全当耳旁风；【夹】要知尤物方如此，莫作世俗中一味酸妒狮吼辈看去。（甲戌）怎么他说了你就依，比圣旨还快些！"宝玉听这话，知是黛玉借此奚落他，也无回复之词，只笑两阵罢了。【双】这才好，这才是宝玉。（甲戌夹）宝钗素知黛玉是如此惯了的，也不去采他。【双】浑厚天成，这才是宝钗。（甲戌夹）薛姨妈因道："你素日身子弱，禁不得冷的，他们记挂着你到不好？"【双】确真为不知黛卿心中意中有何丘壑者。（独有）黛玉笑道："姨妈不知道。幸亏是姨妈这里，倘或在别人家，岂不恼？难道说就看的人家连个手炉也没有，巴巴的从家里送个来。不说丫环们小心太过，还只当我素日狂惯了呢。"【双】用此一解，真叫拍案叫绝，足见其以兰为心，以玉为骨，以莲为舌，以冰为神，真真绝倒天下之裙钗矣。（甲戌）薛姨妈道："你这个多心的，有这样想，我就没这样心。"

说话时，宝玉已是三杯过去。李嬷嬷又上来拦阻。宝玉正在心甜意恰之时，【夹】试问石兄，当日青埂峰猿啼虎啸之声何如？（甲戌）和宝黛姊妹说说笑笑的，那肯不吃。宝玉只得屈意央告："好妈妈，我再吃两钟就不吃了。"李嬷嬷道："你可仔细老爷今儿在家，提防问你的书！"【双】不入耳之言是也。（甲戌夹）不合提此话，这是李嬷嬷激醉了的，无怪乎后文，一笑。（甲戌、甲辰）宝玉听了这话，心中便大不自在，慢慢的放下酒，【夹】画出小儿愁态之状，楔紧后文。（甲戌）垂了头。黛玉先忙的说："别扫大家的兴！舅舅若叫你，【夹】二字指贾政也。（甲戌夹）只说姨妈留着呢。这个妈妈，他吃了酒，又拿我们来醒脾了！"一面悄推宝玉，使他赌气；一面悄悄的咕哝说："别理那老货！咱们只管乐咱们的！"那李嬷嬷不知黛玉的意思，因说道："林姐你不要助着他了。你到劝劝他，只怕他还听些。"黛玉冷笑道："我为什么助他？我也不犯着劝他。你这妈妈太小心了，往常老太太又给他酒吃，如今在姨妈这里多吃一口，料也不妨事。必定姨妈这里是外人，不当在这里的也未可知。"李嬷嬷听了，【夹】是认不的真，是不忍认真，是爱极颦儿，疼煞颦儿之意。（甲戌夹）又是急，又是笑，说道："真真这林姐儿，说出一句话来，比刀子还尖。你这算了什么。"宝钗也忍不住笑着，把黛玉腮上一拧，【双】我也欲拧。（甲戌夹）说道："真真这个颦丫头的一张嘴，【夹】可知余前批不谬。（甲戌夹）叫人恨又不是，喜欢又不是。"薛姨妈一面又说："别怕，别怕，我的儿！【夹】是接前老爷问书之语。（甲戌夹）来这里没好的给你吃，别把这点子东西唬的存在心里，到叫我不安。只管放心吃，有我呢。越发吃了晚饭去，便是醉了，就跟着我睡罢。"因命："再烫热酒来！姨妈陪你吃两杯，【夹】二语不失长上之体，且收拾若干文，千斤力量。（甲戌夹）可就吃饭罢。"宝玉听了，方又鼓起兴来。

李嬷嬷因吩咐小丫头子们道："你们在这里小心伺候着，我家里换了衣服就来，并悄悄的回姨太太，别由着他的性儿，多给他酒吃。"说着便家去了。这里虽还有三两个婆子，都是不关痛痒的，【夹】写的到。（甲戌夹）见李嬷嬷走了，便也都自寻方便去了。只剩了两个小丫环，乐得讨宝玉的喜欢。幸而薛姨妈千哄万哄的，只容他吃了几杯，就忙收过了。作酸笋鸡皮汤，宝玉痛喝了两碗，吃了半碗饭合些碧粳粥。【夹】美粥名。（甲戌夹）一时薛林二人也吃完了饭，又酽酽的漱上茶来大家吃了。薛姨妈方放了心。雪雁等三四个丫头已吃了饭，进来伺候。黛玉因问宝玉道："你走不走？"【夹】妙问。（甲戌夹）宝玉乜斜倦眼道：【夹】醉意。（甲戌夹）"你要走，我和你一同走。"【夹】妙答。（甲戌夹）黛玉听说，【双】此等语阿颦心中最乐。（甲戌夹）遂起身道："咱们来了这一日，也该回去了。还不知那边怎么找咱们呢。"说着，二人便告辞。

小丫头忙捧过斗笠来，【夹】不漏。（甲戌夹）宝玉便把头略低一低，命他带上。那丫头便将那大红猩毡斗笠一抖，才要往宝玉头上带，宝玉便说："罢，罢！好蠢东西，你也轻些儿！难到没见过别人带过的"【双】别人者，袭人、晴雯之辈也。（甲戌夹）"让我自己带罢。"黛玉站在炕沿上道："啰唆什么，过来，我瞧瞧罢。"宝玉忙就前来。黛玉用手整理，用手轻轻拢住束发冠，将笠沿掖在抹额之上，将那核桃大的绛绒簪缨扶起，颤巍巍露于笠外。整理已毕，端相了端相，说道："好了，披上斗篷罢。"【双】若使宝钗整理，颦卿又不知有多少文章。（甲戌、甲辰）宝玉听了，方接了斗篷披上。薛姨妈忙道："跟你们的妈妈都还没来呢，且略等等再走。"宝玉道："我们倒去等他们，有丫头们跟着也勾了。"薛姨妈不放心，到底命两个妇女跟随送他兄妹方罢。他二人道了扰，一径回往贾母房中。

贾母尚未用晚饭，知是从薛姨妈处来，【夹】收的好极，正是写薛家母女。（甲戌夹）更加欢喜。因见宝玉吃了酒，遂命他自回房去歇着，不许再出来了。因命人好生看待着。忽想起跟宝玉的人来，遂问众人："李奶子怎么不见？"【双】细。（甲戌夹）众人不敢直说家去了，【双】有是事，大有是事。（甲戌夹）只说："才进来的，想有事才去了。"宝玉踉跄回顾道："他比老太太还受用呢，问他做什么没有！他只怕我还多活两日。"一面说，一面来至自己的卧室。【夹】如此找前文最妙，且无逗笋之迹。（甲戌夹）只见笔墨在案，晴雯先接出来，笑说道："好，好，要我研了那些墨，早起高兴，只写了三个字，丢下笔就走了，哄的我们等了一日。快来与我写完这些墨才罢！"【夹】憨活现，余双圈不及。（甲戌夹）【双】补前文之未到。（甲戌夹）宝玉忽然想起早起的事来，因笑道："我写的那三个字那里呢？"晴雯笑道：【眉】写晴雯是晴雯走下来，断断不是袭人平儿莺儿等语气。（甲戌）"这个人可醉了。你头里过那府里去，嘱咐贴在这门斗上，这会子又这么问我，生怕别人贴坏了，我亲自爬高上梯的贴上，【夹】可儿可儿。（甲戌夹）【双】全是体贴人。（甲戌夹）这会子还冻的手冰冷的呢。"【夹】可儿可儿。（甲戌夹）宝玉听了，【夹】是醉笑。（甲戌夹）笑道："我忘了。你的手冷，我替你渥着。"说着便伸手携了晴雯的手，同仰首看门斗上新书的三个字。【双】究竟不知三个什么字。（甲戌夹）【眉】誓不作开门见山文字。（甲戌眉）

一时黛玉来了，宝玉笑道："好妹妹，你别撒谎，你看这三个字那一个好？"黛玉仰头看里间门斗上，新贴了三个字，写着"绛芸轩"。【双】出题妙，原来是这三字。(甲戌夹)黛玉笑道:"个个都好。怎么写的这们好了?明儿也与我写一个匾。"【双】滑贼。(甲戌夹)宝玉笑道:"又哄我呢。"说着又问:"袭人姐姐呢?"【双】断不可少。(甲戌夹)晴雯向炕上努嘴。【双】画。(甲戌夹)宝玉一看,只见袭人合衣睡着在那里。宝玉笑道:"好,太渥早了些。"【双】绛云轩中事。(甲戌夹)因问晴雯道:"今儿我在那府里吃早饭,有一碟了豆腐皮的包子,我想着你爱吃,和珍大奶奶说了,只说我留着晚上吃,叫人送过来的,你可吃了没有?"晴雯道:"快别提。一送了来我知道是给我的,偏我才吃了饭,就放在那里。后来李奶奶来了看见,说:'宝玉未必吃了,拿了给我孙子吃去罢。'他就叫人拿了家去了。"【双】奶妈之倚势,也是人之常情,奶母之昏聩,也是常情,然特于此处特写一回,与后文袭卿之酥酷,遥遥相对,足见晴卿不及袭卿远矣。余谓晴有林风,袭乃钗副,真真不错。(甲戌)接着茜雪捧上茶来。宝玉因让:"林妹妹吃茶。"【夹】三字是解上文口气而来,非众人之称。(甲戌夹)众人笑说:"林妹妹早走了,还让呢。"【眉】写鬟儿去,如此章法,奇笔奇文。(甲戌眉)

宝玉吃了半碗茶,【夹】醉态逼真。偏是醉人搜寻的出,细事也是真情。(甲戌)忽又想起早起的茶来,因问茜雪道:"早起澂了一碗枫露茶,我说过,那茶是三四次后才出色的,这会子怎么又澂了这个来?"【双】所谓闲茶是也,与前浪酒一般起落。(甲戌夹)茜雪道:"我原是留着的,那会子李奶奶来了,他要尝尝,就给他吃了。"【双】又是李嬷嬷,事有凑巧,如此类也。(甲戌夹)宝玉听了,将手中的茶杯只顺手往地下一掷,【双】是醉后,故用"顺手"二字,非有心动气也。(甲戌夹)【眉】按警幻情讲,宝玉系情不情。凡世间之无知无识,彼俱有一痴情去体贴。今加"大醉"二字于石兄,是因问包子问茶,顺手掷杯,问茜雪撵李嬷,乃一部中未有第二次事也。袭人数语,无言而止,石兄真大醉了。余亦云实实大醉也。难辞碎闹,非薛蟠纨袴辈可比。(甲戌眉)豁啷一声,打了个粉碎,泼了茜雪一裙子的茶。又跳起来问着茜雪道:"他是你那一门子的奶奶,你们这么孝敬他?不过是仗着我小时候吃过他几日奶罢了。【双】真醉了。(甲戌夹)如今逞的他比祖宗还大了。如今我又吃不着奶了,白白的养着祖宗做什么!撵了出去,大家干净!"【双】真真大醉了。(甲戌夹)说着便要立刻回贾母,撵他乳母。

原来袭人实未睡着,不过故意装睡,引宝玉来讴他顽耍。先闻得说字问包子等事,也还可以不必起来;后来摔了茶钟,动了气,遂连忙起来解释劝阻。早有贾母遣人来问是怎么了。【双】断不可少之文。(甲戌夹)人道:"我才倒茶来,被雪滑倒了,【夹】现成之至,瞧他写袭卿为人。(甲戌夹)失手砸了锺子。"一面又安慰宝玉道:"你立意要撵他也好,我们也都愿意出去,【双】二字奇,使人一惊。(甲戌夹)不如趁势连我们一齐撵了,我们也好,你也不愁再有好的来扶侍你。"宝玉听了这话,方无了言语,被袭人等扶至炕上,脱换了衣服。不知宝玉口中还说些什么,只觉口齿缠绵,眼眉愈加饧滞,【双】二字带出平素形像。(甲戌夹)忙扶侍他睡下。袭人伸手从他项上摘下那通灵玉来,用自己的手帕包好,塞在褥子底下,次日带时,便冰不着脖子。【双】试问石兄:此一渥,比青埂峰下松风明月如何?(甲戌)那宝玉就枕便睡着了。彼时李嬷嬷等已经进来了,【夹】交代清楚。塞玉一段,又为"误窃"一回伏线。晴雯茜雪二婢,又为后文先作一引。(甲戌)听见醉了,不敢前来再去触犯,只悄悄的打听睡了,方放心散去。

次日醒来,【夹】以上已完正题,以下是后文引子,前文之馀波。此回收法,与前数回不同矣。(甲戌)就有人回:"那边小蓉大爷带了秦相公来拜。"宝玉忙接了出去,领了拜见贾母。贾母见秦钟形容标致,举止温柔,堪陪宝玉读书,【双】骄大如此,溺爱如此。(甲戌夹)心中十分欢喜,便留茶留饭,又命人带去见王夫人等。众人因素爱秦氏,今见了秦钟是这般人品,也都欢喜,临去时,都有表礼。贾母又与了一个荷包并一个金魁星,【眉】作者今尚记金魁星之事乎?抚今思昔,断肠心摧。(甲戌眉)取"文星和合"之意。又嘱咐他道:"你家住的远,或有一时寒热饥饱不便,只管住在这里,不必限定了。只和你宝叔在一处,别和跟着那些不长进的东西们学。"秦钟一一的答应,回去禀知。

他父秦业现任营缮郎,【双】妙名。业者孽也,盖云情因孽而生也。官职更妙。设云因情孽而缮此一书之意。(甲戌)年近七十,夫人早亡。因当年无儿无女,便向养生堂抱了一个儿子并一个女儿。谁知儿子又死了,【双】一顿。(甲戌夹)只剩女儿,小名唤可卿,【眉】写可儿出身自养生堂,是褒中贬;后死封龙禁尉,是贬中褒。灵巧一至于此。(甲戌眉)出名秦氏,究章不知系出何氏,所谓寓褒贬,别善恶是也。秉刀斧之笔,具菩萨之心,亦甚难矣。如此写出,可见来历亦甚苦矣。又知作是欲天下人共来哭此情字。(甲戌)长大时,生的形容袅娜,性格风流。【双】四字更有隐意。《春秋》字法。(甲戌夹)因素与贾家有些瓜葛,故结了亲,许与贾蓉为妻。那秦业至五旬之上方得了秦钟。因去岁业师亡故,未暇延请高明之士,只得暂时在家温习旧课。正思要和亲家【夹】指贾珍。(甲戌夹)去商议送往他家塾中,暂且不至荒废,可巧遇见了宝玉这个机会,又知贾家塾中现今司塾的是贾代儒,【双】随笔命名,省事。(甲戌夹)乃当今之老儒,秦钟此去,学业料必进益,成名可望,因此十分喜悦。只是宦囊羞涩,那贾家上上下下都是一双富贵眼睛,【夹】为天下读书人一哭,寒素人一哭。(甲戌夹)贽见礼必须丰厚,一时又能拿出,为儿子的终身大事,【双】原来读书是终身大事。(甲戌夹)说不得东拼西凑的恭恭敬敬封了二十四两贽见礼,【夹】可知宦囊羞涩与东拼西凑等样,是特为近日守钱虏而不使子弟读书之辈一大哭。(甲戌)【双】四字可思,近之鄙薄师傅者来看。(甲戌夹)亲自带了秦钟,来代儒家拜见了。然后听宝玉上学之日,好入塾。正是:

早知日后争闲气,岂肯今朝错读书。【双】不想浪酒闲茶一段,金玉猗旎之文后,忽用此等寒瘦古拙之词收住,亦行文之大变体处。《石头记》多用此法,历观后文便知。(甲戌)这是隐语微词,岂独指此一事哉。余则谓读书正为争气,但此争气与彼争气不同,写来一笑。(甲戌夹)

第九回　恋风流情友入家塾　起嫌疑顽童闹学堂

脂砚斋重评石头记卷之
第九回　恋风流情友入家塾　起嫌疑顽童闹学堂
　　话说秦业父子专候贾家的人来送上学择日之信。原来宝玉急于要和秦钟相遇，【双】妙！不知是怎样相遇。（戚序）别的，遂选了后日一定上学。"后日一早，请秦相公先到我这里，会齐了，一同前去。"——打发了人送了信。
　　是日一早，宝玉未起，袭人早已把书笔文物包好，收拾得停停妥妥，坐在炕沿上发闷。【双】神理可思。忽又写小儿学堂中一篇文字，亦别书中之未有。（戚序）见宝玉醒来，只得伏待他梳洗。宝玉见他闷闷的，因笑问道："好姐姐，【双】开口断不可少此三字。（戚序）你怎么又不自在了？难到怪我上学去丢的你们冷清了不成？"【夹】玉卿自己心中所忖度。（独有）："这是那里话。读书是极好的事，【夹】系袭卿自己心中忖度之理。（独有）不然就潦倒【双】二字恰合石兄经历。（独有）一辈子，终久怎么样呢。只一件，只是念书的时节想着书，不念的时节想着家些。别和他们一处玩闹，碰见老爷不是顽的。虽说奋志要强，那功课宁可少些，一则贪多嚼不烂，二则身子也要保重。这就是我的意思，你可要体量着些。"【夹】书正语细嘱一番。盖袭卿心中，明知宝玉并非真心奋志之人，袭人自别有说不出来之话。（戚序）袭人说一句，宝玉应一句。袭人道："大毛衣服我也包好了，交出给小子们去了。学里冷，好歹想着添换，比有得家里有人照顾。脚炉手炉的炭也交出去了，你可逼着他们添。那一起懒贼，你不说，他们乐得不动，白冻坏了你。"宝玉道："你放心，出外头我自己都会调停的。你们也别闷死在这屋里，常和林妹妹一处去玩笑才好。"【夹】不忘颦卿。（独有）说着，俱已穿戴明白，袭人催他去见贾母、贾政、王夫人等。宝玉且又嘱咐了晴雯麝月等人几句，【夹】不可少。（独有）方出来见贾母。贾母未免有几句嘱咐的话。然后去见王夫人，又出来书房中见贾政。
　　偏生这日贾政回来的早，【双】若俗笔则又云不在家矣。试思若再不见，则成何文字哉？所谓不敢作安逸苟且塞责文字。（戚序）正在书房中与相公们闲话。见宝玉进来请安，回说上学去，贾政便冷笑道："你如果再提'上学'两个字，【夹】今听此话仍欲惶悚。（独有）连我也羞死了。【双】这一句才补出已往许多文字，是严父之声。（戚序）依我说，你竟玩的是正理。仔细站脏了我这地，靠脏了我的门！"【双】画出宝玉的俯首挨壁之形象来。（戚序）众清客们早起身笑道："老世翁何必又如此。今日世兄一去，二三年就可显身成名了，断不似往年仍作小儿之态。天将饭时，世兄竟快请罢。"说着便有两个年老的携了宝玉的手走出去。

贾政便问:"跟宝玉的是谁?" 早听外面答应了两声,早进来了三四个大汉,打千请安。贾政看时,认得是宝玉奶母之子,名唤李贵。因说道:"你跟他上了几年学,他到底念了些什么书!倒念了些混言流话在肚子里,学了些精致的淘气。等我闲了,先揭了你的皮,再和那不长进的算账!"唬得李贵忙双膝跪下,摘了帽子,碰头有声,连连答应"是",又回说:"哥儿已念到第三本《诗经》,【夹】活画下人不解宦途世情,和政老欲石兄所学者。(独有)'呦呦鹿鸣,荷叶浮萍',小的不敢撒谎。"说的满座哄然大笑起来。贾政也撑不住笑了。因说道:"那怕再念三十本《诗经》,也都是虚应故事而已。你去请学里太爷安,就说我说的:什么《诗经》古文,一概不用念,只是先把《四书》讲明背熟,是要紧的。"李贵忙答应"是",见贾政无话,方退了出去。

此时宝玉站在院外静候,待他们出来,便忙忙的走了。李贵一面掸衣服,一面说道:【夹】有是语。(独有)"可听见不曾?要揭我们的皮呢!人家的奴才跟主子赚些好体面,我们这等奴才白赔着挨打受骂的。从此后也可怜见些才好。"宝玉笑道:"好哥哥,你别委曲,我明儿请你。"李贵道:"小祖宗,谁敢望请?只求你听一两句话就完了。"说着,又至贾母这边,秦钟已早来等候了,贾母正和他说话儿呢。【双】此处便写贾母爱秦钟一如其孙,至后文方不突然。(戚序)于是二人见过,辞了贾母。宝玉忽想起来辞黛玉,【夹】不可少之笔。(独有)【双】妙极!何顿挫之至!余已忘却,至此心神一畅,一丝不走。(戚序)又来至宝玉房中来作辞。彼时黛玉才在窗下对镜,【夹】一副慵妆士女图。(独有)听宝玉来说上学去,因笑道:"好!这一去,可要'蟾宫折桂'了。我不能送你了。"宝玉道:"好妹妹,等我下了学再吃晚饭。那胭脂膏了也等我来再制。"【双】可见玉卿之日课矣。(独有)咛叨了半日,方撤身去了。【双】如此总一句,更妙!(戚序)黛玉忙又叫住问道:"你怎么不去辞辞你宝姐姐去?"【双】必有是语,方是黛玉。此又系黛玉生平之病。(戚序)宝玉笑而不答,竟同秦钟上学去了。

原来贾家之义学离此不远,不过一里之遥,系当日始祖所立,恐族中子弟有不能请师者,即入此中肄业。凡族中有官爵之人,皆有供给银两,按奉之多寡帮助,为学中之费。特举年高有德之人为塾之长,专为训课子弟。今宝秦二人来了,一一的都相见过,读起书来。自此二人同来同往,愈加亲密。又兼贾母爱惜,也时常留下这秦钟,住上三天五日,和自己的众孙一般疼爱。因见秦钟家中不甚宽裕,又助些衣履等物。不上一月之后,秦钟在荣府便熟惯了。【双】交代的清楚。(戚序)宝玉终是不能安分守己的人,一味的随心所欲,又发了癖性,【夹】青山易改,秉性难易。(独有)又特向秦钟特说道:"咱们两人一样的年纪,况又丫同窗,以后不必论叔侄,只论弟兄朋友就是了。"先是秦钟不肯,当不得宝玉不从,只叫他"兄弟",或叫他的表号(以下原文挖补"鲸卿,秦钟也。)【夹】是为情种,得遇卿卿。(独有)只得混着乱叫起来。

原来这学中虽都是本族人丁与些亲戚的子弟,俗语说的好,"一龙生九种,种种各别。"未免人多了,就有龙蛇混杂,下流人物在内。【夹】伏下一笔。(戚序)自宝、秦二人来了，都生的花朵一般的模样，又见秦钟腼腆温柔，未语面先红，怯怯羞羞，有女儿之风；宝玉又是天生成惯能作小服低，赔身下气，性情体贴，话语绵缠，【双】凡四语十六字，上用"天生成"三字，真正是写尽古今情种人也。(戚序) 因此二人又这般亲厚，也怨不得那同窗人起了嫌疑之念，都背地里你言我语，淫污之谈，布满书房内外。【双】伏下文阿呆争风一文。(戚序)

原来薛蟠自来王夫人处住后，便知有一家学，学中广有青年子弟，不免偶动了龙阳之兴，【夹】原来薛呆子尽下此等工夫。(独有) 因此也假说来上学读书，不过是三日打鱼，两日晒网，白送束修礼物与贾代儒，却不曾有一些进益，只图结交些契弟。谁想这学内就有好几个小学生，图了薛蟠的银钱吃穿，被他哄上手的，也不消多说。【双】先虚写几个淫浪蠢物，以陪下文，方不孤不板。(戚序) 更又有两个多情的小学生，【夹】此处用"多情"二字，方妙。(戚序) 亦不知那一房的亲戚，亦未考真姓名，【双】一并隐其姓名，所谓具菩提之心，秉刀斧之笔。(戚序) 只因生得妩媚风流，满学中都送了他两个外号，一个叫"香怜"，一个叫"玉爱"。虽都有窃慕之心，将不利于孺子之意，【夹】诙谐得妙，又似李笠翁书中之趣语。(戚序) 只是都惧薛蟠的威势，不敢来沾惹。如今宝、秦二人一来了，见了他两个，也不免缱绻羡爱，亦因知系薛蟠相知，故未敢轻举妄动。香、玉二人也一般的留情于宝、秦。因此四人心中虽有情意，只未发迹。每日一入学中，四处各坐，却八目勾留，或设言托意，或咏桑寓柳，遥以心照，却外面自为避人眼目。【双】小儿之态活现，掩耳盗铃者亦然，世人亦复不少。(戚序) 不意偏又有几个滑贼看出形景来，都背后挤眉弄眼，【夹】又画出历来学中一群顽皮来。(戚序) 或咳嗽扬声，这也非止一日。

可巧这日代儒有事，又命长孙贾瑞掌管。【双】又出一贾瑞。(戚序) 妙在薛蟠如今不大来学中应卯了，因此秦钟趁此和香怜挤眼，使暗号儿，二人假做出小恭，走到后院说私自话。秦钟先问他："家里的大人可管你交朋友不管？"【双】妙问，真真活跳出两个小儿来。(戚序) 一语未了，只听背后咳嗽了一声。【双】太急了些，该再听他二人如何结局，正所谓小儿之态也，酷肖之极。(戚序) 二人唬的回头看时，原来是窗友名金荣者。香怜本有些性急，便羞怒相激，问他道："你咳嗽什么？难到不许我们说话不成？"金荣笑道："你们说话，难道不许我咳嗽不成？我只问你们：有话不明说，谁让你们这鬼鬼祟祟的干什么故事？我可拿住了，还赖什么！先得让我抽个头儿，咱们一声儿不言语，不然大家就奋起来。"秦、香二人急的飞红了脸，便问道："你拿住什么了？"金荣笑道："我现在拿住了是真的。"说着，又拍着手笑嚷道："贴的好烧饼！你们都不买一个吃去？"秦钟香怜又气又急，忙进来向贾瑞面前告金荣无故欺负他两个。

原来这贾瑞最是个图便宜没行止的人，每在学中以公报私，勒索子弟们请他；后又附助着薛蟠，图些银钱酒肉，一任薛蟠横行霸道，他不但不管约，反助纣为虐讨好儿。偏那薛蟠本是浮萍心性，今儿爱东，明儿爱西，近来又有了新朋友，把香、玉二人又丢开一边。就连金荣也是当日好友，因有了香、玉二人，便弃了金荣。近日连香、玉亦已见弃。故贾瑞便无了提携帮助之人，不说薛蟠弃旧迎新，只怨香、玉二人不在薛蟠前提携他了，【双】无耻小人，真有此心。（戚序）因此贾瑞、金荣等一干人，正醋他两个。今见秦、香二人来告金荣，贾瑞心中便不自在起来，虽不好呵叱秦钟，却拿着香怜作法，反说他多事，着实的抢白了几句。香怜反讨了没趣，连秦钟也讪讪的各归坐位去了。金荣益发得了意，摇头咂嘴的，口内还说许多闲话，玉爱偏又听见了不忿，两个人隔着桌子咕咕唧唧的口角起来。金荣只一口咬定说："方才明明的在后院里亲嘴摸屁股，两个商议定了，一对一龠撅草棍儿抽长短，谁长谁先干。"金荣只顾得意乱说，却不防还有别人。谁知早又触怒了一个。

你道这是谁？原来这一个名唤贾蔷，【双】新而艳，得空便入。（戚序）系宁府中之正派元孙，父母早亡，从小儿跟着贾珍过活，如今长了十六岁，比贾蓉还生的风流俊俏。他兄弟二人最相厚，常相共处。宁府中人多口杂，那些不得志的奴仆们，专能造谣诽谤主人，不知又有什么小人诉谇谣议之词。贾珍想亦风闻得些口声不大好，自己也要避些嫌疑，如今竟分与房舍，命贾蔷搬出宁府，自去立门户过活去了。这贾蔷外相既美，【双】亦不免招谤，难怪小人之口。（戚序）内性又聪明，虽然应名来上学，不过虚掩眼目而已。仍是斗鸡走狗，赏花玩柳。总恃着上有贾珍溺爱，【夹】贬贾珍最重。（戚序）下有贾蓉匡助，【夹】贬贾蓉次之。（戚序）因此族人谁来触逆于他。他既和贾蓉最好，今见有人欺负秦钟，如何肯依？自己要挺身出来抱不平，心中又忖度一番，【双】这一忖度方是聪明人之心机，写得最好，看最细致。（戚序）想道："金荣、贾瑞一干人，都是薛大叔的相知，向日我又与薛大叔相好，倘或我一出头，他们告诉了老薛，【双】先曰薛大叔，次曰老薛，写尽骄侈纨袴。（戚序）我们岂不伤和气？待不要管，如此谣言，说的大家没趣。如今何不用计制伏，又止息口声，又伤不了脸面。"想毕，也妆做小恭，走至外面，悄悄的把跟宝玉的书童名唤茗烟者【双】又出一茗烟。（戚序）唤到身边，如此这般．调拨他几句。【夹】如此便好，不必细述。（戚序）

这茗烟乃是宝玉第一个得用的，且又年轻不谙世事，如今听贾蔷说金荣如此欺侮秦钟，连他爷宝玉都干连在内，不给他个利害，下次越发狂纵难制了。这茗烟无故就要欺压人的，如今得了这个信，又有贾蔷助着，便一头进来找金荣，也不叫金相公了，只说"姓金的，你是什么东西！"贾蔷遂跺一跺靴子，故意整整衣服，看看日影儿说："是时候了。"遂先向贾瑞说有事要早走一步。贾瑞不敢强他，只得随他去了。这里茗烟先一把揪住金荣，问道："我们龠屁股不龠屁股，管你鸡巴相干？横竖没龠你爹去就罢了！你是好小子，出来动一动你茗大爷！"唬的满屋中子弟都怔怔的痴望。贾瑞忙吆喝："茗烟不得撒野！"金荣气黄了脸，说："反了！奴才小子都敢如此，我只和你主子说。"便夺手要去打宝玉、【夹】好看之极。（戚序）秦钟二人。去尚未去时，从脑后搜的一声，早见一方砚瓦飞来，【夹】好看好笑之极。（戚序）并不知系何人打来的，幸未打着，却又打了傍人的座上，这座上仍是贾兰、贾菌。

这贾菌也是荣府近派的重孙，【双】先写一宁派，后又写一荣派，互相错综得妙。（戚序）其母亦少寡，独守着贾菌，这贾菌与贾兰最好，所以二人同桌而坐。谁贾菌年纪虽小，志气最大，极是淘气不怕人的。【夹】要知没志气小儿必不会淘气。（戚序）他在座上冷眼看见金荣的朋友暗助金荣，飞砚来打茗烟，偏没打着茗烟，便落在他桌

第九回　恋风流情友入家塾　起嫌疑顽童闹学堂

上，正打在面前，将一个磁砚水壶打了个粉碎，溅了一书黑水。【双】这等忙，有此闲处用笔。（戚序）贾菌如何依得，便骂："好囚攘的们，这不都动了手了么！"骂着，【夹】先砚瓦后砚砖，转换的妙极。（戚序）也便抓起砚砖来要打回去。贾兰是个省事的，忙按住砚，极口的劝道："好兄弟，不与咱们相干。"【双】是贾兰口气。（戚序）贾菌如何忍得住，便两手抱着书匣子来，照这边抡了来。【双】先飞后抡，用字得神，好看之极。（戚序）终是身小力薄，却抡不到那里，刚到宝玉秦钟桌案上便落了下来，只听哗啷啷一声，砸在桌上，书本纸片撒了一桌，又把宝玉的一碗茶砸的碗碎茶流。【双】好看之极，不打别个，偏打着他二人，亦想不到之文章也，此书此等笔法与后文踢着袭人，误打平儿是一样章法。（戚序）贾菌便跳出来，要打那个飞砚的。金荣此时随手抓了一根毛竹大板在手，地窄人多，那里经得舞动长板。茗烟早吃了一下，乱嚷："你们还不动手！"宝玉还有三个小厮：一名锄药，一名扫红，一名墨雨。这三个岂有不淘气的，一齐乱嚷："小妇养的！动了兵器了！"墨雨遂掇起一根门闩，扫红锄药两个手中都是马鞭子，蜂拥而上。贾瑞极拦一回这，劝一回那，谁听他的话，肆行大闹。众顽童也有趣帮着打太平拳助乐的，也有胆小藏在一边的，也有直立在桌上拍着手儿乱笑、喝着声要叫打的，登时间鼎沸起来。

　　外边李贵等几个大仆人听见里边做起反来，忙都进来一齐喝住。问是何原故。众声不一，这一个如此说，那一个又如彼说。【双】妙，如闻其声。（戚序）李贵且骂了茗烟等四个一顿，【双】处治的好。（戚序）撵了出去。秦钟的头上早撞在金荣的板上，打去一层油皮，宝玉正在拿褂襟子替他柔呢，见喝住了众人，便命："李贵，收书！拉马来，我去回太爷去！我们被别人欺负了，不敢说别的，按礼来告诉瑞大爷，瑞大爷反派我们的不是，听着大家骂我们，还调唆他们打我们茗烟，见有人欺侮我，他岂有不为我的。他们反打伙打了茗烟，连秦钟的头也打破了，还在这里念什么书！不如散了罢！"李贵劝道："哥儿不要性急。太爷既有事回家去了，这会子为这点子事去聒噪他老人家，倒显的咱们没礼似的。依我的主意，那里的事情那里了结好，何必去惊动他老人家。这都是瑞大爷的不是，太爷不在这里，你老人家就是这里的头脑了，众人看你行事。众人有了不是，谁打的打，该罚的罚，如何等闹到这不田地还不管？"贾瑞道："我吆喝着都不听。"【双】如闻。（戚序）李贵笑道："不怕你老人家恼我，素日你老人家到底有些不正经，所以这些兄弟才不听。就闹到太爷跟前去，你老人家也是脱不过的。还不快做个主意撕罗开了罢。"宝玉道："撕罗什么？我必是要回去的！"秦钟道："有金荣，我是不在这里念书的。"宝玉道："这是为什么？难道有人家来的，咱们到来了得？我必回明白了众人，撵了金荣去。"又问李贵："金荣是那一房的亲戚？"李贵想了一想，道："也不必问了。若说起那一房的亲戚，更伤了兄弟们的和气。"

　　茗烟在窗外道："他是东胡同子里璜大奶奶的侄儿，那是什么硬正仗腰子的，也来唬我们。璜大奶奶是他姑妈，只会打旋磨儿，给我们琏二奶奶跪着借当头。我眼里就看不起他那样的主子奶奶！"李贵忙断喝不止，说："偏你这小狗肏的知道，有这些蛆嚼！"宝玉冷笑道："我只当是谁的亲戚，原来是璜嫂子的侄儿，我就去问问他去!"说着便要走。叫茗烟进来包书。茗烟就进屋来包书,又得意道:"爷也不用自己去,等我到他家,就说老太太有话问他呢,雇上一辆车拉进去,当着老太太问他,岂不省事?"【双】又以贾母欺压,更妙。(戚序) 李贵忙喝道:"你要死!仔细回去我好不好先捶了你,然后回老爷太太,就说宝玉全是你调唆的。我这里好容易劝哄好了一半,你又来生个新法子。你闹了学堂,不说变法压息了才是,反要迈火坑要往大里闹!"茗烟方不敢作声儿了。

　　此时贾瑞也怕闹大了,自己也不干净,只得委曲着央告秦钟,又央告宝玉。先是他二人不肯。后来宝玉说:"不回去也罢了,只叫金荣赔不是便罢。"金荣先是不肯,后来禁不得贾瑞也来逼他去赔不是,李贵等只得好劝金荣说:"原是你起的端,你不这样,怎得了局?"金荣强不过,只得与秦钟作了揖。宝玉还不依,偏定要磕头。贾瑞只要暂息此事,又悄悄的劝金荣说:"俗语说的好:'杀人不过头点地'。你既惹出事来,少不得下点气儿,磕个头就完事了。"金荣无奈,只得进前来与宝玉磕头。且听下回分解。

第十回　金寡妇贪利权受辱　张太医论病细穷源

脂砚斋重评石头记卷之
第十回　金寡妇贪利权受辱　张太医论病细穷源

　　话说金荣因人多势众，又兼贾瑞勒令，赔了不是，给秦钟磕了头，宝方才不吵闹了。大家散了学，金荣回到家中，越想越气，说："秦钟不过是贾蓉的小舅子，又不是贾家的子孙，附学读书，也不过和我一样。他因仗着宝玉和他好，他就目中无人。他既是这样，就该行些正经事，人也没有说的。他素日又和宝玉鬼鬼祟祟的，只当人都是瞎子，看不见。今日他又去勾搭人，偏偏的撞在我眼里。就是闹出事来，我还怕什么不成？"

　　他母亲胡氏听见他咕咕唧唧的说，因问道："你又要争甚么闲气？好容易我望你姑妈说了，你姑妈千方百计的才向他们西府里的琏二奶奶跟前说了，你才得了这个念书的地方。若不是仗着人家，咱们家里还有力量请的起先生？况且人家学里，茶也是现成的，饭也是现成的。你这二年在那里念书，家里也省好大的嚼用呢。省出来的，你又爱穿件鲜明衣服。再者，不是因你在那里念书，你就认得什么薛大爷了？那薛大爷一年不给不给，这二年也帮了咱们有七八十两银子。【双】因何无故结许多银子，金母亦当细思之。（己卯夹）你今如若闹出了这个学堂，再要找这么个地方，我告诉你说罢，比登天的还难呢！【双】如此弄艮，若有金荣在，亦可得。（己卯夹）你给我老老实实的顽一会子睡你的觉去，好多着呢。"于是金荣忍气吞声，不多时他自去睡了。次日仍旧上学去了。不在话下。

　　且说他姑娘，原聘给的是贾家玉字辈的嫡派，名唤贾璜。但其族人那里皆能像宁荣二府的富势，原不用细说。这贾璜夫妻守着些小的产业，又时常到宁荣二府里去请请安，又会奉承凤姐儿并尤氏，所以凤姐儿尤氏也经常资助资助他，方能如此度日。今日正遇天气晴明，又值家中无事，遂带了一个婆子，坐上车，家里走走，瞧瞧寡嫂并侄儿。

　　闲话之间，金荣的母亲偏提起昨日贾家学房里的那事，从头至尾，一五一十，都向他小姑子说了。这璜大奶奶不听则已，听一时怒从心上起，说道："这秦钟小崽子是贾门的亲戚，难道荣儿不是贾门的亲戚？【双】这贾门的亲戚比那贾门的亲戚。（己卯夹）人都别恃势利了，况且都作的是什么有脸的好事！就是宝玉，也犯不上向着他到这个样。等我去到东府瞧瞧我们【双】我们。（独有）珍大奶奶，再向秦钟他姐姐说说，叫他评评这个理。"这金荣的母亲听了这话，急的了不得，忙说道："这都是我的嘴快，告诉了姑奶奶了，求姑奶奶别去说去，别管他们谁是谁非。【双】不论论是谁非，有钱就可矣。(己卯夹)倘若闹起来，怎么在那里站得住。若是站不住，家里不但不能请先生，反到在他身上添出许多嚼用来呢。"璜大奶奶听了，说道："那里管得许多，你等我说了，看是怎么样！"也不容他嫂子劝，一面叫老婆子瞧了车，就坐上往宁府里来。

到了宁府，进了车门，到了东边小角门前下了车，进去见了贾珍之妻尤氏。也未敢气高，殷殷勤勤叙过寒温，说了些闲话，方问道："今日怎么没见蓉大奶奶？"【双】何不叫秦钟的姐姐？(己卯夹)尤氏说道："他这些日子不知怎么着，经期有两个多月没来。叫大夫瞧了，又说并不是喜。那两日，到了下半天就懒怠动，话也懒怠说，眼神儿也发眩。我说他：'你且不必拘礼，早晚不必上来，你就好生养养罢。就是有亲戚一家去，有我呢。就有长辈们怪你，等我替你告诉。'连蓉哥我都嘱咐了，我说：'你不许累掯他，不许招他生气，叫他静静的养养就好了。他要想什么吃，只管到我这里取来。倘或我这里没有，只管望你琏二婶子那里要去。倘或他有了好歹，再要娶这么一个媳妇，这么的模样儿，这么一个性情的人儿，找着灯笼也没地方找去。'【夹】还有这么个好小舅子。(己卯夹)他这为人行事，那个一家的长辈不喜欢他？所以我这两日好不烦心，焦的我了不得。偏偏今日早晨他兄弟来瞧他，谁知那小孩子家不知好歹，看见他姐姐身上不大爽快，就有事也不当告诉他，别说是这么一点子小事，就是你受了一万分的委曲，也不该向他说才是。谁知他们昨儿学房里打架，不知是那里附学来的一个人欺负了他了。【双】眼前竟像不知者。(己卯夹)里头还有些不干不净的话，都告诉了他姐姐。婶子，你是知道那媳妇的：虽则见了人有说有笑，会行事，他可心细，心又重，不拘听个什么话儿，都要度量个三日五夜才罢。这病就是打这个秉性上头思虑出来的。今儿听见有人欺负了他兄弟，又是恼，又是气。恼的那群混账狐朋狗友的扯是搬非、调三惑四的那些人；气的是他兄弟不学好，不上心读书，以致如此学里吵闹。他听的了这事，今日索性连早饭也没吃。我听见了，我方到那边安慰了他一会子，又劝解了他兄弟一会子。我叫他兄弟到那边府里找宝玉去了，我才看着他吃了半盏燕窝汤，我才过来了。婶子，你说我心焦不心焦？况且如今又没个好大夫，我想到他这病上，我心里到像针扎了似的。你们知道有什么好大夫没有？"

金氏听了这半日话，把方才在他嫂子家的那一团要向秦氏理论的盛气，早吓的都丢在爪洼国去了。听见尤氏问他有知道的好大夫的话，连忙答道："我们这么听着，实在也没见人说有个好大夫。如今听起大奶奶这病来，定不得还是喜呢。嫂子到别教人混治。倘或认错了，这可是了不得的。"尤氏道："可不是呢。"正话说，贾珍从外进来，见了金氏，便向尤氏问道："这不是璜大奶奶吗？"金氏向前给贾珍请了安。贾珍向尤氏说道："让这大妹妹吃了饭去。"贾珍说着话，就过那屋里去了。金氏此来，原要向秦氏说说秦钟欺侮了他兄弟之事，听见秦氏病，不但不能说，亦且不敢提了。况且贾珍尤氏又待的很好，反转怒为喜，又说了一会子话儿，方家去了。

金氏去后，贾珍方过来坐下，问尤氏道："今日他来，有什么说的事情吗？"

尤氏答道："到没说什么。一进来的时候,脸上到像有些着了恼的气色是的,及说了半天话,又说起媳妇这病,他到渐渐的气色平定了。他又叫让他吃饭,他听见媳妇这病,也不好意思只管坐着,又说了几句闲话儿就去了,到没求什么事。如今且说媳妇这病,你到那里寻一个好大夫来与他瞧瞧要紧,可别耽误了。现今咱们家走的这一群大夫,那里要得一个个儿,都是听着人的口气儿,人怎么说,他也添几句文话儿说一遍。可到殷勤的很,三四个人一日轮流到有四五遍来看脉。他们大家商量着立个方子,吃了也不见效,到弄得一日换四五遍衣裳,坐起来见大夫,其实于病人无益。"贾珍道:"可是。这孩子也胡涂,何必脱脱换换的,倘再着了凉,更添一层病,那还了得。衣裳任凭是什么好的,可又值什么,孩子的身子要紧,就是一天穿一套新的,也不值什么。我正进来要告诉你:方才冯紫英来看我,他见我有些抑郁之色,问我是怎么了,我才告诉他,媳妇忽然身子有好大的不爽快,因为不得个好太医,断不透是喜是病,又不知有妨碍无妨碍,所以我这两日心里着实着急。冯紫英因说起他有一个幼时从学的先生,姓张名友士,学问最渊博的,更兼医理极深,且能断人的生死。【夹】未必能如此。(己卯夹)【双】可卿之死之病不从直写,且从贾瑞入宁府,从尤氏语中叙出,再后由冯紫英断之。(独有)今年是上京给他儿子来捐官,现在他家住着呢。这么看来,正是合该媳妇的病在他手里除灾也未可知。我即刻差人拿我的名帖请去了。今日倘天晚了,若不能来,明日一定来。况且冯紫英又即刻回家亲自去求他,务必叫他来瞧瞧。等这张先生来瞧了再说罢。"

尤氏听了,心中甚喜,因说道:"后日是太爷的寿日,到底怎么办?"【双】山峦绵连不断之法。(独有)贾珍说道:"我方才到了太爷那里去请安,兼请太爷来家来受一受一家子的礼。【眉】荣宁世家未有不尊家训者,虽贾珍当奢岂明逆父哉,故写者不管然后恣意方见笔笔迥到。(独有)太爷因说道:'我是清净惯了的,我不愿意往你们那是非场中去闹去。你们必定说是我的生日,要叫我去受众人的头,莫若你把我从前注的《阴骘文》给我令人好好的写出来刻了,比叫我无故受众人的头还强百倍呢。倘或后日这两家子要来,就在家里好好的款待他们就是了。也不必给我送什么东西来,连你后日也不必来;你要心中不安,你今日就给我磕了头去。倘或后日你要来,又跟随多少人闹我,我必和你不依。'如此说了又说,后日我是再不敢去的了。且叫了来升来,吩咐他预备两日的筵席。"尤氏因叫人叫了贾蓉来:"吩咐来升照旧例预备两日的筵席,要丰丰富富的。你再亲自到西府里去请老太太、大太太、二太太和你琏二婶子来逛逛。你父亲今日又听见一个好大夫,业已打发人请去了,想明日必来。你可将他这些日子的病症细细的告诉他。"

贾蓉一一的答应着出去了。正遇着方才去冯紫英家请那张先生的小子回来了,因回道:"奴才方才到了冯大爷家,拿了老爷的名帖请那先生去。那先生说道:'方才这里大爷也向我说了。但是今日拜了一天的客,才回到家,此时精神实在支持,就是去到府上也不能看脉。'他说等调息一夜,明日务必到府。他又说,他'医学浅薄,本不敢当此重荐,因我们冯大爷和府上大人既已如此说了,又不得不去,你先替我回明大人就是了。大人的名帖实不敢当。'仍叫奴才拿回来了。哥替奴才回一声儿罢。"贾蓉转身复进去,回了贾珍尤氏的话,方出来回了来升来,吩咐他预备两日筵席的话。来升听毕,自去照料理。不在话下。

且说次日午间,人回道:"请的那张先生来了。"贾珍遂延入大厅坐下。茶毕,方开言:"昨承冯大爷示知老先生人品学问,又兼深通医学,小弟不胜欣仰之至。"张先生道:"晚生粗鄙下士,本来见识浅陋,昨因冯大爷示知,大人家谦恭下士,又承呼唤,敢不奉命。但毫无实学,倍增颜汗。"贾珍道:"先生何必过谦。就请先生进去看看儿妇,仰仗高明,以释下怀。"

于是,贾蓉同了进去。到了贾蓉居室,见了秦氏,向贾蓉道:"这就是尊夫人了?"贾蓉道:"正是。请先生坐下说,我把贱内的病说一说再看脉如何?"那先生道:"依小弟的意思,竟先看过脉再说的为是。我是初造尊府的,本也不晓得什么,但是我们冯大爷务必叫小弟过来看看,小弟所以不得不来。如今看了脉息,看小弟说的是不是,再将这些日子的病势讲一讲,大家酌酌一个方儿。可用不可用,那时大爷再定夺。"贾蓉道:"先生实在高明,如今恨相见之晚。就请先生看一看脉息,可治不可治,以便使家父母放心。"于是家下媳妇们捧过大迎枕来,一面给秦氏拉着袖口,露出脉来。先生方伸手按在右手脉上,调息了至数,宁神细诊了有半刻工夫,方换过左手,亦复如是。脉毕脉息,说道:"我们外边坐罢。"

贾蓉于是同先生到外间房里床上坐下,一个婆子端了茶来。贾蓉道:"先生请茶。"于是陪先生吃了茶,遂问道:"先生看这脉息,还治得治不得?"先生道:"看得尊夫人这脉息:左寸沉数,右关沉伏;右寸细而无力,右关虚而无神。其左寸沉数者,乃心气虚而生火;左关沉伏者,乃肝家气滞血亏。右寸细而无力者,乃肺经气分太虚;右关虚而无神者,乃脾土被肝木克治。心气虚而生火者,应现经期不调,夜间不寐。肝家血亏气滞者,必然肋下疼胀,月信过期,心中发热。肺经气分太虚者,头目不时眩晕,寅卯间必然自汗,如坐舟中。脾水被肝木克制者,必然不思饮食,精神倦怠,四肢酸软。据我看这脉息,应当有这症候才对。或以这个脉为喜脉,则小弟不敢从其教也。"旁边一个贴身伏侍的婆子道:"何尝不是这样呢。真正先生说得如神,到不用我们告诉了。如今我们家里现有好几位太医老爷瞧着呢,都不能说这么真切,有一位说是喜,有一位说是病;这位说不相干,那位说怕冬至,总没有个准话儿。求老爷明白指示指示。"

那先生笑道:"大奶奶这个症候,可是众位耽搁了。要在初次行经的日期就用药治起来,不但断无今日之患,而且此时已全愈。如今既是把病耽悮到这个地位,也是应有此灾。依我看来,这病尚有三分治得。吃了我的药看,若是夜里睡的着觉,那时又添了二分拿手了。据我看这脉息:大奶奶是个心性高强聪明不过的人;聪明特过,则不如意事常有;不如意事常有,则思虑太过。此病是忧虑伤脾,肝木特旺,经血所以不能按时而至。大奶奶从前的行经的日子问一问,断不是常缩,必是常长的。是不是?"这婆子答道:"可不是,从没有缩过,或是长两日三日,以至十日都长过。"先生听了道:"妙啊!这就是病源了。从前若是以养心调经之药服之,何至于此。这如今明显出一个水亏木旺的症候来。待用药看看。"于是写了方子,递与贾蓉，上写的是：

> 益气养荣补脾和肝汤：人参二钱，白术二钱、土炒，云苓三钱，熟地四钱，归身二钱、酒洗，白芍二钱、炒，川芎钱半，黄芪三钱，香附米二钱、制，醋柴胡八分，怀山药二钱、炒，真阿胶二钱、蛤粉、炒，延胡索钱半、酒炒，炙甘草八分。引用建莲七粒，去心红枣二枚。

贾蓉看了，说："高明的很。还要请教先生，这病与性命终久有妨无妨？"先生笑道："大爷是个最高明的人。病到这个地位，非一朝一夕的症候，吃了这药也要看医缘了。依小弟看来，今年一冬是不相干的。总是过了春分，就可望全愈了。"贾蓉也是个聪明人，也不往下细问了。

于是贾蓉送了先生去了，方将这药方子并脉案都给贾珍看了，说的话也都回了贾珍并尤氏了。尤氏向贾珍说道："从来大夫不像他说的这么痛快，想必用的药也不错。"贾珍说："人家原不是混饭吃久惯行医的人。因为冯子英我们好，他好容易求了他来了。既有这个人，媳妇的病或者就能好了。他那方子上有人参，就用前日买的那一斤好的罢。"贾蓉听毕话，方出来叫人打药去煎给秦氏吃。不知秦氏服了此药病势如何，下回分解。

【回末诗】

诗曰：

> 一步行来错，回顾已百年。
> 古今风月鉴，多少泣黄泉。（独有）

第十一回　庆寿辰宁府排家宴　见熙凤贾瑞起淫心

脂砚重评石头记卷之

第十一回　庆寿辰宁府排家宴　见熙凤贾瑞起淫心

　　话说是日贾敬的寿辰，贾珍先将上等可吃的东西、稀奇些的果品，装了十六大捧盒，着贾蓉带领家下人等与贾敬送去，向贾蓉说道："你留神看太爷喜欢不喜欢，你就行了礼来。你说：'我父亲尊太爷的话未敢来，在家里率领合家都朝上行了礼了。'"贾蓉听罢，即率领家人去了。

　　这里渐渐的就有人来。先是贾琏、贾蔷到来，先看了各处的坐位，并问："有什么玩意儿没有？"家人答道："我们爷原算计请太爷今日来家来，所以并未敢预备甚么玩儿。前日听见太爷又不来了，现叫奴才们找了一班小戏儿并一档子打十番的，都在园子里戏台上预备着呢。"

　　次后邢夫人、王夫人、凤姐儿、宝玉都来了，贾珍并尤氏接了进去。尤氏的母亲已先在这里呢。大家见过了，大家让了坐。贾珍尤氏二人亲自递了茶，因说道："老太太原是老祖宗，我父亲又是侄儿，这样日子，原不敢请他老人家；但是这个时候，天气正凉爽，满园的菊花又盛开，请老祖宗过来散散闷，看着众儿孙热闹热闹，是这个意思。谁知老祖宗又不肯赏脸。"凤姐儿未等王夫人开口，先说道："老太太昨日还说要来着呢，因为晚上看着宝兄弟他们吃桃儿，老人家又嘴馋，吃了有大半个，五更天的时候就一连起来了两次，今日早晨略觉身子倦些。因叫我回太爷，今日断不能来了，说有好吃的要几样，还要很烂的。"贾珍听了笑道："我说老祖宗是爱热闹的，今日不来，必定有个缘故，若是这么着就是了。"

　　王夫人道："前日听你大妹妹说，蓉哥儿媳妇身上有些不大好，到底是怎么样？"尤氏道："他这个病得的也奇。上月中秋还跟着老太太、太太们玩了半夜，回家来好好的。到了二十后，一日比一日觉懒，也懒待吃东西，这将近有半个多月了。经期又有两个多月没来。"邢夫人接着说道："别是喜罢？"

　　正说着，外头人回到："大老爷、二老爷并一家子的爷们都来了，在厅上呢。"贾珍连忙出去了。这里尤氏方说道："从前大夫也有说是喜的。昨日冯子英荐了他从学过的一个先生，医道很好，瞧了说不是喜，竟是狠大的一个症候。昨儿开了方子，吃了一剂药，今日头眩的略好些，别的仍不见怎么样大见效。"凤姐儿道："我说他不是十分支持不住，今日这样的日子，再也不肯不扎挣着上来。"尤氏道："你是初三日在这里见他的，他强扎挣了半天，也是因你们娘儿两个好的上头，他才恋恋的舍不得去。"凤姐儿听了，眼圈儿红了半天，半日方说道："真是'天有不测风云，人有旦夕祸福'。这个年纪，倘或就因这个病上怎么样了，人还活着有什么趣儿！"

正说话间，贾蓉进来，给邢夫人、王夫人、凤姐儿前都请了安，方回尤氏道："方才我去给太爷送吃食去，并回说我父亲在家中伺候老爷们，款待一家子的爷们，遵太爷的话并未敢来。太爷听了甚喜欢，说：'这才是。'叫告诉父亲母亲好生伺候太爷太太们，叫我好生伺候叔叔婶子们并哥哥们。还说那《阴骘文》，叫急急的刻出来，印一万张散人。我将此说都回了我父亲了。我这会子得快出去打发太爷们并合家爷们吃饭。"凤姐儿说："蓉哥儿，你且站住。你媳妇今日到底是怎么着？"贾蓉皱皱眉说道："不好么！婶子回来瞧瞧去就知道了。"于是贾蓉出去了。

这里尤氏向邢夫人、王夫人道："太太们在这里吃饭啊，还是在园子里吃去好？小戏儿现预备在园子里呢。"王夫人向邢夫人道："我们索性吃了饭再过去罢，也省好些事。"邢夫人道："很好。"于是尤氏就吩咐媳妇婆子们："快送饭来。"门外一齐答应了一声，都各人端各人的去了。不多一时，摆上了饭。尤氏让邢夫人、王夫人并他母亲都上坐了，他与凤姐儿、宝玉【双】记清宝玉也在此然也，必在此。（独有）侧席坐了。邢夫人、王夫人道："我们来原为给大老爷拜寿，这不竟是我们来过生日来了么？"凤姐儿说道："大老爷原是好养静的，已经修炼成了，也算得是神仙了。太太们这么一说，这就叫'心到神知'了。"一句话说的满屋里的人都笑起来了。

于是，尤氏的母亲并邢夫人、王夫人、凤姐儿都吃毕了饭，漱了口，净了手；才说要往园子里去，贾蓉进来向尤氏说道："老爷们并众位叔叔哥哥兄弟们也都吃了饭了。大老爷说家里有事，二老爷是不爱听戏又怕人闹的慌，都才去了。别的一家子爷们都被琏二叔并蔷兄弟都让过去听戏去了。方才南安郡王、东平郡王、西宁郡王、北静郡王四家王爷，并镇国公牛府等六家，中靖侯史府等八家，都差人持名帖送寿礼来，俱回了我父亲，先收在账房里了，礼单都上上档子了。老爷的领谢的名帖都交给各来人了，各来人也都照旧例赏了，众来人都让吃了饭才去。母亲该请二位太太、老娘、婶子都过园子里坐着去罢。"尤氏道："也是才吃完了饭，就要过去了。"

凤姐儿说："我回太太，我先瞧瞧蓉哥儿媳妇，我再过去。"王夫人道："很是。我们都要去瞧瞧他，到怕他嫌闹的慌，说我们问他好罢。"尤氏道："好妹妹，媳妇听你的话，你去开导开导他，我也放心。你就快些过园子里来。"宝玉也跟了凤姐儿去瞧秦氏去，王夫人道："你瞧瞧就过去罢，那是侄儿媳妇。"于是尤氏请了邢夫人、王夫人并他母亲都过会芳园去了。

凤姐儿、宝玉方和贾蓉到秦氏这边来了。进了房门，悄悄的走到里间房门口，秦氏见了，就要站起来，凤姐儿说："快别起来，看起猛了头晕。"于是凤姐就紧走了两步，拉住秦氏的手，说道："我的奶奶！怎么几日不见，就瘦的这么着了！"于是就坐在秦氏坐的褥子上。宝玉也问了好，坐在对面椅子上。贾蓉叫："快到茶来，婶子和二叔在上房还未喝茶呢。"

秦氏拉着凤姐儿的手，强笑道："这都是我没福。这样人家，公公婆婆当自已的女孩儿似的待。婶娘的侄儿虽说年轻，却也是他敬我，我敬他，从来没有红过脸儿。就是一家子的长辈同辈之中，除了婶子到不用说了，别人也从无不疼我的，也无不和我好的。这如今得了这个病，把我那要强的心一分也没了。公婆跟前未得孝顺一天；就是婶娘这样疼我，我就有十分孝顺的心，如今也不能够了。我自想着，未必熬的过年去呢！"

宝玉正眼瞅着那《海棠春睡图》并那秦太虚写的"嫩寒锁梦因春冷，芳气袭人是酒香"的对联，不觉想起在这里睡晌觉梦到"太虚幻境"的事来。正自出神，听得秦氏说了这些话，如万箭攒心，那眼泪不知不觉就流下来了。凤姐儿心中虽十分难过，但恐怕病人见了众人这个样儿反添心酸，倒不是来开导劝解的意思了。见宝玉这个样子，因说道："宝兄弟，你特婆婆妈妈的了。他病人不过是这么说，那里就到得这个田地了？况且能多大年纪的人，略病一病儿就这么想那么想的，这不是自己到给自己添病了么？"贾蓉道："他这病也不用别的，只是吃得些饭食就不怕了。"凤姐儿道："宝兄弟，太太叫你快过去呢。你别在这里只管这么着，到招的媳妇心里不好。太太那里又惦着你。"因向贾蓉说道："你先同你宝叔叔过去罢，我还得略坐一坐儿。"贾蓉听说，便同宝玉过会芳园来了。

这里凤姐儿又劝解了秦氏一番，又低低说了许多衷肠话儿。尤氏打发人请了两三遍，凤姐儿才向秦氏说道："你好生养着罢，我再来看你。合该你这病要好，所以前日就有人荐了这个好大夫来，再也是不怕的了。"秦氏笑道："任凭神仙也罢，治得病治不得命。婶子！我知道我这病不过是挨日子。"凤姐儿说道："你只管这么想着，病那里能好呢？总要想开了才是。况且听得大夫说，若是不治，怕的是春天不好呢。咱们若是不能吃人参的人家，这也难说了；你公公婆婆听见治得好你，别说一日二钱人参，就是二斤也能够吃得起。好生养着罢，我过园子里去了。"秦氏又道："婶子，恕我不能跟过去了。闲了时候还求婶子常过来瞧瞧我，咱们娘儿们坐坐，多说几遭话儿。"凤姐儿听了，不觉得又眼圈儿一红，遂说道："我得了闲儿必常来看你。"

于是凤姐儿带领跟来的婆子丫头并宁府的媳妇婆子们，从里头绕进园子的便门来。但见：

黄花满地，绿柳横坡。小桥通若耶之溪，曲径接天台之路。石中清流激湍，篱落飘香；树头红叶翩翻，疏林如画。西风乍紧，初罢莺啼；暖日当暄，又添蛩语。遥望东南，建几处依山之榭；纵观西北，结数间临水之轩，笙簧盈耳，别有幽情；罗绮穿林，倍添韵致。

凤姐儿正自看园中的景致，一步步行来赞赏。猛然从假山石后走过一个人来，向前对凤姐儿说道："请嫂子安。"凤姐儿猛然见了，将身子望后一退，说道："这是瑞大爷不是？"贾瑞说道："嫂子连我也不认得了？不是我是谁！"凤姐儿道："不是不认得，猛然一见，不想到是大爷到这里来。"贾瑞道："也是合该我与嫂子有缘。我方才偷出了席，在这个清净地方略散一散，不想就遇见嫂子也从这里来。这不是有缘么？"一面说着，一面拿眼睛不住的觑着凤姐儿。

凤姐儿是个聪明人,见他这个光景,如何不猜透八九分呢,因向贾向瑞假意含笑说道:"怨不得你哥哥时常提你,说你很好。今日见了你,听你说这几句话儿,就知道你是个聪明和气的人了。这会子我要到太太们那里去,不得和你说话儿,等闲了咱们再说话儿罢。"贾瑞道:"我要到嫂子家里去请安,又恐怕嫂子年轻,不肯轻易见人。"凤姐儿假意笑道:"一家子骨肉,说什么年轻不年轻的话。"贾瑞听了这话,再不想到今日得这个奇遇。那神情光景亦发不堪难看了。凤姐儿说道:"你快入席去罢。仔细他们拿住罚你酒。"贾瑞听了,身上已木了半边,慢慢的一面走着,一面回过头来看。凤姐儿故意的把脚步放迟了些儿,见他去远了,心里暗想道:"这才是知人知面不知心呢,那里有这样禽兽的人呢。他如果如此,几时叫他死在我的手里,他才知道我的手段!"

于是凤姐儿方移步前来。将转过了一重山坡,见两三个婆子慌慌张张的走来,见了凤姐儿,笑说道:"我们奶奶见了二奶奶只是不来,急的了不得,叫奴才们又来请奶奶来了。"凤姐儿说道:"你们奶奶就是这么急脚鬼是的。"凤姐儿慢慢的走着,问:"戏唱了几出了?"那婆子回道:"有八九出了。"说话之间,已来到了天香楼的后门,见宝玉和一群丫头在那里玩呢。凤姐儿说道:"宝兄弟,别特淘气了。"有一个丫头说道:"太太们都在楼上坐着呢,请奶奶就从这边上去罢。"

凤姐儿听了,款步提衣上了楼,见尤氏已在楼梯口等着呢。尤氏笑说道:"你们娘儿两个特好了,见了面总舍不得来了。你明日搬来和他住着罢。你坐下,我先敬你一钟。"于是凤姐儿在邢王二夫人前告了坐,在尤氏的母亲前周旋了一遍,仍同尤氏坐在一桌上吃酒听戏。尤氏叫拿戏单来,让凤姐儿点戏,凤姐儿道:"太太们在这里,我如何敢点。"邢夫人王夫人说道:"亲家太太都点了好几出了,你点两出好的我们听。"凤姐儿立起身来答应了一声,方接过戏单来,从头一看,点了一出《还魂》,一出《弹词》,递过戏单去说:"现在唱《双官诰》,唱完了,再唱这两出,也就是时候了。"王夫人道:"可不是呢,也该趁早叫你哥哥嫂子歇歇,他们又心里不静。"尤氏说:"太太们又不常过来,娘儿们多坐一会子去,才有趣儿,天还早着呢。"凤姐儿立起身来望楼下一看,说:"爷们都那里去了?"旁边一个婆子道:"爷们才到凝曦轩,带了打十番的人吃酒去了。"凤姐儿:"在这里不便宜,背地里又不知干什么去了!"尤氏笑道:"那都像你这么正经人呢。"

于是说说笑笑,点的戏都唱完了,方才撤下酒席,上饭来。吃毕,大家才出园子去了,来到上房坐下,吃了茶,方才叫预备车,向尤氏的母亲告了辞。尤氏率同众姬妾家人婆子媳妇们方送出来;贾珍率领众子侄都在车旁边侍立,等候着呢,见了邢、王二夫人说道:"二位婶子明日还过来逛逛。"王夫人道:"了我们今日整坐了一日,也乏了,明日歇歇罢。"于是上车去了。贾瑞犹不时拿眼觑着凤姐儿。贾珍等进去后,李贵才掣过马来,宝玉骑上,随了王夫人去了。这里贾珍同一家子的弟兄子侄吃过了晚饭,方大家散了。

次日,仍是众族人等闹了一日,不必细说。此后凤姐儿不时亲自来看秦氏。秦氏有几日好些,几日仍是那样。贾珍、尤氏、贾蓉好不心焦。

且说贾瑞到荣府来了几次,偏都遇着凤姐儿往宁府那边去了。这年正是十一月三十日冬至。到交节的那几日，贾母、王夫人、凤姐儿日日差人去看秦氏，回来的人都说："这几日也未见添病，也不见甚好。"王夫人向贾母说："可是呢，好个孩子，要是有些原故，可不叫人疼死！"说着，一阵心酸，叫凤姐儿说道："你们娘儿两个也好了一场，明日大初一，过了明日，你后日再去看一看他去。你细细的瞧瞧他那光景，倘或好些儿，你回来告诉我，我也喜欢喜欢。那孩子素日爱吃的，你也常叫人做些给他送过去。"凤姐儿一一的答应了。

到了初二日，吃了早饭，来到宁府，看见秦氏的光景，虽未添病，但是那脸上身上的肉全瘦干了。于是和秦氏坐了半日，说了些闲话儿，又将这病无妨的话开导了一遍。秦氏说："好不好，春天就知道了。如今现过了冬至，又没怎么样，或者好的了也未可知。婶子回老太太，放心罢。昨天老太太赏的那枣泥馅的山药糕，我到吃了两块，倒像克化的动似的。"凤姐儿说道："明日再给你送来。我到你婆婆那里瞧瞧，就要赶着回去回老太太的话去。"秦氏道："婶子替我请老太太、太太的安罢。"

凤姐答应着就出来了，到了尤氏上房坐下。尤氏道："你冷眼瞧媳妇是怎么样？"凤姐儿低了半日头，说道："这实在没法儿了。你也该将一应的后事用的东西也该料理料理，冲一冲也好。"尤氏道："我也叫人暗暗的预备了。就是那件东西不得好木头，暂且慢慢的办罢。"于是凤姐儿吃了茶，说了一会子话儿，说道："我要回去回老太太的话去呢。"尤氏说道："你可缓缓的说，别吓着老太太。"凤姐儿道："我知道。"

于是凤姐儿就回来了。到了家中，见了贾母，说："蓉哥儿媳妇请老太太安，给老太太磕头，说他好些了，求老祖宗放心罢。他再略好些，还要给老太太磕头请安来呢。"贾母道："你看他是怎么样？"凤姐儿说："暂且无妨，精神还好呢。"贾母听了，沉吟了半日，因向凤姐儿说："你换换衣服歇歇去罢。"

凤姐儿答应着出来，见过了王夫人，到了家中，平儿将哄的家常衣服给凤姐儿换了。凤姐儿方坐下，问道："家里没有什么事么？"平儿方端了茶来，递了过去，说道："没有什么事。就是那三百两银子的利银，旺儿媳妇送进来，我收了。再有瑞大爷使人来打听奶奶在家没有，他要来请安说话。"凤姐儿听了，哼了一声，说道："这畜生合该作死，看他来了怎么样！"平儿因问道："这瑞大爷是因什么只管来？"凤姐儿遂将九月里宁府园子里遇见他的光景，和他说的话，都告诉了平儿。平儿儿说道："癞蛤蟆想天鹅肉吃，没人伦的混账东西，起这个念头，叫他不得好死！"凤姐儿道："等他来了，我自有道理。"不知贾瑞来时作何光景，且听下回分解。

第十二回　王熙凤毒设相思局　贾天祥正照风月鉴

脂砚斋重评石头记
第十二回　王熙凤毒设相思局　贾天祥正照风月鉴

　　话说凤姐儿正与平儿说话，只见有人回说："瑞大爷来了。"凤姐儿急命：【夹】立意追命。（庚辰夹）"快请进来。"贾瑞见往里让，心中喜出望外，急忙进来，见了凤姐，满面陪笑，【夹】如蛇。（庚辰夹）连连问好。凤姐儿也假意殷勤，让坐让茶。

　　贾瑞见凤姐儿如此打扮，亦发酥倒，因饧了眼问道："二哥哥怎么还不回来？"凤姐道："不知什么原故。"贾瑞道："别是路上有人绊住了脚了，舍不得回来也未可知？"凤姐儿道："也未可知。男人家见一个爱一个也是有的。"贾瑞笑道：【双】如闻其声。（己卯、庚辰、戚序）"嫂子这话说错了，我就不这样。"【双】渐渐入港。（己卯、庚辰、戚序）凤姐儿笑道："像你这样的人能有几个呢，十个里也挑不出一个来。"贾瑞听了，喜的抓耳挠腮，又道："嫂嫂天天也闷的狠？"凤姐儿道："正是呢，只盼人来说话解解闷儿。"贾瑞道："我倒天天闲着，天天过来替嫂子解解闲闷可好不好？"凤姐笑道："你哄我呢，你那里肯往我这里来？"贾瑞道："我在嫂子跟前，若有一点慌话，天打雷劈！只因素日闻得人说，嫂子是个利害人，在你跟前一点也错不得，所以唬住了我。如今见嫂子最是个有说有笑极疼人的，【双】奇，妙！（己卯、庚辰、戚序）我怎么不来，死了也愿意！"【夹】这到不假。（庚辰夹）凤姐儿笑道："果然你是个明白人，比贾蓉两个强远了。我看他那样清秀，只当他们心里明白，谁知竟是两个胡涂虫，【夹】反文着眼。（庚辰夹）一点不知人心。"

　　贾瑞听这话，越发撞在心坎儿上，由不得又往前凑了凑，觑着眼看凤姐带的荷包，然后又问带的什么戒指。凤姐悄悄道："放尊重些，别叫丫头们看了笑话。"贾瑞如听纶音佛语一般，忙往后退。凤姐笑道："你该走了。"【双】叫去正是叫来也。（己卯、庚辰、戚序）贾瑞道："我再坐一坐儿。好狠心的嫂子！"凤姐又悄悄的道："大天白日，人来人往，你就在这里也不方便。你且去，等着晚上起更你来，悄悄的在西边穿堂儿等我。"【眉】先写穿堂，只知房舍之大，岂料有许多用处？（庚辰眉）贾瑞听了，如得珍宝，忙问道："你别哄我。但只那里过的人多，怎么好躲的？"凤姐道："你只放心。我把上夜的小厮们都放了假，两边门一关，再没别人了。"贾瑞听了，喜之不尽，忙忙的告辞而去，心内以为得手。【夹】未必。（庚辰夹）

　　盼到晚上，果然黑地里摸入荣府，趁掩门时，钻入穿堂。果见漆黑无人，往贾母那边去的门户已锁倒，只有向东的门未关。贾瑞侧耳听着，半日不见人来，忽听咯噔一声，东边的门也倒关了。【夹】平平略施小计。（庚辰夹）贾瑞急的也不敢则声，只得悄悄的出来，将门撼了撼，关的铁桶一般。此时要求出去，亦不能够，南北皆是大房墙，要跳也无攀援。这内又是过堂风又大空落落，现是腊月天气，夜又长，朔风凛凛，侵肌裂骨，一夜几乎不曾冻死。【眉】可为偷情一戒。（庚辰眉）好容易盼到早晨，只见一个老婆子先将东门开了，进去又开西门。贾瑞瞅的背着脸，一溜烟抱着肩跑了出来，幸而天气尚早，人都未起，从后门一迳跑回家去。

原来贾瑞父母早亡，只有他祖父代儒教养。【眉】教训最严，奈其心何？一叹。（庚辰眉）那代儒素日教训最严，不许贾瑞多走一步，生怕他在外吃酒赌钱，有悞学业。今忽见他一夜不归，只料定他在外非赌饮，【夹】展转灵活，一人不放，一笔不肖。（庚辰夹）即嫖娼宿妓，那里想到这段公案，【夹】世人万万想不到，况老学究乎？（庚辰夹）因此气了一夜。【眉】处处点父母痴心，子孙不肖。此书系自愧而成。（庚辰眉）贾瑞也捏着一把汗，少不得回来撒谎，只说："往舅舅家去了，天夜了，留我住了一夜。"代儒道："自来出门，非禀我不敢擅出，如何昨日私自去了？据此亦该打，何况是撒谎。"因此，发恨到底打了三四十板，不许吃饭，令他跪在院内读文章，定要补出十天的功课来方罢。贾瑞直冻了他一夜，今又遭了苦打，且饿着肚子跪着在风地里读文章，其苦万状。【双】祸福无门，惟人自召。（己卯、庚辰、戚序）

此时贾瑞前心尤是未改，再想不到【夹】四字是寻死之根。（庚辰夹）是凤姐捉弄他。过后两日，得了空，便仍来找凤姐。【装订线外】苦。（独有）凤姐故意抱怨他失信，贾瑞急的赌身发誓。凤姐因见他自投罗网，【夹】可谓因人而使。（庚辰夹）少不得再寻别计另他知改，【夹】四字是作者明阿凤身分，勿得轻轻看过。（庚辰夹）故又约他道："今日晚上，你别在那里了。你在我这后房小过道子里那间空屋子里等我，可别冒撞了。"【双】伏的妙！（己卯、庚辰、戚序、甲辰）贾瑞道："果真？"凤姐道："谁可哄你，你不信就别来。"【夹】紧一句。（庚辰夹）贾瑞道："来，来。死也要来！"【双】不差。（己卯、庚辰、戚序、甲辰）道："这会了你先去罢。"贾瑞料定晚间必妥，【双】未必。（庚辰夹）凤姐便在这里点兵派将，设下圈套。【夹】四字用得新，必有新文字好看。（庚辰夹）

那贾瑞只盼不到晚上，偏生家里亲戚又来了，【双】专能忙中写闲，狡猾之甚！（己卯、庚辰、戚序）直吃了晚饭才去，那天已有掌灯时候。又等他祖父安歇了，方溜进荣府，直往那夹道中屋子里来等着，如热锅上的蚂蚁一般，只是干转。左等不见人影，右听也没声响，心下自思："别是又不来了，又冻我一夜不成？"正自胡猜，只见黑魆魆的来了一个人，【夹】真到了。（庚辰夹）贾瑞便想一定是凤姐，不等皂白，饿虎一般，等那人刚至门前，便如猫捕鼠的一般，抱住叫道："亲嫂子，等死我了。"说着，抱到屋里炕上就亲嘴扯裤子，满咀里"亲娘""亲爹"的乱叫起来。那人只不做声，【夹】好极！（庚辰夹）贾瑞拉了自己裤子，硬帮帮的就想顶入。忽见灯光一闪，【夹】将到矣。（庚辰夹）只见贾蔷举着个拈子照道："谁在屋里？"只见炕上那人笑道："瑞大叔要臊我呢。"贾瑞一见，却是贾蓉，【双】奇绝！（己卯、庚辰、戚序、甲辰）真燥的无地可入，【夹】亦未必真。（庚辰夹）不知要怎么样才好，回身就要跑，被贾蔷一把揪住道："别走！如今琏二婶已经告到太太跟前，【夹】好题目。（庚辰夹）说你无故调戏他。【眉】调戏还有故，一笑。（庚辰眉）他暂用了个脱身计，哄你在那边等着，太太气死过去，【夹】好大题目。（庚辰夹）因此叫我来拿你。刚才你又拦住他，没的说，跟我去见太太！"

贾瑞听了，魂不附体，只说："好侄儿，只说没见我，明日我重重的谢你。"贾蔷道："你若谢我，放你不值什么，只不知你谢我多少？况且口说无凭，写一纸文契来。"贾瑞道："如何落纸呢？"【夹】也知写不得，一叹。（庚辰夹）贾蔷道："这也不妨，写一个赌钱输了外人账目，借头家银若干两便罢。"贾瑞道："这也容易。只是此时无纸笔。"贾蔷道："这也容易。"说罢，翻身出来，纸笔现成，【夹】二字妙！（庚辰夹）拿来与贾瑞写。他俩做好做歹，只写了五十两，然后画了押，贾蔷收起来。然后撕逻贾蓉。贾蓉先咬定牙不依，只说："明日告诉族中的人评一评理。"贾瑞急的至于叩头。贾蔷做好做歹的，也写了一张五十两欠契才罢。贾蔷又道："如今要放你，我就担着不是。【双】又生波澜。（己卯、庚辰、戚序）老太太那边的门早已关了，老爷正在厅上看南京的东西，那一条路定难过去，如今只好走后门。若这一走，倘或遇见了人，连我也完了。等我们哨探探，再来领你。这屋子你还藏不得，少时就来堆东西。等我找个地方。"说毕，拉着贾瑞，仍息了灯，出至院外，摸着大台矶底下，说道："这窝儿里好，你只蹲着，别哼一声，我们来再动。"【夹】未必如此收场。（庚辰夹）说毕，二人去了。

此时贾瑞身不由己，只得蹲在那里。心下正盘算，只听头顶上一声响，嗗拉拉一净桶尿粪从上面直泼下来，可巧浇了他一身一头，贾瑞掌不住嗳哟了一声，忙又掩住口，【双】更奇。（己卯、庚辰、戚序）不散声张，满头满脸浑身皆是尿屎，【夹】全料必新奇，改恨文字收场，方是《石头记》笔力。（庚辰夹）冰冷打战。【眉】瑞叔实当如是报之。（庚辰眉）只见贾蔷跑来叫："快走，快走！"贾瑞如得了命，三步两步从后门跑到家里，天已三更，只得叫门。开门人见他这般光景况，问是怎的。少不得扯谎说："黑了，失脚掉在茅厕里了。"一面到了自己房中更衣洗濯，心下方想到是凤姐顽他，因此发一回恨；再想想凤姐的模样儿，【夹】欲根未断。（庚辰夹）又恨不得一时搂在怀内，一夜竟不曾合眼。

自此满心想凤姐，只不敢往荣府去了。贾蓉两个又常常的来索银子，他又怕祖父知道，正是相思尚且难禁，更又添了债务；【眉】此刻还不回头，真自寻死路矣。（庚辰眉）日间工课又紧，他二十来岁人，尚未娶亲，趁来想着凤姐，未免有那指头告了消乏等事；更兼两回冻恼奔波，【双】写来历历病源，如何不死？（己卯、庚辰、戚序）因此三五下里夹攻，【夹】所谓步步紧。（庚辰夹）不觉就得了一病：心内发膨胀，口中无滋味，脚下如绵，眼中似醋，黑夜作烧，白昼常倦，下溺连精，嗽痰带血。诸如此症，不上一年，都添全了。于是不能支持，一头失倒，合上眼还只梦魂颠倒，满口乱说胡话，惊悸异常。百般诸医疗治，诸如肉桂、附子、鳖鱼、麦冬、玉竹等药，吃了有几十斤下去，也不见个动静。【双】说得有趣。（己卯、庚辰、戚序）

俟又腊尽春回，这病更又沉重。代儒也着了忙，各处请医疗治，皆不见效。因后来吃"独参汤"，代儒如何有这力量，只得往荣府来寻。王夫人命凤姐秤二两给他，【双】王夫人之慈若是。（己卯、庚辰、戚序）凤姐回说："前儿新近都替老太太配了药，那整的太太又说留着送杨提督的太太配药，偏生昨儿我已送了去了。"王夫人道："就是咱这边没了，你打发人往你婆婆那边问问，或是你珍大哥哥那府里再寻些来，凑着给人家。吃好了，救人一命，也是你的好处。"【双】夹写王夫人。（己卯、庚辰、戚序）凤姐听了，也不遣人去寻，只得将些渣末泡须凑了几钱，命人送去，只说："太太送来的，再也没了。"然后回王夫人只说："都寻了来，共凑了有二两送去。"【双】然便有二两独参汤，贾瑞固亦不能微好，又岂能望好，但凤姐之毒何如是耶？终是瑞之自失也。（己卯、戚序）

那贾瑞此时要命的心胜，无药不吃，只是白花钱，不见效。忽然这日有个跛足道人【双】自甄士隐随君一去，别来无恙否？（己卯、庚辰、戚序、甲辰）来化斋，口称专治冤业之症。贾瑞偏生在内就听见了，直着声叫喊【双】如闻其声，吾不忍听也。（己卯、庚辰、戚序）说："快请进那位菩萨来救我！"一面在枕上叩头。【双】如见其形，吾不忍看也。（己卯、庚辰、戚序）众人只得带了那道人进来。贾瑞一把拉住，连叫："菩萨救我！"【双】人之将死，其言也哀，作者如何下笔？（己卯、庚辰、戚序）那道士道："你这病非药可医！我有个宝贝与你，你天天看时，此命可保矣。"说毕，从褡裢中【双】妙极！此褡裢犹是士隐所抢背者乎？（己卯、庚辰、戚序、甲辰）取出一面镜子来，【双】凡看书人从此细心体贴，方许你看，否则此书哭矣。（己卯、庚辰、戚序）两面皆可照人，【双】此书表理皆有喻也。（己卯、庚辰、戚序）镜面把上面錾着"风月宝鉴"四字，【双】明点。（己卯、庚辰、戚序）递与贾瑞道："这物出自太虚玄境空灵殿上，警幻仙子所制，【双】言此书原系空虚幻设。（己卯、庚辰、戚序）【眉】与红楼幻梦呼应。（庚辰眉）专治邪思妄动之症，【双】毕真。（己卯、庚辰、戚序）有济世保生之功。【双】毕真。（己卯、庚辰、戚序）所以带他到世上，单与那聪明杰俊、风雅王孙等照看。【双】所谓无能纨裤是也。（己卯、庚辰、戚序）千万不可照正面，【夹】谁人识得此句。（庚辰夹）【双】观者记之，不要看这书正面，方是会看。（己卯、庚辰、戚序）只照他的背面，【双】记之。（己卯、庚辰、戚序）要紧，要紧！三日后我来取，管叫你好了。"说毕，佯常而去，众人苦留不住。

贾瑞收了镜子，想道："这道士到有意思，我何不照一照试试。"想毕，拿起"风月鉴"来一照，只见一个骷髅立在里面，【双】所谓"好知青冢骷髅骨，就是红楼掩面人"是也。作者好苦心思。（己卯、庚辰、戚序）唬得贾瑞连忙掩了，骂："道士混账，如何吓我！到再照照正面是什么。"想着，又将正面一照，只见凤姐站在里面招手叫他。【夹】可怕是"招手"二字。（庚辰夹）贾瑞心中一喜，荡悠悠的觉得进了镜子，【双】写得奇峭，真好笔墨。（己卯、庚辰、戚序）与凤姐云雨一番，凤姐仍送他出来。到了床上，嗳哟了一声，一睁眼，镜子从手里吊过来，仍是反着立着一个骷髅。贾瑞自觉汗津津的，底下已遗了一滩精。心中到底不足，又翻过正面来，只见凤姐还招手叫他，【夹】可怕。（独有）他又进去。如此三四次。到了这次，刚要出镜子来，只见两个人走来，拿铁锁把他套住，拉了就走。【双】所谓醉生梦死也。（己卯、庚辰、戚序）贾瑞叫道："让我拿了镜子再走。"【夹】致死不悟，可怜，可叹！（独有）【双】可怜！大众齐来看此。（己卯、庚辰、戚序）只说了这句，就再也不能说话了。

旁边伏侍贾瑞的众人，只见他先还拿着镜子照，落下来，仍睁开眼拾在手内，末后镜子落下来便不动了。众人上来看看，已没了气，身子底下水渍渍一大滩精，这才忙着穿衣抬床。代儒夫妇哭的死去活来，大骂道士，"是何妖镜！【双】此书不免腐儒一谤。（己卯、庚辰、戚序）若不早毁此物，【双】凡野史俱可毁，独此书不可毁。（己卯、庚辰、戚序）遗害于世不小。"【双】腐儒。（己卯、庚辰、戚序）遂命架火来烧，只听镜内哭道："谁叫你们瞧正面了！你们自己以假为真，何苦来烧我？"【双】观者记之。（己卯、庚辰、戚序）正哭着，只见那跛足道人从外面跑来，喊道："谁毁'风月鉴'，吾来救也！"说着，直入中堂，抢入手内，飘然去了。

当下，代儒料理丧事，各处去报丧。三日起经，七日发引，寄灵于铁槛寺，【双】所谓铁门限是也。先安一开路道之人，以备秦氏仙柩有方也。（己卯、庚辰、戚序）日后带回原籍。当下贾家众人齐来吊问，荣国府贾赦赠银二十两，贾政也是二十两，宁国府贾珍亦有二十两，别者族中贫富不等，或三两五两，不可胜数。另有各同窗家分资，也凑了二三十两。代儒家道虽然淡薄，到也丰丰富富完了此事。

谁知这年冬底，林儒海的书信寄来，却为身染重疾，写书特来接林黛玉回去。贾母听了，不免又加忧闷，只得忙忙的打点黛玉起身。宝玉大不自在，争奈父女之情，也不好拦劝。于是贾母定要贾琏送他去，仍叫带回来。一应土仪盘缠，不消烦说，自然要妥贴。作速择了日期，贾琏与林黛玉辞别了同人，带领仆从，登舟往扬州去了。要知端的，切听下回分解。

【回末】此回原道黛玉去者，正为下回可儿之文也。若不遣去，只写可儿、阿凤等文，却置代玉于荣府，成何文哉？因必遣去，方好放笔写秦，方不脱发。况黛玉仍书中正人，秦为陪客，岂因陪而失正耶？后大观园方是宝玉、宝钗、黛玉等正紧文字、前皆系陪衬之文也。（庚辰）

此回可卿梦阿凤，盖作者大有深意存焉，可惜生不逢时奈何奈何！然必写出自可卿之意，则又有他意写焉。（独有）

荣宁府世家未有不尊家训者，虽贾珍当奢岂能逆父哉。故写敬老不管然后姿意方见笔笔周到。（独有）

诗曰：

一步行来错，回首已百年。

古今风月鉴，多少泣黄泉。（独有）

第十三回　秦可卿死封龙禁尉　王熙凤协理宁国府

脂砚斋重评石头记卷之

第十三回　秦可卿死封龙禁尉　王熙凤协理宁国府

话说凤姐自贾琏送黛玉往扬州去后，心中实在无趣，每到晚间，不过和平儿说笑一回，就胡乱睡了。【双】"胡乱"二字奇。（甲戌夹、己卯、庚辰、戚序）

这日夜间，正和平儿灯下拥炉倦绣，早命浓熏绣被，二人睡下，屈指算行程该到何处，【双】所谓"计程今日到梁州"是也。（甲戌夹、己卯、庚辰、戚序）不知不觉已交三鼓。平儿已睡熟了。凤姐方觉星眼微朦，恍惚只见秦氏从外走来，含笑说道："婶子好睡啊！我今日回去，你也不送我一程。因娘儿们素日相好，我舍不得婶子，故来别你一别。还有一件心愿未了，非告诉婶子，别人未必中用。"【双】一语贬尽贾家一族空顶冠束带者。（甲戌夹、己卯、庚辰、戚序）

凤姐听了，恍惚问道："有何心愿？你只管托我就是了。"秦氏道："你是个脂粉队里的英雄，【夹】称得起。（庚辰夹）连那束带顶冠的男子也不能过你，你如何连两句俗语也不晓得？常言'月满则亏，水满则溢'；又道是'登高必跌重'。如今我们家赫赫扬扬，已将百载，一日倘或乐极悲生，【眉】"倘或"二字，酷肖妇女口气。（甲戌夹、庚辰眉）若应了那句'树倒猢狲散'的俗语，【眉】"树倒猢狲散"之语，今犹在耳，屈指三十五年矣。哀哉伤哉，宁不痛杀？（庚辰眉）岂不虚称了一世的诗书旧族了！"凤姐听了此话，心胸大快，十分敬畏，忙问道："这话虑的极是，但有何法永保无虞？"【夹】非阿凤不明，盖今古名利场中惑失之同意也。（甲戌夹、庚辰夹）秦氏冷笑道："婶子好痴也。否极泰来，荣辱自古周而复始，岂人力可常保的。但于今能于荣时筹画下将来衰时的事业，也可谓常保永全了。即如今日诸事都妥，只有两件未妥，若把此事如此一行，则后日可保永全了。"

凤姐便问何事。秦氏道："今日祖茔虽四时祭祀，只是无一定的粮钱；第二，家塾虽立，无一定的供给。依我想来，如今盛时固不缺祭祀供给，但将来败落之时，此二项有何出处？莫若依我定见，趁今日富贵，将祖茔附近多置田庄房舍地亩，以备祭祀供给之费皆出自此处，将家塾也设于此。合同族中长幼，大家定了则例，日后按房掌管这一年的地亩、钱粮、祭祀、供给之事。如此周流，又无争竞，亦不有典卖诸弊。便是有了罪，凡事可入官，这祭祀产业连官也不入的。便败落下来，子孙回家务农，也有个退步，祭祀又可永祭。若目今以为荣华不绝，不思后日，终非常策。眼不日又有一件非常喜事，真是烈火烹油、鲜花着锦之盛。要知道，也不过

第十三回　秦可卿死封龙禁尉　王熙凤协理宁国府

是瞬息的繁华，一时的欢乐，万不可忘了'盛筵不散'的俗语。此时若不早为后虑，临期只恐后悔无益了。"【双】千里伏脉之笔，也见狱神庙一大回文字。(独有)凤姐忙问："有何喜事？"【双】只因闻喜则喜。(独有)秦氏道："天机不可泄漏。【双】伏的妙！(甲戌夹、己卯、庚辰、戚序)只是我与婶子好了一场，临别赠你两句话，须要记着。"因念道：三春去后诸芳尽，各自须寻各自门。【夹】此白令批书人哭死。(甲戌夹、庚辰夹)

凤姐还欲问时，只听二门上传事云牌连叩四下，将凤姐惊醒。人回："东府蓉大奶奶没了。"凤姐闻听，吓了一身冷汗，出了一回神，只得忙忙的穿衣，往王夫人处来。

彼时合家皆知，无不纳罕，都有些疑心。【双】九个字写尽天香楼事，是不写之写。(甲戌眉)那长一辈的想他素日孝顺；平一辈的，想他素日和睦亲密，下一辈的想他素日慈爱，以及家中仆从老小想他素日怜贫惜贱、慈老爱幼之恩，【夹】八字仍为上人之当铭于五衷。(庚辰夹)莫不悲嚎痛哭者。【夹】老健。(庚辰夹)

闲言少叙，却说宝玉因近日林黛玉回去，剩得自己孤恓，也不和人顽耍，【双】与凤姐反对。淡淡写来，方是二人自幼气味相投，可知后文皆非突然文字。(甲戌夹、己卯、庚辰、戚序)每到晚间便索然睡了。如今从梦中听见说秦氏死了，【眉】如是总是淡描轻写，全无痕迹，方见得有生以来，天分中自然所赋之性如此，非因色所感也。(庚辰眉)连忙起身爬起来，只觉心中似戳了一刀的不忍，哇的一声，直奔出一口血来。【双】宝玉早已看定可继家务事者，可卿也，今闻死了，大失所望。急火攻心，焉得不有此血？为之一叹！(甲戌夹)袭人等慌慌忙来搀扶，问是怎么样，又要回贾母来请大夫。宝玉笑道："不用忙，不相干，这是急火攻心，【夹】又淡淡抹去。(庚辰夹)血不归经。"【双】如何自己说出来了？(甲戌夹)说着便爬起来，要衣服换了，来见贾母，即时要过去。袭人见他如此，心中虽放不下，又不敢拦，只是由他罢了。贾母见他要去，因说："才咽气的人，那里不干净；二则夜里风大，等明早再去不迟。"宝玉那里肯依。贾母命人套车，多派跟随人役，拥护前来。

一直到了宁国府前，只见府门洞开，两边灯笼照如白昼，乱烘烘人来人往，里面哭声摇山振岳。【双】写大族之丧，如此起绪。(甲戌夹、己卯、庚辰、戚序)宝玉下了车，忙忙奔至停灵之室，痛哭一番。【眉】所谓曾峦叠翠之法也。野史中从无此法。即观者到此，亦为写秦氏未必全到，岂料更又写一尤氏哉？(庚辰眉)然后见过尤氏。谁知尤氏正犯了胃气疼旧疾，【夹】紧处愈紧，密处愈密。(庚辰夹)睡在床上。【双】妙！非此何以出阿凤？(甲戌夹、己卯、庚辰、戚序)然后又出来见贾珍。彼时贾代儒、【夹】将贾族约略一总，观者方不惑。(庚辰夹)代修、贾敕、贾效、贾敦、贾赦、贾政、贾琮、贾瑞、贾珩、贾珖、贾琛、贾琼、贾璘、贾蔷、贾菖、贾菱、贾芸、贾芹、贾蓁、贾萍、贾藻、贾蘅、贾芬、贾芳、贾兰、贾菌、贾芝等都来了。贾珍哭的泪人一般，【双】可笑，如丧考妣，此作者刺心笔也。(甲戌夹)正和贾代儒等说道："合家大小，远近亲友，谁不知我这媳妇比儿子还强十倍。如今伸腿子去了，可见这长房内绝灭无人了。"说着又哭起来。众人忙劝："人已辞世，哭也无益，且商议如何料理要紧。"【夹】淡淡一句，勾出贾珍多少文字来。（庚辰夹）贾珍拍手道："如何料理，不过尽我所有罢了！"【双】"尽我所有"，为媳妇是非礼之谈，父母又将何以待之？故前此有恶奴酒后狂言，及今复见此语，含而不露，吾不能为贾珍隐讳。（戚序）

　　正说着，只见秦业、秦钟并尤氏的几个眷属【双】伏后文。（甲戌夹、己卯、庚辰、戚序、甲辰）尤氏姊妹也都来了。贾珍便命贾琼、贾琛、贾璘、贾蔷四个人去陪客，一面吩咐去请钦天监阴阳司来择日，择准停灵七七四十九日，三日后开丧送讣闻。这四十九日，单请一百单八众禅僧在大厅上拜大悲忏，超度前亡后化诸魂，以免亡者之罪；另设一坛于天香楼上，【夹】删却，是未删之笔。（甲戌夹）是九十九位全真道士，打四十九日解冤洗业醮。然后在会芳园中，灵前另请五十众高僧、五十众高道，对坛期做作好事。那贾敬闻得长孙媳妇死了，因自为早晚就要飞升，【夹】可笑可叹。古今之儒，中途多惑老佛。王隐梅云："能再加东坡十年寿，亦能跳出这圈子来。"斯言信矣。（庚辰夹）如何肯又回家染了红尘，将前功尽弃呢，因此并不在意，只凭贾珍料理。

285　　贾珍见父亲不管，亦发恣意奢华。广告牌时，几副杉木板皆不中用。可巧薛蟠来吊问，因见贾珍寻好板，便说道："我们店里有一副板，叫做什么樯木，【双】樯者舟具也，所谓人生若帆舟而已，宁不可叹？（甲戌眉、己卯、庚辰、戚序）出在潢海铁网山上，【双】所谓迷津易堕，尘网难逃也。（甲戌夹、己卯、庚辰、戚序）作了棺材，万年不坏。这还是当年老父带来，原系义忠亲王老千岁要的，因他坏了事，就不曾拿去。现在还封在店内，也没人出价敢买。你若要，就抬来使罢。"贾珍听说，喜之不尽，即命人抬来。大家看时，帮底皆厚八寸，纹若槟榔，味若檀麝，以手扣之，叮当如金玉。大家都奇异称赏。贾珍笑问："价值几何？"薛蟠笑道："拿一千两银子来，只怕也没处买去。【眉】写个个皆知，全无安逸之笔，深得金壶奥。（甲戌眉）什么价不价，【夹】的是阿呆兄口气。（甲戌夹、庚辰夹）赏他们几个工钱就是了。"贾珍听说，忙谢不尽，即命解锯糊漆。贾政因劝道："此物恐非常人可享者，【夹】政老有深意存焉。（甲戌夹、庚辰夹）殓以上等杉木也就是了。"此时贾珍恨不能代秦氏之死，这话如何肯听。

　　因忽又听得秦氏之丫环名唤瑞珠者，见秦氏死了，他也触柱而亡。【双】补天香
286 楼未删之文。（甲戌夹）此事可罕，合族人也都称叹。贾珍遂以孙女之理殓殡，一并停灵于会芳园中之登仙阁。小丫环名宝珠者，因见秦氏身无所出，乃甘心愿为义女，誓任摔丧驾灵之任。贾珍喜之不尽，即时传下，从此皆呼宝珠为小姐。那宝珠按未嫁女之丧，在灵前哀哀欲绝。【双】非恩惠爱人，那能如是？惜哉可卿，惜哉可卿！（甲戌夹）于是，合族人丁并家下诸人，都各遵旧制行事，自不得紊乱。【双】两句写尽大家。（甲戌夹、己卯、庚辰、戚序）

　　贾珍因想着贾蓉不过是个黉门监生，【夹】又起波澜，却不突然。（庚辰夹）灵幡经榜上写时不好看，便是执事也不多，因此心下甚不自在。【双】善起波澜。（甲戌夹、己卯、庚辰、戚序）可巧这正是首七第四日，早有大明宫掌宫内相戴权，【双】妙！大权也。（甲戌夹、己卯、庚辰、戚序）先备了祭礼遣人来，次后坐了大轿，打伞鸣锣，亲来上祭。贾珍忙接着，让至逗蜂轩【双】轩名可思。（甲戌夹、己卯、庚辰、戚序）献茶。

第十三回 秦可卿死封龙禁尉 王熙凤协理宁国府

贾珍心中打算定了主意，因而趁便就说要与贾蓉捐个前程的话。戴权会意，因笑道："想是为了丧礼上风光些。【双】得。内相机括之快如此。（甲戌夹）贾珍忙笑道："老内相所见不差。"戴权道："事到凑巧，正有个美缺。如今三百员龙尉短了两员，昨儿襄阳侯的兄弟老三来求我，现拿了一千五百两银子，送到我家里。你知道，咱们都是老相与，不拘怎么样，看在他爷爷的分上，胡乱应了。【双】忙中写闲。（甲戌夹、己卯、庚辰、戚序）还剩了一个缺，谁知永安节度使冯胖子来求，要与他孩子捐，【双】奇谈，画尽阉官口吻。（甲戌夹、己卯、庚辰、戚序）我就没工夫应他。既是咱们的孩子要捐，快写个履历来。"贾珍听说，忙吩咐："快命书房里人恭敬写了大爷的履历来。"小厮不敢怠慢，去了一刻，便拿了一张红纸来与贾珍。贾珍看了，忙送与戴权。看时，上面写道：江宁府江宁县监生贾蓉，年二十岁。曾祖，原任京营节度使，世袭一等神威将军贾代化；祖，乙卯科进士贾敬；父，世袭三品爵威烈将军贾珍。戴权看了，回手便递与一个贴身的小厮收了，说道："回来送与户部堂官老赵，说我拜上他，起一张五品龙禁尉的票，再给个执照，就把这履历填上，明儿我自己来兑银子送去。"小厮答应了，戴权也就告辞了。贾珍十分款留不住，只得送出府门。临上轿，贾珍因问："银子还是我到部兑，还是一并送入老相府中？"戴权道："若到部里，你又吃亏了。不如平准一千二百银子送到我家就完了。"贾珍感谢不尽，只说："待服满后，亲带小犬到府叩谢。"于是作别。

接着，便又听喝道之声，原来是忠靖侯史鼎的夫人来了。【夹】史小姐湘云消息也。（甲戌夹）【双】伏史湘云。（己卯正文、庚辰正文）【眉】松轩本中"伏史湘云"四字系正文，仍误抄也。（独有）王夫人、邢夫人、凤姐等刚迎入上房，又见锦乡侯、川宁侯、寿山伯三家祭礼摆在灵前。少时，三人下轿，贾政等忙接上大厅。如此亲朋你来我去，也不能胜数。只这四十九日，【夹】就简生繁。（庚辰夹）宁国府街上一条白漫漫人来人往，【双】是有服亲友并家下人丁之盛。（甲戌夹、己卯、庚辰、戚序）花簇簇官去官来。【双】是来往祭吊之盛。（甲戌夹、己卯、庚辰、戚序）

贾珍命贾蓉次日换了吉服，领凭回来。灵前供用执事等物，俱按五品职例。灵牌疏上皆写"天朝诰授贾门秦氏恭人之灵位"。会芳园临街大门洞开，旋在两边起了鼓乐厅，两班青衣按时奏乐，一对对执事摆的刀斩斧齐。更有两面朱红销金大字牌位竖在门外，上面大书："防护内廷紫禁道御前侍卫龙禁尉"。对面高起着宣坛，僧道对坛榜文，榜上大书："世袭宁国公冢孙妇、防护内廷御前侍卫龙禁尉贾门秦氏恭人之丧。【眉】贾珍乱贵，可卿却实如此。（庚辰眉）四大部州至中之地，奉天承运太平之国，【眉】奇文。若明指一州名，似若《西游》之套，故曰至中之地，不待言可知是光天化日仁风德雨之下矣。不亡国名更妙，可知是尧街舜巷衣冠礼义之乡矣。直与第一回呼应相接。（庚辰眉）总理虚无寂静教门僧录司正堂万虚、总理元始三一教门道录司正堂叶生等，敬谨修斋，朝天叩佛"，以及"恭请诸伽蓝、谒谛、功曹等神，圣恩普锡，神远镇，四十九日消灾洗孽平安水陆道场"等语，也不消繁记。

只是贾珍虽然此时心意满足，但里面尤氏又染了旧疾，不能料理事务，惟恐各诰命来往，亏了礼数，怕人笑话，因此心中不自在。当下正在忧愁，因宝玉在侧问道:"事事都算妥当了,大哥哥还愁什么?"【双】余正思如何高搁起玉兄了。(甲戌夹)贾珍见问,便将里面无人的话说了出来。宝玉听了说笑道:"这有何难,我荐一个人与你【双】荐凤姐须得宝玉,俱龙华。(甲戌夹)会上人也(注:此应为批语),权理这一个月的事,管必妥当。"贾珍忙问:"是谁?"宝玉见坐间还有许多亲友,不便明言,走至贾珍耳边说了两句。贾珍听了喜不自禁,连忙起身笑道:"果然妥当,如今就去。"说着拉了宝玉,辞了众人,便往上房里来。

可巧这日非正经日期,亲友来的少,里面不过几位近亲堂客,邢夫人、王夫人、凤姐并合族中的内眷陪坐。闻人报:"大爷进来了。"唬的众婆娘唿的一声,藏之不迭,【夹】素日行止可知。(庚辰夹)独凤姐款款站了起来。【夹】又写凤姐。(庚辰夹)此刻贾珍也有些病症在身,二则过于悲痛了,因拄个拐踱了进来。邢夫人等因说道:"你身上不好,又连日事多,该歇歇才是,又进来做什么?"贾一面扶拐,【夹】一丝不乱。(庚辰夹)扎挣着要蹲身跪下请安道乏。邢夫人等忙叫宝玉搀住,命人挪椅子来与他坐。贾珍断不肯坐,因勉强陪笑道:"侄儿进来有一件事要求二位婶子并大妹妹。"邢夫人等忙问:"什么事?"贾珍忙笑道:"婶子自然知道,如今孙子媳妇没了,侄儿媳妇偏又病倒,我看里头着实不成个体统。怎么屈尊大妹妹一个月,【夹】不见突然。(庚辰夹)在这里料理料理,【夹】阿凤此刻心痒矣。(庚辰夹)我就放心了。"邢夫人笑道:"原来为这个。你大妹妹现在你二婶子家,只和你二婶子说就是了。"王夫人忙道:"他一个小孩子家,【夹】三字愈令人可爱可怜。(庚辰夹)如何曾经过这些事,倘或料理不清,反叫人笑话,到是再烦别人好。"贾珍笑道:"婶子的意思侄儿猜着了,是怕大妹妹劳苦了。若说料理不开,我包管必料理的开,便是错一点儿,别人看着还是不错的。从儿大妹妹顽笑着就有杀抹决断,【夹】阿凤身分。(庚辰夹)如今出了阁,又在那府里办事,越发历练老成了。我想了这几日,除了大妹妹再无人了。婶子不看侄儿、侄儿媳妇的分上,只看死了的分上罢!"说着滚下泪来。【夹】有笔力。(庚辰夹)

王夫人心中怕的是凤姐儿未经过丧事,怕他料理不清,惹人耻笑。今见贾珍苦苦的说到这步田地,心中已活了几分,却又看着凤姐出神。那凤姐素日最喜揽事办,好卖弄才干,虽然当家妥当,也因未办过婚丧大事,恐人还不伏,爬不得遇见这事。今见贾珍如此一来,他心中早已欢喜。先见王夫人不允,后见贾珍说的情真,王夫人有活动之意,便向王夫人道:"大哥哥说的这样恳切,太太就依了罢。"王夫人悄悄的道:"你可能吗?"凤姐道:"有什么不能的。【夹】王夫人是悄言,凤姐是响应,故称"大哥哥"。(庚辰夹)外面的大事已经大哥哥料理清了,【夹】已得三昧矣。(庚辰夹)不过是里头照看照看,便是我有不知道的,问问太太就是了。"【双】胸中成见已有之景。(庚辰夹)王夫人见说的有理,便不做声。贾珍见凤姐允了,又陪笑道:"也管不得许多了,横竖要求大妹妹辛苦辛苦。我这里先与妹妹行礼,等事完了,我再到那府里去道谢。"说过,就作揖下去,凤姐儿还礼不迭。

贾珍便忙向袖中取了宁国府对牌出来,命宝玉送凤姐,又说:"妹妹爱怎样就怎样,要什么只管拿这个取去,也不必问我。只求别存心替我省钱,只要好看为上;

第十三回　秦可卿死封龙禁尉　王熙凤协理宁国府

二则也要同那府里一样待人才好，不要存心怕人抱怨。只这两件外，我再没不放心的了。"凤姐不敢就接牌，只看着王夫人。王夫人道："你哥哥既这么说，你就照看照看罢了。只是别自做主意，有了事，打发人问你哥哥、嫂子要紧。"宝玉早向贾珍接过对牌来，强递与凤姐了。又问："妹妹住在这里，还是天天来呢？若是天天来，越发辛苦了。不如我这里赶着收拾出一个院落来，妹妹住过这几日到安稳。"凤姐笑道："不用。【双】二字句有神。（甲戌夹、己卯、庚辰、咸序）那边也离不了我，倒是天天来的好。"贾珍听说，只得罢了。然后又说了一回闲话，方才出去。

一时女眷散后，王夫人因问凤姐："你今儿怎么样？"凤姐儿道："太太只管请回去，我须得先理出一个头绪来，才回去得呢。"【夹】概写凤姐治家有无限丘壑在焉。（独有）王夫人听说，便先同邢夫人等回去，不在话下。

这里凤姐儿来至一所三间抱厦内坐了，因想：头一件是人口混杂，遗失东西；【眉】读五件事未完，余不禁失声大哭，三十年前作书人在何处耶？（庚辰眉）第二件，事无专执，临期推委；第三件，需用过费，滥支冒领；第四件，任无大小，苦乐不均；第五件，家人豪纵，有脸者不服黔束，无脸者不能上进。此五件实是宁国府中风俗。不知凤姐何等处治，【眉】旧族后辈受此五病者颇多，余家更甚，三十年前事见书于三十年后，今余想恸血泪盈腮。（甲戌眉）且听下回分解。【眉】此回只十页，因删去天香楼一节，少却四五页也。（甲戌眉）正是：金紫万千谁治国，裙钗一二可齐家。

【回末】"秦可卿淫丧天香楼"，作者用史笔也。老朽因有魂托凤姐贾家后事二件，嫡是安富尊荣坐享人能想得到者。其事虽未漏，其言其意则令人悲切感服。姑赦之，因命芹溪删去。（甲戌）

第十四回　林儒海捐馆扬州城　贾宝玉路谒北静王

脂砚斋重评石头记卷之
第十四回　林儒海捐馆扬州城　贾宝玉路谒北静王

　　话说宁国府中都总管来升闻得里面委请了凤姐，因传齐同事人等说道："如今请了西府里琏二奶奶管理内事，倘或他来支取东西，或是说话，我们须要比往日小心些。每日大家早来晚散，宁可辛苦这一个月，过后再歇着，不要把老脸丢了。【夹】此是都总管的话头。（庚辰夹）那是个有名的烈口子，脸酸心硬，一时恼了，不认人的。"众人都道："有理。"又有一个笑道："论理，我们里面也须得他整治整治，【夹】伏线在二十板之误差妇人。（庚辰夹）都特不像了。"正说着，只见来旺媳妇拿了对牌来领取呈文京榜纸札，票上批着数目。众人连忙让坐倒茶，一面命人按数取纸来抱着，同来旺媳妇一路来至仪门口，方交与来旺媳妇自己抱进去了。【眉】宁府如此大家，阿凤如此身分。（甲戌眉）

　　凤姐即命彩明定造簿册。即时传来升媳妇，兼要家口花名册来查看，又限于明日一早传齐家人媳妇进来听差等语。大概点了一点数目单册，【双】已有成见。（甲戌夹）问了来升媳妇几句话，便坐车回家。一宿无话。

　　至次日，卯正二刻便过来了。那宁国府中婆娘媳妇闻得到齐，只见凤姐正与来升媳妇分派，众人不敢擅入，只在窗外听觑。【夹】传神之笔。（甲戌夹、庚辰夹）只听凤姐与来升媳妇道："既托了我，我就说不得要讨你们嫌了。【夹】先站地步。（甲戌夹、庚辰夹）我可比不得你们奶奶好性儿，由着你们去，再不要说'你们府里原是这样'的话，如今可要依着我行，【夹】宛转得妙！（甲戌夹、庚辰夹）错我半点儿，管不得谁是有脸的，谁是没脸的，一例现清白处治。"说着，便命彩明念花名册，按名一个一个的唤进来看视。【夹】量才而用之意。（庚辰夹）

　　一时看完，便又吩咐道："这二十个分做两班，一班十个，每日在里头单管人客来往倒茶，别的事不用他们管。这二十个也分做两班，每日单管本家亲戚茶饭，别的事也不用他们管。这四十个人也分做两班，单在灵前上香添油，挂幔守灵，供饭供茶，随起举哀，别的事也不与他们相干。这四个人单在内茶房收管杯碟茶器，若少一件，便叫他四个描赔。这四个人单管酒饭器皿，少一件，也是他四个描赔。这八个单管监收祭礼。这八个单管各处灯油、蜡烛、纸札，我总支了来，交与你八个，然后按我的定数再往各处去分派。这三十个每日轮流各处上夜，照管门户，监察（注：原文"各处上夜，照管门户，监察"挖补）火烛，打扫地方。这下剩的按着房屋分开，某人管某处，某处所有桌椅古董起，至于痰盂掸帚，一草一苗，或丢或坏，就和守这处的人算帐描赔。来升家的每日揽总查看，或有偷懒的，赌钱吃酒的，打架拌嘴的，立刻来回我。你有狗情，经我查出，三四辈子的老脸就顾不成了。如今都有定规，以后那一行乱了，只和那一行说话。素日跟我的人，随身自有钟表，不论大小事，我是皆有一定的时辰。横竖你们上房里也有时辰钟。卯正二刻我来点卯，巳正吃早饭，凡有领牌回事的，只在午初到，戌初烧过黄昏纸，我亲到各处查一遍，回来上夜的交明钥锁。第二日仍是卯正二刻过来。说不得咱们大家辛苦这几日罢，【夹】所谓先礼而后宾是也。（庚辰夹）事完了，你们家大爷自然赏你们。"【夹】滑贼，好收煞。（庚辰夹）

　　说罢，又吩咐按数发与茶叶、油烛、鸡毛掸子、笤帚等物。一面又搬取家伙：桌围、椅搭、坐褥、毡席、痰盂、脚踏之类。一面交发，一面提笔登记，某人管某处，某人领某物，开得十分清楚。众人领了去，也都有了投奔，不似先时只拣便宜的做，剩下的苦差没个招揽。各房中也不能趁乱失迷东西。便是人来客往，也都安静了，不比先前一个正摆着茶，又去端饭，正陪举哀，又顾接客。如这些无头绪、荒乱、推托、偷闲、窃取等弊，次日一概都蠲了。

　　凤姐儿见自己威重令行，心中十分得意。因见尤氏犯病，贾珍

【装订线外】乾隆庚寅春日（独有）

《红楼梦》前十四回辑评

平成四十年〈笑林広〉

整理说明

　　《红楼梦》前十四回辑评收入了《红楼梦》部分版本（包括"庚寅本"）前 13 回半的全部批语，整理《红楼梦》前 13 回半批语辑评的主要目的，是为把"庚寅本"的批语和《红楼梦》其他版本的批语对照。从中可以看出"庚寅本"收入了哪些批语，又没有收哪些批语。

　　批语整理的原则如下。

　　1. 收入批语的版本。

　　辑评收入与"庚寅本"批语有关的版本，包括：甲戌本、己卯本、庚辰本、戚序本、蒙府本、甲辰本。"庚寅本"中没有蒙府本批语，但考虑蒙府本和戚序本有密切关系，而"庚寅本"收入了大量戚序本批语，因此蒙府本批语全部收入。

　　2. 未收批语的版本。

　　辑评未收列藏本和靖藏本的批语。列藏本批语只有 18 回以后少数双行批与庚辰本批语相合，18 回前的夹批和眉批都是后人所批，与"庚寅本"批语完全不合，且"庚寅本"只有前 13 回半，因此本书没有收入列藏本的批语。

　　所谓靖藏本其批语虽然部分与上述版本批语相合，但因为此本没有留存下来，对其真伪还有争议，因此不收。

　　3. 13 回半批语。

　　由于"庚寅本"只有 13 回半，因此批语也只整理前 13 回半的批语，至于其他回的批语，可参考俞平伯、陈庆浩、朱一玄、郑庆山等人的《红楼梦》辑评。

　　4. 三种形式名称。

　　《红楼梦》版本批语一般有三种形式，即双行批，旁侧夹批和眉批。这三种形式在各种有关批语的书中所用的名称不同。俞平伯、陈庆浩称为"双行批语"，朱一玄、郑庆山称为"夹批"。俞平伯、陈庆浩称为"夹批"，朱一玄、郑庆山称为"侧批"，眉批的名称都一致。由于本书研究"庚寅本"主要涉及了俞平伯《脂砚斋红楼梦辑评》一书，因此也采用了俞平伯所用的名称。

　　5. 三种批语标记。

　　在本书中三种批语采用如下的标记。

　　双行批语不加标记，如甲戌本双行批，即标记为"甲戌"；"庚寅本"双行批，即标记为"'庚寅'"。夹批、眉批分为标记为"夹"和"眉"。如甲戌本夹批标记为"甲戌夹"，"庚寅本"眉批标记为"'庚寅眉'"，等等。

　　为突出"庚寅本"批语，所有"庚寅本"批语都加粗。

6. 批语和正文关系。

"庚寅本"中批语有时和其他版本批语位置不同，为简化起见，无论"庚寅本"和其他版本批语位置是否相同，辑评中都按照原本的位置记录。

第一回　甄士隐梦幻识通灵　贾雨村风尘怀闺秀

[正文] 何我堂堂须眉，诚不若彼裙钗哉？

蒙府　何非梦幻？何不通灵？作者托言，原当有自。受气清浊，本无男女别。

[正文] 以至今日一技无成、半生潦倒之罪。

蒙府　明告看者。

[正文] 万不可因我之不肖，自护己短，一并使其泯灭也。

蒙府　因为传他，并可传我。

[正文] 说起根由虽近荒唐。

甲戌夹　自占地步，自首荒唐，妙！（"庚寅"同）

[正文] 原来女娲氏炼石补天之时。

甲戌夹　补天济世，勿认真用常言。（"庚寅"同）

[正文] 于大荒山。

甲戌夹　荒唐也。（戚序、甲辰、"庚寅"同）

[正文] 无稽崖。

甲戌夹　无稽也。（戚序、甲辰同，"庚寅"作"无稽也崖"）

[正文] 炼成高经十二丈。

甲戌夹　总应十二钗。（戚序、甲辰"总"作"照"。"庚寅"同）

[正文] 方经二十四丈。

甲戌夹　照应副十二钗。（戚序、甲辰、"庚寅"同）

[正文] 娲皇氏只用了三万六千五百块。

甲戌夹　合周天之数。（戚序、甲辰、"庚寅"同）

蒙府　数足，偏遗我，"不堪入选"句中透出心眼。

[正文] 只单单剩了一块未用。

甲戌夹　剩了这一块，便生出许多故事，使当日虽不以此补天，就该去补地之坑陷，使地平坦，而不得有此一部鬼话。（"庚寅""这一块"作"一块"）

[正文] 便弃在此山青埂峰下。

甲戌眉　妙！自谓落堕情根，故无补天之用。（戚序"落堕"作"坠落"，无"之"字，"庚寅"同）

甲辰　堕落情根，故无补天之用。

[正文] 谁知此石自经煅炼之后，灵性已通。

甲戌夹　煅炼后性方通。甚哉，人生不能学也！(戚序无"能"字。"庚寅"同)
[正文] 生得骨格不凡，丰神迥异。
戚序　这是真像，非幻像也。(甲辰同，"庚寅"夹批同)
[正文] 不得已，便口吐人言。
甲戌夹　竟有人问口生于何处，其无心肝，可笑可恨之极！
[正文] 弟子蠢物。
甲戌夹　岂敢，岂敢？
[正文] 弟子质虽粗蠢，性却稍通。
甲戌夹　岂敢，岂敢？
[正文] 瞬息间则又乐极悲生，人非物换，究竟是到头一梦，万境归空。
甲戌夹　四句乃一部之总纲。
[正文] 如此也只好踮脚而已。
甲戌夹　煅炼过尚与人踮脚，不学者又当如何？
[正文] 我如今大施佛法助你助，待劫终之日，复还本质，以了此案。
甲戌夹　妙！佛法亦须偿还，况世人之偿乎？近之赖债者来看此句，所谓游戏笔墨也。
[正文] 大展幻术。
甲戌夹　明点幻字。好！
[正文] 且又缩成扇坠大小的可佩可拿。
甲戌夹　奇诡险怪之文，有如翼苏《石钟》《赤璧》用幻处。(甲辰"璧"作"壁"，"幻"作"约"，"庚寅""璧"作"壁")
[正文] 形体倒也是个宝物了。
甲戌夹　自愧之语。("庚寅"同)
蒙府　世上人原自据看得见处为凭。
[正文] 还只没有实在的好处。
甲戌夹　妙极！之金玉其外，败絮其中者，见此大不欢喜。(戚序、"庚寅""之金玉"为"今之金玉"，甲辰"见此"作"见之")
[正文] 须得再镌上数字，使人一见便知是奇物方妙。
甲戌夹　世上原宜假，不宜真也。(戚序、"庚寅"同)
甲戌夹　谚云："一日卖了三千假，三日卖不出一个真。"信哉！("庚寅""三千"为"三个")
[正文] 昌明隆盛之邦。
甲戌夹　伏长安大都。(己卯夹条、甲辰、"庚寅"同。戚序只有"伏长安")
[正文] 诗礼簪缨之族。
甲戌夹　伏荣国府。(戚序、甲辰、"庚寅"同)

[正文] 花柳繁华地。
甲戌夹 伏大观园。(戚序、甲辰、"庚寅"同)
[正文] 温柔富贵乡。
甲戌夹 伏紫芸轩。(戚序、甲辰"芸"作"芝"。"庚寅"同)
[正文] 喜不能禁。
甲戌夹 何不再添一句云:"择个绝世情痴作主人。"(甲辰、"庚寅"同)
甲戌眉 昔子房后谒黄石公,惟见一石。子房当时恨不随此石去。余亦恨不能随此石而去也。聊供阅者一笑。
甲辰 昔子房后谒黄石公,惟见一石。子房当时恨不随此石而去。余今见此石,亦惟恨不能随此石而去。聊供阅者一笑。
[正文] 不知赐了弟子那几件奇处。
甲戌夹 可知若果有奇贵之处,自己亦不知者。若自以奇贵而居,究竟是无真奇贵之人。("庚寅"同)
[正文] 无材补天,幻形入世。
甲戌夹 八字便是作者一生惭恨。(戚序、甲辰、"庚寅"同)
[正文] 无材可去补苍天。
甲戌夹 书之本旨。("庚寅"同)
[正文] 枉入红尘若许年。
甲戌夹 惭愧之言,呜咽如闻。("庚寅"同)
[正文] 或可适趣解闷。
甲戌夹 "或"字谦得好。("庚寅"同)
[正文] 然朝代年纪,地舆邦国。
甲戌夹 若用此套者,胸中必无好文字,手中断无新笔墨。("庚寅""此套者"为"此文者")
[正文] 却反失落无考。
甲戌夹 据余说,却大有考证。("庚寅""却大有考证"为"大有考证")
蒙府 妙在无考。
[正文] 第一件,无朝代年纪可考。
甲戌夹 先驳得妙。
[正文] 第二件,并无大贤大忠理朝廷治风俗的善政。
甲戌夹 将世人欲驳之腐言,预先代人驳尽。妙!("庚寅"同)
[正文] 今我师竟假借汉唐等年纪添缀。
"庚寅" 所以答的好。
[正文] 又有何难?
甲戌夹 所以答的好。

[正文] 或讪谤君相，或贬人妻女。

甲戌夹　先批其大端。("庚寅"同)

[正文] 故假拟出男女二人名姓，又必旁出一小人其间拨乱。

蒙府　放笔以情趣世人，并评倒多少传奇。文气淋漓，字句切实。

[正文] 则又追踪蹑迹，不敢稍加穿凿，徒为供人之目而反失其真传者。

甲戌眉　事则实事，然亦叙得有间架、有曲折、有顺逆、有映带、有隐有见、有正有闰，以至草蛇灰线、空谷传声、一击两鸣、明修栈道暗度陈仓、云龙雾雨、两山对峙、烘云托月、背面传傅粉、千皴万染诸奇。书中之秘法，亦不复少；余亦于逐回中搜剔刳剖，明白注释，以待高明，再批示误谬。

开卷一篇立意，真打破历来小说窠臼。阅其笔则是《庄子》《离骚》之亚。斯亦太过。("庚寅"眉"有见"为"有现"，"传粉"为"傅粉"，"余亦于"为"予亦于"，无"斯亦太过"。)

[正文] 也不愿世人称奇道妙，也不定要世人喜悦检读。

甲戌夹　转得更好。("庚寅"同)

[正文] 我师意为何如？

甲戌夹　余代空空道人答曰："不独破愁醒盹，且有大益。"("庚寅"同)

[正文] 将《石头记》。

甲戌夹　本名。(戚序、甲辰同)

[正文] 再检阅一遍。

甲戌夹　这空空道人也太小心了，想亦世之一腐儒耳。("庚寅"同)

[正文] 因见上面虽有些指奸责佞贬恶诛邪之语。

甲戌夹　亦断不可少。("庚寅""亦断不可少"为"亦不可少")

[正文] 亦非伤时骂世之旨。

甲戌夹　要紧句。("庚寅"同)

[正文] 又非假拟妄称。

甲戌夹　要紧句。("庚寅"同)

[正文] 因毫不干涉时世。

甲戌夹　要紧句。("庚寅"同)

[正文] 改《石头记》为《情僧录》。东鲁孔梅溪则题曰《风月宝鉴》。

甲戌眉　雪芹旧有《风月宝鉴》之书，乃其弟棠村序也。今棠村已逝，余睹新怀旧，故仍因之。(甲辰"已逝"作"已没"，"庚寅"眉"故仍"为"故乃")

[正文] 增删五次。

甲戌眉　若云雪芹披阅增删，然后开卷至此，这一篇楔子又系谁撰？足见作者之笔，狡猾之甚。后文如此处者不少。这正是作者用画家烟云模糊处，观者万不可被作者瞒蔽了去，方是巨眼。("庚寅"眉"然后"为"然则"，"瞒蔽"为"瞒弊")

[正文] 满纸荒唐言,一把辛酸泪! 都云作者痴,谁解其中味?

甲戌夹 此是第一首标题诗。(甲辰、"庚寅"同)

甲戌眉 能解者方有辛酸之泪,哭成此书。壬午除夕,书未成,芹为泪尽而逝。余尝哭芹,泪亦待尽。每意觅青埂峰再问石兄,余不遇獭头和尚,何怅怅!

今而后,惟愿造化主再出一芹一脂,是书何本,余二人亦大快遂心于九泉矣。甲午八日泪笔。("庚寅"眉同)

[正文] 按那石上书云。

甲戌夹 以下石上所记之文。("庚寅"同)

戚序 以下系石上所记之文。

甲辰 以□(下)□(系)石上□(所)记之文。

[正文] 姑苏。

甲戌夹 是金陵。(戚序、"庚寅"同)

[正文] 最是红尘中一二等富贵风流之地。

甲戌夹 妙极! 是石头口气,惜米颠不遇此石。(甲辰"石头"作"石头的"。"庚寅"同)

戚序 妙极! 是石头口气。

[正文] 这阊门外有个十里街。

甲戌夹 开口失云势利,是伏甄、封二姓之事。(戚序、甲辰"失"作"先","庚寅""失"作"先")

[正文] 街内有个仁清巷。

甲戌夹 又言人情,总为士隐火后伏笔。(戚序、甲辰、"庚寅"同)

[正文] 巷内有个古庙,因地方窄狭。

甲戌夹 世路宽平者甚少。(戚序"甚"作"最",甲辰无"甚"字。"庚寅"同)

甲戌夹 亦凿。("庚寅"同)

[正文] 人皆呼作葫芦庙。

甲戌夹 糊涂也,故假语从此具焉。(戚序、甲辰"具焉"作"兴也","庚寅""从此具焉"作"从与焉")

蒙府 尽的虽不依样,却是葫芦。

[正文] 庙旁住着一家乡宦。

甲戌夹 不出荣国大族,先写乡宦小家,从小至大,是此书章法。(甲辰、"庚寅"同)

[正文] 姓甄。

甲戌眉 真。后之甄宝玉亦借此音,后不注。(蒙府、"庚寅"同)

戚序 真假之甄宝玉亦借此音,后不注。

甲辰　真假之意，宝玉亦借此音，后不注。
[正文] 名费。
甲戌夹　废。(戚序作正文。甲辰、"庚寅"同)
[正文] 字士隐。
甲戌夹　托言将真事隐去也。(戚序、甲辰、"庚寅"同)
[正文] 嫡妻封氏。
甲戌夹　凤，因风俗来。(戚序、甲辰同，"庚寅""因"作"是因")
[正文] 情性贤淑，深明礼义。
甲戌夹　八字正是写日后之香菱，见其根源不凡。("庚寅"同)
戚序　八字正是写日后之香菱，见其根源。(甲辰"日后"作"后日")
[正文] 家中虽无甚富贵，然本地便也推他为望族了。
甲戌夹　本地推为望族，宁、荣则天下推为望族，叙事有层落。(甲辰、"庚寅"同)
[正文] 因这甄士隐禀性恬淡，不以功名为念。
甲戌夹　自是羲皇上人，便可作是书之朝代年纪矣。总写香菱根基，原与正十二钗无异。(甲辰、"庚寅"同)
蒙府　伏笔。
[正文] 如今年已半百，膝下无儿。
甲戌夹　所谓美中不足也。(戚序、"庚寅"同)
[正文] 只有一女，乳名唤作英莲。
甲戌夹　设云应怜也。(戚序作"设法应怜也"。甲辰作"犹云应怜"，"庚寅""应伶"作"应怜")。
[正文] 一日，炎夏永昼。
甲戌夹　热日无多。(戚序、甲辰、"庚寅"同)
[正文] 忽见那厢来了一僧一道。
甲戌夹　是方从青埂峰袖石而来也，接得无痕。(甲辰、"庚寅"同，戚序无"方"字，"峰"作"峰下"，无"也"字)
[正文] 原来近日风流冤孽又将造劫历世去不成？
蒙府　苦恼是造劫历世，又不能不造劫历世，悲夫！
[正文] 只因西方灵河岸上三生石畔。
甲戌夹　妙！所谓"三生石上旧精魂"也。("庚寅"同)
甲戌眉　全用幻，情之至，莫如此。今采来压卷，其后可知。("庚寅"眉"压卷"为"压卷")
戚序　妙！所谓"三生石上旧精魂"也。全用幻。(甲辰同)
[正文] 有绛珠草一株。

甲戌夹　点"红"字。　细思"绛珠"二字岂非血泪乎?(戚序同。甲辰两评连写)

[正文] 时有赤瑕宫。

甲戌夹　点"红"字"玉"字二。(甲辰同)

甲戌眉　按"瑕"字本注:"玉小赤也,又玉有病也。"以此命名恰极!(甲辰"病也"作"病者","恰极"作"确极"。"庚寅"眉同)

戚序　按"瑕"字本注:"玉小赤也,又玉有病者。"以此命名恰极!点"红"字二。

[正文] 神瑛侍者。

甲戌夹　单点"玉"字二。(戚序无"单"字。甲辰作"玉字也","庚寅"无"二"字)

[正文] 仅修成个女体。

蒙府　点体处,清雅。

[正文] 绛珠神瑛一段。

甲戌眉　以顽石草木为偶,实历尽风月波澜,尝遍情缘滋味,至无可如何,始结此木石因果,以泄胸中恼郁。古人之"一花一石如有意,不语不笑能留人",此之谓耶?("庚寅"眉"谓耶"为"谓也")

[正文] 饥则食蜜青果为膳. 渴则饮灌愁海水为汤。

甲戌夹　饮食之名奇甚,出身履历更奇甚,写黛玉来历自与别个不同。(甲辰、"庚寅"同)

[正文] 只因尚未酬报灌溉之德,故其五内便郁结着一段缠绵不尽之意。

甲戌夹　妙极!恩怨不清,西方尚如此,况世之人乎?趣甚警甚!(甲辰"趣甚"作"趣极"。"庚寅"同)

[正文] 恰近日这神瑛侍者凡心偶炽。

甲戌夹　总悔轻举妄动之意。(甲辰同)

[正文] 意欲下凡造历幻缘。

甲戌夹　点"幻"字。(戚序、甲辰、"庚寅"同)

[正文] 已在警幻仙子案前挂了号。

甲戌夹　又出一警幻,皆大关键处。(甲辰、"庚寅"同)

[正文] 我也去下世为人,但把我一生所有的眼泪还他,也偿还得过他了。

甲戌夹　观者至此,请掩卷思想,历来小说可曾有此句?千古未闻之奇文。("庚寅"同,甲辰"思想"作"细思")

甲戌眉　知眼泪还债,大都作者一人耳。余亦知此意,但不能说得出。("庚寅"夹同)

蒙府　恩情山海偿，惟有泪堪还。

[正文] 因此一事，就勾出多少风流冤家来。

甲戌夹　余不及一人者，盖全部之主惟二玉二人也。(甲辰、"庚寅"同)

[正文] 如今虽已有一半落尘，然犹未全集。

甲戌夹　若从头逐个写去，成何文字？《石头记》得力处在此。丁亥春。("庚寅""丁亥春"后加"脂砚")

[正文] 实未闻有还泪之说。

蒙府　作想得奇！

[正文] 并不曾将儿女之真情发泄一二。

蒙府　所以别致。

[正文] 趁此何不你我也去下世度脱几个？

蒙府　度脱。请问是幻不是幻？

[正文] 将蠢物交割清楚，待这一干风流孽鬼下世已完，你我再去。

蒙府　幻中幻，何不可幻？情中情，谁又无情？不觉僧道已入幻中矣。

[正文] 原来是块鲜明美玉，上面字迹分明，镌着"通灵宝玉"四字。

甲戌夹　凡三四次始出明玉形，隐屈之至！("庚寅"同)

[正文] 那僧便说已到幻境。

甲戌夹　又点"幻"字，云书已入幻境矣。(戚序、"庚寅"同)

蒙府　幻中言幻，何等法门。

[正文] 一大石牌坊，上书四个大字，乃是"太虚幻境"。

甲戌夹　四字可思。("庚寅"同)

[正文] 两边又有一副对联，道是："假作真时真亦假"

甲戌夹　叠用真假有无字，妙！(甲辰、"庚寅"夹同)

戚序　无极太极之轮转，色空之相生，四季之随行，皆不过如此。

[正文] 士隐大叫一声，定睛一看，只见烈日炎炎，芭蕉冉冉。

甲戌夹　醒得无痕，不落旧套。(戚序、"庚寅"同)

蒙府　真是大警觉，大转身。

[正文] 所梦之事便忘了大半。

甲戌夹　妙极！若记得，便是俗笔了。("庚寅"夹同)

[正文] 方欲进来时，只见从那边来了一僧一道。

甲戌夹　所谓"万境都如梦境看"也。("庚寅"同)

[正文] 那僧则癞头跣脚，那道则跛足蓬头。

甲戌夹　此门是幻像。(戚序无"门"字。"庚寅"同)

[正文] 看见士隐抱着英莲，那僧便大哭起来。

甲戌夹　奇怪，所谓情僧也。(甲辰"情僧"作"情传"。"庚寅"同)

[正文]"你把这有命无运、累及爹娘之物,抱在怀内作甚"一段。

甲戌眉　八个字屈死多少英雄?屈死多少忠臣孝子?屈死多少仁人志士?屈死多少词客骚人?今又被作者将此一把眼泪洒与闺阁之中,见得裙钗尚遭逢此数,况天下之男子乎?(甲辰"骚人"作"才人",无"数"字)

看他所写开卷之第一个女子便用此二语以订终身,则知托言寓意之旨,谁谓独寄兴于一情字耶?(甲辰"以订"作"以为","谁谓"作"谁为",庚寅"字耶?"作"字也?脂砚")

武侯之三分,武穆之二帝,二贤之恨,及今不尽,况今之草芥乎?

家国君父事有大小之殊,其理其运其数则略无差异。知运知数者则必谅而后叹也。

[正文]那僧还说:"舍我罢,舍我罢!"士隐不耐烦,便抱女儿撤身要进去。

蒙府　如果舍出,则不成幻境矣。行文至此,又不得不有此一语。

[正文]惯养娇生笑你痴。

甲戌夹　为天下父母痴心一哭。("庚寅"同)

[正文]菱花空对雪澌澌。

甲戌夹　生不遇时。遇又非偶。("庚寅"同)

[正文]好防佳节元宵后。

甲戌夹　前后一样,不直云前而云后,是讳知者。("庚寅"同)

[正文]便是烟消火灭时。

甲戌夹　伏后文。(甲辰、"庚寅"同)

[正文]三劫后,我在北邙山等你。

甲戌眉　佛以世谓劫。凡三十年为一世。三劫者,想以九十春光寓言也。("庚寅"眉同)

[正文]这士隐正痴想,忽见隔壁葫芦庙内。

甲戌夹　"隔壁"二字极细极险,记清。(甲辰"壁"作"壁"。"庚寅"同)

[正文]寄居的一个穷儒,姓贾名化。

甲戌夹　假话,妙!(甲辰、"庚寅"同)

戚序　假话也。

[正文]字表时飞。

甲戌夹　实非,妙!(甲辰、"庚寅"同)

戚序　实非也。

[正文]别号雨村者。

甲戌夹　雨村者,村言粗语也。言以村粗之言,演出一段假话也。(甲辰"粗语"作"俗语","假话"作"假话来"。"庚寅"同)

"庚寅"夹　愚蠢也。

戚序　雨村者，村言粗言粗语也。言以粗村之言，演出一段假话。

[正文] 原系胡州人氏。

甲戌夹　胡诌也。

[正文] 因他生于末世。

甲戌夹　又写一末世男子。(甲辰作"写一口末男子"。"庚寅"夹同)

[正文] 只剩得他一身一口，在家乡无益。

蒙府　形容落破诗书子弟逼真。

[正文] 暂寄庙中安身，每日卖字作文为生，故士隐常与他交接。

甲戌夹　又夹写士隐实是翰林文苑，非守钱虏也，直灌入"慕雅女雅集苦吟诗"一回。("庚寅"同)

蒙府　庙中安身，卖字为生，想是过午不食的了？

[正文] 忽家人飞报："严老爷来拜。"

甲戌夹　炎也。炎既来，火将至矣。(戚序、甲辰、"庚寅"夹同)

[正文] 老先生请便。晚生乃常造之客，稍候何妨。

蒙府　世态人情，如闻其声。

[正文] 生得仪容不俗，眉目清明，虽无十分姿色，却亦有动人之处。

甲戌夹　八字足矣。("庚寅"同)

甲戌眉　更好。这便是真正情理之文。可笑近之小说中满纸"羞花""闭月"等字。这是雨村目中，又不与后之人相似。(甲辰"后之人"作"后文"，"相似"下多"穷酸色心尤重"六字。"庚寅"眉同)

[正文] 雨村不觉看的呆了。

甲戌夹　今古穷酸，色心最重。(戚序"今古"作"古今"。"庚寅"同)

[正文] 然生得腰圆背厚，面阔口方，更兼剑眉星眼，直鼻权腮。

甲戌夹　是莽、操遗容。(甲辰、"庚寅"同)

甲戌眉　最可笑世之小说中，凡写奸人则用"鼠耳鹰腮"等语。("庚寅"眉同)

[正文] 这丫鬟忙转身回避，心下乃想："这人生的这样雄壮，却又这样褴褛……"如此想来，不免又回头两次。

甲戌眉　这方是女儿心中意中正文。又最恨近之小说中满纸"红拂""紫烟"。(甲辰"正文"作"真文"。"庚寅"夹同)

蒙府　如此忖度，岂得为无情？

[正文] 雨村见他回了头，便自为这女子心中有意于他。

甲戌夹　今古穷酸，皆会替女妇心中取中自己。(甲辰"女妇"作"妇女"，后多"妙极"二字。"庚寅"同)

蒙府　在此处已把种点出。

[正文] 却自己步月至庙中来邀雨村。

甲戌夹 写士隐爱才好客。(甲辰、"庚寅"同)

[正文] 自为是个知己，便时刻放在心上。

蒙府 也是不得不留心。不独因好色，多半感知音。

[正文] 蟾中如有意，先上玉人楼。

甲戌夹 这是第一首诗。后文香奁闺情皆不落空。余谓雪芹撰此书中，亦为传诗之意。(甲辰无"中"字。"庚寅"同)

[正文] 复高吟一联曰："玉在椟中求善价，钗于奁内待时飞。"

甲戌夹 表过黛玉，则紧接上宝钗。前用二玉合传，今用二宝合传，自是书中正眼。("庚寅"同)

蒙府 偏有些脂气。

[正文] 雨村听了，并不推辞。

蒙府 不推辞，语便不入估套。

[正文] 便笑道："既蒙谬爱，何敢拂此盛情。"

甲戌夹 写雨村豁达，气象不俗。(甲辰、"庚寅"同)

[正文] 时逢三五便团圆。

甲戌夹 是将发之机。("庚寅"夹同)

[正文] 满把晴光护玉栏。

甲戌夹 奸雄心事，不觉露出。("庚寅"夹同)

[正文] 对月寓怀一诗。

甲戌眉 这首诗非本旨，不过欲出雨村，不得不有者。("庚寅"眉同)
用中秋诗起，用中秋诗收，又用起诗社于秋日。所叹者三春也，却用三秋作关键。("庚寅"眉同)

[正文] 可贺，可贺！

蒙府 伏笔，作巨眼语。妙！

[正文] 乃亲斟一斗为贺。

甲戌夹 这个"斗"字，莫作升斗之斗看，可笑。("庚寅""可笑"作"可叹")

[正文] 若论时尚之学，晚生也或可去充数沽名。

甲戌夹 四字新而含蓄最广，若必指明，则又落套矣。(甲辰、"庚寅"同)

[正文] "义利"二字却还识得。

蒙府 "义利"二字，时人故自不识。

[正文] 待雄飞高举，明冬再晤，岂非大快之事耶？

甲戌眉 写士隐如此豪爽，又全无一些粘皮带骨之气相，愧杀近之读书假道学矣。("庚寅"眉同)

"庚寅"眉 予若能遇士翁这样的朋友，也不至于如此矣，亦不至似雨村之负义也。

甲辰 写士隐如此豪人，全无一些粘皮带骨之气。

［正文］雨村收了银衣，不过略谢一语，并不介意，仍是吃酒谈笑。

甲戌夹 写雨村真是个英雄。(甲辰、"庚寅"同)

蒙府 托大处。即遇此等人，又不得太索细。

［正文］回房一觉，直至红日三竿方醒。

甲戌夹 是宿酒。("庚寅"同)

［正文］使雨村投谒个仕宦之家为寄足之地。

甲戌夹 又周到如此。("庚寅"同)

［正文］读书人不在黄道黑道，总以事理为要，不及面辞了。

甲戌夹 写雨村真令人爽快。(甲辰、"庚寅"同)

［正文］士隐命家人霍启。

甲戌夹 妙！祸起也。此因事而命名。(戚序无"而"字。甲辰、"庚寅"同)

［正文］一旦失落，岂不思想，因此昼夜啼哭，几乎不曾寻死。

甲戌眉 喝醒天下父母之痴心。("庚寅"眉同)

蒙府 天下作子弟的看了想去。

［正文］不想这日三月十五，葫芦庙中炸供，那些和尚不加小心。

甲戌眉 写出南直召祸之实病。(甲辰"召祸"作"致祸"。"庚寅"眉同)

［正文］此方人家多用竹篱。

甲戌夹 土俗人风。("庚寅"同)

蒙府 交竹滑溜婉转。

［正文］他岳丈名唤封肃。

戚序 风俗。(甲辰作"风俗也"，"庚寅"同)

［正文］本贯大如州人氏。

甲戌眉 托言大概如此之风俗也。(戚序"如此"作"如是"，甲辰作"言风俗大概如是也")

［正文］今见女婿这等狼狈而来，心中便有些不乐。

甲戌夹 所以大概之人情如是，风俗如是也。("庚寅"夹同)

蒙府 大都不过如此。

甲辰 大概人情如是，风俗也如是。

［正文］拿出来托他随分就价薄置些须房地，为后日衣食之计。

蒙府 若非"幸而"，则有不留之意。

［正文］且人前人后又怨他们不善过活，只一味好吃懒作等语。

甲戌夹 此等人何多之极。(甲辰无"何""之"二字。"庚寅"同)

［正文］可巧这日拄了拐杖挣挫到街前散散心时。

蒙府　几几乎。世人则不能止于几几乎，可悲！观至此不。

［正文］士隐乃说道。

戚序　要写情，要写幻境，偏先写出一篇奇人奇境来。（"庚寅"同）

［正文］陋室空堂，当年笏满床。

甲戌夹　宁、荣未有之先。（"庚寅"同）

［正文］衰草枯杨，曾为歌舞场。

甲戌夹　宁、荣既败之后。（"庚寅"同）

［正文］蛛丝儿结满雕梁。

甲戌夹　潇湘馆、紫芸轩等处。（"庚寅"同）

［正文］绿纱今又糊在蓬窗上。

甲戌夹　雨村等一干新荣暴发之家。（"庚寅"同）

［正文］陋室空堂……绿纱今又糊在蓬窗上。

甲戌眉　先说场面，忽新忽败，忽丽忽朽，已见得反复不了。（甲辰、"庚寅"眉同）

［正文］说什么脂正浓，粉正香。

甲戌夹　宝钗、湘云一干人。（"庚寅"夹同）

［正文］如何两鬓又成霜。

甲戌夹　黛玉、晴雯一干人。（"庚寅"夹同）

［正文］昨日黄土陇头送白骨，今宵红灯帐底卧鸳鸯。

甲戌夹　熙凤一干人。（"庚寅"夹同）

［正文］说什么脂正浓……今宵红灯帐底卧鸳鸯。

甲戌眉　一段妻妾迎新送死，倏恩倏爱，倏痛倏悲，缠绵不了。（甲辰"死"作"故"。"庚寅"同）

［正文］金满箱，银满箱，展眼乞丐人皆谤。

甲戌夹　甄玉、贾玉一干人。（"庚寅"夹同）

［正文］金满箱……那知自己归来丧。

甲戌眉　一段石火光阴，悲喜不了。风露草霜，富贵嗜欲，贪婪不了。（甲辰"风露"作"一段风露"。"庚寅"眉同）

［正文］训有方，保不定日后作强梁。

甲戌夹　言父母死后之日。柳湘莲一干人。（"庚寅"夹同）

［正文］训有方……谁承望流落在烟花巷。

甲戌眉　一段儿女死后无凭，生前空为筹画计算，痴心不了。（"庚寅"眉同）

［正文］因嫌纱帽小，致使锁枷扛。

甲戌夹　贾赦、雨村一干人。（"庚寅"夹同）

［正文］昨怜破袄寒，今嫌紫蟒长。

甲戌夹　贾兰、贾菌一干人。("庚寅"夹同)

[正文] 嫌纱帽小……今嫌紫蟒长。

甲戌眉　一段功名升黜无时，强夺苦争，喜惧不了。(甲辰无"无时"二字。"庚寅"眉同)

[正文] 乱烘烘，你方唱罢我登场。

甲戌夹　总收。("庚寅"夹同)

[正文] 反认他乡是故乡。

甲戌夹　太虚幻境、青埂峰，一并结住。("庚寅"夹同)

[正文] 乱烘烘……反认他乡是故乡。

甲戌眉　总收古今亿兆痴人，共历幻场此幻事，扰扰纷纷，无日可了。(甲辰"亿兆"作"无万"，"幻场此"作"此幻场"，"庚寅""痴人"作"之人")

[正文] 甚荒唐，到头来都是为他人作嫁衣裳。

甲戌夹　语虽旧句，用于此妥极，是极！("庚寅"夹同)

苟能如此，便能了得。(甲辰、"庚寅"夹同)

[正文] 陋室空堂……到头来都是为他人作嫁衣裳。

甲戌眉　此等歌谣，原不宜太雅，恐其不能通俗，故只此便妙极。其说得痛切处，又非一味俗语可到。("庚寅"眉同)

戚序　谁不解得世事如此，有龙象力者方能放得下。("庚寅"眉同)

[正文] 士隐便说一声"走罢！"

甲戌夹　如闻如见。("庚寅"为"如见如闻")

甲戌眉　"走罢"二字真悬崖撒手，若个能行。("庚寅"眉同)

蒙府　一转念间蹬彼岸。

[正文] 俄而大轿抬着一个乌帽猩袍的官府过去。

甲戌夹　雨村别来无恙否？可贺可贺。("庚寅"同)

甲戌眉　所谓"乱烘烘，你方唱罢我登场"是也。

[正文] 倒像在那里见过的。

蒙府　起初到底有心乎，无心乎？

[正文] 也就丢过不在心上。

甲戌夹　是无儿女之情，故有夫人之分。("庚寅"同)

[正文] 忽听一片声打的门响，许多人乱嚷，说："本府太爷差人来传人问话。"

蒙府　不忘情的先写出头一位来了。

戚序回后　出口神奇，幻中不幻。文势跳跃，情里生情。借幻说法，而幻中更自多情；因情捉笔，而情里偏成痴幻。试问君家识得否，色空空色两无干。

第二回　贾夫人仙逝扬州城　冷子兴演说荣国府

甲戌回前　此回亦非正文本旨,只在冷子兴一人,即俗(庚辰回前"俗"作"俗语所"。戚序回前无"俗"字)谓(戚序回前无"谓"字)冷中出热、无中生有也。其演说荣(戚序回前"荣"作"荣国")府一篇者,盖因族大人多,若从作者笔下一一叙出,尽(庚辰回前无"尽"字)一二回不能得明(己卯回前"得明"作"得明白"。庚辰回前"得明"作"得说明"),则(庚辰回前无"则"字)成何文字?故借用冷字(庚辰回前"冷字"作"冷子兴"。戚序回前"冷字"作"冷子")一人,略出其大半(己卯回前、戚序回前"大半"作"文半"。庚辰回前"大半"作"文好"),使阅者心中,已有一荣府隐隐在心,然后用黛玉、宝钗等两三次皴染,则(庚辰回前"则"作"必")耀然于心中眼中矣。此即画家三染法也。

未写荣府正人,先写外戚,是由远及近,由小至大也。若使先叙出荣府,然后一一叙及外戚,又一一未写荣府正人,先写外戚,是由远及近,由小至大也。若是先叙出荣府,然后一一叙及外戚(己卯回前、庚辰回前、戚序回前无"又一一未写荣府正人,先写外戚,是由远及近,由小至大也。若是先叙出荣府,然后一一叙及外戚"三十八字),又一一至朋友、至奴仆,其死板(庚辰回前"板"作"反")拮据之笔,岂作十二钗人手中之物也(甲戌回前"也"侧添"耶"字)?今先写外戚者,正是写荣国一府也。故又怕闲文(戚序回前"闲文"作"问反")赘累,开笔即写贾夫人已(戚序回前"已"作"一")死,是特(戚序回前无"是特"二字)使黛玉入荣(己卯回前、庚辰回前、戚序回前"荣"作"荣府")之速也。通灵宝玉于士隐梦中一出,今于(己卯回前、庚辰回前、戚序回前"于"作"又于")子兴口中一出,阅者已洞(戚序回前"洞"作"豁")然矣。然后于黛玉、宝钗二人目中极精极(戚序回前无"极"字)细一描,则是文章锁合(己卯回前"锁合"作"关锁"。庚辰回前"锁合"作"关锁何")处。盖不肯一笔直下,有若放闸之水、然信之爆(己卯回前"爆"作"爆竹"),使其精华一泄而无馀也。究竟此玉原应出自钗、黛目中,方有照应。今预从子兴口中说出,实虽写而却未写。观其后文可知,此一回则是虚敲傍(己卯回前、戚序回前"傍"作"旁")击之文,笔(戚序回前无"笔"字)则是反逆隐回(己卯回前、庚辰回前、戚序回前"回"作"曲")之笔。

戚序回前　以百回之大文,先以此回作两大笔以冒之,诚是大观。世态人情尽盘旋于其间,而一丝不乱,非具龙象力者其孰能哉?

［正文］欲知目下兴衰兆，须问旁观冷眼人。

甲戌夹　只此一诗便妙极！此等才情，自是雪芹平生所长，余自谓评书非关评诗也。

甲戌眉　故用冷子兴演说。

［正文］那些人只嚷："快请出甄爷来！"

甲戌夹　一丝不乱。（"庚寅"同）

［正文］那些公人道："我们也不知什么'真''假'。"

甲戌夹　点睛妙笔。（"庚寅"同）

［正文］只见封肃方回来，欢天喜地。

甲戌夹　出自封肃口内，便省却多少闲文。（"庚寅"同）

［正文］曾与女婿旧日相交。

蒙府　世态精神，迸露于数语间。

［正文］因见娇杏。

甲戌夹　侥幸也。（"庚寅"同）

［正文］那丫头买线。

甲戌夹　托言当日丫头回顾，故有今日，亦不过偶然侥幸耳，非真实得尘中英杰也。非近日小说中满纸"红拂""紫烟"之可比。（"庚寅""可比"作"之比也"）

甲戌眉　余批重出。余阅此书，偶有所得，即笔录之。非从首至尾阅过，复从首加批者，故偶有复处。且诸公之批，自是诸公眼界；脂斋之批，亦有脂斋取乐处。后每一阅，亦必有一语半言，重加批评于侧，故又有"于前后照应"之说等批。（"庚寅"眉同）

［正文］又问外孙女儿。

甲戌夹　细。

［正文］我自使番役，务必采访回来。

甲戌夹　为葫芦案伏线。（甲辰、"庚寅"同）

［正文］临走倒送了我二两银子。

蒙府　此事最要紧。

［正文］甄家娘子听了，不免心中伤感。

甲戌夹　所谓"旧事凄凉不可闻"也。（"庚寅"同）

［正文］又寄一封密书与封肃，转托问甄家娘子要那娇杏作二房。

甲戌夹　雨村已是下流人物，看此，今之如雨村者亦未有矣。（"庚寅"同）

甲戌夹　谢礼却为此，险哉人之心也！（"庚寅"夹同）

［正文］巴不得去奉承，便在女儿前一力撺掇成了。

甲戌夹　一语道尽。（"庚寅"夹同）

［正文］雨村欢喜，自不必说。

蒙府　知己相逢，得遂平生，一大快事。

[正文] 外谢甄家娘子许多物事，令其好生养赡，以待寻访女儿下落。

甲戌夹　找前伏后。（"庚寅"同）

士隐家一段小荣枯，至此结住，所谓真不去，假焉来也。（甲辰"小"作"小小"，"谓"作"为"。"庚寅"同）

[正文] 却说娇杏这丫鬟，便是那年回顾雨村者。因偶然一顾，便弄出这段事来，亦是自己意料不到之奇缘。

甲戌夹　注明一笔，更妥当。（"庚寅"夹同）

蒙府　点出情事。

[正文] 谁想他命运两济。

甲戌眉　好极！与英莲"有命无运"四字，遥遥相映射。莲，主也；杏，仆也。今莲反无运，而杏则两全。可知世人原在运数，不在眼下之高低也。此则大有深意存焉。（"庚寅"眉同）

甲辰　妙！与英莲"有命无运"四字遥相对照。

[正文] 偶因一着错。

甲戌夹　妙极！盖女儿原不应私顾外人之谓。（"庚寅"同）

[正文] 便为人上人。

甲戌夹　更妙！可知守礼俟命者，终为饿莩。其调侃寓意不小。（"庚寅"同）

甲戌眉　从来只见集古集唐等句，未见集俗语者。此又更奇之至！（"庚寅"夹同）

[正文] 且又恃才侮上，那些官员皆侧目而视。

甲戌夹　此亦奸雄必有之理。（"庚寅"同）

[正文] 致使地方多事，民命不堪。

甲戌夹　此亦奸雄必有之事。

[正文] 龙颜大怒，即批革职。

蒙府　罪重而法轻，何其幸也？

[正文] 却面上全无一点怨色，仍是嬉笑自若。

甲戌夹　此亦奸雄必有之态。（甲辰、"庚寅"同）

[正文] 将历年做官积的些资本并家小人属送至原籍，安排妥协。

甲戌夹　先云根基已尽，故今用此四字，细甚！（"庚寅"同）

[正文] 却又自己担风袖月，游览天下胜迹。

甲戌夹　已伏下至金陵一节矣。（甲辰无"矣"字。"庚寅"同）

[正文] 这林如海姓林名海，表字如海。

甲戌夹　盖云学海文林也，总是暗写黛玉。（甲辰、"庚寅"同）

[正文] 今已升至兰台寺大夫。

甲戌眉　官制半遵古名，亦好。余最喜此等半有半无，半古半今，事之所无，理之必有，极玄极幻，荒唐不经之处。（"庚寅"眉同）

[正文] 本贯姑苏人氏。

甲戌夹　十二钗正出之地，故用真。（甲辰"正"作"所"。"庚寅"夹同）

[正文] 因当今隆恩盛德，远迈前代，额外加恩，至如海之父，又袭了一代。

甲戌眉　可笑近时小说中，无故极力称扬浪子淫女，临收结时，还必致感动朝廷，使君父同入其情欲之界，明逆其意，何无人心之至！不知被作者有何好处，有何谢报到朝廷廊庙之上，直将半生淫朽，秽渎睿聪，又苦拉君父作一干证护身符，强媒硬保，得遂其淫欲哉？（"庚寅""淫朽"作"淫污"）

[正文] 虽系钟鼎之家，却亦是书香之族。

甲戌夹　要紧二字，盖钟鼎亦必有书香方至美。（"庚寅"同）

[正文] 只可惜这林家支庶不盛，……没甚亲枝嫡派的。

甲戌夹　总为黛玉极力一写。（"庚寅"同）

[正文] 虽有几房姬妾。

甲戌夹　带写贤妻。（"庚寅"同）

[正文] 生得一女，乳名黛玉。

蒙府　绛珠初见。

[正文] 且见他聪明清秀。

甲戌夹　看他写黛玉，只用此四字，可笑近来小说中，满纸"天下无二""古今无双"等字。（"庚寅"同）

[正文] 识得几个字，不过假充养子之意，聊解膝下荒凉之叹。

甲戌眉　如此叙法，方是至情至理之妙文。最可笑者，近小说中，满纸"班昭""蔡琰""文君""道韫"。（"庚寅"夹同）

[正文] 幸有两个旧友，亦在此境居住。

甲戌夹　写雨村自得意后之交识也。又为冷子兴作引。（"庚寅"同）

[正文] 守丧尽哀。

蒙府　先要使黛玉哭起。

[正文] 本自怯弱多病的。

甲戌夹　又一染。

[正文] 近因女学生哀痛过伤，本自怯弱多病的，触犯旧症，遂连日不曾上学。

甲戌眉　上半回已终写仙逝，正为黛玉也。故一句带过，恐闲文有防正笔。（"庚寅"同）

[正文] 意欲赏鉴那村野风光。

甲戌眉　大都世人意料此，终不能此；不及彼者，而反及彼。故特书意在村野风光，却忽遇见子兴一篇荣国繁华气象。（甲辰"子兴"作"冷子兴"。"庚寅"眉

同)

[正文] 门前有额,题着"智通寺"三字。

甲戌夹 谁为智者,又谁能通,一叹!("庚寅"同)

[正文] 身后有余忘缩手。

甲戌夹 先为宁、荣诸人当头一喝,却是为余一喝。("庚寅"同)

[正文] 因想到:"这两句话,文虽浅近,其意则深。"

甲戌夹 一部书之总批。("庚寅"同)

[正文] 其中想必有个翻过筋斗来的亦未可知。

甲戌夹 随笔带出禅机,又为后文多少语录不落空。("庚寅"同)

[正文] 只有一个龙钟老僧在那里煮粥。

甲戌夹 是雨村火气。("庚寅"夹作"雨村火气")

[正文] 雨村见了,便不在意。

甲戌夹 火气。("庚寅"夹同)

[正文] 那老僧既聋且昏。

甲戌夹 是翻过来的。("庚寅"夹作"的翻过来的")

蒙府 欲写冷子兴,偏闲闲有许多着力语。

[正文] 齿落舌钝。

甲戌夹 是翻过来的。("庚寅"同)

[正文] 雨村不耐烦,便仍出来。

甲戌眉 毕竟雨村还是俗眼,只能识得阿凤、宝玉、黛玉等未觉之先,却不识得既证之后。未出宁、荣繁华盛处,却先写一荒凉小境;未写通部入世迷人,却先写一出世醒人。回风舞雪,倒峡逆波,别小说中所无之法。("庚寅"眉"回风"作"迎风")

[正文] 此人是都中在古董行中贸易的号冷子兴者。

甲戌夹 此人不过借为引绳,不必细写。("庚寅"同)

[正文] 雨村最赞这冷子兴是个有作为大本领的人。

戚序 不赞出则文不灵活,而冷子兴之谈吐似觉唐突矣。("庚寅"同)

[正文] 叙些别后之事。

甲戌夹 好!若多谈则累赘。("庚寅"同)

蒙府 又抛一笔。

[正文] 雨村因问:"近日都中可有新闻没有?"

甲戌夹 不突然,亦常问常答之言。("庚寅""亦常"作"也常")

[正文] 倒是老先生你贵同宗家。

甲戌夹 雨村已无族中矣,何及此耶?看他下文。("庚寅"同)

[正文] 荣国府贾府中,可也玷辱了先生的门楣么?

甲戌夹　剖小人之心肺，闻小人之口角。（"庚寅"同）
[正文] 寒族人丁却不少，自东汉贾复以来。
"庚寅"　此乃假话。
[正文] 支派繁盛，各省皆有。
甲戌夹　此话纵真，亦必谓是雨村欺人语。（"庚寅"夹同）
蒙府　如闻其声。
[正文] 子兴叹道："老先生休如此说。"
甲戌夹　叹得怪。
[正文] 如今的这宁、荣两门，也都萧疏了，不比先时的光景。
甲戌夹　记清此句，可知书中之荣府已是末世了。（"庚寅"夹同）
[正文] 当日宁、荣两宅的人口也极多，如何就萧疏了？
甲戌夹　作者之意原只写末世。此已是贾府之末世了。
[正文] 那日进了石头城。
甲戌夹　点睛，神妙！（甲辰作"点眼妙"。"庚寅"夹同）
[正文] 大门前虽冷落无人。
甲戌夹　好！写出空宅。（"庚寅"夹同）
[正文] 就是后一带花园子里。
甲戌夹　"后"字何不直用"西"字？恐先生堕泪，故不敢用"西"字。（"庚寅"夹同）
[正文] 主仆上下，安富尊荣者尽多，运筹谋画者无一。
甲戌夹　二语乃今古富贵世家之大病。（"庚寅"夹同）
[正文] 如今外面的架子虽未甚倒。
甲戌夹　"甚"字好！盖已半倒矣。（"庚寅"夹同）
[正文] 谁知这样钟鸣鼎食之家，翰墨诗书之族。
甲戌夹　两句写出荣府。（"庚寅"夹同）
[正文] 如今的儿孙，竟一代不如一代了。
甲戌眉　文是极好之文，理是必有之理，话则极痛极悲之语。（"庚寅"眉同）
蒙府　世家兴败，寄口与人，诚可悲夫！
[正文] 只说这宁、荣二宅，是最教子有方的。
甲戌夹　一转有力。（"庚寅"夹同）
[正文] 宁国公。
甲戌夹　演。
[正文] 荣国公。
甲戌夹　源。
[正文] 宁公居长，生了四个儿子。

甲戌夹　贾蔷、贾菌之祖，不言可知矣。("庚寅"同)
[正文]贾代化袭了官。
甲戌夹　第二代。
[正文]只剩了次子贾敬袭了官。
甲戌夹　第三代。
[正文]如今一味好道，只爱烧丹炼汞。
甲戌夹　亦是大族末世常有之事，叹叹！("庚寅"同)
蒙府　偏先从好神仙的苦处说来。
[正文]幸而早年留下一子，名唤贾珍。
甲戌夹　第四代。
[正文]因他父亲一心想做神仙。
"庚寅"　勿当是个翻过筋斗来者同看。
[正文]名叫贾蓉。
甲戌夹　至蓉五代。(甲辰"蓉"作"此"。"庚寅"同)
[正文]只一味高乐不了，把宁国府竟翻了过来，也没有人敢来管他。
甲戌夹　伏后文。(甲辰、"庚寅"同)
[正文]长子贾代善袭了官。
甲戌夹　第二代。
[正文]娶的也是金陵世勋史侯家的小姐为妻。
甲戌夹　因湘云，故及之。(甲辰、"庚寅"同)
[正文]长子贾赦，次子贾政。
甲戌夹　第三代。
[正文]如今代善早已去世，太夫人尚在。
甲戌夹　记真，湘云祖姑史氏太君也。(甲辰同。"庚寅"无"记真")
[正文]为人平静中和也不管家务。
甲辰　伏下贾琏、凤姐当家之文。("庚寅"同)
[正文]遂额外赐了这政老爹一个主事之衔。
甲戌夹　嫡真实事，非妄拥也。("庚寅"同)
[正文]令其入部习学，如今现已升了员外郎了。
甲戌夹　总是称功颂德。("庚寅"夹同)
[正文]这政老爹的夫人王氏。
甲戌夹　记清。
[正文]头胎生的公子，名唤贾珠，十四岁进学，不到二十岁就取了妻生了子。
甲戌夹　此即贾兰也。至兰第五代。
[正文]一病死了。

甲戌眉　略可望者即死，叹叹！

［正文］不想后来又生一位公子。

甲戌眉　一部书中第一人却如此淡淡带出，故不见后来玉兄文字繁难。（"庚寅"眉同)

［正文］一落胎胞，嘴里便衔下一块五彩晶莹的玉来，上面还有许多字迹。

甲戌夹　青埂顽石已得下落。(甲辰"下落"作"下落矣"。"庚寅"同)

［正文］你道是新奇异事不是？

甲辰　正是宁、荣二处支谱。（"庚寅"同)

［正文］他说："女儿是水作的骨肉，男人是泥作的骨肉。"

甲戌夹　真千古奇文奇情。（"庚寅"夹同)

［正文］将来色鬼无疑了。

甲戌夹　没有这一句，雨村如何罕然厉色，并后奇奇怪怪之论。（"庚寅"同)

［正文］蚩尤、共工、桀、纣、始皇、王莽、曹操、桓温、安禄山、秦桧等，皆应劫而生者。

甲戌夹　此亦略举大概几人而言。

［正文］正不容邪，邪复妒正。

甲戌夹　譬得好。（"庚寅"同)

［正文］在上则不能成仁人君子，下亦不能为大凶大恶。

甲戌夹　恰极！是确论。（"庚寅"同)

［正文］若生于诗书清贫之族，则为逸士高人。

蒙府　巧笔奇言，另开(生)面。但此数语，恐误尽聪明后生者。

［正文］成则王侯败则贼了。

甲戌夹　《女仙外史》中论魔道已奇，此又非《外史》之立意，故觉愈奇。（"庚寅"夹同)

［正文］这两年遍游各省，也曾遇见两个异样孩子。

甲戌夹　先虚陪一个。（"庚寅"同)

［正文］只金陵城内，钦差金陵省体仁院总裁甄家。

甲戌夹　此衔无考，亦因寓怀而设置，而勿论。（"庚寅"同)

甲戌眉　又一个真正之家，持与假家遥对，故写假则知真。

［正文］便在下也和他家来往非止一日了。

甲戌夹　说大话之走狗，毕真。（"庚寅"夹同)

［正文］谁知他家那等显贵，却是个富而好礼之家。

甲戌夹　如闻其声。（"庚寅"同)

甲戌眉　只一句便是一篇家传，与子兴口中是两样。（"庚寅"眉同)

［正文］他说："必得两个女儿伴着我读书，我方能认得字。"

甲戌夹　甄家之宝玉乃上半部不写者，故此处极力表明，以遥照贾家之宝玉。凡写贾宝玉之文，则正为真宝玉传影。（"庚寅""甄家之宝玉"作"甄家宝玉"，最后多"脂砚斋"。）

[正文] 比那阿弥陀佛、元始天尊的这两个宝号还更尊荣。

甲戌眉　如何只以释、老二号为譬，略不敢及我先师儒圣等人，余则不敢以顽劣目之。（"庚寅"同）

[正文] 你们这浊口臭舌，万不可唐突了这两个字，要紧。

蒙府　固作险笔，以为后文之伏线。

[正文] 便要凿牙穿腮等事。

甲戌夹　恭敬，罪过。

[正文] 其温厚和平，聪敏文雅，竟又变了一个。

甲戌夹　与前八个字嫡对。（"庚寅"夹同）

[正文] 每打的吃疼不过时，他便"姐姐""妹妹"乱叫起来。

甲戌眉　以自古未闻之奇语，故写成自古未有之奇文。此是一部书中大调侃寓意处。盖作者实因鹡鸰之悲，棠棣之威，故撰此闺阁庭帏之传。（"庚寅"眉同）

[正文] 急疼之时，只叫"姐姐""妹妹"字样，或可解疼也未可知。

蒙府　闲闲斗出无穷奇语，都只为下文。

[正文] 只可惜他家几个姊妹都是少有的。

甲戌夹　实点一笔。余谓作者必有。（"庚寅"同）

[正文] 元春。

甲戌夹　原也。（"庚寅"作"原"）

[正文] 选入宫中作女史去了。

甲戌夹　因汉以前例，妙！（"庚寅"同）

[正文] 迎春。

甲戌夹　应也。（"庚寅"作"应"）

[正文] 探春。

甲戌夹　叹也。（"庚寅"作"叹"）

[正文] 惜春。

甲戌夹　息也。（"庚寅"作"息"）

甲辰　贾敬之女。（"庚寅"同）

[正文] 听得个个不错。

甲辰　复续前文未及，正词源三叠。（"庚寅"同）

[正文] 目今你贵东家林公之夫人，即荣府中赦、政二公之胞妹，名唤贾敏。

蒙府　黛玉之入宁国府的根源，却藉他二人之口，下文便不废力。

[正文] 已有了一个衔玉之儿。

蒙府　灵玉却只一块，而宝玉有两个，情性如一，亦如之耳误空之意耶？

[正文] 其妾又生了一个。

甲戌夹　带出贾环。

[正文] 若问那赦公，也有二子。

蒙府　本家族谱，记不清者甚多，偏是旁人说来，一丝不乱。

[正文] 今已二十来往了，亲上作亲，娶的就是政老爹夫人王氏之内侄女。

甲戌夹　另出熙凤一人。

[正文] 竟是个男人万不及一的。

甲戌夹　未见其人，先已有照。（"庚寅"同)

甲戌眉　非警幻案下而来为谁。（"庚寅"眉同)

[正文] 雨村听了，笑道："可知我前言不谬。"

甲戌夹　略一总住。（"庚寅"同)

[正文] 只顾算别人家的账，你也吃一杯酒才好。

蒙府　笔转如流，毫无沾滞。

[正文] 说着别人家的闲话，正好下酒。

甲戌夹　盖云此一段话，亦为世人茶酒之笑谈耳。（"庚寅"夹"此一段话"作"此段话"，"亦为"作"也为"）

[正文] 雨村向窗外看道。

甲戌夹　画。

[正文] 于是二人起身，算还酒账。

甲戌夹　不得谓此处收得索然，盖原非正文也。（"庚寅"同)

[正文] 又听得后面有人叫道："雨村兄，恭喜了！"

甲戌夹　此等套头，亦不得不用。（"庚寅""套头"作"套头也"）

[正文] 雨村忙回头看时。

己卯夹　语言太烦，令人不耐。古人云"惜墨如金"，看此视墨如土矣，虽演至千万回亦可也。（"庚寅"夹"亦可也"作"亦可"）

戚序回后　先自写幸遇之情于前，而叙借口谈幻境之情于后。世上不平事，道路口如碑，虽作者之苦心，亦人情之必有。

雨村之遇娇杏，是此文之总冒，故在前。冷子兴之谈，是事迹之总冒，故叙写于后。冷暖世情，比比如画。

有情原比无情苦，生死相关总在心。也是前缘天作合，何妨黛玉泪淋淋。

第三回　贾雨村夤缘复旧职　林黛玉抛父进京都

戚序回前　我为你持戒，我为你吃斋；我为你百行百计不舒怀，我为你泪眼愁眉难解。无人处，自疑猜，生怕那慧性灵心偷改。

宝玉通灵可爱，天生有眼堪穿。万年幸一遇仙缘，从此春光美满。随时喜怒哀乐，远却离合悲欢。地久天长香影连，可意方舒心眼。

宝玉衔来是补天之馀，落地已久，得地气收藏，因人而现。其性质内阳外阴，其形体光白温润，天生有眼可穿，故名曰宝玉。将欲得者尽皆宝爱此玉之意也。

天地循环秋复春，生生死死旧重新。君家著笔描风月，宝玉璺璺解爱人。

[正文] 荣国府收养林黛玉。（庚辰作"林黛玉抛父进京都"，此据甲戌）

甲戌夹　二字触目凄凉之至！（"庚寅"夹同）

[正文] 乃是当日同僚一案参革的号张如圭者。

甲戌夹　盖言如鬼如蜮也，亦非正人正言。（戚序"言"作"旨"，"庚寅""盖言"作"所谓盖言"，"亦非"作"也亦非"，"正言"作"正旨"）

[正文] 忙忙的叙了两句。

甲戌夹　画出心事。（"庚寅"同）

[正文] 他便四下里寻情找门路。

蒙府　此途幻境，描写的当。

[正文] 冷子兴听得此言，便忙献计。

甲戌夹　毕肖赶热灶者。（"庚寅"同）

[正文] 回至馆中，忙寻邸报看真确了。

甲戌夹　细。（戚序、"庚寅"同）

[正文] 转托内兄务为周全协佐，方可稍尽弟之鄙诚。

蒙府　要说正文，故以此作引；且黛玉路中实无可托之人，文笔逼切得宜。

[正文] 雨村一面打恭，谢不释口。

蒙府　借雨村细密心思之语，容容易易转入正文，亦是宦途人之口头心头。最妙！

[正文] 一面又问："不知令亲大人现居何职？"

甲戌夹　奸险小人欺人语。（"庚寅"同）

[正文] 只怕晚生草率，不敢骤然入都干渎。

甲戌夹　全是假，全是诈。（"庚寅"同）

[正文] 大内兄现袭一等将军，名赦，字恩侯；二内兄名政，字存周。

甲戌夹　二名二字皆颂德而来，与子兴口中作证。（戚序"二名二字"作"二

字二名","皆"作"俱"。"庚寅"同）

〔正文〕否则不但有污尊兄之清操，即弟亦不屑为矣。

甲戌夹 写如海实不写政老。所谓此书有不写之写是也。（"庚寅"同）

蒙府 作弊者每每偏能如此说。

〔正文〕且汝多病，年又极小，上无亲母教养，下无姊妹兄弟扶持。

甲戌夹 可怜！一句一滴血，一句一滴血之文。可怜。（"庚寅"同）

〔正文〕黛玉听了，方洒泪拜别。

甲戌夹 实写黛玉。（"庚寅"同）

〔正文〕黛玉不忍心离父一段。

蒙府 此一段是不肯使黛玉作弃父乐为远游者。以此可见作者之心，保爱黛玉如己。

〔正文〕雨村另有一只船，带两个小童，依附黛玉而行。

甲戌夹 老师依附门生，怪道今时以收纳门生为幸。（"庚寅"同）

蒙府 细蜜如此，是大家风范。

〔正文〕有日到了都中。

甲戌夹 繁中减笔。（"庚寅"夹同）

〔正文〕雨村先整了衣冠。

甲戌夹 且按下黛玉以待细写。今故先将雨村安置过一边，方起荣府中之正文也。（"庚寅"同）

〔正文〕带了小童。

甲戌夹 至此渐渐好看起来也。

〔正文〕拿着宗侄的名帖。

甲戌夹 此帖妙极，可知雨村的品行矣。（戚序、"庚寅"夹同）

〔正文〕见雨村相貌魁伟，言语不俗，且这贾政最喜读书人。

甲戌夹 君子可欺其方也，况雨村正在王莽谦恭下士之时，虽政老亦为所惑，在作者系指东说西也。（"庚寅"同）

〔正文〕题奏之日，轻轻谋了一个复职候缺。

甲戌夹 《春秋》字法。

〔正文〕不上两个月，金陵应天府缺出，便谋补了此缺。

甲戌夹 《春秋》字法。

〔正文〕拜辞了贾政，择日上任去了，不在话下。

甲戌夹 因宝钗故及之。一语过至下回。（戚序同。"庚寅""故及之"作"故及之故事"，"一语过"作"语过"）

蒙府 了结雨村。

〔正文〕且说黛玉自那日弃舟登岸时。

甲戌夹 这方是正文起头处。此后笔墨，与前两回不同。（戚序无"是"字。"庚寅"同）

[正文] 这林黛玉常听得母亲说过。
甲戌夹 三字细。("庚寅"同)
蒙府 以"常听见"等字省下多少笔墨。
[正文] 因此步步留心，时时在意，不肯轻易多说一句话，多行一步路。
蒙府 翠翠故自不凡。
[正文] 惟恐被人耻笑了他去。
甲戌夹 写黛玉自幼之心机。(戚序、"庚寅"同)
[正文] 其街市之繁华，人烟之阜盛，自与别处不同。
甲戌夹 先从街市写来。(戚序、"庚寅"同)
[正文] 正门之上有一匾，匾上大书"敕造宁国府"五个大字。
甲戌夹 先写宁府，这是由东向西而来。(戚序、"庚寅""宁"作"宁国")
蒙府 以下：写宁国府第，总借黛玉一双俊眼中传来。非黛玉之眼，也不得如此细密周详。
[正文] 众小厮退出，众婆子上来打起轿帘。
蒙府 以上写款项。
[正文] 一见他们来了，便忙都笑迎上来，说："刚才老太太还念呢，可巧就来了。"
甲戌夹 如见如闻，活现于纸上之笔，好看煞！("庚寅"夹同)
[正文] 于是三四人争着打起帘笼。
甲戌夹 真有是事，真有是事！
[正文] 一面听得人回话："林姑娘到了。"
甲戌眉 此书得力处，全是此等地方，所谓频上三毫也。("庚寅"眉同)
[正文] 心肝儿肉。
戚序 写尽天下疼女儿的神理。("庚寅"同)
[正文] 大哭起来。
甲戌夹 几千斤力量写此一笔。(戚序同，"庚寅"夹同)
蒙府 此一段文字，是天性中流出，我读时不觉泪盈双袖。
[正文] 当下地下侍立之人，无不掩面涕泣。
甲戌夹 傍写一笔，更妙！("庚寅"同)
庚寅 如见
[正文] 黛玉也哭个不住。
甲戌夹 自然顺写一笔。("庚寅"同)
蒙府 逼真。
[正文] 此即冷子兴所云之史氏太君，贾赦、贾政之母也。
甲戌夹 书中人目太繁，故明注一笔，使观者省眼。("庚寅"同)
[正文] 黛玉见贾母一段。
甲戌眉 书中正文之人却如此写出，却是天生地设章法，不见一丝勉强。
[正文] 只见三个奶嬷嬷并五六个丫鬟，簇拥着三个姊妹来了。

甲戌夹 声势如现纸上。("庚寅"同)

[正文] 对迎春、探春、惜春形容一段。

甲戌眉 从黛玉眼中写三人。

[正文] 第一个肌肤微丰。

甲戌夹 不犯宝钗。("庚寅"为"迎春不犯宝钗")

[正文] 观之可亲。

甲戌夹 为迎春写照。(戚序同,"庚寅"夹同)

[正文] 第二个削肩细腰。

甲戌夹 《洛神赋》中云"肩若削成"是也。("庚寅"同)

[正文] 见之忘俗。

甲戌夹 为探春写照。(戚序同)

[正文] 第三个身量未足,形容尚小。

甲戌眉 浑写一笔更妙!必个个写去则板矣。可笑近之小说中有一百个女子,皆是如花似玉一副脸面。(戚序"笔"作"个",无"矣"字,"近之"作"近来","一副"作"只一副","庚寅"眉同)

[正文] 其钗环裙袄,三人皆是一样的妆饰。

甲戌夹 是极!

毕肖。(戚序同,"庚寅"夹同)

蒙府 欲画天尊,先画纵神。如此,其天尊自当另有一番高山世外的景象。

[正文] 黛玉忙起身迎上来见礼。

甲戌夹 此笔亦不可少。

[正文] 不过说些黛玉之母如何得病,如何请医服药,如何送死发丧。

蒙府 层层不露,周密之至!

[正文] 不免贾母又伤感起来。

甲戌夹 妙!

[正文] 说着,搂了黛玉在怀,又呜咽起来。

蒙府 不禁我也跟他哭起。

[正文] 众人忙都宽慰解释,方略略止住。

甲戌夹 为黛玉自此不能别往。(戚序"庚寅""为"作"总为",)

[正文] 身体面庞虽怯弱不胜。

甲戌夹 写美人是如此笔伏,看官怎得不叫绝称赏?("庚寅"同)

[正文] 却有一段自然的风流态度。

甲戌夹 为黛玉写照。众人目中,只此一句足矣。(戚序、"庚寅"同)

[正文] 众人见黛玉一段。

甲戌眉 从众人目中写黛玉。("庚寅"眉同)

草胎卉质,岂能胜物耶?想其衣裙皆不得不免强支持者也。("庚寅"眉同)

[正文] 从会吃饮食时便吃药。

庚寅夹　细想黛卿自何而来，当必如此也。

[正文] 那一年我三岁时，听得说来了一个癞头和尚。

甲戌夹　文字细如牛毛。("庚寅"同)

甲戌墨夹　三岁时尚未能甚记事，故云听说，莫以为亲闻亲见。("庚寅"同)

甲戌眉　奇奇怪怪一至于此。通部中假借癞僧、跛道二人点明迷情幻海中有数之人也。非袭《西游》中一味无稽，至不能处便用观世音可比。("庚寅"夹同)

戚序　奇奇怪怪一至于此。通部中假癞僧、跛道二人，点明情痴幻海。

[正文] 除非从此以后总不许见哭声。

戚序　爱哭的偏写出有人不教哭。("庚寅"同)

蒙府　作者既以黛玉为绛珠化生，是要哭的了，反要使人先叫他不许哭。妙！

[正文] 一概不见。

甲戌墨夹　唯宝玉是更不可见之人。("庚寅"同)

[正文] 疯疯癫癫，说了这些不经之谈。

甲戌夹　是作书者自注。(戚序"作"作"做"，"庚寅""作书者"作"作者")

[正文] 黛玉说癞头和尚一段。

甲戌眉　甄英莲乃付十二钗之首，却明写癞僧一点。今黛玉为正十二钗之贯，反用暗笔。盖正十二钗人或洞悉可知，副十二钗或恐观者惑略，故写极力一提，使观者万勿稍加玩忽之意耳。("庚寅"眉同)

[正文] 如今还是吃人参养荣丸。

甲戌夹　人生自当自养荣卫。(戚序"生自"作"参原"，"庚寅""卫"作"谓")

[正文] 正好，我这里正配丸药呢。

甲戌夹　为后菖菱伏脉。(戚序"菖"作"葛"，甲辰、"庚寅"同)

[正文] 一语未了。

甲戌墨夹　接笋甚便史公之笔力。("庚寅"同)

[正文] 只听后院中有人笑声说。

甲戌夹　懦笔庸笔何能及此！

[正文] 我来迟了，不曾迎接远客。

甲戌夹　第一笔，阿凤三魂六魄已被作者拘定了，后文焉得不活挑纸上？此等非仙助即非神助，从何而得此机括耶？("庚寅"同)

甲戌眉　另磨新墨，搦锐笔，特独出熙凤一人。未写其形，先使闻声，所谓"绣幡开遥见英雄俺"也。("庚寅"眉同)

戚序　另磨新墨，锐笔，独出熙凤一人。未写其形，先使闻声，所谓"绣幡开遥见英雄俺"也。

[正文] 这来者系谁，这样放诞无礼？

甲戌夹　原有此一想。(戚序、"庚寅"同)

蒙府　天下事不可一盖而论。

[正文] 头上戴着金丝八宝攒珠髻，绾着朝阳五凤挂珠钗。

甲戌夹　头。(戚序、"庚寅"夹同)

[正文] 项上带着赤金盘螭璎珞圈。
甲戌夹　颈。(戚序"庚寅"夹同)
[正文] 裙边系着豆绿宫绦，双衡比目玫瑰佩。
甲戌夹　腰。(戚序、"庚寅"夹同)
[正文] 身上穿着缕金百蝶穿花大红洋缎窄褃袄。
蒙府　大凡能事者，多是尚奇好异，不肯泛泛同流。
[正文] 下着翡翠撒花洋绉裙。
庚寅　身。
[正文] 一双丹凤三角眼，两弯柳叶吊梢眉。
蒙府　非如此眼，非如此眉，不得为熙凤，作者读过麻衣相法。
[正文] 粉面含春威不露。
庚寅　容。
　　[正文] 丹唇未启笑先闻。
甲戌夹　为阿凤写照。(戚序"阿"作"熙"，"庚寅""为阿凤"作"有熙凤")
蒙府　英豪本等。
[正文] 描写王熙凤一段。
甲戌眉　试问诸公：从来小说中可有写形追像至此者？("庚寅"眉同)
[正文] 贾母笑道。
甲戌夹　阿凤一至，贾母方笑，与后文多少笑字作偶。(戚序"阿"作"熙"，"笑字"作"文字"，"偶"作"眼"，"庚寅""作"作"做")
[正文] 南省俗谓作"辣子"，你只叫他"凤辣子"就是了。
甲戌夹　阿凤笑声进来，老太君打诨，虽是空口传声，却是补出一向晨昏起居，阿凤于太君处承欢应侯一刻不可少之人，看官勿以闲文淡文也。("庚寅"夹同)
[正文] 黛玉正不知以何称呼。
蒙府　想黛玉此时神情，含浑可爱。
[正文] 自幼假充男儿教养的，学名王熙凤。
甲戌夹　奇想奇文。("庚寅"同)以女子曰学名固奇，然此偏有学名的反到不识字，不曰学名者反若假。(戚序"假"作"彼"，"庚寅"夹，无"反到")
[正文] 这熙凤携着黛玉的手，上下细细打谅了一回。
甲戌夹　写阿凤全部转神第一笔也。("庚寅"同)
[正文] 天下真有这样标致的人物，我今儿才算见了！
甲戌夹　这方是阿凤言语，若一味浮词套语，岂复为阿凤哉？("庚寅"同)
甲戌眉　真有这样标致人物，出自凤口，黛玉丰姿可知。宜作史笔看。("庚寅"眉同)
蒙府　以"真有""愿不得"五字写熙凤之口头，真是机巧异常。"愿不得"三字，愚弄了多少聪明特达者。
[正文] 况且这通身的气派，竟不像老祖宗的外孙女儿，竟是个嫡亲的孙女。

甲戌夹　仍归太君，方不失《石头记》文字，且是阿凤身心之至文。("庚寅"同）

[正文] 怨不得老祖宗天天口头心头一时不忘。

甲戌夹　却是极淡之语，偏能恰投贾母之意。(戚序、"庚寅"同)

[正文] 只可怜我这妹妹这样命苦。

甲戌夹　这是阿凤见黛玉正文。("庚寅"夹)

[正文] 怎么姑妈偏就去世了！

甲戌夹　若无这几句，便不是贾府媳妇。("庚寅"同)

[正文] 贾母笑道："我才好了，你倒来招我。"

甲戌夹　文字好看之极！("庚寅"同)

[正文] 你妹妹远路才来，身子又弱，也才劝住了，快再休提前话。

甲戌夹　反用贾母劝，看阿凤之术亦甚矣。(戚序"看"作"他"，"阿"作"熙"，"庚寅"同)

[正文] 这熙凤听了，忙转悲为喜道。

庚寅夹　何转得快也，真真写煞。

[正文] 一面又问婆子们，"林姑娘的行李东西可搬进来了？带了几个人来？"

甲戌夹　当家的人车如此，毕肖！("庚寅"同)

蒙府　三句话不离本行，职任在兹也。

[正文] 熙凤亲为捧茶捧果。

甲戌夹　总为黛玉眼中写出。(戚序"为"作"从"，"庚寅"夹同)

蒙府　熙凤后到，为有事，写其势能；先为筹画，写其机巧。摇前映后之笔。

[正文] 又见二舅母问他："月钱放过了不曾？"

甲戌夹　不见后文，不见此笔之妙。("庚寅"同)

[正文] 才刚带着人到后楼上找缎子。

甲戌夹　接闲文，是本意避繁也。却是日用家常实事。("庚寅"同)

[正文] 找了这半日，也并没有见昨日太太说的那样的，想是太太记错了。

蒙府　陪笔用得灵活，兼能形容熙凤之为人。妙心妙手，故有妙文妙口。

[正文] 等晚上想着叫人再拿去罢，可别忘了。

甲戌夹　仍归前文。妙妙！("庚寅"同)

[正文] 知道妹妹不过这两日到的，我已预备下了。

甲戌眉　余知此缎，阿凤并未拿出，此借王夫人之语机变欺人处耳。若信彼果拿出预备，不独被阿凤瞒过，亦且被石头瞒过了。("庚寅"眉同)

[正文] 等太太回去过了目好送来。

甲戌夹　试看他心机。(戚序同，"庚寅"同)

[正文] 王夫人一笑，点头不语。

甲戌夹　深取之意。(戚序、"庚寅"同)

甲辰夹　很漏凤姐是个当家人。("庚寅"夹"漏"为"露")

[正文] 我带了外甥女过去，倒也便宜。

蒙府　以黛玉之来去候安之便，便将荣、宁二府的势排描写尽矣。

[正文] 邢夫人携了黛玉，坐在上面。

甲辰夹　未识黛卿能乘此否？（"庚寅"夹同）

[正文] 黛玉度其房屋院宇，必是荣府中花园隔断过来的。

甲戌夹　黛玉之心机眼力。（戚序、"庚寅"同）

[正文] 果见正房厢房游廊，悉皆小巧别致。

蒙府　分别得沥沥可想如见。

[正文] 且院中随处之树木山石皆在。

甲戌夹　为大观园伏脉。（戚序同，甲辰无"园"字，"庚寅"同）

试思荣府园今在西，后之大观园偏写在东，何不畏难之若此？（戚序"荣府园"作"荣府之园"，与上评连写；"庚寅"夹同）

[正文] 邢夫人让黛玉坐了，一面命人到外面书房去请贾赦。

甲戌夹　这一句都是写贾赦，妙在全是指东击西打草惊蛇之笔。若看其写一人即作此一人看，先生便呆了。（"庚寅"同）

[正文] 老爷说了："连日身上不好，见了姑娘彼此倒伤心。

甲戌夹　追魂摄魄。（戚序、"庚寅"同）

甲戌眉　余久不作此语矣，见此语未免一醒。（"庚寅"眉同）

[正文] 暂且不忍相见。

甲戌夹　若一见时，不独死板，且亦大失情理，亦不能有此等妙文矣。（"庚寅"同）

蒙府　作者绣口锦心，见有见的亲切，不见有不见的亲切，直说横讲，一毫不爽。

[正文] 劝姑娘不要伤心想家。

蒙府　亦在情理之内。

[正文] 姊妹们虽拙，大家一处伴着，亦可以解些烦闷。

甲戌夹　赦老亦能作此语，叹叹！（"庚寅"同）

[正文] 只是还要过去拜见二舅母，恐领了赐去不恭。

甲戌夹　得体。（"庚寅"同）

蒙府　黛玉之为人，必当有如此身分。

[正文] 又嘱咐了众人几句。

蒙府　"又嘱咐了几句"，方是舅母的本等。

[正文] 便往东转弯，穿过一个东西的穿堂。

甲戌夹　这一个穿堂是贾母正房之南者，凤姐处所通者则是贾母正房之北。（戚序、"庚寅"同）

[正文] 匾上写着斗大三个大字，是"荣禧堂"。

蒙府　真是荣国府。

[正文] 一边是金帷彝。

甲戌夹　雕章垒，周器也。（"庚寅"夹同）
[正文]一边是玻璃　。
甲戌夹　　音海，盛酒之大器也。（"庚寅"夹无"盛酒之大器也"）
[正文]又有一副对联，乃乌木联牌，镶着錾银的字迹。
甲戌夹　雅而丽，富而文。（"庚寅"夹同）
[正文]堂前黼黻焕烟霞。
甲戌夹　实贴。（戚序"贴"作"衬"，"庚寅"夹同）
[正文]同乡世教弟勋袭东安郡王穆莳拜手书。
甲戌夹　先虚陪一笔。（戚序、"庚寅"夹同）
[正文]原来王夫人时常居坐宴息。亦不在这正室。
甲戌夹　黛玉由正室一段而来，是为拜见政老耳，故进东房。（"庚寅"同）
[正文]只在这正室东边的三间耳房内。
甲戌夹　若见王夫人。
[正文]于是老嬷嬷引黛玉进东房门来。
甲戌夹　直写引至东廊小正室内矣。
[正文]几上茗碗瓶花俱备。
庚寅夹　写得确。
[正文]其馀陈设，自不必细说。
甲戌夹　此不过略叙荣府家常之礼数，特使黛玉一识阶级座次耳，馀则繁。（戚序、"庚寅"同）
　　[正文]黛玉度其位次，便不上炕。
庚寅夹　可知黛玉度其房内阶级陈设之文乃必写之文也。
[正文]只向东边椅子上坐了。
甲戌夹　写黛玉心意。（戚序、"庚寅"同）
[正文]一面打谅这些丫鬟们。
蒙府　借黛玉眼写三等使婢。
[正文]只见一个穿红绫袄青缎掐牙背心的丫鬟走来。
甲戌夹　金乎？玉乎？（"庚寅"夹同）
[正文]太太说，请林姑娘到那边坐罢。
蒙府　唤去见，方是舅母，方是大家风范。
[正文]桌上磊着书籍茶具。
甲戌夹　伤心笔，堕泪笔。（"庚寅"夹同）
[正文]黛玉心中料定这是贾政之位。
甲戌夹　写黛玉心到眼到，伧夫但云为贾府叙坐位，岂不可笑？（戚序无"伧夫"二字，"庚寅"夹同）
[正文]因见挨炕一溜三张椅子上，也搭着半旧的弹墨椅袱。
甲戌夹　三字有神。（"庚寅"同）

甲戌夹　此处则一色旧的,可知前正室中亦非家常之用度也。可笑近之小说中,不论何处,则曰商彝周鼎、绣幕珠帘、孔雀屏、芙蓉褥等样字眼。(戚序"近之"作"近今","绣幕"作"绣帏";"庚寅"眉同)

甲戌眉　近闻一俗笑语云:一庄农(戚序"农"作"家")人进京回家,众人问曰:"你进京去可见些个(戚序"些个"作"些")世面否?"庄人曰:"连皇帝老爷都见了。"众罕然问曰:"皇帝如何景况?"庄人曰:"皇帝左手拿一金元宝,右手拿一银元宝,马上稍捎着(戚序"稍着"作"稍")一口袋人参,行动人参不离口。一时要屙屎了(戚序"屎了"作"屎"),连擦屁股都用的(戚序"都用的"作"都")是鹅黄缎(戚序"缎"作"绫")子,所以京中(戚序"中"作"中连")掏茅(戚序"茅"作"毛")厮(戚序"厮"作"厕")的人都富贵无比。"试思凡(戚序"凡"作"俗")稗官写(戚序"写"作"用")富贵字眼者,悉皆庄农进京(戚序"庄农进京"作"庄农")之一流也。盖此时(戚序"盖此时"作"盖")彼实未身经目睹,所言皆在情理之外焉。

又如人嘲作诗者亦往往爱说富丽话,故有"胫骨变(戚序"变"作"便")成金玳瑁,眼睛嵌(戚序"嵌"作"变")作碧璃琉(戚序"璃琉"作"琉璃")"之诮。余白是评《石头记》,非鄙薄前人也。(戚序无"余白是评《石头记》,非鄙薄前人也"十三字)

[正文]你舅舅今日斋戒去了。

甲戌夹　点缀宦途。(戚序"宦"作"官","庚寅"同)

[正文]再见罢。

甲戌夹　赦老不见,又写政老。政老又不能见,是重不见重,犯不见犯。作者惯用此等章法。("庚寅"同)

[正文]但我不放心的最是一件。

蒙府　王夫人嘱咐与邢夫人嘱咐似同的迥异。儿女累心,我欲代伊哭诉一面愁苦。

[正文]我有一个孽根祸胎。

甲戌夹　四字是血泪盈面,不得已、无奈何而下。四字是作者痛哭。("庚寅"同)

戚序　四字是作者痛哭。

[正文]是家里的"混世魔王"。

甲戌夹　占绛洞花王为对看。("庚寅""占"为"与")

[正文]今日因庙里还愿去了。

甲戌夹　是富贵公子。("庚寅"同)

[正文]黛玉亦常听得母亲说过。

蒙府　有曾听得,所以闻言便知,不必用心搜求了。

[正文]乃衔玉而诞,顽劣异常。

甲戌夹　与甄家子恰对。(戚序、"庚寅"夹同)

[正文] 极恶读书。
甲戌夹　是极恶每日诸之子曰的读书。("庚寅"同)
甲戌眉　这是一段反衬章法。黛玉心用猜度蠢物等句对着去，方不失作者本旨。
[正文] 小名就唤宝玉，虽极憨顽，说在姊妹情中极好的。
甲戌夹　以黛玉道宝玉名方不失正文。"虽"字是有情字，宿根而发，勿得泛泛看过。("庚寅"同)
蒙府　黛玉口中心中早中此。
[正文] 自然只和姊妹同处，兄弟们自是别院另室的，岂得去沾惹之理？
甲戌夹　又登开一笔，妙妙！("庚寅"夹同)
蒙府　用黛玉反衬一句，更有深味。
[正文] 原系同姊妹们一处娇养惯了的。
甲戌夹　此一笔收回，是明通部同处原委也。("庚寅"夹同)
[正文] 背地里拿着他两个小幺儿出气，咕唧一会子就完了。
甲戌夹　这可是宝玉本性真情。前四十九字迥异之批今始方知。盖小人口碑累累如是。是是非非任尔口角，大都皆然。("庚寅"同)
[正文] "黛玉一一的都答应着"一段。
甲戌眉　不写黛玉眼中之宝玉，却先写黛玉心中已毕有一宝玉矣，幻妙之至！只冷子兴口中之后，余已极思欲一见，及今尚未得见，狡猾之至！(戚序"毕"作"早"，无"一"字，"只"作"自"，无"冷子兴"三字，"猾"作"滑"；"庚寅"眉同)
蒙府　客居之苦，在有意无意中写来。
[正文] 由后廊往西。
甲戌夹　后房门是正房后廊也。(戚序、"庚寅"同)
[正文] 出了角门。
甲戌夹　这是正房后西界墙角门。(戚序、"庚寅"同)
[正文] 这是你凤姐姐的屋子。
蒙府　灵活。无一漏空。
[正文] 这院门上也有四五个才总角的小厮，都垂手侍立。
甲戌夹　二字是他处不写之写也。("庚寅"夹同)
[正文] 王夫人遂携黛玉穿过一个东西穿堂。
甲戌眉　这正贾母正室后之穿堂也，与前穿堂是一带之屋。中一带乃贾母之下室也。记清。(戚序"这正"作"这是"，"庚寅"同)
[正文] 便是贾母的后院了。
甲戌夹　写得清，一丝不错。(戚序、"庚寅"同)
[正文] 见王夫人来了，方安设桌椅。
甲戌夹　不是待王夫人用膳，是恐使王夫人有失侍膳之理耳。(戚序"待王夫人"作"待夫人"，"理"作"礼"；"庚寅"同)
[正文] 贾珠之妻李氏捧饭。

蒙府　大人家规矩礼法。

［正文］外间伺候之媳妇丫鬟虽多，却连一声咳嗽不闻。

蒙府　作者非身履其境过，不能如此细密完足。

［正文］云饭后务待饭粒咽尽，过一时再吃茶，方不伤脾胃。

甲戌夹　夹写如海一派书气，最妙！（戚序、"庚寅"同）

［正文］少不得一一的改过来。

蒙府　幼而学、壮而行者，常情。有不得已，行权达变，多至于失守者。亦千古用慨，诚可悲夫！

［正文］黛玉也照样漱了口。盥手毕，又捧上茶来，这方是吃的茶。

甲戌夹　总写黛玉以后之事，故只以此一件小事略为一表也。（戚序、"庚寅"同）

甲戌眉　今看至此，故想日后以阅王敦初尚公主，登厕时不知塞鼻用枣，敦辄取而啖之，早为宫人鄙诮多矣。今黛玉若不漱此茶，或饮一口，不无荣婢所诮乎？观此则知黛玉平生之心思过人。（戚序"今看至此，故想日后以阅"作"余看至此，故想日前所闻"，"早为"作"必为"，"今黛玉若"作"若黛玉"，"不无"作"不为"；"庚寅"眉同）

［正文］黛玉道："只刚念了《四书》。"

甲戌夹　好极！稗官专用腹隐五车书者来看。（戚序"者来看"作"等语"，"庚寅"同）

［正文］只听外面一阵脚步响。

甲戌夹　与阿凤之来相映而不相犯。（"庚寅"同）

［正文］丫鬟进来笑道："宝玉来了！"

甲戌夹　余为一乐。（戚序、"庚寅"夹同）

蒙府　刑容出姣养神（情）。

［正文］黛玉心中正疑惑着："这个宝玉，不知是怎生个惫懒人物？"

甲戌夹　文字不反不见正文之妙，似此应从《国策》得来。（"庚寅"眉同）

［正文］倒不见那蠢物也罢了。

甲戌夹　这蠢物不是那蠢物，却有个极蠢之物相待，妙极！（戚序"不是"作"却不是"，"妙极"作"妙哩"；"庚寅"同）

蒙府　从黛玉口中故反一句，则不文更觉生色。

［正文］面若中秋之月。

甲戌眉　此非套满月，盖人生有面扁而青白色者，则皆可谓之秋月也。用满月者不知此意。（戚序同，"庚寅"同）

［正文］色如春晓之花。

甲戌眉　"少年色嫩不坚劳"，以及"非天即贫"之语，余犹在心，今阅至此，放声一哭。（戚序"劳"作"牢"，"庚寅"夹同）

［正文］虽怒时而若笑，即嗔视而有情。

甲戌夹　真真写杀。(戚序同，"庚寅"加"真真写杀")

[正文] 黛玉一见。

戚序　写宝玉只是宝玉，写黛玉只是黛玉。从中用黛玉一惊，宝玉之面善等字，文气自然笼统，要分开不得了。("庚寅"同)

[正文] 便吃一大惊。

甲戌夹　怪甚！(戚序、"庚寅"夹同)

蒙府　此一惊，方(见)下文之留连缠绵，不为猛浪，不是淫邪。

[正文] 何等眼熟到如此！

甲戌夹　正是想必有灵河岸上三生石畔曾见过。(戚序"有"作"在"，"庚寅"同)

甲辰　正是在灵河岸上三生石畔见过来。

[正文] 天然一段风骚。

蒙府　总是写宝玉，总是为下文留地步。

[正文] 后人有《西江月》二词，批宝玉极恰。

甲戌眉　二词更妙。最可厌野史貌如潘安，才如子建等语。("庚寅"眉同)

[正文] 寄言纨袴与膏粱：莫效此儿形状！

甲戌眉　末二语最要紧。只是纨袴裤膏粱，亦未必不见笑我玉卿。可知能效一二者，亦必不是蠢然纨袴矣。("庚寅"夹同)

戚序　"纨袴膏粱"，"此儿形状"，有意思。当设想其像，合宝玉之来历同看，方不被作者愚弄。("庚寅"眉同)

[正文] 细看形容。

甲戌眉　又从宝玉目中细写一黛玉，真画一美人图。("庚寅"眉同)

[正文] 两弯似蹙非蹙罥烟眉。

甲戌夹　奇眉妙眉，奇想妙想。(戚序、"庚寅"夹同)

[正文] 一双似喜非喜含情目。

甲戌夹　奇目妙目，奇想妙想。(戚序、"庚寅"夹同)

[正文] 行动处似弱柳扶风。

甲戌夹　至此八句是宝玉眼中。("庚寅"夹同)

[正文] 心较比干多一窍。

甲戌夹　此一句是宝玉心中。("庚寅"夹同)

甲戌眉　更奇妙之至！多一窍固是好事，然未免偏僻了，所谓过犹不及也。(戚序无"事"字，"然"作"然则"，"也"作"是也"；"庚寅"夹同)

蒙府　写黛玉，也是为下文留地步。

[正文] 病如西子胜三分。

甲戌夹　此十句定评，真抵一赋。("庚寅"同)

戚序　此十句定评。

[正文] 宝玉看黛玉一段。

甲戌眉　不写衣裙妆饰，正是宝玉眼中不屑之物，故不曾看见。黛玉之居止容貌，亦是宝玉眼中看，心中评；若不是宝玉，断不能知黛玉终是何等品貌。（戚序"之居"作"举"，"不能"作"不"；"庚寅"夹同）

［正文］宝玉看罢，因笑道。

甲戌夹　看他第一句是何话。（戚序、"庚寅"同）

甲戌眉　黛玉见宝玉写一"惊"字，宝玉见黛玉写一"笑"字，一存于中，一发乎外，可见文于下笔必推敲的准稳，方才用字。（"庚寅"眉同）

［正文］这个妹妹我曾见过的。

甲戌夹　疯话。与黛玉同心，却是两样笔墨。观此则知玉卿心中有则说出，一毫宿滞皆无。（戚序"则知"作"知"，"庚寅"同）

［正文］然我看着面善，心里就算是旧相识。

甲戌夹　一见便作如是语，宜乎王夫人谓之疯疯傻傻也。（"庚寅"夹同）

蒙府　世人得遇相好者，每日一见如故，与此一意。

［正文］今日只作远别重逢，亦未为不可。

甲戌夹　妙语奇语，全作如是等语。怪人谓曰痴狂。（戚序"怪"作"焉怪"，"庚寅"同）

［正文］贾母笑道："更好，更好，若如此，更相和睦了。"

甲戌夹　作小儿语，瞒过世人亦可。（"庚寅"夹同）

亦是真话。（戚序、"庚寅"同）

［正文］又细细打量一番。

甲戌夹　与黛玉两次打谅一对。（戚序、"庚寅"同）

蒙府　姣惯处如画。如此亲近，而黛玉之灵心巧性，能不被其缚住，反不是性理。文从宽缓中写来，妙！

［正文］因问："妹妹可曾读书？"

甲戌夹　自己不读书，却问到人，妙！（戚序"到"作"别"，"庚寅"同）

［正文］探春便问何出。

甲戌夹　写探春。（戚序同）

蒙府　借问难，说探春，以足后文。

［正文］可代画眉之墨。

蒙府　黛玉泪因宝玉，而宝玉赠曰颦颦，初见时亦定盟矣。

［正文］宝玉笑道："除《四书》外，杜撰的太多，偏只我是杜撰不成？"

甲戌夹　如此等语，焉得怪彼世人谓之怪，只瞒不过批书者。（戚序"如此"作"如是"，"批书者"作"批书人"；"庚寅"同）

［正文］又问黛玉："可也有玉没有？"

甲戌夹　奇极怪极，痴极愚极，焉得怪人目为痴哉？（戚序同）

［正文］黛玉便忖度着因他有玉，故问我有也无。

甲戌眉　奇之至，怪之至，又忽将黛玉亦写成一极痴女子。观此初会二人之心，则可知以后之事矣。（戚序"怪之至"作"极"，无"亦"字；"庚寅"同）

[正文] 宝玉听了，登时发作起痴狂病来，摘下那玉，就狠命摔去。

甲戌夹　试问石兄：此一摔，比在青峰峰下萧然坦卧何如？（"庚寅"夹同）

[正文] 贾母急的搂了宝玉道："孽障！"

甲戌夹　如闻其声，恨极语却是疼极语。（戚序、"庚寅"同）

[正文] 你生气，要打骂人容易，何苦摔那命根子！

甲戌夹　一字一千斤重。（戚序无"重"字，"庚寅"同）

[正文] 宝玉满面泪痕泣道。

甲戌夹　千奇百怪，不写黛玉泣，却反先写宝玉泣。（戚序"怪"作"奇"，无"却""先"二字，"宝玉泣"作"宝玉泪"；"庚寅"同）

[正文] 家里姐姐妹妹都没有。

蒙府　不是写宝玉狂，下不是写贾母疼，总是要下种在黛玉心里，则下文写黛玉之近宝玉之由。作者苦心，妙妙！

[正文] 宝玉摔玉一段。

甲戌眉　"不是冤家不聚头"第一场也。（"庚寅"眉同）

[正文] 不便自己夸张之意。

蒙府　不如此说，则不为姣养。文灵活之至！

[正文] 宝玉听如此说，想一想大有情理，也就不生别论了。

甲戌夹　所谓小儿易哄，余则谓君子可欺以其方云。（戚序、"庚寅"同）

[正文] 把你林姑娘暂安置碧纱橱里。

蒙府　女死，外孙女来，不得不令其近己；移疼女之心疼外孙女者，当然。

[正文] 宝玉道："好祖宗。"

甲戌夹　跳出一小儿。（戚序、"庚寅"同）

[正文] 每人一个奶娘。

蒙府　小儿不禁，情事无违，下笔运用有法。

[正文] 一个是自幼奶娘王嬷嬷，一个是十岁的小丫头，亦是自幼随身的，名唤作雪雁。

甲戌夹　杂雅不落套，是黛玉之文章也。（戚序、"庚寅""杂"作"新"）

[正文] 便将自己身边的一个二等丫头，名唤鹦哥者与了黛玉。

甲戌眉　妙极！此等名号方是贾母之文章，最厌近之小说中，不论何处，满纸皆是红娘、小玉、嫣红、香翠等俗字。（戚序无"中"字，"庚寅"同）

[正文] 并大丫鬟名唤袭人者。

甲戌夹　奇名新名，必有所出。（戚序，"庚寅"夹同）

[正文] 原来这袭人亦是贾母之婢，本名珍珠。

甲戌夹　亦是贾母之文章。前鹦哥已伏下一鸳鸯，今珍珠又伏下一琥珀矣。已下乃宝玉之文章。（戚序、"庚寅""已下"作"以下"）

蒙府　袭人之情性，不得不点染明白者，为后日旧〔？〕案。

[正文] 贾母因溺爱宝玉。

蒙府　贾母爱孙，锡以善人，此诚为能爱人者，非世俗之爱也。

［正文］遂回明贾母，更名袭人。这袭人亦有些痴处。

甲戌夹　只如此写又好极。最厌近之小说中，满纸千伶百俐，这妮子亦通文墨等语。（戚序"如"作"知"，"好极"作"极好"，"近之"作"近今"，无"满纸"二字;，"庚寅"同）

蒙府　世人有职任的，能如袭人，则天下幸甚。

［正文］每每规谏宝玉，心中着实忧郁。

蒙府　我读至此，不觉放声大哭。

［正文］鹦哥笑道："林姑娘正在这里伤心，自己淌眼抹泪的。"

甲戌夹　可知前批不谬。（"庚寅"夹同）

黛玉第一次哭却如此写来。（戚序无"写来"二字，"庚寅"同）

［正文］倘或摔坏了那玉，岂不是因我之过！

甲戌夹　所谓宝玉知己，全用体贴工夫。（"庚寅"夹无"工夫"）

蒙府　我也心疼，岂独颦颦！

［正文］黛玉哭一段。

甲戌眉　前文反明写宝玉之哭，今却反如此写黛玉。几被作者瞒过。这是第一次算，还不知下剩还该多少。（"庚寅"眉同）

［正文］若为他这种行止，你多心伤感，只怕你伤感不了呢。

蒙府　后百十回黛玉之泪，总不能出此二语。

［正文］快别多心！

蒙府　"月上窗纱人到阶，窗上影儿先进来。"笔未到而竟先到矣。

甲辰　应如此非伤感，还甘露水也。（"庚寅"夹"如此"为"知此"）

［正文］听得说，落草时是从他口里掏出来的。

甲戌夹　癞僧幻术亦太奇矣。（戚序"太"作"大"，"庚寅"同）

蒙府　天生带来美玉，有现成可穿之眼，岂不可爱，岂不可惜？

［正文］此刻夜深，明日再看也不迟。

甲戌夹　总是体贴，不肯多事。（"庚寅"同）

蒙府　他天生带来的美玉，他自己不爱惜，遇知己替他爱惜，连我看书的人，也着实心疼不了，不觉背人一哭，以谢作者。

［正文］姨表兄薛蟠，倚财仗势，打死人命，现在应天府案下审理。

蒙府　作者每用牵前摇后之笔。

［正文］意欲唤取进京之意。

蒙府　下文。

戚序回后　补不完的是离恨天，所馀之石岂非离恨石乎？而绛珠之泪偏不因离恨而落，为惜其石而落。可见惜其石必惜其人。其人不自惜，而知己能不千方百计为之惜乎？所以绛珠之泪至死不干，万苦不怨，所谓求仁而得仁，又何怨，悲夫！

第四回　薄命女偏逢薄命郎　葫芦僧乱判葫芦案

戚序回前　阴阳交结变无伦，幻境生时即是真。秋月春花谁不见，朝晴暮雨自何因。心肝一点劳牵恋，可意偏长遇喜嗔。我爱世缘随分定，至诚相感作痴人。
请君着眼护官符，把笔悲伤说世途。作者泪痕同我泪，燕山仍旧窦公无。

[正文] 又说姨母家遭人命官司。

蒙府　又来一位，宝钗将出现矣。

[正文] 姊妹们遂出来，至寡嫂李氏房中来了。

蒙府　慢慢度入法。

[正文] 原来这李氏即贾珠之妻。

甲戌夹　起笔写薛家事，他偏写宫裁，是结黛玉，明李纨本末，又在人意料之外。("庚寅"同)

[正文] 父名李守中。

甲戌夹　妙！盖云人能以理自守，安得为情所陷哉？("庚寅"夹，无"妙")

[正文] 族中男女无有不诵诗读书者。

甲戌夹　未出李纨，先伏下李纹、李绮。("庚寅"同)

甲辰　先伏下文李纹、李绮。

[正文] 便说"女子无才便有德"。

甲戌夹　"有"字改的好。("庚寅"夹同)

蒙府　确论。

[正文] 却只以纺绩井臼为要，因取名为李纨，字宫裁。

甲戌夹　一洗小说窠臼俱尽，且命名字，亦不见红香翠玉恶俗。("庚寅"同)

[正文] 因此这李纨虽青春丧偶，居家处膏粱之中，竟如槁木死灰一般。

甲戌夹　此时处此境，最能越理生事，彼竟不然，实罕见者。("庚寅"夹同)

蒙府　反有此等文章。

[正文] 惟知侍亲养子，外则陪侍小姑等针黹诵读而已。

甲戌夹　一段叙出李纨，不犯熙凤。("庚寅"同)

蒙府　此中不得不有如此又。天地覆载，何物不有，而才子手中，亦何物不有？

[正文] 日有这般姐妹相伴，除老父外，馀者也都无庸顾及了。

甲戌夹　仍是从黛玉身上写来。以上了结住黛玉，复找前文。("庚寅"同)

[正文] 一下马就有一件人命官司详至案下。

蒙府　非雨村难以了结此案。

[正文] 我家小爷原说第三日方是好日子，再接入门。

甲戌夹 所谓迟则有变，往往世人因不经之谈，误却大事。（"庚寅"夹同）

[正文] 无奈薛家原系金陵一霸，倚财仗势，众豪奴将我小主人竟打死了。

蒙府 一派世境恶习活现。

[正文] 小人告了一年的状，竟无人作主。

蒙府 悲夫！千古世情，不过如此。

[正文] 雨村听了大怒道。

蒙府 偏能用反迭法。

[正文] 雨村心下甚为疑怪。

甲戌夹 原可疑怪，余亦疑怪。（"庚寅"夹同）

蒙府 请看见文字递出第转，闲中皆是要笔。

[正文] 老爷一向加官进禄，八九年来就忘了我了？

甲戌夹 语气傲慢，怪甚！（"庚寅"同）

蒙府 似闲语，是要人。

[正文] 老爷真是贵人多忘事，把出身之地竟忘了。

甲戌夹 剌心语，自招其祸，亦因夸能恃才也。（"庚寅"同）

[正文] 雨村听了，如雷震一惊。

甲戌夹 余亦一惊，但不知门子何知，尤为怪甚。（"庚寅"夹同）

[正文] 因想这件生意倒还轻省热闹。

甲戌夹 新鲜字眼。（"庚寅"同）

[正文] 遂趁年纪蓄了发，充了门子。

甲戌夹 一路奇奇怪怪，调侃世人，总在人意臆之外。（"庚寅"夹同）

[正文] 原来是故人。

甲戌夹 妙称，全是假态。（"庚寅"同）

[正文] 又让了坐好谈。

甲戌夹 假极！

[正文] 雨村笑道："贫贱之交不可忘。"

甲戌夹 全是奸险小人态度，活现活跳。

[正文] 此系私室。

蒙府 如此亲近，其先必有故事。

[正文] 老爷既荣任到这一省，难道就没抄一张"护官符"不成？

甲戌夹 可对聚宝盆，一笑。三字从来未见，奇之至！（"庚寅"夹同）

[正文] 雨村忙问："何为'护官符'？我竟不知。"

甲戌夹 余亦欲问。（"庚寅"同）

[正文] 门子道："这还了得！连这个不知，怎能作得长远！"

甲戌夹 骂得爽快。（"庚寅"同）

蒙府 真是警世之言。使我看之，不知要哭要笑。

[正文] 一时触犯了这样的人家，不但官爵，只怕连性命还保不成呢！

甲戌夹　可怜可叹，可恨可气，变作一把眼泪也。（"庚寅"同）
蒙府　快论！请问其言是乎否乎？
[正文]　所以绰号叫作"护官符"。
甲戌夹　奇甚趣甚，如何想来？（"庚寅"同）
[正文]　其口碑排写得明白，下面所注的皆是自始祖官爵并房次。
甲戌夹　忙中闲笔用得好。（"庚寅"夹同）
戚序　此等人家，岂必欺霸方始成名耶？总因子弟不肖，招接匪人，一朝生事则百计求，父为子隐，群小迎合，虽暂时不罹祸网，而从此放胆，必破家灭族不已，哀哉！（"庚寅"同）
蒙府　可怜伊等始祖。
[正文]　贾不假，白玉为堂金作马。
甲戌夹　宁国、荣国二公之后，共十二房分。除宁、荣亲派八房在都外，现原籍住者十二房。（戚序"共十二房"作"共二十房"）
己卯夹　宁国、荣国二公之后，共二十房分。除宁、荣亲派八房在都外，现原籍住着十二房。
[正文]　阿房宫，三百里，住不下金陵一个史。
甲戌夹　保龄侯尚书令史公之后，房分共十八。都中现任者十房，原籍现居八房。（戚序"十八"作"二十"，"任者"作"住"，"现居八房"作"十房"）
己卯夹　保龄侯尚书令史公之后，房分共十八房，都中现住十房，原籍现居八房。
[正文]　东海缺少白玉床，龙王来请金陵王。
甲戌夹　都太尉统制县伯玉公之后，共十二房。都中二房，馀……（戚序"玉"作"王"，"馀"作"馀在籍"）
己卯夹　都太尉统制县伯玉公之后，共十二房。都中两房，馀皆在籍。
[正文]　丰年好大雪，珍珠如土金如铁。
甲戌夹　隐"薛"字。紫微舍人薛公之后，现领内府帑银行商，共八房分。（戚序无"隐薛字"三字，"微"作"薇"，"府"作"库"，无"分"字）
己卯夹　紫微舍人薛公之后，现领内司帑项行商，共八房。（以上四条己卯夹评，另纸录，附于己卯本中。又"丰年好大雪"条正文及评，甲戌本在"东海缺少白玉床"条之后）
[正文]　雨村犹未看完。
甲戌眉　妙极！若只有此四家，则死板不活；若再有两家，又觉累赘，故如此断法。（"庚寅"眉同）
[正文]　忽听传点，人报："王老爷来拜。"
甲戌夹　横云断岭法，是板定大章法。（"庚寅"夹同）
[正文]　这四家皆连络有亲，一损皆损，一荣皆荣，扶持遮饰，俱有照应的。
甲戌夹　早为下半部伏根。（甲辰、"庚寅"同）
蒙府　此四家不相为结亲，则无门当户对者，亦理势之必然。既结亲之后，岂不照应，又人情之不可无。

　　[正文] 死鬼买主也深知道，待我细说与老爷听。
　　甲戌夹　斯何人也。("庚寅"夹同)
　　蒙府　放胆一说，毫无避忌，世态人情被门子惨透了。
　　[正文] 这个被打之死鬼，乃是本地一个小乡绅之子，名唤冯渊。
　　甲戌夹　真真是冤孽相逢。("庚寅"同)
　　[正文] 自幼父母早亡，又无兄弟，只他一个人守着些薄产过日子。
　　蒙府　我为幼而失父母者一哭。
　　[正文] 长到十八九岁上，酷爱男风，最厌女子。
　　甲戌夹　最厌女子，仍为女子丧生，是何等大笔！不是写冯渊，正是写英莲。("庚寅"同)
　　甲辰　不是写冯渊，是写英莲。("庚寅"夹同)
　　[正文] 这也是前生冤孽，可巧遇见这拐子卖丫头，他便一眼看上了这丫头。
　　甲戌夹　善善恶恶，多从可巧而来，可畏可怕。("庚寅"同)
　　[正文] 立意买来作妾，立誓再不交接男子。
　　甲戌夹　谚云："人若改常，非病即亡。"信有之乎！("庚寅"夹同)
　　蒙府　也是幻中情魔。
　　[正文] 也不再娶第二个了。
　　甲戌夹　虚写一个情种。("庚寅"同)
　　[正文] 谁晓这拐子又偷卖与薛家。
　　蒙府　一定情即了结，请问是幻不是？点醒幻字，人皆不醒。我今日看了、批了，仍也是不醒。
　　[正文] 将冯公子打了个稀烂。
　　蒙府　有情反是无情。
　　[正文] 也并非为此些些小事值得他一逃走的。
　　甲戌夹　妙极！人命视为些些小事，总是刻画阿呆耳。("庚寅"同)
　　[正文] 老爷你当被卖之丫头是谁？
　　甲戌夹　问得又怪。("庚寅"夹同)
　　[正文] 这人算来还是老爷的大恩人呢！
　　蒙府　当心一脚。请看后文，并无蹤动。
　　[正文] 他就是葫芦庙旁住的甄老爷的小姐，名唤英莲的。
　　甲戌夹　至此一醒。
　　[正文] 闻得养至五岁被人拐去，却如今才来卖呢？
　　蒙府　"闻得"只说一曾，并无言及要娇杏自道子语。非作者忘怀，欲写世态，故作幻笔。
　　[正文] 况且他眉心中原有米粒大小的一点胭脂记。
　　甲戌夹　宝钗之热，黛玉之怯，悉从胎中带来。今英莲有痣，其人可知矣。("庚

寅"夹同）

[正文] 偏生这拐子又租了我的房舍居住。

戚序 作者要说容貌势力，要说情，要说幻，又要说小人之居心，豪强之脱大，了结前文旧案，铺设后文根基，点明英莲，收叙宝钗等项诸事：只借先之沙弥、今日门子之口层层叙来。真是大悲菩萨，千手千眼一时转动，毫无遗露。可见具大光明者，故无难事，诚然。（"庚寅"同）

[正文] 他是被拐子打怕了的，万不敢说。

甲戌夹 可怜！（"庚寅"夹后加"应怜"）

蒙府 世家子女至此。可想见其先世亦必有如薛公子者。

[正文] 我又哄之再四，他又哭了。

蒙府 写其心机，总为后文。

[正文] 我今日罪孽可满了！

蒙府 天下英雄，失足匪人，偶得机会可以跳出者，与英莲同声一哭！

[正文] 只耐得三两日，何必忧闷！

蒙府 良人者所望而终身也。

[正文] 自为从此得所。谁知天下竟有这等不如意事。

甲戌夹 可怜真可怜！（"庚寅"夹同）

甲戌夹 一篇薄命赋，特出英莲。（"庚寅"同）

蒙府 天下同患难者同来一哭！

[正文] 而且使钱如土。

甲戌夹 世路难行钱作马。（"庚寅"同）

蒙府 "使钱如土"，方能称霸王。

[正文] 把个英莲拖去，如今也不知死活。

甲戌夹 为英莲留后步。（"庚寅"同）

[正文] 写冯渊英莲一段。

甲戌眉 又一首薄命叹。英、冯二人一段小悲欢幻景，从葫芦僧口中补出，省却闲文之法也。所谓美中不足，好事多磨，先用冯渊作一开路之人。（"庚寅"眉同）

[正文] 偏又生出这段事来。

蒙府 冯渊之事之人，是英莲之幼景中之痴情人。

[正文] 这正是梦幻情缘，恰遇一对薄命儿女。

蒙府 点明白了，直入本题。

[正文] 雨村评冯渊英莲一段。

甲戌眉 使雨村一评，方补足上半回之题目。所谓此书有繁处愈繁，省中愈中省；又有不怕繁中繁，只要繁中虚；不畏省中省，只要省中实。此则省中实也。

[正文] 这正是梦幻情缘。

庚寅 点明原委。

[正文] 今日何反成了个没主意的人了。

蒙府 利欲薰心，必致如此。

[正文] 你说的何尝不是。
甲戌夹 可发一长叹。这一句已见奸雄。全是假。("庚寅"同)
[正文] 但事关人命，蒙皇上隆恩，起复委用。
甲戌夹 奸雄。("庚寅"加"假话")
[正文] 正当殚心竭力图报之时。
甲戌夹 奸雄。("庚寅"同)
[正文] 岂可因私而废法？
甲戌夹 奸雄。
蒙府 良明不昧势难当。
[正文] 是我实不能忍为者。
甲戌夹 全是假。("庚寅"夹同)
庚寅 奸雄。
[正文] 古人有云："大丈夫相时而动。"
蒙府 误尽多少苍生！
[正文] 只是如今世上是行不去的。
庚寅 诚然事态。
[正文] 又曰："趋吉避凶者为君子。"
甲戌夹 近时错会书意者多多如此。("庚寅"同)
[正文] 不但不能报效朝廷，亦且自身不保。
蒙府 说了来也是一团道理。
[正文] 雨村低了半日头，方说道。
甲戌夹 奸雄欺人。("庚寅"同)
[正文] 老爷只说善能扶乩请仙。
庚寅夹 僧道本行，不忘出身。
[正文] 薛蟠今已得了无名之病，被冯魂追索已死。
甲戌夹 无名之症却是病之名，而反曰无，妙极！("庚寅"夹同)
[正文] 雨村笑道："不妥，不妥。等我再斟酌斟酌，或可压服口声。"
甲戌夹 奸雄欺人。("庚寅"同)
蒙府 一张口就是了结，其腐臭。以"再斟酌"收结，真是不凡之笔。
[正文] 果见冯家人口稀疏，不过赖此欲多得些烧埋之费。
甲戌夹 因此三四语收住，极妙！此则重重写来，轻轻抹去也。("庚寅"同)
[正文] 雨村便徇情枉法，胡乱判断了此案。
甲戌夹 实注一笔，更好，不过是如此等事，又何用细写。可谓此书不敢干涉廊庙者，即此等处也，莫谓写之不到。盖作者立意写闺阁尚不暇，何能又及此等哉？("庚寅"同)
[正文] 雨村判薛蟠案一段。
甲戌眉 盖宝钗一家不得不细写者。若另起头绪，则文字死板，故仍只借雨村

一人穿插出阿呆兄人命一事,且又带叙出英莲一向之行踪,并以后之归结,是以故意戏用葫芦僧乱判等字样,撰成半回,略一解颐,略一叹世,盖非有意讥剌仕途,实亦出人之闲文耳。

又注冯家一笔更妥,可见冯家正不为人命,实赖此获利耳。故用"乱判"二字为题,虽曰不涉世事,或亦有微辞耳。但其意实欲出宝钗,不得不做此穿插。故云此等皆非《石头记》之正文。("庚寅"眉同)

[正文] 急忙作书信二封,与贾政并京营节度使王子腾。

甲戌夹 随笔带出王家。("庚寅"同)

[正文] 雨村又恐他对人说出当日贫贱时的事来,因此心中大不乐业。

甲戌夹 瞧他写雨村如此,可知雨村终不是大英雄。("庚寅"同)

[正文] 后来到底寻了个不是。

庚寅夹 与后文雨村下场遥遥相照。

[正文] 后来到底寻了个不是,远远的充发了他才罢。

甲戌夹 至此了结葫芦庙文字。 又伏下千里伏线。起用"葫芦"字样,收用"葫芦"字样,盖云一部书皆系葫芦提之意也,此亦系寓意处。("庚寅"同)

蒙府 口如悬河者,当于出言时小心。

[正文] 且说那买了英莲打死冯渊的薛公子。

甲戌夹 本是立意写此,却不肯特起头绪,故意设出"乱判"一段戏文,其中穿插,至此却淡淡写来。("庚寅"同)

[正文] 本是书香继世之家。

蒙府 为书香人家一叹。

[正文] 寡母又怜他是个独根孤种,未免溺爱纵容。

蒙府 爱病处。富而且孤,自多溺爱。孟母三边,故难再见。

[正文] 虽也上过学,不过略识几字。

甲戌夹 这句加于老兄,却是实写。("庚寅"夹同)

[正文] 今年方四十上下年纪,只有薛蟠一子。

蒙府 非母溺爱,非家道殷实,非节度、荣国之至亲,则不能到如此强霸。富贵者其思之。

[正文] 还有一女,比薛蟠小两岁,乳名宝钗。

戚序 初见。("庚寅"夹同)

[正文] 生得肌骨莹润,举止娴雅。

甲戌夹 写宝钗只如此,更妙!("庚寅"同)

[正文] 较之乃兄竟高过十倍。

甲戌夹 又只如此写来,更妙!("庚寅"同)

[正文] 近因今上崇诗尚礼,征采才能,降不世出之隆恩。

甲戌夹 一段称功颂德,千古小说中所无。("庚寅"同)

[正文] 便趁时拐骗起来。

蒙府 我为创家立业者一哭。

［正文］京都中几处生意，渐亦消耗。
蒙府　有制人，无制法。
［正文］薛蟠见英莲生得不俗。
甲戌夹　阿呆兄亦知不俗，英莲人品可知矣。（"庚寅"同）
［正文］他便带了母妹竟自起身长行去了。
蒙府　破销不顾业已之事，业已如此，到是走的妙。
［正文］自为花上几个臭钱，没有不了的。
甲戌夹　是极！人谓薛蟠为呆，余则谓是大彻悟。（"庚寅"夹同）
［正文］在路不记其日。
甲戌夹　更妙！必云程限则又有落套，岂暇又记路程单哉？（"庚寅"同）
［正文］却又闻得母舅王子腾升了九省统制，奉旨出都查边。
蒙府　天下之母舅再无不教外甥以正道者，必使其升任出京，亦是留下文地步。
［正文］可知天从人愿。
甲戌夹　写尽五陵心意。（"庚寅"夹同）
蒙府　写不肖子弟如画。
［正文］或是在你舅舅家。
甲戌夹　陪笔。（"庚寅"同）
［正文］或是你姨爹家。
甲戌夹　正笔。
［正文］如今舅舅正升了外省去，家里自然忙乱起身。
蒙府　好游荡不要管束的子弟，惯会说此等话。
［正文］咱们且忙忙收拾房屋，岂不使人见怪？
甲戌夹　闲语中补出许多前文，此画家之云罩峰尖法也。（"庚寅"夹同）
［正文］你的意思我却知道。
甲戌夹　知子莫如父。（"庚寅"同）
［正文］未免拘紧了你。
蒙府　用为子不得放荡一遍，再收入本意。
［正文］不如你各自住着，好任意施为。
甲戌夹　寡母孤儿一段，写得毕肖毕真。（"庚寅"同）
［正文］我带了你妹子投你姨娘家去。
甲戌夹　薛母亦善训子。（"庚寅"同）
［正文］薛蟠见母亲如此说，情知扭不过的。
蒙府　情理如真。
［正文］正愁又少了娘家的亲戚来往。
甲戌夹　大家尚义，人情大都是也。（"庚寅"夹同）
［正文］姨太太带了哥儿姐儿，合家进京，正在门外下车。
蒙府　开留住之根。

［正文］"贾政便使人上来对王夫人说"一段。

甲戌眉 用政老一段，不但王夫人得体，且薛母亦免靠亲之嫌。（"庚寅"眉同）

［正文］咱们东北角上梨香院一所。

甲戌夹 好香色。（"庚寅"同）

［正文］贾母也就遣人来说："请姨太太就在这里住下"。

甲戌夹 老太君口气得情。（"庚寅"同）

甲戌夹 偏不写王夫人留，方不死板。（"庚寅"同）

［正文］若另住在外，又恐他纵性惹祸。

蒙府 父母为子弟处每每如此。

［正文］又私与王夫人说明："一应日费供给一概免却。"

甲戌夹 作者题清，犹恐看官误认今之靠亲投友者一例。（"庚寅"同）

［正文］方是处常之法。

蒙府 补足。真是一丝不漏。

［正文］宝钗日与黛玉迎春姊妹等一处。

甲戌眉 金玉如见，却如此写，虚虚实实，总不相犯。（"庚寅"眉同）

［正文］或看书下棋，或作针黹，倒也十分乐业。

甲戌夹 这一句衬出后文黛玉之不能乐业，细甚妙甚！（"庚寅"同）

［正文］只得暂且住下，一面使人打扫出自己的房屋，再移过去的。

甲戌夹 交代结构，曲曲折折，笔墨尽矣。（"庚寅"同）

［正文］甚至聚赌嫖娼，渐渐无所不至，引诱的薛蟠比当日更坏了十倍。

甲戌夹 虽说为纨袴设鉴，其意原只罪贾宅，故用此等句法写来。（"庚寅"夹同）

蒙府 膏粱子弟每习成的风化，处（处）皆然，诚为可叹！

［正文］虽说贾政训子有方，治家有法。

甲戌夹 八字特洗出政老来，又是作者隐意。（"庚寅"同）

［正文］二则现任族长乃是贾珍。

庚寅 把宁国府竟翻了过来。

［正文］且素性潇洒，不以俗务为要，每公暇之时，不过看书着棋而已。

戚序 其用笔墨何等灵活，能足前摇后，即境生文，真到不期然而然，所谓水到渠成，不劳著力者也。（"庚寅"夹同）

［正文］又有街门另开，任意可以出入。

蒙府 既非姨父的，开一条生路。若无此段，则姨父非木偶即不仁，则不成为姨父矣。

戚序回后 看他写一宝钗之来，先以英莲事逼其进京，及以舅氏官出，惟姨可倚，辗转相逼来。且加以世态人情，隐跃其间，如人饮醇酒，不期然而已醉矣。

第五回　游幻境指迷十二钗　饮仙醪曲演红楼梦

戚序回前　万种豪华原是幻，何尝造孽，何是风流。曲终人散有谁留。为甚营求，只爱蝇头。一番遭遇几多愁，点水根由，泉涌难酬。

题曰：春困葳蕤拥绣衾，恍随仙子别红尘。问谁幻入华胥境，千古风流造孽人。（己卯夹条录出，"题曰"作"五回题云"，"葳"作"成"）

［正文］此回则暂不能写矣。

甲戌夹　此等处实又非别部小说之熟套起法。（戚序、"庚寅"无"处""又"二字）

［正文］"如今且说林黛玉"一段。

甲戌眉　不叙宝钗，反仍叙黛玉。盖前回只不过欲出宝钗。非实写之文耳。此回若仍绪写，则将二玉高搁矣，故急转笔仍归至黛玉，使荣府正文方不至于冷落也。（戚序"绪"作"续"，"庚寅"眉）

今写黛玉神妙之至，何也？因写黛玉实是写宝钗，非真有意去写黛玉，几乎又被作者瞒过。（戚序"实是写宝钗"缺"写"字，"庚寅"眉）

［正文］贾母万般怜爱，寝食起居，一如宝玉。

甲戌夹　妙极！所谓一击两鸣法，宝玉身分可知。（戚序、甲辰、"庚寅"同）

［正文］迎春、探春、惜春三个亲孙女倒且靠后。

甲戌夹　此句写贾母。（戚序"句"作"日"，"庚寅"同）

［正文］便是宝玉和黛玉二人之亲密友爱处，亦自较别个不同。

甲戌夹　此句妙，细思有多少文章。（戚序无"妙"字，"庚寅"同）

［正文］不想如今忽然来了一个薛宝钗。

甲戌夹　总是奇峻之笔，写来健跋，似新出之一人耳。（"庚寅"同）

甲戌眉　此处如此写宝钗，前回中略不一写，可知前回迥非十二钗之正文也。（"庚寅"夹）

欲出宝钗便不肯从宝钗身上写来，却先款款叙出二玉，陡然转出宝钗，三人方可鼎立，行文之法又亦变体。（"庚寅""亦"作"一"）

戚序　总是奇峻之笔，写手健跋，似新出之一人耳。此处如此写宝钗，前回中略不一写，可知前回中迥非十二钗之正文也。

甲辰　欲出宝钗却先叙二玉，然后转出宝钗，三人方可鼎立，行文之法又一变。

［正文］然品格端方，容貌丰美，人多谓黛玉所不及。

甲戌夹　此句定评，想世人目中各有所取也。（戚序同，惟"想世人目中各有所取也"句作正文，"庚寅"同）

按黛玉、宝钗二人，一如姣花，一如纤柳，各极其妙者，然世人性分甘苦不同之故耳。（戚序作正文，"姣"作"娇"，无"者"字，"然"作"此乃"，"庚寅"夹）

[正文] 而且宝钗行为豁达，随分从时，不比黛玉孤高自许，目无下尘。

甲戌夹　将两个行止摄总一写，实是难写，亦实系千部小说中未敢说写者。（戚序"实系"作"是系"，"未敢说写者"作"所未敢写者"，"庚寅"同）

[正文] 因此黛玉心中便有些悒郁不忿之意。

甲戌夹　此一句是今古才人同病。如人人皆如我黛玉之为人，方许他妒。（戚序"皆如"作"皆似"，"庚寅"同）

甲戌夹　此是黛玉缺处。（"庚寅"夹）

[正文] 宝钗却浑然不觉。

甲戌夹　这还是天性，后文中则是又加学力了。（戚序无"中"字，"庚寅"同）

[正文] 况自天性所禀来的一片愚拙偏僻。

甲戌夹　四字是极不好，却是极妙。只不要被作者瞒过。（戚序"只不要"作"勿"，"庚寅"同）

[正文] 并无亲疏远近之别。

甲戌夹　如此反谓愚痴，正从世人意中写也。（戚序"愚痴"作"愚拙偏癖"，"庚寅"同）

甲辰　如此反谓愚痴，盖从世人眼中写出。

[正文] 既亲密，则不免一时有求全之毁，不虞之隙。

甲戌夹　八字定评，有趣。不独黛玉、宝玉二人，亦可为古今天下亲密人当头一喝。（"庚寅"同）

甲戌眉　八字为二玉一生文字之纲。

戚序　八字定评，有趣。不独写宝玉、黛玉二人，亦为古今人亲密者作当头棒喝。

[正文] 黛玉又气的独在房中垂泪。

甲戌夹　"又"字妙极，补出近日无限垂泪之事矣。此仍淡淡写来，使后文来得不突然。（戚序、"庚寅"同）

[正文] 宝玉又自悔言语冒撞，前去俯就。

甲戌夹　"又"字妙极！凡用二"又"字，如双峰对峙，总补二玉正文。（戚序、"庚寅"同）

[正文] 因东边宁府中花园内梅花盛开。

甲戌夹　元春消息动矣。（戚序、甲辰、"庚寅"同）

甲戌夹　随笔带出，妙，字义可思。（戚序、"庚寅"同）

[正文] 不过皆是宁、荣二府女眷家宴小集，并无别样新文趣事可记。

甲戌夹　这是第一家宴，偏如此草草写。此如晋人倒食甘蔗，渐入佳境一样。（戚序"偏如"作"偏为"，"此如"作"如"，"庚寅""第一家宴"作"第一次家宴"，"偏"作"却"）

［正文］老祖宗放心。

"庚寅" 放心。

［正文］贾母素知秦氏是个极妥当的人。

甲戌夹　借贾母心中定评。（戚序同，"庚寅"夹）

"庚寅" 极妥当。

［正文］生得袅娜纤巧。

"庚寅" 袅娜纤巧。

［正文］行事又温柔。

"庚寅" 温柔。

［正文］乃重孙媳妇中第一个得意的人，见他去安置宝玉，自是安稳的。

甲戌夹　又夹写出秦氏来。（戚序作"又夹写秦氏出来"，"庚寅"夹）

［正文］燃藜图及对联一段。

甲戌眉　如此画联，焉能入梦。（"庚寅"同）

［正文］世事洞明皆学问，人情练达即文章。

甲戌夹　看此联极俗，用于此则极妙。盖作正因古今王孙公子，劈头先下金针。（戚序"看"作"按"，"作"作"作者"，"因"作"为"，"先下"作"下一"，"庚寅"夹）

［正文］那里有个叔叔往侄儿房里睡觉的理？

"庚寅"夹　可知下人之传闻宁府秽事之由。

［正文］两个人若站在一处，只怕那个还高些呢。

甲戌夹　又伏下一人，随笔便出，得隙便入，精细之极！（戚序"一人"作"文"，"出"作"来"，"庚寅"同）

甲戌眉　伏下秦钟，妙！

［正文］宝玉道："我怎么没见过？你带他来我瞧瞧。"

甲戌夹　侯门少年纨裤活跳下来。（戚序、"庚寅"同）

［正文］便有一股细细的甜香袭人而来。

甲戌夹　此香名引梦香。（"庚寅"夹）

［正文］宝玉觉得眼饧骨软，连说"好香！"

甲戌夹　刻骨吸髓之情景，如何想得来，又如何写得来？（戚序"写得来"作"写得出"，"庚寅"挖）

甲辰　进房如梦境。

［正文］有唐伯虎画的《海棠春睡图》。

甲戌夹　妙图。（戚序作"妙画"，"庚寅"同）

［正文］两边有宋学士秦太虚。

"庚寅" 以人名而渐入梦。

［正文］嫩寒锁梦因春冷，芳气袭人是酒香。

甲戌夹　艳极，淫极！已入梦境矣。（戚序、"庚寅"同）

[正文] 案上设着武则天当日镜室中设的宝镜。

甲戌夹　设譬调侃耳。若真以为然，则又被作者瞒过。(戚序"调侃"作"调谎"，末多"也"字，"庚寅"眉)

[正文] 说着亲自展开了西子浣过的纱衾，移了红娘抱过的鸳枕。

甲戌夹　一路设譬之文，迥非《石头记》大笔所屑，别有他属，余所不知。("庚寅"夹)

[正文] 只留袭人。

甲戌夹　一个再见。(戚序、"庚寅"同)

[正文] 媚人。

甲戌夹　二新出。(戚序、"庚寅"同)

[正文] 晴雯。

甲戌夹　三新出。名妙而文。(戚序、"庚寅"同)

[正文] 麝月。

甲戌夹　四新出。尤妙。(戚序、"庚寅"同)

看此四婢之名，则知历来小说难与并肩。(戚序无"之""肩"二字，"庚寅"夹)

[正文] 宝玉在秦氏房中睡去一段。

甲戌眉　文至此不知从何处想来。("庚寅"眉)

[正文] 看着猫儿狗儿打架。

甲戌墨夹　寓言。("庚寅"同)

甲戌夹　细极！(戚序、"庚寅"同)

[正文] 犹似秦氏在前，遂悠悠荡荡，随了秦氏，至一所在。

甲戌夹　此梦文情固佳，然必用秦氏引梦，又用秦氏出梦，竟不知立意何属。(戚序同，"庚寅"夹)

惟批书人知之。("庚寅"夹)

甲辰　此梦用秦氏引梦，又用秦氏出梦，妙！("庚寅"无"此梦")

[正文] 真是人迹希逢，飞尘不到。

甲戌夹　一篇蓬莱赋。(戚序、"庚寅"同)

[正文] 强如天天被父母师傅打呢。

甲戌夹　一句忙里点出小儿心性。(戚序"一句忙里"作"百忙中"，"庚寅"同)

[正文] 春梦随云散。

甲戌夹　开口拿"春"字最紧要。("庚寅"夹)

[正文] 飞花逐水流。

甲戌夹　二句比也。("庚寅"夹)

[正文] 何必觅闲愁。

甲戌夹　将通部人一喝。("庚寅"夹)

[正文] 宝玉听了是女子的声音。

甲戌夹　写出终日与女儿厮混最热。(戚序、"庚寅"同)
[正文] 方离柳坞……如斯之美也。
甲戌眉　按此书凡例本无赞赋闲文，前有宝玉二词，今复见此一赋，何也？盖此二人乃通部大纲，不得不用此套。前词却是作者别有深意，故见其妙。此赋则不见长，然亦不可无者也。("庚寅"眉)
戚序　按此书凡例本无潜赋，前有宝玉二词，今复见此一赋，何也？盖二人乃通部大纲，不得不用此套。
[正文] 宝玉见是一个仙姑，喜的忙来作揖问道："神仙姐姐。"
甲戌夹　千古未闻之奇称，写来竟成千古未闻之奇语，故是千古未有之奇文。("庚寅"夹)
[正文] 乃放春山遣香洞太虚幻境警幻仙姑是也。
甲戌夹　与首回中甄士隐梦景一照。(戚序、"庚寅"同)
[正文] 因近来风流冤孽。
甲戌夹　四字可畏。(戚序、"庚寅"同)
[正文] 新填《红楼梦》仙曲十二支。
甲戌夹　点题。盖作者自云所历不过红楼一梦耳。(戚序、"庚寅"同)
[正文] 便忘了秦氏在何处。
甲戌夹　细极！(戚序、"庚寅"同)
[正文] 竟随了仙姑，至一所在。
甲辰　士隐曾见此匾对，而僧道不能领人，留此回警幻邀宝玉后文。("庚寅"夹)
[正文] 假作真时真亦假，无为有处有还无。
甲戌夹　正恐观者忘却首回，故特将甄士隐梦景重一渲染。
[正文] 宝玉入孽海情天后一段。
甲戌眉　菩萨天尊皆因僧道而有，以点俗人，独不许幻造太虚幻境以警情者乎？观者恶其荒唐，余则喜其新鲜。　有修庙造塔祈福者，余今意欲起太虚幻境，以较修七十二司更有功德。("庚寅"眉)
[正文] 不料早把些邪魔招入膏肓了。
甲戌夹　奇极妙文！(戚序作"奇趣妙文"，"庚寅"夹)
[正文] "痴情司""结怨司""朝啼司""夜怨司""春感司""秋悲司"。
甲戌夹　虚陪六个。(戚序、"庚寅"同)
[正文] 乃是"薄命司"三字。
甲戌夹　正文。(戚序、"庚寅"同)
[正文] 宝玉看了，便知感叹。
甲戌夹　"便知"二字是字法，最为紧要之至！(戚序无"之至"二字，"庚寅"同)
[正文] 只见那边厨上封条上大书七字云："金陵十二钗正册。"

甲戌夹　正文题。(戚序作"正文点题","庚寅"无"题")
[正文] 常听人说,金陵极大。
甲戌夹　"常听"二字,神理极妙!(戚序、"庚寅"同)
[正文] 如今单我家里,上上下下,就有几百女孩子呢。
甲戌夹　贵公子口声。(戚序作"贵公子的口气","庚寅"同)
[正文] 寿夭多因毁谤生,多情公子空牵念。
甲戌夹　恰极之至!病补雀金裘回中与此合看。("庚寅"夹)
[正文] 谁知公子无缘。
甲戌夹　骂死宝玉,却是自悔。(戚序同,"庚寅"夹)
[正文] 根并荷花一茎香。
甲戌夹　却是咏菱妙句。(戚序无"句"字,"庚寅"夹)
[正文] 自从两地生孤木。
甲戌夹　折字法。("庚寅"夹)
[正文] 宝玉看正册一段。
甲戌眉　世之好事者争传推背图之说,想前人断不肯煽惑愚迷,即有此说,亦非常人供谈之物。此回悉借其法,为儿女子数运之机,无可以供茶酒之物,亦无干涉政事,真奇想奇笔。("庚寅"眉)
[正文] 可叹停机德。
甲戌夹　此句薛。("庚寅"夹)
戚序　乐羊子妻事。("庚寅"同)
[正文] 堪怜咏絮才。
甲戌夹　此句林。(戚序"林"作"薛","庚寅"夹)
[正文] 玉带林中挂,金簪雪里埋。
甲戌夹　寓意深远,皆非生其地之意。(戚序"皆非生"作"皆是生非","庚寅"夹)
[正文] 三春争及初春景。
甲戌夹　显极。("庚寅"夹)
[正文] 生于末世运偏消。
甲戌夹　感叹句,自寓。("庚寅"夹)
[正文] 千里东风一梦遥。
[正文] 襁褓之间父母违。
"庚寅"夹　令人痛煞。
甲戌夹　好句。("庚寅"夹)
[正文] 得志便猖狂。
甲戌夹　好句。("庚寅"夹)
[正文] 独卧青灯古佛旁。
甲戌夹　好句。("庚寅"夹)
[正文] 一从二令三人木。

甲戌夹　折字法。(戚序"折"作"拆","庚寅"夹)
[正文] 势败休云贵，家亡莫论亲。
甲戌夹　非经历过者，此二句则云纸上谈兵。过来人那得不哭。("庚寅"夹)
[正文] 枉与他人作笑谈。
甲戌夹　真心实话。("庚寅"夹)
[正文] 那仙姑知他天分高明，性情颖慧。
甲戌眉　通部中笔笔贬宝玉，人人嘲宝玉，语语谤宝玉，今却于警幻意中忽写出此八字来，真是意外之意。此法亦别书中所无。(戚序无"忽"字，"之意"作"之想"，"别书"作"他书"，"庚寅"眉)
[正文] 且随我去游玩奇景。
甲戌夹　是哄小儿语，细甚。(戚序"语"作"语气"，无"细甚"二字，"庚寅"同)
[正文] 何必在此打这闷葫芦！
甲戌夹　为前文葫芦庙一点。(戚序同，"庚寅"夹)
甲辰　点醒。
[正文] 宝玉恍恍惚惚，不觉弃了卷册。
甲戌夹　是梦中景况，细极！(戚序、"庚寅"作"是梦中景，妙")
[正文] 更见仙花馥郁，异草芬芳，真好个所在。
甲戌夹　已为省亲别墅画下图式矣。(戚序、"庚寅"同)
[正文] 必有绛珠妹子的生魂前来游玩。
甲戌夹　绛珠为谁氏，请观者细思首回。(戚序"为谁氏"作"是谁"，"庚寅"同)
[正文] 何故反引这浊物来污染这清净女儿之境？
甲戌眉　奇笔撼奇文。作书者视女儿珍贵之至，不知今时女儿可知？余为作者痴心一哭，又为近之自弃自败之女儿一恨。("庚寅"眉，句末加"脂砚")
戚序　奇笔奇文。("庚寅"同)
[正文] 宝玉听如此说，便吓得欲退不能退，果觉自形污秽不堪。
甲戌夹　贵公子不怒而反退，却是宝玉天外中一段情痴。
戚序　贵公子岂容人如此厌弃，反不怒而反欲退，实实写尽宝玉天分中一段情痴来。若是薛阿呆至此闻是语，则警幻之辈共成齑粉矣。一笑。("庚寅"同)
[正文] 警幻忙携住宝玉的手。
甲戌夹　妙！警幻自是个多情种子。(戚序作"妙！警幻是与情种子"，"庚寅"夹)
[正文] 故遗之子孙虽多，竟无可以继业。
甲戌夹　这是作者真正一把眼泪。("庚寅"夹)
[正文] 万望先以情欲声色等事警其痴顽。
甲戌夹　二公真无可奈何，开一觉世觉人之路也。("庚寅"夹)

[正文] 或冀将来一悟，亦未可知也。

甲戌夹　一段叙出宁、荣二公，足见作者深意。（戚序"二公"作"二公来"，"庚寅"同）

[正文] 合各种宝林珠树之油所制。

甲辰　细玩此句。（"庚寅"夹）

"庚寅"　遥影宝、林之香。

[正文] 名"群芳髓"。

甲戌夹　好香。（"庚寅"同）

[正文] 此茶名曰"千红一窟"。

甲戌夹　隐"哭"字。（戚序同，"庚寅""隐"作"引"）

[正文] 更喜窗下亦有唾绒，奁间时渍粉污。

戚序　是宝玉心事。（"庚寅"夹）

[正文] 幽微灵秀地。

甲戌夹　女儿之心，女儿之境。（戚序作"女儿之心"，"庚寅"同）

[正文] 无可奈何天。

甲戌夹　两句尽矣。撰通部大书不难，最难是此等处，可知皆从无可奈何而有。（"庚寅"同）

戚序　女儿之境，两句尽矣。（参阅上评）

[正文] 因名为"万艳同杯"。

甲戌夹　与"千红一窟"一对。（戚序同，"庚寅"夹）

甲戌夹　隐"悲"字。（"庚寅"同）

[正文] 开辟鸿蒙。

甲戌夹　故作顿挫摇摆。（戚序作"故作顿挫之笔"，"庚寅"同）

甲戌墨眉　此语乃是作者自负之辞，然亦不为过谈。（"庚寅"眉）

[正文] 若非个中人。

甲戌夹　三字要紧。不知谁是个中人。宝玉即个中人乎？然则石头亦个中人乎？作者亦系个中人乎？观者亦个中人乎？（"庚寅"夹）

戚序　三字极妙！不知谁是个中人。然则石头亦个中人乎？作者与观者亦个中人乎？

[正文] 若不先阅其稿，后听其歌，翻成嚼蜡矣。

甲戌眉　警幻是个极会看戏人。近之大老观戏必翻阅角本，目睹其词，彼听彼歌，却从警幻处学来。（"庚寅"眉）

戚序　警幻是个极会看戏人。今之翻剧本看戏者，殆从警幻学来。

[正文] 宝玉接来，一面目视其文，一面耳聆其歌曰。

甲戌眉　作者能处惯于自站地步，又惯于擅起波澜，又惯于故为曲折，最是行文秘诀。（戚序"处"作"处处"，"站"作"占"，"擅"作"陡"，"庚寅"夹）

[正文] 开辟鸿蒙，谁为情种？

甲戌夹　非作者为谁？余又曰：亦非作者，乃石头耳。（戚序无"又"字，"耳"

作"也","庚寅"同）

[正文] 试遣愚衷。

甲戌夹 "愚"字自谦得妙！（戚序、"庚寅"同）

[正文] 因此上，演出这怀金悼玉的《红楼梦》。

甲戌夹 读此几句，翻厌近之传奇中必用开场付末等套，累赘太甚。（戚序"翻"作"反"，"开场付末等套"作"生旦副末开场"，"庚寅"同）

甲戌眉 怀金悼玉，大有深意。（戚序"大"作"四字"，"庚寅"眉）

[正文] "终身误"一段。

甲戌眉 语句泼撒，不负自创北曲。（戚序同，在下曲"枉凝眉""春流到夏"句下，"庚寅"眉）

[正文] 散漫无稽，不见得好处。

甲戌夹 自批驳，妙极！（戚序、"庚寅"同）

[正文] 因此也不察其原委，问其来历，就暂以此释闷而已。

甲戌眉 妙！设言世人亦应如此法看此《红楼梦》一书，更不必追究其隐寓。（戚序、"庚寅"无"究""寓"二字）

甲戌墨夹 此语是读《红楼梦》之要法。（"庚寅"夹）

[正文] 须要退步抽身早。

甲戌夹 悲险之至！（戚序、"庚寅"同）

[正文] 从今分两地，各自保平安。奴去也，莫牵连。

戚序 探卿声口如闻。（"庚寅"夹）

[正文] 襁褓中，父母叹双亡。

甲戌夹 意真辞切，过来人见之不免失声。（"庚寅"夹）

[正文] 好一似霁月光风耀玉堂。

戚序 堪与湘卿作照。（"庚寅"同）

[正文] "乐中悲"一段。

甲戌眉 悲壮之极，北曲中不能多得。（"庚寅"眉）

[正文] 气质美如兰。

甲戌夹 妙卿实当得起。（"庚寅"夹）

[正文] 你道是啖肉食腥膻。

甲戌夹 绝妙！曲文填词中不能多见。（"庚寅"夹）

[正文] 却不知。

甲戌夹 至语。（"庚寅"夹）

[正文] "喜冤家"。

戚序 "冤家"上加一"喜"字，真新真奇！（"庚寅"同）

[正文] 叹芳魂艳魄，一载荡悠悠。

甲戌夹 题只十二钗，却无人不有，无事不备。（戚序、"庚寅"同）

[正文] 说什么，天上夭桃盛。

戚序　此休恰甚。("庚寅"同)

[正文] 闻说道，西方宝树唤婆娑，上结着长生果。

甲戌夹　末句开句收句。("庚寅"夹)

戚序　喝醒大众，是极。("庚寅"同)

[正文] 机关算尽太聪明，反算了卿卿性命。

甲戌夹　警拔之句。(戚序、"庚寅"同)

[正文] 一场欢喜忽悲辛。叹人世，终难定！

甲戌夹　见得到。(戚序作"见得到，是极"，"庚寅"同)

甲戌眉　过来人睹此，宁不放声一哭？(戚序"宁"作"能"，"庚寅"眉)

[正文] 镜里恩情。

甲戌夹　起得妙！("庚寅"夹)

[正文] 画梁春尽落香尘。

甲戌夹　六朝妙句。(戚序、"庚寅"同)

[正文] 箕裘颓堕皆从敬。

甲戌夹　深意他人不解。(戚序、"庚寅"同)

[正文] 宿孽总因情。

甲戌夹　是作者具菩萨之心，秉刀斧之笔，撰成此书，一字不可更，一语不可少。(戚序"具"作"见"，"字"作"句"，"语"作"字"，"少"作"改"，"庚寅""具"作"见")

[正文] "飞鸟各投林"。

甲戌夹　收尾愈觉悲惨可畏。("庚寅"夹)

[正文] 为官的，家业凋零；富贵的，金银散尽。

甲戌夹　二句先总宁、荣。(戚序、"庚寅"同)

戚序　与"树倒猢狲散"作反照。("庚寅"夹)

[正文] 有恩的，死里逃生……痴迷的，枉送了性命。

甲戌夹　将通部女子一总。(戚序、"庚寅"同)

[正文] 落了片白茫茫大地真干净！

甲戌夹　又照看葫芦庙。(戚序"看"作"管"，"庚寅"同)

与"树倒猢狲散"反照。("庚寅"夹)

[正文] 歌毕，还要歌副曲。

甲戌夹　是极！香菱、晴雯辈岂可无，亦不必再。(戚序"必"作"可"，"庚寅"同)

[正文] 警幻见宝玉甚无趣味。

戚序　自站地步。("庚寅"同)

[正文] 其鲜艳妩媚，有似乎宝钗，风流袅娜，则又如黛玉。

甲戌夹　难得双兼，妙极！(戚序作"虽为双兼，极妙"，"庚寅"同)

[正文] 皆被淫污纨裤与那些流荡女子悉皆玷辱。

甲戌夹　真极！(戚序、"庚寅"同)

[正文] 自古来多少轻薄浪子，皆以"好色不淫"为饰，又以"情而不淫"作案。

戚序 "色而不淫"四字已滥熟于各小说中，今却特贬其说，批驳出矫饰之非，可谓至切至当，亦可以唤醒众人，勿谓前人之矫词所惑也。（"庚寅"同）

[正文] 是以巫山之会，云雨之欢，皆由既悦其色、复恋其情所致也。

甲戌夹 "色而不淫"，今翻案，奇甚！（戚序作"色而不淫，今偏翻案"，"庚寅""奇甚"作"甚奇"）

[正文] 吾所爱汝者，乃天下古今第一淫人也。

甲戌夹 多大胆量，敢作如此之文。（戚序、"庚寅"作"不见下文，使人一惊。多大胆量，敢如此作文"）

[正文] 宝玉答仙姑一段。

甲戌眉 绛芸轩中诸事情景由此而生。（"庚寅"眉）

[正文] 恨不能尽天下之美女供我片时之趣兴。

甲戌夹 说得恳切恰当之至！（"庚寅"夹）

[正文] 吾辈推之为"意淫"。

甲戌夹 二字新雅。（戚序、"庚寅"同）

[正文] 惟心会而不可口传，可神通而不能语达。

甲戌夹 按宝玉一生心性，只不过是体贴二字，故曰"意淫"。（"庚寅"夹）

[正文] 将吾妹一人，乳名兼美。

甲戌夹 妙！盖指薛、林而言也。（戚序、"庚寅"同）

[正文] 留意于孔、孟之间，置身于经济之道。

戚序 说出此二句，警幻亦腐矣，然亦不得不然耳。（"庚寅"同）

[正文] 便秘授以云雨之事。

戚序 这是情之未了一著，不得不说破。（"庚寅"同）

[正文] 未免有儿女之事。

戚序 如此方免累赘。（"庚寅"同）

[正文] 但见荆榛遍地。

戚序 略露心迹。（"庚寅"同）

[正文] 狼虎同群。

戚序 凶极！试问观者此系何处。

[正文] 并无桥梁可通。

甲戌夹 若有桥梁可通，则世路人情犹不算艰难。（戚序、"庚寅"同，接下"特用'形如槁木，心如死灰'句以消其念，可谓善于读矣"句）

[正文] 快休前进，作速回头要紧！

甲戌夹 机锋。（戚序、"庚寅"同）

[正文] 即迷津也。深有万丈，遥亘千里，中无舟楫可通。

戚序 可思。（"庚寅"同）

[正文] 设如堕落其中，则深负我从前谆谆警戒之语矣。

戚序 看他忽转笔作此语，则知此后皆是自悔。（"庚寅"同）

[正文] 宝玉别怕，我们在这里。

戚序 接得无痕迹。历来小说中之梦未见此一醒。（"庚寅"同）

甲辰 接得无痕。

[正文] 却说秦氏正在房外嘱咐小丫头们好生看着猫儿狗儿打架。

戚序 细，又是照应前文。（"庚寅"同）

[正文] 忽听宝玉在梦中唤他的小名。

甲戌夹 云龙作雨，不知何为龙，何为云，何为雨。

戚序 奇奇怪怪之文，令人摸头不着。云龙作雨，不知何为龙，何为云，又何为雨矣。（"庚寅"同）

戚序回后 将一部全盘点出几个，以陪衬宝玉，使宝玉从此倍偏，倍痴，倍聪明，倍潇洒，亦非突如其来。作者真妙心妙口，妙笔妙人！

第六回　贾宝玉初试云雨情　刘姥姥一进荣国府

甲戌回前　宝玉、袭人亦大家常事耳，写得是已全领警幻意淫之训。此回借刘妪，却是写阿凤正传，并非泛文，且伏二递递及巧姐之归着。（"庚寅"同）

此(回)刘妪一进荣国府，用周瑞家的，又过下回无痕，是无一笔写一人文字之笔。（"庚寅"同）

己卯回前　题曰：朝叩富儿门，富儿犹未足。虽无千金酬，嗟彼胜骨肉。（戚序、"庚寅"回前同）

戚序回前　风流真假一般看，借贷亲疏触眼酸。总是幻情无了处，银灯挑尽泪漫漫。

[正文]不觉也羞的红涨了脸面。

蒙府　存身分。

[正文]不敢再问。

蒙府　既少通人事，无心者则再不复问矣；既问，则无限幽思，皆在于伏身之一笑，所以必当有偷试之一番。行文轻巧，皆出于自然，毫无一些勉强。妙极！

[正文]你梦见什么故事了？

蒙府　是必当问者。若不问则下文涉于唐突。

[正文]羞的袭人掩面伏身而笑。

蒙府　试想。

[正文]遂强袭人同领警幻所训云雨之事。

甲戌夹　数句文完一回题纲文字。（"庚寅"同）

[正文]今便如此，亦不为越礼。

甲戌夹　写出袭人身分。（"庚寅"同）

[正文]自此宝玉视袭人更比别个不同。

甲戌夹　伏下晴雯。（甲辰作"伏下晴雯文"，"庚寅"同）

[正文]袭人待宝玉更为尽心。

甲戌夹　一段小儿女之态，可谓追魂摄魄之笔。（"庚寅"夹）

[正文]暂且别无话说。

甲戌夹　一句接住上回《红楼梦》大篇文字，另起本回正文。（"庚寅"夹）

[正文]小小一个人家，因与荣府略有些瓜葛。

甲戌夹　略有些瓜葛，是数十回后之正脉也。真千里伏线。（"庚寅"同）

[正文]另觅好书去醒目。（庚辰本无此句，此据蒙府本）

第六回　贾宝玉初试云雨情　刘姥姥一进荣国府

蒙府　加杂世态，巧伏下文。
[正文] 待蠢物。（庚辰本无此句，此据甲戌本）
甲戌夹　妙谦，是石头口角。（"庚寅"同）
[正文] 因贪王家的势利，便连了宗，认作侄儿。
甲戌夹　与贾雨村遥遥相对。（己卯夹同，"庚寅"同）
蒙府　可怜！
[正文] 那时只有王夫人之大兄凤姐之父。
甲戌夹　两呼两起，不过欲观者自醒。（"庚寅"夹）
[正文] 馀者皆不认识。
蒙府　强认亲的榜样。
[正文] 嫡妻刘氏，又生一女，名唤青儿。
甲戌夹　《石头记》中公勋世宦之家以及草莽庸俗之族，无所不有，自能各得其妙。（"庚寅""公"作"功"）
甲戌夹　狗儿遂将岳母刘姥姥接来一处过活。
甲戌夹　音老，出《偕声字笺》。称呼毕肖。（"庚寅"同）
蒙府　总是用过近法。
[正文] 狗儿未免心中烦虑，吃了几杯闷酒，在家闲寻气恼。
甲戌夹　病此病人不少，请来看狗儿。（"庚寅"同）
甲戌眉　自《红楼梦》一回至此，则珍馐中之齑耳，好看煞！（"庚寅"眉）
蒙府　贫苦人多有此等景象。
[正文] 那一个不是老老诚诚的，守多大碗儿吃多大的饭。
甲戌夹　能两亩薄田度日，方说的出来。（"庚寅"同）
[正文] 托着你那老家之福。
甲戌夹　妙称，何肖之至？（"庚寅"同）
[正文] 没了钱就瞎生气，成个什么男子汉大丈夫呢。
甲戌夹　为纨裤下针，却先从此等小处写来。（己卯、"庚寅"夹）
甲戌夹　此口气自何处得来？（"庚寅"同）
蒙府　英雄失足，千古同慨，笑煞天下一切。
[正文] 难道叫我打劫偷去不成？
蒙府　古人有错用盗字之说，的是此句章本。
[正文] 我又没有收税的亲戚。
甲戌夹　骂死。（"庚寅"同）
[正文] 作官的朋友。
甲戌夹　骂死。（"庚寅"同）
[正文] 当日你们原是和金陵王家。
甲戌夹　四字便抵一篇世家传。（"庚寅"同）
[正文] 如今自然是你们拉硬屎，不肯去亲近他。
蒙府　天下事无有不可为者。总因打不破，若打破时何事不能？请看刘姥姥一

篇议论，便应解得些个才是。

　　想当初我和女儿还去过一遭。
　　甲戌夹　补前文之未到处。（甲辰、"庚寅"无"之"字）
　　[正文] 没的去打嘴现世。
　　蒙府　"打嘴现世"等字，误尽许多苍生，也能成全多少事体。
　　[正文] 谁知狗儿利名心最重。
　　甲戌夹　调侃语。（"庚寅"同）
　　[正文] 刘姥姥道："嗳哟哟！"
　　甲戌夹　口声如闻。（"庚寅"同）
　　[正文] 这周瑞先时曾和我父亲交过一件事，我们极好的。
　　甲戌夹　欲赴豪门，必先交其仆。写来一叹。
　　蒙府　画初当日品行。
　　[正文] 听见带他讲城逛去。
　　甲戌夹　音光去声，游也，出《偕声字笺》。（"庚寅"夹，"偕"作"喈"）
　　[正文] 找至宁荣街。
　　甲戌夹　街名。本地风光，妙！（"庚寅"同）
　　[正文] 然后蹭到角门前。
　　甲戌夹　"蹭"字神理。（"庚寅"夹"蹭"作"偵"）
　　[正文] 只见几个挺胸叠肚指手画脚的人，坐在大板凳上，说东谈西呢。
　　甲戌夹　不知如何想来，又为候门三等豪奴写照。（"庚寅"夹）
　　蒙府　世家奴仆，个个皆然／形容逼真。
　　[正文] 你远远的在那墙角下等着。
　　蒙府　故套。
　　[正文] 内中有一老年人说道："……从这边绕到后街上后门上去问就是了。"
　　甲戌夹　有年纪人诚厚，亦是自然之理。（"庚寅"夹）
　　蒙府　转换法。写门上豪奴，不能尽是规矩，故用转换法，则不强硬而笔气自顺。
　　[正文] 闹吵吵三二十个小孩子在那里厮闹。
　　甲戌夹　如何想来，合眼如见。（"庚寅"同）
　　[正文] 说着，跳跳蹿蹿的引着刘姥姥进了后门。
　　甲戌夹　因女眷，又是后门，故容易引入。（"庚寅"同）
　　[正文] 你说说，能几年，我就忘了。
　　甲戌夹　如此口角，从何处出来。（"庚寅"同）
　　[正文] 又问刘姥姥："今日还是路过，还是特来的？"
　　甲戌夹　问的有情理。（"庚寅"夹）
　　蒙府　刘姥姥此时一团要紧事在心，有问，不得不答。递转递进，不敢陟然。看之令人可怜。而大英雄亦有若此者，所谓欲图大事，不据小节。　若不能，便借重嫂子转致意罢了。

　　甲戌夹　刘婆亦善于权变应酬矣。（"庚寅"夹）
　　[正文]　只因昔年他丈夫周瑞争买田地一事。
　　"庚寅"　补明狗儿所云周瑞先时曾和他父亲交过的一件事。
　　[正文]　今见刘姥姥如此而来，心中难却其意。
　　甲戌夹　在今世，周瑞妇算是个怀情不忘的正人。（"庚寅"同）
　　[正文]　二则也要显弄自己的体面。
　　甲戌眉　"也要显弄"句为后文作地步也，陪房本心本意实事。
　　蒙府　实有此等情理。
　　[正文]　姥姥你放心。大远的诚心诚意来了，岂有个不教你见个真佛去的呢。
　　甲戌夹　好口角。（"庚寅"同）
　　甲戌夹　自是有宠人声口。（"庚寅"夹）
　　[正文]　我们这里都是各占一样儿。
　　甲戌夹　略将荣府中带一带。（"庚寅"同）
　　[正文]　原来是他！怪道呢，我当日就说他不错呢。
　　甲戌夹　我亦说不错。（"庚寅"同）
　　[正文]　今儿宁可不会太太，倒要见他一面。
　　蒙府　礼势必然。
　　[正文]　便叫小丫头到倒厅上。
　　甲戌夹　一丝不乱。（"庚寅"同）
　　[正文]　这里二人又说些闲话。
　　蒙府　急忙中偏不就进去，又添一番议论，从中又伏下多少线索方见得大家势派，出入不易，方见得周瑞家的处事详细，即至后文，放笔写凤姐，亦不唐突，仍用冷子兴说荣、宁旧笔法。
　　[正文]　少说些有一万个心眼子。
　　"庚寅"夹　从周瑞家的口中写阿凤之才略。
　　[正文]　就只一件，待下人未免太严些个。
　　甲戌夹　略点一句，伏下后文。（"庚寅"同）
　　[正文]　这一下来他吃饭是个空子。
　　蒙府　非身临其境者不知。
　　[正文]　若迟一步，回事的人也多了。难说话。再歇了中觉,发没了时候了。
　　甲戌夹　写出阿凤勤劳冗杂，并骄矜珍贵等事来。（"庚寅"夹）
　　甲戌眉　写阿凤勤劳等事，然却是虚笔，故于后文不犯。（"庚寅"眉）
　　蒙府　有曰：富贵不还乡，如衣锦夜行。今日周瑞家的得遇姥姥，实可谓锦衣不夜行者。
　　[正文]　先找着凤姐的一个心腹通房大丫头。
　　甲戌夹　着眼。这也是书中一要紧人，《红楼梦》曲内虽未见名，想亦在副册内者也。（"庚寅"同）

蒙府 三等奴仆，第次不乱。
［正文］名唤平儿的。
甲戌夹 名字真极，文雅则假。（"庚寅"同）
［正文］周瑞家的先将刘姥姥起初来历说明。
甲戌夹 细，盖平儿原不知此一人耳。（"庚寅"同）
［正文］平儿听了，便作了主意。
蒙府 各自各自的身分。
［正文］叫他们进来，先在这里坐着就是了。
甲戌夹 暗透平儿身分。（"庚寅"同）
［正文］小丫头打起猩红毡帘。
甲戌夹 是冬日。（甲辰、"庚寅"同）
［正文］只闻一阵香扑了脸来。
甲戌夹 是刘姥姥鼻中。（"庚寅"夹）
［正文］身子如在云端里一般。
甲戌夹 是刘姥姥身子。（"庚寅"夹）
［正文］满屋里之物都耀眼争光的，使人头悬目眩。
　甲戌夹 是刘姥姥头目。（甲辰作"俱刘姥姥目中看出"，"庚寅"夹）
蒙府 是写府第奢华，还是写刘姥姥粗夯？大抵村舍人家见此等气象，未有不破胆惊心，迷魄醉魂者。
　　［正文］刘姥姥此时惟点头咂嘴念佛而已。
甲戌夹 六字尽矣，如何想来。（"庚寅"同）
蒙府 刘姥姥犹能念佛，已自出人头地矣。（接上评合为一评）
［正文］于是来至东边这间屋内，乃是贾琏的女儿大姐儿睡觉之所。
甲戌夹 记清。（甲辰同）
蒙府 不知不觉先到大姐寝室，岂非有缘？
［正文］平儿站在炕沿边，打量了刘姥姥两眼。
甲戌夹 写豪门侍儿。（甲辰、"庚寅"同）
［正文］只得。
甲戌夹 字法。（甲辰、"庚寅"同）
［正文］刘姥姥见平儿遍身绫罗，插金带银，花容玉貌的。
甲戌夹 从刘姥姥心中目中略一写，非平儿正传。（"庚寅"同）
［正文］便当是凤姐儿了。
甲戌夹 毕肖。（"庚寅"夹）
蒙府 的真有是情理。
　　［正文］刘姥姥只听见咯当咯当的。向声，大有似乎打箩柜筛面的一般。
甲戌夹 从刘姥姥心中意中幻拟出奇怪文字。（"庚寅"同）
　　［正文］底下又坠着一个秤砣般一物，却不住的乱幌。

第六回　贾宝玉初试云雨情　刘姥姥一进荣国府

甲戌夹　从刘姥姥心中目中设譬拟想，真是镜花水月。（"庚寅"夹）

[正文] 正呆时。

甲戌夹　三字有劲。（"庚寅"同）

[正文] 又若金钟铜磬一般，不防倒唬的一展眼。接着又是一连八九下。

甲戌夹　细，是巳时。（甲辰作"想是巳时"，"庚寅"夹）

甲戌夹　写得出。（"庚寅"同）

[正文] 方欲问时。

蒙府　刘姥姥不认得，偏不令问明。

[正文] 奶奶下来了。

蒙府　即以"奶奶下来了"之结局，是画云龙妙手。（接上评合为一评）

[正文] 约有一二十妇人，衣裙窸窣，渐入堂屋，往那边屋内去了。

甲戌夹　写得侍仆妇。（"庚寅"夹后加"人等"）

[正文] 不过略动了几样。

蒙府　白描如神。

[正文] 只见门外錾铜钩上悬着大红撒花软帘。

甲戌夹　从门外写来。（"庚寅"同）

[正文] 围着攒珠勒子……端端正正坐在那里。

甲戌夹　一段阿凤房室起居器皿，家常正传，奢侈珍贵好奇贷注脚。写来真是好看。（"庚寅"同）

[正文] 手内拿着小铜火箸儿拨手炉内的灰。

甲戌夹　这一句是天然地设，非别文杜撰妄拟者。（"庚寅"夹）

甲戌夹　至平。实至奇，稗官中未见此笔。（"庚寅""至平"作"至平庸"）

[正文] 凤姐也不接茶，也不抬头。

甲戌夹　神情宛肖。（"庚寅"同）

[正文] 只管拨手炉内的灰，慢慢的问道："怎么还不请进来？"

甲戌夹　此等笔墨，真可谓迫魂摄魄。（"庚寅"同）

蒙府　"还不请进来"五字，写尽天下富贵人代穷亲戚的态度。

[正文] 周瑞家的忙回道："这就是我才回的那姥姥了。"

甲戌夹　凤姐云"不敢称呼"，周瑞家的云"那个姥姥"。（"庚寅"夹）

甲戌夹　凡三四句一气读下，方是凤姐声口。（"庚寅"同）

[正文] 凤姐儿笑道。

甲戌夹　二笑。

[正文] 不知道的那起小人，还只当我们眼里没人似的。

甲戌夹　阿凤真真可畏可恶。（"庚寅"同）

蒙府　偏会如此写来，教人爱煞！

[正文] 刘姥姥忙念佛道。

甲戌夹　如闻。（"庚寅"同）

[正文] 凤姐儿笑道。

甲戌夹　三笑。

"庚寅"　又一笑，凡五。

[正文] 俗语说，"朝廷还有三门子穷亲戚"呢，何况你我。

蒙府　点醒多少势利鬼。

[正文] 说着，又问周瑞家的回了太太了没有。

甲戌夹　一笔不肯落空的是阿凤。（"庚寅"同）

[正文] 看怎么说。

蒙府　"看"之一字细极！

[正文] 刚问些闲话时，就有家下许多媳妇管事的来回话。

甲戌夹　不落空家务事，却不实写。妙极，妙极！（"庚寅"同）

[正文] 我就叫他们散了。

蒙府　能事者故自不凡。

[正文] 没甚说的便罢；若有话，只管回二奶奶，是和太太一样的。

甲戌夹　周妇系真心为老妪，也可谓得方便。（"庚寅"夹）

[正文] 一面说，一面递眼色与刘姥姥。

甲戌夹　何如，余批不谬。（"庚寅"夹"何如"作"如何"）

[正文] 今日又所为何来？只得忍耻说道。

甲戌眉　老妪有忍耻之心，故后有招大姐之事，作者并非泛写，且为求亲靠友下一棒喝。（"庚寅"眉"棒喝"作"喝棒"）

蒙府　开口告人难。

[正文] 凤姐忙止刘姥姥："不必说了。"一面便问："你蓉大爷在那里呢？"

甲戌夹　惯用此等横云断山法。（"庚寅"同）

[正文] 轻裘宝带，美服华冠。

甲戌夹　如纨裤写照。（"庚寅""如"作"为"）

[正文] 明日请一个要紧的客，借了略摆一摆就送过来。

甲戌夹　夹写凤姐好奖誉。（"庚寅"夹）

[正文] 凤姐笑道。

甲戌夹　又一笑，凡五。（"庚寅"同）

[正文] 贾蓉忙复身转来，垂手侍立，听何指示。

甲戌眉　传神之笔，写阿凤跃跃纸上。（"庚寅"眉"传神"作"真传神"）

"庚寅"夹　传神之笔。

[正文] 又笑道："罢了，你且去罢。"

蒙府　试想"且去"以前的丰态，其心思用意。作者无一笔不巧，无一事不丽。这里刘姥姥心神方定，才又说道。

甲戌夹　妙！却是从刘姥姥身边目中写来。（甲辰无"却是""身边"四字，"庚寅"同）

甲戌夹　度至下回。

[正文] 你那爹在家怎么教你来？

"庚寅" 毕肖。

[正文] 只顾吃果子咧。

"庚寅" 毕肖。

[正文] 凤姐早已明白了，叫他不会说话，因笑止道。

甲戌夹 又一笑，凡六。自刘姥姥来凡笑五次，写得阿凤乖滑伶俐，合眼如立在前。 若会说话之人便听他说了，阿凤利害处正在此。 问看官常有将挪移借贷已说明白了，彼仍推聋妆哑，这人为阿凤若何。呵呵，一叹！（"庚寅"同）

[正文] 今儿既来了瞧瞧我们，是他的好意思，也不可简慢了他。

甲戌夹 "穷亲戚来看是好意思"，余又自《石头记》中见了，叹叹！（"庚寅"同）

甲戌眉 王夫人数语，令余几(欲)哭出。

[正文] 若论亲戚之间，原该不等上门来就该有照应才是。但如今家内杂事太烦，太太渐上了年纪，一时想不到也是有的。

甲戌夹 点"不待上门就该有照应"数语，此亦于《石头记》再见话头。（"庚寅"同）

[正文] 怎好叫你空回去呢？

甲戌夹 也是《石头记》再见了，叹叹！

[正文] 可巧昨儿太太给我的丫头们做衣裳的二十两银子，我还没动呢。

"庚寅"夹 阿凤，阿凤，如此乖猾伶俐！说得若大家私，手下仅仅此二十两矣。岂不将这姥姥骗了？

[正文] 你若不嫌少，就暂且先拿了去吧。

蒙府 凤姐能事，在能体王夫人之心，托故周全，无过不及之蔽。

[正文] 那刘姥姥先听见告艰难，只当是没有，心里便突突的。

甲戌夹 可怜可叹！（"庚寅"同）

[正文] 后来听见给他二十两，喜的又浑身发痒起来。

甲戌夹 可怜可叹！（"庚寅"同）

[正文] 再拿一吊钱来。

甲戌夹 这样常例亦再见。（"庚寅"同）

[正文] 到家里该问好的问个好儿罢。

蒙府 口角春风，如闻其声。

[正文] 那蓉大爷才是他的正经侄儿呢，他怎么又跑出这么一个侄儿来了。

甲戌夹 与前眼色真对，可见文章中无一个闲字。 为财势一叹。（"庚寅"同）

蒙府 不自量者每每有之，而能不露圭角，形诸无事，凤姐亦可谓人豪矣。

[正文] 我的嫂子。

甲戌夹 赧颜如见。

甲戌回后 一进荣府一回，曲折顿挫，笔如游龙，且将豪华举止令观者已得大概，想作者应是心花欲开之候。

借刘妪入阿凤正文，"送宫花"，写"金玉初聚"为引，作者真笔似游龙，变幻难测，非细究至再三再四不记数，那能领会也？叹叹！

戚序回后　梦里风流，醒后风流，试问何真何假。刘姆乞谋，蓉儿借求，多少颠倒相酬。英雄反正用机筹，不是死生看守。

第七回　送宫花贾琏戏熙凤　宴宁府宝玉会秦钟

　　甲戌回前　题曰：十二花容色最新，不知谁是惜花人？相逢若问名何氏，家住江南姓本秦。(戚序回前"名何氏"作"何名氏"，"庚寅"同)
　　戚序回前　苦尽甘来递转，正强忽弱谁明。惺惺自古惜惺惺，世运文章操劲。无缝机关难见，多才笔墨偏精。有情情处特无情，何是人人不醒。
　　[正文] 便上来回王夫人话。
　　甲戌夹　不回凤姐，却回王夫人，不交代处，正交代得清趣。(戚序、"庚寅""趣"作"楚")
　　[正文] 问丫鬟们时，方知往薛姨妈那边闲话去了。
　　甲戌夹　文章只是随笔写来，便有流离生动之妙。(戚序"流离"作"流丽"，"庚寅""流离"改"流利")
　　[正文] 只见王夫人的丫鬟名金钏儿者。
　　甲戌夹　金钏、宝钗互相映射，妙！(戚序同，"庚寅"夹)
　　[正文] 和一个才留了头的小女孩儿站在台阶坡上顽。
　　甲戌夹　莲卿别来无恙否？(戚序、"庚寅"同)
　　[正文] 便知有话回。因向内努嘴儿。
　　甲戌夹　画。(戚序、"庚寅"同)
　　[正文] 只见王夫人和薛姨妈长篇大套的说些家务人情等语。
　　蒙府　非此等事不能长篇大套。
　　[正文] 周瑞家的不敢惊动，遂进里间来。
　　甲戌夹　总用双岐盆路之笔，令人估料不到之文。(戚序、"庚寅"同)
　　[正文] 只见薛宝钗。
　　甲戌夹　自入梨香至此方写。(戚序、"庚寅""梨香"作"梨香院")
　　[正文] 穿着家常衣服。
　　甲戌夹　好！　写一人换一付笔墨，另出一花样。(戚序"一花样"作"花样"，"庚寅"同，两评连写)
　　甲戌眉　"家常爱着旧衣常"是也。
　　[正文] 同丫鬟莺儿正描花样子呢。
　　甲戌夹　一幅绣窗仕女图，亏想得周到。(戚序"幅"作"副"，"庚寅"夹)
　　[正文] 只怕是你宝兄弟冲撞了你不成？
　　甲戌夹　一人不漏，一笔不板。(戚序、"庚寅"同)

［正文］只因我那种病又发了，所以这两天没出屋子。

甲戌夹　得空便入。(戚序、"庚寅"同)

甲戌眉　"那种病""那"字，与前二玉"不知因何"二"又"字，皆得天成地设之体；且省却多少闲文，所谓"惜墨如金"是也。("庚寅"眉)

［正文］后来还亏了一个秃头和尚。

甲戌夹　奇奇怪怪，真如云龙作雨，忽隐忽见，使人逆料不到。(戚序"见"作"现"，"使人"作"别人"；"庚寅""见"作"现")

［正文］他说我这是从胎里带来的一股热毒。

甲戌夹　凡心偶炽，是以孽火齐攻。("庚寅"夹)

戚序　"热毒"二字画出富家夫妇，图一时，遗害于子女，而可不谨慎？("时"下似有缺文)

"庚寅"　此作者意，为何意耶？与宝玉之从胎里带来的一块通灵宝玉相映。成何拟意？为数十回后之文伏脉，乃千里伏脉之笔。

［正文］幸而先天壮，还不相干。

甲戌夹　浑厚故也，假使颦、凤辈，不知又何如治之。(戚序"假使"作"假是"，"庚寅"夹)

［正文］不知是那里弄了来的……吃他的药倒效验些。

甲戌夹　卿不知从那里弄来，余则深知是从放春山采来，以灌愁海水和成，烦广寒玉兔捣碎，在太虚幻境空灵殿上炮制配合者也。(戚序"广寒"作"广寒宫"，"庚寅"同)

［正文］要春天开的白牡丹花蕊十二两。

甲戌夹　凡用十二字样，皆照应十二钗。(戚序无"应"字，"钗"作"金钗"，"庚寅"夹)

蒙府　周岁十二月之象。

［正文］用十二分黄柏。

戚序　历著炎凉，知著甘苦，虽离别亦自能安，故名曰冷香丸；又以谓香可冷得，天下一切无不可冷者。("庚寅"夹)

［正文］煎汤送下。

甲戌夹　末用黄柏更妙。可知甘苦二字，不独十二钗，世皆同有者。(戚序"皆同"作"间皆"，"庚寅"眉)

［正文］现就埋在梨花树底下呢。

甲戌夹　"梨香"二字有着落，并未白白虚设。(戚序"白白虚设"作"虚虚白设")

［正文］宝钗道："有。"

甲戌夹　一字句。("庚寅"同)

［正文］叫作"冷香丸"。

甲戌夹　新雅奇甚！(戚序、"庚寅"同)

[正文] 宝钗道："也不觉甚怎么着，只不过喘咳些，吃一丸下去也就好些了。"

甲戌夹　以花为药，可是吃烟火人想得出者？诸公且不必问其事之有无，只据此新奇妙文悦我等心目，便当浮一大白。（戚序"新奇"作"新意"，"浮一大白"作"浮三白读之"，"庚寅"夹）

[正文] 周瑞家的还欲说话时，忽听王夫人问。

蒙府　了结得齐整。

[正文] 见王夫人无语，方欲退出。

甲戌夹　行文原只在一二字，便有许多省力处。不得此窍者，便在窗下百般扭捏。（戚序"在窗下"作"正窗下"，"百般"作"十分"）

[正文] 薛姨妈忽又笑道。

甲戌夹　"忽"字"又"字与"方欲"二字对射。（戚序"对射"作"映射"）

[正文] 说着便叫香菱。

甲戌夹　二字仍从"莲"上起来。盖"英莲"者"应怜"也，"香菱"者亦"相怜"之意。　此是改名之"英莲"也。（戚序"起来"作"来"，"此是"作"此"，"庚寅"同，两评连写）

[正文] 奶奶叫我作什么？

甲戌夹　这是英莲天生成的口气，妙甚！（"庚寅"无"甚"）

[正文] 剩下的六枝，送林姑娘两枝，那四枝给了凤哥罢。

甲戌夹　妙文！今古小说中可有如此口吻者？（戚序、"庚寅"同）

"庚寅"夹　乃王家常称。

[正文] 姨娘不知道，宝丫头古怪着呢。

甲戌夹　"古怪"二字正是宝卿身分。（戚序、"庚寅"同）

[正文] 他从来不爱这些花儿粉儿的。

甲戌夹　可知周瑞一回，正为宝、菱二人所有，正《石头记》得力处也。（戚序无末句，"庚寅"无"正"字）

[正文] 可就是常说临上京时买的、为他打人命官司的那个小丫头子么？

蒙府　点醒从来。

[正文] 金钏道："可不就是他。"

甲戌夹　出名英莲。（戚序"名"作"明"，"庚寅"同）

[正文] 倒好个模样儿，竟有些像咱们东府里蓉大奶奶的品格儿。

甲戌夹　一击两鸣法，二人之美，并可知矣。再忽然想到秦可卿，何玄幻之极。假使说像荣府中所有之人，则死板之至，故远远以可卿之貌为譬，似极扯淡，然却是天下必有之情事。（戚序"何玄幻之极"作"灵妙之极"，"为譬"作"为警"，"却是"作"都是"；"庚寅"同）

[正文] 香菱听问，都摇头说："不记得了。"

甲戌夹　伤痛之极，必亦如此收住方妙。不然，则又将作出香菱思乡一段文字矣。（戚序"必亦"作"亦必"，无"矣"字；"庚寅"同）

[正文] 周瑞家的和金钏儿听了，倒反为叹息伤感一回。

蒙府　西施心痛之态，其时自己也还耐得，到是旁人留伊为多少思虑，不禁无穷痛楚之香菱，其是乎，否乎？

［正文］令李纨陪伴照管。

甲戌夹　不作一笔逸安之板矣。（戚序、"庚寅"作"不作一笔安逸之笔"，"庚寅"加"否则太板矣"）

［正文］迎春的丫鬟司棋与探春的丫鬟待书。

甲戌夹　妙名。贾家四钗之鬟，暗以琴、棋、书、画四字列名，省力之甚，醒目之甚，却是俗中不俗处。（"庚寅"同）

戚序　妙名。贾家四钗之妙，暗以琴、棋、书、画四字列名，省力。

［正文］那屋里不是四姑娘？

甲戌夹　用画家三五聚散法写来，方不死板。（戚序无"散"字，"庚寅"同）

［正文］只见惜春正同水月庵的小姑子智能儿一处顽耍呢。

甲戌夹　总是得空便入。百忙又带出王夫人喜施舍等事，可知一支笔作千百支用。　又伏后文。（"庚寅"同）

甲戌眉　闲闲一笔，却将后半部线索提动。（"庚寅"眉）

戚序　总是得空便入。百忙中又带出王夫人喜施舍事，一笔能令千百笔用。又伏后文。

列藏　即馒头庵。

［正文］若剃了头，可把这花儿戴在那里呢？

蒙府　触景生情，透漏身分。

［正文］惜春命丫鬟入画来收了。

甲戌夹　曰司棋，曰待书，曰入画；后文补抱琴。　琴、棋、书、画四字最俗，上添一虚字则觉新雅。（戚序"抱琴"误作"宝琴"，"则觉新雅"作"便觉新雅许多"，两评连写；"庚寅"夹）

［正文］我师父见了太太，就往于老爷府内去了，叫我在这里等他呢。

甲戌夹　又虚贴一个于老爷，可知所尚僧尼者，悉愚人也。（戚序"贴"作"陪"，无"所"字，"悉"作"皆"；"庚寅""贴"作"添"）

［正文］智能儿摇头儿说："我不知道。"

甲戌夹　妙！年轻未任事也。一应骗布施、哄斋供诸恶，皆是老秃贼设局。写一种人，一种人活像。（戚序"任"作"谙"，"皆是"作"俱是"，"活像"作"活现"；"庚寅""一种人活像"作"一种活像"）

［正文］是余信管着。

甲戌夹　明点愚性二字。（戚序、"庚寅"同）

蒙府　写家奴每相妒毒，人前有意倾陷。

［正文］余信家的就赶上来，和他师父咕唧了半日，想是就为这事了。

甲戌夹　一人不落，一（事）不忽，伏下多少后文。岂真为送花哉？（戚序"一口不忽"作"一事不忽"，"庚寅"同）

[正文] 便往凤姐儿处来。穿夹道从李纨后窗下过。

甲戌夹　细极！李纨虽无花，岂可失而不写者？故用此顺笔便墨，间三带四，使观者不忽。(戚序无"失而"二字，"间三带四"作"间带出"；"庚寅"同)

[正文] 见周瑞家的来了，连忙。

甲戌夹　二字着紧。(戚序、"庚寅"同)

[正文] 只见奶子正拍着大姐儿睡觉呢。

甲戌夹　总不重犯，写一次有一次的新样文法。(戚序"总"作"从"，无"的"字，"法"作"字"；"庚寅"夹)

[正文] 奶子摇头儿。

甲戌夹　有神理。(戚序同)

[正文] 接着房门响处，平儿拿着大铜盆出来，叫丰儿舀水进去。

甲戌夹　妙文奇想！阿凤之为人岂有不着意于风月二字之理哉？若直以明笔写之，不但唐突阿凤声价，亦且无妙文可赏。若不写之，又万万不可。故只用"柳藏鹦鹉语方知"之法，略一皴染，不独文字有隐微，亦且不至污渎阿凤之英风俊骨。所谓此书无一不妙。(戚序"于风月"作"风月"，"若不写之"作"若不写"，"无一不妙"作"无不妙"；"庚寅"夹)

"庚寅"夹　此批原鹤轩本在贾琏笑声之下，因以补此。庚寅春日对清。

甲戌眉　余素所藏仇十洲《幽窗听莺暗春图》其心思笔墨已是无双，今见此阿凤一传，则觉画工太板。("庚寅"眉)

[正文] 半刻工夫，手里拿出两枝来。

甲戌夹　攒花簇锦文字，故使人耳目眩乱。(戚序同，"庚寅"夹)

[正文] 先叫彩明吩咐道："送到那边府里给小蓉大奶奶戴去。"

甲戌夹　忙中更忙，又曰密处不容针，此等处是也。(戚序无"又曰"二字，"庚寅"同)

[正文] 说着，便到黛玉房中去了。

甲戌夹　又生出一小段来，是荣、宁中常事，亦是阿凤正文。若不如此穿插，直用一送花到底，亦太死板，不是《石头记》笔墨矣。(戚序"荣宁"作"荣府"，"亦太死板"作"太板"，"不是《石头记》"作"不是此"；"庚寅"夹)

[正文] 谁知此时黛玉不在自己房中，却在宝玉房中大家解九连环顽呢。

甲戌夹　妙极！又一花样。此时二玉已隔房矣。(戚序、"庚寅"同)

[正文] 宝玉听说，便先问："什么花儿？拿来给我。"一面早伸手接过来了。

甲戌夹　瞧他夹写宝玉。(戚序同，"庚寅"夹)

[正文] 原来是宫制堆纱新巧的假花儿。

甲戌夹　此处方一细写花形。(戚序无"一"字)

[正文] 黛玉只就宝玉手中看了一看。

甲戌夹　妙！看他写黛玉。(戚序、"庚寅"同)

[正文] 便问道："还是单送我一人的，还是别的姑娘们都有呢？"

甲戌夹　在黛玉心中不知有何丘壑。(戚序、"庚寅"同)

[正文] 我就知道，别人不挑剩下的也不给我。

甲戌夹 吾实不知黛卿胸中有何丘壑，再看一看上仿神。（戚序"黛卿"作"黛玉"，"胸"作"心"，无末句；"庚寅"同）

[正文] 黛玉看宫花一段。

甲戌眉 余问送花一回，薛姨妈云"宝丫头不喜这些花儿粉儿的"，则谓是宝钗正传。又主阿凤、惜春一段，则又知是阿凤正传。今又到颦儿一段，却又将阿颦之天性，从骨中一写，方知亦系颦儿正传。小说中一笔作两三笔者有之，一事启两事者有之，未有如此恒河沙数之笔也。（"庚寅"眉）

[正文] 只说我与林姑娘打发了来请姨太太、姐姐安。

甲戌夹 "和林姑娘"四字着眼。（戚序、"庚寅"同）

[正文] 宝玉与周瑞家的说话一段。

甲戌眉 余观"才从学里来"几句，忽追思昔日形景，可叹！想纨裤小儿，自开口云"学里"，亦如市俗人开口便云"有些小事"，然何常真有事哉？此掩饰推托之词耳。宝玉若不云"从学房里来凉着"，然则便云"因憨顽时凉着"者哉？写来一笑，继之一叹。

[正文] 原来这周瑞的女婿，便是雨村的好友冷子兴。

甲戌夹 着眼。（戚序、"庚寅"同）

[正文] 今儿甄家。

甲戌夹 又提甄家。（戚序"提"作"是"）

[正文] 送了来的东西，我已收了。

甲戌夹 不必细说，方妙。（戚序同，"庚寅"夹）

[正文] 临安伯老太太生日的礼已经打点了，派谁送去呢？

甲戌夹 阿凤一生尖处。（戚序"尖"作"奸"，"庚寅"同）

[正文] 你瞧谁闲着，就叫他们去四个女人就是了．又来当什么正经事问我。

甲戌夹 虚描二事，真真千头万绪，纸上虽一回两回中或有不能写到阿凤之事，然亦有阿凤在彼处手忙心忙矣，观此回可知。（戚序"二事"作"一事"，"或有不能"作"或不能"，"亦有"作"已有"，末多一"矣"字；"庚寅"同）

蒙府 各自各自心计，在问答之间，渺茫欲露。

[正文] 请我明日过去旷旷。

"庚寅" 想作者胸中多少丘壑，下文岂为写尤氏请阿凤之文哉，实欲点焦大胡骂罪宁之文也。

"庚寅"夹 却不知为玉钟初会。

[正文] 便有事也该过去才是。

蒙府 用人刀者，当有此段心想。

[正文] 有什么好东西孝敬我，就快献上来，我还有事呢。

蒙府 口头心头惟恐人不知。

[正文] 奶奶今儿不来就罢，既来了就依不得二奶奶了。

蒙府　非把世态熟于胸中者，不能有如此妙文。

[正文] 今儿巧，上回宝叔立刻要见的我那兄弟，他今儿也在这里。

甲戌眉　欲出鲸卿，却先小妯娌闲闲一聚，随笔带出，不见一丝作造。（"庚寅"眉）

[正文] 别委曲着他，倒比不得跟了老太太过来就罢了。

甲戌夹　"委屈"二字极不通，都是至情，写愚妇至矣！（戚序、"庚寅""都"作"却"）

[正文] 比不得咱们家的孩子们，胡打海摔的惯了。

甲戌夹　卿家"胡打海摔"，不知谁家方珍怜珠惜？此极相矛盾却极人情，盖大家妇人口吻如此。（戚序"极相矛盾"作"极自相矛盾"，"却极"作"却都极"，"大家妇人"作"大家妇"，"如此"作"俱如此耳"；"庚寅"同）

蒙府　偏会反衬，方显尊重。

[正文] 普天下的人，我不笑话就罢了。

甲戌夹　自负得起。（"庚寅"夹）

[正文] 凤姐道："凭他什么样儿的，我也要见一见！别放你娘的屁了。"

甲戌眉　此等处写阿凤之放纵，是为后回伏线。

[正文] 凤姐喜的先推宝玉，笑道："比下去了！"

甲戌夹　不知从何处想来。（戚序同，"庚寅"夹）

[正文] 慢慢的问他：几岁了，读什么书？

甲戌夹　分明写宝玉，却先偏写阿凤。（戚序同，"庚寅"眉）

[正文] 秦钟。

甲戌夹　设云秦钟。古诗云："未嫁先名玉，来时本姓秦。"二语便是此书大纲目、大比托、大讽刺处。（戚序"秦钟"作"情种"，无"二语"二字，"大比托"作"此话"；"庚寅""秦钟"作"情种"）

[正文] 尤氏、凤姐、秦氏等抹骨牌，不在话下。

甲戌夹　一人不落，又带出强将手下无弱兵。（戚序、"庚寅"同）

[正文] 宝玉、秦钟二人随便起坐说话。（庚辰无此句，此据甲戌）

甲戌夹　淡淡写来。（戚序同）

[正文] 我虽如此比他尊贵。

甲戌夹　这一句不是宝玉本意中语，却是古今历来膏纨裤之意。（戚序"本意中语"作"本心之语"，"庚寅"夹）

[正文] "富贵"二字，不料遭我荼毒了！

甲戌夹　一段痴情，翻"贤贤易色"一句筋斗，使此后朋友中无复再敢假谈道义，虚论情常。（戚序"使此后"作"便伏此后"，"虚论情常"作"虚话伦常矣"，"庚寅"同）

蒙府　此是作者一大发泄处。

[正文] 形容出众，举止不凡。

甲戌夹　"不浮"二字妙，秦卿目中所取止在此。（戚序"不浮"作"不群"，

"止在此"作"正在此";"庚寅"同)

[正文] 更兼金冠绣服，骄婢侈童。

甲戌夹　这二句是贬，不是奖。此八字遮饰过多少魑魅纨绮秦卿目中所鄙者。（戚序"绮"作"裤"，"庚寅""绮"作"绔"）

[正文] 可知"贫窭"二字限人，亦世间之大不快事。

甲戌夹　"贫富"二字中，失却多少英雄朋友！（戚序同，"庚寅"夹）

蒙府　总是作者大发泄处，借此以伸多少不乐。

[正文] 二人一样的胡思乱想。

甲戌夹　作者又欲瞒过中人。（戚序、"庚寅""中人"作"众人"）

[正文] 忽又。

甲戌夹　二字写小儿得神。（戚序同，"庚寅"夹）

[正文] 宝玉问他读什么书。

甲戌夹　宝玉问读书，亦想不到之大奇事。（戚序同，"庚寅""事"作"语"）

[正文] 秦钟见问，因而答以实话。

甲戌夹　四字普天下朋友来看。（戚序、"庚寅"同）

[正文] 我们那里坐去，省得闹你们。

甲戌夹　眼见得二人一身一体矣。（戚序、"庚寅"同）

[正文] 他虽腼腆，却性子左强，不大随和，此是有的。

甲戌夹　实写秦钟，双映宝玉。（戚序、"庚寅"同）

蒙府　伏后文。

[正文] 只问秦钟近日家务等事。

甲戌夹　宝玉问读书已奇，今又问家务，岂不更奇？（戚序、"庚寅"同）

[正文] 再读书一事，必须有一二知己为伴。

甲戌夹　眼。

蒙府　伏线。

[正文] 秦钟笑道："家父前日在家提起延师一事，也曾提起这里的义学倒好。"

甲戌眉　真是可儿之弟。（"庚寅"同）

[正文] 宝叔果然度小侄或可磨墨涤砚，何不速速的作成？

甲戌眉　真是可卿之弟。（"庚寅"同）

[正文] 又可以得朋友之乐，岂不是美事？……

蒙府　痛快淋漓，以至于此！

[正文] 却又是秦氏、尤氏二人输了戏酒的东道。

甲戌夹　自然是二人输。（"庚寅"夹"二人"作"他二人"）

[正文] 谁知焦大醉了，又骂呢。

甲戌夹　可见骂非一次矣。（戚序"见"作"知"）

蒙府　恶恶而不能去，善善而不能用，所以流毒无穷，可胜叹哉！

[正文] 偏要惹他去。

甲戌夹 便奇。(戚序同,"庚寅"夹)

[正文] 写焦大一段。

蒙府 有此功劳,实不可轻易(推)[摧]折,亦当处之(以)道,厚其瞻仰,尊其等次。送人回家,原作酬功之事。所谓叹之功臣不得保其首领者,我知之矣。

[正文] 倒是你们没主意,有这样的,何不打发他远远的庄子上去就完了。"

甲戌眉 这是为后协理宁国伏线。("庚寅"眉无"这"字)

[正文] 先骂大总管赖二。

甲戌夹 记清,荣府中则是赖大,又故意综错的妙!(戚序、"庚寅""综错"作"错综","庚寅""记清,荣府"作"记荣府")

[正文] 等明日酒醒了,问他还寻死不寻死了!

蒙府 可怜天下每每如此。

[正文] 不和我说别的还可,若再说别的,咱们红刀子进去白刀子出来。

甲戌夹 是醉人口中文法。 一段借醉奴口角闲闲补出宁、荣往事近故,特为天下世家一笑。(戚序"口角闲闲"作"口中闲言","近故"作"故","世家一笑"作"世人一笑耳","庚寅"夹)

甲戌夹 忽接此焦大一段,真可惊心骇目,一字化一泪,一泪化一血珠。("庚寅"夹)

[正文] 焦大说贾珍一段。

甲戌眉 "不如意事常八九,可与人言无二三。"以二句批是假,聊慰石兄。("庚寅"眉)

蒙府 放笔痛骂一回,富贵之家,每,掠雁此祸。

[正文] 什么是"爬灰"?

蒙府 暗伏,起来史湘云之问。

[正文] 不说没听见,还倒细问!等我回去回了太太,仔细捶你不捶你!

蒙府 熙凤能事。

[正文] 正为风流始读书。

甲戌夹 原来不读书即蠢物矣。("庚寅"夹)

戚序回后 焦大之醉,伏可卿之病至死。周妇之谈,势利之害真凶。作者具菩提心,于世人说法。

第八回　比通灵金莺微露意　探宝钗黛玉半含酸

甲戌回前　题曰：古鼎新烹凤髓香，那堪翠斝贮琼浆。莫言绮縠无风韵，试看金娃对玉郎。

戚序回前　幻情浓处故多嗔，岂独颦儿爱妒人？莫把心思劳展转，百年事业总非真。

［正文］正好发奋。

甲戌夹　未必。

［正文］又着实的称赞秦钟的人品行事，最使人怜爱。

蒙府　"怜爱"二字，写出宝玉真神。若是别个，断不肯透露。

［正文］凤姐又在一旁帮着说"过日他还来拜老祖宗"等语，说的贾母喜欢起来。

甲戌夹　止此便十成了，不必繁文再表，故妙。偷度金针法。（"庚寅"夹）

蒙府　凤姐帮话，是为秦氏。用意屈尽人情。（接上评合为一评）

［正文］贾母虽年老，却极有兴头。

甲戌夹　为贾母写传。（"庚寅"夹）

［正文］至后日，又有尤氏来请，遂携了王夫人、林黛玉、宝玉等过去看戏。至晌午，贾母便回来歇息了。

甲戌夹　叙事有法，若只管写看戏，便是一无见世面之暴发贫婆矣。写随便二字，兴高则往，兴败则回，方是世代封君正传。且高兴二字，又可生出多少文章来。（"庚寅"夹）

［正文］王夫人本是好清净的。

甲戌夹　偏与邢夫人相犯，然却是各有各传。（"庚寅"同）

［正文］然后凤姐坐了首席，尽欢至晚无话。

甲戌夹　细甚，交代毕。

［正文］又恐扰的秦氏等人不便。

甲戌夹　全是体贴工夫。（"庚寅"同）

［正文］再或可巧遇见他父亲。

甲戌夹　本意正传，实是囊时苦恼，叹叹！（"庚寅"夹）

［正文］更为不妥，宁可绕远路罢了。

甲戌夹　细甚！（"庚寅"同）

［正文］詹光。

甲戌夹　妙！盖沾光之意。（"庚寅"同）
[正文]单聘仁。
甲戌夹　更妙！盖善于骗人之意。（"庚寅"同）
[正文]我的菩萨哥儿。
甲戌夹　没理没伦，口气毕肖。（"庚寅"同）
[正文]老嬷嬷叫住，因问："二位爷是从老爷跟前来的不是？"
甲戌夹　为玉兄一人，却人人俱有心事，细致。（"庚寅"同）
[正文]二人点头道："老爷在梦坡斋小书房里歇中觉呢。"
甲戌夹　使人起遐思。（"庚寅"加"妙"）
甲戌夹　妙！梦遇坡之处也。（甲辰"坡"作"坡仙"，"庚寅"夹）
[正文]不妨事的。
甲戌夹　玉兄知己，一笑。（"庚寅""笑"作"哭"）
[正文]宝玉、詹光、单聘仁谈话一段。
甲戌眉　一路用淡三色烘染，行云流水之法。
甲戌眉　写出贵公子家常不迹不离气致。经历过者则喜其写真，未经者恐不免嫌繁。（"庚寅"眉"写出"作"也写出"）
[正文]于是转弯向北奔梨香院来。
蒙府　吃冷香丸，往（住）梨香院，有趣。
[正文]名唤吴新登。
甲戌夹　妙！盖云无星戥也。（甲辰、"庚寅"同）
[正文]名戴良。
甲戌夹　妙！盖云大量也。（甲辰、"庚寅"同）
[正文]独有一个买办名唤钱华。
甲戌夹　亦钱开花之意，随事生情，因情得文。（甲辰作"亦钱开花之意"，"庚寅"同）
[正文]字法越发好了，多早晚儿赏我们几张贴贴。
甲戌眉　余亦受过此骗，今阅至此，赧然一笑。此时有三十年前向余作此语之人在侧，观其形已皓首驼腰矣，乃使彼亦细听此数语，彼则潜（潸）然泣下，余亦为之败兴。（"庚寅"眉无"余亦为之败兴"）
[正文]众人道："好几处都有，都称赞的了不得，还和我们寻呢。"
蒙府　侍奉上人者，无此等见识、无此等迎奉者，难乎免于厌弃，呜呼哀哉！
[正文]众人待他过去，方都各自散了。
甲戌夹　未入梨香院，先故作若许波澜曲折。瞧他无意中又与出宝玉写字来，固是愚弄公子之闲文，然亦是暗逗宝玉历来文识事。不然，后文岂不太突。（"庚寅"夹"突"作"突然"）
[正文]闲言少述。
甲戌夹　此处用此句最当。（"庚寅"同）
[正文]里间比这里暖和，那里坐着，我收拾收拾就进去和你说话儿。

蒙府　作者何等笔法！"里问里"三字，恐文气不足，又贯之以"比这里和缓"。其笔真是神龙云中弄影，是必当进去的神理。

　　[正文]　只见吊着半旧的红绸软帘。

　　甲戌夹　从门外看起，有层次。（"庚寅"夹）

　　[正文]　罕言寡语，人谓藏愚；安分随时，自云守拙。

　　甲戌夹　这方是宝卿正传。与前写黛玉之传一齐参看，各极其妙，各不相犯，使其人难其左右于毫末。（甲辰无末句，"庚寅"同）

　　[正文]　写宝钗一段。

　　甲戌眉　画神鬼易，画人物难。写宝卿正是写人之笔，若与黛玉并写更难。今作者写得一毫难处不见，且得二人真体实传，非神助而何？（"庚寅"眉）

　　[正文]　宝钗抬头。

　　甲戌夹　与宝玉迈步针对。（"庚寅"同）

　　[正文]　只见宝玉进来。

　　甲戌夹　此则神情尽在烟飞水逝之间，一展眼便失于千里矣。（"庚寅"夹）

　　[正文]　一面又问老太太、姨娘安，别的姐妹们都好。

　　甲戌夹　这是口中如此。

　　[正文]　一面看宝玉。

　　甲戌夹　"一面"二。口中眼中，神情俱到。（"庚寅"同）

　　[正文]　成日家说你的这玉，究竟未曾细细的赏鉴，我今儿倒要瞧瞧。

　　甲戌夹　自首回至此，回回说有通灵玉一物。余亦未曾细细赏鉴，今亦欲一见。（"庚寅"同）

　　[正文]　宝钗托于掌上。

　　甲戌夹　试问石兄。"此一托，比在青埂峰下猿啼虎啸之声何如？"（"庚寅"同）

　　甲戌眉　余代答曰："遂心如意。"

　　甲辰　试问石兄："此一托，比在青埂峰下何如？"

　　[正文]　只见大如雀卵。

　　甲戌夹　体。（甲辰、"庚寅"同）

　　[正文]　灿若明霞。

　　甲戌夹　色。（甲辰、"庚寅"同）

　　[正文]　莹润如酥。

　　甲戌夹　质。（甲辰、"庚寅"同）

　　[正文]　五色花纹缠护。

　　甲戌夹　文。（甲辰、"庚寅"同）

　　[正文]　这就是大荒山中青埂峰下的那块顽石的幻相。

　　甲戌夹　注明。（甲辰、"庚寅"同）

　　[正文]　失去幽灵真境界，幻来亲就臭皮囊。

甲戌夹　二语可人道，故前引庄叟秘诀。（"庚寅"夹）
[正文]　好知运败金无彩，堪叹时乖玉不光。
甲戌夹　又夹入宝钗，不是虚图对的工。　二语虽粗，本是真情。然此等诗只宜如此，为天下儿女一哭。（"庚寅"同）
[正文]　白骨如山忘姓氏，无非公子与红妆。
甲戌夹　批得好。末二句似与题不切，然正是极贴切语。（"庚寅"夹）
[正文]　"今亦按图画于后。但其真体最小，……等语之谤"一段。
甲戌眉　又忽作此数语，以幻弄成真，以真弄成幻，真真假假，恣意游戏于笔墨之中，可谓狡猾之至。　作人要老诚，作文要狡猾。（"庚寅"眉）
[正文]　宝钗看毕。
甲戌夹　余亦想见其物矣。前回中总用草蛇灰线写法，至此方细细写出，正是大关节处。（"庚寅"夹）
[正文]　又从新翻过正面来细看。
甲戌夹　可谓真奇之至！（"庚寅"夹）
[正文]　口内念道："莫失莫忘，仙寿恒昌。"
甲戌夹　是心中沉音，神理。（"庚寅"夹）
[正文]　宝钗看玉一段。
甲戌眉　《石头记》立誓一笔不写一家文字。
[正文]　你不去倒茶，也在这里发呆作什么？
甲戌夹　请诸公掩卷合目想其神理，想其坐立之势，想宝钗面上口中，真妙！（"庚寅"无"真妙"）
[正文]　我听这两句话，倒像和姑娘的项圈上的两句话是一对儿。
甲戌夹　又引出一个金项圈来，莺儿口中说出，方妙。（"庚寅"同）
甲辰　又引出一个金项圈来，却在侍女口中说出，妙。
[正文]　原来姐姐那项圈上也有八个字。
甲戌夹　补出素日眼中虽见而实未留心。（甲辰"眼中"作"眼"，"庚寅"夹）
甲戌眉　恨颦儿不早来听此数语，若使彼闻之，不知又有何等妙论趣语，以悦我等心臆。（"庚寅"眉）
[正文]　也是个人给了两句吉利话儿。
蒙府　"也是个"等字，移换得巧妙。其雅量尊重，在不言之表。
[正文]　不然，沉甸甸的有什么趣儿。
甲戌夹　一句骂死天下浓妆艳饰富贵中之脂妖粉怪。（"庚寅"夹）
[正文]　一面解了排扣。
甲戌夹　细。（"庚寅"同）
[正文]　从里面大红袄上。
蒙府　打开好看煞人。
[正文]　将那珠宝晶莹黄金灿烂的璎珞掏将出来。
甲戌夹　按璎珞者头饰也，想近俗即呼为项圈者是矣。（"庚寅"夹）

[正文] 不离不弃，芳龄永继。
甲戌夹　合前读之，岂非一对？
己卯夹　"不离不弃"与"莫失莫忘"相对，所谓愈出愈奇。
"芳龄永继"又与"仙寿恒昌"一对。请合而读之。问诸公历来小说中，可有如此可巧奇妙之文，以换新眼目。
[正文] 因笑问："姐姐这八个字倒真与我的是一对。"
甲戌夹　余亦谓是一对，不知干支中四注八字可与卿亦对否？（甲辰"干支"作"支干"，甲辰、"庚寅""四注"作"四柱"）
[正文] 是个癞头和尚送的，他说必须錾在金器上。
蒙府　和尚在幻境中作如此勾当，亦属多事。
[正文] 宝钗不待说完，便嗔他不去倒茶。
蒙府　"嗔"字一劫，劫得妙。
[正文] 宝玉看璎珞一段。
甲戌眉　花看半开，酒饮微醉，此文字是也。（"庚寅"眉）
[正文] 一面又问宝玉从那里来。
甲戌夹　妙神妙理，请观者自思。（"庚寅"同）
[正文] 只闻一阵阵凉森森甜丝丝的幽香。
蒙府　这方是花香袭人正意。
[正文] 遂问："姐姐熏的是什么香？我竟从未闻见过这味儿。"
甲戌夹　不知比"群芳髓"又何如。（甲辰无"又"字，"庚寅"同）
[正文] 我最怕熏香，好好的衣服。熏的烟燎火气的。
甲戌夹　真真骂死一干浓妆艳饰鬼怪。
[正文] 是了，是我早起吃了丸药的香气。
甲戌夹　点冷香丸。（"庚寅"同）
"庚寅"夹　黛卿之香系自身草卉之香，宝钗乃食草卉之香，之香作者是何意旨，余亦知之。
[正文] 什么丸药这么好闻？好姐姐。给我一丸尝尝。
甲戌夹　仍是小儿语气。究竟不知别个小儿。只宝玉如此。（"庚寅"夹）
[正文] 一语未了。
蒙府　每善用此等转换法。
[正文] 忽听外面人说："林姑娘来了。"
甲戌夹　紧处愈紧，密不容针之文。（"庚寅"同）
[正文] 林黛玉已摇摇的走了进来。
甲戌夹　二字画出身。（"庚寅"同）
[正文] 嗳哟。我来的不巧了。
甲戌夹　奇文，我实不知颦儿心中是何丘壑。（"庚寅"同）
蒙府　性急语。

[正文] 这话怎么说？
蒙府　不得不问。
[正文] 早知他来，我就不来了。
蒙府　更叫人急煞。
[正文] 要来一群都来，要不来一个也不来。
蒙府　又一转换。若无此，则必有宝玉之穷究，而宝钗之重复，加长无味。此等文章是《西游记》的请观世音，菩萨一到，无不扫地完结者。
[正文] 如此间错开了来着，岂不天天有人来了？
甲戌夹　强词夺理。（"庚寅"夹）
[正文] 也不至于太冷落，也不至于太热闹了。
甲戌夹　好点缀。（"庚寅"夹）
[正文] 姐姐如何反不解这意思？
甲戌夹　吾不知颦儿以何物为心为齿，为口为舌，实不知胸中有何丘壑。（"庚寅"同）
[正文] 宝玉因见他外面罩着大红羽缎对衿褂子。
甲戌夹　岔开文字。(避)繁章法，妙极妙极！（"庚寅"夹）
[正文] 是不是，我来了他就该去了。
甲戌夹　实不知有何丘壑。（"庚寅"作"黛玉有何"）
[正文] 李嬷嬷出去，命小厮们都各散去不提。
蒙府　极力写嬷嬷周旋，是反衬下文。
[正文] 这里薛姨妈已摆了几样细茶果来留他们吃茶。
甲戌夹　是溺爱，非势力。（"庚寅"同）
[正文] 宝玉因夸前日在那府里珍大嫂子的好鹅掌鸭信。
甲戌夹　为前日秦钟之事恐观者忘却，故忙中闲笔，重一渲染。（"庚寅"夹）
[正文] 薛姨妈听了，忙也把自己糟的取了些来与他尝。
甲戌夹　是溺爱，非夸富。（"庚寅"同）
蒙府　不写酒，先写糟，将糟引酒。
[正文] 薛姨妈便令人去灌了最上等的酒来。
甲戌夹　愈见溺爱。
[正文] 宝玉饮酒一段。
甲戌眉　余最恨无调教之家，任其子侄肆行哺啜，观此则知大家风范。
[正文] 姨太太不知道，他性子又可恶。
甲戌夹　补出素日。（"庚寅"夹）
[正文] 什么日子又不许他吃，何苦我白赔在里面。
甲戌夹　浪酒闲茶原不相宜。（甲辰、"庚寅"同）
蒙府　嬷嬷口气。
[正文] 薛姨妈笑道："老货。"
甲戌夹　二字如闻。

[正文] 这可使不得，吃了冷酒，写字手打颤儿。

甲戌夹　酷肖。（"庚寅"同）

蒙府　点石成金。

[正文] 若热吃下去，发散的就快；若冷吃下去，便凝结在内。

甲戌夹　着眼。若不是宝卿说出，竟不知玉卿日就何业。（"庚寅"夹）

甲戌眉　在宝卿口中说出玉兄学业，是作微露卸春挂之萌耳。是书勿看正面为幸。（"庚寅"眉）

[正文] 岂不受害？从此还不快不要吃那冷的了。

甲戌夹　知命知身，识理识性，博学不杂，庶可称为佳人。可笑别小说中一首歪诗，几句淫曲，便自佳人相许，岂不丑杀？（"庚寅"同）

[正文] 宝玉听这话有情理。

甲戌眉　宝玉亦听的出有情理的话来，与前问读书家务，并皆大奇之事。（"庚寅"眉"亦"作"也"）

[正文] 黛玉磕着瓜子儿，只抿着嘴笑。

甲戌夹　实不知其丘壑。自何处设想而来？（"庚寅"夹）

蒙府　笑的毒。

[正文] 可巧黛玉的小丫鬟雪雁走来与黛玉送小手炉。

甲戌夹　又用此二字。（"庚寅"夹）

[正文] 难为他费心，那里就冷死了我？

甲戌夹　吾实不知何为心，何为齿口舌。（"庚寅"同）

[正文] 紫鹃姐姐。

甲戌夹　又顺笔带出一个妙名来，洗尽春花腊梅等套。（"庚寅"同）

甲戌夹　鹦哥改名已。（"庚寅""已"作"亦"）

[正文] 我平日和你说的，全当耳旁风；怎么他说了你就依，比圣旨还快些！

甲戌夹　要知尤物方如此，莫作世俗中一味酸妒狮吼辈看去。（"庚寅"夹）

蒙府　句句尖刺，可恨可爱，而句意毫无滞碍。

[正文] 也无回复之词，只嘻嘻的笑两阵罢了。

甲戌夹　这才好，这才是宝玉。（"庚寅"同）

[正文] 宝钗素知黛玉是如此惯了的，也不去睬他。

甲戌夹　浑厚天成，这才是宝钗。（"庚寅"同）

[正文] 他们记挂着你到不好？"

"庚寅"　确真为不知黛卿心中意中有何丘壑者。

[正文] 姨妈不知道。幸亏是姨妈这里。倘或在别人家，人家岂不恼？

蒙府　又转出此等言语，令人疼煞黛玉，敬煞作者。

[正文] 不说丫鬟们太小心过馀，还只当我素日是这等轻狂惯了呢。

甲戌夹　用此一解，真可拍案叫绝，足见其以兰为心，以玉为骨，以莲为舌，以冰为神。真真绝倒天下之裙钗矣。（"庚寅"同）

[正文] 宝玉正在心甜意洽之时，和宝、黛姊妹说说笑笑的。

甲戌夹 试问石兄，比当日青埂峰猿啼虎啸之声何如？（"庚寅"夹）

[正文] 你可仔细，老爷今儿在家，堤防问你的书。

甲戌夹 不合提此话，这是李嬷嬷激醉了的，无怪乎后文，一笑。（甲辰"李嬷嬷"作"李妪"，"庚寅"同）

甲戌夹 不入耳之言是也。（"庚寅"同）

[正文] 慢慢的放下酒，垂了头。

甲戌夹 画出小儿愁戚之状，楔紧后文。（"庚寅"夹）

[正文] 别扫大家的兴！舅舅若叫你，只说姨妈留着呢。

甲戌夹 二字指贾政也。（"庚寅"夹）

[正文] 这个妈妈，他吃了酒，又拿我们来醒脾了。

甲戌夹 这方是阿颦真意对玉卿之文。

[正文] 林姐儿，你不要助着他了。

甲戌夹 如此之称似不通，却是老妪真心道出。

[正文] 李嬷嬷听了，又是急，又是笑。

甲戌夹 是认不的真，是不忍认真，是爱极颦儿、疼煞颦儿之意。（"庚寅"夹）

[正文] 宝钗也忍不住笑着，把黛玉腮上一拧。

甲戌夹 我也欲拧。（"庚寅"同）

[正文] 真真这个颦丫头的一张嘴，叫人恨又不是，喜欢又不是。

甲戌夹 可知余前批不谬。（"庚寅"夹"余"作"人"）

蒙府 恨不是，喜不是，写尽一晌含容之量。

[正文] 别怕，别怕，我的儿。

甲戌夹 是接前老爷问书之语。（甲辰、"庚寅"同）

[正文] 姨妈陪你吃两杯，可就吃饭罢。

甲戌夹 二语不失长上之体，且收拾若干文，千斤力量。（"庚寅"夹）

[正文] 我家里换了衣服就来，悄悄的回姨太太，别由着他，多给他吃。

蒙府 家去换衣服，是含酸欲怒，悄悄回的光景，是不露怒。

[正文] 这里虽还有三两个婆子，都是不关痛痒的。

甲戌夹 写的到。（"庚寅"夹）

[正文] 吃了半碗碧粳粥。

甲戌夹 美粥名。（"庚寅"夹）

[正文] 黛玉因问宝玉道："你走不走？"

甲戌夹 妙问。（"庚寅"夹）

蒙府 "走不走"，语言真是黛玉。

[正文] 宝玉乜斜倦眼道。

甲戌夹 醉意。（"庚寅"夹）

[正文] 你要走，我和你一同走。

甲戌夹　妙答。
[正文]黛玉听说，遂起身道。
甲戌夹　此等话，阿颦心中最乐。（"庚寅"夹）
[正文]小丫头忙捧过斗笠来。
甲戌夹　不漏。（"庚寅"夹）
[正文]难道没见过别人带过的？
甲戌夹　别人者，袭人、晴文之辈也。（"庚寅"同）
[正文]说道："好了，披上斗篷罢。"
甲戌夹　若使宝钗整理，颦卿又不知有多少文章。（甲辰"多少"作"许多"，"庚寅"同）
[正文]黛玉为宝玉戴斗笠一段。
蒙府　知己最难逢，相逢意自同。花新水上香，花下水含红。
[正文]有丫头们跟着也够了。
蒙府　伏笔。
[正文]知是薛姨妈处来，更加欢喜。
甲戌夹　收的好极，正是写薛家母女。（"庚寅"夹）
[正文]遂问众人："李奶子怎么不见？"
甲戌夹　细。
蒙府　逼近。
[正文]众人不敢直说家去了。
甲戌夹　有是事，大有是事。（"庚寅"同）
[正文]只见笔墨在案。
甲戌夹　如此找前文最妙，且无逗笋之迹。（"庚寅"夹）
[正文]哄的我们等了一日。
甲戌夹　憨活现，余双圈不及。（"庚寅"夹）
[正文]宝玉忽然想起早起的事来。
甲戌夹　补前文之未到。（"庚寅"同）
蒙府　娇痴婉转，自是不凡。引后文。
[正文]我生怕别人贴坏了，我亲自爬高上梯的贴上。
甲戌夹　全是体贴一人。（"庚寅"同）
甲戌夹　可儿可儿。
[正文]这会子还冻的手僵冷的呢。
甲戌夹　写晴雯是晴雯走下来，断断不是袭人、平儿、莺儿等语气。（"庚寅"眉）
甲戌夹　可儿可儿。（"庚寅"夹）
[正文]宝玉听了，笑道。
甲戌夹　是醉笑。（"庚寅"夹）

[正文] 同仰首看门斗上新书的三个字。

甲戌夹 究竟不知是三个什么字，妙！（"庚寅"夹无"妙"）

甲戌眉 是不作词幻见山文字。（"庚寅"眉"是"作"誓"，"词幻"作"开门"）

蒙府 何等景象，真是一付教歌图。

[正文] 黛玉仰头看里间门斗上，新贴了三个字，写着"绛云轩"。

甲戌夹 出题妙，原来是这三字。（"庚寅"同）

蒙府 照应绛珠。

[正文] 黛玉笑道："个个都好。怎么写的这们好了？明儿也与我写一个匾。"

甲戌夹 滑贼。（"庚寅"同）

[正文] 说着又问："袭人姐姐呢？"

甲戌夹 断不可少。（"庚寅"同）

[正文] 晴雯向里间炕上努嘴。

甲戌夹 画。（"庚寅"同）

[正文] 宝玉笑道："好，太渥早了些。"

甲戌夹 绛芸轩中事。（"庚寅""事"作"事也"）

[正文] 快别提。一送了来，我知道是我的，偏我才吃了饭，就放在那里。

蒙府 与犟儿抿着嘴儿笑的文字一样葫芦。

[正文] 他就叫人拿了家去了。

甲戌夹 奶母之倚势亦是常情，奶母之昏愦亦是常情，然特于此处细写一回，与后文袭卿之酥酪遥遥一对，足见晴卿不及袭卿远矣。余谓晴有林风，袭乃钗副，真真不错。（"庚寅""母"作"妈"，"亦是"作"也是人之"，"亦是"作"也是"，"细"作"特"，"一对"作"相对"）

蒙府 嬷嬷们脱文处，每每如此。

[正文] 众人笑说："林妹妹早走了，还让呢。"

甲戌夹 三字是接上文口气而来，非众人之称。醉态逼真。（"庚寅"夹，无"醉态逼真"）

甲戌眉 写犟儿去，如此章法，从何设想，奇笔奇文。（"庚寅"眉）

[正文] 忽又想起早起的茶来。

甲戌 偏是醉人搜寻的出，细事，亦是真情。（"庚寅"夹句前加"醉态逼真"，"亦是"作"也是"）

[正文] 早起沏了一碗枫露茶。

甲戌夹 与"千红一窟"遥映。

[正文] 我说过，那茶是三四次后才出色的。这会子怎么又沏了这个来？

甲戌夹 所谓闲茶是也，与前浪酒一般起落。（"庚寅"夹）

甲辰 可谓闲茶，酒与浪酒相照。

[正文] 茜雪道："我原是留着的，那会子李奶奶来了，他要尝尝，就给他吃了。"

甲戌夹 又是李嬷，事有凑巧，如此类是。（"庚寅"同）

[正文] 将手中的茶杯只顺手往地下一掷。

甲戌夹　是醉后，故用二字，非有心动气也。（"庚寅""二字"作"顺手二字"）

[正文] 不过是仗着我小时候吃过他几日奶罢了。

甲戌夹　真醉了。（"庚寅"同）

[正文] 撵了出去，大家干净。

甲戌夹　真真大醉了。（"庚寅"同）

[正文] "宝玉掷杯"一段。

甲戌眉　按警幻情讲，宝玉系情不情。凡世间之无知无识，彼俱有一痴情去体贴。今加大醉二字于石兄，是因问包子问茶顺手掷杯，问茜雪撵李嬷，乃一部中未有第二次事也。袭人数语，无言而止，石兄真大醉也。余亦云实实大醉也。难辞碎闹，非薛蟠纨裤辈可比。（"庚寅"眉"一部中"作"一部书中"，"事也"作"也"）

[正文] 原来袭人实未睡着，不过故意装睡，引宝玉来怄他顽耍。

蒙府　只须郎看，不进郎真，是妙法。

[正文] 早有贾母遣人来问是怎么了。

甲戌夹　断不可少之文。（"庚寅"同）

[正文] 我才倒茶来，被雪滑倒了。

甲戌夹　现成之至，瞧他写袭卿为人。（"庚寅"夹）

蒙府　袭人另有一段居心，一番行止。

[正文] 你立意要撵他也好，我们也都愿意出去。

甲戌夹　二字奇，使人一惊。（"庚寅"同）

蒙府　先主取西川，方得立基业，而偏不肯取，大与此意同。

[正文] 只觉口齿缠绵，眼眉愈加锡涩。

甲戌夹　二字带出平素形象。（"庚寅"同）

[正文] 用自己的手帕包好，塞在褥下，次日带时便冰不着脖子。

甲戌夹　试问石兄此一渥，比青埂峰下松风明月如何。（"庚寅"同）

[正文] 只悄悄的打听睡了，方放心散去。

甲戌夹　交代清楚。"塞玉"一段，又为"误窃"一回伏线。晴雯、茜雪二婢，又为后文先作一引。（"庚寅"夹）

甲戌眉　偷度金针法，最巧。（"庚寅"眉）

[正文] 次日醒来。

甲戌夹　以上已完正题。以下是后文引子，前文之馀波。此文收法与前数(回)不同矣。（"庚寅"夹）

[正文] 贾母见秦钟形容标致，举止温柔，堪陪宝玉读书。

甲戌夹　骄养如此，溺爱如此。（"庚寅""养"作"大"）

[正文] 贾母又与了一个荷包并一个金魁星。

甲戌眉　作者今尚记金魁星之事乎？抚今思昔，肠断心摧。（"庚寅"眉）

[正文] 取"文星和合"之意。

蒙府　雅致。

[正文] 别跟着那些不长进的东西们学。

甲戌夹　总伏后文。

[正文] 他父亲秦业。

甲戌夹　妙名。业者，孽也，盖云情因孽而生也。（"庚寅"同）

[正文] 现任营缮郎。

甲戌夹　官职更妙，设云因情孽而缮此一书之意。（"庚寅"同）

[正文] 谁知儿子又死了。

甲戌夹　一顿。（"庚寅"同）

[正文] 只剩女儿，小名唤可儿。

甲戌夹　出名秦氏，究竟不知系出何氏，所谓"寓褒贬，别善恶"是也。秉刀斧之笔，具菩萨之心，亦甚难矣。　如此写出，可见来历亦甚苦矣。又知作者是欲天下人共来哭此情字。（"庚寅"眉）

[正文] 秦业一段。

甲戌眉　写可儿出身自养生堂，是褒中贬。后死封袭禁尉，是贬中褒。灵巧一至于此。（"庚寅"眉）

[正文] 生的形容袅娜，性格风流。

甲戌夹　四字便有隐意。《春秋》字法。（"庚寅"同）

[正文] 正思要和亲家去商议。

甲戌夹　指贾珍。（"庚寅"夹）

[正文] 现今司塾的是贾代儒。

甲戌夹　随笔命名，省事。（"庚寅"同）

[正文] 那贾家上上下下都是一双富贵眼睛。

甲戌夹　为天下读书人一哭，寒素人一哭。（"庚寅"夹）

[正文] 为儿子的终身大事。

甲戌夹　原来读书是终身大事。（"庚寅"同）

[正文] 说不得东拼西凑的恭恭敬敬封了二十四两贽见礼。

甲戌夹　可知宦囊羞涩与东并西凑等样，是特为近日守钱虏而不使子弟读书之辈一大哭。（"庚寅"夹）

甲戌夹　四字可思，近之鄙薄师傅者来看。（"庚寅"同）

蒙府　父母之恩，昊天罔极。

[正文] 然后听宝玉上学之日，好一同入塾。

甲戌夹　不想浪酒闲茶一段，金玉绮疏之文后，后忽用此等寒瘦古拙之词收住，亦行文之大变体处。《石头记》多用此法，历观后文便知。（"庚寅"同）

[正文] 早知日后闲争气，岂肯今朝错读书。

甲戌夹　这是隐语微词，岂独指此一事哉？　余则为读书正为争气，但此争气与彼争气不同。写来一笑。（"庚寅"同）

戚序回后　一是先天衔来之玉，一是后天造就之金。金玉相合，是成万物之象，再遇水而过寒,虽有酒浆,岂能助火?因生出黛玉之讽刺,李嬷嬷之唠叨,晴雯、茜雪之嗔恼,故不得不收功静息,涵养性天,以待再举。识丹道者,当解吾意。

第九回　恋风流情友人家塾　起嫌疑顽童闹学堂

　　戚序回前　君子爱人以道，不能减牵恋之情；小人图谋以霸何可逃侮慢之辱？幻境幻情，又造出一番晓妆新样。
　　[正文] 原来宝玉急于要和秦钟相遇。
　　戚序　妙！不知是怎样相遇。（"庚寅"同）
　　[正文] 坐在床沿上发闷。
　　戚序　神理可思。忽又写小儿学堂中一篇文字，亦别书中之未有。（"庚寅"同）
　　蒙府　此等神理，方是此书的正文。
　　[正文] 因笑问道："好姐姐。"
　　戚序　开口断不可少此三字。（"庚寅"同）
　　[正文] 难到怪我上学去丢的你们冷清了不成？
　　"庚寅"夹　玉卿自己心中所忖度。
　　[正文] 袭人笑道："这是那里话。读书是极好的事。
　　"庚寅"夹　系袭卿自己心中忖度之理。
　　[正文] 不然就潦倒。
　　"庚寅"　二字恰合石兄经历。
　　[正文] 但只一件：只是念书的时节想着书。"
　　蒙府　袭人方才的闷闷，此时的正论，请教诸公，设身处地，亦必是如此方是，真是屈尽情理，一字也不可少者。
　　[正文] 不念的时节想着家些。别和他们一处顽闹。
　　蒙府　长亭之嘱，不过如此。
　　[正文] 这就是我的意思，你可要体谅。
　　戚序　书正语细嘱一番。盖袭卿心中，明知宝玉他并非真心奋志之人，袭人自别有说不出来之话。（"庚寅"同）
　　[正文] 你放心，出外头我自己都会调停的。
　　蒙府　无人体贴，自己扶持。
　　[正文] 你们也别闷死在这屋里，常和林妹妹一处去玩笑才好。
　　"庚寅"夹　不忘颦卿。
　　[正文] 宝玉又去嘱咐了晴雯、麝月等几句。
　　蒙府　这才是宝玉的本来面目。
　　"庚寅"夹　不可少。

[正文] 偏生这日贾政回家早些。

戚序 若俗笔则又云不在家矣。试思若再不见，则成何文字哉？所谓不敢作安逸苟且塞责文字。（"庚寅"同）

[正文] 贾政便冷笑道："你如果再提'上学'两个字。"

"庚寅"夹 今听此话仍欲惶悚。

[正文] 你如果再提"上学"两个字，连我也羞死了。

戚序 这一句才补出已往许多文字。是严父之声。（"庚寅"同）

[正文] 仔细站脏了我这地，靠脏了我的门。

戚序 画出宝玉的俯首挨壁之形象来。（"庚寅"同）

[正文] 吓的李贵忙双膝跪下，摘了帽子，碰头有声，连连答应"是"。

蒙府 此等话似觉无味无理，然而作父母的，到无可如何处，每多用此种法术。所谓百计经营、心力俱碎者。

[正文] 哥儿已念到第三本《诗经》。

"庚寅"夹 活画下人不解宦途世情，和政老欲石兄所学者。

[正文] 李贵一面掸衣服，一面说道。

"庚寅"夹 有是语。

[正文] 从此后也可怜见些才好。

蒙府 可以谓能达主人之意，不辱君命。

[正文] 秦钟早来候着了，贾母正和他说话儿呢。

戚序 此处便写贾母爱秦钟一如其孙，至后文方不突然。（"庚寅"同）

[正文] 宝玉忽想起未辞黛玉。

戚序 妙极！何顿挫之至！余已忘却，至此心神一畅，一丝不走。（"庚寅"同）

"庚寅"夹 不可少之笔。

[正文] 彼时黛玉才在窗下对镜。

"庚寅"夹 一副慵妆士女图。

[正文] 这一去，可定是要"蟾宫折桂"了。

蒙府 此写黛玉，差强人意。《西厢》双文，能不抱愧？

[正文] 那胭脂膏了也等我来再制。

"庚寅" 可见玉卿之日课矣。

[正文] 唠叨了半日，方撤身去了。

戚序 如此总一句，更妙！（"庚寅"同）

[正文] "你怎么不去辞辞你宝姐姐呢？"宝玉笑而不答。

戚序 必有是语，方是黛玉。此又系黛玉平生之病。（"庚寅"同）

蒙府 黛玉之问，宝玉之笑，两心一照，何等神工鬼斧文章。

[正文] 特共举年高有德之人为塾掌，专为训课子弟。

蒙府 创立者之用必可为至矣。

[正文] 不上一月之工，秦钟在荣府便熟了。

戚序 交代的清。（"庚寅""清"作"清楚"）

[正文] 宝玉终是不安本分之人。

戚序 写宝玉总作如此笔。

[正文] 一味的随心所欲，又发了癖性。

"庚寅"夹 青山易改，秉性难易。

[正文] 以后不必论叔侄，只论弟兄朋友就是了。

蒙府 悄说之时何时？舍尊就卑何心？随心所欲何癖？相亲爱密何情？

[正文] 或叫他的表号。

"庚寅"夹 是为情种，得遇卿卿。

[正文] 鲸卿，秦钟也。（"庚寅"挖补）

"庚寅"夹 意为情情，意系卿卿。（"庚寅"挖补）

[正文] 就有龙蛇混杂，下流人物在内。

戚序 伏一笔。（"庚寅"夹）

[正文] 宝玉又是天生成惯能作小服低，赔身下气，情性体贴，话语绵缠。

戚序 凡四语十六字，上用"天生成"三字，真正写尽古今情种人也。（"庚寅"同）

[正文] 背地里你言我语，诟谇谣诼，布满书房内外。

戚序 伏下文阿呆争风一回。（"庚寅"同）

[正文] 不免偶动了龙阳之兴。

"庚寅"夹 原来薛呆子尽下此等工夫。

[正文] 图了薛蟠的银钱吃穿，被他哄上手的，也不消多记。

戚序 先虚写几个淫浪蠢物，以陪下文，方不孤不板。（"庚寅"同）

甲辰 伏下金荣。

[正文] 更又有两个多情的小学生。

戚序 此处用"多情"二字方妙。（"庚寅"夹）

[正文] 亦未考真名姓。

戚序 一并隐其姓名，所谓具菩提之心，秉刀斧之笔。（"庚寅"同）

[正文] 一号"香怜"，一号"玉爱"。虽都有窃慕之意，将不利于孺子之心。

戚序 诙谐得妙，又似李笠翁书中之趣语。（"庚寅"夹）

[正文] 或设言托意，或咏桑寓柳，遥以心照，却外面自为避人眼目。

戚序 小儿之态活现，掩耳偷铃者亦然，世人亦复不少。（"庚寅"同）

[正文] 都背后挤眉弄眼，或咳嗽扬声。

戚序 又画出历来学中一群顽皮来。（"庚寅"夹）

蒙府 才子辈偏无不解之事。

[正文] 又命贾瑞。

戚序 又出一贾瑞。（"庚寅"同）

[正文] 秦钟先问他："家里的大人可管你交朋友不管？"

戚序　妙问，真真活跳出两个小儿来。（"庚寅"同）
[正文]　一语未了，只听背后咳嗽了一声。
戚序　太急了些，该再听他二人如何结局，正所谓小儿之态也，酷肖之极。（"庚寅"同）
[正文]　二人唬的忙回头看时，原来是窗友名金荣者。
戚序　妙名，盖云有金自荣，廉耻何益哉？
[正文]　每在学中以公报私，勒索子弟们请他。
蒙府　学中亦自有此辈，可为痛哭。
[正文]　只怨香、玉二人不在薛蟠前提携帮补他。
戚序　无耻小人，真有此心。（"庚寅"同）
[正文]　一对一南，撅草根儿抽长短。
蒙府　"怎长么短"四字，何等韵雅，何等浑含！俚语得文人提来，便觉有金玉为声之象。
[正文]　原来这一个名唤贾蔷。
戚序　新而艳，得空便入。（"庚寅"同）
[正文]　如今竟分与房舍，命贾蔷搬出宁府，自去立门户过活去了。
蒙府　此等嫌疑不敢认真搜查，悄为分计，皆以含而不露为文，真是灵活至极之笔。
[正文]　这贾蔷外相既美。
戚序　亦不免招谤，难怪小人之口。（"庚寅"同）
[正文]　上有贾珍溺爱。
戚序　贬贾珍最重。（"庚寅"夹）
[正文]　下有贾蓉匡助。
戚序　贬贾蓉次之。（"庚寅"夹）
[正文]　心中却忖度一番。
戚序　这一忖度，方是聪明人之心机，写得最好看，最细致。（"庚寅"同）
[正文]　倘或我一出头，他们告诉了老薛。
戚序　先曰薛大叔，次曰老薛，写尽骄侈纨裤。（"庚寅"同）
[正文]　悄悄的把跟宝玉的书童名唤茗烟者。
戚序　又出一茗烟。（"庚寅"同）
[正文]　如此这般，调拨他几句。
戚序　如此便好，不必细述。（"庚寅"夹）
[正文]　唬的满屋中子弟都怔怔的痴望。贾瑞忙吆喝："茗烟不得撒野！"
蒙府　豪奴辈，虽系主人亲故亦随便欺慢，即有一二不伏气者，而豪家多是偏护家人。理之所无，而事之尽有，不知是何心思，实非凡常可能测略。
[正文]　便夺手要去抓打宝玉、秦钟。
戚序　好看之极！（"庚寅"夹）

[正文] 从脑后飕的一声，早见一方砚瓦飞来。
戚序 好看好笑之极！（"庚寅"夹）
[正文] 这贾菌亦系荣国府近派的重孙。
戚序 先写一宁派，又写一荣派。互相错综得妙。（"庚寅""先"作"凡"）
[正文] 谁知贾菌年纪虽小，志气最大，极是淘气不怕人的。
戚序 要知没志气小儿，必不会淘气。（"庚寅"夹）
[正文] 将一个磁砚水壶打了个粉碎，溅了一书黑水。
戚序 这等忙，有此闲处用笔。（"庚寅"同）
[正文] 好囚攮的们，这不都动了手了么？
戚序 好听煞。
[正文] 骂着，也便抓起砚砖来要打回去。
戚序 先瓦砚，次砖砚，转换得妙极！（"庚寅"夹"瓦砚"作"砚"）
[正文] 好兄弟，不与咱们相干。
戚序 是贾兰口气。（"庚寅"同）
[正文] 贾菌如何忍得住，便两手抱起书匣子来，照那边抡了去。
戚序 先飞后抡，用字得神，好看之极！（"庚寅"同）
[正文] 又把宝玉的一碗茶也砸得碗碎茶流。
戚序 好看之极！不打着别个，偏打着二人，亦想不到文章也。此书此等笔法，与后文踢着袭人，误打平儿，是一样章法。（"庚寅"同）
[正文] 小妇养的，动了兵器了！
戚序 好听之极！好看之极！
[正文] 登时间鼎沸起来。
蒙府 燕青打擂台，也不过如此。
[正文] 这一个如此说，那一个又如彼说。
戚序 妙，如闻其声。（"庚寅"同）
[正文] 李贵且喝骂了茗烟四个一顿。
戚序 处治的好。（"庚寅"同）
[正文] 你老人家就是这学里的头脑了，众人看着你行事。
蒙府 劝的心思，有个太爷得知未必然之故。巧为展转以结其局，而不失其体。
[正文] 贾瑞道："我吆喝着都不听。"
戚序 如闻。（"庚寅"同）
[正文] 你那姑妈只会打旋磨子，给我们琏二奶奶跪着借当头。
蒙府 可怜，开口告人，终身是玷。
[正文] 雇上一辆车拉进去，当着老太太问他，岂不省事？
戚序 又以贾母欺压，更妙！（"庚寅"同）
戚序回后 此篇写贾氏学中，非亲即族，且学乃大众之规范，人伦之根本，首先悖乱，以至于此极，其贾家之气数，即此可知。挟用袭人之风流，群小之恶逆，一扬一抑，作者自必有所取。

第十回　金寡妇贪利权受辱　张太医论病细穷源

[戚序回前］新样幻情欲收拾，可卿从此世无缘。和肝益气浑闲事，谁识今朝寻病源？

[正文] 只当人都是瞎子，看不见。今日他又去勾搭人，偏偏的撞在我眼睛里。

蒙府　偏是鬼鬼祟祟者，多以为人不见其行，不知其心。

[正文] 好容易我望你姑妈说了。

蒙府　"好容易"三字，写尽天下迎逢要便宜苦恼。

[正文] 那薛大爷一年不给不给，这二年也帮了咱们有七八十两银子。

己卯夹　因何无故结许多银子，金母亦当细思之。（"庚寅"同）

蒙府　可怜，妇人爱子，每每如此。自知所得者多，而不知所失者大，可胜叹者。

[正文] 比登天还难呢！

己卯夹　如此弄银，若有金荣在，亦可得。（"庚寅"同）

[正文] 所以凤姐儿、尤氏也时常资助资助他。

蒙府　原来根由如此，大与秦钟不同。

[正文] 难道荣儿不是贾门的亲戚？

己卯夹　这贾门的亲戚比那贾门的亲戚。（"庚寅"同）

[正文] 等我到东府瞧瞧我们珍大奶奶，再向秦钟他姐姐说，叫他评评这个理。

己卯夹　未必能如此说。

蒙府　狗伏人势者，开口便有多少必胜之谈。事要三思，勉劳后悔。

[正文] 求姑奶奶别去，别管他们谁是谁非。

己卯夹　不论谁是谁非，有钱就可矣。（"庚寅"同）

蒙府　胡氏可谓善战。

[正文] 也不容他嫂子劝，一面叫老婆子瞧了车，就坐上往宁府里来。

蒙府　何等气派，何等声势，有射石饮羽之力，动天摇地，如项羽喑哑。

[正文] 说了些闲话，方问道。

蒙府　何故性自索然？

[正文] 今日怎么没见蓉大奶奶？

己卯夹　何不叫秦钟的姐姐？（"庚寅"同）

[正文] 叫他静静的养养就好了。

蒙府　只一丝不露。

[正文] 这么个模样儿，这么个性情的人儿，打着灯笼也没地方找去。

[己卯夹] 还有这么个好小舅子。（"庚寅"夹）

[正文] 谁知他们昨儿学房里打架，不知是那里附学来的一个人欺侮了他了。

[己卯夹] 眼前竟像不知者。（"庚寅"同）

蒙府 文笔之妙，妙至于此。本是璜大奶奶不愤来告，又偏从尤氏口中先出，却是秦钟之语，且是情理必然，形势逼近。孙悟空七十二变，未有如此灵巧活跳。

[正文] 婶子，你说我心焦不心焦？

蒙府 这会子金氏听了这话，心里当如何料理，实在令人悔杀从前高兴，天下事不得不豫为三思，先为防渐。

[正文] 你们知道有什么好大夫没有？

蒙府 作无意相间语，是逼近一分。非有此一句，则金氏尤不免当为分诉。一遍之下，实无可赘之间。

[正文] 早吓的都丢在爪洼国去了。

[己卯夹] 又何必用金母着急？

[正文] 金氏与贾珍谈话一段。

[正文] 贾珍方过来坐下，问尤氏道："今日他来，有什么说的事情么？"

蒙府 金氏何面目再见江东父老？然而如金氏者，世不乏其人。

[正文] 现今咱们家走的这群大夫，那里要得。

蒙府 医毒，非止近世，从古有之。

[正文] 更兼医理极深，且能断人的生死。

[己卯夹] 为必能如此。（"庚寅"夹"为"作"未"）

"庚寅" 可卿之死之病不从直写，且从贾璜入宁府，从尤氏语中叙出，再后由冯紫英断之。（"庚寅"同）

蒙府 举荐人的通套，多是如此说。

[正文] 我即刻差人拿我的名帖请去了。

蒙府 父母之心，昊天罔极。

[正文] 后日是太爷的寿日，到底怎么办？

"庚寅" 山峦绵连不断之法。

[正文] 我方才到了太爷那里去请安，兼请太爷来家来受一受一家子的礼。

"庚寅"眉 荣宁世家未有不尊家训者，虽贾珍当奢岂明逆父哉，故写者不管然后恣意方见笔笔迴到。

[正文] 你要心中不安，你今日就给我磕了头去。

蒙府 将写可卿之好事多虑。至于天生之文中，转出好清静之一番议论，清新醒目，立见不凡。

[正文] 他说等调息一夜，明日务必到府。

蒙府 医生多是推三阻四，拿腔作调。

[正文] 那先生笑道："大奶奶这个症候，可是那众位耽搁了。"

蒙府 说是了，不觉笑，描出神情跳跃，如见其人。

[正文] 大奶奶从前的行经的日子问一问，断不是常缩，必是常长的。

蒙府 恐不合其方，又加一番议论，一为合方药，一为天亡症，无一字一句不前后照应者。

戚序回后 欲速可卿之死，故先有恶奴之凶顽，而后及以秦钟来告，层层克人，点露其用心过当，种种文章逼之。虽贫女得居富室，诸凡遂心，终有不能不天亡之道。我不知作者于着笔时何等妙心绣口，能道此无碍法语，令人不禁眼花撩乱。

"庚寅"回末诗

诗曰

一步行来错，回顾已百年。

古今风月鉴，多少泣黄泉。

第十一回　庆寿辰宁府排家宴　见熙凤贾瑞起淫心

戚序回前　幻境无端换境生,玉楼春暖述乖情。闹中寻静浑闲事,运得灵机属凤卿。

[正文] 老人家又嘴馋,吃了有大半,五更天的时候就一连起来了两次。

蒙府　此一问一答,即景生情,请教是真(是)假?非身经其事者,想不到,写不出。

[正文] 还要很烂的。

蒙府　是。

[正文] 别是喜罢。

蒙府　此书总是一副云龙图。

[正文] 半日方说道:"真是'天有不测风云,人有旦夕祸福'。"

蒙府　揣摩得极平常言语,来写无涯之幻景幻情,反作了悟之意,且又转至别处,真是月下梨花,几不能变。

[正文] 这个年纪,倘或就因这个病上怎么样了,人还活着有什么趣儿!

蒙府　大英雄多在此等处悟得,每能超凡入圣。

[正文] 婶子回来瞧瞧去就知道了。

蒙府　伏线自然。

[正文] 尤氏让邢夫人、王夫人并他母亲都上坐了,他与凤姐儿、宝玉

"庚寅"　记清宝玉也在此然也,必在此。

[正文] 太太们这么一说,这就叫作"心到神知"了。

蒙府　此等趣语亦不肯无着落。

[正文] 母亲该请二位太太、老娘、婶子都过园子里坐着去罢。

蒙府　人送寿礼,是为园子;回人去的去了在的在,是为可以过园子里坐;园子里坐,可以转入正文中之幻情;幻情里而乖情,而乖情初写,偏不乖。真是慧心神手!

[正文] 倒怕他嫌闹的慌。

蒙府　为下文留地步。

[正文] 快别起来,看起猛了头晕。

蒙府　知心每每如此。

[正文] 这都是我没福。这样人家,公公婆婆当自己的女孩儿似的待。

蒙府　正写幻情,偏作锥心刺骨语。呼渡河者三,是一意。

[正文] 贾蓉道:"他这病也不用别的,只是吃得些饮食就不怕了。"
蒙府 各人是各人伎俩,一丝不乱,一毫不遗。
[正文] 你先同你宝叔叔过去罢。
蒙府 为本。
[正文] 从里头绕进园子的便门来。
蒙府 偏不独行,用此等反克文字。
[正文] 曲径接天台之路。
蒙府 点明题目。
[正文] 在这个清净地方略散一散,不想就遇见嫂子也从这里来。
蒙府 作者何等心思,能在此等事想到如此出言。渐入之妙,无过于此。
[正文] 这不是有缘么?
蒙府 重点"有缘"二字,方是笔力。
[正文] 这才是知人知面不知心呢,那里有这样禽兽的人呢。
蒙府 大英雄气概。作者以此命凤,其有为耶?
[正文] 我们奶奶见二奶奶只是不来,急的了不得,叫奴才们又来请奶奶来了。
蒙府 别者必将遇贾瑞的(事)声张一番,以表清节。此文偏若无事,一则可以见熙凤非凡,一则可以见熙凤包含广大。
[正文] 凤姐儿说道:"宝兄弟,别忒淘气了。"
蒙府 照应前文。
[正文] 现在唱的这《双官诰》。
蒙府 点下文。
[正文] 背地里又不知干什么去了!
蒙府 偏是爱吃酸醋。
[正文] 贾瑞犹不时拿眼睛觑着凤姐儿。
蒙府 无有不足不尽处。
[正文] 贾珍、尤氏、贾蓉好不焦心。
蒙府 陪衬补足。
[正文] 婶子回老太太、太太放心罢。
蒙府 文字一变,人于将死时也应有一变。
[正文] 你也该将一应的后事用的东西给他料理料理,冲一冲也好。
蒙府 伏下文代办理丧事。
[正文] 暂且无妨,精神还好呢。
蒙府 "精神还好呢"五字,写得出神入化。
[正文] 没有什么事,就是那三百银子的利银,旺儿媳妇送进来,我收了。
蒙府 陪。
[正文] 再有瑞大爷使人来打听奶奶在家没有。他要来请安说话。
蒙府 正。

第十一回　庆寿辰宁府排家宴　见熙凤贾瑞起淫心

戚序回后　将可卿之病将死,作幻情一劫;又将贾瑞之遇唐突,作幻情一变。下回同归幻境,真风马牛不相及之谈。同范并趋毫无滞碍,灵活之至,飘飘欲仙。默思作者其人之心,其人之形,其人之神,其人之文,必宋玉、于建一般心性,一流人物。

第十二回　王熙凤毒设相思局　贾天祥正照风月鉴

戚序回前　反正从来总一心，镜光至意两相寻。有朝敲破蒙头瓮，绿水青山任好春。

[正文] 凤姐急命"快请进来"。

庚辰夹　立意追命。（"庚寅"夹）

[正文] 满面陪笑。

庚辰夹　如蛇。（"庚寅"夹）

[正文] 别是路上有人绊住了脚了。

蒙府　旁敲远引。

[正文] 男人家见一个爱一个也是有的。

蒙府　这是钩。

[正文] 贾瑞笑道。

己卯夹　如闻其声。（庚辰夹、戚序、"庚寅"同）

[正文] 嫂子这话说错了，我就不这样。

己卯夹　渐渐入港。（庚辰夹、戚序、"庚寅"同）

[正文] 凤姐笑道："像你这样的人能有几个呢，十个里也挑不出一个来。"

庚辰眉　勿作正面看为幸。畸笏。

蒙府　游鱼虽有入釜之志，无钩不能上岸；一上钩来，欲去亦不可得。

[正文] 极疼人的。

己卯夹　奇，妙！（庚辰夹、戚序、"庚寅"同）

[正文] 死了也愿意。

庚辰夹　这到不假。（"庚寅"夹）

[正文] 谁知竟是两个胡涂虫。

庚辰夹　反文着眼。（"庚寅"夹）

[正文] 由不得又往前凑了一凑。

蒙府　写呆人痴性活现。

[正文] 你该走了。

己卯夹　叫去正是叫来也。（庚辰夹、戚序、"庚寅"同）

[正文] 等着晚上起了更你来，悄悄的在西边穿堂儿等我。

　庚辰眉　先写穿堂，只知房舍之大，岂料有许多用处？（"庚寅"眉）

[正文] 贾瑞听了，喜之不尽，忙忙的告辞而去，心内以为得手。

庚辰夹 未必。（"庚寅"夹）

蒙府 凡人在平静时，物来言至，无不照见。若迷于一事一物，虽风雷交作，有所不闻。即"穿堂儿等"之一语，府第非比凡常，关殷门户，必要查看，且更夫扑妇，势必往来，岂容人藏过于其间？只因色迷，闻声连诺，不能有回思之暇，信可悲夫！

[正文] 东边的门也倒关了。

庚辰夹 平平略施小计。（"庚寅"夹）

[正文] 此时要求出去亦不能够。

蒙府 此大底是凤姐调遣。不先为点明者，可以少许多事故，又可以藏拙。

[正文] 一夜几乎不曾冻死。

庚辰眉 可为偷情一戒。（"庚寅"眉）

蒙府 教导之法，慈悲之心，尽矣。无奈迷途不悟何！

[正文] 那代儒素日教训最严。

庚辰眉 教训最严，奈其心何？一叹。（"庚寅"眉）

[正文] 只料定他在外非饮即赌，嫖娼宿妓。

庚辰夹 展转灵活，一人不放，一笔不肖。（"庚寅"夹）

[正文] 那里想到这段公案。

庚辰夹 世人万万想不到，况老学究乎？（"庚寅"夹）

[正文] "代儒道：自来出门，非禀我不敢擅出"一段。

庚辰眉 处处点父母痴心，子孙不肖。此书系自愧而成。（"庚寅"眉）

[正文] 因此，发狠到底打了三四十板，不许吃饭，令他跪在院内读文章。

蒙府 教令何尝不好，业种故此不同。

[正文] 其苦万状。

己卯夹 祸福无门，惟人自召。（庚辰夹、戚序、"庚寅"同）

庚辰眉 苦海无边，回头是岸。若个能回头也？叹叹！壬午春，畸笏。

[正文] 此时贾瑞前心犹是未改，再想不到是凤姐捉弄他。

庚辰夹 四字是寻死之根。（"庚寅"夹）

[正文] 凤姐因见他自投罗网。

庚辰夹 可谓因人而使。（"庚寅"夹）

[正文] 少不得再寻别计令他知改。

庚辰夹 四字是作者明阿凤身分，勿得轻轻看过。（"庚寅"夹）

[正文] 可别冒撞了。

己卯夹 伏的妙！（庚辰夹、戚序、甲辰、"庚寅"同）

[正文] 你不信，就别来。

庚辰夹 紧一句。（"庚寅"夹）

蒙府 大士心肠。

[正文] 来，来，来。死也要来！

己卯夹 不差。（庚辰夹、戚序、甲辰、"庚寅"同）

［正文］贾瑞料定晚间必妥。

庚辰夹 未必。（"庚寅"同）

［正文］凤姐在这里便点兵派将。

庚辰夹 四字用得新，必有新文字好看。（"庚寅"夹）

蒙府 剩文最妙！

［正文］偏生家里亲戚又来了。

己卯夹 专能忙中写闲，狡猾之甚！（庚辰夹，戚序"甚"作"极"，"庚寅"同）

［正文］热锅上的蚂蚁一般。

蒙府 有心人记着，其实苦恼。

［正文］别是又不来了，又冻我一夜不成？

蒙府 似醒非醒语。

［正文］只见黑魆魆的来了一个人。

庚辰夹 真到了。（"庚寅"夹）

［正文］满口里"亲娘""亲爹"的乱叫起来。

蒙府 丑态可笑。

［正文］那人只不作声。

庚辰夹 好极！（"庚寅"夹）

［正文］忽见灯光一闪。

庚辰夹 将到矣。（"庚寅"夹）

［正文］却是贾蓉。

己卯夹 奇绝！（庚辰夹、戚序、"庚寅"同）

［正文］真臊的无地可入。

庚辰夹 亦未必真。（"庚寅"夹）

［正文］如今琏二婶已经告到太太跟前。

庚辰夹 好题目。（"庚寅"夹）

［正文］说你无故调戏他。

庚辰眉 调戏还有故，一笑。（"庚寅"眉）

［正文］太太气死过去。

庚辰夹 好大题目。（"庚寅"夹）

［正文］贾瑞道："这如何落纸呢？"

庚辰夹 也知写不得，一叹。（"庚寅"夹）

［正文］纸笔现成。

庚辰夹 二字妙！（"庚寅"夹）

［正文］然后画了押，贾蔷收起来。然后撕逻贾蓉。

蒙府 可怜至此，好事者当自度。

［正文］贾瑞急的至于叩头。贾蔷作好作歹的。

蒙府 此是加一陪法。

[正文] 贾蔷道："如今要放你，我就担着不是。"

己卯夹 又生波澜。（庚辰夹、戚序、"庚寅"同）

[正文] 仍熄了灯。

己卯夹 细。（庚辰夹、戚序、"庚寅"同）

[正文] 等我们来再动。

庚辰夹 未必如此收场。（"庚寅"夹）

[正文] 忙又掩住口。

己卯夹 更奇。（庚辰夹、戚序同）

[正文] 满头满脸浑身皆是尿屎，冰冷打战。

庚辰夹 全料必新奇，改恨文字收场，方是《石头记》笔力。（"庚寅"夹）

庚辰眉 瑞奴定当如是报之。（"庚寅"眉）

庚辰眉 此一节可入《西厢记》批评内十大快中。畸笏。

蒙府 这也未必不是预为埋伏者。总是慈悲设教，遇难教者，不得不现三头六臂，并吃人心、喝人血之象，以警戒之耳。

[正文] 再想想凤姐的模样儿。

庚辰夹 欲根未断。（"庚寅"夹）

[正文] 自此满心想凤姐，只不敢往荣府去了。

庚辰眉 此刻还不回头，真自寻死路矣。（"庚寅"眉）

蒙府 孙行者非有紧箍儿，虽老君之炉，太行之山，河常屈其一二？

[正文] 迩来想着凤姐，未免有那指头告了消乏等事；更兼两回冻恼奔波。

己卯夹 写得历历病源，如何不死？（庚辰夹，戚序"死"作"死呢"，"庚寅"同）

[正文] 因此三五下里夹攻。

庚辰夹 所谓步步紧。（"庚寅"夹）

[正文] 诸如此症，不上一年都添全了。

庚辰夹 简捷之至！

[正文] 诸如肉桂、附子、鳖甲、麦冬、玉竹等药，吃了有几十斤下去，也不见个动静。

己卯夹 说得有趣。（庚辰夹、戚序、"庚寅"同）

[正文] 王夫人命凤姐秤二两给他。

己卯夹 王夫人之慈若是。（庚辰夹，戚序"慈"作"心慈"，"庚寅"同）

[正文] 救人一命，也是你的好处。

己卯夹 夹写王夫人。（庚辰夹、戚序、"庚寅"同）

[正文] 只说："都寻了来，共凑了有二两送去。"

己卯夹 然便有二两独参汤，贾瑞固亦不能微好，又岂能望好，但凤姐之毒何如是耶？终是瑞之自失也。（庚辰夹、"庚寅""何如是耶"作"何如是"，末句无"终是"二字，）

戚序　然便有二两独参汤，贾瑞固亦不好，但凤姐之毒何如是耶？终是瑞之自失。

[正文] 忽然这日有个跛足道人。

己卯夹　自甄士隐随君一去，别来无恙否？（庚辰夹、戚序、甲辰、"庚寅"同）

[正文] 直着声叫喊。

己卯夹　如闻其声，吾不忍听也。（庚辰夹、"庚寅"同，戚序"听也"作"听了"）

[正文] 一面在枕上叩首。

己卯夹　如见其形，吾不忍看也。（庚辰夹、"庚寅"同，戚序"看也"作"看了"）

[正文] 连叫"菩萨救我"。

己卯夹　人之将死，其言也哀，作者如何下笔？（庚辰夹、"庚寅"同，戚序无末句）

[正文] 从褡裢中。

己卯夹　妙极！此褡裢犹是士隐所舍背者乎？（庚辰夹、"庚寅"同，戚序、甲辰"舍"作"抢"）

[正文] 取出一面镜子来。

己卯夹　凡看书人从此细心体贴，方许你看，否则此书哭矣。（庚辰夹、"庚寅"同，戚序"看书人"作"看书"）

[正文] 两面皆可照人。

己卯夹　此书表里皆有喻也。（庚辰夹、戚序、"庚寅"同）

[正文] 镜把上錾着"风月宝鉴"四字。

己卯夹　明点。（庚辰夹、戚序、"庚寅"同）

[正文] 这物出自太虚幻境空灵殿上，警幻仙子所制。

己卯夹　言此书原系空虚幻设。（庚辰夹、戚序、"庚寅"同）

庚辰眉　与《红楼梦》呼应。（"庚寅"眉）

[正文] 专治邪思妄动之症。

己卯夹　毕真。（庚辰夹、"庚寅"同，戚序作"逼真"）

[正文] 有济世保生之功。

己卯夹　毕真。（庚辰夹、"庚寅"同，戚序作"逼真"）

[正文] 单与那些聪明杰俊、风雅王孙等看照。

己卯夹　所谓无能纨袴是也。（庚辰夹、戚序、"庚寅"同）

[正文] 千万不可照正面。

己卯夹　观者记之，不要看这书正面，方是会看。（庚辰夹、戚序、"庚寅"同）

庚辰夹　谁人识得此句。（"庚寅"夹）

[正文] 只照他的背面。

己卯夹　记之。（庚辰夹、戚序、"庚寅"同）

［正文］向反面一照，只见一个骷髅立在里面。

己卯夹 所谓"好知青冢骷髅骨，就是红楼掩面人"是也。作者好苦心思。（庚辰夹、"庚寅"同，戚序"好知"作"须知"）

［正文］又将正面一照，只见凤姐站在里面招手叫他。

己卯夹 奇绝！（庚辰夹、戚序、"庚寅"同）

庚辰夹 可怕是"招手"二字。（"庚寅"夹）

［正文］贾瑞心中一喜，荡悠悠的觉得进了镜子。

己卯夹 写得奇峭，真好笔墨。（庚辰夹、戚序、"庚寅"同）

［正文］贾瑞自觉汗津津的，底下已遗了一滩精。

蒙府 此一句力如龙象，意谓：正面你方才已自领略了，你也当思想反面才是。

［正文］只见凤姐还招手叫他。

"庚寅"夹 可怕。

［正文］只见两个人走来，拿铁锁把他套住，拉了就走。

己卯夹 所谓醉生梦死也。（庚辰夹、"庚寅"同。戚序"所谓"作"真"）

［正文］贾瑞叫道："让我拿了镜子再走。"

己卯夹 可怜！大众齐来看此。（庚辰夹、戚序、"庚寅"同）

"庚寅"夹 致死不悟，可怜，可叹！

蒙府 这是作书者之立意要写惜（情）种，故于此试一深写之。在贾瑞则是求仁而得人，未尝不含笑九泉，虽死亦不解脱者，悲夫！

［正文］大骂道士，是何妖镜！

己卯夹 此书不免腐儒一谤。（庚辰夹、戚序、"庚寅"同）

［正文］若不早毁此物。

己卯夹 凡野史俱可毁，独此书不可毁。（庚辰夹、戚序、"庚寅"同）

［正文］遗害于世不小。

己卯夹 腐儒。（庚辰夹、戚序、"庚寅"同）

［正文］你们自己以假为真，何苦来烧我？

己卯夹 观者记之。（庚辰夹、戚序、"庚寅"同）

［正文］寄灵于铁槛寺。

己卯夹 所谓铁门限是也。先安一开路道之人，以备秦氏仙柩有方也。（庚辰夹、"庚寅"同。戚序无"道"字）

甲辰 所谓铁门限也，为秦氏停柩作引子。

［正文］林如海的书信寄来，却为身染重疾，写书特来接林黛玉回去。

蒙府 头为林黛玉长住，偏要暂离。

庚辰回后 此回忽遣黛玉去者，正为下回可儿之文也。若不遣去，只写可儿、阿凤等人，却置黛玉于荣府，成何文哉？固必遣去，方好放笔写秦，方不脱发。况黛玉乃书中正人，秦为陪客，岂因陪而失正耶？后大观园方是宝玉、宝钗、黛玉等正紧文字，前皆系陪衬之文也。（"庚寅"同）

戚序回后 儒家正心，道者炼心，释辈戒心，可见此心无有不到，无不能人者，独畏其人于邪而不反，故用心炼戒以缚之。请看贾瑞一起念，及至于死，专诚不二，虽经两次警教，毫无翻悔，可谓痴子，可谓愚情。相乃可思，不能相而独欲思，岂逃倾颓？作者以此作一新样情种，以助解者生笑，以为痴者设一棒喝耳。

　　"庚寅"　此回可卿梦阿凤，盖作者大有琛意存焉，可惜生不逢时奈何奈何！然必写出自可卿之意，则又有他意写焉。

　　"庚寅"　荣宁府世家未有不尊家训者，虽贾珍当奢岂能逆父哉。故写敬老不管然后姿意方见笔笔周到。

　　"庚寅"　诗曰：
　　　　一步行来错，回首已百年。
　　　　古今风月鉴，多少泣黄泉。

第十三回　秦可卿死封龙禁尉　王熙凤协理宁国府

　　甲戌回前　贾珍尚奢，岂有不请父命之理？因（敬老修炼）要紧，不问家事，故得姿意放为。

　　若明指一州名，似落《西游》（之套，故曰至中之）地，不待言可知是光天（化日仁风德雨之下）矣。不云国名更妙，（可知是尧街舜巷衣冠礼）义之乡也，直与（第一回呼应相接）。

　　今秦可卿托□□□□□□□□□□□□□理宁府亦□□□□□□□□□□□□□□□□□□□□□□□□在封龙禁尉，写乃褒中之贬，隐去天香楼一节，是不忍下笔也。

　　庚辰回前　此回可卿梦阿凤，盖作者大有深意存焉。可惜生不逢时，奈何奈何！然必写出自可卿之意也，则又有他意寓焉。

　　荣、宁世家未有不尊家训者。虽贾珍当奢，岂明逆父哉？故写敬老不管，然后姿意，方见笔笔周到。

　　诗云：一步行来错，回头已百年。古今风月鉴，多少泣黄泉！

　　戚序回前　生死穷通何处真？英明难遏是精神。微密久藏偏自露，幻中梦里语惊人。

　　[正文] 就胡乱睡了。

　　甲戌夹　"胡乱"二字奇。（己卯夹、庚辰夹、戚序、"庚寅"同）

　　[正文] 屈指算行程该到何处。

　　甲戌夹　所谓"计程今日到梁州"是也。（己卯夹、庚辰夹、戚序、"庚寅"同）

　　[正文] 非告诉婶子，别人未必中用。

　　甲戌夹　一语贬尽贾家一族空顶冠束带者。（己卯夹、庚辰夹、戚序、"庚寅"同）

　　[正文] 婶婶，你是个脂粉队里的英雄。

　　庚辰夹　称得起。（"庚寅"夹）

　　[正文] 一日倘或乐极悲生。

　　甲戌夹　"倘或"二字，酷肖妇女口气。（庚辰眉"肖"作"有"，"庚寅"眉）

　　[正文] 若应了那句"树倒猢狲散"的俗语。

　　甲戌眉　"树倒猢狲散"之语，全犹在耳，曲指三十五年矣。衷哉伤哉，宁不恸杀？（庚辰、"庚寅"眉"恸"作"痛"）

　　[正文] 但有何法可以永保无虞。

　　甲戌夹　非阿凤不明，盖今古名利场中患失之同意也。（庚辰、"庚寅"夹"今

［正文］子孙回家读书务农，也有个退步。

戚序　幻情文字中忽入此等警句，提醒多少热心人。

［正文］也不过瞬息的繁华，一时的欢乐，万不可忘了那"盛筵必散"的俗语。

蒙府　"瞬息繁华，一时欢乐"二语，可共天下有志事业功名者同来一哭。但天生人非无所为，遇机会成事业，留名于后世者，亦必有奇传奇遇，方能成不世之功。此亦皆苍天暗中扶助，虽有波澜，而无甚害，反觉其铮铮有声。其不成也，亦由天命。其奸人倾险之计，亦非天命不能行。其繁华欢乐，亦白天命。人于其间，知天命而存好生之心，尽己力以周旋其间，不计其功之成于否，所谓心安而理尽，又何患乎一时瞬息。随缘遇缘，乌乎不可？

［正文］此时若不早为后虑，临期只恐后悔无益了。

"庚寅"　千里伏脉之笔，也见狱神庙一大回文字。

［正文］凤姐忙问："有何喜事？"

"庚寅"　只因闻喜则喜。

［正文］可卿提醒凤姐早为后虑一段。

甲戌眉　语语见道，字字伤心，读此一段，几不知此身为何物矣。松斋。（庚辰眉同）

［正文］天机不可泄漏。

甲戌夹　伏的妙！（己卯夹、庚辰夹、戚序、"庚寅"同）

［正文］三春去后诸芳尽，各自须寻各自门。

甲戌夹　此句令批书人哭死。（庚辰、"庚寅"夹"句"作"白"）

甲戌眉　不必看完，见此二句，即欲堕泪。梅溪。（庚辰眉同）

［正文］彼时合家皆知，无不纳罕，都有些疑心。

甲戌眉　九个字写尽天香楼事，是不写之写。（"庚寅"同）

庚辰眉　可从此批。

［正文］想他素日怜贫惜贱、慈老爱幼之恩。

庚辰夹　八字乃为上人之当铭于五衷。（"庚寅"夹）

［正文］"那长一辈的"一段。

庚辰眉　松斋云好笔力，此方是文字佳处。

［正文］莫不悲嚎痛哭者。

庚辰夹　老健。（"庚寅"夹）

［正文］却说宝玉因近日林黛玉回去，剩得自己孤恓，也不和人顽耍。

甲戌夹　与凤姐反对。淡淡写来，方是二人自幼气味相投，可知后文皆非实然文字。（己卯夹、庚辰夹、戚序、"庚寅""实"作"突"，两评连写）

［正文］只觉心中似戳了一刀的，不忍哇的一声，直奔出一口血来。

甲戌夹　宝玉早已看定可继家务事者，可卿也，今闻死了，大失所望。急火攻心，焉得不有此血？为玉一叹！（"庚寅"同）

[正文] 宝玉笑道:"不用忙,不相干,这是急火攻心,血不归经。"
甲戌夹　如何自己说出来了?("庚寅"同)
庚辰夹　又淡淡抹去。("庚寅"夹)
[正文] 宝玉听到可卿死一段。
庚辰眉　如在总是淡描轻写,全无痕迹,方见得有生一以来,天分中自然所赋之性如此,非因色所感也。("庚寅"眉)
[正文] 里面哭声摇山振岳。
甲戌夹　写大族之丧,如此起绪。(己卯夹、庚辰夹、戚序、"庚寅"同)
[正文] 谁知尤氏正犯了胃疼旧疾,睡在床上。
甲戌夹　妙!非此何以出阿凤?(己卯夹、庚辰夹、戚序同)
庚辰夹　紧处愈紧,密处愈密。("庚寅"夹)
庚辰眉　所谓曾(层)峦叠翠之法也。野史中从无此法。即观者到此,亦为写秦氏未必全到,岂料更又写一尤氏哉?("庚寅"眉)
[正文] 彼时贾代儒、代修……
庚辰夹　将贾族约略一总,观者方不惑。
[正文] 贾珍哭的泪人一般。
甲戌夹　可笑,如丧考妣,此作者刺心笔也。("庚寅"同)
[正文] 人已辞世,哭也无益,且商议如何料理要紧。
庚辰夹　淡淡一句,勾出贾珍多少文字来。("庚寅"夹)
[正文] 贾珍拍手道:"如何料理,不过尽我所有罢了!"
戚序　"尽我所有",为媳妇是非礼之谈,父母又将何以待之?故前此有恶奴酒后狂言,及今复见此语,含而不露,吾不能为贾珍隐讳。("庚寅"同)
[正文] 并尤氏的几个眷属。
甲戌夹　伏后文。(己卯夹、庚辰夹、戚序、甲辰、"庚寅"同)
[正文] 另设一坛于天香楼上。
甲戌夹　删却,是未删之笔。("庚寅"夹)
[正文] 那贾敬闻得长孙媳死了,因自为早晚就要飞升。
庚辰夹　可笑可叹。古今之儒,中途多惑老佛。王隐梅云:"若能再加东坡十年寿,亦能跳出这圈子来。"斯言信矣。("庚寅"夹)
蒙府　"就是飞升"的"要",用得的当。凡"要"者,则身心急切,急切之者百事无成,正为后文作引绵(线)。
[正文] 叫作什么樯木。
甲戌眉　樯者舟具也,所谓人生若泛舟而已,宁不可叹?(己卯夹、庚辰夹、戚序、"庚寅"同)
[正文] 出在潢海铁网山上。
甲戌夹　所谓迷津易堕,尘网难逃也。(己卯夹、庚辰夹、戚序、"庚寅"同)
[正文] 因他坏了事,就不曾拿去。
蒙府　"坏了事"等字毒极,写尽势利场中故套。

［正文］什么价不价，赏他们几两工银就是了。
甲戌夹 的是阿呆兄口气。（庚辰、"庚寅"夹"兄"作"儿"）
［正文］贾政因劝道："此物恐非常人可享者。"
甲戌夹 政老有深意存焉。（庚辰、"庚寅"夹）
［正文］殓以上等杉木也就是了。
甲戌夹 夹写贾政。（己卯夹、庚辰夹、戚序、"庚寅"同）
［正文］"贾珍笑问价值几何"一段。
甲戌眉 写个个皆知，全无安逸之笔，深得《金瓶》壶奥。（庚辰眉"知"作"到"，无"瓶"字）
［正文］此时贾珍恨不能代秦氏之死，这话如何肯听？
蒙府 "代秦氏死"等句，总是填实前文。
［正文］秦氏之丫鬟名唤瑞珠者，见秦氏死了，他也触柱而亡。
甲戌夹 补天香楼未删之文。（"庚寅"同）
［正文］那宝珠按未嫁女之丧，在灵前哀哀欲绝。
甲戌夹 非恩惠爱人，那能如是？惜哉可卿，惜哉可卿！（"庚寅"同）
［正文］都各遵旧制行事，自不得紊乱。
甲戌夹 两句写尽大家。（己卯夹、庚辰夹、戚序、"庚寅"同）
甲辰 转叠法，叙前文未及。
［正文］贾珍因想着贾蓉不过是个黉门监。
庚辰夹 又起波澜，却不突然。（"庚寅"夹）
［正文］灵幡经榜上写时不好看，便是执事也不多，因此心下甚不自在。
甲戌夹 善起波澜。（己卯夹、庚辰夹、戚序、"庚寅"同）
［正文］早有大明宫掌宫内相戴权。
甲戌夹 妙！大权也。（己卯夹、庚辰夹、戚序、"庚寅"同）
［正文］让至逗蜂轩。
甲戌夹 轩名可思。（己卯夹、庚辰夹、戚序、"庚寅"同）
［正文］戴权会意，因笑道："想是为丧礼上风光些。"
甲戌夹 得。内相机括之快如此。（"庚寅"同）
［正文］看着他爷爷的分上胡乱应了。
甲戌夹 忙中写闲。（己卯夹、庚辰夹、戚序、"庚寅"同）
［正文］既是咱们的孩子要捐。
甲戌夹 奇谈，画尽阉官口吻。（己卯夹、庚辰夹、戚序、"庚寅"同）
［正文］原来是忠靖侯史鼎的夫人来了。
甲戌夹 史小姐湘云消息也。（"庚寅"夹）
"庚寅" 伏史湘云。
"庚寅"眉 松轩本中"伏史湘云"四字系正文，仍误抄也。
庚辰正文 伏史湘云。

第十三回　秦可卿死封龙禁尉王　熙凤协理宁国府

戚序　伏史湘云一笔。

甲辰　伏下史湘云。（"史湘云"三字作正文）

[正文] 宁国府街上一条白漫漫。

庚辰夹　就简生繁。（"庚寅"夹）

[正文] 人来人往。

甲戌夹　是有服亲友并家下人丁之盛。（己卯夹、庚辰夹、戚序、"庚寅""亲友"作"亲朋"）

[正文] 花簇簇官去官来。

甲戌夹　是来往祭吊之盛。（己卯夹、庚辰夹、戚序、"庚寅"同）

[正文] 贾门秦氏恭人之丧。

庚辰眉　贾珍是乱费，可卿却实如此。（"庚寅"眉）

[正文] 四大部州至中之地、奉天承运太平之国。

庚辰眉　奇文。若明指一州名，似若《西游》之套，故曰至中之地，不待言可知是光天化日仁风德雨之下矣。不亡国名更妙，可知是尧街舜巷衣冠礼义之乡矣。直与第一回呼应相接。（"庚寅"眉）

[正文] 只是贾珍虽然此时心满意足。

蒙府　可笑。

[正文] 因宝玉在侧问道："事事都算安贴了，大哥哥还愁什么？"

甲戌夹　余正思如何高搁起玉兄了。（"庚寅"同）

[正文] 我荐一个人与你。

甲戌夹　荐凤姐须得宝玉，俱龙华会上人也。（"庚寅"同）

[正文] 唬的众婆娘唿的一声，往后藏之不迭。

甲戌夹　数日行止可知。作者自是笔笔不空，批者亦字字留神之至矣。

庚辰夹　素日行止可知。（"庚寅"夹）

[正文] 独凤姐款款站了起来。

庚辰夹　又写凤姐。（"庚寅"夹）

[正文] 贾珍一面扶拐，扎挣着要蹲身跪下请安道乏。

庚辰夹　一丝不乱。（"庚寅"夹）

[正文] 我看里头着实不成个体统。怎么屈尊大妹妹一个月。

庚辰夹　不见突然。（"庚寅"夹）

[正文] 在这里料理料理，我就放心了。

庚辰夹　阿凤此刻心痒矣。（"庚寅"夹）

[正文] 他一个小孩子家。

庚辰夹　三字愈令人可爱可怜。（"庚寅"夹）

[正文] 从小儿大妹妹顽笑着就有杀伐决断。

庚辰夹　阿凤身分。（"庚寅"夹）

[正文] 说着滚下泪来。

庚辰夹　有笔力。（"庚寅"夹）

〔正文〕凤姐道："有什么不能的。外面的大事已经大哥哥料理清了。"

庚辰夹　王夫人是悄言，凤姐是响应，故称"大哥哥"。　已得三昧矣。（"庚寅"夹）

〔正文〕便是我有不知道的，问问太太就是了。

甲戌夹　胸中成见已有之语。（"庚寅"同）

〔正文〕凤姐不敢就接牌。

戚序　凡有本领者断不越礼。接牌小事而必待命于王夫人者，诚家道之规范，亦天下之规范也。看是书者不可草草从事。

〔正文〕凤姐笑道："不用。"

甲戌夹　二字句，有神。（己卯夹、庚辰夹、戚序、"庚寅"同）

〔正文〕我须得先理出一个头绪来，才回去得呢。

"庚寅"夹　概写凤姐治家有无限丘壑在焉。

〔正文〕凤姐分析宁府弊端一段。

甲戌眉　旧族后辈受此五病者颇多，余家更甚，三十年前事见书于三十年后，今余想恸血泪盈。（"庚寅""盈"作"盈腮"）

庚辰眉　读五件事未完，余不禁失声大哭，三十年前作书人在何处耶？（"庚寅"眉）

〔正文〕且听下回分解，正是：金紫万千谁治国，裙钗一二可齐家。

甲戌眉　此回只十页，因删去天香楼一节，少却四五页也。（"庚寅"眉）

戚序　五件事若能如法整理得当，岂独家庭，国家天下治之不难。

甲戌回后　"秦可卿淫丧天香楼"，作者用史笔也。老朽因有魂托凤姐贾家后事二件，嫡是安富尊荣坐享人能想得到处。其事虽未漏，其言其意则令人悲切感服。姑赦之，因命芹溪删去。（"庚寅"眉）

庚辰回后　通回将可卿如何死故隐去，是大发慈悲心也，叹叹！壬午春。

戚序回后　借可卿之死，又写出情之变态，上下大小，男女老少，无非情感而生情。且又藉凤姐之梦，更化就幻空中一片贴切之情。所谓寂然不动，感而遂通。所感之象，所动之萌，深浅诚伪，随种必报，所谓幻者此也，情者亦此也。何非幻，何非情？情即是幻，幻即是情，明眼者自见。

第十四回　林如海捐馆扬州城　贾宝玉路谒北静王

甲戌回前　凤姐用彩明，因自识字不多，且彩明系未冠之童。

写凤姐之珍贵，写凤姐之英气，写凤姐之声势，写凤姐之心机，写凤姐之骄大。

昭儿回，并非林文、琏文，是黛玉正文。

牛，丑也。清属水，子也。柳折卯字。彪折虎字，寅字寓焉。陈即辰。翼火为蛇，巳字寓焉。马，午也。魁折鬼，鬼金羊，未字寓焉。侯、猴同音，申也。晓明，鸡也，酉字寓焉。石即豕，亥字寓焉。其祖回守业，即守夜也，犬字寓焉。此所谓十二支寓焉。

路谒北静王，是宝玉正文。

戚序回前　家书一纸千金重，勾引难防嘱下人。任你无双肝胆烈，多情念起自眉颦。

［正文］不要把老脸丢了。

庚辰夹　此是都总管的话头。（"庚寅"夹）

［正文］论理，我们里面也须得他来整治整治。

庚辰夹　伏线在二十板之误差妇人。（"庚寅"夹）

［正文］凤姐即命彩明钉造簿册。

甲戌眉　宁府如此大家，阿凤如此身分。（"庚寅"眉）

甲戌眉　岂有使贴身丫头与家里男人答话交事之理呢？此作者忽略之处。（庚辰眉"使"作"便"）

庚辰眉　彩明系未冠小童，阿凤便于出入使令者。老兄并未前后看明，是男是女，乱加批驳，可笑。

且明写阿凤不识字之故。壬午春。

［正文］大概点了一点数目单册。

甲戌夹　已有成见。（"庚寅"同）

［正文］众人不敢擅入，只在窗外听觑。

甲戌夹　传神之笔。（庚辰、"庚寅"夹）

［正文］我就说不得要讨你们嫌了。

甲戌夹　先站地步。（庚辰夹同）

［正文］再不要说你们"这府里原是这样"的话。

甲戌夹　此话听熟了，一叹。（庚辰夹同）

蒙府　"不要说""原是这样的说"，破尽固蔽根底。

[正文] 如今可要依着我行。

甲戌夹　宛转得妙！（庚辰、"庚寅"夹）

[正文] 按名一个一个的唤进来看视。

庚辰夹　量才而用之意。（"庚寅"夹）

[正文] 说不得咱们大家辛苦这几日罢。

甲戌夹　是协理口气，好听之至！

庚辰夹　所谓先礼而后宾是也。（"庚寅"夹）

[正文] 你们家大爷自然赏你们。

庚辰夹　滑贼，好收煞。

《石头记》四版本比对本

《中关村》四十年书法展

整理说明

《石头记》四版本比对本为《石头记》甲戌本、庚辰本、戚序本和"庚寅本"四个版本的前28回中20回的正文比对本。

收入版本原则：

1. 一般认为甲戌本是目前看到最早的版本，因此收入。

2. 庚辰本是早期版本中非常重要的版本，因此收入。

3. 己卯本也是很重要的早期版本，有些学者认为它是庚辰本的底本，本书认为它们有共同祖本。考虑到己卯本和庚辰本文字差异不大，为节省整理的工作量和篇幅，因此未收入己卯本。

4. 戚序本虽然刊刻时间较晚，但经过仔细研究，其底本应该是个较早的版本，因此收入。

5. 收入"庚寅本"以便和以上三种版本比对，这是因为："庚寅本"的正文和庚辰本最接近；"庚寅本"有些文字和和庚辰本不同，却和戚序本相同；"庚寅本"虽然和甲戌本文字差异较大，但与甲戌本比对可以看出其差异，也很有意义。

6. "庚寅本"只有第1—13回，和第14回的半回，总计13回半。本书虽然主要研究"庚寅本"，但也研究了甲戌本、庚辰本和戚序本的关系，而甲戌本有16回，到第28回止，因此比对本就只做到28回。其中第17—24回甲戌本和"庚寅本"缺，只有庚辰本和戚序本，只比对这两个版本意义不大，因此这部分不比对。总计比对了前28回中的第1—16，25—28，回合计20回。

表1. 比对本收入版本表

版本	第1—8回	第9—12回	第13—14回半	第13—16回	第25—28回	回数
甲戌本	◎	×	◎	◎	◎	16
庚辰本	◎	◎	◎	◎	◎	21.5
戚序本	◎	◎	◎	◎	◎	21.5
"庚寅本"	◎	◎	◎	×	×	13.5
版本数	4	3	4	3	3	4
回数	8	4	1.5	4	4	21.5

编辑原则：

1．文字比对采用了逐行、逐字比对方式，逐行比对文字差异清楚，但文字行间不连贯，对阅读不太有利。

2．比对本和整理本一样，整理目的是为版本研究，而非一般阅读，因此比对本和一般整理本不同，所有的文字必须全部忠实保持原貌。即便原文有明显错字等错误，也要保持其原貌，不改正任何错字，文字也不加任何修改。

3．所有异体字、俗体字根据情况分别处理。因为比对本的目的是研究版本，有时就予以保留，有时改为正体字。凡能用简化字的都采用了简化字。

4．文字比对的主要目的是研究文字差异，因此没有加任何标点。

5．有些版本（如甲戌本、庚辰本等）中有些文字有改动，因改动是谁改动不明，有可能是抄录者抄错后改正，也可能是后人改动。由于本书是为版本研究所整理，因此应保留原貌，因此比对本仍采用未改动前的文字。

《红楼梦》旨义

戌：是书题名极多红楼梦是总其全部之名也又曰风月宝鉴是戒妄动风月之情又曰石头记是自譬
寅：是书题名极多红楼梦是总其全部之名也又曰风月宝鉴是戒妄动风月之情又曰石头记是自譬

戌：石头所记之事也此三名皆书中曾已点睛矣如宝玉作梦梦中有曲名曰红楼梦十二支此则红楼
寅：石头所记之事也此三名皆书中曾已点睛矣如宝玉作梦梦中有曲名曰红楼梦十二支此则红楼

戌：梦之点睛又如贾瑞病跛道人持一镜来上面即錾风月宝鉴四字此则风月宝鉴之点睛　又如道
寅：梦之点睛又如贾瑞病跛道人持一镜来上面即錾风月宝鉴四字此则风月宝鉴之点睛也又如道

戌：人亲眼见石上大书一篇故事则系石头所记之往来此则石头记之点睛处然此书又名曰金陵十
寅：人亲眼见石上大书一篇故事则系石头所记之往来此则石头记之点睛处然此书又名　金陵十

戌：二钗审其名则必系金陵十二女子也然通部细搜检去上中下女子岂止十二人哉若云其中自有
寅：二钗审其名则必系金陵十二女子也然通部细搜检去上中下女子岂止十二人哉若云其中　有

戌：十二个则又未尝指明白系某某　极至红楼梦一回中亦曾翻出金陵十二钗之簿籍又有十二支
寅：十二个则又未尝指明白系某某及　至红楼梦一回中亦曾翻出金陵十二钗之簿籍又有十二支

戌：曲可考书中凡写长安在文人笔墨之间则从古之称凡愚夫妇儿女子家常口角则曰中京是不欲
寅：曲可考书中凡写长安在文人笔墨之间则从古之称凡愚夫妇儿女子家常口角则曰中京是不欲

戌：着迹于方向也盖天子之邦　亦当以中为尊特避其东南西北四字样也此书只是着意于闺中故
寅：着迹于方向也盖天子之邦也亦当以中为尊特避其东南西北四字样也此书只是着意于闺中故

戌：叙闺中之事切略涉于外事者则简不得谓其不均也此书不敢干涉朝廷凡有不得不用朝政者只
寅：叙闺中之事切略涉于外事者则简不得谓其不均也此书不　干涉朝廷凡有不得不用朝政者只

戌：略用一笔带出盖实不敢以写儿女之笔墨唐突朝廷之上又不得谓其不备
寅：略用一笔带出盖实不敢以写儿女之笔墨唐突朝廷之上也又不得谓其不备也（以下转第1回）

戌：此此书开卷第一回也作者自云因曾历过一梦番幻之后故将真事隐去而撰此石头记一书也故曰

戌：甄士隐梦幻识通灵但书中所记何事又因何而撰是书哉自云今风尘碌碌一事无成忽念及当日所

戌：有之女子一一细推了去觉其行止见识皆出于我之上何堂堂之须眉诚不若彼一干裙钗实愧则有

戌：余悔则无益之大无可奈何之日也当此时则自欲将已徃所赖上赖天恩下承祖德锦衣纨袴之时饫

戌：甘餍美之日背父母教育之恩负师兄规训之德已至今日一事无成半生潦倒之罪编述一记以告普

戌：天下人虽我之罪固不能免然闺阁中本自历历有人万不可因我之不肖一并使其泯灭也虽今日之

戌：茅椽蓬牖瓦灶绳床其风晨月夕阶柳庭花亦未有伤于我之襟怀笔墨者何为不用假语村言敷演出

戌：一段故事来以悦人之耳目哉故曰风尘怀闺秀乃是第一回题纲正义也开卷即云风尘怀闺秀则知

戌：作者本意原为记述当日闺友闺情并非怨世骂时之书矣虽一时有涉于世态然亦不得不叙者但非

戌：其本旨耳阅者切记之诗曰浮生着甚苦奔忙盛席华筵终散场悲喜千般同幻渺古今一梦尽荒唐谩

戌：言红袖啼痕重更有情痴抱恨长字字看来皆是血十年辛苦不寻长

第一回　甄士隐梦幻识通灵　贾雨村风尘怀闺秀

戌：	此书开卷第一回也作者自云因曾　历过一番梦幻之后故将真事隐去而　　　　撰此石头
庚：	此　开卷第一回也作者自云因曾　历过一番梦幻之后故将真事隐去而借通灵之说撰此石头
戚：	此　开卷第一回也作者自云因曾　历过一番梦幻之后故将真事隐去而借通灵之说撰此石头
寅：	此　开卷第一回也作者自云因曾经历过一番梦幻之后故将真事隐去而借通灵之说撰　石头

戌：	记一书也故曰甄士　　隐梦幻识通灵但书中所记何事又因何　而撰是书哉自　云今风尘
庚：	记一书也故曰甄士隐云云　　　　　　但书中所记何事　　何人　　　　自又云今风尘
戚：	记一书也故曰甄士隐云云　　　　　　但书中所记何事　　何人　　　　自又云今风尘
寅：	记一书也故曰甄士隐云云　　　　　　但书中所记何事　　何人　　　　自又云今风尘

戌：	碌碌一事无成忽念及当日所有之女子一一细　　推了去觉其行止见识皆出于我之上何　堂
庚：	碌碌一事无成忽念及当日所有之女子一一细考较　去觉其行止见识皆出于我之上何我堂
戚：	碌碌一事无成忽念及当日所有之女子一一细考较　去觉其行止见识皆出于我之上何我堂
寅：	碌碌一事无成忽念及当日所有之女子一一细考较　去觉其行止见识皆出于我之上何我堂

戌：	堂之须眉诚不若　彼一干裙钗　　实愧则有余悔则　无益　之大无可奈　何之日也当此
庚：	堂　须眉诚不若此　　裙钗哉　　实愧则有余悔　又无益　之大无可　如何之日也当此
戚：	堂　须眉诚不若彼　　裙钗　女子实愧则有余悔　又无益是　大无可　如何之日也当此
寅：	堂　须眉诚不若此　　裙钗哉　　实愧则有余悔　又无益　之大无可　如何之日也当此

戌：	时则自欲将已往所赖上赖天恩下承祖德锦衣纨袴之时饫甘餍　美之日背父母　教育之恩负
庚：	则自欲将已往所赖　　天恩　　祖德锦衣纨袴之时饫甘餍肥　之日背父　兄教育之恩负
戚：	则自欲将已往所赖　　天恩　　祖德锦衣纨袴之时饫甘餍肥　之日背父　兄教育之恩负
寅：	则自欲将已往所赖　　天恩　　祖德锦衣纨袴之时饫甘餍肥　之日背父　兄教育之恩负

戌：	师　兄规训　之德已　至　今日一事　无成半生潦倒之罪编述一　记以告普天下人虽我之
庚：	师友　规　谈之德　以至　今日一　技无成半生潦倒之罪编述一集　以告　天下人　我之
戚：	师友　规训　之德　以　致今日一　技无成半生潦倒之罪编述一集　以告　天下人　我之
寅：	师友　规　谈之德　以至　今日一　技无成半生潦倒之罪编述一集　以告　天下人　我之

戌：	罪固不能免然闺阁中本自历历有人万不可因我之不肖　　　　一并使其　泯灭也虽　今
庚：	罪固不　免然闺阁中本自历历有人万不可因我之不肖自　护己短一并使其　泯灭也虽　今
戚：	罪固不　免然闺阁中本自历历有人万不可因我之不肖自己护　短一并使其　泯灭　虽　今
寅：	罪固不　免然闺阁中本自历历有人万不可因我之不肖自　护己短一并使其泯　灭也　岁今

戌：	日之　茆椽蓬牖　瓦灶绳床其　风晨月夕　阶柳庭花亦未有　伤于我之襟怀　笔　墨
庚：	日之茅　椽蓬牖　瓦灶绳床其晨夕风　露阶柳庭花亦未有防　我之襟怀　　笔　墨虽
戚：	日之茅　椽蓬牖　瓦灶绳床其晨夕风　露阶柳庭花亦未有防　我之襟怀束笔阁墨虽
寅：	日之茅　椽蓬　牖瓦灶绳床其晨夕风　露阶柳庭花亦未有防　我之襟怀　　笔　墨虽

戌：　　　　　　　者何为不　用假　语村言敷演出一段故事来　　　　　　以悦
庚：我未学下笔无文又　何　妨用假　语村言敷演出一段故事来亦可使闺阁　昭传复可以悦
戚：我未学下笔无文又　何　妨用　俚语村言敷演出一段故事来亦可使闺阁照　传复可　悦
寅：我未学下笔无文又　何　妨用假　语村言敷　出一段故事来亦可使闺阁　昭传复可以悦

戌：人之耳目哉　　　　　　　故曰　　　　　　　　　　　风尘怀闺秀乃是第
庚：世人之　目　破人愁闷不亦宜乎故曰贾雨村云云此回中凡用梦用幻等字　　　　　是
戚：世　之　目　破人愁闷不亦宜乎故曰贾雨村云云
寅：世　之　目　破人愁闷不亦宜乎故曰贾雨村云云

戌：一回题纲正义也开卷即云风尘怀闺秀则知作者本意原为记述当日闺友闺情并非怨世骂时之
庚：
戚：
寅：

戌：书矣虽一时有涉于世态然亦不得不叙者但非其本旨耳　　　阅者　　　切记之诗曰浮生着甚
庚：　　　　　　　　　　　　　　　　　　　　　　　　　提醒阅者眼目亦
戚：
寅：　　　　　　　　　　　　　　　　　　　　　　　　　　　　　　　诗曰浮生着甚

戌：苦奔忙盛席华筵终散场悲喜千般同幻渺古今一梦尽　荒唐谩言红袖啼痕重更有情痴抱恨长
庚：
戚：
寅：苦奔忙盛席华筵终散场悲喜千般同幻渺古今一梦　近荒唐谩言红袖啼痕重更有情痴抱恨长

戌：字字看来皆是血十年辛苦不寻　　　　　　　　　　　　　　　　　长
庚：　　　　　　　是　　　　　　　　　　　　　　　　　　　　此书立意本
戚：
寅：字字看来皆是血十年辛苦不寻常此回中凡用梦用幻等字是提醒阅者眼目亦是　此书立意本

戌：　列位看官你道此书从何而来说起根由　虽近荒唐细谙　　则深有趣味待在下将此来历注明
庚：旨列位看官你道此书从何而来说起根由　虽近荒唐细　按则深有趣味待在下将此来历注明
戚：　列位看官你道此书　何　来说起根由　虽近荒唐细　按则深有趣味待在下将此来历注明
寅：旨列位看官你道此书从何而来说起根由岁　近荒唐细　按则深有趣味待在下将此来历注明

戌：方使阅者了然不惑原来女娲氏炼石补天之时于大荒山无稽崖炼成高经十二丈方经二十四丈
庚：方使阅者了然不惑原来女娲氏炼石补天之时于大荒山无稽崖炼成高经十二丈方经二十四丈
戚：方使阅者了然不惑原来女娲氏炼石补天之时于大荒山无稽崖炼成高经十二丈方经二十四丈
寅：方使阅者了然不惑原来女娲氏炼石补天之时于大荒山无稽崖炼成高经十二丈方经二十四丈

戌：顽石三万六千五百零一块娲皇氏只用了三万六千五百块　只单单的剩了一块未用便弃在此
庚：顽石三万六千五百零一块娲皇氏只用了三万六千五百块　只单单　剩了一块未用便弃在此
戚：顽石三万六千五百零一块娲皇氏只用了三万六千五百块数只单单的剩了一块未用便弃在此
寅：顽石三万六千五百零一块娲皇氏只用了三万六千五百块　只单单　剩了一块未用便弃在此

戌：山青埂峰下谁知此石自经煅　炼之后灵性已通因见众石俱得补天独自己无材不堪入选遂自
庚：山青埂峰下谁知此石自经煅　炼之后灵性已通因见众石俱得补天独自己无材不堪入选遂自
戚：山青埂峰下谁知此石自经煅　炼之后灵性已通因见众石俱得补天独自己无材不堪入选遂自
寅：山青埂峰下谁知此石自经　锻炼之后灵性已通因见众石俱得补天独自己无材不堪入选遂自

第一回　甄士隐梦幻识通灵　贾雨村风尘怀闺秀　239

戌：怨自叹日夜悲　号惭愧一日正当嗟悼之际俄见一僧一道远远而来生得骨格不凡丰神迥　别
庚：怨自叹日夜悲　号惭愧一日正当嗟悼之际俄见一僧一道远远而来生得骨格不凡丰神迥异
戚：怨自叹日夜悲啼　惭愧一日正当嗟悼之际俄见一僧一道远远而来生得骨格不凡丰神迥异
寅：怨自叹日夜悲　号惭愧一日正当嗟悼之际俄见一僧一道远　而来生得骨格不凡丰神迥异

戌：说说笑笑来至峰下坐于石　　边高谈快论先是说些云山雾海神仙玄幻之事后便说到红尘
庚：　　　　来至　　　　石下席地
戚：　　　　来至　　　　石下席地
寅：　　　　来至　　　　石下席地

戌：中荣华富贵此石听了不觉打动凡心也想要到人间去享一享这荣华富贵但自恨粗蠢不得已便
庚：
戚：
寅：

戌：口吐人言向那僧道说道大师弟子蠢物不能见礼了适闻二位谈那人世间荣耀繁华心切慕之弟
庚：
戚：
寅：

戌：子质虽粗蠢性却稍通况见二师仙形道体定非凡品必有补天济世之材利物济人之德如蒙发一
庚：
戚：
寅：

戌：点慈心携带弟子得入红尘在那富贵场中温柔乡里受享几年自当永佩洪恩万劫不忘也二仙师
庚：
戚：
寅：

戌：听毕齐憨笑道善哉善哉那红尘中有却有些乐事但不能永远依恃况又有美中不足好事多魔八
庚：
戚：
寅：

戌：个字紧相连属瞬息间则又乐极悲生人非物换究竟是到头一梦万境归空倒不如不去的好这石
庚：
戚：
寅：

戌：凡心已炽那里听得进这话去乃复苦求再四二仙知不可强制乃叹道此亦静极思动无中生有之
庚：
戚：
寅：

戌：数也既如此我们便携你去受享受享只是到不得意时切莫后悔石道自然自然那僧又道说你
庚：
戚：
寅：

戌：性灵却又如此质蠢并更无奇贵之处如此也只好踮脚而已也罢我如今大施佛法助你助待劫终
庚：　　　　　　　　　　　　　　　　　　　　　　　　　　　　　　而
戚：　　　　　　　　　　　　　　　　　　　　　　　　　　　　　　而
寅：　　　　　　　　　　　　　　　　　　　　　　　　　　　　　　而

戌：之日复还本质以了此案你道好否石头听了感谢不尽那僧便念咒书符大展幻术将一块大石登
庚：
戚：
寅：

戌：时变成　　　　一块鲜明莹　洁的美玉且又缩成扇坠　大小的可佩可拿那僧托于掌上笑道
庚：　　　坐长谈见一块鲜明　莹洁的美玉且又缩成扇坠　大小的可佩可拿那僧托于掌上笑道
戚：　　　坐长谈见一块鲜明莹　洁　美玉且又缩　扇坠成大小的可佩可拿那僧托于掌上笑道
寅：　　　坐长谈见一块鲜明　　洁的美玉且又缩成扇坠　大小的可佩可拿那僧托于掌上笑道

戌：形体到也是个宝物了还只没有实在的好处须得　在镌上数字使人一见便知是　奇物方妙然
庚：形体到也是个宝物了还只没有实在的好处须得再　镌上数字使人一见便知是　奇物方妙然
戚：形体到也是个宝物了还只没有实在　好处须得再　镌上数字使人一见便知是　奇物方妙然
寅：形体到也是个宝物了还只没有实在的好处须得再　镌上数字使人一见便知是个奇物方妙然

戌：后好携你到　那昌明隆盛之邦诗礼簪　之族花柳繁华　地温柔富贵　乡去安身乐业石
庚：后　携你到　那昌明隆盛之邦诗礼簪缨　之族花柳繁华　地温柔富贵　乡去安身乐业石
戚：后好携你到隆盛　昌明　之邦诗礼簪　缨之族花柳繁华之地温柔富贵之乡去安身乐业石
寅：后　携你到　那昌明隆盛之邦诗礼簪　缨之族花柳繁华之地温柔富贵之乡去安身乐业石

戌：头听了喜　不能禁　乃问　不知赐了弟子那几件奇处又不知携了弟子到何地方望乞明示使
庚：头听了喜　不能　尽乃问　不知赐了弟子那几件奇处又不知携了弟子到何地方望乞明示使
戚：头听了喜之不　　尽乃问道不知赐了弟子那几件奇处又不知携了弟子到何地方望乞明示使
寅：头听了喜　不能禁　乃问　不知赐了弟子那几件奇处又不知携了弟子到何地方望乞明示使

戌：弟子不惑那僧笑道你且莫问日后自然明白的说着便袖　了这石同那道人飘然而去竟不知投
庚：弟子不惑那僧笑道你且莫问日后自然明白的说着便袖　了这石同那道人飘然而去竟不知投
戚：弟子不惑那僧笑道你且莫问日后自然明白的说着便袖笼了这石同那道人飘然而去竟不知投
寅：弟子不惑那僧笑道你且莫问日后自然明白的说着便袖　了这石同那道人飘然而去竟不知投

戌：奔何方何舍后来　不知又过了几世几劫因有个空空道人访道求仙忽从这大荒山无稽崖青埂
庚：奔何方何舍后来又不知　过了几世几劫因有个空空道人访道求仙忽从这大荒山无稽崖青埂
戚：奔何方何舍后来又不知　过了几世几劫因有个空空道人访道求仙忽从这大荒山无稽崖青埂
寅：奔何方何舍后　又不知　过了几世几劫因有个空空道人访道求仙忽从这大荒山无稽崖青埂

戌：峰下　经过忽见一大　石上字迹分明编述历历空空道人乃从头一看原来就是无材补天幻形
庚：峰下径　过忽见一大块石上字迹分明编述历历空空道人乃从头一看原来就是无材补天幻形
戚：峰下　经过忽见一大　石上字迹分明编述历历空空道人乃从头一看原来就是无材补天幻形
寅：峰下　经过忽见一大块石上字迹分明编述历历空空道人乃从头一看原来就是无材补天幻形

戌：入世蒙茫茫大士渺渺真人携入红尘历尽离合悲欢炎凉世态的一段故事后面又有一首偈云无
庚：入世蒙茫茫大士渺渺真人携入红尘历尽离合悲欢炎凉世态的一段故事后面又有一首偈云无
戚：入世蒙茫茫大士渺渺真人携入红尘历尽离合悲欢炎凉世态的一段故事后面又有一首偈云无
寅：入世蒙茫茫大士渺渺真人携入红尘历尽离合悲欢炎凉世态的一段故事后面又有一　偈云无

第一回 甄士隐梦幻识通灵 贾雨村风尘怀闺秀

戌：材可去补苍天柱入红尘若许年此系身前身后事倩谁记去作奇传诗后便是此石　堕落之乡投
庚：材可去补苍天柱入红尘若许年此系身前身后事倩谁记去作奇传诗后便是此石坠　落之乡投
戚：材可去补苍天柱入红尘若许年此系身前身后事倩谁记去作奇传诗后便是此石坠　落之乡投
寅：材可去补苍天柱入红尘若许年此系身前身后事倩谁记去作奇传诗后便是此石坠　落之乡投

戌：胎之处亲自经历的一段陈迹故事其中家庭闺阁琐事以及闲　情诗词到　还全备或可适趣解
庚：胎之处亲自经历的一段陈迹故事其中家庭闺阁琐事以及　闺情诗词到　还全备或可适趣解
戚：胎之处亲自经历的一段陈迹故事其中家庭闺阁琐事以及闲　情诗词　倒还全备或可适趣解
寅：胎之处亲自经历的一段陈迹故事其中家庭闺阁琐事以及　闺情诗词　倒还全备或可适趣解

戌：闷然朝代年纪地舆邦国却反失落无考空空道人遂向石头说道石兄你这一段故事据你自己说
庚：闷然朝代年纪地舆邦国却反失落无考空空道人遂向石头说道石兄你这一段故事据你自己说
戚：闷然朝代年纪地舆邦国却　失落无考空空道人遂向石头说道石兄你这一段故事据你自己说
寅：闷然朝代年纪地舆邦国却反失落无考空空道人遂向石头说道石兄你这一段故事据你自己说

戌：有些趣味故　编写在此意欲问世传奇据我看来第一件无朝代年纪可考第二件并无大贤大忠
庚：有些趣味故偏　写在此意欲问世传奇据我看来第一件无朝代年纪可考第二件并无大贤大忠
戚：有些趣味故　编写在此意欲问世传奇据我看来第一件无朝代年纪可考第二件并无大贤大忠
寅：有些趣味故　编写在此意欲问世传奇据我看来第一件无朝代年纪可考第二件并无大贤大忠

戌：理朝廷治风俗的善政其中只不过几个异样的女子或情或痴或小才微善亦无班姑蔡女之德能
庚：理朝廷治风俗的善政其中只不过几个异样　女子或情或痴或小才微善亦无班姑蔡女之德能
戚：理朝廷治风俗的善政其中只不过几个异样　女子或情或痴或小才微善亦无班姑蔡女之德能
寅：理朝廷治风俗的善政其　只不过几个异样　女子或情或痴或小才微善亦无班姑蔡女之德能

戌：我纵抄去恐世人不爱看呢石头笑　答道我师何太痴也　若云无朝代可考今我师竟假借汉唐
庚：我纵抄去恐世人不爱看呢石头笑　答道我师何太痴　耶若云无朝代可考今我师竟假借汉唐
戚：我纵抄去恐世人不爱看呢石头笑曰　我师何太痴也　若云无朝代可考今我师竟假借汉唐
寅：我纵抄去恐世人不爱看呢石头笑　答道我师何太痴也　若云无朝代可考今我师竟假借汉唐

戌：等年纪添缀又有何难但我想历来野史皆蹈一辙莫如我这不借此套者反　到新奇别致不过只
庚：等年纪添缀又有何难但我想历来野史皆蹈一辙莫如我这不借此套者反　到新奇别致不过只
戚：等年纪添缀又有何难但我想历来野史皆蹈一辙莫如我　不借此套者反　到新奇别致不过只
寅：等年纪添缀又有何难但我想历来野史皆蹈一辙莫如我这不借此套者反倒　新奇别致不过只

戌：取其事体情理罢了又何必拘拘于朝代年纪哉再者市井俗人喜看理治之书者甚少爱看适　趣
庚：取其事体情理罢了又何必拘拘于朝代年纪哉再者市井俗人喜看理治之书者甚少爱　适　趣
戚：取其事体情理罢了又何必拘拘于朝代年纪哉　市井俗人喜看理治之书者甚少爱看适情
寅：取其事体情理罢了又何必拘拘于朝代年纪哉再者市井俗人喜看理治之书者甚少爱　适

戌：闲文者特多历代　野史或讪谤君相或贬人妻女奸淫凶恶不可胜数更有一种风月笔墨其淫秽
庚：闲文者特多历　来野史或讪谤君相或贬人妻女奸淫凶恶
戚：闲文者特多历　来野史或讪谤君相或贬人妻女奸淫凶恶不可胜数更有一种风月笔墨其淫
寅：闲文者特多历　来野史或讪谤君相或贬人妻女奸淫凶恶

戌：污　臭涂　毒笔墨坏人子弟又不可胜数至若佳人才子等则又千部共出一套且其中终不能
庚：　　　　　　　　　　　不可胜数至若佳人才子等则又千部共出一套且其中终不能
戚：污秽臭　屠毒笔墨坏人子弟又不可胜数至若佳人才子等书则又千部共出一套且其中终不能
寅：　　　　　　　　　　　不可胜数至若佳人才子等书则又千部共出一套且其中终不能

戌：不涉于淫滥以致满纸潘安子建西子文君不过作者要写出自己的那两首情诗艳赋来故假拟出
庚：不涉于淫滥以致满纸潘安子建西子文君不过作者要写出自己的那两首情诗艳赋来故假拟出
戚：不涉于淫滥以致满纸潘安子建西子文君不过作者要写出自己的那两首情诗艳赋来故假拟出
寅：不涉于淫滥以致满纸潘安子建西子文君不过作者要写出自己的那两首情诗艳赋来故假拟出

戌：男女二人　　名姓又必傍出一小人其间拨乱亦如剧　中之小丑然且环婢开口即者也之乎非文
庚：男女二人　　名姓又必傍出一小人其间拨乱亦如剧　中之小丑然且环婢开口即者也之乎非文
戚：男女二　　　名姓又必傍出一小人其间拨乱亦如剧　中之小丑然且环婢开口即者也之乎非文
寅：男女二人姓名　又必傍出一小人　　拨乱亦如　戏中之小丑然且环婢开口即者也之乎非文

戌：即理故逐一看去悉皆自相矛盾大不近情理之　话竟不如我半世亲睹亲闻的这几个女子虽不
庚：即理故逐一看去悉皆自相矛盾大不近情理之　话竟不如我半世亲睹亲闻的这几个女子虽不
戚：即理故逐一看去悉皆自相矛盾大不近情理之说　竟不如我半世亲睹亲闻的这几个女子虽不
寅：即理故逐一看去悉皆自相矛盾大不近情理之　话竟不如我半世亲睹亲闻的这几个女子虽不

戌：敢说强似前代　　书中所有之人但事迹原委　亦可以消愁破闷也有几首歪诗熟　话可以喷
庚：敢说强似前代　　书中所有之人但事迹原委　亦可以消愁破闷也有几首歪诗熟　话可以喷
戚：敢说强似前代所有书中　之人但事迹原委　亦可以消愁破闷也有几首歪诗熟词　可以喷
寅：敢说强似前代　　书中所有之人但事迹原委也　可　消愁破闷也有几首歪诗熟　话可以喷

戌：饭供酒至若离合悲欢兴衰际遇则又追踪　　蹑跡不敢稍加穿凿徒为供　人之目而反失其
庚：饭供酒至若离合悲欢兴衰际遇则又追踪　　摄迹不敢稍加穿凿徒为供　人之目而反失其
戚：饭供酒至若离合悲欢兴衰际遇则又追踪蹑　迹　不敢稍加穿凿徒为　哄人之目而反失其
寅：饭供酒至若离合悲欢　　际遇则又追踪　摄迹　不敢稍加穿凿徒为供　人之目而反失其

戌：真传者今之人贫者日为衣食所累富者又怀不足之心　　总一时稍闲又有贪淫恋色好贷　寻
庚：真传者今之人贫者日为衣食所累富者又怀不足之心纵然　一时稍闲又有贪淫恋色好　货寻
戚：真传者今之人贫者日为衣食所累富者又怀不足之心　　总一时稍闲又有贪淫恋色好　货寻
寅：真传者今之人贫者日为衣食所累富者又怀不足之心纵然　一时稍闲又有贪淫恋色好　货寻

戌：愁之事那里去有工夫　看那　理治之书所以我这一段　事也不愿世人称奇道妙也不定要世
庚：愁之事那里去有工夫　看那道理　之书所以我这一段故事也不愿世人称奇道妙也不定要世
戚：愁之事那里　有工夫去看那　理治之书所以我这一段　事也不愿世人称奇道妙也不　要世
寅：愁之事那里　有工夫去看那道理　之书所以我这一段故事也不愿世人称奇道妙也不　要世

戌：人喜悦检　读不愿他　们当那醉余　饱　卧之时或避世　去愁之际把此一玩岂不省了　此
庚：人喜悦检书　只愿　你们当那醉　淫饱　卧之时或避　事去愁之际把此一玩岂不省了些
戚：人喜悦检　读不愿他　们当那醉　饱淫卧之时或避世　去愁之际把此一玩岂不省了些
寅：人喜悦检　读只愿　你们当那醉　淫饱　卧之时或避　事去愁之际把此一玩岂不省了些

戌：寿命筋力就比那谋虚逐妄去　也省了口舌是非之害腿脚奔忙之苦再者亦　令世人换新眼目
庚：寿命筋力就比那谋虚逐妄　却也省了口舌是非之害腿脚奔忙之苦再者亦　令世人换新眼目
戚：寿命筋力就比那谋虚逐妄　却也省了口舌是非之害腿脚奔忙之苦再者亦　令世人换新眼目
寅：寿命筋力就比那谋虚逐妄　却也省了口舌是非之害腿脚奔忙之苦再者　也令世人换新眼目

戌：不比那些胡牵乱扯忽离忽遇满纸才人淑女子建文君红娘小玉等通共熟套之旧稿我师　意为
庚：不比那些胡牵乱扯忽离忽遇满纸才人淑女子建文君红娘小玉等通共熟套之旧稿我师　意为
戚：不比那些胡牵乱扯忽离忽遇满纸才人淑女子建文君红娘小玉等通共熟套之旧稿我师以　为
寅：不比那些胡牵乱扯忽离忽遇满纸才人淑女子建文君红娘小玉等通共熟套之旧稿我师　意为

第一回　甄士隐梦幻识通灵　贾雨村风尘怀闺秀

戌：何如　空空道人听　如此　说　思忖半晌将这石头记再　检阅一遍因见上面虽　有些指奸
庚：何如　空空道人听　如此话　　思忖半晌将　石头记再　检阅一遍因见上面虽　有些指奸
戚：何如　空空道人听了　此　　语思忖半晌将这石头记再细　阅一遍因见上面虽　有　指奸
寅：　如何空空道人听　如此话　　思忖半晌将　石头记再细　阅一遍因见上面　岁有些指奸

戌：责佞贬恶诛邪之语亦非伤时骂世之旨及至君仁臣良父慈子孝凡伦常所关之处皆是称功颂德
庚：责佞贬恶诛邪之语亦非伤时骂世之旨及至君仁臣良父慈子孝凡伦常所关之处皆是称功颂德
戚：责佞贬恶诛邪之语亦非　　　骂世之旨及至君仁臣良父慈子孝凡伦常所关之处皆是称功颂德
寅：责佞贬恶诛邪之语亦非　　　骂世之旨及至君仁臣良父慈子孝凡伦常所关之处皆是称功颂德

戌：眷眷无穷实非别书之可比虽其中大旨谈情亦不过实录其事又非假拟妄称一味淫邀艳约私
庚：眷眷无穷实非别书之可比虽其中大旨谈情亦不过实录其事又非假拟妄称一味淫邀艳约私讨
戚：眷眷无穷实非别书　可比虽其中大旨谈情亦不过实录其事又非假拟妄称一味淫邀艳约私
寅：眷眷无穷实非别书之可比虽其中大旨谈情亦不过实录其事又非假拟妄称一味淫邀艳约私讨

戌：订偷盟之可比因毫不干涉时世方从头至尾抄录回来问世传奇因空见色由色生情传情入色自
庚：　偷盟之可比因毫不干涉时世方从头至尾抄录回来问世传奇因空见色由色生情传情入色自
戚：订偷盟之可比因毫不干涉时世方从头至尾抄录回来问世传奇因空见色由色生情传情入色自
寅：　偷盟之可比因毫不干涉时世方从头至尾抄录回来问世传奇因空见色由色生情传情入色自

戌：色悟空遂易名为情僧　改石头记为情僧录至吴玉峰题曰红楼梦东鲁孔梅溪则题曰风月宝鉴
庚：色悟空遂易名为情僧录改石头记为情僧录　　　　　　　　东鲁孔梅溪则题曰风月宝鉴
戚：色悟空遂易名为情僧　改石头记为情僧录　　　　　　　　东鲁孔梅溪则题曰风月宝鉴
寅：色悟空遂易名为情僧改石头记为情僧录　　　　　　　　　东鲁孔梅溪则题曰风月宝鉴

戌：后因曹雪芹于悼红轩中披阅十载增删五次纂成目录分出章回则题曰金陵十二钗并题一绝云
庚：后因曹雪芹于悼红轩中披阅十载增删五次纂成目录分出章回则题曰金陵十二钗并题一绝云
戚：后因曹雪芹于悼红轩中披阅十载增删五次纂成目录分出章回则题曰金陵十二钗并题一绝云
寅：后因曹雪芹于悼红轩中披阅十载增删五次纂成目录分出章回则题曰金陵十二钗并题一绝云

戌：满纸荒唐言一把辛酸泪都云作者痴谁解其中味至脂砚斋甲戌抄阅再评仍用石头记出则既明
庚：满纸荒唐言一把辛酸泪都云作者痴谁解其中味　　　　　　　　　　　　　　　出则既明
戚：满纸荒唐言一把辛酸泪都云作者痴谁解其中味　　　　　　　　　　　　　　　出则既明
寅：满纸荒唐言一把辛酸泪都云作者痴谁解其中味　　　　　　　　　　　　　　　出则既明

戌：且看石上是何故事按那石上书云当日地陷东南这东南一隅有　处曰姑苏有城曰阊门者最是
庚：且看石上是何故事按那石上书云当日地陷东南这东南一隅有　处曰姑苏有城曰阊门者最是
戚：且看石上是何故事按那石上书云当日地陷东南这东南一隅有　处曰姑苏有城曰阊门　最是
寅：且看石上是何故事按那石上书云当日地陷东南这东南一隅有一处曰姑苏有城曰阊门者最是

戌：红尘中一二等富贵风流之地这阊门外有个十　里街街内有个仁清巷巷内有个古庙因地方窄
庚：红尘中一二等富贵风流之地这阊门外有个十　里街街内有个仁清巷巷内有个古庙因地方窄
戚：红尘中一二等富贵风流之地这阊门外有个十　里街街内有个仁清巷巷内有个古庙因地方窄
寅：红尘中一二等富贵风流之地这阊门外有个十字　街街内有个仁清巷巷内有个古庙因地方窄

戌：狭人皆呼作葫芦庙庙傍　住着一家乡宦姓甄名费　字士隐嫡妻封氏情性贤淑深明礼义家中
庚：狭人皆呼作葫芦庙庙傍　住着一家乡宦姓甄名费　字士隐嫡妻封氏情性贤淑深明礼义家中
戚：狭　皆呼作葫芦庙庙　旁住着一家乡宦姓甄名费废字士隐嫡妻封氏情性贤淑深明礼义家中
寅：狭人皆呼作葫芦庙庙傍　住着一家乡宦姓甄名费　字士隐嫡妻封氏情性贤淑深明礼义家中

戌： 虽　无甚富贵然本地便也推他为望族了只因这甄士隐禀性恬淡不以功名为念每日只以观
庚： 虽不　甚富贵然本地便也推他为望族了　因这甄士隐禀性恬淡不以功名为念每日只以观
戚： 虽不　甚富贵然本地便也推他为望族了　因这甄士隐禀性恬淡不以功名为念每日只以观
寅： 岁　不　甚富贵然本地　也推他为望族了　因这甄士隐禀性恬淡不以功名为念每日只以观

戌：花修竹酌酒吟诗为乐到是神仙一流人品只是一件不足如今年已半百膝下无儿只有一女乳名
庚：花修竹酌酒吟诗为乐到是神仙一流人品只是一件不足如今年已半百膝下无儿只有一女乳名
戚：花修竹酌酒吟诗为乐到是神仙一流人品只是一件不足如今年已半百膝下无儿只有一女乳名
寅：花修竹酌酒吟诗为　到是神仙一流人品只是一件不足如今年已半百膝下无儿只有一女乳名

戌：　英莲　年方三岁一日炎夏永昼士隐于书房　闲坐至手倦　抛书伏几少憩　不觉朦胧睡
庚：唤作英　菊年方三岁一日炎夏永昼士隐于书房　闲坐至手　卷抛书伏几少憩　不觉朦胧睡
戚：唤作英　莲年方三岁一日炎夏永昼士隐于书房中闲坐至手倦　抛书伏几少憩　不觉朦胧睡
寅：唤作英莲　年方三岁一日炎夏永昼士隐于书房　闲坐至手　卷抛书伏几少　憩不觉朦胧睡

戌：去梦至一处不　辨是何地方忽见那厢来了一僧一道且行且谈只听道人问道你携了这蠢物意
庚：去梦至一处不　辨是何地方忽见那厢来了一僧一道且行且谈只听道人问道你携了这蠢物意
戚：去梦至一处不知　是何地　忽见那厢来了一僧一道且行且谈只听道人问道你携了这蠢物意
寅：去梦至一处不知　是何地方忽见那厢来了一僧一道且行且谈只听道人问道你携了这蠢物意

戌：欲何往那僧笑道你放心如今现有一段风流公案正该　了结这一干风流冤家尚未投胎入世趁
庚：欲何往那僧笑道你放心如今现有一段风流公案正该　了结这一干风流冤家尚未投胎入世趁
戚：欲何往那僧笑道你放心如今现有一段风流公案正该结了　这一干风流冤家尚未投胎入世趁
寅：欲何往那僧笑道你放心如今现有一段风流公案正该　了结这一干风流冤家尚未投胎入世趁

戌：此机会就将此蠢物夹带于中使他去经历经历那道人道原来近日风流冤孽又将造劫历世去不
庚：此机会就将此蠢物夹带于中使他去经历经历那道人道原来近日风流冤孽又将造劫历世去不
戚：此机会就将此蠢物夹带于中使他去　经历那道人道原来近日风流冤孽又将造劫历世去不
寅：此机会就将此蠢物夹带于中使他去经历经历那道人道原来近日风流冤孽又将造劫历世去不

戌：成但不知落于何方何处那僧笑道此事说来好笑竟是千古未闻的罕事只因西方灵河岸上三生
庚：成但不知落于何方何处那僧笑道此事说来好笑竟是千古未闻的罕事只因西方灵河岸上三生
戚：成但不知落于何方何处那僧笑道此事说来好笑竟是千古未闻的罕事只因西方灵河岸上三生
寅：成但不知落于何方何处那僧笑道此事说来好笑竟是千古未闻的罕事只因西方灵河岸上三生

戌：石畔有绛珠草一株时有赤瑕宫神瑛　侍者日以甘露灌溉这绛珠草　便得久延岁月后来既
庚：石畔有绛珠草一株时有赤瑕宫神瑛　侍者日以甘露灌溉这绛珠草始　得久延岁月后来既
戚：石畔有绛珠草一株时有赤瑕宫神瑛使　者日以甘露灌溉这绛珠草始　得久延岁月后来既
寅：石畔有绛珠草一株时有赤瑕宫神瑛　侍者日以甘露灌溉这绛珠草始　得久延岁月后来　竟

戌：受天地精华复得雨露滋养遂得脱却草胎木质　得换人形仅修成个女体终日游于离恨天外饥
庚：受天地精华复得雨露滋养遂得脱却草胎木质　得换人形仅修成个女体终日游于离恨天外饥
戚：受天地精华复得雨露滋养遂得脱却草胎木质　得换人形仅修成个女体终日游于离恨天外饥
寅：受天地精华复得雨露滋养遂得脱却草胎木质换得　人形仅　成个女体终日游于离恨天外饥

戌：则食　密青果为膳渴则饮灌愁海水为汤只因尚未酬报灌溉之德故　　其　五衷　便郁结
庚：则食蜜　青果为膳渴则饮灌愁海水为汤只因尚未酬报灌溉之德故　甚至　五　内便郁结
戚：则食蜜　青果为膳渴则饮灌愁海水为汤只因尚未酬报灌溉之德故　　其在五　内便郁结
寅：则食蜜　青果为膳渴则饮灌愁海水为汤只因尚未酬报灌溉之德故在　其　五　内便郁结

第一回 甄士隐梦幻识通灵 贾雨村风尘怀闺秀

戌：着　一段缠绵不　尽之意恰近日　神瑛侍　者凡心偶炽乘此昌明太平朝世意欲下凡造历幻
庚：着　一段缠绵不　尽之意恰近日这神瑛侍　者凡心偶炽乘此昌明太平朝世意欲下凡造历幻
戚：　成一段缠绵不舒　之意　近日这神瑛　使者凡心偶炽乘此昌明太平朝世意欲下凡造历幻
寅：　成一段缠　不舒　之意恰近日这神瑛侍　者凡心偶炽乘此昌明太平朝世意欲下凡造历幻

戌：缘已在警幻仙子案前挂了号警幻　亦曾问及灌溉之情未偿趁此到　可了结的那绛珠仙子道
庚：缘已在警幻仙子案前挂了号警幻　亦曾问及灌溉之情未偿趁此到　可了结的那绛珠仙子道
戚：缘已在警幻仙子案前挂了号警幻　亦曾问及灌溉之情未偿趁此到　可了结的那绛珠仙子道
寅：缘已在警幻仙子案前挂了号警幻也　曾问及灌　之情未偿趁此　倒可了结的那绛珠仙子道

戌：他是甘露之惠我并无此水可还他既下世为人我也去下世为人但把我一生所有的眼泪还他也
庚：他是甘露之惠我并无此水可还他既下世为人我也去下世为人但把我一生所有的眼泪还他也
戚：他是甘露之惠我并无　水可还他既下世为人我也去下世为人但把我一生所有的眼泪还他也
寅：他是甘露之惠我并无此水可还他既下世为人我也去下世为人但把我一生所有的眼泪还他也

戌：偿还　得过他了因此一事就勾出多少风流冤家来　赔他们去了结此案那道人道果　是罕闻
庚：偿还　得过他了因此一事就勾出多少风流冤家来陪他们去了结此案那道人道果　是罕闻
戚：偿还的　过他了因此一事就勾出多少风流冤家来陪他们去了结此案那道人道果真是罕闻
寅：偿还　得过他了因此一事就勾出多少风流冤家来陪　他　去了结此案　　　果　是罕闻

戌：实未闻有还泪之说想来这一段故事比历来风月事故　更加　琐碎细腻了那僧道历来几个风
庚：实未闻有还泪之说想来这一段故事比历来风月事故　更加　琐碎细腻了那僧道历来几个风
戚：实未闻有还泪之说想来这一段故事比历来风月　故事更　为琐碎细腻了那僧道历来几个风
寅：实未闻有还泪之说想来这一段故事比历来风月　故事更加　琐碎细腻了那僧道历来几个风

戌：流人物不过传其大概以及诗词篇章而已至家庭闺阁中一饮一食　总未述记再者大半风月故
庚：流人物不过传其大概以及诗词篇章而已至家庭闺阁中一饮一食纵　未述记再者大半风月故
戚：流人物不过传其大概以及诗词篇章而已至家庭闺阁中一饮一食　总未述记再者大半风月故
寅：流人物不过传其大概以及诗词篇章而已至家庭闺阁中一饮一食　总未述记再者大半风月故

戌：事不过偷香窃玉　暗约私奔而已并不曾将儿女　真情发泄一　干人这一　人入世　其情
庚：事不过偷香窃玉　暗约私奔而已并不曾将儿女之真情发泄一二想　这一干人入世　其情
戚：事不过偷香窃　玉暗约私奔而已并不曾将儿女之真情发泄一二想　这一干人入　去其情
寅：事不过偷香窃玉　暗约私奔而已并不曾将儿女之真情发泄一二想　这一干人入世　其情

戌：痴色鬼贤愚不肖者悉与前人传述不同矣那道人道趁此你我何不　也去下世　度脱几个岂
庚：痴色鬼贤愚不肖者悉与前人传述不同矣那道人道趁此　何不你我也去下世　度脱几个岂
戚：痴色鬼贤愚不肖者悉与前人传述不同矣那道人道趁此　何不你我也去　世上度脱几个岂
寅：痴色鬼贤愚不肖者悉与前人传述不同矣那道人道趁此　何不你我也去下世　度脱几个岂

戌：不是一场功德那僧道正合　吾意你且同我到警幻仙子宫中将这蠢物交割清楚待这一干风流
庚：不是一场功德那僧道正合　吾意你且同我到警幻仙子宫中将　蠢物交割清楚待这一干风流
戚：不是一场功德那僧道正合　吾意你且同我到警幻仙子宫中将这蠢物交割清楚　这一干风流
寅：不是一场功德那僧道正合我　意你且同我到警幻仙子宫中将　蠢物交割清楚待这一干风流

戌：孽鬼下世已完你我再去如今虽已有一半落尘然犹未全集道人道既如此便随你去来却说甄士
庚：孽鬼下世已完你我再去如今虽已有一半落尘然犹未全集道人道既如此便随你去来却说甄士
戚：孽鬼下世已完你我再去如今虽已有一半落尘然犹未全集道人道既如此便随你去来却说甄士
寅：孽鬼下世已完你我再去如今虽已有一半落尘然犹未全集道人道既如此便随你去来却说甄士

戌：隐俱听得明白但不知所云蠢物系何东西　　遂不禁上前施礼笑问道二仙师请了那僧道也忙答
庚：隐俱听得明白但不知所云蠢物系何东西随　不禁上前施礼笑问道二仙师请了那僧道也忙答
戚：隐俱听得明白但不知所云蠢物系何东西　　遂不禁上前施礼笑问道二仙师请了那僧道也忙答
寅：隐俱听得明白但不知所云蠢物系何东西随　不禁上前施礼笑问道二仙师请了那僧道也忙答

戌：礼相问士隐因说道适闻仙师所谈因果实人世罕闻者但弟子愚浊不能洞悉明白若　蒙大开痴
庚：礼相问士隐因说道适闻仙师所谈因果实人世罕闻者但弟子愚浊不能洞悉明白若能　大开痴
戚：礼相问士隐因说道适闻仙师所谈因果实人世罕闻者但弟子愚浊不能洞悉明白若　蒙大开痴
寅：礼相问士隐因说道适闻仙师所谈因果实人世罕闻者但弟子愚浊不能洞悉明白若能　大开痴

戌：顽备细一闻弟子则洗耳谛听稍能警省亦可免沉沦之苦二仙笑道此乃玄机不可预泄者　到那
庚：顽备细一闻弟子则洗耳谛听稍能警省亦可免沉沦之苦二仙笑道此乃玄机不可预泄者　到那
戚：顽备细一闻弟子则洗耳谛听稍能警省亦可免沉沦之苦二仙笑道此乃玄机不可预泄者　到那
寅：顽备细一闻弟子则洗耳谛听稍能警省亦可免沉沦之苦二仙笑道此乃玄机不可预泄者那到

戌：时只不要忘了我二人便可　跳出火坑矣士隐听了不便再问因笑道玄机不可预泄但适云蠢物
庚：时　不要忘　我二人便可　跳出火坑矣士隐听了不便再问因笑道玄机不可预泄但适云蠢物
戚：时只不要忘了我二人　可便跳出火坑矣士隐听了不便再问因笑道玄机不可预泄但适云蠢物
寅：时　不要忘　我二人便可　跳出火坑矣士隐听了不便再问因笑道玄机不可预泄但适云蠢物

戌：不知为何或可一见否那僧道若问此物　到有一面之缘说着取出递　与士隐士隐接了看时原
庚：不知为何或可一见否那僧道若问此物　到有一面之缘说着取出递　与士隐士隐接了看时原
戚：不知为何或可一见否那僧道若问此物　到有一面之缘说着取出递于　士隐士隐接了看时原
寅：不知为何或可一见否那僧道若问此物倒　有一面之缘说着取出递　与士隐士隐接了看时原

戌：来是块鲜明美玉上面字迹分明镌着通灵宝玉四字后面还有几行小字正欲细看时那僧便说已
庚：来是块鲜明美玉上面字迹分明镌着通灵宝玉四字后面还有几行小字正欲细看时那僧便说已
戚：　是块　　美玉上面字迹分明镌着通灵宝玉四字后面还有几行小字正欲　看时那僧便说已
寅：来是块鲜明美玉上面字迹分明镌着通灵宝玉四字后面还有几行小字正欲细看时那僧便说已

戌：到幻境便强从手中夺了去与道人竟过一大石牌坊那牌坊上大书四　字乃是太虚幻境两边
庚：到幻境便强从手中夺了去与道人竟过一大石牌坊　　　　　上　书四个大字乃是太虚幻境两边
戚：到幻境便强从手中夺了去与道人竟过一大石牌坊　　　　　上　书四　字乃是太虚幻境两边
寅：到幻境便强从手中夺了去与道人竟过一大石牌坊　　　　　上　书四个大字乃是太虚幻境两边

戌：又有一　幅对联道是假作真时真　亦假无为有处有还　无士隐意欲也跟了过去方举步时
庚：又有一　幅对联道是假作真时真作　假无为有处有　为无士隐意欲也跟了过去方举步时
戚：又有一　副　对联道是假作真时真　亦假无为有处有还　无士隐意欲也跟了过去方举步时
寅：又有一付　对联道是假作真时真作　假无为有处　　为无士隐意欲也跟了过去方举步时

戌：忽听一声霹雳有若山崩地陷士隐大叫一声定睛一看只见烈日炎炎芭蕉冉冉　梦中之事便忘
庚：忽听一声霹雳有若山崩地陷士隐大叫一声定睛一看只见烈日炎炎芭蕉冉冉所梦　之事便忘
戚：忽听一声霹雳有若山崩地陷士隐大叫一声定睛一看只见烈日炎炎芭蕉冉冉　梦中之事便忘
寅：忽听一声霹雳有若山崩地陷士隐大叫一声定睛一看只见烈日炎　芭蕉冉冉　梦　之事便忘

戌：了对　半又见奶母正抱了英　莲走来士隐见女儿越发生的　粉妆玉琢乖　觉可喜便伸手接
庚：了　大半又见奶母正抱了英菊　走来士隐见女　越发生　得粉妆玉琢　甚觉可喜便伸手接
戚：了对　半又见奶母正抱了英　莲　来士隐见女儿越发生　得粉妆玉琢乖　可喜便伸手
寅：了对　半又见奶母正抱了英　莲走来士隐见女儿越发生　得粉妆玉琢　甚觉可喜便伸手接

第一回 甄士隐梦幻识通灵 贾雨村风尘怀闺秀

戌：来抱在怀中　斗他顽　耍一回又带至街前看那过会的热闹方欲进来时只见从那边来了一
庚：来抱在怀内　斗他顽　耍一回又带至街前看那过会的热闹方欲进来时只见从那边来了一
戚：来抱在怀中　斗他顽　耍一回又带至街前看那过会的热闹方欲进来时只见从那边来　一
寅：来抱在怀内逗　他　玩耍一回又带至街前看那过会的热闹方欲进来时只见从那边　了一

戌：僧一道那僧则癞头　　跣足那道　跛足蓬头疯疯癫癫　　挥霍谈笑而至及到了他门前看见
庚：僧一道那僧则癞头跣脚　那道则跛足蓬头疯疯癫癫　　挥霍谈笑而至及到　他门前看见
戚：僧一道那僧则癞头　　跣足那道则跛足蓬头疯疯　颠颠挥霍谈笑而至及到了他门前看见
寅：僧一道那僧则癞头跣脚　那道则跛足蓬头疯疯癫癫　　挥霍谈笑而至及到　他门前看见

戌：士隐抱着英　莲那僧便　哭起来又向士隐道施主你把这有命无运累及爹娘之物抱在怀　内
庚：士隐抱着英菊　那僧便大哭起来又向士隐道施主你把这有命无运累及爹娘之物抱在怀　内
戚：士隐抱着英　莲那僧便大哭起来又向士隐道施主你把这有命无运累及爹娘之物抱在怀中
寅：士隐抱着英　莲那僧便大哭起来又向士隐道施主你把这有命无运累及爹娘之物抱在怀　内

戌：作甚士隐听了知是疯话也不去　睬他那僧还说舍我罢舍我罢士隐不　奈烦便抱着女儿撤
庚：作甚士隐听了知是疯话也不去采　他那僧还说舍我罢舍我罢士隐不耐　烦便抱　女儿撤
戚：作甚士隐听了知是疯话也不去　睬他那僧还说舍我罢舍我罢士隐不耐　烦便抱　女儿
寅：作甚士隐听了知是疯话也不去采　他那僧还说舍我罢舍我罢士隐不耐　烦便抱　女儿　侧

戌：身　进去那僧乃指着他大笑口念了四句言词道是惯养娇　生笑你痴菱花空对雪
庚：身要进去那僧乃指着他大笑口内念了四句言词道　惯养娇　生笑你痴菱花空对雪　　淇淇
戚：　要进去那僧　指着他大笑口　念了四句言词道　惯养　姣生笑你痴菱花空对雪斯斯
寅：身要进去那僧乃指着他大笑口内念了四句言词道　惯养娇　生笑你痴菱花空对雪

戌：渐渐好防佳节元宵　后便是烟消火灭时士隐听得明白心下犹豫意欲问他们来历只听　道人
庚：　　好防佳节元　宵后便是烟消火灭时士隐听得明白心下犹豫意欲问他们来历只听　道人
戚：　　好防佳节元　宵后便是烟消火灭时士隐听得明白心下犹豫意欲问他　来历只听得道人
寅：渐渐好防佳节元　宵后便是烟消火灭时士隐听得明白心下犹豫意欲问他们来历只听　道人

戌：说道你我不必同行就此分手各干营生去罢三劫后我在北邙山等你会齐了同往太虚幻境销号
庚：说道你我不必同行就此分手各干营生去罢三劫后我在北邙山等你会齐了同往太虚幻境销号
戚：说道你我不必同行就此分手各干营生去罢三劫后我在北邙山等你会齐了同往太虚幻境销号
寅：说道你我不必同行就此分手各干营生去罢三劫后我在北邙山等你会　了同往太虚幻境销号

戌：那僧道　妙妙　妙　说毕二人一去再不见个踪影了　士隐心中此时自　忖这两个人必有
庚：那僧道最妙　最　妙　说毕二人一去再不见个踪影了　士隐心中此时自　忖这两个人必有
戚：那僧道　妙　极妙极说毕二人一去再不见个踪　迹士隐心中此时自　忖这两个人必有
寅：那　道最妙　最　妙　说毕二人　再不见个踪影了　士隐心中此时自想　这两个人必有

戌：　来历该试一问如今悔却晚也这士隐正痴想忽见隔壁葫芦庙内寄居的一个穷儒姓贾名化字
庚：　来历该试一问如今悔却晚也这士隐正痴想忽见隔壁葫芦庙内寄居的一个穷儒姓贾名化字
戚：　来历该试一问如今悔却晚也这士隐正痴想忽见　　葫芦庙内寄居　一　穷儒姓贾名化字
寅：个来历该试一问如今悔却晚也这士隐正痴想忽见隔壁葫芦庙内寄居的一个穷儒姓贾名化字

戌：表时飞别号雨村者走了出来这贾雨村原系　胡州人氏原系　诗书仕宦之族因他　出于末世
庚：表时飞别号雨村者走了出来这贾雨村原系　胡州人氏原系　诗书仕宦之族因他生　于末世
戚：　时飞别号雨村者走了出来这贾雨村原系湖　州人氏原　是诗书仕宦之族因他生　于末世
寅：　时飞别号雨村者走了出来这贾雨村原系　胡州人氏原系　诗书仕宦之族因他生　于末世

戌：父母祖宗根基一　尽人口衰丧　只剩得他一身一口在家乡无益因进京求取功名再整基业自
庚：父母祖宗根基　已尽人口衰丧　只剩得他一身一口在家乡无益因进京求取功名再整基业自
戚：父母祖宗根基一　尽人口衰　微只剩得他一身一口在家乡无益因进京求取功名再整基业自
寅：父母祖宗根基　已尽人口衰丧　只剩得他一身一口在家乡无益因进京求取功名再整基业自

戌：前岁来此又淹蹇住了暂寄　庙中安身每日卖字作文为生故士隐常与他交接当下雨村见了士
庚：前岁来此又淹蹇住了暂寄　庙中安身每日卖字作文为生故士隐常与他交接当下雨村见了士
戚：前岁来此又淹蹇住了暂　在庙中安身每日卖字作文为生故士隐常与他交接当下雨村见了士
寅：前岁来此又淹蹇住了暂寄　庙中安身每日卖字作文为生故士隐常与他交接当下雨村见了士

戌：隐　施礼陪笑道老先生倚门伫望敢街市上有甚新　闻否士隐笑道非也适因小女啼哭引他出
庚：隐忙施礼陪笑道老先生倚门伫望敢街市上有甚新　闻否士隐笑道非也适因小女啼哭引他出
戚：隐忙施礼陪笑道老先生倚门伫望敢街市上有甚新文　否士隐笑道非也适因小女啼哭引他出
寅：隐忙施礼陪笑道老先生倚门伫望敢街市上有甚新　闻否士隐笑道非也适因小女啼哭引他出

戌：来作耍正是无聊之甚兄来得正妙请入小斋一谈　彼此皆可消此永昼说着便令人送女儿进去
庚：来作耍正是无聊之甚兄来得正妙请入小斋一谈此彼　皆可消此永昼说着便令人送女儿进去
戚：来作耍正是无聊之甚兄来得正妙请入小斋一谈　彼此皆可消此永昼说着便令人送女　进去
寅：来作耍正是无聊之甚兄来得正妙请入小斋一谈　彼此皆可消此永昼说着便令人送女儿进去

戌：自　携了雨村　　来至书房中小童献　茶方谈得三五句话忽家人飞报严老爷来拜士隐
庚：自与　　雨村携手来至书房中小童　现茶方谈得三五句话忽家人飞报严老爷来拜士隐慌的
戚：自　携了雨村　　来至书房中小童献　茶方谈得三五句话忽家人飞报严老爷来拜士隐慌的
寅：自与　　雨村携手来至书房中小童献　茶方谈得三五句话忽家人飞报严老爷来拜士隐慌的

戌：忙的起身谢罪道恕诳驾之罪略坐　即来陪雨村忙起身亦让道老先生请便晚生乃常造之客稍
庚：忙　起身谢罪道恕诳驾之罪略坐弟即来陪雨村忙起身亦让道老先生请便晚生乃常造之客稍
戚：忙　起身谢罪道恕诳驾之罪略坐弟即来陪雨村忙起身亦让道老先生请便晚生乃常造之客稍
寅：忙　起身谢罪道恕诳驾之罪略　弟即来陪雨村忙起身亦让道老先生请便晚生乃常造之客稍

戌：候何妨说着士隐已出前　厅　去了这里雨村且翻弄书籍解闷忽听得窗外有女子嗽声雨村遂
庚：候何妨说着士隐已出前　　所去了这里雨村且翻弄书籍解闷忽听得窗外有女子嗽声雨村遂
戚：候何妨说着士隐已出前庭　去了这里雨村且翻弄书籍解闷忽听　窗外有女子嗽声雨村遂
寅：候何妨说着士隐已出前　厅　去了这里雨村且翻弄书籍解闷忽听得窗外有女子嗽声雨村遂

戌：起身往窗外一看原来是一个丫环在那里撷花生得仪容不俗眉目清　朗虽无十分姿色却亦
庚：起身往窗外一看原来是一个丫环在那里撷花生得仪容不俗眉目清　楚　虽无十分姿色却亦
戚：起身往窗外一看原来是一个丫环在那里撷花生得仪容不俗眉目清明　　虽无十分姿色却亦
寅：起身往窗外一看原来是一个丫环在那里撷花生得仪容不俗眉目清　楚　虽无十分姿色却

戌：　有动人之处雨村不觉看得　呆了那甄家丫环撷了花方欲走时猛抬头见窗内有人敝巾旧服
庚：　有动人之处雨村不觉看　的呆了那甄家丫环撷了花方欲走时猛抬头见窗内有人　敝巾旧服
戚：　有动人之处雨村不觉看得　呆了那甄家丫环撷了花方欲走时猛抬头见窗内有人敝巾旧服
寅：也有动人之处雨村不觉看　的呆了那甄家丫环撷了花方欲走时猛抬头见窗内有　敝巾旧服

戌：虽是穷贫　然生得腰圆　背厚面阔口方更兼剑眉星眼直鼻权腮这丫环忙转身回避心下乃想
庚：虽是　贫窭然生得腰圆　背厚面阔口方更兼剑眉星眼直鼻权腮这丫环忙转身回避心下乃想
戚：虽是　贫窭然生得腰　宽背厚面阔口方更兼剑眉星眼直鼻权腮这丫环忙转身回避心下乃想
寅：虽是　贫窭然生得腰圆　背厚面阔口方更兼剑眉星眼直鼻权腮这丫环忙转身回避心下乃想

第一回 甄士隐梦幻识通灵 贾雨村风尘怀闺秀

戌：这人生得　这样雄壮却又这样褴褛　　想他定是我家主人　常说的什　么贾雨村了每有意
庚：这人生　的这样雄壮却又这样褴褛　　想他定是我家主人　常说的什　么贾雨村了每有意
戚：这人生得　这样雄壮却又这样　襤褛想他定是我家主人　常说的什　么贾雨村了每有意
寅：这人生　的这样雄壮却又这样褴缕　想他定是我家主人谈常　的　甚么贾雨村了每有意

戌：帮助周济只是　没甚机会我家并无这样贫　穷亲友想定系　此人无疑了怪道又说他必非久
庚：帮助周济只是　没甚机会我家并无这样贫窭　亲友想定　是此人无疑了怪道又说他必非久
戚：帮助周济只是无　甚机会我家并无这样贫窭　亲友想定　是此人无疑了怪道又说他必非久
寅：帮助周济只是　没甚机会我家并无这样贫窭　亲友想定　是此人无疑了怪道又说他必非久

戌：困之人如此　想不免又回头两次雨村见他回了头便自　为这女子心中有意于他便狂喜不
庚：困之人如此思想不免又回头两次雨村见他回了头便自　为这女子心中有意于他便狂喜不尽
戚：困之人如此　想不免又回头两次雨村见他回　头便自　为这女子心中有意于他便狂喜不
寅：困之人如此　想不免又回头两次雨村见他回了头便自以为这女子心中有意于他便狂喜不尽

戌：禁自　为此女子必是个巨眼英豪　风尘中之知己也一时小童进来雨村打听得前面留饭不可
庚：　自　为此女子必是个巨眼英　雄风尘中之知己也一时小童进来雨村打听得前面留饭不可
戚：禁自　为此女子必是个巨眼英豪　风尘中之知己也一时小童进来　　听得前面留饭不可
寅：　自以为此女子必是个巨眼英　雄风尘中　知己也一时小童进来雨村打听得前面留饭不可

戌：久待遂从夹道中自便出门去了士隐待客既散　雨村自便也不去再邀　一日早又中秋佳节士
庚：久待遂从夹道中自便出门去了士隐待客既散　雨村自便也不去再邀　一日早又中秋佳节士
戚：久待遂从夹道中自便出门去了士隐待客既散知雨村自便也不去再邀了一日早又中秋佳节士
寅：久待遂从夹道中自便出门去了士隐待客既散知雨村自便也不去再邀　一日早又中秋佳节士

戌：隐家宴已毕及　又另具一席于书房却自己步月至庙中来邀雨村原来雨村自那日见了甄家之
庚：隐家宴已毕　乃又另具一席于书房却自己步月至庙中来邀雨村原来雨村自那日见了甄家之
戚：隐家宴已毕　乃　具一席于书房却自己步月至庙中来邀雨村　　雨村自那日见了甄家之
寅：隐家宴已毕　乃又另具一席于书房却自己步月至庙中来邀雨村原来雨村自那日见了甄家之

戌：婢曾回头顾他两次自　为是个知己便时刻放在心上今又正值中秋不免对月有怀因而口占五
庚：婢曾回　顾他两次自　为是个知己便时刻放在心上今又正值中秋不免对月有怀因而口占五
戚：婢曾回头顾他两次自　为是个知己便时刻放在心上今又　值中秋不免对月有怀因而口占五
寅：婢曾回　顾他两次自以为是个知己便时刻放在心上今又正值中秋不免对月有怀因而口占五

戌：言一律云未卜三生愿频添一段愁闷来时敛额行去几回头自顾风前影谁堪月下俦蟾　光如有
庚：言一律云未卜三生愿频添一段愁闷来时敛额行去几回头自顾风前影谁堪月下俦蟾　光如有
戚：言一律云未卜三生愿频添一段愁闷来时敛额行去几回头自顾风前影谁堪月下俦蟾　光如有
寅：言一律云未卜三生愿频添一段愁闷来时敛额行去几回头自顾风前影谁堪月下俦蟾中　如有

戌：意先上玉人楼雨村吟罢因又思及平生抱负苦未逢时乃　又搔首对天长叹　复高吟一联云
庚：意先上玉人楼雨村吟罢因又思及平生抱负苦未逢时乃有　搔首对天长叹　复高吟一联　曰
戚：意先上玉人楼雨村吟罢因又思及平生抱负苦未逢时　　又搔首对天长叹后　高吟一联云
寅：意先上玉人楼雨村吟罢因又思及平生抱负苦未逢时乃有　搔首对天长叹　复高吟一联　曰

戌：玉在匮中求善价钗于奁内待时飞恰至　士隐走来听见笑道雨村兄真抱负不浅也雨村忙笑
庚：玉在匮中求善价钗于奁内待时飞恰至　士隐走来听见笑道雨村兄真抱负不浅也雨村忙笑
戚：玉在匮中求善价钗于奁内待时飞恰　值　士隐走来听见笑道雨村兄真抱负不浅也雨村忙笑
寅：玉在匮中求善价钗于奁内待时飞恰　置士隐走来听见笑道雨村兄真抱负不浅也雨村忙笑

戌：道　岂敢不过偶吟前人之句何敢狂　　诞至此因问老先生何兴至此士隐笑道今夜中秋俗谓团
庚：道此　　不过偶吟前人之句何敢　妄诞至此因问老先生何兴至此士隐笑道今夜中秋俗谓团
戚：道　岂敢不过偶吟前人之句何敢狂　　诞至此因问老先生何兴　　　士隐笑道今夜中秋俗谓团
寅：道此　　不过偶吟前人之句何敢　妄诞至此因问老先生何兴至此士隐笑道今夜中秋俗谓团

戌：圆之节想尊兄旅寄僧房不无寂　寞之感故特具小酌邀兄到敝斋一饮不知可纳芹意否雨村听
庚：圆之节想尊兄旅寄僧房不无寂寥　之感故特具小酌邀兄到敝斋一饮不知可纳芹意否雨村听
戚：圆之节想尊兄旅寄僧房不无寂寥　之感故特具小酌邀兄到敝斋一饮不知可纳芹意否雨村听
寅：圆之节想尊兄旅寄僧房不无寂寥　之感故特具小酌邀兄到敝斋一饮不知可纳芹意否雨村听

戌：了并不推辞便笑道既蒙　谬爱何敢拂此盛　情说着便同了士隐复过这边书院中来须臾茶毕
庚：了并不推辞便笑道既蒙厚爱何敢拂此盛　情说着便同　士隐复过这边书院中来须臾茶毕
戚：了并不推辞便笑道既蒙　谬爱何敢拂此盛意　说着便同　士隐　过这边书院中来须臾茶毕
寅：了并不推辞便笑道既蒙厚爱何敢拂此盛意　说　便同　士隐复过这边书院中来须臾茶毕

戌：早已设下杯盘那美酒佳肴自不必说二人归坐先是款斟　漫饮次渐　谈至兴浓不觉飞觥限斝
庚：早已设下杯盘那美酒佳肴自不必说二人归坐先是　斟　漫饮次渐　谈至兴浓不觉飞觥限斝
戚：早已设下杯盘那美酒佳肴自不必说二人归坐先是款斟慢　饮　渐次谈至兴浓不觉飞觥限斝
寅：早已设下杯盘那美酒佳肴自不必说二人归坐先是款斟　漫饮次渐　谈至兴浓不觉飞觥限

戌：起来当时街坊上家家箫管户户弦歌当头一轮明月飞彩凝辉二人愈　添豪兴酒到杯干雨村
庚：起来当时街坊上家家箫管户户弦歌当头一轮明月飞彩凝辉二人愈　添豪兴酒到杯干雨村
戚：起来当时街坊上家家箫管户户弦歌当头一轮明月飞彩凝辉二人愈觉　豪兴酒到杯干雨村
寅：嬖起来当时街坊上家家箫管户户弦歌当头一轮明月飞彩凝辉二人愈　添豪兴酒到杯干雨村

戌：此时已有七八分酒意狂兴不禁乃对月寓怀　　口号一绝云时逢三五便团圆满把晴光护玉栏
庚：此时已有七八分酒意狂兴不禁乃对月寓　杯口号一绝云时逢三五便团圆满把晴光护玉栏
戚：此时已有七八分酒意狂兴不禁乃对月　当杯口号一绝云时逢三五便团圆满把晴光护玉栏
寅：此时已有七八分酒意狂兴不禁乃对月寓　杯口号一绝云时逢三五便团圆满把晴光护玉栏

戌：天上一轮才捧出人间万姓仰头看士隐听了大叫妙哉吾每谓兄必非久居人下者今所吟之句飞
庚：天上一轮才捧出人间万姓仰头看士隐听了大叫妙哉吾每谓兄必非久居人下者今所吟之句飞
戚：天上一轮才捧出人间万姓仰头看士隐听了大叫妙哉吾每谓兄必非久居人下者今所吟之句飞
寅：天上一轮才捧出人间万姓仰头看士隐听了大叫妙哉吾每谓兄必非久居人下者今所吟之句飞

戌：腾之兆已见不日可　接　履于云霓之上矣可贺可贺乃亲　斟一斗为贺雨村因干过叹道非晚
庚：腾之兆已见不日可　接　履于云霓之上矣可贺可贺乃亲斟　一斗为贺雨村因干过叹道非晚
戚：腾之兆已见不日可得接步履于云霓之上矣可贺可贺乃亲　斟一斗为贺雨村因干过叹道非晚
寅：腾之兆已见不日可　接　履于云霓之上矣可贺可贺乃亲斟　一斗为贺雨村因干过叹道非晚

戌：生酒后狂言若论时尚之学晚生也或可去充数沽名　是目今行囊路费一概无措神京路远非赖
庚：生酒后狂言若论时尚之学晚生也或可去充数沽名只是目今行囊路费一概无措神京路远非赖
戚：生酒后狂言若论时尚之学晚生也或可去充数沽名只是目今行囊路费一概无措神京路远非赖
寅：生酒后狂言若论时尚之学晚生也或可去充数沽名只是目今行囊路费一概无措神京路远非赖

戌：卖字撰文可　能到者士隐不待说完便道兄何不早言愚每有此心　但每遇兄时兄并未谈及愚
庚：卖字撰文　即能到者士隐不待说完便道兄何不早言愚每有此心　但每遇兄时兄并未谈及愚
戚：卖字撰文　即能到者士隐不待说完便道兄何不早言愚每有此心便　每遇兄时　并未谈及愚
寅：卖字撰文　即能到者士隐不待说完便道兄何不早言愚每有此心　但每遇兄时兄并未谈及愚

第一回　甄士隐梦幻识通灵　贾雨村风尘怀闺秀　251

戌：故未敢唐突今既及此愚　虽不才义利二字却还识得且喜明岁正当大比兄宜作速入都春闱一
庚：故未敢唐突今既及此愚　虽不才义利二字却还识得且喜明岁正当大比兄宜作速入都春闱一
戚：故未敢唐突今既及此愚　虽不才义利二字却还识得且喜明岁　　大比兄宜作速入都春闱一
寅：故未敢唐突今既及此愚岁　不才义　二字却还识得且喜明岁正当大比兄宜作速入都春闱一

戌：战方不负兄之所学也其盘费余事弟自代为处置　尔不枉兄之谬识矣当下即命小童进去速封
庚：战方不负兄之所学也其盘费余事弟自代为处置亦　不枉兄之谬识矣当下即命小童进去速封
戚：战方不负兄之所学也其盘费余事弟自代为处置亦　不枉兄之谬识矣当下即命小童进去速封
寅：战方不负兄之所学也其盘费余事　自代为处置亦　不枉兄之谬识矣当下即命小童进去速封

戌：五十两白银并两套冬衣又云十九日乃黄道之期兄可即买舟西上待雄飞高举明冬再晤岂非大
庚：五十两白银并两套冬衣又云十九日乃黄道之期兄可即买舟西上待雄飞高举明冬再晤岂非大
戚：五十两白银并两套冬衣又云十九日乃黄道之期兄可即买舟西上待雄飞高举明冬再晤岂非大
寅：五十两白银并两套冬衣又云十九日乃黄道之期兄可即买舟西上待雄飞高举明冬再晤岂非大

戌：快之事耶雨村收了银衣不过略谢一语并不介意仍是吃酒谈笑那天已交　三鼓　二人方散士
庚：快之事耶雨村收了银衣不过略谢一语并不介意仍是吃酒谈笑那天已交了三　更二人方散士
戚：快之事耶雨村收了银衣不过略谢一语并不介意仍是吃酒谈笑那天已交　三鼓　二人方散士
寅：快之事耶雨村收了银衣不过略谢一语并不介意仍是吃酒谈笑那天已交了三　更二人方散士

戌：隐送雨村去后回房一觉直至红日三竿方醒因思昨　日之事意欲再写两　封荐书与雨村带至
庚：隐送雨村去后回房一觉直至红日三竿方醒因思昨夜　之事意欲再写两　封荐书与雨村带至
戚：隐送雨村去后回房一觉直至红日三竿方醒因思昨夜　之事意欲再写两对　书与雨村带至
寅：隐送雨村去后回房一觉直至红日三竿方醒因思昨夜　之事意欲再写两　封荐书与雨村带至

戌：神京　使雨村投谒个仕宦之家为寄足之地因使人过去请时那家人去了回来　说和尚说贾爷
庚：神　都使雨村投谒个仕宦之家为寄足之地因使人过去请时那家人去了回来　说和尚说贾爷
戚：神　都使雨村投谒个仕宦之家为寄足之地因使人过去请时那家人去了回来言　和尚说贾爷
寅：神　都使雨村投　个仕宦之家为寄足之地因使人过去请时那家人去了回来　说和尚说贾爷

戌：今日五鼓已进京去了也　曾留下话与和尚转达老爷说读书人不在黄道黑道总以事理为要不
庚：今日五鼓已进京去了　他曾留下话与和尚转达老爷说读书人不在黄道黑道总以事理为要不
戚：今日五鼓已进京去了也　曾留下话与和尚转达老爷说读书人不在黄道黑道总以事理为要不
寅：今日五鼓已进京去了　他曾留　话与和尚转达老爷说读书人不在黄道黑道总以事理为要不

戌：及面辞了士隐听了也只得罢了真是闲处光阴易过倏忽又是元　宵佳节矣因士隐命家人霍启
庚：及面辞了士隐听了也只得罢了真是闲处光阴易过倏忽又是元　宵佳节矣因士隐命家人霍启
戚：及面辞了士隐听了也只得罢了真是闲处光阴易过倏忽又是元宵　佳节矣因士隐命家人霍启
寅：及面辞了士隐听了也只得罢了真是闲处光阴易过倏忽又是元　宵佳节矣因士隐命家人霍启

戌：抱了英　莲去看社火花灯半夜中霍启因要小解便将英莲　放在一家门槛　上坐着待他小解
庚：抱了英菊　去看社火花灯半夜中霍启因要小解便将英　菊放在一家门槛　上坐着待他小解
戚：抱了英　莲去看社火花灯半夜中霍启因要小解便将英莲　放在一家门　坎上坐着待他小解
寅：抱了英　莲去看社火花灯半夜中霍启因要小解便将英莲　放在一家门　坎上坐着待他小解

戌：完了来抱时那有英莲　的踪影急得霍启直寻了半夜至天明不见那霍启也就不敢回来见主人
庚：完了来抱时那有英　菊的踪影急得霍启直寻了半夜至天明不见那霍启也就不敢回来见主人
戚：完了来抱时那有英莲　的踪影急得霍启直寻了半夜至天明不见那霍启也就不敢回来见主人
寅：完了来抱时那有英莲　的踪影急得霍启直寻了半夜至天明不见那霍启也就不敢回来见主人

戌：	便逃往他乡去了那士隐夫妇见女儿一夜不归便知有些不　妥再使几个人去寻找回来皆云连
庚：	便逃往他乡去了那士隐夫妇见女儿一夜不归便知有些不安　再使几　人去寻找回来皆云连
戚：	便逃往他乡去了那士隐夫妇见女儿一夜不归便知有些不　妥再使几　人去寻找回来皆云
寅：	便逃往他乡去了那士隐夫妇见女儿一夜不归便知有些不安　再使几　人去寻找回来皆云连

戌：	音响皆　　无夫妻　二人半世只生此女一旦失落岂不思想因此昼夜啼哭几乎不曾寻死看看
庚：	音响皆　　无夫妻　二人半世只生此女一旦失落岂不思想因　昼夜啼哭几乎不曾寻死看看
戚：	音　信全无夫　妇二人半世只生此女一旦失落岂不思想因此昼夜啼哭几乎不曾寻死看看
寅：	音响皆　　无夫　妇二人半世只生此女一旦失落岂不思想因　昼夜啼哭几乎不曾寻死看看

戌：	一月士隐先就得了一病当时封氏孺人也因思女构疾日日请医　疗病　不想这　日三月
庚：	的　一月士隐先就得了一病当时封氏孺人也因思女构疾日日请医　疗　治不想这　日三月
戚：	一月士隐先就得了一病当时封氏　　也因思女构疾日日请医调　治不想这一日三月
寅：	有一月士隐先就得了一病当时封氏孺人也因思女构疾日日请医　疗　治不想这　日三月

戌：	十五　葫芦庙中炸供那些和尚不加小心致使油锅火　逸便烧着窗纸此方人家多用竹　篱木
庚：	十五　葫芦庙中炸供那些和尚不加小心致使油锅火　逸便烧着窗纸此方人家多用竹　篱木
戚：	十五日葫芦庙　炸供那些和尚不加小心致使油锅火　逸便烧着窗纸此方人家多用竹
寅：	十五　葫芦庙中炸供那些和尚不加小心致使油锅火溢　便烧着窗纸此方人家多用竹壁　木

戌：	壁者多　大抵也因劫数于是接二连三牵五挂　四将一条街烧得如火焰山一般彼时虽有军
庚：	壁　者　其大抵也因劫数于是接二连三牵五挂　四将一条街烧得如火焰山一般彼时虽　军
戚：	壁　　　大抵也因劫数于是接二连三牵五挂六　将一条街烧　　如火焰山一般彼时虽有军
寅：	壁　者　其大抵也因劫数于是接二连三牵五挂　四将一条街烧得如火焰山一般彼时虽　军

戌：	民来救那火已成了势如何救得下去直烧了一夜方渐渐　熄去也不知烧了几家只可怜甄家
庚：	民来救那火已成了势如何救得下　直烧了一夜方渐渐的熄去也不知烧了几家只可怜甄家
戚：	民来救那火已成了势如何救得下　直烧了一夜方渐渐的熄去也不知烧了几家只可怜甄　氏
寅：	民来救那火已成了势如何救得下　直烧了一夜方渐渐的熄去也不知烧了几家只可怜甄家

戌：	在隔壁早已烧成一片瓦砾场了只有他夫妇并　几个家人的性命不曾伤了急得士隐惟跌足长
庚：	在隔壁早已烧成一片瓦砾场了只有他夫妇并　几个家人的性命不曾伤了急得士隐惟跌足长
戚：	在隔壁早已烧成一片瓦砾场了只有他夫妇并　几个家人的性命不曾伤了急得士隐惟跌足长
寅：	在隔壁早已烧成一片瓦砾场了只有他夫妇　及几个家人的性命不曾伤了急得士隐惟跌足长

戌：	叹而已只得与妻子商议且　　到田庄上去安身偏值近年水旱不收鼠盗蜂起无非抢　粮夺食
庚：	叹而已只得与妻子商议且　　到田庄上去安身偏值近年水旱不收鼠盗蜂起无非抢田　夺
戚：	叹而已只得与妻子商议且将就到田庄上去安身偏值近年水旱不收鼠盗蜂起无非抢田　夺
寅：	叹而已只得与妻子商议且　　到田庄上去安身偏值近年水旱不收鼠盗蜂起无非抢田　夺

戌：	鼠窃狗偷　民不安生因此官兵剿捕难以安身士隐只得将田庄都　折变了便　携了妻子与
庚：	地鼠窃狗偷　民不安生因此官兵剿捕难以安身士隐只得将田庄都　折变了便　携了妻子与
戚：	地　　　　　民不安生因此官兵剿捕难以安身士隐只得将田庄都质　变　　　携　妻子与
寅：	地鼠窃狗　盗民不安生因此官兵剿捕难以安身士隐只得将田庄都　折变了　两携了妻子与

戌：	两个丫环投　他岳丈　家去他岳丈　名唤封肃本贯大如州人氏虽是务农家中都还殷实今见
庚：	两个丫环　报他岳丈　家去他岳丈　名唤封肃本贯大如州人氏虽是务农家中都还殷实今见
戚：	两个丫环投　他岳丈　家去他岳丈　名　封肃本贯大如州人氏虽是务农家中都还殷实今见
寅：	两个丫环　报他岳　父家去他岳　父名唤封肃本贯大如州人氏虽是务农家中都还殷实今见

第一回　甄士隐梦幻识通灵　贾雨村风尘怀闺秀

戌：女　　　婿这等狼狈而来心中便有些不乐幸而士隐还有　折变地的银子未曾用完拿出来托
庚：女　　　婿这等狼狈而来心中便有些不乐幸而士隐还有　折变地的银子未曾用完拿出来托
戚：女儿女壻　这等狼狈而来心中便有些不乐幸而士隐还有质　变地的银子未曾用完拿出来托
寅：女　　　婿这等狼狈而来心中便有些不乐幸而士隐还有　折变地的银子未曾用完拿出来托

戌：他随分就价薄置些须房地为后日衣食之计那封肃便半哄半赚些须与他些薄田朽屋士隐乃读
庚：他随分就价薄置些须房地为后日衣食之计那封肃便半哄半赚些须与他些薄田朽屋士隐乃读
戚：他随分就价　置些须房地为后日衣食之计那封肃便半哄　赚些须与他些薄田朽屋士隐乃读
寅：他随分就价薄置些须房地为后日衣食之计那封肃便半哄半赚些须与他些薄田朽屋士隐乃读

戌：书之人不惯生理稼穑等事　勉强支持了一二年越觉穷了下去封肃每见面时便说些现成话且
庚：书之人不惯生理稼穑等事免　强支持了一二年越觉穷了下去封肃每见面时便说些现成话且
戚：书之人不惯生理稼穑等事　勉强支持了一二年越觉穷了下去封肃每见面时　说些现成话且
寅：书之人不惯生理稼穑等事免　强支持了一二年越觉穷了下去封肃每见面时便说些现成话且

戌：人前人后又怨他们不善过活只一味好吃懒　用　等语士隐知投人不着心中未免悔恨再兼上
庚：人前人后又怨他们不善过活只一味好吃懒作　等语士隐知投人不着心中未免悔恨再兼上
戚：人前人后又怨他们不善过活　一味好吃懒　做等语士隐知投人不着心中未免悔恨再兼上
寅：人前人后又怨他们不善过活只一味好吃懒作　等语士隐知投人不着心中未免悔恨再兼上

戌：年惊唬急忿　悲痛已　伤暮年之人贫病交攻竟渐渐　露出那下世的光景来可巧这日拄
庚：年惊唬急忿怨　痛已　伤暮年之人贫病交攻竟渐渐的　露出那下世的光景来可巧这日拄
戚：年惊唬急忿怨　痛已有积伤暮年之人贫病交攻　渐渐的　露出那下世　光景来可巧这日
寅：年惊唬急忿怨　痛已　伤暮年之人贫病交攻竟渐渐　地露出那下世的光景来可巧这日拄

戌：了拐　挣挫在　街前　散散心时忽见那边来了一个跛足道人疯狂　落脱麻屦　鹑衣口内念
庚：了拐杖挣挫　到街前　散散心时忽见那边来了一个跛足道人疯　癫脱麻屦　鹑衣口内念
戚：了拐　挣挫　到街　上散散心时忽见那边来了一个跛足道人疯狂　落脱麻　履鹑衣口内念
寅：了拐杖　挫　到街前　散散心时忽见那边来了一个跛足道人疯　癫落脱麻屦　鹑衣口内念

戌：着几句言词道是世人都晓神仙好惟　有功名忘不了古今将相在何方荒冢一堆草没了世人都
庚：着几句言词道是世人都晓神仙好惟　有功名忘不了古今将相在何方荒冢一堆草没了世人都
戚：着几句言词道　世人都晓神仙好惟　有功名忘不了古今将相在何方荒冢一堆草没了世人都
寅：着几句言词道是世人都晓神仙好　唯有功名忘不了古今将相在何方荒冢一堆草没了世人都

戌：晓神仙好只有金银忘不了终朝只恨聚无多及到多时眼闭了世人都　晓神仙好只有姣妻忘不
庚：晓神仙好只有金银忘不了终朝只恨聚无多及到多时眼闭了世人都　晓神仙好只有姣妻忘不
戚：晓神仙好只有金银忘不了终朝只恨聚无多及到多时眼闭了世人都说　神仙好只有姣妻忘不
寅：晓神仙好只有金银忘不了终朝只恨聚无多及到多时眼闭了世人都　晓神仙好只有姣妻忘不

戌：了君　生日日说恩情君死又随人去了世人都　晓神仙好只　有儿孙忘不了痴心父母古来多
庚：了君在　日日说恩情君死又随人去了世人都　晓神仙好只　有儿孙忘不了痴心父母古来多
戚：了君　生日日说恩情君死又随人去了世人都说　神仙好　惟有儿孙忘不了痴心父母古来多
寅：了君在　日日说恩情君死又随人去了世人都　晓神仙好只　有儿孙忘不了痴心父母古来多

戌：孝顺儿孙谁见了士隐听了便迎上来　道你满口说　什么只听见些好了好了那道人笑道你若
庚：孝顺儿孙谁见了士隐听了便迎上来　道你满口说些什么只听见些好了好了那道人笑道你若
戚：孝顺儿孙谁见了士隐听了便迎上来　道你　说些什么只听见些好了好了那道人　道你若
寅：孝顺儿孙谁见了士隐听了便迎上来说道你满口说些什么只听见些好了好了那道人笑道你若

戌：果听见好了二字还算你明白可知世上　万般好便是了了便是好若不了便不好若要好须是了
庚：果听见好了二字还算你明白可知世上　万般好便是了了便是好若不了便不好若要好须是了
戚：果听见好了二字还算　明白可知世　人万般好便是了了便是好若不了便不好若要好须是了
寅：果听见好了二字还算你明白可知世上　万般好便是了了便是好若不了便不好若要好须是了

戌：我这歌儿便名好了歌士隐本是有宿慧的一闻此言心中早已彻悟因笑道且住待我将你这好了
庚：我这歌儿便名好了歌士隐本是有宿慧的一闻此言心中早已彻悟因笑道且住待我将你这好了
戚：我这歌儿便名好了歌士隐本是有宿慧的一闻此言心中早已彻悟因笑道且住待我将你　好了
寅：我这歌　便名好了歌士隐本是有宿慧的一闻此言心中早已彻悟因笑道且住待我将你这好了

戌：歌解注出来何如道人笑道你解你解士隐乃说道陋室空　堂当年笏满床衰草枯杨曾为歌舞场
庚：歌解注出来何如道人笑道你解你解士隐乃说道陋室空空　当年笏满床衰草枯杨曾为歌舞场
戚：歌解注出来何如道人笑道你解你解士隐乃说道陋室空　堂当年笏满床衰草枯杨曾为歌舞
寅：歌解注出来何如道人笑道你解你解士隐乃说道陋室空空　当年笏满床衰草枯杨曾为歌舞场

戌：蛛丝儿结满雕梁绿纱　今又糊在蓬窗上说什么脂正浓粉正香如何两鬓又成霜昨日黄土陇头
庚：蛛丝儿结满雕梁绿纱　今又糊在蓬窗上说什么脂正浓粉正香如何两鬓又成霜昨日黄土陇头
戚：蛛丝儿结满雕梁绿纱儿今又糊在蓬窗上说什么脂正浓粉正香如何两鬓又成霜昨日黄土陇头
寅：蛛丝儿结满雕梁绿纱　今又糊在蓬窗上说什么脂正浓粉正香如何两鬓又成霜昨日黄土陇头

戌：送白骨今宵红灯帐底卧鸳鸯金满箱银满箱　展眼乞丐人皆谤正叹他人命不长那知自己归来
庚：送白骨今宵红灯帐底卧鸳鸯金满箱银满箱　展眼乞丐人皆谤正叹他人命不长那知自己归来
戚：送白骨今宵红灯帐底卧鸳鸯金满箱银满箱转　眼乞丐人皆谤正叹他人命不长那知自己归来
寅：送白骨今宵红灯帐底卧鸳鸯金满箱银满箱　展眼乞丐人皆谤正叹他人命不长那知自己归来

戌：丧训有方保不定　日后作强梁择膏　梁谁承望流落在烟花巷因嫌纱帽小致使锁枷扛　昨怜
庚：丧训有方保不定　日后作强梁择膏梁　谁承望流落在烟花巷因嫌纱帽小致使锁枷　摃昨怜
戚：丧训有方保不定后日　作强梁择膏　梁谁承望流落在烟花巷因嫌纱帽小致使锁枷扛　昨怜
寅：丧训有方保不定　日后作强梁择膏梁　谁承望流落在烟花巷因嫌纱帽小致使锁枷　摃昨怜

戌：破袄寒今嫌紫　蟒长乱烘烘　你方唱罢我登场反认他乡是故乡甚荒唐到头来都是为他人
庚：破袄寒今嫌紫　蟒长乱烘烘　你方唱罢我登场反认他乡是故乡甚荒唐到头来都是为他人
戚：破袄寒今嫌紫袍　长乱　哄哄你方唱罢我登场反认他乡是故乡甚荒唐到头来都是为他人
寅：破袄寒今嫌紫　蟒长乱烘烘　你方唱罢我登场反认他乡是故乡甚荒唐到头来都是为他人

戌：作　嫁衣裳那疯跛道人听了　指掌笑道解得切解得切士隐便笑　一声走罢将道人肩上搭连
庚：作　嫁衣裳那疯跛道人听了拍　掌笑道解得切解得切士隐便　说一声走罢将道人肩上搭连
戚：作了　衣裳那疯跛道人听了拍　掌笑道解得切解得切士隐便　说一声　罢将道人肩上搭连
寅：作　嫁衣裳那疯跛道人听了拍　掌笑道解得切解得切士隐便　说一声走罢将道人肩上搭连

戌：抢了过来背着竟不　回家同了疯道人飘飘而去当下烘　动街坊众人当作一件新文　传说封
庚：抢了过来背着竟不　回家同了疯道人飘飘而去当下烘　动街坊众人当作一件新　闻传说封
戚：抢了过来背着竟不知回家同了　道人飘飘而去当下烘　动街坊众人当作一件新文　传说封
寅：抢了过来背着竟不　回家同了疯道人飘飘而去当下烘得　街坊众人当作一件新　闻传说封

戌：氏闻得此信哭个・　死去活来只得与父亲商议遣人各处访寻那　讨音信　　无奈何少不
庚：氏闻得此信哭个　　死去活来只得与父亲商议遣人各处访寻那　讨音信　　无奈何少不
戚：氏闻得此信哭　了　死去活来只得与父亲商议遣人各处访寻那知　音信全无　无奈何少不
寅：氏闻得此信哭　得死去活来只得与父亲商议遣人各处访寻那　讨音　　讯无奈何少不

第一回 甄士隐梦幻识通灵 贾雨村风尘怀闺秀

戌：得依靠着他父母度日幸　　而身边还有两个旧日的丫环伏　侍主仆三人日夜　做些针线发卖
庚：得依靠着他父母度日幸儿　身边还有两个旧日的丫环伏　侍主仆三人日夜作　些针线发卖
戚：得依　着他父母度日幸　　而身边还有两个旧日的丫环伏　侍主仆三人日夜作　些针线发卖
寅：得依靠着他父母度日幸　　而身边还有两个旧日的丫环伏持　主仆三人日夜作　些针线发卖

戌：帮着父亲　　用度那封肃虽然日日　报怨　　也无可奈　何了这日那甄家的大丫环　在门
庚：帮着父亲　　用度那封肃虽然日日抱　怨　　也无　奈　何了这日那甄家　大丫环　在门
戚：帮着父亲过活　　那封肃虽然日日抱　怨然　也无可　如何了这日　甄家　大丫　头在门
寅：帮着父亲　　用度那封肃虽然日日抱　怨　无也　　奈　何了这日那甄家　丫环　在门

戌：前买线忽听得街上喝道之声众人都说新太爷到任　丫环于是隐在门内看时只见军牢快手一
庚：前买线忽听　街上喝道之声众人都说新太爷到任　丫环于是隐在门内看时只见军牢快手一
戚：前买线忽听　街上喝道之声众人都说新太爷到任　丫环于是隐在门内看时只见军牢快手一
寅：前买线忽听　街上喝道之声众人都说新太爷到任了丫环于是隐在门内看时只见军牢快手一

戌：对一对的过去　俄而大轿内抬着一个乌　帽猩袍的官府过去　丫环到发　个怔自思　这官
庚：对一对的过去　俄而大轿　抬着一个乌　帽猩袍的官府过去　丫环到发了个怔自思　这官
戚：对一对的过去　俄而大轿内抬着一个乌纱　猩袍的官府过去　丫环到发了　怔自　忖这官
寅：对一对的过去了俄而大轿　抬着一个乌　帽猩袍的官府过去了丫环到发了个怔自思　这官

戌：好面善到象　在那里见　过的于是进入房中也就丢过不在心上至晚间正　该歇息之时忽听
庚：好面善到　像在那里见　过的于是进入房中也就丢过不在心上至晚间正待　歇息之时忽听
戚：好面善到　像在那里　会过的于是进入房中也就丢过不在心上至晚间正待　歇　时忽听
寅：好面善到　像在那里见　过的于是进入房中也就丢过不在心上至晚间正待　歇　之时忽听

戌：一片声打的门响许多人乱嚷说本府太爷　差人来传人问话封肃听了唬得目瞪　口呆不知有
庚：一片声打的门响许多人乱嚷说本府太爷的差人来传人问话封肃听了唬得目瞪痴　呆不知有
戚：一片声打的门响许多人乱嚷说本府太爷的差人来传人问话封肃听了唬得目瞪　口呆不知有
寅：一片声打的门响许多人乱嚷说本府太爷的差人来传人问话封肃听了唬得目瞪痴　呆不知有

戌：何　祸事
庚：何衬　事
戚：何　祸事且听下回分解总评出口神奇幻中不幻文势跳跃情里生情借幻说法而幻中更自多情
寅：何　祸事

第二回　贾夫人仙逝扬州城　冷子兴演说荣国府

戌：此回亦非正文本旨只在冷子兴一人即俗　　谓冷中出热无中生有也其演说荣　府一篇者盖
庚：此回亦非正文本旨只在冷子兴一人即俗　　谓冷中出热无中生有也其演说荣　府一篇者盖
戚：此回亦非正文本旨只在冷子兴一人即　　　冷中出热无中生有也其演说荣国府一篇者盖
寅：此回亦非正文本旨只在冷子兴一人即俗语所谓冷中出热无中生有也其演说荣　一篇者盖

戌：因族大人多若从作者笔下一一叙出　尽一二回不能　得明则成何文字故借用冷　字一人
庚：因族大人多若从作者笔下一一叙出　尽一二回不能　得明则成何文字故借用冷子　一人
戚：因族大人多若从作者笔下一一叙出　尽一二回不能　得明则成何文字故借用冷子　一人
寅：因族大人多若从作者笔下一一叙出书　一二回不能说得明　成何文字故借用冷子兴　一人

戌：略出其大半　　使阅者心中已有一荣府隐隐在心然后用黛玉宝钗等两三次　皴染则　耀
庚：略出其　文好　使阅者心中已有一荣府隐隐在心然后用黛玉宝钗等两三次　皴染则　耀
戚：略出其　文　半使阅者心中已有一荣府隐隐在心然后用黛玉宝钗等两三次　皴染则　耀
寅：略出其　文好　使阅者心中已有一荣府隐隐在心然后用黛玉宝钗等两三次皴　染　心耀

戌：然于心中眼中矣此即画家三染法也未写荣府正人先写外戚是由远及近小至大也若使先叙
庚：然于心中眼中矣此即画家三染法也未写荣府正人先写外戚是由远及近小至大也若使先叙
戚：然于心中眼中矣此即画家三染法也未写荣府正人先写外戚是由远及近小至大也若使先叙
寅：然于心中眼中矣此即画家三染法也未写荣府正人先写外戚是由远及近小至大也若使先叙

戌：出荣府然后一一叙及外戚又一一未写荣府正人先写外戚是由远及近由小至大也若是先叙出
庚：出荣府然后一一叙及外戚又一一
戚：出荣府然后一一叙及外戚又一一
寅：出荣府然后　　　　　　　又

戌：荣府然后一一叙及外戚又一一至朋友至奴仆其死板　拮据之笔岂作十二钗人手中之物也今
庚：　　　　　　　　　　　　　至朋友至奴仆其死　反拮据之笔岂作十二钗人手中之物也今
戚：　　　　　　　　　　　　　至朋友至奴仆其死板　拮据之笔岂作十二钗人手中之物也今
寅：　一一叙及外戚又一一至朋友至奴仆其死板　拮据之笔岂作十二钗人手中之物也

戌：先写外戚者正是写荣国一府也故又怕　闲文赘瀁　开笔即写贾夫人　已死是特使黛玉
庚：先写外戚者正是写荣国一府也故又怕　闲文赘瀁　开笔即写贾夫人　已死　使黛玉
戚：先写外戚者正是写荣国一府也故又怕问反　　赘瀁　开笔即写贾夫人一　死　使黛玉
寅：令先写外戚者正是写荣国一府也故又怕　闲文赘　累开笔即写贾夫人　已死是特使黛玉

戌：入荣府之速也通灵宝玉　于士隐梦中一出今　于子兴口中一出阅者已　洞然矣然后于黛玉
庚：入荣府之速也通灵宝玉　于士隐梦中一出今又于子兴口中一出阅者已　洞然矣然后于黛玉
戚：入荣府之速也通灵宝玉　于士隐梦中一出今又于子兴口中一出阅者已豁　然矣然后于黛玉
寅：入荣府之速也通灵宝玉由　士隐梦中一出今又于子兴口中一出阅　已　洞然矣然后于黛玉

第二回　贾夫人仙逝扬州城　冷子兴演说荣国府

戌：宝钗二人目中极精极细一描则是文章　锁　合　处盖不肯一笔直　下有若放闸之水然信之
庚：宝钗二人目中极精极细一描则是文章关锁　和处盖不肯一笔直　下有若放闸之水然信之
戚：宝钗二人目中极精　细一描则是文章　锁　合　处盖不肯一笔直　下有若放闸之水然信之
寅：宝钗二人目中极精极细一描则是文章关锁何　处盖不肯一笔　正下有若放闸之水然信之

戌：爆使其精华一泄而无余也究竟此玉原应出自钗黛目中方有照应今预从子兴口中说出实虽写
庚：爆使其精华一泄而无余也究竟此玉原应出自钗黛目中方有照应今预从子兴口中说出实虽写
戚：爆使其精华一泄而无余也究竟此玉原应出自钗黛目中方有照应今预从子兴口中说出实虽写
寅：爆使其精华一泄而无余也究竟此玉原应出自钗黛目中方有照应今预从子兴口中说出实虽写

戌：而却未写观其后文可知此一回则是虚敲旁击之　笔则是反逆隐回　之笔诗云一局输　赢料
庚：而却未写观其后文可知此一回则是虚敲旁击之文笔则是反逆隐　曲之笔诗云一局输　赢料
戚：而却未写观其后文可知此一回则是虚敲旁击之文　则是反逆隐　曲之笔诗云一局输　赢料
寅：而却未写观其后文可知此一回则是虚敲旁击之文笔则是反逆隐　曲之笔诗云一局输盈　料

戌：不真香销　茶尽尚逡巡欲知目下兴衰兆须问旁观冷眼人却说封肃因听见公差传唤忙出来陪
庚：不真香销　茶尽尚逡巡欲知目下兴衰兆须问旁观冷眼人却说封肃因听见公差传唤忙出来陪
戚：不真香销　茶尽尚逡巡欲知目下兴衰兆须问旁观冷眼人却说封肃因听见公差传唤忙出来陪
寅：不真香　消茶尽尚逡巡欲知目下兴衰兆须问旁观冷眼人却说封肃因听见公差传唤忙出来陪

戌：笑启问那些人只嚷快请出甄爷来封肃忙陪笑道小人姓封并不姓甄只有当日小　婿姓甄今已
庚：笑启问那些人只嚷快请出甄爷来封肃忙陪笑道小人姓封并不姓甄只有当日小　婿姓甄今已
戚：笑启问那些人只嚷快请出甄爷来封肃忙陪笑道小人姓封并不姓甄只有当日小壻　姓甄今已
寅：笑启问那些人只嚷快请出甄爷来封肃忙陪笑道小人姓封并不姓甄只有当日小　婿姓甄今已

戌：出家一二年了不知可是问他那些公人道我们也不知什么真假因奉太爷之命来问　他既是你
庚：出家一二年了不知可是问他那些公人道我们也不知什么真假因奉太爷之命来问你　既是你
戚：出家一二年了不知可是问他那些公人道我们也不知什么真假因奉太爷之命来问你他　是你
寅：出家一二年了不知可是问他那些公人道我们也不知什么真假因奉太爷之命来问你　既是你

戌：女婿　便带了你去亲见太　爷面裏省得乱跑说着不容封肃多言大家推拥他去了封　家　人
庚：女婿　便带了你去亲见太　爷面裏省得乱跑说着不容封肃多言大家推拥他去了封　家　人
戚：女　壻便带了你去亲见太　爷面裏省得乱跑说着不容封肃多言大家推拥他去了封肃家内人
寅：女婿　便带了你去亲　老爷面裏省得乱跑说着不容封肃多言大家推拥他去了封　家　人

戌：　各各都惊慌不知何兆那天约有二更时分只见封肃方回来欢天喜地众人忙问端的他乃说
庚：个个　都惊慌不知何兆那天约　二更时　只见封肃方回来欢天喜地众人忙问端的他乃说
戚：　各各　惊慌不知何兆那天约　二更时　只见封肃方回来欢天喜地众人忙问端的他乃说
寅：个个　都惊慌不知何兆那天约　二更时　只见封肃方回来欢天喜地众人忙问端的他乃说

戌：道原来本府新　升的太爷姓贾名化本　胡州人氏曾与女婿　旧日相交方才在咱门前过去
庚：道原来本府新　升的太爷姓贾名化本　贯胡州人氏曾与女婿　旧日相交方才在咱门前过去
戚：道原来本府新任　的太爷姓贾名化本湖　州人　曾与女　壻旧日相交方才在　门前过去
寅：道原来本府新　升的太爷姓贾名化本　贯胡州人氏曾与女婿　旧日相交方才在咱门前过去

戌：　因看见娇　杏那丫头买线所以他只当女　婿移住于此我一一　将原故回明那太爷到伤感
庚：　因　见娇　杏那丫头买线所以他只当女　婿移住于此我一一的将原故回明那太爷到伤感
戚：　因看见　姣杏那丫头买线所以他只当女壻　移住于此我一一　将原故回明那太爷到伤感
寅：的因　见娇　杏那丫头买线所以他只当女　婿移住于此我一一的将原故回明那太爷到伤感

戌：叹息了一回又问外孙女儿我说看灯丢了太爷说不妨我自使番役务必　采访回来说了一回
庚：叹息了一回又问外孙女儿我说看灯丢了太爷说不妨我自使番役务必探　访回来说了一回
戚：叹息了一回又问外孙女儿我说看灯丢了太爷说不妨我自使番役务必探　访回来说了一回
寅：叹息了一回又问外孙女儿我说看灯丢了太爷说不妨我自使番役务必探　访回来说了一回

戌：　临走到送了我二两银子甄家娘子听了不免心中伤感一宿无话至次日早有雨村遣人送　两
庚：话临走到送了我二两银子甄家娘子听了不免心中伤感一宿无话至次日早有雨村遣人送了两
戚：话临走到送了我二两银子甄家娘子听了不免心中伤感一宿无话至次日早有雨村遣人送了两
寅：话临走到送了我二两银子甄家娘子听了不免心中伤感一宿无话至次日早有雨村遣人送了两

戌：封银子四　匹锦缎答谢甄家娘子又寄一封密书与封肃转托他问　甄家娘子要那娇　杏作二
庚：封银子四　匹锦缎答谢甄家娘子又寄一封密书与封肃转托　问　甄家娘子要那娇　杏作二
戚：封银子四疋　锦缎答谢甄家娘子又寄一封密书与封肃　托他　向甄家娘子要那　姣杏作二
寅：封银子四　匹锦缎答谢甄家娘子又寄一封密书与封肃转托　问　甄家娘子要那娇　杏作二

戌：房封肃喜的屁滚尿流巴不得去奉承便在女儿前一力撺掇成了乘夜只用一乘小轿便把　娇杏
庚：房封肃喜的屁滚尿流巴不得去奉承便在女儿前一力撺掇成了乘夜只用一乘小轿便把　娇杏
戚：房封肃喜的屁滚尿流巴不得去奉承便在女儿前一力撺掇成了乘夜只用一乘小轿便把姣　杏
寅：房封肃喜的屁滚尿流巴不得去奉承便在女儿前一力撺掇成了乘夜只用一乘小轿便把　娇杏

戌：送进去了雨村欢喜自不必说乃封百金赠封肃外　谢甄家娘子许多物事令其好生养赡以待寻
庚：送进去了雨村欢喜自不必说乃封百金赠封肃外　谢甄家娘子许多物事令其好生养赡以待寻
戚：送进去了雨村欢喜自不必说乃封百金赠封肃外又谢甄家娘子许多物事令其好生养赡以待寻
寅：送进去了雨村欢喜自不必说乃封百金赠封肃外　谢甄家娘子许多物事令其好生养赡以待寻

戌：访女儿下落封肃回家无话却说娇　杏这丫环便是那年回顾雨村者因偶然一顾便弄出这段事
庚：访女儿下落封肃回家无话却说娇　杏这丫环便是那年回顾雨村者因偶然一顾便弄出这段事
戚：　女儿下落封肃回家无话却说　姣杏这丫环便是那年回顾雨村者因偶然一顾便弄出这段事
寅：访女儿下落封肃回家无话却说娇　杏这丫环便是那年回顾雨村者因偶然一顾便弄出这段事

戌：来亦是自己意料不到之奇缘谁想他命运两济不承望自到雨村身边只一年便生了一子又半载
庚：来亦是自己意料不到之奇缘谁想他命运两济不承望自到雨村身边只一年便生了一子又半载
戚：来亦是自己意料不到之奇缘谁想他命运两济不承望自到雨村身边只一年便生了一子
寅：来亦是自己意料不到之奇缘谁想他命运两济不承望自到雨村身边只一年便生了一子又半载

戌：雨村嫡妻忽染疾下世雨村便将他扶　册作正室夫人了正是偶　因一着错回顾便为人上人原
庚：雨村嫡妻忽染疾下世雨村便将他扶侧　作正室夫人了正是偶然　一着错　　便为人上人原
戚：　　　　　　　　　　　　　　　　　　　　　　　　　　　　　　因
寅：雨村嫡妻忽染疾下世雨村便将他扶侧　作正室夫人了正是偶　因一着错　　便为人上人原

戌：来　　　　　雨村因那年士隐赠银之后他于十六日便起身入都至大比之期不料他十分
庚：来　　　　　雨村因那年士隐赠银之后他于十六日便起身入都至大比之期不料他十分
戚：此十分得宠却说雨村因那年士隐赠银之后他于十六日便起身入都至大比之期不料他十分
寅：来　　　　　雨村因那年　赠银之后他于十六日便起身入都至大比之期不料他十分

戌：得意已会了进士选入外班今已升了本府知府虽才干优长未免有些贪酷之弊且又恃才侮上那
庚：得意已会了进士选入外班今已升了本府知府虽才干优长未免有些贪酷之弊且又恃才侮上那
戚：得意已会了进士选入外班今已升了本府知府虽才干优长未免有　贪酷之弊且又恃才侮上那
寅：得意已会了进士选　外班今已升了本府知府虽才干优长未免有些贪酷之弊且又恃才侮上那

第二回　贾夫人仙逝扬州城　冷子兴演说荣国府

戌：些官员皆侧目而视不上　一年便被上司寻了一个空隙作成一本参他生　情狡猾　擅篡礼
庚：些官员皆侧目而视不上　一年便被上司寻了　个空隙作成一本参他生　情狡猾　擅篡礼义
戚：些官员皆侧目而视不上两　年便被上司寻了一个空隙作成一本参他生性　狡　猾擅篡礼
寅：些官员皆侧目而视不上　一年便被上司寻了　个空隙作成一本参他生　情狡猾　擅篡礼义

戌：仪外　沽清正之名而暗结虎狼之势　致使地方多事民命不堪等语龙颜大怒即批革职该部
庚：且　　沽清正之名而暗结虎狼之　属致使地方多事民命不堪等语龙颜大怒即批革职该部
戚：仪　且沽清正之名而暗结虎狼之　属致使地方多事民命不堪等语龙颜大怒即批革职该部
寅：　　且沽清正之名而暗结虎狼之　属致使地方多事民命不堪等语龙颜大怒即批革职该

戌：文书一到本府官员无不喜悦那雨村心中虽十分惭恨却面上全无一点怨色仍是　　喜悦自若
庚：文书一到本府官员无不喜悦那雨村心中虽十分惭恨却面上全无一点怨色仍是嘻笑　自若
戚：文书一到本府官员无不喜悦那雨村心中虽十分惭恨却面上全无一点怨色仍是嘻笑　自若
寅：文书一到本府官员无不喜悦那雨村心中虽十分惭恨却面上全无一点怨色仍是嘻笑　自若

戌：交代　过公事将历年做官积的些资本并家小人属送至原　籍安插　妥协却又　自己担风袖
庚：交代　过公事将历年做官积的些资本并家小人属送至原藉　安　排妥协却　是自己担风袖
戚：交代　过公事将历年做官积的些资本并家小　　送至原　籍安插　妥协却　是自己担风袖
寅：交　待过公事将历年做官积的些资本并家小人属送至原　籍安　排妥协却　是自己担风袖

戌：月游览天下胜迹那日　偶又游至维扬　　地面因闻得今岁鹾　政点的是林如海这林如海
庚：月游览天下胜迹那日　偶又游至　淮杨　地面因闻得今岁鹾　政点的是林如海这林如海
戚：月游览天下胜迹那日　偶又　至维扬　　地面因闻得今岁　监政点的是林如海这林如海
寅：月游览天下胜迹那日又偶　游至维　淮　阳地面因闻得今岁鹾　政点的是林如海这林如海

戌：姓林名海　字表如海乃是前科的探花今已升至　兰台寺大夫　本贯姑苏人氏今钦点出为巡
庚：姓林名海　字表如海乃是前科的探花今已升至蓝　台寺大　人本贯姑苏人氏今钦点出为巡
戚：姓林名海表字　如海乃是前科的探花今已升至　兰台寺大夫　本贯姑苏人氏今钦点出为巡
寅：姓林名海　字表如海乃是前科的探花今已升至蓝　台寺大　人本贯姑苏人氏今钦点出为

戌：　盐御史到任方一月有余原来这林如海之祖曾袭过列侯今到如海业　经五世起初时只封袭
庚：　盐御史到任方一月有余原来这林如海之祖曾袭过列侯今到如海业　经五世起初时只封袭
戚：　盐御史到任方一月有余原来这林如海之祖曾袭过列侯今到如海　已经五世起初时只封袭
寅：巡盐御史到任方一月有余原来这林如海之祖曾袭过列侯今到如海业　经五世起初时只封袭

戌：三世因当今隆恩盛德远迈前代额外加恩至如海之父又袭了一代至如海便从科第出身　虽系
庚：三世因当今隆恩盛德远迈前代额外加恩至如海之父又袭了一代至如海便从科第出身　虽系
戚：三世因当今隆恩盛德远迈前代额外加恩至如海之父又袭了一代至如海便从科第出身　虽系
寅：三世因当今隆恩盛德远迈前代额外加恩至如海之父又袭了一代至如海便从科第出身系虽

戌：钟鼎之家却亦是书香之族只可惜这林支庶不盛子孙有限虽有几门却与如海俱是堂族而
庚：钟鼎之家却亦是书香之族只可惜这林支庶不盛子孙有限虽有几门却与如海俱是堂族而已
戚：钟鼎之家却亦是书香之族只可惜这林家支庶不盛子孙有限虽有几门却与如海俱是堂族而已
寅：钟鼎之家却亦是书香之族只可惜这林家支庶不盛子孙有限虽有几门却与如海俱是堂族而已

戌：矣没甚亲支嫡派的今如海年已四十只有一个三岁之子偏又于去岁死了虽有几房姬妾奈他命
庚：　没甚亲支嫡派的今如海年已四十只有一个三岁之子偏又于去岁死了虽有几房姬妾奈他命
戚：　没甚亲支嫡派的今如海年已四十只有一个三岁之子偏又于去岁死了虽有几房姬妾奈他命
寅：　没甚亲支嫡派的今如海年已四十只有一个三岁之子偏又于去岁死了虽有几房姬妾奈他命

戌：中无子亦无可如何　之事今只有嫡妻贾氏生　得一女乳名　黛玉年方五岁夫妻无子故爱女
庚：中无子亦无可如何　之事今只有嫡妻贾氏生　得一女乳名代　玉年方五岁夫妻无子故爱
戚：中无子亦无可如何了　今只有嫡妻贾氏生了　一女乳名　黛玉年方五岁夫妻无子故爱女
寅：中无子亦无可如何　之事只有嫡妻贾氏生　得一女乳名　黛玉年方五岁夫妻无子故爱

戌：如珍　　且又见他聪明清秀便也欲使他读书识得几个字不过假充养子之意聊解膝下荒凉之叹
庚：如珍宝且又见他聪明清秀便也欲使他读书识得几个字不过假充养子之意聊解膝下荒凉之叹
戚：如珍　　且又见他聪明清秀便也欲使他读书识　几个字不过假充养子之意聊解膝下荒凉之叹
寅：如珍宝且又见他聪明清秀便也欲使他读书识得几个字不过假充养子之意聊解膝下荒凉之叹

戌：雨村正值偶感风寒病在旅店将一月光景方渐愈一因身体劳倦二因盘费不　继也正欲寻个
庚：雨村正值偶感风寒病在旅店将一月光景方渐愈一因身体劳倦二因盘费不　继也正欲寻个
戚：雨村正值偶感风寒病在旅店将一月光景方渐愈一因身体劳倦二因盘费不　继也正欲寻个作
寅：雨村正值偶感风寒病在旅店将一月光景方渐愈一因身体劳倦二因盘费不济　也正欲寻个

戌：合式之处暂且歇下幸有　两个旧友亦在此境　居住因闻得鹾　政欲聘一西宾雨村便相托友
庚：合式之处暂且歇下幸有　两个旧友亦在此境　居住因闻得鹾　政欲聘一西宾雨村便相托友
戚：合　之处暂且歇下幸　而两个旧友亦在此境住居　因闻得　盐政欲聘一西宾雨村便相托友
寅：合式之处暂且歇下幸有　两个旧友亦在此境　居住因闻得鹾　政欲聘一西宾雨村便相托友

戌：力谋了进去且作　安身之计妙在只一个女学生并两个伴读丫环这女学生年又极小身体又极
庚：力谋了进去且作　安身之计妙在只一个女学生并两个伴读丫环这女学生年又　小身体又极
戚：力谋了进去且作　安身之计妙在只一个女学生并两个伴读丫环这女学生年又极小身体又极
寅：力谋了进去且　做安身之计妙在只一个女学生并两个伴读丫环这女学生年又　小身体又极

戌：怯弱工课不限多寡故十分省力　　堪堪又是一载的光阴　谁知女学生之母贾氏夫人一疾而
庚：怯弱工课不限多寡故十分省力　　堪堪又是一载的光阴　谁知女学生之母贾氏夫人一疾而
戚：怯弱工课不限多寡故十分省力看看　又是一载的光　景谁知女学生之母贾氏夫人一疾而
寅：怯弱工课不限多寡故十分省力　　堪堪又是一载的光阴　谁知女学生之母贾氏夫人一疾而

戌：终女学生侍汤奉药守丧尽哀遂又将要辞馆别　图林如海意欲令女守制读书故又将他留下近
庚：终女学生侍汤奉药守丧尽哀遂又将要辞馆别　图林如海意欲令女守制读书故又将他留下近
戚：终女学生侍汤奉药守丧尽哀遂又将要辞馆别　图林如海意欲令女守制读书故又将他留下近
寅：终女学生侍汤奉药守丧尽哀遂又将　辞　别馆图林如海意欲令女守制读书故又将他留下近

戌：因女学生哀痛过伤本自怯弱多病的触犯旧症遂连日不曾上学雨村闲居无聊每当风　　晴和
庚：因女学生哀痛过伤本自怯弱多病的触犯旧症遂连日不曾上学雨村闲居无聊每当风月　晴和
戚：因女学生哀痛过伤本自怯弱多病的触犯旧症遂连日不曾上学雨村闲居无聊每当风　日晴和
寅：因女学生哀痛过伤本自怯弱多病的触犯旧症遂连日不曾上学雨村闲居无聊每当风月　晴和

戌：饭后便出来闲步这日偶至郭外意欲赏鉴那村野风光忽信步至一山环水旋茂林深竹之处隐隐
庚：饭后便出来闲步这日偶至郭外意欲赏鉴那村野风光忽信步至一山环水旋茂林深竹之处隐隐
戚：饭后便出来闲步这日偶至郭外意欲赏鉴那村野风光忽信步至一山环水旋茂林深竹之处隐隐
寅：饭后便出来闲步这日偶至郭外意欲赏鉴那村野风光忽信步至一山环水旋茂林深竹之处隐隐

戌：　有　座庙宇门巷倾颓墙垣朽　败门前有额题着智通寺三字门旁又有一副　旧破的对联曰
庚：的有　座庙宇门巷倾颓墙垣朽　败门前有额题着智通寺三字门旁又有一　付旧破的对联曰
戚：　有　座庙宇门巷倾颓墙垣　折败门前有额题着智通寺三字门旁又有一副　旧破　对联曰
寅：的有一座庙宇门巷倾颓墙垣朽　败门前有额题着智通寺三字门旁又有一　付旧破的对联曰

第二回　贾夫人仙逝扬州城　冷子兴演说荣国府

戌：身后有余忘缩手眼前无路想回头雨村看了因想　到这两句话文虽浅　其意则深我也曾游过
庚：身后有余忘缩手眼前无路想回头雨村看了因想　到这两句话文虽浅近其意则深　也曾游过
戚：身后有余忘缩手眼前无路想回头雨村看了因想道　这两句话文虽浅近其意则深　也曾游过
寅：身后有余忘缩手眼前无路想回头雨村看了因想　到这两句话文虽浅近其意则深　也曾游过

戌：些名山大刹到不曾见过这话头其中想必有个翻过筋斗来的　也未可知何不进去　　试试想
庚：些名山大刹到不曾见过这话头其中想必有个翻过筋斗来的亦　未可知何不进去　　试试想
戚：些名山大刹到不曾见过这话头其中想必有个翻过筋斗来的　也未可知何不进去　　试试想
寅：些名山大刹到不曾见过这话头其中想必有个翻过筋斗来的　也未可知何不进去看看　想

戌：着走入　看时只有一个　龙肿　老僧在那里煮粥雨村见了便　不在意及至问他两句话那
庚：着走入　时看　只有一个　龙钟老僧在那里煮粥雨村见了便　不在意及至问他两句话那
戚：着走入　看时只有一个胧　肿　老僧在那里煮粥雨村见了便　不在意及至问他两句话那
寅：着走入看时看　只有一个　龙钟老僧在那里煮粥雨村见了　并不在意及至问他两句话那

戌：老僧既聋且昏齿落舌钝所答非所问雨村不耐烦便仍出来意欲到那村肆中沽　酒三杯以助野
庚：老僧既聋且昏齿落舌钝所答非所问雨村不耐烦便仍出来意欲到那村肆中沽饮　三杯以助野
戚：老僧既聋且昏齿落舌钝所答非所问雨村不耐烦便仍出来意欲到那　肆中沽饮　三杯以助野
寅：老僧既聋且昏齿落舌钝所答非所问雨村不耐烦便仍出来意欲到那村肆中沽饮　三杯以助野

戌：趣于是款步行来刚　入肆门只见座上吃酒之客有一人起身大笑接了出来口内说奇遇奇遇
庚：趣于是款步行来　将入肆门只见座上吃酒之客有一人起身大笑接了出来口内说奇遇奇遇
戚：趣于是款步行来刚　入肆门只见座上吃酒之客有一人起身大笑接了出来口内说奇遇奇遇野
寅：趣于是款步行来　将入肆门只见座上吃酒之客有一人起身大笑接了出来口内说奇遇奇遇

戌：　　　　　　　　　　　　　　　　　　　　　　　　　　　　　　　　雨村忙看时此人是
庚：　　　　　　　　　　　　　　　　　　　　　　　　　　　　　　　　雨村忙看时此人是
戚：趣于是行来刚入肆门只见座上吃酒之客有一人起身大笑接了出来口内说雨村忙看时此人
寅：　　　　　　　　　　　　　　　　　　　　　　　　　　　　　　　　雨村忙看时此人是

戌：都中　古董行中贸易的号冷子兴者旧日在　都　相识　雨村最赞这冷子兴是个有作为大
庚：都中在古董行中贸易的号冷子兴者旧日在京　都　相识雨村雨村最赞这冷子兴是个有作为大
戚：都中　古董行　贸易的号冷子兴者旧日在　都　相识　雨村最赞这冷子兴是个有作为大
寅：都中在古董行中贸易的号冷子兴者旧日在　都中相识雨村雨村最赞这冷子兴是个有作为大

戌：本领的人这　子兴又借雨村斯文之名故二人说话投机最相契　合雨村忙亦笑问　老兄何日
庚：本领的人这　子兴又借雨村斯文之名故二人说话投机最相契　合雨村忙　笑问道老兄何日
戚：本领的人这冷子兴又借雨村斯文之名故二人说话投机最相契　合雨村忙亦笑问　老兄何日
寅：本领的人这冷子兴又借雨村斯文之名故二人说话投机最相契和　雨村忙　笑问道老兄何日

戌：到此　竟不知今日偶遇真奇缘也子兴道去年岁底到家今因还要入都从此顺路找个敝友说一
庚：到此弟竟不知今日偶遇真奇缘也子兴道去年岁底到家今因还要入都从此顺路找个敝友说一
戚：到此弟竟不知今日偶遇真奇缘也子兴道去年岁底到家今因还要入都从此顺路找个敝友说一
寅：到此弟竟不知今日偶遇真奇缘也子兴道去年岁底到家今因还要入都从此顺路找个敝友说一

戌：句话承他之情留我多住两日我也无甚紧事且盘桓两日待月半时也就起身了今日敝友有事我
庚：句话承他之情留我多住两日我也无　紧事且盘桓两日待月半时也就起身了今日敝友有事我
戚：句话承他之情留我多住两日我也无甚紧事且盘桓两日待月半时也就起身了今日敝友有事我
寅：句话承他之情留我多住两日我也无　紧事且盘桓两日待月半时也就起身了今日敝友有事我

戌：因闲步至此且歇歇脚不期这样巧遇一面说一面让雨村同席坐了另整上酒肴来二人闲谈慢
庚：因闲步至此且歇歇脚不期这样巧遇一面说一面让雨村同席坐了另整上酒肴来二人闲谈　漫
戚：因闲步至此且歇歇脚不期这样巧遇一面说一面让雨村同席坐了另整上酒肴来二人闲谈慢
寅：因闲步至此且歇歇脚不期这样巧遇一面说一面让雨村同席坐了另整上酒肴来二人闲谈　漫

戌：饮叙些别后之事雨村因问近日都中可有新闻没有子兴道到没有什么新闻到是老先生你贵同
庚：饮叙些别后之事雨村因问近日都中可有新闻没有子兴道到没有什么新闻到是老先生你贵同
戚：饮叙些别后之事雨村因问近日都中可有新闻没有子兴道到没有什么新闻到是老先生你贵同
寅：饮叙些别后之事雨村因问近日都中可有新闻没有子兴道到没有什么新闻到是老先生你贵同

戌：宗家出了一件小小的异事雨村笑道弟族中无人在都何谈及此子兴笑道你们同姓　岂　非同
庚：宗家出了一件小小的异事雨村笑道弟族中无人在都何谈及此子兴笑道你们同姓定　非同
戚：宗家出了一件小小　异事雨村笑道弟族中无人在都何谈及此子兴笑道你们同姓　实非同
寅：宗家出了一件小小的异事雨村笑道弟族中无人在都何谈及此子兴笑道你们同姓定　非同

戌：宗一族雨村问是谁家子兴道荣国府贾府中可也不玷辱了先生的门楣了　　雨村笑道原来是
庚：宗一族雨村问是谁家子兴道荣国府贾府中可也　玷辱了先生的门楣　么　雨村笑道原来是
戚：宗一族雨村问是谁家子兴道荣国府贾府中可也不玷辱了先生的门楣了　　雨村笑道原来是
寅：宗一族雨村问是谁家　　荣国府贾府中可也　玷辱了先生的门楣　么了雨村笑道原来是

戌：他家若论起来寒族人丁却不少自东汉贾复以来　支派繁盛各省皆有谁能逐细考查　若论
庚：他家若论起来寒族人丁却不少自东汉贾复以来枝　派繁盛各省皆有谁　逐细考查得来若论
戚：他家若论起来寒族人丁却不少自东汉贾复以来　支派繁盛各省皆有谁能逐细考查　若论
寅：他家若论起来寒族人丁却不少自东汉贾复以来枝　派繁盛各省皆有谁　逐细考查得来若论

戌：荣国一支　却是同谱但他那等荣耀我们不便去攀扯　至今　越发生疏　难认了子兴叹道老
庚：荣国一　枝却是同谱但他那等荣耀我们不便去攀扯　至今故越发生　疎难认了子兴叹道老
戚：荣国一支　却是同谱但他那等荣耀我们不便去攀扯　至今故越发生　疎难认了子兴叹道老
寅：荣国一　枝却是同谱但他那等荣耀我们不便去攀扯故至今　越发生疏　难认了子兴叹道老

戌：先生休如此说如今　这　荣国两门也都消疏　　了不比先时的光景雨村道当日宁荣两宅的
庚：先生休如此说如今的这　荣国两门也都　萧踈了不比先时的光景雨村道当日宁荣两宅的
戚：先生休如此说如今的这宁荣　两门也都　萧踈了不比先时的光景雨村道当日宁荣两宅的
寅：先生休如此说如今的这　荣国两门也都　萧踈了不比先时的光景雨村道当日宁荣两宅的

戌：人口　极多如何就消疏　　了冷子兴道正是说来也话长雨村道去岁我到金陵地界因欲游览
庚：人口也极多如何就　萧踈了冷子兴道正是说来也话长雨村道去岁我到金陵地界因欲游览
戚：人口也极多如何就　萧踈了冷子兴道正是说来也话长雨村道去岁我到金陵地界因欲游览
寅：人口也极多如何就　萧踈了冷子兴道正是说来也话长雨村道去岁我到金陵地界因欲游览

戌：六朝遗迹那日进了石头城从他老宅门前经　过街　东是宁国府街西是荣国府二宅相连竟
庚：六朝遗迹那日进了石头城从　老宅门前　径过街　东是宁国府街西是荣国府二宅相连竟
戚：六朝遗迹那日进了石头城从他老宅门前经　过　路北东是宁国府　西是荣国府二宅相连竟
寅：六朝遗迹那日进了石头城从　老宅门前　径过街　东是宁国府街西是荣国府二宅相连竟

戌：将大半条街占了大门前虽冷落无人隔着　围墙一望里面厅殿楼阁也还都峥嵘轩峻就是后一
庚：将大半条街占了大门前虽冷落无人隔着　围墙一望里面厅殿楼阁也还都峥嵘轩峻就是后一
戚：将大半条街占了大门前虽冷落无人隔着园　墙一望里面厅殿楼阁也还都峥嵘轩峻就是后一
寅：将大半条街占了大门前虽冷落无人隔着　围墙一望里面厅殿楼阁也还都峥嵘轩峻就是后一

第二回　贾夫人仙逝扬州城　冷子兴演说荣国府

戌：带花园子里　树木山　石也　都还　有蓊蔚洇　润之气那里象　个衰败之家冷子兴　笑道
庚：带花园子里面树木山水　也　　　还都有蓊蔚洇　润之气那里　像个衰败之家冷子兴　笑道
戚：带花园子里　树木山　石　此都还　有蓊蔚　泱润之气那里　像个衰败之家　　子兴冷笑道
寅：带花园子里面树木山水　也　　　还都有蓊蔚洇　润之气那里　像个衰败之家冷子兴　笑道
————————————————————

戌：亏你是个进士出身原来　不通古人有云百足之虫死而不僵如今虽说不似　先年那样兴盛较
庚：亏你是　进士出身原来　不通古人有云百足之虫死而不僵如今虽说不　及先年那样兴盛较
戚：亏你是　进士出身原　何不通古人有云百足之虫死而不僵如今虽说不似　先年那样兴盛较
寅：亏你是　进士出身原来　不通古人有云百足之虫死而不僵如今虽说不　及先年那样兴盛较
————————————————————

戌：之平常仕宦之家到底气象不同如今生齿日繁事　物日盛主仆上下安富尊荣者尽多运筹谋画
庚：之平常仕宦之家到底气象不同如今生齿日繁事务　日盛主仆上下安富尊荣者尽多运筹谋画
戚：之平常仕宦之家到底气象不同如今生齿日繁事务　日盛主仆上下安富尊荣者尽多运筹谋画
寅：之平常仕宦之家到底气象不同如今生齿日繁事务　日盛主仆上下安富尊荣者尽多运筹谋画
————————————————————

戌：者无一其日用排场　　费用又不能将就省俭如今外面的架子虽未甚倒　内囊却也尽上来了这
庚：者无一其日用排场废　用又不能将就省俭如今外面的架子虽未甚　到内囊却也尽上来了这
戚：者无一其日用排场　　　又不能将就省俭如今外面的架子虽未甚倒　内囊却也尽上来了这
寅：者无一其日用排场　　费用又不能将就省俭如今外面的架子虽未甚倒　内囊却也尽上来了这
————————————————————

戌：还是小事更有一件大事谁知这样钟鸣鼎食之家翰墨诗书之族如今的儿孙竟一代不如一代了
庚：还是小事更有一件大事谁知这样钟鸣鼎食之家翰墨诗书之族如今的儿孙竟一代不如一代了
戚：还是小事更有一件大事谁知这　钟鸣鼎食之家翰墨诗书之族如今的儿孙竟一代不如一代了
寅：还是小事更有一件大事谁知这　钟鸣鼎食之家翰墨诗书之族如今的儿孙竟一代不如一代了
————————————————————

戌：雨村听　了也纳罕　道这样诗书　之家岂有不善教育之理别　家不知只说这宁荣两　宅是
庚：雨村听说　也纳罕　道这样诗　礼之家岂有不善教育之理别门　不知只说这宁荣　二宅是
戚：雨村听说　也　　　骇道这样诗　礼之家岂有不善教育之理别门　不知只说这宁荣两　宅是
寅：雨村听说　也纳罕　道这样诗　礼之家岂有不善教育之理别门　不知只说这宁荣　二宅是
————————————————————

戌：最教子有方的子兴叹道正说的是这两门呢待我告诉你当日宁国公与荣国公是一母同胞弟兄
庚：最教子有方的子兴叹道正说的是这两门呢待我告诉你当日宁国公　　　　是一母同胞弟兄
戚：最教子有方的子兴叹道正说的是这两门呢待我告诉你当日宁国公与荣国公是一母同胞弟兄
寅：最教子有方的子兴叹道正说的是这两门呢待我告诉你当日宁国公　　　　是一母同胞弟兄
————————————————————

戌：两个宁公居长生了四个儿子宁公死后长子贾代化袭了官也　养了两个儿子长子　贾敷至八
庚：两个宁公居长生了四个儿子宁公死后　　贾代化袭了官也　养了两个儿子长　名贾敷至八
戚：两个宁公居长生了四个儿子宁公死后长子贾代化袭了官也生　了两个儿子长　名贾敷至八
寅：两个宁公居长生了四个儿子宁公死后　　贾代化袭了官也　养了两个儿子长　名贾敷至八
————————————————————

戌：九岁上便死了只剩了次子贾敬袭了官如今一味好道只爱烧丹炼汞　余者一概不在心上幸而
庚：九岁上便死了只剩了次子贾敬袭了官如今一味好道只爱烧丹炼　烘余者一概不在心上幸而
戚：九岁上便死了只剩了次子贾敬袭了官如今一味好道只爱烧丹炼汞　余者一概不在心上幸而
寅：九岁上便死了只剩了次子贾敬袭了官如今一味好道只爱烧丹炼汞　余者一概不在心上幸而
————————————————————

戌：早年留　下一子名唤贾珍因他父亲一心想　作神仙把官　倒让他袭了他父亲又不肯回原籍
庚：早年留　下一子名唤贾珍因他父亲一心想　作神仙把官到　让他袭了他父亲又不肯回原
戚：早年　生下一子名唤贾珍因他父亲一心想　作神仙把官到　让他袭了他父亲又不肯回原籍
寅：早年留　下一子名唤贾珍因他父亲一心想做　神仙把官到　让他袭了他父亲又不肯回原
————————————————————

戌： 来只在 　都中城外和道士们胡羼这位珍爷也到生了一个儿子今年才十六岁名叫贾蓉如今
庚： 藉来只在 　都中城外和道士们胡羼这位珍爷 　到生了一个儿子今年才十六岁名叫贾蓉如今
戚： 来只在 　都中城外和道士们胡羼这位珍爷 　到生了一个儿子今年才十六岁名叫贾蓉如今
寅： 藉来只 　有都中城外和道士们胡羼这位珍爷 　到生了一个儿子今年才十六岁名叫贾蓉如今
————————————————————————————————
戌： 敬老 　爹一概不管这珍爷那 　肯读书只是一味高乐不已 　把宁国府竟翻了过来也没有 　敢
庚： 敬老 　爹一概不管这珍爷那里肯读书只 　一味高乐不 　了把宁国府竟翻了过来也没有 　敢
戚： 敬老爷 　一概不管这珍爷那里肯读书只 　一味高乐不 　了把宁国府竟翻了过来也没有人敢
寅： 敬老 　爹一概不管这珍爷那里肯读书只 　一味高乐不 　了把宁国府竟翻了过来也没有 　敢
————————————————————————————————
戌： 来管他再说荣府你听方才所说异事就出在这里自荣 　公死后长子贾代善袭了官娶的 　　金
庚： 来管他再说荣府你听方才所说异事就出在这里自荣国公死后长子贾代善袭了官娶的也是金
戚： 来管他再说荣府你听方才 　说异事就出在这里自荣 　公死后长子贾代善袭了官娶的也是金
寅： 来管他再说荣府你听方才所说异事就出在这里自荣国公死后 　　贾代善袭了官娶的也是金
————————————————————————————————
戌： 陵世勋史侯家的小姐为妻生了两个儿子长 　子贾赦次子 　贾政如今代善早已去世太夫人尚
庚： 陵世勋史侯家的小姐为妻生了两个儿子长 　子贾赦次子 　贾政如今代善早已去世太夫人尚
戚： 陵世勋史侯家的小姐为妻生了两个儿子长名 　贾赦次 　名贾政如今代善早已去世太夫人尚
寅： 陵世勋史侯家的小姐为妻生了两个儿子长 　子贾赦次子 　贾政如今代善早已去世太夫人尚
————————————————————————————————
戌： 在长子贾赦袭着官 　　　　　　　　次子贾政自幼酷喜 　读书祖父最疼原欲以科甲
庚： 在长子贾赦袭着官 　　　　　　　　次子贾政自 　酷 　甚读书祖父最疼原欲以科甲
戚： 在长子贾赦袭着官 　　　　　　　　次子贾政自幼酷喜 　读书祖父最疼原欲以科甲
寅： 在长子贾赦袭着官为人平静中和也不管家务次子贾政自幼酷喜 　读书祖父最疼原欲以科甲
————————————————————————————————
戌： 出身的不料代善临终时遗本一上皇上因恤先臣即时令长子袭官外问还有几子立刻引见遂额
庚： 出身的不料代善临终时遗本一上皇上因恤先臣即时令长子袭官外问还有几子立刻引见遂额
戚： 出身的不料代善临终时遗本一上皇上因恤先臣即时令长子袭官外问还有几子立刻引见遂额
寅： 出身的不料代善临终时遗本一上皇上因恤先臣即时令长子袭官外问还有几子立刻引见遂额
————————————————————————————————
戌： 外赐了这政老 　爹一个主事之衔令其入部习学如今现已升了员外郎了这政老 　爹的夫人王
庚： 外赐了这政老 　爹一个主事之衔令其入部习学如今现已升了员外郎了这政老 　爹的夫人王
戚： 外赐了这政老爷 　一个主事之衔令其入部习学如今现已升了员外郎了这政老爷 　的夫人王
寅： 外赐了这政老 　爹一个主事之衔令其入部习学如今现已升了员外郎了这政老 　爹的夫人王
————————————————————————————————
戌： 氏头胎生的 　公子名唤贾珠十四岁进学不到二十岁就娶了妻生了 　子一病死了第二胎生了
庚： 氏头胎生的 　公子名唤贾珠十四岁进学不到二十岁就娶了妻生了 　子一病死了第二胎生了
戚： 氏头胎生 　得公子名唤贾珠十四岁进学不到二十岁就娶了妻生了一子一病死了第二胎生了
寅： 氏头胎生的 　公子名唤贾珠十四岁进学不到二十岁就娶了妻生了 　子一病死了第二胎生了
————————————————————————————————
戌： 一位小姐生在大年初一 　这就奇了不想次年 　又生了一位公子说来更奇一落胎胞嘴里
庚： 一位小姐生在大年初一 　这就奇了不想次年 　又生 　一位公子说来更奇一落胎胞嘴里
戚： 一位小姐生在大年初一日 　就奇了不想 　后来又生了一位公子说来更奇一落胎胞嘴里即
寅： 一位小姐生在大年初一 　这就奇了不想 　后来又生 　一位公子说来更奇一落胎胞嘴
————————————————————————————————
戌： 便衔 　下一块五彩晶莹的玉来上面还有许多字迹就取名叫作宝玉你道是新奇异事不是雨村
庚： 便 　啣下一块五彩晶莹的玉来上面还有许多字迹就取名叫作宝玉你道是新奇异事不是雨村
戚： 　衔 　下一块五彩晶莹的玉来上面还有许多字迹 　　　　你道是 　奇异事不是雨村
寅： 便衔 　下一块五彩晶莹的玉来上面还有许多字迹就取名叫作宝玉你道是新奇 　事不是雨村
————————————————————————————————

戌：	笑道果然奇异这　　怕这人来历　　不小子兴冷笑道万人皆如此说因而乃祖母便　先爱如珍
庚：	笑道果然奇异　只怕这人来历　　不小子兴冷笑道万人皆如此说因而乃祖母便　先爱如珍
戚：	笑道果然奇异这　　　人来历只怕不小子兴冷笑道万人皆如此说因而乃祖母便觉　爱如珍
寅：	笑道果然奇异　只怕这人来历　　不小子兴冷笑道万人皆如此说因而乃祖母便　先爱如珍

戌：	宝那年周岁时政老爹　便要试他将来的志向便将那世上所有之物　　摆了无数与他抓取谁知
庚：	宝那年周岁时政老爹　便要试他将来的志向便将那世上所有之物　　摆了无数与他抓取谁知
戚：	宝那年周岁时政老　爷便要试他将来的志向便将那世上所有之物件摆了无数与他抓取谁知
寅：	宝那年周岁时政老爹　便要试他将来的志向便将那世上所有之物　　摆了无数与他抓取谁知

戌：	他一概不取伸手只把些脂粉钗环抓来政老　爹便大怒了说将来酒色之徒耳因此便大不喜悦
庚：	他一概不取伸手只把些脂粉钗环抓来政老　爹便大怒了说将来酒色之徒耳因此便大不喜悦
戚：	他一概不取　　　只把些脂粉钗环抓来政老爷　便大怒了说将来酒色　徒耳因此便大不喜悦
寅：	他一概不取伸手只把些脂粉钗环抓来政老　爹便大怒了说将来酒色之徒耳因此便大不喜悦

戌：	独那史老太君还是命根一样说来又奇如今长了七八岁虽然淘气异常但其聪明乖觉处百个不
庚：	独那史老太君还是命根一样说来又奇如今长了七八岁虽然淘气异常但其聪明乖觉处百个不
戚：	独那史老太君还是命根一样说来又奇如今长了七八岁虽然淘气异常但其聪明乖觉处百个不
寅：	独那史老太君还是命根一样说来又奇如今长了七八岁虽然淘气异常但其聪明乖觉处百个不

戌：	及他　一个说起孩子话来　也奇怪他说女　儿是水作的骨　肉男人是泥作的骨　肉我见个
庚：	及他　一个说起孩子话来　也奇怪他说女　儿是水作的骨头肉男人是泥作的骨头肉我见
戚：	及他他　　说起孩子话来　也奇怪他说女　儿是水作的骨　肉男人是泥作的骨　肉我见
寅：	及他　一个说起孩子话来竟也奇怪他说女人　是水作的骨　肉男人是泥作的骨　肉我见

戌：	女儿我便　清爽见了男人　便觉浊臭逼人你道　好笑不好笑将来色鬼无疑了雨村罕　然
庚：	了女儿我便　清爽见了男　子便觉浊臭逼人你道　好笑不好笑将来色鬼无疑了雨村罕　然
戚：	了女儿我便　清爽见了男　子便觉浊臭逼人你　到好笑不好笑将来色鬼无疑了雨村　骇然
寅：	了女儿我便觉清爽见了男　子便觉浊臭逼人你道　好笑不好笑将来色鬼无疑了雨村罕　然

戌：	厉色忙止道非也可惜你们不知道这人来历大约政老前辈也错以淫魔色鬼看待了若非多读书
庚：	厉色忙止道非也可惜你们不知道这人来历大约政老前辈也错以淫魔色鬼看待了若非多读书
戚：	厉色忙止道非也可惜你们不知道这人来历大约政老前辈也错以淫魔色鬼看待了若非多读书
寅：	厉色忙止道非也可惜你们不知道这人来历大约政老前辈也错以淫魔色鬼看待了若非多读书

戌：	识　事加以致知格物之功悟道参玄　之力者不能知也子兴见他说得这样重大忙请教其端雨
庚：	识　事加以致知格物之功悟道参玄　之力　不能知也子兴见他说得这样重大忙请教其端雨
戚：	识字　加以致知格物之功悟道参　元之力者不能知也子兴见他说得这样重大忙请教其端雨
寅：	识字　加以致知格物之功悟道参玄　之力　不能知也子兴见他说得这样重大忙请教其端雨

戌：	村道天地生人除大仁大恶　两种余者皆无大　异若大仁者　则应运而生大恶者则应劫而生
庚：	村道天地生人除大仁大恶　两种余者皆无大者　若大仁　公则应运而生大恶者则应劫而生
戚：	村道天地生人除大仁大恶　两种余者皆无大　异若大仁者　则应运而生大恶者则应劫而生
寅：	村道天地生人除大仁大恶那　种余者皆无大　异若大仁者　则应运而生大恶者则应劫而生

戌：	运生世治劫生世危尧舜禹汤文武周　召孔孟董韩周程张朱皆应运而生　　者蚩尤
庚：	运生世治劫生世危尧舜禹汤文武周　召孔孟董韩周程张朱皆应运而生　　者蚩尤
戚：	运生世治劫生世危尧舜禹汤文武周　召孔孟董韩周程张朱皆应运而生大人者　修治天下
寅：	运生世治劫生世危尧舜禹汤文武周公　孔孟董韩周程张朱皆应运而生　　者蚩尤

266 《石头记》四版本比对本

戌：共工桀纣始皇王莽曹操桓　温安禄山秦桧等皆应劫而生者大仁者修治天下大恶者挠乱天下
庚：共工桀纣始皇王莽曹操　恒温安禄山秦桧等皆应劫而生者大仁者修治天下大恶者挠乱天下
戚：共工桀纣始皇王莽曹操桓　温安禄山秦桧等皆应劫而生　　　　　　　　大恶者挠乱天下
寅：共工桀纣始皇王莽曹操　恒温安禄山秦桧等皆应劫而生者大仁者修治天下大恶者挠乱天下
──
戌：清明灵秀天地之正气仁者之所秉也残忍乖僻天地之邪气恶者之所秉也今当运隆祚永之朝太
庚：清明灵秀天地之正气仁者之所秉也残忍乖僻天地之邪气恶者之所秉也今当运隆祚永之朝太
戚：清明灵秀天地之正气仁者之所秉也残忍乖僻天地之邪气恶者之所秉也今当运隆祚永之朝太
寅：清明灵秀天地之正气仁者之所秉也残忍乖僻天地之邪气恶者之所秉也今　运隆祚永之朝太
──
戌：平无为之世清明灵秀之气所秉者上至朝廷下至草野比比皆是所余之秀气漫无所归遂为甘露
庚：平无为之世清明灵秀之气所秉者上至朝廷下至草野比比皆是所余之秀气漫无所归遂为甘露
戚：平无为之世清明灵秀之气所秉者上至朝廷下至草野比比皆是所余之秀气漫无所归遂为甘露
寅：平无为之世清明灵秀之气所秉者上至朝廷下至草野比比皆是所余之秀气漫无所归遂为甘露
──
戌：为和风　洽然溉及四海彼残忍乖僻之邪气不能荡溢于光天化日之中遂　凝结充塞于深沟大
庚：为和风沛　然溉及四海彼残忍乖僻之邪气不能荡溢于光天化日之中遂　凝结充塞于深沟大
戚：为和风　洽然溉及四海彼残忍乖僻之邪气不能荡溢于光天化日之中遂　凝结充塞于深沟大
寅：为和风沛　然溉及四海彼残忍乖僻之邪气不能荡溢于光天化日之中遂内　结充塞于深沟大
──
戌：壑之内偶因风荡或被云　　催略有摇动　感发之意一丝半缕惧而泄出者偶值灵秀之气适
庚：壑之内偶因风荡或被云　　摧略有摇动　感发之意一丝半缕惧而泄出者偶值灵秀之气适
戚：壑之内偶因风荡或被云　推　略有摇动　感发之意一丝半缕惧而泄出者偶值灵秀之气适
寅：壑之内偶因风荡或被云拥　　略有　动摇感发之意一丝半缕惧而泄出者偶值灵秀之气适
──
戌：过正不容邪邪复　妒正两不相　下亦如风水雷电地中既遇既不能消又不能让必至　搏击掀
庚：过正不容邪邪复　妒正两不　肯下亦如风水雷电地中既遇既不能消又不能让必至　搏击掀
戚：过正不容邪邪复妒　正两不相　下亦如风水雷电地中既　　不能消又不能让必　致搏击掀
寅：过正不容邪邪复　妒正两　肯下亦如风水雷电地中既遇既不能消又不能让必至　搏击掀
──
戌：发后始尽故　其气亦必赋人发泄一尽始散使男女偶秉此气而生者　上则不能成仁人君子下
庚：发后始尽故　其气亦必赋人发泄一尽始散使男女偶秉此气而生者在上则不能成仁人君子下
戚：发后始尽故　其气亦必赋人发泄一尽始散使男女偶秉此气而生者　上则不能成仁人君子下
寅：发后始尽　收其气亦必赋人发泄一尽始散使男女偶秉此气而生者在上则不能成仁人君子下
──
戌：亦不能为大凶大恶置之于万万人之　中其聪俊灵秀之气则在万万人之上其乖僻邪谬不近人
庚：亦不能为大凶大恶置之于万万　之人中其聪俊灵秀之气则在万万人之上其乖僻邪谬不近人
戚：亦不能为大凶大恶置之于万万人之　中其聪俊灵秀之气则在万万人之上其乖僻邪谬不近人
寅：亦不能为大凶大恶置之于万万人之　中其聪俊灵秀之气则在万万人之上其乖僻邪谬不近人
──
戌：情之态又在万万人之下若生于　　公侯富贵之家则为情痴情种若生于诗书清贫之族则为逸
庚：情之态又在万万人之下若生于富贵公侯　之家则为情痴情种若生于诗书清贫之族则为逸
戚：情之态又在万万人之下若生于富贵公侯　之家则为情痴情种若生于诗书清贫之族则　逸
寅：情之态又在万万人之下若生于　　公侯富贵之家则为情痴情种若生于诗书清贫之族则为逸
──
戌：士高人纵　再偶生于薄祚寒门断不能为走卒健仆甘遭庸人驱制驾驭亦必为奇优名娼　如前
庚：士高人纵然　偶生于薄祚寒门断不能为走卒健仆甘遭庸人驱制驾驭　必为奇优名　倡如前
戚：士高人纵　再偶生于薄祚寒门断不能为走卒健仆甘遭庸人驱制驾驭　必为奇优名娼　如前
寅：士高人纵然　偶生于薄祚寒门断不能为走卒健仆甘遭庸人驱制驾驭　必为奇优名　倡如前
──

第二回　贾夫人仙逝扬州城　冷子兴演说荣国府　267

戌：代之许由陶潜阮籍嵇康刘伶王谢二族顾虎头陈后主唐明皇宋徽宗刘　庭芝温飞卿米南宫石
庚：代之许由陶潜阮籍嵇康刘伶王谢二族顾虎头陈后主唐明皇宋徽宗刘　庭芝温飞卿米南宫石
戚：代之许由陶潜阮籍嵇康刘伶王谢二族顾虎头陈后主唐明皇宋徽宗　　　　温飞卿米南宫石
寅：代之许由陶潜阮籍嵇康刘伶王谢二族顾虎头陈后主唐明皇宋徽宗刘廷　芝温飞卿米南宫石

戌：曼卿柳耆卿秦少游近日之倪云林唐伯虎祝　枝山再如李龟年黄幡　绰敬新磨卓文君红拂薛
庚：曼卿柳耆卿秦少游近日之倪云林唐伯虎祝之　山再如李龟年黄　旛绰敬新磨卓文君红拂薛
戚：曼卿柳耆卿秦少游近日之倪云林唐伯虎祝　枝山再如李龟年黄幡　绰敬新磨卓文君红拂薛
寅：曼卿柳耆卿秦少游近日之倪云林唐伯虎祝之　山再如李龟年黄　旛绰敬新磨卓文君红拂薛

戌：涛崔莺　朝云之流此皆　易地相　同之人也子兴道依你说　成则　王侯败则贼了雨村道正
庚：涛崔莺　朝云之流此皆异　地　则同之人也子兴道依你说　成则　王侯败则贼了雨村道正
戚：涛崔莺莺朝云之流此皆　易地　则同之人也子兴道依你说　成则公　败则贼了雨村道正
寅：涛崔莺　朝云之流此皆异　地　则同之人也子兴道依你说则成则　王侯败则贼了雨村道正

戌：是这意你还不知我自革职以来这两年遍游　名省也曾遇见两个异样孩子所以方才你一说这
庚：是这意你还不知我自革职以来这两年遍游各　省也曾遇见两个异样孩子所以方才你一说这
戚：是这意你　不知我自革职以来这两年遍游　名省也曾遇见两个异样孩子所以方才你一说这
寅：是这意你还不知我自革职以来这两年遍游各　省也曾遇见两个异样孩子所以方才你一说这

戌：宝玉我就猜着了八九亦是这一派人物不用远　说只金陵城内钦差金陵省体仁院总　裁甄
庚：宝玉我就猜着了八九亦是这一派人物不用远　设　只金陵城内钦差金陵省体仁院　揔裁甄
戚：宝玉我就猜着了八九亦是这一派人物不用远　说只金陵城内钦差金陵省体仁院总　裁甄
寅：宝玉我就猜着了八九亦是这一派人物不用远涉　只金陵城内钦差金陵省体仁院　揔裁甄

戌：家你可知　么子兴道谁人不知这甄府和　贾府就是老亲又系世交两家来往极其亲热的便在
庚：家你可知　么子兴道谁人不知这甄府　合贾府就是老亲又系世交两家来往极其亲热的便在
戚：家你可知道子兴道谁人不知这甄府和　贾府就是老亲又系世交两家来往极其亲热的便在
寅：家你可知　么子兴道谁人不知这甄府和　贾府就是老亲又系世交两家来往极其亲热的便在

戌：下也　和他家来往非止一日了雨村笑道去　年我在金陵也曾有人荐我到甄　家处馆我进去
庚：下也合　他家来往非止一日了雨村笑道去岁　我在金陵也曾有人荐我到甄府　处馆我进去
戚：下也　和他家来往非止一日了雨村笑道去岁　我在金陵　曾有人荐我到甄府　处馆我进去
寅：下也　和他家来往非止一日了雨村笑道去岁　我在金陵也曾有人荐我到甄府　处馆我进去

戌：　看其光景谁知他家那等显贵却是　富而好礼之家到是个难得之馆但这一个学生虽是启
庚：看看其光景谁知他家那等显贵却是　个富而好礼之家到是个难得之馆但这一个学生虽是启
戚：　看看其光景谁知他家那等显贵却是一个富而好礼之家到是个难得之馆但这一个学生虽是启
寅：看看其光景谁知他家那等显贵却是　富而好礼之家到是个难得之馆但这一个学生虽是启

戌：蒙却比一个举业的还劳神说起来更可笑他说必得两个女儿伴着我读书我方能认得字心里也
庚：蒙却比一个举业的还劳神说起来更可笑他说必得两个女儿伴着我读书我方能认得字心里也
戚：蒙却比一个举业的还劳神说起来更可笑他说必得两个女儿伴着我读书我方能认得字心里也
寅：蒙却比一个举业的还劳神说起来更可笑他说必得两个女儿伴着我读书我方能认得字心里也

戌：明　不然我自己心里糊　涂又常对跟他　小厮们　这　女儿两个字尊贵极清净的比那阿
庚：明　不然我自己心里糊　涂又常对跟他的小厮们说这　女儿两个字尊贵极清净的比那阿
戚：明白不然我自己心里　胡涂又常对跟他的小厮们　道女儿两个字极尊贵极清净的比那阿
寅：明　不然我自己心里糊　涂又常对跟他的小厮们说这　女儿两个字极尊贵极清净的比那阿

戌：弥陀佛元始天尊的这两个宝号还更尊荣无对的呢你们这浊口臭舌万不可唐突了这两个字要
庚：弥陀佛元始天尊的这两个宝号还更尊荣无对的呢你们这浊口臭舌万不可唐突了这两个字要
戚：弥陀佛元始天尊的这　个宝号还更尊荣无对的呢你们这浊口臭舌万不可唐突了这两个字要
寅：弥陀佛元始天尊的　两个宝号还更尊荣无对的呢你们这浊口臭舌万不可唐突了这两个字要

戌：紧但凡要说时必须先用清水香　茶漱了口才可设　若失错便要凿牙穿腮等事其暴虐浮躁顽
庚：紧但凡要说时必须先用清水香　茶漱了口才可设　若失错便要凿牙穿腮等事其暴虐浮躁顽
戚：紧但凡　说时必须先用清水香漱　了口才可　说若失错便要凿牙穿腮等事其暴虐浮躁顽
寅：紧但凡要说时必须先用清水香　茶漱了口才可设　若失错便要凿牙穿腮等事其暴虐浮躁顽

戌：劣憨痴种种异常只一放了学进去见了那些女　们其温　厚和平聪敏文雅竟又变了一个因
庚：劣憨痴种种异常只一放了学进去见了那些女　们其温　厚和平聪敏文雅竟又变了一个因
戚：劣憨痴种种异常只一放了学进去见了那些女　们其温柔　和平聪敏文雅竟又变了一个因
寅：劣憨痴种种异常只一放了学进去见了那些女人　们其温　厚和平聪敏文雅竟又变了一个因

戌：此他令尊　也曾下死笞楚过几次无奈竟不能改每打的吃疼不过时他便姐姐妹妹乱叫起来后
庚：此他令尊　也曾下死笞楚过几次无奈竟不能改每打的吃疼不过时他便姐姐妹妹乱叫起来后
戚：此他　尊人也曾下死笞楚过几次无奈竟不能改每打的吃疼不过时他便姐姐妹妹乱叫起来
寅：此他令尊　也曾下死笞楚过几次无奈竟不能改每打的吃疼不过时他便姐姐妹妹乱叫起来后

戌：来听得里面女儿们拿他取笑因何打急了只管　唤姐妹作　甚莫不是求姐　妹去　讨情
庚：来听得里面女儿们拿他取笑因何打急了只管叫　姐妹　做甚莫不是求姐　妹去　讨讨情
戚：　听得里面女儿们拿他取笑因何打急了只　　唤姐妹作　甚莫不是求姐　妹去说　情
寅：来听得里面女儿们拿他取笑因何打急了只管叫　姐妹　做甚莫不是求姐姐妹妹去　讨讨情

戌：讨饶你岂不愧些　他回答的最妙他说急疼之时只叫姐姐妹妹字样或可解疼也未可知因叫了
庚：讨饶你岂不愧些　他回答的最妙他说急疼之时只叫姐姐妹妹字样或可解疼也未可知因叫了
戚：讨饶你岂不愧　羞他回答的最妙他说急疼之时只叫姐姐妹妹字样或可解疼也未可知因叫了
寅：讨饶你岂不愧些　他回答的最妙他说急疼之时只叫姐姐妹妹字样或可解疼也未可知因叫了

戌：一声便果觉不疼了遂得了　　秘方每疼痛之极便连叫姊　妹起来了你说　可笑不可　笑
庚：一声便果觉不疼了遂得了　密法　每疼痛之极便连叫　姐妹起来了你说　可笑不可　笑
戚：一声便果觉不疼了遂得了秘　法　每疼痛之极便连叫　姐妹起来　你说好　笑不　好笑
寅：一声便果觉不疼了遂得了　密法　每疼痛之极便连叫　姐妹起来了你说　可笑不可　笑

戌：也因祖母溺爱不明每因孙辱师责子因此我就辞了馆出来如今在　巡盐御史林家做馆了你看
庚：也因祖母溺爱不明每因孙辱师责子因此我就辞了馆出来如今在这巡盐御史林家做馆了你看
戚：也因祖母溺爱不明每因孙辱师责子因此我就辞了馆出来
寅：也因祖母溺爱不明每因孙辱师责子因此我就辞了馆出来如今在这巡盐御史林家做馆了你看

戌：这等子弟必不能守祖父之根基从师　友之规谏的只可惜他　家几个好姊妹都是少有的子兴
庚：这等子弟必不能守祖父之根基从师长　之规谏的只可惜他　家几个　姊妹都是少有的子兴
戚：这等子弟必不能守祖父之根基从师　友之规谏的只可惜他　家几个好姊妹都是少有的子兴
寅：这等子弟必不能守祖父之根基从　长　之规谏的只可惜他们家几个　姊妹都是少有的子兴

戌：道便是贾府中现　有　三个亦　不错政老　父之　　长女名元春现因贤孝才德选入宫中作
庚：道便是贾府中现　有的三个　也不错政老　爹的长女名元春现因贤孝才德选入宫中作
戚：道便是贾府中现在　三个亦　不错政老爷　之　　女名元春现因贤孝才德　入宫　作
寅：道便是贾府中现　有的三个　也不错政老　爹的长女名元春现因贤孝才德选入宫中作

第二回　贾夫人仙逝扬州城　冷子兴演说荣国府

戌：女史去了二小姐乃赦　老爷前妻　　所出名迎春三小姐乃政老爹　之庶出名探春四小姐
庚：女史去了二小姐乃　政老爹前妻　　所出名迎春三小姐乃政老爹　之庶出名探春四小姐
戚：女史去了二小姐乃赦　老　　爷之妾所出名迎春三小姐乃政老　爷之庶出名探春四小姐
寅：女史去了二小姐乃　政老爹前妻　　所出名迎春三小姐乃政老爹　之庶出名探春四小姐

戌：乃宁府珍爷之胞妹名唤惜春因史老夫人极爱孙女都跟在祖母这边一处读书听得个个不错雨
庚：乃宁府珍爷之胞妹名唤惜春因史老夫人极爱孙女都跟在祖母这边一处读书听得个个不错雨
戚：乃宁府珍爷之胞妹名唤惜春因史老夫人极爱孙女都跟在祖母这边一处读书听得个个不错雨
寅：乃宁府珍爷之胞妹名唤惜春因史老夫人极爱孙女都跟在祖母这边一处读书听得个个不错雨

戌：村道更妙在甄家　之风俗女儿之名亦皆从男子之名命字不似别家另外用　这些春红香玉等
庚：村道更妙在甄家的　风俗女儿之名亦皆从男子之名命字不似别家另外用　这些春红香玉等
戚：村道更妙在甄家的　风俗女儿之名亦皆从男子之名命字不似别家另外用那　些春红香玉等
寅：村道更妙在甄家的　风俗女儿之名亦皆从男子之名命字不似别家另外用　这些春红香玉等

戌：艳字的何得贾府　亦　落此俗套　子兴道不然只因现今大小姐是正月初一日所生故名元春
庚：艳字的何得贾府　亦乐　此俗套子兴道不然只因现今大小姐是正月初一所生故名元春
戚：艳字的何得贾府　亦　落此俗套　子兴道不然只因现今大小姐是正月初一日所生故名元春
寅：艳字的何得贾府也　乐　此俗套子子兴道不然只因现今大小姐是正月初一日所生故名元春

戌：余者方从了春字上一辈的却也是从弟兄而来的现有对证目今你贵东家林公之夫人即荣府中
庚：余者方从了春字上一辈的却也是从弟兄而来的现有对证目今你贵东家林公之夫人即荣府中
戚：余者方从了春字上一辈的却也是从弟兄而来的现有对证目今你贵东家林公之夫人即荣府中
寅：余者方从了春字上一辈的却也是从弟兄而来的现有对证目今你贵东家林公之夫人即荣府中

戌：赦政二公之胞妹　在家时　名唤贾敏不信时你回去细访可知雨村拍案笑道怪道这女学生读
庚：赦政二公之胞妹　在家时　名唤贾敏不信时你回去细访可知雨村拍案笑道怪道这女学生读
戚：赦政二公之胞妹他在家时原名唤贾敏不信时你回去细访可知雨村拍案笑道怪道这女学生读
寅：赦政二公之胞妹　在家时　名唤贾敏不信时你回去细访可知雨村拍案笑道怪道这女学生读

戌：至凡书　中有敏字　皆念作密　字每每如是写　字时遇着　敏字又减一二笔我心中就有
庚：　书时字中有敏字　皆念作密　字每每如是写　字　遇着　敏字又减一二笔我心中　有
戚：至凡书　中有敏字他皆念作　蜜每每如是写的字　遇着　敏字又减一二笔我心中就有
寅：　书时字中有敏字　皆念作密　字每每如是写　字　遇　见敏字又减一二笔我心中　有

戌：些疑惑今听你说　是为此无疑矣怪道我这女学生言语举止另是一样不与近日女子相同度其
庚：些疑惑今听你说的是为此无疑矣怪道我这女学生言语举止另是一样不与近日女子相同度其
戚：些疑惑今听你说　是为此无疑矣怪道我这女学生言语举止另是一样不与近日女子相同度其
寅：些疑惑今听你说的是为此无疑矣怪道我这女学生言语举止另是一样不与近日女子相同度其

戌：母必不凡方得其女今知为荣府之孙　又不足罕　矣可伤　上月竟　忘故了子兴叹道老姊
庚：母必不凡方得其女今知为荣府之孙　又不足罕　矣可伤　上月竟亡　故了子兴叹道　姊
戚：母必不凡方得其女今知为荣府之孙女又不足　骇矣可伤其母上月竟亡　故了子兴叹道老姊
寅：母必不凡方得其女今知为荣府之孙　又不足罕　矣可伤　上月竟亡　故了子兴叹道　姊

戌：妹四个这一个是极小的又没有　长一辈的姊妹一个也没　了只看这少　一辈的将来之东床
庚：妹四个这一个是极小的又没　了长一辈的姊妹一个也没　了只看这　小一辈的将来之东床
戚：妹四个这一个　极小的又没　了长一辈的姊妹一个也没有了只看这　小一辈的将来之东床
寅：妹四个这一个是极小的又没　了长一辈的姊妹一个也没有了只看这　小一辈的将来之东床

戌：如何呢雨村道正是方才说这政公已有了一个衔玉之儿又有长子所遗一个弱孙这赦老竟无一
庚：如何呢雨村道正是方才说这政公已有　　衔玉之儿又有长子所遗一个弱孙这赦老竟无一
戚：如何呢雨村道正　方才说这政公已有了一个衔玉之儿又有长子所遗一个弱孙这赦老竟无一
寅：如何呢雨村道正是方才说这政公已有　　衔玉之儿又有长子所遗一个弱孙这赦老竟无一
————————————————————————————————
戌：个不成子兴道政公既有玉儿之后其妾后又生了一个到不知其好歹只眼前现有二子一孙却不
庚：个不成子兴道政公既有玉儿之后其妾　又生了一个到不知其好　只眼前现有二子一孙却不
戚：个不成子兴道政公既有玉儿之后其妾后又生了一个到不知其好歹只眼前现有二子一孙却不
寅：个不成子兴道政公既有玉儿之后其妾　又生了一个到不知其好歹只眼前现有二子一孙却不
————————————————————————————————
戌：知将来如何若问那赦公也有二子长名贾琏今已二十来往了亲上　作亲娶的就是政老　爹夫
庚：知将来如何若问那赦公也有二子长名贾琏今已二十来往了亲上　作亲娶的就是政老　爹夫
戚：知将来如何若问那赦公也有二子长名贾琏今已二十来往了亲上　作亲娶的就是政老爷　夫
寅：知将来如何若问那赦公也有二子长名贾琏今已二十来往了亲上做　亲娶的就是政老　爹夫
————————————————————————————————
戌：人王氏之内侄女今已娶了二年这位琏爷身上　现捐的是个同知也是不　喜读书于世路上好
庚：人王氏之内侄女今已娶了二年这位琏爷身上　现捐的是个同知也是不肯　读书于世路上好
戚：人王氏之内侄女今已娶了二年这位琏爷身上　现捐的是个同知也是不　喜读书于世路上好
寅：人王氏之内侄女今已娶了二年这位琏爷身上蠲　的是个同知也是不肯　读书于世路上好
————————————————————————————————
戌：机变言谈去的所以如今只在乃叔政老爷家住着帮着料理些家务谁知自娶了他令夫人之后倒
庚：机变言谈去的所以如今只在乃叔政老爷家住着帮着料理些家务谁知自娶了他令夫人之后
戚：机变言谈去的所以如今只在乃叔政老爷家住着帮着料理些家务谁知自娶了他令夫人之后
寅：机变言谈去的所以如今只在乃叔政老爷家住着帮着料理些家务谁　自娶了他令夫人之后
————————————————————————————————
戌：　上下无一人不称颂他夫人的琏爷到退了一射之地说模样又极标致言谈又　爽利心机又极
庚：到上下无一人不称颂他夫人的琏爷到退了一射之地说模样又极标致言谈又　爽利心机又极
戚：到上下无一人不称颂他夫人的琏爷到退了一射之地说模样又极标致言谈又极爽利心机又极
寅：到上下无一人不称颂他夫人的琏爷到退了一射之地说模样又极标致言谈又　爽利心机又极
————————————————————————————————
戌：深细竟是个男人万不及一的雨村听了笑　道可知我前言不谬你　方才所说的这几个人都只
庚：深细竟是个男人万不及一的雨村听了笑　道可知我前言不谬你我方才所说的这几个人都只
戚：深细竟是个男人万不及一的雨村听了笑咲道可知我前言不谬你我方才所说　这几个人都只
寅：深细竟是个男人万不及一的雨村听了笑　道可知我前言不谬你我方才所说的这几个人都只
————————————————————————————————
戌：怕是那正邪两赋而来一路之人未可知也子兴道　　邪也罢正也罢只顾算别人家的帐　你
庚：怕是那正邪两赋而来一路之人未可知也子兴道　　邪也罢正也罢只顾算别人家的帐　你
戚：怕是那正邪两赋而来一路之人未可知也子兴道那管正邪　　　只顾算别人家的　账你
寅：怕是那正邪两赋而来一路之人未可知也子兴道　　邪也罢正也罢只顾算别人家的帐　你
————————————————————————————————
戌：也吃一杯酒才好雨村道正是只顾说话竟多吃了几杯子兴笑道说着别人家的闲话正好下酒即
庚：也吃一杯酒才好雨村道正是只顾说话竟多吃了几杯子兴笑道说着别人家的闲话正好下酒即
戚：也吃一杯酒才好雨村道正是只顾说话竟多吃了几杯子兴笑道　别人家的闲话正好下酒即
寅：也吃一杯酒才好雨村道正是只顾说话竟多吃了几杯子兴笑道说着别人家的闲话正好下酒即
————————————————————————————————
戌：多　几杯何妨雨村向窗外看道天也晚了仔细关了城　我们慢慢的　进城再谈未为不可于是
庚：多吃几杯何妨雨村向窗外看道天也晚了仔细关了城　我们慢慢的再进城再谈未为不可于是
戚：多吃几杯何妨雨村向窗外看道天也晚了仔细关了城门我们慢慢　进城再谈未为不可于是
寅：多吃几杯何妨雨村向窗外看道天也晚了仔细关了城　我们慢慢的　进城再谈未为不可于是
————————————————————————————————

第二回 贾夫人仙逝扬州城 冷子兴演说荣国府

戌：二人起身算还酒帐　方欲走时又听得后面有人叫道雨村兄恭喜了特来报个喜信的
庚：二人起身算还酒帐　方欲走时又听得后面有人叫道雨村兄恭喜了特来报个喜信的
戚：　　　算还酒　账方欲走时　听得后面有人叫道雨村兄恭喜了　来　　　　这等村野
寅：二人起身算还酒帐　方欲走时又听得后面有人叫道雨村兄恭喜了特来报个喜信的

戌：　　　雨村　　忙回头看时
庚：　　　雨村　　忙回头看时
戚：地方何干雨村听说忙回头看时且听下回分解
寅：　　　雨村　　忙回头看时

第三回 托内兄如海酬西宾 接外孙贾母惜孤女

戌：却说雨村忙回头看时不是别人乃是当日同僚一案参革的号张如圭者他本系此地人革职后家
庚：却说雨村忙回头看时不是别人乃是当日同僚一案参革的号张如圭者他本系此地人革　后家
戚：却说雨村忙回头看时不是别人乃是当日同僚一案参革的号张如圭者他本系此地人革　后家
寅：却说雨村忙回头看时不是别人乃是当日同僚一案参革的号张如圭者他本系此地人革　后家

戌：居今打听　都中奏准起复旧员之信他便四下里寻情找门路忽遇见雨村故忙道喜二人见了礼
庚：居今打听得都中奏准起复旧员之信他便四下里寻情找门路忽遇见雨村故忙道喜二人见了礼
戚：居今打听得都中奏准起复旧员之信他便四下里寻　找门路忽遇见雨村故忙道喜二人见了礼
寅：居今打听得都中奏准起复旧员之信他便四下里寻情找门路忽遇见雨村故忙道喜二人见了礼

戌：张如圭便将此信告诉雨村雨村自是欢喜忙忙的叙了两句遂作别各自回家冷子兴听得此　言
庚：张如圭便将此信告诉雨村雨村自是欢喜忙忙的叙了两句遂作别各自回家冷子兴听得此　言
戚：张如圭便将此信告诉　　雨村自是欢喜忙忙的叙了两句遂作别各自回家冷子兴听得此　言
寅：张如圭便将此信告诉雨村雨村自是欢喜忙忙的叙了两句遂作别各自回家冷子兴听得此信

戌：便忙献计令雨村央烦林如海转向都中去央烦贾政雨村领其意作别回　至馆中忙寻邸报看真
庚：便忙献计令雨村央烦林如海转向都中去央烦贾政雨村领其意作别回　至馆中忙寻邸报看真
戚：便忙献计令雨村央烦林如海转向都中去央烦贾政雨村领其意作别回去至馆中忙寻邸报看真
寅：便忙献计令雨村央烦林如海转向都中去央烦贾政雨村领其意作别回　至馆中忙寻邸报看真

戌：确了次日　面谋之如海如海道天缘凑巧因贱荆去世都中家岳母念及小女无人依傍教育前已
庚：确了次日当面谋之如海如海道天缘凑巧因贱荆去世都中家岳母念及小女无人依傍教育前已
戚：确了次日　面谋之如海如海道天缘凑巧因贱荆去世都中家岳母念及小女无人依傍教育前已
寅：确了次日当面谋之如海如海道天缘凑巧因贱荆去世都中家岳母念及小女无人依傍教育前已

戌：遣了男女船只　来接因小女未曾大痊故未及行此刻正思向蒙训教之恩未经酬报遇此机会岂
庚：遣了男女船支来接因小女未曾大痊故未及行此刻正思向蒙训教之恩未经酬报遇此机会岂
戚：遣了男女船只　来接因小女未曾大痊故未及行此刻正思向蒙训教之恩未经酬报遇此机会岂
寅：遣了男女船只　来接因小女未曾大痊故未及行此刻正思向蒙训教之恩未经酬报遇此机会岂

戌：有不尽心图报之　礼但请放心弟已预为筹画至此已修下荐书一封转托内兄务为周　全协
庚：有不尽心图报之理　但请放心弟已预为筹画至此已修下荐书一封转托内兄务为周　全协力
戚：有不尽心图报之理　但请放心弟已预为筹画至此已修下荐书一封转托内兄务为周旋　协
寅：有不尽心图报之理　但请放心弟已预为筹画至此已修下荐书一封转托内兄务为周　全协力

戌：佐方可稍　尽弟之鄙诚即有所　废用之例弟于内　兄信中已注　明白亦不劳尊兄多虑矣雨
庚：　方可稍　尽弟之鄙诚即有所费用之例弟于内家　信中已　註明白亦不劳尊兄多虑矣雨
戚：佐方可　少尽弟之鄙诚即有所费用之例弟于　家　信中已注　明白亦不劳尊兄多虑矣雨
寅：　方可稍　尽弟之鄙诚即有所费用之例弟于内家　信中已注　明白亦不劳尊兄多虑矣雨

第三回　托内兄如海酬西宾　接外孙贾母惜孤女

戌：村一面打躬　谢不释口一面又问不知令亲大人现居何职只怕晚生草率不敢　骤然入都干渎
庚：村一面打　恭谢不释口一面又问不知令亲大人现居何职只怕晚生草率不敢　骤然入都干渎
戚：村一面打　恭谢不释口一面又问不知令亲大人现居何职只怕晚生草率不敢遽　然入都干渎
寅：村一面打　恭谢不释口一面又问　　令亲大人现居何职只怕晚生草率不敢　骤然入都干渎

戌：如海笑道若论舍亲与尊兄犹系同谱乃荣公之孙大内兄现袭一等将军之职名赦字恩侯　二内
庚：如海笑道若论舍亲与尊兄犹系同谱乃荣公之孙大内兄现袭一等将军　　名赦字恩　候二内
戚：如海笑道若论舍亲与尊兄　系同谱乃荣公之孙大内兄现袭一等将军之职名赦字恩侯　二内
寅：如海笑道若论舍亲与尊兄犹系同谱乃荣公之孙大内兄现袭一等将军　　名赦字恩　候二内

戌：兄名政字存周现任工部员外郎其为人谦恭厚道大有祖父遗风非膏粱　轻薄仕宦之流故弟方
庚：兄名政字存周现任工部员外郎其为人谦恭厚道大有祖父遗风非膏　粱轻薄仕宦之流故弟方
戚：兄名政字存周现任工部员外郎其为人谦恭厚道大有祖父遗风非膏　粱轻薄仕宦之流故弟方
寅：兄名政字存周现任工部员外郎其为人谦恭厚道大有祖父遗风非膏　粱轻薄仕宦之流故弟方

戌：致书烦托否则不但有污尊兄之清操即弟亦　不屑为矣雨村听了心下方信了昨日子兴之言于
庚：致书烦托否则不但有污尊兄之清操即弟亦　不屑为矣雨村听了心下方信了昨日子兴之言于
戚：致书烦托否则不但有污尊兄之清操即弟亦　不屑为矣雨村听了心下方信了昨日子兴之言于
寅：致书烦托否则不但有污尊兄之清操即弟　也不屑为矣雨村听了心下方信了昨日子兴之言于

戌：是又谢了林如海如海乃说已择了　　出月初二　日小女入都尊兄即同路而往　　岂不两便雨
庚：是又谢了林如海如海乃说已择了　　出月初二　日小女入都尊兄即同路而往　　岂不两便雨
戚：是又谢了林如海如海乃说已择了正　月初　六日小女入都尊兄即同路　入都岂不两便雨
寅：是又谢了林如海如海乃说已择了　　出月初二　日小女入都尊兄即同路而往　　岂不两便雨

戌：村唯唯听命心中十分得意如海遂打点礼物并饯行之　事雨村一一领了那女学生　黛玉身体
庚：村唯唯听命心中十分得意如海遂打点礼物并饯行之　事雨村一一领了那女学生代　玉身体
戚：村唯唯听命心中十分得意如海遂打点礼物并饯行之物　雨村一一领了那女学生　黛玉身体
寅：村唯唯听命心中十分得意如海遂打点礼物并饯行之　事雨村一一领了那女学生　黛玉身体

戌：大　　愈原不忍弃父而往无奈他外祖母　致意教　　　去且兼如海说汝父年将半百再
庚：又　　愈原不忍弃父而往无奈他外祖母　致意　务在必　去且兼如海说汝父年将半百再
戚：　方　愈原不忍弃父而往无奈他外祖母执　意　　　要他去且兼如海说汝父年将半百再
寅：　又　愈原不忍弃父而往无奈他外祖母　致意　务　必要去且兼如海说汝父年将半百再

戌：无续室之意且汝多病年又极小上无亲母教　养下无姊妹兄弟扶持今依傍外祖母及舅氏姊妹
庚：无续室之意且汝多病年又极小上无亲母教　养下无姊妹兄弟扶持今依傍外祖母及舅氏姊妹
戚：无续室之意且汝多病年又极小上无亲母教育　下无姊妹兄弟扶持今依傍外祖母及舅氏姊妹
寅：无续室之意且汝多病年又极小上无亲母教　养下无姊妹兄弟扶持今依傍外祖母及舅氏姊妹

戌：去正好减我顾盼之忧何　云不往黛　玉听了方洒泪拜别　遂同奶娘及荣府中几个老妇人
庚：去正好减我顾盼之忧何反云不往　代玉听了方洒泪拜别随了　奶娘及荣府　几个老妇人
戚：　正好减我顾盼之忧何反云不往黛　玉听了方洒泪拜别随了　奶娘及荣府中几个老妇人
寅：去正好减我顾盼之忧何反云不往黛　玉听了方洒泪拜别随了　奶娘及荣府　几个老妇人

戌：登舟而去雨村另有一　　只船带两　个小童依附黛　玉而行日到了都中进入　神京雨村先
庚：登舟而去雨村另有一支　船带两　个小童依附　代玉而行日到了都中进入　神京雨村先
戚：登舟而去雨村另有一　　只船带　二个小童依　黛　玉而行日到了都中进　了神京雨村先
寅：登舟而去雨村另有一支　船带两　个小童依附黛　玉而行日到了都中进　　神京雨村先

戌：整了衣冠带了小童拿着宗侄的名帖至荣府　门前投了彼时贾政已看了妹　丈之书即忙请入
庚：整了衣冠带了小童拿着宗侄的名帖至荣府的门前投了彼时贾政已看了妹　丈之书即忙　入
戚：整了衣冠带了小童拿着宗侄的名帖至荣府　门前投了彼时贾政已看了妹夫　之书即忙请入
寅：整了衣冠带了小童拿着宗侄的名帖至荣府的门前投了彼时贾政已看了妹　丈之书即忙请入
————————————————————————————————
戌：相　会见雨村相貌魁伟言谈　不俗且这贾政最喜读书人礼贤下士拯溺济　　　危大有祖
庚：　厢会见雨村相貌魁伟言　语不俗且这贾政最喜读书人礼贤下士　　济弱扶　危大有祖
戚：相　会见雨村相貌魁伟言谈　不俗且这贾政最喜读书人礼贤下士拯溺济　　　危大有祖
寅：　厢会见雨村相貌魁伟言　语不俗且这贾政最喜读书人礼贤下士　　　扶弱济危大有祖
————————————————————————————————
戌：风况又系妹丈致意因此优待雨村　更又不同便竭力内中协助　题奏之日轻轻谋了一个复职
庚：风况又系妹丈致意因此优待雨村　更又不同便竭力内中协助　题奏之日轻轻谋了一个复职
戚：风况又系妹丈致意因此优待雨村又更　不同便竭力内中协　力题奏之日轻轻谋了一个复职
寅：风况又系妹丈致意因此优待雨村　更又不同便竭力内中协助　题奏之日轻轻谋了一个复职
————————————————————————————————
戌：　侯缺不上两个月金陵应天　府缺出便谋补了此缺　　拜辞了贾政择日　到任去了不在话
庚：　候　缺不上两个月金陵　天应府缺出便谋补了此缺　　拜辞了贾政择日上　任去了不在话
戚：　候　缺不上两个月金陵应天　府缺出便谋补了此缺雨村　辞了贾政择日　到任去了不在话
寅：　候　缺不上两个月金陵应天　府缺出便谋补了此缺　　拜辞了贾政择日上　任去了不在话
————————————————————————————————
戌：下且说黛　玉自那日弃舟登岸时便有荣国府打发了轿子并拉行李的车辆久候了这　　黛
庚：下且说　代玉自那日弃舟登岸时便有荣国府打发了轿子并拉行李的车辆久候了这　　林代
戚：下且说黛　玉自那日弃舟登岸时便有荣国府打发了轿子并拉行李的车辆久候　这林黛
寅：下且说黛　玉自那日弃舟登岸时便有荣国府打发了轿子并拉行李的车辆久候了这林黛
————————————————————————————————
戌：玉常听得　母亲说过他外祖母家与别家不同他近日所见的这几个三等的仆妇　　　　已是
庚：玉常听得　母亲说过他外祖母家与别家不同他近日所见的这几个三等的仆妇吃穿用度已是
戚：玉常听　见母亲说过他外祖母家与别家不同他近日所见的这　　三等　仆妇吃穿用度已是
寅：玉常听得　母亲说过他外祖母家与别家不同他近日所见的这几个三等的仆妇吃穿用度已是
————————————————————————————————
戌：不凡了何况今至其家因此步步留心时时在意不肯轻　意多说一句话多行一步路　生　恐被
庚：不凡了何况今至其家因此步步留心时时在意不肯轻易　多说一句话多行一步路　　惟恐被
戚：不凡了何况今至其家因此步步留心时时在意不肯轻　意多说一句话多行一步路止　恐被
寅：不凡了何况今至其家因此步步留心时时在意不肯轻易　多说一句话多行一步路　　惟恐被
————————————————————————————————
戌：人耻笑了他去自上了轿进入城中便从纱窗　外瞧了一瞧其街市之繁华人烟之阜盛自与别处
庚：人耻笑了他去自上了轿进入城中　从纱窗向外瞧了一瞧其街市之繁华人烟之阜盛自与别处
戚：人耻笑了他去自上　轿进入城中　从纱窗　外瞧了一瞧其街市之繁华人烟之阜盛自与别处
寅：人耻笑了他去自上了轿进入城中　从纱窗向外瞧了一瞧其街市之繁华人烟之阜盛自与别处
————————————————————————————————
戌：不同又行　半日忽见街北蹲着两个大石狮子三间兽头大门门前列坐着十来个华冠丽服之人
庚：不同又行了半日忽见街北蹲着两个大石狮子三间兽头大门门前列坐着十来个华冠丽服之人
戚：不同又行了半日忽见街北蹲着两个大石狮子三间兽头大门　前列坐着十来个华冠丽服之人
寅：不同又行了半日忽见街北蹲着两个大石狮子三间兽头大门门前列坐着十来个华冠丽服之人
————————————————————————————————
戌：正门却不开只有东西两　角门有人出入正门之上有一匾匾上大书敕　造宁国府五个大字
庚：正门却不开只有东西两　角门有人出入正门之上有一匾匾上大书敕　造宁国府五个大字代
戚：正门却不开只有东西两脚　门有人出入正门　上有　匾匾上大书　勅造宁国府五个大字
寅：正门却不开只有东西两　角门有人出入正门之上有一匾匾上大书敕　造宁国府五个大字
————————————————————————————————

第三回 托内兄如海酬西宾 接外孙贾母惜孤女

戌：黛玉想　到这　是外祖母之长房了想着又往西行不多远照样也是三间大门方是荣国府了却
庚：　玉想道　这必是外祖　之长房了想着又往西行不多远照样也是三间大门方是荣国府了却
戚：黛玉想道　这　是外祖　之长房了想着又往西行不多远照样也是三间大门方是荣国府了却
寅：黛玉想道　这必是外祖　之长房了想着又往西行不多远照样也是三间大门方是荣国府了却

戌：不进正门　只进了西边角门那轿夫抬进去走了一　射之地将转　湾时便歇下退出去了后面
庚：不进正门　只进了西边角门那轿夫抬进去走了一　射之地将转弯　时便歇下退出去了后面
戚：不进正门　只进了西　角门那轿夫抬进去走了一箭　之地将转　湾时便歇下退出去了后面
寅：不进正门却只进了西边角门那轿夫抬进去走了一　射之地将转弯　时便歇下退出去了后面

戌：　婆子们已都下了轿赶上前来另换了三四个衣帽周全的十七八岁的小厮上来复抬起轿子众
庚：的婆子们已都下了轿赶上前来另换了三四个衣帽周全　十七八岁的小厮上来复抬起轿子众
戚：的婆子们已都下了轿赶上前来另换了三四个衣帽周全　十七八岁的小厮上来复抬起轿子众
寅：的婆子们已都下了轿赶上前来另换了三四个衣帽周全　十七八岁的小厮上来复抬起轿子众

戌：婆子　步下围随至一垂花门前落下众小厮退出众婆子上　来打起轿帘扶　黛玉下轿林黛
庚：婆子在步下围随至一垂花门　落下众小厮退出众婆子　来打起轿帘扶代　玉下轿林　代
戚：婆子　步下围随至一垂花门前落下众小厮退出众婆子上　来打起轿帘扶　黛玉下轿　黛
寅：婆子在步下围随至一垂花门　落下众小厮退出　婆子们来打起轿帘扶　黛玉下轿林

戌：　　玉扶着婆子的手进了垂花门两边是　抄手　游廊当中是　穿堂当地放着一个紫
庚：　　玉扶着婆子的手进了垂花门两边是　抄手　游廊当中是串　堂当地放着一个紫
戚：玉下了轿黛玉扶着婆子的手进了垂花门两边是　抄手遊　廊当中是　穿堂当地放　一个紫
寅：　　黛玉扶着婆子的手进了垂花门两边是超　手　游廊当中是　穿堂当地放着一个紫

戌：檀架子　大理石的大插屏转过插屏小小　三间内厅厅后就是后面的正房大院正面五间上房
庚：檀架子　大理石的大插屏　　　小小的三间　厅厅后就是后面的正房大院正面五间上房
戚：檀架子的大理石的大插屏转过插屏小小　三间　厅厅后就是后面的正房大院正面五间上房
寅：檀架子　大理石的大插屏　　　小小的三间　厅厅后就是后面的正房大院正面五间上房

戌：皆是雕梁画栋两边穿山　游廊厢房挂着各色鹦　鹉画眉等鸟雀台　矶之上坐着几个穿红
庚：皆　雕梁画栋两边穿山　游廊厢房挂着各色鹦　鹉画眉等　雀台　矶之上坐着几个穿红
戚：皆是雕梁画栋两边穿山遊　廊厢房挂着各色鹦　鹉画眉等鸟雀台阶　之上坐着几个穿红
寅：皆　雕梁画栋两边穿山　游廊厢房挂着各色鹦武　画眉等　雀台　矶之上坐着几个穿红挂

戌：着绿的丫　环一见他们来了便忙都笑迎上来　说　才刚老太太还念　呢可巧就来了　于是
庚：着绿的丫头　一见他们来了便忙都笑迎上来说刚才　老太太还念　呢可巧就来了"于是
戚：着绿的丫头　一见他们来了便忙都笑迎上来　说刚才　老太太还念　呢可巧就来了　于是
寅：　绿的丫头　一见他们来了便忙都笑迎上来说刚才　老太太还　叨呢可巧就来了　于是

戌：三四人争着打起帘　栊　一面听得人回话　林姑娘到了黛　玉方进入房时只见两个人搀着
庚：三四人争着打起帘　笼一面听得人回话　林姑娘到了　代玉方进入房时只见两个人搀着
戚：三四人争着打起帘子　一面听得人回话说林姑娘到了黛　玉方进入房时只见两个人搀着
寅：三四人争着打起帘　笼一面听得人回话　林　娘到了黛　玉方进入房时只见两个人搀着

戌：一位鬓发如银的老母迎上来黛　玉便知是他外祖母方欲拜见时早被他外祖母一把搂入怀中
庚：一位鬓发如银的老母迎上来　代玉便知是他外祖母方欲拜见时早被他外祖母一把搂入怀中
戚：一位鬓发如银的老母迎上来黛　玉便知是他外祖母方欲拜见时早被他外祖母一把搂入怀中
寅：一位鬓发如银的老母迎上来黛　玉便知是他外祖母方欲拜见时早被他外祖母一把搂入怀中

戌：心肝　儿肉叫着大哭起来当下地下　侍立之人无不掩面涕泣　黛玉也哭个不住一时众人
庚：心肝　儿肉叫着大哭起来当下地下　侍立之人无不掩面涕泣代　玉也哭个不住一时众人慢
戚：心肝　儿肉叫着　哭起来当下地下伏侍　之人无不掩面涕泣　黛玉也哭个不住一时众人慢
寅：心肝肉儿　叫着大哭起来当下地下　侍立之人无不掩面涕泣　黛玉也哭个不住一时众人慢
————————————————————————————————
戌：　漫漫解劝住了黛　玉方拜见了外祖母此即冷子兴所云之史氏太君也贾赦贾政之母　当下
庚：慢　解劝住了　代玉方拜见了外祖母此即冷子兴所云之史氏太君　贾赦贾政之母也当下
戚：慢　解劝住了黛　玉方拜见了外祖母此即冷子兴所云之史氏太君也贾赦贾政之母　当下
寅：慢　解劝住了黛　玉方拜见了外祖母此即冷子兴所云之史氏太君　贾赦贾政之母也当下
————————————————————————————————
戌：贾母一一　指与黛　玉这是你大舅母这是你二舅母这是你先珠大哥的媳妇珠大嫂黛
庚：贾母一一　指与　代玉这是你大舅母这是你二舅母这是你先珠大哥的媳妇珠大嫂　子代
戚：贾母一一的指与黛　玉这是你大舅母这是你二舅母这是你先珠大哥的媳妇珠大嫂黛
寅：贾母一一　指与黛　玉这是你大舅母这是你二舅母这是你先珠大哥的媳妇珠大嫂　子　黛
————————————————————————————————
戌：玉一一拜见过贾母又说请姑娘们来今日远客才来可以不必上学去了众人答应了一声便去了
庚：玉一一拜见过贾母又说请姑娘们来今日远客才来可以不必上学去了众人答应了一声便去了
戚：玉一一拜见过贾母又说请姑娘们来今日远客才来可以不必上学去了众人答应了一声便去了
寅：玉一一拜见过贾母又说请姑娘们来今日远客才来可以不必上学去了众人答应了一声便去了
————————————————————————————————
戌：两个不一时只见三个奶嬷嬷　并五六个丫环撮　拥着三个姊妹来了第一个肌　肤微丰合
庚：两个不一时只见三个奶　嬷嬷并五六个丫环撮　拥着三个姊妹来了第一个肌　肤微丰合
戚：两个不一时只见三个奶嬷嬷　并五六个丫环　簇拥着三个姊妹来了第一个肌　肤微丰合
寅：两个不一时只见三个奶嬷嬷　并五六个丫环撮　拥着三个姊妹来了第一个　肥肤微丰合
————————————————————————————————
戌：中身材腮凝新荔鼻腻鹅脂温柔沉默观之可亲第二个削肩细腰长挑身材鸭蛋脸面俊眼修眉顾
庚：中身材腮凝新荔鼻腻鹅脂温柔沉默观之可亲第二个削肩细腰长挑身材鸭蛋脸面俊眼修眉顾
戚：中身材腮凝新荔鼻腻鹅脂温柔沉默观之可亲第二个削肩细腰长挑身材鸭蛋脸面俊眼修眉顾
寅：中身材腮凝新荔鼻腻鹅脂温柔沉默观之可亲第二个削肩细腰长挑身材鸭蛋脸面俊眼修眉顾
————————————————————————————————
戌：盼神飞文彩精华见之忘俗第三个身　量未足形容尚小其钗环裙袄三人皆是一样的妆饰　黛
庚：盼神飞文彩精华见之忘俗第三个身　量未足形容尚小其钗环裙袄三人皆是一样的妆饰代
戚：盼神飞文彩精华见之忘俗第三个身材　未足形容尚小其钗环裙袄三人皆是一样的妆饰　黛
寅：盼神飞文彩精华见之忘俗第三个身　量未足形容尚小其钗环裙袄三人皆是一样的妆饰　黛
————————————————————————————————
戌：玉忙起身迎上来见礼互相厮认过　大家归了坐丫　嬛们捧上茶来不过说些黛　玉之母如何
庚：玉忙起身迎上来见礼互相厮认过　大家归了坐丫环　们捧上茶来不过说些　代玉之母如何
戚：玉忙起身迎上来见礼互相厮认过各　归　坐丫环　们捧上茶来不过说　黛玉之母如何
寅：玉忙起身迎上来见礼互相厮认过　大家归了坐丫环　们捧上茶来不过说些黛　玉之母如何
————————————————————————————————
戌：得病如何请医服药如何送死发丧不免贾母又伤感起来因说我这些儿女　所　疼者惟　有你
庚：得病如何请医服药如何送死发丧不免贾母又伤感起来因说　这些儿女　所　疼者　独有你
戚：得病如何请医服药如何送死发丧不免贾母又伤感起来因说我这些儿女　所　疼者　独有你
寅：得病如何请医服药如何送死发丧不免贾母又伤感起来因说　这些　女儿所最疼者　独有你
————————————————————————————————
戌：母今日一旦先舍我而去连面　不能一见今见了你我怎么不伤心说着搂了　黛玉在怀又呜咽
庚：母今日一旦先舍我而去连面也不能一见今见了你我怎　不伤心说着搂了代　玉在怀　呜咽
戚：母今日一旦先舍我而去连面　不能一见今见了你我怎　不伤心说着搂了　黛玉在怀又呜咽
寅：母今日一旦先舍我而去连面也不能一见今见了你我怎　不伤心说着搂了　黛玉在怀　呜咽
————————————————————————————————

第三回　托内兄如海酬西宾　接外孙贾母惜孤女

戌：起来众人忙都宽慰解释方略略止住众人见　黛玉年纪　虽小其举止言谈不俗身体面庞虽怯
庚：起来众人忙都宽慰解释方略略止住众人见代　玉年　貌虽小其举止言谈不俗身体面庞虽怯
戚：起来众人忙都宽慰解释方略略止住众人见　黛玉年　貌虽小其举止言谈不俗身体面庞虽怯
寅：起来众人忙都宽慰解释方略略止住众人见　黛玉年　貌虽小其举止言谈不俗身体面庞虽怯
————————————————————————————
戌：弱不胜却有一段自然　风流态度便知他有不足之症因问常服何药如何不急为疗治　黛玉笑
庚：弱不胜却有一段自然的风流态度便知他有不足之症因问常服何药如何不急为疗治代　玉
戚：弱不胜却有一段自然　风流态度便知他有不足之症因问常服何药如何不急为疗治　黛玉笑
寅：弱不胜却有一段自然的风流态度便知他有不足之症因问常服何药如何不急为疗治　黛玉
————————————————————————————
戌：道我自来是如此从会吃饮食时便吃药到今　未断请了多少名医修方配药皆不见效那一年我
庚：道我自来是如此从会吃饮食时便吃药到今日未断请了多少名医修方配药皆不见效那一年我
戚：道我自来是如此从会吃饮食时便吃药到今　未断请了多少名医修方配药皆不见效那一年我
寅：道我自来是如此从会吃饮食时便吃药到今日未断请了多少名医修方配药皆不见效那一年我
————————————————————————————
戌：才三岁时听得说来了一个癞头和尚说要化我去出家我父母　固是不从他又说既舍不得他只
庚：　三岁时听得说来了一个癞头和尚说要化我去出家我父母　固是不从他又说既舍不得他只
戚：才三岁时听得说来了一个癞头和尚说要化我去出家我父母因　不从他又说既舍不得他只
寅：　三岁时听得说来了一个癞头和尚说要化我去出家我父　固是不从他又说既舍不得他只
————————————————————————————
戌：怕他的病一生也不能好的　若要好时除非从此　已后总不　许见哭声除父母之外凡有外姓
庚：怕他的　一生也不能好的了　要好时除非从此以　后总　说许见哭声除父母之外凡有外姓
戚：怕他的病一生也不能好的　若要好时除非从此以　后总不　许见哭声除父母之外凡有外姓
寅：怕他的　一生也不能好的了　要好时除非从此以　后总不　许见哭声除父母之外凡有外姓
————————————————————————————
戌：亲友之人一概不见方可平安了此一世疯疯癫癫　说了这些不经之谈也没人理他如今还是
庚：亲友之人一概不见方可平安了此一世疯疯癫癫　说了这些不经之谈也没人理他如今还是
戚：亲友之人　概不见方可平安了此一世疯疯　颠颠说了这些不经之谈也没人理他如今还是
寅：亲友之人一概不见方可平安了此一世疯疯癫癫　说了这些不经之谈也没人理他如今还是
————————————————————————————
戌：吃人参养荣丸贾母道这正好我这里正配丸药呢叫他们多配一料就是了一语未了只听得后院
庚：吃人参养荣丸贾母道　正好我这里正配丸药呢叫他们多配一料就是了一语未了只听　后院
戚：吃人参养荣丸贾母道这正好我这里正配丸药呢叫他们多配一料就是了一语未了只听　后院
寅：吃人参养荣丸贾母道　正好我这里正配丸药呢叫他们多配一料就是了一语未了只听　后院
————————————————————————————
戌：中有人笑声说我来迟了不曾迎接远客黛　玉纳罕　道这些人个个皆敛声屏气恭肃严整如此
庚：中有人笑声说我来迟了不曾迎接远客代　玉纳罕　道这些人个个皆敛声屏气恭肃严整如此
戚：中有人笑声说我来迟了不曾迎接远客黛　玉纳　想道这些人个个皆敛声屏气恭肃严整如此
寅：中有人笑声说我来迟了不曾迎接远客黛　玉纳罕　道这些人个个皆敛声屏气恭肃严整如此
————————————————————————————
戌：这来者系谁这样放诞无礼心下想时只见一群媳妇丫　嬛围拥着一个人从后房门进来这个人
庚：这来者系谁这样放诞无礼心下想时只见一群媳妇丫环　围拥着一个人从后房门进来这个人
戚：这来者系谁这样放诞无礼心下想时只见一群媳妇丫环　围拥着一个人从后房　进来这个人
寅：这来者系谁这样放诞无礼心下想时只见一群媳妇丫环　围拥着一个人从后房门进来这个人
————————————————————————————
戌：打扮与众　姊妹不同彩绣　辉煌恍如　神妃仙子头上带　着金丝八宝攒珠髻绾着朝阳五
庚：打扮与众姑娘　不同彩　袖辉煌恍　若神妃仙子头上　戴着金丝八宝攒珠髻绾着朝阳五
戚：打扮与众姑娘　不同彩绣　辉煌恍　若神妃仙子头上　戴着金丝八宝攒珠髻绾着朝阳五
寅：打扮与众姑娘　不同彩　袖辉煌恍　若神妃仙子头上带　着金丝八宝攒珠髻绾着朝阳五
————————————————————————————

戌： 凤　　挂珠钗项上带　　　　着赤金盘螭璎珞圈裙边系着豆绿　宫绦双　　衡比　　目玫瑰佩身上
庚： 凤桂　珠钗项上　代　　　着赤金盘螭璎珞圈裙边系着　绿色宫绦双　　衡　皆目玫瑰佩身上
戚： 凤　挂珠钗项　　下戴着赤金盘螭璎珞圈裙边系着豆绿　宫绦双鱼　比　目玫瑰佩身上
寅： 凤桂　珠钗项上　代　　　着赤金盘螭璎珞圈裙边系着豆绿色宫绦双鱼　比　目玫瑰佩身上
——
戌： 穿着缕金百蝶　穿花大红　洋缎窄褃　　袄外罩五彩刻　丝　石青银鼠褂下　着翡翠撒
庚： 穿着缕金百蝶串　花大红萍　缎窄　褃　袄外罩五彩刻　　係石青银鼠褂下　着翡翠撒
戚： 穿着缕金百蝶　穿花大红　洋缎　　穿福袄外罩五彩刻　丝　石青银鼠褂下罩　翡翠
寅： 穿着缕金百蝶串　花大红萍　缎窄　褃　袄外罩五彩刻系　　石青银鼠褂下　着翡翠撒
——
戌： 花洋绉裙一双丹凤三角眼两湾柳叶掉稍　眉身量苗条体格风骚粉面含春威不露丹唇未
庚： 花洋绉裙一双丹凤三角眼两湾柳叶掉稍　眉身量苗条体格风骚粉面含春威不露丹唇未起
戚： 洒花洋绉裙一双丹凤三角眼两湾柳叶掉　稍身量苗条体格风骚粉面含春威不露丹唇未
寅： 花洋绉裙一双丹凤三角眼两湾柳叶掉稍　眉身量苗条体格风骚粉面含春威不露丹唇未
——
戌： 启笑先闻　黛玉连忙起身接见贾母笑道你不认得他他是我们这里有名的一个泼皮破落户儿
庚：　 笑先闻代　玉连　起身接见贾母笑道你不认得他他是我们这里有名的一　泼皮破落户儿
戚： 启笑先闻　黛玉连忙起身接见贾母笑道你不认得他他是我们这里有名的一个泼皮破落户儿
寅： 启笑先闻　黛玉连忙起身接见贾母笑道你不认得他他是我们这里有名的一　泼皮破落户儿
——
戌： 南省俗谓作辣子你只叫他凤辣子就是　　黛玉正不知以何称呼只见众姊妹都忙告诉他道这
庚： 南省俗谓作辣子你只叫他凤辣子就是了代　玉正不知以何称呼只见众姊妹都忙告诉他道这
戚： 南省俗谓作辣子你只叫他凤辣子就是了　黛玉正不知以何称呼只见众姊妹都忙告诉　道这
寅： 南省俗谓作辣子你只叫他凤辣子就是了　黛玉正不知以何称呼只见众姊妹都忙告诉他道这
——
戌： 是琏　嫂子黛　玉虽不　识亦　　　曾听见母亲说道　大舅贾赦之子贾琏娶的就是二舅
庚： 是琏二嫂子　代玉虽　　没见　也曾听见母亲说　过大舅贾赦之子贾琏娶的就是二舅
戚： 是琏　嫂　黛　玉虽不认识　　　曾听见母亲说　过大舅贾赦之子贾琏娶的就是二舅
寅： 是琏二嫂子黛　玉虽　　　没见过也曾听见母亲说　过大舅贾赦之子贾琏娶的就是二舅
——
戌： 母王氏之内侄女自幼假充男儿教养的学名叫王熙凤黛　玉忙陪笑见礼以嫂呼之这熙凤携着
庚： 母王氏之内侄女自幼假充男儿教养的学名　王熙凤　代玉忙陪笑见礼以嫂呼之这熙凤携着
戚： 母王氏之内侄女自幼假充男儿教养的学名　王熙凤黛　玉忙陪笑见礼以嫂呼之这熙凤携着
寅： 母王氏之内侄女自幼假充男儿教养的学名　王熙凤黛　玉忙陪笑见礼以嫂呼之这熙凤携着
——
戌： 黛玉的手上下细细的打谅了一回便仍送至贾母　身边坐下因笑道天下真有这样标致　人
庚： 代　玉的手上下细细　打谅了一回　仍送至贾母　身边坐下因笑道天下真有这样标致的人
戚： 黛玉的手上下细细的打谅了一回便仍送至贾母的身边坐下因笑道天下真有这样标致　人
寅： 黛玉的手上下细细　打谅了一回　仍送至贾母　身边坐下因笑道天下真有这样标致的人
——
戌： 物我今　才算见了况且这通身的气派竟不像　老祖宗的外孙女儿竟是个嫡亲的孙女怨不得
庚： 物我今儿才算见了况且这通身的气派竟不　象老祖宗的外孙女儿竟是个嫡亲的孙女怨不得
戚： 物我今　才算见了况且这通身的气派竟不像　老祖宗的外孙女儿竟是个嫡亲的孙女怨不得
寅： 物我今儿才算见了况且这通身的气派竟不像　老祖宗的外孙女　竟是个嫡亲的孙女
——
戌：　老祖宗天天口头心头一时不忘只可怜我这妹妹这样命苦怎么姑妈偏就去世了说着便用
庚：　　老祖宗天天口头心头一时不忘只可怜我这妹妹这样命苦怎么姑妈偏就去世了说着便用
戚：　　老祖宗天天口头心头一时不忘只可怜我这妹妹这样命苦怎么姑妈偏就去世了说着便用
寅： 愿的老祖宗天天口头心头一时不忘只可怜我这妹妹这样命苦怎么姑妈偏就去世了说着便用

第三回　托内兄如海酬西宾　接外孙贾母惜孤女　279

戌：帕拭泪贾母笑道我才好了你到来招我你妹妹远　路才来身子又弱也才劝住了快再休　提前
庚：帕拭泪贾母笑道我才好了你到来招我你妹妹远　路才来身子又弱也才劝住了快再休　提前
戚：帕拭泪贾母笑道我才好了你到来招我你妹妹远客　才来身子又弱也　劝住了快再休　提前
寅：帕拭泪贾母笑道我才好了你到来招我你妹妹远　路才来身子又弱也才劝住了快再休题　前
——————————————————————————————
戌：话　这熙凤听了忙转悲为喜道　正是呢我一见了妹妹一心都在他身上了又是喜欢　又是
庚：话　这熙凤听了忙转悲为喜道道　是呢我一见了妹妹一心都在他身上了又是喜欢　又是
戚：言这熙凤听了忙转悲为喜道　正是呢我一见　妹妹一心都在他身上了又是　欢喜又　一
寅：话　这熙凤听了忙转悲为喜　道正是呢我一见了妹妹一心都在他身上了又是喜欢　又是
——————————————————————————————
戌：伤心竟忘记了老祖宗该打该打又忙携　黛玉之手问妹妹几岁了　　上过学现吃什么药在这
庚：伤心竟忘记了老祖宗该打该打又忙携代　玉之手问妹妹几岁了可也上过学现吃什么药在这
戚：伤心竟忘记了老祖宗该打该打又忙携　黛玉之手问妹妹几岁了可也上过学现吃什么药在这
寅：伤心竟忘记了老祖宗该打该打又忙携　黛玉之手问妹妹几岁了可也上过学现吃什么药在这
——————————————————————————————
戌：里不要想家想要什么吃的什么顽　的只管告诉我丫头老婆们不好了也只管告诉我一面又问
庚：里不要想家想要什么吃的什么　玩的只管告诉我丫头老婆们不好了也只管告诉我一面又问
戚：里不要想家　要什么吃的什么　玩的只管告诉我丫头老婆们不好了也只管告诉我一面又问
寅：里不要想家想要什么吃的什么　玩的只管告诉我丫头老婆们不好了也只管告诉我一面又问
——————————————————————————————
戌：婆子们林姑娘的行李东西可搬进来　　了带了几个人来你们赶早打扫两间下房让他　去歇
庚：婆子们林姑娘的行李东西可搬进来　代　了　　人来你们赶早打扫两间下房让他们去歇
戚：婆子们林姑娘的行李东西可搬进来　　了带了几个人来你们赶早打扫两间下房让他们去歇
寅：婆子们林姑娘的行李东西可搬进来了代了　　　人来你们赶早打扫两间下房让他们去歇
——————————————————————————————
戌：歇说话时已摆了茶果上来　　亲为捧茶捧果又见二舅母问他月钱放　完了不曾熙凤道月钱
庚：歇说话时已摆了茶果上来熙凤亲为捧茶捧果又见二舅母问他月钱放过　了不曾熙凤道月钱
戚：歇说话时已摆了茶果上来熙凤亲为捧茶捧果又见二舅母问他月钱放　完了不曾熙凤道月钱
寅：歇说话时已摆了茶果上来熙凤　捧茶捧果又见二舅母问他月钱放过　了不曾熙凤道月钱
——————————————————————————————
戌：已放完了才带　着人到后楼上找缎子找了这半日也并没　有见昨日太太说的那样　想
庚：已放完了才刚　代着人到后楼上找缎子找了这半日也并没　有见昨日太太说的那样的想
戚：已放完　才刚带　着人到后楼上找缎子找了这半日　并　无有见昨日太太说的那样　想
寅：也　放完了才刚　代着人到后楼上找缎子找了这半日也　没　有见昨日太太说的那样的想
——————————————————————————————
戌：是太太　记错了王夫人道有没有什么要紧因又说道该随手拿出两个来给你这妹妹去裁衣裳
庚：是太太也记错了王夫人道有没有什么要紧因又说道该随手拿出两个来给你这妹妹去裁衣裳
戚：是太太　记错了王夫人道有没有什么要紧因又说道该随手拿出两个来给你　妹妹去裁衣裳
寅：是太太也记错了王夫人道有没有什么要紧因又说道该随手拿出两个来给你这妹妹去裁衣裳
——————————————————————————————
戌：的等晚上想着叫人再去拿罢可别忘了熙凤道　到是我先料着了知道妹妹不过这两日到的
庚：的等晚上想着叫人再去拿罢可别忘了熙凤道这道　是我先料着了知道妹妹不过这两日到的
戚：的等晚上想着叫人再去拿罢可别忘了熙凤道这　到是我先料着了知道妹妹不过这两日到的
寅：的等晚上想着叫人再去拿罢可别忘了熙凤道这道　是我先料着了知道妹妹不过这两日到的
——————————————————————————————
戌：我已预备下了等太太回去过了目　好送来王夫人一笑点头不语当下茶果已　撤贾母命两个
庚：我已预备下了等太太回去过了目　好送来王夫人一笑点头不语当下茶果已徹　贾母命两个
戚：我已预备下了等太太回去过了目再　送来王夫人一笑点头不语当下茶果已　撤贾母命两个
寅：我已预备下了等太太回去过了目　好送来王夫人一笑点头不语当下茶果已　撤贾母命两个
——————————————————————————————

戌：老　　嬷嬷带　了黛　玉去见两个母　舅时贾赦之妻邢氏忙　亦起身笑　道我带了外甥
庚：老　嬷嬷　　带　了　代玉去见两个母　舅时贾赦之妻邢氏忙　亦起身笑　道
戚：老婆　　　带　了黛　玉去见两个　舅舅时贾赦之妻邢氏忙　亦起身笑回道我带了外甥
寅：老　　嬷嬷　代了黛　玉去见两个母　舅时贾赦之妻邢氏忙也　起身

戌：女过去到也便宜贾母笑道正是呢你也去罢不必过来了邢　夫人答应　一个　是字遂带了黛
庚：　　　　　　　　　　　正是呢你也去罢不必过来了邢　夫人答应了一　声是字遂带了
戚：女过去到也便宜贾母笑道正是呢你也去罢不必过来了邢氏夫人答　了一个　是字遂带了黛
寅：　　　　　　　　笑道正是呢你也去罢不必过来了邢　夫人答应了一　声是字遂带了黛

戌：　玉与王夫人作辞大家送至穿堂前出了垂花门早有众小厮们拉过一辆翠幄青　紬车来邢夫
庚：代玉与王夫人作辞大家送至穿堂前出了垂花门早有众小厮们拉过一辆翠幄青　　车　邢夫
戚：　玉与王夫人作辞大家送至穿堂前出了垂花门早有众小厮们拉过一辆翠幄青油　车来邢夫
寅：　玉与王夫人作辞大家送至穿堂前出了垂花门早有众小厮们拉过一辆翠幄青　紬车　邢夫

戌：人携了　黛玉坐在上　众婆娘　　放下车帘方小厮们抬起拉至宽处方驾上　驯骡亦　出
庚：人携了代　玉坐在上面众婆　子们放下车帘方命小厮们抬起拉至宽处方驾上　驯骡亦　出
戚：人携了　黛玉坐　上　众婆娘　们放下车帘方命小厮们抬起拉至宽处方驾上　驯骡亦　出
寅：人携了　　黛玉坐在上面众婆　子们放下车帘方命小厮们抬起拉至宽处方驾上训　骡　也出

戌：了西角门往东过了荣府正门便入一黑油　　大　　　门中至仪门前方下来众小厮退出方打
庚：了西角门往东过　荣府正门便入一黑油漆大　　　门中至仪门前方下来众小厮退出方打
戚：了西角门往东过　荣府正门便入一黑油　　大　　　门中至仪门前方下来众小厮退出方打
寅：了西角门往东过　荣府正门便入一黑油漆大门中至仪门中至仪门前方下来众小厮退出方打

戌：起车帘邢夫人　　搀着　黛玉的手进入院中黛　玉度其房屋院宇必是荣府中之花园隔断过
庚：起车帘邢夫人　　搀着代　玉的手进入院中　代玉度其房屋院宇必是荣府中　花园隔断过
戚：起车帘邢夫人挽了　　　黛玉　手进入院中黛　玉度其房屋院宇必是荣府中之花园隔断过
寅：起车帘邢夫人　　搀着　黛玉的手进入院中黛　玉度其房屋院宇必是荣府中　花园隔断过

戌：来的进入三层仪门果见正房厢庑　游廊悉皆小巧别致不似方才那边轩峻壮丽且院中随处之
庚：来的进入三层仪门果见正房厢庑　游廊悉皆小巧别致不似方才那边轩峻壮丽且院中随处之
戚：来的进入三层仪门果见正房厢庑遊　廊悉皆小巧别致不似方才那边轩峻壮丽且院中随处之
寅：来的进入三层仪门果见正房厢庑　游廊悉皆小巧别致不似方才那边轩峻壮丽且院中随处之

戌：树木山石皆　在　一时进入正室早有许多盛妆丽服之姬妾丫　嬛迎着邢夫人让黛　玉坐了
庚：树木山石皆　在多一时进入正室早有许多盛妆丽服之姬妾丫环　迎着邢夫人让　代玉坐了
戚：树木山石皆有　　一时进入正室早有许多盛妆丽服之姬妾丫环　迎着邢夫人让黛　玉坐了
寅：树木山石皆有　　一时进入正室早有许多盛妆丽服之姬妾丫环　迎着邢夫人让黛　玉坐了

戌：一面命人到外面书房　中请贾赦一时人来回　说老爷说了连日身上　不好见了姑娘彼此到
庚：一面命人到外面书房去　请贾赦一时人来回话说老爷说了连日身上　不好见了姑娘彼此到
戚：一面命人到外面书房　中请贾赦一时人来回　说老爷说了连日身子不好见了姑娘彼此到
寅：一面命人到外面书房去　请贾赦一时人来回话说老爷说了连日身上　不好见了姑娘彼此到

戌：伤心暂且不忍相见劝姑娘不要伤心想家跟着老太太和　舅母即　同家里一样姊妹们虽拙大
庚：伤心暂且不忍相见劝姑娘不要伤心想家跟着老太太　合舅母即　同家里一样姊妹们虽拙大
戚：伤心暂且不忍相见劝姑娘不要伤心想家跟着老太太和　舅母　是同家里一样姊妹们虽拙大
寅：伤心暂且不忍相见劝姑娘不要伤心想家跟着老太太和　舅母即　同家里一样姊妹们虽拙大

第三回 托内兄如海酬西宾 接外孙贾母惜孤女 281

戌：家一处伴　着亦可以解些烦闷或有委屈之处只管说得不要外道才是　黛玉忙站起来一一听
庚：家一处伴　着亦可以解些烦闷或有委屈之处只管说得不要外道才是代　玉忙站起来一一听
戚：家一处　拌着亦可以解些烦闷或有委屈之处只管说得不要外道才是　黛玉忙站起来一一听
寅：家一处伴　着亦可以解些烦闷或有委屈之处只管说得不要外道才是　黛玉忙站起来一一听
————————————————————————————
戌：了再坐一刻便告辞那邢夫人苦留吃过晚饭去　黛玉笑回道舅母爱恤吃　饭原不应辞只是
庚：了再坐一刻便告辞　邢夫人苦留吃过晚饭去代　玉笑回道舅母爱　　惜赐饭原不应辞只是
戚：了再坐一刻便告辞　邢夫人苦留吃过晚饭去　黛玉笑回道舅母爱恤　赐饭原不应辞只是
寅：了再坐一刻便告辞　邢夫人苦留吃过晚饭去　黛玉笑回道舅母爱　　惜赐饭原不应辞只是
————————————————————————————
戌：还要过去拜见二舅舅恐领　赐去不恭异日再领未为不可望舅母容　谅邢夫人听说笑道这到
庚：还要过去拜见二舅舅恐领了赐去不恭异日再领未为不可望舅母容量　邢夫人听说笑道这到
戚：还要过去拜见二舅舅恐领　赐去不恭异日再领未为不可望舅母容　谅邢夫人听说笑道这到
寅：还要过去拜见二舅舅恐领了赐去不恭异日再领未为不可望舅母容量　邢夫人听说笑道这到
————————————————————————————
戌：是了遂　命两三个嬷嬷　用方才　的车好生　送了过去于是黛　玉告辞邢夫人送至仪
庚：是了遂令　两三个嬷嬷　用方才坐　好　送了过去于是　代玉告辞邢夫人送至仪
戚：是了遂令　两三个　嬷嬷用方才　的车好　好送了过去于是黛　玉告辞邢夫人送至仪
寅：是了遂令　两三个　嬷嬷用方才　的车　坐好送了过去于是黛　玉告辞邢夫人送至仪
————————————————————————————
戌：门前又嘱咐　众人几句眼看着车去了方回来一时黛　玉进了　荣府下了车众　嬷嬷引着
庚：门前又嘱咐了众人几句眼看着车去了方回来一时　代玉进了　荣府下了车众　嬷嬷引着
戚：门前又嘱咐了　几句眼看着车去了方回来一时黛　玉进　入荣府下了车众嬷嬷　引着
寅：门前又嘱咐了众人几句眼看着车去了方回来一时黛　玉进了　荣府下了车众嬷嬷　引着
————————————————————————————
戌：便往东转弯　穿过一个东西的穿堂向南大厅之后仪门内大院落上面　五间大正房两边厢房
庚：便往东转　湾穿过一个东西的穿堂向南大厅之后仪门内大院落上面　五间大正房两边厢房
戚：便　　转　湾穿过一个东西的穿堂向南大厅之后仪门内大院落上　房五间大正房两边厢房
寅：便往东转　湾穿过一个东西的穿堂向南大厅之后仪门内大院落上面　五间大正房两边厢房
————————————————————————————
戌：鹿顶耳房钻山四通八达轩昂壮丽比贾母处不同　黛玉　便知　这方　是正紧正内室一条大
庚：鹿顶耳房钻山四通八达轩昂壮丽比贾母处不同代　玉　便知　这方　是正紧正内室一条大
戚：鹿顶耳房钻山四通八达轩昂壮丽比贾母处不同　黛玉方　知　这　便是正紧正内室一条大
寅：鹿顶耳房钻山四通八达轩昂壮丽比贾母处不同　黛玉方　知道这　便是正紧正内室一条大
————————————————————————————
戌：甬路直接出大门的进入堂屋中抬头迎面先看　一个赤金九龙青地大匾匾上写着斗大　三个
庚：甬路直接出大门的进入堂屋中抬头迎面先看见一个赤金九龙青地大匾匾上写着斗大的三个
戚：甬路直接出大门的进入堂屋中抬头迎面先看见一个赤金九龙青地大匾　上写着斗大　三个
寅：甬路直接出大门的进入堂屋中抬头迎面先看见一个赤金九龙青地大匾匾上写着斗大的三个
————————————————————————————
戌：　字是荣禧堂后有一行小字　某年月日　书赐荣国公贾源又有万几　宸翰之宝大紫檀雕螭
庚：大字是荣禧堂后有一行小字　某年　日月书赐荣国公贾源又有万几　宸翰之宝大紫檀雕螭
戚：　字是荣禧堂后有一行小字是某年月日　书赐荣国公贾源又有万　岁宸翰之宝大紫檀雕螭
寅：大字是荣禧堂后有一行小字是某年月日　书赐荣国公贾源又有万　岁宸翰之宝大紫檀雕螭
————————————————————————————
戌：案上设着三尺来高青绿古铜鼎悬着待漏随朝墨龙大画一边是金　虽彝一边是玻璃　　地
庚：案上设着三尺来高青绿古铜鼎悬着待漏随朝墨龙大画一边是金　彝一边是玻璃　　地
戚：案上设着三尺来高青绿古铜鼎悬着待漏随朝墨龙大画一边是金蜼　彝一边是玻璃　　地
寅：案上设着三尺来高青绿古铜鼎悬着待漏随朝墨龙大画一边是金蜼　彝一边是玻璃　　盒

戊：下两溜十六张楠　木交椅又有一　副对联乃是乌木联牌厢　着錾银的字迹道是座上珠玑
庚：下两溜十六张楠本　交椅又有一付　对联乃　乌木联　　匾镶着錾银的字迹道是座上珠玑
戚：下两溜十六张楠　木交椅又有一　副对联乃是乌木联牌　　镶着錾银　字迹道是座上珠玑
寅：　两溜十六张楠本　交椅又有一付　对联乃　乌木联　　匾镶着錾银的字迹道是座上珠玑
——————————————————————————————
戊：　昭日月堂前黼黻焕烟　霞下面一行小字道是同乡世教弟勋袭东安郡王穆莳拜手书原来王
庚：　昭日月堂前黼黻焕烟　霞下面一行小字道是同乡世教弟勋袭东安郡王穆莳拜手书原来王
戚：　照　日月堂前黼黻焕　云下面一行小字道是同乡世教弟勋袭东安郡王穆莳拜手书原来王
寅：　昭日月堂前黼黻焕烟　霞下面一行小字道是同乡世教弟勋袭东安郡王穆莳拜手书原来王
——————————————————————————————
戊：夫人时常居坐宴息亦不在这正　堂只在这正室　东边的三间耳房内于是老　嬷嬷引　黛
庚：夫人时常居坐宴息亦不在这正室　只在这正室　东边的三间耳房内于是老　嬷嬷引代
戚：夫人时常居坐宴息亦不在　　　正室在东边的三间耳房内于是老媳媳　引　黛
寅：夫人时常居坐宴息亦不在这正室　只在这正室　东边的三间耳房内于是老　嬷嬷引　黛
——————————————————————————————
戊：玉进东房门来临窗大炕上猩红洋罽正面设着大红金钱蟒靠背石青金钱蟒引枕秋香色金钱蟒
庚：玉进东房门来临窗大炕　猩红洋　　正面设着大红金钱蟒靠背石青金钱蟒引枕秋香色金钱蟒
戚：玉进东房门来临窗大炕上猩红洋罽正面设着大红金钱蟒靠背石青金钱蟒引枕秋香色金钱蟒
寅：玉进东房门来临窗大炕　猩红洋罽正面设着大红金钱蟒靠背石青金钱蟒引枕秋香色金钱蟒
——————————————————————————————
戊：大条褥两边设一对梅花式　洋漆小几左边几上文王鼎匙　箸香盒右边几上汝窑美人觚　内
庚：大条褥两边设一对梅花式　洋漆小几左边几上文王鼎匙　箸香盒右边几上汝窑美人觚觚内
戚：大条褥两边设一对梅花式　洋漆小几左边几上文王鼎匙筋　香盒右边几上汝窑美人觚　内
寅：大条褥两边设一对梅花式样　漆小几左边几上文王鼎匙　箸香盒右边几上汝窑美人觚觚内
——————————————————————————————
戊：插着时鲜花　卉并茗　　碗痰壶　等物地下面西一溜四张椅上都搭着　银红　撒花椅搭
庚：插着时鲜花草　并茗　　碗痰　盒等物地下面西一溜四张椅上都搭着　银红　撒花椅搭
戚：插着时鲜花　卉并茗椀唾　壶　等物地下面西一溜四张椅上都搭着　银红洒　花椅披
寅：插着时鲜花　卉并茗　　碗痰　盒等物地下面西一溜四张椅上都搭着金　红　撒花椅搭
——————————————————————————————
戊：底下四　副脚踏椅子　两边也有一对高几几上茗　椀花瓶　俱备其余陈设自不必细说老
庚：底下四付　脚踏椅　之两边也有一对高几几上茗碗　瓶花俱备其余陈设自不必细说老
戚：底下四　副脚踏椅　之两边也有一对高几几上茗　椀　瓶花俱备其余陈设自不必细说老媳
寅：底下四付　脚踏椅　之两边也有一对高几几上茗碗　　瓶花俱备其余陈设自不必细说老
——————————————————————————————
戊：　嬷嬷们让　黛玉炕上坐炕沿上却也有两个锦褥对设黛　玉度其位次便不上炕只向东边
庚：　嬷嬷们让代　玉炕上坐炕沿上却　有两个锦褥对设　代玉度其位次便不上炕只向东边上
戚：媳　　们让　黛玉炕上坐炕沿上却也有两个锦褥对设黛　玉度其位次便不上炕只向东边
寅：　嬷嬷们让　黛玉炕上坐炕沿上却　有两个锦褥对设　　玉度其位次便不上炕只向东边
——————————————————————————————
戊：椅子上坐了本房内的丫　嬛　忙捧上茶来黛　玉一面吃茶一面打　量这些丫　嬛们装　饰
庚：椅子上坐了本房内的丫环　　忙捧上茶来　代玉一面吃茶一面打谅　这些丫环　们　妆饰
戚：椅　上坐了本房内　丫环　们忙捧上茶来黛　玉一面吃茶一面打　量这些丫环　们　妆饰
寅：椅子上坐了本房内的丫环　　忙捧上茶来黛　玉一面吃茶一面打谅　这些丫环　们　妆饰
——————————————————————————————
戊：衣裙举止行动果亦与别家不同茶未吃了只见　　穿红绫袄青缎　掐牙背心的一个丫　嬛走
庚：衣裙举止行动果亦与别家不同茶未吃了只见一个穿红绫袄青缎　掐牙背心的一个丫环　走
戚：衣裙举止行动果亦与别家不同茶未吃了只见一个穿红绫袄青缎拍　牙背心　一个丫环　走
寅：衣裙举止行动果　与别家不同茶未吃了只见一个穿红绫袄青缎　掐牙背心的一个丫环　走
——————————————————————————————

第三回　托内兄如海酬西宾　接外孙贾母惜孤女　283

戌：来笑说道太太说请　姑娘到那边坐罢老　嬷嬷听了于是又引　黛玉出来到了东廊三间小
庚：来笑说道太太说请林姑娘到那边坐罢老　嬷嬷听了于是又引代　玉出来到了东廊三间小
戚：来笑说道太太说请林姑娘到那边坐罢老嬷嬷　听了于是又引　黛玉出来到了东廊三间小
寅：来笑说道太太说请林姑娘到那边坐罢老　嬷嬷听了于是又引　黛玉出来到了东廊三间小

戌：正房内正面　炕上横设　一张炕桌桌上磊　着书籍茶具靠东壁面西设着半旧　青缎靠背引
庚：正房内正　房炕上横设　一张炕桌桌上磊　着书籍茶具靠东壁面西设着半旧的　青缎靠背引
戚：正房内正面　炕上横　着一张炕桌桌上　堆着书籍茶具靠东壁面西设着　　青缎靠背引
寅：正房内正　房炕上横设　一张炕桌桌上磊　着书籍茶具靠东壁面西设着半旧的　青缎靠背引

戌：枕王夫人却坐在西边下首亦是半旧　青缎靠背坐褥见　黛玉来了便往东让黛　玉心中料定
庚：枕王夫人却坐在西边下首亦是半旧的青缎靠背坐褥见代　玉来了便往东让　代玉心中料定
戚：枕王夫人却　在西边下首亦是　　青缎靠背坐褥见　黛玉来了便往东让黛　玉　　料定
寅：枕王夫人却坐在西边下首亦是半旧的青缎靠背坐褥见　黛玉来了便往东让　玉心中料定

戌：这是贾政之位因见挨炕一溜三张椅子上也搭着半旧的弹墨椅袱黛　玉便向椅上坐了王夫人
庚：这是贾政之位因见挨炕一溜三张椅子上也搭着半旧的弹墨椅袱　代玉便向椅上坐了王夫人
戚：　是贾政之位因见挨炕一溜三张椅子上也搭着半旧　弹墨椅袱黛　玉便向椅上坐了王夫人
寅：这是贾政之位因见挨炕一溜三张椅子上也搭着半旧的弹墨椅袱黛　玉便向椅上坐了王夫人

戌：再四携他上炕　他方挨王夫人坐了王夫人因说你舅舅今日斋戒去了再见罢只是有一句话嘱
庚：再四携他上炕　他方挨王夫人坐了王夫人因说你舅舅今日斋戒去了再见罢只是有一句话嘱
戚：再四携他上炕坐他方挨王夫人坐了王夫人因说你舅舅今日斋戒去了再见罢只是有一句话嘱
寅：再四携他上炕　他方挨王夫人坐了王夫人因说你舅舅今日斋戒去了再见罢只是有一句话嘱

戌：咐你你三个姊妹到都极好以后一处念书认字学针线或是偶一顽笑都有尽让的但我不放心的
庚：咐你你三个姊妹到都极好以后一处念书认字学针线或是偶一顽笑都有尽让的但我不放心的
戚：咐你你三个姊妹到都极好以后一处念书认字学针线或是偶一顽笑都有尽让的但我不放心的
寅：咐你你三个姊妹到都极好以后一处念书认字学针线或是偶一顽笑都有尽让的但我不放心的

戌：最是一件我有一个孽根祸胎是这家里的混世魔王今日因庙里还愿去了尚未回来晚　间你看
庚：最是一件我有一个孽根祸胎是　家里的混世魔王今日因庙里还愿去了尚未回来晚　间你看
戚：最是一件我有一个孽根祸胎是这家里的混世魔王今日因庙里还愿去了尚未回来　间你看
寅：最是一件我有一个孽根祸胎是　家里的混世魔王今日因庙里还愿去了尚未回来晚上　你看

戌：见便知了你只以后不　用睬他你这些姊妹都不敢　沾惹他的黛　玉亦　常听见　母亲说
庚：见便知了你只以后不要睬　他你这些姊妹都不敢招　惹他的　代玉亦　常听　得母亲说
戚：见便知了你只以后不要睬　他你这些姊妹都不敢　沾惹他的黛　玉亦　常听　得母亲说
寅：见便知了你只以后不要睬　他你这些姊妹都不敢招　惹他的黛　玉　也常听　得母亲说

戌：过二舅母生的有个表兄乃衔　玉而诞顽劣异常极恶读书最喜在内帏　　厮混外祖母又极溺
庚：过二舅母生的有个表兄乃衔　玉而诞顽劣异常极恶读书最喜在内帏　　厮混外祖母又极溺
戚：过二舅母生的有个表兄乃　衔玉而诞顽劣异常极恶读书最喜在内　阃厮混外祖母又极溺
寅：过二舅母生的有个表兄乃衔　玉而诞顽劣异常极恶读书最喜在内帏私　混外祖母又　溺

戌：爱无人敢管今见王夫人如此说便知说的是这表兄了因陪笑道　舅母说的可是衔　玉所生的
庚：爱无人敢管今见王夫人如此说便知说的是这表兄了因陪笑道旧　母说的可是衔　玉所生的
戚：爱无人敢管今见王夫人如此说便知说的是这表兄了因陪笑道　舅母说的可是　衔玉所生的
寅：爱无人敢管今见王夫人如此说便知说的是这表兄了因陪笑道旧　母说的可是衔　玉所生的

戌：这位哥哥在家时亦曾听见母亲常说这位哥哥比我大一岁小名就唤宝玉虽极憨顽说在姊妹情
庚：这位哥哥在家时亦曾听见母亲常说这位哥哥比我大一岁小名就唤宝玉虽极憨顽说在姊妹情
戚：这位哥哥在家时亦曾听见母亲常说这位哥哥比我大一岁小名就唤宝玉虽极憨顽　在姊妹情
寅：这位哥哥在家时亦曾听见母亲常说这位哥哥比我大一岁小名就唤宝玉虽极憨顽说在姊妹情
————————————————————————

戌：中极好的况我来了自然　和姊妹　同处兄弟们自是别院另室的岂　得去沾惹之　理王夫人
庚：中极好的况我来了自然只和姊妹　同处兄弟们自是别院另室的岂　得去沾惹之礼　王夫人
戚：中极好的况我来了自然只和姊妹一　处兄弟们自是别院另室的岂有　去沾惹之　理王夫人
寅：中极好的况我来了自然只和姊妹　同处兄弟们自是别院另室的岂　得去沾惹之礼　王夫人
————————————————————————

戌：笑道你不知　原故他与别　人不同自幼　老太太疼爱原系同姊妹　一处娇　养惯了的若
庚：笑道你不知道原故他与　他人不同自幼因老太太疼爱　系同姊妹们原一处　姣养惯了的若
戚：笑道你不知道原故他与别　人自同自幼因老太太疼爱原系同姊妹们　一处娇　养惯了的若
寅：笑道你不知道原故他与　他人不同自幼因老太太疼爱　系同姊妹们　一处　姣养惯了的若
————————————————————————

戌：姊妹们有日不理他他到还安静些纵然他没趣不过出了二门背地里拿　着　他的两三个小幺
庚：姊妹们有日不理他他到还安静些纵然他没趣不过出了二门背地里拿　着跟他的两　个小幺
戚：姊妹们　　不理他他到还安静些纵然他没趣不过出了二门背地里拿　着　他的两三个小
寅：姊妹们有日不理他他到还安静些纵然他没趣不过出了二门背地里拿跟着　他的两　个小
————————————————————————

戌：儿　出气咕唧一会子就完了若这一日姊妹们和　他多说一句话他心里一乐便生出多少事来
庚：　子出气咕唧一会子就完了若这一日姊妹们　合他多说一句话他心里一乐便生出多少事来
戚：　子出气咕唧一会子就完了若这一日姊妹们和　他多说一句话他心里一乐便生出多少事来
寅：　子出气咕唧一会子就完了若这一日姊妹们　合他多说一句话他心里一乐便生出多少事来
————————————————————————

戌：所以嘱咐你别　採　他他嘴里一时甜言蜜语一时有天无日一时　疯疯傻傻只休信他黛　玉
庚：所以嘱咐你别睬　他他嘴里一时甜言蜜语一时有天无日一时又疯疯傻傻只休信他　代玉
戚：所以嘱咐你别睬　他他嘴里一时甜言蜜语一时有天无日一时又疯疯傻傻只休信他黛　玉
寅：所以嘱咐你别　采他他嘴里一时甜言蜜语一时有天无日一时又疯疯傻傻只休信他黛　玉
————————————————————————

戌：一一的都答应着只见一个丫嬛来　　回　老太太那里传晚饭了王夫人忙携了黛　玉从后
庚：一一的都答应着只见一个丫　环又　回　老太太那里传晚饭了王夫人忙携　代玉从后
戚：一一　都答应着只见一个丫　环　来回　老太太那里传晚饭了王夫人忙携　黛　玉从后
寅：一一的都答应着只见一个丫　环又　回说老太太那里传晚饭了王夫人忙携　黛　玉从后
————————————————————————

戌：房门由后廊往西出了角门是一条南北宽　夹道南边是　倒座三间小小　抱厦厅北边立着一
庚：房门由后廊往西出了角门是一条南北宽　夹道南边是到　座三间小小的抱厦厅北边立着一
戚：房门由后廊往西出了角门是一条南北宽过　道南边是　倒座三间　　抱厦厅北边立着一
寅：房门由后廊往西出了角门是一条南北宽　夹道南边是到　座三间小小的抱厦厅北边立着一
————————————————————————

戌：个粉油大　影壁后有一半大门小小一所房　宇王夫人笑指向黛　玉道这是你凤姐姐的屋子
庚：个粉油大迎　壁后有一半大门小小一所房室　王夫人笑指向　代玉道这是你凤姐姐的屋子
戚：个粉油大　影壁后有一半大门小小一所房室　王夫人笑指向黛　玉道这是你凤姐姐的屋子
寅：个粉油大迎　壁后有一半大门小小一所房室　王夫人笑指向黛　玉道这是你凤姐姐的屋子
————————————————————————

戌：回来你好往这里找他来少什么东西你只管和他说就是了这院门上也有　四五个才总角的小
庚：回来你好往这里找他来少什么东西你只管和他说就是了这院门上也有　四五个才总角的小
戚：回来你好往这里找他来少什么东西你只管和他说就是了这院门上也有　四五个才总角的小
寅：回来你好往这里找他来少什么东西你只管和他说就是了这院门上也有几　个才总角的小
————————————————————————

第三回　托内兄如海酬西宾　接外孙贾母惜孤女

戌：厮都垂手侍立王夫人　遂携　黛玉穿过一个东西穿堂便是贾母的后院了于是进入后房门已
庚：厮都垂手侍立王夫人　遂携代　玉穿过一个东西穿堂便是贾母的后院了于是进入后房门已
戚：厮　垂手侍立王夫人随　携　黛玉穿过一个东西穿堂便是贾母的后院了于是进入后房门已
寅：厮都垂手侍立王夫人　遂携　黛玉穿过一个东西穿堂便是贾母的后院了于是进入后房门已

戌：有多少人在此伺侯　见王夫人来了方安设桌椅贾珠之妻李氏捧饭熙凤安箸王夫人进羹贾母
庚：有多少人在此伺　候见王夫人来了方安设桌椅贾珠之妻李氏捧饭熙凤安箸王夫人进羹贾母
戚：有多　人在此伺　候见王夫人来了方安　桌椅贾珠之妻李氏捧饭熙凤安箸王夫人进羹贾母
寅：有多少人在此伺　候见王夫人来了方安设桌椅贾珠之妻李氏捧饭熙凤安箸王夫人进羹贾母

戌：正面榻上独坐两　傍四张空椅熙凤忙拉了黛　玉在左边第一张椅上坐了　黛玉十分推让
庚：正面榻上独坐两边　四张空椅熙凤忙拉了　代玉在左边第一张椅上坐了代　玉十分推让
戚：正面榻上独坐两旁　四张空椅熙凤忙拉了黛　玉在左边第一张椅上坐了　黛玉十分推让
寅：正面榻上独坐两　边　四张空椅熙凤忙拉了黛　玉在左边第一张椅上坐了　黛玉十分推让

戌：贾母笑道你　舅母和　嫂子们不在这里吃饭你是客原应如此坐的　黛玉方告了座　坐了贾
庚：贾母笑道你旧　母　你嫂子们不在这里吃饭你是客原应如此坐的代　玉方告了　坐坐了贾
戚：贾母笑道你　舅母和　嫂子们不在这里吃饭你是客原应如此坐的　黛玉方告了　坐坐了贾
寅：贾母笑道你　舅母　　嫂子们不在这里吃饭你是客原应如此坐的　黛玉方告了　坐　　贾

戌：母命王夫人坐了迎春姊妹三个告了　座方上来迎春便坐右手第一探春　左第二惜春右
庚：母命王夫人坐了迎春姊妹三个告了坐　方上来迎春便坐右手第一探春坐　第二惜春　就在
戚：母命王夫人坐了迎春姊妹三个告了坐　方上来迎春便坐右手第一探春　左第二惜春右
寅：母命王夫人坐了迎春姊妹三个告了坐　方上来迎春便坐右手第一探春坐　第二惜春　就

戌：　　第二旁边丫嬛　执着拂尘漱　盂巾帕李凤二人立于案　傍布让外间伺　侯之媳妇
庚：　左手第二旁边丫　环执着拂尘漱　盂巾帕李凤二人立于案旁　布让外间伺候　之媳妇
戚：　　第二旁边丫　环执着拂尘　漱盂巾帕李凤二人立于案旁　布让外间伺候着　媳妇
寅：坐左手第二旁边丫　环执着拂尘漱　盂巾帕李凤二人立于案旁　布让外间伺候　之媳妇

戌：丫嬛　虽多却连一声咳嗽不闻寂然饭毕各有丫嬛　用小茶盘捧上茶来当日林如海教女以惜
庚：丫　环虽多却连一声咳嗽不闻寂然饭毕各有丫　环用小茶盘捧上茶来当日林如海教女以惜
戚：丫　环虽多却连一声咳嗽不闻寂然饭毕各有丫　环用小茶盘捧上茶来当日林如海教女以惜
寅：丫　环虽多却连一声咳嗽不闻寂然饭毕各有丫　环用小茶盘捧上茶来当日林如海教女以惜

戌：福养身云饭后务待饭粒咽　尽一时再吃茶方不伤脾胃今　黛玉见了这里许多事情不合家
庚：福养身云饭后务待饭粒咽　尽过一时再吃茶方不伤脾胃今代　玉见了这里许多事情不合家
戚：福养身云饭后务待饭粒咽完　过一时再吃茶方不伤脾胃今　黛玉见了这　许多事情不合家
寅：福养身云饭后务待饭粒咽　尽过一时再吃茶方不伤脾胃今　黛玉见了这里许多事情不合家

戌：中之式不得不随的少不得一一的改过来因而接了茶毕早有　人　捧过漱盂来黛　玉也照样
庚：中之式不得不随的少不得一一　改过来因而接了茶　早　见人又捧过漱盂来　代玉也照样
戚：中之式不得不随的少不得一一　改过来因而接了茶　早　见人又捧过漱盂来黛　玉也照样
寅：中之式不得不随的少不得一一　改过来因而接了茶　早　见人又捧过漱盂来黛　玉也照样

戌：漱了口然后盥手毕又捧上茶来　方是吃的茶贾母便说你们去罢让我们自在说话儿王夫人听
庚：漱了口　　盥手毕又捧上茶来这方是吃的茶贾母便说你们去罢让我们自在说话儿王夫人听
戚：漱了口然后盥手毕又捧上茶来这方是吃的茶贾母便说你们去罢让我们自在说话儿王夫人听
寅：漱了口　　盥手毕又捧上茶来这方是吃的茶　　　　　　　　　我们自在说话儿王夫人听

戌：了忙起身又说了两句闲话方引　李凤二人去了贾母因问
庚：了忙起身又说了两句闲话方引凤李　二人去了贾母因问
戚：了忙起身又说了两句闲话方引　李凤二人去了贾母因问黛玉念何书黛玉道只刚念了四书方
寅：了忙起身又说了两句闲话方引凤李　二人去了贾母因问黛玉念何书黛玉道只刚念了四书

戌：　　　　　　　　黛玉念何书黛　玉道只刚念了四书黛　玉又问姊妹们读何书贾
庚：　　　　　　　　　代　玉念何书　代玉道只刚念了四书　代玉又问姊妹们读何书贾
戚：引凤李二人去了贾母因问　黛玉念何书　玉道只刚念了四书黛　玉又问姊妹们读何书贾
寅：　　　　　　　　　黛　　　　　　　　　　　　　　玉又问姊妹们读何书贾

戌：母道读的是什么书不过是认得两个字不是睁眼的瞎子罢了一语未了只听院外　一阵　脚步
庚：母道读的是什么书不过是认得两个字不是睁眼的瞎子罢了一语未了只听　外面一阵　脚步
戚：母　　　　　　　　　　　　　　　　是睁眼　瞎子罢了一语未了只听院外　一　声脚步
寅：母道读的是什么书不过是认得两个字不是睁眼的瞎子罢了一语未了只听　外面一阵　脚步

戌：响丫嬛　进来笑道宝玉来了黛　玉心中正疑惑着这个宝玉不知是怎　生个惫懒人物懵懂顽
庚：响丫　环进来笑道宝玉来了　代玉心中正疑惑着这个宝玉不知是怎么　个惫懒人物懵懂顽
戚：响丫　环进来笑道宝玉来了黛　玉心中正疑惑着这个宝玉不知　怎　生个惫懒人物懵懂顽
寅：响丫　环进来笑道宝玉来了黛　玉心中正疑惑着这个宝玉不知是怎么　个惫懒人物懵懂顽

戌：?之童到不见那蠢物也罢了心中正想着忽见丫嬛　话未报完已进来了一　个轻年　公子
庚：　童到不见那蠢物也罢了心中　想着忽见丫　环话未报完已进来了一位　年轻的公子
戚：　童到不见那蠢物也罢了心中正想着忽见丫　环话未报完已进来了一　个轻年　公子
寅：　童到不见那蠢物也罢了心中　想着忽见丫　环话未报完已进来了一位　年轻的公子

戌：头上　带着束发嵌宝紫金冠齐眉勒着二龙抢珠金抹额穿一件二色金百蝶穿花大红箭袖束着
庚：头上　带着束发嵌宝紫金冠齐眉勒着二龙抢珠金抹额穿一件二色金百蝶穿花大红箭袖束着
戚：头上戴　着束发　　紫金冠齐眉勒着二龙抢珠金抹额穿一件二色金百蝶穿花大红箭袖束着
寅：头上　带着束发嵌宝紫金冠齐眉勒着二龙抢珠金抹额穿一件二色金百蝶穿花大红箭袖束着

戌：五彩　丝　攒花结长穗　外罩石青起花八团倭缎　排穗褂登着青缎粉底小朝　靴面若中
庚：五彩　丝　攒花结长穗宫绦外罩石青起花八团倭　锻排穗褂登着青缎粉底小朝　靴面若中
戚：五彩　丝攒　花结长穗宫绦外罩石青起花八团倭缎　排穗褂登着青缎粉底小朝靴　面若中
寅：五彩系　攒花结长穗宫绦外罩石青起花八团倭　锻排穗褂登着青缎粉底小朝　靴面若中

戌：秋之月色　如春晓之花鬓　如刀裁眉如墨画　　　眼似桃瓣睛　若秋波虽怒时而若笑即
庚：秋之月色　如春晓之花鬓若　刀裁眉如墨画　面如　桃瓣　目秋波虽怒时而若笑即
戚：秋之月色若　春晓之花鬓若　刀裁眉如墨画脸若　　桃瓣睛　若秋波虽怒时而若笑即
寅：秋之月色　如春晓之花鬓若　刀裁眉如墨画　面如　桃瓣　目若秋波虽怒时而若笑即

戌：瞋视而有情项上金螭璎珞又有一根五色　丝绦系着一块美玉　黛玉一见便吃一大惊心下想
庚：瞋视而有情项上金螭璎珞又有一根五色　丝绦系着一块美玉代　玉一见便吃一大惊心下想
戚：瞋视而有情项上金螭璎珞又有一根五色　丝绦系着一块美玉　黛玉一见便吃一大惊心下想
寅：瞋视而有情项上金螭璎珞又有一根五色系　绦系着一块美玉　黛玉一见便吃一大惊心下想

戌：道　好生奇怪　到象　在那里见过的一般何等眼熟到如此只见这宝玉向贾母请了安贾母
庚：道这么　奇怪呀到　像在那里见过　一般何等眼熟到如此只见这宝玉向贾母请了安贾母
戚：道　好生奇怪　到　像在那里见过　一般何等眼熟到如此只见这宝玉向贾母请了安贾母
寅：道　好生奇怪　到　像在那里见过　一般何等眼熟到如此只见这宝玉向贾母请了安贾母

第三回　托内兄如海酬西宾　接外孙贾母惜孤女　287

戌：便命去见你娘来宝玉即转身去了一时回来再看已换　了冠带头上周围一转的短发都结成了
庚：便命去见你娘来宝玉即转身去了一时回来再看已换　了冠带头上周围一转的短发都结成了
戚：　命去见你娘来宝玉即转身去了一时回来再看已换　了冠带头上周围一转的短发都结成了
寅：便命去见你娘来宝玉即转身去了一时回来再看已换过了冠带头上周围一转的短发都结成

戌：小辫红丝结束共　攒至顶中胎发总　编一根大辫黑亮如漆　从顶至稍　一串四颗大珠用
庚：小辫红丝结束共　攒至顶中胎发总辫　一根大辫　如漆黑亮从顶至稍　一串四颗大珠用
戚：小辫红丝结束共攒　至顶中胎发总　编一根大辫黑亮如漆　　从顶至　梢一串四颗大珠用
寅：小辫红丝结束共　攒至顶中胎发总辫　一根大辫　如漆黑亮从顶至稍　一串四颗大珠用

戌：金八宝坠　角　上穿着银红　撒花半旧大袄仍就　带　着项圈宝玉寄名锁护身符等物下面
庚：金八宝坠　角身上穿着银红　撒花半旧大袄仍　旧带　着项圈宝玉寄名锁护身符等物下面
戚：金八宝坠脚　身上穿着银红洒　花半旧大袄仍　旧　戴着项圈宝玉寄名锁护身符等物下面
寅：金八宝坠　角身上穿着银红　撒花半旧大袄仍　旧带　着项圈宝玉寄名锁护身符等物下面

戌：半露松花撒　花绫裤腿锦边弹墨袜厚底大红鞋越显得面如　敷粉唇若施脂转盼多情语言
庚：半露松花撒　花绫裤腿锦边弹墨袜厚底大红鞋越显得面如　敷粉唇若施脂转盼多情语言
戚：半露松花　色洒花绫裤腿锦边弹墨袜厚底大红鞋越显得面如团　粉　施脂转盼多情语言
寅：半露松花撒　花绫裤腿锦边弹墨袜厚底大红鞋越显得面如　敷粉唇若施脂转盼多情语言

戌：　常笑天然一段风骚全在眉　稍平　生万种情思悉堆眼角看其外貌最是极　好却难知其底
庚：带　笑天然一段风骚全在眉　稍　半生万种情思悉堆眼角看其外貌　　即好却难知其底
戚：常笑天然一段风骚全在眉梢　平　生万种情思悉堆眼角看其外貌最是极　好却难知其底
寅：带　笑天然一段风骚全在眉　稍　半生万种情思悉堆眼角看其外貌最　　好却难知其底

戌：细后人有西江月二词批这宝玉极恰　其词曰无故寻愁觅恨有时似傻如狂纵　然生得好皮囊
庚：细后人有西江月二词批　宝玉极恰　其词曰无故寻愁觅恨有时似傻如狂纵　然生得好皮囊
戚：细后人有西江月二词批　宝玉极　合其词曰无故寻愁觅恨有时似傻如狂　总然生得好皮囊
寅：细后人有西江月二词批　宝玉极恰　其词曰无故寻愁觅恨有时似傻如狂纵　然生得好皮囊

戌：腹内原来草莽潦倒不通世　务愚顽怕读文章行为偏僻性乖张那管世人诽谤富贵不知乐业贫
庚：腹内原来草莽潦倒不通世　务愚顽怕读文章行为偏僻性乖张那管世人诽谤富贵不知乐业贫
戚：腹内原来草莽潦倒不通　时务愚顽怕读文章行为偏僻性乖张那管世人诽谤富贵不知乐业贫
寅：腹内原来草莽潦倒不通世　务愚顽怕读文章行为偏僻性乖张那管世人诽谤富贵不知乐业贫

戌：穷难耐凄凉可怜辜负好韶　光于国于家无望天下无能第一古今不肖无双寄言纨　裤与膏
庚：穷难耐凄凉可怜辜负好韶　光于国于家无望天下无能第一古今不肖无双寄言纨　裤与膏
戚：　时　难耐凄凉可怜辜负好　时光于国于家无望天下无能第一古今不肖无双寄言纨裤　与膏
寅：穷难耐凄凉可怜辜负好韶　光于国于家无望天下无能第一古今不肖无双寄言纨　裤与膏

戌：梁莫效此儿形状贾母因笑道外客未见就脱了衣裳　还不去见你妹妹宝玉早已看见多了一
庚：梁　莫效此儿形状贾母因笑道外客未见就脱了衣裳　还不去见你妹妹宝玉早已看见多了一
戚：梁　莫效此儿形状贾母因笑道外客未见就脱了衣　服还不去见你妹妹宝玉早已看见多了一
寅：梁　莫效此儿形状贾母因笑道外客未见就脱了衣裳　还不去见你妹妹宝玉早已看见多了一

戌：个姊妹便料定是林姑　妈之女忙来作揖厮见毕归坐细看形容与众各别两　弯似蹙非蹙
庚：个姊妹便料定是林姑　妈之女忙来作揖厮见毕归坐细看形容与众各别两湾半　　　蹙
戚：个姊妹便料定是林姑母　之女忙来作揖厮见毕归坐细看形容与众各别两湾　似蹙非蹙罩
寅：个姊妹便料定是林姑　妈之女忙来作揖厮见毕归坐细看形容与众各别两湾　似蹙非蹙罩

戌：笼烟 眉 一双 似□ 非□ 含　情目　　态生两靥之愁娇袭一身之病泪光点点娇喘
庚：　鹅眉边一　　　　　对多情 杏眼态生两靥之愁娇袭一身之病泪光点点娇喘
戚：　烟 眉 一双俊　　　　　　目　　态生两靥之愁娇袭一身之病泪光点点娇喘
寅：　烟 眉 一双 似 笑非 笑含　情目　　态生两靥之愁娇袭一身之病泪光点点娇喘

戌：微微闲静时如　　娇花照水行动　　似弱柳扶风心较比干多一窍病如西子胜三分宝玉看
庚：微微闲静时如 皎光　照水行动时　似弱柳扶风心较比干多一窍病如西子胜三分宝玉看
戚：微微闲静时如姣　花照水行动　处似弱柳扶风心较比干多一窍病如西子胜三分宝玉看
寅：微微闲静　如 皎光　照水行动　处似弱柳扶风心较比干多一窍病如西子胜三分宝玉看

戌：罢因笑道这个妹妹我曾见过的贾母笑道可又是胡说你又何曾见过他宝玉笑道虽然未曾见过
庚：罢因笑道这个妹妹我曾见过的贾母笑道可又是胡说你又何曾见过他宝玉笑道虽然未曾见过
戚：罢因笑道这个妹妹我曾见过的贾母笑道可又是胡说你又何曾见过他宝玉笑道虽然未曾见过
寅：罢因笑道这个妹妹我曾见过的贾母笑道可又是胡说你又何曾见过他宝玉笑道虽然未曾见过

戌：他然我看着面善心里就算是　 就相识　今日只作　远别重逢　未为不可贾母笑道更
庚：他然我看着面善心里就算是 旧　相识　今日只作　远别重逢亦未为不可贾母笑道更胡说
戚：他然我看着面善心里就算是 旧　相识认今日只　做远别重逢亦未为不可贾母笑道更
寅：他然我看着面善心里就算是个旧　相识　今日只　做远别重逢亦未为不可贾母笑道更

戌：　好更好若如此更相和睦了　　　　 宝玉便走近黛玉身边坐下又细细打谅　一番
庚：了你好　好　　　　　　　 的坐下罢宝玉　　　 坐下又细细打 量一番
戚：　好更好若如此更相和睦了　　　　 宝玉便走近黛玉身边坐下又细细打谅　一番
寅：　好　好若如此更相和睦了你好好的坐下罢宝玉　　　 坐下又细细打　量　番

戌：因问妹妹可曾读书　黛玉道不曾读书只上了一　年学些须认得几个字宝玉又道妹妹尊名是
庚：因问妹妹可曾读书代　玉道不曾读 只上了一　年学些须认得几个字宝玉又道妹妹尊名是
戚：因问妹妹可曾读书　黛玉道不曾读　只上了　二年学些须认得几个字宝玉又道妹妹尊名是
寅：因问妹妹可曾读书　黛玉道不曾读　只上了一　年学些须认得几个字宝玉又道妹妹尊名是

戌：那两个字　黛玉便说了名字宝玉又问表字黛　　玉道无字宝玉笑道我送妹妹一个妙字莫
庚：那两个字代　玉便说了名字宝玉又问表　号代　玉道无字宝玉笑道我送妹妹一　妙字莫
戚：那两　字　黛玉便说了名　宝玉又问表字黛　　玉道无字宝玉笑道我送妹妹一个妙字莫
寅：那两个字　黛玉便说了名字宝玉又问表　号　黛玉道无字宝玉笑道我送妹妹一　妙字莫

戌：若颦颦二字极好　探春便问何出宝玉道古今人物通考上说西方有石名　黛可代画眉之墨况
庚：若颦颦二字极　妙探春便问何出宝玉道古今人物通考上说西方有石名代　可代画眉之墨况
戚：若颦颦二字极　妙探春便问何出宝玉道古今人物通考上说西方有石名　黛可代画眉之墨况
寅：若颦颦二字极　妙探春便问何出宝玉道古今人物通考上说西方有石名　黛可代画眉之墨况

戌：这林妹妹眉尖若蹙用取　这两个字岂不两妙探春笑道只恐又是你的　肚撰宝玉笑道除四书
庚：这林妹妹眉尖若蹙　取用这两个字岂不两妙探春笑道只恐又是你的杜　撰宝玉笑道除四书
戚：这林妹妹眉尖若蹙用取　这两个字岂不两妙探春笑道只恐又是你的杜　撰宝玉笑道除四书
寅：这林妹妹眉尖若蹙　取用这两个字岂不两妙探春笑道只恐又是你的杜　撰宝玉笑道除四书

戌：外　肚撰的太多偏只我是　肚撰不成又　玉可也有玉没　有众人不解其语黛　玉便忖
庚：外杜　撰的太多偏只我是杜　撰不成又问 代玉可也有玉没　有众人不解其语 代玉便忖
戚：外杜　撰的太多偏只我是杜　撰不成又问黛　玉可也有玉 无有众人不解其语黛　玉便忖
寅：外杜　撰的太多偏只我是杜　撰不成又问　黛玉可也有玉没　有众人不解其语黛　玉便忖

第三回　托内兄如海酬西宾　接外孙贾母惜孤女　289

戌：度着因他有玉故问我有也无因答道我没有那个想来那玉亦是一件罕物岂能人人有的宝玉听
庚：度着因他有玉故问我有也无因答道我没有那个想来那　是一件罕物岂能人人有的宝玉听
戚：度着因他有玉故问我有也无因答道我没有那个想来那玉亦是一件罕物岂能人人有的宝玉听
寅：度着因他有玉故问我有也无因答道我没　那个想来那　是一件罕物岂能人人有的宝玉听

戌：了登时发作起痴狂病来摘下那玉就　恨命摔去骂道什么罕物连人之　高低　不择还说通灵
庚：了登时发作起痴狂病来摘下那玉就　恨命摔去骂道什么罕物连人之　高低　不择还说通灵
戚：了登时发作起痴狂病来摘下那玉就狠　摔去骂道什么罕物连人之　高低　不择还说通灵
寅：了登时发　起痴狂病来摘下那玉就　恨命摔去骂道什么罕物连人之之高低也不择还说通灵

戌：不通灵呢我也不要这劳　什　子了吓的　地下众人一拥争去拾玉贾母急的搂了宝玉道孽障
庚：不通灵呢我也不要这劳石　子了吓的　　众人一拥争去拾玉贾母急的搂了宝玉道孽障
戚：不通灵呢我也不要这劳　什古子了吓　得地下众人一拥争去拾玉贾母急的搂了宝玉道孽障
寅：不通灵呢我也不要这劳石　子了吓的　　众人一拥争去拾玉贾母急的搂了宝玉道孽障

戌：你生气要打骂人容易何苦摔那个命根子宝玉满面泪痕　泣道家里姐姐　妹妹都没　有单
庚：你生气要打骂人容易何苦摔那　命根子宝玉满面泪痕　泣道家里姐姐　妹妹都没　有单
戚：你生气要打骂人容易何苦摔那　命根子宝玉满面泪痕哭　道家里　姊姊妹妹都　无有单
寅：你生气要打骂人容易何苦摔那　命根子宝玉满面泪痕　泣道家里姐姐　妹妹都没　有单

戌：我有我　就没趣如今来了这么　一个神仙似的妹妹也没　有可知这不是个好东西贾母忙
庚：我有我说　没趣如今来了这　们一个神仙似的妹妹也没　有可知这不是个好东西贾母忙
戚：我有我说无　趣如今来了　　一个神仙似的妹妹也　无有可知这不是个好东西贾母忙
寅：我有　　　　如今来了这　们一个神仙似的妹妹也没　有可知这不是个好东西贾母忙

戌：哄他道你这妹妹原有这个来的因你姑妈去世时舍不得你妹妹无法可处遂将他的玉带了去了
庚：哄他道你这妹妹原有这个来的因你姑妈去世时舍不得你妹妹无法　处遂将他的玉带了去了
戚：哄他道你这妹妹原有这个来的因你姑妈去世时舍不得你妹妹无法可处遂将他的玉带了去
寅：哄他道你这妹妹原有这个来的因你姑妈去世时舍不得你妹妹无法　处遂将他的玉带了去了

戌：一则全　殉葬之礼　进　你妹妹之　孝心二则你姑妈之灵亦可　权作　见了女儿
庚：一则全　殉葬之　理进　你妹妹之　孝心二则你姑妈之灵亦可　权作　见了女儿
戚：一则　权当殉葬之礼尽　　你妹妹　的孝心二则你姑妈之灵亦可收　作常得见　女
寅：一则全尽　葬之　理　尽你妹妹之　孝心二则你姑妈之灵亦可　权作　见了女儿

戌：之意因此他只说没　有这个不便自己夸张之意你如今怎比得他还不好生慎重　带上仔细你
庚：之意因此他只说没　有这个不便自己夸张之意你如今怎比得他还不好生慎重　带上仔细你
戚：之意因此他只说　无有这个不便自己夸张之意你如今怎比得他还不好生慎重戴　上仔细你
寅：之意因此他只说没　有这个不便自己夸张之意你如今怎比得他还不好生慎重

戌：娘知道了说着便向丫　嬛手中接来亲与他带　上宝玉听如此说想一想竟大有情礼　也就不
庚：娘知道了说着便向丫环　手中接来亲与他带　上宝玉听如此说想一想　大有情　理也就不
戚：娘知道了说着便向丫环　手中接来亲与他　戴上宝玉听如此说想一想竟大有情　理也就不
寅：　　　　　　　　　　　　　　　　　带　上宝玉听如此说想一想　大有情　理也就不

戌：生别论了当下奶娘来请问　黛玉之房舍贾母便说今将宝玉挪出来同我在套间　里面把
庚：生别论了当下奶娘来请问代　玉之房舍贾母　说今将宝玉挪出来同我在套间暖阁儿里　把
戚：生别论了当下奶娘来　问　黛玉之房舍贾母便说今将宝玉挪出来同我在套间暖阁　里　把
寅：生别论了当下奶娘来　问　黛玉之房舍贾母　说今将宝玉挪出来同我在套间暖阁　里　把

戌：你林姑娘暂安置碧纱橱　里等过了残冬春天再与他们收拾房屋另作一番安置罢宝玉道好祖
庚：你林姑娘暂安置碧纱　厨里等过了残冬春天再与他们收拾房屋另作一番安置罢宝玉道好祖
戚：你林姑娘暂安　碧纱　厨里等过了　　春天再与他们收拾房屋另作一番安置罢宝玉道好祖
寅：你林姑娘暂安置碧纱　厨里等过了残冬春天再与他们收拾房屋另作一番安置罢宝玉道好祖

戌：宗我就在碧纱　橱外的　床上很　妥当何必又出来闹的老祖宗不得安静贾母想了一想说也
庚：宗我就在碧纱厨　外　之床上　狠妥当何必又出来闹的老祖宗不得安静贾母想了一想说也
戚：宗我就在碧纱厨　外的　床上　狠妥当何必又出来闹的老祖宗不得安静贾母想了一想说也
寅：宗我就在碧纱厨　外　之床上很　妥当何必又出来闹的老祖宗不得安静贾母想了一想说也

戌：罢了　每人一个奶娘并一个丫头　照管余者在外间上夜听唤一面早有熙凤命人送了一顶藕
庚：罢　哩每人一个奶娘并一个丫头　照管余者在外间上夜听唤一面早有熙凤命人送了一顶藕
戚：罢了　每人一个奶娘并一个丫头　照管余者在外间上夜听唤一面早有熙凤命人送了一顶藕
寅：罢　哩每人一个奶娘并一个丫　环照管余者在外间上夜听唤一面早有熙凤命人送了一顶藕

戌：合色花帐并几件锦被缎褥之类　黛玉只带了两个人来一个　自　幼奶娘王嬷嬷
庚：合色花帐并几件锦被缎褥之类代　玉只带了两个人来一个是自　幼奶娘王嬷嬷
戚：　色花帐并几件锦被缎褥之类　黛玉只带了两个人来一个是自己　奶娘王　　媒媒
寅：合色花帐并几件锦被缎褥之类　黛玉只带了两个人来一个是自　幼奶娘王　　媒媒已睡了

戌：一个是十岁的　丫头亦是自幼随身的名唤　雪雁贾母见雪雁甚小一团孩气王　　　　嬷嬷
庚：一个是十岁的小丫头亦是自幼随身的名唤作雪雁贾母见雪雁甚小一团孩气王　　　　嬷嬷
戚：一个是十岁的小丫头亦是自幼随身的名唤　雪雁贾母见雪雁甚小一团孩气王　　　妈妈
寅：一个是十岁的小丫头亦是自幼随身的名唤作雪雁贾母见雪雁甚小一团孩气王媒媒

戌：又极老料　黛玉皆不遂　心省力的便将自己
庚：又极老料代　玉皆不遂　心省力的便将自己
戚：又极老料　黛玉皆不遂　心省力的便将自己名唤雪雁贾母见雪雁甚小一孩气王嬷嬷又极老
寅：又极老料　黛玉皆不　随心省力的便将自己

戌：　　　　　　　　　　身边　一个二等的丫头名唤鹦哥者与了黛　玉外亦　如迎春
庚：　　　　　　　　　　身边的一个二等　丫头名唤鹦哥者与了　代玉外亦　如迎春
戚：料黛玉皆不遂心省力的便将自身边　一个二等　丫头名唤鹦哥者与了黛　玉外亦　　迎春
寅：　　　　　　　　　　身边的一个二等　丫头名唤鹦哥者与了黛　玉外　也如迎春

戌：等例每人除自幼乳母外另有四个　教引嬷嬷　　除贴身掌管钗钏盥沐两个丫嬛　外另有五
庚：等例每人除自幼乳母外另有四个老　嬷嬷　　除贴身　管钗钏盥沐两个丫　环外另有五
戚：等例每人除自幼乳母外另有四个　教引　　媒媒除贴身掌管钗钏盥沐两个丫　环外另有五
寅：等例每人除自幼乳母外另有四个老　　媒媒除贴身　管钗钏盥沐两个丫　环外另有五

戌：六个洒扫房屋来往使　役的小丫　头当下王嬷嬷　　与鹦哥陪侍　黛玉在碧纱橱　内
庚：六个洒扫房屋来往使　役的小丫环　当下王嬷嬷　　与鹦哥陪侍代　玉在碧纱　厨内
戚：六个洒扫房屋来往使唤　的小丫　头当下王　妈妈　与鹦哥陪侍　黛玉在碧纱　厨内
寅：六个洒扫房屋来往使　役的小丫环　当下王　　媒媒与鹦哥陪侍代　玉在碧纱　厨内

戌：宝玉之乳母李　　嬷嬷并大丫嬛　名唤袭人者陪侍在外大床上原来这袭人　亦是贾母
庚：宝玉之乳母李　　嬷嬷并大丫　环名唤袭人者陪侍在外大床上原来这袭人　亦是贾母
戚：宝玉之乳母李　妈妈　并大丫　环名唤袭人者陪侍在外大床上原来这袭人　亦是贾母
寅：宝玉之乳母李媒媒　　并大丫　环名唤袭人者陪侍在外大床上原来这袭人也　是贾母

第三回　托内兄如海酬西宾　接外孙贾母惜孤女　291

戌：之婢本名　珍珠贾母因溺爱宝玉生恐宝
庚：之婢本名　珍珠贾母因溺爱宝玉生恐宝
戚：之婢本名　珍珠贾母因溺爱宝玉生恐宝袭人者陪侍在外大床上原来这袭人亦是贾母之本名
寅：之婢本名唤珍珠贾母因溺爱宝玉　恐宝

戌：　　　　　　玉之婢无竭力尽忠之　人素喜袭人心地纯良克　尽职任遂与了宝玉宝
庚：　　　　　　玉之婢无竭力尽忠之　人素喜袭人心地纯良克　尽职任遂与了宝玉宝
戚：珍珠贾母溺爱玉生恐玉之婢无竭力尽忠之心　素喜袭人心地纯良　肯职任遂与了宝玉宝
寅：　　　　　　玉之婢无竭力尽忠之　人素喜袭人心地纯良克　尽职任遂与了宝玉宝

戌：玉因知他本姓花又曾见旧人诗句上有花气袭人之句遂回明贾母即便更名袭人这袭人亦有些
庚：玉因知他本姓花又曾见旧人诗句上有花气袭人之句遂回明贾母　　更名袭人这袭人亦有些
戚：玉因知他本姓花又曾见旧人诗句上有花气袭人之句遂回明贾母即　更名袭人这袭人亦有些
寅：玉因知他本姓花又曾见旧人诗句上有花气袭人之句遂回明贾母　　更名袭人这袭人亦有些

戌：痴处伏侍贾母时心中眼中只有一个贾母　今　　与　宝玉　心中眼中又只有　个宝玉只因
庚：痴处伏侍贾母时心中眼中只有一个贾母如
戚：痴处伏侍贾母时心中眼中只有一个贾母　今　　与了宝玉　心中眼中
寅：痴处伏侍贾母时心眼中只有一个贾母如今服侍　宝玉他心中眼中　只有一个宝玉只因

戌：宝玉性情乖僻每每规谏宝玉不贾母今　　宝玉　心中眼中又只有　个宝玉只因宝玉　性情
庚：　　　　　　　　　　　　　　今服侍宝玉他心中眼中又只有一个宝玉只因宝玉　性情
戚：　　　　　　　　　　　　　　　　　　　　　　　　　　　只有一个宝玉只因宝玉情性
寅：宝玉性情乖僻每每规谏宝玉

戌：乖僻每每规谏宝玉　听心中着实忧郁是晚宝玉李　　嬷嬷已睡了他见里面　黛玉和鹦
庚：乖僻每每规谏宝玉　心中着实忧郁是晚宝玉李　　嬷嬷已睡了他见里面代　玉和鹦
戚：乖僻每每规谏宝玉不听心中着实忧郁是晚宝玉李　妈妈　已睡了他见里面　黛玉和鹦
寅：　　　　　　　　　心中着实忧郁是晚宝玉李媒媒　已睡了他见里面　黛玉和鹦

戌：哥犹未安　歇他自　卸毕　妆悄悄　进来笑问姑娘怎　还不安　歇黛玉忙笑让　姐姐
庚：哥犹未安息　他自　卸了妆悄悄　进来笑问姑娘怎么还不安息代　玉忙　让　姐姐
戚：哥犹未安　歇他自在卸　了妆悄悄地进来笑问姑娘怎　还不安　歇黛玉忙笑　忙道姐姐
寅：哥犹未安息　他自　卸了妆悄悄　进来笑问姑娘怎么还不安息　黛玉忙　让　姐姐

戌：请坐袭人在床沿上坐了　鹦哥笑道林姑娘正在这里伤心　自己淌眼抹泪的说今儿才来了就
庚：请坐袭人在床沿上坐　下鹦哥笑道林姑娘正在这里伤心呢自己淌眼抹泪的说今儿才来　就
戚：请坐袭人在床沿上坐了　鹦哥笑道林姑娘正在　伤心　自己淌眼抹泪的说今儿才来了就
寅：请坐袭　在床沿上坐　下鹦哥笑道林姑娘正在这里伤心呢自己淌眼抹泪的说今儿才来　就

戌：惹出你家哥儿的狂病来倘或摔坏　那玉岂不是因我之过因此便伤心我好容易劝好了袭人道
庚：惹出你家哥儿的狂病　倘或摔坏了那玉岂不是因我之过因此便伤心我好容易劝好了袭人道
戚：惹出你家哥儿的狂病来倘或摔坏了那玉岂不是因我之过因此便伤心我好容易劝好了袭人道
寅：惹出你家哥儿的狂病　倘或摔坏了那玉岂不是因我之过因此便伤心我好容易劝好了袭人道

戌：姑娘快休如此将来只怕比这个更奇怪的笑话儿还有呢若为他这种行止你多心伤感只怕你伤
庚：姑娘快休如此将来只怕比这个更奇怪的笑话儿还有呢若为他这种行止你多心伤感只怕你伤
戚：　　快休如此将来只怕比这　更奇怪的笑话儿还有呢若为他这种行止你多心伤感只怕　伤
寅：姑娘快休如此将来只怕比这个更奇怪的笑话儿还有呢若为他这种行止你多心伤感只怕你伤

戌：感不了呢快别多心　黛玉道姐姐们说的我记着就是了究竟　　不知那玉是怎么个来历上头
庚：感不了呢快别多心代　玉道姐姐们说的我记着就是了究竟那玉不知　是怎么个来历上
戚：感不了呢快别多心　黛玉道姐姐们说的我记着就是了究竟　　不知那玉是怎么个来历上头
寅：感不了呢快别多心　黛玉道姐姐们说的我记着就是了究竟那玉不知　是怎么个来历上

戌：　还有字迹袭人道连一家　也不知　来历　　　　听得说落草时　从他口里掏
庚：面还有字迹袭人道连一家子也不知　来历上头还有现成的眼儿听得说落草时是从他口里掏
戚：　还有字迹袭人道连一家子也不知　来历　　　　听得说落草时　从他口里掏
寅：面还有字迹袭人道连一家子也不知道来历　　　　听得说落草时是从他口里掏

戌：出　　上头　有现成的穿眼让　我拿来你看便知黛　　玉忙止道罢了此刻夜深　明日
庚：出来　　　　的　　　　等我拿来你看　知　便代　玉忙止道罢了此刻夜深　明日
戚：出　　上面　有现成　穿眼让　我拿来你看便知黛　　玉忙止道罢了此刻夜深了明日
寅：出来的上　面还有现成　穿眼　等我拿来你　知　便　黛玉忙止道罢了此刻夜深　明日

戌：再看　不迟大家又叙了一回　方才安歇次日　起来省过贾母因往王夫人处来正值王夫人与
庚：再看也不迟大家又叙了一回　方才安歇次日　起来省过贾母因往王夫人处来正值王夫人与
戚：再看　不迟大家又叙了一回　方才安歇　早起来省过贾母因往王夫人处来正值王夫人与
寅：再看也不迟大家又叙了一回来方才安歇次日　起来省过贾母因往王夫人处来正值王夫人与

戌：　　　　　　　　　　　　　　　　　　　　　　　　　熙凤在一　处
庚：　　　　　　　　　　　　　　　　　　　　　　　　　熙凤在一家
戚：看不迟大家又叙了一回方安歇次日起来省过贾母因王夫人处来正值王夫人与熙凤在一　处
寅：　　　　　　　　　　　　　　　　　　　　　　　　　熙凤在一　处

戌：拆金陵来的书信看又有王夫人之兄嫂处遣了两个媳妇来说话的　黛玉虽不知原委探春等却
庚：拆金陵来的书信看又有王夫人之兄嫂处遣了两个媳妇来说话的代　玉虽不知原委探春等却
戚：拆金陵来的书信看又　王夫人之兄嫂处遣了两个媳妇来说话的　黛玉虽不知原委探春等却
寅：拆金陵来的书信看又有王夫人之兄嫂处遣了两个媳妇来说话的　黛玉虽不知原委探春等却

戌：都晓得是　议论金陵　中所居的薛家姨母之子姨表兄薛蟠倚　财仗势　打死人命现在应天
庚：都晓得是　议论金陵城中所居的薛家姨母之子姨表兄薛蟠　仗财仗势　打死人命现在应天
戚：都晓得是　议论金陵城中所居的薛家姨母之子姨表兄薛蟠倚仗　势力打死人命现在应天
寅：都晓得　这议论金陵城中所居的薛家姨母之子姨表兄薛蟠　仗财　势力打死人命现在应天

戌：府案下审理如今母　舅王子腾得了信息故遣　　人来告诉这边意欲唤取进京之意
庚：府案下审理如今母旧　王子腾得了信息故遣他家内的人来告诉这边意欲唤取进京之意
戚：府案下审理如今母　舅王子腾得了信息故遣　　人来告诉这边意欲唤取进京之意且听
寅：府案下审理如今母　舅王子腾得了信息故遣　　人来告诉这边意欲唤取进京之意

戌：
庚：
戚：下回分解
寅：

第四回　薄命女偏逢薄命郎　葫芦僧乱判葫芦案

```
戌：却说黛　玉同姊妹们至王夫人处见王夫人与兄嫂处的来使　　计议家务又说姨母家遭　人
庚：却说　代玉同姊妹们至王夫人　　　　　与兄嫂处　来　时便计议家务又说姨母家遭　人
戚：　　　　　　　　　　　　　　　王夫人与兄嫂　　　　　计议家务又说姨母家遭了人
寅：却说黛　玉同姊妹们至王夫人　　　　　与兄嫂处　来　时便计议家务又说姨母家遭　人
―――――――――――――――――――――――――――――――――――――――――
戌：命官司等语因见王夫人事情冗杂姊妹们遂出来至寡嫂李氏房中来了原来这李氏即贾珠之妻
庚：命官司等语因见王夫人事情冗杂姊妹们遂出来至寡嫂李氏房中来了原来这李氏即贾珠之妻
戚：命官司等语因见王夫人事情冗杂姊妹们遂出来至寡嫂李氏房中来了原来这李氏即贾珠之妻
寅：命官司等语因见王夫人事情冗杂姊妹们遂出来至寡嫂李氏房中来了原来这李氏即贾珠之妻
―――――――――――――――――――――――――――――――――――――――――
戌：珠虽　殁亡幸存一子取名贾兰今已　五岁已入学攻书这李氏亦系金陵名宦之女父名李守中
庚：珠虽夭　亡幸存一子取名贾兰今　方五岁已入学攻书这李氏亦系金陵名宦之女父名李守中
戚：珠虽夭　亡幸存一子取名贾兰今　方五岁已入学攻书这李氏亦系金陵名宦之女父名李守中
寅：珠虽夭　亡幸存一子取名贾兰今　方五岁已入学攻书这李氏亦系金陵名宦之女父名李守中
―――――――――――――――――――――――――――――――――――――――――
戌：曾为国子监祭酒族中男女无有不诵诗读者至李守中承继以来便说女　儿无才便有德故生
庚：曾为国子监祭酒族中男女无有不诵诗读者至李守中承继以来便说女子　无才便有德故生
戚：曾为国子监祭酒族中男女无有不诵诗读书　至　守中承继以来便说女子　无才便有德故生
寅：曾为国子监祭酒族中男女无有不诵诗读者至李守中承继以来便说女子　无才便有德故生
―――――――――――――――――――――――――――――――――――――――――
戌：　李氏时便不十分令其读书只不过将些女四书列女传贤媛集等三四种书使他认得几个字记
庚：了李氏时便不十分令其读书只不过将些女四书列女传贤媛集等三四种书使他认得几个字记
戚：了李氏　　便不十分令其读书只不过将些女四书列女传贤媛集等三四种书使他认得几个字记
寅：了李氏时便不十分令其读书只不过将些女四书列女传贤媛集等三四种书使他认得几个字记
―――――――――――――――――――――――――――――――――――――――――
戌：得这前朝　几个贤女　　便罢了却只以纺绩井臼为要　因取名为李纨字宫裁因此这李纨虽
庚：得　前朝这几个贤女　　便罢了却只以纺绩井臼为　业因取名为李纨字宫裁因此这李纨虽
戚：得　前朝　几个贤女事迹便罢了却只以纺绩井臼为要　取名　李纨字宫裁因此这李纨虽
寅：得　前朝这几个贤女　　便罢了却只以纺绩井臼为　业因取名为李纨字宫裁因此这李纨虽
―――――――――――――――――――――――――――――――――――――――――
戌：青春丧偶且居　处于青梁锦绣之中竟如槁木死灰一般一概无　见无闻惟知侍亲养子外则
庚：青春丧偶　居家处　青梁锦绣之中竟如槁木死灰一般一概无　见无闻惟知侍亲养子外则
戚：青春丧偶且居　处于青梁锦绣之中竟如槁木死灰一般一概无闻无见　惟知侍亲养子外则
寅：青春丧偶　居家处　青梁锦绣　中竟如槁木死灰一般一概　无见无闻惟知侍亲养子外则
―――――――――――――――――――――――――――――――――――――――――
戌：陪侍小姑等针黹诵　读而已今黛　玉虽客寄于斯　日有这般　姐妹相伴除老父　外余
庚：陪侍小姑等针黹诵诗　而已今　代玉虽客寄于斯　日有这般姑嫂　相伴除老父余外
戚：陪侍小姑等针黹　读而已今黛　玉虽客寄于　此终日有这般姑嫂　相伴除老父　外余
寅：陪侍小姑等针黹诵诗　而已今黛　玉虽客寄于斯　日有这般姑嫂　相伴除老父余外
―――――――――――――――――――――――――――――――――――――――――
```

戌：者也就　　无　庸虑及了如今　　且说贾雨村因补授了应天府一下马就有一件人命官司详至案
庚：者也　　都无　庸虑及了如今　　且说　雨村因补授了应天府一下马就有一件人命官司详至案
戚：者也就　　毋庸虑及了如今　　且说贾雨村因补授了应天府一下马就有一件人命官司详至案
寅：者也　　都无　庸虑及了如今却　说　雨村因补授了应天府一下马就有一件人命官司详至案

戌：下乃是两家争买一婢各不相让以　　致殴伤人命彼时雨村即　问　原告　　　　那原告道彼
庚：下乃是两家争买一婢各不相让以至　殴伤人命彼时雨村即提　原告之人来审那原告道
戚：下乃是两家争买一婢各不相让以　　致殴伤人命彼时雨村即　传原告之人来审那原告道
寅：下乃是两家争买一婢各不相让以至　殴伤人命彼时雨村即提　原告之人来审那原告道

戌：　殴死者乃小人之主人因那日买了一个丫头不想　系拐子所拐来卖的这拐子先已得了我家
庚：被殴死者乃小人之主人因那日买了一个丫头不想是　拐子　拐来卖的这拐子先已得了我家
戚：被殴死者乃小人之主人因那日买了一个丫头不想是　拐子所拐来卖的这拐子先已得了我家
寅：被殴死者乃小人之主人因那日买了一个丫头不想是　拐子　拐来卖的这拐子先已得了我家

戌：　银子我家小爷原说第三日方是好日子再接入门这拐子便又悄悄的卖与了薛家被我们知道
庚：的银子我家小爷原说第三日方是好日子再接入门这拐子便又悄悄的卖与　薛家被我们知道
戚：的银子我家小爷原说第三日方是好日子再接入门这拐子便又悄悄　卖与　薛家被我们知道
寅：的银子我家小爷原说第三日方是好日子再接入门这拐子便又悄悄　卖与　薛家被我们知道

戌：了去找那　卖主夺取　丫头无奈薛家原系金陵一霸倚财仗势众豪奴将我　　主人竟打死
庚：了去找　拿卖主夺取　丫头无奈薛家原系金陵一霸倚财仗势众豪奴将我小　主人竟打死
戚：了去找　拿卖主夺取这丫头无奈薛家原系金陵一霸倚财仗势众豪奴将　小人的主人竟打死
寅：了去找　拿卖主夺取　丫头无奈薛家原系金陵一霸倚财仗势众豪奴将我小　主人竟打死

戌：了凶身主仆已皆逃走无影无　踪只剩了几个局外之人小人告了一年的状竟无人作主望　太
庚：了凶身主仆已皆逃走无影无　踪只剩了几个局外之人小人告了一年的状竟无人作主望大
戚：了凶身主仆已皆逃走无影无迹　只剩　几个局外之人小人告了一年的状竟无人作主望大
寅：了凶身主仆已皆逃走无影无　踪只剩了几个局外之人小人告了一年的状竟无人作主望大

戌：老爷拘拿凶剪恶除凶以救孤寡死者感戴　天　恩不尽雨村听了大怒道岂有　这样放屁
庚：老爷拘拿凶犯　　　以救孤寡死者感　代天　恩不尽雨村听了大怒道岂有　这样放屁
戚：老爷拘拿凶犯剪恶除凶以救孤寡死者感戴　天地之恩不尽雨村听了大怒道岂有此　　放屁
寅：老爷拘拿凶犯　　　以救孤寡死者感　代天　恩不尽雨村听了大怒道岂有　这样放屁

戌：的事打死人命　　就白白的走了再拿不来　因发签差公人立刻将凶犯族中人拿来拷问令他们
庚：的事打死人命　　就白白的走了再拿不来的因发签差公人立刻将凶犯族中人拿来拷问令他们
戚：的事打死人命竟　白白　走了再拿不来的因发签差公人立刻将凶犯族　人拿来拷问令他们
寅：的事打死人命　　就白白的走了再拿不来的因发签差公人立刻将凶犯族中人拿来拷问令他们

戌：实供藏在何处一面再动海捕文书　　未发签时只见案边　着一个门子使眼色儿不令他发
庚：实供藏在何处一面再动海捕文书　　未发签时只见案边立的　一个门子使眼色儿不令他发
戚：实供藏在何处一面再动海捕文书正要　发签时只见案边立的　一　门子使眼色儿不令他发
寅：实供藏在何处一面再动海捕文书　　未发签时只见案边立的　一个门子使眼色　不令他发

戌：签之意雨村心　中甚是　疑怪　只得停了手即　时退堂至密室　使从　皆退去　只留下门
庚：签之意雨村心下　甚　为疑怪　只得停了手即　时退堂至密室侍　从　皆退去　只留　门
戚：签之意雨村心下　甚　为　怪异只得停了手即　时退堂至密室　使从人皆　　出只留　门
寅：签之意雨村心下　甚　为疑怪　只得停了手　实时退堂至密室侍　从　皆退去　只留　门

第四回 薄命女偏逢薄命郎 葫芦僧乱判葫芦案 295

戌：子一人伏　　侍这门子忙上来　请安笑问老爷一向加官进禄八九年来　就忘了我雨村道
庚：子　　　服　侍这门子忙上来　请安笑问老爷一向加官进禄八九年来　就忘了我雨村道
戚：子　　伏　　侍这门子忙上　前请安笑问老爷一向加官进禄八九年来便　忘了我雨村道
寅：子　　　扶侍这门子忙上来　请安笑问老爷一向加官进禄八九年来　　就忘了我雨村道
―――――――――――――――――――――――――――――――――――――――
戌：却十分面善得紧只是　一时想不起来那门子笑道老爷真是贵人多忘事把出身之地竟忘了不
庚：却十分面善得紧只是　一时想不起来那门子笑道老爷真是贵人多忘事把出身之地竟忘了不
戚：却十分面善　　　　却一时想不起来那门子笑道老爷真是贵人多忘事把出身之地竟忘了不
寅：却十分面善得紧只是　一时想不起来那门子笑道老爷真是贵人多忘事把出身之地竟忘了不
―――――――――――――――――――――――――――――――――――――――
戌：记当年葫芦庙里之事了雨村听了　如雷震一惊方想起往事原来这门子本是葫芦庙内一个小
庚：记当年葫芦庙里之事　雨村听了　如雷震一惊方想起往事原来这门子本是葫芦庙内一个小
戚：记当年葫芦庙里之事了雨村听　罢如雷震一惊方想起往事原来这门子本是葫芦庙内一个小
寅：记当年葫芦庙里之事　雨村听了　如雷震一惊方想起往事原来这门子本是葫芦庙内一个小
―――――――――――――――――――――――――――――――――――――――
戌：沙弥因被火之后无处安身欲投　别庙去修行又耐不　得清凉　景　况因想这件生意到还轻
庚：沙弥因被火之后无处安身欲投　别庙去修行又耐不　得清凉　景　况因想这件生意到还轻
戚：沙弥因被火之后无处安身欲投　别庙去修行又耐不了　清　冷景　况因想这件生意到还轻
寅：沙弥因被火之后无处安身欲投到别庙去修行又耐不　得清凉　情况因想这件生意　还轻
―――――――――――――――――――――――――――――――――――――――
戌：省热闹遂趁年纪蓄了发充了门子　　　雨村那里料　得是他便忙携手笑道原来是故人又让
庚：省热闹遂趁年纪蓄了发充了门子　　　雨村那里料　得是他便忙携手笑道原来是故人又让
戚：省热闹遂趁年纪蓄了发充了门子一时间雨村那里　辨得是他便忙携手笑道原来是故人又让
寅：省热闹遂趁年纪蓄了发充了门子　　　雨村那里料　得是他便忙携手笑道原来是故人又让
―――――――――――――――――――――――――――――――――――――――
戌：坐了好谈这门子不敢坐雨村笑道贫贱之交不可忘你我故人也二则此系私室既欲长谈岂有不
庚：坐了好谈这门子不敢坐雨村笑道贫贱之交不可忘你我故人也二则此系私室既欲长谈岂有不
戚：坐了好谈这门子不敢坐雨村笑道贫贱之交不可忘你我故人也二则此系私室既欲长谈岂有不
寅：坐了好谈这门子不敢坐雨村笑道贫贱之交不可忘你我故人也二则此系私室既欲长谈岂有不
―――――――――――――――――――――――――――――――――――――――
戌：坐之　理这门子听　说方告了　座斜签　着坐了雨村因　问方才何故　不令发签之故　这
庚：坐之　理这门子听　说方告了坐　斜　迁着坐了雨村因　问方才何故有不令发签之　意这
戚：坐之礼　这门子听　说方告了坐　斜签　　坐了雨村　便问方才何故　不令发签　　　这
寅：坐之　理这门子听了　　方告了坐　斜　迁着坐了雨村因　问方才何故有不令发签之　意这
―――――――――――――――――――――――――――――――――――――――
戌：门子道老爷既荣任到这一省难　道就没抄一张　　护官符来不成雨村忙问何为护官符我
庚：门子道老爷既荣任到这一省难　道就没抄一张本省　护官符来不成雨村忙问何为护官符我
戚：门子道老爷既荣任　这一省难　道　没抄一张本省的护官符来不成雨村忙问何为护官符我
寅：门子道老爷既荣任到这一省难到　就　抄一张本省　护官符来不成雨村忙问何为护官符我
―――――――――――――――――――――――――――――――――――――――
戌：竟不知门子道这还了得连这　不知怎能　作得长　远如今凡作　地方官者皆有一个私单上
庚：竟不知门子道这还了得连这个不知怎能　作得长　远如今凡作　地方官者皆有一个私单上
戚：竟不知门子道这还了得连这个不知怎能做　得　常远如今凡　做地方官者皆有一个私单上
寅：竟不知门子道这还了得连这个不知怎能做　得长　远如今凡　做地方官者皆有一个私单上
―――――――――――――――――――――――――――――――――――――――
戌：面写的是本府　省最有权有势极富极贵的大乡绅　名姓各省皆然倘若不知一时触犯了这样的
庚：面写的是本　省最有权有势极富极贵的大乡绅　名姓各省皆然倘若不知一时触犯了这样的
戚：面写的是本　省最有权有势极　　贵　大乡绅的名姓各省皆然倘若不知一时触犯了这样
寅：面写的是本　省最有权有势极富极贵的大乡绅　名姓各省皆然倘若不知一时触犯了这样
―――――――――――――――――――――――――――――――――――――――

戌：人家不但官爵只怕连性命还保不成呢所以绰号叫作护官符方才所说的这薛家老爷如何惹得
庚：人家不但官爵只怕连性命还保不成呢所以绰号叫作护官符方才所说的这薛家老爷如何惹得
戚：人家不但官爵　　连性命还保不成呢所以绰号叫作护官符方才所说的这薛家老爷如何惹得
寅：人家不但官爵只怕连性命还保不成呢所以绰号叫作护官符方才所说的这薛家老爷如何惹得
――
戌：他他这一件官司并无难断之处皆因都碍着情分脸面　所以如此一面说一面从顺袋中取出一
庚：他他这　件官司并无难断之处皆因都碍着情分　　面上所以如此一面说一面从顺袋中取出一
戚：他　　这一件官司并无难断之处皆因都碍着情分脸面　所以如此一面说一面从顺袋中取出一
寅：他他这　件官司并无难断之处皆因都碍着情分　　面上所以如此一面说一面从顺袋中取出一
――
戌：张抄写的护官符来递与雨村看时上面皆是本地大族名宦之家的　谚俗　口碑其口碑排写得
庚：张抄写的护官符来递与雨村看时上面皆是本地大族名宦之家的　谚俗　口碑其口碑排写得
戚：张抄写的护官符来递与雨村看时　　皆是本地大族名宦之家的俗谚　　口碑其口碑排写
寅：张抄写的护官符来递与雨村看时上面皆是本地大族名宦之家的　谚　语口碑其口碑排写得
――
戌：明白　下面　皆注着　　　始祖官爵并房次　石头亦曾照样抄写　一张今据石上所抄云
庚：明白其下面所　注　的皆是自始祖官爵并房次名　头亦曾　抄写了一张今据石上所抄云
戚：明白　下面　皆注着　　　始祖官爵并房次　　　　　　　　　　　　　　　　　　　云
寅：明白其下面所　注　的皆是自始祖官爵并房次　石头亦曾照样抄写了一张今据石上所抄云
――
戌：贾不假白玉为堂金作马阿房宫三百里住不下金陵一个史丰年好大雪珍珠如土金如铁东海缺
庚：贾不假白玉为堂金作马阿房宫三百里住不下金陵一个史　　　　　　　　　　　　东海缺
戚：贾不假白玉为堂金作马阿房宫三百里住不下金陵一个史　　　　　　　　　　　　东海缺
寅：贾不假白玉为堂金作马阿房宫三百里住不下金陵一个史　　　　　　　　　　　　东海缺
――
戌：少白玉床龙王来请金陵王　　　　　　　　雨村犹未看完忽听　传点人报王老
庚：少白玉床龙王来请金陵王丰年好大雪珍　珠如土金如铁雨村犹未看完忽听　传点人报王老
戚：少白玉床龙王来请金陵王丰年　大雪　真珠如土金如铁雨村犹未看完　闻传点人报王老
寅：少白玉床龙王来请金陵王丰年好大雪珍　珠如土金如铁雨村犹未看完忽听　传点人报王老
――
戌：爷来拜雨村听说忙具衣冠　　出去迎接有顿饭工夫方回来细问这门子　这四家皆连络有亲
庚：爷来拜雨村听说忙具衣冠　　出去迎接有顿饭工夫方回来细问这门子　这四家皆连络有亲
戚：爷来拜雨村听说忙具衣冠　　出去迎接有顿饭工夫方回来细问这门子道　四家皆连络有亲
寅：爷来拜雨村听说忙具衣冠迎接出去　有顿饭工夫方回来细问这门子　这四家皆连络有亲
――
戌：一损皆损一荣　皆荣扶持遮饰　皆有照应的今　告打死人之薛就系丰年大雪之　薛也不单
庚：一损皆损一荣　皆荣扶持遮饰俱　有照应的今　告打死人之薛就系丰年大雪之雪　也不单
戚：一损皆损一荣俱　荣扶持遮饰　皆有照应的　才告打死人之薛就系丰年大雪之　薛也不单
寅：一损皆损一荣　皆荣扶持遮饰俱　有照应的今　告打死人之薛就系丰年大雪之雪　也不单
――
戌：靠　　　　这三家他的世交亲友　　在都在外者亦　不少老爷如今拿谁去
庚：　告的这薛家就是这三家他的世交亲友　　在都在外者亦　不少老爷如今　　怎么办
戚：靠　　　　这三家他的世　友亲戚在都在外者本　自不少老爷如今拿谁去
寅：　告的这薛家就是这三家他的世交亲友　　在都在外者本亦　不少老爷如今　　怎么办
――
戌：雨村听如此说便笑问门子道如　你这样说来却怎么了结　此案你大约也深知这凶犯躲　的
庚：雨村听如此说便笑问门子道如　你这样说来却怎么了结　此案你大约也深知这凶犯躲　的
戚：雨村听如此说便笑问　　道据你这样说来却怎么了结　此案你大约也深知这凶犯躲去的
寅：雨村听如此说便笑问门子道如　你这样说来却怎么了　解此案你大约也深知这凶犯躲　的

第四回 薄命女偏逢薄命郎 葫芦僧乱判葫芦案 297

戌：方向了门子笑道不瞒老爷说不但这凶犯　躲的方向我　知道一并这拐卖之人我也知道死鬼
庚：方向了门子笑道不瞒老爷说不但这凶犯　躲的方向我　知道一并这拐卖之人我也知道死鬼
戚：方向了门子笑道不瞒老爷说不但　凶犯逃躲的方向我已知道　并这拐卖之人我也知道死鬼
寅：方向了门子笑道不瞒老爷说不但这凶犯　躲的方向我　知道一并这拐卖之人我也知道死鬼
————————————————————————————————————
戌：买主也深知道待我细　说与老爷听这个被打之　死鬼乃是本地一个小乡　宦之子名唤冯
庚：买主也深知道待我细　说与老爷听这个被打之　死鬼乃是本地一个小乡　绅之子名唤
戚：买主也深知道待我细细说与老爷听这个被打之人　　乃是本地一个小乡宦绅　之子名唤冯
寅：买主也深知道待我细　说与老爷听这个被打之　死鬼乃是本地一个小乡　绅之子名唤
————————————————————————————————————
戌：　渊自幼父母早亡又无兄弟只他一个人守着些薄产过日　长到十八九岁上酷爱男风　　最
庚：逢渊自幼父母早亡又无兄弟只他一个人守着些薄产过日子长到十八九岁上酷爱男风　　最
戚：　渊自幼父母早亡又无兄弟只他一个　守着些薄产过日　长到十八九岁上酷爱男风不喜
寅：逢渊自幼父母早亡又无兄弟只他一个人守着些薄产过日子长到十八九岁上酷爱男风不喜
————————————————————————————————————
戌：厌女子　这也是前生冤孽可巧　遇见着　拐子卖丫头他便一眼看上了这丫头　　立意买来
庚：厌女子　这也是前生冤孽可巧　遇见　这拐子卖丫头他便一眼看上了这丫头　　立意买来
戚：　女　色这也是前生冤孽可巧的遇见　这拐子卖丫头他便一眼看上了这丫头定要　买来
寅：　女　色这也是前生冤孽可巧　遇见　这拐子卖丫头他便一眼看上了这丫头　　立意买来
————————————————————————————————————
戌：作妾立誓再不交接　男子也不再　娶第二个了所以三日后方过门谁晓　这拐子又偷卖与
庚：作妾立誓再不交　结男子也不再　娶第二个了所以三日后方过门谁晓　这拐子又偷卖与
戚：作妾立誓再不交　结男子也　再不娶第二个了所以三日后方过门谁　知道这拐子又偷卖与
寅：作妾立誓再不交　结男子也不再　娶第二个了所以三日后方过门谁晓　这拐子又偷卖
————————————————————————————————————
戌：了薛家他意欲卷了两家　银子再逃往他　省谁知道又不曾走　脱两家拿住打了个臭死都
庚：　薛家他意欲卷了两家的银子再逃往他　省谁知　又不曾走　脱两家拿住打了个臭死都
戚：了薛家他意欲卷了两家的银子再逃往他乡去　谁知　又不曾走　脱两家拿住打了个臭死都
寅：　薛家他意欲卷了两家的银子再逃往他　省谁知　又不曾　去脱两家拿住打了个臭死都
————————————————————————————————————
戌：不肯收银只要领人那薛家公子岂　是让人的便喝着手下人一打将　冯公子打了个稀烂抬回
庚：不肯收银只要领人那薛家公子岂　是让人的便喝着手下人一打将　冯公子打了　稀烂抬回
戚：不肯收银只要领人那薛家公子岂肯　让人的便喝着手下人一打　把冯公子打了个稀烂抬回
寅：不肯收银只要领人那薛家公子岂　是让人的便喝着手下人一打将　冯公子打了个稀烂抬回
————————————————————————————————————
戌：家去三日　死了　薛家　原是早已择定日子上京去的头起身　两日前就偶然遇见了这
庚：家去三日　死了这薛　公子原是早已择定日子上京去的头起身　两日前就偶然遇见　这
戚：家去三日　死了这薛　公子原是早已择定日子上京去的头起身二　日前　偶然　见了这
寅：家去三日就死了这薛　公子原是早已择定日子上京去的头起身　两日前就偶然遇见　这个
————————————————————————————————————
戌：丫头意欲买了就进京的谁知闹出这事来既　打了冯公子夺了丫头他便没事人一般只管　带
庚：丫头意欲买了就进京的谁知闹出这事来　就打了冯公子夺了丫头他便没事人一般只管代
戚：丫头　欲买了就进京的谁知闹出　事来既　打了冯公子夺了丫头他便没事人一般只管　带
寅：丫头意欲买了就进京的谁知闹出这事来　就打了冯公子夺了丫头他便没事人一般只管　带
————————————————————————————————————
戌：了家眷走他的路他这里自有　兄弟奴仆在此料理　并不为此些些　小事值得他一逃走的
庚：了家眷走他的路他这里自有弟兄　奴仆在此料理也非并　为此些些　小事值得他一逃走的
戚：了家眷走他的路他这里自有　兄弟奴仆在此料理　并不为此些　微小事值得他一逃
寅：了家眷走他的路他这里自有弟兄　奴仆在此料理也非并　为此些些　小事值得他一逃
————————————————————————————————————

戌：这且别说老爷你　　　　当被卖之　丫头是谁雨村　道我如何得知门子冷笑道这人算来还
庚：这且别说老爷你　　　　当被买之　丫头是谁雨村　道我如何得知门子冷笑道这人算来还
戚：这且别说老爷你　道这　被卖　的丫头是谁雨村笑道我如何得知门子冷笑道这人算来还
寅：这且别说老爷你当　这　被买　丫头是谁雨村　道我如何得知门子冷笑道这人算来还
————————————————————————————————————
戌：是老爷的大恩人呢他就是　　葫芦庙　傍住的甄老爷的　　小姐名唤　英莲　雨村罕
庚：是老爷的大恩人呢他就是　　葫芦庙旁　住的甄老爷的　　小姐名唤菊英　的雨村罕
戚：是老爷　大恩人呢他就是　　葫芦庙旁　住的甄老爷的女儿小　名　　英莲的雨村骇
寅：是老爷的大恩人呢他就是当年在葫芦庙旁　住的甄老爷的　　小姐名唤　英莲　雨村罕
————————————————————————————————————
戌：然道原来就是他闻得养至五岁被人拐去却　如今才来　　卖呢门道这一种拐子单管偷
庚：然道原来就是他闻得养至五岁被人拐去却　如今才来　　卖呢门道这一种拐子单管偷
戚：然道原来就是他闻得养至五岁被人拐去却　如今才来　　卖呢门子道这　种拐子单管偷
寅：然道原来就是他闻得养至五岁被人拐去却到如今才　被拐子卖呢门子道这一种拐子单管偷
————————————————————————————————————
戌：拐五六岁的儿女养在一个僻静之处到十一二岁时度其容貌带至他乡转卖当日　这　英莲我
庚：拐五六岁的儿女养在一个僻静之处到十一二岁　度其容貌带至他乡转卖当日　这菊英　我
戚：拐五六岁的儿女养在一个僻静之处到十一二岁时度其容貌带至他乡转卖当日他这　英莲我
寅：拐五六岁的儿女养在一个僻静之处到十一二岁　度其容貌带至他乡转卖当日　这　英莲我
————————————————————————————————————
戌：们天天哄他顽　耍虽隔了七八年如今十二三岁的光景其模样虽然出脱得齐整好些然大概相
庚：们天天哄他　玩耍虽隔了七八年如今十二三岁的光景其模样虽然出脱得齐整好些然大概相
戚：们天天哄他顽　耍虽隔了七八年如今十二三岁的光景其模样虽然出脱得齐整　　然大概
寅：们天天哄他　玩耍虽隔了七八年如今十二三岁的光景其模样虽然出脱得齐整好些然大概相
————————————————————————————————————
戌：貌自是不改熟人　　易认　况且他眉心中原有米粒大小的一点胭脂　　计从胎里代　来
庚：貌自是不改熟人亦自然　认得况且他眉心中原有米粒大小的一点胭脂　记　从胎里　带来
戚：　自是不改熟人　　易认　况且他眉心中原有米粒大　的一点胭脂轸　从胎里　带来
寅：貌自是不改熟人　自然　认得　且他眉心中原有米粒大小的一点胭脂　记　从胎里　带来
————————————————————————————————————
戌：的所以我却认得偏生这拐子又租了我的房舍居住那日拐子不在家我也曾问他他是被拐子打
庚：的所以我却认得偏生这拐子又租了我的房舍居住那日拐子不在家我也曾问他他是被拐子打
戚：的所以我却认得偏生这拐子又租了我的房舍居住那日拐子不在家我也曾问他他是被拐子打
寅：的所以我却认得偏生这拐子又租了我的房舍居住那日拐子不在家我也曾问他他是被拐子打
————————————————————————————————————
戌：怕了的万不敢说只说拐子　系他亲爹　因无钱偿债故卖他我又哄　　之再四他又哭了只说
庚：怕了的万不敢说只说拐子　系他亲爹　因无钱偿债故卖他我又哄　至　再四他又哭了只说
戚：怕了的万不敢说只说拐子是　他亲　爷因无钱偿债故卖他我又哄　之再四他又哭了　说
寅：怕了的万不敢说只说拐子是　他亲爹　因无钱偿债故卖他我又哄他　再四他又哭了只说
————————————————————————————————————
戌：我原不记得小时之事这可无疑了那日冯公子相看了兑了银子拐子醉了他自　叹道我今日罪
庚：我　不记得小时之事这可无疑了那日冯公子相看了兑了银子拐子醉了他自　叹道我今日罪
戚：我原不记得小时之事这可无疑了那日冯公子相看了兑了银子拐子醉了他自己叹道我今日罪
寅：我　不记得小时之事这可无疑了那日冯公子相看了兑了银子拐子醉了他自　叹道我今日
————————————————————————————————————
戌：孽可满了后又听　得冯公子　三日　后才娶　过门他又　转有忧愁之态我又不忍　其形
庚：孽可满了后又听见　冯公子令三日之后　　过门他又　转有忧愁之态我又不忍看其形
戚：孽可满了后又听　得冯公子　三日　　才　令过门他　反转有忧愁之态我又不忍　其形
寅：醉孽可满了后又听见　冯公子令三日之后　　过门他又　转有忧愁之态我又不忍看其形

第四回 薄命女偏逢薄命郎 葫芦僧乱判葫芦案

戌：	等拐子出去又命内人去解释他这冯公子必待好日期来接可知必不以丫环相看况他是个绝
庚：	等拐子出去又命内人去解释他这冯公子必待好日期来接可知必不以丫环相看况他是个绝
戚：	景等拐子出去 命内人 解释他这冯公子必待好日期来接可知必不以丫环相看况他是 绝
寅：	等拐子出去又命内人去解释他这冯公子必待好日期来接可知必不以丫环相看况他是个绝

戌：	风流 人品家里颇 过得素习最又 厌恶堂客今竟破价买你后事不言可知只耐得 三两日
庚：	风流 人品家里颇 过得素习 又最厌恶堂客今竟破价买你后事不言可知只耐得 三两日
戚：	风流之人品家里 又过得素习 又最厌恶堂客今竟破价买你后事不言可知只耐得两三 日
寅：	风流 人品家里颇 过得素习 又最厌恶堂客今竟破价买你后事不言可知只耐得 三两日

戌：	何必忧闷他听如此说方才略解 忧闷自 为从此得所谁料天下竟有这等不如意事第二日他
庚：	何必忧闷他听如此说方才略解 忧闷自 为从此得所谁料天下竟有这等不如意事第二日他
戚：	何必忧闷他听如此说方才略解些 自以为从此得所谁料天下竟有这等不如意事第二日他
寅：	何必忧闷他听如此说方才略解 忧闷自 为从此得所谁料天下竟有这等不如意事第二日他

戌：	偏又卖与了薛家若卖与第二个人还好这薛公子 的混名人称呆霸王最是天下 第一个
庚：	便 又卖与 薛家若卖与第二个人还好这薛公子 的混名人称呆霸王最是天下 第一个
戚：	偏又卖与 薛家若卖与第二个人还好这薛公子浑 名人称呆霸王最是天下头 一个爱
寅：	便 又卖与 薛家若卖与第二个人还好这薛公子 的混名人称呆霸王最是天下 第一个

戌：	弄性尚气的人而且使钱如土遂打了个落花流水生拖死拽把个英 莲拖去如今也不知死活这
庚：	弄性尚气的人而且使钱如土遂打了个落花流水生拖死拽把个英菊 拖去如今也不知死活这
戚：	弄性 的 且使钱如土 打了个落花流水生拖死拽把个英 莲拖去如今也不知死活这
寅：	弄性尚气的人而且使钱如土遂打了个落花流水生拖死拽把个英 莲拖去如今也不知死活这

戌：	冯公子空喜一场一念未遂反花了 钱送了命岂不可叹雨村听了亦 叹道这也是他们的孽障
庚：	冯公子空喜一场一念未遂 花了 钱送了命岂不可叹雨村听了亦 叹道这也是他们的孽障
戚：	冯公子空喜一场一念未遂反花了性 命岂不可叹雨村听了 叹道这也是他们 孽障
寅：	冯公子空喜一场一念未遂 花了 钱送 命岂不可叹雨村听了 也叹道这也是他们的孽障

戌：	遭遇亦 非偶然不然 冯渊如何偏只看准了这 英莲这英莲受了拐子 这几年折磨才得了
庚：	遭遇亦 非偶然不然这冯渊如何偏只看准了这菊英 了拐子 这几年折磨才得了
戚：	遭遇亦 非偶然不然这冯渊如何偏只看准了这 英莲受了拐子数 年折磨才得
寅：	遭遇 也非偶然不然这冯渊如何偏只看准了这 英莲 了拐子 这几年折磨才得了

戌：	个头路且又是个多情的若能聚合了到是一件美事偏生出这段事来薛家 总比冯家
庚：	个头路且又是个多情的若能聚合了到是 件美事偏又生出这段事来这薛家纵 比冯 渊
戚：	个头路且又是 多情的若能聚合了到是一件美事偏又生出这段事来 薛家纵 比冯家
寅：	个头路且又是个多情的若能聚合了到是 件美事偏又生出这段事来 薛家纵然 比冯 渊

戌：	富贵 想其为人自然姬妾众多淫佚无度未必及冯渊 定情一人者这正是梦幻情缘恰
庚：	富贵 想其为人自然姬妾众多淫佚无度未必及冯渊 定情一人者这正是梦幻情缘恰
戚：	有钱 想其为人自然姬妾众多 未必及冯渊之定情一人 这正是梦幻情缘恰
寅：	贵 富想其为人自然姬妾众多淫佚无度未必及冯渊 定情一人者这正是梦幻情缘恰

戌：	遇见一对薄命儿女且不要议论他 只目今这官司如何剖 断才好门子笑道老爷当年何 等
庚：	遇 一对薄命儿女且不要议论他人只目今这官司如何剖 断才好门子笑道老爷当年何其
戚：	遇 一对薄命儿女且不要议论他 只目今这官司如何 判断才好门子笑道老爷当年何其
寅：	遇 一对薄命儿女且不要议论他 只目今这官司如何剖 断才好门子笑道老爷当年何其

戌：明决今日何　翻成　个没主意的人了小的闻得　老爷补升此任亦系贾府王府之力此薛蟠即
庚：明决今日何反　成了个没主意的人了小的闻得　老爷补升此任亦系贾府王府之力此薛蟠即
戚：明　今日何　翻成了个没主意的人了小的闻　道老爷补升此任亦系贾府王府之力此薛蟠即
寅：明决今日何反　成了个没主意的人了小的闻得　老爷补升此任亦系贾府王府之力此薛蟠即

戌：贾府之老亲老爷何不顺水行舟做　个整人情将此案了结日后也好　见贾　王二公的　　雨
庚：贾府之　亲老爷何不顺水行舟　作个整人情将此案了结日后也好去见贾府王　　府　　雨
戚：贾府之　亲老爷何不顺水行舟　作个整人情将此案了结日后也好　见贾　王二公的　面雨
寅：贾府之　亲老爷何不顺水行舟　作个整人情将此案了结日后也好去见贾府王　　府　　雨

戌：村道你说的何尝不是但　事关　人命蒙　皇上隆恩起复委用实是重生再造正当殚心竭力图
庚：村道你说的何尝不是但是　关系人命蒙　皇上隆恩起复委用实是重生再造正当殚心竭力图
戚：村道你说的何尝不是但　事关　人命　况皇上隆恩起复委用实是重生再造正当殚心竭力图
寅：村道你说的何尝不是但是　关系人命蒙　皇上隆恩起复委用实是重生再造正当殚心竭力图

戌：报之时岂可因私而废法　我实　不能忍为者门子听了冷笑道老爷说的何尝不是大道　但只
庚：报之时岂可因私而废法是我实　不能忍为者门子听了冷笑道老爷说的何尝不是大道理但只
戚：报之时岂可因私而废法是我实　不能忍为者门子　　冷笑道老爷说的何尝不是　　但只
寅：报之时岂可因私而废法　我　是不能忍为者门子听了冷笑道老爷说的何尝不是大道理但只

戌：是如今世上是行不去的岂不闻古人有云大丈夫相时而动又曰趋吉避凶者为君子依老爷这一
庚：是如今世上是行不去的岂不闻古人有云大丈夫相时而动又曰趋吉避凶者为君子依老爷这一
戚：　如今世上是行不去的岂不闻古人　云大丈夫相时而动又曰趋吉避凶者为君子依老爷这一
寅：是如今世上是行不去的岂不闻古人有云大丈夫相时而动又曰趋吉避凶者为君子依老爷这一

戌：说不但不能报　效朝廷亦且自身不保还要三思为妥雨村低了半日头方说道依你怎么样门子
庚：说不但不能报効　朝廷亦且自身不保还要三思为妥雨村低了半日头方说道依你怎么样门子
戚：说不但不能报　效朝廷亦且自身不保还要三思为妥雨村低了半日头方说道依你怎么样门子
寅：说不但不能报効　朝廷亦且自身不保还要三思为妥雨村低了半日头方说道依你怎么样门子

戌：道小人已想了　个极好的主意在此老爷明日坐堂只管虚张声势动文书发签拿人原凶　自然
庚：道小人已想了一个极好的主意在此老爷明日坐堂只管虚张声势动文书发签拿人原凶　自然
戚：道小人已想了一个极好　主意在此老爷明日坐堂只管虚张声势动文书发签拿人原凶是自然
寅：道小人已想了一个极好的主意在此老爷明日坐堂只管虚张声势动文书发签拿人原凶　自然

戌：是拿不来的原告　　固是定要自然　将薛家族中及　奴仆人等拿几个来拷问小的在暗中调
庚：是拿不来的原告　　固是定要　　将薛家族中及　奴仆人等拿几个来拷问小的在暗中调
戚：是拿不来的原告　因是　　自然要将薛家族中及家　　人　拿几个来拷问小的在暗中调
寅：是拿不来的原告故　是定要　　　薛家族中及　奴仆人等拿几个来拷问小的在暗中调

戌：停令他们报　个暴病身亡合　族中及地方上共递一张保呈老爷只说善能扶　鸾请仙堂上设
庚：停令他们报　个暴病身亡　令族中及地方上共递一张保呈老爷只说善能扶　鸾请仙堂上设
戚：停令他们报　个暴病身亡合　族　及地方上共递一张保呈老爷只说善能扶　鸾请仙堂上设
寅：停令他们报了　暴病身亡　令族中及地方上共递一张保呈老爷只说善能扶乩　请仙堂上设

戌：下　乩坛令军人等只管来看看老爷就说乩仙批了死者冯渊与薛蟠原因　凤孽相逢今　狭路
庚：下　乩坛令军民人等只管来看　　　　乩仙批了死者冯渊与薛蟠原因　凤孽相逢今挟　路
戚：　了乩坛令军民人等只管来看老爷就说乩仙批了死者冯渊与薛蟠原因　凤孽相逢今　狭路
寅：下　乩坛令军民人等只管来看　　　　乩仙批了死者冯渊与薛蟠原因素　孽相逢今挟　路

第四回 薄命女偏逢薄命郎 葫芦僧乱判葫芦案

戌：既遇原应了结薛蟠今已得　无名之症　被冯　魂　追索已死　其祸皆因　拐子某　人而
庚：既遇原应了结薛蟠今已得了无名之　病被冯　魂　追索已死　其祸皆因　拐子某　人而
戚：既遇原应了结　　今已得　无名之　病被冯渊魂已追索　去了其祸皆　由拐子某　人而
寅：既遇原应了结薛蟠今已得了无名之　病被冯　魂　追索已死　其祸皆因　拐子　其人而

戌：起　拐之人　原系某乡某姓人氏按法　处治余不略　及等语小人暗中嘱托拐子令其实招众
庚：起　拐之人　原系某乡某姓人氏按法　处治余不略　及等语小人暗中嘱托拐子令其实招众
戚：起所拐之人　系某乡某姓　氏按　例处治余不　累及等语小人暗中嘱托拐子令其实招众
寅：起　拐　子原系某乡某姓人氏按法　处治余不略　及等语小人暗中嘱托拐子令其实招众

戌：人见乩仙批语与拐子　　相符余者自然也都不虚了薛家有的是钱老爷断一千也　可五百也
庚：人见乩仙批语与拐子　　相符余者自然也都不虚了薛家有的是钱老爷断一千也　可五百也
戚：人见乩仙批语与拐子　　相符余者自然也　不虚了薛家有的是钱老爷断一千也得　五百也
寅：人见乩仙批语与拐子所招相符余者自然也都不虚了薛家有的是钱老爷断一千也　可五百也

戌：可与冯家　作　烧埋之费那冯家也　无有甚要紧的人不过为的是钱见　了这个银子想
庚：可与冯家　作　烧埋之费那冯家　　无有甚要紧的人不过为的是钱见有了这个银子想来
戚：得　与冯渊作　烧埋之费那冯家也就无　甚要紧的人不过为的是钱见有了这　银子想
寅：可与冯家　　做烧埋之费那冯家　　无有甚要紧的人不过为的是钱见有了这个银子想来

戌：也就无话　了老爷细　想此计如何雨村笑道不妥不妥等我再斟酌斟酌或可压服　口声二人
庚：也就无话　了老爷细　想此计如何雨村笑道不妥不妥等我再斟酌斟酌或可压服　口声二人
戚：也就无话说了老爷　想想此计如何雨村笑道不妥不妥等我再斟酌　　或可压　伏口声二人
寅：也就无话　了老爷细　想此计如何雨村笑道不妥不妥等我再斟酌斟酌或可压服　口声二人

戌：计议天色已晚别无　话说至次日坐堂勾取一应有名　人犯雨村详加审问果见冯家人口稀疎
庚：计议天色已晚别无　话说至次日坐堂勾取一应有名　人犯雨村详加审问果见冯家人口稀疎
戚：计议天色已晚别无甚话　至次日坐堂勾取一应有名姓人犯雨村详加审问果见冯家人口稀疎
寅：计议天色已晚别无　话说至次日坐堂勾取一应有名　人犯雨村详加审问果见冯家人口稀

戌：不过赖此欲多得些烧埋之费薛家仗势倚情偏不相让故　致颠倒未决雨村便　徇情　罔法
庚：不过赖此欲多得些烧埋之费薛家仗势倚情偏不相让故　致颠倒未决雨村便　徇情　罔法
戚：不过赖此欲多得些烧埋之费薛家仗势倚情偏不相让故此　颠倒　　雨村便徇　情枉　法
寅：疏不过赖此欲多得些烧埋之费薛家仗势倚情偏不相让故　致颠倒未决雨村便　徇情枉　法

戌：胡乱判断了此案冯家得了许多烧埋银子也就无甚话说了雨村　断了此案急　忙作书信二
庚：胡乱判断了此案冯家得了许多烧埋银子也就无甚话说了雨村　断了此案急　忙作书信二
戚：　乱判断了此案冯家得了许多烧埋银子也就无甚话说了雨村既判　了此案　疾忙作书　二
寅：胡乱判断了此案冯家得了许多烧埋银子也就无甚话说了雨村　断了此案急　忙作书信二

戌：封与贾政并京　营节度使王子腾不过说令甥之事已完不必过虑等语此事皆由葫芦庙内之沙
庚：封与贾政并京　营节度使王子腾不过说令甥之事已完不必过虑等语此事皆由葫　庙内之沙
戚：封与贾政并　　　　　　王子腾不过说令甥之事已完不必过虑　　　此事皆由葫芦庙内之沙
寅：封与贾政并　军营节度使王子腾不过说令甥之事已完不必过虑等语此事皆由葫芦庙内之沙

戌：弥新门子所知　雨村　又恐他对人说当日贫贱时的事来因此心中大不乐业后来到底寻了
庚：弥新门子所　出雨村　又恐他对人说当日贫贱时的事来因此心中大不乐业后来到底寻了
戚：弥新门子所　出雨村诚　恐他　说出当日贫贱　的事来因此心中大不乐　后来到底寻了
寅：弥新门子所　出雨村　又恐他对人说出当日贫贱时的事来因此心中大不乐业后来到底寻了

戌：个不是远远的充发了　才罢当下　言不着　雨村且说那买了英莲　打死冯渊的那薛公子亦
庚：个不是远远的充发了　　　　当下　言不着　雨村且说那买　英菊打死冯渊的　薛公子亦
戚：个不是远远　充发了他才罢当下且　不　说雨村说那买了英莲　打死冯渊的　薛公子亦
寅：个不是远远的充发了他才罢当下　言不着　雨村且说那买　英莲　打死冯渊的　薛公子亦
————————————————————————————————
戌：系金陵人氏本是书香继世之家只是如今这薛公子幼年丧父寡母又怜他是个独根孤种未免溺
庚：系金陵人氏本是书香继世之家只是如今这薛公子幼年丧父寡母又怜他是个独根孤种未免溺
戚：系金陵人氏本是书香继世之家只是如今这薛公子幼年丧父寡母又怜他是个独根孤种未免溺
寅：系金陵人氏本是书香继世之家只是如今这薛公子幼年丧父寡母又怜他是个独根孤种未免溺
————————————————————————————————
戌：爱纵容些遂致　老大无成且家中有百万之富现领着内帑钱粮采办杂料这薛公子学名薛蟠
庚：爱纵容　遂　至老大无成且家中有百万之富现领着内帑钱粮采办杂料这薛公子学名薛蟠
戚：爱纵容　遂　至老大无成且家中有百万之富现领着内帑钱粮采办杂料这薛公子学名薛蟠表
寅：爱纵容　遂　至老大无成且家中有百万之富现领着内帑钱粮采办杂料这薛公子学名薛蟠
————————————————————————————————
戌：字表文　　龙今年方十有五　岁　　性情奢侈言语　傲慢虽也上过学不过略识几　字
庚：字表文起　　　　五　岁　　性情奢侈言语　傲慢虽也上过学　略识几　字
戚：字　文起从　　五六岁时就是性情奢侈言语放傲　虽也上过学不过略识几个字儿
寅：字表文起　　　　五　岁　　性情奢侈言语　傲慢虽也上过学　略识几　字
————————————————————————————————
戌：终日惟　有斗鸡走　　马遊山玩　景而已虽是皇商一应经纪　世事全然不知　不过赖祖
庚：终日惟　有斗鸡走　　马遊山玩水　而已虽是皇商一应经　济世事全然不知　不过赖祖
戚：终日惟　有斗鸡走　狗游　　山玩水　而已虽是皇商一应经纪　世事全然不知尽　　赖祖
寅：终日　唯有斗鸡走马　游　　山玩水　而已虽是皇商一应经　济世事全然不知　不过赖祖
————————————————————————————————
戌：父　旧日的情分户部挂　虚名支领钱粮其余事体自有　伙计老　家人等措办寡母王氏乃现
庚：父之旧　　情分户部挂　虚名支领钱粮其余事体自有　伙计老人家　等措办寡母王氏乃现
戚：父　旧日　情分户部挂了虚名支领钱粮其余事体自有旧伙计老　家人等措办寡母王氏乃现
寅：父之旧　　情分户部挂　虚名支领钱粮其余事体自有　伙计老人家　等措办寡母王氏乃现
————————————————————————————————
戌：任京　营节度　王子腾之妹与荣国府贾政的夫人王氏是一母所生的姊妹今年方四十　上下
庚：任京　营节度使王子腾之妹与荣国府贾政的夫人王氏是一母所生的姊妹今年方四十　上下
戚：任京　营节度使王子腾之妹与荣国府贾政的夫人王氏是一母所生的姊妹今年方四十　上下
寅：任　军营节度使王子腾之妹与荣国府贾政的夫人王氏是一母所生　姊妹今年方四十岁上下
————————————————————————————————
戌：年纪只有薛蟠一子还有一女比薛蟠小两岁乳名宝钗生得肌　骨莹润举止娴雅当日有他父亲
庚：年纪只有薛蟠一子还有一女比薛蟠小两岁乳名宝钗生得肌　骨莹润举止娴雅当日有他父亲
戚：年纪只有薛蟠一子还有一女比薛蟠小两岁乳名宝钗生得肌肤　莹润举止娴雅当日　　父亲
寅：年纪只有薛蟠一子还有一女比薛蟠小两岁乳名宝钗生得肌　骨莹润举止娴雅当日有他父亲
————————————————————————————————
戌：在日酷爱此女令其读书识字较之乃兄竟高　过十倍自父亲死后见哥哥不能　体贴母怀他便
庚：在日酷爱此女令其读书识字较之乃兄竟高　过十倍自父亲死后见哥哥不能依　贴母怀他便
戚：在日　　　令其读书识字较之乃兄竟高超　十倍自父　死后见哥哥不能依　贴母怀他便
寅：在日酷爱此女令其读书识字较之乃兄竟高　过十倍自父亲死后见哥哥不能依　贴母怀他便
————————————————————————————————
戌：不　已书字为事只省　心针黹家计等事好为母亲分忧解劳近因今上崇诗尚礼征采才能降不
庚：不以　书字为事只　留心针黹家计等事好为母亲分忧解劳近因今上崇诗尚礼征采才能降不
戚：不以　书字为事只　留心针黹　　　　　　　　近因今上崇诗尚礼征采才能降不
寅：不以　书字为事只　留心针黹家计等事好为母亲分忧解劳近因今上崇诗尚礼征采才能降不
————————————————————————————————

第四回 薄命女偏逢薄命郎 胡芦僧乱判葫芦案

戌：世出之隆恩除聘选　　妃嫔　外　　凡世宦家之女皆　报名达部以备　选择为宫　主郡
庚：世出之隆恩除聘选　　妃嫔　外在仕　宦名家之女皆亲　名达部以备　选　为　公主郡
戚：世出　隆恩除　选　聘　嫔妃外　　世宦名家之女皆　名达部以备挑选择为　公主郡
寅：世出　隆恩除聘选宫　妃外在仕　　宦名家之女皆亲　名达部以备　选　为　公主郡

戌：主　入学陪侍充为才人赞善之职二则自薛　蟠父亲死后各省中所有的买卖承局总管伙计人
庚：主　入学陪侍充为才人赞善之职二则自薛　蟠父亲死后各省中所有的买卖承局总管伙计人
戚：主之入学陪侍充为才人赞善之职二则自薛翁　　死后各省中所有　买卖承局总管伙计人
寅：主　入学陪侍充为才人赞善之职二则自薛　蟠父亲死后各省中所有的买卖承局总管伙计人

戌：等见薛蟠年轻不识　世事便趁时拐骗起来京都中几处生意渐亦消耗薛蟠素闻得都中乃第一
庚：等见薛蟠年轻不　谙世事便趁时拐骗起来京都中几处生意渐亦消耗薛蟠素闻得都中乃第一
戚：等见薛蟠年轻不　谙世事便趁时拐骗起来京都中几处生意渐亦消耗薛蟠素闻得都中乃第一
寅：等见薛蟠年轻不　谙世事便趁时拐骗起来京都中几处生意渐亦消耗薛蟠素闻得都中乃第一

戌：繁华之地正思一　遊　更趁此机会一为送妹待选二为望亲三因亲自入　部销算旧账目　再
庚：繁华之地正思一　遊　更趁此机会一为送妹待选二为望亲三因亲自入　部销算旧账　　再
戚：繁华之地正思一　遊便　趁此机会一为送妹待选二为望亲三因亲自入都　销算旧账　　再
寅：繁华之地正思一游　　更趁此机会一为送妹待选二为望亲三因亲自入　部销算旧　帐再

戌：计新支其实则为遊　览上国风景　之意因此早已　打点下行装细软以及馈送亲友各色土物
庚：计新支其实　为遊　览上国风　光之意因此早已就打点下行装细软以及馈送亲友各色土物
戚：计新支其实则为遊　览上国风　光之意因此早已　打点下行装细软以及馈送亲友各色土物
寅：计新支其实　为游览上国风　光之意因此早已就打点下行装细软以及馈送亲友各色土物

戌：人情等　类正择日　已定　不想偏遇　见了那拐子重卖英　莲薛蟠见英莲　生得不俗
庚：人情　等　类正择日一　定起身不想偏遇　见了　拐子重卖英菊　薛蟠见英菊　生得不俗
戚：人情等物　择日一　定起身不想偏遇　见那拐子　卖英　莲　见　　他生得不俗
寅：人情等　类正择日一　定起身不想偏遇上　了　拐子重卖英菊　薛蟠见英莲　生得不俗

戌：立意买了　又遇冯家来夺人因恃强喝令手下豪奴将冯渊打死他便将家中事务　　　嘱　了
庚：立意买　他又遇冯家来夺人因恃强喝令手下豪奴将冯渊打死他便将家中事务一一的嘱托了
戚：立意买了　又遇冯家来夺人因恃强喝令手下豪奴将冯渊打死他便将家中事务　　　嘱托
寅：立　买　他又遇冯家来夺人因恃强喝令手下豪奴将冯渊打死他便将家中事务一一的嘱托了

戌：族中人并几个老家人他便　同了母　妹等　竟自起身长行去　了人命官司一事他却　视
庚：族中人并几个老家人他便　待　了母　妹　　竟自起身长行去　了人命官司一事他
戚：族　人并几个老家人他便带　了母亲妹　子竟自起身长行去讫　人命官司　　他　竟视
寅：族中人并几个老家人他便带　了母　妹　　竟自起身长行去　了人命官司　　他

戌：　　为儿戏自　为花上几个臭钱　没有不了的在路不　计其日那日已将入都时却又　闻得
庚：竟识为儿戏自　为花上几个臭钱　没有不了的在路不记　其日那日已将入都时却又　闻得
戚：　　为儿戏　以为花上几个臭钱无　有不了的在路不　计其日那日已将入都时　　忽闻得
寅：竟识为儿戏　以为花上几个臭钱无　有不了的在路不记　其日那日　将入都时却又　闻得

戌：母舅王子腾升了九省统制奉自出都查边薛蟠心中暗喜道我正愁进京去有个嫡亲的母舅　管
庚：母　　　　　　　　　　　　　　　　　　　　　　　　　　　　　　　　　　　旧管
戚：母舅王子腾升了九省统制奉　出都查边薛蟠心中暗喜道我正愁进京去有个嫡亲　母舅　管
寅：母舅　　　　　　　　　　　　　　　　　　　　　　　　　　　　　　　　　　　管

戌：辖着不能任意挥霍挥霍偏如今又　　升出去了可知天从人愿因和母亲商议道咱们京中虽有
庚：辖着不能任意挥霍挥霍偏如今又　　升出去了可知天从人愿因和母亲商议道咱们京中虽有
戚：辖　不能任意挥霍　　　如今　却好升出去了可知天从人愿因和母亲商议道咱们京中虽有
寅：辖着不能任意挥霍挥霍偏如今又　　升出去了可知天从人愿因和母亲商议道咱们京中虽有

戌：几处房舍只是这十　来年　没人进京居住那　看守的人未免偷着　　　　租赁与人须
庚：几处房舍只是这十　来年　没人进京居住那　看守的人未免偷着　　　　租赁与人须
戚：几处房舍只是这十　来年无　人进京居住那守看　的人　　也难定他们不租赁与人须
寅：几处房舍只是这十年来　没人进京居住那　看守的人未免偷着　　　　租赁与人须

戌：得先着几　人去打扫收拾才好他母亲道何必如此招摇咱们这一进京原　是先拜望亲友或是
庚：得先着几个人去打扫收拾才好他母亲道何必如此招摇咱们这一进京原　是先拜望亲友或是
戚：得先着　人去打扫收拾才好他母亲道何必如此招摇咱们这一进京原该　先拜　亲友或是
寅：得先着几个人去打扫收拾才好他母亲道何必如此招摇咱们这一进京原　是先拜望亲友或是

戌：在你　舅舅家或　是你姨　爹家他两　家的房舍极是方便　的咱们先　能着住下再慢
庚：在你旧旧　家或　是你姨　爹家他两　家的房舍极是　便宜的咱们先　能着住下再慢
戚：在你　舅舅家或在　你姨娘　家他　们家的房舍极是　便宜　咱们先去寄　住　再慢
寅：在你　舅舅家或　是你姨　爹家他两　家的房舍极是　便宜的咱们先　能着住下再慢

戌：慢的着人去收拾岂不消停些薛蟠道如今　　舅舅正升了外省去　家里自然忙乱起身咱们这
庚：慢的着人去收拾岂不消停些薛蟠道如今旧旧　正升了外省去　家里自然忙乱起身咱们这
戚：慢的着人去收拾岂不消停　薛蟠道如今　　舅舅正升了外省去家里自然忙乱起身咱们这
寅：慢的着人去收拾岂不消停些薛蟠道如今　　舅舅正升了外省去　家里自然忙乱起身咱们这

戌：工夫反一窝一拖　的奔了去岂不没眼色些他母亲道你舅舅　家虽升了去还有你姨　爹家
庚：工夫　一窝一拖　的奔了去岂不没眼色　他母亲道你　旧旧家虽升了去还有你姨　爹家
戚：工夫反一窝一　块的奔了去岂不没眼色些他母亲道你舅舅　家虽升了去还有你姨娘　家
寅：工夫　一窝一拖　的奔了去岂不没眼色　他母亲道你舅舅　家虽升了去还有你姨　爹家

戌：况这几年来　　　你舅舅　姨娘两处每每带信捎书接　咱们来　如今既来了你
庚：况这几年来　　　你　旧旧姨娘两处每每带信捎书接　咱们来　如今既来了你旧
戚：况这几年来他们常常　　　　　　　　　捎书　来要咱们　进京如今既来了你
寅：况这几年来　　　你舅舅　姨娘两处每每带信捎书接　咱们来　如今既来了你

戌：　舅舅　虽忙着起身你贾家的姨娘　　未必不苦留我们咱们且忙忙收拾房　舍岂不使人
庚：旧　　　虽忙着起身你贾家　姨娘　　未必不苦留我们咱们且忙忙收拾房屋　岂不使人
戚：　舅舅　虽忙着起身你贾家　姨娘家自　必　苦留　　咱们且忙忙收拾房屋　岂不使人
寅：　舅舅既来虽忙着起身你贾家　姨娘　　未必不苦留我们咱们且忙忙收拾房屋　岂不使人

戌：见怪你的意思我　却知道守着舅舅　　姨爹　住着未免拘紧了你　不如你各自住着好任
庚：见怪你的意思我　却知道守着　旧旧姨爹　住着未免拘紧了你　不如你各自住着好任
戚：见怪你的意思我也　知道守着舅舅　　姨　父处住着未免拘　束不如你各自住着　任
寅：见怪你的意思我　却知道守着舅舅　　姨爹　住着未免拘紧了你　不如　自住着好任

戌：意施为的你既　如此你自已去挑所宅　子去住我和你姨娘姊妹们别了这几年却要厮守几日
庚：意施为　你既　如此你自　去挑所宅　子去住我和你姨娘姊妹们别了这几年却要厮守几日
戚：意施为　　既然如此你自　去挑所　房子去住我和你姨娘姊妹们别了这几年却要厮守几日
寅：意施为　你既　如此你自　去挑所　房子去住我和你姨娘姊妹们别了这几年却要厮守几日

第四回　薄命女偏逢薄命郎　葫芦僧乱判葫芦案　305

戌：我　带了你妹子去　投你姨娘家去你道好不好薛蟠见母亲如此说情知扭不过的只得吩　咐
庚：我代　了你妹子　　投你姨娘家去你道好不好薛蟠见母亲如此说情知扭不过的只得吩　咐
戚：我　带了你妹　妹投你姨娘家去你道好不好薛蟠见母亲如此说情知扭不过　只得　分咐
寅：我　带了你妹子　　投你姨娘家去你道好不好薛蟠见母亲如此说情知扭不过的只得吩　咐
————————————————————————————
戌：人夫一路奔荣国府来那时王夫人已知薛蟠官司一事亏雨村就中维持了结才放了心又见哥
庚：人夫一路奔荣国府来那时王夫人已知薛蟠官司一事亏贾雨村　　维持了结才放了心又见哥
戚：人夫一路奔荣国府来那时王夫人已知薛蟠官司一事亏贾雨村就中维持了结才放了心又见哥
寅：人夫一路奔荣国府来那时王夫人已知薛蟠官司一事亏贾雨村　　维持了结才放了心又见哥
————————————————————————————
戌：哥升了边缺正愁又少了娘家　亲戚来往略　加寂寞过了几日忽家人传报姨太太带　了哥儿
庚：哥升了边缺正愁又少了娘家的亲戚来往　更加寂寞过了几日忽家人传报姨太太　代了哥儿
戚：哥升了边缺正愁又少了娘家　亲戚来往略　加寂寞过了几日忽家人传报姨太太带　了哥儿
寅：哥升了边缺正愁又少了娘家的亲戚来往　更加寂寞过了几日忽家人传报姨太太　代了哥儿
————————————————————————————
戌：姐儿合家进京正在门外下车喜的王夫人忙　带了　媳妇女儿人等接出大厅将薛姨妈等接了
庚：姐儿合家进京正在门外下车喜的王夫人忙代　了女媳　人等接出大厅将薛姨妈等接了
戚：姐儿合家进京　在　外下车喜的王夫人忙　带了女媳　　人等接出大厅将薛姨妈等接了
寅：姐儿合家进京正在门外下车喜的王夫人忙代　了女媳　　人等接出大厅将薛姨妈等接了
————————————————————————————
戌：进　来姊妹们暮年相见　自不必说悲喜交集泣笑　　叙阔一番忙又引了拜见　贾母将人情
庚：进去　姊妹们暮年相　会自不必说悲喜交集泣笑　　叙阔一番忙又引了拜见　贾母将人情
戚：进　来姊妹们暮年相见　自不必说悲喜交集泣笑并见叙一番　又引　见了贾母将人情
寅：进去　姊妹们暮年相　会自不必说悲喜交集泣笑　　叙阔一番忙又引了拜见　贾母将人情
————————————————————————————
戌：土物各种酬献了合家俱厮见过忙又治席接风薛蟠已拜见过贾政贾琏又引着拜见了贾赦贾珍
庚：土物各种酬献了合家俱厮见过忙又治席接风薛蟠已拜见过贾政贾琏又引着拜见了贾赦贾珍
戚：土物各种酬献了合家俱厮见过忙又治席接风薛蟠已　见过贾政贾琏又引着拜见了贾赦贾珍
寅：土物各种酬献了合家俱厮见过忙又治席接风薛蟠已拜见过贾政贾琏又引着拜见了贾赦贾珍
————————————————————————————
戌：等贾政便使人上来对王夫人说姨太太已有了春秋外甥年轻不知世路在外住着恐有人　　生
庚：等贾政便使人上来对王夫人说姨太太已有了春秋外甥年轻不知世路在外住着恐有人　　生
戚：等贾政便使人上来　　说姨太太　有　春秋外甥年轻不知世路　　　恐有人引诱生
寅：等贾政便使人上来对王夫人说姨太太已有了春秋外甥年轻不知世路在外住着恐有人　　生
————————————————————————————
戌：事咱们东北角上梨香院一所十来间　白空闲赶着打扫了请姨太太和姐儿哥　儿住了甚好王
庚：事咱们东北角上梨香院一所十来间房白空闲　着打扫了请姨太太和姐儿哥　儿住了甚好王
戚：事咱们东北角上梨香院一所十来间　白空　着打扫了请姨太太和　哥姐儿住了甚好王
寅：事咱们东北角上梨香院一所十来间房白空闲　着打扫了请姨太太和姐儿哥　儿住了甚好王
————————————————————————————
戌：夫人未及留贾母也就遣人来说请姨太太就在这里住下大家亲密些等语薛姨妈正欲仝　　居
庚：夫人未及留贾母也就遣人来说请姨太太就在这里住下大家亲密些等语薛姨妈正　　要同居
戚：夫人未及留贾母也　遣人来说请姨太太就在这里住下大家亲密些等语薛姨妈正欲　　同居
寅：夫人未及留贾母也就遣人来说请姨太太就在这里住下大家亲密些等语薛姨妈正　　要同居
————————————————————————————
戌：一处方可拘　紧些儿　若另住在外又恐　纵性惹祸遂　忙道谢应允又私与王夫人说明一应
庚：一处方可拘　紧些儿　若另住在外又恐　纵性惹祸遂　忙道谢应允又私与王夫人说明一应
戚：一处方可拘束　些儿子若另住在外　恐他纵性惹祸遂连忙道谢应允又私与王夫人说　一应
寅：一处方可拘　紧些儿　若另住在外又恐　纵性惹祸遂　忙道谢应允又私与王夫人说明一应
————————————————————————————

戌：日费供给一概免却方是处常之法王夫人知他家不难于此遂　　　任从其愿从　此后薛家母子
庚：日费供给一概免却方是处常之法王夫人知他家不难于此遂　亦　从其愿从　此后薛家母子
戚：日费供给一概免却方是处常之法王夫人知他家不难于此遂　亦　从其愿　自此后薛家母子
寅：日费供给一概免却方是处常之法王夫人知他家不难于此遂也　　从其愿从　此后薛家母子

戌：　就在梨香院中住了原来这梨香院乃　当日荣公暮年养静之所小小巧巧约有十余间房舍
庚：　就在梨香院　住了原来这梨香院　即当日荣公暮年养静之所小小巧巧约有十余间房　屋
戚：　就在梨香院中住了原来这梨香院乃　当日荣公暮年养静之所小小巧巧约有十余间房舍
寅：去　在梨香院　住了原来这梨香院　即当日荣公暮年养静之所小小巧巧约有十余间房　屋

戌：前厅后舍俱全另有一门通街薛蟠家人就走此门出入西南　有一角门通一夹道出了夹道便是
庚：前厅后舍俱全另有一门通街薛蟠家人就走此门出入西南　有一角门通一夹道出　夹道便是
戚：前厅后舍俱全另有一门通街薛蟠家人就走此门出入西南又一角门通一夹道出了夹道便是
寅：前厅后舍俱全另有一门通街薛蟠家人就走此门出入西南　有一角门通一夹道出　夹道便是

戌：王夫人正房的东院　了每日或饭后或晚间薛姨妈便过来或与贾母闲谈或　和王夫人相叙宝
庚：王夫人正房的东　边了每日或饭后或晚间薛姨妈便过来或与贾母闲谈或与　王夫人相叙
戚：王夫人正房的东院　了每日或饭后或晚间薛姨妈便过来或与贾母闲谈或　和王夫人相叙宝
寅：王夫人正房的东　边了每日或饭后或晚间薛姨妈便过来　与贾母闲谈或与　王夫人相叙宝

戌：钗日与黛　玉迎春姊妹等一处或看书　着棋或做　针黹到也十分乐业只是薛蟠起初之心原
庚：　日与代玉迎春姊妹等一处或看书下　棋或　作针黹到也十分乐业只是薛蟠起初之心原
戚：钗日与黛　玉迎春姊妹等一处或看书下　棋或做　针黹到也十分乐业只是薛蟠起初之心原
寅：钗日与黛　玉迎春姊妹等一处或看书下　棋或做　针黹到也十分乐业只是薛蟠起初之心原

戌：不欲在贾宅中居住者生　恐姨父管　约拘禁　料必不　自在的无奈母亲执意在此且贾
庚：不欲　贾宅　居住者但　恐姨父管的紧约　　料必不　自在的无奈母亲执意在此且
戚：不欲在贾宅　居住　深恐姨父管　约拘　紧料必不得自在的无奈母亲执意在此且贾
寅：不欲　贾宅　居住者但　恐姨父管的紧约　　料必不　自在的无奈母亲执意在此且

戌：宅中又十分殷勤苦留只得　暂且住　下一面使人打扫出自　家的房屋再　移居过去的
庚：宅中又十分殷勤苦留只　可暂且住　下一面使人打扫出自己　的房屋再　移居过去的
戚：宅中又十分殷勤苦留只得　暂且　居下一面使人打扫　自　家的房屋再作移居　　之计
寅：宅中又十分殷勤苦留只　可暂且住　下一面使人打扫出自己　的房屋再　移居过去的

戌：谁知自　在　此间住了不上一　　月的日期贾宅族中凡有的子侄俱已认熟了一半凡　是那
庚：谁知自从在　此　住了不上一　　月的日期贾宅族中凡有的子侄俱已认熟了一半凡　是那
戚：谁知自　来此间住了不上　半个月的日期贾宅族中凡有的子侄俱已认熟　一半　但是那
寅：谁知自从在　此　住了不上一　　月的日期贾宅族中凡有的子侄俱已认熟了一半凡　是那

戌：些纨裤　气习者莫不喜　他来往今日会酒明日观花甚至聚赌嫖娼渐渐无所不至引诱　着薛
庚：些纨裤　气习者莫不喜与他来往今日会酒明日观花甚至聚赌嫖娼渐渐无所不至引诱的　薛
戚：些纨　裤气习者莫不喜与他来往今日会酒明日观花甚至聚赌嫖娼渐渐无所不至引诱的　薛
寅：些纨裤　气习者莫不喜与他来往今日会酒明日观花甚至聚赌嫖娼渐渐无所不至引诱的　薛

戌：蟠比当日更坏了十倍虽说　贾政训子有方治家有法一则族大人多照管不到这些二则现　任
庚：蟠比当日更坏了十倍虽　然贾政训子有方治家有法一则族大人多照管不到这些二则现　任
戚：蟠比当日更坏了十倍虽说　贾政训子有方治家有法一则族大人多照管不到这些二则现在
寅：蟠比当日更坏了十倍虽　然贾政训子有方治家有法一则族大人多照管不到这些二则现　任

第四回　薄命女偏逢薄命郎　葫芦僧乱判葫芦案

戌：族长乃是贾珍彼乃　宁府长孙又现袭职凡族中　　事　自有他掌管三则公私冗杂且素性潇
庚：族长乃是贾珍彼乃　宁府长孙又现袭职凡族中　　事　自有他掌管三则公私冗杂且素性潇
戚：族长乃是贾珍彼　系宁府长孙又现袭职凡族中大小事体自有他掌管三则公私冗杂且素性潇
寅：族长乃是贾珍彼乃　宁府长孙又现袭职凡族中　　事　自有他掌管三则公私冗杂且素性潇

戌：洒不以俗　务为要每公暇之　时不过看书着　棋而已余事多不介意况且这梨香院相隔两层
庚：洒不以俗　务为要每公暇之　时不过看书着　棋而已余事多不介意况且这　梨香院相隔两层
戚：洒不以俗　务为要每公暇之余　不过看书　下棋而已余事多不介意况　　梨香院相隔两层
寅：洒不以俗物　为要每公暇之　时不过看书着　棋而已余事多不介意况且这梨香院相隔两层

戌：房　舍又　有街门　另开任意可以出入所以这些子弟们竟可以放意畅怀　　的闹因此遂将
庚：房　舍又　有街门　另开任意可以出入所以这些子弟们竟可以放意畅怀　　的. 因此遂将
戚：房子　又另有街门别　开　　可以出入所以这些子弟们竟可以放意畅怀行事　　因此
寅：房　舍又　有街门　另开任意可以出入所以这些子弟们竟可以放意畅怀　　的　因此遂将

戌：　　移居之念渐渐　打灭了
庚：　　移居之念渐渐　打灭了
戚：把薛蟠移居之念渐渐消　灭了要知端的且听下回分解
寅：　　移居之念渐渐　打灭了

308　《石头记》四版本比对本

第五回　游幻境指迷十二钗　饮仙醪曲演红楼梦

戌：　　　　　　却说薛家母子在荣　府中　寄居等事略已表明此回则暂不能写矣如今且说林
庚：第四回中既将　薛家母子在荣　府　内寄居等事略已表明此回则暂不能写矣如今且说林
戚：第四回中既将　薛家母子在荣国府中　寄居等事略已表明此回则暂不能写矣如今且说林
寅：第四回中既将　薛家母子在荣　府　内寄居等事略已表明此回则暂不能写矣如今且说林

戌：黛玉自在荣府以　来贾母万般怜爱寝食起居一如宝玉迎春探春惜春三个亲孙女到且靠后
庚：代　玉自在荣府　一来贾母万般怜爱寝食起居一如宝玉迎春探春惜春三个亲孙女到且靠后
戚：黛玉自在荣府以　来贾母万般怜爱寝食起居一如宝玉迎春探春惜春三个亲孙女到且靠后
寅：黛玉自在荣府　一来贾母万般怜爱寝食起居一如宝玉迎春探春惜春三个亲孙女到且靠后

戌：便是宝玉和　黛玉二人之亲　密友爱　亦自较　别个不　同日则同行同坐夜则同息同止真
庚：便是宝玉和代　玉二人之亲蜜　友爱处亦自　觉别个不　同日则同行同坐夜则同息同止真
戚：便是宝玉和　黛玉二人之亲　密友爱处亦自较　别个不　同日则同行同坐夜则同息同止真
寅：便是宝玉和　黛玉二人之亲　密友爱处亦自较　别个　有同日则同行同坐夜则同息同止真

戌：是言　和意顺略无参商不想如今忽然来了一个薛宝钗年岁　虽大不多然品格端方容貌丰美
庚：是言　和意顺略无参商不想如今忽然来了一个薛宝钗年岁　虽大不多然品格端方容貌丰美
戚：是言合　意顺略无参商不想如今忽　来了一个薛宝钗年　纪虽大不多然品格端方容貌丰美
寅：是言　和意顺略无参商不想如今忽然来了一个薛宝钗年岁　虽大不多然品格端方容貌丰美

戌：人多谓　黛玉所不及
庚：人多谓代　玉所不及
戚：人多谓　黛玉所不及想世人目中各有所取也按黛玉宝钗二人一如娇花一如纤柳各极其妙此
寅：人多谓　黛玉所不及

戌：　　　　　　而且宝钗行为豁达随分　从时不比　黛玉孤高自许目　　无
庚：　　　　　　而且宝钗行为豁达随分　从时不比代　玉孤高自许目　下无
戚：乃世人性分甘苦不同之故耳而且宝钗行为豁达随分随　时不比　黛玉孤高自许目　下无人
寅：　　　　　　而且宝钗行为豁达随分　从时不比　黛玉孤高自许目无下无

戌：下尘故比黛　玉大得下人之心便是那些小丫头子们亦多喜与宝钗去　顽笑因此黛　玉心中
庚：　尘故比　代玉大得下人之心便是那些小丫头子们亦多喜与宝钗去　顽　因此　代玉心中
戚：　　故比黛　玉大得下人之心便是那些小丫头　们亦多喜与宝钗去　顽笑因此黛　玉心中
寅：　尘故比　黛玉大得下人之心便是　些小丫头子们亦多喜与宝钗去玩　笑因此黛　玉心中

戌：便有些悒郁不忿之意宝钗却浑然不觉那宝玉亦在孩提之间况自天性所　裹来的一片愚拙偏
庚：便有些悒郁不忿之意宝钗却浑然不觉那宝玉亦在孩提之间况自天性所　裹来的一片愚拙偏
戚：便有些悒郁不忿之意宝钗却浑然不觉那宝玉亦在孩提之间况自天性所乘　来的一片愚拙偏
寅：便有些悒郁不忿之意宝钗却浑然不觉那宝玉亦在孩提之间况自天性所　裹来的一片愚拙偏

第五回　游幻境指迷十二钗　饮仙醪曲演红楼梦

戌：僻视姊妹弟兄皆出一　体并无亲疎　远近之别其中因与黛　玉同随贾母一处坐卧　　故
庚：僻视姊妹弟兄皆出一意　并无亲疎　远近之别其中因与　代玉同随贾母一处坐卧　　故
戚：僻视姊妹弟兄皆出一意　并无亲　疎　远近之别其中因与黛　玉同　贾母一处坐卧　　故
寅：僻　姊妹弟兄皆出一意　并无亲　疏远近之别其中因与黛　玉同随贾母　　坐卧一处故

戌：略与别个姊妹熟惯些既熟惯则更觉亲　密既亲密　则不免一时有求全之毁不虞之隙这　日
庚：略与别个姊妹熟惯些既熟惯则更觉亲蜜　既亲　蜜则不免一时有求全之毁不虞之隙这　日
戚：略与别个姊妹熟惯些既熟惯则更觉亲　密既亲密　则不免一时有求全之毁不虞之隙这一日
寅：略与别个姊妹熟惯些既熟惯则更觉亲　密既亲密　则不免一时有求全之毁不虞之隙这　日

戌：不知为何他二人言语有些不合起来　黛玉又气的独在房中垂泪宝玉又自悔　语言冒撞前去
庚：不知为何他二人言语有些不合起来代　玉又气的独在房中垂泪宝玉又自悔言语　冒撞前去
戚：不知为何他二人言语有些不合起来　黛玉又气的独在房中垂泪宝玉又自悔　语言冒撞前去
寅：不知为何他二人言语有些不合起来　黛玉又气的独在房中垂泪宝玉又自悔言语　冒撞前去

戌：俯就那黛　玉方渐渐的回转来因东边宁府中花园内梅花盛开贾珍之妻尤氏乃治酒请贾母邢
庚：俯就那　代玉方渐渐的回转来因东边宁府中花园内梅花盛开贾珍之妻尤氏乃治酒请贾母邢
戚：俯就那黛　玉方渐渐的回转来因东边宁府中花园内梅花盛开贾珍之妻尤氏乃治酒请贾母邢
寅：俯就那黛　玉方渐渐的回转来因东边宁府中花园内梅花盛开贾珍之妻尤氏乃治酒请贾母邢

戌：夫人王夫人等赏花是日先携了贾蓉　之妻二人来面请贾母等于早饭后过来就在会芳园　游
庚：夫人王夫人等赏花是日先携了贾蓉夫　妻二人来面请贾母等于早饭后过来就在会芳园遊
戚：夫人王夫人等赏花是日先携了贾蓉夫　妻二人来面请贾母等于早饭后过来就在会芳园遊
寅：夫人王夫人等赏花是日先携了贾蓉夫　妻二人来面请贾母等于早饭后过来就在会芳园遊

戌：玩先茶后酒不过皆是　宁荣二府女眷家宴　小集并无别样新文趣事可记一时宝玉倦怠欲睡
庚：玩先茶后酒不过皆是　宁荣二府女眷家　晏小集并无别样新文趣事可记一时宝玉倦怠欲睡
戚：玩先茶后酒不过皆是　宁荣二府女眷家宴　小集并无别样新文趣事可记一时宝玉倦怠欲睡
寅：玩先茶后酒不过皆是荣宁　二府女眷家　晏小集并无别样新文趣事可记一时宝玉倦怠欲睡

戌：中觉贾母命人好生哄着歇息一回再来贾蓉之妻秦氏便忙笑回道我们这里有给宝叔收拾下的
庚：中觉贾母命人好生哄着歇　一回再来贾蓉之妻秦氏便忙笑回道我们这里有给宝叔收拾下的
戚：中觉贾母命人好生哄着歇息一回再来贾蓉之妻秦氏便忙笑回道我们这里有给宝叔收拾下的
寅：中觉贾母命人好生哄着歇　一回再来贾蓉之妻秦氏便忙笑回道我们这里有给宝叔收拾下的

戌：屋子老祖宗放心只管交与我就是了又向宝玉的奶娘丫环等道　　嬷嬷姐姐们请宝叔随我这
庚：屋子老祖宗放心只管交与我就是了又向宝玉的奶娘丫环等道　　嬷嬷姐姐们请宝叔随我这
戚：屋子老祖宗放心只管交与我就是了又向宝玉的奶娘丫环等道嬷嬷　姐姐们请宝叔随我这
寅：屋子老祖宗放心只管交与我就是了又向宝玉的奶娘丫环等道　　嬷嬷姐姐们请宝叔随我这

戌：里来贾母素知秦氏是个极妥当的人生得袅娜纤巧行事又温柔和平乃　重孙媳中第一个得意
庚：里来贾母素知秦氏是个极妥当的人生得袅娜纤巧行事又温柔和平乃众　孙媳中第一个得意
戚：里来贾母素知秦氏是个极妥当的人生得袅娜纤巧行事又温柔和平乃众　孙媳中第一个得意
寅：里来贾母素知秦氏是个极妥当的人生得袅娜纤巧行事又温柔和平乃众　孙媳中第一个得意

戌：之人见他去安置宝玉自是安稳的当下秦氏引了一簇人来至上房内间宝玉抬头先看　一副
庚：之人见他去安置宝玉自是安稳的当下秦氏引了一簇人来至上房内间宝玉抬头　看见一　付
戚：之人见他去安置宝玉自是安稳的当下秦氏引了一簇人来至上房内间宝玉抬头先看见一副
寅：之人见他去安置宝玉自是安稳的当下秦氏引了一簇人来至上房内间宝玉抬头　看见一

戌： 画贴在上面画的人物固 好其故事乃是燃藜图也不看系何人所画心中便有些不快又有一
庚： 画贴在上面画的人物固 好其故事 燃藜图也不看系何人所画心中便有些不快又有一
戚： 画贴在上面画的人物 甚好其故事乃是燃藜图也不看系何人所画心中便有些不快又有一
寅：幅画贴在上面画的人物固 好其故事乃是燃藜图也不看系何人所画心中便有些不快又有一

戌： 副对联写的是世事 洞明皆学问人情练达即文章 即看 了这两句纵 然室宇精美铺
庚： 付 对联写的是世 上洞明皆学问人情练达即文章及 看 了这两句 揿然室宇精美铺
戚： 副对联写的是世事 洞明皆学问人情练达即文章及 看 了这两句纵 然室宇精美铺
寅：幅 对联写的是世 上洞明皆学问人情练达即文章及 看完了这两句纵 然室宇精美铺

戌：陈华丽亦 断断不肯在这里了忙说快 出去快出去秦氏听了笑道这 里还不好可 往那里
庚：陈华丽亦 断断不肯在这里了忙说快 去快 去秦氏听了笑道这 里还不好可 往那里
戚：陈华丽亦 断断不肯在这里 忙说 道出去 出去秦氏听了笑道这 里还不好 要往那里
寅：陈华丽 也断断不肯在这里了忙说快 去快 去秦氏听了笑道这个 还不好可 往那里

戌：去呢不然往我屋里去罢宝玉点头微笑有一 嬷嬷说道那里有个叔叔往侄儿 的房里睡觉的
庚：去呢不然往我屋里去罢宝玉点头微笑有一个嬷嬷说道那里有个叔叔往侄儿 房里睡觉的
戚：去呢不然往我屋里去罢宝玉点头微笑 一 嬷嬷说道那里有 叔叔往侄儿屋 里睡觉的
寅：去呢不然往我屋里去罢宝玉点头微笑有一个嬷嬷说道那里有个叔叔往侄儿 房里睡觉的

戌：礼 秦氏笑道嗳哟哟不怕他恼他能多大了 就忌讳这些个上月你没看见我那个兄弟来了
庚： 理秦氏笑道嗳哟哟不怕他恼他能多大 呢就忌讳这些个上月你没看见我那个兄弟来了
戚： 道理秦氏笑道嗳哟哟不怕他恼他能多大了 就忌讳这些个上月你没看见我那 兄弟来了
寅： 理秦氏笑道嗳哟哟不怕他恼他能多大 呢就忌讳这些个上月你没看见我那个兄弟来了

戌：虽然 和宝叔同年两个人若站在一处只怕那一个还高些呢宝玉道我怎么没见过你 带他来
庚：虽然与 宝叔同年两个人若站在一处只怕那 个还高些呢宝玉道我怎么没见过你代 他来
戚：虽然 和宝叔同年两个人若站在一处只怕那一个还高些呢宝玉道我怎么没见过你 带他来
寅：虽然与 宝叔同年两个人若站在一处只怕那 个还高些呢宝玉道我怎么没见过你 带他来

戌：我瞧瞧众人笑道隔 着二三十里 那里带 去见的日子有呢 说着大家来至秦氏房中刚至
庚：我瞧瞧众人笑道隔 着二三十里往那里 代去见的日子有呢 说着大家来至秦氏房中刚至
戚：我瞧瞧众人笑道隔这 二三十里 带 去见的日子有 哩说着大家来至秦氏房中刚至
寅：我瞧瞧众人笑道隔 着二三十里往那里带 去见的日子有呢 说着大家来至秦氏房中刚至

戌：房门便有一股细细的甜香袭了人来 宝玉便愈觉得眼饧骨软连说好香入房向壁上看时有唐
庚：房门便有一股细细的甜香袭 人来到宝玉 觉得眼饧骨软连说好香入房向壁上看时有唐
戚：房门便有一股细细的甜香袭 人 宝玉便 觉 眼饧骨软连说好香入房向壁上看时有唐
寅：房门便有一股细细的甜香袭 人来到宝玉 觉得眼饧骨软连说好香入房向壁上看时有唐

戌：伯虎画的海棠春睡图两边有宋学士秦太虚写的一 对联其联云嫩寒锁梦因春冷芳气笼 人
庚：伯虎画的海棠春睡图两边有宋学士秦太虚写的一付对联其联云嫩寒锁梦因春冷芳气笼 人
戚：伯虎画的海棠春睡图两边有宋学士秦太虚写的 对联其联云嫩寒锁梦因春冷芳气 袭人
寅：伯虎画的海棠春睡图两边有宋学士秦太虚写的一付对联其联云嫩寒锁梦因春冷芳气笼 人

戌：是酒香案上设着武则天当日镜室中设着 宝镜一边摆着飞燕立着舞过的金盘盘内盛着安禄
庚：是酒香案上设着武则天当日镜室中设 的宝镜一边摆着飞燕立着舞过的金盘盘内盛着安禄
戚：是酒香案上设着武则天当日镜室中设 的宝镜一边摆着飞燕立着舞过 金盘盘内盛着安禄
寅：是酒香案上设着武则天当日镜室中设 的宝镜一边摆着飞燕立着舞过的金盘盘内盛着安禄

第五回　游幻境指迷十二钗　饮仙醪曲演红楼梦　311

戌：山掷过伤了太真乳的木瓜上面设着寿昌公主于含章殿下卧的榻悬的是同昌公主制的连　珠
庚：山掷过伤了太真乳的木瓜上面设着寿昌公　于含章殿下卧的榻悬的是同昌公主制的　联珠
戚：山掷过伤了太真乳的木瓜上面设着寿昌公主于含章殿下卧的榻悬的是同昌公主制的连　珠
寅：山掷过伤了太真乳的木瓜上面设着寿昌公主于含章殿下卧的榻悬的是同昌公主制的　联珠

戌：帐宝玉含笑连说这里好秦氏笑道我这屋子大约　神仙也可以住得了说着亲自展开了西子
庚：帐宝玉含笑连说这里好秦氏笑道我这屋子大约　神仙也可以住得了说着亲自展开了西子浣
戚：帐宝玉含笑连说这里好秦氏笑道我这屋子大约连神仙也　　住得了说着亲自展开了西子
寅：帐宝玉含笑连说这里好秦氏笑道我这屋子大约　神仙也可以住得了说着亲自展开了西子浣

戌：浣过的纱衾移了红娘抱过的鸳　枕于是众奶母伏侍宝玉卧好款款散　去只留下袭人媚人
庚：　过的纱衾移了红娘抱过的　鸳枕于是众奶母伏侍宝玉卧好款款散了　只留　袭人媚人
戚：浣过的纱衾移了红娘抱过的鸳　鸯枕于是众奶母伏侍宝玉卧好款款散　去只留下袭人媚人
寅：　过的纱衾移了红娘抱过的鸳　鸯枕于是众奶母伏侍宝玉卧好款款散了　只留　袭人媚人

戌：晴雯麝月四个丫环为伴秦氏便分付　小丫环们好生在廊檐下看着猫儿狗儿打架那宝玉刚合
庚：晴雯麝月四个丫环为伴秦氏便分　咐小丫环们好生在廊檐下看着猫儿狗儿打架那宝玉刚合
戚：晴雯麝月四个丫环为伴秦氏便分　咐小丫环们好生在廊檐下看着猫儿狗儿打架那宝玉刚合
寅：晴雯麝月四个丫环为伴秦氏便分　咐小丫环们好生在廊檐下看着猫儿狗儿打架那宝玉刚合

戌：上眼便惚惚　睡去犹似秦氏在前遂悠悠荡荡随了秦氏至一所在但见朱栏白石绿树清溪真是
庚：上眼便惚惚　睡去犹似秦氏在前遂悠悠荡荡随了秦氏至一所在但见朱栏白石绿树清溪真是
戚：上眼便惚惚的睡去犹似秦氏在前遂悠悠荡荡随了秦氏至一所在但见朱栏白石绿树清溪真是
寅：上眼便惚惚　睡去犹似秦氏在前遂悠悠荡荡随了秦氏至一所在但见朱栏白石绿树清溪真是

戌：人迹　希逢飞尘不到宝玉在梦中欢喜想道这个去处有趣我就在　　这里过一生　总　然失
庚：人迹　希逢飞尘不到宝玉在梦中欢喜想道这个去处有趣我就在　　这里过一生揌　然失
戚：人迹罕　逢飞尘不到宝玉在梦中欢喜想道这个去处有趣我就在此处　过一生　纵然失
寅：人迹罕　逢飞尘不到宝玉在梦中欢喜想道这个去处有趣我就在　　这里过一生　纵然失

戌：了家　也愿意强如天天被父母师　傅打去　正胡思之间忽听山后有人作歌曰春梦随云散飞
庚：了家　也愿意强如天天被父母师　傅打　呢正胡思之间忽听山后有人作歌曰春梦随云散飞
戚：了家我也愿意强如天天被父母师　傅打去　正胡思之间忽听山后有人作歌曰春梦随云散飞
寅：了家　也愿意强如天天被父母师父　打　呢正胡思之间忽听山后有人作歌曰春梦随云散飞

戌：花逐水流寄言众儿女何必觅闲愁宝玉听了是女子的声音歌音未息早见那边走出一个人来蹁
庚：花逐水流寄言众儿女何必觅闲愁宝玉听了是女子的声音歌音未息早见那边走出一个人来蹁
戚：花逐水流寄言众儿女何必觅闲愁宝玉听了是女子的声音歌音未息早见那边走出一个人来蹁
寅：花逐水流寄言众儿女何必觅闲愁宝玉听了是女子的声音歌音未息早见那边走出一个人来蹁

戌：跹　袅娜端的与人不同有赋为证方离柳坞乍出　花房但行处鸟惊庭树将到时影度回　廊仙
庚：跹　袅娜端的与人不同有赋为证方离柳坞乍出桃　房但行处鸟惊庭树将到时影度　廻廊仙
戚：跹　袅娜端的与人不同有赋为证方离柳坞乍出　花房但行处鸟惊庭树将到时影度回　廊仙
寅：跹鸠　娜端的与人不同有赋为证方离柳坞乍出桃　房但行处鸟惊庭树将到时影度回　廊仙

戌：袂乍飘兮闻麝兰之馥郁荷衣欲动兮听环佩之铿锵靥笑春桃兮云堆翠髻唇绽樱颗兮榴齿含香
庚：袂乍飘兮闻麝兰之馥郁荷衣欲动兮听环佩之铿锵靥笑春桃兮云堆翠髻唇绽樱颗兮榴齿含香
戚：袂乍飘兮闻麝兰之馥郁荷衣欲动兮听环佩之铿锵靥笑春桃兮云堆翠髻唇绽樱颗兮榴齿含香
寅：袂乍飘兮闻麝兰之馥郁荷衣欲动兮听环佩之铿锵靥笑春桃兮云堆翠髻唇绽樱颗兮榴齿含香

戌：纤腰之楚楚兮　回风舞雪　珠翠之辉辉兮满额鹅黄出没花间兮宜嗔宜喜徘徊池上兮若飞若
庚：纤腰之楚楚兮廻　风舞　云珠翠之辉辉兮满额鹅黄出没花间兮宜嗔宜喜徘徊池上兮若飞若
戚：纤腰之楚楚兮　回风舞雪　珠翠之辉辉兮满额鹅黄出没花间兮宜嗔宜喜徘徊池上兮若飞若
寅：纤腰之楚楚兮　回风舞　云珠翠之辉辉兮满额鹅黄出没花间兮宜嗔宜喜徘徊池上兮若飞若

戌：扬　蛾眉　𬺈笑兮将言而未语莲步乍移兮欲　止而欲　行羡彼之良质兮冰清玉润慕彼之华
庚：扬　蛾眉频　笑兮将言而未语莲步乍移兮　待止而欲　行羡彼之良质兮冰清玉润慕彼之华
戚：扬娥　眉　𬺈笑兮将言而未语莲步乍移兮欲　止而　仍行羡彼之良质兮冰清玉润慕彼之华
寅：扬　蛾眉频　笑兮将言而未语莲步乍移兮　待止而欲　行羡彼之良质兮冰清玉润慕彼之华

戌：服兮闪灼　文章爱彼之貌容兮香培玉琢美彼之态度兮凤翥龙翔其素若何春梅绽雪其洁若何
庚：服兮闪灼　文章爱彼之貌容兮香培玉琢美彼之态度兮凤翥龙翔其素若何春梅绽雪其洁若何
戚：服兮闪　烁文章爱彼之貌容兮香培玉琢美彼之态度兮凤翥龙翔其素若何春梅绽雪其洁若何
寅：服兮闪灼　文章爱彼之貌容兮香培玉琢美彼之态度兮凤翥龙翔其素若何春梅绽雪其洁若何

戌：秋　菊披霜其静若何松生空谷其艳若何霞　映澄　塘其文若何龙　遊曲沿　其神若何
庚：秋兰被　霜其静若何松生空谷其艳若何霞　　映池塘其文若何龙　遊曲沿　其神若何
戚：秋兰　披霜其静若何松生空谷其艳若何霞映　澄　塘其文若何龙游　曲　沼其神若何
寅：秋兰被　霜其静若何松生空谷其艳若何霞映　　池塘其文若何龙游　曲沿　其神若何

戌：月　色寒江应惭西子实愧王嫱吁奇矣哉生于孰　地来何　方信矣乎瑶池不二紫府无双果
庚：月射　寒江应惭西子实愧王嫱　奇矣哉生于孰　地来何　方信矣乎瑶池不二紫府无双果
戚：月射　寒江应惭西子实愧王嫱　奇矣哉生于　熟地来何　方信矣乎瑶池不二紫府无双果
寅：月射　寒江应惭西子实愧王嫱　奇矣哉生于孰　地来何方方信矣乎瑶池不二紫府无双果

戌：何人哉如斯之美也宝玉见是一个仙姑喜的忙上来作揖笑问道神仙姐姐不知从那里来如今要
庚：何人哉如斯之美也宝玉见是一个仙姑喜的忙　来作揖　问道神仙姐姐不知从那里来如今要
戚：何人哉如斯之美也宝玉见是一个仙姑喜的忙　来作揖笑问道神仙姐姐不知从那里来如今要
寅：何人哉如斯之美也宝玉见是一个仙姑喜的忙　来作揖笑问道神仙姐姐不知从那里来如今要

戌：往那里去我也不知这里是何处望乞携带携带那仙姑笑道　吾居离恨天之上　灌愁海之中乃
庚：往那里去　也不知这　是何处望乞携带携带那仙姑笑道　吾居离恨天之上　灌愁海之中乃
戚：往那里去我也不知这　是何处望乞携带携带那仙姑笑道　吾居离恨天之上忘　愁海之中乃
寅：往那里去　也不知这　是何处望乞携带携带那仙姑笑道我　居离恨天之上　灌愁海之中乃

戌：放春　山遣香洞太虚幻境警幻仙姑是也司人间之风情月债掌　尘世之女怨男痴因近来风流
庚：放春巘　遣香洞太虚幻境警幻仙姑是也司人间　风情月债掌　尘世之女怨男痴因近来风流
戚：放春　山遣香洞太虚　　警幻仙姑是也司人间之风情月债掌人　世之女怨男痴因近来风流
寅：放春巘　遣香洞太虚幻境警幻仙姑是也司人间　风情月债掌　尘世之女怨男痴因近来风流

戌：　冤孽　绵缠于此处以前来访察机会布　散相　思今忽与尔相逢亦非偶然此离吾境不远
庚：　冤孽缠绵　于此处以前来访察机会　佈散相　思今忽与尔相逢亦非偶然此离吾境不远
戚：　冤孽缠绵　于此处以前来访察机会布　散相　思今忽与尔相逢亦非偶然此离吾境不远
寅：　怨孽缠绵　于此处是以前来访察机会布　散　想思今忽与尔相逢亦非偶然此离吾境不远

戌：别无他　物仅有自采仙茗一盏亲酿美酒一瓮素练魔舞歌姬数人新　填红楼梦仙曲十二支试
庚：别无他地物仅有自采仙茗一盏亲酿美酒一瓮素练魔舞歌姬数人新　填红楼梦仙曲十二支试
戚：别无他　物仅有自采仙茗一盏亲酿美酒一瓮素练魔舞歌姬数人新添　红楼梦仙曲十二支试
寅：别无他　物仅有自采仙茗一盏亲酿美酒一瓮素练魔舞歌姬数人新　填红楼梦仙曲十二支试

戌：随　吾一遊　否宝玉听　了喜跃非常便忘了秦氏在何处竟随了仙姑至一所在有石牌　横建
庚：随　吾一遊　否宝玉听说　　　便忘了秦氏在何处竟随了仙姑至一所在有石牌　横建
戚：随　吾一遊　否宝玉听　了喜跃非常便忘了秦氏在何处竟随了仙姑至一所在有石牌坊横建
寅：随我　一　游否宝玉听说　　　便忘了秦氏在何处竟随了仙姑至一所在有石牌　横建

戌：上书太虚幻境四个大字两边一副　对联乃是假作　真时真亦假无为有处有还无转过牌坊便
庚：上书太虚幻境四个大字两边一　付对联乃是假作　真时真亦假无为有处有还无转过牌坊便
戚：上书太虚幻境四个大字两边一副　对联乃是假作　真时真亦假无为有处有还无转过牌坊便
寅：上书太虚幻境四个大字两边一副　对联乃是假　做时真亦假无为有处有还无转过牌坊便

戌：是一座宫门上　横书四个大字道　是孽海情天又有一副　对联大书云厚地高天　堪叹古今
庚：是一座宫门上　横书四个大字道　是孽海情天又有一　付对联大书云厚地高天　堪叹古今
戚：是一座宫门上面横书四个大字　乃是孽海情天又有一副　对联大书云厚地高天　堪叹古今
寅：是一座宫门上　横书四个大字道　是孽海情天又有一　付对联大书云厚地　天高堪叹古今

戌：情不尽痴男怨女可怜风月债难偿宝玉看了心下自思道原来如此但不知何为古今之情又何为
庚：情不尽痴男怨女可怜风月债难偿宝玉看了心下自思道原来如此但不知何为古今之情　何为
戚：情不尽痴男怨女可怜风月债难偿宝玉看了心下自思道原来如此但不知何为古今之情又何为
寅：情不尽痴男怨女可怜风月债难偿宝玉看了心下自思道原来如此但不知何为古今之情　何为

戌：风月之债从今到要领略领略宝玉只顾如此一想不料早把些邪魔招入膏　盲了当下随了仙姑
庚：风月之债从今到要领略领略宝玉只顾如此一想不料早把些邪魔招入膏肓　　当下随了仙姑
戚：风月之债从今到要领略领略宝玉只顾如此一想不料早把些邪魔招入膏　盲了当下随了仙姑
寅：风月之债从今到要领略领略宝玉只顾如此一想不料早把些邪魔招入膏肓　　当下随了仙姑

戌：进入二层门内只见　两边配殿皆有匾额对联一时看不尽许多惟见　有处写的是　痴情司
庚：进入二层门内　　至两边配殿皆有匾额对联一时看不尽许多惟见　有处写的是　痴情司
戚：进入二层门内只见　两边配殿皆有匾额对联一时看不尽许多惟见　几　处写　着痴情司
寅：进入二层门内　　至两边配殿皆有匾额对联一时看不尽许多惟见有几　处写的是　痴情司

戌：结怨司朝啼司夜哭　司春感司秋悲司看了因向仙姑道敢烦仙姑引我到那各　司中遊玩遊玩
庚：结怨司朝啼司夜　怨司春感司秋悲司看了因向仙姑道敢烦仙姑引我到那各　司中遊玩遊玩
戚：结怨司朝啼司夜　怨司春感司秋悲司看了因向仙姑道敢烦仙姑引我到　各　司中遊玩遊玩
寅：结怨司朝啼司夜　怨司春感司秋悲司看了因向仙姑道敢烦仙姑引我到那　个司中遊玩遊玩

戌：不知可使得仙姑道此各司中皆贮的是普天之下所有的女子过去未来的簿册尔凡眼尘躯未便
庚：不知可使得仙姑道此各司中皆贮的是普天之下所有的女子过去未来的簿册尔凡眼尘躯未便
戚：不知可使得仙姑道此各司中皆贮的是普天之下所有的女子过去未来的簿册尔凡眼尘躯未便
寅：不知可使得仙姑道此各司中皆贮的是普天之下所有的女子过去未来的簿册尔凡眼尘躯未便

戌：先知的宝玉听了那里肯依复央之再四仙姑无奈说也罢就在此司内略随喜随喜罢了宝玉喜不
庚：先知的宝玉听了那里肯依复央之再四仙姑无奈说也罢就在此司内略随喜随喜罢了宝玉喜不
戚：先知的宝玉听了那里肯依复央之再四仙姑　　说也罢就在此司内略随喜随喜罢了宝玉喜不
寅：先知的宝玉听了那里肯依复央之再四仙姑无奈说也罢就在此司内略随喜随喜罢了宝玉喜不

戌：自胜抬头看这司的匾上乃是薄命司三字两边对联写　的是春恨　秋悲皆自惹花容月貌为谁
庚：自胜抬头看这司的匾上乃是薄命司三字两边对联写　的是春恨　秋悲皆自惹花容月貌为谁
戚：自胜抬头看这司的匾上乃是薄命司三字两边对联写着　　春　怨秋悲皆自惹花容月貌为谁
寅：自胜抬头看这司的匾上乃是薄命司三字两边对联写　的是春恨　秋悲皆自惹花容月貌为谁

戌：妍宝玉看了便知感叹进　入门来只见有十数个大厨皆用封条封着　看那封条上皆　是各省
庚：妍宝玉看了便知感叹进　入门来只见有十数个大厨皆用封条封着　看那封条上皆　是各省
戚：妍宝玉看了便知感叹进了　门来　见有十数个大厨皆用封条封着见　那封条　皆是是各省
寅：妍宝玉看了便知感叹进　入门来只见有十数个大厨皆用封条封着　看那封条上皆　是各省

戌：　地名宝玉一心只拣　自己的家乡封条看遂无心看别省的了只见那边厨上封条上大书七
庚：　的地名宝玉一心只　採自己的家乡封条看遂无心看别省的了只见那边厨上封条上大书七
戚：　地名宝玉一心只拣　自己的家乡封条看遂无心看别省的了只见那边厨上封条　大书七
寅：　的地名宝玉一心只　采自己的家乡封条看遂无心看别省的了只见那边厨上封条上大书七

戌：字云金陵十二钗正册宝玉因问　何为金陵十二钗正　册警幻道即贵省中十二冠首女子之册
庚：字云金陵十二钗正册宝玉　问道何为金陵十二　钗册警幻道即贵省中十二冠首女子之册
戚：字云金陵十二钗正册宝玉因问　何为金陵十二钗正　册警幻道即贵省中十二冠首女子之册
寅：字云金陵十二钗正册宝玉　问道何为金陵十二　钗册警幻道即贵省中十二冠首女子之册

戌：故为正　册宝玉道常听人说金陵极大怎么只　十二个女子如今单我们家里上上下下就有几
庚：故为正　册宝玉道常听人说金陵极大怎么只　十二个女子如今单我　家里上上下下就有几
戚：故为正　册宝玉道常听人说金陵极大怎么只有十二个女子如今单我们家里上上下下就有几
寅：故为正正册宝玉道常听人说金陵极大怎么只　十二个女子如今单我　家里上上下下就有几

戌：百女孩　儿呢警幻冷笑道贵　省女子固多不过择其紧要　者录之下边二厨则又次之余者庸
庚：百女孩子　呢警幻冷笑道　省省女子固多不过择其紧要　者录之下边二厨则又次之余者庸
戚：百女孩　儿呢警幻　道贵　省女子固多不过择其　善者录之下边二厨则又次之余者庸
寅：百女孩子　呢警幻冷笑道　省省女子固多不过择其紧要　者录之下边二厨则又次之余者庸

戌：常　之辈则无册可录矣宝玉听说再看下首二厨上果然一个写着金陵十二钗副册又一个写着
庚：常　之辈则无册可录矣宝玉听说再看下首二厨上果然　写着金陵十二钗副册又一个写着
戚：　愚　之辈则无册可录矣宝玉听说再看下首二厨上果然　写着金陵十二钗副册又一个写着
寅：常　之辈则无册可录矣宝玉听说再看下首二厨上果然　写着金陵十二钗副册又一个写

戌：金陵十二钗又副册宝玉便伸手先将又副册厨门开了拿出一本册来揭开一看只见　这首页上
庚：金陵十二钗又副册宝玉便伸手先将又副册厨　开了拿出一本册来揭开一看只见　这首页上
戚：金陵十二钗又副册宝玉便伸手　将又副册厨门开了拿出一本册来揭开一看只见上　首页上
寅：金陵十二钗又副册宝玉便伸手先将又副册　开了拿出一本册来揭开一看只见　这首页上

戌：画着一　副画又非人物　　亦非　山水不过　水墨渰　染的满纸乌云浊　雾而　矣后有
庚：画着一　付　画又非人物也无　　山水不过是水墨渰　　的满纸乌云浊　雾而已　后有
戚：画着一幅　画又非人物　亦　无山水不过是水墨　烘染的满纸乌云浊露　而已　后有
寅：画着一　付　画又非人物也　　无山水不过是水墨渰　　的满纸乌云浊　雾而已　后有

戌：几行字迹写　道是霁日　难逢彩云易散心比天高身为下贱风流灵巧　招人怨寿殀　多
庚：几行字迹写　的　是霁　月难逢彩云易散心比天高身为下贱风流灵巧掐　人怨寿夭　　多
戚：几行字　写着　　　霁　月难逢彩云易散心比天高身为下贱风流灵巧　招人怨　夭　寿多
寅：几行字迹写　的　是霁　月难逢彩云易散心比天高身为下贱风流灵巧掐　人怨寿夭　　多

戌：因诽　谤生多情公子空牵念宝玉看了又见后面画　着一簇鲜花一床破席也有几句言词写道
庚：因　毁谤生多情公子空牵念宝玉看了又见后面画　着一簇鲜花一床破席也有几句言词写道
戚：因诽　谤生多情公子空牵念宝玉看了又见后面画建着一簇鲜花一床破席也有几句言词写
寅：因　毁谤生多情公子空牵念宝玉看了又见后面画　着一簇鲜花一床破席也有几句言词写道

第五回　游幻境指迷十二钗　饮仙醪曲演红楼梦　315

戌：是　柱自温柔和顺空云似桂如兰堪羡优伶有福谁知公子无缘宝玉看了不解遂掷下这个又去
庚：是　柱自温柔和顺空云似桂如兰堪羡优伶有福谁知公子无缘宝玉看了不解遂掷下这个又去
戚：　着柱自温柔和顺空云似桂如兰堪羡优伶有福谁知公子无缘宝玉看了不解遂掷下这个又去
寅：是　柱自温柔和顺空云似桂如兰堪羡优伶有福谁知公子无缘宝玉看了不解遂掷下这个又去
————————————————————————————————
戌：开了　　副册厨门拿起一本册来揭开看时只见画着一株桂花下面有一池沼其中水涸泥干莲枯
庚：开了　　副册　拿起一本册来揭开看时只见画着一株桂花下面有一池沼其中水涸泥干莲枯
戚：开了一副册厨门拿起一本册来揭开看时只见画着一株桂花下面有一池沼其中水涸泥干莲枯
寅：开了　　副册　　拿起一本册来揭开看时只见画着一株桂花下面有一池沼其中水涸泥干莲枯
————————————————————————————————
戌：藕败　后面书云根　并荷花一茎香平生遭际　实堪伤自从两地生孤木致使香魂返故乡宝玉
庚：藕败　后面书云根　并荷花一茎香平生遭际　实堪伤自从两地生孤木致使香魂返故乡宝玉
戚：藕败画后　书云　种并荷花一茎香平生遭际　实堪伤自从两地生孤木致使香魂返故乡宝玉
寅：藕败　后面书云根　并荷花一茎香平生遭　遇实堪伤自从两地生孤木致使香魂返故乡宝玉
————————————————————————————————
戌：看了仍不解　便又掷下　再去取正册看　只见头一页上便画着两　株枯木木上悬着一围玉
庚：看了仍不解他　又掷　了再去取正册看时只见头一页上便画着两　株枯木木上悬着一围玉
戚：看了仍不解他　又掷下　再　取正册看　只见头一页上便画着　四株枯木木上悬着一围玉
寅：看了仍不解他　又掷　了再去取正册看时只见头一页上便画着两　株枯木木上悬着一围玉
————————————————————————————————
戌：带又有一堆雪雪下一股金　簪也有四句言词　道是可叹停机德堪怜咏絮才玉带林中挂金簪
庚：带又有一堆雪雪下一股金　簪也有四句言词　道是可叹停机德堪怜咏絮才玉带林中挂金簪
戚：带又有一堆雪雪下一股金钗　也有四句言词　道　可叹停机德堪怜咏絮才玉带林中挂金
寅：带又有一堆雪雪下一股金　簪也有四句言　辞道是可叹停机德堪怜咏絮才玉带林中挂金簪
————————————————————————————————
戌：雪里埋宝玉看了仍不解待要问时情知他必不肯泄漏待要丢下又不舍遂又往后看时只见画
庚：　雪里埋宝玉看了仍不解待要问时情知他必不肯泄漏待要丢下又不舍遂又往后看时只见画
戚：钗雪里埋宝玉看了仍不解待要问时情知他必不肯泄漏待要丢下又不舍遂又往后看　只见画
寅：　雪里埋宝玉看了仍不解待要问时情知他必不肯泄漏待要丢下又不舍遂又往后看时只见画
————————————————————————————————
戌：着一张弓弓上挂　一香橼　也有一首歌词云二十年来辨是非榴花开处照宫闱三春争及初春
庚：着一张弓弓上挂着　香　橼也有一首歌词云二十年来辨是非榴花开处照宫闱三春争及初春
戚：着一张弓弓上挂　一香　橼也有一　　词　二十年来辨是非榴花开处照宫闱三春争及初春
寅：着一张弓弓上挂着　香　橼也有一首歌词云二十年来辨是非榴花开处照宫闱三春争及初春
————————————————————————————————
戌：　景虎兔　相逢大梦归后面又画着两人放风筝一片大海一只　大船船中有一女子掩面泣涕
庚：好　虎　兔相逢大梦归后面又画着两人放风筝一片大海一　支大船船中有一女子掩面泣涕
戚：　景虎兔　相逢大梦归后面又画着两人放风筝一片大海一只　大船船中有一女子掩面泣涕
寅：好　虎兔　相逢大梦归后面又画着两人放风筝一片大海一　支大船船中有一女子掩面泣涕
————————————————————————————————
戌：之状也有四句写云才自精明志自高生于末　世运偏消清涕送江边望千里东风一梦　遥后
庚：之状也有四句写云才自精明志自高生于末　世运偏消清涕送江边望千里东风一梦　遥后
戚：　也有四句　云才自精明志自高生于　没世运偏消清涕送江边望千里东风一　望遥后
寅：之状也有四句写云才自精明志自高生于末　世运偏消清涕送江边望千里东风一梦　遥后
————————————————————————————————
戌：面又画几缕飞云一湾逝水其词曰富贵又何为襁褓之间父母违　展眼吊斜　晖湘江水逝楚云
庚：面又画几缕飞云一湾逝水其词曰富贵又何为襁褓之间父母违　展眼吊斜晖　湘江水逝楚云
戚：面又画几缕飞云一湾逝水其词曰富贵又何为襁褓之间父母违转　眼吊斜　晖湘江水逝楚云
寅：面又画几缕飞云一湾逝水其词曰富贵又何为襁褓之间父母违　展眼吊斜辉　湘江水逝楚云
————————————————————————————————

戌：飞后面又画着一块美玉落在　泥垢之中其断语云　欲洁何曾洁云空未必空可怜金玉质终陷
庚：飞后面又画着一块美玉落在　泥垢之中其断语云是欲洁何曾洁云空未必空可怜金玉质终陷
戚：飞后面又画着一块美玉落在污　垢之中其断语云　欲洁何曾洁云空未必空可怜金玉质终陷
寅：飞后面又画着一块美玉落在　泥垢之中其断语云是欲洁何曾洁云空未必空可怜金玉质终陷
————————————————————————————
戌：　淖泥中后面忽　画一　　恶狼追扑一美女欲啖之意其　　书云子系　中山狼得志便猖狂
庚：　淖泥中后面忽见画　着个恶狼追扑一美女欲啖之意其　　书云子系山中　狼得志便猖狂
戚：　淖泥中后面忽　画一　　恶狼追扑一美女欲啖之意其判曰　　子系　中山狼得志便猖狂
寅：泥淖　中后面忽见画　着个恶狼追扑一美女欲啖之意其　　书云子系山中　狼得志便猖狂
————————————————————————————
戌：金闺花柳质一载赴黄梁　后面便是一所　古庙里面有一美人在内看经　独坐　其判云勘
庚：金闺花柳质一载赴黄　梁后面便是一所　古庙里面有一美人在内看　书独坐　其判云勘
戚：金闺花柳质一载赴黄梁　后面便是一　座古庙里面有一美人在内　　独坐看经其判云勘
寅：金闺花柳质一载赴黄　梁后面便是一所　古庙里面有一美人在内看　书独坐　其判云勘
————————————————————————————
戌：破三春景不长缁衣顿改昔年　妆可怜绣户侯　门女独卧青灯古佛　傍后面便是一片冰山
庚：破三春景不长缁衣顿改昔年　妆可怜绣户侯　门女独卧青灯古佛旁　后面便是一片冰山
戚：破三春景不长缁衣顿改昔年　妆可怜绣户侯　门女独卧青灯古佛旁　后面便是一片冰山山
寅：破三春景不长缁衣顿改昔年装　可怜绣户　候门女独青灯古佛旁　后面便是一片冰　山
————————————————————————————
戌：上　有一只雌凤其判　曰凡鸟偏从末　世来都知爱慕此　身才一从二令三人木哭向金陵事
庚：上面有一只雌凤其判　曰凡鸟偏从末　世来都知爱慕此生　才一从二令三人木哭向金陵事
戚：上　有一只雌凤其判云　凡鸟偏从　没世来都知爱慕此生　才一从二令三人木哭向金陵事
寅：上面有一只雌凤其判　曰凡鸟偏从末　世来都知爱慕此生　才一从二令三人木哭向金陵事
————————————————————————————
戌：更哀后面又　有一座　荒村野店有一美人在那里纺绩其判曰势　败休云贵家亡莫论亲
庚：更哀后面又是　一　坐荒村野店有一美人在那里纺绩其判　云事　败休云贵家亡莫论亲
戚：更哀后面又是　一座　荒村野店有一美人在那里纺绩其判曰势　败休云贵家亡莫论亲
寅：更哀后面又是　一　坐荒村野店有一美人在那里纺绩其判　云　势败休云贵家亡莫论亲
————————————————————————————
戌：偶因济刘氏巧得遇恩人诗后　又画　一盆茂兰傍　有一位凤冠霞帔的美人也有　判云桃李
庚：偶因济刘氏巧得遇恩人　后面又画着一盆茂兰傍　有一位凤冠霞帔的美人也有　判云桃李
戚：偶因济刘氏巧得遇恩人诗后　又画　一盆茂兰　旁有一位凤冠霞帔的美人　　其判云桃李
寅：偶因济刘氏巧得遇恩人　后面又画着一盆茂兰傍　有一位凤冠霞帔的美人也有　判云桃李
————————————————————————————
戌：春风结子完到头谁似一盆兰如冰水好空相　妒枉与他人作笑谈后面又画着高楼大厦有一美
庚：春风结子完到头谁似一盆兰如冰水好空相妒　枉与他人作笑谈后面又画着高楼大厦有一美
戚：春风结子完到头谁似一盆兰如冰水好空相　妒枉与他人作笑谈后面又画着高楼大厦有一美
寅：春风结子完到头谁似一盆兰如冰水好空相妒　枉与他人作笑谈后面又画着高楼大厦有一美
————————————————————————————
戌：人悬梁自　缢其判云情天情海幻情身情既相逢　必主淫漫言不肖皆荣出造衅开端实在宁宝
庚：人悬梁自　缢其判云情天情海幻情身情既相　逢必主淫漫言不肖皆荣出造衅开端实在宁宝
戚：人悬梁自　缢其判云情天情海幻情身情既相逢　必主淫漫言不肖皆荣出造衅开端实在宁宝
寅：人悬梁自尽　其判云情天情海幻情身情既相逢　必主淫漫言不肖皆荣出造衅开端实在宁宝
————————————————————————————
戌：玉还欲看时那仙姑知　他天分高明性情　颖慧恐把仙　机泄漏遂掩　了卷册笑向宝玉道且
庚：玉还欲看时那仙姑知　他天分高明性情　颖慧恐把仙　机泄漏遂掩　了卷册笑向宝玉道且
戚：玉还欲看时那仙姑知道他天分高明性情颖　慧恐把　天机泄漏遂　卷了卷册笑向宝玉道且
寅：玉还欲看时那仙姑知　他天分高明性情　颖慧恐把仙　机泄漏遂掩　了卷册笑向宝玉道且
————————————————————————————

第五回　游幻境指迷十二钗　饮仙醪曲演红楼梦　317

戌：随我去遊玩奇景何必在此打这闷葫芦宝玉恍恍惚惚不觉弃了卷册又随了警幻来至后面但见
庚：随我去遊玩奇景何必在此打这闷葫芦宝玉恍恍惚惚不觉弃了卷册又随了警幻来至后面但见
戚：随我去遊玩奇景何必在此打这闷葫芦宝玉恍恍惚惚不觉弃了卷册又随了警幻来至后面但见
寅：随我去遊玩奇景何必在此打这闷葫芦宝玉恍恍惚惚不觉弃了卷册又随了警幻来至后面但见
————————————————————————————
戌：珠帘绣幙画栋雕　檐说不尽那光　摇朱户金铺地雪照琼窗玉作宫更见仙　花馥郁异草芬芳
庚：珠帘绣幙画栋雕　檐说不尽那光　摇朱户金铺地雪照琼窗玉作宫更见仙桃　馥郁异草芬芳
戚：珠帘绣幙画栋雕梁　说不尽那光　摇朱户金铺地雪照琼窗玉作宫更见仙　花馥郁异草芬芳
寅：珠帘绣幙画栋雕　檐说不尽那　风摇朱户金铺地雪照琼窗玉作宫更见仙桃　馥郁异草芬芳
————————————————————————————
戌：真好　个所在又听警幻笑道你们快出来迎接贵客一语未了只见房中又走出几个仙子来皆是
庚：真好　个所在又听警幻笑道你们快出来迎接贵客一语未了只见房中又走出几个仙子来皆是
戚：真好一个所在又听警幻笑道你们快出来迎接贵客一语未了只见房中又走出几个仙子来皆是
寅：真好　个所在又听警幻笑道你们快出来迎接贵客一语未了只见房中又走出几个仙子来皆是
————————————————————————————
戌：荷袂蹁跹羽衣飘舞姣若春花媚如秋月一见了宝玉　都怨谤警幻道我们不知系何贵客忙的接
庚：荷袂蹁跹羽衣飘舞姣若春花媚如秋月一见了宝玉　都怨谤警幻道我们不知系何贵客忙的接
戚：荷袂蹁跹羽衣飘舞姣若春花媚如秋月一见了宝玉　都怨谤警幻道我们不知系何贵客忙的接
寅：荷袂蹁跹羽衣飘舞姣若春花媚如秋月一见了宝玉便都怨谤警幻道我们不知系何贵客忙的接
————————————————————————————
戌：了出来姐姐曾说今日今时必有绛珠妹子的生魂前来　遊玩故我等久待何故反引这浊物来污
庚：了出来姐姐曾说今日今时必有绛珠妹子的生魂前来游　玩故我等久待何故反引这浊物来污
戚：了出来姐姐曾说今日今时必有绛珠妹子的生魂前来　遊玩故我等久待何故反引这浊物来污
寅：了出来姐姐曾说今日今时必有绛珠妹子的生魂前来游　玩故我等久待何故反引这浊物来污
————————————————————————————
戌：染这清净女儿之境宝玉听如此说便　唬得欲退不能退果觉自形污秽不堪警幻忙携住宝玉的
庚：染这清净女儿之境宝玉听如此说便吓　得欲退不能退果觉自形污秽不堪警幻忙携住宝玉的
戚：染这清净女儿之境宝玉听如此说　吓　得欲退不能退果觉自形污秽不堪警幻忙携住宝玉的
寅：染这清净女儿之境宝玉听如此说便吓　欲退不能退果觉自形污秽不堪警幻忙携住宝玉的
————————————————————————————
戌：手向众姊妹笑道你等不知原委今日原欲往荣府去接绛珠适从宁　府所过偶　遇宁荣　二公
庚：手向众姊妹　道你等不知原委今日原欲往荣府去接绛珠适从宁　府所过偶　遇宁荣　二公
戚：手向众姊妹笑道你等不知原委今日原欲往荣府去接绛珠适从宁国　所过　偏遇宁荣　二公
寅：手向众姊妹　道你等不知原委今日原欲往荣府去接绛珠适　宁　府所过偶　遇　荣宁二公
————————————————————————————
戌：之灵嘱吾云吾家自国朝定鼎以来功名　弈世富贵传流虽历百年奈运终数尽不可挽回者故
庚：之灵嘱吾云吾家自国朝定鼎以来功名奕　世富贵传流虽历百年奈运终数尽不可挽回者故遗
戚：之灵嘱吾云吾家自国朝定鼎以来功名奕　世富贵传流虽历百年奈运终数尽不可挽回
寅：之灵嘱吾云吾家自国朝定鼎以来功名奕　世富贵传流虽历百年奈运终数尽不可挽回者故遗
————————————————————————————
戌：近之于子孙虽多竟无一可以继业　其中惟嫡孙宝玉一人　禀性乖张　生情　诡谲虽　聪明
庚：　之　子孙虽多竟无　可以继业　其中惟嫡孙宝玉一人　禀性乖张　生情怪　谲虽　聪明
戚：　　　子孙虽多竟无一可以继业者　惟嫡孙宝玉一人秉　性乖张性　情怪　谲虽不聪明
寅：　之　子孙虽多竟无　可以继业者其中惟嫡孙宝玉一人　禀性乖张　生情怪　谲虽　聪明
————————————————————————————
戌：灵慧　略可望成无奈吾　家运数合终恐无人规引入正　幸仙姑偶来万　望先以情欲声色等
庚：灵　会略可望成无奈吾　家运数合终恐无人规引入正　幸仙姑偶来　可望先以情欲声色等
戚：灵慧　略可望成无奈吾　家运数合终恐无人　引入正路幸仙姑偶来　望先以情欲声色等
寅：灵慧　略可望成无奈　我家运数合终恐无人规引入正　幸仙姑偶来　可望先以情欲声色等
————————————————————————————

戌：事警其痴顽或　能使彼跳出迷人圈子然后入于正路亦吾　兄弟之幸矣如此嘱吾故发慈心
庚：事警其痴顽或　能使彼跳出迷人圈子然后入于正路亦吾　兄弟之幸矣如此嘱吾故发慈心
戚：事警其痴顽或　能使彼跳出迷人圈子然后入于正路亦吾弟　兄　之幸矣如此嘱吾故发慈心
寅：事警其痴顽或可　使彼跳出迷人圈子然后入于正路亦　我兄弟之幸矣如此嘱吾故发慈心

戌：引彼至此先以彼家上中下三等女子之终身册　籍令彼熟玩尚未觉悟故引彼再至此处令其再
庚：引彼至此先以彼家上中下三等女子之终身册籍　令彼熟玩尚未觉悟故引彼再至此处令其再
戚：引彼至此先以彼家上中下三等女子之终身册　籍彼熟玩尚未觉悟故引彼再至此处令其再
寅：引彼至此先以彼家上中下三等女子之终身册籍　令彼熟玩尚未觉悟故引彼再至此处令其再

戌：历饮馔声色之幻或　冀将来一悟亦未可知也说毕携了宝玉入室但闻一缕幽香竟不知　所焚
庚：历饮馔声色之幻或　冀将来一悟亦未可知也说毕携了宝玉入室但闻一缕幽香竟不知其所焚
戚：历饮馔声色之幻或可　将来一悟亦未可知也说毕携　宝玉入室但闻一缕幽香竟不知　所焚
寅：历饮馔声色之幻或　冀将来一悟亦未可知也说毕携了宝玉入室但闻一缕幽香竟不知其所焚

戌：何物宝玉遂不禁相问警幻冷笑道此香尘世中既无尔何能知此香乃系诸名山胜境内初生异卉
庚：何物宝玉遂不禁相问警幻冷笑道此香尘世中既无尔何能知此香乃系诸名山胜境内初生异卉
戚：何物宝玉遂不禁相问警幻　笑道此香尘世中既无尔何能知此香乃系诸名山胜境内初生异卉
寅：何物宝玉遂不禁相问警幻冷笑道此香尘世中既无尔何能知此香乃系诸名山胜境内初生异卉

戌：之精合各种宝林　珠树之油所制名为群芳髓宝玉听了自是羡慕　已而大家入　座小　环捧
庚：之精合各种宝林诸　树之油所制名　群芳髓宝玉听了自是羡慕而已　大家入坐　小丫环捧
戚：之精合各种宝林　珠树之油所制名为群芳髓宝玉听了自是羡慕　已而大家入坐　小　环捧
寅：之精合各种宝林诸　树之油所制名　群芳髓宝玉听了自是羡慕而已　大家入坐　小丫环捧

戌：上茶来宝玉自觉　清香味异　纯美非常因又问何名警幻道此茶出在放春　山遣香洞又以仙
庚：上茶来宝玉自觉　清香　异味纯美非常因又问何名警幻道此茶出在放春巘　遣香洞又以仙
戚：上茶来宝玉自觉香清　味异　纯美非常因又问何名警幻道此茶出在放春　山遣香洞又以仙
寅：上茶来宝玉自觉　清香　异味纯美非常因又问何名警幻道此茶出在放春巘　遣香洞又以

戌：花灵叶上所带　宿露而烹此茶名曰千红一窟宝玉听了点头称赏因看房内瑶琴宝鼎古画新
庚：花灵叶上所带之宿露而烹此茶名曰千红一窟宝玉听了点头称赏因看房内瑶琴宝鼎古画新
戚：花灵叶上所带　宿露而烹此茶名曰千红一窟宝玉听了点头称赏因看房内瑶琴宝鼎古画新
寅：鲜花灵叶上所带之宿露而烹此茶名曰千红一窟宝玉听了点头称赏因看房内瑶琴宝鼎古画新

戌：诗无所不有更喜窗下亦有唾绒奁间时　渍粉污壁上　　亦有一副　对联　书云　幽微
庚：诗无所不有更喜窗下亦有唾绒奁间时　渍粉污壁上也见悬着　一　付对联其书云　幽微
戚：诗无所不有更喜窗下亦有唾绒奁间时清　粉污壁上　　亦有一副　对联　书　着幽微
寅：诗无所不有更喜窗下亦有唾绒奁间时　渍粉污壁上也见悬　一　付对联其书云　幽微

戌：灵秀地无可奈何天宝玉看毕无不羡慕因又请问众仙　姑姓名一名痴梦仙姑一名钟情大士
庚：灵秀地无可奈何天宝玉看毕无不羡慕因又请问众仙　姑姓名一名痴梦仙姑一名钟情大士
戚：灵秀地无可奈何天宝玉看毕无不羡慕因又请问众仙　姑姓名一名痴梦仙姑一名钟情大士一
寅：灵秀地无可奈何天宝玉看毕无不羡慕因又请问众　神姑姓名一名痴梦仙姑一名钟情大士一

戌：名引愁金女一名度恨菩提各各道　号不一少刻有小　环上来调桌　安椅设摆　酒馔　真是
庚：名引愁金女一名度恨菩提各各　道名号不一少刻有小丫环　来调桌　安椅设摆　酒馔　真是
戚：名引愁金女一名度恨菩提各各道　号不一少刻有小　环　来调　桌安椅　摆设酒　看真是
寅：名引愁金女一名度恨菩提各各　道名号不一少刻有小丫环　来调桌　安椅设摆　酒馔　真是

第五回　游幻境指迷十二钗　饮仙醪曲演红楼梦

戌：琼浆满　泛玻璃盏玉液浓斟琥珀杯更不用再说那肴馔之胜　宝玉因闻得此酒清香甘冽异乎
庚：琼浆　清泛玻璃盏玉液浓斟琥珀杯更不用再说那肴馔之　盛宝玉因闻得此酒清香甘冽异乎
戚：琼浆满　泛玻璃盏玉液浓斟琥珀杯更不用再说那肴馔之　盛宝玉因闻得此酒清香甘冽异乎
寅：琼浆　清泛玻璃盏玉液浓斟琥珀杯更不用再说那肴馔之　盛宝玉因闻得此酒清香甘冽异乎

戌：寻常又不禁相问警　幻道此酒乃　是百花之蕊　万木之汁加以麟髓之醅凤乳之　麴酿成因
庚：寻常又不禁相问警患　道此酒乃以　百花之　蕊万木之汁加以麟髓之醅凤乳之　麴酿成因
戚：寻常又不禁相问警　幻道此酒乃以　百花之　蕊万木之汁加以麟髓之醅凤乳之　麴酿成因
寅：寻常又不禁相问警　幻道此酒乃以　百花之　蕊万木之汁加以麟髓之醅凤乳之曲　酿成因

戌：名为万　艳同杯宝玉称赏不迭饮酒　间又有十二个舞女上来请问演何词曲警幻道就　将新
庚：名为　方艳同杯宝玉称赏不迭饮酒　间又有十二个舞女上来请问演何词曲警幻　就道将新
戚：名为万　艳同杯　　　　　　饮酒之间又有十二个舞女上来请问演何词曲警幻道就　将新
寅：名为万　艳同杯宝玉称赏不迭饮酒　间又有十二个舞女上来请问演何词曲警幻　就道将新

戌：制红楼梦十二支演上来舞女们答应了便轻敲檀板款按银筝　听他　歌道是开辟鸿蒙方歌了
庚：制红楼梦十二支演上来舞女们答应了便轻敲檀板款按银筝　听他　歌道是开辟鸿蒙方歌了
戚：制红楼梦十二支演上来舞女们答应了便轻敲檀板款按银筝等听他唱　道　开辟鸿蒙方歌了
寅：制红楼梦十二支演上来舞女们答应了便轻敲檀板款按银筝　听他　歌道是开辟鸿蒙方歌了

戌：一句警幻便说道此曲不比尘世中所填传奇之曲必有生旦净末　之　别又有南北九宫之限此
庚：一句警幻便说道此曲不比尘世中所填传奇之曲必有生旦净末　之则　又有南北九宫之限此
戚：一句警幻便说道此曲不比尘世中所填传奇之曲必有生旦净末丑之则　又有南北九宫之限此
寅：一句警幻便说道此曲不比尘世中所填传奇之曲必有生旦净末　之则　又有南北九宫之限此

戌：或咏叹一人或感怀一事偶成一曲即可谱入管弦若非个中人不知其中之妙料尔　亦未必深明
庚：或咏叹一人或感怀一事偶成一曲即可谱入管弦若非个中人不知其中之妙料尔　亦未必深明
戚：或咏叹一人或感怀一事偶成一曲即可谱入管弦若非个中人不知其中之妙料尔　亦未必深明
寅：或咏叹一人或感怀一事偶成一曲即可谱入管弦若非个中人不知其中之妙料尔也　未必深明

戌：此调若不先阅其稿后听其歌　翻成嚼　蜡矣　说毕回头命小　环取了红楼梦的原稿来递
庚：此调若不先阅其稿后听其歌　翻成嚼腊　矣　说毕回头命小丫环取了红楼梦　原稿来递
戚：此调若不先阅其稿后听其歌反　成嚼　蜡矣幻说毕　命小　环取了红楼梦　原稿来递过
寅：此调若不先阅其稿后听其歌反　成嚼腊　矣　说毕回头命小丫环取了红楼梦　原稿来递

戌：与宝玉宝玉揭开　　　一面　目视其文一面耳聆　其歌曰第一支红楼梦引子开辟鸿蒙谁为
庚：与宝玉宝玉揭　　起一面　目视其文一面耳聆　其歌曰　　　红楼梦引子开辟鸿蒙谁为
戚：　　宝玉　接起起一面看　一面　　　　　听其歌曰第一支红楼梦引　开辟鸿蒙谁为
寅：与宝玉宝玉揭　　起一面　目视其文一面耳　听其歌曰　　　红楼梦引子开辟鸿蒙谁为

戌：情种都只为风月情浓趁着这奈何天伤怀日寂寥时试遣愚衷因此上演出这怀金悼玉的红楼梦
庚：情种都只为风月情浓　　奈何天伤怀日寂寥时试遣愚衷因此上演出这怀金悼玉的红楼梦
戚：情种都只为风月情浓　　奈何天伤怀日寂寥时试遣愚衷因此上演出这怀金悼玉的红楼梦
寅：情种都只为风月情浓　　奈何天伤怀日寂寥时试遣愚衷因此上演出这怀金悼玉的红楼梦

戌：第二支终身误　都道是金玉良姻俺只念木石前盟空对着山中高士晶莹雪终不忘世外仙　姝
庚：　　　终身误　都道是金玉良姻俺只念木石前盟空对着山中高士晶莹雪终不忘世外仙姑
戚：第二支终身误　都道是金玉良姻俺只念木石前盟空对着山中高士晶莹雪终不忘世外仙　姝
寅：　　　终身　误都道是金玉良姻俺只念木石前盟空对着山中高士晶莹雪终不忘世外仙姑

戌：寂寞林叹人间美中不足今方信纵然是齐眉举案到底意难平第三支枉凝眉　一个是阆苑仙葩
庚：寂寞林叹人间美中不足今方信纵然是齐眉举案到底意难平　　　枉凝眉　一个是阆苑仙葩
戚：寂寞林叹人间美中不足今方信纵然是齐眉举案到底意难平第三支枉凝　眸一个是阆苑仙葩
寅：寂寞林叹人间　　不足今方信纵然是齐眉举案到底意难平　　　枉凝眉　一个是阆苑仙葩

戌：一个是美玉无瑕若说没奇缘今生偏又遇着他若说有奇缘如何心事终虚　化一个枉自嗟呀一
庚：一个是美玉无瑕若说没奇缘今生偏又遇着他若说有奇缘如何心事终虚　化一个枉自嗟呀一
戚：一个是美玉无瑕若说没奇缘今生偏又遇着他若说有奇缘如何心事终虚花　一个枉自嗟呀一
寅：一个是美玉无瑕若说没奇缘今生偏又遇着他若说有奇缘如何心事终虚　化一个枉自嗟呀一

戌：个空劳牵挂一个是水中月一个是镜中花想眼中能有多少泪珠儿怎　经得秋流到冬　春流到
庚：个空劳牵挂一个是水中月一个是镜中花想眼中能有多少泪珠儿怎　经得秋流到冬尽春流到
戚：个空劳牵挂一个是水中月一个是镜中花想眼中能有多少泪珠儿怎禁　得秋流到冬尽春流到
寅：个空劳牵挂一个是水中月一个是镜中花想眼中能有多少泪珠儿怎　经得秋流到冬尽春流到

戌：夏宝玉听了此　曲散漫无稽　不见得好处但其声韵凄惋竟能消　魂醉魄因此也不察其原委
庚：夏宝玉听了此回　散漫无　稽不见得好处但其声韵凄惋竟能　销魂醉魄因此也不察其原委
戚：夏宝玉听了此　曲散漫无稽　不见得好处但其声韵凄惋竟能　销魂醉魄因此也不察其原委
寅：夏宝玉听了此回　散漫无稽　不见得好处但其声韵凄惋竟能　销魂醉魄因此也不察其原委

戌：问其来历就暂以此释闷而已因又看下面道第四支恨无常喜荣华正好恨无常又到眼睁睁把万
庚：问其来历就暂以此释闷而已因又看下　道　　恨无常喜荣华正好恨无常又到眼睁睁把万
戚：问其来历就暂以此释闷而已　　　　　第四支恨无常喜荣华正好恨无常又到眼睁睁把万
寅：问其来历就暂以此释闷而已因又看下　道　　恨无常喜荣华正好恨无常又到眼睁睁把万

戌：事全抛荡悠悠　芳魂消耗望家乡路远山遥　故向爹娘梦里相寻告儿　命已入黄泉天伦呵须
庚：事全抛荡悠悠把芳魂消耗望家乡路远山　高故向爹娘梦里相寻告儿　命已入黄泉　　　须
戚：事全抛荡悠悠　芳魂消耗望家乡路远山　高故向爹娘梦里相寻告儿今命已入黄泉　　　须
寅：事全抛荡悠悠把芳魂消耗望家乡路远山　高故向爹娘梦里相寻告儿　命已入黄泉　　　须

戌：要退步抽身早第五支分骨肉一帆风雨路三千把骨肉家园齐来抛闪恐哭损残年告爹娘休把儿
庚：要退步抽身早　　　分骨肉一帆风雨路三千把骨肉家园齐来抛闪恐哭损残年告爹娘休把儿
戚：要退步抽身早第五支分骨肉一帆风雨路三千把骨肉家园齐来抛闪恐哭损残年告爹娘休把儿
寅：要退步抽身早　　　分骨肉一帆风雨路三千把骨肉家园齐来抛闪恐哭损残年告爹娘休把儿

戌：悬念自古穷通皆有　定离合岂无缘从今分两地各自保平安奴去也莫牵连第六支乐中悲襁褓
庚：悬念自古穷通皆有　定离合岂无缘从今分两地各自保平安奴去也莫牵连　　　乐中悲襁褓
戚：悬念自古穷通皆有命　离合岂无缘从今分两地各自保平安奴去也莫牵连第六支乐中悲襁褓
寅：悬念自古穷通皆有　定离合岂无缘从今分两地各自保平安奴去也莫牵连　　　乐中悲襁褓

戌：中父母叹双　亡纵居那绮罗丛　谁知娇养幸生来英豪阔大宽宏量从未　将儿女私情略萦心
庚：中父母叹　奴亡纵居那绮罗丛　谁知娇养幸生来英豪阔大宽宏量从未　来将儿女私情略萦心
戚：中父母叹双　亡纵居那绮罗　中谁知娇养幸生来英豪阔大宽宏量从未　将儿女私情略萦心
寅：中父母叹双　亡纵居那绮罗丛　谁知娇养幸生来英豪阔大宽宏量从　来将儿女私情略萦心

戌：上好一似霁月光风耀玉堂厮配得才貌仙郎博得个地久天长准折得幼年时坎坷形状终久是云
庚：上好一似霁月光风耀玉堂厮配得才貌仙郎博得个地久天长准折得幼年时坎坷形状终久是云
戚：上好一似霁月光风耀玉堂厮配得才貌仙郎博得个地久天长准折得幼年时坎坷形状终久是云
寅：上好一似霁月光风耀玉堂厮配得才貌仙郎博得个地久天长准折得幼年时坎坷形状终久是云

戌：散高唐水涸湘江这是尘寰中消长数应当何必枉悲伤第七支世难容气质美如兰才华　复比仙
庚：散高唐水涸湘江　　尘寰中消长数应当何必枉悲伤　　　世难容气质美如兰才华阜　比仙
戚：散高唐水涸湘江这是尘寰中消长数应当何必枉悲伤第七支世难容气质美如兰才华　复比仙
寅：散高唐水涸湘江　　尘寰中消长数应当何必枉悲伤　　　世难容气质美如兰才华阜　比仙

戌：天生成孤僻　人皆罕你道是啖肉食腥膻视绮罗俗厌却不知太高人愈妒过洁世同嫌可叹这青
庚：天生成孤　癖人皆罕你道是啖肉食腥膻视绮罗俗厌却不知太高人愈妒过洁世同嫌可叹这青
戚：天生成孤　癖人皆罕你道是啖肉食腥膻视绮罗俗厌却不知太高人愈妒过洁世同嫌可叹这青
寅：天生成孤　癖人皆罕你道是啖肉食腥膻视绮罗俗厌却不知太高人愈妒过洁世同嫌可叹这青

戌：灯古殿人将老辜负了红粉朱楼春色　阑到头来依旧是风尘　肮脏违心愿好一似无瑕白玉
庚：灯古殿人将老辜负了红粉朱楼春色兰　到头来依旧是风尘　肮脏违心愿好一似无瑕白玉
戚：灯古殿人将老辜负了红粉朱楼春色　阑到头来依旧是风尘　肮脏违心愿好一似无瑕白玉
寅：灯古殿人将老辜负了红粉朱楼春色兰　到头来依旧是　心头肮脏违心愿好一似无瑕白玉

戌：遭泥陷又何须王孙公子叹无缘第八支喜冤家中山狼无情兽全不念当日根由一味的骄奢淫荡
庚：遭泥陷又何须王孙公子叹无缘　　　喜冤家中山狼无情兽全不念当日根由一味的骄奢淫荡
戚：遭泥陷又何须王孙公子叹无缘第八支喜冤家中山狼无情兽全不念当日根由一味的骄奢淫荡
寅：遭泥陷又何须王孙公子叹无缘　　　喜冤家中山狼无情兽全不念当日根由一味的骄奢淫荡

戌：贪　　还构觑着那侯门艳质同蒲柳作　践的公府千金似下流叹芳魂艳魄一载荡悠悠第九支
庚：贪　　还构觑着那侯门艳质同蒲柳作贱　的公府千金似下流叹芳魂艳魄一载荡悠悠
戚：贪顽骰　觑着那侯门艳质同蒲柳作　践的公府千金似下流叹芳魂艳魄一载荡悠悠第九支
寅：贪顽　　构觑着那侯门艳质同蒲柳作　践的公府千金似下流叹芳魂艳魄一载荡悠悠

戌：虚花悟将那三春看破桃红柳绿　待如何把这韶华打灭　觅那清淡天和说什　么天上夭桃盛
庚：虚花悟将那三春看破桃红柳　绿待如何把这韶华打灭　觅那清淡天和说什　么天上夭桃盛
戚：虚花悟将那三春看破桃红柳　绿待如何把这韶华打灭觉　那清淡天和说　甚么天上夭桃盛
寅：虚花悟将那三春看破桃红柳绿　待如何把这韶华打灭　觅那清淡天和说什　么天上夭桃盛

戌：云中杏蕊多到头来谁见把秋捱过则看那白杨村里人呜咽青枫林下鬼吟哦更兼着连天衰草遮
庚：云中杏蕊多到头来谁　把秋捱过则看那白杨村里人呜咽青枫林下鬼吟哦更兼着连天衰草遮
戚：云中杏蕊多到头来谁见把秋捱过则看那白杨村里人呜咽青枫林下鬼吟哦更兼着连天衰草遮
寅：云中杏蕊多到头来谁　把秋捱过则看那白杨村里人呜咽青枫林下鬼吟哦更兼着连天衰草遮

戌：坟墓这的是昨贫今富人劳碌春荣秋　谢花折磨似这般生关死劫谁能躲闻说道西方宝树　唤
庚：坟墓这的是昨贫今富人劳碌春荣秋　谢花折磨似这般生关死劫谁能躲闻说道西方宝树　唤
戚：坟墓这的是昨贫今富人劳碌春荣秋落　花折磨似这般生关死劫谁能躲闻说道西方宝树婆
寅：坟墓这的是昨贫今富人劳碌春荣秋　谢花折磨似这般生关死劫谁能躲闻说道西方宝树　唤

戌：婆娑上结着长生第十支聪明累机关算尽太聪明反　算了卿卿　性命生前心已碎死后性
庚：婆娑上结着长生果　　聪明累机关算尽太聪明反　算了　轻轻性命生前心已碎死后性
戚：婆　结着长生果第十支聪明累机关算尽太聪明反送　了卿卿　性命生前心已碎死后性
寅：婆娑上结着长生果　　聪明累机关算尽太聪明反送　了卿卿　性命生前心已碎死后性

戌：空灵家富人宁终有个家亡人散各奔腾枉费了意悬悬半世好一似荡悠悠三更梦忽喇喇　似
庚：空灵家富人宁终有个家亡人散各奔腾枉费了意悬悬半世好一似荡悠悠三更梦忽喇喇　似
戚：空灵家富人宁终有个家亡人散各奔腾枉费了意悬悬半世好一似荡悠悠三更梦忽喇喇如
寅：空灵家富人宁终有个家亡人散各奔腾枉费了意悬悬半世心好一似荡悠悠三更梦忽喇喇　似

戌：大厦倾昏惨惨似灯将尽　呀一场欢喜忽悲辛叹人世终难定第十一支留余庆留余庆留余庆忽
庚：大厦倾昏惨惨似灯将尽　呀一场欢喜忽悲辛叹人世终难定　　　留余庆留余庆留余庆忽
戚：大厦倾昏惨惨似　将尽灯呀一场欢喜忽悲辛叹人世终难定第十一支留余庆留余庆　　忽
寅：大厦倾昏惨惨似灯将尽　呀一场欢喜忽悲辛叹人世终难定　　　留余庆留余庆留余庆忽

戌：遇恩人幸娘亲幸娘亲　积得阴功劝人生济困扶穷休似俺那爱银钱忘骨肉的狠　舅奸兄正是
庚：遇恩人幸娘亲幸娘亲　积得阴功劝人生济困扶穷休似俺那爱银钱忘骨肉的狠旧　奸兄正是
戚：遇恩人幸娘亲幸娘亲幸积得阴功劝人生济困扶穷休似俺那爱银钱忘骨肉的狠　舅奸兄正是
寅：遇恩人幸娘亲幸娘亲　积得阴功劝人生济困扶穷休似俺那爱银钱忘骨肉的狠旧　奸兄正是

戌：承　除加减上有苍　穷第十二支　晚韶华镜里恩情更那堪梦里功名那美韶华去之何迅再休
庚：承　除加减上有苍　　　　　穹晚韶华镜里恩情更那堪梦里功名那美韶华去之何迅再休
戚：　乘除加减上有苍穹　第十二支　晚韶华镜里恩情更那堪梦里功名那美韶华去之何迅再休
寅：　乘除加减上有苍　　　　　穹晚韶华镜里恩情更那堪梦里功名那美韶华去之何迅再休

戌：提绣帐鸳衾只这带　珠冠披凤袄也抵不了无常性命虽说是人生莫受老来贫也须要阴鸷积儿
庚：提绣帐鸳衾只这带　珠冠披凤袄也抵不了无常性命虽说是人生莫受老来贫也须要阴鸷积儿
戚：提绣帐鸳衾只这　戴珠冠披凤袄也抵不了无常性命虽说是人生莫受老来贫也须要阴鸷积儿
寅：提绣帐鸳衾只这带　珠冠披凤袄也抵不了无常性命虽说是人生莫受老来贫也须要阴鸷积儿

戌：孙气昂昂头　　带簪缨　气昂昂头　带簪缨　光灿灿　　胸悬金印威赫赫爵　位高登威赫
庚：孙气昂昂头　代　簪　缨气昂昂头代　簪　缨光灿灿　　胸悬金印威赫赫爵禄　高登威赫
戚：孙气昂昂头戴　　簪缨　　　　　　簪缨　光　闪闪胸悬金印威赫赫爵禄　高登
寅：孙气昂昂头　代　簪　缨气昂昂头代　簪　缨光灿灿　　胸悬金印威赫赫爵禄　高登威赫

戌：赫爵位　高登昏惨惨黄泉路近问古来将相可还存也　只是虚名儿与后人　欢敬第十三支好
庚：赫爵　禄高登昏惨惨黄泉路近　古来将相可还存也　只是虚名儿与后人钦　敬　　　好
戚：　　　　高登昏惨惨黄泉路近问古来将相可还存也正　是虚名儿与后人钦　敬第十三支好
寅：赫爵　禄高登昏惨惨黄泉路近　古来将相可还存也　只是虚名儿与后人钦　敬　　　好

戌：事终画梁春尽落香尘擅风情宵乘月貌便是败家的根本箕裘颓堕　皆从敬家事消亡首罪宁
庚：事终画梁春尽落香尘擅风情　乘月貌便是败家的根本箕裘　颓随皆从敬家事消亡首罪宁
戚：事终画梁春尽落香尘擅风情　乘月貌便是败家的根本箕裘颓堕　皆从敬家事消亡首罪宁
寅：事终画梁春尽落香尘擅风情　乘月貌便是败家的根本箕裘颓　随皆从敬家事消亡首罪宁

戌：宿孽总因情第十四支　　飞鸟各投林为官的家业凋零富贵的金银散尽有恩的死里逃生无情
庚：宿孽总因情　　　　收尾飞鸟各投林为官的家业凋零富贵的金银散尽有恩的死里逃生无情
戚：宿孽总因情第十四支　　飞鸟各投林为官的家业凋零富贵的金银散尽有恩的死里逃生无情
寅：宿孽总因情　　　　收尾飞鸟各投林为官的家业凋零富贵的金银散尽有恩的死里逃生无情

戌：的分明报应欠命的命　已还欠泪的泪已尽冤冤相报岂　非轻分离聚合皆前　定欲知命短问
庚：的分明报应欠命的命已　还欠泪的泪已尽冤冤相报　实非轻分离聚合皆前　定欲知命短问
戚：的分明报应欠命的命　已还欠泪的泪已尽冤冤相报岂　非轻分离聚合　前生定欲知命短问
寅：的分明报应欠命的命　已还欠泪的泪已尽冤冤相报　实非轻分离聚合皆前　定欲知命短问

戌：前生老来富贵也真侥幸看破的遁入空门痴迷的枉送了性命好一似食尽鸟投林落了　片白茫
庚：前生老来富贵也真侥幸看破的遁入空门痴迷的枉送了性命好一似食尽鸟投林落了一片白茫
戚：前生老来富贵也真侥幸看破的遁入空门痴迷的枉送了性命好一似食尽鸟投林落了　片白茫
寅：前生老来富贵也真侥幸看破的遁入空门痴迷的枉送了性命好一似食尽鸟投林落了一片白茫

第五回　游幻境指迷十二钗　饮仙醪曲演红楼梦

戌：茫大地真干净歌毕还又　歌副曲警幻见宝玉甚无趣味因叹　痴儿竟　尚未悟那宝玉忙止歌
庚：茫大地真干净歌毕还　要歌副曲警幻见宝玉甚无趣味因叹　痴儿竟　尚未悟那宝玉忙止歌
戚：茫大地真干净歌毕还又　歌副曲警幻见宝玉甚无趣味　　痴儿　意尚未悟那宝玉忙止歌
寅：茫大地真干净歌毕还　要歌副曲警幻见宝玉甚无趣味因叹道痴儿竟　尚未悟那宝玉忙止歌

戌：姬不必再唱曲自觉朦胧恍惚告醉　求卧警幻便命撤去残席送宝玉至一香闺绣阁之中其间铺
庚：姬不必再唱　自觉朦胧恍惚告醉　求卧警幻便命撤去残席送宝玉至一香闺绣阁之中其间铺
戚：姬不必再唱　自觉朦胧恍惚告　辞求卧警幻便命撤去残席送宝玉至一香闺绣阁之中其间铺
寅：姬不必再唱　自觉朦胧恍惚告醉　求卧警幻便命撤去残席送宝玉至一香闺绣阁之中其间铺

戌：陈之盛乃素所未见之物更可骇者早有一位女子在内其鲜　艳妩媚有似乎宝钗　　　风流袅
庚：陈之盛乃素所未见之物更可骇者早有一位女子在内其鲜　艳妩媚有似乎宝钗　　　风流袅
戚：陈之盛乃素　未见之物更可骇者早有一　女子在内其鲜妍　妩媚有似　宝钗其袅娜风流
寅：陈之盛乃素所未见之物更可骇者早有一位女子在内其鲜　艳妩媚有似乎宝钗　　　风流袅

戌：娜则又如　黛玉正不知何意忽警幻道尘世中多少富贵之家那些　绿　窗风月绣阁烟霞皆被
庚：娜则又如代　玉正不知何意忽警幻道尘世中多少富贵之家那些　　绿窗风月绣阁烟霞皆被
戚：　则又如　黛玉正不知何意忽警幻道尘世中多少富贵之家那些绿绿　窗风月绣阁烟霞皆被
寅：娜则又如　黛玉正不知何意忽警幻道尘世中多少富贵之家那些绿　窗风月绣阁烟霞皆被

戌：淫污纨袴　与那些流荡女子悉皆玷辱更可恨者自古来多少轻薄浪子皆以好色不淫为　饰又
庚：淫污纨袴　与那些流荡女子悉皆玷辱更可恨者自古来多少轻薄浪子皆以好色不淫为事　又
戚：淫污纨　袴与那些流荡女子悉皆玷辱更可恨者自古来多少轻薄浪子皆以好色不淫为　饰又
寅：淫污纨袴　与那些流荡女子悉皆玷辱更可恨者自古来多少轻薄浪子皆以好色不淫为事　又

戌：以情而不淫作　案此皆饰非掩丑之语也好色即淫知情更淫是以巫山之会云雨之欢皆由既
庚：以情而不淫　为案此皆饰非掩丑之语也好色即淫知情更淫是以巫山之会云雨之欢皆由既
戚：以情而不淫作　案此皆饰非掩丑之语也好色即淫知情更淫是以巫山之会云雨之欢皆由既恍
寅：以情而不淫　为案此皆饰非掩丑之语也好色即淫知情更淫是以巫山之会云雨之欢皆由既

戌：悦其色复恋其情　所致　也吾所爱汝者乃天下古今第一淫人也宝玉听了唬　的忙答道仙姑
庚：悦其色复恋其情　所致　也吾所爱汝者乃天下古今第一淫人也宝玉听了唬　的忙答道仙姑
戚：　其色复恋其情之所致　也吾所爱汝者乃天下古今第一淫人也宝玉听了唬得　忙答道仙姑
寅：悦其色复恋其情　所　至也吾所爱汝者乃天下古今第一淫人也宝玉听了唬　的忙答道仙姑

戌：错了　我因懒于读书家父母尚每垂训饬岂敢　再冒淫字况且年纪尚小不知淫字为何物警
庚：差　了　我因懒于读书家父母尚每垂训饬岂　故再冒淫字况且年纪尚小不知淫字为何物警
戚：差　矣我因懒于读书家父母尚每垂训饬岂敢　再冒淫字况且年纪尚小不知淫字为何物警
寅：差　了　我因懒于读书家父母尚每垂训饬岂　故再冒淫字况且年纪尚小不知淫字为何物警

戌：幻道非也淫虽一理意则有别如世之好淫者不过悦容貌喜舞调笑无厌云雨无　时恨不能尽
庚：幻道非也淫虽一理意则有别如世之好淫者不过悦容貌喜歌舞调笑无厌云雨无　时恨不能尽
戚：幻道非也淫虽一理意则有别如世之好淫者不过悦容貌喜歌舞调笑无厌云雨无休　恨不能尽
寅：幻道非也淫虽一理意则有别如世之好淫者不过悦容貌喜歌舞调笑无厌云雨无　时恨不能尽

戌：天下之美女供我片时之趣兴此皆皮肤　滥淫之蠢物耳如尔则天分中生成一　段痴情吾　辈
庚：天下之美女供我片时之趣兴此皆皮肤淫滥　之蠢物耳如尔则天分中生成一　段痴情吾　辈
戚：天下之美女供我片时之趣兴此皆皮肤　滥淫之蠢物耳如尔则天分中生成一　段痴情吾　辈
寅：天下之美女供我片时之趣兴此皆皮肤淫滥　之蠢物耳如尔则天分中生成一片　痴情　我辈

戌：推之为意淫惟意淫二字惟心会而不可　　　言传可神通而不能　语达汝今独得此二字在闺阁
庚：推之为意淫　意淫二字惟心会而不可　口　传可神通而不　可语达汝今独得此二字在闺阁
戚：推之为意淫　意淫二字惟心会而不可　　　言传可神通而　可语达汝今独得此二字在闺阁
寅：推之为意淫　意淫二字惟心会而不可以口　传可神通而不　可语达汝今独得此二字在闺阁
――――――――――――――――――――――――――――――――――――
戌：中固可为良友然于世道中未免迂阔怪诡百口嘲谤万目睚眦今既遇令祖宁荣二公剖腹深嘱吾
庚：中固可为良友然于世道中未免迂阔怪诡百口嘲谤万目睚眦今既遇令祖宁荣二公剖腹深嘱吾
戚：中固可为良友然于世道中未免迂阔怪诡百口嘲谤万目睚眦今既遇令祖宁荣二公剖腹深嘱吾
寅：中固可为良友然于世道中未免迂阔怪诡百口嘲谤万目睚眦今既遇令祖宁荣二公剖腹深嘱吾
――――――――――――――――――――――――――――――――――――
戌：不忍君独为我闺阁增光见弃于世道是　特引前来醉以灵酒沁以仙茗警以妙曲再将　吾妹一
庚：不忍君独为我闺阁增光见弃于世道是以特引前来醉以灵酒沁以仙茗警以妙曲再将　吾妹一
戚：不忍君独为我闺阁增光见弃于世道是　特引前来醉以灵酒沁以仙茗警以妙曲再将吴　妹一
寅：不忍君独为我闺阁增光见弃于世道是以特引前来醉以灵酒沁以仙茗警以妙曲再将　吾妹一
――――――――――――――――――――――――――――――――――――
戌：人乳名兼美字可卿者许配　与汝今夕良时　即可成姻不过　令汝领略此仙阁　幻境之风光
庚：人乳名兼美字可卿者许配于　汝今夕良时　即可成姻不过领　汝领略此仙　闺幻境之风光
戚：人乳名兼美字可卿者许配于　汝今夕良　辰即可成姻不过　令汝领略　仙　闺幻境　风光
寅：人乳名兼美字可卿者许配于　汝今夕良时　即可成姻不过　令汝领略此仙　闺幻境之风光
――――――――――――――――――――――――――――――――――――
戌：尚然如此何况尘　境之情景哉而今　后万　解释改悟前情　　　　将谨勤有用
庚：尚　如此何况尘　境之情景哉而今　后万　解释改悟前情留意于孔孟之间委
戚：尚然如此何况尘世　之情景哉而今以后万　望解释改悟前情留意于孔孟之间委
寅：尚　如此何况尘　境之情景哉而今　后万　解释改悟前情留意于孔孟之间委
――――――――――――――――――――――――――――――――――――
戌：的工夫置身于经济之道说毕便秘授以云雨之事　　推宝玉入　　　　帐那宝玉恍恍
庚：　　　　身于经济之道说毕便秘授以云雨之事　　推宝玉入房将门掩上自去　那宝　恍恍
戚：　　　　身于经济之道说毕便秘授以云雨之事于是推宝玉入房将门掩上自去　那宝玉恍恍
寅：　　　　身于经济之道说毕便秘授以云雨之事　　推宝玉入房将门掩上自去　那宝玉恍恍
――――――――――――――――――――――――――――――――――――
戌：惚惚依警幻所嘱之言未免有　　阳台巫峡之会数　　　　日来　柔情绻缱　软语温
庚：惚惚依警幻所嘱之言未免有儿女　之　事难以尽述至次日　便柔情　缱绻软语温
戚：惚惚依警幻所嘱之言未免有儿女　之　事难以尽述至次日　便柔情　缱绻软语温
寅：惚惚依警幻所嘱之言未免有儿女　之　事难以尽述至次日　便柔情　缱绻软语温
――――――――――――――――――――――――――――――――――――
戌：存与可卿难解难分　　那日警幻　携　宝玉可卿闲遊　　至　一个所在但见荆
庚：存与可卿难解难分因二人　　携手出去　　遊玩之时忽至了一个所在但见荆
戚：存与可卿难解难分　二人　因携手出去　　遊玩　忽至　一个所在但见荆
寅：存与可卿难解难分因二人　　携手出去　　遊玩之时忽至了一个所在但见荆
――――――――――――――――――――――――――――――――――――
戌：榛　遍地狼虎同　群　　　忽尔大河阻路黑水淌洋又　无桥梁可通宝玉正自彷徨只
庚：榛　遍地狼虎同　群迎面一道黑溪　阻路　　并无桥梁可通　　正
戚：榛满　地狼虎　成群迎面一道黑溪　阻路　　并无桥梁可通　　正
寅：榛　遍地狼虎同　群迎面一道黑溪　阻路　　并无桥梁可通　　正
――――――――――――――――――――――――――――――――――――
戌：听　　　　警幻　　　　道宝玉再　休前进作速回头要紧宝玉忙止步问道此系
庚：　在犹豫之间忽见警幻　后面追来告道　快休前进作速回头要紧宝玉忙止步问道此系
戚：　在犹豫之间忽见警幻从后　追来告道　快休前进作速回头要紧宝玉忙止步问道此系
寅：　在犹豫之间忽见警幻　后面追来告道　快休前进作速回头要紧宝玉忙止步问道此系
――――――――――――――――――――――――――――――――――――

第五回　游幻境指迷十二钗　饮仙醪曲演红楼梦　325

戌：何处警幻道此即迷津也深有万丈遥亘千里中无舟楫可通只有一个木筏乃木居士掌　　柁
庚：何处警幻道此即迷津也深有万丈遥亘千里中无舟楫可通只有一个木筏乃木居士掌舵　灰
戚：何处警幻道此即迷津也深有万丈遥亘千里中无舟楫可通只有一个木筏乃木居士掌舵柁灰
寅：何处警幻道此即迷津也深有万丈遥亘千里中无舟楫可通只有一个木筏乃木居士掌舵　灰

戌：侍者撑　篙不受金银之谢但遇有缘者　度之尔　今偶游　至此　如堕落其中则深负我从前
庚：侍者撑　篙不受金银之谢但遇有缘者渡　之　耳今偶　逰至此溪如堕落其中则深负我从前
戚：侍者撑　篙不受金银之谢但遇有缘者渡　之尔　今偶　逰至此　如堕落其中则深负我从前
寅：侍者　掌篙不受金银之谢但遇有缘者渡　之　耳今偶游　至此溪如堕落其中则深负我从前

戌：　一番以情悟道守理衷情之言宝玉方欲回言　　　　只听迷津内水响如雷竟有
庚：谆谆警戒　　　　　之　　　　　　语矣话犹未只听迷津内水响如雷竟有
戚：谆谆警戒　　　　　之　　　　　　语矣话犹未只听迷津内水响如雷竟有
寅：谆谆警戒　　　　　之　　　　　　语矣话犹未只听迷津内水响如雷竟有

戌：　一夜叉般怪物撺出直扑而来唬　　　　　得　宝玉汗下如雨一面失声喊
庚：许多　夜叉　　　　　海鬼将宝玉拖将下去吓得　宝玉汗下如雨一面失声喊
戚：许多　夜叉　　　　　海鬼将宝玉拖　下去　唬的宝玉汗下如雨一面失声喊
寅：许多　夜叉　　　　　海鬼将宝玉拖将下去吓得　宝玉汗下如雨一面失声喊

戌：叫可卿救我　可卿救我慌得袭人　　　媚人等上来扶起拉手说　宝玉别怕我
庚：叫可卿救我吓　　　得袭人辈众丫环　忙　　上来　　　　搂住叫宝玉别怕我
戚：叫可卿救我吓的　　　袭人辈众丫环们忙　　上来　　　　搂住叫宝玉别怕我
寅：叫可卿救我吓　　　得袭人辈众丫环　忙　　上来　　　　搂住叫宝玉别怕我

戌：们在这里　秦氏　在　外　　听见连忙进来一面说　丫环　们好生看着猫儿狗儿打架
庚：们在这里却说秦氏正在房外嘱咐小　　　　　　丫　头们好生看着猫儿狗儿打架忽
戚：们在这里却说秦氏正在房外嘱咐小　　　　　　丫　头们好生看着猫儿狗儿打架忽
寅：们在这里却说秦氏正在房外嘱咐小　　　　　　丫　头们好生看着猫儿狗儿打架忽

戌：又闻宝玉　口中连叫可卿救我　　　因纳闷道我的小名这里　没人知道　他如
庚：听　宝玉在梦　中　　　唤他的小名因纳闷道我的小名这里从　没人知道的他如
戚：听　宝玉在梦　中　　　唤他的小名因纳闷道我的小名这里从无　人知道　他如
寅：听　宝玉在梦　中　　　唤他的小名因纳闷道我的小名这里从　没人知道的他如

戌：何从　　梦里叫　出来
庚：何　知道　在梦里叫　出来正是一　场幽梦同谁近　千古情人独我痴
戚：何　知道得在梦里叫将出来正是一枕　幽梦同谁　诉千古情人独我痴
寅：何　知道　在梦里叫　出来正是一　场幽梦同谁近　千古情人独我痴

第六回　贾宝玉初试云雨情　刘姥姥一进荣国府

戌：题曰朝叩富儿门富儿犹未足虽无千金酬嗟彼胜骨肉却说秦氏因听见宝玉从梦中唤他的乳名
庚：　　　　　　　　　　　　　　　　　　　　　　　却说秦氏因听见宝玉从梦中唤他的乳名
戚：题曰朝叩富儿门富儿犹未足虽无千金酬嗟彼胜骨肉却说秦氏因听见宝玉从梦中唤他的乳名
寅：　　　　　　　　　　　　　　　　　　　　　　　却说秦氏因听见宝玉从梦中唤他的乳名

戌：心中自是纳闷又不好细问彼时宝玉迷迷惑惑若有所失众人忙端上桂　圆汤来呷了两口遂起
庚：心中自是纳闷又不好细问彼时宝玉迷迷惑惑若有所失众人忙端上桂　圆汤来呷了两口遂起
戚：心中自是纳闷又不好细问彼时宝玉迷迷惑惑若有所失众人忙端上桂元　汤来呷了两口遂起
寅：心中自是纳闷又不好细问彼时宝玉迷迷惑惑若有所失众人忙端上桂　圆汤来呷了两口遂起

戌：身整衣袭人伸手与他系裤带时不觉伸手至大腿处只觉冰凉一片　粘湿唬的忙退出手来问
庚：身整衣袭人伸手与他系裤带时不觉伸手至大腿处只觉冰凉一片沾　湿唬的忙退出手来问
戚：身整衣袭人伸手与他系裤带时不觉伸手至大腿处只觉冰凉一片　粘湿唬的忙退出手来问道
寅：身整衣袭人伸手与他系裤带时不觉伸手至大腿处只觉冰凉一片沾　湿唬的忙退出手来问

戌：是怎么了宝玉红涨了脸把他　手一捻袭人本是个聪明女子年纪本又比宝玉大两岁近来也渐
庚：是怎么了宝玉红涨了脸把他的手一捻袭人本是个聪明女子年纪本又比宝玉大两岁近来也渐
戚：是怎么了宝玉红涨了脸把他的手一捻袭人本是个聪明女子年纪本又比宝玉大两岁近来也渐
寅：是怎么了宝玉红涨了脸把他的手一捻袭人本是个聪明女子年纪本又比宝玉大两岁近来也渐

戌：通人事今见宝玉如此光景心中便觉　察了一半　不觉也羞的红涨了脸面遂不敢再问仍旧
庚：通人事今见宝玉如此光景心中便觉　撒　一半了不觉也羞的红涨了脸面　不敢再问仍旧
戚：通人事今见宝玉如此光景心中便觉　察了一半　不觉也羞　红　了脸　遂不敢　　仍旧
寅：通人事今见宝玉如此光景心中便觉撒　一半　不觉也羞的红涨了脸面　不敢再问仍旧

戌：理好衣裳　随至贾母处来胡乱吃毕　晚饭过来这边　袭人忙趁众　奶娘丫环不在傍　时另
庚：理好衣裳遂　至贾母处来胡乱吃毕了晚饭过　这边来袭人　趁众　奶娘丫环不在傍　时另
戚：理好衣裳　随至贾母处来胡乱吃毕　晚饭过　这边　袭人忙　　乘奶娘丫环不在　旁时另
寅：理好衣裳遂　至贾母处来胡乱吃毕了晚饭过　这边来袭人　趁众　奶娘丫环不在　旁时另

戌：取出一件中衣来与宝玉　换上宝玉含羞央道好姐姐千万别　告诉别人要紧袭人亦含羞
庚：取出一件中衣来与宝玉更换上宝玉含羞央道好姐姐千万别　告诉　人　袭人亦含羞
戚：取出一件中衣来与宝玉　换上宝玉含羞央道好姐姐千万　不要告诉别人要紧袭人亦含羞
寅：取出一件中衣来与宝玉更换上宝玉含羞央道好姐姐千万别　告诉　人　袭人亦含羞

戌：笑问道你梦见什么故事了是那里流出来的　些脏东西宝玉道一言难尽说着便把梦中之事细
庚：笑问道你梦见什么故事了是那里流出来的那些脏东西宝玉道一言难尽说着便把梦中之事细
戚：笑问道你梦见什么故事了是那里流出来的那些脏东西宝玉道一言难尽说着便把梦中之事细
寅：笑问道你梦见什么故事了是那里流出来的那些脏东西宝玉道一言难尽说着便把梦中之事细

第六回　贾宝玉初试云雨情　刘姥姥一进荣国府

戌：　说与袭人听了然后说至警幻所授云雨之情　羞的袭人掩面伏身而笑宝玉亦素喜袭人柔媚
庚：　说与袭人听了然后说至警幻所授云雨之情　羞的袭人掩面伏身而笑宝玉亦素喜袭人柔媚
戚：细说与袭人听了然后说至警幻所授云雨之　事羞的袭人掩面伏身而笑宝玉亦素喜袭人柔媚
寅：　说与袭人听了然后说至警幻所授云雨之情　羞的袭　掩面伏身而笑宝玉亦素喜袭人柔媚

戌：姣　俏遂强袭人同领警幻所训　云雨之事袭人素知贾母已将自己与了宝玉的今便如此　亦
庚：娇俏遂强袭人同领警幻所训　云雨之事袭人素知贾母已将自己与了宝玉的今便如此　亦
戚：姣　俏遂强袭人同领警幻所　授云雨之事袭人素知贾母已　　　与了宝玉的今便如此　亦
寅：娇俏遂强袭人同领警幻所训　云雨之事袭人素知贾母已将自己与了宝玉的今便如此也

戌：不为越　理遂和宝玉偷试一番幸得无人撞见自此宝玉视袭人更　与别个　不同袭人待　宝
庚：不为越　理遂和宝玉偷试一番幸得无人撞见自此宝玉视袭人更比　别个　不同袭人待　宝
戚：不为越礼　遂和宝玉偷试一番幸　无人撞见自此宝玉视袭人更　与别　人不同袭人　侍宝
寅：不为越　理遂和宝玉偷试一番幸得无人撞见自此宝玉视袭人更比　别个　不同袭人待　宝

戌：玉更为尽职　暂且别无话说按荣府中一宅人　合算起来人口虽不多从上至下也有三四百丁
庚：玉更为尽　心暂且别无话说按荣府中一宅人　合算起来人口虽不多从上至下也有三四百丁
戚：玉更为尽职　暂且别无话说按荣府中一宅　中合算起来人口虽不多从上至下也有三四百
寅：玉更为尽　心暂且别无话说按荣府中一宅人　合算起来人口虽不多从上至下也有三四百丁

戌：　事虽不多一天也有一二十件竟如乱麻一般并没　个头绪可作纲领正寻思从那一件事
庚：虽事　不多一天也有一二十件竟如乱麻一般并　无　个头绪可作纲领正寻思从那一件事
戚：了事虽不多一天也有一二十件竟如乱麻一般并没　有个头绪可作纲领正寻思从那一件事
寅：虽事　不多一天也有一二十件竟如乱麻一般并　无　个头绪可作纲领正寻思从那一件事

戌：自那一个人写起方妙恰好忽从千里之外芥　豆　之微小小一个人家因　与荣府略有些瓜葛
庚：自那一个人写起方妙恰好忽从千里之外芥　荳之微小小一个人家因　与荣府略有些瓜葛
戚：自那一个人写起方妙恰好忽从千里之外芥头　之微小小一个人家　向与荣府略有些瓜葛
寅：自那一个人写起方妙恰好忽从千里之外芥　荳之微小小一个人家因　与荣府略有些瓜葛

戌：这日正往荣府中来因此便就　此一家说来到还是头绪你道这一家姓甚名谁又与荣府有甚瓜
庚：这日正往荣府中来因此便就　此一家说来到还是头绪你道这一家姓甚名谁又与荣府有甚瓜
戚：这日正往荣府中来因此便就从此一家说来到还是头绪你道这一家姓甚名谁又与荣府有甚瓜
寅：这日正往荣府中来因此便就　一家说来到还是头绪你道这　家姓甚名谁又与荣府有甚

戌：葛　诸公若嫌琐碎粗鄙呢则快掷下此书另　觅好书去醒目若谓聊可破闷时待蠢物　逐细
庚：葛且听
戚：葛　诸公若嫌琐碎粗鄙呢则快掷下此书　别觅好书去醒目若谓聊可破闷时待蠢物细　细
寅：葛　　　　　　　　　　　　　　　　　　　　　　若谓聊可破闷时待蠢物细　细

戌：言来　方才所说　这小小　一家姓王乃本地人氏　祖上曾作过小小的一个　　京官昔
庚：　讲方才所说的这小小之　家　乃本地人氏姓王祖上曾作过小小的一个　　京官昔
戚：言来　方才所说　这小小之　家姓王乃本地人氏　祖上曾作过小小的一个　　京官昔
寅：言来　方才所说的这小小之　家　乃本地人氏姓王祖上曾作过小小的一个一个的京官昔

戌：年曾与凤姐之祖王夫人之父识认　因贪王家的势利便连了宗认作侄子　那时只有王夫人之
庚：年　与凤姐之祖王夫人之父　认识因贪王家的势利便连了宗认作侄　儿那时只有王夫人之
戚：年曾与凤姐之祖王夫人之父识认　因贪王家的势利便连了宗认作侄子　那时只有王夫人之
寅：年　与凤姐之祖王夫人之父　认识因贪王家的势利便连了宗认作侄　儿那时只有王夫人之

戌：大兄凤姐之父与王夫人随在京中的　　只有此一门远　　　　族余者皆不识认　目今其祖已故
庚：大兄凤姐之父与王夫人随在京中的知　有此一门　连宗之族余者皆不　认识目今其祖已故
戚：大兄凤姐之父与王夫人随在京中的知　有此一门远　　　　族余者皆不　认识目今其祖已故
寅：大兄凤姐之父与王夫人随在京中的知　有此一门　连宗之族余者皆不　认识目今其祖已故
————————————————————————————————
戌：只有一个儿子名唤王成因家业消　条仍搬出城外原乡中住去了王成新近亦因病故只有其子
庚：只有一个儿子名唤王成因家业消　条仍搬出城外原乡中住去了王成新近亦因病故只有其子
戚：只有一个儿子名唤王成因家业　萧条仍搬出城外原乡中住去了王成新近亦因病故只有其子
寅：只有一个儿子名唤王成因家业　萧条仍搬出城外原乡中住去了王成新近亦因病故只有其子
————————————————————————————————
戌：小名　　狗儿亦生一子小名板儿嫡妻刘氏又生一女名唤青儿一家四口仍以务农为业因狗儿
庚：小名狗儿狗儿亦生一子小名板儿嫡妻刘氏又生一女名唤青儿一家四口仍以务农为业因狗儿
戚：小名　　狗儿亦生一子小名板儿嫡妻刘氏又生一女名唤青儿一家四口仍以务农为业因狗儿
寅：小名狗儿狗儿亦生一子小名板儿嫡妻刘氏又生一女名唤青儿一家四口仍以务农为业因狗儿
————————————————————————————————
戌：白日间又　作些生计刘氏又操井臼等青板姊　弟两个无人看管狗儿遂将岳母刘姥姥接来
庚：白日间又　作些生计刘氏又操井臼等青板姊妹　两个无人看管狗儿遂将岳母刘姥姥接来
戚：白日间又　作些生计刘氏又操井臼等青板姊　弟两个无人看管狗儿遂将岳母刘姥姥接来
寅：白日间又做　些生计刘氏又操井臼等事青板姊妹　两个无人看管狗儿遂将岳母刘姥姥接来
————————————————————————————————
戌：一处过活这刘　　嬷嬷乃是　个久经世代　的老寡妇膝下又无儿女只靠　两亩薄田地度
庚：一处过活这刘姥姥　乃是　个　　　　积年的老寡妇膝下又无儿女只靠几　亩薄田　度
戚：一处过活这刘姥姥　乃是　个久经世代　的老寡妇膝下又无儿女只靠　两亩薄田　度
寅：一处过活这刘姥姥　乃是一个　　　　积年的老寡妇膝下又无儿女只靠几　亩薄田　度
————————————————————————————————
戌：日如今　女婿接来养活岂不愿意遂一心一计　帮趁着　女儿女婿过活来因这年秋尽冬初
庚：日　今者女婿接来养活岂不愿意遂一心一计　帮趁着　女儿女婿过活起来因这年秋尽冬初
戚：日如今　女婿接来养活岂不愿意遂一心一　意帮趁着　女儿女婿过活起来因这年秋尽冬初
寅：日　今者女婿接来养活岂不愿意遂一心一计　帮　助女儿女婿过活起来因这年秋尽冬初
————————————————————————————————
戌：天气冷将　上来家中冬事未办狗儿未免心中　烦虑吃了几杯闷酒在家闲寻气恼刘氏　不
庚：天气冷将　上来家中冬事未办狗儿未免心中　烦虑吃了几杯闷酒在家闲寻气恼刘氏也不
戚：天气冷将下　来家中冬事未办狗儿　心中未免烦虑吃了几杯闷酒在家闲寻气恼刘氏　不
寅：天气冷将　上来家中冬事未办狗儿未免心中　烦虑吃了几杯闷酒在家闲寻气恼刘氏也不
————————————————————————————————
戌：敢顶撞因此刘姥姥看不过乃劝道姑　夫你别嗔着我多嘴咱们村庄　人那一个不是老老诚诚
庚：敢顶撞因此刘姥姥看不过乃劝道姑爷　你别嗔着我多嘴咱们村　庄人那一个不是老老诚诚
戚：敢顶撞因此刘姥姥看不过乃劝道姑　夫你别嗔着我多嘴咱们村　庄人那一个不是老老诚诚
寅：敢顶撞因此刘姥姥看不过乃劝道姑爷　你别嗔着我多嘴咱们村　庄人那一个不是老老诚诚
————————————————————————————————
戌：的　　多大碗　吃多大　的饭你皆因年小　时　托着你那老的　　福吃喝　惯了如今所
庚：的守　多大碗儿吃多大　的饭你皆因年小的时候　托着你那老　家之福吃喝　惯了如今所
戚：的守着多大碗儿吃多大碗的饭你皆因年小　时　即托着你那老的　　福吃　嗑惯了如今所
寅：的守　多大碗儿吃多大　的饭你皆因年小的时候　托着你那老　家之福吃喝　惯了如今所
————————————————————————————————
戌：以把持不住有了钱就　雇头不雇　尾没了钱就瞎生气成个什么男子　汉大丈夫了　如今咱
庚：以把持不住有了钱就顾　头不　顾尾没了钱就瞎生气成个什么男子汗　大丈夫　呢如今咱
戚：以把持不住有了钱就顾　头不　顾尾没了钱就瞎生气成个什么男子　汉大丈夫了　如今咱
寅：以把持不住有了钱就顾　头不　顾尾没了钱就瞎生气成个什么男子　汉大丈夫　呢如今咱
————————————————————————————————

第六回　贾宝玉初试云雨情　刘姥姥一进荣国府　329

戌：们虽离城住着终是天子脚下这长安城中遍地都是钱只可惜没人会　拿去罢了在家跳蹋
庚：们虽离城住着终是天子脚下这长安城中遍地都是钱只可惜没人会去拿去罢了在家跳蹋会子
戚：　虽离城住着终是天子脚下这长安城中遍地都是钱只可惜没人会　拿去罢了在家跳蹋
寅：们虽离城住着终是天子脚下这长安城中遍地都是钱只可惜没人会去拿去罢了在家跳蹋会子

戌：也没　中用的狗儿听说便急道你老只会炕头儿上混　说难　道叫我打劫偷去不成刘　嫽
庚：也　不中用　狗儿听说便急道你老只会炕头儿上混　说难到　叫我打劫偷去不成刘姥姥
戚：也　不中用的狗儿听说便急道你老只会炕头儿上混话难　道叫我打劫偷去不成刘姥姥
寅：也　不中用　狗儿听说便急道你老只会炕头　上混　说难到　叫我打劫偷去不成刘姥姥

戌：嫽道谁叫你偷去呢　　到底大家想方法儿　裁度不然那银子钱自己跑到咱家来不成狗儿
庚：　道谁叫你偷去呢也　到底　　想　法儿大家裁度不然那银子钱自己跑到咱家来不成狗儿
戚：　道谁叫你偷去呢也倒　底大家想方法儿　裁度不然那银子钱自己跑到咱家来不成狗儿
寅：　道谁叫你偷去呢也　到底　　想　法　大家裁度不然那银子钱自己跑到咱家来不成狗儿

戌：冷笑道有　法儿还等到这会子呢我又没有　收税　的亲戚　作官的朋友有什么法子可想
庚：冷笑道有　法儿还等到这会子呢我又没有个收税　的亲戚又无作官的朋友有什么法子可想
戚：　笑道有　法儿还等到这会子呢我又没有　收　租的亲戚　作官的朋友有什么法子可想
寅：冷笑道有钱　还等到这会子呢我又没有个收税　的亲戚又无作官的朋友有什么法子可想

戌：的便有也不怕他们未必理我们呢刘姥姥道这到不然谋事在人成事在天咱们谋到了靠　菩
庚：的便有也只怕他们未必理我们呢刘姥姥道这到不然谋事在人成事在天咱们谋到了　看菩
戚：的便有也不怕他们未必理我们呢刘姥姥道这到不然谋事在人成事在天咱们谋到了靠　菩
寅：的便有也只怕他们未必理我们呢刘姥姥道这到不然谋事在人成事在天咱们谋到了　看菩

戌：萨的保佑有些　机会也未可知我到替你们想出一个机会来当日你们原是和金陵王家连过宗
庚：萨的保佑有些　机会也未可知我到替你们想出一个机会来当日你们原是和金陵王家连过宗
戚：萨的保佑有　此机会也未可知我到替你们想出一个机会来当日你们原是和金陵王家连过宗
寅：萨的保佑有些　机会也未可知我到替你们想出一个机会来当日你们原是和金陵王家连过宗

戌：的二十年前他们看承你们还好如今自然是你们拉硬屎不肯去　　俯就他　故疎　远起来
庚：的二十年前他们看承你们还好如今自然是你们拉硬屎不肯去亲近　他　故疎　远起来
戚：的二十年前他们看承你们还好如今自然是你们拉硬屎不肯去　　俯就他的故　疎　远起来
寅：的二十年前他们看承你们还好如今自然是你们拉硬屎不肯去亲近　他　故　疏远起来

戌：想当初我　和女儿还去过一遭他　家的二小姐着实响　快会待人的到不拿大如今　现是荣
庚：想当初我　和女儿还去过一遭他们家的二小姐着实响　快会待人　到不拿大如　金现是荣
戚：想当初我　和女儿还去过一遭他　家的二小姐着实　爽快会待人的到不拿大如今　现是荣
寅：想当初我还和女儿还去过一遭他们家的二小姐着实响　快会待人　到不拿大如　金现是荣

戌：国府贾二老爷的夫人听得说如今上了年纪越发怜贫恤　老最爱斋僧敬道舍米舍钱的如今王
庚：国府贾二老爷的夫人听得说如今上了年纪越发怜贫　惜老最爱斋僧敬道舍米舍钱的如今王
戚：国府贾二老爷的夫人听得说如今上了年纪越发怜贫恤　老最爱斋僧敬道舍米舍钱的如今王
寅：国府贾二老爷的夫人听得说如今上了年纪越发怜贫　惜老最爱斋僧敬道舍米舍钱的如今王

戌：府虽升了边任只怕这二姑太太还认得咱们你何不去走动走动或者他念旧有些好处也未可
庚：府虽升了边任只怕这二姑太太还认得咱们你何不去走动走动或者他念旧有些好处也未可知
戚：府虽升了边任只怕这二姑太太还认得咱们你何不去走动走动或者他念旧有些好处也未可知
寅：府虽升了边任只怕这二姑太太还认得咱们你何不去走动走动或者他念旧有些好处也未可知

戌：定只要他发一点好心拔一根寒毛比咱们的腰还粗呢刘氏　一　傍接口道你老虽说得　是但
庚：　只要他发一点好心拔一根寒毛比咱们的腰还粗呢刘氏　一旁　接口道你老虽说　的是但
戚：　只要他发一点好心拔一根寒毛比咱们的腰还粗呢刘氏在　旁　接口道你老虽说　的是但
寅：　只要他发一点好心拔一根寒毛比咱们的腰还粗呢刘氏　一旁　接口道你老虽说　的是但

戌：只你我这样个嘴脸怎么好到他　门上去的先不先他们那们门上　人也未必肯去通报　没的
庚：只你我这样个嘴脸怎么好到他　门上去的先不先他们那些门上的人也未必肯去通　信没的
戚：只你我这样个嘴脸怎么好到他们门上去的　　　他们那些门上　人也未必肯去通报　没的
寅：只你我这样个嘴脸怎么好到他　门上去的先不先他们那些门上的人也未必肯去通　信没的

戌：去打嘴现世谁知狗儿　名利心甚　重听如　此一说心下便有些活动起来又听他妻子这番话
庚：去打嘴现世谁知狗儿利名　心　最重听　见此一说心下便有　活动起来又听他妻子这　话
戚：去打嘴现世谁知狗儿利名　心　最重听　此一说心下便有些活动起来又听他妻子这番话
寅：去打嘴现世谁知狗儿利名　心　最重听　见此一说心下便有　活动起来又听他妻子这　话

戌：便笑接道嫽嫽　　既如此说况且当年你又见过这姑太太一次何不你老人家明日就走一
庚：便笑接道　　姥姥既如此说况且当年你又见过这姑太太一次何不你老人家明日就走一　淌
戚：便笑接道　　姥姥既如此说况且当年你又见过这姑太太一次何不你老人家明日就走一　淌
寅：便笑接道　　姥姥既如此说况且当年你又见过这姑太太一次何不你老人家明日就走一趟

戌：遭先试试风头再说刘姥姥道嗳哟哟可是　　　说的侯门　似海我是个什么东西他家人又
庚：　先试试风头再说刘姥姥道嗳哟哟　是啊人云候　　门深似海我是个什么东西他家人又
戚：　先试试风头再说刘姥姥道嗳哟　可是　　说的侯门　似海我是个什么东西他家人又
寅：　先试试风头再说刘姥姥道嗳哟哟　是啊人云候　　门深似海我是个什么东西他家人又

戌：不认得我我去了也是白去的狗儿笑道不妨我教　你老　一个法子你　竟　带了　外孙子
庚：不认得我我去了也是白去的狗儿笑道不妨我教与你老人家一个法子你　竟代　了　外孙子
戚：不认得我我去了也是白去的狗儿笑道不妨我教　你老　一个法子你　竟　带了　外孙子
寅：不认得我我去了也是白去的狗儿笑道不妨我教与你老人家一个法子你意　代　　子外孙子

戌：小板儿先去找陪房周瑞若见了他就有些意思了这周瑞先时曾　和我父亲交过一椿　事我
庚：　板儿先去找陪房周瑞若见了他就有些意思了这周瑞先时曾　合我父亲交过一　件事我
戚：小板儿先去找陪房周瑞若见了他就有些意思了这周瑞先时曾与　我父亲交过一椿　事我
寅：　板儿先去找陪房周瑞若见了他就有些意思了这周瑞先时曾　合我父亲交过一　件事我

戌：们极好的刘姥姥道我也知道他的只是许多时不　　　　走　　　　知道他如今是怎
庚：们极好的刘姥姥道我也知道他的只是许多时不　　　　走　　　　知道他如今是怎
戚：们极好的刘姥姥道我也知道他的只是许多时不曾往他家去走了一淌儿过又知道他如今是怎
寅：们极好的刘姥姥道我也知道他的只是许多时不曾往他家去走了　　　知道他如今是怎

戌：么样这也说不得了你又是个男人又这样个嘴脸自然去不得我们姑娘年轻媳妇子也难卖头卖
庚：　样这也说不得了你又是个男人又这样个嘴脸自然去不得我们姑娘年轻媳妇子也难卖头卖
戚：　样这也说不得了你又是个男人又这样个嘴脸自然去不得我们姑娘年轻媳妇子也难卖头卖
寅：　样这也说不得了你又是个男人又这样个嘴脸自然去不得我们姑娘年轻媳妇子也难卖头卖

戌：脚的到还是舍着我这　付老脸去碰一碰果然有些好处大家都有益便是没银子　来我也到那
庚：脚的到还是舍着我这　付老脸去碰一碰果然有些好处大家都有益便是没银子　来我也到那
戚：脚的到还是舍着我这副　老脸去碰一碰果然有些好处大家都有益便是没银子挲来我也到那
寅：脚的到还是舍着我这　付老脸去碰一碰果然有些好处大家都有益便是没银子　来我也到那

戌：公府　　侯门见一见世面也不枉我一生说毕大家笑了一回当晚计议　已定次日天未明刘姥姥
庚：公府候　门见一见世面也不枉我一生说毕大家笑了一回当晚计议一　定次日天未明刘姥姥
戚：公府　　侯门见一见世面也不枉我一生说毕大家笑了一回当晚计议　已定次日天未明刘姥姥
寅：公府候　门见一见世面也不枉我一生说毕大家笑了一回当晚计议一　定次日天未明刘姥姥
————————————————————————————————
戌：便起来梳洗了又将板儿教训　几句那板儿才亦五六岁的孩子一无所知听见　带他进城逛
庚：便起来梳洗了又将板儿教训了几句那板儿才　五六岁的孩子一无所知听见代　他进城　旷
戚：便起来梳洗了又将板儿教训　几句那板儿才　五六岁的孩子一无所知听见　带他进城逛
寅：便起来梳洗了又将板儿教训了几句那板儿才　五六岁的孩子一无所知听见　带他进城逛
————————————————————————————————
戌：去便喜的无不应承于是刘嬷嬷带　　　他进城找至　宁荣街来至荣府大门石狮子前只见
庚：去便喜的无不应承于是刘　　姥姥代　他进城找至　宁荣街来至荣府大门石狮子前只见
戚：去便喜的无不应承于是刘　　姥姥　带他进城找至荣宁　街来　荣府大门石狮子前只见
寅：去便喜的无不应承于是刘　　姥姥代　他进城找至　宁荣街来至荣府大门石狮子前只见
————————————————————————————————
戌：簇簇的轿马刘姥姥便不敢过去且弹弹　　衣服又教了板儿几句话然后蹭　到角门前只
庚：簇簇　轿马刘姥姥便不敢过去且　　掸了掸衣服又教了板儿几句话然后　走　到角门前只
戚：簇簇的轿马刘姥姥便不敢过去且弹弹　　衣服又教了板儿几句话然后蹭　到角门前只
寅：簇簇　轿马刘姥姥便不敢过去且　　掸了掸衣服又教了板儿几句话然后　□到角门前只
————————————————————————————————
戌：见几个挺胸叠肚指手画脚的人坐在大　凳上说东谈西呢　刘姥姥只得蹭上来　问太爷们纳
庚：见几个挺胸叠肚指手画脚的人坐在大板凳上说东谈西呢　刘姥姥只得蹭上来　问太爷们纳
戚：见几个挺胸叠肚指手画脚的人坐在大　凳上说东谈西　的刘姥姥只得蹭上来说　太爷们纳
寅：见几个挺胸叠肚指手画脚的人坐在大板凳上说东谈西呢　刘姥姥只得蹭上来　问太爷们纳
————————————————————————————————
戌：福众人打谅　了他一会便问是那里来的刘姥姥陪笑道我找太太的陪房周大爷的烦那位　太
庚：福众人打谅　了他一会便问　那里来的刘姥姥陪笑道我找太太的陪房周大爷的烦那位大
戚：福众人打　量了他一会便问是那里来的刘姥姥陪笑道我找太太的陪房周大爷的烦那位　太
寅：福众人打谅　了他一会便问　那里来的刘姥姥陪笑道我找太太的陪房周大爷的烦那位大
————————————————————————————————
戌：爷替我请他　出来那些人听了都不　揪　睬半日方说道你远远的　那墙角下等着一会子他
庚：爷替我请他老出来那些人听了都不　揪　睬半日方说道你远远的在那墙角下等着一会子他
戚：爷替我请他老出来那些人听了都不　揪睬　半日方说道你远远的　那墙角下等着一会子他
寅：爷替我请他老出来那些人听了都不瞅　睬　半日方说道你远远的在那墙角下等着一会子他
————————————————————————————————
戌：们家有人就出来的内中有一年老的　　说道不要悮他的事何苦耍他因向刘姥姥道那周大爷
庚：们家有人就出来的内中有一　老　年人说道不要悮他的事何苦耍他因向刘姥姥道那周大爷
戚：们家有人就出来的内中有一年老的　　说道不要悮他的事何苦耍他因向刘姥姥道那周大爷
寅：们家有人就出来的内中有一　老　年人说道不要悮他的事何苦耍他因向刘姥姥道那周大爷
————————————————————————————————
戌：已往南边去了他在后一　带住着他娘子却在家你要找时从这边　逶到后街上后门上　问就
庚：已往南边去了他在后一代　住着他娘子却在家你要找时从这边绕　到后街上后门上去问就
戚：已往南边去了他　后一　带住着他娘子却在家你要找时从这边　逶到后街上后门上去问就
寅：已往南边去了他在后一　带住着他娘子却在家你要找时从这边绕　到后街上后门上去问就
————————————————————————————————
戌：是了刘　嬷嬷听了谢过遂　　携　了板儿　绕到　后门上只见门前歇着些生意担子
庚：是了刘姥姥　听了谢过　　　随代了板儿　绕到　后门上只见门前歇着些生意担子
戚：是了刘姥姥　听了谢过遂　手携　板儿　逶至后门上只见门前歇着些生意担子
寅：是了刘姥姥　听了谢过遂带　　了板儿挠　到　后门上只见门前歇着些生意担子

戌：也有卖吃的也有卖顽耍物件的闹　　　　　　　烘烘三二十个　孩子在那里厮闹刘　　嬷嬷便
庚：也有卖吃的也有卖顽耍物件的闹　　　　吵吵　　三二十个小孩子　那里厮闹刘姥姥　　便
戚：也有卖吃的也有卖顽耍物件的闹闹炒炒　　　　　三二十个　孩子在那里厮闹刘姥姥　　便
寅：也有卖吃的也有卖顽耍物件的闹　　　　吵吵　　三二十个小孩子在那里厮闹刘姥姥　　便
————————————————————————————————
戌：拉住了一个道我问哥儿一声有个周大娘可在家么　孩子　道那个周大娘我们这里周大娘有
庚：拉住　一个道我问哥儿一声有个周大娘可在家么　孩子们道那个周大娘我们这里周大娘有
戚：拉住　一个道我问哥儿一声有个周大娘可在家么　孩子　道那个周大娘我们这里周大娘有
寅：拉住　一个道我问哥儿一声有个周大娘可在家　吗孩子们道那个周大娘我们这里周大娘有
————————————————————————————————
戌：三个呢还有两个周奶奶不知是那一　行当上　的刘姥姥道是太太的陪房周瑞　　孩子　道
庚：三个呢还有两个周奶奶不知是　一个行当上　的刘姥姥道是太太的陪房周瑞之妻孩子们道
戚：三个呢还有两个周奶奶不知是那一　行当　差的刘姥姥道是太太的陪房周瑞　　孩子　道
寅：三个呢还有两个周奶奶不知是那　个行当　差的刘姥姥道是太太的陪房周瑞之妻孩子们道
————————————————————————————————
戌：这个容易你跟我来说着跳跳蹲蹲　引着　刘姥姥进了后门至一院墙边指与刘姥姥道这就是
庚：这个容易你跟我来说着跳　蹲蹲的引着后刘姥姥进了后门至一院墙边指与刘姥姥道　就是
戚：这个容易你跟我来说着跳　蹲蹲　引着　　　　　　　　　　　　　　刘姥姥道这就是
寅：这个容易你跟我来说着跳　蹲蹲的引着　刘姥姥进了后门至一院墙边指与刘姥姥道　就是
————————————————————————————————
戌：他家又叫道　周大娘　有个老奶奶来找你呢　　　　周瑞家的在内听说忙迎了出来问是
庚：他家又叫道　周大娘　有个老奶奶来找你呢我带了来周瑞家的在内听说忙迎了出来问是
戚：他家又叫道大　大　妈有个老奶奶来找你呢　　　　周瑞家的在内听说忙迎了出来问是
寅：他家又叫道　周大娘　有个老奶奶来找你呢我带了来了周瑞家的在内听说忙迎了出来问是
————————————————————————————————
戌：那位刘嬷嬷　　忙迎上来问道好呀周嫂子周瑞家的认了半日方笑道刘姥姥你好呀你说说能
庚：那位刘　　姥姥忙迎上来问道好呀周嫂子周瑞家的认了半日方笑道刘姥姥你好呀你说说能
戚：那位刘　　姥姥　迎上来问道好呀周嫂子周瑞家的认了半日方笑道刘姥姥你好呀你说说能
寅：那位刘　　姥姥忙迎上来问道好呀周嫂子周瑞家的认了半日方笑道刘姥姥你好呀你说说能
————————————————————————————————
戌：几年我就忘了请家里　来坐罢刘姥姥一壁　走　一壁　笑道你老是贵人多忘事那里还记
庚：几年我就忘了请家里　来坐罢刘姥姥一壁里走着一壁里笑道你老是贵人多忘事那里还记
戚：几年我就忘了请家里坐　坐罢刘姥姥一壁　　　　　笑道你老是贵人多忘事那里还记
寅：几年我就忘了请家里　来坐罢刘姥姥一壁里走着一壁里笑说道你老是贵人多忘事那里还记
————————————————————————————————
戌：得我们了　说着来至房中周瑞家的命雇的小丫头　到上茶来吃着周瑞家的又问板儿
庚：得我们　呢说着来至房中周瑞家的命雇的小丫头　到上茶来吃着周瑞家的又问板儿　道你
戚：得我们了　说着来至房中周瑞家的命雇的小丫头倒　上茶来吃着周瑞家的又问板儿到
寅：得我们　呢说着来至房中周瑞家的命雇的小丫头　到上茶来吃着周瑞家的又问板儿　道你
————————————————————————————————
戌：　长的这么　大了又问些别后闲话　再问刘嬷嬷　　今日还是路过还是特来的刘姥姥便说
庚：都长　这　们大了又问些别后闲话又　问刘　姥姥今日还是路过还是特来的刘姥姥便说
戚：　长的这么　大了又问些别后闲话　再问刘　姥姥今日还是路过还是特来的刘姥姥便说
寅：都长　这　们大了又问些别后闲话又　问刘　姥姥今日还是路过还是特来的刘姥姥便说
————————————————————————————————
戌：原是特来　瞧瞧你嫂子　二则也请请姑太太的安若可以领我见一见更好若不能便借重嫂
庚：原是特来　瞧瞧　嫂子你二则也请请姑太太的安若可以领我见一见更好若不能便借重嫂
戚：原是特来看看　　　　你二则也请请姑太太的安若可以领我见　见更好若不能便借重嫂
寅：原是特来　瞧瞧　嫂子你二则也请请姑太太的安若可以领我见一见更好若不能便借重嫂
————————————————————————————————

第六回 贾宝玉初试云雨情 刘姥姥一进荣国府

戌：子转致意罢了周瑞家的听了便　　猜着几分　意思只因昔年他丈夫周瑞争买田地一事其中多
庚：子转致意罢了周瑞家的听了便已猜着几分来意　只因昔年他丈夫周瑞争买田地一事其中多
戚：子转致意罢了周瑞家的听了便已猜着几分来意　只因昔年他丈夫周瑞争买田地一事其中多
寅：子转致意罢了周瑞家的听了便已猜着几分来意　只因昔年他丈夫周瑞争买田地一事其中多

戌：得狗儿　　　之力今见刘姥姥如此而来心中难却其意二则也要　现弄自己　体面听如此说便
庚：得狗儿　　　之力今见刘姥姥如此而来心中难却其意二则也要　现弄自己的体面听如此说便
戚：得狗儿　　　之力今见刘姥姥如此而来心中难却其意二则也要显　弄自己的体面听如此说便
寅：得狗儿父亲之力今见刘姥姥如此而来心中难却其意二则也要显　弄自己的体面听如此说便

戌：笑说　　姥姥你放心大远的诚心诚意的来了岂有个不　教你见个　真佛　去的　论理　人
庚：笑说道　姥姥你放心大远的诚心诚意　来了岂有个不　教你见个　真佛　去呢论理　人
戚：笑　道刘姥姥你放心大远的诚心诚意　来了岂有个不叫　你见　了真佛儿去的　论　那人
寅：笑说道　姥姥你放心大远的诚心诚意　来了岂有个不叫　你见个　真佛　去呢论理　人

戌：来客至　回话却不与我们相干我们这里都是各占一枝　儿我们男的　只管春秋两季　地租
庚：来客至　回话却不与我　相干我们这里　各占一　样儿我们男的　只管春秋两季　地租
戚：米客　去回话却不与我　相干我们这里都是各占一　样儿我们男的他只管春秋两季的地租
寅：来客至　回话却不与我　相干我们这里　各占一　样儿我们男的　只管春秋两季　地租

戌：子　闲时只带　着小爷们出门　就完了我只管跟太太奶奶们出门的事皆因你原是太太的亲
庚：子间　时只　代着小爷们出门子就完了我只管跟太太奶奶们出门的事皆因你原是太太的亲
戚：子　闲时只带　着小爷们出门　就完了我只管跟太太奶奶们出门的事皆因你原是太太的亲
寅：子　闲时只　代着小爷们出门子就完了我只管跟太太奶奶们出门的事皆因你原是太太的亲

戌：戚又拿我当个人投奔了我来我　竟破个例给你通个信去但只一件　嫽嫽有所不知我们这
庚：戚又拿我当个人投奔了我来我就　破个例给你通个信去但只一件姥姥　有所不知我们这
戚：戚又拿我当个人投奔了我来我　竟破个例给你通个信去但只一件姥姥　有所不知我们这
寅：戚又拿我当个人投奔了我来我就　破个例给你通个信去但只一件姥姥　有所不知我们这

戌：里又比不得　五年前了如今太太竟不大管事了都是琏二奶奶　当家　你道这琏二奶奶是
庚：里又　不比　五年前了如今太太竟不大管事　都是琏二奶奶管　家了你道这琏二奶奶是
戚：里又　不　是五年前了如今太太竟不大管事　都是琏二奶奶管　家了你道这琏二奶奶是
寅：里又　不比　五年前了如今太太竟不大管事　都是琏二奶奶管　家了你道这琏二奶奶是

戌：谁就是太太的内侄女当日大舅　　爷的女儿小名　凤哥　的刘姥姥听了罕问道原来是他怪
庚：谁就是太太的内侄女当日大　旧老爷的女儿小名　凤哥　的刘姥姥听了罕问道原来是他怪
戚：谁就是太太的内侄女　大舅　老爷的女儿小名叫凤哥　的刘姥姥听了　问道原来是他怪
寅：谁就是太太的内侄女当日大舅　老爷的女儿小名　凤哥儿的刘姥姥听了罕问道原来是他怪

戌：道呢我当日就说他不错呢这等说来我今儿还得见他了周瑞家的道这个自然的如今太太事多
庚：道呢我当日就说他不错呢这等说来我今儿还得见他了周瑞家的道这　自然的如今太太事多
戚：道呢我当日就说他不错呢这等说　我今　还得见他了周瑞家的道这个自然　如今太太事多
寅：道呢我当日就说他不错呢这等说来我今儿还得见他了周瑞家的道这　自然的如今太太事多

戌：心烦有客来了　略可推得　去的也就推过去了都是这凤姑娘周旋迎待今儿宁可不　见　太
庚：心烦有客来了若　可推得　去的　就推过去了都是　凤姑娘周旋迎待今儿宁可不　会太
戚：心烦有客来了　略可推　　的也就推过去了都是　凤姑娘周旋迎待今儿宁可不　会太
寅：心烦有客来了若　可推得过去的　就推过去了都是　凤姑娘周旋迎待今儿宁可不去　会太

戌：太到要见　　他一面才不枉这里来一遭刘　　嫽嫽道阿弥陀佛这全仗嫂子方便了周瑞家的道
庚：太到要见　　他一面才不枉这里来一遭刘姥姥　道阿弥陀佛　全仗嫂子方便了周瑞家的道
戚：太到要见见他　　才不枉这里来一遭刘姥姥　道阿弥陀佛这全仗嫂子方便了周瑞家的道
寅：太到要　见他一面才不枉这里来一遭刘姥姥　道阿弥陀佛　全仗嫂子方便了周瑞家的道
————————————————————————————
戌：说那里话俗语说的与人方便自己方便不过用我说一句话罢了　　害着我什么说着便　　唤小丫
庚：说那里话俗语说的与人方便自己方便不过用我说一句话罢了碍　着我什么说着便叫　小丫
戚：说那里话俗语说的与人方便自己方便不过用我说一句话罢了　　害着我什么说着便　　唤小丫
寅：说那里话俗语说的与人方便自己方便不过用我说一句话罢了碍　着我什么说着便　　唤小丫
————————————————————————————
戌：头子到侧　厅上悄悄的打听打听老太太屋里摆了饭了没有小丫头去了这里二人又说些闲话
庚：头　到　倒厅上悄悄的打听打听老太太屋里摆了饭了没有小丫头去了这里二人又说些闲话
戚：头子到　倒厅上悄悄的打听打听老太太屋里摆了饭了没有小丫头去了这里二人又说些闲话
寅：头　到　倒厅上悄悄的打听打听老太太屋里摆了饭了没有小丫头去了这里二人又说些闲话
————————————————————————————
戌：刘姥姥因说这位凤姑娘今年大　不过二十岁罢了就这等有本事当这样的家可是难得的周瑞
庚：刘姥姥因说这　凤姑娘今年大还不过二十岁罢了就这等有本事当这样的家可是难得的周瑞
戚：刘姥姥因说这位凤姑娘今年大　不过二十岁罢了就这等有本事当这样　家可是难得的周瑞
寅：刘姥姥因说这　凤姑娘今年大还不过二十岁罢了就这等有本事当这样的家可是难得的周瑞
————————————————————————————
戌：家的听了道　嗐我的嫽嫽　　告诉不得你呢　这位凤姑娘年纪虽小　行事却比世人都大呢
庚：家的听了道　我的　姥姥告诉不得你呢　这位凤姑娘年纪虽　少行事却比世人都大呢
戚：家的听了道咳　我的　姥姥告诉不得你　了这位凤姑娘年纪虽小　行事却比世人都大
寅：家的听了道　我的　姥姥告诉不得你呢　这位凤姑娘年纪虽　少行事却比世人都大呢
————————————————————————————
戌：如今出挑　的美人一样的模样儿少说些有一万个心眼子再要赌口齿十个会说话的男人也说
庚：如今出挑　的美人一样的模样儿少说些有一万个心眼子再要赌口齿十个会说话的男人也说
戚：如今出　条的美人一样的模样儿少说些有一万个心眼子再要赌口齿十个会说话的男人也说
寅：如今出挑　的美人一样的模样儿少说些有一万个心眼子再要赌口齿十个会说话的男人也说
————————————————————————————
戌：他不过回来你见了　　就信了就只一件待下人未免太严了些　　说着只见小丫头回来说
庚：他不过回来你见了　知道　了就只一件待下人未免太严　些个　说着只见小丫头回来说
戚：他不过回来你见了　　就信了就只一件待下人未免太严了些　儿说着只见小丫头回来说
寅：他不过回来你见了就知道　了就只一件待下人未免太严　些个　说着只见小丫头回来说
————————————————————————————
戌：老太太屋里已摆完了饭　二奶奶在太太屋里呢周瑞家的听了连忙起身催着刘　　嫽嫽说快
庚：老太太屋里已摆完了饭了二奶奶在太太屋里呢周瑞家的听了连忙起身催着刘姥姥　说快
戚：老太太屋里已摆完了饭　二奶奶在太太屋里呢周瑞家的听了连忙起身催着刘姥姥　说快
寅：老太太屋里已摆完了饭了二奶奶在太太屋里呢周瑞家的听了连忙起身催着刘姥姥　说快
————————————————————————————
戌：走快走这一下来他吃饭是一个空子　咱们先等　着去若迟　一步　回事的人也多了难说话
庚：走快走这一下来他吃饭是　个空　儿咱们先　赶着去若迟　一步　回事的人也多了难说话
戚：走快走这一下来　吃饭是　个空子　咱们先等　着去若迟　　了回事的人　多了难说话
寅：走快走这一下来　吃饭是　个空子　咱们先　赶着去若迟了一步　回事的人也多了难说话
————————————————————————————
戌：再歇了中　觉越发没了时候了说着一齐下了炕打扫打扫衣服又教了板儿几句话随着周瑞家
庚：再歇了　响觉越发没了时候了说着一齐下了炕打扫打扫衣服又教了板儿几句话随着周瑞家
戚：再歇了中　觉越发没了时候了说着一齐下了炕打扫打扫衣服又教了板儿几句话随着周瑞家
寅：再歇了　晌觉越发没了时候了说着一齐下了炕打扫打扫衣服又教了板儿几句话随着周瑞家
————————————————————————————

第六回 贾宝玉初试云雨情 刘姥姥一进荣国府

戌：的逶迤往贾琏的住　宅来先到　了倒厅周瑞家的将刘姥姥安插在那里略等一等自己先过
庚：的逶迤往贾琏的住处　来先到　了倒厅周瑞家的将刘姥姥安插在那里略等一等自己先过了
戚：的逶迤往贾琏的住　宅来先　至中倒厅周瑞家的将刘姥姥安插在那里略等一等自己先过
寅：的逶迤往贾琏的住处　来先到　了倒厅周瑞家的将刘姥姥安插在那里略等一等自己先过了

戌：　影壁进了院门知凤姐未　下来先找着了凤姐的一个心腹通房大丫头名唤平儿的周瑞家的
庚：迎　壁进了院门知凤姐未出　来先找着　凤姐的一个心腹通房大丫头名唤平儿　周瑞家的
戚：　影壁进了院门知凤姐未出　来先找着了凤姐的一个心腹通房大丫头名唤平儿　周瑞家的
寅：迎　壁进了院门知凤姐未出　来先找着　凤姐的一个心腹通房大丫头名唤平儿　周瑞家的

戌：先将刘姥姥起初来历说明又说今日大远的特来请安当日太太是长　会的今儿不可不见所以
庚：先将刘姥姥起初来历说明又说今日大远的特来请安当日太太是　常会的今儿不可不见所以
戚：先将刘姥姥起初来历说明又说今日大远的特来请安当日太太是长　会的今儿不可不见所以
寅：先将刘姥姥起初来历说明又说今日大远的特来请安当日太太是　常会的今儿不可不见所以

戌：我带了他进来了等奶奶下来我细细回明奶奶想也不责备我莽撞的平儿听了便　作了主意叫
庚：我带了他进来了等奶奶下来我细细回明奶奶想也不责备我莽撞的平儿听了便　作了主意叫
戚：我带了他进来了等奶奶下来我细细回明奶奶想也不责备我莽撞　平儿听了便　作了主意叫
寅：我带了他进来了等奶奶下来我细细回明奶奶想也不责备我莽撞的平儿听了便做　了主意叫

戌：他们进来先在这里坐着就是了周瑞家的听了　忙出去领　他两个　进　入院来上了正房
庚：他们进来先在这里坐着就是了周瑞家的听了方　出去　引他两个　进　入院来上了正房
戚：他　进来先在这里坐着就是了周瑞家的听了方　出去领了　他　们进　入院来上了正房
寅：他们进来先在这里坐着就是了周瑞家的听了方　出去　引他两个　进来入院来上了正房

戌：台矶小丫头子打起了猩红毡帘才入堂屋只　闻一阵香扑了脸来竟不辨是何　香味身子如在
庚：台矶小丫头　打起　猩红毡帘才入堂屋只　闻一阵香扑了脸来竟不辨是何气　味身子如在
戚：台矶小丫头　打起了猩红毡帘才入堂屋　口闻一阵香扑了脸来竟不辨是何气　味身子如在
寅：台矶小丫头　打起了猩红毡帘才入堂屋只　闻一阵香扑了脸来竟不辨是何气　味身子如在

戌：云端里一般满屋　里之物都是耀眼争光　使人头　悬目眩　刘姥姥斯　时惟点头咂嘴念佛
庚：云端里一般满屋中　之物都　耀眼争光的使人头眩　目　晕刘姥姥　此时惟点头咂嘴念佛
戚：云端里一般满屋　　之物都是耀眼争光　使人头　悬目眩　刘姥姥斯　时惟点头咂嘴念佛
寅：云端里一般满屋中　之物都　耀眼争光的使人头眩　目　晕刘姥姥　此时惟点头咂嘴念佛

戌：而已于是来至东边这间屋内乃是贾琏的女儿大姐儿睡觉之所平儿站在炕沿边打量了刘姥姥
庚：而已于是来至东边这间屋内乃是贾琏的女儿大姐儿睡觉之所平儿站在炕沿边打量了刘姥姥
戚：而已于是来至东边这间屋内乃是贾琏的女儿大姐儿睡觉之所平儿站在炕沿边打量了刘姥姥
寅：而已于是来至东边这间屋内乃是贾琏的女儿大姐儿睡觉之所平儿站在炕沿边打量了刘姥姥

戌：两眼只得问个好让坐刘姥姥见平儿遍身绫罗　插金带银花容玉貌的便当是凤姐儿了才要称
庚：两眼只得问个好让坐刘姥姥见平儿遍身绫罗插　金带银花容玉貌的便当是凤姐儿了才要称
戚：两眼只得问个好让坐刘姥姥见平儿遍身绫罗　插金带银花容玉貌的便当是凤姐儿　才要称
寅：两眼只得问个好让坐刘姥姥见平儿遍身绫罗　插金带银花容玉貌的便当是凤姐儿了才要称

戌：姑奶奶忽听　周瑞家的称他是平姑娘又见平儿赶着周瑞家的称周大　嫂方知不过是个有
庚：姑奶奶忽　见　周瑞家的称他是平姑娘又见平儿赶着周瑞家的称周大娘　方知不过是个有
戚：姑奶奶忽　见称周瑞家的　是　　　　　　　　　　　　　　周大娘　方知不过是个有
寅：姑奶奶忽　见　周瑞家的称他是平姑娘又见平儿赶着周瑞家的称周大娘　方知不过是个有

戌：些体面　丫头　于是让刘嬷嬷和　　　板儿上了炕平儿和　周瑞家的对面坐在炕沿上小
庚：些体面的丫头了于是让刘　　　姥姥合　板儿上了炕平儿　合周瑞家的对面坐在炕沿上小
戚：些体面的丫头　于是让刘　　　姥姥　和板儿上了炕平儿和　周瑞家的对面坐在炕沿上小
寅：些体面的丫头了于是让刘　　　姥姥合　板儿上了炕平儿　合周瑞家的对面坐在炕沿上小

戌：丫头子　斟了茶来吃茶刘姥姥只听见咯　当咯当　的响声大有似乎打箩柜筛面的一般不免
庚：丫头子们斟了茶来吃茶刘姥姥只听见咯　当咯当　的响声大有似乎打箩柜筛面的一般不免
戚：丫头　们斟了茶来吃茶刘姥姥只听见咯噔　咯　　噔的响声大有似乎打箩柜筛面的一般不免
寅：丫头子们斟了茶来吃茶刘姥姥只听见咯　当咯当　的响声大有似乎打箩　筛面的一般不免

戌：东瞧西望的忽见堂屋中柱子上挂着一个匣子底下又坠着一个秤　砣般的一物却不住的乱
庚：东瞧西望的忽见堂屋中柱子上挂着一个匣子底下又坠着一个秤它般　一物却不住的乱
戚：东瞧西望的忽见堂屋中柱子上挂着一个匣子底下又坠着一个秤　砣般的一物却不住的乱
寅：东瞧西望的忽见堂屋中柱子上挂着一个匣子底下又坠着一个秤　砣般　一物却不住的乱幌

戌：　恍刘嬷嬷　　心中想着这是个什么爱物儿有　　煞用呢正呆　时陡　听得当的一声又
庚：　怳刘　姥姥心中想着这是　什么爱物儿有甚　用呢正呆　时　只听得当的一声又
戚：　晃刘　姥姥心中想着这是个什么爱物儿有　　煞用呢正呆想时　听得当的一声又
寅：　　刘　姥姥心中想着这是　什么爱物儿有甚么　用呢正呆　时　只听得当的一声又

戌：若金钟铜　磬　一般不　妨到唬的　展　眼接着又一连八九下方欲问时只见小丫头子们
庚：若金钟铜　磬的一般不防　到唬的一展　眼接着又一连八九下方欲问时只见小丫头　们
戚：若金钟铜　磬　一般不防　到唬的　　转眼接着又一连八九下方欲问时只见小丫头子们
寅：若金钟铜磬　的一般不防　到唬的一展　眼接着又一连八九下方欲问时只见小丫头　们

戌：一齐乱跑说奶奶下来了平儿与周瑞家的　　忙起身命刘姥姥只管　坐着等是　时候我们
庚：　齐乱跑说奶奶下来了　　周瑞家的与平儿忙起身命刘姥姥只管等　着　是　时候我们
戚：一齐乱跑说奶奶下来了平儿　周瑞家的　　忙起身命刘姥姥只管　坐着等是　时候我们
寅：　齐乱跑说奶奶下来了　　周瑞家的与平儿忙起身命刘姥姥只管等　着　　到时候我们

戌：来请你呢说着都迎出去了刘姥姥　屏声侧耳默候只听远远有人笑声约有一二十妇人衣裙悉
庚：来请你　说着都迎出去了刘姥姥只屏声侧耳默候只听远远有人笑声约有一二十妇人
戚：来请你　说着都迎出去了刘姥姥只屏声侧耳默候只听远远有人笑声约有一二十妇人衣裙悉
寅：来请你　说着都迎出去了刘姥姥只屏声侧耳默候只听远远有人笑声约有一二十妇人

戌：率渐入堂屋往那边屋内去了又见两三个妇人都捧着大漆捧盒进这东边来等候听　见那边说
庚：　　　　　　　　　　　　　　　　　　　　都捧着大漆捧盒进这　边来等候听得　那边说
戚：率渐入堂屋　　　内去了又见两三个妇人都捧着大漆捧盒进这　边来等候听得　那边说
寅：　　　　　　　　　　　　　　　　　　　　都捧着　漆捧盒进这　边来等候听得　那边说

戌：了一声摆饭渐渐　人才都散出只有伺候端菜的几　人半日鸦雀不闻之后忽见两个　人抬了
庚：了　声摆饭渐渐　人才　散出只有伺候端菜的几个人半日鸦雀不闻之后忽见　　二人抬了
戚：了　声摆饭渐渐的人才　散出只有伺候端菜　几　人半日鸦雀不闻之后忽见两个　人抬了
寅：了　声摆饭渐渐　人才　散出只有伺候端菜的几个人半日鸦雀不闻之后忽见　　二人抬了

戌：一张炕桌来放在这边炕上桌上碗盘　森列仍是满满的鱼肉在内不过略动了几样板儿一见了
庚：一张炕桌来放在这边炕上桌上碗盘　森列仍是满满的鱼肉在内不过略动了几样板儿一见了
戚：一张炕桌来放在这边炕上桌上　盘碗森列仍是满满的鱼肉在内不过略动了几样板儿一见了
寅：一张炕桌来放在这边炕上桌上碗盘　森列仍是满满的鱼肉在内不过略动了几样板儿一见了

第六回　贾宝玉初试云雨情　刘姥姥一进荣国府　337

戌：便吵着要肉吃刘　　嬷嬷一扒　掌打下　他去忽见周瑞家的笑嘻嘻走过来招手儿叫他刘姥
庚：便吵着要肉吃刘姥姥　一　把掌打　了他去忽见周瑞家的笑嘻嘻走过来招手儿叫他刘姥
戚：便吵着要肉吃刘姥姥　一　把掌打　了他去忽见周瑞家的笑嘻嘻走过来招手儿叫他刘姥
寅：便吵着要肉吃刘姥姥　一　把掌打　了他去忽见周瑞家的笑嘻嘻走过来招手儿叫他刘姥

戌：姥会意于是　携了板儿下炕至堂屋中周瑞家的又　和他唧咕　了一　会方过　到这边屋
庚：姥会意于是带　了板儿下炕至堂屋中周瑞家的又　和他唧咕　了一回　方过　　这边屋
戚：姥会意于是　携了板儿下炕至堂屋中周瑞家的又向　他　　嘱咐了一　会方　蹭到这边屋
寅：姥会意于是带　了板儿下炕至堂屋中周瑞家的又　和他唧咕　了一回　方过　　这边屋

戌：内　来只见门外錾铜钩上悬着大红撒　花软帘南窗下是炕炕上大红毡条靠东边板　壁立着
庚：里来只见门外錾铜钩上悬着大红撒　花软帘南窗下是炕炕上大红毡条靠东边板　壁立着
戚：内　来只见门外錾铜钩上悬着大红　洒花软帘南窗下是炕炕上大红毡条靠东边板辟　立着
寅：里来只见门外錾铜钩上悬着大红撒　花软帘南窗下是炕炕上大红毡条靠东边板　壁立着

戌：一个锁子锦靠背与一个引枕铺着金心绿闪缎大坐褥　傍边有　　银唾沫盒那凤　姐儿家
庚：一个锁子锦靠背与一个引枕铺着金心　闪缎大坐褥旁边有雕漆痰　盒那　凤姐儿家
戚：一个锁子锦靠背与一个引枕铺着金心　闪缎大坐褥旁边有　　银唾　盒那凤　姐儿家
寅：一个锁子锦靠背与一个引枕铺着金心　闪缎大坐褥旁边有雕漆痰　盒那凤　姐儿家

戌：常带着　　紫貂　昭君套围着攒　珠络子穿着桃红撒　花袄石青刻丝灰鼠披风　　大红洋
庚：常带着秋板　貂鼠昭君套围着　攒珠络子穿着桃红撒　花袄石青刻丝灰鼠披风　　大红洋
戚：常带着　　紫貂　昭君套围着攒　珠络子穿着桃红　洒花袄石青刻丝灰鼠　皮褂大红洋
寅：常带着秋板　貂鼠昭君套围着　攒珠络子穿着桃红撒　花袄石青刻丝灰鼠披风　　大红洋

戌：绉银鼠皮裙粉光脂艳端端正正坐在那里手内拿着小　铜火　炷儿拨手炉内的灰平儿　站在
庚：绉银鼠皮裙粉光脂艳端　正正坐在那里手内拿着小　铜火　炷儿拨手炉内的灰平儿站　在
戚：绉银鼠皮裙粉光脂艳端端正正坐在那里手内拿着小　铜火筯　儿拨手炉内的灰平儿站　在
寅：绉银鼠皮裙粉光脂艳端端正正坐在那里手内拿着小红　火　炷儿拨手炉内的灰平儿站　在

戌：炕沿边捧着一个小小的　　填漆茶盘盘内一　小盖　钟　凤姐儿也不接茶也不抬头只管拨
庚：炕沿边捧着　　小小的一个填漆茶盘盘内一个小盖　钟凤姐　也不接茶也不抬头只管拨
戚：炕沿边捧着　　小小的一个填漆茶盘盘内一　小盖　钟　凤姐　也不接茶也不抬头只管拨
寅：炕沿边捧着　　小小的一个填漆茶盘盘内一个小盖盅　　凤姐　也不接茶也不抬头只管拨

戌：手炉内的灰慢慢　的问道怎么还不请进来一面说一面抬身　要茶时只见周瑞家的已带了
庚：手炉内的灰　漫漫的问道怎么还不请进来一面说一面抬身　要茶时只见周瑞家的已带了
戚：手炉内的灰　漫漫的问道怎么还不请进来一面说一面抬　头要茶时只见周瑞家的已带了
寅：手炉内的灰慢慢　的问道怎么还不请进来一面说一面抬身　要茶时只见周瑞家的已带了

戌：两个人在地下　跕着了　这才忙欲起身犹未起身　满面春风的问好又嗔　周瑞家的　　不
庚：两个人在地下站　着　呢这才忙欲起身犹未起身时满面春风的问好又嗔着周瑞家的怎么不
戚：两个人在地下站　着了　这才忙欲起身　　　　满面春风的问好又嗔　周瑞家的怎么不
寅：两个人在地下站　着　呢这才忙欲起身犹未起身时满面春风的问好又嗔着周瑞家的怎么不

戌：早说刘姥姥在地下已是拜了数拜问姑奶奶安凤姐忙说周姐姐快搀　　　住不拜罢请坐我
庚：早说刘姥姥在地下已是拜了数拜问姑奶奶安凤姐忙说周姐姐快搀起来别　拜罢请坐我的
戚：早说刘姥姥在地下已是拜了数拜问姑奶奶安凤姐忙说周
寅：早说刘姥姥在地下已是拜了数拜问姑奶奶安凤姐忙说周姐姐快搀起来别　　拜罢请坐我的

戌：年轻不大认得可也不知是什么辈数不敢称呼周瑞家的忙回道这就是我才回的那　　　个嬷
庚：年轻不大认得可也不知是什么辈数不敢称呼周瑞家的忙回道这就是我才回的那　姥姥
戚：　　　　　　　　　　　　　　　　　　　瑞家的忙回道这就是我才回的那　姥姥
寅：年轻不大认得可也不知是什么辈数不敢称呼周瑞家的忙回道这就是我才回的那个姥姥
――――――――――――――――――――――――――――――――

戌：嬷了凤姐点头刘姥姥已在炕沿上坐　了板儿便　躲在　背后百端　的哄他出来作揖他死也
庚：　了凤姐点头刘姥姥已在炕沿上坐　了板儿便躲　在　背后百　般的哄他出来作揖他死也
戚：　了凤姐点头刘姥姥已在炕沿上坐下了板儿便躲　在他背后百端　的哄他出来作揖他死也
寅：　了凤姐点头刘姥姥已在炕沿上坐　了板儿便躲　在　背后百　般的哄他出来作揖他死也
――――――――――――――――――――――――――――――――

戌：不肯凤姐　笑道亲戚们不大走动都疎　远了知道的呢说你们弃厌我们不肯常来不知道的
庚：不肯凤姐儿笑道亲戚们不大走动都疎　远了知道的呢说你们弃厌我们不肯常来不知道的
戚：不肯凤姐　笑道亲戚们不大走动都　疎　远了知道的呢说你们弃厌我们不肯常来不知道的
寅：不肯凤姐儿笑道亲戚们不大走动都　疏远了知道的呢说你们弃厌我们不肯常来不知道的
――――――――――――――――――――――――――――――――

戌：那起小人还只当我们眼里没人　似的刘姥姥忙念佛道我们家道艰难走不起来了　这里没的
庚：那起小人还只当我们眼里没人是　的刘姥姥忙念佛道我们家道艰难走不起来了　这里没的
戚：那起小人还只当我们眼里没人　似的刘姥姥忙念佛道我们家　难走不起来　在这里没的
寅：那起小人还只当我们眼里没人　似的刘姥姥忙念佛道我们家道艰难走不起来了　这里没的
――――――――――――――――――――――――――――――――

戌：给姑奶奶打嘴就是管家爷们看着也不像凤姐　笑道这话叫人没的　恶心不过借赖着祖父
庚：给姑奶奶打嘴就是管家爷们看着也不像凤姐儿笑道这话　没的叫人恶心不过借赖着祖父
戚：给姑奶奶打嘴就是管家爷们看着也不像凤姐　笑道这话　没的叫人恶心不过借赖着祖父
寅：给姑奶奶打嘴就是管家爷们看着也不像凤姐儿笑道这话　没的叫人恶心不过借赖着祖父
――――――――――――――――――――――――――――――――

戌：虚名　作个穷官儿罢了谁家有什么不过是个旧日的空架子俗语说朝廷还有三门子穷亲　呢
庚：虚名　作个穷官儿　谁家有什么不过是个旧日的空架子俗语说朝廷还有三门子穷亲戚呢
戚：虚名　作个穷官儿罢了谁家有什么不过是　旧日的空架子俗语说朝廷还有三门子穷亲戚呢
寅：虚名做　个穷官儿　谁家有什么不过是个旧日的空架子俗语说朝廷还有三门子穷亲戚呢
――――――――――――――――――――――――――――――――

戌：何况你我说着又问周瑞家的回　了太太了没有周瑞家的道如今等奶奶的示下凤姐儿道你去
庚：何况你我说着又问周瑞家的回　了太太了没有周瑞家的道如今等奶奶的示下凤姐　道你去
戚：何况你我说着又问周瑞家的回　了太太　没有周瑞家的道如今等奶奶的示下凤姐　道你去
寅：何况你我说着又问周瑞家的回过了太太了没有周瑞家的道如今等奶奶的示下凤姐儿道你去
――――――――――――――――――――――――――――――――

戌：瞧瞧要是有人有事　就罢得闲　呢就回看怎么说周瑞家的答应着去了这里凤姐叫人抓些果
庚：瞧瞧要是有人有事　就罢得闲儿呢就回看怎么说周瑞家的答应着去了这里凤姐叫人抓些果
戚：瞧瞧要是有　事　就罢得闲　就回看怎么说周瑞家的答应着去了这里凤姐叫人抓些果
寅：瞧瞧要是有人有事呢就罢得闲儿呢就回看怎么说周瑞家的答应着去了这里凤姐叫人抓些果
――――――――――――――――――――――――――――――――

戌：子与板儿吃刚问些闲话时就有家下许多媳妇管事的来回话平儿回了凤姐道我这里陪　客呢
庚：子与板儿吃刚问些闲话时就有家下许多媳妇管事的来回话平儿回了凤姐道我这里陪　客呢
戚：子与板儿吃刚问些闲话时就有家下许多媳妇管事的来回话平儿回了凤姐道我这里陪着客呢
寅：子与板儿吃刚问些闲话时就有家下许多媳妇管事的来回话平儿回了凤姐道我这里陪　客呢
――――――――――――――――――――――――――――――――

戌：晚上再　回若有很　要紧的你就带　进　来现办平儿出去　一会进来说我都问了没有什么
庚：晚上再来回若有　狠要紧的你就　挈进　来现办平儿出去了一会进来说我都问了没　什么
戚：晚上再来回若有　狠要紧的你就带　进　来　平儿出去　一会进来说我都问了没　什么
寅：晚上再来回若有很　要紧的你就　挈起来现办平儿出去了一会进来说我都问了没　什么
――――――――――――――――――――――――――――――――

第六回　贾宝玉初试云雨情　刘姥姥一进荣国府

戌：紧事我就叫他们散了凤姐儿点头只见周瑞家的回来向凤姐道太太说了今日不得闲二奶奶
庚：紧事我就叫他们散了凤姐　点头只见周瑞家的回来向凤姐道太太说了今日不得闲二奶奶
戚：紧事我就叫他们散了凤姐　点头只见周瑞家的回来向凤姐道太太说了今日不得闲二奶奶
寅：要紧事我就叫他们散了凤姐　点头只见周瑞家的回来向凤姐道太太说了今日不得闲二奶奶

戌：陪着便是一样多谢费心想着白来　　　逛逛呢便罢若有甚的只管告诉二奶奶都是一样
庚：陪着便是一样多谢费心想着白来　　旷旷　呢便罢若有甚说的只管告诉二奶奶都是一样
戚：陪着便是一样多谢费心想着白来伱伱　　　便罢若有甚说的只管告诉二奶奶
寅：陪着便是一样多谢费心想着　来　　　　逛逛呢便罢若有甚说的只管告诉二奶奶都是一样

戌：刘姥姥道也没甚说的不过是来瞧　姑太太姑奶奶也是亲戚们的情分周瑞家的道没　　甚
庚：刘姥姥道也没甚说的不过是来瞧瞧姑太太姑奶奶也是亲戚们的情分周瑞家的道没　　甚
戚：刘姥姥道也没甚说的不过是　瞧姑太太姑奶奶也是亲戚们的情分周瑞家的道没有什么
寅：刘姥姥道也没甚说的不过是来瞧瞧姑太太姑奶奶也是亲戚们的情分周瑞家的道没　　甚

戌：说的便罢若有话　　　回二奶奶是和太太一样的一面说一面递眼色儿与刘姥姥刘姥姥会
庚：说的便罢若有话　　只管回二奶奶是和太太一样的一面说一面递眼色　与刘姥姥刘姥姥会
戚：说的便罢若有　说的只管回二奶奶是和太太一样的一面　　　递眼色　与刘姥姥刘姥姥会
寅：说的便罢若有话　　只管回二奶奶是和太太一样的一面说一面递眼色　与刘姥姥刘姥姥会

戌：意未语先飞红　的脸欲待不说今日又所为何来　只得忍耻说道论理今儿初次见姑奶奶却不
庚：意未语先飞红　的脸欲待不说今日又所为何来　只得忍耻说道论理今儿初次见姑奶奶却不
戚：意未语先飞红了　脸欲待不说今日又所为何　也只得忍耻说道论理今儿初次见姑奶奶却不
寅：意未语先飞红　的脸欲待不说今日又所为何来　只得忍耻说道论理今　初次见姑奶奶却不

戌：该说的只是大远的奔了你老这里来也少不的说了刚说　道这里只听得二门上小厮们回说东
庚：该说　只是大远的奔了你老这里来也少不的说了刚说到　这里只听　二门上小厮们回说东
戚：该说　只是大远的奔了你老　来也少不的说了刚说到　这里只听　二门上小厮们回说东
寅：该说　只是大远的奔了你老这里来也少不的说了刚说到　这里只听　二门上小厮们回说东

戌：府里　小大爷进来了凤姐忙止刘姥姥不必说了一面便问你　蓉大爷在那呢只听一路靴
庚：府里的小大爷进来了凤姐忙止刘姥姥不必说了一面便问你荣　大爷在那呢只听一路靴
戚：府里　小大爷　来了凤姐忙止刘姥姥不必说了一面便问你　蓉大爷在那呢只听一路　鞾
寅：府里的小大爷进来了凤姐忙止刘姥姥不必说了一面便问你　蓉大爷在那呢只听一路靴

戌：子脚响进　了一个十七八岁的少年面目清秀身　　材天娇　轻裘宝带美服华冠刘姥姥
庚：子脚响进来了一个十七八岁的少年面目清秀身　　材　俊俏轻裘宝带美服华冠刘姥姥
戚：子脚响进来了一个十七八岁的少年面目清秀身才夭乔　　轻裘宝带美服华冠刘姥姥
寅：子脚响进来了一个十七八岁的少年面目清秀身　　材　俊俏轻裘宝带美服华冠刘姥姥

戌：此时坐不是立不是藏没处藏　凤姐笑道你只管坐着这是我侄儿刘姥姥方扭扭捏捏在炕沿上
庚：此时坐不是立不是藏没处藏　凤姐笑道你只管坐着这是我侄儿刘姥姥方扭扭捏捏在炕沿上
戚：此时坐不是立不是　没　藏处凤姐笑道你只管坐着这是我侄儿刘姥姥方扭扭捏捏在炕沿上
寅：此时坐不是立不是藏没处藏　凤姐笑道你只管坐着这是我侄儿刘姥姥方扭扭捏捏在炕沿上

戌：坐了贾蓉笑道我父亲打发　我来求婶子说上回老舅　太太给婶子的那架玻璃炕屏明日请一
庚：坐了贾蓉笑道我父亲打发了我来求婶子说上回老　旧太太给婶子的那架玻璃炕屏明日请一
戚：坐了贾蓉笑道我父亲打发　我来求婶子说上回老舅　太太给婶子的那架玻璃炕屏明日请一
寅：坐了贾蓉笑道我父亲打发了我来求婶子说上回老舅　太太给婶子的那架玻璃炕屏明日请一

戌：个要紧的客借了略摆一摆就送过来的凤姐儿道说迟了一日昨儿　已经给了人了贾蓉听说
庚：个要紧的客借了略摆一摆就送过来　凤姐　道说迟了一日昨儿　已经给了人了贾蓉听　着
戚：个要紧的客借了略摆一摆就送　来　凤姐　道说迟了　　昨日已经给了人了贾蓉听说
寅：个要紧的客借了略摆一摆就送过来　凤姐　道说迟了一日昨儿　已经给了人了贾蓉听

戌：　嘻嘻的笑着在炕沿上　半跪道婶子若不借又　说我不会说话了又挨了一顿好打呢婶子只
庚：　嘻嘻的笑着在炕沿上　半跪道婶子若不借又　说我不会说话了又挨　一顿好打呢婶子只
戚：　　　笑着在炕沿　下半跪道婶子若不借　就说我不会说话了又挨　一顿好打呢婶子只
寅：了嘻嘻的笑着在炕沿上　半跪道婶子若不借又　说我不会说话了又挨　一顿好打呢婶子只

戌：当可怜侄儿罢凤姐笑道也没　见　我们王家的东西都是好的不成一般你们那里放着那些
庚：当可怜侄儿罢凤姐笑道也没　见你们王家的东西都是好的不成　　你们那里放着那些好
戚：当可怜侄儿罢凤姐笑道也没有见　我们王家的东西都是好的不成　　你们那里放着那些
寅：当可怜侄儿罢凤姐笑道也没　见你　们王家的东西都是好的不成　　你们那里放着那些好

戌：东西只是看不见　我的才罢　　　贾蓉笑道那里如　这个好呢只求开恩罢凤姐道　硼
庚：东西只是看不见偏我的　　就是好的贾蓉笑道那里　有这个好呢只求开恩罢凤姐道若硼
戚：东西只是看不见　　　　　　　　贾蓉笑道那里如　这个好呢只求开恩罢凤姐道　蹦
寅：东西只是看不见偏我的　　就是好的贾蓉笑道那里　有这个好呢只求开恩罢凤姐道若硼

戌：一点儿你可仔细你的皮因命平儿拿了楼　　门　钥匙传几个妥当人来抬去贾蓉喜的眉开眼
庚：一点儿你可仔细你的皮因命平儿拿了楼房的　　钥匙传几个妥当人　抬去贾蓉喜的眉开眼
戚：一点儿你可仔细你的皮因命平儿拿了楼　　门的钥匙传几个妥当人来抬去贾蓉喜的眉开眼
寅：一点儿你可仔细你的皮因命平儿拿了楼房的　　钥匙传几个妥当人　抬去贾蓉喜的眉开眼

戌：笑忙说我亲自带　了人拿去别由他们乱硼说着便起身出去了这里凤姐忽又想起一事来便向
庚：笑　说我亲自　代了人拿去别由他们乱硼说着便起身出去了这里凤姐忽又想起一事来便向
戚：笑忙说我亲自带　了人拿去别由他们乱硼说着便起身出去了这里凤姐忽又想起一事来便向
寅：笑　说我亲自带　了人拿去别由他们乱硼说着便起身出去了这里凤姐忽又想起一事来便向

戌：窗外叫蓉　儿回来外面几个人接声说蓉大爷快回来贾蓉　忙复身转来垂手侍立听　何指
庚：窗外叫蓉哥　回来外面几个人接声说蓉大爷快回来贾蓉　忙复身转来垂手侍立听阿凤　指
戚：窗外叫蓉　儿回来外面几个人接声说蓉大爷快回来贾蓉　忙复身转来垂手侍立听　何
寅：窗外叫蓉哥儿回来外面几个人接声说蓉大爷快回来贾蓉快　复身转来垂手侍立听阿凤　指

戌：示　那凤姐只管　　慢慢的吃茶出了半日　神方　笑道罢了你且去罢晚饭后你来再　说罢
庚：示　那凤姐只管漫漫　的吃茶出了半日的神　又笑道罢了你且去罢晚饭后你来再　说罢
戚：示下那凤姐只管漫漫　的吃茶出了半日　神方　笑道罢了你且去罢晚饭后你　再来说罢
寅：示　那凤姐只管漫漫　的吃茶出了半日的神　又笑道罢了你且去罢晚饭后你来再　说罢

戌：这会子有人我也没精神了贾蓉应了　　方慢慢的退去这里刘姥姥心　身方安方　又说道
庚：这会子有人我也没精神了贾蓉应了一声方慢慢的退去这里刘姥姥心神　　方定才又说道
戚：这会子有人我也没精神了贾蓉应了　　方慢慢的退去这里刘姥姥心　身方安　又说道
寅：这会子有人我也没精神了贾蓉应了一声方慢慢的退去这里刘姥姥心神　　方定才又说道

戌：今日我带　了你侄儿来也不为别的只因为他老子娘在家里连吃的都没有如今天又冷了越想
庚：今日我　代了你侄儿来也不为别的只因　他老子娘在家里连吃的都没有如今天又冷了越想
戚：今日我带　了你侄儿来也不为别的只因　他老子娘在家里连吃　都没有如今天又冷了越想
寅：今日我带　了你侄儿来也不为别的只因　他老子娘在家里连吃的都没有如今天又冷了越想

第六回　贾宝玉初试云雨情　刘姥姥一进荣国府　341

戌：没个派头儿只得　带了你侄儿奔了你老来说着又推板儿道你那爹在家怎么教　了你　打
庚：没个派头儿只得代　了你侄儿奔了你老来说着又推板儿道你那爹在家怎么教　你　来打
戚：没个派头　只得　带了你侄儿奔了你老来说着又推板儿道你那爹在家怎么教导你了　打
寅：越没个派头儿只得　带了你侄儿奔了你老来说着又推板儿道你那爹在家怎么教　你　来打
————————————————————————————————
戌：发咱们作煞事来只顾吃果子咧凤姐早已明白了听他不会说话因笑止道不必说了我知道了因
庚：发咱们作煞事来只顾吃果子咧凤姐早已明白了听他不会说话因笑止道不必说了我知道了因
戚：发咱们作煞事来只顾吃果子咧凤姐早已明白了听他不会说话因笑止道不必说了我知道了因
寅：发咱们作煞事来只顾吃果子咧凤姐早已明白了听他不会说话因笑止道不必说了我知道了因
————————————————————————————————
戌：问周瑞家的道这刘姥姥不知可用　　过饭没有呢刘姥姥忙　道一早就往这里赶咧那里还有
庚：问周瑞家的　这　姥姥不知可用了早　饭没有　刘姥姥说道一早就往这里赶咧那里还有
戚：问周瑞家的道这　姥姥不知可用了早　饭没有呢刘姥姥忙　道一早就往这里赶咧　还有
寅：问周瑞家的　这　姥姥不知可用了早　饭没有　刘姥姥说道一早就往这里赶咧那里还有
————————————————————————————————
戌：吃饭的工夫咧凤姐听说忙命　快传饭来一时周瑞家的传了一桌客　馔来摆在东边屋内过来
庚：吃饭的工夫咧凤姐听说忙命　快传饭来一时周瑞家的传了一桌客饭　来摆在东边屋内过来
戚：吃饭的工夫咧凤姐听说忙命人快传饭来一时周瑞家的传了一桌客　馔来摆在东边屋内过来
寅：吃饭的工夫咧凤姐听说忙命　快传饭来一时周瑞家的传了一桌客饭　来摆在东边屋内过来
————————————————————————————————
戌：　带了刘嬷嬷　　和板儿过去吃饭凤姐说道周姐姐好生让着些儿我不能陪了于是过东边房
庚：代　了刘　　姥姥和板儿过去吃饭凤姐说道周姐姐好生让着些儿我不能陪了于是过东边房
戚：　带了刘　　姥姥和板儿过去吃饭凤姐说道周姐姐好生让着些儿我不能陪了于是过东边房
寅：　带了刘　　姥姥和板儿过去吃饭凤姐说道周姐姐好生让着些儿我不能　了于是过东边房
————————————————————————————————
戌：里来凤姐又叫过周瑞家的去问他　方才回了　太太说了些什么周瑞家的道太太说他们家原
庚：里来　　又叫过周瑞家的去问他　才回了　太太说了些什么周瑞家的道太太说他们家原
戚：里来凤姐又叫过周瑞家的去问他才方　回了　太太说了些什么周瑞家的道太太说他们家原
寅：里来　　又叫过周瑞家的去问他才　回　过太太说了些什么周瑞家的道　他们家原
————————————————————————————————
戌：不是一家子不过因　出一姓当年又与　太老爷在一处　做官偶然连了宗的这几年来也不大
庚：不是一家子不过因　出一姓当年又与　太老爷在一处作　官偶然连了宗的这几年来也不大
戚：不是一家子不过因为　一姓当年又与老太　爷在一处　做官偶然连了宗的这几年来也不大
寅：不是一家子不过因为　一姓当年又与老太老爷在一处作　官偶然连了宗的这几年来也不大
————————————————————————————————
戌：走动当时他们来一　遭却也没　空　儿他们今儿既来了瞧瞧我们是他的好意思也不可简
庚：走动当时他们来一　遭却也没　空了　他们今儿既来了瞧瞧我们是他的好意思也不可简漫
戚：走动当时他们来一回　却也没　空了　他们今儿　来了瞧瞧我们是他的好意　也不可简
寅：走动当时他们来一　遭却也没有空了　他们今儿既来了瞧瞧我们是他的好意　也不可简
————————————————————————————————
戌：慢了他便是有什么说的叫二奶奶裁度　着就是了凤姐听了说道我说呢既是一家　　子我
庚：　了他便是有什么说的叫　奶奶裁度　着就是了凤姐听了说道我说呢既是一家　　子我
戚：慢了他便是有什么说的叫二奶奶裁　夺着就是了凤姐听了说道我说呢既是一家　　子我
寅：慢了他便是有什么说的叫　奶奶裁度　着就是了凤姐听了说道我说呢既是一家了怎么　我
————————————————————————————————
戌：如何连影儿也不知道说话时刘姥姥已吃毕　饭拉了板儿过来　舔唇抹　嘴的道谢凤姐
庚：如何连影儿也不知道说话时刘姥姥已吃毕饭拉了板儿过来　舔　舌咂嘴的道谢凤姐
戚：如何连影儿也不知道说话时刘姥姥已吃毕　饭拉了板儿过来豁　唇　打嘴的道谢凤姐
寅：　连影儿也不知道说话时刘姥姥已吃毕　饭拉了板儿过来　舔　舌咂嘴的道谢凤姐
————————————————————————————————

戌：笑道且请坐下听我告诉你老人家方才　意思我已知道了若论亲戚之间原该不　待上门来就
庚：笑道且请坐下听我告诉你老人家方才的意思我已知道了若论亲戚之间原该不等　上门来就
戚：笑道且请坐下听我告诉你老人家方才的意思我已知道了若论亲戚之间原该不　待上门来就
寅：笑道且请坐下听我告诉你老人家方才的意思我已知道了若论亲戚之间原该不等　上门来就
————————————————————————————
戌：该有照应才是但如今家　里杂事太烦太太渐　　上了年纪一时想不到也是有的况是我　近
庚：该有照应才是但如今家内　杂事太烦太太渐也　上了年纪一时想不到也是有的况是我　近
戚：该有照应才是但如今家　里杂事太烦太太渐　　上了年纪一时想不到也是有的况是我进
寅：该有照应才是但如今家内　杂事太烦太太　也渐上了年纪一时想不到也是有的况是我　近
————————————————————————————
戌：来接着管些事都　不　大知道这些个亲戚们二则外头看着这里　烈烈轰轰的殊不知大有
庚：来接着管些事都　不甚　知道这些　亲戚们二则外头看着　虽是烈烈轰轰的殊不知大有
戚：来接着管些事都是不　大知道这些　亲戚们二则外头看着这里虽是烈烈轰轰的殊不知大有
寅：来接着管些事都　不甚　知道这些　亲戚们二则外头看着　虽是烈烈轰轰的殊不知大有
————————————————————————————
戌：大　的艰难去处说与人也未必信罢今儿你既老远的来了又是头一次见我张口怎好　叫你
庚：大　的艰难去处说与人也未必信罢今儿你既老远的来了又是头一次见我张口怎好　叫你
戚：大用的艰难去处说与人也未必信罢今儿你既老远的来了又是头一次见我张口怎好教　你
寅：大　的艰难去处说与人也未必信罢今儿你既老远的来了又是头一次见我张口怎好　叫你
————————————————————————————
戌：空回去　的可巧昨儿太太给我的丫头们作　衣裳的二十两银子我还没　动呢你　们不嫌少
庚：空回去呢　可巧昨儿太太给我的丫头们　做衣裳的二十两银子我还没　动呢你若　不嫌少
戚：空回去　的可巧昨儿太太给我的丫头们作　衣裳的二十两银子我还没使　呢你　们不嫌少
寅：空回去呢　可巧昨儿太太给我的丫头们　做衣裳的二十两银子我还没　动呢你若　不嫌少
————————————————————————————
戌：就暂且　拿了去罢那刘姥姥先听见告艰难只当是没有心里便突突的后来听见给他二十两喜
庚：就暂且先拿了去罢那刘姥姥先听见告艰难只当是没有心里便突突的后来听见给他二十两喜
戚：就暂且先拿了去罢那刘姥姥先听见告　难只当是没有心里便突突的后来听见给他二十两喜
寅：就暂且先拿了去罢那刘姥姥先听见告艰难只当是没有心里便突突的后来听见给他二十两喜
————————————————————————————
戌：的　浑身　发　痒起来说道嗳我也是知道艰难的但俗语说　瘦死的骆驼比马还大凭　的怎
庚：的又浑身　发　痒起来说道嗳我也是知道艰难的但俗语说的瘦死的骆驼比马　大凭他　怎
戚：的　浑身又发　痒起来说道嗳我也　知道艰难的但俗语说　瘦死的骆驼比马　大凭他　怎
寅：的又浑身　发起痒　来说道嗳我也是知道艰难的但俗语说的瘦死的骆驼比马　大凭他　怎
————————————————————————————
戌：么样你老拔　根寒毛比我们的腰还粗呢周瑞家的在　傍听　他说的粗鄙只管使眼色　止他
庚：　样你老拔　根　毛比我们的腰还粗呢周瑞家的　　　见他说的粗鄙只管使眼色　止他
戚：么　你老　拔根寒毛比我们的腰还粗呢周瑞家的在旁　听　他说的粗鄙只管使眼色　止他
寅：　样你老拔　根　毛比我们的腰还粗呢周瑞家的　　　见他说的粗鄙只管使眼色阻　他
————————————————————————————
戌：凤姐　听了笑而不采　只命平儿把昨儿　那包银子拿来再拿一　串钱来都送　至刘姥
庚：凤姐看见　笑而不　採 只命平儿把昨儿　那包银子拿来再拿一吊　钱来都送到　刘姥
戚：凤姐　听了笑而不　睬只命平儿把昨日那包银子拿来再拿一　串钱来都送　至刘姥
寅：凤姐看见　笑而不　睬只命平儿把昨儿　那包银子拿来再拿一吊　钱来都送到　刘姥
————————————————————————————
戌：姥跟　前凤姐乃道这是二十两银子暂且给这孩子　做件冬衣罢若不拿着　可真是怪我了
庚：姥　的面前凤姐乃道这是二十两银子暂且给这孩子　做件冬衣罢若不拿着就　真是怪我了
戚：姥跟　前凤姐乃道这是二十两银子暂且给这孩子作　件冬衣罢若不拿着　可真是怪我了
寅：姥　的面前凤姐乃道这是二十两银子暂且给这孩子　做件冬衣罢若不拿着就　真是怪我了
————————————————————————————

第六回　贾宝玉初试云雨情　刘姥姥一进荣国府　343

戌：这串钱雇了车子坐罢改　日无事只管来　　逛逛方是亲戚间　的意思天也晚了也不虚留你
庚：这　钱雇　车　坐罢　改日无事只管来旷旷　　方是亲戚　们的意思天也晚了也不虚留你
戚：这　钱雇了车子坐罢改　日无事只管来　　　　方是亲戚　们的意思天也晚了也不虚留你
寅：这　钱雇　车　坐罢改　日无事只管来　　逛逛方是亲戚　们的意思天也晚了也不虚留你
————————————————————————————

戌：们了到家里该问好的问个好儿罢一面说　一面就　　趿起来了刘姥姥只管千恩万谢　拿了
庚：们了到家该问好的问个好儿罢一面说　一面就站　起来　刘姥姥只管千恩万谢的拿了
戚：们了到家里该问好的问个好儿罢一面说　一面就站了　起来　刘姥姥只管千恩万谢的拿了
寅：们了到家里该问好的问个好儿罢一面说就一面就站了　起来　刘姥姥只管千恩万谢的拿了
————————————————————————————

戌：银　钱随　周瑞家的出来至外厢房　周瑞家的方道我的娘　你见了他怎么到不会说话了开
庚：银子钱随了周瑞家的　来至外　　面周瑞家的　道我的娘啊你见了他怎么到不会说　了开
戚：银　钱随　周瑞家的　来至外厢　周瑞家的　道我的娘　你见了他怎么到不会说　了开
寅：银子钱随了周瑞家的　来至外　　面周瑞家的　道我的娘啊你见了他怎么到不会说　了开
————————————————————————————

戌：口就是你侄儿我说句不怕你恼的话便是亲侄儿也要说和　　柔些那蓉大爷才是他的正紧
庚：口就是你侄儿我说句不怕你恼的话便是亲侄儿也要说和软　　些　蓉大爷才是他的正　经
戚：口就是你侄儿我说句不怕你恼的话便是亲侄儿也要说和软　　些那蓉大爷才是他的正紧
寅：口就是你侄儿我说句不怕你恼的话便是亲侄儿也要说和一　些　蓉大爷才是他的正　经
————————————————————————————

戌：侄儿呢他怎么又跑出这么　个侄儿来了刘姥姥笑道我的嫂子我见了他心眼　里爱还爱不过
庚：侄儿呢他怎么又跑出这么一个侄儿来了刘姥姥笑道我　嫂子我见了他心眼儿里爱还爱不过
戚：侄儿呢他怎么又跑出这么　个侄儿来了刘姥姥笑道我的嫂子我见了他心眼儿里爱还爱不过
寅：侄儿呢他怎么又跑出这么一个侄儿来了刘姥姥笑道我的嫂子我见了他心眼　里爱还爱不过
————————————————————————————

戌：来　那里还说　上话　了　　二人说着又至　周瑞家　　坐了片时　刘姥姥便要留下
庚：来　那里还说的上话　　来呢二人说着又　到周瑞家　　坐了片时　刘姥姥便要留下
戚：来　那里还说的上话来了　二人说着又至　周瑞家的屋子里坐了片刻刘姥姥便要留下
寅：来呢　还说的上话　　来呢二人说着又　到周瑞家　　坐了片时　刘姥姥便要留下
————————————————————————————

戌：一块银　与周瑞家的儿女　　买果子吃周瑞家的如何放在眼里执意不肯刘姥姥感谢不尽
庚：一块银子与周瑞家　　孩子们买果子吃周瑞家的如何放在眼里执意不肯刘姥姥感谢不尽
戚：一块银子与周瑞家的儿女　　买果子吃周瑞家的如何放在眼里执意不肯刘姥姥感谢不尽
寅：一块银子与周瑞家　　孩子们买果子吃周瑞家的如何放在眼里执意不肯刘姥姥感谢不尽
————————————————————————————

戌：仍从后门去了　　　　　　　　　正是得意浓时　易接济受恩深处胜亲朋
庚：仍从后门去了　　　　　　　　　正是得意浓时是　接济受恩深处胜亲朋
戚：仍从后门去了要知端详且听下回分解正是得意浓时　易接济受恩深处胜亲朋
寅：仍从后门去了　　　　　　　　　正是得意浓时是　接济受恩深处胜亲朋
————————————————————————————

第七回 送宫花贾琏戏熙凤 宴宁府宝玉会秦钟

戌：题曰十二花容色最新不知谁是惜花人相逢若问名何　氏家住江南姓本秦话说周瑞家的送了
庚：　　　　　　　　　　　　　　　　　　　　　　　　　　　　　　　　　　　　话说周瑞家的送了
戚：题曰十二花容色最新不知谁是惜花人相逢若问　何名氏家住江南姓本秦话说周瑞家的送了
寅：　　　　　　　　　　　　　　　　　　　　　　　　　　　　　　　　　　　　话说周瑞家的送了

戌：刘姥姥去后便上来回王夫人话谁知王夫人不在上房问丫环们时方知往薛姨妈那边　闲话去
庚：刘姥姥去后便上来回王夫人话谁知王夫人不在上房问丫环们时方知往薛姨妈那边说闲话去
戚：刘姥姥去后便上来回王夫人　谁知王夫人不在上房问丫环们时方知往薛姨妈那边　闲话去
寅：刘姥姥去后便上来回王夫人话谁知王夫人不在上房问丫环们时方知往薛姨妈那边说闲话去

戌：了周瑞家的听说便转　东角门出至东院往梨香院来刚至院门前只见王夫人的丫环名金钏儿
庚：了周瑞家的听说便转出东角门　至东院往梨香院来刚至院门前只见王夫人的丫环名金钏儿
戚：了周瑞家的听说便转　东角门出至东院往梨香院来刚至院门前只见王夫人的丫环名金钏
寅：了周瑞家的听说便转出东角门　至东院往梨香院来刚至院门前只见王夫人的丫环名金钏儿

戌：　者和一个才留了头　的小女孩儿站　立台矶　　上顽　见周瑞家的来了便知有话回因
庚：合　　一个才留了头　的小女孩儿站在　台　阶坡　上顽　见周瑞家的来了便知有话回因
戚：　和一个才留了头发的小女孩儿站在　台矶　　石上顽　见周瑞家的来了便知有话回
寅：合　　一个才留了头　的小女孩儿站在　台矶　　石上　玩见周瑞家的来了便知有话回因

戌：向内努嘴儿周瑞家的轻轻掀帘进去只见王夫人和薛姨妈长篇大套的说些家务人情　　等语
庚：向内努嘴儿周瑞家的轻轻掀帘进去只见王夫人和薛姨妈长篇大套的说些家务人情　　等语
戚：向内努嘴儿周瑞家的轻轻掀帘进去只见王夫人和薛姨妈长篇大套的说些家务人情的话
寅：向内努嘴儿周瑞家的轻轻掀帘进去只见王夫人和薛姨妈长篇大套的说些家务人情　　等语

戌：周瑞家的不敢惊动遂进里间来只见薛宝钗穿着家常　衣服头上只　挽着髻　　儿坐在
庚：周瑞家的不敢惊动遂进里间来只见薛宝钗穿着家常的衣服头上只　散挽着纂　　儿坐在
戚：周瑞家的不敢惊动遂进里间来只见薛宝钗穿着家常　衣服头上只插　着　钗　儿坐在
寅：周瑞家的不敢惊动遂进里间来只见薛宝钗穿着家常的衣服头上只　散挽着　鬏儿坐在

戌：炕里边伏在小炕几　上同丫环莺儿正描花样子呢见他进来宝钗　才放下笔转过身来满面堆
庚：炕里边伏在小炕　桌上同丫环莺儿正描花样子呢见他进来宝钗　才放下笔转过　来满面堆
戚：炕里边伏在小炕几　上同丫环莺儿正描花样子呢见他进来宝钗便　放下笔转过身来满面堆
寅：炕里边伏在小炕　桌上同丫环莺儿正描花样子呢见他进来宝钗　才放下笔转过　来满面堆

戌：　笑让周姐姐坐　周瑞家的也忙陪笑问姑娘好一面炕沿边　坐了因说这有两三天也没见姑
庚：着笑让周姐姐坐着周瑞家的也忙陪笑问姑娘好一面炕沿　上坐了因说这有两三天也没见姑
戚：　笑让周姐姐坐　周瑞家的也忙陪笑问姑娘好一面炕沿边　坐了因说这有两三天也没见姑
寅：着笑让周姐姐坐着周瑞家的也忙陪笑问姑娘好一面炕沿　上坐了因说这有两三天也没见姑

第七回　送宫花贾琏戏熙凤　宴宁府宝玉会秦钟　345

戌：娘到那边　　　逛逛去只怕是你宝玉兄弟冲撞了你不成宝钗笑道那里的话只因我那种病
庚：娘到那边　　旷旷　去只怕是你宝　兄弟冲撞了你不成宝钗笑道那里的话只因我那种病
戚：娘到那边侹侹　　去只怕是你宝玉兄弟冲撞　不成宝钗笑道那里的话只因我那种病
寅：娘　那边　　　逛逛去只怕是你宝　兄弟冲撞了你不成宝钗笑道那里的话只因我那种病
————————————————————————————
戌：又发了　　两天所以且静养两　日　　　周瑞家道正是呢姑娘到底有什么病根儿也
庚：又发了所以这两天　　　　　　没出屋子周瑞家道正是呢姑娘到底有什么病根儿也
戚：又发了　两天所以且静养两　日　　　周瑞家道正是呢姑娘到底有什么病根儿也
寅：又发了所以这两天　　且静养　两日没出屋子周瑞家道正是呢姑娘到底有什么病根儿也
————————————————————————————
戌：该趁早儿请　了大夫来好生开个方子认真吃几剂药一势　除了根才好　小小的年纪到　坐
庚：该趁早儿请个　大夫来好生开个方子认真吃几剂　一势儿除了根才　是小小的年纪到作
戚：该趁早儿请个　大夫来好生开个方子认真吃几剂药一势　除了根才　是小小的年纪到
寅：该趁早　请个　大夫来好生开个方子认真吃几剂　一势儿除了根才　是小小的年纪到作
————————————————————————————
戌：　下个病根　也不是顽的宝钗听说　便笑道再不要提吃药为这病请大夫吃药也不知白花了
庚：　下个病根儿也不是顽的宝钗听　了便笑道再不要提吃药为这病请大夫吃药也不知白花了
戚：做下个病根儿也不是顽的宝钗听说　便笑道再不要提吃药为这病请大夫吃药也不知白花了
寅：　下个病根儿也不是顽的宝钗听　了便笑道再不要提吃药为这病请大夫吃药也不知白花了
————————————————————————————
戌：　多少银子钱呢　凭你什么名医仙药总　不见一点儿效后来还亏了一个秃头和尚说专
庚：　多少银子钱呢　凭你什么名医仙药　从　不见一点儿效后来还亏了一个秃头和尚说专
戚：几许　银子钱　的凭你什么名医仙　方不见一点儿效后来还亏了一个秃头和尚说专
寅：　多少银子钱呢　凭你什么名医仙药　从　不见一点儿效后来还亏了一个秃头和尚说专
————————————————————————————
戌：治无名之症因请他看了他说我这是从胎里　带来的一股热毒幸而我先　天结壮还不相干若
庚：治无名之症因请他看了他说我这是从胎里代　来的一股热毒幸而　先　天　壮还不相干若
戚：治无名之症因请他看了他说我这是从胎　带来的一股热毒幸而我先健　壮还不相干若
寅：治无名之症因请他看了他说我这是从胎里　带来的一股热毒幸而　先　天　壮还不相干若
————————————————————————————
戌：吃凡　药是不中用的他就说了一个海上方又给了一包　末药　作引　异香异气的不知是
庚：吃　寻常药是不中用的他就说了一个海上方又给了一包药末　子作引子异香异气的不知是
戚：吃凡　药是不中用的他就说了一个海上方又给了一包　末药　作引　异香异气的不知是
寅：吃　寻常药是不中用的他就说了一个海上方又给了一包药末　子作引子异香异气的不知是
————————————————————————————
戌：那里弄　来的他说发了时吃一丸就好到也奇怪　　　这到效验些周瑞家的因问道不知是
庚：那里弄了来的他说发了时吃一丸就好到也奇怪吃他的药　到效验些周瑞家的因问　不知是
戚：那里弄　来的他说发了时吃一丸就好到也奇怪　　　这到效验些周瑞家的因问道不知是
寅：那里弄　来的他说发了时吃一丸就好到也奇怪吃他的药　到效验些周瑞家的因问　不知是
————————————————————————————
戌：那个什么海上方儿姑娘说了我们也记着说与人知道倘遇见这样的病也是行好的事宝钗见问
庚：　个什么海上方儿姑娘说了我们也　　说与人知道倘遇见这样　病也是行好的事宝钗见问
戚：　个什么海上方儿姑娘说了我们也记着说与人知道倘遇见这样的病也是行好的事宝钗见问
寅：　个什么海上方儿姑娘说了我们也　　说与人知道倘遇见这样　病也是行好的事宝钗见问
————————————————————————————
戌：乃笑道不　问这方儿还好若　问起这　方儿　　真真把人琐碎坏了　东西药料一概
庚：乃笑道不用　这方儿还好若用了　这药方儿得　病症真真把人琐碎　死东西药料一概
戚：乃笑道不　问这方儿还好若　问起这　方儿　　真真把人琐碎坏了　东西药料一概
寅：乃笑道不用　这方　还好若用了　这药方儿　的病症真真把人琐碎　死东西药料一概
————————————————————————————

戌：都有　　现易得的只难得可巧二字要春天开的白牡丹花蕊十二两夏　天开的白荷花蕊　十二
庚：都有限　　　　只难得可巧　　要春天开的白牡丹花蕊十二两夏夏　开的白荷花蕊心十二
戚：都有限　易得的只难得可巧二字要春天开的白牡丹花蕊十二两夏　天开的白荷花蕊　十二
寅：都有限　　　　只难得可巧　　要春天开的白牡丹花蕊十二两夏　天开的白荷花蕊心十二
——————————————————————————————————————
戌：两秋天开的白芙蓉花蕊十二两冬天开的白梅花蕊十二两将这四样　蕊于次年春分这日晒
庚：两秋天　的白芙蓉　十二两冬天　的白梅花蕊十二两将这四样花蕊于次年春分这日晒乾
戚：两秋天开的白芙蓉花蕊十二两冬天开的白梅花蕊十二两　这四样花蕊于次年春分这日晒
寅：两秋天　的白芙蓉　蕊十二两冬天　的白梅花蕊十二两将这四样花蕊于次年春分这日晒
——————————————————————————————————————
戌：干和在末药　　一处一齐研好又要雨水这日的雨水十二　钱周瑞家的忙道嗳哟这　样说来
庚：　和在　药末子一处一齐研好又要雨水这日的雨水十二两　周瑞家的忙道嗳哟这么　说来
戚：干和在末药　　一处一齐研好又要雨水这日的雨水十二　钱周瑞家的忙道嗳哟这　样说来
寅：干和在　药末子一处一齐研好又要雨水这日的雨水十二两　周瑞家的忙道嗳哟这么　说来
——————————————————————————————————————
戌：这就得一二　年的工夫倘或　这日雨水　不下雨　水又　怎处呢宝钗笑道所以了　那
庚：这就得　三年的工夫倘或雨水这日　竟不下雨　　这却怎处呢宝钗笑道所以　说那
戚：这就得　三年的工夫倘或雨水这日　竟不下雨可　又　怎处呢宝钗笑道所以了　那
寅：　就得　三年的工夫倘或雨水这日　竟不下雨　　这却怎处呢宝钗笑道所以　说那
——————————————————————————————————————
戌：里有这样可巧的雨便没雨也只好再等罢了白露这日的露水十二钱霜降这日的　霜十二钱小
庚：里有这样可巧的雨便没雨也只好再等罢了白露这日的露水十二钱霜降这日的　霜十二钱小
戚：里有这样可巧的雨便没雨也只好再等罢了白露这日　露水十二钱霜降这日的　霜十二钱小
寅：里有这样可巧的雨便没雨也只好再等罢了白露这日的露水十二钱霜降这日的雪　十二钱小
——————————————————————————————————————
戌：雪这日的雪十二钱把这　四样水调匀和了丸药再加　　蜂蜜十二钱白糖十二钱丸了　龙
庚：雪这日的雪十二钱把这些　　水调匀和了　药再加十二钱蜂蜜十二钱白糖　　丸了　龙
戚：雪这日的雪十二钱把这　四样水调匀和了丸药再加十二钱蜂蜜十二钱白糖　　丸成龙
寅：雪这日的雪十二钱把这　四样水调匀和了丸药再加十二钱蜂蜜十二钱白糖　　丸了　龙
——————————————————————————————————————
戌：眼大的丸子盛在旧磁　罐　内埋在花根底下若发了病时拿出来吃一丸用十二分黄　柏煎
庚：眼大的丸子盛在旧磁坛　　内埋　花根底下若发了病时拿出来吃一丸用十二分黄　柏煎
戚：眼大的丸子盛在旧磁　　罐　内埋在花根底下若发了病时拿出来吃一丸用十二分黄柏　煎
寅：眼大的丸子盛在旧磁坛　　子内埋在花根底下若发了病时拿出来吃一丸用十二分黄　柏煎
——————————————————————————————————————
戌：汤送下周瑞家的听了笑道阿弥陀佛真　巧死了人　　等十年未必都这样巧　呢宝钗道竟
庚：汤送下周瑞家的听了笑道阿弥陀佛真坑　死　人的事儿等十年未必都这样巧的呢宝钗道竟
戚：汤送下周瑞家的听了笑道阿弥陀佛真　巧死了人　　等十年未必都这样巧　呢宝钗道竟
寅：汤送下周瑞家的听了笑道阿弥陀佛真坑　死　人的事儿等十年未必都这样巧的呢宝钗道竟
——————————————————————————————————————
戌：好自他说了去后一二年间可巧都得了好容易配成一料如今从南　带至北现　就埋在梨花树
庚：好自他说了去后一二年间可巧都得了好容易配成一料如今从南代　至北现在就埋在梨花树
戚：好自他说了去后一二年间可巧都得了好容易配成一料如今从南　带至北现　就埋在梨花树
寅：好自他说了去后一二年间可巧都得了好容易配成一料如今从南　带至北现在就埋在梨花树
——————————————————————————————————————
戌：　下　周瑞家的又　道这药可有名子　没有呢宝钗道有这也是　癞　和尚说下的叫作　冷
庚：底下呢周瑞家的又问道这药可有名子　没有呢宝钗道有这也是那癞头和尚说下的叫　做冷
戚：　下　周瑞家的又　道这药可有名　字没有呢宝钗道有这也是那癞　和尚说下的叫　做冷
寅：底下呢周瑞家的又问道这药可有名子　没有呢宝钗道有这也是那癞头和尚说下的叫　做冷
——————————————————————————————————————

第七回　送宫花贾琏戏熙凤　宴宁府宝玉会秦钟　347

戌：香丸周瑞家的听了点头儿因又说这　病发了时到底觉怎　样宝钗道也不觉　什么　只
庚：香丸周瑞家的听了点头儿因又说这　病发了时到底觉怎么着　宝钗道也不觉甚怎　么着只
戚：香丸周瑞家的听了点头儿因又说这发病　了时到底觉怎　样宝钗道也不觉　什么　只
寅：香丸周瑞家的听了点头儿因又说这　病发了时到底觉怎么着　宝钗道也不觉　怎　么着只
————————————————————————————

戌：不过喘嗽些吃一丸　　也就罢　了周瑞家的还欲说话时忽听　王夫人问是谁在　里头
庚：不过喘嗽些吃一丸下去也就　好些了周瑞家的还欲说话时忽听　王夫人问　谁在房里　呢
戚：不过喘嗽些吃一丸　　也就罢　了周瑞家的还欲说话时忽听得王夫人问　谁在　里头
寅：不过喘嗽些吃一丸下去也就　好些了周瑞家的还欲说话时忽听　王夫人问　谁在房里　呢
————————————————————————————

戌：周瑞家的忙出去答应了趁便回了刘姥姥之事略待半　刻见王夫人无话　方欲退出薛姨妈忽
庚：周瑞家的忙出去答应了趁便回了刘姥姥之事略待　片刻见王夫人无话　方欲退出薛姨妈忽
戚：周瑞家的忙出去答应了趁便回了刘姥姥之事略待半　刻见王夫人无话　方欲退出薛姨妈忽
寅：周瑞家的忙出去答应了趁便回了刘姥姥之事略待半　刻见王夫人无　语方欲退出薛姨妈忽
————————————————————————————

戌：又笑道你且站住我有一宗东西你　带了去罢说着便叫香菱　帘栊　响处方才和金钏儿顽
庚：又笑道你且站住我有一宗东西你代　了去罢说着便叫香菱只听帘　笼响处方才和金钏　顽
戚：又笑道你且站住我有一宗东西你　带了去罢说着　叫香菱
寅：又笑道你且站住我有一宗东西你　带了去罢说着便叫香菱只听帘　笼响处方才和金钏　顽
————————————————————————————

戌：的那个小女孩子　进来了问奶奶叫我　做什么薛姨妈道把那匣子里的花儿拿来香菱答应
庚：的那个小　　丫头进来了问奶奶叫我作　什么薛姨妈道把　匣子里的花儿拿来香菱答应
戚：　　　　　　　　　　　　　　　　　　　薛姨妈道把那匣子里的花儿拿来香菱答应
寅：的那个小　　丫头进来了问奶奶叫我作　什么薛姨妈把　匣子里的花　拿来香菱答应
————————————————————————————

戌：了向那边捧了个小锦匣　来薛姨妈乃道这是宫里头　作的新鲜样法　堆纱　花　十二
庚：了向那边捧了个小锦匣　来薛姨妈　道这是宫里头　的新鲜样法拿　纱堆的花儿十二
戚：了向那边捧了　小锦匣子来薛姨妈乃道这是宫里头做　的新鲜样法　堆纱　花　十二枝
寅：了向那边捧了个小锦匣　来薛姨妈　道这是宫里头　的新鲜样法拿　纱堆的花儿十二
————————————————————————————

戌：支昨儿　我想起来白放着可惜旧了　何不给他们姊妹们带　去昨儿要送去偏又忘了你
庚：支昨儿　我想起来白放着可惜　了儿的何不给他们姊妹们　代　去昨儿要送去偏又忘了你
戚：　昨日我想起来白放着可惜旧了　何不给他们姊妹们　戴去昨儿要送去偏又忘了你
寅：支昨儿　我想起来白放着可惜　了儿的不给他们姊妹们　代　去昨儿要送去偏又忘了你
————————————————————————————

戌：今儿来的巧就　带了去罢你家的三位姑娘每人　　两支　下剩　六支　送林姑娘两　支
庚：今儿来的巧就代　了去罢你家的三位姑娘每人一对剩　　下　的六　枝送林姑娘两枝
戚：今儿来的巧就　带了去罢你家的三位姑娘每人　　两枝下剩　六　枝送林姑娘两枝
寅：今儿来的巧就　带了去罢你家的三位姑娘每人一对剩　　下　的六　枝送林姑娘两枝
————————————————————————————

戌：那四支　给了凤哥儿罢王夫人道留着给宝　丫头　带罢了又想着他们　　薛姨妈
庚：那四　枝给了凤哥　罢王夫人道留着给宝　丫头　带罢　又想着他们　作什么薛姨妈
戚：那四　枝给了凤哥儿罢王夫人道留着给宝　丫头戴　罢了又想着他们　　薛姨妈
寅：那四　枝给了凤哥　罢王夫人道留着给宝姑娘　　带罢　又想着他们做　什么薛姨妈说
————————————————————————————

戌：道姨妈　不知道宝丫头古怪　呢他从来不爱　这些花儿粉儿的说着周瑞家的拿了匣子走出
庚：道姨　娘不知道宝丫头古怪呢他从来不爱　这些花儿粉儿的说着周瑞家的拿了匣子走出
戚：道姨　娘不知道宝丫头古怪　呢他从来不爱惜这些花儿粉儿的说着周瑞家的拿了匣子走出
寅：　姨　娘不知道宝丫头古怪着呢他从来不爱　这些花儿粉儿的说着周瑞家的拿了匣子走出

戌：房门见金钏儿仍在那里晒日　阳　周瑞家的因问他道那香菱小丫头子可就是时常说临上京
庚：房门见金钏　仍在那里晒日头阳儿周瑞家的因问他道那香菱小丫头子可就是　常说临上京
戚：房门见金钏儿仍在那里晒日　阳　周瑞家的因问他道那香菱小丫头子可就是时常说临上京
寅：房门见金钏　仍在那里晒日头阳儿周瑞家的因问他道那香菱小丫头子可就是　常说临上京
————————————

戌：时买的为他打人命官司的那个小丫头子　　金钏道可不就是　正说着只见香菱笑嘻嘻的走
庚：时买的为他打人命官司的那个小丫头子么　金钏道可　就是他正说着只见香菱笑嘻嘻的走
戚：时买的为他打人命官司的那个　丫头子　　金钏道可不就是　正说着只见香菱笑嘻嘻的走
寅：时买的为他打人命官司的那个小丫头子　吗金钏道可不就是他正说着只见香菱笑嘻嘻的走
————————————

戌：来周瑞家的便拉了他的手细细的看了一　回因向金钏儿笑道到好个模样儿竟有些像咱们东
庚：来周瑞家的便拉了他的手细细的看了一会　因向金钏　笑道到好个模样儿竟有些像咱们东
戚：来周瑞家的便拉了他的手细细的看了一　回因向金钏儿笑道到好个模样儿竟有些像咱们东
寅：来周瑞家的便拉了他的手细细的看了一会　因向金钏　笑道到好个模样儿竟有些像咱们东
————————————

戌：府里蓉大奶奶的品格　金钏儿笑道我也是这么　说呢周瑞家的又问香菱你几岁投身到这里
庚：府里蓉大奶奶的品格儿金钏儿笑道我也是这　们说呢周瑞家的又问香菱你几岁投身到这里
戚：府里蓉大奶奶的品格　金钏　笑道我也是这么　说呢周瑞家的又问香菱你几岁投身到这里
寅：府里蓉大奶奶的品格儿金钏儿笑道我也是这　们说呢周瑞家的又问香菱你几岁投身到这里
————————————

戌：又问你父母今在何处今年十几岁了本处是那里人香菱听问　摇头说　不记得了周瑞家的和
庚：又问你父母今在何处今年十几岁了本处是那里人香菱听问都摇头说　不记得了周瑞家的和
戚：又问你父母今在何处今年十几岁了本处是那里人香菱听问都摇头说记不　得了周瑞家的和
寅：又问你父母今在何处今年十几岁了本处是那里人香菱听问都摇头说　不记得了周瑞家的和
————————————

戌：金钏　听了到反为他叹息伤感一回一时　周瑞家的携花至王夫人正房后　来原来近日贾母
庚：金钏儿听了到反为　叹息伤感一回一时间周瑞家的携花至王夫人正房后头来原来近日贾母
戚：金钏儿听了到反为　叹息伤感一回一时　周瑞家的携花至王夫人正房后　来原来近日贾母
寅：金钏儿听了到反为　叹息伤感一回一时间周瑞家的携花至王夫人正房后头来原来　　贾母
————————————

戌：说孙女　们太多了一处挤着到不　便只留宝玉　黛玉二人在这边解闷却将迎探惜　三人移
庚：说孙女儿们太多了一处挤着到不方便只留宝玉代　玉二人　这边解闷却将迎　惜探三人移
戚：说孙女　们太多了一处挤着到不　便只留宝玉　黛玉二人在这边解闷却将迎探惜　三人移
寅：说孙女儿们太多了一处挤着到不方便只留宝玉　黛玉二人　这边解闷却将迎　惜探三人移
————————————

戌：到王夫人这边房后三间小抱厦内居住令李纨陪伴照管如　今周瑞家的　故顺路先往这里来
庚：到王夫人这边房后三间小抱厦内居住令李纨陪伴照管如　今周瑞家的因　顺路先往这里来
戚：到王夫人这边房后三间小抱厦内居住令李纨陪伴照管如此　周瑞家的　故顺路　往这里来
寅：到王夫人这边房后三间小抱厦内居住令李纨陪伴照管如　今周瑞家的因　顺路先往这里来
————————————

戌：只见几个小丫头子都在抱厦内听呼唤　　　默坐迎　春的丫头　司棋　与探春的丫　环
庚：只见几个小丫头子都在抱厦内听呼唤呢只见迎　　春的丫　环司棋　与探春的丫　环
戚：只见几个小丫头子都在抱厦内听呼唤　　　默坐　迎春的丫　环司棋　与探春的丫　环
寅：只见几个小丫头子都在抱厦内听呼唤呢只见迎　　春的丫头　司　棋与探春的丫头
————————————

戌：　侍　书二人正掀帘　出来手里都捧着茶盘茶钟周瑞家的便知他　姊妹在一处坐着　遂进入
庚：　侍　书二人正掀帘子出来手里都捧着　茶钟周瑞家的便知他们姊妹在一处坐着呢遂进入
戚：　待书二人正掀帘子出来手里都捧着茶盘茶钟周瑞家的便知他　姊妹在一处坐着　遂进
寅：　侍　书二人正掀帘子出来手里都捧着茶　钟周瑞家的便　他们姊妹在一处坐着呢遂进入
————————————

第七回　送宫花贾琏戏熙凤　宴宁府宝玉会秦钟　349

戌：内房　　只见迎春探春二人正在窗下　围棋周瑞家的将花送上说明　原故他二人忙住了棋都
庚：内房　　只见迎春探春二人正在窗下下围棋周瑞家的将花送上说明缘　故　二人忙住了棋都
戚：　房内只见迎春探春二人正在窗　下围棋周瑞家的将花送上说明　原故他二人忙住了棋都
寅：内房　　只见迎春探春二人正在窗下下围棋周瑞家的将花送上说明缘　故　二人忙住了棋都

戌：欠身谢道　命丫环们收了周瑞家的答应了因说四姑娘不在房里只怕在老太太那边　呢丫环
庚：欠身　道谢命丫环们收了周瑞家的答应了因说四姑娘不在房里只怕在老太太那边　呢丫环
戚：欠身　道谢命丫环　收了周瑞家的答应　因说四姑娘不在房里只怕在老太太那边　呢丫环
寅：欠身　道谢命丫环们收了周瑞家的答应了因说四姑娘不在房里只怕在老太太那边 呢丫环

戌：们道　在这屋里不是　　　周瑞家的听了便往这边屋内　来只见惜春正同　水月庵的小
庚：们道　那　屋里不是四姑娘周瑞家的听了便往这边屋　里来只见惜春正同　水月庵的小
戚：们道在那　屋里不是　　　周瑞家的听了便往这　屋内　来只见惜春正同　水月庵的小
寅：们道　那　屋里不是四姑娘周瑞家的听了便往这边屋　里来只见惜春正　和水月庵的小

戌：姑子智能儿两个一处顽笑　　　见周瑞家的进来惜春便问他何事周瑞家的便将　花匣打开
庚：姑子智能儿　　　一处　玩耍呢见周瑞家的进来惜春便问他何事周瑞家的便将　花匣打开
戚：姑子智能儿两个一处顽笑　　　见周瑞家的进来惜春便问他何事周瑞家的便　把花匣打开
寅：姑子智能儿　　　一处　玩耍呢见周瑞家的进来惜春便问他何事周瑞家的便将　花匣打开

戌：说明原故惜春笑道我这里正和智能儿说我明儿也剃了头同他　作姑子去呢可巧又送了花儿
庚：说明原故惜春笑道我这里正和智能儿说我明儿也剃了头同他　作姑子去呢可巧又送了花儿
戚：说明原故惜春笑道我这里正和智能儿说我明儿也剃了头同他做　姑子去呢可巧又送了花儿
寅：说明原故惜春笑道我这里正和智能儿说我明儿也剃了头同他　作姑子去呢可巧又送了花儿

戌：来若剃了头　把这花可　带　在那里　说着大家取笑一回惜春命丫环入画来收了
庚：来若剃了头可把这花　儿带　在那里呢说着大家取笑一回惜春　丫环　　　　放在匣子
戚：来若剃了头可把这花　儿戴在那里　说着大家取笑一回惜春命丫环入画来收
寅：来若剃了头可把这花　　带　在那里呢说着大家取笑一回惜春命丫环入画来收　在匣子

戌：　周瑞家的因问智能儿你是什么时候来的你师　傅那秃歪剌　　往那里去了智能儿道我们
庚：里周瑞家的　问智能儿你是什么时　来的你师父　那秃歪　到　往那里去了智能儿道我们
戚：　周瑞家的因问智能儿你是什么时候来的你师父　那秃歪　　拉往那里去了智能儿道我们
寅：里周瑞家的　问智能儿你是什么时候来的你师父　那秃歪　到　往那里去了智能儿道我们

戌：一早　　就来了我师　傅见过　太太就往于老爷府里　去了叫我在这里等他呢周瑞家的又道
庚：一早　　就来了我师父　见　了太太就往于老爷府　内去了叫我在这里等他呢周瑞家的又道
戚：一早儿就来了我师父　见过　太太就往于老爷府里　去了叫我在这里等他呢周瑞家的又道
寅：一早　　就来了我师父　见　了太太就往于老爷府　内去了叫我在这里等他呢周瑞家的又道

戌：十五的月例香供银子可　得了没有智能儿摇头说　不知道惜春听了便问周瑞家的如今
庚：十五的月例香供银子可曾得了没有智能儿摇头儿说我不知道惜春听了便问周瑞家的如今
戚：十五的月例香供银子可　得了没有智能儿摇头　说　不知道惜春听了便问周瑞家的如今
寅：十五的月例香供银子可曾得了没有智能儿摇头儿说　不知道惜春听了便问周瑞家的如今月

戌：　各庙月例银子　是谁管着周瑞家的道是　余信管着惜春听了笑道这就是了他师　傅一来
庚：　各庙月例银子　是谁管着周瑞家的道是蔡　信管着惜春听了笑道这就是了他师父　一来
戚：　各庙月例银子都是谁管着周瑞家的道是　余信管着惜春听了笑道这就是了他师父　一来
寅：例各庙　　银子　是谁管着周瑞家的道是　余信管着惜春听了笑道这就是了他师父　一来

戌：　了余信家的　　　就赶上来和他师傅　咕唧了半日想是就为这事了那周瑞家的又和智能儿
庚：　蔡　信　的女人就赶上来和他师　父咕唧了半日想是就为这事了那周瑞家的又和智能儿
戚：　了余信家的　　　就赶上来和他师　父咕唧了半日想是就为这事了那周瑞家的又和智能儿
寅：　　余信　的女人就赶上来和他师　父咕唧了半日想是就为这事了那周瑞家的又和智能儿
————————————————————————————————
戌：　劳叨了一　回便往凤姐　处来穿夹道　　从李纨后窗下过
庚：　劳叨了一会　便往凤姐儿处来穿夹道彼时从李纨后窗下过隔着玻璃窗户见李纨在炕上歪
戚：　唠　叨了一　回便往凤姐　处来穿夹道　　从李纨后窗下过
寅：　劳叨了一会　便往凤姐儿处来穿夹道　　从李纨后窗下过隔着玻璃窗户见李纨在炕上歪
————————————————————————————————
戌：　　　　　越　西花墙出西角门进入凤姐院中走至堂屋只见小丫头丰儿坐在凤姐　房　门
庚：着睡觉呢遂越过西花墙出西角门进入凤姐院中走至堂屋只见小丫头丰儿坐在凤姐　房中门
戚：　　　　　越　西花墙出西角门进　凤姐院中走至堂屋只见小丫头丰儿坐在凤姐的　　门
寅：着睡觉呢遂越过西花墙出西角门进入凤姐院中走至堂屋只见小丫头丰儿坐在凤姐　房中门
————————————————————————————————
戌：槛　　上见周瑞家的来了连忙摆手儿叫他往东　屋里去周瑞家的会意　　　慌的蹑手蹑脚
庚：槛　　上见周瑞家的来了连忙摆手儿叫他往东　屋里去周瑞家的会意忙　挥　　手
戚：　坎子上见周瑞家的来了连忙摆手儿叫他往东房　里去周瑞家的会意　　　慌的蹑手蹑脚
寅：槛　　上见周瑞家的来了连忙摆手儿叫他往东　屋里去周瑞家的会意忙摄　　　手蹑
————————————————————————————————
戌：的　　往东边房里来只见奶子正拍着大姐儿睡觉呢周瑞家的　悄问奶子道奶奶　睡中觉
庚：　挥足往东边房里来只见奶子正拍着大姐儿睡觉呢周瑞家的巧　问奶子道　姐儿睡中觉
戚：的　　往东边房里来只见奶子正拍着大姐儿睡觉呢周瑞家的　悄问奶子道奶奶　睡中觉
寅：　　足往东边房里来只见奶子正拍着大姐儿睡觉呢周瑞家的巧　问奶子道　姐儿睡中觉
————————————————————————————————
戌：呢也该请醒了奶子摇头儿正问　着只听那边一阵笑声却有贾琏的声音接着房门响处平儿拿
庚：呢也该请醒了奶子摇头儿正　说着只听那边一阵笑声却有贾琏的声音接着房门响处平儿拿
戚：呢也该请醒　奶子摇头儿正问　着只听那　一阵笑声却有贾琏的声音接着房门响处平儿拿
寅：呢也该请醒了奶子摇头儿正　说着只听那边一阵笑声却有贾琏的声音接着房门响处平儿拿
————————————————————————————————
戌：着大铜盆出来叫丰儿舀水进去平儿　便进这边来一见了周瑞家的便问你老人家又跑了来
庚：着大铜盆出来叫丰儿舀水进去平儿到　这边来一见了周瑞家的便问你老人家又跑了来
戚：着大铜盆出来叫丰儿舀水进去平儿　便进这边来　见了周瑞家的便问你老人家又跑了来
寅：着大铜盆出来叫丰儿舀水进去平儿到　这边来一见了周瑞家的便问你老人家又跑了来做
————————————————————————————————
戌：作什么周瑞家的忙起身拿匣子与他说送花　一事平儿听了便打开匣子拿　出四支　转身
庚：作什么周瑞家的忙起身拿匣子与他说送花儿一事平儿听了便打开匣子拿了　四　枝转身
戚：作什么周瑞家的忙起身拿匣子与他说送花之　事平儿听了便打开匣子拿了　四　枝转身
寅：　什么周瑞家的忙起身拿匣子与他说送花　一事平儿听了便打开匣子拿了　四　枝转身
————————————————————————————————
戌：去了半刻工夫手里又拿出两支　来先叫彩明来付他　　　送到那府里给小蓉大奶奶带
庚：去了半刻工夫手里　拿出两　枝来先叫彩明　　吩咐道　送到那府里给小蓉大奶奶带
戚：去了半刻工夫手里又拿出两　枝来先叫彩明来　吩咐　他送到那边府里给小蓉大奶奶
寅：去了半刻工夫手里　拿出两　枝来先叫彩明来　吩咐道　送到那边府里给小蓉大奶奶带
————————————————————————————————
戌：去次后方命周瑞家的回去道谢周瑞家的这才往贾母这边来穿过了穿堂　顶头忽见他女儿
庚：去次后方命周瑞家的回去道谢周瑞家的这才往贾母这边来穿过了穿堂抬　头忽见他女儿
戚：戴去次后方命周瑞家的回去道谢周瑞家的这才往贾母这边来　过了穿堂　顶头忽见他女儿
寅：去次后方命周瑞家的回去道谢周瑞家的这才往贾母这边来穿过了穿堂抬　头忽见他女儿
————————————————————————————————

第七回　送宫花贾琏戏熙凤　宴宁府宝玉会秦钟　351

戌：打扮着才从他婆家来周瑞家的忙问你这会　子跑来作　什么他女儿笑道妈一向身上好我在
庚：打扮着才从他婆家来周瑞家的忙问你这会　　跑来作　什么他女儿笑道妈一向身上好我在
戚：打扮着才从他婆家来周瑞家的忙问你这会　子跑来作　什么他女儿笑道妈一向身上好我在
寅：打扮着才从他婆家来周瑞家的忙问你这会儿　跑来　做什么他女儿笑道妈一向身上好我在

戌：家里等了这半日妈竟不出去什么事情这样忙的不回家　我等烦了　自己先到了老太太跟前
庚：家里等了这半日妈竟不出去什么事情这样忙的不回家的我等烦了　自己先到了老太太跟前
戚：家里等了这半日妈竟不出去什么事情这样忙的不回家　我等烦了　自己先到了老太太跟前
寅：家里等了这半日妈竟不出去什么事情这样忙的不回家　我等烦　子自己先到了老太太跟前

戌：请了安了这会子请太太　安去妈还有什么不了的差事手里是什么东西周瑞家的笑道嗳今儿
庚：请了安了这会子请太太的安去妈还有什么不了的差事手里是什么东西周瑞家的笑道嗳今儿
戚：请了安了这会子请太太的安去妈还有什么不了的差事手里是什么东西周瑞家的笑道嗳今儿
寅：请了安了这会子请太太的安去妈还有什么不了的差事手里是什么东西周瑞家的笑道嗳今儿

戌：偏偏　的来了个刘姥姥我自己多事为他跑了半日这会子又被姨太太看见了送这几支　花儿
庚：偏偏　的来了个刘姥姥我自己多事为他跑了半日这会子又被　太太看见了送这几　枝花儿
戚：偏偏儿的来了　刘姥姥我自己多事为他跑了半日这会子又被姨太太看见了送这几　枝花儿
寅：偏偏　的来了个刘姥姥我自己多事为他跑了半日这会子又被姨太太看见了送这几　枝花儿

戌：与姑娘奶奶们这会子还没送清　白呢你这会子跑　来一定有什么事情的他女儿笑道你老人
庚：与姑娘奶奶们这会子还没送清楚　呢你这会子跑了来一定有什么事　他女儿笑道你老人
戚：与姑娘奶奶们这会子还没送清　白呢你这会子跑　来一定有什么事情的　女儿笑道你老人
寅：与姑娘奶奶们这会子还没送清楚　呢你这会子跑了来一定有什么事　他女儿笑道你老人

戌：家到会猜实对你老人家说你女婿前儿因多吃了两杯酒和人分争起来不知怎的被人放了一把
庚：家到会猜实对你老人家说你女婿前儿因多吃了两杯酒和人分争　　不知怎的被人放了一把
戚：家到会猜实对你　　说你女婿前儿因多吃了两杯酒和人分争起来不知怎的被人放了一把
寅：家到会猜实对你老人家说你女婿前儿因多吃了两杯酒和人分争起来不知怎的被人放了一把

戌：邪火说他来历不明告到衙门里要递解　还乡所以我来和你老人家商议商议这个情分求那一
庚：邪火说　来历不明告到衙门里要递解　还乡所以我来和你老人家商议商议这个情分求那一
戚：邪火说他来历不明告到衙门里要递解他还乡所以我来和你老人家商议商议这个情分求那
寅：邪火说他来历不明告到衙门里要递解他还乡所以我来和你老人家商议商议这个情分求那一

戌：个可　　　了事　周瑞家的听了道我就知道的　这有什么大不了的　你且家　去等　我
庚：个可以　　了事呢周瑞家的听了道　就知道　呢这有什么大不了的事　你且家　去等　我
戚：个　　才　了事　周瑞家的听了道我就知道的　有什么大不了的事情你且　回去等着我
寅：个　　才能了事呢周瑞家的听了道我就知道　呢这有什么大不了的事　你且家　去等

戌：我　送林姑娘　　的花儿去了就回来家　此时太太二奶奶都不得闲儿你回去等我这　没有
庚：我给　林姑娘送了　花儿去　就回　家去此时太太二奶奶都不得闲儿你回去等我这　　有
戚：　　送林姑娘　　的花儿去了就回　家　此时太太二奶奶都不得闲儿你回去等我这　没有
寅：我给　林姑娘送了　花　去　就回　家去此时太太二奶奶都不得闲　你回去等我这我

戌：什么忙的　他女儿听　如此说便回去了　还说妈你好歹快来周瑞家的道是了小人　家没
庚：什么忙的如此　女儿听　　说便回去了又　说妈　好歹快来周瑞家的道是了小人儿家没
戚：什么忙的　　他女儿听说如此　便回去了　还说妈　好歹快来周瑞家的道是了小人　家没
寅：什么忙的　　他女儿听说如此　便回去了又　说　好歹快来周瑞家的道是了小人　家没

戌：经过什么事　情就急的　　你这样子　　说着便　到黛　玉房中去了谁知　　此时黛　玉
庚：经过什么事　　就急　得你这样　　了说着便　到　代玉房中去了谁知　　此时　代玉
戚：经过什么事的　就急的那　　　样　儿了说着便　到黛　玉房中去了谁知黛玉此时
寅：经过什么事　　就急的　　你这样　了说着便道到黛　玉房中去了谁知黛玉此时
————————————————————————
戌：不在自己房中却在宝玉房中大家解九连环　　　　作戏周瑞家的进来笑道林姑娘姨太太着
庚：不在自己房中却在宝玉房中大家解九连环　　　顽呢　周瑞家的进来笑道林姑娘姨太太着
戚：不在自己房中却在宝玉房中大家解九连环　　　　作戏周瑞家的　　笑道林姑娘姨太太着
寅：不在自己房中却在宝玉房中大家解九连环玩儿　呢　　周瑞家的进来笑道林姑娘姨太太着
————————————————————————
戌：我送花　来与姑娘带　　　宝玉听说　先便说　什么花　拿来给我一面早伸手接过来了开
庚：我送花儿　与姑娘带来了　宝玉听说便先　说　什么花儿拿来给我一面早伸手接过来了开
戚：我送花　来与姑娘　　戴宝玉听说　先便说　什么花　拿来给我一面早伸手接过来了开
寅：我送花儿　与姑娘带来了　宝玉听说便先　　问什么花儿拿来给我一面早伸手接过来了开
————————————————————————
戌：匣看时原来是两　支宫制堆纱新巧的假花　　黛玉只就　宝玉手中看了一看便问道还是单
庚：匣看时原来是　　宫制堆纱新巧的假花儿代　玉只就在宝玉手中看了一看便问道还是单
戚：匣看时原米是两枝　宫制堆纱新巧的假花　　黛玉只就　宝玉手中看　一看便问道还是单
寅：匣看时原来是　　宫制堆纱新巧的假花　　黛玉只就在宝玉手中看了一看便问道还是单
————————————————————————
戌：送我一个人的还是别的姑娘们都有　　周瑞家的道各位都有了这两　支是姑娘的了　黛玉再
庚：送我一　人的还是别的姑娘们都有呢周瑞家的道各位都有了这两枝　是姑娘的了代　玉
戚：送我一个人的还是别的姑娘们都有　　周瑞家的道各位都有了这两枝　是姑娘的了　黛玉
寅：送我一　人的还是别的姑娘们都有呢周瑞家的道各位都有了这两枝　是姑娘的了　黛玉
————————————————————————
戌：看了一看冷笑我就知道别人不挑剩下的也不给我替我道谢罢周瑞家的听了一声儿　不言
庚：　　　　冷笑我就知道别人不挑剩下的也不给我　　　　　周瑞家的听了一声儿　不言
戚：　　　　冷笑我就知道别人不挑剩下的也不给我　　　　　周瑞家的听了一声儿也不言
寅：　　　　冷笑道我就知道别人不挑剩下的也不给我　　　　周瑞家的听了一声儿　不言
————————————————————————
戌：语宝玉便问道周姐姐你作　　什么到那边去了周瑞家的因说太太在那里因回话去了姨太太
庚：语宝玉便问道周姐姐你作　　什么到那边去了周瑞家的因说太太在那里因回话去了姨太太
戚：语宝玉便问道周姐姐你　为　什么到那边去了周瑞家的因说太太在那里因回话去了姨太太
寅：语宝玉便问道周姐姐你　　做什么到那边去了周瑞家的因说太太在那里因回话去了姨太太
————————————————————————
戌：就顺便叫我带　来了宝玉道宝姐姐在家作　　什么呢怎么这几日也不过　　来周瑞家的道
庚：就顺便叫我带　来了宝玉道宝姐姐在家作　　什么呢怎么这几日也不过这边来周瑞家的道
戚：就顺便叫我带了来　宝玉道宝姐姐在家　　做什么呢怎么这几日也不过　　来周瑞家的道
寅：就顺便叫我带　来了宝玉道宝姐姐在家　里做什么呢怎么这几日也不过这边来周瑞家的道
————————————————————————
戌：身上不大好呢宝玉听了便和丫头们说谁去瞧瞧　就说我和　林姑娘打发　来　问姨娘
庚：身上不大好呢宝玉听了便和丫头　说谁去瞧瞧只　说我　与林姑娘打发了来请　姨　太太
戚：身上不大好呢宝玉听了便和丫头　说谁去瞧瞧　就说我和　林姑娘打发　来　问姨娘
寅：身上不大好呢宝玉听了便和丫头　说谁去瞧瞧只　说我　与林姑娘打发了来请　姨　太太
————————————————————————
戌：姐姐安问姐姐是什么病　吃什么药　论理我该　亲自来的就说　才从学里　来的也着了
庚：姐姐安问姐姐是什么病现吃什么药说原　　该我亲自来的就说　才从学里　来　也着了
戚：姐姐安问姐姐是什么病　吃什么药　论理我该　亲自来的说我才从学里回来　也着了
寅：姐姐安问姐姐是什么病现吃什么药说原　　该我亲自来的就说　才从学里　来　也着了
————————————————————————

第七回 送宫花贾琏戏熙凤 宴宁府宝玉会秦钟 353

戌：些凉异日再亲 来　说着茜雪　便答应去了周瑞家的自去无话原来这周瑞家的女婿便是
庚：些凉异日再亲自来看罢说着茜 云便答应去了周瑞家的自去无话原来这周瑞　的女婿便是
戚：些凉异日再亲 来　说着茜雪　便答应去了周瑞家的自去无话原来这周瑞家的女婿便是
寅：些凉异日再亲自来看罢说着茜 云便答应去了周瑞家的自去无话原来这周瑞　的女婿便是
————————————————————————
戌：雨村的好　友冷子兴近因卖古董　和人打官司故遣　女人来讨情分周瑞家的仗着主子的势
庚：雨村的　朋友冷子兴近因卖古董合 人打官司故　教女人来讨情分周瑞家的仗着主子的势
戚：雨村的好　友冷子兴近因　古董　和人打官司故遣　女人来讨情分周瑞家的仗着主子的势
寅：雨村的　朋友冷子兴近因卖古董　和人打官司故　教女人来讨情分周瑞家的仗着主子的势
————————————————————————
戌：利把这些事也不放在心上晚间只求求凤姐儿便完了至掌灯时分凤姐已卸了妆来见王夫人回
庚：利把这些事也不放在心上晚间只求求凤姐儿便完了至掌灯时分凤姐已卸了妆来见王夫人回
戚：利把这些事也不放在心上晚间只求求凤姐儿便 　至掌灯时分凤姐已卸了妆来见王夫人回
寅：利把这些事也不放在心上　间只求求凤姐儿便完了至掌灯时分凤姐已卸了妆来见王夫人回
————————————————————————
戌：话　今儿甄家送了来的东西我已收了咱们送他的趁着他家有年下　进鲜的船　去一并都交
庚：话　今儿甄家送了米的东西我已收了咱们送他的趁着他家有年下送 鲜的船　去一并都交
戚：　说今儿甄家送了米的东西我已收了咱们送他的趁着他家有年下送 鲜的船　去一并都交
寅：话　今儿甄家送了来的东西我已收了咱们送他的趁着他家有年下送 鲜的船回去一并都交
————————————————————————
戌：给他们　带去了　　王夫人点头凤姐又道临安伯老太太　千秋的礼　已经打点了太太
庚：给他们代　了去罢　王夫人点头凤姐又道临安伯老太太生日　的礼理已经打点了
戚：给他们　带　了去　了王夫人点头凤姐又道临安伯老太太生日　的礼　已经打点了太太
寅：给他们　带　了去罢　王夫人点头凤姐又道临安伯老太太生日　的礼　已经打点了
————————————————————————
戌：派谁送去　王夫人道你瞧谁闲着　　　　　不管打发两　个女人去就完　了又来当什
庚：派谁送去呢王夫人道你瞧谁闲着　就叫他们去四　　个女人　就　是了又来当什
戚：派谁送去　王夫人道你瞧谁闲着只　管打发　四个女人去就完　了又　当什
寅：派谁送去呢王夫人道你瞧谁闲着　就叫他们去四　　个女人　就　是了又来当什
————————————————————————
戌：么正紧　事问我凤姐又笑道今　儿珍大嫂子来请我明　儿过去　逛逛　明儿　到没有
庚：么正 经事问我凤姐又笑道今日 珍大嫂子来请我明日 过去旷旷　　明 日到没有
戚：么正 经事问我凤姐又笑道今日 珍大嫂子来请我明日 过去　　　任任明儿 到没有
寅：么正 经事问我凤姐又笑道今日 珍大嫂子来请我明日 过去旷旷　　明 日到没有
————————————————————————
戌：什么事　王夫人道　有事没事都害　不着什么每常他来请有我们你自然不便意他既不请
庚：什么事情王夫人道　有事没事都 碍不着什么每常他来请有我们你自然不便意他既不请
戚：什么事　王夫人道没事有　事都害　不着什么每常他来请有我们你自然不便意他既不请
寅：什么事情王夫人道　有事没 都 碍不着什么每常他来请有我们你自然不便意他既不请
————————————————————————
戌：我们单请你可知是他诚心　叫你散　淡散淡　别辜负了他的心便是有事也该过去才是凤姐
庚：我们单请你可知是他诚心　叫你散　淡散淡　别辜负了他的心便　有事也该过去才是凤姐
戚：我们单请你可知是他诚心请　你散　淡散淡　别辜负了他的心便　有事也该过去才是凤姐
寅：我们单请你可知是他诚心　叫你散谈　散　谈别辜负了他的心便　有事也该过去才是凤姐
————————————————————————
戌：答应了当下李纨　迎春等姊妹们亦会　定省毕各自归房无话次日凤姐儿梳洗了先回王
庚：答应了当下李纨迎探　等姊妹们亦　来　定省毕各自归房无话次日凤姐　梳洗了先回王
戚：答应了当下李纨迎探　等姊妹们亦　曾定省毕各自归房无话次日凤姐　梳洗了先回王
寅：答应了当下李纨迎探　等姊妹们亦　来　定省毕各自归房无话次日凤姐　梳洗了先回王

戌：夫人毕方来辞贾母宝玉听了也要　　　　　逛去凤姐只得答应着立等　　换了衣服姐儿两个坐
庚：夫人毕方来辞贾母宝玉听了也要　　跟了旷　去凤姐只得答应　　立等着换了衣服姐儿两个坐
戚：夫人毕方来辞贾母宝玉听了也要征　　　　去凤姐只得答应着立等　　换了衣服姐儿两个坐
寅：夫人毕方来辞贾母宝玉听了也要　　跟了旷　去凤姐只得答应　　立等着换了衣服姐儿两个坐

戌：了车一时进入　　宁府早有贾珍之妻尤氏与贾蓉之妻秦氏婆媳两个引了多少姬妾丫环媳妇等
庚：了车一时进入　　宁府早有贾珍之妻尤氏与贾蓉之妻秦氏婆媳两个引了多少姬妾丫环媳妇等
戚：了车一时进　了宁府早有贾珍之妻尤氏与贾蓉之妻秦氏婆媳两个引了多少姬妾丫环媳妇等
寅：了车一时进入　　宁府早有贾珍之妻尤氏与贾蓉之妻秦氏婆媳两个引了多少姬妾丫环媳妇等

戌：接出仪门那尤氏一见了凤姐必先笑嘲一阵一手携了宝玉　　入上房来归坐秦氏献茶毕凤姐因
庚：接出仪门那尤氏一见了凤姐必先笑嘲一阵一手携了宝玉同入上房来归坐秦氏献茶毕凤姐因
戚：接出仪门那尤氏一见了凤姐必先笑嘲一阵　手携了宝玉同入上房　归坐秦氏献茶毕凤姐因
寅：接出仪门那尤氏一见了凤姐必先笑嘲一阵一手携了宝玉同入上房来归坐秦氏献茶毕凤姐因

戌：说你们请我来　作什么有什么　东西来孝敬　　就　献上来我还有事呢尤氏秦氏未及答　话
庚：说你们请我来　作什么有什么好东西　孝敬我就快献上来我还有事呢尤氏秦氏未及答　话
戚：说你们请我来　　　　　有什么　东西　孝敬　就　献　来我还有事呢尤氏秦氏未及答应
寅：说你们请我来做　什么有什么好东西　孝敬我就快献上来我还有事呢尤氏秦氏未及答　话

戌：地下几个姬妾先就笑说二　奶奶今儿不来就罢既来了就依不得二奶奶了正说着只见贾蓉进
庚：地下几个姬妾先就笑说二　奶奶今儿不来就罢既来了就依不得二奶奶了正说着只见贾蓉进
戚：地下几个姬妾先就笑说　道奶奶今儿不来就罢既来了就依不得二奶奶了正说着只见贾蓉进
寅：地下几个姬妾先就笑说二　奶奶今儿不来就罢既来了就依不得二奶奶了正说着只见贾蓉进

戌：来请安宝玉因问大哥哥今日不在家　尤氏道出城　请老爷　安去了又道可是你怪闷的也坐
庚：来请安宝玉因问大哥哥今日不在家么尤氏道出城与　老爷请安去了　　可是你怪闷的　坐
戚：来请安宝玉因问大哥哥今日不在家　尤氏道出城　请老爷　安去了又道可是你怪闷的
寅：来请安宝玉因问大哥哥今日不在家么尤氏道出城与　老爷请安去了　　可是你怪闷的　坐

戌：在这里作　什么何不　去　　逛逛　秦氏笑道今日　巧　上回宝叔立刻要见　见我
庚：在这里作　什么何不也去　　旷旷秦氏笑道今　儿巧　上回宝叔立刻要见的　我那
戚：
寅：在这里　做什么何不也去征征　　秦氏笑道今　儿巧宝叔上回　立刻要见的　我那

戌：兄弟他今儿也在这里想在书房里　宝叔何不去　　　　　　　　　　　　　　瞧一
庚：兄弟他今儿也在这里想在书房里呢宝叔何不去　　　　　　　　　　　　　　瞧一
戚：　　　　　　　　　　　　　　何不去征秦氏道宝叔叔要见我兄弟今儿巧来了瞧一
寅：兄弟他今儿也在这里想在书房里呢宝叔何不去　　　　　　　　　　　　　　瞧一

戌：瞧宝玉听了即便下炕要走尤氏凤姐都忙说好生着忙什么一面便吩咐人好生小心跟着　别委
庚：瞧宝玉听了即便下炕要走尤氏凤姐都忙说好生着忙什么一面便吩咐　好生小心跟着他别委
戚：瞧宝玉听了即便下炕　走尤氏凤姐都忙说好生着忙什么一面便吩咐人好生小心跟着．别委
寅：瞧宝玉听了即便下炕要走尤氏凤姐都忙说好生着忙什么一面便吩咐　好生小心跟着他别委

戌：屈　着他到比不得跟了老太太　来　就罢了凤姐儿　道既这么着何不请进这秦小爷来我也
庚：　曲着他到比不得跟了老太太过来　就罢了凤姐　说道既这么着何不请进这秦小爷来我也
戚：屈　着他到比不得跟了老太太过来　就罢了凤姐儿　道既这么着何不请进这秦小爷来我也
寅：　曲着他到比不得跟了老太太过来便　罢了凤姐　说道既这么着何不请进这秦小爷来我也

第七回　送宫花贾琏戏熙凤　宴宁府宝玉会秦钟　355

戌：瞧　瞧难　到我就见不得他不成尤氏笑道罢罢可以不必见他比不得咱们家的孩子们胡打海
庚：瞧一瞧难道　我　见不得他不成尤氏笑道罢罢可以不必见他比不得咱们家的孩子们胡打海
戚：瞧　瞧难道　我　见不得他不成尤氏笑道罢罢可以不必见他比不得咱们家的孩子们胡打海
寅：瞧一瞧难道　我　见不得他不成尤氏笑道罢罢可以不必见他比不得咱们家的孩子们胡打海
————————————————————————————————————

戌：摔的惯了人家的孩子都是斯斯文文　惯了的乍见了你这破落户还被人笑话死了呢凤姐笑道
庚：摔的惯了人家的孩子都是斯斯文文的惯了　乍见了你这破落户还被人笑话死了呢凤姐笑道
戚：摔的惯了人家的孩子都是斯斯文文的惯了乍见了你这破落户　被人笑话　呢凤姐笑道
寅：摔的惯了人家的孩子都是斯斯文文的　了　乍见了你这破落户还被人笑话死了呢凤姐笑道
————————————————————————————————————

戌：普天下的人我不笑话就罢　竟叫这小孩子笑话我不成贾蓉笑道不是这话他生的腼腆没见过
庚：普天下的人我不笑话就罢了竟叫这小孩子笑话我不成贾蓉笑道不是这话他生的腼腆没见过
戚：普天下的人我不笑话就罢　竟叫这小孩子笑话我不成贾蓉　道不是这话他生的腼腆没见过
寅：普天下的人我不笑话就罢了竟叫这小孩子笑话我不成贾蓉笑道不是这话他生的腼腆没见过
————————————————————————————————————

戌：大阵　仗儿婶子见了没的生气凤姐啐道　他是哪叱　　我也要见一见别放你娘的
庚：大阵张　儿婶子见了没的生气凤姐　道凭他　什么样儿的　我也要见一见别放你娘的
戚：大阵　仗儿婶子见了没的生气凤姐　道　他是哪　　咤我也要见一见别放你娘的
寅：大阵　仗儿婶子见了没的生气凤姐　道　他是哪　　咤我也要见一见别放你娘的
————————————————————————————————————

戌：屁了再不带　去看给你一顿好嘴巴子贾蓉笑嘻嘻的说我不敢强　就带他来说着果然出
庚：屁了再不带来我　看给你一顿好嘴巴　贾蓉笑嘻嘻的说我不敢　扭着就带他来说着果然出
戚：屁了再不带来　看给你一顿好嘴巴子贾蓉笑嘻嘻的说我不敢强　就带他来说着果然出
寅：屁了再不带来我　看给你一顿好嘴巴子贾蓉笑嘻嘻的说我不敢强　就带他来说着果然出
————————————————————————————————————

戌：去带进一个小后生来较宝玉略瘦巧些清眉　秀目　粉面朱唇身材俊俏举止风流似在宝玉之
庚：去带进一个小后生来较宝玉略瘦　些　眉清　目秀粉面朱唇身材俊俏举止风流似在宝玉之
戚：去带进一个小后生来较宝玉略瘦巧些清眉　秀目　粉面朱唇身材俊俏举止风流似在宝玉之
寅：去带进一个小后生来较宝玉略瘦　些　眉清　目秀粉面朱唇身材俊俏举止风流似在宝玉之
————————————————————————————————————

戌：上只　是怯怯羞羞有女儿之态腼腆含糊的　向凤姐作揖问好凤姐喜的先　推宝玉笑道比下
庚：上只　是怯怯羞羞有女儿之态腼腆含糊　慢向凤姐作揖问好凤姐喜的先　推宝玉笑道比下
戚：上只见　怯怯羞羞有女儿之态腼腆含糊的　向凤姐作揖问好凤姐喜的　手推宝玉笑道比下
寅：上只　是怯怯羞羞有女儿之态腼腆含糊的　慢向凤姐作揖问好凤姐喜的先　推宝玉笑道比下
————————————————————————————————————

戌：去了便探身一把携了这孩　子的手就　命他身　傍坐　　下慢慢问他　　年纪读
庚：去了便探身一把携了这孩　子的手就　命他身　傍坐了漫漫的　　问他几岁了　　读什
戚：去了便探身一把携了这孩儿　的手就叫　他身旁　坐了　　慢慢问他　　年纪读
寅：去了便探身一把携了这孩　子的手就　命他身　傍坐了漫漫的　　问他几岁了　　读什
————————————————————————————————————

戌：　书等事方知他　　学名　唤　　　　秦钟　　早有凤姐的丫环媳
庚：么书　　　弟兄几个学名　唤什么　　　秦钟一一答应了早有凤姐的丫环媳
戚：　书等事方知他　　学名叫　唤什么方才知道叫秦钟　　早有凤姐的丫环媳
寅：么书　　　弟兄几个学名　唤什么方才知道叫秦钟秦钟一一答应了早有凤姐的丫环媳
————————————————————————————————————

戌：妇们见凤姐初会秦钟并未备得表礼来遂忙过那边　去告诉平儿平儿素知　凤姐与秦氏厚密
庚：妇们见凤姐初会秦钟并未备得表礼来遂忙过那边　去告诉平儿平儿　知道凤姐与秦氏厚密
戚：妇们见凤姐初会秦钟并未备得表礼来遂忙过那边里　告诉平儿平儿素知　凤姐与秦氏厚密
寅：妇们见凤姐初会秦钟并未备得表礼来遂忙过那边　去告诉平儿平儿素知　凤姐与秦氏厚密

戌：虽是小后生家亦不可太俭遂自作了　主意拿了一疋尺头两个状元及第的小金锞子交付与来
庚：虽是小后生家亦不可太俭遂自作　　主意拿了一疋尺头两个状元及第的小金锞子交付与来
戚：虽是小后生家亦不可太俭遂自　　做主意拿了一疋尺头两个状元及第的小金锞子交付与来
寅：虽是小后生家亦不可太俭遂自作　　主意拿了一疋尺头两个状元及第的小金锞子交付与来
————————————————————————————————————
戌：人送过去凤姐犹笑说太简薄等语秦氏等谢毕一时吃过饭尤氏凤姐秦氏等抹骨牌不在话下宝
庚：人送过去凤姐犹笑说太简薄等语秦氏等谢毕一时吃过饭尤氏凤姐秦氏等抹骨牌不在话下
戚：人送过去凤姐犹笑说太简薄等语秦氏等谢毕一时吃过饭尤氏凤姐秦氏　抹骨牌不在话下宝
寅：人送过去凤姐犹笑说太简薄等语秦氏等谢毕一时吃过饭尤氏凤姐秦氏等抹骨牌不在话下
————————————————————————————————————
戌：玉秦钟二人随便起坐说话那宝玉　只一见　秦钟　人品　　心中便　有所失痴了半日自
庚：　　　　　　　　　　　　那宝玉自　见了秦钟的人品出众中　似　有所失痴了半日自
戚：玉秦钟二人随便起坐说话那宝玉自　一见了秦钟　人品　　心中　如有所失痴了半日自
寅：　　　　　　　　　　　　那宝玉自　见了秦钟的人品出众心中　似　有所失痴了半日自
————————————————————————————————————
戌：己心中又　起了呆意乃自思道天下竟有这等　人物如今看　来我竟成了泥猪癞狗了可恨
庚：己心中又呆意起了　乃自思道天下竟有这等的人物如今看　来我竟成了泥猪癞狗了可恨
戚：己心中又'　起了呆意乃自思道天下竟有这等的人物如今看了　我竟成了泥猪癞狗了可恨
寅：己心中又呆意起了　乃自思道天下竟有这等　人物如今看　来我竟成了泥猪癞狗了可恨
————————————————————————————————————
戌：我为什么生在这　候门公府之家若也生在寒　儒薄宦　之家早得与他交结也　　不枉　生
庚：我为什么生在这　候门公府之家若也生在寒门　薄宦　之家早得与他交结也　　不枉　生
戚：我为什么生在这候　门公府之家若　生在寒　儒薄宦　之家早得与他交　　接了不枉　生
寅：我为什么生在这候　门公府之家若也生在寒门　薄宦　之家早得与他交结也　　不枉了生
————————————————————————————————————
戌：了　一世我虽如此比他尊贵可知绫锦　纱罗也不过裹了我这根死木头美酒羊羔也只不过填
庚：了　一世我虽如此比他尊贵可知　锦绣纱罗也不过裹了我这根死木头美酒羊羔也　不过填
戚：了　一世我虽如此比他尊贵可知绫锦　纱罗也不过裹了我这根死木　美酒羊羔　只不过填
寅：了这一世我虽如此比他尊贵可知　锦绣纱罗也不过裹了我这根死木头美酒羊羔也　不过填
————————————————————————————————————
戌：了我这粪窟泥沟富贵二字不料遭我涂毒了秦钟自见了宝玉形容出众举止不　　浮更兼金冠
庚：了我这粪窟泥沟富贵二字不料遭我涂毒了秦钟自见了宝玉形容出众举止不　凡　更兼金冠
戚：了我这粪窟泥沟富贵二字不料遭我涂毒　秦钟自见了宝玉形容出众举止不群　更兼金冠
寅：了我这粪窟泥沟富贵二字不料遭我涂毒了秦钟自见了宝玉形容出众举止不　　浮更兼金冠
————————————————————————————————————
戌：绣服骄　婢侈童秦钟心中　亦自思道果然这宝玉怨不得人人溺爱他可恨我偏生于　清寒之
庚：绣服　娇婢侈童秦钟心中　亦自　道果然这宝玉怨不得　人溺爱他可恨我偏生于　清寒之
戚：绣服　娇婢侈童秦钟心中　亦自思道果然这宝玉怨不得人人溺爱他可恨我偏生于　清寒之
寅：绣服　娇婢侈童秦钟心中也　自　道果然这宝玉怨不得　人溺爱他可恨我偏生于贫　寒之
————————————————————————————————————
戌：家不能与他耳　鬓交结　可知贫　富二字限　人亦世间之大不快事二人一样的胡思乱想
庚：家不能与他耳　鬓交结　可知贫　窭　二字　陷人亦世间之大不快事二人一样的胡思乱想
戚：家不能与他耳鬓　交　接可知贫　富二字限　人亦世间之大不快事二人一样的胡思乱想
寅：家不能与他耳　鬓交结　可知贫窭　二字　陷人亦世间　大不快事二人一样的胡思乱想
————————————————————————————————————
戌：忽　又有宝玉问他读什么书秦钟见问　便因实而答　　　二人　　　你言我语十来句
庚：忽然　宝玉问他读什么书秦钟见问他　因　而答以实话　二人　　　你言我语十来句
戚：忽　又有宝玉问他读什么书秦钟见问　便因　而　实　答二人　　　你言我语十来句
寅：忽然　宝玉问他读什么书秦钟见问他　因　而　实　答二人你问我答你言我语十来句
————————————————————————————————————

戌：后越觉亲密起来一时摆上茶果吃茶宝玉便说我们两个又不吃酒把果子摆在里间小炕上我们
庚：后越觉亲密起来一时摆上茶果　　宝玉便说我　两个又不吃酒把果子摆在里间小炕上我们
戚：后越觉亲密起来一时摆上茶果吃茶宝玉便说我们两个又不吃酒把果子摆在里间小炕上我们
寅：后越觉亲密起来一时摆上茶果　　宝玉便说我　两个又不吃酒把果子摆在里间小炕上我们
————————————————————————————————
戌：那里坐去省得闹你们于是二人进里间来吃茶秦氏一面张罗与凤姐摆酒果一面忙进来嘱　宝
庚：那里坐去省得闹你们于是二人进里间来吃茶秦氏一面张罗与凤姐摆酒果一面忙进来嘱　宝
戚：那里坐去省得闹你们于是二人进里间来吃茶秦氏一面张罗与凤姐摆酒果一面忙进来嘱咐宝
寅：那里坐去省得闹你们于是二人进里间来吃茶秦氏一面张罗与凤姐摆酒果一面忙进来嘱　宝

戌：玉道宝叔你侄儿年小倘或言语不防头你千万看着我不要理他他虽　腼腆却性子左　强不大
庚：玉道宝叔你侄儿　　倘或言语不防头你千万看着我不要理他他虽　腼腆却性子左　强不大
戚：玉道宝叔你侄儿年小倘或言语不防头你千万看着我不要理他他虽然腼腆却性子倔强不大
寅：玉道宝叔你侄儿　　倘或言语不防头你千万看着我不要理他他虽然腼腆却性子倔强不大

戌：随和些　是有的宝玉笑道你去罢我知道了秦氏又嘱　了他兄弟一回方去陪凤姐一时凤姐尤
庚：随和　此是有的宝玉笑道你去罢我知道了秦氏又嘱　了他兄弟一回方去陪凤姐一时凤姐尤
戚：随和些　是有的宝玉笑道你去罢我知道了秦氏又嘱　　他兄弟一回方去陪凤姐一时凤姐尤
寅：随和　此是有的宝玉笑道你去罢我知道了秦氏又嘱咐了他兄弟一回方去陪凤姐一时凤姐尤

戌：氏又打发人来问宝玉要吃什么外面有只管　要去宝玉只答应着也无心在饮食　只问秦钟近
庚：氏又打发人来问宝玉要吃什么外面有只管　要去宝玉只答应着也无心在饮食上只问秦钟近
戚：氏又打发人来问宝玉要吃什么外面有只管去要　宝玉只答应着也无心在饮食上只问秦钟近
寅：氏又打发人来问宝玉要吃什么外面有只管　要去宝玉只答应着也无心在饮食上只问秦钟近

戌：日家务等事秦钟因说业师于去　岁病故家父又年纪老迈贱　疾在身公务繁冗因此尚未　议
庚：日家务等事秦钟因说业师于去年　病故家父又年纪老迈　残疾在身公务繁冗因此尚未讲
戚：日家务等事秦钟因说业师于去　岁病故家父又年纪老迈　残疾在身公务繁冗因此尚未　议
寅：日家务等事秦钟因说业　于去年　病故家父又年纪老迈　残疾在身公务繁冗因此尚未　议

戌：及再延师一事目下不过在家温习旧课而已再读书一事也必须有一二知己为伴时常大家讨论
庚：及　延师一事目下不过在家温习旧课而已再读书一事　必须有一二知己为伴时常大家讨论
戚：及再延师一事目下不过在家温习旧课而已再读书一事也必须有一二知己为伴时常大家讨论
寅：及再延师一事目下不过在家温习旧课而已再读书一事　必须有一二知己为伴时常大家讨论

戌：才能进益宝玉不待说完便答道正是呢我们家却有个家塾　　　　　合族中有不能延师
庚：才能进益宝玉不待说完便答道正是呢我们　却有个家塾　　　　　合族中有不能延师
戚：才能进益宝玉不待说完便答道正是呢我们家却有个家塾　　　　　合族中有不能延师
寅：才能进益宝玉不待说完便答道正是呢我们家却有个家塾读书子弟们也有合族中有不能延师

戌：的便可入塾读书子弟们中　亦有亲戚在内可以附读我因　　上年业师回家去了也现荒废着
庚：的便可入塾读书子弟们中　亦有亲戚在内可以附读我因业师上年　回家去了也现荒废着
戚：的便可入塾读书子弟们中　亦有亲戚在内可以附读我因　　上年业师回家去了也现荒废着
寅：的便可入塾读书子弟们中也　有亲戚在内可以附读我因　　上年业师回家去了也现荒废着

戌：　家父之意亦欲暂送我去且温习着旧书待明年业师上来再各自在家　　亦可家祖母因说一
庚：呢家父之意亦欲暂送我去　温习　旧书待明年业师上来再各自在家里读　家祖母因说一
戚：　家父之意亦欲暂送我去且温习着旧书待明年业师上来再各自在家里　亦可家祖母因说一
寅：呢家父之意亦欲暂送我去　温习　旧书待明年业师上来再各自在家里读　家祖母因说一

戌：则家里　　子弟太多生恐大家淘气反不好二则也因我病了几　天遂暂且担　搁着如此说来
庚：则家学里之子弟太多　恐大家淘气反不好二则也因我病了几　天遂暂且担　搁着如此说来
戚：则家学里　子弟太多生恐大家淘气反不好二则也因我病了几日　遂暂且　耽搁着如此说来
寅：则家学里　子弟太多生恐大家淘气反不好二则也因我病了几　天遂暂且担　搁着如此说来

戌：尊翁如今也为此事悬心今日回去　何不禀明就　在我们这敝塾中　来我亦　相伴彼此有益
庚：尊翁如今也为此事悬心今日回去去何不禀明就往　我们　敞塾中　来我亦　相伴彼此有益
戚：尊翁如今也为此事悬心今日回去　何不禀明就往　我们这敝塾中　来我　也相伴彼此有益
寅：尊翁　　也为此事悬心今日回去　何不禀明就往　我们　敞塾里来我亦　相伴彼此有益

戌：岂不是好事秦钟笑道家父前日在家提起延师一事也曾提起这里的义学到好原要来　和这里
庚：岂不是好事秦钟笑道家父前日在家提起延师一事也曾提起这里的义学到好原要来合　这里
戚：岂不是好事秦钟笑道家父前日在家提起延师一事也曾提起这里的义学到好原要来　和这里
寅：岂不是好事秦钟笑道家父前日在家提起延师一事也曾提起这里的义学到好原要来合　这里

戌：的亲翁商议引荐因这里　事忙不　便为　这点小事来聒絮的宝叔果然度　小侄或可　磨墨
庚：的亲翁商议引荐因这里又事忙不　　　好这点小事来聒絮的宝叔果然　疼小侄或可　磨墨
戚：的亲翁商议引荐因这里又事忙不　便为　这　小事来聒絮　宝叔果然度　小侄可以　磨墨
寅：的亲翁商议引荐因这里又事忙不好　为　这点小事来聒絮的宝叔果然　疼小侄或可　磨墨

戌：涤砚何不速速　作成又彼此不致　荒废又可以常相谈聚又可以慰父母之心又可以得朋友之
庚：涤砚何不速速的作成又彼此不致　荒废又可以常相谈聚又可以慰父母之心又可以得朋友之
戚：涤砚何不速速的作成　彼此不致　荒废又可以常相谈聚又可以慰父母之心又可以得朋友之
寅：涤砚何不速速的作成又彼此不　至荒废又可以常相谈聚又可以慰父母之心又可以得朋友之

戌：乐岂不是美事宝玉笑道放心放心咱们回来　先告诉你姐夫姐姐　和琏　二嫂子你今日回家
庚：乐岂不是美事宝玉　道放心放心咱们回来　　告诉你姐夫姐姐　和琏　二嫂子你今日回家
戚：乐岂不是美事宝玉　道放心放心咱们回　去先告诉你姐夫姐姐　和　连二嫂子你今日回家
寅：乐岂不是美事宝玉　道放心放心咱们回来　　告诉你姐　姐姐夫和琏　二嫂子你今日回家

戌：就禀明令尊我回去再　回明家祖母再无不速成之理的二人计议　一定那天气　已是掌灯时
庚：就禀明令尊我回去再禀　明　祖母再无不速成之理　二人计议　一定那天气　已是掌灯时
戚：就禀明令尊我回去再　回明　祖母再无不速成之理的二人计议已　定那天　色已是掌灯时
寅：就禀明令尊我回去再禀　明　祖母再无不速成之理　二人计议已　定那天气　已是掌灯时

戌：候出来又看他们　顽了一　回牌算　帐　时却又是秦氏尤氏二人输了戏酒的东道言定后日
庚：候出来又看他们　顽了一　回牌算账　　却又是秦氏尤氏二人输了戏酒的东道言定后日
戚：候出来又看他们　顽了一会　牌算　账时却又是秦氏尤氏二人输了戏酒的东道言定后日
寅：候出来又看他们玩　了一　回牌算　帐　却又是秦氏尤氏二人输了戏酒的东道言定后日

戌：吃这东道一面　　　　　又说　了回话晚　饭毕因天黑了尤氏因说先派两个小子　送了
庚：吃这东道一面就叫送饭吃毕　　　晚饭　因天黑了尤氏因说先派两个小子　送了
戚：吃这东道一面　　　　又说传　　晚饭饭毕因天黑了尤氏　说先派两个小子　送了
寅：吃这东道一面就叫送饭吃毕　　　晚饭　　因天黑了尤氏因说先派两个小子先送了

戌：这秦相公　去媳妇们传出去半日秦钟告辞起身尤氏问派了谁　送去媳妇们回说外头派了焦
庚：这秦相公家去媳妇们传出去半日秦钟告辞起身尤氏问派了谁　送去媳妇们回说外头派了焦
戚：这秦相公去媳妇们传出去半日秦钟告辞起身尤氏问派了谁人送去媳妇们回说外头派了焦
寅：这秦相公家去媳妇们传出去半日秦钟告辞起身尤氏问派了谁　送去媳妇们回说外头派了焦

第七回　送宫花贾琏戏熙凤　宴宁府宝玉会秦钟

戌：大谁知焦大醉了又骂呢　　　尤氏秦氏都　道偏又派他作　什么放着这些小子们那一个派不
庚：大谁知焦大醉了又骂呢　　　尤氏秦氏都说道偏又派他作　什么放着这些小子们那一个派不
戚：大谁知焦大醉了又骂呢　　　尤氏　　都　道偏又派他作　什么放着这些小子们那一个派不
寅：大谁知焦大醉了又骂呢秦氏尤　氏都说　偏又派他　做什么放着这些小子们那一个派不

戌：得偏　要惹他去凤姐道　我成日家说你太软弱了纵的家里人这样还了得　呢尤氏叹道你难
庚：得偏　要惹他去凤姐道　我成日家说你太软弱了纵的家里人这样还了得　尤氏叹道你难
戚：得偏又　惹他去凤姐道　我成日　说你太软弱了纵的家里人这样还了得　呢尤氏叹道你难
寅：得偏　要惹他去凤姐　说我成日家说你太软弱了纵的家里人这样还了得了　尤氏叹道你难

戌：道不知这焦大的连老爷都不　理他的你珍　哥哥也不理他只因他从小儿跟着太爷们出过三
庚：道不知这焦大的连老爷都不里　他的你珍大哥哥也不理他只因他从小儿跟着太爷们出过三
戚：道不知这焦大的连老爷都不　理他　你珍大　哥也不理他　因他从小儿跟着太爷们出过三
寅：道不知这焦大的连老爷都不　理他的你珍大哥哥也不理他只因他从小儿跟着太爷们出过三

戌：四回兵从死人堆里把太爷背了出来得了命自己挨着饿却偷了东西来给主子吃两日没得水得
庚：四回兵从死人堆里把太爷背了出来得了命自己挨着饿却偷了东西来给主子吃两日没得水得
戚：四回兵从死人堆里把太爷背了出来得了命自己挨着饿却偷了东西来给主子吃两日没得水得
寅：四回兵从死人堆里把太爷背了出来得了命自己挨着饿却偷了东西来给主子吃两日没得水得

戌：了半碗水给主子　　吃他自　　喝马　溺不过仗着这些功劳情分有祖宗时都另眼相　待如
庚：了半碗水给主子　呵　他自己　喝马　溺不　仗着这些功劳情分有祖宗时都另眼相　待如
戚：了半碗水给主子喝　　他自　已喝马　溺不过仗　这些功劳情分有祖宗时都另眼相　待如
寅：了半碗水给主子　呵　他自己　喝马尿　不　仗着这些功劳情分有祖宗时都另眼　看待如

戌：今谁肯难为他去他自己又老了又不顾体面一味的吃酒一吃醉了无人不骂我常说给管事的不
庚：今谁肯难为他去他自己又老了又不顾体面一味　吃酒一吃醉了无人不骂我常说给管事的不
戚：今谁肯难为他　　他自己又老了又不顾体面一味的吃酒一吃醉了无人不骂我常说给管事的不
寅：今谁肯难为他去他自己又老了又不顾体面一味的吃酒　吃醉了无人不骂我常说给管事的不

戌：要派他　事全　当一个死的就完了今儿又派了他凤姐道我何曾　不知这焦大到是你们
庚：要派他差使　全　当一个死的就完了今　派了他凤姐道我何　常　不知这焦大到是你们
戚：要派他　事　权当一个死的就完了今儿又派了　凤姐道我何曾　不知这焦大到是你们
寅：要派他差使　全　当一个死的就完了今　又派了他凤姐道我何　尝不知这焦大到是你们

戌：没主意有这样　何不打发他远远的庄子上去就完了说着因问我们的车可　齐备了地下众人
庚：没主意有这样的何不打发他远远的庄子上去就完了说着因问我们的车可　齐备了地下众人
戚：没主意有这样　何不打发他远远的庄子上去就完了说着因问我们的车可备齐　了地下众人
寅：没主意有这样的何不打发他远远的庄子上去就完了说着因问我们的车可　齐备了地下众人

戌：都应　伺候齐了凤姐亦起身告辞和宝玉携手同行尤氏等送至大厅只见灯烛辉煌众小厮都在
庚：都应道伺候齐了凤姐　起身告辞和宝玉携手同行尤氏等送至大厅只见灯烛辉煌众小厮都在
戚：都应　伺候齐了凤姐亦起身告辞和宝玉携手同行尤氏等送至大厅只见灯烛辉煌众小厮都在
寅：都应道伺候齐了凤姐　起身告辞和宝玉携手同行尤氏等送至大厅只见灯烛辉煌众小厮都在

戌：丹墀侍立那焦大又恃贾珍不在家即在家　亦不好怎样　更可以　姿　意的　洒落洒落因趁
庚：丹墀侍立那焦大又恃贾珍不在家即在家　亦不好怎样他更可以任　意　　洒落洒落因趁
戚：丹墀侍立那焦大又恃贾珍不在家即在家　亦不好怎样　更可以　　恣意的　洒落洒落因趁
寅：丹墀侍立那焦大又恃贾珍不在家即在家也　不好怎样他更可以任　意　洒洒落　落因趁

戌：着酒兴先骂大总管赖二说他不公道欺软怕硬有了好差　事就派别人像这样　黑更半夜送人
庚：着酒兴先骂大总管赖二说他不公道欺软怕硬有了好差使　就派别人像这　等黑更半夜送人
戚：着酒兴先骂大总管赖二说他不公道欺软怕硬有了好差　事就派别人像这样　黑更半夜送人
寅：着酒兴先骂大总管赖二说他不公道欺软怕硬有了好差使　就派别人像这　等黑更半夜送人
————————————————————————————————

戌：的事就派我没良心的忘　八羔子瞎充管家你也不想想焦大太爷跷起一支　脚　比你的头
庚：的事就派我没良心的　王八羔子瞎充管家你也不想想焦大太爷跷　跷脚　比你的头
戚：的事就派我没良心的忘　八羔子瞎充管家你也不想想焦大太爷跷起一　只腿比你的头
寅：的事就派我没良心的　王八羔子瞎充管家你也不想想焦大太爷跷　跷脚　比你的头
————————————————————————————————

戌：还高呢二十年头里的焦大太爷眼里有谁别说你们这　　把子的杂种忘　八羔子们正骂的兴
庚：还高呢二十年头里的焦大太爷眼里有谁别说你们这一起　　杂种　王八羔子们正骂的兴
戚：还高呢二十年头里的焦大太爷眼里有谁别说你们这一　把子　杂种忘　八羔子们正骂的兴
寅：还高呢二十年头里的焦大太爷眼里有谁别说你们这一起　　　王八羔子们正骂的兴
————————————————————————————————

戌：头上贾蓉送凤姐的车出去众人喝他不听贾蓉忍不得便骂了他两句使人　捆起来等明日　醒
庚：头上贾蓉送凤姐的车出去众人喝他不听贾蓉忍不得便骂了他两句使人　捆起来等明日酒醒
戚：头上贾蓉送凤姐的车出去众人喝他不听贾蓉忍不得便骂了　两句使人　捆起来等明日酒醒
寅：头上贾蓉送凤姐的车出去众人喝他不听贾蓉忍不得便骂了他两句使人困　起来等明日酒醒
————————————————————————————————

戌：了酒问他还寻死不寻死了那焦大那里把贾蓉放在眼里反大叫起来赶着贾蓉叫蓉哥儿你别在
庚：了　问他还寻死不寻死了那焦大那里把贾蓉放在眼里反大叫起来赶着贾蓉叫蓉哥儿你别在
戚：了　问他还寻死不寻死了那焦大那里把贾蓉放在眼里反大叫起来赶着贾蓉叫蓉哥儿你别在
寅：了　问他还寻死不寻死了那焦大那里把贾蓉放在眼里反大叫起来赶着贾蓉叫蓉哥儿你别在
————————————————————————————————

戌：焦大跟前使主子性儿别说你这样儿的就是你爹你爷爷也不敢和焦大挺腰子呢不是焦大一个
庚：焦大跟前使主子性儿别说你这样儿的就是你爹你爷爷也不敢和焦大挺腰子　不是焦大一个
戚：焦大跟前使主子性儿别说你这样　的就是你爹你爷爷也不敢和焦大挺腰子呢不是焦大一个
寅：焦大跟前使主子性儿别说你这样儿的就是你爹你爷爷也不敢和焦大挺腰子　不是焦大一个
————————————————————————————————

戌：人你们作　　官儿享荣华受富贵你祖宗九死一生挣下这个家业到如今　不报我的恩反和我
庚：人你们　就做官儿享荣华受富贵你祖宗九死一生挣下这　家业到如今了不报我的恩反和我
戚：人你们　　做官儿享荣华受富贵你祖宗九死一生挣下这个家业到如今　不报我的恩反和我
寅：人你们　就做官　享荣华受富贵你祖宗九死一生挣下这　家业到如今了不报我的恩反和我
————————————————————————————————

戌：充起主子来了不和我说别的还可若再说别的咱们白刀子进去红刀子出来凤姐在车上说与贾
庚：充起主子来了不和我说别的还可若再说别的咱们白刀子进去红刀子出来凤姐在车上说与贾
戚：充起主子来了不和我说别的还可若再说别的咱们白刀子进去红刀子出来凤姐在车上说
寅：充起主子来了不和我说别的还可若再说别的咱们白刀子进去红刀子出来凤姐在车上说与贾
————————————————————————————————

戌：蓉　以后还不早打发了这　没王法的东西留在这里岂不是祸害倘或亲友知道　岂不笑话咱
庚：蓉道以后还不　打发了这个没王法的东西留在这里岂不是祸害倘或亲友知道　岂不笑话咱
戚：　　以后还不早打发了　没王法的东西　在这里岂不是祸害倘或亲友知道　岂不笑话咱
寅：蓉道以后还不　打发了这个没王法的东西留在这里岂不是祸害倘或亲友知道了岂不笑话咱
————————————————————————————————

戌：们这样的人家连个王法规矩都没有贾蓉答应是众小厮见他太撒野不堪了只得上来　几个揪
庚：们这样的人家连个王法规矩　没有贾蓉答应是众小厮见他太撒野　了只得上来　几个揪
戚：们这样的人家连个王法规矩都没有贾蓉答应是众小厮见他　撒野不堪了只得上来　几个揪
寅：们这样的人家连个王法规矩都没有贾蓉答应是众小厮见他太撒野　了只得上来了几个揪
————————————————————————————————

第七回　送宫花贾琏戏熙凤　宴宁府宝玉会秦钟　361

戌：翻捆　倒拖往　马圈里去焦大亦　发连贾珍都说出来乱嚷乱叫　我要往祠堂里哭太爷去那
庚：翻捆到　拖往　马圈里去焦大　越发连贾珍都说出来乱嚷乱叫说我要往祠堂里哭太爷去那
戚：翻捆　倒拖　到马圈里去焦大亦　发连贾珍都说出来乱嚷乱叫说我要往祠堂里哭太爷去那
寅：翻捆到　拖往　马圈里去焦大　越发连贾珍都说出来乱嚷乱叫说我要往祠堂里哭太爷去那
―――――――――――――――――――――――――――――――――――――――
戌：里承望到如今生下这些畜生来每日家偷狗戏鸡爬灰的爬灰养小叔子的养小叔子我什么不知
庚：里承望到如今生下这些畜生来每日家偷狗戏鸡爬灰的爬灰养小叔子的养小叔子我什么不知
戚：里承望到如今生下这些畜生来每日家偷狗戏鸡爬灰的爬灰养小叔子的养小叔子我什么不知
寅：里承望到如今生下这些畜生来每日家偷狗戏鸡爬灰的爬灰养小叔子的养小叔子我什么不知
―――――――――――――――――――――――――――――――――――――――
戌：道咱们胳膊折　子往袖子里藏众小厮　听他说出这些没天日的话来唬　的魂飞魄　丧也不
庚：道咱们胳膊折了　往袖子里藏众小厮　听他说出这些没天日的话来唬　的魂飞魄散　也不
戚：道咱们胳膊折了　往袖子里藏众小厮们听他说出这些没天日的话来唬得　魂飞魄　丧也不
寅：道咱们胳膊折了　往袖子里藏众小厮　听他说出这些没天日的话来唬　的魂飞魄散　也不
―――――――――――――――――――――――――――――――――――――――
戌：雇　别的了便把他捆起来用土和马粪满满的填了他一嘴凤姐和贾蓉等也遥遥的闻得便都装
庚：　顾别的了便把他捆起来用土和马粪满满的填了他一嘴凤姐和贾蓉等也遥遥的闻得便都装
戚：　顾别的　便把他捆起来用土和马粪满满的填了他一嘴凤姐和贾蓉　也遥遥的闻得便都装
寅：　顾别的了便把他捆起来用土和马粪满满的填了他一嘴凤姐和贾蓉等也遥遥的闻得便都装
―――――――――――――――――――――――――――――――――――――――
戌：作　听不　见宝玉在车上见这般醉闹　也有趣因问凤姐儿道姐姐你听他　爬灰的爬　什
庚：作没听　见宝玉在车上见这般醉闹到也有趣因问凤姐　道姐姐你听他说爬灰的爬灰什
戚：作　不听见宝玉在车上见这般醉闹到也有趣因问凤姐　道姐姐你听他说爬灰的爬灰什
寅：做　没　听见宝玉在车上见这般醉闹到也有趣因问凤姐　道姐姐你听他说爬灰的爬灰什
―――――――――――――――――――――――――――――――――――――――
戌：么是爬灰凤姐听了连忙　立眉嗔　目断　喝道少胡说那是醉汉嘴里　混吣你是什么样的
庚：么是爬灰凤姐听了连忙　立眉嗔　目断　喝道少胡说那是醉汉嘴里　混吣你是什么样的
戚：么是爬灰凤姐听了连忙竖　眉　瞪目　乱喝道少胡说那是醉汉嘴里溷浸　你是什么样的
寅：么是爬灰凤姐听了连忙　立眉嗔　目断　喝道少胡说那是醉汉嘴里　混吣你是什么样的
―――――――――――――――――――――――――――――――――――――――
戌：人不说　不听见还到　细问等我回去回了　太太　仔细捶你不捶　你　唬的　宝玉连
庚：人不说　没　听见还到　细问等我回去回了　太太看捶　你不　捶你唬　得宝玉
戚：人不说　　不听见还　要细问等我回去回了老太太　仔细捶你不捶　你吓　的　宝玉连
寅：人不说这　听见还到　细问等我回去回了　太太看捶　你　捶你唬　得宝玉
―――――――――――――――――――――――――――――――――――――――
戌：忙央告　好姐姐我再不敢说这话了凤姐亦忙回色哄道好兄弟这才是　等回去咱们　回
庚：忙央告道好姐姐我再不敢　了凤姐　道　这才是呢等　咱们到了家回
戚：忙央告　好姐姐我再不敢　了凤姐　道　这才是　等回去咱们　回
寅：忙央告道好姐姐我再不敢　了凤姐　道　这才是呢等　咱们到了家回
―――――――――――――――――――――――――――――――――――――――
戌：了老太太打发　　人往家学里说明白了请了秦钟家　学里　念书去要紧说着　自回
庚：了老太太打发你同你　　　　　　秦　家侄儿学里　念书去要紧说着却自回往
戚：了老太太打发你　　　　　　　　　　学里　念书去要紧说着　自回
寅：了老太太打发你同你　　　　　　秦　家侄儿学里去念书　要紧说着却自回往
―――――――――――――――――――――――――――――――――――――――
戌：荣府而来　要知端的且听下回分解正是
庚：荣府而来这　　　　　　　正是不因俊俏难为正为始读书而来这正是七回卷末有对
戚：荣府而来　要知端的且听下回分解正是不因俊俏难为
寅：荣府而来　　　　　　　　正是
―――――――――――――――――――――――――――――――――――――――

戌：　　　不因俊俏难为友正为风流始读书
庚：一付不因俊俏难为友正为风流始读书
戚：　　　　　　　友正为风流始读书
寅：　　　不因俊俏难为友正为风流始读书

第八回　比通灵金莺微露意　探宝钗黛玉半含酸

戌：题曰古鼎新烹凤髓香那堪翠斝　贮琼浆莫言绮縠无风韵试看金娃对玉郎话说凤姐和宝玉回
庚：　　　　　　　　　　　　　　　　　　　　　　　　　　　　　　　　　话说凤姐和宝玉
戚：
寅：题曰古鼎新烹凤髓香那堪翠　斝贮琼浆莫言绮縠无风韵试看金娃对玉郎话说凤姐和宝玉回

戌：家见过众人宝玉　先便回明贾母秦钟要上家塾之事自己也有了个伴读　　的朋友正好发奋
庚：　　　　　　　　便回明贾母秦钟要上家塾之事自己也有了个伴读　　的朋友正好发奋
戚：家见过众人宝玉　先便回明贾母秦钟要上家塾之事自己也有了个伴读　　的朋友正好发奋
寅：家见过众人宝玉便先　回明贾母秦钟要上家塾之事自己也有了个　　知己的朋友正好发奋

戌：又着实的称赞秦钟的人品行事最使人怜爱凤姐又在　　一傍帮着说过日他还来拜老祖宗等
庚：又着实的称赞秦钟的人品行事最使人怜爱凤姐又在　　一傍帮着说过日他还来拜老祖宗等
戚：又着实的称赞秦钟的人品行事最使人怜爱凤姐又在　旁　帮着说过日他还来拜老祖宗等
寅：又着实的称赞秦钟的人品行事最使人怜爱凤姐又在一旁　帮着说过日他还来拜老祖宗等

戌：语说的贾母喜　悦起来凤姐又趁势请贾母后日过去看戏贾母虽年　高却极有兴头至后日又
庚：语说的贾母喜欢　起来凤姐又趁势请贾母后日过去看戏贾母虽年老　却极有兴头至后日又
戚：语说的贾母喜　悦起来凤姐又趁势请贾母后日过去看戏贾母虽年　高却极有兴头至后日又
寅：语说的贾母喜欢　起来凤姐又　　　　　　　　去看戏贾母虽年老　却极有兴头至后日又

戌：有尤氏来请　遂携了王夫人林黛　玉宝玉等过来　看戏至响午贾母便　回来歇息了王夫人
庚：有尤氏来请随　　了王夫人林　代玉宝玉等过　去看戏至响午贾母便先回来歇息了王夫人
戚：有尤氏来请　遂携了王夫人林黛　玉宝玉等过　去看戏至响午贾母便　回来歇息了王夫人
寅：有尤氏来请　遂携了王夫人林黛　玉宝玉等过　去看戏至响午贾母便先回来歇息了王夫人

戌：本是好清静　的见贾母回来也就回来了然后凤姐坐了首席尽欢至晚无话却说宝玉因送贾母
庚：本是好清　净的见贾母回来也就回来了然后凤姐坐了首席尽欢至晚无话却说宝玉因送贾母
戚：本是好清　净的见贾母回来也就回来了然后凤姐坐了首席尽欢至晚无话却说宝玉因送贾母
寅：本是好清　净的见贾母回来也就回来了然后凤姐坐了首席尽欢至晚无话却说宝玉因送贾母

戌：回来待贾母歇了中觉意欲还去看戏取乐又恐扰　的秦氏等人不便因想起近日薛宝钗在家养
庚：回来待贾母歇了中觉意欲还去看戏取乐又恐　搅的秦氏等人不便因想起近日薛宝钗在家养
戚：回来待贾母歇了中觉意欲还去　　　又恐扰　的秦氏等人不便因想起近日薛宝钗在家养
寅：回来待贾母歇了中觉意欲还去看戏取乐又恐扰　的秦氏等人不便因想起近日薛宝钗在家养

戌：病未去亲候意欲去望他一望若从上房后角门过去又恐遇见别事缠绕再或可巧遇见他父更
庚：病未去亲候意欲去望他一望若从上房后角门过去又恐遇见别事缠绕再或可巧遇见他父更
戚：病未去亲候意欲去望他一望若从上房后角门过去又恐遇见别事缠绕再或可巧遇见他父更
寅：病未去亲候意欲去望他一望若从上房后角门过去又恐遇　别事缠绕再或可巧遇见他父亲更

戌：为不妥宁可绕远路罢了当下众　　嬷嬷丫环伺候他换衣服见他不换仍出二门去了众嬷嬷丫
庚：为不妥宁可绕远路罢了当下众　　嬷嬷丫环伺候他换衣服见他不换仍出二门去了众嬷嬷丫
戚：为不妥宁可绕远路罢了当下众嬷嬷　丫环伺候他换衣服见他不换仍出二门去了
寅：为不妥宁可绕远路罢了当下众　　嬷嬷丫环伺候他换衣服见他不换仍出二门去了众嬷嬷丫
————————————————————————————
戌：　　环只得跟随出来还只当他去那府中看戏谁知到了穿堂便往　东向北绕厅后而去偏顶
庚：　　环只得跟随出来还只当他去那府中看戏谁知到　穿堂便　向东向北绕厅后而去偏顶
戚：嬷嬷了环只得跟随出来还只当他去那府中看戏谁知到了穿堂便　向东　北绕厅后而去偏顶
寅：　　环只得跟随出来还只当他去那府中看戏谁知到　穿堂　　向东向北绕厅后而去　顶
————————————————————————————
戌：头遇见了门下清客相公詹光单聘仁二人走来一见了宝玉便都笑着赶上来一个抱住腰一个携
庚：头遇见了门下清客相公詹光单聘仁二人走来一见了宝玉便都笑着赶上来一个抱住腰一个携
戚：头遇见了门下清客相公詹光单聘仁二人走来一见了宝玉便都笑着赶上来一个抱住腰一个携
寅：头遇见了门下清客相公詹光单聘仁二人走来一见了宝玉便都笑着赶上来一个抱住腰一个携
————————————————————————————
戌：着手都道我的菩萨哥儿我说作了好梦呢好容易得遇见了你说着请了安又问好　劳叨了半日
庚：着手都道我的菩萨哥儿我说作了好梦呢好容易得遇见了你说着请了安又问好　劳叨　半日
戚：着手都道我的菩萨哥儿我说作了好梦呢好容易得遇见了你说着请了安又问好唠　叨　半日
寅：着手都道我的菩萨哥儿我说作了好梦呢好容易得遇见了你说着请了安又问好　劳叨　半日
————————————————————————————
戌：方才　　走开老嬷　　叫住因问你二位爷是从　老爷跟前来　的不是他二人点头道
庚：方才　　走开老嬷嬷　叫住因问　二位爷是从　老爷跟前来　的不是　二人点头道
戚：方才去了这　老　嬷嬷又叫住　问你二位　是　往老爷跟前　去的不是他二人点头道
寅：方才　　走开老嬷嬷　叫住因问　二位爷是从　老爷跟前　　的不是　二人点头道
————————————————————————————
戌：老爷在梦坡斋小书房里歇中觉呢不妨事的一面说一面走了说的宝玉也笑了于是转湾向北奔
庚：老爷在梦坡斋小书房里歇中觉呢不妨事的一面说一面走了说的宝玉也笑了于是转湾向北奔
戚：老爷在梦坡斋小书房里歇中觉呢不妨事的一面说一面走了说的宝玉也笑了于是转湾向北奔
寅：老爷在梦坡斋小书房里歇中觉呢不妨事的一面说一面走了说的宝玉也笑了于是转湾向北奔
————————————————————————————
戌：梨香院来可巧　银库房的总领名唤吴新登与仓上的头目　名唤戴　良还有几个管事的头目
庚：梨香院来可巧管银库房的总领名唤吴新登与仓上的头目　名　戴　良还有几个管事的头目
戚：梨香院来可巧　银库房的总领名唤吴新登与仓上的头　领名唤戴　良还有几个管事的头目
寅：梨香院来可巧管银库房的总领名唤吴新登与仓上的头目　名　　　载良还有几个管事的头目
————————————————————————————
戌：共有七个人从账房里出来　一见了宝玉　走来都一齐垂手站住　独有一个买办名唤钱华的因
庚：共有七个人从账房里出来一见了宝玉赶　来都一齐垂手站　立独有一个买办名唤钱华　因
戚：共有七个人从账房里出来一见了宝玉赶　来都一齐垂手站住　独有一个买办名唤钱华的因
寅：共有七个人从账房里出来一见了宝玉赶　来都　齐垂手站　立独有一个买办　唤钱华　因
————————————————————————————
戌：他多日未见宝玉忙上来打　千儿请安宝玉忙含笑携他起来众人都笑　说前儿在　处看见二
庚：他多日未见宝玉忙上来打　千儿请安宝玉忙含笑携他起来众人都笑　说前儿在　处看见二
戚：他多日未见宝玉忙上来打跧儿请安宝玉忙含笑携他起来众人都笑道　前儿在一处看见二
寅：他多日未见宝玉忙上来打　千　请安宝玉忙含笑携他起来众人都笑　说前儿在一处看见二
————————————————————————————
戌：爷写的斗方　字法越　发好了多早晚　赏我们几张贴贴宝玉笑道在那里看见了众人道好
庚：爷写的斗方　儿字法越　发好了多早晚儿赏我们几张贴贴宝玉笑道在那里看见了众人道好
戚：爷写的斗方字儿　　　益发好了多早晚　赏我们几张贴贴宝玉笑道在那里看见了众人道好
寅：爷写的斗方　儿字法越　发好了多早晚儿赏我们几张贴贴宝玉笑道在那里看见了众人道好
————————————————————————————

第八回　比通灵金莺微露意　探宝钗黛玉半含酸

戊：儿处都有都称赞的了不得还和我们寻呢宝玉笑道不值什么你们说　　给我的小么　儿们就是
庚：儿处都有都称赞的了不得还和我们寻呢宝玉笑道不值什么你们说与　我的小　幺儿们就是
戚：儿处都有都称赞的了不得还和我们寻呢宝玉笑道不值什么你们说　给我的小　幺儿们就是
寅：儿处都有都称赞的了不得还和我们寻呢宝玉笑道不值什么你们说与　我的小　幺儿们就是

戊：了一面说一面　前走众人待他过来　方都各自散了闲言少述　且说宝玉来至梨香院中先入
庚：了一面说一面往前走众人待他过　去方都各自散了闲言少述　且说宝玉来至梨香院中先入
戚：了一面说一面　前走众人待他过　去方都各自散了闲言少述　且说宝玉来至梨香院中先入
寅：了一面说一面往前走众人待他过　去方都各自散了闲言少　叙且说宝玉来至梨香院中先入

戊：薛姨妈室中来正见薛姨妈打点针黹　　与丫环们　宝玉忙请了安薛姨妈忙一把拉了他抱入
庚：薛姨妈室中来正见薛姨妈打点针黹分给　丫环们呢宝玉忙请了安薛姨妈忙一把拉了他抱入
戚：薛姨妈室中来　见薛姨妈打点针黹　　与丫环们呢宝玉忙请了安薛姨妈忙一把拉了他抱入
寅：薛姨妈室中来正见薛姨妈打点针黹分给　丫环们呢宝玉忙请了安薛姨妈忙一把拉了他抱入

戊：怀内笑说这　么冷天我的儿难为你想着我　快上炕来坐着罢　　命人到　滚滚的茶来宝玉
庚：怀内笑说这们　冷天我的儿难为你想着　来快上炕来坐着罢　　命人到　滚滚的茶来宝玉
戚：怀内笑说这　么冷天我的儿难为你想着　来快上炕来坐着罢　　命人　倒滚滚的茶来宝玉
寅：怀内笑说这们　冷天我的儿难为你想着　来快上炕来坐着罢遂又命人　倒滚滚的茶来宝玉

戊：因问哥哥不在家薛姨妈叹道他是没笼头的马天天忙　不了那里肯在家一日宝玉道姐姐可大
庚：因问哥哥不在家薛姨妈叹道他是没笼头的马天天忙　不了那里肯在家一日宝玉道姐姐可大
戚：因问哥哥不在家薛姨妈叹道他是没笼头的马天天忙　不了那里肯在家一日宝玉道姐姐可大
寅：因问哥哥不在家薛姨妈叹道他是没笼头的马天天忙个不了那里肯在家一日宝玉道姐姐可大

戊：安了薛姨妈道可是呢你前儿又想着打发人来　瞧他他在里间不是　你去瞧他里间比这里暖
庚：安了薛姨妈道可是呢你前儿又想着打发人来　瞧他他在里间不是　你去瞧他里间比这里暖
戚：安了薛姨妈道可是呢你前儿又想着打发人　　瞧他他在里间　呢你去瞧他里间比这里暖
寅：安了薛姨妈道可是呢你前儿又想着打发人来睄　他他在里间不是　你去瞧他里间比这里暖

戊：和那里坐着我收拾收拾就进去　和你说话儿宝玉听说忙下了炕来至里间门前只见吊着半旧
庚：和那里坐着我收拾收拾就进去　和你说话儿宝玉听说忙下了炕来至里间门前只见吊着半旧
戚：和那里坐着我收拾收拾就进　来和你说话儿宝玉听说忙下了炕来至里间门前只见吊着半旧
寅：和那里坐着我收拾收拾就进去　和你说话儿宝玉听说忙下了炕来至里间门前只见吊着半旧

戊：的红　䌷软帘宝玉掀帘一迈步进去　先就看见薛宝钗坐在炕上　做针线头上挽着漆黑油光
庚：的红　䌷软帘宝玉掀帘一迈步进去　先就看见薛宝钗坐在炕上作　针线头上挽着漆黑油光
戚：的红䌷　软帘宝玉掀帘一迈步进去　先就看见薛宝钗坐在炕上作　针线头上挽着漆黑油光
寅：的红　䌷软帘宝玉掀帘一迈步进去就先　看见薛宝钗坐在炕上　做针线头上挽着漆黑油光

戊：的簪　　儿蜜合色绵袄玫瑰紫二色金银鼠比肩褂葱黄绫　　绵裙一色半新不旧看来不
庚：的　篡　儿蜜合色绵袄玫瑰紫二色金银鼠比肩褂葱黄绫　　棉裙一色半新不旧看　　去
戚：的　　发儿蜜合色绵袄玫瑰紫二色金银鼠比肩褂葱黄绫洒线　裙一色半新不旧看　　去
寅：的簪　　儿蜜合色绵袄玫瑰紫二色金银鼠比肩褂葱黄绫　　棉裙一色半新不旧看　　去

戊：　　觉奢华唇不点而红眉不画而翠脸若银盆眼如水杏　罕言寡语人谓藏愚安分随时自云守
庚：自　觉奢华唇不点而红眉不画而翠脸若银盆眼如水　性罕言寡语人谓藏愚安分随时自云守
戚：不觉奢华唇不点而红眉不画而翠脸若银盆眼如水杏　罕言寡语人谓藏愚安分随时自云守
寅：不觉奢华唇不点而红眉不画而翠脸若银盆眼如水杏　罕言寡语人谓藏愚安分随时自云守

戌：拙宝玉一面看一面口内问姐姐可大愈了宝钗抬头只见宝玉进来连忙起来　含笑答说　已经
庚：拙宝玉一面看一面　　问姐姐可大愈了宝钗抬头只见宝玉进来连忙起来　身含笑答说　已经
戚：拙宝玉一面看一面口内问姐姐可大愈了宝钗抬头只见宝玉进来连忙起　身　笑答　道已经
寅：拙宝玉一面看一面　　问姐姐可大愈了宝钗抬头只见宝玉进来连忙起　身含笑答说　已经
————————————————————————————————
戌：大好了到多谢记挂着说着让他在炕沿上坐了即命莺儿斟茶来一面又问老太太姨娘安别的姊
庚：大好了到多谢记挂着说着让他在炕沿上坐了即命莺儿斟茶来一面又问老太太姨娘安别的姊
戚：大好了到多谢记挂着说着让他在炕沿上坐了即命莺儿斟茶来一面又问老太太姨娘安别的姊
寅：大好了到多谢记挂着说着让他在炕沿上坐了即命莺儿斟茶来一面又问老太太姨娘安别的姊
————————————————————————————————
戌：妹们都好一面看宝玉头上　　带着累丝　嵌宝　紫金冠额上勒着二龙抢珠金抹额身上穿着
庚：妹们都好一面看宝玉头上　代　着累　系嵌宝　紫金冠额上勒着二龙抢珠金抹额身上穿着
戚：妹们都好一面看宝玉头上戴　着累丝　嵌宝　紫金冠额上勒着二龙抢珠金抹额身上穿着
寅：妹们都好一面看宝玉头上戴　　着累丝　嵌　玉紫金冠额上勒着二龙抢珠金抹额身上穿着
————————————————————————————————
戌：秋香色立蟒白狐腋箭袖系着五　色蝴蝶鸾　绦项上挂着长命锁记名符另外有那一块落草时
庚：秋香色立蟒白　腋箭袖系着五　色蝴蝶　鸾绦项上挂着长命锁记名符另外有　一块落草时
戚：秋香色立蟒白狐腋箭袖系着五　色蝴蝶鸾　绦项上挂着长命锁记名符另外有那一块落草时
寅：秋香色立蟒白　腋箭袖系着五彩　蝴蝶鸾　绦项上挂着长命锁记名符另外有　一块落草时
————————————————————————————————
戌：衔　下来的宝玉宝钗因笑说道成日　家说你的这玉究竟未曾细细的　赏鉴我今　儿到要瞧
庚：　啣下来的宝玉宝钗因笑说道成日　家说你的这玉究竟未曾细细的　赏鉴我今日　到要瞧
戚：衔　来的宝玉宝钗因笑说道成日人家说你的这玉究竟未曾细细的　赏鉴我今　儿到要瞧
寅：衔　下来的宝玉宝钗因笑说道成日人家说你的这玉究竟未曾细细的鉴赏鉴我今　儿到要瞧
————————————————————————————————
戌：瞧说着便挪近　前来宝玉亦凑了上去从项　上摘了下来递与　宝钗手内宝钗托于掌上只见
庚：瞧说着便挪　进前来宝玉亦凑了上去从项　上摘了下来递　在宝钗手内宝钗托于掌上只见
戚：瞧说着便挪近　前来宝玉亦凑了　去从　头上摘了下来递　在宝钗手内宝钗托于掌上只见
寅：瞧说着便挪近　前来宝玉亦凑了上去从项　上摘了下来递　在宝钗手内宝钗托于掌上只见
————————————————————————————————
戌：大如雀卵　灿若明霞莹　润如酥五色花纹缠护这就是大荒山中青埂峰下的那块顽石的幻相
庚：大如雀卵　灿若明霞　莹润如酥五色花纹缠护这就是大荒山中青埂峰下的那块顽石的幻相
戚：大如雀卵耀　若明霞莹　润如酥五色　纹缠护这就是大荒山中青埂峰下的那块顽石的幻相
寅：大如雀卵　灿若明霞莹　润如酥五色花纹缠护这就是大荒山中青埂峰下的那块顽石的幻相
————————————————————————————————
戌：后人曾有诗嘲云女娲炼石已荒唐又向荒唐演大荒失去幽灵真境界幻来亲就　　臭皮囊好知
庚：后人曾有诗嘲云女娲炼石已荒唐又向荒唐演大荒失去幽灵真境界幻来　　污浊臭皮囊好知
戚：后人　有诗嘲云女娲炼石已荒唐又向荒唐演大荒失去幽灵真境界幻来亲就　　臭皮囊好知
寅：后人曾有诗嘲云女娲炼石已荒唐又向荒唐演大荒失去幽灵真境界幻来　　污浊臭皮囊好知
————————————————————————————————
戌：运败金无彩堪叹时乖玉不光白骨如山忘姓氏无非公子与红妆那顽石亦　曾记下他这幻相并
庚：运败金无彩堪叹时乖玉不光白骨如山忘姓氏无非公子与红妆那顽石亦　曾记下他这幻相并
戚：运败金无彩堪叹时乖玉不光白骨如山忘姓氏无非公子与红妆那顽石亦　曾记下他这幻相并
寅：运败金无彩堪叹时乖玉不光白骨如山忘姓氏无非公子与红妆那顽石　也曾记下他这幻相并
————————————————————————————————
戌：癞僧所镌的篆文今亦按图画于后但其真体最小方能从胎中小儿口　中衔下今若按其体画
庚：癞僧所镌的篆文今亦按图画于后但其真体最小方能从胎中小儿口内啣　下今若按其体画
戚：癞僧所镌的篆文今亦按图画于后但其真体最小方能从胎中小儿口　中衔下今若按其体画
寅：癞僧所镌的篆文今亦按图画于后但其真体最小方能从胎中小儿口内　衔下今若按其体画

第八回　比通灵金莺微露意　探宝钗黛玉半含酸　367

戌：恐字迹过于微细使观者大　　废眼光亦非畅事故今　按其形式　无非略展放些规矩使观者便
庚：恐字迹过于微细使观者大　　废眼光亦非畅事故今只按其形　势无非略展　些规矩使观者便
戚：恐字迹过于微细使观者大费　眼光亦非畅事故今只按其形式　无非略展放些规矩使观者便
寅：恐字迹过于微细使观者大　　废眼光亦非畅事故今只按其形式　无非略展　些规矩使观者便
——
戌：于灯下醉中　可阅今注明此故方无胎中之儿口有多大怎得　衔此狼犺蠢大之物等语之谤
庚：于灯下醉中亦可阅今注明此故方无胎中之儿口有多大怎得唧　此狼犺蠢大之物等语之谤
戚：于灯下醉中　可阅今注明此故方无胎中之儿口有多大怎得　衔此狼犺蠢　物等语　谤余
寅：于灯下醉中　可阅今注明此故方无胎中之儿口有多大怎得　衔此狼犺蠢大之物等语之谤
——
戌：　宝钗看毕又从　　翻过正面来细看口内念道莫失莫忘仙寿恒昌念了两遍乃回头向莺儿
庚：　宝钗看毕又从　新翻过正面来细看口内念道莫失莫忘仙寿恒昌念了两遍乃回头向莺儿
戚：之谈宝钗看毕又从　　翻过正面来细看口内念道莫失莫忘仙寿恒昌念了两遍乃回头向莺儿
寅：　宝钗看毕又　重新翻过正面来细看口内念道莫失莫忘仙寿恒昌念了两遍乃回头向莺儿
——
戌：笑道你不去　倒茶也在这里发呆作什么莺儿嘻嘻笑道我听这两句话到　像和姑娘的项圈上
庚：笑道你不去到　茶也在这里发呆作什么莺儿嘻嘻笑道我听这两句话到向　和姑娘的项圈上
戚：笑道你不去　倒茶也在这里发呆作什么莺儿嘻嘻笑道我听这两句话到　像和姑娘的项圈上
寅：笑道你不去　倒茶也在这里发呆作什么莺儿嘻嘻笑道我听这两句话到　像和姑娘的项圈上
——
戌：的两句话是一对儿宝玉听了忙笑说道原来姐姐那项圈上也有八个字我也赏鉴赏鉴宝钗道你
庚：的两句话是一对儿宝玉听了忙笑　道原来姐姐那项圈上也有八个字我也赏鉴赏鉴宝钗道你
戚：的两句话是一对儿宝玉听了　笑说道原来姐姐那项圈上也有八个字我也赏鉴赏鉴宝钗道你
寅：的两句话是一对　宝玉听了忙笑　道原来姐姐那项圈上也有八个字我也赏鉴赏鉴宝钗道你
——
戌：别听他的话没有什么字宝玉笑央好姐姐你怎么　瞧我的　呢宝钗被他缠不过因说道　是个
庚：别听他的话没有什么字宝玉笑央好姐姐你怎么睄　我的了呢宝钗被　缠不过因说道也是个
戚：别听他的话没有什么字宝玉笑央好姐姐你怎么　瞧我的了呢宝钗被　缠不过因说道也是个
寅：别听他的话没有什么字宝玉笑央好姐姐你怎么睄　我的了呢宝钗被　缠不过因说道也是个
——
戌：人给了两句吉利话儿所以錾上了叫天天带　着不然沉甸甸的有什么趣儿一面说一面解　排
庚：人给了两句吉利话儿所以錾上了叫天天带　着不然沉甸甸的有什么趣儿一面说一面解了排
戚：人给了两句吉利话儿所以錾上了叫天天　戴着不然沉甸甸的有什么趣儿一面说一面解了排
寅：人给了两句吉利话儿所以錾上了叫天天带　着不然沉甸甸的有什么趣　一面说一面解了排
——
戌：扣从里面大红袄上将那珠宝晶莹黄金灿烂的璎珞掏　将出来宝玉忙托了锁看时果然一面有
庚：扣从里面大红袄上将　珠宝晶莹黄金灿烂的璎珞掏　将出来宝玉忙托了锁看时果然一面有
戚：扣从里面大红袄上将那珠宝晶莹黄金灿烂的璎珞掏了　出来宝玉忙托了锁看时果然一面有
寅：扣从里面大红袄上将　珠宝晶莹黄金灿烂的璎珞掏　将出来宝玉忙托了锁看时果然一面有
——
戌：四个篆字两面八个共成两句吉谶　亦曾按式画下形相　宝玉看了也念　两遍又念自己的两
庚：四个篆字两面八个共成两句吉谶　亦曾按式画下形相　宝玉看了也念了两遍又念自己的两
戚：四个篆字两面八个共成两句吉谶　亦　　　画　形相　宝玉看了也念了两遍又念自己的两
寅：四个篆字两面八个共成两句吉谶也　曾按式画下形　像宝玉看了也念了两遍又念自己的两
——
戌：遍因笑问姐姐这八个字到真与我的是一对莺儿笑道是个　癞头和尚送的他说必须錾在金器
庚：遍因笑问姐姐这八个字到真与我的是一对莺儿笑道是个　癞头和尚送的他说必须錾在金器
戚：遍因笑问姐姐这八个字到　与我的是一对莺儿笑道是个　癞　和尚送的他说必须錾在金器
寅：遍因笑问姐姐这八个字到真与我的是一对莺儿笑道是个痴癞　和尚送的他说必须錾在金器
——

戌：上宝钗不待　说完便啐他不去　倒茶一面又问宝玉从那里来宝玉　　与宝钗相　近只闻一
庚：上宝钗不待　说完便啐他不去到　茶一面又问宝玉从那里来宝玉此时与宝钗　就近只闻一
戚：上宝钗不待他说完便啐他不去　倒茶一面又问宝玉从那里来宝玉此时与宝钗　就近只闻一
寅：上宝钗不待　说完便啐他不去到　茶一面又问宝玉从那里来宝玉此时与宝钗　就近只闻一

戌：阵阵凉森森甜　丝丝　　的幽香竟不知系　何香气遂问姐姐熏　的是什么香我竟从　未闻
庚：阵阵凉森森甜　　　系系的幽香竟不知系　何香气遂问姐姐　熏的是什么香我竟从　未闻
戚：阵阵凉森森甜甜　　　的幽香竟不知　是何香气遂问姐姐熏　的　什么香我竟从来未闻
寅：阵阵凉森森甜　丝丝　　的幽香竟不知系　何香气遂问姐姐熏　的是什么香我竟从　未闻

戌：见过这味儿宝钗笑道我最怕　熏香好好的衣服　熏的烟　燎火气的宝玉道既如此这是什么
庚：见过这味儿宝钗笑道我最怕薰　香好好的衣服薰　的　香燎火气的宝玉道既如此这是什么
戚：见过这味儿宝钗笑道我　怕　熏香好好的衣服　熏的烟　燎火气的宝玉道既如此这是什么
寅：见过这味儿宝钗笑道我最怕　熏香好好的衣服　熏的　香燎火气的宝玉道既如此这是什么

戌：香宝钗想了一想笑道是了是我早起吃了丸药的香气宝玉笑道什么丸药这么好闻好姐姐给我
庚：香宝钗想了一想笑道是了是我早起吃了丸药的香气宝玉笑道什么丸药这么好闻好姐姐给我
戚：香宝钗想了一想笑道是了是我早起吃了丸药的香气宝玉笑道什么丸药这么好闻好姐姐给我
寅：香宝钗想了一想笑道是了是我早起吃了丸药的香气宝玉笑道什么丸药这么好闻好姐姐给我

戌：一丸尝尝宝钗笑道又混闹了一个药也是混吃的一语未了忽听外面人说林姑娘来了话　犹未
庚：一丸尝尝宝钗笑道又混闹了一个药也是混吃的一语未了忽听外面人说林姑娘来了话尤　未
戚：一丸尝尝宝钗笑道又混闹了一个药也是混吃的一语未了忽听外面人说林姑娘来了话　犹未
寅：一丸尝尝宝钗笑道又混闹了一个药也是混吃的一语未了忽听外面人说林姑娘来了话尤　未

戌：了林黛　玉已摇摇的走了进来一见了宝玉便笑道嗳哟我来的不巧了宝玉等忙起身笑让坐宝
庚：了林　代玉已摇摇的走了进来一见了宝玉便笑道嗳哟我来的不巧了宝玉等忙起身笑让坐宝
戚：了林黛　玉已　　　走了进来一见　宝玉便笑道嗳哟我来的不巧了宝玉等忙起身笑让坐宝
寅：了林黛　玉已摇摇的走了进来一见了宝玉便笑道嗳哟我来的不巧了宝玉等忙起身笑让坐宝

戌：钗因笑道这话怎么说　黛玉笑道早知他来我就不来了宝钗道我更不解这意　黛玉笑　道要
庚：钗因笑道这话怎么说代　玉笑道早知他来我就不来了宝钗道我更不解这意代　玉笑　道要
戚：钗因笑道这话怎么说　黛玉笑道早知他来我就不来了宝钗道我更不解这意　黛玉笑说道要
寅：钗因笑道这话怎么说　黛玉笑道早知他来我就不来了宝钗道我更不解这意　黛玉笑　道要

戌：来时一群都来要不来一个也不来今儿他来了明　儿我再来如此间错开了来着岂不天天有人
庚：来　一群都来要不来一个也不来今儿他来了明　儿我再来如此间错开了来着岂不天天有人
戚：来时一群都都来要不来一个也不来今儿他来了明日　我　来如此间错开了来着岂不天天有人
寅：来　一群都来要不来一个也不来今儿他来了明　儿我再来如此间错开了来着岂不天天有人

戌：来了也不至于太冷落也不至于太热闹了姐姐如何反不解这意思宝玉因见他外面罩着大红羽
庚：来了也不至于太冷落也不至于太热闹了姐姐如何反不解这意思宝玉因见他外面罩着大红羽
戚：来了也不至于太冷落也不至于太热闹了姐姐如何反不解这意思宝玉因见他外面罩着大红羽
寅：来了也不至于太冷落也不至于太热闹了姐姐如何反不解这意思宝玉因见他外面罩着大红羽

戌：缎对衿褂子因问下雪了么地下婆娘们道下了这半日雪珠儿了宝玉道取了我的斗　篷来了不
庚：缎对衿褂子因问下雪了么地下婆娘们道下了这半日雪珠儿了宝玉道取了我的斗　篷来　不
戚：缎对衿褂子因问下雪了么地下婆娘们道下了这半日雪珠儿　宝玉道取了我的斗蓬　来了不
寅：缎对衿褂子因问下雪了么地下婆娘们道下了这半日雪珠儿了宝玉道取了我的斗　篷来　不

第八回　比通灵金莺微露意　探宝钗黛玉半含酸　369

戌：曾黛　玉便道是不是我来了他就该　去了宝玉笑道我多早晚　说要去　　了不过是拿米预
庚：曾　代玉便道是不是我来了他就该　去了宝玉笑道我多早晚儿说要去　了不过　拿米预
戚：曾黛　玉　道是不是我来了他就　讲去了宝玉笑道我多早晚　说要去来着　不过　拿米预
寅：曾黛　玉便道是不是我来了他就该　去了宝玉笑道我多早晚儿说要去　了不过　拿米预
——
戌：备着宝玉的奶母李嬷嬷　因说道天又下雪也好早晚的了就在这里同姐姐妹妹一处顽顽罢
庚：备着宝玉的奶母李　嬷嬷因说道天又下雪也好早晚的了就在这里同姐姐妹妹　一处顽顽罢
戚：备　宝玉的奶母李　嬷嬷因说道天又下雪也好早晚的了就在这里同姐姐妹妹　一处顽顽罢
寅：备着宝玉的奶母李嬷嬷　因说道天又下雪也好早晚的了就在这里同姐姐妹妹一处顽顽罢
——
戌：姨　妈那里摆茶果了　呢我叫丫头去取了斗篷　米说给小幺儿们散了罢宝玉应允李　　嬷
庚：姨　妈那里摆茶果了　呢我叫丫头去取了斗篷　米说给小幺儿们散了罢宝玉应允李　　嬷
戚：姨娘　那里摆茶果　了呢我叫丫头去取了斗　篷来说给小幺儿们散了罢宝玉应允李嬷嬷
寅：姨娘　那里摆茶果子　呢我叫丫头去取了斗篷　来说给小幺儿们散了罢宝玉应允李　　嬷
——
戌：　出去命小厮们都各散去不提这里薛姨妈已摆了几样细巧茶果　留他们吃茶宝玉因夸前日
庚：嬷出去命小厮们都各散去不提这里薛姨妈已摆了几样细　茶果米留他们吃茶宝玉因夸前口
戚：　出　命小厮们都各散去不提这里薛姨妈已摆了几样细巧茶果　留他们吃茶宝玉因夸前日
寅：嬷出去命小厮们都各散去不提这里薛姨妈已摆了几样细巧茶果米留他们吃茶宝玉因夸前口
——
戌：在那府里珍大嫂子　　的好鹅掌鸭信薛姨妈听了忙也把自己　糟的取了些来与他尝宝玉
庚：在那府里珍大嫂子叫人做的好鹅掌鸭信薛姨妈听了忙也把自己的糟的取了些来与他尝宝玉
戚：在那府里珍人嫂子　　的好鹅掌鸭信薛姨妈听了　也把自己　糟的取了些来与他尝宝玉
寅：在那府里珍大嫂子叫人做的好鹅掌鸭信薛姨妈听了　也把自己　糟的取了些来与他尝宝玉
——
戌：笑道这个须得就酒　才好薛姨妈　便　命人去灌了些　上等的酒来李嬷嬷　　便上来道姨
庚：笑道这个须得就酒吃才好薛姨妈　便令人去灌了　最上等的酒来李嬷嬷　　便上来道姨
戚：笑道这个须得就酒　才好薛姨妈　便　命人去灌了　最上等的酒米李　嬷嬷便上来道姨
寅：笑道这个须得就酒吃才好薛姨妈就　　人去灌了　最上等的酒来李嬷嬷　　便上来道姨
——
戌：太太酒到罢了宝玉笑央道好妈妈我只吃　一钟　李嬷嬷　道不中用当着老太太太太那怕
庚：太太酒到罢了宝玉　央道　妈妈我只　喝一钟　李嬷嬷　道不中用当着老太太太太那怕
戚：太太酒到罢了宝玉笑央道好妈妈我只吃　一钟　李　嬷嬷道不中用当着老太太太太那怕
寅：太太酒到罢了宝玉　央道　妈妈我只　喝一　锤李嬷嬷　道不中用当着老太太太太那怕
——
戌：你吃一坛呢想那日我眼错不见一会不知是那一个没　调教的只图讨你的好儿不管别人死活
庚：你吃一坛呢想那日我眼错不见一会不知是那一个没有调教的只图讨你的好儿不管别人死活
戚：你吃一坛呢想那日我眼错不见一会不知是那一个没　调教　只图讨你的好儿不管别人死活
寅：你吃一坛呢想那日我眼错不见一会不知是那一个没有调教的只图讨你的好儿不管别人死活
——
戌：给了你一口酒吃葬送的我挨了两日骂姨太太不知道他性子又可恶吃了酒　更弄　性有一日
庚：给了你一口酒吃葬送的我挨了两日骂姨太太不知道他性子又可恶吃了酒　更弄兴　有一日
戚：给了你一口酒吃葬送的我挨了两日骂姨太太不知道他性子又可恶吃了酒　更弄　性有一日
寅：给了你一口酒吃葬送的我挨了两日骂姨太太不知道他性子又可恶吃了酒便　弄　性有一日
——
戌：老太太高兴　了又尽着他吃什么日子又不许他吃何苦我白　赔在里面　　薛姨妈笑道老货
庚：老太太高　性了又尽着他吃什么日子又不许他吃何苦我白陪　在里面受气薛姨妈笑道老货
戚：老太太高兴　了　尽着他吃什么日子又不许他吃何苦我白　赔在里面　　薛姨妈笑道老货
寅：老太太高兴　了又尽着他吃什么日子又不许他吃何苦我白陪　在里面受气薛姨妈笑道老货
——

戌：你只放心吃你的去我也不许他吃多了便是老太太问有我呢一面　　命小丫环　来让你　奶
庚：你只放心吃你的去我也不许他吃多了便是老太太问有我呢一面　　令　小丫环　来让你李奶
戚：你只放心吃你的去我也不许他吃多了便是老太太问有我呢一面　　命小丫环们　让你　奶
寅：你只放心吃你的去我也不许他吃多了便是老太太问有我呢一面让　　小丫环们来让你李奶

戌：奶　们去也吃　杯　搯搯雪　气那李嬷嬷　　听如此说只得和众人且去吃些酒水这里宝玉
庚：奶他们去也吃　杯酒搯搯　寒气那李嬷嬷　　听如此说只得和众人　去吃些酒水这里宝玉
戚：奶　们去也吃　杯　搯搯雪　气那李　　嬷嬷听如此说只得和众人且去吃些酒　这里宝玉
寅：奶他们去也吃一杯　搯搯雪　气那李嬷　　听如此说只得和众人　去吃些酒　这里宝玉

戌：又说不必　　　烫热了我只要爱吃冷的薛姨妈忙道这可使不得吃了冷酒写字手打颤儿宝钗
庚：又说不必　温暖　了我只　爱吃冷的薛姨妈忙道这可使不得吃了冷酒写字手打颤儿宝钗
戚：又说不必荡　暖　了我只　爱吃冷的薛姨妈　道这可使不得吃了冷酒写字手打颤儿宝钗
寅：又说不必　温暖　了我只　爱吃冷的薛姨妈忙道这可使不得吃了冷酒写字手打颤儿宝钗

戌：笑道宝　兄弟亏你每日家杂学傍　收的难到就　　不知道酒性最热若吃下去发散的　就
庚：笑道宝玉兄弟亏你每日家杂学傍　收的难到就　　不知道酒性最热若吃下去发散的　还
戚：笑道宝　兄弟亏你每　家杂学傍搜　的难　　道　不知道酒性最　　热吃下去发散的　就
寅：笑道宝　兄弟亏你每日家杂学傍　收的难　　道就不知道酒性最热若热吃下去发散的　还

戌：快若冷吃下去便凝结在内以五脏去暖他岂不受害从此还不快　要吃那冷的呢　宝玉听这
庚：快若冷吃下去便凝结在内以五脏去暖他岂不受害从此还不快别　吃那冷的　了宝玉听这
戚：快若冷吃下去便　结在内以五脏去暖他岂不受害从此还不快　要吃那冷的呢　宝玉听这
寅：快若冷吃下去便凝结在内以五脏去暖他岂不受害从此还不快　要吃那冷的呢　宝玉听这

戌：话有情理便放下冷　的命人暖来方饮黛　玉磕着瓜子儿只抿着嘴笑可巧　黛玉的小丫环雪
庚：话有情理便放下冷酒　命人暖来方饮　代玉磕着瓜子儿只抿着嘴笑可巧代　玉的小丫环雪
戚：话有　理便放下冷　的命人暖来方饮黛　玉磕着瓜子儿只抿着嘴笑可巧　黛玉的小丫环雪
寅：话有情理便放下冷酒　命人暖来方饮黛　玉磕着瓜子儿只抿着嘴笑可巧　黛玉的小丫环雪

戌：雁走来与　黛玉送小手炉来黛　玉因含笑问他说谁叫你送来的难为他费心那里就冷死了
庚：雁走来与代　玉送小手炉　　代玉因含笑问他　谁叫你送来的难为他费心那里就冷死了
戚：雁走来与　黛玉送小手炉　黛　玉　含笑问他说谁叫你送来的难为他　　那里冷冷死
寅：雁走来与　黛玉送小手炉　黛　玉因含笑问他　谁叫你送来的难为他费心那里就冷　笑

戌：我　雪雁道紫鹃姐姐怕姑娘冷使我送来的黛　玉一面接了抱在怀中笑道也亏你到听他的话
庚：我　雪雁道紫鹃姐姐怕姑娘冷使我送来的　代玉一面接了抱在怀中笑道也亏你到听他的话
戚：我了雪雁道紫鹃姐姐怕姑娘冷使我送来的黛　玉一面接了抱在怀中笑道也亏你到听他的话
寅：我了雪雁道紫鹃姐姐怕姑娘冷使我送来的　黛玉一面接了抱在怀中笑道也亏你到听他的话

戌：我平日和你说的全当耳　傍风怎么他说了你就依比圣旨还快　呢宝玉听这话知黛　　玉
庚：我平日和你说的全当耳　傍风怎么他说了你就依比圣旨还快些　宝玉听这话知　是代　玉
戚：我平日和你说的全当耳　傍风怎么他说了你就依比圣旨还快些　宝玉听这话知　是　黛玉
寅：我平日和你说的全当耳旁　风怎么他说了你就依比圣旨还快些　宝玉听这话知　是　黛玉

戌：借此奚落他也无回复之词只嘻嘻的笑了两阵罢了宝钗素知黛　玉是如此惯了的也不去探
庚：借此奚落他也无回复之词只嘻嘻的笑　两阵罢了宝钗素知　代玉是如此惯了的也不去　采
戚：借此奚落他也无回复之词只　　　笑　两阵罢了宝钗素知黛　玉是如此惯了的也不去
寅：借此奚落他也无回复之词只　　　笑　两阵罢了宝钗素知黛　玉是如此惯了的也不去　采

第八回　比通灵金莺微露意　探宝钗黛玉半含酸　371

戌：　他薛姨妈因道你素日身子弱禁不得冷的他们记挂着你到不好黛　玉笑道姨妈不知道幸亏
庚：　他薛姨妈因道你素日身子弱禁不得冷的他们记挂着你到不好　代玉笑道姨妈不知道幸亏
戚：瞅他薛姨妈因道你素日身子弱禁不得冷的他们记挂着你到不好黛　玉笑道姨妈不知道幸亏
寅：　他薛姨妈因道你素日身子弱禁不得冷的他们记挂着你到不好黛　玉笑道姨妈不知道幸亏
　　　──────────────────────────────
戌：是姨妈这里倘或在别人家人家岂不恼好　　说就看的人家连个手炉也没有　　爬爬的从家
庚：是姨妈这里倘或在别人家人家岂不恼好　　说就看的人家连个手炉也没有　　爬爬的从家
戚：是　　这里倘或在别人家　　　岂不恼　难道说就看的人家连个手炉也没有巴巴　　的从家
寅：是姨妈这里倘或在别人家　　　岂不恼　难道说就看的人家连个手炉也没有巴巴　　的从家
　　　──────────────────────────────
戌：里送个来不说丫　头们太　　小心　过余还只当我素日是这等轻狂惯了呢薛姨妈道你是
庚：里送个来不说丫环　们　　　小心太过　还只当我素日是这等　狂惯了呢薛姨妈道你　这
戚：里送　来不说丫　头们太过于小心　　　　只当我素日是这等轻狂　　　薛姨妈道你是
寅：里送个来不说丫环　们　　　小心太过　还只当我素日　　　　狂惯了呢薛姨妈道你　这
　　　──────────────────────────────
戌：个多心的有这样想我就没这样之心　　说话时宝玉已是三　杯过去了李嬷嬷　又上来拦阻
庚：个多心的有这样想我就没这样　心　　说话时宝玉已是三　杯过去了李嬷嬷　又上来拦阻
戚：个多心的有这样想我就没这　　　　　心了说话时宝玉已是三钟　过去了李　嬷嬷又上来拦阻
寅：个多心的有这样想我就没这样　心　　说话时宝玉已是三　杯过去了李嬷嬷　又上来拦阻
　　　──────────────────────────────
戌：宝玉正在　心甜意洽　之时和宝黛　姊妹说说笑笑的那肯不吃宝玉只得屈意央告好妈妈我
庚：宝玉正在个心甜意洽　之时和宝　代姊妹说说笑笑的那肯不吃宝玉只得屈意央告好妈妈我
戚：宝玉正在　心甜意洽　之时和宝黛　姊妹说说笑笑的那肯不吃宝玉只得屈意央告　妈妈我
寅：宝玉正在　心甜意　恰之时和宝黛　姊妹说说笑笑的那肯不吃宝玉只得屈意央告好妈妈我
　　　──────────────────────────────
戌：再吃两钟就不吃了李嬷嬷　　道你可仔细老爷今儿在家　提防问你的书宝玉听了此　话便
庚：再吃两钟就不吃了李嬷嬷　　道你可仔细老爷今儿在家　　防问你的书宝玉听了　这话便
戚：　吃两钟就不吃了李　嬷嬷道你可仔细老爷今儿在家隄　防问你的书宝玉听了此　话便
寅：再吃两钟就不吃了李嬷嬷　　道你可仔细老爷今儿在家　提防问你的书宝玉听了　这话
　　　──────────────────────────────
戌：心中　大不自在慢慢的放　下酒垂了　头黛　玉先　忙的说别扫　大家的兴舅舅若叫你只
庚：心中　大不自在慢慢的放了　酒垂了　头　代玉先　忙的说别扫　大家的兴舅舅若叫你只
戚：心中　大不自在慢慢的放了　酒垂　丫头黛　玉　慌忙的说别扫了大家的兴舅舅若叫你只
寅：心中便大不自在慢慢的放　下酒垂了　头黛　玉先　忙的说别扫　大家的兴舅舅若叫你只
　　　──────────────────────────────
戌：说姨妈留着呢这个妈妈　　他吃了酒又拿我们来醒　脾了一面悄推宝玉使他赌气一面悄悄的
庚：说姨妈留着呢这个妈妈　　他吃了酒又拿我们来醒皮了一面悄推宝玉使他赌气一面悄悄的
戚：说姨妈留着呢这个妈妈你　吃了酒又拿我们来醒　脾了一面悄推宝玉使他赌气一面悄悄的
寅：说姨妈留着呢这个妈妈　　他吃了酒又拿我们来醒　脾了一面悄推宝玉使他赌气一面悄悄的
　　　──────────────────────────────
戌：咕哝说别理那老货咱们只管乐咱们的那李　　　嬷　　也素知黛　玉的　　因说　道林
庚：咕哝说别理那老货咱们只管乐咱们的那李　　　嬷嬷不　知　代玉的意思因说　道林
戚：咕哝说别理那老货咱们只管乐咱们的那李嬷嬷便向　　　　黛　玉　　　　　笑道林
寅：咕哝说别理那老货咱们只管乐咱们的那李　　　嬷嬷不　知黛　玉的意思因说　道林
　　　──────────────────────────────
戌：姐儿　　你不要助着他了你到劝劝他只怕他还听些林　黛玉冷笑道我为什么助着他我也犯
庚：　　姑娘你不要助着他了你到劝劝他只怕他还听些林代　玉冷笑道我为什么助　他我也
戚：　　姑娘你不要助着他了你到劝劝他只怕他还听些　黛玉冷笑道我为什么助着他　也
寅：　姐　你不要助着他了你到劝劝他只怕他还听些　黛玉冷笑道我为什么助　他我也
　　　──────────────────────────────

戊：不　着劝他你这个妈妈　太小心了往常　　老太太又给他酒吃如今在姨妈这里多吃一　杯
庚：不犯着劝他你这　妈妈　太小心了往常　　老太太又给他酒吃如今在姨妈这里多吃一口
戚：不犯着劝他你这　妈妈也太小心了　　素日老太太又给他酒吃如今在姨妈这里多吃一口
寅：不犯着劝他你这　妈妈　太小心了往常　　老太太又给他酒吃如今在姨妈这里多吃一口
————————————————————————————————
戊：料也不妨事必定姨妈这里是外人不当在这里的也未可知　李嬷嬷　听了又是急又是笑说
庚：料也不妨事必定姨妈这里是外人不当在这里的也未可　定李嬷嬷　听了又是急又是笑说
戚：　也不妨事必定姨妈这里是外人不当在这里的也未可知　李　　嬷嬷听了又是急又是笑说
寅：料也不妨事必定姨妈这里是外人不当在这里的也未可知　李嬷嬷　听了又是急又是笑说
————————————————————————————————
戊：道真真这林姑娘　　说出一句话来比刀子还尖　这算了什么呢宝钗也忍不住笑着把黛　玉
庚：道真真这林姑娘　　说出一句话来比刀子还尖你这算了什么　宝钗也忍不住笑着把　代玉
戚：道真　这林　　姐儿说出　句话来比刀子还尖你这算了什么　宝钗也忍不住笑着把黛　玉
寅：道真真这林　　　姐儿说出　句话来比刀子还尖你这算了什么　宝钗也忍不住笑着把黛　玉
————————————————————————————————
戊：腮上一拧说道真真这个颦丫头的一张嘴叫人恨又不是喜欢又不是薛姨妈一面又说别怕别怕
庚：腮上一拧说道真真这个颦丫头的一张嘴叫人恨又不是喜欢又不是薛姨妈一面又说别怕别怕
戚：腮上一拧说道　　这　颦丫头的一张嘴叫人恨　不是喜　又不是薛姨妈一面又说别怕别怕
寅：腮上一拧说道真真这个颦丫头的一张嘴叫人恨又不是喜欢又不是薛姨妈一面又说别怕别
————————————————————————————————
戊：我的儿来了这里没好的　你吃别把这点子东西吓　的存在心里到叫我不安只管放心吃都有
庚：我的儿来　这里没好的　你吃别把这点子东西　唬的存在心里到叫我不安只管放心吃都有
戚：我的儿来了这里没好的给你吃别把这点子东西吓　的存在心里到叫我不安只管放心吃　有
寅：我的儿来　这里没好的给你吃别把这点子东西　唬的存在心里到叫我不安只管放心吃　有
————————————————————————————————
戊：我呢越发吃了晚饭去便　醉了便　跟着我睡罢因命再　热　酒来姨妈陪你吃两杯可就吃饭
庚：我呢越发吃了晚饭去便　醉了便　跟着我睡罢因命再烫热　酒来姨妈陪你吃两杯可就吃饭
戚：我呢越发吃了晚饭去便是醉了　就跟着我睡　因命再　　荡酒来姨妈陪你吃两杯可就吃饭
寅：我呢越发吃了晚饭去便是醉了　就跟着我睡罢因命再烫热　酒来姨妈陪你吃两杯可就吃饭
————————————————————————————————
戊：罢宝玉听了方又鼓起兴来李　嬷嬷因吩咐小丫头子们　你们在这里小心　着我家去
庚：罢宝玉听了方又鼓起兴来李　嬷　因吩咐小丫头们道你们在这里小心伺候着我家里
戚：罢宝玉听了方又鼓起兴来李嬷嬷　因吩咐小丫头　们　你们在这里小心　着我家去
寅：罢宝玉听了方又鼓起兴来李　嬷嬷因吩咐小丫头子们道你们在这里小心伺候着我家里
————————————————————————————————
戊：换了衣服就来　悄悄的回姨太太别　　任他的性　多给他　吃说着便家去了这里虽还有三
庚：换了衣服就来　悄悄的回姨太太别由着　他　　多给他酒吃说着便家去了这里虽还有三
戚：换了衣服就来　悄悄的回姨太太别由　他的性　多给他　吃说着便　去了这里虽还有三
寅：换了衣服就来并悄悄的回姨太太别由着　他的性儿多给他酒吃说着便家去了这里虽还有三
————————————————————————————————
戊：四　个婆子都是不关痛痒的见李　嬷嬷走了　也都悄悄的自　寻方便去了只剩了两个小
庚：两个婆子都是不关痛痒的见李　嬷嬷走了　也都悄悄　去寻方便了只剩了两个小
戚：两个婆子都是不关痛痒的见李嬷嬷　走了也都　　　　自　寻方便去了只剩了两个小
寅：两个婆子都是不关痛痒的见李　嬷嬷走了便也都　　　自　寻方便去了只剩了两个小
————————————————————————————————
戊：丫头子乐得讨宝玉的欢喜　幸而薛姨妈千哄万哄的只容他吃了　两杯就忙收过了做了
庚：丫头子乐得讨宝玉的欢喜　幸而薛姨妈千哄万哄的只容他吃了几　杯就忙收过了　作
戚：丫环　乐得讨宝玉的　喜欢幸而薛姨妈千哄万哄　只容他吃了几　杯就忙收过了　作
寅：丫环　乐得讨宝玉的　喜欢幸而薛姨妈千哄万哄的只容他吃了几　杯就忙收过了　作

第八回　比通灵金莺微露意　探宝钗黛玉半含酸

戊：酸笋鸡　皮汤宝玉痛喝　了两碗吃了半碗饭　　碧粳粥　一时薛林二人也吃完了饭又酽酽的
庚：酸笋鸡　皮汤宝玉痛喝　了两碗吃了半碗饭合些碧粳粥一时薛林二人也吃完了饭又酽酽的
戚：酸笋　鸭皮汤宝玉痛　嗑了两碗吃了半碗　　碧粳粥一时薛林二人也吃完了饭又
寅：酸笋鸡　皮汤宝玉痛喝　了两碗吃了半碗饭合些碧粳粥一时薛林二人也吃完了饭又酽酽的

戊：漱上茶来　每人吃了两碗薛姨妈方放下　心雪雁等三四个丫头已吃了饭　来伺候黛　玉
庚：漱上茶来大家　　吃了　　薛姨妈方放　了心雪雁等三四个丫头已吃了饭进来伺候代玉
戚：漱上茶来大家　　吃了　　薛姨妈　放　了心雪雁等三四个丫头已吃了饭进来伺候黛　玉
寅：漱上茶来大家　　吃了　　薛姨妈方放　了心雪雁等三四个丫头已吃了饭进来伺候黛　玉

戊：因问宝玉道你走不走宝玉乜斜倦眼道你要走我和你一同走黛　玉听说遂起身道咱们来了这
庚：因问宝玉道你走不走宝玉乜斜倦眼道你要走我和你一同走　代玉听说遂起身道咱们来了这
戚：因问宝玉道你走不走宝玉乜斜倦眼道你要走我和你一同走黛　玉听说遂起身道咱们来了这
寅：因问宝玉道你走不走宝玉乜斜倦眼道你要走我和你一同走　玉听说遂起身道咱们来了这

戊：一日也该回去了还不知那边怎么找咱们呢说着二人便告辞小丫头忙捧过斗　笠来宝玉便把
庚：一日也该回去了还不知那边怎么找咱们呢说着二人便告辞小丫头忙捧过斗　笠来宝玉便把
戚：一日也该回去了还不知那边怎么找咱们呢说着二人便告辞小丫头忙捧过斗蓬　来宝玉便把
寅：一日也该回去了还不知那边怎么找咱们呢说着二人便告辞小丫头忙捧过斗　笠来宝玉便把

戊：头略低一低命他　带上　　那丫头便将这　大红猩毡斗笠一抖才　往宝玉头上一合
庚：头略低一低命他　代上　　那丫头便将　那人红猩毡斗笠一抖才要往宝玉头上　　带
戚：头略低一低命他戴　上斗笠那丫头便将　大红　毡斗笠　　　往宝玉头上一　遏
寅：头略低一低命他　带上　　那丫头便将　那大红猩毡斗笠　抖才要往宝玉头上　带

戊：宝玉便说罢罢好蠢东西你也轻些儿难　到没见过别人　带　过的让我自己　　带罢黛　玉
庚：宝玉便说罢罢好蠢东西你也轻些儿难　到没见过别人代　过的让我自己　代　罢代玉
戚：宝玉便说罢罢好蠢东西你也轻些儿难道　没见　别人　戴过的让我自己戴　罢黛　玉
寅：宝玉便说罢罢好蠢东西你也轻些儿难　到没见过别人　带　过的让我自己　　带罢黛　玉

戊：站在炕沿上道啰唆什么过来我瞧瞧罢宝玉就近前来　黛玉用手整理　轻轻笼　住束发
庚：站在炕沿上道啰唆什么过来我瞧瞧罢宝玉就近前来代　玉用手整理　轻轻笼　住束发
戚：站在炕沿上道啰唆什么过来我瞧　罢宝玉忙就　前来　黛玉用手　　轻轻　拢住束发
寅：站在炕沿上道啰唆什么过来我瞧瞧罢宝玉忙就　前来　黛玉用手整理用手轻轻　拢住束发

戊：冠将笠沿　拽在抹额之上将那一颗　　核桃大的绛绒簪缨扶起颤巍巍露于笠外整理已毕端
庚：冠将笠沿掖　在抹额之上将那一　棵　核桃大的绛绒簪缨扶起颤巍巍露于笠外整理已毕端
戚：冠将笠沿　拽在抹额　上将那一　　朵核桃大的绛绒簪缨扶起颤巍巍露于笠外整理已毕端
寅：冠将笠沿掖　在抹额之上将那　　　核桃人的绛绒簪缨扶起颤巍巍露于笠外整理已毕端

戊：像了端像　　说道好了披上斗篷　罢宝玉听了方接了斗篷　披上薛姨妈忙道跟你们的
庚：相了端相　　说道好了披上斗篷　罢宝玉听了方接了斗篷　披上薛姨妈忙道跟你们的
戚：像了　　一回说道好了披上斗　蓬罢宝玉听了方接了斗　蓬披上薛姨妈忙道跟你们的
寅：相　了端相　说道好了披上斗篷　罢宝玉听了方接了斗篷　披上薛姨妈忙道跟你们的

戊：妈妈都还没来呢且略等等　　不是宝玉道我们到去等他们有丫头们跟着也勾了薛姨妈不放
庚：妈妈都还没来呢且略等等再走　宝玉道我们到去等他们有丫头们跟着也勾了薛姨妈不放
戚：妈妈都还没来呢且略等等　　　宝玉道我们到　等他们有丫头们跟着也勾了薛姨妈不放
寅：妈妈都还没来呢且略等等再走　宝玉道我们到去等他们有丫头们跟着也勾了薛姨妈不放

戌：心　　　　便命两个妇女跟随　他兄妹方罢他二人道了扰一径回　至贾母房中　贾母尚未用
庚：心　到底　命两个妇女跟随送他兄妹方罢他二人道了扰一径回往　贾母房中回贾母
戚：心因　　　命两个妇女跟随　他兄妹方罢他二人道了扰一径回　至贾母房中　贾母尚未用
寅：心　到底　命两个妇女跟随送他兄妹方罢他二人道了扰一径回往　贾母房中　贾母尚未用

戌：　晚饭　知是　　薛姨妈处来　　　更加欢喜因见宝玉吃了酒遂命他自回房去歇着不
庚：不吃晚饭了知是在　薛姨妈处　吃了饭了更加欢喜因见宝玉吃了酒遂命他自回房去歇着不
戚：　晚饭　知是　　薛姨妈处来　　　更加欢喜因见宝玉吃了酒遂命他自回房去歇着不
寅：　晚饭　知是　从薛姨妈处来　　　更加欢喜因见宝玉吃了酒遂命他自回房去歇着不

戌：许再出来了因命人好生　看　侍着忽想起跟宝玉的人来遂问众人李奶子　　怎么不见众人
庚：许再出来了因命人好生　看待　着忽想起跟宝玉的人来遂问众人李奶子　　怎么不见众人
戚：许再出来了因命人好生管待　　忽想起跟宝玉的人来遂问　　李　嬷嬷怎　不见众人
寅：许再出来了因命人好生　看待　着忽想起跟宝玉的人来遂问众人李奶子　　怎么不见众人

戌：不敢直说　家去了只说才进来的　想有事才去了宝玉跟跄回头　道他比老太太还受用呢问
庚：不敢直说他家去了只说才进来的　想有事才去了宝玉跟跄回　顾道他比老太太还受用呢问
戚：不敢直说　家去了只说才进来　了想有事才去了宝玉跟跄回　顾道他比老太太还受用呢问
寅：不敢直说　家去了只说才进来的　想有事才去了宝玉跟跄回　顾道他比老太太还受用呢问

戌：他作　什么没有他只怕我还多活两日一面说一面来至自己　卧室只见笔墨在案晴雯先接出
庚：他作　什么没有他只怕我还多活两日一面说一面来至自己的卧室只见笔墨在案晴雯先接出
戚：他作　什么没有他只怕我还多活两日一面说一面来至自己　卧室只见笔墨在案晴雯先接出
寅：他　做什么没有他只怕我还多活两日一面说一面来至自己的卧室只见笔墨在案晴雯先接出

戌：来笑说道好好要我研了那些墨早起高兴只写了三个字丢　下笔就走了哄的我们等了一日快
庚：来笑说道好好要我研了那些墨早起高兴只写了三个字丢　下笔就走了哄的我们等了一日快
戚：来笑说道好好要我研了那些墨早起高兴只写了三个字丢了　笔就走了哄的我们等了一日快
寅：来笑说道好好要我研了那些墨早起高兴只写了三个字丢　下笔就走了哄的我们等了一日快

戌：来　给我写完这些墨才罢宝玉忽然想起早起的事来因笑道我写的那三个字在那里呢晴雯笑
庚：来与　我写完这些墨才罢宝玉忽然想起早起的事来因笑道我写的那三个字　那里呢晴雯笑
戚：来　给我写完这些墨才罢宝玉忽然想起早起的事来因笑道我写的那三个字在那里呢晴雯笑
寅：来与　我写完这些墨才罢宝玉忽然想起早起的事来因笑道我写的那三个字　那里呢晴雯笑

戌：道这个人可醉了你头　过那府里去嘱咐我贴在这门斗上的这会子又这么问我　生怕别人贴
庚：道这个人可醉了你头里过那府里去嘱咐　贴在这门斗上　这会子又这么问我　生怕别人贴
戚：道这个人可醉了你头里过那府里去嘱咐我贴在这门斗上的这会子又这么问我还　怕别人贴
寅：道这个人可醉了你头里过那府里去嘱咐　贴在这门斗上　这会子又这么问我　生怕别人贴

戌：坏　了我亲自爬高上梯的贴上这会子还冻的手僵　冷的呢宝玉听了笑道我忘了你的手冷我
庚：坏　了我亲自爬高上梯的贴上这会子还冻的手　冰冷的呢宝玉听了笑道我忘了你的手冷我
戚：　歪了我亲自爬高上梯的贴上这会子还冻的手僵　冷的呢宝玉听了笑道我忘了你的手冷我
寅：坏　了我亲自爬高上梯的贴上这会子还冻的手　冰冷的呢宝玉听了笑道我忘了你的手冷我

戌：替你渥　着说着便伸手携了晴雯的手同仰首看门斗上新书的三个字一时　黛玉来了宝玉便
庚：替你渥　着说着便伸手携了晴雯的手同仰首看门斗上新书的三个字一时代　玉来了宝玉
戚：替你　握着说着便伸手携了晴雯的手同仰首看门斗上新书的三个字一时　黛玉来了宝玉便
寅：替你渥　着说着便伸手携了晴雯的手同仰首看门斗上新书的三个字一时　黛玉来了宝玉

第八回　比通灵金莺微露意　探宝钗黛玉半含酸　375

戌：笑道好妹妹你别撒谎你看这三个字那一个字好黛　玉仰头看里间门斗上新贴　了三个字写
庚：笑道好妹妹你别撒谎你看这三个字那一个　好　代玉仰头看里间门斗上新贴　了三个字写
戚：笑道好妹妹你别撒谎你看这　个字那一个　好黛　玉仰头看里间门斗上新贴的　三个字
寅：笑道好妹妹你别撒谎你看这三个字那一个　好黛　玉仰头看里间门斗上新贴　了三个字写
————————————————————————————————
戌：　　绛芸轩黛　玉笑道个个都好怎么写的这　么好了明儿也替　我写一个匾宝玉嘻嘻的笑
庚：　着绛芸轩　代玉笑道个个都好怎么写的这们　好了明儿也　与我写一个匾宝玉嘻嘻的笑
戚：看着绛芸轩黛　玉笑道个个都好怎么写　这　么好了明儿也替　我写一个匾宝玉嘻嘻的笑
寅：　着绛芸轩黛　玉笑道个个都好怎么写的这们　好了明儿也　与我写一个匾宝玉　　　笑
————————————————————————————————
戌：道又哄我呢说着又问袭人姐姐呢晴雯向里间炕上　努嘴宝玉一看只见袭人合　衣睡着在那
庚：道又哄我呢说着又问袭人姐姐呢晴雯向里间炕上　努嘴宝玉一看只见袭人合　衣睡着在那
戚：道又哄我呢说着又问袭人姐姐呢晴雯向里间炕上呶　嘴宝玉一看只见袭人　和衣睡着在那
寅：道又哄我呢说着又问袭人姐姐呢晴雯向　　炕上　努嘴宝玉一看只见袭人合　衣睡着在那
————————————————————————————————
戌：里宝玉笑道好　太渥早了些因又问晴雯道今儿我　那府里吃早饭有一碟子　豆腐皮的包子
庚：里宝玉笑道好　太渥了些因又问晴雯道今儿我在那府里吃早饭有一碟子　豆腐皮的包子
戚：里宝玉笑道好好太　早了些因又问晴雯道今儿我　那府里吃早饭有　碟子　豆腐皮的包子
寅：里宝玉笑道好　太渥早了些因　问晴雯道今儿我在那府里吃早饭有一碟　了豆腐皮的包子
————————————————————————————————
戌：我想着你爱吃和珍大奶奶说了只说我留着晚上吃叫人送过来　的你可吃了　　晴雯道快
庚：我想着你爱吃和珍大奶奶说了只说我留着晚上吃叫人送过来　的你可吃了没有晴雯道快
戚：我想　你爱吃和珍大奶奶说了只说我留着晚上吃叫人送过来了　可吃了　　晴雯道　你
寅：我想着你爱吃和珍大奶奶说了只说我留着晚上吃叫人送过来　的你可吃了没有晴雯道快
————————————————————————————————
戌：别提一送了来我知道是　我的偏我才吃了饭就搁　在那里后来李奶奶　来了看见说宝玉
庚：别提一送了来我知道是给我的偏我才吃了饭就　放在那里后来李奶奶　来了看见说宝玉
戚：别提一送了来我知道是　我的偏我才吃了饭就搁　在那里后来李　嬷嬷来了看见说宝玉
寅：别提一送了来我知道是给我的偏我才吃了饭就　放在那里后来李奶奶　来了看见说宝玉
————————————————————————————————
戌：未必吃了拿　来给我孙子　吃去罢他就叫人拿了家去了接着茜雪捧上茶来宝玉　让林妹妹
庚：未必吃了拿了　给我孙子　　去罢他就叫人拿了家去了接着茜雪捧上茶来宝玉因让林妹妹
戚：未必吃了拿　来给我孙　孙吃去罢他就叫人拿了家去了接着茜雪捧上茶来宝玉因让林妹妹
寅：未必吃了拿了　给我孙子　吃去罢他就叫人拿了家去了接着茜雪捧上茶来宝玉因让林妹妹
————————————————————————————————
戌：吃茶众人笑说林妹妹早走了还让呢宝玉吃了半碗茶忽又想起早起的茶来因问茜雪道早起潵
庚：吃茶众人笑说林妹妹早走了还让呢宝玉吃了半碗茶忽又想起早起的茶来因问茜雪道早起潵
戚：吃茶众人笑说林妹妹早走了还让呢宝玉吃了半碗茶忽又想起早起的茶来因问茜雪道早起潵
寅：吃茶众人笑说林妹妹早走了还让呢宝玉吃了半碗茶忽又想起早起的茶来因问茜雪道早起潵
————————————————————————————————
戌：了一碗枫露茶我说过那茶是三四次后才出色的这会子怎么又潵了这个来茜雪道我原是留着
庚：了一碗枫露茶我说过那茶是三四次后才出色的这会子怎么又潵了这个来茜雪道我原是留着
戚：　一碗枫露茶我说过那茶是三四次后才出色的这会子怎么又潵了这个来茜雪道我原是留着
寅：了一碗枫露茶我说过那茶是三四次后才出色的这会子怎么又潵了这个来茜雪道我原是留着
————————————————————————————————
戌：的那会子李奶奶来了他要尝尝就给他吃了宝玉听了将手中的茶杯只顺手　往地下一掷豁
庚：的那会子李奶奶来了他要尝尝就给他吃了宝玉听了将手中的茶杯只顺手　往地下一掷豁
戚：的那会子李奶奶来了他要尝尝就给他吃了宝玉听了将手中的茶杯只顺手望　地下一掷豁郎
寅：的那会子李奶奶来了他要尝尝就给他吃了宝玉听了将手中的茶杯只顺手　往地下一掷豁
————————————————————————————————

戌：　琅　一声打　个齑粉　泼了茜雪一裙子的茶又跳起来问着茜雪道他是你那一门子的奶奶你
庚：啷　一声打了个　粉碎泼了茜雪一裙子的茶又跳起来问着茜雪道他是你那一门子的奶奶你
戚：　　一声打　个　粉碎泼了茜雪一裙子的茶又跳起来问　茜雪道他是你那一门子的奶奶你
寅：啷　一声打了个　粉碎泼了茜雪一裙子的茶又跳起来问着茜雪道他是你那一门子的奶奶你

戌：们这么孝敬他不过是仗着我小时候吃过他几日奶罢了如今逗的他比祖宗还大了如今我又吃
庚：们这么孝敬他不过是仗着我小时候吃过他几日奶罢了如今逗的他比祖宗还大了如今我又吃
戚：们这么孝敬他不过是仗着我小时候吃过他几日奶罢了如今逗的他比祖宗还大　如今我又吃
寅：们这么孝敬他不过是仗着我小时候吃过他几日奶罢了如今逗的他比祖宗还大了如今我又吃

戌：不着奶了白白的养着祖宗　　　作什么撵了出去大家干净说着立刻便要去　回贾母撵他
庚：不着奶了白白的养着祖宗　　　作什么撵了出去大家干净说着　便要去立刻回贾母撵他
戚：不着奶了白白的养着祖宗　似的　　撵了出去大家干净说着立刻　要去　　回贾母撵他
寅：不着奶了白白的养着祖宗做　　什么撵了出去大家干净说着　　便要　立刻回贾母撵他

戌：乳母原来袭人实　未睡着不过故意装睡引宝玉来　讴他顽耍先闻得说字问包子等事也还可
庚：乳母原来袭人实　未睡着不过故意装睡引宝玉来　讴他顽耍先闻得说字问包子等事也还可
戚：乳母原来袭人　并未睡着不过故意装睡引宝玉来抠　他顽　先闻得　　问包子等事也还可
寅：乳母原来袭人实　未睡着不过故意装睡引宝玉来　讴他顽耍先闻得说字问包子等事也还可

戌：　不必起来后来摔了茶钟动了气遂连忙起来解释劝阻早有贾母遣人来问是怎么了袭人忙道
庚：以不必起来后来摔了茶钟动了气遂连忙起来解释劝阻早有贾母遣人来问是怎么了袭人忙道
戚：　不必起来后来摔了茶钟动了气遂连忙　来解释劝阻早有贾母遣人来问是怎么了袭人忙道
寅：以不必起来后来摔了茶钟动了气遂连忙起来解释劝阻早有贾母遣人来问是怎么了　人　道

戌：我才　到茶来被雪滑倒了失了手砸　了钟　子一面又安慰宝玉道你立意要撵他也好我们也
庚：我才　到茶来被雪滑倒了失　手砸　了钟　子一面又安慰宝玉道你立意要撵他也好我们也
戚：我才倒　茶来被雪滑倒了失　手　轧钟　子一面又安慰宝玉道你立意要撵他也好我们也
寅：我才倒　茶来被雪滑倒了失　手砸　了　锤子一面又安慰宝玉道你立意要撵他也好我们也

戌：都愿意出去不如趁势连我们一齐撵了我们也好你也不愁　再有好的来伏　侍你宝玉听了这
庚：都愿意出去不如趁势连我们一齐撵了我们也好你也不愁　再有好的来伏　侍你宝玉听了这
戚：都愿意出去不如趁势连我们一齐撵了我们也好你也不愁没　有好的来伏　侍　玉听了这
寅：都愿意出去不如趁势连我们一齐撵了我们也好你也不愁　再有好的来　扶侍你宝玉听了这

戌：话方无了言语被袭人等扶至炕上脱换了衣服不知宝玉口　内还说些什么只觉口齿　缠绵眼
庚：话方无了言语被袭人等扶至炕上脱换了衣服不知宝玉口　内还说些什么只觉口齿　缠绵眼
戚：话方无了言语被袭人　扶至炕上脱换了衣服不知宝玉口　内　说些什么只觉口齿线缠　眼
寅：话方无了言语被袭人等扶至炕上脱换了衣服不知宝玉口中　还说些什么只觉口齿　缠绵眼

戌：眉　愈加饧　涩忙伏　侍他睡下袭人伸手从他项　上摘下那通灵玉来用自己的手帕包好塞
庚：眉　愈加饧滞　忙　扶侍他睡下袭人伸手从他项　上摘下那通灵玉来用自己的手帕包好塞
戚：皮愈加饧　涩忙伏　侍他睡下袭人伸手从他　头上摘下那通灵玉来用自己的手帕包好塞
寅：眉　愈加饧滞　忙　扶侍他睡下袭人伸手从他项　上摘下那通灵玉来用自己的手帕包好塞

戌：在褥　下次日带　时便冰不着脖子那宝玉就枕　便睡着了彼时李嬷嬷　等已　进来了
庚：在褥子底下次日带　时便冰不着脖子那宝玉就枕　便睡着了彼时李嬷嬷　等已　进来了
戚：在褥　下次日　戴时便冰不着脖子那宝玉就枕就　睡着了　李　嬷嬷等已　进来了
寅：在褥子底下次日带　时便冰不着脖子那宝玉就枕　便睡着了彼时李嬷嬷　等已经进来了

第八回　比通灵金莺微露意　探宝钗黛玉半含酸　377

戌：听见醉了不敢前来再加触犯只悄悄的打听睡了方放心散去次日醒来就有人回那边小蓉大爷
庚：听见醉了不敢前来再加触犯只悄悄的打听睡了方放心散去次日醒来就有人回那边小蓉大爷
戚：听见醉了不敢前来再加触犯只悄悄的打听睡了方放心散去次日醒来就有人回那边小蓉大爷
寅：听见醉了不敢前来再加触犯只悄悄的打听睡了方放心散去次日醒来就有人回那边小蓉大爷
————————————————————————————————
戌：带了秦相公来拜宝玉忙接了出来　领了拜见贾母贾母见秦钟形容缥　致举止温柔堪陪宝玉
庚：　　秦相公来拜宝玉忙接了出　去领了拜见贾母贾母见秦钟形容缥　致举止温柔堪陪宝玉
戚：带了秦相公来拜宝玉忙接了出　去领了拜见贾母贾母见秦钟形容　标致举止温柔堪陪宝玉
寅：带了秦相公来拜宝玉忙接了出　去领了拜见贾母贾母见秦钟形容　标致举止温柔堪陪宝玉
————————————————————————————————
戌：读书心中十分欢喜便留茶留饭又命人带去见王夫人等众人因素爱秦氏今见了秦钟是这般的
庚：读书心中十分欢喜便留茶留饭又命人带去见王夫人等众人因素爱秦氏今见了秦钟是这般的
戚：读书心中十分欢喜便留茶留饭又命人带去见王夫人等众人因素爱秦氏今见了秦钟是这般的
寅：读书心中十分欢喜便留茶留饭又命人带去见王夫人等众人因素爱秦氏今见了秦钟是这般
————————————————————————————————
戌：人品也都欢喜临去时都有表礼贾母又与了一个荷包并一个金魁星取文星和合之意又嘱咐他
庚：人品也都欢喜临去时都有表礼贾母又与了一个荷包并一个金魁星取文星和合之意又嘱咐他
戚：人品也都欢喜临去时都有表礼贾母　与了一个荷包并一个金魁星取文星和合之意又嘱咐他
寅：人品也都欢喜临去时都有表礼贾母又与了一个荷包并一个金魁星取文星和合之意又嘱咐他
————————————————————————————————
戌：道你家住的　　　远一时寒热饥饱不便只管住在我这里不必限定了只和你宝叔在一处别
庚：道你家住的　近或有　一时寒热饥饱不便只管住在　这里不必限定了只和你宝叔在一处别
戚：道你家住的远　或　　一时寒热饥饱不便只管　在我这里不必限定了只和你宝叔在一处别
寅：道你家住的远　或有　一时寒热饥饱不便只管住在　这里不必限定了只和你宝叔在一处别
————————————————————————————————
戌：　跟着那　　起不长进的东西　学秦钟一一　答应回去禀知他父亲秦业现任营缮郎年近七
庚：　跟着那些　　不长进的东西们学秦钟一一的答应回去禀知他父亲秦业现任营缮郎年近七
戚：　跟着那　一起不长进的东西们学秦钟一一的答应回去禀知他父　业现任营缮郎年近七
寅：和跟着那些　　不长进的东西们学秦钟一一的答应回去禀知他父　秦业现任营缮郎年近七
————————————————————————————————
戌：十夫人早亡因当年无儿　　女便向养生堂抱了一个儿子并一个女儿谁知儿子又死了只剩女儿
庚：十夫人早亡因当年无儿无女便向养生堂抱了一个儿子并一个女儿谁知儿子又死了只剩女儿
戚：十夫人早亡因当年无儿　　女便向养生堂抱了一个儿子并一个女儿谁知儿子又死了只剩女儿
寅：十夫人早亡因当年无儿无女便向养生堂抱了一个儿子并一个女儿谁知儿子又死了只剩女儿
————————————————————————————————
戌：小名唤可　儿长大时生的　形容袅娜性格风流因素与贾家有些瓜葛故结了亲许与贾蓉为妻
庚：小名唤可　儿长大时生的　形容袅娜性格风流因素与贾家有些瓜葛故结了亲许与贾蓉为妻
戚：小名唤可卿　长大时生　得形容袅娜性格风流因素与贾家有些瓜葛故结了亲许与贾蓉为妻
寅：小名唤可卿　长大时生的　形容袅娜性格风流因素与贾家有些瓜葛故结了亲许与贾蓉为妻
————————————————————————————————
戌：那秦业　五旬之上方得了秦钟因去岁业师亡故未暇延请高明之士只　暂　在家温习旧课正
庚：那秦业至五旬之上方得了秦钟因去岁业师亡故未暇延请高明之士只得暂时在家温习旧课正
戚：那秦业至五旬之上方得了秦钟因去岁业师亡故未暇延请高明之士只　暂　在家温习旧课正
寅：那秦业至五旬之上方得了秦钟因去岁业师亡故未暇延请高明之士只得暂时在家温习旧课正
————————————————————————————————
戌：思要和　亲家去商议送往他家塾中去暂且不致　荒废可巧遇见了宝玉这个机会又　知贾家
庚：思要和　亲家去商议送往他家塾中　暂且不致　荒废可巧遇见了宝玉这个机会又　知贾家
戚：思要　合亲家去商议送往他家塾中去暂且不致　荒废可巧遇见了宝玉这个机会又且　贾家
寅：思要和　亲家去商议送往他家塾中　暂且不　至荒废可巧遇见了宝玉这个机会又　知贾家
————————————————————————————————

戌：塾中现今司塾的是贾代儒乃当今之老儒秦钟此去学业料必进益成名可望因此十分欢喜　只
庚：塾中现今司塾的是贾代儒乃当今之老儒秦钟此去学业料必进益成名可望因此十分　喜悦只
戚：　　现今司塾　是贾代儒乃当今之老儒秦钟此去学业料必进益成名可望因此十分　喜悦只
寅：塾中现今司塾的是贾代儒乃当今之老儒秦钟此去学业料必进益成名可望因此十分　喜悦只

戌：是宦　囊羞涩那贾家上上下下都是一双富贵眼睛　　　　　　　容易拿不出来又恐悞
庚：是宦　囊羞涩那贾家上上下下都是一双富贵眼睛　　　　　　　容易拿不出来
戚：是　官囊羞涩那贾家上上下下都是一双富贵眼睛贽见礼必须丰厚一时　　　　又
寅：是宦　囊羞涩那贾家上上下下都是一双富贵眼睛贽见礼必须丰厚一时　　　　又

戌：了　　　　儿子的终身大事说不得东拼西凑的恭恭敬敬　封了二十四两贽见礼亲自　带
庚：庚：　　　　儿子的终身大事说不得东拼西凑的恭恭敬敬　封了二十四两贽见礼亲自　带
戚：不能拿出为儿子的终身大事说不得东拼西凑的恭恭敬敬的封了二十四两　礼亲　身带
寅：不能拿出为儿子的终身大事说不得东拼西凑的恭恭敬敬　封了二十四两贽见礼亲自　带

戌：了秦钟来代儒家拜见了然后听宝玉上学之日好一同入塾正是早知日后　闲争气岂肯今朝错
庚：了秦钟来代儒家拜见了然后听宝玉上学之日好一同入塾正是早知日后　闲争气岂肯今朝错
戚：了秦钟来代儒家拜见　然后听宝玉上学之日好　　入塾正是早知日后　闲争气岂肯今朝错
寅：了秦钟来代儒家拜见了然后听宝玉上学之日好　　入塾正是早知日后争闲　气岂肯今朝错

戌：读书
庚：读书
戚：读书
寅：读书

第九回　恋风流情友人家塾　起嫌疑顽童闹学堂

庚：话说秦业父子专候贾家的人来送上学择日之信原来宝玉急于要和秦钟相遇却顾不得别的遂
戚：话说秦业父子专候贾家的人来送上学择日之信原来宝玉急于要和秦钟相遇却顾不得别的遂
寅：话说秦业父子专候贾家的人来送上学择日之信原来宝玉急于要和秦钟相遇却顾不得别的遂

庚：　择了后日一定上学后日一早请秦相公　到我这里会齐了一同前去打发了人送了信至是日
戚：　择了后日一定上学后日一早请秦相公先到我这里会齐了一同前去打发　人送了信　是日
寅：　选　了后日一定上学后日一早请秦相公先到我这里会齐了一同前去打发了人送了信　是日

庚：一早宝玉　起来时袭人早已把书笔文物包好收　什　的停停妥妥坐在床　沿上发闷见宝玉
戚：一早宝玉未起　　袭人早已把书笔文物包好收　什得　停停妥妥坐在　炕沿上发闷见宝玉
寅：一早宝玉未起　　袭人早已把书笔文物包好收拾　得　停停妥妥坐在　炕沿上发闷见宝玉

庚：醒来只得伏待　他梳洗宝玉见他闷闷的因笑问道好姐姐你怎么又不自在了难到　怪我上学
戚：醒来只得伏　侍他梳洗宝玉见他闷闷的因笑问道好姐姐你怎么又不自在了难　道怪我上学
寅：醒来只得伏待　他梳洗宝玉见他闷闷的因笑问道好姐姐你怎么又不自在了难到　怪我上学

庚：去丢的你们冷清了不成袭人笑道这是那里话读书是极好的事不然就潦倒一辈　子终久怎么
戚：去丢的你们冷清了不成袭人笑道这是那里话读书是极好的事不然就潦倒一　背子终久怎么
寅：去丢的你们冷清了不成袭人笑道这是那里话读书是极好的事不然就潦倒一辈　子终久怎么

庚：样呢但只一件只是念书的时节想着书不念的时节想着家些别和他们一处　玩闹掤　见老爷
戚：样呢但只一件只是念书的时节想着书不念的时节想着家些别和他们一处顽　闹掤　见老爷
寅：样呢　只一件只是念书的时节想着书不念的时节想着家些别和他们一处　玩闹　碰见老爷

庚：不是顽的虽说是奋志要强那工　课宁可少些一则贪多嚼不烂二则身子也要保重这就是我的
戚：不是顽的虽说　奋志要强那工　课宁可少些一则贪多嚼不烂二则身子也要保重这就是我的
寅：不是顽的虽说　奋志要强那　功课宁可少些一则贪多嚼不烂二则身子也要保重这就是我的

庚：意思你可要体量　　袭人说一句宝玉应一句袭人又道大毛衣服我也包好了交出给小子们去
戚：意思你可要体量着些袭人说一句宝玉应一句袭人　道大毛衣服我也包好了交出给小子们去
寅：意思你可要体量着些袭人说一句宝玉应一句袭人　道大毛衣服我也包好了交出给小子们去

庚：了学里冷好歹想着添换比　不得家里有人照　顾脚炉手炉的炭也交出去了你可　着他们添
戚：了学里冷好歹想着添换比　不得家里有人照看　脚炉手炉的炭也交出去了你可逼着他们添
寅：了学里冷好歹想着添换比有　得家里有人照　顾脚炉手炉的炭也交出去了你可逼着他们添

庚：那一起懒贼你不说他们乐得不动白冻坏了你宝玉道你放心　出外头我自己都　会调停的你
戚：那一起懒贼你不说他们乐得不动白冻坏了你宝玉道你放心到　外头我自　己会调停的你
寅：那一起懒贼你不说他们乐得不动白冻坏了你宝玉道你放心　出外头我自己都　会调停的你

庚：们也别闷死在这屋里　长和林妹妹一处去　顽笑着才好说着俱已穿代齐备　　　袭人催他
戚：们也别闷死在这屋里　长和林妹妹一处去　顽笑　才好说着俱已穿　　戴明白袭人催他
寅：们也别闷死在这屋里常　和林妹妹一处去玩　笑　才好说着俱已穿　　戴明白袭人催他

庚：去见贾母贾政王夫人等宝玉且又嘱咐了晴　文麝月等　几句方出来见贾母贾母也未免　有
戚：去见贾母贾政王夫人等宝玉　又嘱咐了晴雯　麝月等人几句方出来见贾母贾母　未免也有
寅：去见贾母贾政王夫人等宝玉且又嘱咐了晴雯　麝月等人几句方出来见贾母贾母　未免　有

庚：几句嘱咐的话然后去见王夫人又出来书房中见贾政偏生这日贾政回　家　早些正在书房中
戚：几句嘱咐的话然后去见王夫人又出来书房中见贾政偏生这日贾政回　家的早　正在书房中
寅：几句嘱咐的话然后去见王夫人又出来书房中见贾政偏生这日贾政回来　的早　正在书房中

庚：与相公清客们闲谈忽　见宝玉进来请安回说上学里去贾政　冷笑道你如果再提上学两个字
戚：与相公　　们　　话见宝玉进来请安回说上学　去　便冷笑道你如果再提上学两　字
寅：与相公　　们闲　　话见宝玉进来请安回说上学　去贾政便冷笑道你如果再提上学两个字

庚：连我也羞死了依我　的话你竟　顽你的去是正理仔细看站赃　了我　的地靠赃　了我的门
戚：连我也羞死了依我说　你竟顽　的　是正理仔细　站　脏了我这　地靠　脏了我的门
寅：连我也羞死了依我说　你竟玩　的　是正理仔细　站　脏了我这　地靠　脏了我的门

庚：众清客相公们都早起身笑道老世翁何必又如此今日世兄一去　三二年就可显身成名的了断
戚：众清客　们　早起身笑道老世翁何必　如此今日世兄一去二三　年就可显身成名　了断
寅：众清客　们　早起身笑道老世翁何必又如此今日世兄一去二三　年就可显身成名　了断

庚：不似往年仍作小儿之态　了天也将饭时了世兄竟快请罢说着便有两个年老的携了宝玉
戚：不似往年仍作小儿之态的　天　将饭时　世兄竟快请罢说着便有两个年老的携了宝玉的手
寅：不似往年仍作小儿之态　天　将饭时　世兄竟快请罢说着便有两个年老的携了宝玉的手

庚：　出去　贾政因　问跟宝玉的是谁只　听外面答应了两声早进来　三四个大汉打千　儿请
戚：走出去了贾政　便问跟宝玉的是谁只　听外面答应了两声早进来了三四个大汉打　跧儿请
寅：走出去　贾政　便问跟宝玉的是谁　早听外面答应了两声早进来了三四个大汉打　跧　请

庚：安贾政看时认得是宝玉的奶　母之子名唤李贵因　向他道你们成日家跟他上　　　学他到
戚：安贾政看时认得是宝玉的奶姆　之子名唤李贵因说　道你　　　跟他上了几年学他到
寅：安贾政看时认得是宝玉　奶　母之子名唤李贵因说　道你　　　跟他上了几年学他到

庚：底念了些什么书到念了些　　流言混　话在肚子里学了些精致的淘气等我闲　一闲先揭了
戚：底念了些什么书到念了些　　流言混语　在肚子里学了些精致的淘气等我闲了　先揭
寅：底念了些什么书到念了些混言流　　话在肚子里学了些精致的淘气等我闲了　先揭了

庚：　你的皮再和那不长进的算账吓的　　李贵忙双膝跪下摘了帽子砰　头有声连连答应是又
戚：揭你的皮再和那不长进的算账　唬得李贵忙双膝跪下摘了帽子砰　头有声连连答应是又
寅：　你的皮再和那不长进的算账　唬得李贵忙双膝跪下摘了帽子　碰头有声连连答应是又

庚：回说哥儿　已念到第三本诗经什么呦呦鹿鸣　荷叶浮萍小的不敢撒谎说的满座哄然大笑起
戚：回说哥儿己　念到第三本诗经什么呦呦鹿鸣荷叶浮萍小的不敢撒谎说的满座哄然大笑起
寅：回说哥儿　已念到第三本诗经什么呦呦鹿鸣　荷叶浮萍小的不敢撒谎说的满座哄然大笑起

第九回　恋风流情友人家塾　起嫌疑顽童闹学堂　381

庚：来贾政也　掌不住笑了因说道那怕再念三十本诗经也都是　　　　掩耳偷铃哄人而已你去
戚：来贾政也　掌不住笑了　说道那怕再念三十本诗经也都是虚应故事　　　　而已你去
寅：来贾政也撑　不住笑了因说道那怕再念三十本诗经也都是虚应故事　　　　而已你去

庚：请学里太爷的安就说我说了　什么诗经古文一概不用　虚应故事只是先把四书一气讲明背
戚：请学里太爷　安就说我说　的什么诗经古文一概不用念　　　只是先把四书　讲明背
寅：请学里太爷　安就说我说　的什么诗经古文一概不用念　　　只是先把四书　讲明背

庚：熟是最要紧的李贵忙答应是见贾政无话方退　出去此时宝玉独站在院外屏声静候待他们出
戚：熟是　要紧的李贵忙答应是见贾政无话方退了出去此时宝玉　站在院外　静候待他们出
寅：熟是　要紧的李贵忙答应是见贾政无话方退了出去此时宝玉　站在院外　静候待他们出

庚：来便忙忙的走了李贵等一面　弹衣服一面说道　哥儿听见了没有可　先要揭我们的皮呢
戚：来便忙忙的走了李贵等一面掸　衣服一面说道可　听见　　不曾先要揭我们的皮呢
寅：来便忙忙的走了李贵　一面掸　衣服一面说道可　听见　　不曾　要揭我们的皮呢

庚：人家的奴才跟主子赚些好体面我们这等奴才白　陪着挨打受骂的从此后也可怜见些才好宝
戚：人家的奴才跟主子赚些好体面我们这等奴才白　陪着挨打受骂的从此后也可怜见些才好宝
寅：人家的奴才跟主子赚些好体面我们这等奴才白赔　着挨打受骂的从此后也可怜见些才好宝

庚：玉笑道好哥哥你别委　曲我明儿请你李贵道小祖宗谁敢望你请只求　听一句半　句话就有
戚：玉笑道好哥哥你别委屈　我明儿请你李贵道小祖宗谁敢望　请只求你听一　　两句话就
寅：玉笑道好哥哥你别委　曲我明儿请你李贵道小祖宗谁敢望　请只求你听一　　两句话就

庚：了说着又至贾母这边秦钟已早来　候着了贾母正和他说话儿呢于是二人见过辞了贾母宝
戚：完了说着又至贾母这边秦钟已早来等候　了贾母正和他说话儿呢于是二人见过辞了贾母宝
寅：完了说着又至贾母这边秦钟已早来等候　了贾母正和他说话儿呢于是二人见过辞了贾母宝

庚：玉忽想起　未辞　代玉因又　忙至代　玉房中来作辞彼时　代玉才　在窗下对镜理装听
戚：玉忽想　未辞黛　玉　又来　至　黛玉房中来作辞彼时黛　玉才　在窗下对镜　听
寅：玉忽想起来　辞黛　玉　又来　至　宝玉房中来作辞彼时黛　玉　繞在窗下对镜　听

庚：宝玉　说上学去因笑道好这一去可定是要蟾宫折桂去了我不能送你了宝玉道好妹妹等我下
戚：宝玉来说上学去因笑道好这一去可　要蟾宫折桂　了我不能送你了宝玉道好妹妹等我下
寅：宝玉来说上学去因笑道好这一去可　要蟾宫折桂　了我不能送你了宝玉道好妹妹等我下

庚：了学再吃　饭和　胭脂膏子　也等我来再制　劳　叨了半日方撤身去了　代玉忙又叫住问
戚：了学再吃晚饭　那胭脂膏子　也等我来再制唠　叨了半日方撤身去了黛　玉　又叫住问
寅：了学再吃晚饭　那胭脂膏　了也等我来再制　哞叨了半日方撤身去了黛　玉忙又叫住问

庚：道你怎么不去辞辞你宝姐姐呢　宝玉笑而不答一迳　同秦钟上学去了原来这贾家之义学离
戚：道你怎么不去辞辞　宝姐姐　去宝玉笑而不答　竟同秦钟上学去了　原来　贾家之义学离
寅：道你怎么不去辞辞你宝姐姐　去宝玉笑而不答　竟同秦钟上学去了原来　贾家之义学离

庚：此也不甚远不过一里之遥原系　　始祖所立恐族中子弟有贫穷不能请师者即入此中肄业凡
戚：此　不　远不过一里之遥　系当日始祖所立恐族中子弟有　不能请师者即入此中肄业凡
寅：此　不　远不过一里之遥　系当日始祖所立恐族中子弟有　不能请师者即入此中肄业凡

庚：族中有官爵之人皆　供给银两按　俸之多寡帮助为学中之费　共举年高有德之人为塾
戚：族中有官爵之人皆有供给银两按　俸之多寡帮助为学中之费特　举年高有德之人为塾之长
寅：族中有官爵之人皆有供给银两按奉　之多寡帮助为学中之费特　举年高有德之人为塾之长

庚：掌专为训课子弟如今宝秦二人来了一一的都互相拜见过读起书来自此以后他二人同来同往
戚：　专为训课子弟　今宝秦二人来了一一的都　相　见过读起书来自此　　　二人同来同往
寅：　专为训课子弟　今宝秦二人来了一一的都　相　见过读起书来自此　　　二人同来同往

庚：同坐同起愈加亲密又兼贾母爱惜也时常的留下　秦钟住上三天五　　日与自己的重　孙
戚：　　　　愈加亲密又兼贾母爱惜也时常　留下这秦钟住上三天五　夜和　自己的　众孙
寅：　　　　愈加亲密又兼贾母爱惜也时常　留下这秦钟住上三天五日　和　自己的　众孙

庚：一般疼爱因见秦钟　　不甚宽裕更又助他些衣履等物不上一月　　的工夫秦钟在荣府便熟
戚：一般疼爱因见秦钟家中不甚宽裕　又助　些衣履等物不上一月之后　　秦钟在荣府便熟
寅：一般疼爱因见秦钟家中不甚宽裕　又助　些衣履等物不上一月之后　　秦钟在荣府便熟

庚：　了宝玉终是不　安本分　　　之人竟一味的随心所欲因此又发了癖性又特向秦钟　悄说
戚：惯了宝玉终是不能安　分守己的　人　一味的随心所欲　又发了癖性又特向秦钟　悄说
寅：惯了宝玉终是不能安　分守己的　人　一味的随心所欲　又发了癖性又特向秦钟特　说

庚：道咱　们两个人一样的年纪况又是同窗以　后不必论叔侄只论弟兄朋友就是了先是秦钟不
戚：道咱二　　人一样的年纪况又　同窗　此后不必论叔侄只论弟兄朋友就是了先是秦钟不
寅：道咱　们两　人一样的年纪况又　同窗以　后不必论叔侄只论弟兄朋友就是了先是秦钟不

庚：肯当不得宝玉不　依只叫他兄弟或叫他的表　字鲸卿秦钟　也只得混着乱叫起来原来这学
戚：肯当不得宝玉不从　只叫他兄弟或叫他的表　号也只得混着乱叫起来原来这学
寅：肯当不得宝玉不从　只叫他兄弟或叫他的表号　鲸卿秦钟　也只得混着乱叫起来原来这学

庚：中虽都是本族人丁与些亲戚的子弟俗语说的好一龙生九种种种各别未免人多了就有龙蛇混
戚：中虽都是本族人　与些亲戚的子弟俗语说的好一龙　九种种种各别未免人多了就有龙蛇混
寅：中虽都是本族人丁与些亲戚的子弟俗语说的好一龙生九种种种各别未免人多了　就有龙蛇混

庚：杂下流人物在内自宝秦二人来了都生的花朵儿一般的模样又见秦钟腼腆温柔未语面先　红
戚：杂下流人物在内自宝秦二人来了都生的花朵　一般的模样又见秦钟腼腆温柔未语　先面红
寅：杂下流人物在内自宝秦二人来了都生的花朵　一般的模样又见秦钟腼腆温柔未语面先　红

庚：怯怯羞羞有女儿之风宝玉又是天生成惯能作小服低赔身下气　情性体贴话语绵缠　因此二
戚：怯怯羞羞有女儿之风宝玉又是天生成惯能作小服低赔身下气性情　体贴话语　缠绵因此二
寅：怯怯羞羞有女儿之风宝玉又是天生成惯能作小服低赔身下气性情　体贴话语绵缠　因此二

庚：人更加　亲厚也怨不得那起同窗人起了　疑　　背地里你言我语诟谇淫议　　布
戚：人　又这般亲厚也怨不得那起同窗人起了嫌疑之念都背地里你言我语　淫　污之谈布
寅：人　又这般亲厚也怨不得那　同窗人起了嫌疑之念都背地里你言我语　淫　污之谈布

庚：满书房内外原来薛蟠自来王夫人处住后便知有一家学学中广有青年子弟不免偶动了龙阳之
戚：满书房内外原来薛蟠自来王夫人处住后便知有一家学学中广有青年子弟不免偶动了龙阳之
寅：满书房内外原来薛蟠自来王夫人处住后便知有一家学学中广有青年子弟不免偶动了龙阳之

庚：兴因此也假　来上学读书不过是三日打鱼两日晒网白送些束　修礼物与贾代儒却不曾有一
戚：兴因此也假说来上学读书不过是三日打鱼两日晒网白送些束脩　礼物与贾代儒却不曾有一
寅：兴因此也假说来上学读书不过是三日打鱼两日晒网白送　束　修礼物与贾代儒却不曾有一

第九回 恋风流情友人家塾 起嫌疑顽童闹学堂

庚：些儿进益只图结交些契弟谁想这学内就有好几个小学生图了薛蟠的银钱吃穿被他哄上手的
戚：些　进益只图结交些契弟谁想这学内就有好几个小学生图了薛蟠的银钱吃穿被他哄上手的
寅：些　进益只图结交些契弟谁想这学内就有好几个小学生图了薛蟠的银钱吃穿被他哄上手的

庚：也不消多　记更又有两个多情的小学生亦不知是那一房的亲　眷亦未考其　名姓　只因生
戚：也不消多说　更又有两个多情的小学生亦不知　那一房的亲　眷亦未考　真名姓　只因生
寅：也不消多说　更又有两个多情的小学生亦不知　那一房的亲戚　亦未考　真　姓名只因生

庚：得妩媚风流满学中都送了他两个外号一　号香怜一号　玉爱虽都有窃慕之　意将不利
戚：得妩媚风流满学中都送了他两个外号一个叫　香怜一　个叫玉爱虽都有窃慕之心　将不利
寅：得妩媚风流满学中都送了他两个外号一个叫　香怜一　个叫玉爱虽都有窃慕之心　将不利

庚：于孺子之心　只是都惧薛蟠的威势不敢来沾惹如今宝秦二人一来　见了他两个也不免绻缱
戚：于孺子之　意只是都惧薛蟠的威势不敢来沾惹如今宝秦二人　一来了见了他两个也不免　缱
寅：于孺子之　意只是都惧薛蟠的威势不敢来沾惹如今宝秦二人　一来了见了他两个也不免　缱

庚：　羡慕　亦因知系薛蟠相知故未　敢轻举妄动香玉二人心中也一般的留情与　宝秦因此四
戚：绻羡　爱亦因知系薛蟠相知故未　敢轻举妄动香玉二人心中也一般的留情与　宝秦因此四
寅：绻羡　爱亦因知系薛蟠相知故未散　轻举妄动香玉二人　也一般的留情　于宝秦因此四

庚：人心中虽有情意只未发迹每日一入学中四处各坐却八目勾留或设言托意或咏桑寓柳遥以心
戚：人心中虽有情意只未发迹每日一入学中四处各坐却八目勾留或设言托意或咏桑寓柳遥以心
寅：人心中虽有情意只未发迹每日一入学中四处各坐却八目勾留或设言托意或咏桑寓柳遥以心

庚：照却外面自为避人眼目不意偏又有几个滑贼看出形景来都背后挤眉弄眼　或咳嗽扬声这
戚：照却外面自为避人眼目不意偏　有几个滑贼看出形景来都背后挤　眼弄眉或咳嗽扬声这
寅：照却外面自为避人眼目不意偏又有几个滑贼看出形景来都背后挤眉弄眼　或咳嗽扬声这

庚：也非止一日可巧这日代儒有事早已回家去了　又留下一句七言对联命学生　对了明日再来
戚：也非止一日可巧这日代儒有事早已回家去了只　留下一句七言对联命　众对了明日再来
寅：也非止一日可巧这日代儒有事

庚：上书将学中之事又命　　贾瑞　暂且管理妙在薛蟠如今不大来学中应卯了因此秦钟趁此和
戚：上书将学中之事又命长孙贾瑞掌　管　妙在薛蟠如今不大来学中应卯了因此秦钟趁此和
寅：　　　　　又命长孙贾瑞掌　管　妙在薛蟠如今不大来学中应卯了因此秦钟趁此和

庚：香怜挤眉弄眼递　暗号儿二人假　装　出小恭走　至后院说梯　己　话秦钟先问他家里的
戚：香怜挤　眼　使暗号　二人假　作出小恭走到　后院说　私己　话秦钟先问他家里的
寅：香怜挤　眼　使暗号儿二人假做　出小恭走到　后院说　私　自话秦钟先问他家里的

庚：大人　管你交朋友不管一语未了只听背后咳嗽了一声二人唬的忙回头看时原来是窗友名金
戚：大人可管你交朋友不管一语未了只听背后咳嗽了一声二人唬的　回头看时原来　窗友名金
寅：大人可管你交朋友不管一语未了只听背后咳嗽了一声二人唬的　回头看时原来是窗友名金

庚：荣者香怜　有些性急　羞怒相激问他道你咳嗽什么难　到不许我两个　说话不成金荣笑道
戚：荣者香怜本有些性急便羞怒相激问他道你咳嗽什么难道　不许我　　们说话不成金荣笑道
寅：荣者香怜本有些性急便羞怒相激问他道你咳嗽什么难　到不许我　　们说话不成金荣笑道

庚：你们说　难道不许我咳嗽不成我只问你们有话不明说　许你们这样鬼鬼崇崇　的干什么
戚：你们说话难道不许我咳嗽不成我只问你们有话不明说谁　许你们这样鬼　　崇的干什么
寅：你们说话难道不许我咳嗽不成我只　你们有话不明说谁让　你们这　鬼鬼崇崇　的干什么

庚：故事我可也拿住了还赖什么先得让我抽个头儿咱们一声儿不言语不然大家就奋起来秦香二
戚：故事我可也拿住了还赖什么先得让我抽个头儿咱们一声儿不言语不然大家就奋起来秦香二
寅：故事我可　拿住了还赖什么先得让我抽个头儿咱们一声儿不言语不然大家就奋起来秦香二

庚：人急　得飞红的　脸便问道你拿住什么了金荣笑道我现　拿住了是真的说着又拍着手笑嚷
戚：人急的　飞红　了脸便问道你拿住什么了金荣笑道我现　拿住了是真的说着又拍着手笑嚷
寅：人急的　飞红　了脸便问道你拿住什么了金荣笑道我现在拿住了是真的说着又拍着手笑嚷

庚：道贴的好烧饼你们都不买一个吃去秦钟香怜二人又气又急忙进　去向贾瑞　前告金荣说金
戚：道贴的好烧饼你们都不买一个吃去秦钟香怜　　又气又急忙进来　向贾瑞　前告　　金
寅：道贴的好烧饼你们都不买一个吃去秦钟香怜　　又气又急忙进来　向贾瑞面前告　　金

庚：荣无故欺负他两个原来这贾瑞最是个图便宜没行止的人每在学中以公报私勒索子弟们请他
戚：荣无故欺负他两个原来这贾瑞最是个图便宜没行止的人每在学中以公报私勒索子弟们请他
寅：荣无故欺负他两个原来这贾瑞最是个图便宜没行止的人每在学中以公报私勒索子弟们请他

庚：后又附助着薛蟠图些银钱酒肉一任薛蟠横行霸道他不但不去管约反助纣为虐讨好儿偏薛
戚：后又附助着薛蟠图些银钱酒肉一任薛蟠横行霸道他不但不　管约反助纣为虐讨好儿偏那薛
寅：后又附助着薛蟠图些银钱酒肉一任薛蟠横行霸道他不但不　管约反助纣为虐讨好儿偏那薛

庚：蟠本是浮萍心性今　日爱东明日　爱西近来又有了新朋友把香玉二人又丢开一边就连金荣
戚：蟠本是浮萍心性今　日爱东明日　爱西近来又有了新朋友把香玉二人又丢开一边就连金荣
寅：蟠本是浮萍心性今儿　爱东明　儿爱西近来又有了新朋友把香玉二人又丢开一边就连金荣

庚：　亦是当日的好朋友自　有了香玉二人　见弃　于金　近日连香玉亦已见弃故贾瑞　也无
戚：　亦是当日　好　友　因有了香玉二人便　弃了　金荣近日连香玉亦已见弃故贾瑞便　无
寅：　也　是当日　好　友　因有了香玉二人便　　了　金荣近日连香玉亦已见弃故贾瑞便　无

庚：了提携帮　衬之人　不说薛蟠得新弃旧　只怨香玉二人不在薛蟠前提携帮补他　因此贾
戚：了提携帮助　之人他不说薛蟠　弃旧迎新只怨香玉二人不在薛蟠前提携　　他了因此贾
寅：了提携帮助　之人　不说薛蟠　弃旧迎新只怨香玉二人不在薛蟠前提携　　他了因此贾

庚：瑞金荣等一干人也正在醋妒他两个今见秦香二人来告金荣贾瑞心中便更不自在起来虽不好
戚：瑞金荣等一干人　正　醋妒他两个今见秦香二人来告金荣贾瑞心中便　不自在起来虽不好
寅：瑞金荣等一干人　正　醋　他两个今见秦香二人来告金荣贾瑞心中便　不自在起来虽不好

庚：呵叱秦钟却拿着香怜作法反说他多事着实　抢白了几句香怜反讨了没趣连秦钟也讪讪的各
戚：呵叱秦钟却拿着香怜作法反说他多事着实的抢白了几句香怜反讨了没趣连秦钟也讪讪的各
寅：呵叱秦钟却拿着香怜作法反说他多事着实的抢白了几句香怜反讨了没趣连秦钟也讪讪的各

庚：归坐位去了金荣　越发得了意摇头咂嘴的口内还说许多闲话玉爱偏又听　了不忿两个人隔
戚：归坐位去了金荣益　发得了意摇头咂嘴的口内还说许多闲话玉爱偏又听见了不忿两个人隔
寅：归坐位去了金荣益　发得了意摇头咂嘴的口内还说许多闲话玉爱偏又听见了不忿两个人隔

庚：座　　咕咕唧唧的　角起口来金荣只一口咬定说方才明明的撞见他两个在后院子里亲嘴
戚：　着桌子咕咕唧唧的　角起口来金荣只一口咬定说方才明明的撞见他两个在后院　里
寅：　着桌子咕咕唧唧的口角起　来金荣只一口咬定说方才明明的　　　　　在后院　里亲嘴

第九回　恋风流情友入家塾　起嫌疑顽童闹学堂　385

庚：摸屁股两个商议定了一对一龛撅草棍儿抽　　　长短谁长谁先干金荣只顾得意乱说却不防
戚：　　　　　　商议　　　　　　　　　　着怎么长短　　　　金荣只顾得意乱说却不防
寅：摸屁股两个商议定了一对一龛撅草棍儿抽　　　长短谁长谁先干金荣只顾得意乱说却不防

庚：还有别人谁知早又触怒了一个你道这　个是谁原来　　　这一个名唤贾蔷亦系宁府中之正派
戚：还有别人谁知早又触怒了一个你道这一个是谁原来此人　　名唤贾蔷　系宁府中之正派
寅：还有别人谁知早又触怒了一个你道这　　是谁原来　　　这一个名唤贾蔷　系宁府中之正派

庚：玄　孙父母早亡从小儿跟着贾珍过活如今长了十六岁比贾蓉　生的还风流俊俏他　弟兄二
戚：元孙父母早亡从小儿跟着贾珍过活如今长了十六岁比贾蓉　生的还风流俊俏他　弟兄二
寅：元孙父母早亡从小儿跟着贾珍过活如今长了十六岁比贾蓉还生的　风流俊俏他兄弟　二

庚：人最相亲厚常相共处宁府　人多口杂那些不得志的奴仆们　端能造言　诽谤主人因此不知
戚：人最相　厚常相共处宁府中人多口杂那些不得志的奴仆们专　能造言　诽谤主人　不知
寅：人最相　厚常相共处宁府中人多口杂那些不得志的奴仆们专　能造　谣诽谤主人　不知

庚：又有什么小人诟谇谣议　　　　之词贾珍想亦风闻得些口声不大好　自己也要避嫌疑
戚：又　　　　　　　　　编出些淫污之词贾珍　亦风闻得些口声不大好听自己也要避些嫌疑
寅：又有什么小人诟谇谣议　　　　之词贾珍想亦风闻得些口声不大好　自己也要避些嫌疑

庚：如今竟分　与房舍命贾蔷　搬出宁府自去立门户过活去了这贾蔷外相既美内性又聪明虽然
戚：如今竟分给　房舍命　　　他搬出宁府自去立门户过活去了这贾蔷外相既美内性又聪明虽
寅：如今竟分　与房舍命贾蔷　搬出宁府自去立门户过活去了这贾蔷外相既美内性又聪明虽然

庚：应名来上学亦过虚掩眼　目而已仍是斗鸡走狗赏花玩　柳总悖着　　　　上有贾珍溺爱
戚：应名来上学　不过虚掩　耳目而已仍是斗鸡走狗赏花　　　阅柳从事上有贾珍溺爱
寅：应名来上学　不过虚掩眼　目而已仍是斗鸡走狗赏花玩柳　总悖着　　　上有贾珍溺爱

庚：下有贾蓉匡助因此族　人谁　敢来触逆于他他既和　贾蓉最好今见有人欺负秦钟如何肯
戚：下有贾蓉匡助因此族中人　不敢　触逆　他他既和贾珍贾蓉最好今见有人欺负秦钟如何肯
寅：下有贾蓉匡助因此族　人谁　　来触逆于他他既和　贾蓉最好今见有人欺负秦钟如何肯

庚：依如今自己要挺身出来　报不平心中且　忖度一番想道金荣贾瑞一干人都是薛大叔的相知
戚：依　　自己要挺身出来　报不平心中且又忖度一番　　金荣贾瑞　　　都是薛大叔的相知
寅：依　　自己要挺身出来抱　不平心中　又忖度　一番想道金荣贾瑞一干人都是薛大叔的相知

庚：向日　我又与薛大叔相好倘或我一出头他们告诉了老薛我们岂不伤　和气待要不　管如
戚：　　素来我又与薛大叔相好倘或我一出头他们告诉了老薛　　岂不伤了和气待要不　管如
寅：向日　我又与薛大叔相好倘或我一出头他们告诉了老薛我们岂不伤　和气待　不要管如

庚：此谣言说的大家　没趣如今何不用计制伏又止息口声又伤不了　脸面想毕也装作出　　小
戚：此谣言　大家都没趣如今何不用计制伏又　息口声又　伤脸面想毕也装作出
寅：此谣言说的大家　没趣如今何不用计制伏又止息口声又伤不了　脸面想毕也　　　妆做小

庚：恭走至外面悄悄的把跟宝玉的书童名唤茗烟者唤到　身边如此这般调拨他几句这茗烟乃是
戚：恭走至外面悄悄　把跟宝玉的书童名唤茗烟者唤　至身边如此这般调拨他几句这茗烟乃是
寅：恭走至外面悄悄的把跟宝玉的书童名唤茗烟者唤到　身边如此这般调拨他几句这茗烟乃是

庚：宝玉第一个得用的　且又年轻不谙世事如今听贾蔷说金荣如此欺　负秦钟连他　爷宝玉都
戚：宝玉第一个得用的而且又年轻不谙　事　今听贾蔷说金荣如此欺　负秦钟连他的爷宝玉都
寅：宝玉第一个得用的　且又年轻不谙世事如今听贾蔷说金荣如此欺侮　秦钟连他　爷宝玉都

庚：干连在内不给他个利害下次越发狂纵难制了这茗烟无故就要欺压人的如今　得了这个信
戚：干连在内不给他个利害下次越发　　难制了这茗烟无故就要欺压人的如今听　了这　　话
寅：干连在内不给他个利害下次越发狂纵难制了这茗烟无故就要欺压人的如今　得了这个信

庚：又有贾蔷助着便一头进来找金荣也不叫金相公了只说姓金的你是什么东西贾蔷　遂踹一踹
戚：又有贾蔷助着便　头进来找金荣也不叫　相公　只说姓金的你是什么东西贾蔷便　踹一踹
寅：又有贾蔷助着便一头进来找金荣也不叫金相公了只说姓金的你是什么东西贾蔷　遂踹一踹

庚：靴　子故意整整衣服看　看日影儿说是时候了遂先向贾瑞说有事要早走一步贾瑞不敢强他
戚：　鞾子故意整整衣服看了看日影儿说是时候了遂先向贾瑞说有事要早走一步贾瑞不敢强他
寅：靴　子故意整整衣服看　看日影儿说是时候了遂先向贾瑞说有事要早走一步贾瑞不敢强他

庚：只得　随他去了这里茗烟先　　　　一把揪住金荣问道我们　肏屁股不肏屁股管你鸡巴
戚：只得由　他去了这里茗烟　走进来便一把揪住金荣问道我们的事　　　　　　　　管你
寅：只得　随他去了这里茗烟先　　　　一把揪住金荣问道我们　肏屁股不肏屁股管你

庚：　　相干横竖没肏你爹去就罢了你是好小子出来动一动你茗大爷唬的满　屋中子弟都
戚：甚么　相干　　　　　　你是好小子出来动　动你茗大爷唬的满室　中子弟都
寅：　乱肥相干横竖没肏你爹去就罢了你是好小子出来动一动你茗大爷唬的满　屋中子弟都

庚：怔怔的痴　望贾瑞忙吆喝茗烟不得　撒野金荣气黄了脸说反了　　奴才小子都敢如此
戚：怔怔的痴看　贾瑞忙吆喝茗烟不　许撒野金荣气黄了脸说反了　反了奴才小子都敢如此撒野
寅：怔怔的痴　望贾瑞忙吆喝茗烟不得　撒野金荣气黄了脸说反了　　奴才小子都敢如此

庚：我只和你主子说便夺手要去抓打宝玉秦钟二人去尚未去时从脑后　搜的一声早见一方砚瓦
戚：我只和你主子说便夺手要去抓打宝玉秦钟　尚未去时从脑后飕　一声早见一方　瓦
寅：我只和你主子说便夺手要去　打宝玉秦钟二人去尚未去时从脑后　搜的一声早见一方砚瓦

庚：飞来并不知系何人打来的幸未打着却又打　了傍人的座　上这　座上乃　是贾兰贾
戚：砚飞来并不知系何人打来的幸未打着却又打在旁　人　　坐上这坐　上　便　是贾兰贾
寅：飞来并不知系何人打来的幸未打着却又打　了傍人的座　上这　座上　仍是贾兰贾

庚：菌这贾菌　亦　系荣国府近派的重　孙其母亦少寡独守着贾菌这贾菌　与贾兰最好
戚：菌　这贾　　　菌又系荣　府近派的　元孙其母亦少寡独守　　这贾　菌与贾兰最好
寅：菌这贾菌也是　　　荣　府近派的重　孙其母亦少寡独守着贾菌这贾菌　与贾兰最好

庚：所以二人　同桌而坐谁知贾菌　年纪虽小志气最大极是　淘气不怕人　　的他在座上冷
戚：所以二人一同　　坐谁知贾　菌年纪虽小志气最大极是个　　不怕人爱淘气的他在座上冷
寅：所以二人　同桌而坐谁　贾菌　年纪虽小志气最大极是　淘气不怕人　　的他在座上冷

庚：眼看见金荣的朋友暗助金荣飞砚来打茗烟偏没打着　茗烟便落在他桌　上正打在面前将一
戚：眼看见金荣的朋友暗助金荣飞砚来打茗烟偏没打着反　落在他　座上正打在面前将
寅：眼看见金荣的朋友暗助金荣飞砚来打茗烟偏没打着　茗烟便落在他桌　上正打在面前将一

庚：个磁砚水壶打了个粉碎溅了一书　黑水贾菌　如何依得便骂好囚攮的们这不都动了手了么
戚：个　砚水壶打了个粉碎溅了一书墨　水贾　菌如何依得便骂好囚攮的们这不都动了手了么
寅：个磁砚水壶打了个粉碎溅了一书　黑水贾菌　如何依得便骂好囚攮的们这不都动了手了么

第九回　恋风流情友人家塾　起嫌疑顽童闹学堂　387

庚：骂着也便抓起　砚砖来要打回去　贾兰是个省事的忙按住砚极口　劝道好兄弟不与咱们相
戚：骂着也便抓起砖砚　来要　　　飞贾兰是个省事的忙按住砚极口的劝道好兄弟不与咱们相
寅：骂着也便抓起　砚砖来要打回去　贾兰是个省事的忙按住砚极口的劝道好兄弟不与咱们相
————————————————————————————————————

庚：干贾　菌如何忍得住　　　　　便两手抱起　书匣子来照　那边抢了去　终是身小力薄
戚：干贾茵　如何忍得住他见按住砚他便两手抱起　书匣子来照这　边抢了　来终是身小力薄
寅：干贾　菌如何忍得住　　　便两手抱　着书匣子来照这边抢了　来终是身小力薄
————————————————————————————————————

庚：却抢不到那里刚到　　宝玉秦钟桌案上　就落了下来只听　　哗啷啷一声砸　在桌上
戚：却抢　　到半道至宝玉秦钟　案上　就落了下来只听得豁　啷一声　响轧在桌上
寅：却抢不到那里刚到　　宝玉秦钟桌案上便　落了下来只听　　哗啷啷一声砸　在桌上
————————————————————————————————————

庚：书本纸片等至于笔砚之　物撒了一桌又把宝玉的　一碗茶也　砸得　碗碎茶流贾菌　便跳
戚：书本纸片　笔　墨等物撒了一桌又把宝玉的一碗茶也轧　得　碗碎茶流贾　茵便跳
寅：书本纸片　　　　撒了一桌又把宝玉的一碗茶　　砸　的碗碎茶流贾菌　便跳
————————————————————————————————————

庚：出来要揪打那一个飞砚的金荣此时随手抓了一根毛竹大板在手地　狭人多那里经得舞动长
戚：出来要揪打那一个飞砚的金荣此时随手抓了一根毛竹大板在手地窄　人多那里经得舞动长
寅：出来要　打那　个飞砚的金荣此时随手抓了一根毛竹大板在手地窄　人多那里经得舞动长
————————————————————————————————————

庚：板茗烟早吃了一下乱嚷　你们还不动手宝玉还有三个小厮一名锄药一名扫红一名墨雨这
戚：板茗烟早吃　一下乱嚷道你们还不动手宝玉还有三个小厮一名锄药一名扫红一名墨雨这
寅：板茗烟早吃了一下乱嚷　你们还不　动手宝玉还有三个小厮一名锄药一名扫红一名墨雨这
————————————————————————————————————

庚：三个岂有不淘气的一齐　乱嚷　小妇养的动了兵器了墨雨遂掇起　一根门闩扫红锄药　　手
戚：三个岂有不淘气的一齐都　嚷道小妇养的动了兵器了墨雨遂掇起一根门闩扫红锄药　　手
寅：三个岂有不淘气的一齐　乱嚷　小妇养的动了兵器了墨雨遂掇起一根门闩扫红锄药两个手
————————————————————————————————————

庚：中都是马鞭子蜂拥而上贾瑞　急　拦一回这　个劝一回那个谁听他的话肆行大闹　众顽童
戚：中都是马鞭子蜂拥而上贾瑞　急的拦一回这里　劝一回　谁听他的话肆行大　乱众顽童
寅：中都是马鞭子蜂拥而上贾瑞极　拦一回这　　劝一回那个谁听他的话肆行大闹　众顽童
————————————————————————————————————

庚：也有趁势　帮着打太平拳助乐的也有胆小藏在　一边的也有直立在桌上拍着手儿乱笑喝着
戚：也有趁势　帮着打太平拳　的也有胆小藏　过一边的也有直立在桌上拍着手儿乱笑喝着
寅：也有　趣帮着打太平拳助乐的也有胆小藏在　一边的也有直立在桌上拍着手儿乱笑喝着
————————————————————————————————————

庚：声儿　叫打的登时间鼎沸起来外边李贵等几个大仆人听见里边　作　起反来忙都进来一齐
戚：声儿　叫打的登时　鼎沸起来外边李贵等几个大仆人听见里边　作反起　忙都进来一齐
寅：声　要叫打的登时间鼎沸起来外边李贵等几个大仆人听见里边做　起反来忙都进来一齐
————————————————————————————————————

庚：喝住问是何原故众声　不一这一个如此说那一个又如彼说李贵且喝骂了茗烟　四个　一顿
戚：喝住问是何　故众　口不一这　个如此说那　个　如彼说李贵且喝骂了茗烟等四　人一顿
寅：喝住问是何原故众声　不一这一个如此说那一个又如彼说李贵且　骂了茗烟等四个　一顿
————————————————————————————————————

庚：撵了出去秦钟的头上早撞在金荣的板　上打去一层油皮宝玉正　拿褂襟子　替他柔呢　见
戚：撵了出去秦钟的头　早撞在金荣的板子上打去一层油皮宝玉正　拿褂襟子给　他　揉见
寅：撵了出去秦钟的头上早撞在金荣的板　上打去一层油皮宝玉正在拿褂襟子　替他柔呢　见
————————————————————————————————————

庚：喝住了众人便命李贵收书拉马来我去回太爷去我们被　人欺负了不敢说别的　守礼来告诉
戚：喝住了众人便命李贵收书拉马来我去回太爷去我们被　人欺负了不敢说别的按　礼来告诉
寅：喝住了众人便命李贵收书拉马来我去回太爷去我们被别人欺负了不敢说别的按　礼来告诉

———————————————————————————————————————
庚：瑞大爷瑞大爷反倒派我们的不是听着大　家骂我们还调唆他们打我们
戚：瑞大爷　大爷反　派我们的不是听着　人家骂我们还调唆他　打我们茗烟见　人欺负　我
寅：瑞大爷瑞大爷反　派我们的不是听着大　家骂我们还调唆他们打我们茗烟见有人欺　侮我
———————————————————————————————————————
庚：　　　　　　　　　　　　　　茗烟连秦钟的头也打破　这还在这里念什么书茗烟他也
戚：他岂有不为我的他们反打伙儿打了茗烟连秦钟的头也打破了　还在这里念什么书
寅：他岂有不为我的他们反打伙　打了茗烟连秦钟的头也打破了　还在这里念什么书
———————————————————————————————————————
庚：是为有人欺侮我的不如散了罢李贵劝道哥儿不要性急太爷既有事回家去了这会子为这点子
戚：　　　　　　　　　　　　　李贵劝道哥儿不要性急太爷既有事回家去了这会子为这点子
寅：　　　　　　　　不如散了罢李贵劝道哥儿不要性急太爷既有事回家去了这会子为这点子
———————————————————————————————————————
庚：事去聒噪他老人家倒显的咱们没理　　依我的主意那里的事情那里了结好何必去惊动他老
戚：事去聒噪他老人家倒显的咱们没理似の依我的主意那里的事情那里了结　何必　惊动　老
寅：事去聒噪他老人家倒显的咱们没理似の依我的主意那里的事情那里了结好何必去惊动他老
———————————————————————————————————————
庚：人家这都是瑞大爷的不是太爷不在这里你老人家就是这学里的头脑了众人看你着行事众人
戚：人家这都是瑞大爷的不是太爷不在这里你老人家就是　学里的头脑了众人看你　行事众人
寅：人家这都是瑞大爷的不是太爷不在这里你老人家就是这　里的头脑了众人看你　行事众人
———————————————————————————————————————
庚：有了不是该　打的打该罚的罚如何等闹到这步　田地还不管贾瑞道我吆喝着都不听李贵笑
戚：有了不是该　打的打该罚的罚如何等闹到这步　田地还不管贾瑞道我吆喝着都不听李贵笑
寅：有了不是　谁打的打该罚的罚如何等闹到这　不田地还不管贾瑞道我吆喝着都不听李贵笑
———————————————————————————————————————
庚：道不怕你老人家恼我素　日你老人家到底有些不正经所以这些兄弟才不听就闹到太爷跟前
戚：道不怕你老人家恼我素知　你老人家到底有些不正　所以这些兄弟才不听就闹到太爷跟前
寅：道不怕你老人家恼我素　日你老人家到底有些不正经所以这些兄弟才不听就闹到太爷跟前
———————————————————————————————————————
庚：去连你老人家也是脱不过的还不快　作　　主意撕罗了罢宝玉道撕罗什么我必是　回去
戚：去连你老人家也　脱不过的还不快些作　个主意撕罗开了罢宝玉道撕罗什么我必　要回去
寅：去　你老人家也是脱不过的还不快　　做个主意撕罗开了罢宝玉道撕罗什么我必是要回去
———————————————————————————————————————
庚：的秦钟哭道有金荣我是不在这里念书的　宝玉道这是为什么难道有人家来的咱们　倒来不
戚：的秦钟哭道有金荣我是不在这里念书的了宝玉道这是为什么难道有人家来的咱们到　来不
寅：的秦钟　道有金荣我是不在这里念书的　宝玉道这是为什么难道有人家来的咱们到　来
———————————————————————————————————————
庚：　得我必回明白　众人撺了金荣去又问李贵金荣是那一房的亲戚李贵想了一想道也不　用
戚：　得我必回明白了众人撺了金荣去又问李贵金荣是那一房的亲戚李贵想　一想道也不　用
寅：了得我必回明白了众人撺了金荣去又问李贵金荣是那一房的亲戚李贵想了一想道也不必
———————————————————————————————————————
庚：问了若说起那一房的亲戚　更伤了弟兄　们的和气茗烟在窗外道他是东胡同　子里璜大奶
戚：问了若说起那一房的亲戚来更伤了弟兄　们的和气茗烟在窗外道他是东胡同的　　璜大奶
寅：问了若说起那一房的亲戚　更伤了　兄弟们的和气茗烟在窗外道他是东胡同　子里璜大奶
———————————————————————————————————————
庚：奶的侄儿那是什么硬正仗腰子的也来嗬我们　　璜大奶奶是他姑娘你那姑妈只会打旋磨
戚：奶的侄儿那是什么硬正仗腰子　也　嗬我们来了璜大奶奶是他姑娘你那姑妈只会打旋磨儿
寅：奶的侄儿那是什么硬正仗腰子的也来嗬我们　璜大奶奶是他　　　姑妈只会打旋磨儿
———————————————————————————————————————

第九回　恋风流情友人家塾　起嫌疑顽童闹学堂　389

庚：子给我们琏二奶奶跪着借当　　我眼里就看不起他那样的主子奶奶李贵忙　断喝不止说　偏
戚：　给我们琏二奶奶跪着借当头我　　看不起他那样的主子奶奶李贵忙乱　喝不止说道偏
寅：　给我们琏二奶奶跪着借当头我眼里就看不起他那样的主子奶奶李贵忙　断喝不止说　偏
——
庚：你这小　　畜的知道有这些蛆嚼宝玉冷笑道我只当　是谁的亲戚原来是璜嫂子的侄儿我就去
戚：　这小狗畜的知道有这些蛆嚼宝玉冷笑道我只　道是谁的亲戚原来是璜嫂子的侄儿我就去
寅：你这小狗畜的知道有这些蛆嚼宝玉冷笑道我只当　是谁的亲戚原来是璜嫂子的侄儿我就去
——
庚：问问他　　来说着便要走叫茗烟进来包书茗烟　　　包着书又得意道爷也不用自己去见等
戚：问问他去　说着便要走叫茗烟进来包书茗烟　进　来包　书又得意道爷也不用自　去　等
寅：问问他去　说着便要走叫茗烟进来包书茗烟就进屋来包　书又得意道爷也不用自己去　等
——
庚：我到　他家就说老太太有说的话问他呢雇上一辆车拉进去当着老太太问他岂不省事李贵忙
戚：我　去他家就说老太太有　　话问他呢雇上一辆车拉进去当着老太太问他岂不省事李贵忙
寅：我到　他家就说老太太有　　话问他呢雇上一辆车拉进去当着老太太问他岂不省事李贵忙
——
庚：喝道你要死仔细回去我好不好先　捣了你然后再回老爷太太就说宝玉全是你调唆的我这里
戚：喝道你要死仔细回去我好不好先槌　了你然后　回老爷太太就说宝玉全是你调唆的我
寅：喝道你要死仔细回去我好不好先　捣了你然后　回老爷太太就说宝玉全是你调唆的我这里
——
庚：好容易劝哄　好了一半了你又来生个新法子你闹了学堂不说　变法儿压息了才是
戚：好容易　哄的好了一半　　你又来生个新法子你闹了学堂不说变　法儿压息了才是反
寅：好容易劝哄　好了一半　　你又来生个新法子你闹了学堂不说变　法　压息了才是反要迈火
——
庚：　到要往大里闹　　　茗烟方不敢作声儿了此时贾瑞也　怕闹大了自己也不干净只得委曲
戚：　　要　　　　迈火坑茗烟方不敢作声儿　此时贾瑞也恐怕闹大了自己　不干净只得委
寅：坑　要往大里闹　　　茗烟方不敢作声儿了此时贾瑞也　怕闹大了自己也不干净只得委曲
——
庚：　着来央告秦钟又央告宝玉先是他二人不肯后来宝玉说不回去也罢了只叫金荣赔不是便罢
戚：屈着来央告秦钟又央告宝玉先是他二人不肯后来宝玉说不回去也罢了只叫金荣赔不是便罢
寅：　着　央告秦钟又央告宝玉先是他二人不肯后来宝玉说不回去也罢了只叫金荣赔不是
——
庚：金荣先是不肯后来禁不　得贾瑞也来逼他去赔不是李贵等只得好劝金荣说原是你起的端你
戚：金荣先是不肯后来禁不起　贾瑞也来逼他去赔不是李贵等只得好劝金荣说原是你起的端你
寅：金荣先是不肯后来禁不　得贾瑞也来逼他去赔不是李贵等只得好劝金荣说原是你起的端你
——
庚：不这样怎得了局金荣强不　得只得与秦钟作了　　揖宝玉还不依偏定要磕头贾瑞只要暂息
戚：不这样怎得了局金荣强不过　只得与秦钟作了一个揖宝玉还不依偏定要磕头贾瑞只要暂息
寅：不这样怎得了局金荣强不过　只得与秦钟作了　　揖宝玉还不依偏定要磕头贾瑞只要暂息
——
庚：此事又悄悄的劝金荣说俗语说的好杀人不过头点地你既惹出事来少不得下点气儿磕个头就
戚：此事又悄悄的劝金荣说俗语说的好杀人不过头点地你既惹出事来少不得下点气儿磕个头就
寅：此事又悄悄的劝金荣说俗语说的好杀人不过头点地你既惹出事来少不得下点气儿磕个头就
——
庚：完事了金荣无奈只得进前来与　　宝玉磕头且听下回分解
戚：完事了金荣无奈只得进前来与秦钟　磕头且听下回分解
寅：完事了金荣无奈只得进前来与　　宝玉磕头且听下回分解
——

第十回　金寡妇贪利权受辱　张太医论病细穷源

庚：话说金荣因人多势众　　又兼贾瑞勒令赔了不是给秦钟磕了头宝玉方才不吵闹了大家散了学
戚：话说金荣因人多势　重又兼贾瑞勒令赔了不是给秦钟磕了头宝玉方才不吵闹了大家散了学
寅：话说金荣因人多势众　　又兼贾瑞勒令赔了不是给秦钟磕了头宝　方才不吵闹了大家散了学

庚：金荣回到家中越想越气说秦钟不过　　是贾蓉的小舅子又不是贾家的子孙附学读书也不
戚：金荣回到家中越想越气说秦钟　　这奴才是贾蓉的小舅子又不是贾家的子孙附学读书也不
寅：金荣回到家中越想越气说秦钟不过　　是贾蓉的小舅子又不是贾家的子孙附学读书也不

庚：过和我一样他因仗着宝玉和他好他就目中无人他既是这样就该行些正经事人也没　　的说
戚：过和我一样他因仗着宝玉和他好他就目中无人他既是这样就该行些正经事人也没　　的说
寅：过和我一样他因仗着宝玉和他好他就目中无人他既是这样就该行些正经事人也没有说的

庚：他素日又和宝玉鬼鬼　崇崇的只当人都是瞎子看不见今日他又去勾搭人偏偏的撞在我眼
戚：他素日又和宝玉鬼鬼崇崇　的只当人都是瞎子看不见今日他又　勾搭人偏偏的撞在我眼
寅：他素日又和宝玉鬼鬼　崇崇的只当人都是瞎子看不见今日他又去勾搭人偏偏的撞在我眼

庚：睛里就是闹出事来我还怕什么不成他母亲胡氏听见他咕咕　唧唧的说因问道你又要
戚：睛里就是闹出事来我还怕什么不成他母亲胡氏听见他咕咕嘟嘟　的说因问道你又要争
寅：　里就是闹出事来我还怕什么不成他母亲胡氏听见他咕咕　唧唧的说因问道你又要争甚

庚：做什么闹事　　好容易我望你姑妈说了你姑妈　千方百计的才向他们西府里的琏二奶奶跟
戚：什么　　闲气好容易我望你姑妈说了你姑妈又千方百计的　向他们西府里的琏二奶奶跟
寅：么　　闲气好容易我望你姑妈说了你姑妈　千方百计的才向他们西府里的琏二奶奶跟

庚：前说了你才得了这个念书的地方若不是仗着人家咱们家里还有力量请的起先生况且人家学
戚：前说了你才得了这个念书的地方若不是仗着人家咱们家里还有力量请的起先生况且人家学
寅：前说了你才得了这个念书的地方若不是仗着人家咱们家里还有力量请的起先生况且人家学

庚：里茶也是现成的饭也是现成的你这二年在那里念书家里也省好大的嚼用呢省出来的你又爱
戚：里茶　　饭也是现成的你这二年在那里念书家里也省好大的嚼用呢省出来的你又爱
寅：里茶也是现成的饭也是现成的你这二年在那里念书家里也省好大的嚼用呢省出来的你又爱

庚：穿件鲜明衣服再者不是因你在那里念书你就认得什么薛大爷了那薛大爷一年不给不给这二
戚：穿件鲜明衣服再者不是因你在那里念书你就认得什么薛大爷了那薛大爷一年不给不给这二
寅：穿件鲜明衣服再者不是因你在那里念书你就认得什么薛大爷了那薛大爷一年不给不给这二

庚：年也帮了咱们　有七八十两银子你　如今要　闹出了这个学　房再要找这么　个地方我告
戚：年也帮了咱们也有七八十两银子你　如今要　闹出　这　学　房再要找这么一个地方我告
寅：年也帮了咱们　有七八十两银子你今如　若闹出了这个学堂　再要找这么　个地方我告

第十回　金寡妇贪利权受辱　张太医论病细穷源

庚：诉你说罢比登天的还难呢你给我老老实实的顽一会子睡你的觉去好多着呢于是金荣忍气吞
戚：诉你说罢比登天的还难呢你给我老老实实的顽一会子睡你的觉去好多着呢于是金荣忍气吞
寅：诉你说罢比登天的还难呢你给我老老实实的顽一会子睡你的觉去好多着呢于是金荣忍气吞
————————————————————————————————
庚：声不多一时他自　去睡了次日仍旧上学去了不在话下且说他姑娘原聘给的是贾家玉字辈的
戚：声不多一时他自己去睡了次日仍旧上学去了不在话下且说他姑娘原聘给的是贾家玉字辈的
寅：声不多　时他自　去睡了次日仍旧上学去了不在话下且说他姑娘原聘给的是贾家玉字辈的
————————————————————————————————
庚：嫡派名唤贾璜但其族人那里皆能像宁荣二府的富势原不用细说这贾璜夫妻守着些小　的产
戚：嫡派名唤贾璜但其族人那里皆能像宁荣二府的富势原不用细说这贾璜夫妻守着些小小的产
寅：嫡派名唤贾璜但其族人那里皆能像宁荣二府的富势原不用细说这贾璜夫妻守着些小　的产
————————————————————————————————
庚：业又时常到宁荣二府里去请请安又会奉承凤姐儿并尤氏所以所凤姐儿尤氏也时　常资助资
戚：业又时常到宁荣二府里去请请安又会奉承凤姐儿并尤氏所以　凤姐儿尤氏也时　常资助资
寅：业又时常到宁荣二府里去请请安又会奉承凤姐儿并尤氏所以　凤姐儿尤氏也　　经常资助资
————————————————————————————————
庚：助他方能如此度日　　　　今日正遇　　　　天气晴明又值家中　无事遂带了一个婆
戚：助他方能如此度日却说这　日　贾璜之妻金氏因天气晴明　家中又无事遂带了一个婆
寅：助他方能如此度日　　　　今日正遇　　　　天气晴明又值家中　无事遂带了一个婆
————————————————————————————————
庚：子坐上车来家里走走瞧瞧寡嫂并侄儿闲话　之间金荣的母亲偏提起昨日贾家学房里的那事
戚：子坐上车　家里走走瞧瞧寡嫂　侄儿闲　语之间金荣的母亲偏提起昨日贾家学　里　那事
寅：子坐上车　家里走走瞧瞧寡嫂并侄儿闲话　之间金荣的母亲偏提起昨日贾家学房里的那事
————————————————————————————————
庚：从头至尾一五一十都向他小姑子说了这璜大奶奶不听则已听了一时怒从心上起说道这秦钟
戚：从头至尾一五一十都向他小姑子说了这璜大奶奶不听则已听了一时怒从心上起说道这秦钟
寅：从头至尾一五一十都向他小姑子说了这璜大奶奶不听则已　一时怒从心上起说道这秦钟
————————————————————————————————
庚：小崽子是贾门的亲戚难道荣儿不是贾门的亲戚人都别特　势利了况且都作的是什么有脸的
戚：小崽子是贾门　亲戚难道荣儿不是贾门的亲戚人都别　忒势利了况且都作的是什么有脸的
寅：小崽子是贾门的亲戚难道荣儿不是贾门的亲戚人都别　忒势利了况且都作的是什么有脸的
————————————————————————————————
庚：好事就是宝玉也　不犯　上向着他到这个样　等我去到东府瞧瞧我们珍大奶奶再向秦钟
戚：好事就是宝玉也　不犯着　向他到这个　田地等我去到东府瞧瞧我们珍大奶奶再向秦钟
寅：好事就是宝玉也犯不　上向着他到这个样　等我去到东府瞧瞧我们珍大奶奶再向秦钟
————————————————————————————————
庚：他姐姐说说叫他评评这个理这金荣的母亲听了这话急的了不得忙说道这都是我的嘴快告诉
戚：他姐姐说说叫他评评这个理这金荣　母亲听了这话急的了不得忙说道这都是我的嘴快告诉
寅：他姐姐说说叫他评评这个理这金荣的母亲听了这话急的了不得忙说道这都是我的嘴快告诉
————————————————————————————————
庚：了姑奶奶了求姑奶奶　别　去别管他们谁是谁非倘或　闹起来怎么在那里站住若是站
戚：了姑奶奶　求姑奶奶快别去说去别管他们谁是谁非倘或　闹起来怎么在那里站得
寅：了姑奶奶了求姑奶奶　别去说去别管他们谁是谁非倘　若闹起来怎么在那里站得住若是站
————————————————————————————————
庚：不住家里不但不能请先生反到在他身上添出许多嚼用来呢璜大奶奶听了说道那里管得许多
戚：　住家里不但不能请先生反到在他身上添出许多嚼用来呢璜大奶奶听了说道那里管得许多
寅：不住家里不但不能请先生反到在他身上添出许多嚼用来呢璜大奶奶听了说道那里管得许多
————————————————————————————————

庚：你等我　说了看是怎么样也不容他嫂子劝一面叫老婆子瞧　了车就坐上往宁府里来到了宁
戚：你等我去说了看是怎么样也不容他嫂子劝一面叫老婆子　瞍了车就坐上往宁府里来到了宁
寅：你等我　说了看是怎么样也不容他嫂子劝一面叫老婆子瞧　了车就坐上往宁府里来到了宁

庚：府进了车门到了东边小角门前下了车进　去见了贾珍之　妻尤氏也未敢气高殷殷勤勤叙过
戚：府进了车门到了东边小角门前下了车进来　见了贾珍　的妻尤氏也未敢气高殷殷勤勤叙过
寅：府进了车门到了东边小角门前下了车进　去见了贾珍之　妻尤氏也未敢气高殷殷勤勤叙过

庚：寒温说了些闲话方问道今日怎么　没见蓉大奶奶尤氏说道他这些日子不知　是怎么着经
戚：寒温说了些闲话方问道今日怎么不　见蓉大奶奶尤氏说　他这些日子不知道他　怎　着经
寅：寒温说了些闲话方问道今日怎么　没见蓉大奶奶尤氏说道他这些日子不知　是怎么着经

庚：期有两个多月没来叫大夫瞧了又说并不是喜那两日到了下半天就懒　待动说话也懒待
戚：期有两个多月没来叫大夫瞧了又说并不是喜那两日到了下半天就懒怠　动　话也懒　怠说
寅：期有两个多月没来叫大夫瞧了又说并不是喜那两日到了下半天就懒怠　动　话也懒　怠说

庚：眼神　也发眩我说他你且不必拘礼早晚不　必照例上来你就　好生养养罢就是有亲戚一家
戚：眼神　也发眩我说他你且不必拘礼早晚不用　照例上来你　竟好生养养罢就是有亲戚一家
寅：眼神儿也发眩我说他你且不必拘礼早晚不　必　　上来你就　好生养养罢就是有亲戚一家

庚：儿来　有我呢就有长辈们怪你等我替你告诉连　荣哥我都嘱咐了我说你不许勒　捎他不许
戚：儿来　有我呢就有长辈们怪你等我替你告诉连蓉　哥我都嘱咐了我说你不许　累捎他不许
寅：　去有我呢就有长辈们怪你等我替你告诉连蓉　哥我都嘱咐了我说你不许　累捎他不许

庚：招他生气叫他静静的养养就好了他要想什么吃只管到我这里取来倘或我这里　没有只管望
戚：招他生气叫他静静的养养就好了他要想什么吃只管到我这里取来倘或我这里无　有只管
寅：招他生气叫他静静的养养就好了他要想什么吃只管到我这里取来倘或我这里　没有只管望

庚：你　琏二婶子那里要去倘或他有　个好合歹你再要娶这么一个媳妇这么　个模样儿这么
戚：　往琏二婶子那里要去倘或他有了　好　歹　再要　这么一个媳妇这么的　模样儿这么一
寅：你　琏二婶子那里要去倘或他有了　好　歹　再要娶这么一个媳妇这么的　模样儿这么一

庚：个性情　的人儿打　着灯笼也没地方找去他这为人行事那个亲戚那个一家的长辈不　喜欢
戚：个　情性的人儿打　着灯笼也没地方找去他这为人行事那个亲戚那个一家的长辈不欢喜
寅：个性情　的人儿　找着灯笼也没地方找去他这为人行事那个　　　　　一家的长辈不　喜欢

庚：他所以我这两日好不烦心　焦的我了不得偏偏今　日早晨　他兄弟来瞧他谁知那小孩子家
戚：他所以我这两日好不　心烦焦的我了不得偏偏今儿　早　辰他兄弟来瞧他谁知那小孩子家
寅：他所以我这两日好不烦心　焦的我了不得偏偏今　日早晨　他兄弟来瞧他谁知那小孩子家

庚：不知好歹看见他姐姐身上不大爽快就有事也不当告诉他别说是这么一点子小事就是你受了
戚：不知好歹看见　姐姐身上不大爽快就有事也不当告诉他别说是这么　点子小事就是你受了
寅：不知好歹看见他姐姐身上不大爽快就有事也不当告诉他别说是这么一点子小事就是你受了

庚：一万分的委曲　也不该向他说才是谁知他们昨儿学房打架不知是那里附学来的一个人欺
戚：一万分的委　屈也不该向他说才是谁知他们昨儿学　里打架不知　那里附学来的一个人欺
寅：一万分的委曲　也不该向他说才是谁知他们昨儿学房里打架不知是那里附学来的一个人欺

第十回　金寡妇贪利权受辱　张太医论病细穷源

庚：负了他了里头还有些不干不净的话都告诉了他姐姐婶子你是知道那媳妇的虽则见了人有说
戚：负　他了里头　有些不干不净的话都告诉了他姐姐婶子你是知道那媳妇的虽则见了人有说
寅：负了他了里头还有些不干不净的话都告诉了他姐姐婶子你是知道那媳妇的虽则见了人有说

庚：有笑会行事儿他可心细心又重不拘听见　个什么话儿都要度量个三日五夜才罢这病就是
戚：有笑会行事儿他可心细心又重不拘听见了　什么话儿都要度量个三日五夜才罢这病就是把
寅：有笑会行事　他可心细心又重不拘听　个什么话儿都要度量个三日五夜才罢这病就是

庚：打这个秉性上头思虑出来的今儿听见　有人欺负了他兄弟又是恼又是气恼的是那群混账狐
戚：　这个秉性上头思虑出来的今　听见了有人欺负了　兄弟又是恼又是气恼的是那群混账狐
寅：打这个秉性上头思虑出来的今儿听见　有人欺负了他兄弟又是恼又是气恼的　那群混账狐

庚：朋狗友的扯是搬非调三惑四的　那些人气的是他兄弟不学好不上心念　书以致如此学里吵
戚：朋狗友的扯是搬非调三惑四的是那些人气的是他兄弟不学好不上心　读书以致如此学里吵
寅：朋狗友的扯是搬非调三惑四的　那些人气的是他兄弟不学好不上心　读书以致如此学里吵

庚：闹他听　了这事今日索性连早饭也　没吃我听见了我方　到他那边安慰了他一会子又劝解
戚：闹他听　了这事今日索性连早饭也不　吃我听见了我方才到他那边安慰了他一会子又劝解
寅：闹他听的了这事今日索性连早饭也　没吃我听见了我方　到　那边安慰了他一会子又劝解

庚：了他兄弟一会子我叫他兄弟到那边府里找　保玉去了我才看　着他吃了半盏燕窝汤我才过
戚：了他兄弟一会子我叫他兄弟到那边府里找宝　玉去了我才　瞧着他吃了半盏燕窝汤我才过
寅：了他兄弟一会子我叫他兄弟到那边府里找宝　玉去了我才看　着他吃了半盏燕窝汤我才过

庚：来了婶子你说我心焦不心焦况且如今又没　个好大夫我想到　他这病上我心里到像针扎了
戚：来了婶子你说我心焦不心焦况且如今又没有　好大夫我　为他这病上我心里到像针扎
寅：来了婶子你说我心焦不心焦况且如今又没　个好大夫我想到　他这病上我心里到像针扎了

庚：是　的你们知道有什么好大夫没有金氏听了这半日话把方才在他嫂子家的　那一团要向秦
戚：　的你们知道有什么好大夫没有金氏听了这半日话把方才在　嫂子家　里那一团要向秦
寅：似的你们知道有什么好大夫没有金氏听了这半日话把方才在他嫂子家的　那一团要向秦

庚：氏　理论的盛气早吓的都丢在　洼爪　国去了听见尤氏问他有知道的好大夫的话连忙答道
戚：氏论理　的盛气早吓的　丢在瓜洼　国去了听见尤氏问他有知道的好大夫的话连忙答道
寅：氏　理论的盛气早吓的都丢在　爪洼国去了听见尤氏问他有知道的好大夫的话连忙答道

庚：我们这么听着实在也没见人说有个好大夫如今听　起大奶奶这个　来定不得还是喜呢嫂
戚：我们这么听着实在也没见人说有个好大夫如今听见　大奶奶这个不　来定不得还是喜呢嫂
寅：我们这么听着实在也没见人说有个好大夫如今听　起大奶奶这　病来定不得还是喜呢嫂

庚：子到别教　人混治倘或认错了这可是了不得的尤氏道可不是呢正是说话　间　贾珍从外进
戚：子到别　叫人混治倘或认错了这可是了不得的尤氏道可不是呢正　说话之间　贾珍从外进
寅：子到别教　人混治倘或认错了这可是了不得的尤氏道可不是呢正　话　说贾珍从外进

庚：来见了金氏便向尤氏问道这不是璜大奶奶　么金氏向前给贾珍请了安贾珍向　尤氏说道让
戚：来见了金氏便向尤氏问道这不是璜大奶奶　么金氏向前给贾珍请了安贾珍向这尤氏说道让
寅：来见了金氏便向尤氏问道这不是璜大奶奶吗　金氏向前给贾珍请了安贾珍向　尤氏说道让

庚：这大妹　妹吃饭去贾珍说着话就过那屋去了金氏此来原要向秦钟说说秦钟欺　负了他
戚：这　妹了　吃　饭去贾珍说着话就过那屋去了金氏此来原要向秦钟说说秦钟欺　负了他
寅：这大妹　妹吃了饭去贾珍说着话就过那屋里去了金氏此来原要向秦氏说说秦钟欺侮　了他

庚：　　　兄弟之事听见秦氏　病不但不能说亦且不敢提了况且贾珍尤氏又待的　　狠好反转
戚：侄儿的　　　事听见秦氏有病不但不能说亦且不敢提了况且贾珍尤氏　待的　也狠好反转
寅：　　　兄弟之事听见秦氏　病不但不能说亦且不敢提了况且贾珍尤氏又待的很　　好反转

庚：怒为喜　又说了一会子话儿方　家去了金氏去后贾珍方过来坐下问尤氏道今日他来有什么
戚：怒为喜的又说了一会子话儿方回家去了金氏去后贾珍方过来坐下问尤氏道今日他来有什么
寅：怒为喜　又说了一会子话儿方　家去了金氏去后贾珍方过来坐下问尤氏道今日他来有什么

庚：说的事情　么尤氏答道到没说　什么一进来的时候脸上到像有些着了恼的气色　是的及
戚：说的事情　么尤氏答道到没说甚　么一进来的时候脸上到像有些着　恼的气色似　的及至
寅：说的事情吗　尤氏答道到没说　什么一进来的时候脸上到像有些着了恼的气色　是的及

庚：说了半天话又提　起媳妇这病他到渐渐的气色平　定了你　又叫让他吃饭他听见媳妇这么
戚：说了半天话又提　起媳妇这病他到渐渐的气色平静　了　　又叫让他吃饭他　见媳妇这么
寅：说了半天话又　说起媳妇这病他到渐渐的气色平　定了　他又叫让他吃饭他听见媳妇这

庚：病也不好意思只管坐着又说了几句闲话儿就去了到没　求什么事如今且说媳妇这病你到那
戚：病也不好意思只管坐着又说了几句　儿就去了到没有求什么事如今且说媳妇这病你到那
寅：病也不好意思只管坐着又说了几句闲话儿就去了到没　求什么事如今且说媳妇这病你到那

庚：里寻一个好大夫来与　他瞧瞧要紧可别耽悞　了现今咱们家走的这一群大夫那里要得一个
戚：里寻　个好大夫来　给他瞧瞧要紧可别耽悞　了现今咱们家走的这　群大夫那里要得一个
寅：里寻一个好大夫来与　他瞧瞧要紧可别耽　误了现今咱们家走的这一群大夫那里要得一个

庚：　　都是听着人的口气儿人怎么说他也添几句文话儿说一　遍可到殷勤的狠　三四个人一
戚：　　都是听着人　口气儿人怎么说他也添几句文话儿说一篇　可到殷勤的狠　三四　人一
寅：个儿都是听着人的口气儿人怎么说他也添几句文话儿说一　遍可到殷勤的　很三四个人一

庚：日轮流着到有四五遍来看脉他们大家商量着立个方子吃了也不见效到弄得一日换四五遍
戚：日轮流　到　四五遍来看脉他们大家商量着立个方子吃了也不见效到弄得一日换四五遍的
寅：日轮流　到有四五遍来看脉他们大家商量着立个方子吃了也不见效到弄得一日换四五遍

庚：衣裳坐起来见大夫其实于病人无益贾珍说道可是这孩子也糊　涂何必脱脱换换的倘　再
戚：衣裳坐起来见大夫其实于病人无益贾珍说道可是这孩子也糊　涂何必脱脱换换的倘或又
寅：衣裳坐起来见大夫其实于病人无益贾珍　道可是这孩子也　胡涂何必脱脱换换的倘　再

庚：着了凉更添一层病那　还了得　衣裳任凭是什么好的可又值什么　孩子的身子要紧就是一
戚：着了凉更添一层病那换　了　的衣裳任凭是什么好的可又值什么呢孩子的身子要紧就是一
寅：着了凉更添一层病那　还了得　衣裳任凭是什么好的可又值什么　孩子的身子要紧就是一

庚：天穿一套新的也不值什么我正进来要告诉你方才冯紫英来看我他见我有些抑郁之色问我是
戚：天穿一套新的　不值什么我正进来要告诉你方才冯紫英来看我他见我有些抑郁之色问我是
寅：天穿一套新的也不值什么我正进来要告诉你方才冯紫英来看我他见我有些抑郁之色问我是

庚：怎么了我才告诉他说媳妇忽然身子有好大的不爽快因为不得个好太医断不透是喜是病又不
戚：怎么了我才告诉他说媳妇忽然身子有好大　不爽快因为不得　好太医断不透是喜是病又不
寅：怎么了我才告诉他　媳妇忽然身子有好大的不爽快因为不得个好太医断不透是喜是病又不

第十回　金寡妇贪利权受辱　张太医论病细穷源　395

庚：知有妨碍无妨碍所以我这两日心里着实着急冯紫英因说起他有一个幼时从学的先生姓张名
戚：知有妨　无妨　所以我这两日心里着实　急冯紫英因说起他有一个幼时从学的先生姓张名
寅：知有妨碍无妨碍所以我这两日心里着实着急冯紫英因说起他有一个幼时从学的先生姓张名
————————————————————————————
庚：友士学问最渊博的更兼医理极深　　且能断人的生死今年是上京给他儿子来捐官现在他家
戚：友士学问最渊博　更兼医理　精明且能断人的生死今年是上京给他儿子　捐官　在他家
寅：友士学问最渊博的更兼医理极深　　且能断人的生死今年是上京给他儿子来捐官现在他家
————————————————————————————
庚：住着呢这么看来正是　合该媳妇的病在他手里除灾亦　未可知我即刻差人拿我的名帖请去
戚：住着呢这么看来　　竟合该媳妇的病在他手里除灾亦　未可知我即刻差人拿我的名帖请去
寅：住着呢这么看来正是　合该媳妇的病在他手里除灾　也未可知我即刻差人拿我的名帖请去
————————————————————————————
庚：了今日倘　天晚了若不能来明日想来　　一定来况且冯紫英又即刻回家亲自去求他务必叫
戚：了今日倘或天晚了　不能来　想来明日一定来况且冯紫英又即刻回家亲自去求他务必叫
寅：了今日倘　天晚了若不能　　来明日一定来况且冯紫英又即刻回家亲自去求他务必叫
————————————————————————————
庚：他来瞧瞧等这个张先生来瞧了再说罢尤氏听了心中甚喜因说道后日是太爷的寿日到底怎么
戚：他来瞧瞧等这个张先生来瞧了再说罢尤氏听了心中甚喜因说道后日是太爷　寿日到底怎么
寅：他来瞧瞧等这　张先生来瞧了再说罢尤氏听了心中甚喜因说道后日是太爷的寿日到底怎么
————————————————————————————
庚：办贾珍说道我方才到了太爷那里去请安兼请太爷来家来受一受一家子的礼太爷因说道我是
戚：办贾珍说道我方才到了太爷那里去请安兼请太爷来家　受一受一家子的礼太爷因说道我是
寅：办贾珍说道我方才到了太爷那里去请安兼请太爷来家来受一受一家子的礼太爷因说道我是
————————————————————————————
庚：清净惯了的我不愿意往你们那是非场中去闹去你们必定说是我的生日要叫我去受众人
戚：清净惯了的我不愿意往你们那是非场中　闹去你们必定说是我的生日要　我去受众人的礼
寅：清净惯了的我不愿意往你们那是非场中去闹去你们必定说是我的生日要叫我去受众人的
————————————————————————————
庚：些头莫过　你把我从前注的阴　隲文　给我令　人好好的写出来刻　　了比叫我无故受
戚：　莫　若你把我从前注的阴　隲文你给我　叫人好好的写出来刻去这我　比　　　　受
寅：　头莫　若你把我从前注的阴骘　文　给我令　人好好的写出来刻　　了比叫我无故受
————————————————————————————
庚：众人的头还强百倍呢倘或后日这两日一家子　要来你就在家里好好的款待他们就是了也不
戚：众人的头　强百倍呢倘或后日这两　家　的要来你就在家里好好的款待他们就是了也不
寅：众人的头还强百倍呢倘或后日这两　　家子　要来　就在家里好好的款待他们就是了也不
————————————————————————————
庚：必给我送什么东西来连你后日也不必来你　要心中　不安你今日就给我磕了头去倘或后日
戚：必给我送什么东西来连你后日也不必来你若　心　里不安你今日就给我磕了头去倘或后日
寅：必给我送什么东西来连你后日也不必来你　要心中　不安你今日就给我磕了头去倘或后日
————————————————————————————
庚：你要来又跟随多少人　闹我我必和你不依如此说了又说后日我是再不敢去的了且叫来升
戚：你　来又跟随多少人来闹我我必和你不依如此说了又说后日我是　不敢去的　且叫　来升
寅：你要来又跟随多少人　闹我我必和你不依如此说了又说后日我是再不敢去的了且叫了来升
————————————————————————————
庚：来吩咐他预备两日的筵席尤氏因叫人叫了贾蓉来吩咐来升照旧例预备两日的筵席要丰丰富
戚：来吩咐他预备两日　　　　　　　　　　　　　　　　　　　　　　　　筵席要丰丰富
寅：来吩咐他预备两日的筵席尤氏因叫人叫了贾蓉来吩咐来升照旧例预备两日的筵席要丰丰富
————————————————————————————
庚：富的你再亲自到西府里去请老太太大太太二太太和你琏二婶子来
戚：富的你再亲自到西府里去请老太太大太太二太太和你琏二婶子来徔徔正说着贾蓉上来请安
寅：富的你再亲自到西府里去请老太太大太太二太太和你琏二婶子来

庚：　　　　　　　　　　　　逛逛你父亲今日又听见一个好大夫业已打发人　请去了
戚：尤氏便把上项的话一一交代了并说　你父亲今日又听见一个好大夫业已打发人去请　了
寅：　　　　　　　　　　　　逛逛你父亲今日又听见一个好大夫业已打发人　请去了

庚：想必明日必来你可将他这些日子的病症细细的告诉他贾蓉一一的答应着出去了正遇着方才
戚：想　明日必来你可将他这些日子的病症细细　告诉他贾蓉一一的答应着出去了正遇着方才
寅：想　明日必来你可将他这些日子的病症细细的告诉他贾蓉一一的答应着出去了正遇着方才

庚：去冯紫英家请那张先生的小子回来了因回道奴才方才到了冯大爷家拿了老爷的名帖请那
戚：去冯紫英家请那张先生的小子回来了因回道奴才方才到了冯大爷家拿了老爷的名帖请那张
寅：去冯紫英家请那张先生的小子回来了因回道奴才方才到了冯大爷家拿了老爷的名帖请

庚：先生去那　先生说道方才这里大爷也向我说了但是今日拜了一天的客才回到家此时精神实
戚：先生去那张先生说道方才这里大爷也向我说了但是今日拜了一天的客才回到家此时精神实
寅：先生去那　先生说道方才这里大爷也向我说了但是今日拜了一天的客才回到家此时精神实

庚：在不能支持就是去到府上也不能看脉他说等　调息一夜明日务必到府他又说他医学浅薄本
戚：在不能支持就是去到府上也不能看脉他说等待调息一夜明日务必到府他又说　医学浅薄本
寅：在　支持就是去到府上也不能看脉他说等　调息一夜明日务必到府他又说他医学浅薄本

庚：不敢当此重荐因我们冯大爷　和府上的大人　既已如此说了又不得不去你先　替我回明
戚：不敢当此重荐因我们冯大爷合　府上　太爷既已如此说了又不得不去你先代　我回明
寅：不敢当此重荐因我们冯大爷　和府上　大人　既已如此说了又不得不去你先　替我回明

庚：大人　就是了　大人的名帖　实不敢当仍叫奴才拿回来了哥儿替奴才回一声儿罢贾
戚：　了太爷就是了太爷　的名　帖实不敢当　叫奴才拿回来了哥儿替奴才回一声儿罢贾
寅：大人　就是了　大人的名帖　实不敢当仍叫奴才拿回来了哥　替奴才回一声儿罢贾

庚：蓉　转身复进去回了贾珍尤氏的话方出来　叫了来升来吩咐他预备两日的筵席的话来升听
戚：蓉复转身　进去回了贾珍尤氏的话方出来　叫了来升　吩咐他预备两日的筵席的话来升听
寅：蓉　转身复进去回了贾珍尤氏的话方出来回　了来升来吩咐他预备两日　筵席的话来升听

庚：毕自去照例料理不在话下且说次日午　间人回道请的那张先生来了贾珍遂延入大厅坐下茶
戚：毕自去照例料理不在话下且说次日午时间人回道请的那张先生来了贾珍遂延入大厅坐下茶
寅：毕自去照　料理不在话下且说次日午　间人回道请的那张先生来了贾珍遂延入大厅坐下茶

庚：毕方开言　昨承冯大爷示知老先生人品学问又兼深通医学之至小弟不胜　欣仰　张先生
戚：毕方开言道昨承冯大爷示知老先生人品学问又兼深通医学　小弟不胜钦　仰之至张先生
寅：毕方开言　昨承冯大爷示知老先生人品学问又兼深通医学　小弟不胜　欣仰之至张先生

庚：道晚生粗鄙下士本　知见　浅陋昨因冯大爷示知大人家第谦恭下士又承呼唤敢不奉命但毫
戚：道晚生粗鄙下士本来　见识浅陋昨因冯大爷示知大人家　谦恭下士又承呼唤敢不奉命但毫
寅：道晚生粗鄙下士本来　见识浅陋昨因冯大爷示知大人家　谦恭下士又承呼唤敢不奉命但毫

庚：无实学倍增汗颜　贾珍道先生何必过谦就请先生进去看看儿妇仰仗高明以释下怀于是贾蓉
戚：无实学倍增　颜汗贾珍道先生何必过谦就请先生进去看看儿妇仰仗高明以释下怀于是贾蓉
寅：无实学倍增　颜汗贾珍道先生何必过谦就请先生进去看看儿妇仰仗高明以释下怀于是贾蓉

第十回　金寡妇贪利权受辱　张太医论病细穷源　397

庚：同了进去到了贾蓉居室见了秦氏向贾蓉说道这就是尊夫人了贾蓉道正是请先生坐下　让我
戚：同了进去到了贾蓉居室见了秦氏向贾蓉说道这就是尊夫人了贾蓉道正是请先生坐下　让我
寅：同了进去到了贾蓉居室见了秦氏向贾蓉　道这就是尊夫人了贾蓉道正是请先生坐下说　我

庚：把贱内的病　说一说再看脉如何那先生道依小弟的意思竟先看过脉再说的为是我是初造尊
戚：把贱内的病源说一说再看脉如何那先生道依小弟的意思　先看过脉再说的为是我是初造尊
寅：把贱内的病　说一说再看脉如何那先生道依小弟的意思竟先看过脉再说的为是我是初造尊

庚：府的本也不晓得什么但是我们冯大爷务必叫小弟过来看看小弟所以不得不来如今看了脉息
戚：府的　也不晓得什么但　我们冯大爷务必叫小弟过来看看小弟所以不得不来如今看了脉息
寅：府的本也不晓得什么但是我们冯大爷务必叫小弟过来看看小弟所以不得不来如今看了脉息

庚：看小弟说的是不是再将这些日子的病势讲一讲大家　斟酌一个　方儿可用不可用那时大爷
戚：看小弟说的是不是再将这些日子的病势讲一讲大家　斟酌一个好方儿可用不可用那时大爷
寅：看小弟说的是不是再将这些日子的病势讲一讲大家酌　酌一个　方儿可用不可用那时大爷

庚：再定夺贾蓉道先生实在高明如今恨相见之晚就请先生看一看脉息可治不可治以便使家父母
戚：再定夺贾蓉道先生实在高明如今恨相见之晚就请先生看一看脉息可治不可治以便使家父
寅：再定夺贾蓉道先生实在高明如今恨相见之晚就请先生看一看脉息可治不可治以便使家父母

庚：放心于是家下媳妇们捧过大迎　枕来一面给秦氏拉着袖口露出脉来先生方伸手按在右手脉
戚：放心于是家下媳妇们捧过大　宁枕来一面给秦氏拉着袖口露出脉来先生方伸手按在右手脉
寅：放心于是家下媳妇们捧过大迎　枕来一面给秦氏拉着袖口露出脉来先生方伸手按在右手脉

庚：上调息了　至数宁神细　胗了有半刻的工夫方换过左手亦复如　是胗　毕脉息说道我们外
戚：上调息了次　数宁神　　胗了有半刻的工夫方换过左手亦复如此　胗　毕脉　说道我们外
寅：上调息了　至数宁神细诊　了有半刻　工夫方换过左手亦复如　是　脉毕脉息说道我们外

庚：边坐罢贾蓉于是同先生到外　间房里床　上坐下一个婆子端了茶来贾蓉道先生请茶于是陪
戚：边坐罢贾蓉于是同先生到外边　房里　炕上坐下一个婆子端了茶来贾蓉道先生请茶于是陪
寅：边坐罢贾蓉于是同先生到外　间房里床　上坐下一个婆子端了茶来贾蓉道先生请茶于是陪

庚：先生吃了茶遂问道先生看这脉息还治得治不得先生道看得尊夫人这脉息左寸沉数　左关沉
戚：先生吃　茶遂问道先生看这脉息还治得治不得先生道看得尊夫人这脉息左寸沉数　左关沉
寅：先生吃了茶遂问道先生看这脉息还治得治不得先生道看得尊夫人这脉息左寸沉数右　关沉

庚：伏右寸细而无力右关需　而无神其左寸沉数者乃心气虚而生火左关沉伏者乃肝家气滞血亏
戚：伏右寸细而无力右关　虚而无神其左寸沉数者乃心气虚而生火左关沉伏者乃肝家气滞血亏
寅：伏右寸细而无力右关　虚而无神其左寸沉数者乃心气虚而生火左关沉伏者乃肝家气滞血亏

庚：右寸细而无力者乃肺经气分太虚右关虚而无神者乃脾土被肝木克　治心气虚而生火者应现
戚：右寸细而无力者乃肺经气分太虚右关虚而无神者乃脾土被肝木克制　心气虚而生火　应现
寅：右寸细而无力者乃肺经气分太虚右关虚而无神者乃脾土被肝木克　治心气虚而生火者应现

庚：经期不调夜间不　寐肝家血亏气滞者　必然肋　下疼胀月信过期心中发热肺经气分太虚者
戚：经期不调夜间不寐　肝家血亏气滞者心　然　胁下疼胀月信过期心中发热肺经气分太虚者
寅：经期不调夜间不　寐肝家血亏气滞者　必然肋　下疼胀月信过期心中发热肺经气分太虚者

庚：头目不时眩晕寅卯间必然自汗如坐舟中脾　土被肝木克制者必然不思饮　食精神倦怠四肢
戚：头目不时眩晕寅卯间必　自汗如坐舟中脾　土被肝木克制者必然不思　饭食精神倦怠四肢
寅：头目不时眩晕寅卯间必然自汗如坐舟中脾水　被肝木克制者必然不思饮　食精神倦怠四肢

庚：酸软据我看这脉息应当有这些症候才对或以这个脉为喜脉则小弟不敢从其教也　傍边一个
戚：酸软据我看这脉息应当有这　症候才对或以这个脉为喜脉则小弟不敢从其教也旁边一个
寅：酸软据我看这脉息应当有这　症候才对或以这个脉为喜脉则小弟不敢从其教也旁　边一个

庚：贴身扶　侍的婆子道何尝不是这样呢真正先生说　得如神到不用　我们告诉了如今我们家
戚：贴身　伏侍的婆子道何尝不是这样呢真正先生说的　如神到不　要我们告诉了如今我们家
寅：贴身　伏侍的婆子道何尝不是这样呢真正先生说　得如神到不用　我们告诉了如今我们家

庚：里现有好几位太医老爷瞧着呢都不能　的当真切的这么说　　有一位说是喜有一位说是病
戚：里现有好几位太医老爷瞧着呢都不能说　　　　这么　真切有一位说是喜有一位说是病
寅：里现有好几位太医老爷瞧着呢都不能说　　　　这么　真切有一位说是喜有一位说是病

庚：这位说不相干那位说怕冬至总没有个　　准话儿求老爷明白指示指示那先生笑　道大奶奶
戚：这位说不相干那位说怕冬至总没有个真实　话儿求老爷明白指示指示那先生笑说道大奶奶
寅：这位说不相干那位说怕冬至总没有个　　准话儿求老爷明白指示指示那先生笑　道大奶奶

庚：这个症候可是那众位耽搁了要在初次行经的日期就用药治起来不但断无今日之患而且此时
戚：这个症候可是那众位耽搁了要在初次　经的日期就用药治起来不但断无今日之患而且此时
寅：这个症候可是　众位耽搁了要在初次行经的日期就用药治起来不但断无今日之患而且此时

庚：已全愈了如今既是把病耽悮到这个地位也是应有此灾　　依我看来这病尚有三分治得吃了
戚：已全愈了如今既是把病耽悮到这个地位也是应有此灾实在依我看来这病尚有三分治得吃了
寅：已全愈了如今既是把病耽悮到这个地位也是应有此灾　　依我看来这病尚有三分治得吃了

庚：我的药看若是夜　里睡的　着觉那时又添了二分拿手了据我看这　脉息大奶奶是个心性高
戚：我的药看若是夜间　睡　得着　那时又添了二分拿手了据我看　着脉息大奶奶是个心性高
寅：我的药看若是夜　里睡的　着觉那时又添了二分拿手了据我看这　脉息大奶奶是个心性高

庚：强聪明不过的人聪明特　过则不如意事常有不如意事常有则思虑太过此病是忧虑伤脾肝木
戚：强聪明不过的人聪明　忒过则不如意事常有不如意事常有则思虑太过此病是忧虑伤脾肝木
寅：强聪明不过的人聪明特　过则不如意事常有不如意事常有则思虑太过此病是忧虑伤脾肝木

庚：　特旺经血　所以不能按时而至大奶奶从前的行经的日子问一问断不是常缩必是常长
戚：　忒旺经　水所以不能按时而至大奶奶从前的行经的日子问一问断不是常缩必是常长日子
寅：　特旺经血　所以不能按时而至大奶奶从前的行经的日子问一问断不是常缩必是常长

庚：的是不是这婆子答道可不是从　没有缩过或是长两日三日以至十日都长过先生听了道妙
戚：的是不是这婆子答道可不是从前没有缩过或是长两日三日以至十日都长过先生听了道妙阿
寅：的是不是这婆子答道可不是从　没有缩过或是长两日三日以至十日都长过先生听了道妙

庚：啊这就是病源了从前若能够　以养心调经之药服之何至于此这如今明显出一个水亏木旺的
戚：　这就是病源了从前若能　以养心调经之药服之何至于此这如今　显出一个水亏木旺的
寅：啊这就是病源了从前若　是以养心调经之药服之何至于此这如今明显出一个水亏木旺的

庚：　症候来待用药看　看于是写了方子递与贾蓉上写的是益气养荣补脾和肝汤人参二钱白术
戚：虚症候来待用药　再看于是写了方子递与贾蓉上写的是益气养荣　和肝汤人参二钱白术
寅：　症候来待用药看　看于是写了方子递与贾蓉上写的是益气养荣补脾和肝汤人参二钱白术

第十回　金寡妇贪利权受辱　张太医论病细穷源　399

庚：二钱土炒云苓三钱熟地四钱归身二钱酒　洗白芍二钱炒川芎　钱半　黄芪三钱香附米二
戚：二钱土炒云苓三钱熟地四钱归身二钱酒炒　白芍二钱炒川芎一钱　五分黄芪三钱香附米二
寅：二钱土炒云苓三钱熟地四钱归身二钱酒　洗白芍二钱炒川芎　钱半　黄芪三钱香附米二

庚：钱制醋柴胡八分怀山药二钱炒真阿胶二钱蛤粉炒延胡索　钱半　　酒炒炙甘草八分引用建
戚：钱制醋柴胡八分怀山药二钱炒真阿胶二钱蛤粉炒延胡索一钱　五分酒炒炙甘草八分引用建
寅：钱制醋柴胡八分怀山药二钱炒真阿胶二钱蛤粉炒延胡索　钱半　　酒炒炙甘草八分引用建

庚：莲子七粒去心红枣二枚贾蓉看了说高明的　狠还要请教先生这病与性命终　久有妨无妨先
戚：莲子七粒去心红枣二枚贾蓉看了说高明的　狠还要请教先生这病与性命终究　有妨无妨先
寅：莲　七粒去心红枣二枚贾蓉看了说高明的很　还要请教先生这病与性命终　久有妨无妨先

庚：生笑道大爷是　最高明的人人病到这个地位非一朝一夕的症候吃了这药也要看医缘了依小
戚：生笑道大爷　　最高明的人人病到这个地位非一朝一夕的症候吃了这药也要看医缘　　小
寅：生笑道大爷是个最高明的　人病到这个地位非一朝一夕的症候吃了这药也要看医缘了依小

庚：弟看来今年一冬是不相干的总是过了春分就可望全愈了贾蓉也是　个聪明人也不往下细问
戚：弟看来今年一冬是不相干　总是过了春分就可望全愈了贾蓉也是一个聪明人也不往下细问
寅：弟看来今年一冬是不相干的总是过了春分就可望全愈了贾蓉也是　个聪明人也不往下细问

庚：了于是贾蓉送了先生去了方将这药方子并脉案都给贾珍看了说的话也都回了贾珍并尤氏
戚：了于是贾蓉送了先生去了方将这药方子并脉案都给贾珍看了说的话也都回了贾珍并尤氏于
寅：了于是贾蓉送了先生去了方将这药方子并脉案都给贾珍看了说的话也都回了贾珍并尤氏

庚：　了尤氏向贾珍说道从来大夫不　相他说的这么痛快想必用的药也不错贾珍　道人家原不
戚：是　尤氏向贾珍说道从来大夫不像　他说的这么痛快想必用　药也不错贾珍说道人家原不
寅：　了尤氏向贾珍说道从来大夫不像　他说的这么痛快想必用的药也不错贾珍说　人家原不

庚：是混饭吃久惯行医的人因为冯　子英我们　好他好容易求了他来了既有这个人媳妇的病或
戚：是混饭吃久惯行医的人因为冯紫　英我们相好他好容易求　来了既有这个人媳妇的病或
寅：是混饭吃久惯行医的人因为冯　子英我们　好他好容易求了他来了既有这个人媳妇的病或

庚：者就能好了他那方子上有人参就用前日买的那一斤　好的罢贾蓉听毕话方出来叫人打药去
戚：者就能好　他那方子上有人参就用前日买的那一　勉好的罢贾蓉听毕话方出来叫人打药去
寅：者就能好了他那方子上有人参就用前日买的那一斤　好的罢贾蓉听毕话方出来叫人打药去

庚：煎给秦氏吃不知秦氏服了此药病势　何如　下回分解
戚：煎给秦氏吃不知秦氏服了此药病势如何　且听下回分解
寅：煎给秦氏吃不知秦氏服了此药病势如何　　下回分解

第十一回　庆寿辰宁府排家宴　见熙凤贾瑞起淫心

庚：话说是日贾敬的寿辰贾珍先将上等可吃的东西稀奇些的果品装了十六大捧盒着　贾蓉带领
戚：话说是日贾敬的寿辰贾珍先将上等可吃的东西稀奇些的果品装了　六大捧盒　有贾蓉带领
寅：话说是日贾敬的寿辰贾珍先将上等可吃的东西稀奇些的果品装了十六大捧盒着　贾蓉带领

庚：家下人等与贾敬送去向贾蓉说道你留神看太爷喜欢不喜欢你就行了礼来你说我父亲　遵太
戚：家下人等与贾敬送去向贾蓉说道你留神看太爷喜欢不喜欢你就行了礼来你说我父亲　遵太
寅：家下人等与贾敬送去向贾蓉说道你留神看太爷喜欢不喜欢你就行了礼来你说我父亲尊　太

庚：爷的话　未敢来在家里率领合家都朝上行了礼贾蓉听罢即率领家人去了这里渐渐的就有
戚：爷的话不　敢来在家里率领合家都朝上行了礼贾蓉听罢　率领家人去了这里渐渐　就有
寅：爷的话　未敢来在家里率领合家都朝上行了礼贾蓉听罢即率领家人去了这里渐渐的就有

庚：人来了先是贾琏贾蔷到来先看了各处的　座位并问有什么　顽　意儿没有家人答道我们爷
戚：人来了先是贾琏贾蔷到来先看了各处的坐　位并问有什　吗顽　意儿没有家人答道我们爷
寅：人来　先是贾琏贾蔷到来先看了各处的坐　位并问有什么　玩意儿没有家人答道我们爷

庚：原算计请太爷今日来家来所以并未　敢预备顽意　儿前日听见太爷又不来了现叫奴才
戚：原算计请太爷今日来家　所以并　不敢预备顽意　儿前日听见太爷又不来了现叫奴才
寅：原算计请太爷今日来家来所以并未　敢预备　甚么玩儿前日听见太爷又不来了现叫奴才

庚：们找了一班小戏儿并一档子打十番的都在园子里戏台上预备着呢次后　　邢夫人王夫人凤
戚：们找了一班小戏儿并一档子打十番的都在园子里戏台上预备着呢次后又有邢　夫人凤
寅：们找了一班小戏儿并一档子打十番的都在园子里戏台上预备着呢次后　　邢夫人王夫人凤

庚：姐儿宝玉都来了贾珍并尤氏接了进去尤氏的母亲已先在这里呢大家见过了　彼此让了坐
戚：姐儿宝玉都来了贾珍并尤氏接了进去尤氏的母亲已先在这里呢大家见过了　彼此让了坐
寅：姐儿宝玉都来了贾珍并尤氏接了进去尤氏的母亲已先在这里呢大家见过了大家　让了坐

庚：贾珍尤氏二人亲自递了茶因　说道老太太原是老祖宗我父亲又是侄儿这样日子原不敢请他
戚：贾珍尤氏二人亲自递了茶因笑说道老太太原是老祖宗我父亲又是侄儿这样日子原不敢请他
寅：贾珍尤氏二人亲自递了茶因　说道老太太原是老祖宗我父亲又是侄儿这样日子原不敢请他

庚：老人家但是这个时候天气正凉爽满园的菊花又盛开请老祖宗过来散散闷看着众儿　孙热闹
戚：老人家但是这个时候天气正凉爽满园的菊花又盛开请老祖宗过来散散闷看着众儿孙女　热闹
寅：老人家但是这个时候天气正凉爽满园的菊花又盛开请老祖宗过来散散闷看着众儿　孙热闹

庚：热闹是这个意思谁知老祖宗又不肯赏脸凤姐儿未等王夫人开口先说道老太太昨日　还说要
戚：热闹是这个意思谁知老祖宗又不肯赏脸凤姐　未等王夫人开口先说道老太太昨日原　要
寅：热闹是这个意思谁知老祖宗又不肯赏脸凤姐儿未等王夫人开口先说道老太太昨日　还说要

第十一回　庆寿辰宁府排家宴　见熙凤贾瑞起淫心　401

庚：来着呢因为晚上　看着　宝兄弟他们吃桃儿老人家又嘴馋吃了有大半个五更天　的时候就
戚：来着呢因为晚上忽看　见宝兄弟他们吃桃儿老人家又嘴馋吃了有大半个五更天明　时候就
寅：来着呢因为晚上　看着　宝兄弟他们吃桃儿老人家又嘴馋吃了有大半个五更天　的时候就

庚：一连起来了两次今日早晨　略觉身了倦些因叫我回太　爷今日断不能来了说有好吃的要几
戚：一连起来了两次今日早　辰略觉身了倦些因叫我回大　爷今日断不能来了说有好吃的要几
寅：　连起来了两次今日早晨　略觉身子倦些因叫我回　太爷今日断不能来了说有好吃的要几

庚：样还要狠　烂的贾珍听了笑道我说老祖宗是爱热闹的今日不来必定有个　原故若是这么着
戚：样还要狠　烂的贾珍听了笑道我说老祖宗是爱热闹　今日不来必定有个　原故若是这么着
寅：样还要　很烂的贾珍听了笑道我说老祖宗是爱热闹的今日不米必定有个缘　故若是这么着

庚：就是了王夫人道前日听见你大妹妹说蓉哥媳妇儿身上有些不大好到底是怎么样尤氏道他
戚：就是了王夫人道前日听见你大妹妹说蓉　儿媳妇　身上有些不大好到底是怎么样尤氏道他
寅：就是了王夫人道前日听　你大妹妹说蓉哥儿媳妇　身上有些不大好到底是怎么样尤氏道他

庚：这个病　的也奇上月中秋还跟着老太太太们顽　了半夜回家米好好的到了二十后一日比
戚：这个病　的也奇上月中秋还跟着老太太太太　顽　了半夜回家米好好的到了二十后一日比
寅：这个病得的也奇上月中秋还跟着老太太太太们　玩　了半夜回家米好好的到了二十后一日比

庚：一日觉懒也懒待　吃东西这将近有半个多月了经期又有两个　月没来邢夫人接着说道别是
戚：一日觉懒也懒　怠吃东西这将近有半个多月了经期又有两个　月没来邢夫人接着说道别是
寅：一日觉懒也懒待　吃东西这将近有半个多月了经期又有两个多月没来邢夫人接着说道别是

庚：喜罢正　说着外头人回道　大老爷二老爷并　家子的爷们都来了在厅上呢贾珍连忙出去了
戚：喜罢正谈　着外头人回道　大老爷二老爷并一家　的爷们都来了在厅上呢贾珍连忙出去了
寅：喜罢正　说着外头人回　到大老爷二老爷并一家子的爷们都来了在厅上呢贾珍连忙出去了

庚：这里尤氏方说道从前大夫也有说是喜的昨日冯　紫英荐了他从学过　的一个先生医道狠
戚：这里尤氏方说道从前大夫也有说是喜的昨日冯　紫英荐了他从　过学　个先生医道狠
寅：这里尤氏方说道从前大夫也有说是喜的昨日冯子　英荐了他从学过　的一个先生医道　很

庚：好瞧了说不是喜竟是狠大的一个症候昨日　开了方子吃了一剂药今日头眩的略好些别的仍
戚：好瞧了说不是喜竟是狠大的一个症候昨日　开了方子吃了一剂药今日头眩的略好些别的仍
寅：好瞧了说不是喜竟是狠大的一个症候昨　儿开了方子吃了一剂药今日头眩的略好些别的仍

庚：不见怎么样大见　效凤姐儿道我说他不是十分支持不住今日这样的日子　再也不肯不扎挣
戚：不见怎么样大见效　凤姐儿道我说他不是十分支持不住今日这样的日子他再也不肯不扎挣
寅：不见怎么样大见效　凤姐儿道我说他不是十分支持不住今日这样的日子　再也不肯不扎挣

庚：着上来尤氏道你是初三日在这里见他的　他强扎挣了半天也是因你们娘儿两个好的上头他
戚：着上来尤氏道你是初三日在这里见他的还　强扎挣了半天也是因你们娘儿两个好的上头他
寅：着上来尤氏道你是初三日在这里见他的　他强扎挣了半天也是因你们娘儿两个好的上头他

庚：才恋恋　的舍不得去凤姐儿听了眼圈儿红了半　天半日方说道真是天有不测　风云人有
戚：才恋恋不　舍得去凤姐儿听了眼圈儿红了半日半天　方说道真是天有不测的风云人有
寅：才恋恋　的舍不得去凤姐儿听了眼圈儿红了半　天半日方说道真是天有不测　风云人有

庚：旦夕　祸福这个年纪倘或就因这个病上怎么样了人还活着有甚　么趣儿正说话间贾蓉进来
戚：旦夕的祸福这个年纪倘或就因这个病上怎么样了人还活着有甚　趣儿正说话间贾蓉进来
寅：旦夕　祸福这个年纪倘或就因这个病上怎么样了人还活着有　什么趣儿正说话间贾蓉进来

庚：给邢夫人王夫人凤姐儿前都请了安方回尤氏道方才我去给太爷送吃食去并回说我父亲在家
戚：给邢夫人王夫人凤姐儿前都请了安方回尤氏道方才我去给太爷送吃食去并回说我父亲在家
寅：给邢夫人王夫人凤姐儿前都请了安方回尤氏道方才我去给太爷送吃食去并回说我父亲在家

庚：中伺候老爷们　款待一家子的爷们遵太爷的话并未　敢来太爷听了甚喜欢说这　才是叫告
戚：中伺候老爷们　款待一家子　　　遵太爷的话并　不敢来太爷听了甚喜欢说这个才是叫告
寅：中伺候老爷们疑款待一家子的爷们遵太爷的话并未　敢来太爷听了甚喜欢说这　才是叫告

庚：诉父亲母亲好生伺候太爷太太们叫我　好生伺候叔叔婶子并哥哥们还说那阴　鹭文叫急
戚：诉父亲母亲好生伺候太爷太太们叫我们好生伺候叔叔婶子　并哥哥们还说那阴隰　文叫急
寅：诉父亲母亲好生伺候太爷太太们叫我　好生伺候叔叔婶子们并哥哥们还说那阴　鹭文叫急

庚：急的刻　出米印一万张散人我将此话　都回了我父亲了我这会子　得快出去打发太爷
戚：急的刻了出米印一万张散　我将此　语　都回了我父亲了我　如今得快出去打发太爷
寅：急的刻　出米印一万张散人我将此　说都回了我父亲了我这会子　得快出去打发太爷

庚：们并合家爷们吃饭　　　凤姐儿说蓉哥儿你且站住你媳妇今日　到底是怎么着贾蓉皱皱眉
戚：们并　爷们吃饭去呢凤姐儿说蓉哥儿你且站住你媳妇　的病到底是怎么着贾蓉皱皱眉
寅：们并合家爷们吃饭　　　凤姐儿说蓉哥儿你且站住你媳妇今日　到底是怎么着贾蓉皱皱眉

庚：说道不好么婶子回来瞧瞧　去就知道了于是贾蓉出去了这里尤氏向邢夫人王夫人道太太
戚：说道不好么婶子回来　　睄睄去就知道了于是贾蓉出去了这里尤氏向邢夫人王夫人道太太
寅：说道不好么婶子回来瞧瞧　去就知道了于是贾蓉出去了这里尤氏向邢夫人王夫人道太太

庚：们在这里吃饭阿　还是在园子里吃去好小戏儿现预备在园子里呢王夫人向邢夫人道我们索
戚：们在这里吃饭阿　还是在园子里吃去好小戏儿　预备在园子里呢王夫人向邢夫人道我们索
寅：们在这里吃饭　啊还是在园子吃去好小戏儿现预备在园子里呢王夫人向邢夫人道我们索

庚：性吃了饭再过去罢也省好些事邢夫人道狠　好于是尤氏就吩咐媳妇婆子们快送饭来门外一
戚：性吃了饭再过去罢也省好些事邢夫人道狠　好于是尤氏就吩咐媳妇婆子们快送饭来门外一
寅：性吃了饭再过去罢也省好些事邢夫人道　很好于是尤氏就吩咐媳妇婆子们快送饭来门外一

庚：齐答应了一声都各人端各人的去了不多一时摆上了饭尤氏让邢夫人王夫人并他母亲都上
戚：齐答应了一声都各人端各人的去了不多一时摆上了饭尤氏让邢夫人王夫人并他母亲都上坐
寅：齐答应了一声都各人端各人的去了不多一时摆上了饭尤氏让邢夫人王夫人并他母亲都上坐

庚：了坐他与凤姐儿宝玉侧席坐了邢夫人王夫人道我们来原为给大老爷拜寿这不竟是我们来过
戚：了　他与凤姐儿宝玉侧　坐了邢夫人王夫人道我们来原为给大老爷拜寿这不竟是我们来过
寅：了　他与凤姐儿宝玉侧席坐了邢夫人王夫人道我们来原为给大老爷拜寿这不竟是我们来过

庚：生日来了么凤姐儿说道大老爷原是好养静的已经修炼　成了也算得是神仙了太太们这么
戚：生日　么凤姐儿说道大老爷原是好养静的已经修炼的成了也算得是神仙了太太们这　们
寅：生日来了么凤姐儿说道大老爷原是好养静的已经修炼　成了也算得是神仙了太太们这么

第十一回 庆寿辰宁府排家宴 见熙凤贾瑞起淫心

庚：一说这就叫作心到神知了一句话说的　满屋里的人都笑起来了于是尤氏的母亲并邢夫人王
戚：一说这就叫作心到神知了一句话说　得满屋里的人都笑起来了于是尤氏的母亲并邢夫人王
寅：一说这就叫　心到神知了一句话说的　满屋里的人都笑起来了于是尤氏的母亲并邢夫人王

庚：夫人凤姐儿都吃毕　饭漱了口净了手才说要往园子里去贾蓉进来向尤氏说道老爷们并众位
戚：夫人凤姐　都吃毕　饭漱了口净了手才说要往园子里去贾蓉进来向尤氏说道老爷们并众
寅：夫人凤姐儿都吃毕了饭漱了口净了手才说要往园子里去贾蓉进来向尤氏说道老爷们并众位

庚：叔叔哥哥兄弟们也都吃了饭大老爷说家里有事二老爷是不爱听戏又怕人闹的慌都才去了
戚：叔叔哥哥兄弟们　都吃了饭大老爷说家里有事二老爷是不爱听戏又怕人闹的慌都才去了
寅：叔叔哥哥兄弟们也都吃了饭大老爷说家里有事二老爷是不爱听戏又怕人闹的慌都才去了

庚：别的一家子　爷们都被琏二叔并蔷兄弟都让过去听戏去了方才南安郡王东平郡王西宁郡王
戚：别的一家子的爷们都被琏二叔并蔷兄弟都让过去听戏去了方才南安郡王东平郡王西宁郡王
寅：别的一家子　爷们都被琏二叔并蔷兄弟都让过去听戏去了方才南安郡王东平郡王西宁郡王

庚：北静郡王四家王爷并镇国公牛府等六家中靖　候史府等八家都差　人持了名帖送寿礼米俱
戚：北静郡王四家王爷并镇国公牛府等六家中靖侯　史府等八家都　着人持了名帖送寿礼米
寅：北静郡王四家王爷并镇国公牛府等六家中靖侯　史府等八家都差　人持　名帖送寿礼米俱

庚：　回了我父亲先收在账房里　了礼单都上上　档子了老爷的领谢的名帖都交给各来人了各
戚：都回了我父亲先收在账房里面　礼单都上　　档子了老爷的领谢的名帖都交给各来人了各
寅：　回了我父亲先收在账房里　了礼单都上上　档子了老爷的领谢的名帖都交给各来人了各

庚：来人也都照旧例赏了众来人都让吃了饭才去　母亲该请二位太太老娘婶子都过园子里坐着
戚：来人也都照旧例赏了众　人都让吃了饭才去母亲该请二位太太老娘婶子都过园子里坐着
寅：来人也都照旧例赏了众来人都让吃了饭才去　母亲该请二位太太老娘婶子都过园子里坐着

庚：去罢尤氏道也是才吃完了饭就要过去了凤姐儿说我回太太我先瞧瞧蓉哥儿媳妇我再过　去
戚：　罢尤氏道也是才吃完了饭就要过去了凤姐儿说我回太太我先瞧瞧蓉哥儿媳妇我再过来
寅：去罢尤氏道也是才吃完了饭就要过去了凤姐儿说我回太太我先瞧瞧蓉哥儿媳妇我再过　去

庚：王夫人道狠是我们都要去瞧瞧他到怕他嫌闹的慌说我们问他好罢尤氏道好妹妹媳妇听你的
戚：王夫人道狠是我们都要去瞧瞧他到怕　嫌闹的慌说我们问他好罢尤氏道好妹妹媳妇听你的
寅：王夫人道狠是我们都要去瞧瞧他到怕他嫌闹的慌说我们问他好罢尤氏道好妹妹媳妇听你的

庚：话你去开导开导他我也放心你就快些　过园子里来宝玉也　跟了凤姐儿去瞧秦氏去王夫人
戚：话你去开导开导他我也放心你就快些来　园子里来宝玉也要跟了凤姐儿去瞧秦氏去王夫人
寅：话你去开导开导他我也放心你就快些　过园子里来宝玉也　跟了凤姐儿去瞧秦氏去王夫人

庚：道你看看　就过去罢那是侄儿媳妇于是尤氏请了邢夫人王夫人并他母亲都过会芳园去了
戚：道你看看　就过去罢那是侄儿媳妇于是尤氏请了邢夫人王夫人并他母亲都过会芳园去了
寅：道你　瞧瞧就过去罢那是侄儿媳妇于是尤氏请了邢夫人王夫人并他母亲都过会芳园去了

庚：凤姐儿宝玉方　合贾蓉到秦氏这边来了进了房门悄悄　的走到里间房门口秦氏见了就要
戚：凤姐儿宝玉方　合贾蓉到秦氏这边来了进了房门悄悄　的走到里间房门口秦氏见了就要
寅：凤姐儿宝玉方和　贾蓉到秦氏这边来了进了房门　瞧瞧的走到里间房门口秦氏见了就要

庚：站起来凤姐儿说快别起来看起猛了头晕于是凤姐儿就紧走了两步拉住秦氏的手说道我的奶
戚：站起来凤姐　说快别起来看起猛了头晕于是凤姐儿就紧走了两步拉住秦氏的手说道我的奶
寅：站起来凤姐儿说快别起来看起猛了头晕于是凤姐　就紧走了两步拉住秦氏的手说道我的奶
──
庚：奶怎么几日不见就瘦的这么着了于是就坐在秦氏坐的褥子上宝玉也问了好坐在对面椅子上
戚：奶怎么几日不见就瘦的这么着了于是就坐在秦氏坐的褥子上宝玉也问了好坐在对面椅子上
寅：奶怎么几日不见就瘦的这么着了于是就坐在秦氏坐的褥子上宝玉也问了好坐在对面椅子上
──
庚：贾蓉叫快　到茶来婶子合　二叔在上房还未喝　茶呢秦氏拉着凤姐儿的手强笑道这都是我
戚：贾蓉叫快倒　茶来婶子合　二叔在上房还未　喝茶呢秦氏拉着凤姐儿的手强笑道这都是我
寅：贾蓉叫快　到茶来婶子　和二叔在上房还未喝　茶呢秦氏拉着凤姐儿的手强笑道这都是我
──
庚：没福这样人家公公婆婆当自己的女孩儿似的待婶娘的侄儿虽说年轻却　　　也是他敬我我
戚：没福这样人家公公婆婆当自己　女孩儿似的待婶娘的侄儿虽说年轻却彼此相
寅：没福这样人家公公婆婆当自己的女孩儿似的待婶娘的侄儿虽说年轻却　　　也是他敬我我
──
庚：敬他从来没有红过脸儿就是一家子的长辈同辈之中除了婶子到不用说了别人也从　无不疼
戚：敬　从来没有红过脸儿就是一家子的长　辈之中除了婶子到不用说了别人也从没　不疼
寅：敬他从来没有红过脸儿就是一家子的长辈同辈之中除了婶子到不用说了别人也从　无不疼
──
庚：我的　也无不合　我好的这如今得了这个病把我那要强的心一分也没了公婆跟前未得孝顺
戚：　的我也无不合　我好的这如今得了这个病把我　要强的心一分也没了公婆跟前未得孝顺
寅：我的　也无不　和我好的这如今得了这个病把我那要强的心一分也没了公婆跟前未得孝顺
──
庚：一天就是婶娘这样疼我我就有十分孝顺的心如今也不能　够了我自想着未必熬的过年去呢
戚：一天就是婶娘这样疼我我就有十分孝顺的心如今也不能毂　了我自想着未必熬的过年去呢
寅：一天就是婶娘这样疼我我就有十分孝顺的心如今也不能　够了我自想着未必熬的过年去呢
──
庚：宝玉正　眼瞅着那海棠春睡图并那秦太虚写的　嫩寒锁梦因春冷芳气袭　人是酒香的对联
戚：宝玉正然　眼瞅着那海棠春睡图并那秦太虚写的嫩　寒锁梦因春冷芳气　笼人是酒香的对联
寅：宝玉正　眼瞅着那海棠春睡图并那秦太虚写的　嫩寒锁梦因春冷芳气袭　人是酒香的对联
──
庚：不觉想起在这里睡晌觉梦到太虚幻境的事来正自出神听　得秦氏说了这些话如万箭攒　心
戚：不觉想起在这里睡晌觉梦到太虚幻境的事来正自出神听了　秦氏说了这些话如万箭　攒心
寅：不觉想起在这里睡晌觉梦到太虚幻境的事来正自出神听　得秦氏说了这些话如万箭攒　心
──
庚：那眼泪不知不觉就流下来了凤姐儿　心中虽十分难过但恐　怕病人见了众人这个样　儿反
戚：那眼泪不知不觉就流下来了凤姐儿虽心中　十分难过但　只怕病人见了众人这个样子　反
寅：那眼泪不知不觉就流下来了凤姐儿　心中虽十分难过但恐　怕病人见了众人这个样　儿反
──
庚：添心酸倒　不是来开导劝解的意思了见宝玉这个样子因说道宝兄弟你　特婆婆妈妈的了他
戚：添心酸　到不是来开导劝解的意思了见宝玉这个样子因说道宝兄弟你忒　婆婆妈妈的了他
寅：添心酸倒　不是来开导劝解的意思了见宝玉这个样子因说道宝兄弟你　特婆婆妈妈的了他
──
庚：病人不过是这　么说那里就到得这个田地了况且能多大年纪的人略病一病儿就这　么想那
戚：病人不过是这们　说那里就到得这　田地了况且能多大年纪的人略病一病儿就这们　想那
寅：病人不过是这　么说那里就到得这个田地了况且能多大年纪的人略病一病儿就这　么想那
──

第十一回　庆寿辰宁府排家宴　见熙凤贾瑞起淫心　405

庚：么　　想的这不是自己到给自己添病了么贾蓉道他这病也不用别的只是吃得些饮　食就不怕
戚：们想的这不是自己到给自己添病　么贾蓉道他这病也不用别的只是吃得些　饭食就不怕
寅：么　　想的这不是自己到给自己添病了么贾蓉道他这病也不用别的只是吃得些　饭食就不怕
————————————————————————————————————
庚：了凤姐儿道宝兄弟太太叫你快过去呢你别在这里只管这　么着到招的媳妇也心里不好太太
戚：了凤姐儿道宝兄弟太太叫你快过去呢你别在这里只管这们　着到招的媳妇也心里不好太太
寅：了凤姐儿道宝兄弟太太叫你快过去呢你别在这里只管这　么着到招的媳妇也心里不好太太
————————————————————————————————————
庚：那里又　掂　着你因向贾蓉说道你先同你宝叔叔过去罢我还　略坐一坐儿贾蓉听说即　同
戚：那里又垫　　着你因向贾蓉说道你先同你宝叔　过去罢我　　略坐一坐儿贾蓉听说即　同
寅：那里又　　惦着你因向贾蓉说道你先同你宝叔叔过去罢我还得略坐一坐儿贾蓉听说　便同
————————————————————————————————————
庚：宝玉过会芳园来了这里凤姐儿又劝解了秦氏一番又低低的说了许多衷肠话儿尤氏打发人请
戚：宝玉过会芳园来了这里凤姐儿又劝　了秦氏一番又低低　说了许多衷肠话儿尤氏打发人请
寅：宝玉过会芳园来了这里凤姐儿又劝解了秦氏一番又低低　说了许多衷肠话儿尤氏打发人请
————————————————————————————————————
庚：了两三遍凤姐儿才　向秦氏说道你好生养着罢我再来看你合该你这病要好所以前日就有人
戚：了两三遍凤姐儿才望　秦氏说道你好　养着罢我再来看你合该你这病要好所以前日就有人
寅：了两三遍凤姐儿才　向秦氏说道你好生养着罢我再来看你合该你这病要好所以前日就有人
————————————————————————————————————
庚：荐了这个好大夫来再也是不怕的了秦氏笑道任凭　神仙也罢　治得病治不得命婶子我知
戚：荐了　个好大夫来再也是不怕的了秦氏笑道任凭是神仙也　能治得病治不得命婶子　你
寅：荐了这个好大夫来再也是不怕的了秦氏笑道任凭　神仙也罢　治得病治不得命婶子我知
————————————————————————————————————
庚：道我这病不过是挨日子凤姐儿说道你只管这　么想着病那里能好呢总要想开了才是况且听
戚：道我这病不过是挨日子凤姐儿说道你只管这们　想　病那里能好呢总要想开了才是况且听
寅：道我这病不过是挨日子凤姐儿说道你只管这　么想着病那里能好呢总要想开了才是况且听
————————————————————————————————————
庚：得大夫说若是不治怕的是春天　　　　　　　　　　　　　　　　不好呢咱们
戚：得大夫说若是不治怕的是春天不好如今才九月半还有四五个月的工夫什么病治不好呢咱们
寅：得大夫说若是不治怕的是春天　　　　　　　　　　　　　　　　不好呢咱们
————————————————————————————————————
庚：若是不能吃人参的人家这也难说了你公公婆婆听见治得好你别说一日二钱人参就是二　斤
戚：若是不能吃人参的人家这也难说了你公公婆婆听见治得好你别说一日二钱人参就是二勄
寅：若是不能吃人参的人家这也难说了你公公婆婆听见治得好你别说·日二钱人参就是二　斤
————————————————————————————————————
庚：也能　够吃的　起好生养着罢我过园子里去了秦氏又道婶子恕我不能跟过去了闲了　时候
戚：也能彀　吃得起好生养着罢我过园子里去了秦氏又道婶子恕我不能跟过去了闲了的时候
寅：也能　够吃得起好生养着罢我过园子里去了秦氏又道婶子恕我不能跟过去了闲了　时候
————————————————————————————————————
庚：还求婶子常过来瞧瞧　我咱们娘儿们坐坐多说几遭话儿凤姐儿听了不觉得又眼圈儿一红
戚：还求婶子常过来　　　睄睄我咱们娘儿们坐坐多说　遭话儿凤姐儿听了不觉　又眼圈儿一红
寅：还求婶子常过来瞧瞧　我咱们娘儿们坐坐多说几遭话儿凤姐儿听了不觉得又眼圈儿一红
————————————————————————————————————
庚：遂说道我得了闲儿必常来看你于是凤姐儿带领跟来的婆子丫头并宁府的媳妇婆子们从里头
戚：遂说道我得了闲儿必常来看你于是凤姐儿带领跟来的婆子丫头并宁府的媳妇婆子们从里头
寅：遂说道我得了闲儿必常来看你于是凤姐儿带领跟来的婆子丫头并宁府的媳妇婆子们从里头
————————————————————————————————————
庚：绕进园子的便门来但只见黄花满地白　柳横坡小桥通若耶之溪曲径接天台之路石中清流激
戚：绕进园子的便门来但　见黄花满地　绿柳横坡小桥通若耶之溪曲径接天台之路石中清流激
寅：绕进园子的便门来但　见黄花满地　绿柳横坡小桥通若耶之溪曲径接天台之路石中清流激

庚：湍篱落飘香树头红叶翩　　　　翩疎林如画西风乍紧初云　莺啼暖日当暄又添蛩语遥望东南
戚：湍篱落飘香树头红叶翩翻　疎　　林如画西风乍紧初　　罢莺啼暖日当暄又添蛩语遥望东南
寅：湍篱落飘香树头红叶翩翻疎　　　林如画西风乍紧初　　罢莺啼暖日当暖又添蛩语遥望东南

庚：建几处依山之榭纵观西北结　三间临水之轩笙簧盈耳则　有幽情罗绮穿林倍添韵致凤姐儿
戚：建几处依山之榭纵观西北结数　间临水之轩笙簧盈耳　别有幽情罗绮穿林倍添韵致凤姐儿
寅：建几处依山之榭纵观西北结数　间临水之轩笙簧盈耳　别有幽情罗绮穿林倍添韵致凤姐儿

庚：正自看园中的景致一步步行来赞赏猛然从假山石后走过一个人来向前对凤姐儿说道请嫂子
戚：正　看园中　景致一步步行来赞赏猛然从假山石后走过一个人来向前对凤姐儿说道请嫂子
寅：正自看园中的景致一步步行来赞赏猛然从假山石后走过一个人来向前对凤姐儿说道请嫂子

庚：安凤姐儿猛然见了将身　子望后一退说道这是瑞大爷不是贾瑞说道嫂子连我也不认得了不
戚：安凤姐儿猛然见了将身往　　后一退说道这是瑞大爷不是贾瑞说道嫂子连我也不认得了不
寅：安凤姐儿猛然见了将身　子望后一退说道这是瑞大爷不是贾瑞说道嫂子连我也不认得了不

庚：是我是谁凤姐儿　道不是不认得猛然一见不想到是大爷到这里来贾瑞道也是合该我与嫂子
戚：是我是谁凤姐儿说道不是不认得猛然一见不想　是大爷到这里来贾瑞道也是合该　与嫂子
寅：是我是谁凤姐儿　道不是不认得猛然一见不想到是大爷到这里来贾瑞道也是合该我与嫂子

庚：有缘我方才偷出了席在这个清净地方略散一散不想就遇见嫂子也从这里来这不是有缘么一
戚：有缘我方才偷出了席在这个清净地方　散一散不想就遇见嫂子也从这里来这不是有缘么一
寅：有缘我方才偷出了席在这个清净地方略散一散不想就遇见嫂子也从这里来这不是有缘么一

庚：面说着一面拿眼睛不住的觑着凤姐儿凤姐　是个聪明人见他这个光景如何不猜透八九分呢
戚：面说　一面拿眼睛不住　觑着凤姐儿凤姐儿是个聪明人见他这个光景如何不猜透八九分呢
寅：面说着一面拿眼睛不住的觑着凤姐儿凤姐儿是个聪明人见他这个光景如何不猜透八九分呢

庚：因向贾　瑞假意含笑　道怨不得你哥哥时常提你　说你狠　好今见了　听你说这几句话
戚：因向贾　瑞假意含笑　道怨不得你哥哥　常提　起说你狠　好今见了　听你　这几句话
寅：因向贾向瑞假意含笑说道怨不得你哥哥时常提你　说你　很好今见了你听你说这几句话

庚：儿就知道你是个聪明和气的人了这会子我要到太太们那里去不得和　你说话儿等闲了咱们
戚：儿就知道你是个聪明和气的人了这会子我要到太太　那里去不得　合你说话儿等闲了咱们
寅：儿就知道你是个聪明和气的人了这会子我要到太太们那里去不得和　你说话儿等闲了咱们

庚：再说话儿罢贾瑞道我要到嫂子家里去请安又恐怕嫂子年轻不肯轻易见人凤姐儿假意　笑道
戚：再说话儿罢贾瑞道我要到嫂子家里　请安又恐怕嫂子年轻不　　　见人凤姐儿假意含笑道
寅：再说话儿罢贾瑞道我要到嫂子家里去请安又恐怕嫂子年轻不肯轻易见人凤姐儿假意　笑道

庚：一家子骨肉说什么年轻不年轻的话贾瑞听了这话再不想到今日得这个奇遇那神情光景　亦
戚：一家　骨肉说什么年轻不年轻的话贾瑞听了这话再不想到今日得这个奇遇那神情光景益
寅：一家子骨肉说什么年轻不年轻的话贾瑞听了这话再不想到今日得这个奇遇那神情光景　亦

庚：发不堪难看了凤姐儿说道你快　入席去罢仔细　他们拿住罚你贾瑞听了身上已木了半边
戚：发不堪难看了凤姐儿说道你快去入席去罢　看他们拿住罚你酒贾瑞听了身上已木了半边
寅：发不堪难看了凤姐儿说道你快　入席去罢仔细　他们拿住罚你酒贾瑞听了身上已木了半边

第十一回　庆寿辰宁府排家宴　见熙凤贾瑞起淫心

庚：慢慢的一面走　着一面回过头来看凤姐儿故意的把脚步放迟了些儿见他去远了心里暗　忖
戚：慢慢　一面　步着一面回过头来看凤姐儿故意的把脚步放迟了些　见他去远了心里暗　忖
寅：慢慢的一面走　着一面回过头来看凤姐儿故意的把脚步放迟了些儿见他去远了心里暗想

庚：道这才是知人知面不知心呢那里有这样禽兽　的人呢他如果如此几时叫他死在我的手里他
戚：道这才是知人知面不知心呢那里有这样禽兽样的人呢他如果如此几时叫他死在我　手里他
寅：道这才是知人知面不知心呢那里有这样禽兽　的人呢他如果如此几时叫他死在我的手里他

庚：才知道我的手段于是凤姐儿方移步前来将转过了一重山坡见两三个婆子慌慌张张的走来见
戚：才知道我的手段于是凤姐儿方移步前来将转　　一重山坡见两三个婆子慌慌张张的走来见
寅：才知道我的手段于是凤姐儿方移步前来将转过了一重山坡见两三个婆子慌慌张张的走来见

庚：了凤姐儿笑说道我们奶奶见　二奶奶只是不来急的不得叫奴才们又来请奶奶来了凤姐儿
戚：了凤姐儿笑说道我们奶奶见　二奶奶只是不来急的不得叫奴才们又来请奶奶来了凤姐儿
寅：了凤姐儿笑说道我们奶奶见了二奶奶只是不来急的不得叫奴才们又来请奶奶来了凤姐儿

庚：说道你们奶奶就是这　么急脚鬼　是的　　凤姐儿慢慢的走着问戏唱了　几出了那婆子回
戚：说道你们奶奶就是这样　急脚鬼似　的于是凤姐儿慢慢的走着问戏唱了有几出了那婆子回
寅：说道你们奶奶就是这　么急脚鬼　是的　　凤姐儿慢慢的走着问戏唱了　几出了那婆子回

庚：道有八九出了说话之间已来到了天香楼的后门见宝玉　和一群丫头　们在那里玩　呢凤姐
戚：道有八九出了说话之间已　到了天香楼的后门见宝玉合　一群丫头子们　那里　顽呢凤姐
寅：道有八九出了说话之间已来到了天香楼的后门见宝玉　和一群丫头　在那里玩　呢凤姐

庚：儿说道宝兄弟别　　特陶　气了有一个丫头说道太太们都在楼上坐着呢请奶奶就从这边上
戚：儿说道宝兄弟别忒淘　气了　一个丫头说道太太们都在楼上坐着呢请奶奶就从这边上
寅：儿说道宝兄弟别　　特　淘气了有一个丫头说道太太们都在楼上坐着呢请奶奶就从这边上

庚：去罢凤姐儿听了款步提衣上了楼　见尤氏已在楼梯口等着呢尤氏　笑说道你娘儿两个特
戚：去罢凤姐儿听了款步提衣上了楼来见尤氏已在楼梯口等着呢尤氏便笑　道你　娘儿两个
寅：去罢凤姐儿听了款步提衣上了楼　见尤氏已在楼梯口等着呢尤氏　笑说道你们娘儿两个特

庚：　好了见了面总舍不得来了你明日搬来合　他住着罢你坐下我先敬你一钟于是凤姐儿在邢
戚：忒好了见了面总舍不得来了你明日搬来合　他住着罢你坐下我先敬你一钟于是凤姐儿在邢
寅：　好了见了面总舍不得来了你明日搬来　和他住着罢你坐下我先敬你一钟于是凤姐儿在邢

庚：王二夫人前告了坐　尤氏的母亲前周　旋了一遍仍同尤氏坐在一桌上吃酒听戏尤氏叫拿戏
戚：王二夫人前告了坐　尤氏的母亲前周全　了一遍仍同尤氏坐　一桌上吃酒听戏尤氏叫拿戏
寅：王二夫人前告了坐在尤氏的母亲前周　旋了一遍仍同尤氏坐在一桌上吃酒听戏尤氏叫拿戏

庚：单来让凤姐儿点戏凤姐儿说道太太们在这里我如何敢点邢夫人王夫人说道我们合亲家太太
戚：单来让凤姐儿点戏凤姐儿说道太太们在这里我如何敢点邢夫人王夫人说道　　　亲家太太
寅：单来让凤姐儿点戏凤姐儿　道太太们在这里我如何敢点邢夫人王夫人说道　　　亲家太太

庚：都点了好几出了你点两出好的我们听凤姐儿立起身来答应了一声方接过　戏单　从头一看
戚：都点了好几出了你点两出好的我们听凤姐儿立起身来答应了一声方接过了戏单　从头一看
寅：都点了好几出了你点两出好的我们听凤姐儿立起身来答应了一声方接过了戏单来从头一看

庚：点了一出还魂一出　谈词递过戏单去说现在唱的这双官诰唱完了再唱这两出也就是时候了
戚：点了一出还魂一出弹　词递过戏单去说现在唱　　双官诰唱完了再唱这两出也就是时候了
寅：点了一出还魂一出弹　词递过戏单去说现在唱　　双官诰唱完了再唱这两出也就是时候了

庚：王夫人道可不是呢也该趁早叫你哥哥嫂子歇歇他们又心里不静尤氏说道太太们又不常过来
戚：王夫人道可不是呢也该趁早叫你哥哥嫂子歇歇他们又心里不静尤氏说　太太们又不常过来
寅：王夫人道可不是呢也该趁早叫你哥哥嫂子歇歇他们又心里不静尤氏说　太太们又不常过来

庚：娘儿们多坐一会子去才有趣儿天还早　呢凤姐儿立起身来望楼下一看说爷们都往那里去了
戚：娘儿们多坐　会子去才有趣儿天还早着呢凤姐儿立起身来望楼下　看说爷们都往那里去了
寅：娘儿们多坐一会子去才有趣儿天还早着呢凤姐儿立起身来望楼下　看说爷们都　那里去了

庚：　傍边一个婆子道爷们才到凝曦轩　代了打十番的那里　吃酒去了凤姐儿说道在这里不便
戚：旁　边一个婆子道爷们才到凝曦轩带　了打十番的　　人吃酒去了凤姐儿说道在这里不便
寅：旁　边一个婆子道爷们才到凝曦轩带　了打十番的　　人吃酒去了凤姐儿　在这里不便

庚：　易背地里又不知干什　么去了尤氏笑道那里都像你这么正经人呢于是说说笑笑点的戏都
戚：宜　背地里又不知干什吗　去了尤氏笑道那　都像你这　正经人呢于是说说笑笑点的戏都
寅：宜　背地里又不知干什　么去了尤氏笑道那　都像你这么正经人呢于是说说笑笑点的戏都

庚：唱完了方才撤下酒席摆上饭来吃毕大家才出园子　　来到上房坐下吃了茶方才叫预备车向
戚：唱完了方才撤下酒席　上饭来吃毕大家才出园子　　来到上房坐下吃了茶方才叫预备车向
寅：唱完了方才撤下酒席　上饭来吃毕大家才出园子去了来到上房坐下吃了茶方才叫预备车向

庚：尤氏的母亲告了辞尤氏率同众姬妾并家下　婆了媳妇们方送出来贾珍率众子侄都在车
戚：尤氏的母亲告了辞尤氏率同众姬妾　家　人婆了媳妇们方送出来贾珍领众子侄都在车旁
寅：尤氏的母亲告了辞尤氏率同众姬妾　家　人婆子媳妇们方送出来贾珍领众子侄都在车旁

庚：　傍侍立等候着贾见了邢夫人王　夫人　道二位婶子　明日还过来　旷旷　　王夫人道
戚：　边　侍立等候着呢见　邢　王二夫人说道二位婶　婶明日还过来　　　伫伫王夫人道
寅：　边　侍立等候着呢见了邢　王二夫人说道二位婶子　明日还过来逛逛　　　王夫人道

庚：罢了我们今日整坐了一日也乏了明日歇歇罢于是都上车去了贾瑞犹不时拿眼睛觑着凤姐儿
戚：罢了我们今日整坐了一日也乏了明日歇歇罢于是　上车去了贾瑞犹不时拿眼　觑着凤姐儿
寅：　了我们今日整坐了一日也乏了明日歇歇罢于是　上车去了贾瑞犹不时拿眼　觑着凤姐儿

庚：贾珍等进去后李贵才拿　过马来宝玉骑上随了王夫人去了这里贾珍同一家子的　弟兄子侄
戚：贾珍等进去后李贵才拿　过马来宝玉骑上随了王夫人去了这里贾珍同一家子的兄弟　子侄
寅：贾珍等进去后李贵才　牵过马来宝玉骑上随了王夫人去了这里贾珍同一家子的　弟兄子侄

庚：吃过了晚饭方大家散次日仍是众族人等闹了一日不必细说此后凤姐儿不时亲自来看秦氏
戚：吃过　晚饭方大家散次日仍是众族人等闹了一日不必细说此后凤姐儿不时亲自来看秦氏
寅：吃过了晚饭方大家散次日仍是众族人等闹了一日不必细说此后凤姐儿不时亲自来看秦氏

庚：秦氏也有几日好些也有几日仍是那样贾珍尤氏贾蓉好不　焦心且说贾瑞到荣府来了几次偏
戚：秦氏　有几日好些　几日仍是那样贾珍尤氏贾蓉好不心焦　且说贾瑞到荣府来了几次偏
寅：秦氏　有几日好些　几日仍是那样贾珍尤氏贾蓉好不心焦　且说贾瑞到荣府来了几次偏

庚：都遇　见凤姐儿往宁府那边去了这年正是十一月三十日冬至到交节的那几日贾母王夫人凤
戚：都遇着　凤姐　往宁府那边去了这年正是十一月三十日冬至到交节的那几日贾母王夫人凤
寅：都遇着　凤姐儿往宁府那边去了这年正是十一月三十日冬至到交节的那几日贾母王夫人凤

第十一回　庆寿辰宁府排家宴　见熙凤贾瑞起淫心

庚：姐儿日日差人去看秦氏回来的人都说这几日也　没见添病也不见甚好王夫人向贾母说这个
戚：姐儿日日差人去看秦氏回来的人都说这几日也未　见添病也不见甚好王夫人向
寅：姐儿日日差人去看秦氏回来的人都说这几日也未　见添病也不见甚好王夫人向

庚：症候遇着这样大节不添病就有好大的指望了贾母说可是呢好个孩子要是有些原故可不叫人
戚：　　　　　　　　　　　　　　　　　　　　　　贾母说可是呢好个孩子要是有些原故可不叫人
寅：　　　　　　　　　　　　　　　　　　　　　　贾母说可是呢好个孩子要是有些原故可不叫人

庚：疼死说着一阵心酸叫凤姐儿说道你们娘儿两个也好了一场明日大初一过了明日你后日你再
戚：疼死说着一阵心酸叫凤姐儿说道你们娘儿两个也好了一场明日大初一过了明日你后日　再
寅：疼死说着一阵心酸叫凤姐儿说道你们娘儿两个也好了一场明日大初一过了明日你后日　再

庚：去看一看他去你细细的瞧瞧　　他那光景倘或好些儿你回来告诉我我喜欢喜欢那孩子素
戚：去看　看他去你细细的瞧瞧　　他那光景倘或好些儿你回来告诉我我喜欢喜欢　　　素
寅：去看一看他去你细细的　　瞧瞧他那光景倘或好些儿你回来告诉我我喜欢喜欢那孩子素

庚：日爱吃的你也常叫人做些给他送过去凤姐儿一一的答应了到了初二日吃了早饭来到宁府看
戚：日爱吃的　也常叫人做些给他送过去凤姐　一一　答应了到了初二日吃了早饭来到宁府看
寅：日爱吃的你也常叫人做些给他送过去凤姐儿一一的答应了到了初二日吃了早饭来到宁府看

庚：见秦氏的光景虽未甚添病但是那脸上身上的肉全瘦干了于是合　秦氏坐了半日说了些闲话
戚：见秦氏的光景虽未甚添病但是那脸上身上的肉全瘦干了于是合　秦氏坐了半日说了些闲话
寅：见秦氏的光景虽未　添病但是那脸上身上的肉全瘦干了于是　和秦氏坐了半日说了些闲话

庚：儿又将这病无妨的话开导了一　遍秦氏说道好不好春天就知道了如今现过了冬至又　没怎
戚：儿又将这病无妨的话开导了一番　秦氏　道好不好春天就知道了如今现过　冬至又无　怎
寅：儿又将这病无妨的话开导了一　遍秦氏说　好不好春天就知道了如今现过了冬至又　没怎

庚：么样或者好的了也未可知婶子回老　太太放心罢昨日　老太太赏的那枣泥馅的山药糕我
戚：　样或者好　也未可知婶子回老太太太太放心罢昨日　老太太赏的那枣泥馅的山药糕我
寅：么样或者好的了也未可知婶子回老太太　　放心罢昨　天老太太赏的那枣泥馅的山药糕我

庚：到吃了两块　倒像克化的动似的凤姐儿说道明日再给你送　来我到你婆婆那里瞧瞧就要赶
戚：到吃了两块到　像克化的动似的凤姐儿说道明日再给你送过来我到你婆婆那里瞧瞧就要赶
寅：到吃了两块　倒像克化的动似的凤姐儿说道明日再给你送　来我到你婆婆那里瞧瞧就要赶

庚：着回去回老太太的话去秦氏道婶　子替我请老太太太太　安罢凤姐儿答应着就出来了到了
戚：着回去回　太太的话去秦氏道婶　子替我请老太太太太的安罢凤姐　答应着就出来了到了
寅：着回去回老太太的话去秦氏道婶了　替我请老太太太太的安罢凤姐　答应着就出来了到了

庚：尤氏上房坐下尤氏道你冷眼瞧媳妇是怎么样凤姐儿低了半日头说道这实在　没法儿了你也
戚：尤氏上房坐下尤氏道你冷眼瞧媳妇是怎么样凤姐儿低了半日头说道这实在无　法　了你也
寅：尤氏上房坐下尤氏道你冷眼瞧媳妇是怎么样凤姐儿低了半日头说道这实在　没法儿了你也

庚：该将一应的　　后事用的东西也该料理料理冲　一冲也好尤氏道我也叫人暗暗的　预备
戚：该将一应的东西后事用的　　也该料理料理冲他一冲也好尤氏道我也　　暗暗叫人预备
寅：该将一应的　　后事用的东西也该料理料理冲　一冲也好尤氏道我也叫人暗暗的　预备

庚：了就是那件东西不得好木头暂且慢慢的办罢于是凤姐儿吃了茶说了一会子话儿说道我要
戚：了就是那件东西不得好木头暂且慢慢的　罢于是凤姐儿吃了茶说了　会子话儿说道我要快
寅：了就是那件东西不得好木头暂且慢慢的办罢于是凤姐儿吃了茶说了一会子话儿说道我要

庚：回去回老太太的话去呢尤氏　　道你可缓缓的说别吓着老太太　　　　凤姐儿道我知道于是凤姐
戚：回去回老太太　话去呢尤氏　　道你可缓缓的说别吓着老　人家凤姐儿道我知道于是凤姐
寅：回去回老太太的话去呢尤氏说道你可缓缓的说别吓着老太太　　　凤姐儿道我知道于是凤姐

庚：儿就回来了到了家中见了贾母说蓉哥儿媳妇请老太太安给老太太磕头　　他说好些了求老祖
戚：儿就回来了到了家中见了贾母说蓉哥儿媳妇请老太太安给老太太磕头他说　好些了求老祖
寅：儿就回来了到了家中见了贾母说蓉哥儿媳妇请老太太安给老太太磕头　　说他好些了求老祖

庚：宗放心罢他再略好些还要给老　　　祖宗磕头请安来呢贾母道你看他是怎么样　　凤姐儿说
戚：宗放心罢他再略好些还要给老　　　祖宗磕头　来呢贾母道你看他是怎么样了凤姐　说道
寅：宗放心罢他再略好些还要给老太太　磕头请安来呢贾母道你看他是怎么样　　凤姐儿说

庚：暂且无妨精神还好呢贾母听了沉音　了半日因向凤姐儿说你换换衣服歇歇去罢凤姐儿答应
戚：暂且无妨精神还好呢贾母听了沉　吟了半日因向凤姐儿说你换换衣服歇歇去罢凤姐儿答应
寅：暂且无妨精神还好呢贾母听了沉　吟了半日因向凤姐儿说你换换衣服歇歇去罢凤姐儿答应

庚：着出来见过了王夫人到了　家中平儿将　烘的家常的衣服给凤姐儿换了凤姐儿方坐下问道
戚：着出来见过了王夫人到了房　中平儿将　烘的家常的衣服给凤姐儿换了凤姐儿方坐下问道
寅：着出来见过了王夫人到了　家中平儿将哄　的家常　衣服给凤姐儿换了凤姐儿方坐下问道

庚：家里没有什么事么平儿方端了茶来递了过去说道没有什么事就是那三百　银子的利银旺儿
戚：家里没有什么事　平儿方端了茶来递了过去说　没有什么事就是那三百两银子的利银旺儿
寅：家里没有什么事么平儿方端了茶来递了过去说道没有什么事就是那三百两银子的利银旺儿

庚：媳妇送进来我收了再有瑞大爷使人来打听奶奶在家　没有他要来请安说话凤姐儿听了哼了
戚：媳妇送进来我收了再　瑞大爷使人　打听奶奶在家无　有他要　请安说话凤姐儿听了哼了
寅：媳妇送进来我收了再有瑞大爷使人来打听奶奶在家　没有他要来请安说话凤姐儿听了哼了

庚：一声说道这畜生合该　作死看他来了怎么样平儿因问道这瑞大爷是因　什么只管来凤姐儿
戚：一声　道这畜生合该求　死看他来　怎么样　儿因问道这瑞大爷　因为什么只管来凤姐儿
寅：一声说道这畜生合该　作死看他来了怎么样平儿因问道这瑞大爷是因　什么只管来凤姐儿

庚：遂将九月里　宁府园子里遇见他的光景　　他　说的话都告诉了平儿平儿　说道癞蛤　蟆想
戚：遂将九月里在宁府园子里遇见他的光景　　他把　　话都告诉　平儿平儿　说道癞　虾蟆想
寅：遂将九月里　宁府园子里遇见他的光景和他　说的话都告诉了平儿平儿儿说道癞蛤　蟆想

庚：天鹅肉吃没人伦的混账东西起这个念头叫他不得好死凤姐儿道等他来了我自有道理不知贾
戚：天鹅肉吃没人伦的混账东西起这个念头叫他不得　好死凤姐儿道等他来了我自有道理不知贾
寅：天鹅肉吃没人伦的混账东西起这个念头叫他不得好死凤姐儿道等他来了我自有道理不知贾

庚：瑞来时作何光景且听下回分解
戚：瑞来时作何光景且听下回分解
寅：瑞来时作何光景且听下回分解

第十二回　王熙凤毒设相思局　贾天祥正照风月鉴

庚：话说凤姐　　正与平儿说话只见有人回说瑞大爷来了凤姐　急命快请进来贾瑞见往里让心中
戚：话说凤姐　　正与平儿说话只见有人回说瑞大爷来了凤姐　急命快请进来贾瑞见往里让心中
寅：话说凤姐儿正与平儿说话只见有人回说瑞大爷来了凤姐儿急命快请进来贾瑞见往里让心中

庚：喜出　　往外急忙进来见了凤姐满面陪笑连连问好凤姐儿也假意殷勤让　　茶让坐贾瑞见凤
戚：喜出望　外急忙进来见了凤姐满面陪笑连连问好凤姐　也假意殷勤让　　茶让坐贾瑞见凤
寅：喜出望　外急忙进来见了凤姐满面陪笑连连问好凤姐儿也假意殷勤让坐让茶　　贾瑞见凤

庚：姐　　如此打扮　益发酥到　因饧了眼问道二哥哥怎么还不回来凤姐道不知什么原故贾瑞笑
戚：姐　　如此打扮　益发酥　倒因饧了眼问道二哥哥怎么还不回来凤姐道不知什么原故贾瑞笑
寅：姐儿如此打扮亦　发酥　倒因饧了眼问道二哥哥怎么还不回来凤姐道不知什么原故贾瑞

庚：道别是　路上有人　绊住了脚了舍不得回来也未可知凤姐　道也未可知男人家见一个爱一
戚：道别是在路上有人牵　住了脚　　不得　来　　凤姐　道　未可知男人家见一个爱一
寅：道别是　路上有人　绊住了脚了舍不得回来也未可知凤姐儿道也未可知男人家见一个爱一

庚：个也是有的贾瑞笑道嫂子这话说错了我就不这样凤姐　笑道像你这样的人能有几个呢十个
戚：个也是有的贾瑞笑道嫂子这话说错了我就不这样凤姐　笑道像你这样的人能有几个呢十个
寅：个也是有的贾瑞笑道嫂子这话说错了我就不这样凤姐儿笑道像你这样的人能有几个呢十个

庚：里也挑不出一个来贾瑞听了喜的抓耳挠腮又道嫂　子天天也闷的狠凤姐　道正是呢只盼个
戚：里也挑不出一个来贾瑞听了喜的抓耳挠腮又道嫂嫂　天天也闷的狠凤姐　道正是呢只盼个
寅：里也挑不出一个来贾瑞听了喜的抓耳挠腮又道嫂嫂　天天也闷的狠凤姐儿道正是呢只盼

庚：人来说话解解闷儿贾瑞笑道我到天天闲着天天过来替嫂子解解闲闷可好不好凤姐笑道你哄
戚：人来说话解解闷儿贾瑞笑道我到天天闲着天天过来替嫂子解解闲闷可好不好凤姐笑道你哄
寅：人来说话解解闷儿贾瑞　道我到天天闲着天天过来替嫂子解解闲闷可好不好凤姐笑道你哄

庚：我呢你那里肯往我这里来贾瑞道我在嫂子跟前若有一点谎　话天打雷劈只因素日闻得人说
戚：我呢　那里肯往我这里来贾瑞道我在嫂子跟前若有一点谎　话天打雷劈只因素日闻得人说
寅：我呢你那里肯往我这里来贾瑞道我在嫂子跟前若有一点　慌话天打雷劈只因素日闻得人说

庚：嫂子是个利害人在你跟前一点也错不得所以唬住了我如今见嫂子最是个有说有笑极疼人的
戚：嫂子是个利害人在你　前一点　错不得所以唬住了我如今见嫂子最是　有说有笑极疼人的
寅：嫂子是个利害人在你跟前一点也错不得所以唬住了我如今见嫂子最是个有说有笑极疼人的

庚：我怎么不来死了　也愿意凤姐　笑道果然你是个明白人比贾蓉两个强远了我看他那样清秀
戚：我怎么不来死了我也愿意凤姐　笑道果然你是　明白人比贾蓉两个强远了我看他那样清秀
寅：我怎么不来死了　也愿意凤姐儿笑道果然你是个明白人比贾蓉两个强远了我看他那样清秀

庚：只当他们心里明白谁　知竟是两个胡　涂虫一点不知人　心贾瑞听　这话越发撞在心坎儿
戚：只当他们心里明白谁如　竟是两个　糊涂虫一点不知人事　贾瑞听了这话越发撞在心坎
寅：只当他们心里明白谁　知竟是两个胡　涂虫一点不知人　心贾瑞听　这话越发撞在心坎儿

庚：上由不得又往前凑了一凑觑着眼看凤姐带　的荷包然後　又问带着　什么戒指凤姐悄悄道
戚：上由不得又往前凑了一凑觑着眼看凤姐带着　荷包然　后又问带着　什么戒指凤姐悄悄道
寅：上由不得又往前凑了　凑觑着眼看凤姐带　的荷包然　后又问带　的什么戒指凤姐悄悄道

庚：放尊重　着别叫丫头们看　了笑话贾瑞如听纶音佛语一般忙往　後退凤姐笑道你该　走了
戚：放尊重　着别叫丫头们看见　笑话贾瑞如听纶音佛语一般忙往后　退凤姐笑道你该去　了
寅：放尊重些　别叫丫头们看　了笑话贾瑞如听纶音佛语一般忙往后　退凤姐笑道你该　走了

庚：贾瑞说　我再坐一坐儿好狠心的嫂子凤姐又悄悄的道大天白日人来人往你就在这里也不方
戚：贾瑞　道我再坐一坐儿好狠心的嫂子凤姐又悄悄的道大天白日人来人往你就在这里也不方
寅：贾瑞　道我再坐一坐儿好狠心的嫂子凤姐又悄悄的道大天白日人来人往你就在这里也不方

庚：便你且去等着晚上起了更你来悄悄的在西边穿堂儿等我贾瑞听了如得珍宝忙问道你别哄我
戚：便你且去　着晚上起了更你来悄悄的在西边穿堂儿等我贾瑞听了如得珍宝忙问道你别哄我
寅：便你且去等着晚上起　更你来悄悄的在西边穿堂儿等我贾瑞听了如得珍宝忙问道你别哄我

庚：但只那里人过的　多怎么好躲的凤姐道你只放心我把上夜的小厮们都放了假两边门一关再
戚：但只那里人过的　多怎么好躲的凤姐道你只放心我把上夜的小厮们都放了假两边门一关再
寅：但只那里　过的人多怎么好躲的凤姐道你只放心我把上夜的小厮们都放了假两边门一关再

庚：没别人了贾瑞听了喜之不　尽忙忙的告辞而去心内以　为得手盼到晚上果然黑地里摸入荣
戚：没别人了贾瑞听了喜之不禁　忙忙的告辞而去心内　已为得手盼到晚上果然黑地里摸入荣
寅：没别人了贾瑞听了喜之不　尽忙忙的告辞而去心内　为得手盼到晚上果然黑地里摸入荣

庚：府趁掩门时钻入穿堂果见漆黑无一人往贾母那边去的门户已锁　倒只有向东的门未关贾瑞
戚：府趁掩门时钻入穿堂果见漆黑无一人往贾母那边去的门户已锁到　只有向东的门未关贾瑞
寅：府趁掩门时钻入穿堂果见漆黑无一人往贾母那边去的门户已锁　倒只有向东的门未关贾瑞

庚：侧耳听着半日不见人来忽听咯　登一声东边的门也倒　关了贾瑞急的也不敢　则声只得悄
戚：侧耳听着半日不见人来忽听咯噔　一声东边的门也　都关了贾瑞急的也不敢作　声只得悄
寅：侧耳听着半日不见人来忽听咯噔　一声东边的门也倒　关了贾瑞急的也不敢　则声只得悄

庚：悄的出来将门撼了撼关得　铁桶一般此时要求出去亦不能　够南北皆是大房墙要跳　亦
戚：悄　出来将门撼了撼关　的铁桶一般此时要求出去亦不能勾　南北皆是大房墙要跳　又
寅：悄的出来将门撼了撼关　的铁桶一般此时要求出去亦不能　够南北皆是大房墙要跳也

庚：无攀援这屋内又是过　堂见风又大空落落现是腊月天气夜又长朔风凛凛侵肌裂骨　一夜几乎
戚：无攀援这屋内又是过门　风　空落落现是腊月天气夜又长朔风凛凛侵肌裂骨一夜几乎
寅：无攀援这　内又是过　堂　风又大空落落现是腊月天气夜又长朔风凛凛侵肌裂骨一夜几乎

庚：不曾冻死好容易盼到早晨只见一个老婆子先将东门开了进去又开　西门贾瑞瞅他　背着脸
戚：不曾冻死好容易盼到早晨只见一个老婆子先将东门开了　去　叫西门贾瑞瞅　的背着脸
寅：不曾冻死好容易盼到早晨只见一个老婆子先将东门开了进去又开　西门贾瑞瞅　的背着脸

第十二回　王熙凤毒设相思局　贾天祥正照风月鉴　413

庚：一溜烟抱着肩　跑了出来幸而天气　尚早人都未起从後　门一径　跑回家去原来贾瑞父母
戚：一溜烟抱着肩竟跑了　　幸而天　色尚早人都未起从　后门一径　跑回家去原来贾瑞父母
寅：一溜烟抱着肩　跑了出来幸而天气　尚早人都未起从　后门一　迳跑回家去原来贾瑞父母

庚：早亡只有他祖父代儒教养那代儒素日教训最严不许贾瑞多走一步生怕他在外吃酒赌钱有
戚：早亡只有他祖父代儒教养那代儒素日教训最严不许贾瑞多走一步生怕他在外吃酒赌钱有
寅：早亡只有他祖父代儒教养那代儒素日教训最严不许贾瑞多走一步生怕他在外吃酒赌钱有悞

庚：误学业今忽见他一夜不　归只料定他在外非　饮即赌嫖娼宿妓那里想到这　断公案因此气
戚：误学业今忽见他一夜不　归只料定他在外非　饮即赌嫖娼宿妓那里想到这段　公案因此气
寅：　学业今忽见他一夜　了归只料定他在外非赌饮即　嫖娼宿妓那里想到这段　公案因此气

庚：了一夜贾瑞也捻　着一把汗少不得回来撒慌　只说往舅舅家去了天黑　了留我住了一夜代
戚：了一夜贾瑞也捻　着一把汗少不得回来撒　谎只说往舅舅家去了天黑　了留我住了一夜代
寅：了一夜贾瑞也　捏着一把汗少不得回来撒慌　只说往舅舅家去了天　夜了留我住了一夜代

庚：儒道自来出门非禀我不敢擅出如何昨日私自去了据此亦该打何况是　撒谎因此发恨　到底
戚：儒道自来出门非禀我不敢擅出如何昨日私自去了据此亦该打　况　且撒谎因此发　狠到底
寅：儒道自来出门非禀我不敢擅出如何昨日私自去了据此亦该打何况是　撒谎因此发恨　到底

庚：打了三四十板　不许吃饭令他跪在院内读文章定要补出十天　工　课来方罢贾瑞直冻了他
戚：打了三四十板还不许吃饭令他跪在院内读文章定要补出十天的工　课来方罢贾瑞直冻了
寅：打了三四十板　不许吃饭令他跪在院内读文章定要补出十天的　功课来方罢贾瑞直冻了他

庚：一夜今又遭了苦打且饿着肚子跪　在风地里读文章其苦万状此时贾瑞前心犹　是未改再想
戚：一夜今又遭了苦打且饿着肚子跪　在风地里读文章其苦万状此时贾瑞前心犹　未改再想
寅：一夜今又遭了苦打且饿着肚子跪着在风地里读文章其苦万状此时贾瑞前心　尤是未改再想

庚：不到是凤姐捉弄他过后两日得了空便　仍来找　凤姐凤姐故意抱怨他失信贾瑞　急的赌身
戚：不到是凤姐捉弄他过后两日　空　闲仍来找寻凤姐凤姐故意抱怨他失信贾瑞就
寅：不到是凤姐捉弄他过后两日得了空便　仍来找　凤姐凤姐故意抱怨他失信贾瑞　急的赌身

庚：发誓凤姐因见他自投罗网　少不得再寻别计　令他知改故　又约他道今日晚上你别在那里
戚：发誓凤姐因见他自投罗　纲少不得再寻别计　令他知改　过又约他道今日晚上你别在那里
寅：发誓凤姐因见他自投罗网　少不得再寻别计另　他知改故　又约他道今日晚上你别在那里

庚：了你在我这　房後　小过道子里那间空屋　里等我可别冒撞了贾瑞道果真凤姐道谁可哄你
戚：了你在我这　房　后小过道子里那间空屋　里等我可别冒撞了贾瑞道果真凤姐道谁可哄你
寅：了你在我这后房　　小过道子里那间空屋子里等我可别冒撞了贾瑞道果真凤姐道谁可哄你

庚：你不信就别来贾瑞道来来来死也要来凤姐道这会子　你先去罢贾瑞料定晚间必妥此时先去
戚：了凤姐　在这里便点兵派将设下圈套那贾瑞只盼不到　夜上偏生家里有亲戚又来了直吃了
寅：你不信就别来贾瑞道来来　死也要来　道这会　了你先去罢贾瑞料定晚间必妥此时先去

庚：了凤姐　在这里便点兵派将设下圈套那贾瑞只盼不到　夜上偏生家里有亲戚又来了直吃了
戚：了凤姐　在这里便点兵派将设下圈套那贾瑞只盼不到晚　上偏生家里　亲戚又来了直吃了
寅：了凤姐便在这里　点兵派将设下圈套那贾瑞只盼不到晚　上偏生家里　亲戚又来了直吃了

庚：晚饭才去那天已有掌灯时　候又等他祖父安歇了方溜　进荣府直往那夹道中屋子里来等着
戚：晚饭才去那天已有掌灯时分　又等他祖父安歇了方　才进荣府直往那夹道中屋子里来等着
寅：晚饭才去那天已有掌灯时　候又等他祖父安歇了方溜　进荣府直往那夹道中屋子里来等着

庚：　热锅上的蚂蚁一般只是干转左等不见人影右　　听也没声响心下自思　别是又不来了
戚：　热锅上　蚂蚁一般只是干转左等不见人影右等不见　声响心下自思道别是又不来了
寅：如热锅上的蚂蚁一般只是干转左等不见人影右　　听也没声响心下自思　别是又不来了

庚：又冻我一夜不成正自　胡猜只见黑魆魆的来了一个人贾瑞便意想一定是凤姐不管　皂白饿
戚：又冻我一夜不成正　是胡猜只见黑魆魆的来了一个人贾瑞便意　定是凤姐不管　皂白饿
寅：又冻我一夜不成正自　胡猜只见黑魆魆的来了一个人贾瑞便　想一定是凤姐不　等皂白饿

庚：虎一般等那人刚至门前便如猫捕鼠的一般抱住叫道亲嫂子等死我了说着抱到屋里炕上就亲
戚：虎一般等那人刚至门前便如猫捕鼠的一般抱住叫道亲嫂子等死我了说着抱到屋里炕上就亲
寅：虎一般等那人刚至门前便如猫捕鼠的一般抱住叫道亲嫂子等死我了说着抱到屋里炕上就亲

庚：嘴扯裤子满　口里亲娘亲　爹的乱叫起来那人只不　作声贾瑞　拉了自己裤子硬帮帮的就
戚：嘴扯裤子满　口里亲娘亲爷　的乱叫起来那人只不　作声贾瑞扯　了自己裤子硬帮帮　就
寅：嘴扯裤子满咀　里亲娘亲　爹的乱叫起来那人只不做　声贾瑞　拉了自己裤子硬帮帮的就

庚：想　顶入忽见灯光一闪只见贾蔷举着个拈　子照道谁在屋里只见炕上那人笑道瑞大叔要臊
戚：　将顶入忽见灯光一闪只见贾蔷举着　捻子照道谁在屋里只见炕上那人笑道瑞大叔要臊
寅：想　顶入忽见灯光一闪只见贾蔷举着个拈　子照道谁在屋里只见炕上那人笑道瑞大叔要臊

庚：我呢贾瑞一见却是贾蓉真燥　的无地可入不知要怎么样才好回身就要跑被贾蔷一把揪住
戚：我呢贾瑞一见却是贾蓉　直臊的无地可入不知要怎么样才好回身就要跑被贾蔷一把揪住
寅：我呢贾瑞一见却是贾蓉真燥　的无地可入不知要怎么样才好回身就要跑被贾蔷一把揪住

庚：道别走如今琏二婶　已经告到太太跟前说你无故调戏他他暂用了个脱身计哄你在　那边等
戚：道别走如今琏二婶婶　告到太太跟前说你无故调戏他他暂用了个脱身计哄你在这　边等
寅：道别走如今琏二婶　已经告到太太跟前说你无故调戏他他暂用了个脱身计哄你在　那边等

庚：着太太气死过去因此叫我来拿你刚才你又拦住　他没的说跟我去见太太贾瑞听了魂不附
戚：着太太气死过去因此叫我来拿你刚才你又　认作他没的说跟我去见太太贾瑞听了魂不附
寅：着太太气死过去因此叫我来拿你刚才你又拦住　他没的说跟我去见太太贾瑞听了魂不附

庚：体只说好侄儿只说没有见我明日我重重的谢你贾蔷道你若谢我放你不值什么只不知你谢我
戚：体只说好侄儿只说没有见我明日我重重　谢你贾蔷道你　谢我放你不值什么只不知你谢我
寅：体只说好侄儿只说没　见我明日我重重的谢你贾蔷道你若谢我放你不值什么只不知你谢我

庚：多少况且口说无凭写一　文契来贾瑞道　如何落纸呢贾蔷道这也不妨写一个赌钱输了外人
戚：多少况且口说无凭写一　文契来贾瑞道这如何落纸　贾蔷道这也不妨写一个赌钱输了外人
寅：多少况且口说无凭写一纸文契来贾瑞道　如何落纸呢贾蔷道这也不妨写一个赌钱输了外人

庚：账目借头家银若干两便罢贾瑞道这也容易只是此时无纸笔贾贾蔷道这也容易与说罢　翻身
戚：账目借头家银若干两　贾瑞道这也容易只是此时无纸笔　蔷道这也容易　说　毕翻身
寅：账目借头家银若干两便罢贾瑞道这也容易只是此时无纸笔贾　蔷道这也容易　说罢　翻身

第十二回　王熙凤毒设相思局　贾天祥正照风月鉴　415

庚：出来纸笔现成拿来　　贾瑞写他　　两　作好作　歹只写了五十两然　後画了押贾蔷收起
戚：出来纸笔现成拿来　命贾瑞写他　　两个作好作　歹只写了五十两然后　画了押贾蔷收起
寅：出来纸笔现成拿来与　贾瑞写他俩做　　好　做歹只写了五十两然后　画了押贾蔷收起
――――――――――――――――――――――――――――――――――――
庚：来然後　撕逻贾蓉贾蓉先咬定牙不依只说明日告诉族中的人评　评理贾瑞急的至　叩头贾
戚：来然　后撕逻贾蓉贾蓉先咬定牙不依只说明　告诉族中　人评　评理贾瑞急的至于叩头贾
寅：来然　后撕逻贾蓉贾蓉先咬定牙不依只说明日告诉族中的人评一评理贾瑞急的至于叩头贾
――――――――――――――――――――――――――――――――――――
庚：蔷　作好作　歹的也写了一张五十两欠契才罢贾蔷又道如今要放你我就担着不是老太太那
戚：蔷　作好作　歹的也写了一张五十两欠契才罢贾蔷又道如今要放你我就担着不是老太太那
寅：蔷做　好　做歹的也写了一张五十两欠契才罢贾蔷又道如今要放你我就担着不是老太太那
――――――――――――――――――――――――――――――――――――
庚：边的门早已关了老爷正在厅上看南京的东西那一条路定难过去如今只好走　後门若这一走
戚：边的门早已关了老爷正在厅上看南京的东西那一条路定难过去如今只好走后　门若这一
寅：边的门早已关了老爷正在厅上看南京的东西那一条路定难过去如今只好走后　门若这一走
――――――――――――――――――――――――――――――――――――
庚：　倘或遇见了人连我也完了等我们先去哨探哨探　再来领你这屋　子你还藏不得少时
戚：条路倘或遇见了人连我　先去哨探　了　再来领你这屋里　你还藏不得少
寅：倘或遇见了人连我也完了等我们　　哨探　探再来领你这屋　子你还藏不得少时
――――――――――――――――――――――――――――――――――――
庚：　就来堆东西等我寻　个地方说毕拉着贾瑞仍熄　了灯细出至院外摸着大台矶　底下说道
戚：刻就来堆东西等我寻　个地方说毕　　仍　息了灯　出至院外摸着大台　阶底下说道
寅：　就来堆东西等我　找个地方说毕拉着贾瑞仍　息了灯　出至院外摸着大台矶　底下说道
――――――――――――――――――――――――――――――――――――
庚：这窝儿里好你只蹲着别哼一声　我们来再动说毕二人去了贾瑞此时　身不由己只得蹲在
戚：这窝儿里好你只蹲着别哼一声等我们来再动说毕二人去了贾瑞此时　身不由己只得蹲在
寅：这窝儿里好你只蹲着别哼一声　我们来再动说毕二人去了　此时贾瑞身不由己只得蹲在
――――――――――――――――――――――――――――――――――――
庚：那里心下正盘算只　听头顶上一声响　拉拉一净　桶尿粪从上面直泼下来可巧浇了他一
戚：那里心下正盘算只厅　头顶上一声响唏拉拉一　净桶尿粪从上面直泼下来可巧浇了他一头
寅：那里心下正盘算只　听头顶上一声响唏拉拉一净　桶尿粪从上面直泼下来可巧浇了他
――――――――――――――――――――――――――――――――――――
庚：　身一头贾瑞掌不住嗳哟了一声忙又掩　住口不敢　声张满头满脸浑身皆是尿屎冰冷打
戚：一身　　贾瑞掌不住嗳哟　一声忙又　掙住不敢　声张满头满脸浑身皆是尿屎冰冷打颤
寅：一身一头贾瑞掌不住嗳哟了一声忙又掩　住口不　散声张满头满脸浑身皆是尿屎冰冷打
――――――――――――――――――――――――――――――――――――
庚：战只见贾蔷跑来叫快走快走贾瑞如得了命三　步两步从後　门跑到家里天已三更只得叫门
戚：　只见贾蔷跑来叫快走快走贾瑞如得了命三脚　两步从　后门跑到家里天已三更只得叫门
寅：战只见贾蔷跑来叫快走快走贾瑞如得了命三　步两步从　后门跑到家里天已三更只得叫门
――――――――――――――――――――――――――――――――――――
庚：开门人见他这般　景　觊问是怎的少不得　撒谎说黑了失　脚掉在　茅厮里了一面到了
戚：开门人见他这般　景况　问是怎的少不得　撒谎说黑了失了脚掉在毛厕　里　一面到了
寅：开门人见他这般光景况　问是怎的少不得扯　谎说黑了失　脚掉在　茅厮里了一面到了
――――――――――――――――――――――――――――――――――――
庚：自己房中更衣洗濯心下方想到是凤姐顽他因此发　一回恨再想　想　凤姐的模样儿又恨不
戚：自己房中更衣洗濯心下方想　是凤姐顽他因此发了一回恨再想一想那凤姐的模样儿又恨不
寅：自己房中更衣洗濯心下方想到是凤姐顽他因此发　一回恨再想　想　凤姐的模样儿又恨不
――――――――――――――――――――――――――――――――――――

庚：得一时搂在怀内一夜竟不曾合眼自此满心想凤姐只不敢往荣府去了贾蓉两个又常常的来索
戚：得一时搂在怀内一夜竟不曾合眼自此满心想凤姐只不敢往荣府去了贾蓉两个　常常　来索
寅：得一时搂在怀内一夜竟不曾合眼自此满心想凤姐只不敢往荣府去了贾蓉两个又常常的来索
——————————————————————————————————————
庚：银子他又怕祖父知道正是相思尚且难禁更又添了债务日间工课又紧他二十来岁人尚未娶
戚：银子他又怕祖父知道正是相思尚且难禁更又添了债务日间工课又紧他二十来岁人尚未娶过
寅：银子他又怕祖父知道正是相思尚且难禁更又添了债务日间工课又紧他二十来岁人尚未娶
——————————————————————————————————————
庚：亲迹　来想着凤姐未免有那指头　告了消乏等事更兼两回冻恼奔波因此三五下里夹攻不觉
戚：亲迹　来想着凤姐未免有那指头儿告了消乏等事更兼两回冻恼奔波因此三五下里夹攻不觉
寅：亲　趁来想着凤姐未免有那指头　告了消乏等事更兼两回冻恼奔波因此三五下里夹攻不觉
——————————————————————————————————————
庚：就得了一病心内发膨胀口中无滋味脚下如　绵眼中似醋　黑夜作烧白昼常倦下溺连精嗽痰
戚：就得了一病心内发膨胀口中无滋味脚下如棉　眼中似　漆黑夜作烧白昼常倦下溺连精嗽痰
寅：就得了一病心内发膨胀口中无滋味脚下如　绵眼中似醋　黑夜作烧白昼常倦下溺连精嗽痰
——————————————————————————————————————
庚：带血诸如此症不上一年都添全了于是不能支持一头失倒合上眼还只梦魂颠倒满口　　乱说
戚：带血诸如此症不上一年都添全了于是不能支持一头失倒合上眼还只梦魂颠倒满口胡说乱
寅：带血诸如此症不上一年都添全了于是不能支持一头失倒合上眼还只梦魂颠倒满口　　乱说
——————————————————————————————————————
庚：胡话惊悸　异常百般诸　医疗治诸如肉桂附子鳖甲　麦冬玉竹等药吃了有几十　斤下去也
戚：　话惊　怖异常百般　请医疗治诸如肉桂附子鳖甲　麦冬玉竹等药吃了有几十勉　下去也
寅：胡话惊悸　异常百般诸　医疗治诸如肉桂附子鳖　鱼麦冬玉竹等药吃了有几十　斤下去也
——————————————————————————————————————
庚：不见个动静倏　　又腊尽春回这病更又沉重代儒也着了忙各处请医疗治不见效因後　来
戚：不见个动静　倏忽又腊尽春回这病更又沉重代儒也着了忙各处请医疗治皆不见效因　后来
寅：不见个动静倏　　又腊尽春回这病更又沉重代儒也着了忙各处请医疗治皆不见效因　后来
——————————————————————————————————————
庚：吃独参汤代儒如何有这力量只得往荣府来寻王夫人命凤姐秤二两给他凤姐回说前儿新近都
戚：吃独参汤代儒如何有这力量只得往荣府来寻王夫人命凤姐秤二两给他凤姐回说前儿新近都
寅：吃独参汤代儒如何有这力量只得往荣府来寻王夫人命凤姐秤二两给他凤姐回说前儿新近都
——————————————————————————————————————
庚：替老太太配了药那整的太太又说留着送杨提督的太太配药偏生昨儿我已送了去了王夫人道
戚：替老太太配了药那整的太太又说留着送杨提督的太太配药偏生昨儿我已送了去了王夫人道
寅：替老太太配了药那整的太太又说留着送杨提督的太太配药偏生昨儿我已送了去了王夫人道
——————————————————————————————————————
庚：就是咱们这边没了你打发个人往你婆婆那边问问或是你珍大哥哥那府里再寻些来凑着给人
戚：就是咱们这边没了你打发个人往你婆婆那边问问或是你珍大哥哥那府里再寻些来凑着给人
寅：就是咱　这边没了你打发　人往你婆婆那边问问或是你珍大哥哥那府里再寻些来凑着给人
——————————————————————————————————————
庚：家吃好了救人一命也是你的好处凤姐听了也不遣人去寻只得将些渣末泡须凑了几钱命人送
戚：家吃好了救人一命也是你的好处凤姐听了也不遣人去寻只得将些渣末泡须凑了几钱命人送
寅：家吃好了救人一命也是你的好处凤姐听了也不遣人去寻只得将些渣末泡须凑了几钱命人送
——————————————————————————————————————
庚：去只说太太送来的再也没了然　後　回王夫人只说都寻了来共凑了有　两送去那贾瑞此时要
戚：去只说太太送来的再也没了然后　回王夫人只说都寻了来共凑了有二两　去那贾瑞此时要
寅：去只说太太送来的再也没了然后　回王夫人只说都寻了来共凑了有二两送去那贾瑞此时要
——————————————————————————————————————

第十二回　王熙凤毒设相思局　贾天祥正照风月鉴

庚：的　　　心胜无药不吃只是白花钱不见效忽然这日有个跛足道人来化斋口称专治冤　业之症
戚：命　　　心胜无药不吃只是白花钱不见效忽然这日有个跛足道人来化斋口称专治冤孽 之症
寅：命的　心胜无药不吃只是白花钱不见效忽然这日有个跛足道人来化斋口称专治冤　业之症

庚：贾瑞偏生在内就听见了直着声叫喊说快请进那位菩萨来救我　　　一面在枕上叩首　众人
戚：贾瑞偏　在内就听见了直着声叫喊说快请　那位菩萨来救　一面叫一面在枕上叩首　众人
寅：贾瑞偏生在内就听见了直着声叫喊说快请进那位菩萨来救我 　面　　在枕上叩　头众人

庚：只得带了那道士　进来贾瑞一把拉住连叫菩萨救我那道士叹道你这病非药可医我有个宝贝
戚：只得带了那道士　进来贾瑞一把拉住连叫菩萨救我那道士叹道你这病非药可医我有个宝贝
寅：只得带了那道　人进来贾瑞一把拉住连叫菩萨救我那道士　道你这病非药可医我有个宝贝

庚：与你你天天看时此命可保矣说毕从褡裢　中取出一面镜子来两面皆可照人镜　把上面錾
戚：与你你天天看时此命可保矣说毕从　搭连中取出一面镜子来两面皆可照人镜　把上面錾
寅：与你你天天看时此命可保矣说毕从褡裢　中取出一面镜子来两面皆可照人镜面把上面錾

庚：着风月宝鉴四字递与贾瑞道这物出自太虚玄境空灵殿上警幻仙子所制专治邪思妄动之症有
戚：着风月宝鉴四字递与贾瑞道这物出自太虚玄境空灵殿上警幻仙子所制专治邪思妄动之症有
寅：着风月宝鉴四字递与贾瑞道这物出自太虚玄境空灵殿上警幻仙子所制专治邪思妄动之症有

庚：济世保生之功所以带他到世上单与那些聪明　杰俊风雅王孙等看照　千万不可照正面只照
戚：济世保生之功所以带他到世上单与那些聪明俊杰　风雅王孙等　照看千万不可照正面只照
寅：济世保生之功所以带他到世上单与那　聪明　杰俊风雅王孙等　照看千万不可照正面只照

庚：他的背面要紧要紧三日　　後吾来收取管叫　你好了说毕佯常而去众人苦留不住贾瑞收了
戚：他的背面要紧要紧三日后我　来收取管　教你好了说毕佯常而去众人苦留不住贾瑞收了
寅：他的背面要紧要紧三日后我　来　取管叫　你好了说毕佯常而去众人苦留不住贾瑞收了

庚：镜子想道这道士　倒有些意思我何不照一照试试想毕拿起风月鉴来向反面一照只见一个骷
戚：镜子想道这道士到　有　意思我何不照一照试试想毕拿起风月鉴来向反面
寅：镜子想道这道士到　有　意思我何不照一照试试想毕拿起风月鉴来　　　一照只见一个骷

庚：髅立在里面唬得贾瑞连忙掩了骂道士混账如何吓我我倒　再照照正面是什么想着又将正面
戚：　　　　　　唬得贾瑞连忙掩了骂道士混账如何吓我　到再照照正面是什么想着又将正面
寅：髅立在里面唬得贾瑞连忙掩了骂道士混账如何吓我　到再照照正面是什么想着又将正面

庚：一照只见凤姐站在里面招手叫他贾瑞心中一喜荡悠悠的觉得进了镜子与凤姐云雨一番凤姐
戚：一照只见凤姐站在里面招手叫他贾瑞心中一喜荡悠悠的觉得进了镜子与凤姐云雨一番凤姐
寅：一照只见凤姐站在里面招手叫他贾瑞心中一喜荡悠悠的觉得进了镜子与凤姐云雨一番凤姐

庚：仍送他出来到了床上嗳哟了一声一睁眼镜子从手里吊过来仍是反着　立着一个骷髅贾瑞自
戚：仍送　出来到了床上嗳哟　一声一睁眼镜子从　里吊过来仍是反　面立着一个骷髅贾瑞自
寅：仍送他出来到了床上嗳哟了一声一睁眼镜子从手里吊过来仍是反着　立着一个骷髅贾瑞自

庚：觉汗津津的底下已遗了一滩　精心中到底不足又翻过正面来只见凤姐还招手叫他他又进去
戚：觉汗津津的底下已遗了一　摊精心中到底不足又翻过正面来只见凤姐还招手叫他他又进去
寅：觉汗津津的底下已遗了一　滩　精心中到底不足又翻过正面来只见凤姐还招手叫他他又进去

庚：如此三四次到了这次刚要出镜子来只见两个人走来拿铁锁把他套住拉了就走贾瑞叫道让我
戚：如此三四次到了这次刚要出镜子来只见两个人走来拿铁锁把他套住拉了就走贾瑞　道让我
寅：如此三四次到了这次刚要出镜子来只见两个人走来拿铁锁把他套住拉了就走贾瑞叫道让我

庚：拿了镜子再走只说了这句就再　不能说话了旁边伏侍的贾瑞的众人只见他先还拿着镜子照
戚：拿了镜子再走只说　这句　再　不能说话了旁边伏侍　贾瑞的众人只见他先还拿着镜子照
寅：拿了镜子再走只说了这句就再也不能说话了旁边伏侍　贾瑞的众人只见他先还拿着镜子照

庚：落下来仍睁开眼拾在手内末　後镜子落下来便不动了众人上来看看已没了气身子底下
戚：落下来仍睁开眼拾在手内末后　镜子落下来便不动了众人上来看看已没了气身子底下冰凉
寅：落下来仍睁开眼拾在手内末后　镜子落下来便不动了众人上来看看已没了气身子底下

庚：水渍湿　一大滩　精这才忙着穿衣抬床代儒夫妇哭的死去活来大骂道士是何妖镜若不早毁
戚：　渍湿　一大　滩精这才忙着穿衣抬床代儒夫妇哭的死去活来大骂道士是何妖镜若不早毁
寅：水渍　渍一大滩　精这才忙着穿衣抬床代儒夫妇哭的死去活来大骂道士是何妖镜若不早毁

庚：此物遗害于世不小遂命驾　火来烧只听镜内哭道谁叫你们瞧正面了你们自己以假为真何苦
戚：此物遗害于世不小遂命　　火来烧只听镜内哭道谁叫你们瞧正面了你们自己以假为真何苦
寅：此物遗害于世不小遂命　架火来烧只听镜内哭道谁叫你们瞧正面了你们自己以假为真何苦

庚：来烧我正哭着只见那跛足道人从外面跑来喊道谁毁风月鉴吾来救也说着直入中堂抢入手内
戚：来烧我正哭着只见那跛足道人从外　跑来喊道谁毁风月鉴吾来救也说着直入中堂抢入手内
寅：来烧我正哭着只见那跛足道人从外面跑来喊道谁毁风月鉴吾来救也说着直入中堂抢入手内

庚：飘然去了当下代儒料理丧事各处去报丧三日起经七日发引寄灵于铁　槛寺日　後带回原籍
戚：飘然去了当下代儒料理丧事各处去报丧三日起经七日发引寄灵于铁　槛寺日后　带回原籍
寅：飘然去了当下代儒料理丧事各处去报丧三日起经七日发引寄灵于铁鉴　寺日后　带回原籍

庚：当下贾家众人齐来吊问荣国府贾赦赠银二十两贾政　亦是二十两宁国府贾珍亦有二十两别
戚：当下贾家众人齐来吊问荣国府贾赦赠银二十两贾政　亦是二十两宁国府贾珍亦有二十两别
寅：当下贾家众人齐来吊问荣国府贾赦赠银二十两贾政也　是二十两宁国府贾珍亦有二十两别

庚：者族中人贫富不等　或三两　五两不可胜数　另有各同窗家分资也凑了二三十两代儒家道
戚：者族中　贫富不　一或三两或五两不可胜数外另有各同窗家分资也凑了二三十两代儒家道
寅：者族中　贫富不等　或三两　五两不可胜数　另有各同窗家分资也凑了二三十两代儒家道

庚：虽然淡薄　倒也丰丰富富完了此事谁知这年冬底林儒　海的书信寄来却为身染重疾写书特
戚：虽然淡薄到　也丰丰富富完了此事谁知这年冬底林　如海的书信寄来却为身染重疾写书特
寅：虽然淡薄到　也丰丰富富完了此事谁知这年冬底林儒　海的书信寄来却为身染重疾写书特

庚：来接林黛玉回去贾母听了未　免又加忧闷只得忙忙的打点黛玉起身宝玉大不自在争奈父女
戚：来接林黛玉回去贾母听了未　免又加忧闷只得忙忙的打点黛玉起身宝玉大不自在争奈父女
寅：来接林黛玉回去贾母听了　不免又加忧闷只得忙忙的打点黛玉起身宝玉大不自在争奈父女

庚：之情也不好拦劝于是贾母定要贾琏送他去仍叫带回来一应土仪盘缠不消烦说自然要妥贴作
戚：之情也不好拦劝于是贾母定要贾琏送他去仍叫带回来一应土仪盘缠不消烦说自然　妥贴作
寅：之情也不好拦劝于是贾母定要贾琏送他去仍叫带回来一应土仪盘缠不消烦说自然要妥贴作

庚：速择了日期贾琏与林黛玉辞别了同人带　领仆从登舟往扬州去了要知端的　且听下回分解
戚：速择了日期贾琏与林黛玉辞别了同人带　　仆从登舟往扬州去了要知端的　且听下回分解
寅：速择了日期贾琏与林黛玉辞别了同人带　领仆从登舟往扬州去了要知端的切　听下回分解

第十三回　秦可卿死封龙禁尉　王熙凤协理宁国府

戌：话说凤姐　自贾琏送　黛玉往扬　州去后心中实在无趣每到晚间不过和平儿说笑一回就胡
庚：话说凤姐儿自贾琏送代　玉往　杨州去后心中实在无趣每到晚间不过和平儿说笑一回就胡
戚：话说凤姐儿自贾琏送　黛玉往扬　州去后心中实在无趣每到晚间不过和平儿说笑一回就胡
寅：话说凤姐　自贾琏送　黛玉往扬　州去后心中实在无趣每到晚间不过和平儿说笑一回就胡
————————————————————————————————
戌：乱睡了这日夜间正和平儿灯下拥炉倦绣早命浓熏　绣被二人睡下屈指算行程该到何处不知
庚：乱睡了这日夜间正和平儿灯下拥炉倦绣早命浓　薰绣被二人睡下屈指算行程该到何处不知
戚：乱睡了这日夜间正和平儿灯下拥炉倦绣早命浓熏　绣被二人睡下屈指算行程该到何处不知
寅：乱睡了这日夜间正和平儿灯下拥炉倦绣早命浓熏　绣被二人睡下屈指算行程该到何处不知
————————————————————————————————
戌：不觉已交三鼓平儿已睡熟了凤姐方觉星眼微朦恍惚只见秦氏从外走了进来含笑说道婶　婶
庚：不觉已交三鼓平儿已睡熟了凤姐方觉星眼微朦恍惚只见秦氏从外走　来含笑说道婶子
戚：不觉已交三鼓平儿已睡熟了凤姐方觉星眼微朦恍惚只见秦氏从外走　来含笑说道婶　
寅：不觉已交三鼓平儿已睡熟了凤姐方觉星眼微朦恍惚只见秦氏从外走　来含笑说道婶子
————————————————————————————————
戌：好睡　我今儿　回去你也不送我一程因娘儿们素日相好我舍不得婶婶　故　　来别你
庚：好睡　我今　日回去你也不送我一程因娘儿们素日相好我舍不得婶　子故　　来别你
戚：好睡　阿我今　日回去你也不送我一程因娘儿们素日相好我　不得　　　不走过来你
寅：好睡啊　我今　日回去你也不送我一程因娘儿们素日相好我舍不得婶　子故　　来别你
————————————————————————————————
戌：一别还有一件心愿未了非告诉婶子　别人未必中用凤姐听了恍惚问道有何心愿你只管托我
庚：一别还有一件心愿未了非告诉婶子　别人未必中用凤姐听了恍惚问道有何心愿你只管托我
戚：一别还有一件心愿未了非告诉婶　婶别人未必中用凤姐听了恍惚问道有何心愿你只管托我
寅：一别还有一件心愿未了非告诉婶子　别人未必中用凤姐听了恍惚问道有何心愿你只管托我
————————————————————————————————
戌：就是了秦氏道婶婶你是个脂粉队内　的英雄连那些束带顶冠的男子也不能过你你如何连两
庚：就是了秦氏道婶婶你是个脂粉队　里的英雄连那些束带顶冠的男子也不能过你你如何连两
戚：就是了秦氏道婶婶你是个脂粉队　里的英雄连那些束带顶冠的男子也不能过你你如何连两
寅：就是了秦氏道　你是个脂粉队　里的英雄连那　束带顶冠的男子也不能过你你如何连两
————————————————————————————————
戌：句俗语也不晓得常言月满则亏水满则溢又道是登高必跌重如今我们家赫赫扬扬已将百载一
庚：句俗语也不晓得常言月满则亏水满则溢又道是登高必跌重如今我们家赫赫扬扬已将百载一
戚：句俗语也不晓得常言月满则亏水满则溢又道是登高必跌重如今我们家赫赫扬扬已将百载一
寅：句俗语也不晓得常言月满则亏水满则溢又道是登高必跌重如今我们家赫赫扬扬已将百载一
————————————————————————————————
戌：日倘或乐极悲生若应了那句树倒猢狲散的俗语岂不虚称了一世的诗书旧族了凤姐听了此话
庚：日倘或乐极悲生若应了那句树倒猢狲散的俗语岂不虚称了一世的诗书旧族了凤姐听了此话
戚：日倘或乐极悲生若应了那句树倒猢狲散的俗语岂不虚称了一世的诗书旧族了凤姐听了此话
寅：日倘或乐极悲生若应了那句树倒猢狲散的俗语岂不虚称了一世的诗书旧族了凤姐听了此话
————————————————————————————————

戌：心胸大快十分敬畏忙问道这话虑的极是但有何法可以永保无虞秦氏冷笑道婶　婶好痴也否
庚：心胸大快十分敬畏忙问道这话虑的极是但有何法可以永保无虞秦氏冷笑道婶子　好痴也否
戚：心胸大快十分敬畏忙问道这话虑的极是但有何法可以永保无虞秦氏冷笑道婶　婶好痴也否
寅：心胸大快十分敬畏忙问道这话虑的极是但有何法　　永保无虞秦氏冷笑道婶子　好痴也否

戌：极泰来荣辱自周而复始岂是人力能可　保常　的但　如今能于荣时筹划　下将来衰时的
庚：极泰来荣辱自古周而复始岂　人力能可　保常　的但于　今能于荣时筹　画下将来衰时的
戚：极泰来荣辱自古周而复始岂　人力　可能　常保的但　如今能于荣时筹　画下将来衰时的
寅：极泰来荣辱自古周而复始岂　人力　可　　常保的但于　今能于荣时筹　画下将来衰时的

戌：　世业亦　可谓　常保永全了即如今日诸事都妥只有两件事未妥若把此事如此一行则　日
庚：　世业亦　可谓　常保永全了即如今日诸事都妥只有两件　未妥若把此事如此一行则后日
戚：　世业亦　可　以常保永全了即如今日诸事都妥只有两件　未妥若把此事如此一行则后日
寅：　事业　也可谓　常保永全了即如今日诸事都妥只有两件　未妥若把此事如此一行则后日

戌：后可保永全　凤姐便问何事秦氏道目今　祖茔虽四时祭祀只是无一定的钱粮　第二家塾虽
庚：　可保永全了凤姐便问何事秦氏道　今　祖茔虽四时祭祀只是无一定的钱粮　第二家塾虽
戚：　可保永全了凤姐便问何事秦氏道目今　祖茔虽四时祭祀只是无一定　钱粮　第二家塾虽
寅：　可保永全了凤姐便问何事秦氏道　今日祖茔虽四时祭祀只是无一定的　粮钱第二家塾虽

戌：立无一定的供给依我想来如今盛时固不缺祭祀供给但将来败落之时此二项有何出处莫若依
庚：立无一定的供给依我想来如今盛时固不缺祭祀供给但将来败落之时此二项有何出处莫若依
戚：立无一定的供给依我想来如今盛时固不缺祭祀供给但将来败落之时此二项有何出处莫若依
寅：立无一定的供给依我想来如今盛时固不缺祭祀供给但将来败落之时此二项有何出处莫若依

戌：我定见趁今日富贵将祖茔附近多置田庄房舍地　亩以备祭祀供给之费皆出自此处将家塾亦
庚：我定见趁今日富贵将祖茔附近多置田庄房舍地畆　以备祭祀供给之费皆出自此处将家塾亦
戚：我定见趁今日富贵将祖茔附近多置田庄房舍地畆　以备祭祀供给之费皆出自此处将家塾亦
寅：我定见趁今日富贵将祖茔附近多置田庄房舍地　亩以备祭祀供给之费皆出自此处将家塾

戌：　设于此合同族中长幼大家定了则例日后按房掌管这一年的地　亩钱粮祭祀供给之事如此
庚：　设于此合同族中长幼大家定了则例日后按房掌管这一年的地畆　钱粮祭祀供给之事如此
戚：　设于此合同族中长幼大家定了则例日后按房掌管这一年的地畆　钱粮祭祀供给之事如此
寅：也设于此合同族中长幼大家定了则例日后按房掌管这一年的地　亩钱粮祭祀供给之事如此

戌：周流又无争竞亦　不有典卖诸弊　便是有了罪凡物　可入官这祭祀产业连官也不入的便
庚：周流又无争竞亦　不有典卖诸　敝　便是有了罪凡物　可入官这祭祀产业连官也不入的便
戚：周流又无争竞亦没　有典卖诸　弊便是有了罪凡物　可入官这祭祀产业连官也不入的便
寅：周流又无争竞亦　不有典卖诸　敝　便是有了罪凡　事可入官这祭祀产业连官也不入的便

戌：败落下来子孙回家读书务农也有个退步祭祀又可永　　继若目　今以为　荣华不绝不思日
庚：败落下来子孙回家读书务农也有个退步祭祀又可永　祭　若目　今以为　荣华不绝不思
戚：败落下来子孙回家读书务农也有个退步祭祀又可永久　　若　自今以　后荣华不绝不思
寅：败落下来子孙回家　　务农也有个退步祭祀又可永　祭　若目　今以为　荣华不绝不思

戌：后　终非　长策眼见不日又有一件非常喜事真是烈火烹油鲜花着锦之盛要知道也不过是瞬
庚：后日终非　长策眼见不日又有一件非常喜事真是烈火烹油鲜花着锦之盛要知道也不过是瞬
戚：后日终非　长策眼见不日又有一件非常喜事真是烈火烹油鲜花着锦之盛要知道也不过是瞬
寅：后日终非常　策眼　不日又有一件非常喜事真是烈火烹油鲜花着锦之盛要知道也不过是瞬

第十三回 秦可卿死封龙禁尉 王熙凤协理宁国府

戌：息的繁华一时的欢乐万不可忘了那盛　筵不散的俗语此时若不早为　虑后临期只恐后悔
庚：息的繁华一时的欢乐万不可忘了那盛　筵不散的俗语此时若不早为后虑　临期只恐后悔
戚：息的繁华一时的欢乐万不可忘了那盛筵必　散的俗语此时若不早为后虑　临期只恐后悔
寅：息的繁华一时的欢乐万不可忘了　盛　筵不散的俗语此时若不早为后虑　临期只恐后悔

戌：无益矣　凤姐忙问有何喜事秦氏道天机不可泄漏只是我与婶　子好了一场临别赠你两句话
庚：无益　了凤姐忙问有何喜事秦氏道天机不可泄漏只是我与婶　子好了一场临别赠你两句话
戚：无益　了凤姐忙问有何喜事秦氏道天机不可泄漏只是我与婶婶　好了一场临别赠你两句话
寅：无益　了凤姐忙问有何喜事秦氏道天机不可泄漏只是我与婶　子好了一场临别赠你两句话

戌：须要记　着因念道三春去后诸芳尽各自须寻各自门凤姐还欲问时只听得二门上传事云　牌
庚：须要记者　因念道三春去后诸芳尽各自须寻各自门凤姐还欲问时只听　二门上传事云板
戚：须要记　着因念道三春去后诸芳尽各自须寻各自门凤姐还欲问时只听　二门上传事云板
寅：须要记　着因念道三春去后诸芳尽各自须寻各自门凤姐还欲问时只听　二门上传事云　牌

戌：连叩四下正是丧音将凤姐惊醒人回东府蓉大奶奶没了凤姐闻听吓了一身冷汗出了一回神只
庚：连叩四下　　　将凤姐惊醒人回东府蓉大奶奶没了凤姐闻听吓了一身冷汗出了一回神只
戚：连叩四下　　　将凤姐惊醒人回东府蓉大奶奶没了凤姐闻听吓了一身冷汗出了一回神只
寅：连叩四下　　　将凤姐惊醒人回东府蓉大奶奶没了凤姐闻听吓了一身冷汗出了一回神只

戌：得忙忙的穿衣服往王夫人处来彼时合家皆知无不纳　罕都有些疑　心那长一辈的想他素日
庚：得忙忙的穿衣　往王夫人处来彼时合家皆知无不纳　罕都有些疑　心那长一辈的想他素日
戚：得忙忙的穿衣　往王夫人处来彼时合家皆知无不纳叹　都有些　伤心那长一辈的想他素日
寅：得忙忙的穿衣　往王夫人处来彼时合家皆知无不纳　罕都有些疑　心那长一辈的想他素日

戌：孝顺平一辈的想他素日和睦亲密下一辈的想他素日慈爱以及家中仆从老小想他素日怜贫
庚：孝顺平一辈的想他素日和睦亲密下一辈的想他素日慈爱以及家中仆从老小想他素日怜贫
戚：孝顺平一辈的想他素日和睦亲密下一辈的想他素日慈爱以及家中仆从老小想他素日怜贫恤
寅：孝顺平一辈的想他素日和睦亲密下一辈的想他素日慈爱以及家中仆从老小想他素日怜贫

戌：惜贱慈老爱幼之恩莫不悲嚎痛哭　之人闲言少叙却说宝玉因近日林黛　玉回去剩得自己孤
庚：惜贱慈老爱幼之恩莫不悲嚎痛哭者　闲言少叙却说宝玉因近日林　代玉回去剩得自己孤
戚：　贱慈老爱幼之恩莫不悲嚎痛哭者　闲言少叙却说宝玉因近日林黛　玉回去剩得自己孤
寅：惜贱慈老爱幼之恩莫不悲嚎痛哭者　闲言少叙却说宝玉因近日林黛　玉回去剩得自己孤

戌：恓也不和人顽耍每到晚间便索然睡了如今从梦中听见说秦氏死了连忙　翻身爬起来只觉心
庚：恓也不和人顽耍每到晚间便索然睡了如今从梦中听见说秦氏死了连忙　翻身爬起来只觉心
戚：恓也不和人顽耍每到晚间便索然睡了如今从梦中听见　秦氏死了连忙　翻身爬起来只觉心
寅：恓也不和人顽耍每到晚间便索然睡了如今从梦中听见说秦氏死了连忙起　身爬起来只觉心

戌：中似　戳了一刀的不忍哇的一声　　喷出　口血来袭人等　慌慌忙忙　来搀　扶问是怎么
庚：中似　戳了一刀的不忍哇的一声直奔　出　口血来袭人等　慌慌忙　上来搀　扶问是怎么
戚：中似戳　了一刀的不忍哇的一声直奔　出一口血来袭人等俱　慌　忙上来　搂扶问是怎么
寅：中似戳　了一刀的不忍哇的一声直奔　出一口血来袭人等　慌慌忙　来搀　扶问是怎么

戌：样又要回贾母来请大夫宝玉笑道不用忙不相干这是急火攻心血不归经说着便爬起来要衣服
庚：样又要回贾母来请大夫宝玉笑道不用忙不相干这是急火攻心血不归经说着便爬起来要衣服
戚：样又要回贾母来请大夫宝玉笑道不用忙不相干这是急火攻心血不归经说着便爬起来要衣服
寅：样又要回贾母来请大夫宝玉笑道不用忙不相干这是急火攻心血不归经说着便爬起来要衣服

戌：换了来见贾母　实时要过去袭人见他如此心中虽放不下又不敢拦只是由他罢了贾母见他要
庚：换了来见贾母即　时要过去袭人见他如此心中虽放不下又不敢拦只是由他罢了贾母见他要
戚：换了来见贾母即　时要过去袭人见他如此心中虽放不下又不敢拦只是由他罢了贾母见他要
寅：换了来见贾母即　时要过去袭人见他如此心中虽放不下又不敢拦只是由他罢了贾母见他要
————————————————————————————————————
戌：去因说才　咽气的人那里不干净二则夜里风大　明早再去不迟宝玉那里肯依贾母命人
庚：去因说才嘣　气的人那里不干净二则夜里风大等明早再去不迟宝玉那里肯依贾母命人
戚：去因说才嘣了　气的人那里不干净二则夜里风大等明早再去不迟宝玉那里肯依贾母命人
寅：去因说才　咽气的人那里不干净二则夜里风大等明早再去不迟宝玉那里肯依贾母命人套
————————————————————————————————————
戌：备车多派跟从　人役拥护前来一直到了宁国府前只见府门洞开两边灯笼照如白昼乱烘烘人
庚：备车多派跟　随人役拥护前来一直到了宁国府前只见府门洞开两边灯笼照如白昼乱烘烘人
戚：备车多派跟　随人役拥护前来一直到了宁国府前只见府门洞开两边灯笼照如白昼乱烘烘人
寅：　车多派跟　随人役拥护前来一直到了宁国府前只见府门洞开两边灯笼照如白昼乱烘烘人
————————————————————————————————————
戌：来人往里面哭声摇山振岳宝玉下了车忙忙奔至　停灵之室痛哭一番然后见过尤氏谁知尤氏
庚：来人往里面哭声摇山振岳宝玉下了车忙忙奔至挺　灵之室痛哭一番然后见过尤氏谁知尤氏
戚：来人往里面哭声摇山振岳宝玉下了车忙忙奔至　停灵之室痛哭一番然后见过尤氏谁知尤氏
寅：来人往里面哭声摇山振岳宝玉下了车忙忙奔至　停灵之室痛哭一番然后见过尤氏谁知尤氏
————————————————————————————————————
戌：正犯了胃　疼旧疾睡在床上然后又出来见贾珍彼时代儒　带领贾赦贾效贾敦贾赦贾政
庚：正犯了胃　疼旧疾睡在床上然后又出来见贾珍彼时代儒代修　贾赦贾效贾敦贾赦贾政
戚：正犯了胃　疼旧疾睡在床上然后又出来见贾珍彼时代儒代修　贾赦贾效贾敦贾赦贾政
寅：正犯了胃气疼旧疾睡在床上然后又出来见贾珍彼时代儒代修　贾赦贾效贾敦贾赦贾政
————————————————————————————————————
戌：贾琮贾瑀　　贾珩贾珖贾琛贾琼贾璘贾蔷贾菖贾菱贾芸贾芹贾蓁贾萍贾藻贾蘅贾芬贾芳
庚：贾琮贾　扁贾璜贾珩贾珖贾琛贾琼贾璘贾蔷贾菖贾菱贾芸贾芹贾蓁贾萍贾藻贾蘅贾芬贾芳
戚：贾琮贾　扁贾璜贾珩贾珖贾琛贾琼贾璘贾蔷贾菖贾菱贾芸贾芹贾蓁贾萍贾藻贾蘅贾芬贾芳
寅：贾琮贾　扁贾璜贾珩贾珖贾琛贾琼贾璘贾蔷贾菖贾菱贾芸贾芹贾蓁贾萍贾藻贾蘅贾芬贾芳
————————————————————————————————————
戌：贾兰贾　菌贾芝等都来了贾珍哭的泪人一般正　合贾代儒等说道合家大小远亲近　友谁不
庚：贾兰贾　菌贾芝等都来了贾珍哭的泪人一般正和　贾代儒等说道合家大小远　近亲友谁不
戚：贾兰贾茵　贾芝等都来了贾珍哭的泪人一般正和　贾代儒等说道合家大小远　近亲友谁不
寅：贾兰贾　菌贾芝等都来了贾珍哭的泪人一般正和　贾代儒等说道合家大小远　近亲友谁不
————————————————————————————————————
戌：知我这媳妇儿子还强十倍如今伸腿　去了可见这长房内绝灭无人了说着又哭起来众人忙
庚：知我这媳妇儿子还强十倍如今伸腿子去了可见这长房内绝灭无人了说着又哭起来众人忙
戚：知我这媳妇儿子还强十倍如今伸腿　去了可见这长房内绝灭无人了说着又哭起来众人忙
寅：知我这媳妇儿子还强十倍如今伸腿子去了可见这长房内绝灭无人了说着又哭起来众人忙
————————————————————————————————————
戌：劝道人已辞世哭也无益且商议如何料理要紧贾珍拍手道如何料理不过尽我所有罢了正说着
庚：劝　人已辞世哭也无益且商议如何料理要紧贾珍拍手道如何料理不过尽我所有罢了正说着
戚：劝道人已辞世哭也无益且商议如何料理要紧贾珍拍手道如何料理　　尽我所有罢了正说着
寅：劝　人已辞世哭也无益且商议如何料理要紧贾珍拍手道如何料理不过尽我所有罢了正说着
————————————————————————————————————
戌：只见秦　业秦钟并尤氏的几个眷属尤氏姊妹也都来了贾珍便命贾琼贾琛贾璘贾蔷四个人去
庚：只见秦叶　秦钟并尤氏的几个眷属尤氏姊妹也都来了贾珍便命贾琼贾琛贾璘贾蔷四个人去
戚：只见秦叶　秦钟并尤氏的几个眷属尤氏姊妹也都来了贾珍便命贾琼贾琛贾璘贾蔷四个人去
寅：只见秦叶　秦钟并尤氏的几个眷属尤氏姊妹也都来了贾珍便命贾琼贾琛贾璘贾蔷四个人去

第十三回　秦可卿死封龙禁尉　王熙凤协理宁国府

戌：陪客一面　　吩咐去请钦天监阴阳司来择日择准　停灵七七四十九日三日后开丧送讣闻这
庚：陪客一面分付　去请钦天监阴阳司来择日　準停灵七七四十九日三日后开丧送讣闻这
戚：陪客一面　　吩咐去请钦天监阴阳司来择　　準停灵七七四十九日三日后开丧送讣闻这
寅：陪客一面　　吩咐去请钦天监阴阳司来择日择准　停灵七七四十九日三日后开丧送讣闻这

戌：四十九日单请一百单八众禅僧在大厅上拜大悲忏　超度前亡后化诸魂以免亡者之罪另设一
庚：四十九日单请一百单八众禅僧在大厅上拜大悲　忏超度前亡后化诸魂以免亡者之罪另设一
戚：四十九日单请一百单八众禅僧在大厅上拜大悲　忏超度前亡后化诸魂以免亡者之罪另设一
寅：四十九日单请一百单八众禅僧在大厅上拜大悲　忏超度前亡后化诸魂以免亡者之罪另设一

戌：坛于天香楼上是九十九位全真道士打四十九日解冤洗　业醮然后　停灵　会芳园中灵前
庚：坛于天香楼上是九十九位全真道士打四十九日解冤洗　业醮然后挺灵　在会芳园中灵前
戚：坛于天香楼上是九十九位全真道士打四十九日解冤洗孽　醮然后　停灵　会芳园中灵前
寅：坛于天香楼上是九十九位全真道士打四十九日解冤洗　业醮然后　　　在会芳园中灵前

戌：另有　五十众高僧五十众高道对坛按七　作好事那贾敬闻得长孙媳妇死了因自为早晚
庚：另　请五十众高僧五十众高道对坛按七　作好事那贾敬闻得长孙媳　死了因自为早晚
戚：另　外五十众高僧五十众高道对坛按七　作好事那贾敬闻得长孙媳　死了因自为早晚
寅：另　请五十众高僧五十众高道对坛　期做作好事那贾敬闻得长孙媳妇死了因自为早晚

戌：就要飞升如何肯又回家染了红尘将前功尽弃呢因此并不在意只凭贾珍料理贾珍见父亲不管
庚：就要飞升如何肯又回家染了红尘将前功尽弃呢因此并不在意只凭贾珍料理贾珍见父亲不管
戚：就要飞升如何肯又回家染了红尘将前功尽弃呢因此并不在意只凭贾珍料理贾珍见父亲不管
寅：就要飞升如何肯又回家染了红尘将前功尽弃呢因此并不在意只凭贾珍料理贾珍见父亲不管

戌：　亦发　恣意奢华广告牌　　时几副杉木板皆不中用可巧薛蟠来吊问因见贾珍寻好板便说
庚：　亦发姿　意奢华　　看板时几副杉木板皆不中用可巧薛蟠来吊问因见贾珍寻好板便说
戚：　益发　恣意奢华广告牌　　时几副杉木板皆不中用可巧薛蟠来吊问因见贾珍寻好板便说
寅：　亦发　恣意奢华广告牌　　时几副杉木板皆不中用可巧薛蟠来吊问因见贾珍寻好板便说

戌：道我们木店里有一副　叫作　什么樯木出在潢海铁　网山上作了棺材万年不坏这还是当年
庚：道我们木店里有一副板叫作　什么樯木出在潢海铁　网山上作了棺材万年不坏这还是当年
戚：道我们木店里有一副板叫作　什么樯木出在潢海铁纲　山上作了棺材万年不坏这还是当年
寅：道我们　店里有一副板叫　做什么樯木出在潢海铁纲　山上作了棺材万年不坏这还是当年

戌：先　父带来原系义忠亲王老千岁要的因他坏了事就不曾拿去现　今还封在店　里也没　人
庚：先　父带来原系义忠亲王老千岁要的因他坏了事就不曾拿去现在　还封在店内　也没有人
戚：先　父带来原系义忠亲王老千岁要的因他坏了事就不曾拿去现在　还封在店内　也没有人
寅：　老父带来原系义忠亲王老千岁要的因他坏了事就不曾拿去现在　还封在店内　也没　人

戌：出价敢买你若要就抬来　　罢了贾珍听　了喜之不禁　即命人抬来大家看时只见帮底皆厚
庚：出价敢买你若要就抬来　使罢　贾珍听说　喜之不　尽即命人抬来大家看时只见帮底皆厚
戚：出价敢买你若要就抬来便　罢　贾珍听说　喜之不　尽即命人抬来大家看时只见帮底皆厚
寅：出价敢买你若要就抬来　使罢　贾珍听说　喜之不　尽即命人抬来大家看时　　帮底皆厚

戌：八寸纹若槟　榔味若檀麝以手扣之　玎珰如金玉大家都奇异称　赏贾珍笑道　价值几何
庚：八寸纹若　槟榔味若檀麝以手扣之　玎珰如金玉大家都奇异称赞贾珍笑　问价值几何
戚：八寸纹若　槟榔味若檀麝以手扣之　玎珰如金玉大家都奇异称赞贾珍笑　问价值几何
寅：八寸纹若　槟榔味若檀麝以手扣之叮当　如金玉大家都奇异称　赏贾珍笑　问价值几何

戌：薛蟠笑道拿一千两银子来只怕也没处买去什么价不价赏他们几　两工银　就是了贾珍听说

庚：薛蟠笑道拿一千两银子来只怕也没处买去什么价不价赏他们几　两工　钱就是了贾珍听说
戚：薛蟠笑道拿一千两银子来只怕也没处买去什么价不价赏他们几　两工　钱就是了贾珍听说
寅：薛蟠笑道拿一千两银子来只怕也没处买去什么价不价赏他们几个　工　钱就是了贾珍听说

戊：忙谢不尽即命解锯糊漆贾政因劝道此物恐非常人可享者殓　以上等杉木也就是了此时贾珍
庚：忙谢不尽即命解锯糊漆贾政因劝道此物恐非常人可享者殓　以上等杉木也就是了此时贾珍
戚：忙谢不尽即命解锯糊漆贾政因劝道此物恐非常人可享者　检上等杉木也就是了此时贾珍
寅：忙谢不尽即命解锯糊漆贾政因劝道此物恐非常人可享者殓　以上等杉木也就是了此时贾珍

戊：恨不能代秦氏之死这话如何肯听因忽又听得秦氏之丫　环名唤瑞珠者见秦氏死了他也触柱
庚：恨不能代秦氏之死这话如何肯听因忽又听得秦氏之嬛　名唤瑞珠者见秦氏死了他也触柱
戚：恨不能代秦氏之死这话如何肯听因忽又听得秦氏之丫　环名唤瑞珠者见秦氏死了他也触柱
寅：恨不能代秦氏之死这话如何肯听因忽又听得秦氏之丫　环名唤瑞珠者见秦氏死了他也触柱

戊：而亡此事可罕合族中人也都称赞　贾珍遂以孙女之　理殡殓一并停灵于会芳园　之　登
庚：而亡此事可罕合族　人也都称　叹贾珍遂以孙女之　理殓殡　一并停灵于会芳园中之　登
戚：而亡此事可罕合族　人也都称　叹贾珍遂以孙女之礼　殓殡　一并停灵于会芳园中之发
寅：而亡此事可罕合族　人也都称　叹贾珍遂以孙女之　理殓殡　一并停灵于会芳园中之　登

戊：仙阁小丫环　名宝珠者因见秦氏身无所出乃甘心愿为义女誓任摔丧驾灵之任贾珍喜之不
庚：仙阁小丫　嬛名宝珠者因见秦氏身无所出乃甘心愿为义女誓任摔丧驾灵之任贾珍喜之不尽
戚：仙阁小丫环　名宝珠者因见秦氏身无所出乃甘心愿为义女誓任摔丧驾灵之任贾珍喜之不尽
寅：仙阁小丫环　名宝珠者因见秦氏身无所出乃甘心愿为义女誓任摔丧驾灵之任贾珍喜之不尽

戊：　禁实时传下从此皆呼宝珠为小姐那宝珠按　未嫁女之丧在灵前哀哀欲绝于是合族人丁并
庚：即　时传下从此皆呼宝珠为小姐那宝珠　桉未嫁女之丧在灵前哀哀欲绝于是合族人丁并
戚：即　时传下从此皆呼宝珠为小姐那宝珠按　未嫁女之丧在灵前哀哀欲绝于是合族人丁并
寅：即　时传下从此皆呼宝珠为小姐那宝珠按　未嫁女之丧在灵前哀哀欲绝于是合族人丁并

戊：家下诸人　都各遵旧制行事自　不敢　紊乱贾珍因想着贾蓉不过是个黄门监　灵旛　经榜
庚：家下诸人　都各遵旧制行事自　不　得紊乱贾珍因想着贾蓉不过是个黄门监　灵旛　经榜
戚：家下诸人诸　各遵旧制行事自然不　得紊乱贾珍因想着贾蓉不过是个黄门监　灵旛　经榜
寅：家下诸人　都各遵旧制行事自　不　得紊乱贾珍因想着贾蓉不过是个黄门监生灵　幡经榜

戊：上写时不好看便是执事也不多因此心下甚不自在可巧这日正是首七第四日早有大明宫掌宫
庚：上写时不好看便是执事也不多因此心下甚不自在可巧这日正是首七第四日早有大明宫掌宫
戚：上写时不好看便是执事也不多因此心下甚不自在可巧这日正是首七第四日早有大明宫掌宫
寅：上写时不好看便是执事也不多因此心下甚不自在可巧这　正是首七第四日早有大明宫掌宫

戊：内相戴权先备了祭礼遣人抬来次后坐了大轿打伞鸣　锣亲来上祭贾珍忙接着让至逗蜂轩献
庚：内相戴权先备了祭礼遣人　来次后坐了大轿打伞鸣　锣亲来上祭贾珍忙接着让至逗蜂轩献
戚：内相戴权先备了祭礼遣人　来次后坐了大轿打伞鸣　锣亲来上祭贾珍忙接着让至逗蜂轩献
寅：内相戴权先备了祭礼遣人　来次后坐了大轿打伞　鸣锣亲来上祭贾珍忙接着让至逗蜂轩献

戊：茶贾珍心中打算定了主意因而趁便就说要与贾蓉　捐个前程的话戴权会意因笑道想是为
庚：茶贾珍心中打算定了主意因而趁便就说要与贾蓉蠲　个前程的话戴权会意因笑道想是为
戚：茶贾珍心中打算定了主意因而趁便就说要与贾蓉　捐个前程的话戴权会意因笑道想是为
寅：茶贾珍心中打算定了主意因而趁便就说要与贾蓉触　个前程的话戴权会意因笑道想是为

戌：	丧礼上风光些贾珍忙笑道老内相所见不差戴权道事　　道凑巧正　个美缺如今三百员龙禁
庚：	丧礼上风光些贾珍忙笑道老内相所见不差戴权道事到　凑巧正有个美缺如今三百员龙禁
戚：	丧礼上风光些贾珍忙笑道老内相所见不差戴权道事到　凑巧正有个美缺如今三百员龙禁
寅：	了丧礼上风光些贾珍忙笑道老内相所见不差戴权道事到　凑巧正有个美缺如今三百员龙

戌：	尉短了两员昨儿襄阳侯　的兄弟老三来求我现拿了一千五百两银子送到我家里你知道咱们
庚：	尉短了两员昨儿襄阳　候的兄弟老三来求我现拿了一千五百两银子送到我家里你知道咱们
戚：	尉短了两员昨儿襄阳侯　的兄弟老三来求我现拿了一千五百两银子送到我家里你知道咱们
寅：	尉短了两员昨儿襄阳侯　的兄弟老三来求我现拿了一千五百两银子送到我家里你知道咱们

戌：	都是老相遇　不拘怎么样看看　他爷爷的分上胡乱应了还剩了一个缺谁知永　兴节度使冯
庚：	都是老相　与不拘怎么样看着　他爷爷的分上胡乱应了还剩了一个缺谁知永　兴节度使冯
戚：	都是老相　与不拘怎么样看着　他爷爷的分上胡乱应了还剩了一个缺谁知永　　节度使冯
寅：	都是老相　与不拘怎么样看　在他爷爷的分上胡乱应了还剩了一个缺谁知永安　节度使冯

戌：	胖子来求要与他孩子　捐我就没工夫应他既是咱们的孩子要捐　快写个履历来贾珍听说忙
庚：	胖子来求要与他孩子蠲　我就没工夫应他既是咱们的孩子要　蠲快写个履历来贾珍听说忙
戚：	胖子来求要与他孩子　捐我就没工夫应他既是咱们的　　　要捐　快写个履历　贾珍听说忙
寅：	胖子来求要与他孩子蠲　我就没工夫应他既是咱们的孩子要　蠲快写个履历来贾珍听说忙

戌：	吩咐快命书房里人恭敬写了大爷的履历来小厮不敢怠慢去了一刻便拿了一张红纸来与贾珍
庚：	吩咐快命书房里人恭敬写了大爷的履历来小厮不敢怠慢去了一刻便拿了一张红纸来与贾珍
戚：	吩咐快命书房里人恭敬写了大爷的履历来小厮不敢怠慢去了一刻便拿了一张红纸来与贾珍
寅：	吩咐快命书房里人恭敬写了大爷的履历来小厮不敢怠慢去了一刻便拿了一张红纸来与贾珍

戌：	贾珍看了忙送与戴权戴权看时上面写道江南江宁府江宁县监生贾蓉年二十岁曾祖原任京营
庚：	贾珍看了忙送与戴权　　看时上面写道　　江宁府江宁县监生贾蓉年二十岁曾祖原任京营
戚：	贾珍看了忙送与戴权戴权看时上面写道江南江宁府江宁县监生贾蓉年二十岁曾祖原任京营
寅：	贾珍看了忙送与戴权　　看时上面写道　　江宁府江宁县监生贾蓉年二十岁曾祖原任京营

戌：	节度使世袭一等神威将军贾代化祖乙卯科进士贾敬父世袭三品爵威烈将军贾珍戴权看了回
庚：	节度使世袭一等神威将军贾代化祖乙卯科进士贾敬父世袭三品爵威烈将军贾珍戴权看了回
戚：	节度使世袭一等神威将军贾代化祖乙卯科进士贾敬父世袭三品爵威烈将军贾珍戴权看了回
寅：	节度使世袭一等神威将军贾代化祖乙卯科进士贾敬父世袭三品爵威烈将军贾珍戴权看了回

戌：	手便递与一个贴身的小厮收了说道回来送与户部堂官老赵说我拜上他起一张五品龙禁尉的
庚：	手便递与一个贴身的小厮收了说道回来送与户部堂官老赵说我拜上他起一张五品龙禁尉的
戚：	手便递与一个贴身的小厮收了说道回来送与户部堂官老赵说我拜上他起一张五品龙禁尉的
寅：	手便递与一个贴身的小厮收了说道回来送与户部堂官老赵说我拜上他起一张五品龙禁尉的

戌：	票再给个执照就把这履历填上明儿我　　来兑银子送去小厮答应了戴权也就告辞了贾珍十
庚：	票再给个执照就把这履历填上明儿我自己来兑银子送去小厮答应了戴权也就告辞了贾珍十
戚：	票再给个执照就把这履历填上明儿我　　来兑银子送去小厮答应了戴权也就告辞了贾珍十
寅：	票再给个执照就把这履历填上明儿我自己来兑银子送去小厮答应了戴权也就告辞了贾珍十

戌：	分款留不住只得送出府门临上轿贾珍因问银子还是我到部兑还是一并送入老内相府中戴权
庚：	分款留不住只得送出府门临上轿贾珍因问银子还是我到部兑还是一并送入老　相府中戴权
戚：	分款留不住只得送出府门临上轿贾珍因问银子还是我到部兑还是一并送入老　相府中戴权
寅：	分款留不住只得送出府门临上轿贾珍因问银子还是我到部兑还是一并送入老　相府中戴权

戌：道若到部里你又吃亏了不如平　准一千二百　银子送到我家里就完了贾珍感谢不尽只说待
庚：道若到部里你又吃亏了不如平　准一千二百　银子送到我家　就完了贾珍感谢不尽只说待
戚：道若到部里你又吃亏了不如平準　一千二百两银子送到我家　就完了贾珍感谢不尽只说待
寅：道若到部里你又吃亏了不如平　准一千二百　银子送到我家　就完了贾珍感谢不尽只说待

戌：服满后亲带小犬到府叩谢于是作别接着　又听喝道之声原来是忠靖　候史鼎的夫人来了
庚：服满后亲带小犬到府叩谢于是作别接着便又听喝道之声原来是忠靖侯　史鼎的夫人来了伏
戚：服满后亲带小犬到府叩谢于是作别接着便又听喝道之声原来　忠靖侯　史鼎的夫人来了
寅：服满后亲带小犬到府叩谢于是作别接着便又听喝道之声原来是忠靖侯　史鼎的夫人来了

戌：　　　　王夫人邢夫人凤姐等刚迎　至上房又见锦乡　候川宁侯　寿山伯三家祭礼摆在灵
庚：史湘云　王夫人邢夫人凤姐等刚迎入　上房又见锦乡　候川宁　候寿山伯三家祭礼摆在灵
戚：　　　那王夫人邢夫人凤姐等刚迎入　上房又见锦乡侯　川宁侯　寿山伯三家祭礼摆在灵
寅：　　　　王夫人邢夫人凤姐等刚迎入　上房又见锦乡侯　川宁侯　寿山伯三家祭礼摆在灵

戌：前少时三家　下轿贾政等忙接上大厅如此亲朋你来我去也不能胜数只这四十九日宁国府街
庚：前少时三　人下轿贾政等忙接上大厅如此亲朋你来我去也不能胜数只这四十九日宁国府街
戚：前少时三　人下轿贾政等忙接上大厅如此亲朋你来我去也不能胜数只这四十九日宁国府街
寅：前少时三　人下轿贾政等忙接上大厅如此亲朋你来我去也不能胜数只这四十九日宁国府街

戌：上一条白漫漫人来人往花簇簇宦　去官来贾珍命贾蓉次日换　吉服领凭回来灵前供用执事
庚：上一条白漫漫人来人往花簇簇　官去官来贾珍命贾蓉次日换　吉服领凭回来灵前供用执事
戚：上一条白漫漫人来人往花簇簇　官去官来贾珍命贾蓉次日换　吉服领凭回来灵前供用执事
寅：上一条白漫漫人来人往花簇簇　官去官来贾珍命贾蓉次日换了吉服领凭回来灵前供用执事

戌：等物俱按五品职例灵牌疏上皆写天朝诰授贾门秦氏　恭人之灵位会芳园的临街大门洞开现
庚：等物俱按五品职例灵牌疏上皆写天朝诰授贾门秦氏　恭人之灵位会芳园　临街大门洞开
戚：等物俱按五品职例灵牌　上皆写天朝诰授贾门秦氏宜　人之灵位会芳园　临街大门洞开
寅：等物俱按五品职例灵牌疏上皆写天朝诰授贾门秦氏　恭人之灵位会芳园　临街大门洞开

戌：　在两边起了鼓乐厅两般　青衣按时奏乐一对对执事摆的刀斩斧齐更有　四面朱红销金大
庚：旋在两边起了鼓乐厅两　班青衣按时奏乐一对对执事摆的刀斩斧齐更有两　面朱红销金大
戚：旋在两边起了鼓乐厅两　班青衣按时奏乐一对对执事摆的刀斩斧齐更有两　面朱红销金大
寅：旋在两边起了鼓乐厅两　班青衣按时奏乐一对对执事摆的刀斩斧齐更有两　面朱红销金大

戌：字牌封　竖在门外上面大书防护内庭　紫禁道御前侍卫龙禁尉对面高起着宣坛僧道对坛榜
庚：字牌　位竖在门外上面大书防护内　廷紫禁道御前侍卫龙禁尉对面高起着宣坛僧道对坛榜
戚：字牌　位竖在门外上面大书防护内庭　紫禁道御前侍卫龙禁尉对面高起着宣坛僧道对坛榜
寅：字牌　位竖在门外上面大书防护内　廷紫禁道御前侍卫龙禁尉对面高起着宣坛僧道对坛榜

戌：文榜上大书世袭宁国公　家孙妇防护内　庭御前侍卫龙禁尉贾门秦氏恭　人之丧四大部州
庚：文榜上大书世袭宁国公　家孙妇防护内廷　御前侍卫龙禁尉贾门秦氏恭　人之丧四大部州
戚：文榜上大书世袭宁国公冢　孙妇防护内　庭前侍卫龙禁尉贾门秦氏　宜人之丧四大部州
寅：文榜上大书世袭宁国公冢　孙妇防护内廷　御前侍卫龙禁尉贾门秦氏恭　人之丧四大部州

戌：至中之地奉天永　运太平之国总理虚无寂静教门僧录司正堂万虚总理元始三一教门道录司
庚：至中之地奉天　承运太平之国总理虚无寂静教门僧录司正堂万虚总理元始三一教门道录司
戚：至中之地奉天　承运太平之国总理虚无寂静教门僧录司正堂万虚总理元始三一教门道录司
寅：至中之地奉天　承运太平之国总理虚无寂静教门僧录司正堂万虚总理元始三一教门道录司

第十三回 秦可卿死封龙禁尉 王熙凤协理宁国府

戌：正堂叶生等敬谨修斋朝天叩佛以及恭请诸伽蓝　谒谛功曹等神圣恩普锡神　远镇四十九日
庚：正堂叶生等敬谨修斋朝天叩佛以及恭请诸伽蓝　谒谛功曹等神圣恩普锡神　远镇四十九日
戚：正堂叶生等敬谨修斋朝天叩佛以及恭请诸伽蓝揭　谛功曹等神圣恩普锡神威远镇四十九日
寅：正堂叶生等敬谨修斋朝天叩佛以及恭请诸伽蓝　谒谛功曹等神圣恩普锡神　远镇四十九日

戌：消灾洗孽平安水道场诸如等语　余者亦不消烦　记只是贾珍虽然　心意满足但里头
庚：消灾洗孽平安水陆道场　　等语　　亦不消　繁记只是贾珍虽然此时心意满足但里　面
戚：消灾洗孽平安水陆道场　　等语　　亦不　烦　记只是贾珍虽然此时心意满足但里　面
寅：消灾洗孽平安水陆道场　　等语也　　不消　繁记只是贾珍虽然此时心意满足但里　面

戌：尤氏又犯　了旧疾不能料理事务惟恐各诰命来　□亏了礼数怕人笑话因此心中不自在当下
庚：尤氏又犯　了旧疾不能料理事务惟恐各诰命来往　亏了礼数怕人笑话因此心中不自在当下
戚：尤氏又犯　了旧疾不能料理事务惟恐各诰命来往　亏了礼数怕人笑话因此心中不自在当下
寅：尤氏又　染了旧疾不能料理事务惟恐各诰命来往　亏了礼数怕人笑话因此心中不自在当下

戌：正　忧虑　时因宝玉在侧问道事事都算　　安贴了大哥哥还愁什么贾珍见问忙　将里面无
庚：正在忧　愁时因宝玉在侧问道事事都算妥当　　了大哥哥还愁什么贾珍见问　便将里面无
戚：正　忧虑　时因宝玉在侧问道事事都算妥　贴了大哥哥还愁什么贾珍见问　便将里面无
寅：正在忧　愁　因宝玉在侧问道事事都算妥当　　了大哥哥还愁什么贾珍见问　便将里面无

戌：人的话说了出来宝玉听　说笑道这有何难我荐一个人与你　　权理这一个月的事管必
庚：人的话说了出来宝玉听　说笑道这有何难我荐一个人与你　　权理这一个月的事管必
戚：人的话说了出来宝玉听　说笑道这有何难我荐一个人与你　　权理这一个月的事管必
寅：人的话说了出来宝玉听了说笑道这有何难我荐一个人与你会上人也权理这一个月的事管必

戌：妥当贾珍忙问是谁宝玉见　座间还有许多亲友不便明言走至贾珍耳边说了两句贾珍听了喜
庚：妥当贾珍忙问是谁宝玉见　座间还有许多亲友不便明言走至贾珍耳边说了两句贾珍听了喜
戚：妥当贾珍忙问是谁宝玉见坐　间还有许多亲友不便明言走至贾珍耳边说了两句贾珍听了喜
寅：妥当贾珍忙问是谁宝玉见坐　间还有许多亲友不便明言走至贾珍耳边说了两句贾珍听了喜

戌：不自禁连忙起身笑道果然　　安贴如今就去说着拉了宝玉辞了众人便往上房里来可巧这日
庚：不自禁连忙起身笑道果然妥当　如今就去说着拉了宝玉辞了众人便往上房里来可巧这日
戚：不自禁连忙起身笑道果然妥　贴如今就去说着拉了宝玉辞了众人便往上房里来可巧这日
寅：不自禁连忙起身笑道果然妥当　如今就去说着拉了宝玉辞了众人便往上房里来可巧这日

戌：非正经日期亲友来的少里面不过几位近亲堂客邢夫人王夫人凤姐并合族中的内眷陪坐　有
庚：非正经日期亲友来的少里面不过几位近亲堂客邢夫人王夫人凤姐并合族中的内眷陪坐闻
戚：非正经日期亲友来的少里面不过几位近亲堂客邢夫人王夫人凤姐并合族中的内眷陪坐闻
寅：非正经日期亲友来的少里面不过几位近亲堂客邢夫人王夫人凤姐并合族中的内眷陪坐闻

戌：人报说大爷进来了吓　的众婆娘唿　的一声往后藏之不迭独凤姐款款跕　了起来　　贾珍
庚：人报　大爷进来了　唿的众婆娘唿　的一声往后藏之不迭独凤姐款款跕　了起来　　贾珍
戚：人报　大爷进来了　唿的众婆娘　忽的一声往后藏之不迭独凤姐款款　站了起来　　贾珍
寅：人报　大爷进来了　唿的众婆娘唿　的一声　　藏之不迭独凤姐款款　站了起来此刻贾珍

戌：此时也有些病症在身二则过于悲痛了因拄了　　拐踱了进来邢夫人等因说道你身上不好又
庚：此时也有些病症在身二则过于悲痛了因　柱个拐踱了进来邢夫人等因说道你身上不好又
戚：此时也有些病症在身二则过于悲痛了因拄　个拐踱了进来邢夫人等因说道你身上不好又
寅：　　也有些病症在身二则过于悲痛了因拄　个拐踱了进来邢夫人等因说道你身上不好又

戌：连日事多该歇歇才是又进来做什么贾珍一面扶拐　　拄挣着要蹲身跪下请安道乏邢夫人等忙
庚：连日事多该歇歇才是又进来做什么贾珍一面扶拐　　拄挣着要蹲身跪下请安道乏邢夫人等忙
戚：连日事多该歇歇才是又进来做什么贾珍一面扶拐扎　挣着要蹲身跪下请安道乏邢夫人等忙
寅：连日事多该歇歇才是又进来做什么贾　一面扶拐扎　挣着要蹲身跪下请安道乏邢夫人等忙

戌：叫宝玉搀住命人挪椅子来与他坐贾珍断不肯坐因　免强陪笑道侄儿进来有一件事要恳求二
庚：叫宝玉搀住命人挪椅子来与他坐贾珍断不肯坐因　免强陪笑道侄儿进来有一件事要　求二
戚：叫宝玉搀住命人挪椅子来与他坐贾珍断不肯坐因勉　强陪笑道侄儿进来有一件事要　求二
寅：叫宝玉搀住命人挪椅子来与他坐贾珍断不肯坐因勉　强陪笑道侄儿进来有一件事要　求二

戌：位婶婶　并大妹妹邢夫人等忙问什么事贾珍笑道婶婶　自然知道如今孙子媳妇没了侄儿
庚：位婶　子并大妹妹邢夫人等忙问什么事贾珍笑道婶　子自然知道如今孙子媳妇没了侄儿
戚：位婶婶　并大妹妹邢夫人等忙问什么事贾珍笑道婶婶　自然知道如今孙子媳妇没了侄儿
寅：位　婶子并大妹妹邢夫人等忙问什么事贾珍笑道　婶子自然知道如今孙子媳妇没了侄

戌：媳妇偏又病倒我看里头着实不成个体统怎么屈尊大妹妹一个月在这里料理料理我就放心了
庚：媳妇偏又病倒我看里头着实不成个体统怎么屈尊大妹妹一个月在这里料理料理我就放心了
戚：媳妇偏又病倒我看里头着实不成个体统怎么屈尊大妹妹一个月在这里料理　　我就放心了
寅：媳妇偏又病倒我看里头着实不成个体统怎么屈尊大妹妹一个月在这里料理料理我就放心了

戌：邢夫人笑道原来为这个你大妹妹现在你二婶　子家只　合你二婶子　说就是了王夫人忙道
庚：邢夫人笑道原来为这个你大妹妹现在你二婶　子家只和　你二婶子　说就是了王夫人忙道
戚：邢夫人笑道原来为这个你大妹妹现在你二婶婶　家只和　你二婶　婶说就是了王夫人忙道
寅：邢夫人笑道原来为这个你大妹妹现在你二婶　子家只和　你二婶子　说就是了王夫人忙道

戌：他一个小孩子家　何曾经过这样　事倘或料理不清反叫人笑话到是再烦别人好贾珍笑道婶
庚：他一个小孩子家　何曾经过这　些事倘或料理不清反叫人笑话到是再烦别人好贾珍笑道婶
戚：他一个小孩子家　何曾经过这　些事倘或料理不清反叫人笑话到是再烦别人好贾珍笑道婶
寅：他一个小孩子家如何曾经过这　些事倘或料理不清反叫人笑话到是再烦别人好贾珍笑道婶

戌：子　的意思侄儿猜着了是怕大妹妹劳苦了若说料理不开我包管必料理的开便是错一点儿别
庚：子　的意思侄儿猜着了是怕大妹妹劳苦了若说料理不开我包管必料理的开便是错一点儿别
戚：　婶的意思侄儿猜着了是怕大妹妹劳苦了若说料理不开我包管必料理的开便是错一点儿别
寅：子　的意思侄儿猜着了是怕大妹妹劳苦了若说料理不开我包管必料理的开便是错一点儿别

戌：人看着还是不错的从小儿大妹妹顽笑着就有杀　法决断如今出了阁又在那府里办事越发历
庚：人看着还是不错的从小儿大妹妹顽笑着就有杀　法决断如今出了阁又在那府里办事越发历
戚：人看着还是不错的从小儿大妹妹顽笑着就有杀抹　决断如今出了阁又在那府里办事越发历
寅：人看着还是不错的从　儿大妹妹顽笑着就有杀抹　决断如今出了阁又在那府里办事越发历

戌：练老成了我想了这几日除了大妹妹再无人了婶　婶不看侄儿侄儿媳妇的分上只看死了的分
庚：练老成了我想了这几日除了大妹妹再无人了婶子　不看侄儿侄儿媳妇的分上只看死了的分
戚：练老成了我想了这几日除了大妹妹再无人了婶　婶不看侄儿侄儿媳妇的分上只看死了的分
寅：练老成了我想了这几日除了大妹妹再无人了婶子　不看侄儿侄儿媳妇的分上只看死了的分

戌：上罢说着滚下泪来王夫人心中怕的是凤姐儿未经过丧事怕他料理不清惹人　笑话今见贾珍
庚：上罢说着滚下泪来王夫人心中怕的是凤姐儿未经过丧事怕他料理不清惹人耻笑　今见贾珍
戚：上罢说着滚下泪来王夫人心中怕的是凤姐儿未经过丧事怕他料理不清惹人耻笑　今见贾珍
寅：上罢说着滚下泪来王夫人心中怕的是凤姐儿未经过丧事怕他料理不清惹人耻笑　今见贾珍

第十三回　秦可卿死封龙禁尉　王熙凤协理宁国府

戌：苦苦的说到这步田地心中已活了几分却又眼看着凤姐出神那凤姐素日最喜揽　办好卖弄才
庚：苦苦的说到这步田地心中已活了几分却又眼看着凤姐出神那凤姐素日最喜揽事办好卖弄才
戚：苦苦的说到这步田地心中已活了几分却又眼看着凤姐出神那凤姐素日最喜揽事办好卖弄才
寅：苦苦的说到这步田地心中已活了几分却又　看着凤姐出神那凤姐素日最喜揽事办好卖弄才

戌：干虽然当家妥当也因未办过婚丧大事恐人还不　服爬　　不得遇见这事今日见贾珍如此一
庚：干虽然当家妥当也因未办过婚丧大事恐人还不伏　爬　　不得遇见这事今　见贾珍如此一
戚：干虽然当家妥当也因未办过婚丧大事恐　还不　　　妥巴不得遇见这事今　见贾珍如此一
寅：干虽然当家妥当也因未办过婚丧大事恐人还不伏爬　　不得遇见这事今　见贾珍如此一

戌：来他心中早已欢喜先见王夫人不允后见贾珍说的情真王夫人有活动之意便向王夫人道大哥
庚：来他心中早已欢喜先见王夫人不允后见贾珍说的情真王夫人有活动之意便向王夫人道大哥
戚：来他心中早已欢喜先见王夫人不允后见贾珍说的情真王夫人有活动之意便向王夫人道大哥
寅：来他心中早已欢喜先见王夫人不允后见贾珍说的情真王夫人有活动之意便向王夫人道大哥

戌：哥说的这　么恳切太太就依了罢王夫人悄悄的道你可能么　凤姐道有什么不能的外面的大
庚：哥说的这　么恳切太太就依了罢王夫人悄悄的道你可能么　凤姐道有什么不能的外面的大
戚：哥说的这　么恳切太太就依了罢王夫人悄悄的道你可能么　凤姐道有什么不能的外面的大
寅：哥说的这样　恳切太太就依了罢王夫人悄悄的道你可能　吗凤姐道有什么不能的外面的大

戌：事　大哥哥已经料理清了不过是里头照　管照管　便是我有不知道的问问太太就是了王
庚：事已经大哥哥　料理清了不过是里头照看　照　看便是我有不知道的问问太太就是了王
戚：事已经大哥哥　料理清了不过是里头　管　管　便是我有不知道　问太太就是了王
寅：事已经大哥哥　料理清了不过是里头照看　照　看便是我有不知道的问问太太就是了王

戌：夫人见说的有理便不则　声贾珍见凤姐允了又陪笑道也管不得许多了横竖要求大妹妹辛
庚：夫人见说的有理便不　作　声贾珍见凤姐允了又陪笑道也管不得许多了横竖要求大妹妹辛
戚：夫人见说的有理便不　作　声贾珍见凤姐允了又陪笑道也管不得许多了横竖要求大妹妹辛
寅：夫人见说的有理便不　做声贾珍见凤姐允了又陪笑道也管不得许多了横竖要求大妹妹辛

戌：苦辛苦我这里先与妹妹行礼等事完了我再到那府里去　谢说　着就作揖下去凤姐儿还礼不
庚：苦辛苦我这里先与妹妹行礼等事完了我再到那府里去道谢说　着就作揖下去凤姐儿还礼不
戚：苦辛苦我这里先与妹妹行礼等事完了我再到那府里去　谢说　着就作揖下去凤姐儿还礼不
寅：苦辛苦我这里先与妹妹行礼等事完了我再到那府里去道谢说过　就作揖下去凤姐儿还礼不

戌：迭贾珍便　　向袖中取了宁国府对牌出来命宝玉送与凤姐又说妹妹爱怎么样就怎么样要什
庚：迭贾珍便　问向袖中取了宁国府对牌出来命宝玉送与凤姐又说妹妹爱怎　样就怎　样要什
戚：迭贾珍便忙　向袖中取了宁国府对牌　来命宝玉送与凤姐又说妹妹爱怎　样就怎　样要什
寅：迭贾珍便忙　向袖中取了宁国府对牌出来命宝玉送　凤姐又说妹妹爱怎　样就怎　样要什

戌：么只管拿这个取去也不必问我只　别存心替我省钱只要好看为上二则也要与　那府里一样
庚：么只管拿这个取去也不必问我只求别存心替我省钱只要好看为上二则也要　同那府里一样
戚：么只管拿这个取去也不必问我只求别存心替我省钱只要好看为上二则也要　同那府里一样
寅：么只管拿这个取去也不必问我只求别存心替我省钱只要好看为上二则也要　同那府里一样

戌：待人才好不要存心怕人抱怨只这两件外我再没不放心的了凤姐不敢就接牌只看着王夫人
庚：待人才好不要存心怕人抱怨只这两件外我再没不放心的了凤姐不敢就接牌只看着王夫人
戚：待人才好不要存心怕人抱怨只这两件外我再没不放心的了凤姐不敢就接牌只看　　　那
寅：待人才好不要存心怕人抱怨只这两件外我再没不放心的了凤姐不敢就接牌只看着王夫人

戌：王夫人道你哥哥既这么说你就照看照看罢了只是别自　作主意有了事打发人问你哥哥嫂子
庚：王夫人道你哥哥既这么说你就照看照看罢了只是别自　作主意有了事打发人问你哥哥嫂子
戚：王夫人道你哥哥既这么说你就照看照看罢了只是别自　作主意有了事打发人问你哥哥嫂子
寅：王夫人道你哥哥既这么说你就照看照看罢了只是别自做　主意有了事打发人问你哥哥嫂子
————————————————————————————
戌：要紧宝玉早向贾珍手里接过对牌来强递与凤姐了又问妹妹还是住在这里还是天天来呢若是
庚：要紧宝玉早向贾珍手里接过对牌来强递与凤姐了又问妹妹　　住在这里还是天天来呢若是
戚：要紧宝玉早向贾珍手里接过对牌来强递与凤姐了又问妹妹　　住在这里还是天天来呢若是
寅：要紧宝玉早向贾珍　　接过对牌来强递与凤姐了又问妹妹　　住在这里还是天天来呢若是
————————————————————————————
戌：天天来越发辛苦了不如我这里赶　着收拾出一个院落来妹妹住过这几日到安稳凤姐笑道不
庚：天天来越发辛苦了不如我这里赶　着收拾出一个院落来妹妹住过这几日到安稳凤姐笑道不
戚：天天来越发辛苦了不如我这里　趁着收拾出一个院落来妹妹住过这几日到安稳凤姐笑道不
寅：天天来越发辛苦了不如我这里赶　着收拾出一个院落来妹妹住过这几日到安稳凤姐笑道不
————————————————————————————
戌：用那边也离不　得我到　是天天来的好贾珍听说只得罢了然后又说了一　回闲话方才出去
庚：用那边也离不　得我到　是天天来的好贾珍听说只得罢了然后又说了一　回闲话方才出去
戚：用那边也离不　得我到　是天天来的好贾珍听说只得罢了然后又说了一会　闲话方才出去
寅：用那边也离不了　我　倒是天天来的好贾珍听说只得罢了然后又说了一　回闲话方才出去
————————————————————————————
戌：一时女眷散后王夫人因问凤姐你今儿怎么样凤姐儿道太太只管请回去我须得先理出一个头
庚：一时女眷散后王夫人因问凤姐你今儿怎么样凤姐儿道太太只管请回去我须得先理出一个头
戚：一时女眷散后王夫人因问凤姐你今儿怎么样凤姐儿道太太只管请回　我须得先理出一个头
寅：一时女眷散后王夫人因问凤姐你今儿怎么样凤姐儿道太太只管请回去我须得先理出一个头
————————————————————————————
戌：绪来才回去得呢王夫人听说　先同邢夫人等回去不在话下这里凤姐　来至　　三间一所抱
庚：绪来才回去得呢王夫人听说便先同邢夫人等回去不在话下这里凤姐儿来至　　三间一所抱
戚：绪来才回去得呢王夫人听说便先同邢夫人等回去不在话下这里凤姐儿来至　　三间一所抱
寅：绪来才回去得呢王夫人听说便先同邢夫人等回去不在话下这里凤姐儿来至一所三间　　抱
————————————————————————————
戌：厦内坐了因想头一件是人口混杂遗失东西第二件事无专执临期推委第三件需用过废　滥支
庚：厦内坐了因想头一件是人口混杂遗失东西第二件事无专执临期推委第三件需用过　费滥支
戚：厦内坐了因想头一件是人口混杂遗失东西第二件事无专执临期推委第三件需用过　费滥支
寅：厦内坐了因想头一件是人口混杂遗失东西第二件事无专执临期推委第三件需用过　费滥支
————————————————————————————
戌：冒领第四件任无大小苦乐不均第五件家人豪纵有脸者不服　黔束无脸者不能上进此五件实
庚：冒领第四件任无大小苦乐不均第五件家人豪纵有脸者不服　黔束无脸者不能上进此五件实
戚：冒领第四件任无大小苦乐不均第五件家人豪纵有脸者不服约　束无脸者不能上进此五件实
寅：冒领第四件任无大小苦乐不均第五件家人豪纵有脸者不服　黔束无脸者不能上进此五件实
————————————————————————————
戌：是宁国府中风俗不知凤姐如何　处治且听下回分解正是金紫万千谁治国裙钗一二可齐家
庚：是宁国府中风俗不知凤姐　何等处治且听下回分解正是金紫万千谁治国裙钗一二可齐家
戚：是宁国府中风俗不知凤姐如何　处治且听下回分解正是金紫万千谁治国裙钗一二可齐家
寅：是宁国府中风俗不知凤姐　何等处治且听下回分解正是金紫万千谁治国裙钗一二可齐家
————————————————————————————

第十四回　林儒海捐馆扬州城　贾宝玉路谒北静王

戌：话说宁国府中都总管来升闻得里面委　请了凤姐因传齐同事人等说道如今请了西府里琏二
庚：话说宁国府中都总管来升闻得里面委　请了凤姐因传齐同事人等说道如今请了西府里琏二
戚：话说宁国府中都总管来升闻得里面　邀了凤姐因传齐同事人等说道如今请了西府里琏二
寅：话说宁国府中都总管来升闻得里面委　请了凤姐因传齐同事人等说道如今请了西府里琏二
───────────────────────────────
戌：奶奶管理内事倘或他来支取东西或是说话我们须要比往日小心些每日大家早来晚散宁可辛
庚：奶奶管理内事倘或他来支取东西或是说话我们须要比往日小心些每日大家早来晚散宁可辛
戚：奶奶管理内事倘或他来支取东西或是说话我们须要比往日小心些每日大家早来晚散宁可辛
寅：奶奶管理内事倘或他来支取东西或是说话我们须要比往日小心些每日大家早来晚散宁可辛
───────────────────────────────
戌：苦这一个月过后再歇着不要把老脸面丢了那是个有名的烈货　　脸酸心硬一时恼了不认人
庚：苦这一个月过后再歇着不要把老脸　丢了那是个有名的烈货　　脸酸心硬一时恼了不认人
戚：苦这一个月过后再歇着不要把老脸面丢了那是个有名的烈货　　脸酸心硬一时恼了不认人
寅：苦这一个月过后再歇着不要把老脸　丢了那是个有名的烈　口子脸酸心硬一时恼了不认人
───────────────────────────────
戌：的众人　　都道有理又有一个笑道论理我们里面也须得他来整治整治都特　不像了正说着只
庚：的众　有都道有理又有一个笑道论理我们里面也须得他来整治整治都特　不像了正说着只
戚：的众人　　都道有理又有一个笑道论理我们里面也须得他来整治整治都　忒不像了正说着只
寅：的众人　　都道有理又有一个笑道论理我们里面也须得他　整治整治都特　不像了正说着只
───────────────────────────────
戌：见来旺媳妇拿了对牌来领取呈文京榜纸札票上批着数目众人连忙让坐　到茶一面命人按数
庚：见来旺媳妇拿了对牌来领取呈文京榜纸札票上批着数目众人连忙让坐倒　茶一面命人按数
戚：见来旺媳妇拿了对牌来领取呈文京榜纸札票上批着数目众人连忙让坐倒　茶一面命人按数
寅：见来旺媳妇拿了对牌来领取呈文京榜纸札票上批着数目众人连忙让坐倒　茶一面命人按数
───────────────────────────────
戌：取纸来抱着同来旺媳妇一路行来至仪门口方交与来旺媳妇自己抱进去了凤姐即命彩明　定
庚：取纸来抱着同来旺媳妇一路　　来至仪门口方交与来旺媳妇自己抱进　了凤姐即命彩明　定
戚：取纸来抱着同来旺媳妇一路行来至仪门口方交与来旺媳妇自己抱进去了凤姐即命彩明钉
寅：取纸来抱着同来旺媳妇一路　　来至仪门口方交与来旺媳妇自己抱进去了凤姐即命彩明　定
───────────────────────────────
戌：造簿册实　时传来升媳妇兼要家口花名册来看看又限于明日一早传齐家人媳妇进来听差等
庚：造簿册实　时传来升媳妇兼要家口花名册来看看又限于明日一早传齐家人媳妇进来听差等
戚：造簿册　即时传来升媳妇兼要家口花名册来看看又限于明日一早传齐家人媳妇进来听差等
寅：造簿册　即时传来升媳妇兼要家口花名册来看看又限于明日一早传齐家人媳妇进来听差等
───────────────────────────────
戌：语大概点了一点数目单册问了来升媳妇几句话便坐了车回家一宿无话至次日卯正二刻便
庚：话　大概点了一点数目单册问了来升媳妇几句话便坐　车回家一宿无话至次日卯正二刻便
戚：语大概点了一点数目单册问了来升媳妇几句话便坐　车回家一宿无话至次日卯正二刻便
寅：语大概点了一点数目单册问了来升媳妇几句话便坐　车回家一宿无话至次日卯正二刻便
───────────────────────────────

戌：过来了那宁国府中婆娘媳妇闻得到齐只见凤姐正与来升媳妇分派众人不敢擅入只在窗外听
庚：过来了那宁国府中婆娘媳妇闻得到齐只见凤姐正与来升媳妇分派众人不敢擅入只在窗外听
戚：过来了那宁国府中婆娘媳妇闻得到齐只见凤姐正与来升媳妇分派众人不敢擅入只在窗外听
寅：过来了那宁国府中婆娘媳妇闻得到齐只见凤姐正与来升媳妇分派众人不敢擅入只在窗外听
————————————————————————————
戌：觑只听凤姐与来升媳妇道既托了我我就说不得要讨你们嫌了我可比不得你们奶奶好性儿由
庚：觑只听凤姐与来升媳妇道既托了我我就说不得要讨你们嫌了我可比不得你们奶奶好性儿由
戚：觑只听凤姐与来升媳妇道既托了我我就说不得要讨你们嫌了我可比不得你们奶奶好性儿由
寅：觑只听凤姐与来升媳妇道既托了我我就说不得要讨你们嫌了我可比不得你们奶奶好性儿由
————————————————————————————
戌：着你们去再不要说你们这府里原是这样的话如今可要依着我行错我半点儿管不得谁是有脸
庚：着你们去再不要说你们这府里原是这样的话如今可要依着我行错我半点儿管不得谁是有脸
戚：着你们去再不要说你们这府里原是这样的话如今可要依着我行错我半点儿管不得谁是有脸
寅：着你们去再不要说你们　府里原是这样的话如今可要依着我行错我半点儿管不得谁是有脸
————————————————————————————
戌：的谁是没脸的一例现清白处治说着便　吩咐彩明念花名册按名一个一个的唤进来看视一时
庚：的谁是没脸的一例现清白处治说着便　吩咐彩明念花名册按名一个一个的唤进来看视一时
戚：的谁是没脸的一例现清白处治说着便　吩咐彩明念花名册按名一个一个　唤进来看视一时
寅：的谁是没脸的一例现清白处治说着便命　彩明念花名册按名一个一个的唤进来看视一时
————————————————————————————
戌：看完了便又吩咐道这二十个分作　两班一班十个每日在里头单管人　来客往到　茶别的事
庚：看完　便又吩咐道这二十个分作　两班一班十个每日在里头单管人客来　往　倒茶别的事
戚：看完　便又吩咐道这二十个分作　两班一班十个每日在里头单管人客来　往　倒茶别的事
寅：看完　便又吩咐道这二十个分　做两班一班十个每日在里头单管人客来　往　倒茶别的事
————————————————————————————
戌：不用他们管这二十个也分　　两班每日单管本家亲戚茶饭别的事也不用他们管这四十个人
庚：不用他们管这二十个也分作　两班每日单管本家亲戚茶饭别的事也不用他们管这四十个人
戚：不用他们管这二十个也分作　两班每日单管本家亲戚茶饭别的事也不用他们管这四十个人
寅：不用他们管这二十个也分　做两班每日单管本家亲戚茶饭别的事也不用他们管这四十个人
————————————————————————————
戌：也分作　两班单在灵前上　添油挂幔守灵供饭供茶随起举哀别的事也不与他们相干这四个
庚：也分作　两班单在灵前上香添油挂幔守灵供饭供茶随起举哀别的事也不与他们相干这四个
戚：也分作　两班单在灵前上香添油挂幔守灵供饭供茶随起举哀别的事也不与他们相干这四个
寅：也分　做两班单在灵前上香添油挂幔守灵供饭供茶随起举哀别的事也不与他们相干这四个
————————————————————————————
戌：人单在内茶　坊收管杯碟茶器若少一件便叫他四个　描　陪这四个人单管酒饭器皿少一件
庚：人单在内茶房　收管杯碟茶器若少一件便叫他四个　描赔　这四个人单管酒饭器皿少一件
戚：人　在内茶房　收管杯碟茶器若少一件便叫他四个人　赔　这四个人单管酒饭器皿少一件
寅：人单在内茶房　收管杯碟茶器若少一件便叫他四个　描赔　这四个人单管酒饭器皿少一件
————————————————————————————
戌：　便叫他四个　描　陪这八个人单管监收祭礼这八个人单管各处灯油蜡烛纸札我总支了
庚：也是　他四个　描赔　这八个　单管监收祭礼这八个　单管各处灯油蜡烛纸札我总支了
戚：也是　他四个人　赔　这八个　单管监收祭礼这八个　单管各处灯油蜡烛纸札我总支了
寅：也是　他四个　描赔　这八个　单管监收祭礼这八个　单管各处灯油蜡烛纸札我总支了
————————————————————————————
戌：来交与你八个然后按我的定数再往各处去分派这三十个每日轮流各处上夜照管门户监察火
庚：来交与你八个然后按我的定数再往各处去分派这三十个每日轮流各处上夜照管门户监察火
戚：来交与你八个然后按我的定数再往各处去分派这三十个每日轮流各处上夜照管门户监察火
寅：来交与你八个然后按我的定数再往各处去分派这三十个每日轮流各处上夜照管门户监察火
————————————————————————————

第十四回　林儒海捐馆扬州城　贾宝玉路谒北静王　433

戌：烛打扫地方这下剩的按着房屋分开某人　守某处某处所有桌椅古董起至于痰
庚：烛打扫地方这下剩的按着房屋分开某人　守某处某处所有桌椅古董起至于痰　　盒　撢帚
戚：烛打扫地方这下剩的按着房屋分开某人　守某处某处所有桌椅古董起至于痰　　盒扫　帚
寅：烛打扫地方这下剩的按着房屋分开某人管　某处某处所有桌椅古董起至于痰盂撑　　帚
────────────────────

戌：担箒一草一苗或　丢或坏就合　守这处的人算　账描陪　　来升家的每日揽总查看或有偷
庚：　　一草　苗或去　或坏就　和守这处的人算　账描　赔来升家的每日揽总查看或有偷
戚：　　　草　苗或　丢或坏就　和守这处的人算　账　补赔来升家的每日揽总查看或有偷
寅：　　一草一苗或　丢或坏就　和守这处的人算帐　描　　赔来升家的每日揽总查看或有偷
────────────────────

戌：懒的赌钱吃酒的打架　办嘴的立刻来回我你　　要徇情经我查出三四辈子的老脸就顾不成
庚：懒的赌钱吃酒的打架　办嘴的立刻来回我你有狗　情经我查出三四辈子的老脸就顾不成
戚：懒的赌钱吃酒的打架　办嘴的立刻来回我你有　徇情经我查出三四辈子的老脸就顾不成
寅：懒的赌钱吃酒的打架拌　嘴的立刻来回我你有狗　情经我查出三四辈子的老脸就顾不成
────────────────────

戌：了如今都有了定规以后那一行乱了只和那一行说话素日跟我的　随身自有钟表不论大小事
庚：了如今都有　定规以后那一行乱了只和那一行说话素日跟我的人随身自有钟表不论大小事
戚：了如今都有　定规以后那一行乱了只和那一行说话素日跟我的人随身自有钟表不论大小事
寅：了如今都有　定规以后那一行乱了只和那一行说话素日跟我的人随身自有钟表不论大小事
────────────────────

戌：我是皆有一定的时辰横竖你们上房里也有时辰钟卯正二刻我来点卯巳正吃早饭　凡有领牌
庚：我是皆有一定的时辰横竖你们上房里也有时辰钟卯正二刻我来点卯巳正吃早饭凢　有领牌
戚：我是皆有一定的时辰横竖你们上房里也有时辰钟卯正二刻我来点卯巳正吃早饭　凡有领牌
寅：我是皆有一定的时辰横竖你们上房里也有时辰钟卯正二刻我来点卯巳正吃早饭　凡有领牌
────────────────────

戌：回事者　只在午初　刻戌　初烧过黄昏纸我亲到各处查一遍回来上夜的交明钥　匙第二日
庚：回事　的只在午初　刻　初烧过黄昏纸我亲到各处查一遍回来上夜的交明钥　匙第二日
戚：回事　的只在午初　刻　戌初烧过黄昏纸我亲到各处查一遍回来上夜的交明钥　匙第二日
寅：回事　的只在午初到　戌　初烧过黄昏纸我亲到各处查一遍回来上夜的交明钥锁　第二日
────────────────────

戌：　还是卯正二刻过来说不得咱们大家辛苦这几日　事完　你们家大爷自然赏你们说毕　又
庚：仍　是卯正二刻过来说不得咱们大家辛苦这几日罢事完了你们家大爷自然赏你们说　罢又
戚：仍　是卯正二刻过来说不得咱们大家辛苦这几日罢事完了你们家大爷自然赏你们说　罢又
寅：仍　是卯正二刻过来说不得咱们大家辛苦这几日罢事完了你们家大爷自然赏你们说　罢又
────────────────────

戌：吩咐按数发与茶叶油烛鸡毛　　担子笤　箒　等物一面又搬取家伙棹　围椅搭坐褥毡席痰
庚：吩咐按数发与茶叶油烛鸡毛　撢子笤　箒　等物一面又搬取家伙　桌围椅搭坐褥毡席痰
戚：吩咐按数发与茶叶油烛鸡毛　撢子　苕箒　等物一面又搬取家伙　桌围椅搭坐褥毡席痰
寅：吩咐按数发与茶叶油烛鸡毛撢　子笤　帚等物一面又搬取家伙　桌围椅搭坐褥毡席痰
────────────────────

戌：盒　脚踏之类一面交发一面提笔登记某人管某处某人领某物开得十分清楚众人领了去也都
庚：盒　脚踏之类一面交发一面提笔登记某人管某处某人领某物开得十分清楚众人领了去也都
戚：盒　脚踏之类一面交发一面提笔登记某人管某处某人领某物开得十分清楚众人领了去也都
寅：　盂脚踏之类一面交发一面提笔登记某人管某处某人领某物开得十分清楚众人领了去也都
────────────────────

戌：有了投奔不似先时只　拣便宜的做剩下　苦差没个招揽各房中也不能趁乱失迷东西便是人
庚：有了投奔不似先时只捡　便宜的做剩下的苦差没个招揽各房中也不能趁乱失迷东西便是人
戚：有了投奔不似先时只　拣便宜的做剩下的苦差没个招揽各房中也不能趁乱失迷东西便是人
寅：有了投奔不似先时只　拣便宜的做剩下的苦差没个招揽各房中也不能趁乱失迷东西便是人
────────────────────

戌：米客往也都安静了不比先前　　　　正摆　茶又去端饭正陪举哀又顾接客如这些无头绪荒乱推
庚：米客往也都安静了不比先前一个正摆　茶又去端饭正陪举哀又顾接客如这些无头绪荒乱推
戚：来客往也都安静了不比先前一个正摆　茶又去端饭正陪举哀又顾接客如这些无头绪荒乱推
寅：来客往也都安静了不比先前一个正摆着茶又去端饭正陪举哀又顾接客如这些无头绪荒乱推
―――――――――――――――――――――――――――――――
戌：托偷闲窃取等　弊次日一概都　　蠲　了凤姐儿见自己威重令行心中十分得意因见尤氏犯病
庚：托偷闲窃取等敝　次日一概　独蠲　了凤姐儿见自己威重令行心中十分得意因见尤氏犯病
戚：托偷闲窃取等　弊次日一概都　　捐了凤姐儿见自己威重令行心中十分得意因见尤氏犯病
寅：托偷闲窃取等　弊次日一概都　　蠲　了凤姐儿见自己威重令行心中十分得意因见尤氏犯病
―――――――――――――――――――――――――――――――
戌：贾珍又过于悲哀不大进饮食自己每日从那府　里煎了各色　细粥精致小菜命人送来劝食贾
庚：贾珍又过于悲哀不大进饮食自己每日从那府中　煎了各　样细粥精致小菜命人送来劝食贾
戚：贾珍又过于悲哀不大进饮食自己每日从那府中　煎了各　样细粥精致小菜命人送来劝食贾
寅：贾珍
―――――――――――――――――――――――――――――――
戌：珍也另外吩咐每日送上等菜到抱厦内单与凤姐那凤姐不畏勤劳天天于卯正二刻就过来点卯
庚：珍也另外吩咐每日送上等菜到抱厦内单与凤姐那凤姐不畏勤劳天天于卯正二刻就过来点卯
戚：珍也另外吩咐每日送上等菜到抱厦内单与凤姐那凤姐不畏勤劳天天于卯正二刻就过来点卯
―――――――――――――――――――――――――――――――
戌：理事独在抱厦内起坐不与众妯娌合群便有堂客来往也不迎会这日　正五七正五日上那应
庚：理事独在抱厦内起坐不与众妯娌合群便有堂客来往也不迎会这日乃　五七正五日上那应
戚：理事独在抱厦内起坐不与众妯娌合群便有堂客来往也不迎会这日乃　五七正五日上那应福
―――――――――――――――――――――――――――――――
戌：佛僧正开破狱　传灯照亡参阎君　拘都鬼筵　请地藏王　开金桥引幢幡　那道士们正伏
庚：佛僧正开方破　岳传灯照亡参阎君　拘都鬼筵　请地藏王　开金桥引幢幡　那道士们正伏
戚：　僧正开方破狱　传灯照亡参阎君拘　都鬼　延请地藏　正开金桥引幢　播那道士们正伏
―――――――――――――――――――――――――――――――
戌：章　伸表朝三清叩玉帝禅僧们行香放焰口拜水　谶又有十三众青年尼僧搭绣衣靸红鞋在灵
庚：章申　表朝三清叩玉帝禅僧们行香放焰口拜水忏　又有十三众　尼僧搭绣衣靸红鞋在灵
戚：章申　表朝三清叩玉帝禅僧们行香放焰口拜水忏　又有十三众　尼僧搭绣衣靸红鞋在灵
―――――――――――――――――――――――――――――――
戌：前　默诵搂　引诸咒十分热闹那凤姐必知今日人客不少在家中歇宿一夜至寅正平儿便请起
庚：前　默诵　接引诸咒十分热闹那凤姐必知今日人客不少在家中歇宿一夜至寅正平儿便请起
戚：前点　诵　接引诸咒十分热闹那凤姐必知今日人客不少在家中歇宿一夜至寅正平儿便请起
―――――――――――――――――――――――――――――――
戌：来梳　洗及收拾完备更衣　手喝　了两口奶子糖粳　粥漱　口已毕已是卯正二刻了来旺媳
庚：来梳　洗及收拾完备更衣盥手　吃了两口奶子糖粳米粥漱　口已毕已是卯正二刻了来旺媳
戚：来梳活　及收拾完备更衣盥手　吃了两口奶子糖粳米粥　漱口已毕已是卯正二刻了来旺媳
―――――――――――――――――――――――――――――――
戌：妇率领诸人伺候已久凤姐出至厅前上了车前面打了一对明角灯大书荣国府三个大字款款来
庚：妇率领诸人伺候已久凤姐出至厅前上了车前面打了一对明角灯大书荣国府三个大字款款来
戚：妇率领诸人伺候已久凤姐出至厅前上了车前面打了一对明角灯大书荣国府三个大字款款来
―――――――――――――――――――――――――――――――
戌：至宁　府大门上门灯朗　　挂两边一色戳灯照如白昼白　　茫茫穿孝　仆从两边侍立请
庚：至宁　府大门上门　登郎　挂两边一色戳灯照如白昼白　　茫茫穿孝　仆从两边侍立请
戚：至宁国府大门上门灯　廊挂两边一色戳灯照如白昼白汪汪　　孝考仆从两边侍立请
―――――――――――――――――――――――――――――――
戌：车至正门上小厮等退去众媳妇上来揭起车帘凤姐下了车一手扶着丰儿两个媳妇执着手把灯
庚：车至正门上小厮等退去众媳妇上来揭起车帘凤姐下了车一手扶着丰儿两个媳妇执着手把灯
戚：车至正门上小厮等退去众媳妇上来揭起　帘凤姐下了车一手扶着丰儿两个媳妇执着手把灯

第十四回　林儒海捐馆扬州城　贾宝玉路谒北静王

戌：罩撮　　拥着凤姐进来宁府诸媳妇迎来请安接待凤姐缓缓走入会芳园中登　仙阁灵前一见
庚：罩撮　　拥着凤姐进来宁府诸媳妇迎来请安接待凤姐缓缓走入会芳园中登　仙阁灵前一见
戚：　　儿簇拥着凤姐进来宁府诸媳妇迎来请安接待凤姐缓缓走入会芳园中登发仙阁灵前一见

戌：了棺材那眼泪恰似断线　　珍珠滚将下来院中许多小厮垂手伺候烧纸凤姐吩咐得一声供茶烧
庚：了棺材那眼泪恰似断线之　珠滚将下来院中许多小厮垂手伺候烧纸凤姐吩咐得一声供茶烧
戚：了棺材那眼泪恰似断线之　珠滚将下来院中许多小厮垂手伺候烧纸凤姐吩咐得一声供茶烧

戌：纸只听得一棒锣鸣诸乐齐奏早有人端过一张大圈椅来放在灵前凤姐坐　下放声大哭于是里
庚：纸只听　一棒锣鸣诸乐齐奏早有人端过一张大圈椅来放在灵前凤姐坐了　放声大哭于是里
戚：纸只听　一棒锣鸣诸乐齐奏早有人端过一张大圈椅来放在灵前凤姐坐了　放声大哭于是里

戌：外男女上下见凤姐出声都　忙接声嚎哭一时贾珍尤氏遣人来劝凤姐方才止住来旺媳妇献茶
庚：外男女上下见凤姐出声都忙忙接声嚎哭一时贾珍尤氏遣人来劝凤姐方才止住来旺媳妇献茶
戚：外男女上下见凤姐出声都忙忙接声嚎哭一时贾珍尤氏遣人来劝凤姐方才止住来旺媳妇献茶

戌：漱口毕凤姐方起身　别过族中诸人自入抱厦内来按名查点各项人数都已到齐只有迎送
庚：漱口毕凤姐方起身　别过族中诸人自入抱厦内来按名查点各项人数都已到齐只有迎送亲
戚：漱　口毕凤姐方起　来别过族中诸人自入抱厦内来按名查点各项人数都已到齐只有迎送亲

戌：客上的一人未到即命传到那人已　张　惶愧惧凤姐冷笑道我说是谁惧　了原来是你你原比
庚：客上的一人未到即命传到那人已　张慌　愧惧凤姐冷笑道我说是谁　误了原来是你你原比
戚：客上的一人未到即命传到那人已慌张　愧惧凤姐冷笑道我说是谁　误了原来是你你　比

戌：他们有体面所以才不听我的话那人道小的天天　来的早只有今日　醒了觉得早些因又睡迷
庚：他们有体面所以才不听我的话那人道小的天天都来的早只有今　儿醒了觉得早些因又睡迷
戚：他们有体面所以才不听我的话那人道小的天天都来的早只有今　儿醒了觉得早些因又睡迷

戌：了来迟了一步求奶奶饶过这次正说着只见荣国府中的王兴的媳妇来了在前面探头凤姐且不
庚：了来迟了一步求奶奶饶过这次正说着只见荣国府中的王兴　媳妇来了在前　探头凤姐且不
戚：了来迟了一步求奶奶饶过这次正说着只见荣国府中的王兴　媳妇来了在前　探头凤姐且不

戌：发放这人却先问王兴媳妇作什么王兴媳妇　爬不得先问他完了事连忙进来　说领牌取线打
庚：发放这人却先问王兴媳妇作什么王兴媳妇　爬不得先问他完了事连忙进　去说领牌取线打
戚：发放这人却先问王兴媳妇作什么王兴媳妇巴　不得先问他完了事连忙进　去说领牌取线打

戌：车轿网络说着将个帖　儿递上去凤姐命彩明念道大轿两顶小轿四顶车四辆共享大小络子若
庚：车轿网络说着将个帖　儿递上去凤姐命彩明念道大轿两顶小轿四顶车四辆共享大小络子若
戚：车轿网络说着将个　帖儿递上去凤姐命彩明念道大轿两顶小轿四顶车四辆共享大小络子若

戌：干根用珠儿线若干斤凤姐听了数目相合便命彩明登记取荣　府对牌掷下王兴家的去了凤姐
庚：干根用珠儿线若干斤凤姐听了数目相合便命彩明登记取荣国府对牌掷下王兴家的去了凤姐
戚：干根用珠儿线若干斤凤姐听了数目相合便命彩明登记取荣国府对牌掷下王兴家的去了凤姐

戌：方欲说话时只见荣　府　四个执事人进来　都是要　支取东西领牌来的凤姐命　彩明要
庚：方欲说话时　见荣国府的四个执事人进来　都是要全支取东西领牌来的凤姐命他们　　要
戚：方欲说话时只见荣国府的四个执事人进来却都是要　支取东西领牌来的凤姐命他们　　要

戌：了帖儿念过听了　　共四件凤姐因指两件说道这两件开销错了再　　美清　米取说着掷下帖子
庚：了帖　念过听了一共四件　　　指两件说道这两件开销错了再算　清了米取说着掷下帖子
戚：了帖　念过听了一共四件　　　指两件说道这两件开销错了再算　清了来取说着掷下帖子
———————————————————————————————
戌：来那二人扫兴而去凤姐因见张材家的在　　傍因问道你有　什么事张材家的忙取帖儿回说
庚：来那二人扫兴而去凤姐因见张材家的在　榜　因问　你有　什么　张材家的忙取帖儿回说
戚：来那二人扫兴而去凤姐因见张材家的在旁　　因问　你　为什么　张材家的忙取帖儿回说
———————————————————————————————
戌：道就是方才车轿围做　　成领取裁缝工银若干两凤姐听了便收了帖子命彩明登记待王兴交过
庚：　就是方才车轿围　作成领取裁缝工银若干两凤姐听了便收了帖子命彩明登记待王兴交过
戚：　就是方才车轿围　作成领取裁缝工银若干两凤姐听了便收了帖子命彩明登记待王兴交过
———————————————————————————————
戌：牌得了买办的回押相符然后方与张材家的去领　一面又命念那　个是为宝玉外书房完竣支买
庚：牌得了买办的回押相符然后方与张材家的去领　一面又命念那　个是为宝玉外书房完竣支买
戚：牌得了买办的回押相符然后方与张材家的去领一面又命念那一个是为宝玉外书房完竣支买
———————————————————————————————
戌：纸料糊裱凤姐听了即命收帖儿登记待张材家的缴清　又发与这　人去了凤姐便说道明儿
庚：纸料糊裱凤姐听了即命收帖儿登记待张材　的缴清　又发与这　人去了凤姐便说道明儿
戚：纸料糊裱凤姐听了即命收帖儿登记待张材　的缴清再　发　　给那人去了凤姐便说道明儿
———————————————————————————————
戌：他也睡迷了后儿我也睡迷了将来都没有　人了本来要饶你只是我头一次宽了下次人就难管
庚：他也睡迷了后儿我也睡迷了将来都没　了人了本来要饶你只是我头一次宽了下次人就难管
戚：他也睡迷了后儿我也睡迷了将来都没有　人了本来要饶你只是我头一次宽了下次人就难管
———————————————————————————————
戌：不如开发的好登时放下脸来喝　令带出打二十大板　一面又掷下宁　府对牌出去说与来升
庚：不如开发的好登时放下脸来喝　令带出打二十大板　一面又掷下宁国府对牌出去说与来升
戚：不如开发的好登时放下脸来喝命　带出打二十　板子一面又掷下宁国府对牌出去说与来升
———————————————————————————————
戌：革他一月银　米众人听说又见凤姐眉立知是恼了不敢怠慢拖人的出去拖人执牌传谕的忙去
庚：革他一月银　米众人听说又见凤姐眉立知是恼了不敢怠慢拖人的出去拖人执牌传谕的忙去
戚：革他一月　饭米众人听说又见凤姐眉立知是恼了不敢怠慢拖人的出去拖人执牌传谕的忙去
———————————————————————————————
戌：传谕那人身不由己已拖出去挨了二十大板还要进来叩谢凤姐道明　儿再有悮　的打四十后
庚：传谕那人身不由己已拖出去挨了二十大板还要进来叩谢凤姐道明日　再有　误的打四十后
戚：传谕那人身不由己已拖出去挨了二十大板还要进来叩谢凤姐道明日　再有　误的打四十后
———————————————————————————————
戌：日的六十　有　不怕打的只管悮　说着吩咐散了罢窗外众人听说方各自执事去了彼时荣国
庚：日的六十　有挨　打的只管　误说着吩咐散了罢窗外众人听说方各自执事去了彼时
戚：日的六十要　挨　打的只管　误说着吩咐散了罢窗外众人听说方各自执事去了彼时
———————————————————————————————
戌：宁国二　　处执事领牌交牌的人来　往不绝那抱愧被之人含羞去　这才知道凤姐的利
庚：宁国　荣国两处执事领牌交牌的人来　往不绝那抱愧被打之人含羞去了这才知道凤姐　利
戚：宁国　荣国两处执事领牌交牌的人来人往不绝那抱愧被打之人含羞去了这才知道凤姐　利
———————————————————————————————
戌：害众人不敢偷安　自此兢兢业业执事保守　不在话下如今且说宝玉　因见今日人众恐秦钟
庚：害众人不敢偷　闲自此兢兢业业执事保　全不在话下如今且说宝玉　因见今日人众恐秦钟
戚：害众人不敢偷安　自此兢兢业业执事保　全不在话下如今且说宝　王因见今日人众恐秦钟

第十四回　林儒海捐馆扬州城　贾宝玉路谒北静王

戌：受了委曲因默　　与他商议要同他往凤姐处来坐秦钟道他的事多况且不喜人去咱们去了他岂
庚：受了委曲因默　　与他商议要同他往凤姐处来坐秦钟道他的事多况且不喜人去咱们去了他岂
戚：受了委曲因　　私与他商议要同他往凤姐处来坐秦钟道他的事多况且不喜人去咱们去了他岂

戌：不烦腻宝玉道他怎好腻我们不相干只管跟我说着便拉了秦钟直至抱厦凤姐才吃饭见他们
庚：不烦腻宝玉道他怎好腻我们不相干只管跟我说着便拉了秦钟直至抱厦凤姐才吃饭见他们
戚：不烦腻宝玉道他怎好腻我们不相干只管跟我说着便拉了秦钟直至抱厦凤姐才吃饭见他们

戌：来了便笑道好长腿子快上来罢宝玉道我们偏了凤姐道在这边外头吃的还是那边吃的宝玉道
庚：来了便笑道好长腿子快上来罢宝玉道我们偏了凤姐道在这边外头吃的还是那边吃的宝玉道
戚：来了便笑道好长腿子快上来罢宝玉道我们偏了凤姐道在这边外头吃的还是那边吃的宝玉道

戌：这边同那些浑人吃什么原是那边我们两个同老太太吃了来的一面归　座凤姐吃毕饭就有宁
庚：这边同那些浑人吃什么原是那边我们两个同老太太吃了来的一面归坐　凤姐吃毕饭就有宁
戚：这边同那些浑人吃什么原是那边我们两个同老太太吃了来的一面归坐　凤姐吃毕饭就有宁

戌：国府中的一个媳妇来领牌　　支取香灯事凤姐笑道我算着你　今日　该来支取总不见来想是
庚：国府中的一个媳妇来领牌为支取香灯事凤姐笑道我算着你们今　儿该来支取总不见来想是
戚：国府中的一个媳妇来领牌为支取香灯事凤姐笑道我算着你们今　儿该来支取总不见来想是

戌：忘了这会子到底来取要忘了自然是你们包出来都便宜了我那媳妇笑道何尝不是忘了方才想
庚：忘了这会子到底来取要忘了自然是你们包出来都便宜了我那媳妇笑道何尝不是忘了方才想
戚：忘了这会子到底来取要忘了自然是你们包出来都便宜了我那媳妇笑道何尝不是忘了方才想

戌：起来再迟一步也领不成了说罢领牌而去一时登记交牌秦钟因笑道你们两府里都是这牌倘或
庚：起来再迟一步也领不成了说罢领牌而去一时登记交牌秦钟因笑道你们两府里都是这牌倘或
戚：起来再迟一步也领不成了说罢领牌而去一时登记交牌秦钟因笑道你们两府里都是这牌倘或

戌：别人私弄一个支了银子跑了怎样凤姐笑道依你说都没王法了宝玉因道怎　么咱们家没人来
庚：别人私弄一个支了银子跑了怎样凤姐笑道依你说都没王法了宝玉因道怎　么咱们家没人
戚：别人私弄一个支了银子跑了怎样凤姐笑道依你说都没王法了宝玉因道怎样　咱们家没人

戌：领牌子做东西凤姐道人家来领的时候你还做梦呢我且问你你们这夜书多早晚才念呢宝玉道
庚：领牌子做东西凤姐道人家来领的时候你还做梦呢我且问你你们这夜书多早晚才念呢宝玉道
戚：领牌子做东西凤姐道人家来领的时候你还做梦呢我且问你你们这夜书多早晚才念呢宝玉道

戌：　爬不得这如今就念才好他们只是不快收拾出书房来这也没　法凤姐笑道你请我一请包管
庚：巴　不得这如今就念才好他们只是不快收拾出书房来这也　无法凤姐笑道你请我一请包管
戚：巴　不得这如今就念才好他们只是不快收拾出书房来这也　无法凤姐笑道你请我一请包管

戌：就快了宝玉道你要快也不中用他们该作到那里的自然就有了凤姐笑道便是他们作也得要东
庚：就快了宝玉道你要快也不中用他们该作到那里的自然就有了凤姐笑道便是他们作也得要东
戚：就快了宝玉道你要快也不中用他们该作到那里的自然就有了凤姐笑道便是他们作也得要东

戌：西　去搁不住我不给对牌是难的宝玉听说便猴向凤姐身上要牌立刻　　说好姐姐给出牌子
庚：西拦　　不住我不给对牌是难的宝玉听说便猴向凤姐身上要牌立刻　　说好姐姐给出牌子
戚：西拦　　不住我不给对牌是难的宝玉听说便猴向凤姐身上　　立刻要牌说好姐姐给出牌子

戌：来叫他们要东西去凤姐道我乏的身　　上生疼还　搁的住你揉搓你放心罢今儿才领了纸裱
庚：来叫他们要东西去凤姐道我乏的身子生　生疼还拦　的住　揉搓你放心罢今儿才领了纸裱
戚：来叫他们要东西去凤姐道我乏的身子　上生疼还　搁的住　揉搓你放心罢今儿才领了纸裱

戌：糊去了他们该要的还等叫去呢可不傻子宝玉不信凤姐便叫彩明查册子与宝玉看了正　闹着
庚：糊去了他们该要的还等叫去呢可不傻子宝玉不信凤姐便叫彩明查册子与宝玉看了正　闹着
戚：糊去了他们该要的还等叫去呢可不傻子宝玉不信凤姐便叫彩明查册子与宝玉看了正门　着

戌：人　苏州去的人昭儿来了凤姐急命唤进来昭儿打　千　请安凤姐儿便问回来　作什么　昭
庚：人回苏州去的人昭儿来了凤姐急命唤进来昭儿打　千儿请安凤姐　便问回来做　什么的昭
戚：人回苏州去的人昭儿来了凤姐急命唤进来昭儿打跧　儿请安凤姐　便问回来做　什么的昭

戌：儿道二爷打发回来的林姑老爷是九月初三日巳时没的二爷带了林姑娘同送林姑老爷的灵到
庚：儿道二爷打发回来的林姑老爷是九月初三日巳时没的二爷带了林姑娘同送林姑老爷　灵到
戚：儿道二爷打发回来的林姑老爷是九月初三　巳时没的二爷带了林姑娘　送林姑老爷　灵到

戌：苏州大约赶年底就回来了二爷打发小的来报个信请安讨老太太示下还瞧瞧奶奶家里好叫把
庚：苏州大约赶年底就回来　二爷打发小的来报个信请安讨老太太示下还瞧瞧奶奶家里好叫把
戚：苏州大约赶年底就回来　二爷打发小的来报个信请安讨老太太示下还瞧瞧奶奶家里好叫把

戌：大毛衣服带几件去凤姐道你见过别人了没有昭儿道都见过了说毕连忙退　出凤姐向宝玉笑
庚：大毛衣服带几件去凤姐道你见过别人了没有昭儿道都见过了说毕连忙退去　凤姐向宝玉笑
戚：大毛衣服带几件去凤姐道你见过别人了没有昭儿道都见过了说毕连忙退去　凤姐向宝玉笑

戌：道你林妹妹可在咱们家住长了宝玉道了不得想来这几日他不知哭的怎么样呢说着蹙眉长叹
庚：道你林妹妹可在咱们家住长了宝玉道了不得想来这几日他不知哭的怎　样呢说着蹙眉长叹
戚：道你林妹妹可在咱们家住长了宝玉道了不得想来这几日他不知哭的怎　样呢说着蹙眉长叹

戌：凤姐见昭儿回来　当着人未及细问贾琏心中自是记挂待要回去争奈事情繁杂一时去了恐有
庚：凤姐见昭儿回来因当着人未及细问贾琏心中自是记挂待要回去争奈事情繁　一时去了恐有
戚：凤姐见昭儿回来因当着人未及细问贾琏心中自是记挂待要回去争奈事情繁　一时去了恐有

戌：　延迟失悮　惹人笑话少不得　奈到晚上回来复命　昭儿进来细问一路平安信息连夜打点
庚：　延　失　悮惹人笑话少不得　奈到晚上回来复　令昭儿进来细问一路平安信息连夜打点
戚：　些　失　悮惹人笑话少不得耐　到晚上回来复　令昭儿进来细问一路平安信息连夜打点

戌：大毛衣服　合平儿亲自检　点包裹再细细追想所需何物一并包藏交付　　又细细吩咐昭儿
庚：大毛衣服和　平儿亲自　捡点包裹再细细追想所需何物一并包藏交付昭儿又细细吩咐昭儿
戚：大毛衣服和　平儿亲自检　点包裹再细细追想所需何物一并包藏交付昭儿又细细吩咐昭儿

戌：在外好生　小心伏侍不要惹你二爷生气时时劝他少吃酒别勾引他认得混账　女人回来
庚：在外好生　小心伏侍不要惹你二爷生气时时劝他少吃酒别勾引他认得混账老婆　回来
戚：　好生在外小心伏侍不要惹你二爷生气时时劝他少吃酒别勾引他认得混账老婆　回来

戌：打折你的腿等语赶乱　完了天已四更将尽总睡下又　走了困不　觉又是天明鸡唱忙　梳洗
庚：打折你的腿等语赶乱　完了天已四更将尽总睡下又　走了困不竟　　天明鸡唱忙　梳洗
戚：打折你的腿等语赶　说完了天已四更将尽总睡下又要走了困　　觉又是天明鸡唱　便梳洗

第十四回 林儒海捐馆扬州城 贾宝玉路谒北静王

戌：过宁府中来那贾珍因见发引日近亲自坐了车带了阴阳司吏往铁槛寺来踏看 寄灵所在又一
庚：过宁府中来那贾珍因见发引日近亲自坐 车带了阴阳司吏往铁槛寺来踏 着灵所在又一
戚：过宁府中来那贾珍因见发引日近亲自坐 车带了阴阳司吏往铁槛寺来踏看 寄灵所在又一

戌：一嘱咐住持色空好生预备新鲜陈设多请名僧以备接灵使用色空 看晚斋贾珍也无心茶饭因
庚：一嘱咐住持色空好生预备新鲜陈设多请 僧以备接灵使用色空忙看晚斋贾珍也无心茶饭因
戚：一嘱咐住持色空好生预备新鲜陈设多请名僧以备接灵使用色空忙看晚斋贾珍也无心茶饭因

戌：天晚不得进城 就在净空处 胡乱歇了一夜次日早便进城 料理出殡之事一面又派 先
庚：天晚不得进城净 在净 室胡乱歇了一夜次日早便进城来料理出殡之事一面又派 先
戚：天晚不得进城 就在 净室胡乱歇了一夜次日早便进城来料理出殡之事一面又派人先

戌：往铁槛寺连夜另外修饰 停灵之处并厨茶等项接灵人 里面凤姐见日期在 限也预先逐细
庚：往铁槛寺连夜另外修饰 停灵之处并厨茶等项接灵人口里面凤姐见日期 有限也预先逐细
戚：往铁槛寺连夜另外修 饰停灵之处并厨茶等项接灵人口里面凤姐见日期 有限也预先逐细

戌：分派料理一面又派荣府中车轿 人从跟王夫人送殡又顾自己送殡去占 下处目今正值缮国
庚：分派料理一面又派荣府中车 辆人从跟王夫人送殡又顾自己送殡去占 下处目今正值缮国
戚：分派料理一面又派荣府中车轿 人从跟王夫人送殡又顾自己送殡去 站下处目今正值缮国

戌：公诰命亡故王邢二夫人又去打祭送殡西安郡王妃华诞送寿礼镇国公诰命生了长男预备贺礼
庚：公诰命亡故王邢二夫人又去打祭送殡西安郡王妃华诞送寿礼镇国公诰命生了长男预备贺礼
戚：公诰命亡故王邢二夫人又去打祭送殡西安郡王妃华诞送寿礼镇国公诰命生了长男预备贺礼

戌：又有胞兄王仁连家眷回南一面写家信禀叩父母并带 之物又有迎春疾 每日请医服药看
庚：又有胞兄王仁连家眷回南一面写家信禀叩父母并带往之物又有迎春染 病每日请医服药看
戚：又有胞兄王仁连家眷回南一面写家信禀叩父母并带往之物又有迎春染 病每日请医服药看

戌：医生启帖症源药按 等事亦难尽述又兼发引在迩因此忙的凤姐茶饭也没工夫吃得坐卧不能
庚：医生启帖症源药按 等事亦难尽述又兼发引在迩因此忙的凤姐茶饭也没工夫吃得坐卧不能
戚：医生启帖症源药 案等事亦难尽述又兼发引在迩因此忙的凤姐茶饭也没工夫吃得坐卧不能

戌：清 净刚到了荣府宁府的人又跟到 荣府既回到宁府荣 府的人又找到 荣府凤姐见
庚：清 净刚到了荣府宁府的人又跟到宁 府既回到 荣府宁府的人又找到 荣府凤姐见
戚：清净若 到了荣府宁府的人又跟到 荣府既回到宁府荣府 的人又找到宁 府凤姐

戌：如此心中到十分欢喜并不偷安推托恐落人褒贬因此日夜不暇筹划得十分的整肃于是合族上
庚：如此心中到十分欢喜并不偷安推托恐落人褒贬因此日夜不暇筹划得十分的整肃于是合族上
戚：如此心中到十分欢喜并不偷安推托恐落人褒贬因此日夜不暇筹划得十分的整肃于是合族上

戌：下无不称 赞者这日伴宿之夕里面两班小戏并耍百戏的与亲朋堂客伴宿尤氏犹卧于内 寝
庚：下无不称叹 者这日伴宿之夕里面两班小戏并耍百戏的与亲朋堂客伴宿尤氏犹卧于内室
戚：下无不称叹 者这日伴宿之夕里面两班小戏并耍百戏的与亲朋堂客伴宿尤氏犹卧于内室

戌：一应张罗款待都 是凤姐一人周全承应合族中虽有许多妯娌但或有羞口的或有羞脚的或有
庚：一应张罗款待 独是凤姐一人周全承应合族中虽有许多妯娌但或有羞口的或有羞脚的或有
戚：一应张罗款待 独是凤姐一人周全承应合族中虽有许多妯娌但或有羞口的或有羞脚的或有

戌：不惯见人的　或有惧贵怯官的种种之类都　　不及凤姐举止舒徐言语慷慨珍贵宽大因此也
庚：不惯见人的也　有惧贵怯官的种种之类　俱　不及凤姐举止舒徐言语慷慨珍贵宽大因此也
戚：不惯见人的　或有惧贵怯官的种种之类　　但不及凤姐举止舒徐言语慷慨珍贵宽大因此也
————————————————————————————
戌：不把众人放在眼内　挥霍指示任其所为目若无人一夜中灯明火彩客送官迎那百般热闹自不
庚：不把众人放在眼　里挥霍指示任其所为目若无人一夜中灯明火彩客送官迎那百般热闹自不
戚：不把众人放在眼　里挥霍指示任其所为目若无人一夜中灯明火彩客送官迎那百般热闹自不
————————————————————————————
戌：用说的至天明吉时已到一　般六十四名青衣请灵前面铭旌上大书奉天洪建兆年不易之朝诰
庚：用说的至天明吉时已到一　般六十四名青衣请灵前面铭旌上大书奉天洪建兆年不易之朝诰
戚：用说的至天明吉时已到一班　六十四名青衣请灵前面铭旌上大书奉天洪建兆年不易之朝诰
————————————————————————————
戌：封一等宁国公　家孙妇防护内庭　紫禁道御前侍值　龙禁尉享强寿贾门秦氏　恭人之灵柩
庚：封一等宁国公众　孙妇防护内庭　紫禁道御前侍值　龙禁尉享强寿贾门秦氏　恭人之灵
戚：封一等宁国公众　孙妇防护内　廷紫禁道御前侍　卫龙禁尉享强寿贾门秦氏宜　人之灵
————————————————————————————
戌：　　应执事陈设皆系现赶着新做出来的　色光艳夺目宝珠自行未嫁女之礼外　摔丧驾灵
庚：位　一应执事陈设皆系现赶着新做出来的一色光艳夺目宝珠自行未嫁女之礼外　摔丧驾灵
戚：位那一应执事陈设皆系现赶着新做出来的一色光艳夺目宝珠自行未嫁女之礼　又摔丧驾灵
————————————————————————————
戌：十分哀苦那时官客送殡的有镇国公牛清之孙现袭一等伯牛继宗理国公柳彪之孙现袭一等子
庚：十分哀苦那时官客送殡的有镇国公牛清之孙现袭一等伯牛继宗理国公柳彪之孙现袭一等子
戚：十分哀苦那时官客送殡的有镇国公牛清之孙现袭一等伯牛继宗理国公柳彪之孙现袭一等子
————————————————————————————
戌：柳芳齐国公陈翼之孙世袭三品威镇将军陈瑞文治国公马　魁之孙世袭三品威远将军马尚修
庚：柳芳齐国公陈翼之孙世袭三品威镇将军陈瑞文治国公马　魁之孙世袭三品威远将军马尚修
戚：柳芳齐国公陈翼之孙世袭三品威镇将军陈瑞文治国公　怪魁之孙世袭三品威远将军马尚修
————————————————————————————
戌：国公侯晓明之孙世袭一等子侯孝康缮国公诰命广故　其孙石光珠守孝不曾来得这六家与宁
庚：国公侯晓明之孙世袭一等子侯孝康缮国公诰命亡故故其孙石光珠守孝不曾来得这六家与宁
戚：国公侯晓明之孙世袭一等子侯孝康缮国公诰命亡故故其孙石光珠守孝不曾来得这六家与宁
————————————————————————————
戌：荣二家当日所称八公的便是余者更有南安郡王之孙西宁郡王之孙忠靖侯史鼎平原侯之孙世
庚：荣二家当日所称八公的便是余者更有南安郡王之孙西宁郡王之孙忠靖侯史鼎平原侯之孙世
戚：荣二家当日所称八公的便是余者更有南安郡王之孙西宁郡王之孙忠靖侯史鼎平原侯之孙世
————————————————————————————
戌：袭二等男蒋子宁定城　侯之孙世袭二等男兼京营　遊击谢鲸襄阳侯　之孙世袭二等男戚建
庚：袭二等男蒋子宁定城候　之孙世袭二等男兼京营游　击谢鲸襄阳　候之孙世袭二等男戚建
戚：袭二等男蒋子宁定城　侯之孙世袭二等男兼京营游　击谢鲸襄阳侯　之孙世袭二等男戚建
————————————————————————————
戌：辉景田侯　之孙五城兵马司裘良余者锦乡　伯公子韩奇神武将军公子冯紫英陈也俊卫若兰
庚：辉景田　候之孙五城兵马司裘良余者锦乡　伯公子韩奇神武将军公子冯紫英陈也俊卫若兰
戚：辉景田侯　之孙五城兵马司裘良余者锦　卿伯公子韩奇神武将军公子冯紫英陈也俊卫若兰
————————————————————————————
戌：等诸王孙公子不可枚数堂客算来亦共有十来顶大轿三四十顶小轿连家下大小轿车辆不下百
庚：等诸王孙公子不可枚数堂客算来亦　有十来顶大轿三四十　小轿连家下大小轿车辆不下百
戚：等诸王孙公子不可枚数堂客算来亦　有十来顶大轿三四十顶小轿连家下大小轿车辆不下百
————————————————————————————

第十四回　林儒海捐馆扬州城　贾宝玉路谒北静王

戌：十余　乘连前面各色执事陈设百耍浩浩荡荡一带摆三四里远走不多时路傍　彩棚高搭设席
庚：　余十乘连前面各色执事陈设百耍浩浩荡荡一带摆三四里远走不多时路傍　彩棚高搭设席
戚：　余十乘连前面各色执事陈设百耍浩浩荡荡一带摆三四里远走不多时路　帝彩棚高搭设席

戌：张筵和音奏乐俱是各家路祭第一座是东平王府祭棚第二座是南安郡王祭棚第三座是西宁郡
庚：张筵和音奏乐俱是各家路祭第一座是东平王府祭棚第二座是南安郡王祭棚第三座是西宁郡
戚：张筵和音奏乐俱是各家路祭第一座是东平王府祭棚第二座是南安郡王祭棚第三座是西宁郡

戌：王祭棚第四座是北静郡王祭棚　原来这四王当日惟北静王功高及今子孙犹袭王爵现今北静
庚：王　　第四座是北静郡王　　　的原来这四王当日惟北静王功高及今子孙犹袭王爵现今北静
戚：王　　第四座是北静郡王　　　的原来这四王当日惟北静王功高及今子孙犹袭王爵现今北静

戌：王水溶年未弱冠生得形容秀美　情性谦和近闻宁国　府　家孙媳　告殂因想当日彼此祖父
庚：王水溶年未弱冠生得形容秀美性情　谦和近闻宁国　府众　孙　妇告殂因想当日彼此祖父
戚：王水溶年未弱冠生得形容秀美　情性谦和近闻宁国公　家孙　妇告殂因想当日彼此祖父

戌：相　遇之情同难同荣　未以异姓　相视因此不以王位自居　上日也　曾探丧上祭如今又设
庚：相与　之情同难同荣　未以异　性相视因此不以王位自居　上日也　曾探丧上祭如今又设
戚：相与　之情同难同荣难　以异姓　相视因此不以王位自居前　日　已曾探丧上祭如今又设

戌：路奠命麾下各官在此伺候自己五更入朝公事已　毕便换了素服坐大轿鸣锣张伞而来至棚前
庚：路奠命麾下各官在此伺候自己五更入朝公事　以毕便换了素服坐大轿鸣锣张伞而来至棚前
戚：路奠命麾下各官在此伺候自己五更入朝公事已　毕便换了素服坐大轿鸣锣张伞而来至棚前

戌：落轿手下各官两　傍拥侍军民人众不得往还一时只见宁府大　殡浩浩荡荡压地银山一般从
庚：落轿手下各官两　傍拥侍军民人众不得往还一时只见宁府大　殡浩浩荡荡压地银山一般从
戚：落轿手下各官两旁　拥侍军民人众不得往还一时只见宁府　下殡浩浩荡荡压地银山一般从

戌：北而至早有宁府开路传事人看见连忙回去报与贾珍贾珍急命前面驻扎同贾赦贾政三人连忙
庚：北而至早有宁府开路传事人看见连忙回去报与贾珍贾珍急命前面驻扎同贾赦贾政三人连忙
戚：北而至早有宁府开路传事人看见连忙回去报与贾珍贾珍急命前面驻扎同贾赦贾政三人连忙

戌：迎来以国礼相见水溶在轿内欠身含笑答礼仍以世交称呼接待并不妄自尊大贾珍道犬妇之丧
庚：迎来以国礼相见水溶在轿内欠身含笑答礼仍以世交称呼接待并不妄自尊大贾珍道犬妇之丧
戚：迎来以国礼相见水溶在轿内欠身含笑答礼仍以世交称呼接待并不妄自尊大贾珍道犬妇之丧

戌：累蒙　驾下临荫生辈何以克当水溶笑道世交之谊何出此言遂回头命长府官主祭代奠贾赦等
庚：累蒙郡驾下临荫生辈何以克当水溶笑道世交之谊何出此言遂回头命长府官主祭代奠贾赦等
戚：累蒙郡驾下临荫生辈何以克当水溶　道世交之谊何出此言遂回头命长府官主祭代奠贾赦等

戌：一傍　　还礼毕复身又来谢恩水溶十分谦逊因问贾政道那一位是　　衔玉而诞者几次要见
庚：一傍　　还礼毕复身又来谢恩水溶十分谦逊因问贾政道那一位是　　衔玉而诞者几次要见
戚：　在旁还礼毕复身又来谢恩水溶十分谦逊因问贾政道那一位是啣宝　而诞者几次要见

戌：一见都　为杂冗所阻想今日是来的何不请来一会贾政听说忙回去急命宝玉脱去孝服领他前
庚：一见都　为杂冗所阻想今日是来的何不请来一会贾政听说忙回去急命宝玉脱去孝服领他前
戚：一见　却为杂冗所阻想今日是来的何不请来一会贾政听说忙回去急命宝玉脱去孝服领他前

戌：来那宝玉素日就曾听得父兄亲友人等说闲话时常赞水溶是个贤王且生得才貌双全风流潇洒
庚：来那宝玉素日就曾听得父兄亲友人等说闲话时　赞水溶是个贤王且生得才貌双全风流潇洒
戚：来那宝玉素日就曾听得父兄亲友人等说闲话　　赞水溶是个贤王且生得才貌双全风流潇洒

戌：每不以官俗国体所缚每思相会只是父亲拘束严密无由得会今见反来叫他自是欢喜一面走一
庚：每不以官俗国体所缚每思相会只是父亲拘束严密无由得会今见反来叫他自是欢喜一面走一
戚：每不以官俗国体所缚每思相会只是父亲拘束严密无由得会今见反来叫他自是欢喜一面走一

戌：面早瞥见那水溶坐在轿内好个仪表人材不知近看时又是怎样　　下回分解
庚：面早瞥见那水溶坐在轿内好个仪表人材不知近看时又是怎样且听下回分解
戚：面早瞥见那水溶坐在轿内好个仪表人材不知近看时又是怎样且听下回分解

第十五回　王凤姐弄权铁槛寺　秦鲸卿得趣馒头庵

戌：话说宝玉举目见北静郡王水溶头上带着洁白簪缨　　银翅王帽穿着江牙海水五爪坐龙白蟒袍
庚：话说宝玉举目见北静　　王水溶头上带着洁白簪　缨银翅王帽穿着江牙海水五爪坐龙白蟒袍
戚：话说宝玉举目见北静　　王水溶头上带着洁白簪缨　银翅王帽穿着江牙海水五爪坐龙白蟒袍

戌：系着碧玉红鞓　带面如美玉目似明星真好秀丽人物宝玉忙抢上来参见水溶连忙从轿内伸出
庚：系着碧玉红鞓　带面如美玉目似明星真好秀丽人物宝玉忙抢上来参见水溶连忙从轿内伸出
戚：系着碧玉红　挺面如美玉目似明星真好秀丽人物宝玉忙抢上来参见水溶连忙从轿内伸出

戌：手来挽住见宝玉带着束发银冠勒着双龙出海抹额穿着白蟒箭袖围着攒珠银带面若春花目如
庚：手来挽住见宝玉带着束发银冠勒着双龙出海抹额穿着白蟒箭袖围着攒珠银带面若春花目如
戚：手来挽住见宝玉带着束发银冠勒着双龙出海抹额穿着白蟒箭袖围着攒珠银带面若春花目如

戌：点漆水溶笑道名不虚传果然如宝似玉因问衔的那宝贝在那里宝玉见问连忙从衣　内取了递
庚：点漆水溶笑道名不虚传果然如宝似玉因问衔的那宝贝在那里宝玉见问连忙从衣　内取了递
戚：点漆水溶笑道名不虚传果然如宝似玉因问衔的那宝贝在那里宝玉见问连忙从衣里　取了递

戌：与过去水溶细细　看了又念了那上头的字因问果灵验否贾政忙道虽如此说只是未曾试过水
庚：与过去水溶细细的看了又念了那上头的字因问果灵验否贾政忙道虽如此说只是未曾试过水
戚：与过去水溶细细的看了又念了那上头的字因问果灵验否贾政忙道虽如此说只是未曾试过水

戌：溶一面极　口称奇道异一面理好彩绦亲自与宝玉带上又携手问宝玉几岁读何书宝玉一一答
庚：溶一面极　口称奇道异一面理好彩绦亲自与宝玉带上又携手问宝玉几岁读何书宝玉一一答
戚：溶一面极只　称奇道异一面理好彩绦亲自与宝玉带上又携手问宝玉几岁读何书宝玉一一答

戌：应水溶见他　言语清楚谈吐有致一面又向贾政笑道令郎真乃龙驹凤雏非小王在世翁前唐突
庚：应水溶见他语言　清楚谈吐有致一面又向贾政笑道令郎真乃龙驹凤雏非小王在世翁前唐突
戚：应水溶见他语言　清楚谈吐有致一面又向贾政笑道令郎真乃龙驹凤雏非小王在世翁前唐突

戌：将来雏凤　清于老凤　声未可谅　也贾政忙陪笑道犬子岂敢谬承金奖赖藩郡余　祯　　果
庚：将来雏凤　清于老凤　声未可谅　也贾政忙陪笑道犬子岂敢谬承金奖赖藩郡余贞　　　果
戚：将来雏凤胜　于老凤家声未可　量也贾政忙陪笑道犬子岂敢谬承金奖赖藩郡　　　提携果

戌：如是言亦荫生辈之幸矣水溶又道只是一件令郎如是资致　　　想老太夫人夫人辈自然钟爱极
庚：如是言亦荫生辈之幸矣水溶又道只是一件令郎如是资　　　想老太夫人夫人辈自然钟爱极
戚：如是言亦荫生辈之幸矣水溶又道只是一件令郎如是　　姿格想老太夫人夫人辈自然钟爱极

戌：矣但吾辈后生甚不宜钟溺钟溺则未免荒失学业昔小王曾陷　此辙令郎亦未必不如是也若
庚：矣但吾辈后生甚不宜钟溺钟溺则未免荒失学业昔小王曾　蹈此辙令郎亦未必不如是也若
戚：矣但吾辈后生甚不宜钟溺钟溺则未免荒失学业昔小王曾　蹈此辙想令郎亦未必不如是也若

戌：令郎在家难以用功不妨常到寒第小王虽不才却多蒙海上众名士凡至都者未有不另垂青目是
庚：令郎在家难以用功不妨常到寒第小王虽不才却多蒙海上众名士凡至都者未有不另垂青目是
戚：令郎在家难以用功不妨常到寒第小王虽不才却多蒙海上众名士凡至都者未有不另垂青目是
―――――――――――――――――――――――――――――――――――――
戌：以寒第高人颇聚令郎常去谈会谈会则学问可以日进矣贾政忙　　躬身答应水溶又将腕上一串
庚：以寒第高人颇聚令郎常去谈会谈会则学问可以日进矣贾政忙　　躬身答应水溶又将腕上一串
戚：以寒第高人颇聚令郎常去谈会谈会则学问可以日进矣贾政忙鞠躬　答应水溶又将腕上一串
―――――――――――――――――――――――――――――――――――――
戌：念珠卸了下来递与宝玉道今日初会　　伧促竟无敬贺之物此系　前日圣上亲赐鹡䴖香念珠
庚：念珠卸了下来递与宝玉道今日初会　　伧促竟无敬贺之物此系　前日圣上亲赐鹡䴖香念珠
戚：念珠卸了下来递与宝玉道今日初会仓猝　　竟无敬贺之物此　即前日圣上亲赐鹡䴖香念珠
―――――――――――――――――――――――――――――――――――――
戌：一串权为贺敬　之礼宝玉连忙接了回身奉与贾政贾政与宝玉一齐谢过于是贾赦贾珍等一齐
庚：一串权为贺敬　之礼宝玉连忙接了回身奉与贾政贾政与宝玉一齐谢过于是贾赦贾珍等一齐
戚：一串权为　　敬贺之礼宝玉连忙接了回身奉与贾政　与宝玉一齐谢过于是贾赦贾珍等一齐
―――――――――――――――――――――――――――――――――――――
戌：上来请回舆水溶道逝者已登仙界非碌碌你我尘寰中之人也小王虽上叩天恩虚邀郡袭岂可越
庚：上来请回舆水溶道逝者已登仙界非碌碌你我尘寰中之人也小王虽上叩天恩虚邀郡袭岂可越
戚：上来请回舆水溶道逝者已登仙界非碌碌你我尘寰中之人也小王虽上叩天恩虚邀郡袭岂可越
―――――――――――――――――――――――――――――――――――――
戌：仙辆而进也贾赦等见执意不从只得告辞谢恩回来命手下掩乐停音滔滔然将殡过完方让水溶
庚：仙辆而进也贾赦等见执意不从只得告辞谢恩回来命手下掩乐停音滔滔然将殡过完方让水溶
戚：仙辆而进也贾赦等见执意不从只得告辞谢恩回来命手下掩乐停音滔滔然将殡过完方让水溶
―――――――――――――――――――――――――――――――――――――
戌：回舆去了不在话下且说宁府送殡一路热闹非常刚至城门前又有贾赦贾政贾珍等诸同僚属下
庚：回舆去了不在话下且说宁府送殡一路热闹非常刚至城门前又有贾赦贾政贾珍等诸同僚属下
戚：回舆去了不在话下且说宁府送殡一路热闹非常刚至城门前又有贾赦贾政　　等诸同僚属下
―――――――――――――――――――――――――――――――――――――
戌：各家祭棚接祭一一的谢过然后出城竟奔铁槛寺大路行来彼时贾珍带贾蓉来到诸长辈前让坐
庚：各家祭棚接祭一一的谢过然后出城竟奔铁槛寺大路行来彼时贾珍带贾蓉来到诸长辈前让坐
戚：各家祭棚接祭一一的谢过然后出城竟奔铁槛寺大路行来彼时贾珍带贾蓉来到诸长辈前让坐
―――――――――――――――――――――――――――――――――――――
戌：轿上马因而贾赦一辈的各自上了车轿贾珍一辈的也将要上马凤姐　因记挂着宝玉怕他在郊
庚：轿上马因而贾赦一辈的各自上了车轿贾珍一辈的也将要上马凤姐儿因记挂着宝玉怕他在郊
戚：轿上马因而贾赦一辈的各自上了车轿贾珍一辈的也将要上马凤姐儿因记挂着宝玉怕他在郊
―――――――――――――――――――――――――――――――――――――
戌：外纵性逞强不服家人的话贾政管不着这些小事惟恐有个　闪失难见贾母因此便命小厮来唤
庚：外纵性逞强不服家人的话贾政管不着这些小事惟恐有个失闪　难见贾母因此便命小厮来唤
戚：外纵性逞强不服家人的话贾政管不着这些小事惟恐有个失闪　难见贾母因此便命小厮来唤
―――――――――――――――――――――――――――――――――――――
戌：　　他宝玉只得来到他的车前凤姐笑道好兄弟你是个尊贵人女孩儿一样的人品别学他们猴
庚：　　他宝玉只得来到他　车前凤姐笑道好兄弟你是个尊贵人女孩儿一样的人品别学他们猴
戚：宝玉　宝玉只得来到他　车前凤姐笑道好兄弟你是个尊贵人女孩儿一样的人品别学他们猴
―――――――――――――――――――――――――――――――――――――
戌：在马上下来咱们姐儿两个坐车岂不好宝玉听说便忙下了马爬入凤姐车上二人说笑前进　不
庚：在马上下来咱们姐儿两个坐车岂不好宝玉听说　忙下了马爬入凤姐车上二人说笑前　来不
戚：在马上下来咱们姐儿两个坐车岂不好宝玉听说　忙下了马爬入凤姐车上二人说笑前　来不
―――――――――――――――――――――――――――――――――――――

第十五回　王凤姐弄权铁槛寺　秦鲸卿得趣馒头庵　445

戌：一时只见从那边两骑马压地飞来离凤姐车不远一齐蹲下米扶车回说这里有下处奶奶请歇更
庚：一时只见从那边两骑马压地飞来离凤姐车不远一齐蹲下米扶车回说这里有下处奶奶请歇更
戚：一时只见从那边两骑马压地飞来离凤姐车不远一齐蹲下米扶车回说这里有下处奶奶请歇更

戌：衣凤姐急命请邢夫人王夫人的示下那人回来说太太们说不用歇了叫奶奶自便罢凤姐听了便
庚：衣凤姐急命请邢夫人王夫人的示下那人回来说太太们说不用歇了叫奶奶自便罢凤姐听了便
戚：衣凤姐急命请邢夫人王夫人的示下那人回　说太太们说不用歇了叫奶奶自便罢凤姐听了便

戌：命歇　歇再走众小厮听了一带辔马岔出人群往北飞走宝玉在车内急命请秦相公那时秦钟正
庚：命歇了　再走众小厮听了一带辔马岔出人群往北飞走宝玉在车内急命请秦相公那时秦钟正
戚：命歇了　再走众小厮听了一带辔马岔出人群往北飞走宝玉在车内急命请秦相公那时秦钟正

戌：骑马随着他父亲的轿忽见宝玉的小厮跑来请他去打尖秦钟看时只见凤姐　的车往北而去后
庚：骑马随着他父亲的轿忽见宝玉的小厮跑来请他去打尖秦钟看时只见凤姐儿的车往北而去后
戚：骑马随着他父亲的轿忽见宝玉的小厮跑来请他去打尖秦钟看时只见凤姐儿的车往北而去后

戌：面拉着宝玉的马搭着鞍笼便知宝玉同凤姐坐车自己也便带马赶上来同入一庄门内早有家人
庚：面拉着宝玉的马搭着鞍笼便知宝玉同凤姐坐车自己也便带马赶上来同入一庄门内早有家人
戚：面拉着宝玉的马搭着鞍笼便知宝玉同凤姐坐车自己也便带马赶上来同入一庄门内早有家人

戌：将众庄汉撵尽那时庄　人家无多房舍婆娘们无处回避只得由他们去了那些　邨姑庄妇见了
庚：将众庄汉撵尽那时庄　人家无多房舍婆娘们无处回避只得由他们去了那些村　姑庄妇见了
戚：将众庄汉撵尽那　庄的人家无多房舍婆娘们无处回避只得由他们去了那些村　姑庄妇见了

戌：凤姐宝玉秦钟的人品衣服礼数款段岂有不爱看的一时凤姐进入茅堂因命宝玉等先出去顽顽
庚：凤姐宝玉秦钟的人品衣服礼数款段岂有不爱看的一时凤姐进入茅堂因命宝玉等先出去顽顽
戚：凤姐宝玉秦钟的人品衣服礼数款段岂有不爱看的一时凤姐进入茅堂因命宝玉等先出去顽顽

戌：宝玉等会意因同秦钟出来带着小厮们各处　遊玩凡庄农动用之物皆不曾见过宝玉一见了锹
庚：宝玉等会意因同秦钟出来带着小厮们各处游　玩凡庄农动用之物皆不曾见过宝玉一见了锹
戚：宝玉等会意因同秦钟出来带着小厮们各处游　玩凡庄农动用之物皆不曾见过宝玉一见了锹

戌：锄镢　犁等物皆以为奇不知何向所使其名为何小厮在傍　一一的告诉了名色说明原委宝
庚：　镢锄犁等物皆以为奇不知何向所使其名为何小厮在傍　一一的告诉了名色说明原委宝
戚：　镢锄犁等物皆以为奇不知何向所使其名为何小厮　从旁一一的告诉了名色说明原委宝

戌：玉听了因点头叹道怪道古人诗上说谁知盘中餐粒粒皆辛苦正为此也一面说一面又至一间房
庚：玉听了因点头叹道怪道古人诗上说谁知盘中餐粒粒皆辛苦正为此也一面说一面又至一间房
戚：玉听了因点头叹道怪道古人诗上说谁知盘中餐粒粒皆辛苦正为此也一面说一面又至一间房

戌：前只见炕上有个纺车宝玉又问小厮们这又是什么小厮们又告诉他原委宝玉听说便上来拧转
庚：前只见炕上有个纺车宝玉又问小厮们这又是什么小厮们又告诉他原委宝玉听说便上来拧转
戚：前只见炕上有个纺车宝玉又问小厮们这又是什么小厮们又告诉他原委宝玉听说便上来拧转

戌：作耍自为有趣只见一个约有十七八岁的村庄丫头跑了来乱嚷别动坏了众小厮忙断喝拦阻宝
庚：作耍自为有趣只见一个约有十七八岁的村庄丫头跑了来乱嚷别动坏了众小厮忙断喝拦阻宝
戚：作耍自为有趣只见一个约有十七八岁的村庄丫头跑了来乱嚷别动坏了众小厮忙断喝拦阻宝

戌：玉忙丢开手陪笑说道我因为　无见过这个所以试他一试那丫头道你们那里会弄这个站开了
庚：玉忙丢开手陪笑说道我因为没　见过这个所以试他一试那丫头道你们那里会弄这个站开了
戚：玉忙丢开手陪笑说道我因为没　见过这个所以试他一试那丫头道你们那里会弄这个站开了
——
戌：我纺与你瞧秦钟暗拉宝玉笑道此卿大有意趣宝玉一把推开笑道该死的再胡说我就打了说着
庚：我纺与你瞧秦钟暗拉宝玉笑道此卿大有意趣宝玉一把推开笑道该死的再胡说我就打了说着
戚：我纺与你瞧秦钟暗拉宝玉笑道此卿大有意趣宝玉一把推开笑道该死的再胡说我就打了说着
——
戌：只见那丫头纺起线来宝玉正要说话时只听那边老婆子叫道二丫头快过来那丫头听见丢下纺
庚：只见那丫头纺起线来宝玉正要说话时只听那边老婆子叫道二丫头快过来那丫头听见丢下纺
戚：只见那丫头纺起线来宝玉正要说话时只听那边老婆子叫道二丫头快过来那丫头听见丢下纺
——
戌：车一　径去了宝玉怅然无趣只见凤姐　打发人来叫他两个进去凤姐洗了手换衣服抖灰土问
庚：车一迳　去了宝玉怅然无趣只见凤姐儿打发人来叫他两个进去凤姐洗了手换衣服抖灰　问
戚：车一　径去了宝玉怅然无趣只见凤姐儿打发人来叫他两个进去凤姐洗了手换衣服抖灰　问
——
戌：他们换不换宝玉不换只得罢了家下仆妇们将带着行路的茶壶茶杯十锦屉盒各样小食端来凤
庚：他们换不换宝玉不换只得罢了家下仆妇们将带着行路的茶壶茶杯十锦屉盒各样小食端来凤
戚：他们换不换宝玉不换只得罢了家下仆妇们将带着行路的茶壶茶杯十锦屉盒各样小食端来凤
——
戌：姐等吃过茶待他们收　拾完备便起身上车外面旺儿预备下赏封赏了本邨　主人庄妇等来叩
庚：姐等吃过茶待他们收什　完备便起身上车外面旺儿预备下赏封赏了本　村主人庄妇等来叩
戚：姐等吃过茶待他们收　拾完备便起身上车外面旺儿预备下赏封赏了本　村主人庄妇等来叩
——
戌：赏凤姐并不在意宝玉却留心看时内中并无二丫头一时上了车出来走不多远只见迎头二丫头
庚：赏凤姐并不在意宝玉却留心看时内中并无二丫头一时上了车出来走不多远只见迎头二丫头
戚：赏凤姐并不在意宝玉却留心看时内中并无二丫头一时上了车出来走不多远只见迎头二丫头
——
戌：怀里抱着他小兄弟同着几个小女孩子说笑而来宝玉恨不得下车跟了他去料是众人不依的少
庚：怀里抱着他小兄弟同着几个小女孩子说笑而来宝玉恨不得下车跟了他去料是众人不依的少
戚：怀里抱着他小兄弟同着几个小女孩子说笑而来宝玉恨不得下车跟了他去料是众人不依的少
——
戌：不得以目相送争奈车轻马快一时　展眼无踪走不多时仍又跟上了大殡　早有　前面法鼓金
庚：不得以目相送争奈车轻马快一时　展眼无踪走不多时仍又跟上　大殡了早有　前面法鼓金
戚：不得以目相送争奈车轻马快一时转　眼无踪走不多时仍又跟上　大殡了早　又前面法鼓金
——
戌：铙幢幡　宝盖铁槛寺接灵众僧齐至少时到入寺中另演佛事重设香坛安灵于内殿偏　室之
庚：铙幢幡　宝盖铁槛寺接灵众僧齐至少时到入寺中另演佛事重设香坛安灵于内殿　个　室之
戚：铙幢　旛宝盖铁槛寺接灵众僧齐至少时　入寺中另演佛事重设香坛安灵于内殿　　旁室之
——
戌：中宝珠安理寝室相伴外面贾珍款待一应亲友也有扰饭的也有不吃饭而辞的一应谢过乏从公
庚：中宝珠安理寝室相伴外面贾珍款待一应亲友也有扰饭的也有不吃饭而辞的一应谢过乏从公
戚：中宝珠安理寝室相伴外面贾珍款待一应亲友也有扰饭的也有不吃饭而辞的一应谢过乏从公
——
戌：　侯伯子男一起一起的散去至未末时分方　散尽了里面的堂客皆是凤姐张罗　接待先从显
庚：候　伯子男一起一起的散去至未末时分方才散尽了里面的堂客皆　凤姐张　逻接待先从显
戚：　侯伯子男一起一起的散去至未末时　方才散尽了里面的堂客皆　凤姐张罗　接待先从显
——

第十五回　王凤姐弄权铁槛寺　秦鲸卿得趣馒头庵　447

戌：官诰命散起也到晌　午大错时方散尽了只有几个亲戚是至近的等做过三日安灵道场方去那
庚：官诰命散起也到　响午大错时方散尽了只有几个亲戚是至近的等做过三日安灵道场方去那
戚：官诰命散起也到晌　午大错时方散尽了只有几个亲戚是至近的等做过三日安灵道场方去那
————————————————————————————————
戌：时邢王二夫人知凤姐必不能　回家也便就　要进城王夫人要带宝玉去宝玉乍到郊外那里肯
庚：时邢王二夫人知凤姐必不能来　家也便　宜进城王夫人要带宝玉去宝玉乍到郊外那里肯
戚：时邢王二夫人知凤姐必不能来　家也便就　要进城王夫人要带宝玉去宝玉乍到郊外那里肯
————————————————————————————————
戌：回去只要跟凤姐住着王夫人无法只得交与凤姐便回来了原来这铁槛寺原是宁荣二公当日修
庚：回去只要跟凤姐住着王夫人无法只得交与凤姐便回来了原来这铁槛寺原是宁荣二公当日修
戚：回去只要跟凤姐住着王夫人无法只得交与凤姐便回来了原来这铁槛寺原是宁荣二公当日修
————————————————————————————————
戌：造现今还是有香火地亩布施以备　京中老了人口在此便宜寄放其中阴阳两宅俱已预备妥贴
庚：造现今还是有香火地亩布施以备　京中老了人口在此便宜寄放其中阴阳两宅俱已预备妥贴
戚：造现今还是有香火地亩布施以备族　中老了人口在此便宜寄放其中阴阳两宅俱已预备妥贴
————————————————————————————————
戌：好为送灵人口寄居不想如今后辈人口繁盛其中贫富不一或性情参商有那家业艰难安分的便
庚：好为送灵人口寄居不想如今后辈人口繁盛其中贫富不一或性情参商有那家业艰难安分的便
戚：好为送灵人口寄居不想如今后辈人口繁盛其中贫富不一或性情参商有那家业艰难安分的便
————————————————————————————————
戌：住在这里了有那　上排场有钱势的只说这里不方便一定另外或村庄或尼庵寻个下处为事毕
庚：住在这里了有那尚　排场有钱势的只说这里不方便一定另外或村庄或尼庵寻个下处为事毕
戚：住在这里了有那尚　排场有钱势的只说这里不方便一定另外或村庄或尼庵寻个下处为事毕
————————————————————————————————
戌：晏　退之所即今秦氏之丧族中诸人皆权在铁槛寺下榻独有凤姐嫌不方便因而早遣人来和馒
庚：　宴退之所即今秦氏之丧族中诸人皆权在铁槛寺下榻独有凤姐嫌不方便因而早遣人来和馒
戚：　宴退之所即今秦氏之丧族中诸人皆权在铁槛寺下榻独有凤姐嫌不方便因而早遣人来和馒
————————————————————————————————
戌：头庵的　姑子净　虚说了腾出两间房子来作下处原来这馒头庵就是水月　寺因他庙里做的
庚：头庵的　姑子净　虚说了腾出两间房子来作下处原来这馒头庵就是水月　寺因他庙里做的
戚：头庵的尼姑　净虚说了腾出两间房子来作下处原来这馒头庵就是水月庵　因他庙里做的
————————————————————————————————
戌：馒头好就起　了这个浑号离铁槛寺不远当下和尚工课已完奠过晚茶贾珍便命贾蓉请凤姐歇
庚：馒头好就起　了这个浑号离铁槛寺不远当下和尚工课已完奠过晚茶贾珍便命贾蓉请凤姐歇
戚：馒头好就　出了这个浑号离铁槛寺不远当下和尚工课已完奠过晚茶贾珍便命贾蓉请凤姐歇
————————————————————————————————
戌：息凤姐见还有几个妯娌陪着女亲自己便辞了众人带了宝玉秦钟往水月庵来原来秦业年迈多
庚：息凤姐见还有几个妯娌陪着女亲自己便辞了众人带了宝玉秦钟往水月庵来　秦业年迈多
戚：息凤姐见还有几个妯娌陪着女亲自己便辞了众人带了宝玉秦钟往水月庵来　秦业年迈多
————————————————————————————————
戌：病不能在此只命秦钟等待安灵罢了那秦钟便只跟着凤姐宝玉一时到了水月庵净　虚带领智
庚：病不能在此只命秦钟等待安灵罢了那秦钟便只跟着凤姐宝玉一时到了水月庵净　虚带领智
戚：病不能在此只命秦钟等待安灵罢了那秦钟便只跟　凤姐宝玉一时到了水月庵　净虚带领智
————————————————————————————————
戌：善智能两个徒弟出来迎接大家见过凤姐　等来至净　室更衣　净手毕因见智能儿越发长高
庚：善智能两个徒弟出来迎接大家见过凤姐　等来至净　室更衣　净手毕因见智能儿越发长高
戚：善智能两个徒弟出来迎接大家见过凤姐另　至　净室更衣净　手毕　见智能儿越发长高
————————————————————————————————
戌：了模样儿越发出息了因说道你们师徒怎么这些日子也不往我们那里去　净虚道可是这几天
庚：了模样儿越发出息了因说道你们师徒怎么这些日子也不往我们那里去　净虚道可是这几天
戚：了模样儿越发出息了因说道你们师徒怎么这些日子也不往我们那里去净　虚道可是这几天

戌：都　　无工夫因胡老爷府里产了公子太太送了十两银子来这里叫请几位师　傅念三日血盆经
庚：都没　工夫因胡老爷府里产了公子太太送了十两银子来这里叫请几位师父　念三日血盆经
戚：都没　工夫因胡老爷府里产了公子太太送了十两银子来这里叫请几位师父　念三日血盆经

戌：忙的　无个空儿　就　无来请太太　的安不言老妮　陪着凤姐且说秦钟宝玉二人正在殿
庚：忙的没　个空儿　就没　来请　奶奶的安不言老　尼陪着凤姐且说秦钟宝玉二人正在殿
戚：忙的没　个空儿不　没　来请　奶奶的安不言老　尼陪着凤姐且说秦钟宝玉二人正在殿

戌：上顽耍因见智能过来宝玉笑道能儿来了秦钟道理那个东西作什么宝玉笑道你别弄鬼那一日
庚：上顽耍因见智能过来宝玉笑道能儿来了秦钟道理那　东西作什么宝玉笑道你别弄鬼那一口
戚：上顽耍因见智能过来宝玉笑道能儿来了秦钟道理那　东西作什么宝玉笑道你别弄鬼那一日

戌：在老太太屋里一个人无　有你搂　着他什么这会子还哄我秦钟笑道这可是没有的话宝玉
庚：在老太太屋里一个人　没有你搂　着他什么这会子还哄我秦钟笑道这可是没有的话宝玉
戚：在老太太屋里一个人　没有你　接着他作什么这会子还哄我秦钟笑道这可是没有的话宝玉

戌：笑道有无　有也不管你你只叫住他到　碗茶米我吃就丢开手秦钟笑道这又奇了你叫他　到
庚：笑道有　没有也不管你你只叫住他到　碗茶米我吃就丢开手秦钟笑道这又奇了你叫他　到
戚：笑道有　没有也不管你你只叫住他　倒碗茶来我吃就丢开手秦钟笑道这又奇了你叫他倒

戌：去还怕他不到　何必要我说呢宝玉道我叫他　到的是无情意的不及你叫他到　的是有情意
庚：去还怕他不到　何必要我说呢宝玉道我叫他　到　是无情意的不及你叫他到　的是有情意
戚：去还怕他不　倒何必要我说呢宝玉道我叫他倒　　是无情意的不及你叫他　倒的是有情意

戌：的秦钟只得说道能儿到　碗茶来给我那智能儿自幼在荣府走动无人不识因常与宝玉秦钟顽
庚：的秦钟只得说道能儿到　碗茶来给我那智能儿自幼在荣府走动无人不识因常与宝玉秦钟顽
戚：的秦钟只得说道能儿　倒碗茶来给我那智能儿自幼在荣府走动无人不识因常与宝玉秦钟顽

戌：　要他如今大了渐知风月便看上了秦钟人物风流那秦钟也极爱他妍媚二人虽未上手却已情
庚：笑　他如今大了渐知风月便看上了秦钟人物风流那秦钟也极爱他妍媚二人虽未上手却已情
戚：笑　他如今大了渐知风月便看上了秦钟人物风流那秦钟也极爱他妍媚二人虽未上手却已情

戌：投意合了今　能儿见了秦钟心眼俱开走去到　了茶来秦钟笑说给我宝玉叫给我智能儿抿嘴
庚：投意合了今智能　见了秦钟心眼俱开走去到　了茶来秦钟笑说给我宝玉叫给我智能儿抿嘴
戚：投意合了　智能　见了秦钟心眼俱开走去　倒了茶来秦钟笑说给我宝玉叫给我智能儿抿嘴

戌：笑道一碗茶也来争我难道手里有蜜宝玉先抢得了吃着方要问话只见智善来叫智能去摆茶碟
庚：笑道一碗茶也　争我难道手里有蜜宝玉先抢得了吃着方要问话只见智善来叫智能去摆茶碟
戚：笑道一碗茶也　争我难道手里有蜜宝玉先抢得了吃着方要问话只见智善来叫智能去摆茶碟

戌：子一时来请他两个去吃茶　菓点　他两个那里吃这些东西坐一坐仍出来顽　笑凤姐也　畧
庚：子一时来请他两个去吃茶　菓点　他两个那里吃这些东西坐一坐仍出来顽耍　凤姐也　畧
戚：子一时来请他两个去吃茶果　点心他两个那里吃这　东西坐一坐仍出来顽耍　凤姐　亦畧

戌：坐片时便回至净　室歇息老尼相送此时众婆娘媳妇见无事　皆陆绪　散了自去歇息跟前
庚：坐片时便回至　净　室歇息老尼相送此时众婆娘媳妇见无事都　陆　续散了自去歇息跟前
戚：坐片时便回至　　净室歇息老尼相送此时众婆娘媳妇见无事都　陆　续散了自去歇息跟前

第十五回　王凤姐弄权铁槛寺　秦鲸卿得趣馒头庵　449

戊：不过几个心　服常侍小婢　老尼便趁机说道我正有一事要到府里求太太先请奶奶一个示下
庚：不过几个心　服常侍小　禅老尼便趁机说道我正有一事要到府里求太太先请奶奶一个示下
戚：不过几个心腹　常侍小婢　老尼便趁机说道我正有一事要到府里求太太先请奶奶一个示下
────────────────────────────
戊：凤姐因问何事老尼道阿弥陀佛只因当日我先在长安县内善才庵内出家的时节那时有个施主
庚：凤姐因问何事老尼道阿弥陀佛只因当日我先在长安县内善才庵内出家的时节那时有个施主
戚：凤姐因问何事老尼道阿弥陀佛只因当日我先在长安县内善才庵内出家的时节那时有个施主
────────────────────────────
戊：姓张是大财主他有个女儿小名金哥那年都　往我庙里来进香不想遇见了长安府府太爷的小
庚：姓张是大财主他有个女儿小名金哥那年都　往我庙里来进香不想遇见了长安府府太爷的小
戚：姓张是大财主他有个女儿小名金哥那年都来　我庙里　进香不想遇见了长安府府太爷的小
────────────────────────────
戊：　舅子李衙内那李衙内一心看上要娶　金哥打发人来求亲不想金哥已受了原任长安守备的
庚：旧　子李衙内那李衙内一心看上要娶　金哥打发人来求亲不想金哥已受了原任长安守备的
戚：　舅子李衙内那李衙内一心看上要　取金哥打发人来求亲不想金哥已受了原任长安守备的
────────────────────────────
戊：公子的聘　礼张家若退亲又怕守备不依因此说　有了人家谁知李公子执　意不依定要娶他
庚：公子的聘定　张家若退亲又怕守备不依因此说已有了人家谁知李公子　致意不依定要娶他
戚：公子的聘定　张家若退亲又怕守备不依因此说已有了人家谁知李公子执　意不依定要娶他
────────────────────────────
戊：女儿张家正无计策两处为难不想守备家听了此信也不管　青红皂白便来作　践辱骂说一个
庚：女儿张家正无计策两处为难不想守备家听了此信也不管　青红皂白便来作贱　辱骂说一个
戚：女儿张家正无计策两处为难不想守备家听了此信也不管清　红皂白便来作　践辱骂　一个
────────────────────────────
戊：女儿许几家偏不许退定礼就要打官司告状起来那张家急了只得着人上京求　寻门路赌气偏
庚：女儿许几家偏不许退定礼就　打官司告状起来那张家急了只得着人上京　来寻门路赌气偏
戚：女儿许几家偏不许退定礼就　打官司告状起来那张家急了只得着人上京　来寻门路赌气偏
────────────────────────────
戊：要退定礼我想如今长安节度云老爷与府上　　最契可以求太太与老爷说声打发一封书去求
庚：要退定礼我想如今长安节度云老爷与府上　　最契可以求太太与老爷说声打发一封书去求
戚：要退定礼我想如今长安节度云老爷与　　老爷最契可以求太太与老爷说声打发一封书去求
────────────────────────────
戊：云老爷和那守备说一声不怕那守备不依若是肯行张家连　家孝敬　也都　情愿凤姐听了笑
庚：云老爷和那守备说一声不怕那守备不依若是肯行张家连倾家孝　顺也都　情愿凤姐听了笑
戚：云老爷和那守备说　声不怕那守备不依若是肯行张家连倾家孝　顺也　就情愿凤姐听了笑
────────────────────────────
戊：道这事到不大只是太太再不管这样的事老尼道太太不管奶奶也可以主张了凤姐听说笑道我
庚：道这事到不大只是太太再不管这样的事老尼道太太不管奶奶也可以主张了凤姐听说笑道我
戚：道这事到不大只是太太再不管这样的事老尼道太太不管奶奶　可以主张了凤姐听说笑道我
────────────────────────────
戊：也不等银子使也不　作这样的事净　虚听了去妄想半晌叹道虽如此说只是张家已知我来
庚：也不等银子使也不做　这样的事净　虚听了去妄想半晌叹道虽如此说　张家已知我来
戚：也不等银子使也不做　这样的事　净虚听了打去妄想半晌叹道虽如此说　张家已知我来
────────────────────────────
戊：求府里如今不管这事张家　知道没工夫管这事不　罕稀他的谢礼到像府里连这点子手段也
庚：求府里如今不管这事张家不知道没工夫管这事不希罕　他的谢礼到像府里连　点子手段也
戚：求府里如今不管这事张家不知道没工夫管这事不希罕　他的谢礼到像府里连这点子手段也
────────────────────────────
戊：无　有的一般凤姐听了这话便发了兴头说道你是素日知道我的从来不信什么　阴司地狱报
庚：　没有的一般凤姐听了这话便发了兴头说道你是素日知道我的从来不信什么是阴司地狱报
戚：　没有的一般凤姐听了这话便发了兴头说道你是素日知道我的从来不信什么是阴司地狱报

戌：应的凭是什么事我说要行就行你叫他拿三千两银子来我就替他出这口气老尼听说喜之不尽
庚：应的凭是什么事我说要行就行你叫他拿三千　银子来我就替他出这口气老尼听说喜　不
戚：应的凭是什么事我说要行就行你叫他拿三千　银子来我就替他出这口气老尼听说喜　不

戌：　　忙说有有这个不难凤姐又道我比不得他们拉篷　扯牵的图银子这三千银子不过是
庚：自禁忙说　有有这个不难凤姐又道我比不得他们拉　逢扯牵的图银子这三千银子不过是
戚：自禁忙说　有有这个不难凤姐又道我比不得他们　　扯逢扯牵的图银子这三千银子不过是

戌：给打发说去的小厮　作盘缠使他　赚几个辛苦钱我一个钱也不要他的便是三万两我此刻
庚：给打发说去的小厮　作盘缠使他　赚几个辛苦钱我一个钱也不要他的便是三万两我此刻也
戚：给打发说去的小厮做　盘缠使　用赚几个辛苦钱我一个钱也不要他的便是三万两我此刻也

戌：还拿得·出来老尼连忙答应又说道既如此奶奶明日就开恩也罢了凤姐道你瞧瞧我忙的那一
庚：　拿　的出来老尼连忙答应又说道既如此奶奶明日就开恩也罢了凤姐道你瞧瞧我忙的那一
戚：　拿　的出来老尼连忙答应又说道既如此奶奶明日就开恩也罢了凤姐道你瞧瞧我忙的那一

戌：处少了我既应了你自然快快的了结老尼道这点子事在别人　跟前就忙的不知怎么样若是奶
庚：处少了我既应了你自然快快的了结老尼道这点子事在别人的跟前就忙的不知怎么样若是奶
戚：处少了我既应了你自然快快的了结老尼道这点子事在别人的跟前就忙的不知怎　若是奶

戌：奶　跟前再添上些也不够　奶奶一发挥的只是俗语说的能者多劳太太因大小事见奶奶妥贴
庚：奶的跟前再添上些也不　勾奶奶一发挥的只是俗语说的能者多劳太太因大小事见奶奶妥贴
戚：奶　跟前再添上些也不够　奶奶一发挥的只是俗语说的能者多劳太太因大小事见奶奶妥贴

戌：越　性都推给奶奶了奶奶也要保重金体才是一路话奉承的凤姐越发受用了也不顾劳乏更攀
庚：越　性都推给奶奶了奶奶也要保重金体才是一路话奉承的凤姐越发受用　也不顾劳乏更攀
戚：　率性都推给奶奶了奶奶也要保重金体才是一路话奉承的凤姐越发受用　也不顾劳乏更攀

戌：谈起来谁想秦钟趁黑无人来寻智能刚到　后面房中只见智能独在房中洗茶碗秦钟跑来便搂
庚：谈起来谁想秦钟趁黑无人来寻智能刚　至后面房中只见智能独在房中洗茶碗秦钟跑来便搂
戚：谈起来谁想秦钟趁黑无人来寻智能刚　至后面房　只见智能独在房中洗茶碗秦钟跑来便搂

戌：着亲嘴智能急的跺脚说　这算什么呢再这么我就叫唤了秦钟求道好人我已急死了你今儿再
庚：着亲嘴智能急的跺脚说着这算什么　再这么我就叫唤　秦钟求道好人我已急死了你今儿再
戚：着亲嘴智能急的跺脚说着这算什么　再这么我就叫唤　秦钟求道好人我已急死了你今儿再

戌：不依我就死在这里智能道你想怎么样除非等我出了这个牢坑离了这些人才依你秦钟道这也
庚：不依我就死在这里智能道你想怎　样除非等我出了这　牢坑离了这些人才依你秦钟道这也
戚：不依我就死在这里智能道你想怎　样除非等我出了这　牢坑离了这些人才依你秦钟道这也

戌：容易只是远水救不得近渴说着一口吹了灯满屋漆黑将智能抱到炕上就云雨起来那智能百般
庚：容易只是远水救不得近渴说着一口吹了灯满屋漆黑将智能抱到炕上就云雨起来那智能百般
戚：容易只是远水救不得近渴说着一口吹了灯满屋漆黑将智能抱到炕上就云雨起来那智能百般

戌：　挣挫不起又不好叫的少不得依他正在得趣只见一人进来将他二人按住也不　则声二人
庚：的挣挫不起又不好叫的少不得依他正在得趣只见一人进来将他二人按住也不　则声二人
戚：的挣挫不起又不好叫的少不得依他正在得趣只见一人进来将他二人按住也不作　声二人

第十五回　王凤姐弄权铁槛寺　秦鲸卿得趣馒头庵　451

戌：不知是谁唬的不敢动一动只听那人嗤的一声掌不住笑了二人听声方知是宝玉秦钟连忙起身
庚：不知是谁唬的不敢动一动只听那人嗤的一声掌不住笑了二人听声方　是宝玉秦钟连忙起
戚：不知是谁唬的不敢动一动只听那人嗤的一声掌不住笑了二人听声　知是宝玉秦钟连忙起
————————————————————————————————
戌：　　抱怨道这算什么宝玉笑道你到不依咱们就叫喊起来着的智能趁黑地跑了宝玉拉了秦钟
庚：事　抱怨道这算什么宝玉笑道你到不依咱们就叫喊起来着的智能趁黑地跑了宝玉拉了秦钟
戚：誓抱怨道这算什么宝玉笑道你到不依咱们就叫喊起来着的智能趁黑地跑了宝玉拉了秦钟
————————————————————————————————
戌：出来道你可还和我强秦钟笑道好人你只别嚷的众人知道你要怎么样我都依你宝玉笑道这会
庚：出来道你可还和我强秦钟笑道好人你只别嚷的众人知道你要怎　样我都依你宝玉笑道这会
戚：出来道你可还和我强秦钟笑道好人你只别嚷的众人知道你要怎　样我都依　宝玉笑道这会
————————————————————————————————
戌：子也不用说等一会　睡下再细细的算账一时宽衣安歇的时节凤姐在里间秦钟宝玉在外间满
庚：子也不用说等一会　睡下再细细的算账一时宽衣安歇的时节凤姐在里间秦钟宝玉在外间满
戚：子也不用说等一　回睡下再细细的算账一时宽衣安歇的时节凤姐在里间秦钟宝玉在外间满
————————————————————————————————
戌：地下皆是家下婆子打铺坐更凤姐因怕通灵玉失落便等宝玉睡下命人拿来塞在自己枕边宝玉
庚：地下皆是家下婆子打铺坐更凤姐因怕　灵玉失落便等宝玉睡下命人拿来塞在自己枕边宝玉
戚：地下皆是家下婆子打铺坐更凤姐因怕通灵玉失落便等宝玉睡下命人拿来塞在自己枕边宝玉
————————————————————————————————
戌：不知与秦钟算何账目未见真　切未曾记得此系疑案不敢纂创一宿无话至次日一早便有贾母
庚：不知与秦钟算何账目未见真　切未曾记得此系疑案不敢纂创一宿无话至次日一早便有贾母
戚：不知与秦钟算何账目未　真具切未曾记得此系疑案不敢纂创一宿无话至次日一早便有贾母
————————————————————————————————
戌：王夫人打发　人来看宝玉又命多穿两件衣服无事宁可回去宝玉那里肯回去又有秦钟恋着智
庚：王夫人打发了人来看宝玉又命多穿两件衣服无事宁可回去宝玉那里肯回去又有秦钟恋着智
戚：王夫人打发了人来看宝玉又命多穿两件衣服无事宁可回去宝玉那里肯回去又有秦钟恋着智
————————————————————————————————
戌：能调唆宝玉求凤姐再住一天凤姐想了一想凡丧仪大事虽妥还有一半点小事未曾安插可以
庚：能调唆宝玉求凤姐再住一天凤姐想了一想凡丧仪大事虽妥还有一半点小事未曾安插可以
戚：能调唆宝玉求凤姐再住一天凤姐想了一想凡丧仪大事虽妥还有一半点小事未曾安插可以借
————————————————————————————————
戌：指此再住一　天岂不又在贾珍跟前送了满情二则又可以完　净虚的那事三则顺了宝玉的心
庚：指此再住一日　岂不又在贾珍跟前送了满情二则又可以完　净虚　那事三则顺了宝玉的心
戚：　此再住一日　岂不又在贾珍跟前送了满情二则又可以完净　虚　那事三则顺了宝玉的心
————————————————————————————————
戌：贾母听见岂不欢喜因有此三益便向宝玉道我的事都完了你要　在这里　逛少不得越　性辛
庚：贾母听见岂不欢喜因有此三益便向宝玉道我的事都完了你要　在这里旷　少不得越　性辛
戚：贾母听见岂不欢喜因有此三益便向宝玉道我　事都完了你要徃　　　少不得　率性辛
————————————————————————————————
戌：苦一日罢了明日　可是定要走的了宝玉听说千姐姐万姐姐的央求只住一日明　日必回去的
庚：苦一日罢了明　儿可是定要走的了宝玉听说千姐姐万姐姐的央求只住一日明儿　必回去的
戚：苦一日罢了明　儿可是定要走的了宝玉听说千姐姐万姐姐的央求只住一日明儿　必回去的
————————————————————————————————
戌：于是又住了一夜凤姐便命悄悄将昨日老尼姑之事说与来旺儿来旺儿心中俱已明白急忙进城
庚：于是又住了一夜凤姐便命悄悄将昨日老尼　之事说与来旺儿来旺儿心中俱已明白急忙进城
戚：于是又住了一夜凤姐便命悄悄将昨日老尼　之事说与来旺儿来旺儿心中俱已明白急忙进城
————————————————————————————————
戌：找着主文的相公假托贾琏所嘱修书一封连夜往长安县来不过百里路程两日工夫俱已妥　协
庚：找着主文的相公假托贾琏所嘱修书一封连夜往长安县来不过百里路程两日工夫俱已妥　协
戚：找着主文的相公假托贾琏所嘱修书一封连夜往长安县来不过百里路程两日工夫俱已妥贴

戌：那节度使名唤云光久　　欠贾府之情这一点小事岂有不允之理给了回书旺儿回来且不在话下
庚：那节度使名唤云光久见　贾府之情这　点小事岂有不允之理给了回书旺儿回来且不在话下
戚：那节度使名唤云光久见　贾府之情这一点小事岂有不允之理给了回书旺儿回来且不在话下

戌：却说凤姐等又　过了一日次日方别了老尼着他三日后往府里去讨信那秦钟与智能百般不忍
庚：却说凤姐等又　过了　日次日方别了老尼着他三日后往府里去讨信那秦钟与智能百般不忍
戚：却说凤姐等　了过了一日次日方别了老尼着他三日后往府里去讨信那秦钟与智能百般不忍

戌：分离背地里多少幽期　蜜约俱不用细述只得含　泪而别凤姐又至　铁槛寺中照望一番宝
庚：分离背地里多少幽期密　约俱不用细述只得含　恨　而别凤姐又　到铁槛寺中照望一番宝
戚：分离背地里多少幽期密　约俱不用细述只得含情　而别凤姐又　到铁槛寺中照望一番宝

戌：珠致　意不肯回家贾珍只得派妇女相伴后　文再见
庚：珠致　意不肯回家贾珍只得派妇女相伴后回　再见
戚：珠　执意不肯回家贾珍只得派妇女相伴后回　再见

第十六回　贾元春才选凤藻宫　秦鲸卿夭逝黄泉路

戌：　却说宝玉见收拾了外书房约定与秦钟读夜书偏那秦钟秉性　最弱因在郊外受了些风霜又
庚：话　说宝玉见收拾了外书房约定与秦钟读夜书偏那秦钟秉赋最弱因在郊外受了些风霜又
戚：话　说宝玉见收拾了外书房约定与秦钟读夜书偏那秦钟秉赋最弱因在郊外受了些风霜又

戌：与智能儿偷期缱绻　未免失于调养回来时便咳嗽伤风懒进饮食大有不胜之态遂不敢出门只
庚：与智能儿偷期缱绻　未免失于调养回来时便咳嗽伤风懒进饮食大有不胜之态遂不敢出门只
戚：与智能　偷期　缱绻未免失于调养回来时便咳嗽伤风懒进饮食大有不胜之态遂不敢出门只

戌：在家中养息宝玉便扫了兴头只得付于无可奈何且自静候大愈时再约那凤姐儿已是得了云光
庚：在家中养息宝玉便扫了兴头只得付于无可奈何且自静候大愈时再约那凤姐儿已是得了云光
戚：在家中养息宝玉便扫了兴头只得付于无可奈何且自静候大愈时再约那凤姐儿已是得了云光

戌：的回信俱已妥协老尼　达知张家果然那守备忍气吞声的　收了前聘之物谁知那个张财主虽
庚：的回信俱已妥协老尼遂　知张家果然那守备忍气吞声的受　了前聘之物谁知那　张
戚：的回信俱已妥协老尼　达知张家果然那守备忍气吞声的受　了前聘之物谁知那　张

戌：　　　如此爱　势贪财却养了一个知义多情的女儿闻得　父母退了　亲事他便一条绳
庚：家父母如此爱　势贪财却养了一个知义多情的女儿闻得　父母退了前夫　他便一条麻绳
戚：家父母如此　畏势贪财却养了一个知义多情的女儿闻得你　母退了前夫　他便一条麻绳

戌：索悄悄的自缢了那守备之子闻得金哥自缢他也是个极多情的遂也投河而死只落得
庚：　悄悄的自缢了那守备之子闻得金哥自缢他也是个极多情的遂也投河而死　　不负妻义
戚：　悄悄的自缢了那守备之子闻得金哥自缢他也是个极多情的遂也投河而死　　不负妻义

戌：张李两家没趣真是人财两空这里凤姐却坐享了三千两王夫人等连一点消息也不知道自此凤
庚：张李两家没趣真是人财两空这里凤姐却坐享了三千两王夫人等连一点消息也不知道自此凤
戚：张李两家没趣真是人财两空这里凤姐却坐享了三千两王夫人等连一点消息也不知道自此凤

戌：姐胆识愈壮以后有了这样的事便恣意的　作为起来也不消多记一日正是贾政的生辰宁荣二
庚：姐胆识愈壮以后有了这样的事便恣意的　作为起来也不消多记一日正是贾政的生辰宁荣二
戚：姐胆识愈壮以后有了这样的事便恣意的用　为起来也不消多记一日正是贾政　生辰宁荣二

戌：处人丁都齐集庆贺闹热非常忽有门　吏忙忙进来至席前报说有六宫都太监夏老爷　降旨吓
庚：处人丁都齐集庆贺闹热非常忽有门　吏忙忙进来至席前报说有六宫都太监夏老爷来降旨
戚：处人丁都齐集庆贺闹热非常忽有　六吏忙忙进来至席前报说有六宫都太监夏老爷来降旨

戌：　得　贾赦贾政等　干人不知是何消息忙止了戏文撤去酒席摆　香案启中门跪接早见六宫
庚：唬得　贾赦　等　干人不知是何消息忙止了戏文撤去酒席摆了香案启中门跪接早见六宫
戚：唬　的贾赦贾政等一干人不知是何消息忙止了戏文撤去酒席摆了香案启中门跪接早见六宫

戌：都监夏守忠乘马而至前后左右又有　许多内监跟从那夏守忠也　不曾负诏捧　敕至檐　下
庚：都监夏守忠乘马而至前后左右又有须多内监跟从那夏守忠也并不曾负诏捧　敕至檐　下
戚：都监夏守忠乘马而至前后左右又有　许多内监跟从那夏守忠也并不曾负诏捧勒　至檐下下

戌：马满面笑容走至厅　上南面而立口内说特旨立刻宣贾政入朝在临敬殿陛见说毕也不及吃茶
庚：马满面笑容走至　听上南面而立口内说特旨立刻宣贾政入朝在临敬殿陛见说毕也不及吃茶
戚：马满面笑容走至厅　上南面而立口内说特旨立刻宣贾政入朝在临敬殿陛见说毕也不及吃茶

戌：便乘马去了贾赦等不知是何兆头只得　急忙　　更衣入朝贾母等合家人等心中皆惶惶不定
庚：便乘马去了贾赦等不知是何兆头只得即　忙　　更衣入朝贾母等合家人等心中皆　惶不定
戚：便乘马去了贾赦等不知是何兆头只得　急忙忙去更衣入朝贾母等合家人等心中皆惶惶不定

戌：不住的使人飞马来往报　信有两个时辰工夫忽见赖大等三四个管家喘吁吁跑进仪门报喜又
庚：不住的使人飞马来往报　信有两个时辰工夫忽见赖大等三四个管家喘吁吁跑进仪门报喜又
戚：不住的使人飞马来往　探信有两个时辰工夫忽见赖大等三四个管家喘吁吁跑进仪门报喜又

戌：说奉老爷命速请老太太带领太太等进朝谢恩等语那时贾母正心神不定在大堂廊下　伫立
庚：说奉老爷命速请老太太带领太太等进朝谢恩等语那时贾母正心神不定在大堂廊下　伫立那
戚：说奉老爷命速请老太太带领太太等进朝谢恩等语那时贾母正心神不定在大堂廊下竚　立

戌：邢夫人王夫人尤氏李纨凤姐迎春姊妹以及薛姨妈等皆在一处听如此　　信至贾母便唤进赖
庚：邢夫人王夫人尤氏李纨凤姐迎春姊妹以及薛姨妈等皆在一处听如此　　信至贾母便唤进赖
戚：邢夫人王夫人尤氏李纨凤姐迎春姊妹以及薛姨妈等皆在一处听如此说同　贾母便唤进赖

戌：大来细问端的赖大禀道小　的们只在临敬门外伺候里头的信息一概不能得知后来还是夏太
庚：大来细问端的赖大禀道小弟　们只在临敬门外伺候里头的信息一概不能得知后来还是夏太
戚：大来细问端的赖大禀道小　的们只在临敬门外伺候里头的信息一概不能得知后来还是夏太

戌：监出来道喜说咱　家大小姐晋封为凤藻宫尚书加封贤德妃后来老爷出来亦如此吩咐小的如
庚：监出来道喜说咱们家大小姐晋封为凤藻宫尚书加封贤德妃后来老爷出来亦如此吩咐小的如
戚：监出来道喜说咱们家大小姐晋封为凤藻宫尚书加封贤德妃后来老爷出来　如此吩咐小的如

戌：今老爷又往东宫去了速请老太太领着太太们　去谢恩贾母等听了方心神安定不免又都洋洋
庚：今老爷又往东宫去了速请　太太领　　　众去谢恩贾母等听了方心神安定不免又都洋洋
戚：今老爷又往东宫去了速请老太太领着太太们　去谢恩贾母等听了方心神安定不免又都洋洋

戌：喜气盈腮于是都按品大　　粧起来　贾母带领邢夫人王夫人尤氏一共四乘大轿入朝贾赦贾
庚：喜气盈腮于是都按品大小妆　起来了贾母带领邢夫人王夫人尤氏一共四乘大轿入朝贾赦贾
戚：喜气盈腮于是都按品大　妆　起来了贾母带领邢夫人王夫人尤氏一共四乘大轿入朝贾赦贾

戌：珍亦换了朝服带领贾蓉贾蔷奉侍贾母大轿前往于是宁荣二　处上下里外莫不欣然踊跃个个
庚：珍亦换了朝服带领贾蓉贾蔷奉侍贾母大轿前往于是宁荣　两处上下里外莫不欣然踊跃个个
戚：珍亦换了朝服带领贾蓉贾蔷奉侍贾母大轿前往于是宁荣　两处上下里外莫不欣然踊跃个个

戌：面上皆有得意之壮　言笑鼎沸不绝谁知近日水月庵的智能私逃进城找至秦钟家下看视秦钟
庚：面上皆有得意之壮　言笑鼎沸不绝谁知近日水月庵的智能私逃进城找至秦钟家下看视秦钟
戚：面上皆有得意之　状言笑鼎沸不绝谁知近日水月庵的智能私逃进城找至秦钟家下看视秦钟

第十六回　贾元春才选凤藻宫　秦鲸卿夭逝黄泉路

戌：不意被秦　业知　觉将智能逐出将秦钟打了一顿自己气的老病发　作三五日的光景呜　呼
庚：不意被秦　业知竟　将智能逐出将秦钟打了一顿自己气的老病发　作三五日　光景　呜呼
戚：不意被秦叶　知　觉将智能逐出将秦钟打了一顿自己气的老病发了　三五日　光景呜　呼

戌：死了秦钟本自怯弱又值带病未愈受了笞打　今见老父气死　此时　悔痛无及更又添了许多
庚：死了秦钟本自怯弱又　带病未愈受了笞　杖今见老父气死　此时　悔痛无及更又添了许多
戚：死了秦钟本自怯弱又　带病未愈受了笞　杖今见老父　死了此时痛悔　无及　又添了许多

戌：症候　因此宝玉心中怅然如有所失虽闻得元春晋封之事亦未解得愁闷贾母等如何谢恩如何
庚：症　候因此宝玉心中怅然如有所失虽闻得元春晋封之事亦未解得愁闷贾母等如何谢恩如何
戚：症　候因此宝玉心中怅然如有所失虽闻得元春晋封之事亦未解得愁闷贾母等如何谢恩如何

戌：回家亲朋如何来庆贺宁荣两处近日如何热闹众人如何得意独他一个皆视有如无毫不曾介意
庚：回家亲朋如何来庆贺宁荣两处近日如何热闹众人如何得意独他一个皆视有如无毫不曾介意
戚：回家亲朋如何来庆贺宁荣两处近日如何热闹众人如何得意独他一个　视有如无毫不曾介意

戌：因此众人嘲他越发呆了且喜贾琏与　黛玉回来先遣人来报信明日就可到家宝玉听了方略有
庚：因此众人嘲他越发呆了且喜贾琏与代　玉回来先遣人来报信明日就可到家宝玉听了方略有
戚：因此众人嘲他越发呆了且喜贾琏与　黛玉回来先遣人来报信明日就可到家宝玉听了方略有

戌：些喜意细问原由方知贾雨村亦　进京陛见皆由王子腾　累上保本此来　候　补京缺与贾琏
庚：些喜意细问原由方知贾雨村亦　进京陛见皆由王子腾　累上保本此来后　补京缺与贾琏
戚：些喜意细问原由方知贾雨村亦时　京陛见皆由王子腾屡　上保本此来　　候补京缺与贾琏

戌：是同宗弟兄又与　黛玉有师徒　之谊故同路作伴而来林如海已葬入祖坟了诸事停妥贾琏方
庚：是同宗弟兄又与代　玉有师　从之谊故同路作伴而来林如海已葬入祖坟了诸事停妥贾琏方
戚：是同宗弟兄又与　黛玉有师徒　之谊故同路作伴而来林如海已葬入祖坟了诸事停妥贾琏方

戌：进京的本该出月到家因闻得元春喜信遂昼夜兼程而进一路俱各平安宝玉只问得黛　玉平安
庚：进京的本该出月到家因闻得元春喜信遂昼夜兼程而进一路俱各平安宝玉只问得　代玉平安
戚：进京的本该出月到家因闻得元春喜信遂昼夜兼程而进一路俱各平安宝玉只问得黛　玉平安

戌：二字余者也就不在意了好容易盼至明日午错果然　琏二爷和林姑娘进府了见面时彼此悲喜
庚：二字余者也就不在意了好容易盼至明日午错然　琏二爷和林姑娘进府了见面时彼此悲喜
戚：二字余者也就不在意了好容易盼至明日午错果　报琏二爷和林姑娘进府了见面时彼此悲喜

戌：交接未免又大哭一阵后又致喜庆之词宝玉心中品度　黛玉越发出落的超逸黛　玉又带了
庚：交接未免又大哭一阵后又致喜庆之词宝玉心中品度代　玉越发出落的超逸　代玉又带了
戚：交接未免又大哭一阵后又致喜庆之词宝玉心中品度　黛玉越发出落的超逸黛　玉又带了

戌：许多书籍来忙着打扫卧室安插器具又将些纸笔等物分送宝钗迎春宝玉等人宝玉又将北静王
庚：许多书籍来忙着打扫卧室安插器具又将些纸笔等物分送宝钗迎春宝玉等人宝玉又将北静王
戚：许多书籍来忙着打扫卧室安插器具又将些纸笔等物分送宝钗迎春宝玉等人宝玉又将北静王

戌：所赠鹡鸰香串珍重取出来转赠　黛玉黛　玉说什么臭男人拿过的我不要他遂掷而不取宝玉
庚：所赠鹡鸰香串珍重取出来转赠代　玉　代玉说什么臭男人拿过的我不要他遂掷而不取宝玉
戚：所赠鹡鸰香串珍重取出来转赠　黛玉黛　玉说什么臭男人拿过的我不要他遂掷而不取宝玉

戌：只得收回暂且无话且说贾琏自回家参见过众人回至房中正值凤姐近日多事之时无片刻闲暇
庚：只得收回暂且无话且说贾琏自回家参见过众人回至房中正值凤姐近日多事之时无片刻闲暇
戚：只得收回暂且无话且说贾琏自回家参见过众人回至房中正值凤姐近日多事之时无片刻闲暇

戌：之工见贾琏远路归来少不得拨冗接待房内　无外人便笑道国舅老爷大喜国舅老爷一路风尘
庚：之工见贾琏远路归米　不得拨冗接待房内　无外人便笑道国舅老爷大喜国舅老爷一路风尘
戚：之工见贾琏远路归来少不得拨冗接待房内并无外人便笑道国舅老爷大喜国舅老爷一路风尘

戌：辛苦小的听见昨日的头起报马来报说今日大驾归府略预备了一杯水酒　掸尘不知可赐光
庚：辛苦小的听见昨日的头起报马来报说今日大驾归府略预备了一杯水酒　撑　尘不知　赐光
戚：辛苦小的听见昨日的头　报马来　说今日大驾归府略预备了一杯水酒挥　尘不知　赐光

戌：谬领　贾琏笑道岂敢岂敢多承多承一面平儿与众丫环参拜毕献茶贾琏遂问别后家中的　事
庚：谬领否贾琏笑道岂敢岂敢多承多承一面平儿与众丫环参拜毕献茶贾琏遂问别后家中的诸事
戚：谬领否贾琏笑道岂敢岂敢多承多承一面平儿与众丫环参拜毕献茶贾琏遂问别后家中的诸事

戌：又谢凤姐　操持劳碌凤姐道我那里照管得这些事见识又浅口角又　夯心肠又直率人家给个
庚：又谢凤姐的操持劳碌凤姐道我那里照管得这些事见识又浅口角又笨　心肠又直率人家给个
戚：又谢凤姐的操持劳碌凤姐道我那里照管得这些事见识又浅口角又笨　心肠又直率人家给个

戌：棒　搥我就认做针　　脸又软搁不住人给两句好话心里就慈悲了况且又　无经历过大事
庚：棒槌　我就认　作真　脸又软搁不住人给两句好话心里就慈悲了况且又没　经历过大事
戚：棒槌　我就认　作　针脸又软搁不住人给两句好话心里就慈悲了况且又没　经历过大事

戌：胆子又小太太略有些不自在就吓得　我连觉也睡不着了我苦辞了几回太太又不容辞　到反
庚：胆子又小太太略有些不自在就吓　的我连觉也睡不着了我苦辞了几回太太又不容辞　到反
戚：胆子又小太太略有些不自在就吓　的我连觉也睡不着了我苦辞了几回太太又不容辞倒　反

戌：说我图受用了不肯习学了除　不知我是捻着一把汉　儿呢一句也不敢多说一步也不敢多走
庚：说我图受用　不肯习学了除　不知我是捻着一把　汗儿呢一句也不敢多说一步也不敢多走
戚：说我图受用　不肯习学了　殊不知我是捻着一把　汗儿呢一句也不敢多说一步也不敢多走

戌：你是知道的咱们家所有的这些管家奶奶们那一位是好缠的错一点儿他们就笑话打趣偏一点
庚：你是知道的咱们家所有的这些管家奶奶们那一位是好缠的错一点儿他们就笑话打趣偏一点
戚：你是知道的咱们家所有的这些管家奶奶们那一位是好缠的错一点儿他们就笑话打趣偏一点

戌：儿他们就指桑说槐的　报怨坐山　观虎　借剑杀人　引风吹火贴　干岸儿推倒油瓶不扶都
庚：儿他们就指桑说槐的　报怨坐山观　虎鬪借剑杀人　引风吹火贴　干岸儿推倒油瓶不扶都
戚：儿他们就指桑说槐的抱　怨坐山　观虎鬪借剑杀人此　风吹火　上干岸儿推倒油瓶不扶都

戌：是全挂子的武艺况且　年纪轻头等不压众怨不得不放我在眼里更可笑那府里忽然蓉儿媳妇
庚：是全挂子的武艺况且我年纪轻头等不压众怨不得不放我在眼里更可笑那府里忽然蓉儿媳妇
戚：是全挂子的武艺况且我年　轻头等不压众怨不得不放我在眼里更可笑那府里忽然蓉儿媳妇

戌：死了珍大哥又再三再四的在太太跟前跪着讨情只要请我帮他几日我是再四推辞太太断不依
庚：死　珍大哥又再三再四的在太太跟前跪着讨情只要请我帮他几日我是再四推辞太太断不依
戚：死　珍大哥又再三再四的在太太跟前跪着讨情只要请我帮他几日我是再四推辞太太断不依

第十六回　贾元春才选凤藻宫　秦鲸卿夭逝黄泉路　457

戌：只得从命依旧被我闹了个马仰人　番更不成个体统至今珍大　哥还报　怨后悔呢你这一来
庚：只得从命依旧被我闹了个马仰人　番更不成个体统至今珍大哥哥还报　怨后悔呢你这一来
戚：只得从命依旧被我闹了个马仰人翻　更不成个体统至今珍大哥哥还　抱怨后悔呢你这一来

戌：了明儿你见了他好歹描补描补就说我年纪小原没见过世面谁叫大爷错委他的正说着只听外
庚：了明儿你见了他好歹描补描补就说我年纪小原没见过世面谁叫大爷错委他的正说着只听外
戚：了明儿你见了他好歹描补描补就说我年纪小原没见过世面谁叫大爷错委他的正说着只听外

戌：间有人说话凤姐便问是谁平儿进来回道姨太太打发　香菱妹子来问我一句话我已经说了打
庚：间有人说话凤姐便问是谁平儿进来回道姨太太打发了香菱妹子来问我一句话我已经说了打
戚：间有人说话凤姐便问是谁平儿进来回道姨太太打发　香菱妹子来问我一句话我已经说了打

戌：发他回去了贾琏笑道正是呢方才我见姨妈去不　妨和一个年轻的小媳妇子撞了个对面生的
庚：发他回去了贾琏笑道正是呢方才我见姨妈去不　妨和一个年轻的小媳妇子撞了个对面生的
戚：发他回去了贾琏笑道正是呢方才我见姨妈去不防　和一个年轻的小媳妇子撞了个对面生的

戌：好齐　整模样我疑惑咱家并无此人说话时因问姨妈谁知就是上京来买的那小丫头名叫香菱
庚：好　奇整模样我疑惑咱家并无此人说话时因问姨妈谁知就是上京来买的那小丫头名叫香菱
戚：好齐　整模样我疑惑咱家并无此人说话时因问姨妈谁知就是上京来买的那小丫头名叫香菱

戌：的竟与薛大傻子作了房里人开了脸越发出　挑的缥　致了那薛大傻子真玷辱了他凤姐道嗳
庚：的竟与薛大傻子作了房里人开了脸越发出　挑的　标致了那薛大傻子真玷辱了他凤姐道嗳
戚：的竟与薛大傻子作了房里人开了脸越发出跳　的　标致了那　大傻子真玷辱了他凤姐道嗳

戌：往苏杭走了一淌回来也该见些世面了还是这么眼馋肚饱的你　要爱他不值什么我去拿平儿
庚：往苏杭走了一淌回来也该见些世面了还是这么眼馋肚饱的你　要爱他不值什么我去拿平儿
戚：往苏杭走了一淌回来也该见些世面了还是这么眼馋肚饱的你若　爱他不值什么我去拿平儿

戌：换了他来如何那薛老大也是吃着碗里　望着锅里　这一年来的光景他为要香菱不能到手和
庚：换了他来如何那薛老大也是吃着碗里看　着锅　的这一年来的光景他为要香菱不能到手和
戚：换了他来如何那薛老大也是吃着碗里看　着锅里　这一年来的光景他为要香菱不能到手和

戌：姨妈打了多少饥荒也因姨妈看着香菱的模样儿好还是末则其为人行事却又比别的女孩儿
庚：姨妈打了多少饥荒也因姨妈看着香菱　模样儿好还是末则其为人行事却又比别的女孩　子
戚：姨妈打了多少饥荒也因姨妈看着香菱　模样儿好还是末则其为人行事却又比别的女孩　子

戌：不同温柔安静差不多的主子姑娘也跟他不上呢故此摆酒请客的　废事明堂正道的与他作
庚：不同温柔安静差不多的主子姑娘也跟他不上呢故此摆酒请客的　废事明堂正道的与他作亲
戚：不同温柔安静差不多的主子姑娘也跟他不上呢故此摆酒请客的费　事明堂正道的与他作亲

戌：了妾过了没半月也　看的　马棚风的一般了我　到心　里可惜了的　语未了二门上小厮传
庚：　过了　半月　他看的　马棚风　一般了　说到心　里可惜了的一语未了二门上小厮传
戚：　过了．半月也　看　得马棚风　般了　说到　这里可惜了的一语未了二门　　小厮传

戌：报老爷在大书房等二爷呢贾琏听了忙忙整衣出去这里凤姐乃问平儿方才姨妈有什么事巴巴
庚：报老爷在大书房等二爷呢贾琏听了忙忙整衣出去这里凤姐乃问平儿方才姨妈有什么事巴巴
戚：报老爷在大书房等二爷呢贾琏听了忙忙整衣出去这里凤姐乃问平儿方才姨妈有什么事巴巴

戌：的打发　香菱来平儿笑道那里来的香菱　我借他暂撒个慌　奶奶说说旺儿嫂子越发连个承
庚：　发了香菱来平儿笑道那里来的香菱是我借他暂撒个　谎奶奶说说旺儿嫂子越发连个承
戚：的打发了香菱来平儿笑道那里来的香菱是我借他暂撒个　谎奶奶说说旺儿嫂子越发连个承

戌：算也没了说着又走至凤姐身边悄悄　说道奶奶的那利钱银子迟不送来早不送来这会子二爷
庚：算也没了说着又走至凤姐身边悄悄的说道奶奶的那利钱银子迟不送来早不送来这会子二爷
戚：算也没了说着又　至凤姐身边悄悄的说道奶奶的那利钱银子迟不送来早不送来这会子二爷

戌：在家他且送这个来了幸亏我在堂屋里撞见不然时走了来回奶奶二爷倘或问奶奶是什么利钱
庚：在家他且送这个来了幸亏我在堂屋里撞见不然时走了来回奶奶二爷倘或问奶奶是什么利钱
戚：在家他且送这个来了幸亏我在堂屋里撞见不然时走了来回奶奶二爷倘或问奶奶是什么利钱

戌：奶奶自然不肯瞒二爷的少不得照　实告诉二爷我们二爷那脾气油锅里的钱还要　找出来花
庚：奶奶自然不肯瞒二爷的少不得照是　告诉二爷我们二爷那脾气油锅里的钱还要　找出来花
戚：奶奶自然不肯瞒二爷的少不得照　实告诉二爷我们二爷那脾气油锅里的钱还要打　出来花

戌：呢听见奶奶有了这个梯已　他还不放心的花了呢所以我赶着接了过来叫我说了他两句谁知
庚：呢听见奶奶有了这个梯　希他还不放心的花了呢所以我赶着接了过来叫我说了他两句谁知
戚：呢听见奶奶有了这个梯已　他还不放心的花了呢所以我赶着接了过来叫我说了他两句谁知

戌：奶奶偏听见了问我就　撒谎说香菱了　凤姐听了笑道我说　呢姨妈知道你二爷来了忽喇八
庚：奶奶偏听见了问我就　撒谎说香菱了到凤姐听了笑道我说你　姨妈知道　二爷来了忽喇
戚：奶奶偏听见了问我就撒　谎说香菱了　凤姐听了笑道我说你　姨妈知道你二爷来了忽喇

戌：　的反打发个房里人来了原来你这蹄子肏　鬼说话时贾琏已进来凤姐便命摆上酒馔来夫妻
庚：巴的反打发个房里人来了原来你这蹄子肏　鬼说话时贾琏已进来凤姐便命摆上酒馔来夫妻
戚：巴的反打发个房里人来了原来你这蹄子　调鬼说话时贾琏已进来凤姐便命摆上酒馔来夫妻

戌：对坐凤姐虽善饮却不敢任　性只陪　着贾琏一时　贾琏的乳母赵　妈妈走来贾琏
庚：对坐凤姐虽善饮却不敢任兴　只陪侍着贾琏一时　贾琏的乳母赵　嬷嬷　走来贾琏
戚：对坐凤姐虽善饮却不敢任兴　只陪侍着贾琏　对饮贾琏的乳母赵嬷嬷　　走来贾琏

戌：与凤姐忙让他一同吃酒令其上炕去赵嬷　致　意不肯平儿等早　已炕沿下设下一杌子
庚：　凤姐忙让　吃酒令其上炕去赵嬷嬷致　意不肯平儿等早于　炕沿下设下一杌
戚：　凤姐忙让　吃酒令其上炕去赵　嬷嬷执意不肯平儿等早于　炕沿下设下一杌

戌：又有一小脚踏赵嬷嬷　在脚踏上坐了贾琏向　桌上拣　两盘肴馔与他放在杌上自吃凤姐
庚：又有一小脚踏赵嬷嬷　在脚踏上坐了贾琏向楝　上　楝两盘肴馔与他放在杌上自吃凤姐
戚：又有一小脚踏赵　嬷嬷在脚踏上坐了贾琏向　桌上拣　两盘肴馔与他放在杌上自吃凤姐

戌：又道妈妈狠　咬不动那个　到没的　矼了他的牙因向平儿道早起我说那一碗火腿　炖肘子
庚：又道妈妈狠嚼　不动那个　到没有矼了他的牙因向平儿道早起我说那一碗火腿顿　肘子
戚：又道妈妈狠嚼　不动那个倒　没的　矼了他的牙因向平儿道早起我说那一碗火腿　炖肘子

戌：狠烂正好给妈妈吃你怎么不取　去赶着叫他们热来又道妈妈你尝一尝你儿子带　来的惠
庚：狠烂正好给妈妈吃你怎么不　拿了去赶着叫他们热来又道妈妈你尝一尝你儿子　代来的惠
戚：狠烂正好给妈妈吃你怎么不　拿了去赶着叫他们热来又道妈妈你尝一尝你儿子带　来的惠

戌：泉酒赵　嬷嬷道我喝　呢奶奶也喝　一钟怕什么只不要过多了就是了我这会子跑　来到
庚：泉酒赵　嬷嬷道我喝　呢奶奶也喝　一钟怕什么只不要过多了就是了我这会子跑了来到
戚：泉酒赵嬷嬷　道我嗑　呢奶奶也　嗑一钟怕什么只不要过多了就是了我这会子跑了来到

第十六回　贾元春才选凤藻宫　秦鲸卿夭逝黄泉路　459

戌：也不为　酒饭　到有一件正紧　事奶奶好歹记在心里疼顾我些罢我们的　爷只是嘴里说的
庚：也不为　饭酒到有一件正紧　事奶奶好歹记在心里疼顾我些罢我们　这爷只是嘴里说的
戚：也不为饮　酒到有一件正　经事奶奶好歹记在心里疼顾我些罢我们　这爷只是嘴里说的

戌：好到了跟前就忘了我们幸亏我从小儿奶了你这么大我也老了有的是那两个儿子你就另眼照
庚：好到了跟前就忘了我们幸亏我从小儿奶了你这么大我也老了有的是那两个儿子你就另眼照
戚：好到了跟前就忘了　幸亏我从小儿奶了你这么大我也老了有的是那两个儿子你

戌：看他们些别人也不敢　呲牙儿的我还再四的求了你几遍你答应的到好到如今还是燥屎这如
庚：看他们些别人也不敢呲　牙儿的我还再四的求了你几遍你答应的到好到如今还是燥屎这如
戚：　　　　　　　　　　　　四的求了你几遍你答应的到好到如今还是燥屎这如

戌：今又从天上跑出这样一件大喜事来那里用不着人所以到是来　求奶奶　是正紧　靠着我
庚：今又从天上跑出这　一件大喜事来那里用不着人所以到是来和　奶奶来说是正紧　靠着我
戚：今又从天上跑出这　一件大喜事来那里用不着人所以到是来和　奶奶来说是正　经靠着我

戌：们爷只怕我还饿死了呢凤姐笑道妈妈　你放心两个奶哥哥都交给我你从小儿奶的　你
庚：们爷只怕我还饿死了呢凤姐笑道妈妈　你放心两个奶哥哥都交给我你从小儿奶的儿子你
戚：们爷只怕我还饿死了呢凤姐笑道　嬷嬷你放心两个奶哥哥都交给我你从小儿奶的儿子你

戌：还有什么不知道　他那脾气的拿着皮肉到往那不相干的外人身上贴可是现放着奶哥哥那一
庚：还有什么不知　他那脾气的拿着皮肉到往那不相干的外人身上贴可是现放着奶哥哥那一
戚：还有什么不　和他那脾气的拿着皮肉到往那不相干的外人身上贴可是现放着奶哥哥那一

戌：个不　必人强你疼顾照看　他们谁敢说个不字儿没的白便　宜了外人我这话也说错了我们
庚：个不比　人强你疼顾照看　他们谁敢说个不字儿没的白便宜　了外人我这话也说错了我们
戚：个不比　人强你疼顾照管他们谁敢说个不字儿没的白便　宜了外人我这话也说错了我们

戌：看着是外人你却是看着内人一样呢说的满屋里人都笑了赵　嬷嬷也笑个不住又念佛道可
庚：看着是外人你却　看着内人一样呢说的满屋里人都笑了赵　嬷嬷也笑个不住又念佛道可
戚：看着是外人你却是看着内人一样呢说的满屋里人都笑了赵嬷嬷　笑个不住又念佛道可

戌：是屋子里跑出青天来了若说内人外人这些混账　事　我们爷是没有不过是脸软心慈搁不住
庚：是屋子里跑出青天来了若说内人外人这些混账　事故我们　是没有不过是脸软心慈搁不住
戚：是屋子里跑出青天来了若说内人外人这些混账原　故我们　是没有不过是脸软心慈搁不住

戌：人求两句罢了凤姐笑道可不是呢有内人求的他才慈软呢他在咱娘儿们跟前才是刚硬呢赵
庚：人求两句罢了凤姐笑道可不是呢有内人　的他才慈软呢他在咱娘儿们跟前才是刚硬呢赵
戚：人求两句罢了凤姐笑道可不是呢有内人　的他才慈软呢他在咱娘儿们跟前才是刚硬呢赵

戌：妈妈　　笑道奶奶说的太尽情了我也乐了再吃一杯好酒从此我们奶奶　做了主我就没
庚：　嬷嬷　笑道奶奶说的太尽情了我也乐了再吃一杯好酒从此我们奶奶作　了主我就没
戚：　　嬷嬷笑道奶奶说的太尽情了我也乐了再吃一杯好酒从此我们奶奶作　了主我就没

戌：的愁了贾琏此时没好意思只是赸　笑吃酒说胡说二字快盛饭来吃碗子还要往珍大爷那边去
庚：的愁了贾琏此时没好意思只是　趣笑吃酒说胡说二字快盛饭来吃碗子还要往珍大爷那边去
戚：的愁了贾琏此时没好意思只是　趣笑吃酒说胡说二字快盛饭来吃碗子还要往珍大爷那边去

戌：商议事呢凤姐道可是别误了正事才刚老爷叫你说　什么贾琏道就为省亲凤姐忙问道省亲的
庚：商议事呢凤姐道可是别误了正事才刚老爷叫你　作什么贾琏道就为省亲凤姐忙问道省亲的
戚：商议事呢凤姐道可是别误了正事才刚老爷叫你　作什么贾琏道就为　亲凤姐忙问道省亲的

戊：事竟准了不成贾琏笑道虽不十分准也有八分准了凤姐笑道可见当今的隆恩历来听书看戏古
庚：事竟准了不成贾琏笑道虽不十分准也有八分准了凤姐笑道可见当今的隆恩历来听书看戏古
戚：事竟准了不成贾琏笑道虽不十分准也有八分准了凤姐笑道可见当今　隆恩历来听书看戏古

戊：时从来未有的赵妈妈　　　又接口道可是呢我也老胡涂了我听见上上下下吵嚷了这些日
庚：时从　未有的赵　嬷嬷　又接口道可是呢我也老胡涂了我听见上上下下吵嚷了这些日
戚：时从来未有的赵　　　　嬷嬷又接口道可是呢我也老胡涂了我听见上上下下吵嚷了这些日

戊：子什么省亲不省亲我也不理论他去如今又说省亲到底是怎么个原故　　　　贾琏道如今
庚：子什么省亲不省亲我也不理论他去如今又说省亲到底是怎么个原故事启下回之贾琏道如今
戚：子什么省亲不省亲我也不理论他　如今又说省亲到底是怎么个原故　　　　贾琏道如今

戊：当今体贴　万人之心世上至　大莫如孝字想来父母儿女之性皆是一理不是贵贱上分别的当
庚：当今　贴体万人之心世上至　大莫如孝字想来父母儿女之性皆是一理不是贵贱上分别的当
戚：当今体贴　万人之心世上　到大莫如孝字想来父母儿女之性皆是一理不是贵贱上分别的当

戊：今自为日夜侍奉太上皇皇太后尚不能略尽孝意因见宫里嫔妃才人等皆是入宫多年以致抛离
庚：今自为日夜侍奉太上皇皇太后尚不能略尽孝意因见宫里嫔妃才人等皆是入宫多年　　抛离
戚：今自为日夜侍奉太上皇皇太后尚不能略尽孝意因见宫里嫔妃才人等皆是入宫多年　　抛离

戊：父母音容岂有不思想之理在儿女思想父母是分所应当想　父母在家若只管思念儿女竟不能
庚：父母音容岂有不思想之理在儿女思想父母是分所应当想　父母在家若只管思念儿女竟不能
戚：父母音容岂有不思想之理在儿女思想父母是分所　当　然父母在家若只管思念儿女竟不能

戊：一见倘因此成疾致病甚致　死亡皆由朕躬禁锢不能使其遂天伦之愿亦大伤天和之事故启奏
庚：　见倘因此成疾致病甚　至死亡皆由朕躬禁锢不能使其遂天伦之愿亦大伤天和之事故启奏
戚：　见倘因此成疾致病甚　至死亡皆由朕躬禁锢不能使其遂天伦之愿亦大伤天和之事故启奏

戊：上皇太后每月逢二六日期准其椒房眷属入宫请候　看视于是太上皇皇太后大喜深赞当今至
庚：上皇太后每月逢二六日期准其椒房眷属入宫请　候看视于是太上皇皇太后大喜深赞当今至
戚：上皇太后每月逢二六日期准其椒房眷属入宫请候　看视于是太上皇皇太后大喜深赞当今至

戊：孝纯仁体天格物因此二位老圣人又下旨意说椒房眷属入宫未免有国体仪制母女尚不能惬怀
庚：孝纯仁体天格物因此二位老圣人又下旨意说椒房眷属入宫未免有国体仪制母女尚不能惬怀
戚：孝纯仁体天格物因此二位老圣人又下旨意说椒房眷属入宫未免有国体仪制母女尚不能惬怀

戊：　大开方便之恩特降谕　诸椒房贵戚除二六日入宫之恩外凡有重宇别院之家可以驻跸关防
庚：竟大开方便之恩特降谕　诸椒房贵戚除二六日入宫之恩外凡有重宇别院之家可以驻跸关防
戚：竟大开方便之恩特降谕旨　椒房贵戚除二六日入宫之恩外凡有重宇别院之家可以驻跸关防

戊：之处不　防启请内廷鸾　舆入　其私第庶可略尽骨肉　私情天伦中之至性此旨一下谁不踊
庚：之处不　防启请内廷　鸾舆入　其私第庶可略尽骨肉　私情天伦中之至性此旨一下谁不踊
戚：之处不妨　启请内廷鸾　舆　幸其私第庶可略尽骨肉之　情天伦　之　性此旨一下谁不踊

戊：跃感戴现今周贵人的父亲已在家里动了工了修盖省亲别院呢又有吴贵妃的父亲吴天佑家也
庚：跃感戴现今周贵人的父亲已在家里动了工了修盖省亲别院呢又有吴贵妃的父亲吴天佑家也
戚：跃感戴现今周贵人的父亲已在家里动了工了修盖省亲别院呢又有吴贵妃的父亲吴天佑家也

第十六回　贾元春才选凤藻宫　秦鲸卿夭逝黄泉路　461

戌：往城外踏看地方去了这岂不有八九分了赵嬷嬷　　道阿弥陀佛原来如此这样说咱们家也要
庚：往城外踏看地方去了这岂不有八九分了赵嬷嬷　　道阿弥陀佛原来如此这样说咱们家也要
戚：往城外踏看地方去了这岂不有八九分了赵　　嬷嬷道阿弥陀佛原来如此这样说咱们家也要

戌：预备接咱们大小姐了贾琏道这何用说呢不然这会子忙的是什么凤姐笑道若果如此我可也见
庚：预备接咱们大小姐了贾琏道这何用说呢不然这会子忙的是什么凤姐笑道若果如此我可也见
戚：预备接咱们大小姐了贾琏道这何用说呢不然这会子忙的是什么凤姐笑道若果如此我可也见

戌：个大世面了可恨我小几岁年纪若早生二三十年如今这些老人家也不　薄我没见世面了说起
庚：个大世面了可恨我小几岁年纪若早生二三十年如今这些老人家也不　薄我没见世面了说起
戚：个大世面了可恨我小几岁年纪若早生二三十年如今这些老人家也不驳　我没见世面了说起

戌：当年太祖皇帝　访舜巡　的故事比一部书还热闹我偏没造化赶上　赵嬷嬷　道嗳哟哟那
庚：当年太　皇帝　访舜　巡的故事比一部书还热闹我偏没造化赶上老赵嬷嬷　道嗳哟哟那
戚：当年太祖皇帝仿　舜巡　的故事比一部书还热闹我偏没造化赶上老赵　嬷嬷道嗳哟哟那

戌：可是千载希逢的那时候我才记事儿咱们贾府正在姑苏扬　州一带监造海舫修理海塘只预备
庚：可是千载希逢的那时候我才记事儿咱们贾府正在姑苏　杨州一带监造海舫修理海塘只预备
戚：可是千载希逢的那时候我才记事儿咱们贾府正在姑苏扬　州一带监造海舫修理海塘只预备

戌：接驾一次把银子都花的淌　海水似的说起来凤姐接道我们王府也预备过一次那时我爷爷
庚：接驾一次把银子都花的淌　海水似的说起来凤姐忙接道我们王府也预备过一次那时我爷爷
戚：接驾一次把银子都花的　尚海水似的说起来凤姐忙接道我们王府也预备过一次那时我爷爷

戌：单管各国进贡朝贺的事凡有的外国人来都是我们家养活粤闽滇　浙所有的洋船货物都是我
庚：单管各国进贡朝贺的事凡有的外国人来都是我们家养活粤闽滇浙　所有的洋船货物都是我
戚：单管各国进贡朝贺的事凡有的外国人来都是我们家养活粤闽滇　浙所有的洋船货物都是我

戌：们家的赵妈妈　　道那是谁不知道的如今还有个口号儿呢说东海少了白玉床龙王来请
庚：们家的赵　嬷嬷　道那是谁不知道的如今还有个口号儿呢说东海少了白玉床　来请
戚：们家的赵　　嬷嬷道那是谁不知道的如今还有个口号儿呢说东海少了白玉床龙王来请

戌：江南王这说的就是奶奶府上了还有如今现在江南的甄家嗳哟哟好势派独他家接驾四次若不
庚：江南王这说的就是奶奶府上了还有如今现在江南的甄家嗳哟哟好势派独他家接驾四次若不
戚：江南王这说的就是奶奶府上了还有如今现在江南的甄家嗳哟哟好势派独他家接驾四次若不

戌：是我们亲眼看见告　诉谁谁也不信的别讲　　银子成了土泥凭是世上所有的没有不是堆山
庚：是我们亲眼看见告欣　谁谁也不信的别　将　银子成了土泥凭是世上所有的没有不是堆山
戚：是我们亲眼看见告　诉谁谁也不信的别　　请银子成了土泥凭是世上所有的没有不是堆山

戌：塞海的罪过可惜四个字竟　雇不得　凤姐道我常听见我们太爷们也这样说岂有不信的只
庚：塞海的罪过可惜四个字竟　雇不得凤　姐道　常听见我们太爷们也　样说岂有不信的只
戚：塞海的罪过可惜四个字竟顾　不得了凤　姐道我常听见我们太爷们也这样说岂有不信的只

戌：　纳罕他家怎么就这么富贵呢赵嬷嬷　　道告诉奶奶一句话也不过是拿着皇帝家的银子往
庚：　纳罕他家怎么就这么富贵呢赵嬷嬷　　道告诉奶奶一句话也不过是拿着皇帝家的银子往
戚：希　罕他家怎么就这么富贵呢赵　　嬷嬷道告诉奶奶一句话也不过是拿着皇帝家的银子往

戌：皇帝身上使罢了谁家有那些钱买这个虚热闹去正说的热闹王夫人又打发人来瞧凤姐吃了饭
庚：皇帝身上使罢了谁家有那些钱买这个虚热闹去正说的热闹王夫人又打发人来瞧凤姐吃了饭
戚：皇帝身上使罢了谁家有那些钱买这个虚热闹去正说的热闹王夫人又打发人来瞧凤姐吃了饭

戊：不曾凤姐便知有事等　　他忙忙的吃了半碗饭漱　口要走又有二门上小厮们回东府里蓉蔷二
庚：不曾凤姐便知有事等　　　忙忙的吃了半碗饭漱　口要走又有二门上小厮们回东府里蓉蔷二
戚：不曾凤姐便知有事等着　　忙的吃了半碗饭　漱口要走又有二门上小厮们回东府里蓉蔷二

戊：位哥儿来了贾琏才漱　了口平儿捧着盆盥手见他二人来了便问什么话快说凤姐　止步稍候
庚：位哥儿来了贾琏才漱　了口平儿捧着盆盥手见他二人来了便问什么话快说凤姐且止步稍候
戚：位哥儿来了贾琏才　　漱了口平儿捧着盆盥手见他二人来了便问什么话快说凤姐且止步稍候

戊：听他二人回些　什么贾蓉先回说我父亲打发我来回叔叔老爷们已经议定了从东边一带借着
庚：听他二人回　才什么贾蓉先回说我父亲打发我来回叔叔老爷们已经议定了从东边一带借着
戚：听他二人回些　什么贾蓉先回说我父亲打发我来回叔叔老爷们已经议定了从东边一带借着

戊：东府里的花园起转至北边一共丈量准了三里半大可以盖造省亲别院了已经传人画图样去了
庚：东府里　花园起转至北边一共丈量准了三里半大可以盖造省　别院了已经传人画图样去了
戚：东府里　花园起转至北边一共丈量准了三里半大可以盖　省亲别院了已经传人画图样去了

戊：明日就得叔叔才回家未免劳乏不用过我们那边去　有话明日一早再请过去面议贾琏笑着
庚：明日就得叔叔才回家未免劳乏不用过我们那边去一　话明日一早再请过去面议贾琏笑着忙
戚：明日就得叔叔才回家未免劳乏不用过我们那边去　有话明日一早再请过去面议贾琏笑着忙

戊：说　道多谢大爷费心体　量我就从命不过去了正紧　是这个主意才省事盖的也容易若采置
庚：说　　多谢大爷费心体谅　我就　　不过去了正紧　是这个主意才省事盖的也容易若采置
戚：说我　谢大爷费心体谅　我就　　不过去了正　经是这个主意才省事盖的也容易若采置

戊：别处地方去那更　　费事且到不成体统你回去说这样　很好若老爷们再要改　时全仗大爷谏
庚：别处地方去那更废　事且到不成体统你回去说这样狠　好若老爷们再要　改时全仗大爷谏
戚：别处地方去那更　　费事且到不成体统你回去说这样狠　好若老爷们再要改　时全仗大爷谏

戊：阻万不可另寻地方明日一早我给大爷　请安去再议细话　　贾蓉忙应几个是贾蔷又近前回
庚：阻万不可另寻地方明日一早我给大爷去请安去再议细话　再贾蓉忙应几个是贾蔷又近前回
戚：阻万不可另寻地方明日一早我给大爷去请安去再议细话罢　贾蓉忙应几个是贾蔷又近前回

戊：说下姑苏割　聘教习采买女孩子置办乐器行头等事大爷派了侄儿带领着来管家　　两个儿
庚：说下姑苏割　聘教习采买女孩子置办乐器行头等事大爷派了侄儿带领着来管家儿子两个
戚：说下姑苏　合聘教习采买女孩子置办乐器行头等事大爷派了侄儿带领着来管家儿子两个

戊：子还有单聘　仁卜固修两个清客相公一同前往所以命我来见叔叔贾琏听了将贾蔷打　谅了
庚：　还有单　聘仁卜固修两个清客相公一同前往所以命我来见叔叔贾琏听了将贾蔷打　谅了
戚：　还有单聘　仁卜固修两个清客相公一同前往所以命我来见叔叔贾琏听了将贾蔷打量　了

戊：打谅　笑道你能在这　一行么这个　事虽不　甚大里头大有藏掖的贾蔷笑道只好学习着办
庚：　　　笑道你能在这　一行么这个是　虽不算甚大里头大有藏掖的贾蔷笑道只好学习着办
戚：打　量笑道你能在这个　行这个　　事虽不算甚大里头大有藏掖的贾蔷笑道只好学习着办

戊：罢了贾蓉在身傍灯影下悄拉凤姐的衣襟凤姐会意因笑道你也太操心了难道　　你父亲比你
庚：罢了贾蓉在身傍灯影下悄拉凤姐的衣襟凤姐会意因笑道你也太操心了难道大爷　　　比
戚：罢了贾蓉在身傍灯影下悄拉凤姐　衣襟凤姐会意因笑道你也太操心了难道大爷　　　比

第十六回　贾元春才选凤藻宫　秦鲸卿夭逝黄泉路

戌：　还不会用人偏你又怕他不在行了谁都是在行的孩子们已长的这么大了没　吃过猪肉也
庚：咱们还不会用人偏你又怕他不在行了谁都是在行的孩子们已长的这么大了没　吃过猪肉也
戚：咱们还不会用人偏你又怕他不在行了谁都　在行的孩子们已长的这么大了没有吃过猪肉也

戌：看见过猪跑大爷派他去原不过是个坐纛旗儿难道认真的叫他去讲价钱会经纪去呢依我说就
庚：看见过猪跑大爷派他去原不过是个坐纛旗儿难道认真的叫他去讲价钱会经纪去呢依我说就
戚：看见过猪跑大爷派他去原不过是个坐纛旗儿难道认真的叫他去讲价钱会经纪去呢依我说就

戌：狠好贾琏道自然是这样并不是我驳回少不得替他筹算筹　算　因问这　项银子动那一处的
庚：狠好贾琏道自然是这样并不是我驳回少不得替他　算　计算计因问这一项银子动那一处的
戚：狠好贾琏道自然是这样并不是我驳回少不得替他筹算筹　算　因问这一项银子动那一处的

戌：贾蔷道才也议到这里赖爷爷说竟不用从京里带下去江南甄家还收着我们五万银子明日写一
庚：贾蔷道才也议到这里赖爷爷说　不用从京里带下去江南甄家还收着我们五万银子明日写一
戚：贾蔷道才也议到这里赖爷爷说　不用从京里带下去江南甄家还收着我们五万银子明日写一

戌：封书信会票我们带去先支三万下剩二万存着等置办花烛彩灯并各色帘　栊帐幔的使费贾琏
庚：封书信会票我们带去先支三万下剩二万存着等置办花烛彩灯并各色帘　栊帐幔的使费贾琏
戚：封书信会票我们带去先支三万下剩二万存着等置办花烛彩灯并各色帘笼　帐幔的使费贾琏

戌：点头道这个主意好凤姐　便向贾蔷道既这样我有两个在行妥当人你就带他们去办这个便宜
庚：点头道这个主意好凤姐忙　向贾蔷道既这样我有两个在行妥当人你就带他们去办这个便宜
戚：点头道这个主意好凤姐忙　向贾蔷道既这样我有两个在行妥当人你就带他们去办这个便宜

戌：了你呢贾蔷忙陪笑说正要和婶　子讨两个人呢这可巧了因问名　字凤姐便问赵　　　妈
庚：　你呢贾蔷忙陪笑说正要和婶婶　讨两个人呢这可巧了因问名子　凤姐便问赵　　嬷嬷
戚：了你呢贾蔷忙陪笑说正要和婶婶　讨两个人呢这可巧了因问名　字凤姐便问赵嬷嬷

戌：妈彼时赵妈妈　　　已听呆了话平儿忙笑推他他才醒悟过来忙说一个叫赵天梁一个叫赵
庚：　彼时赵　嬷嬷　已听呆了话平儿忙笑推他他才醒悟过来忙说一个叫赵天梁一个叫赵
戚：　彼时赵　　嬷嬷已听呆了话平儿忙笑推他他才醒悟过来忙说一个叫赵天梁一个叫赵

戌：天栋凤姐道可别忘了我可干我的去了说着便出去了贾蓉忙　赶出来又悄悄　向凤姐道婶
庚：天栋凤姐道可别忘了我可干我的去了说着便出去了贾蓉忙送　出来又悄悄的向凤姐道婶
戚：天栋凤姐道可别忘了我可干我的去了说着便出去了贾蓉忙送　出来又悄悄　向凤姐道婶婶

戌：子要带什么东西　　　　　　　　　　　　　　　凤姐笑道别放你娘的
庚：子要　什么东西分付　　我开个账给蔷兄弟带了去叫他按账置办了来凤姐笑道别放你娘的
戚：　要　什么东西　吩咐我开个账给蔷兄弟带了去叫他按账置办了来凤姐笑道别放你娘的

戌：屁我的东西还没处撂呢希罕你们鬼鬼祟祟的说着　　　已径去了这里贾蔷也悄问贾琏要什么
庚：屁我的东西还没处撂呢希罕你们鬼鬼祟祟的说着一迳　去了这里贾蔷也悄问贾琏要什么
戚：屁我的东西还没处撂呢希罕你们鬼鬼祟祟的说着一　径去了这里贾蔷也悄问贾琏要什么

戌：东西顺便织来孝敬叔叔贾琏笑道你别兴头才学着办事到先学会　这把戏我短了什么少不得
庚：东西顺便织来孝敬　　贾琏笑道你别兴头才学着办事到先学会了这把戏我短了什么少不得
戚：东西顺便织来孝敬　　贾琏笑道你别兴头才学着办事到先学会了这把戏我短了什么少不得

戌：写信　去告诉　你且不要论到这里说毕打发他二人去了接着回事的人来不止三四次贾琏害
庚：写信来　告　欣你且不要论到这里说毕打发他二人去了接着回事的人来不止三四次贾琏害
戚：写信来　告诉　你且不要论到这里说毕打发他二人去了接着回事　人来不止三四次贾琏害

戌：乏便传与二门上一应不许传报俱等明日料理　风姐至三更时分方下来安歇一宿无话次日早
庚：乏便传与二门上一应不许传报俱等明日料理凤　姐至三更时分方下来安歇一宿无话次　早
戚：乏便传与二门上一应不许传报俱等明日料理凤　姐至三更时分方下来安歇一宿无话次　早

戌：贾琏起来见过贾赦贾政便往宁府中来合同老管事　人等并几位世交门下清客相公审察两府
庚：贾琏起来见过贾赦贾政便往宁府中来合同老管事的人等并几位世交门下清客相公审察两府
戚：贾琏起来见过贾赦贾政便往宁府中来合同老管事的人等并几位世交门下清客相公审察两府

戌：地方缮画省亲殿宇一面　参度办理人丁自此后各行匠役齐　集金银铜锡以及土木砖瓦之物
庚：地方缮画省亲殿宇一面察　度办理人丁自此后各行匠役　奇集金银铜锡以及土木砖瓦之物
戚：地方缮画省亲殿宇一面察　度办理人丁自此后各行匠役齐　集金银铜锡以及土木砖瓦之物

戌：搬运移送不歇先令匠役　拆宁府会芳园墙垣楼阁　直接入荣府东大院中荣府东边所有下人
庚：搬运移送不歇先令匠　人拆宁府会芳园墙垣楼阁　直接入荣府东大院中荣府东边所有下人
戚：搬运移送不歇先令匠　人拆宁府会芳园墙垣楼　门直接入荣府东大院中荣府东边所有下人

戌：一带群房尽已拆去当日宁荣二　宅虽有一小巷界断不通然这小巷亦系私地并非官道故可以
庚：一带群房尽已拆去当日宁荣二　宅虽有一小巷界断不通然这小巷亦系私地并非官道故可以
戚：一带群房尽已拆去当日宁荣　两宅虽有一小巷界断不通然这小巷亦系私地并非官道故可以

戌：连属会芳园本是从　　北　角墙下引来一股　活水今亦无烦再引其山石树木虽不敷用贾赦
庚：连属会芳园本是从此扎　角墙下引来一　段活水今亦无烦再引其山石树木虽不敷用贾赦
戚：连属会芳园本是从　北拐角墙下引来一　段活水今亦无烦再引其山石树木虽不敷用

戌：　　住的乃是荣府旧园其中竹树山石以及亭榭栏杆等物皆可挪就前来如此两处又甚近凑来
庚：　　住的乃是荣府旧园其中竹树山石以及亭榭栏杆等物皆可挪就前来如此两处又甚近凑来
戚：东边住的乃是荣府旧园其中竹树山石以及亭榭栏杆等物皆可挪就前来如此两处又甚近凑来

戌：一处省得许多财力纵　亦不敷所添亦有限全亏一个老明公号山子野者一一筹　划起造贾政
庚：一处省得许多财力纵　亦不敷所添亦有限全亏一个老明公号山子野者一一筹画　起造贾政
戚：一处省得许多财力纵有　不敷所添亦有限全亏一个老明公号山子野者一一筹画　起造贾政

戌：不惯于俗务只凭贾赦贾珍贾琏赖大来升林之孝吴新登詹　光程日兴等几　人安插摆布凡堆
庚：不惯于俗务只凭贾赦贾珍贾琏赖大来升林之孝吴新登先　程日兴等　些人安插摆布凡堆
戚：不惯于俗务只凭贾赦贾珍贾琏赖大来升林之孝吴新登詹先　程日兴等　些人安插摆布凡堆

戌：山凿池起　楼竖阁种竹栽花一应点景之　事又有山子野制度下朝闲暇不过各处看望看望最
庚：山凿池起杨　竖阁种竹栽花一应点景　等事又有山子野制度下朝闲暇不过各处看望看望最
戚：山凿池起　楼竖阁种竹栽花一应点景　等事又有山子野制度下朝闲暇不过各处看望看望最

戌：要紧处　合贾赦　商议商议便罢了贾赦只在家高卧有芥　荁之事贾珍等或自去回明或写略
庚：要紧处和　贾赦等商议商议便罢了贾赦只在家高卧有芥豆　之事贾珍等或自去回明或写略
戚：要紧处和　贾赦等　商议便罢了贾赦只在家高卧有芥　荁之事贾珍等或自去回明或写略

戌：　节或有话说便传呼贾琏赖大等来领命贾蓉单管打造金银器皿贾蔷已起身往姑苏去了贾珍
庚：节　或有话说便传呼贾琏赖大等　领命贾蓉单管打造金银器皿贾蔷已起身往姑苏去了贾珍
戚：　节或有话说便传呼贾琏赖大等　领命贾蓉单管打造金银器皿贾蔷已起身往姑苏去了贾珍

第十六回　贾元春才选凤藻宫　秦鲸卿夭逝黄泉路

戌：赖大等又点人丁开册籍监工等事一笔不能写到不过是喧阗热闹非常而已暂且无话且说宝玉
庚：赖大等又点人丁开册籍监工等事一笔不能写到不过是喧阗热闹非常而已暂且无话且说宝玉
戚：赖大等又点人丁开册籍监工等事一笔不能写到不过是喧阗热闹非常而已暂且无话且说宝玉
————————————————————————————————
戌：近因家中有这等大事贾政不来问他的书心中是件畅事无奈秦钟之病一日重似一日也着实
庚：近因家中有这等大事贾政不来问他的书心中是件畅事无奈秦钟之病　日重　一日也着　是
戚：近因家中有这等大事贾政不来问他的书心中是件畅事无奈秦钟之病　日重　一日也着实
————————————————————————————————
戌：悬心不能乐业这日一早起来才梳洗完毕意欲回了贾母去望候秦钟忽见茗烟在二门　照壁
庚：悬心不能乐业这日一早起来才梳洗完毕意欲回了贾母去望候秦钟忽见茗烟在二门前照壁
戚：悬心不能乐业这日一早起来才梳洗完毕意欲回了贾母去望候秦钟忽见茗烟在二门前照壁间
————————————————————————————————
戌：前探头缩脑宝玉忙出来问他作什么茗烟道秦相公不中用了宝玉听说　唬了一跳忙问道我昨
庚：前探头缩脑宝玉忙出来问他作什么茗烟道秦相公不中用了宝玉听说吓　了一跳忙问道我昨
戚：　探头缩脑宝玉忙出来问他作什么茗烟道秦相公不中用了宝玉听说吓　了一跳忙问道我昨
————————————————————————————————
戌：儿　才瞧了他来了还明明白白　怎么就不中用了茗烟道我也不知道才刚是他家的老头子特
庚：　　见才瞧了他来了还明明白白　怎么就不中用了茗烟道我也不知道才刚是他家的老头子
戚：儿　才瞧了他来　还明明白白　怎么就不中用了茗烟道我也不知道才刚是他家的老头子
————————————————————————————————
戌：来　告诉我的宝玉听了忙转身回明贾母贾母吩咐好生派妥当人跟去到那里尽一尽同窗之情
庚：来特告诉我的宝玉听了忙转身回明贾母贾母吩咐好生派妥当人跟去到那里尽一尽同窗之情
戚：来特告诉我的宝玉听了忙转身回明贾母贾母吩咐好生派妥当人跟去到那里尽一尽同窗之情
————————————————————————————————
戌：就回来不许多耽　搁了宝玉听了忙忙的更衣出来车犹未备急的满　厅乱转一时催促的车到
庚：就回来不许多耽　搁了宝玉听了忙忙的更衣出来车犹未备急的满　厅乱转一时催促的车到
戚：就回来不许多耽阁　了宝玉听了忙忙的更衣出来车犹未备急的满地乱转一时催促的车到
————————————————————————————————
戌：忙上了车李　贵茗烟等跟随来至秦钟门首悄无一人遂蜂拥至　内室唬的秦钟的两个远房
庚：忙上了车李景　茗烟等跟随来至秦钟门首悄无一人遂蜂拥至　门内室唬的秦钟的两个远房
戚：忙上了车李景　茗烟等跟随来至秦钟门首悄无一人遂蜂拥至他　内室唬的秦钟的两个远房
————————————————————————————————
戌：婶子　并几个弟兄都藏之不迭此时秦钟已发过两三次昏了移床易簀多时矣宝玉一见便不禁
庚：婶　母并几个弟兄都藏之不迭此时秦钟已发过两三次昏了移床易簀多时矣宝玉一见便不禁
戚：婶　母　几个弟兄都藏之不迭此时秦钟已发过两三次昏了移床易簀多时矣宝玉一见便不禁
————————————————————————————————
戌：失声李贵　忙劝道不可不可秦相公　是弱症未免炕上挺扛　的骨头不受用所以暂且挪下来
庚：失声李　景忙劝道不可不可秦相公　是弱症未免炕上挺扛　的骨头不受用所以暂且挪下来
戚：失声李　景忙劝道不可不可秦相公见　弱症未免炕上挺矼的骨头不受用所以暂且挪下
————————————————————————————————
戌：　松散些哥儿如此岂不反添了他的病宝玉听了方　认住近前见秦钟面如白腊
庚：　松散些哥儿如此岂不反添了他的病宝玉听了方忍　住近前见秦钟面如白腊　合目呼吸于
戚：床松散些哥儿如此岂不反添了他的病宝玉听了方忍　住近前见秦钟面如白　蜡合目呼吸于
————————————————————————————————
戌：　宝玉　叫道鲸兄宝玉来了连叫　三声秦钟不　采宝玉又道宝玉来了那秦钟早已魂魄离
庚：枕上宝玉忙叫道鲸兄宝玉来了连叫两三声秦钟不　采宝玉又道宝玉来了那秦钟早已魂魄离
戚：枕上宝玉忙叫道鲸兄宝玉来了连叫两三声秦钟不睬　宝玉又道宝玉来了那秦钟早已魂魄离
————————————————————————————————
戌：身只剩得一口悠悠　余　气在胸正见许多鬼判持牌提索　来捉他那秦钟魂魄那里　就肯去
庚：身只剩得一口悠悠　余声气在胸正见许多鬼判持牌提索　来捉他那秦钟魂魄那里肯就肯去
戚：身只剩得一口悠悠的余　气在胸正见许多鬼判持牌提　锁来捉他那秦钟魂魄那里肯就　去

戌：又记念着家中无人掌管家务又记挂着父亲　　还有留积下的三四千两银子又记挂着智能尚无
庚：又记念着家中无人掌　家务　　　　　　　　　　　　　　　　　　　又记挂着智能尚无
戚：又记念着家中无人掌管家务　　挂着父　母还有留积下的三四千两银子又记挂着智能尚无

戌：下落因此百般求告鬼判无奈这些鬼判都不肯　徇私反叱咤秦钟道亏你还是读过书的人岂不
庚：下落因此百般求告鬼判无奈这些鬼判都不肯狗　私反叱咤秦钟道亏你还是读过书的人岂不
戚：下落因此百般求告鬼判无奈这些鬼判都不肯　徇私反叱咤秦钟道亏你还是读过书的人岂不

戌：知俗语说的　　　阎王叫你　三更死谁敢留你　到五更我们阴间上下都是铁面无私的不比你
庚：知俗语说的　　闫　王叫　何三更死谁敢留　人到五更我们阴间上下都是铁面无私的不比你
戚：知俗语说的阎　　　王叫你　三更死谁敢留　人到五更我们阴间上下都是铁面无私的不比你

戌：们阳间瞻情顾意有许多的关碍处正闹着那秦钟的魂魄忽听见宝玉来了四字　　又央求道列
庚：们阳间瞻情顾意有许多的关碍处正闹着那秦钟　魂魄忽听见宝玉来了四字便忙又央求道列
戚：们阳间瞻情顾意有许多的关碍处正闹着那秦钟　魂魄忽听见宝玉来了四字便忙又央求道列

戌：位神差略发慈悲让我回去和这一个好朋友说一句话就来的众鬼道又是什么好朋友秦钟道不
庚：位神差略发慈悲让我回去和这一个好朋友说一句话就来的众鬼道又是什么好朋友秦钟道不
戚：位神差略发慈悲让我回去和这一个好朋友说一句话就来的众鬼道又是什么好朋友秦钟道不

戌：瞒列位就是荣国公　孙子小名宝玉的都判官听了先就唬慌起来忙喝骂鬼使道我说你们放回
庚：　列位就是荣国公的孙子小名宝玉　都判官听了先就唬慌起来忙喝骂鬼使道我说你们放
戚：瞒列位就是荣国公　孙子小名宝玉的都判官听了先就唬慌起来忙喝骂鬼使道我说你们放

戌：了他　去走走罢你们断不依我的话如今只等他请出个运旺时盛的人来才罢众鬼见都判如此
庚：了他回去走走罢你们断不依我的话如今只等他请出个运旺时盛的人来才罢众鬼见都判如此
戚：了他回去走走罢你们断不依我的话如今只等他请出个运旺时盛的人来才罢众鬼见都判如此

戌：也都忙了手脚一面又　报怨道你老人家先是那等雷霆电雹原来见不得宝玉二字依我们愚见
庚：也都忙了手脚一面又　报怨道你老人家先是那等雷霆电雹原来见不得宝玉二字依我们愚见
戚：也都忙了手脚一面又抱　怨道你老人家先是那等雷霆电雹原来见不得宝玉二字依我们愚见

戌：他是阳间我们是阴间怕他　也无益于我们都判道放屁俗语说的好天下的官管天下　的事
庚：他是阳　我们是阴　怕他们也无益于我们都判道放屁俗语说的好天下　官管天下　　事自
戚：他是阳　我们是阴　怕他们也无益于我们都判道放屁俗语说的好天下　　官管天下民

戌：　　　　　　阴阳本　无二理别管他阴也　罢阳也罢　　　　　　敬着点　没
庚：古人鬼之道却是一般阴阳　并无二理别管他阴也　罢阳也罢还是把他放回　　　没
戚：　　　　　　阴　归并无二理别管他阴也别管　　　　他　　　阳没

戌：　错了的众鬼听说只得将秦　魂放回哼了一声微开双目　宝玉在侧乃　免强叹道怎么不肯
庚：有错了的众鬼听说只得将秦　魂放回哼了一声微开双目见宝玉在侧乃　免强叹道怎么不肯
戚：有错了的众鬼听说只得将　他魂放回哼了一声微开双目见宝玉在侧乃勉　强叹道怎么不

戌：早来再迟一步也不能见了宝玉忙携手垂泪道有什么话留下两句秦钟道并无别话以前你我见
庚：早来再迟一步也不能见了宝玉忙携手垂泪道有什么话留下两句秦钟道并无别话以前你我见
戚：早来再迟一步也不能见了宝玉　携手垂泪道有什么话留下两句秦钟道并无别话以前你我见

第十六回 贾元春才选凤藻宫 秦鲸卿夭逝黄泉路

戌：识自为高过世人我今日才知自误　以后还该立志功名以荣耀显达为是说毕便长叹一声萧然
庚：识自为高过世人我今日才知自误了以后还该立志功名以荣耀显达为是说毕便长叹一声萧然
戚：识自为高过世人我今日才知自误了以后还该立志功名以荣耀显达为是说毕便长叹一声萧然

戌：长逝了下回分解
庚：长逝了下回分解
戚：长逝了下回分解

第二十五回　魇魔法叔嫂逢五鬼　通灵遇蒙蔽遇双真

戌：话说红玉　　　　情思缠绵忽朦胧睡去　见贾芸要拉他却回身一跑被门槛子　绊了一跤唬
庚：话说红玉心神恍惚情思缠绵忽朦胧睡去遇见贾芸要拉他却回身一跑被门　　坎绊了一跤唬
戚：话说红玉心神恍惚情思缠绵忽朦胧睡去遇见贾芸要拉他却回身一跑被门　　坎绊了一跤唬

戌：醒过来方知是梦因此翻来复去一夜无眠至次日天明方才起来就有几个丫头　来会他　打扫
庚：醒过来方知是梦因此翻来复去一夜无眠至次日天明方才起来就有几个丫头子来会他去打扫
戚：醒过来方知是梦因此翻来复去一夜无眠至次日天明方才起来就有几个丫头子来会他去打扫

戌：　屋子地　提洗脸水这红玉也不梳洗向镜中胡乱挽了一挽头发洗了洗手腰内束了一条汗巾
庚：　房　子地面提洗脸水这红玉也不梳洗向镜中胡乱挽了一挽头发洗了洗手腰内束了一条汗巾
戚：　房　子地面提洗脸水这红玉也不梳洗向镜中胡乱挽了一挽头发洗了洗手腰内束了一条汗巾

戌：子便来　扫地　　谁知宝玉昨儿　见了红玉也就留了心若要直点名唤他来使用一则怕袭人
庚：子便来打扫　　房屋谁知宝玉昨儿　见了红玉也就留了心若要直点名唤他来使用一则怕袭人
戚：子便来打扫　　房屋谁知宝玉昨　日见了红玉也就留了心若要直点名唤他来使用一则怕袭人

戌：等寒心二则又不知红玉是何等行为若好还罢了若不好起来那时　倒不好退送的因此心下闷
庚：等寒心二则又不知红玉是何等行为若好还罢了若不好起来那时到　不好退送的因此心下闷
戚：等寒心二则又不知红玉是何等行为若好还罢了若不好起来那时到　不好退送的因此心下闷

戌：闷的早起来也不梳洗只坐着出神一　晋下来　　隔着纱屉子向外看的真切只见好几个丫
庚：闷的早起来也不梳洗只坐着出神一时　下　了窗子隔着纱屉子向外看的真切只见好几个丫
戚：闷的早起来也不梳洗只坐着出神一时　下　了窗子隔着纱屉子向外看的真切只见好几个丫

戌：头在那里扫地都擦　胭抹粉簪花插柳的独不见昨　儿那一个宝玉便靸了鞋　恍出了房门只
庚：头在那里扫地都擦　胭抹粉簪花插柳的独不见昨　儿那一个宝玉便靸了鞋晃　出了房门只
戚：头在那里扫地都擦脂　抹粉簪花插柳的独不见昨日　那一个宝玉便靸了鞋晃　出了房门只

戌：粧　着看花儿这里瞧瞧那里望望一抬头只见西南角上　遊廊底下栏杆　外似有一个人　在
庚：　妆着看花儿这里瞧瞧那里望望一抬头只见西南角上游　廊底下栏杆上　似有一个人倚在
戚：　妆着看花儿这里瞧瞧那里望望一抬头只见西南角上游　廊底下栏杆上　似有一个人倚在

戌：那里倚着却恨面前有一株海棠花遮着看不真切只得又转了一步仔细一看可不是昨儿的那个
庚：那里·　　却恨面前有一株海棠花遮着看不真切只得又转了一步仔细一看可不是昨儿　那个
戚：那里　　却恨面前有一株海棠花遮着看不真切只得又转了一步仔细一看可不是昨儿　那个

戌：丫头在那里出神待要迎上去又不好去的正想着忽见碧痕来催他洗脸只得进去了不在话下却
庚：丫头在那里出神待要迎上去又不好去的正想着忽见碧痕来催他洗脸只得进去了不在话下却
戚：丫头在那里出神待要迎上去又不好去的正想着忽见碧痕来催他洗脸只得进去了不在话下却

第二十五回　魇魔法叔嫂逢五鬼　通灵遇蒙蔽遇双真　469

戌：说红玉正自出神忽见袭人招手叫他只得走　　　来袭人　道
庚：说红玉正自出神忽见袭人招手叫他只得走上前来袭人笑道我们这里的　喷壶还没有收什
戚：说红玉正自出神忽见袭人招手叫他只得走上前来袭人笑道我们这里的唾　壶还没有收　拾

戌：　　你到林姑娘那里去把他们的喷壶借来使使我们的还没有收拾了来呢红玉答应了便
庚：了来呢你到林姑娘那里去把他们的　　借来使使　　　　　　红玉答应了便走
戚：了来呢你到林姑娘那里去把他们的　　借来使使　　　　　　红玉答应了便走

戌：　　往潇湘馆去正走上翠烟桥抬头一望只见山坡上高处都　拦着帏幙方想起今儿有匠人
庚：出来往潇湘馆去正走上翠烟桥抬头一望只见山坡上高处都是拦着帏幙方想起今儿有匠　役
戚：出来往潇湘馆去正走上翠烟桥抬头一望只见山坡上高处都　拦着帏幙方想起今儿有匠人

戌：在里头种树因转身一望只见那边远远的一簇人在那里掘土贾芸正坐在　山子石上红玉待要
庚：在里头种树因转身一望只见那边远远　一簇人在那里掘土贾芸正坐在那山子石上红玉待要
戚：在里头种树因转身一望只见那边远远　一簇人在那里掘土贾芸正坐在那山子石上红玉待要

戌：过去又不敢过去只得闷闷的向潇湘馆取了　喷壶回来无精打彩自　向房内倒着　　去只说
庚：过去又不敢过去只得闷闷的向潇湘馆取了　喷壶回来无精打彩自　向房内倒着众人　只说
戚：过去又不敢过去只得闷闷的向潇湘馆取了唾　壶回来无精打彩自回　房内倒着众人　只说

戌：他一时身上不　快都不理论展眼过了一日原来次日就是王子腾夫人的寿诞那里原打发人来
庚：他一时身上不爽快都不理论展眼过了一日原来次日就是王子腾夫人的寿诞那里原打发人来
戚：他一时身上不　快都不理论展眼过了一日原来次日就是王子腾夫人的寿诞那里原打发人来

戌：请贾母王夫人的王夫人见贾母不去自己　也便不去了到　是薛姨妈同凤姐儿并贾家四　个
庚：请贾母王夫人的王夫人见贾母不　　自　在也便不去了到　是薛姨妈同凤姐儿并贾家四　个
戚：请贾母王夫人的王夫人见贾母不去自己　也便不去了　倒是薛姨妈同凤姐儿并贾家　三个

戌：姊妹宝钗宝玉一齐都去了至晚方回　　且说王夫人见贾环下了学便命他来抄个金刚咒　唪
庚：姊妹宝钗宝玉一齐都去了至晚方回可巧　　王夫人见贾环下了学　命他来抄个金刚咒　唪
戚：姊妹宝钗宝玉一齐都去了至晚方回可巧　　王夫人见贾环下了学　命他来抄个金刚咒捧

戌：诵　那贾环　在王夫人炕上坐着命人点上灯　拿腔作势的抄写一　　畳叫彩云到
庚：诵唪那贾环正在王夫人炕　坐着命人点　灯　拿腔作势的抄写一时又　叫彩云倒　杯
戚：诵　那贾环正在王夫人炕上坐着命人点上灯烛拿腔作势的抄写一时又　叫彩　霞沏杯

戌：茶来一时又叫玉　钏儿来剪剪灯　花一时　叫金钏　儿挡了灯影众丫头　们素日厌恶他
庚：茶来一时又叫玉钏　儿来剪剪　蜡花一时又说　金　钏儿挡了灯影众丫　环们素日厌恶他
戚：茶来一时又叫玉钏　儿来剪剪　蜡花一时又说　金　钏儿挡了灯影众丫　环们素日厌恶他

戌：都不答理只有彩霞还和他合的来　到了一　钟茶　递与他　见王夫人和人说话儿　便悄悄
庚：都不答理只有彩霞还和他合的来　到了一　钟茶来递与他因见王夫人和人说话　他便悄悄
戚：都不答理只有彩霞还和他合的来沏　了一杯　茶　递与他因见王夫人和人说话　他便悄悄

戌：的向贾环说道你安些分罢何苦讨这个厌呢　　　　贾环道我也知道了你别哄我如今你和宝
庚：的向贾环说道你安些分罢何苦讨这个厌　那个厌的贾环道我也知道了你别哄我如今你和宝
戚：的向贾环说道你安些分罢何苦讨这个厌　那个厌的贾环道我也知道了你别哄我如今你和宝

戌：玉好把我不答理　我也看出来了彩霞咬着嘴唇向贾环头上戳了一指头说道没良心的才是狗
庚：玉好把我不答理　我也看出来了彩霞咬着嘴唇向贾环头上戳了一指头说道没良心的　　狗
戚：玉好把我不答理被我也看出　了彩霞咬着嘴唇向贾环头上戳了一指头说道没良心的　　狗
———
戌：咬吕洞滨　不识好人心二　人正说着只见凤姐来了拜见过王夫人王夫人便一长一短的问他
庚：咬吕洞　宾不识好人心　　两人正说着只见凤姐来了拜见过王夫人王夫人便一长一短的问他
戚：咬吕洞　宾不识好人心　　两人正说着只见凤姐来了拜见过王夫人王夫人便一长一短的问他
———
戌：今　儿是那　位堂客在那里戏文如何酒席好歹　　　　等语说了不多几句　宝玉也来了进
庚：今　儿是那几位堂客　　戏文　　　好歹酒席如何等语说了不多几句话宝玉也来了进
戚：今日　是那几位堂客　　戏文　　　好歹酒席如何等语说了不多几句话宝玉也来了进
———
戌：门见了王夫人不过规规矩矩说了几句话便命人除去抹　额脱了袍服拉了靴　子便一头滚在
庚：门见了王夫人不过规规矩矩说了几句　便命人除去抹　额脱了袍服拉了靴　子便一头滚在
戚：门见了王夫人不过规规矩矩说了几句　便命人除去　珠额脱了袍服拉了　鞾子便一头滚在
———
戌：王夫人怀　内王夫人便用手满身满脸　摩挲抚弄他宝玉也搬着王夫人的　脖子说长说　短
庚：王夫人怀里　王夫人便用手满身满脸　摩挲抚弄他宝玉也搬着　　　　　脖子说长　道短
戚：王夫人怀里　王夫人便用手满身满脸去摩挲抚弄他宝玉也搬着王夫人的勃　子说长说　短
———
戌：的王夫人道我的儿你又吃多了酒脸上滚热你还只是揉　搓一会闹上酒来还不　在那里静静
庚：的王夫人道我的儿你又吃多了酒脸上滚热你还只是揉　搓一会闹上酒来还不再　那里静静
戚：的王夫人道我的儿你又吃多了酒脸上滚热你还只是揉搓　一会闹上酒来还不　在那里静静
———
戌：的倒一会子呢说着便叫人拿个枕头来宝玉听了便　下来在王夫人身后倒下又叫彩霞来替他
庚：的倒一会子呢说着便叫人拿个枕头来宝玉听　　说下来在王夫人身后倒下又叫彩霞来替他
戚：的倒一会子呢说着便叫人拿个枕头来宝玉听　　说下来在王夫人身后倒下又叫彩霞来替他
———
戌：拍着宝玉便和　彩霞说笑只见彩霞淡淡的不大答理两眼睛只向贾环处看宝玉便拉他的手笑
庚：拍着宝玉便和　彩霞说笑只见彩霞淡淡的不大答理两眼睛只向贾环处看宝玉便拉他的手笑
戚：拍着宝玉便　各彩霞说笑只见彩霞淡淡的不大答理两眼睛只向贾环处看宝玉便拉他的手笑
———
戌：道好姐姐你也理我一理儿呢　　　　　　彩霞夺了手道　　再闹我就嚷了二人
庚：道好姐姐你也理我　理儿呢一面说一面拉他的手彩霞夺　手　不肯便说再闹我就嚷了二人
戚：道好姐姐你也理我　理儿呢一面说一面拉他的手彩霞夺　手　不肯便说再闹我就嚷了二人
———
戌：正说　　原来贾环听的见素日原恨宝玉如今又见他和彩霞厮闹心中越发按不下这口毒气虽
庚：正　闹着原来贾环听的见素日原恨宝玉如今又见他和彩霞　闹心中越发按不下这口毒气虽
戚：正　闹着原来贾环听的见素日原恨宝玉如今又见他和彩霞厮闹心中越发按不下这口毒气虽
———
戌：不敢明言却每每暗中算计只是不得下手今　儿相离甚近便要用　蜡灯里的滚油烫　他一下
庚：不敢明言却每每暗中算计只是不得下手今见　相离甚近便要用热　　　　　　油烫瞎他
戚：不敢明言却每每暗中算计只是不得下手今见　相离甚近便要用热　　　　　　油烫瞎他
———
戌：　　因而故意　粧作失手　　　　　　　　向宝玉脸上只一推只听宝玉嗳哟了一声
庚：的眼睛因而故意妆　作失手把那一盏油汪汪的蜡灯向宝玉脸上只一推只听宝玉嗳哟了一声
戚：　眼睛因而故意妆　作失手把那一盏油汪汪的蜡灯向宝玉脸上只一推只听宝玉嗳哟了一声

第二十五回　魇魔法叔嫂逢五鬼　通灵遇蒙蔽遇双真　471

戌：满屋　　人都唬　一跳连忙把　地下的戳　灯挪过来又将里外　屋　　拿了三四盏看时
庚：满屋里众人都唬了一跳连忙　将地下的戳　灯挪过来又将里外间屋　的灯拿了三四盏看时
戚：满屋里众人都唬　一跳连忙　将地下的　掉灯挪过来又将里外间屋里的　拿了三四盏看时

戌：只见宝玉满脸满头都是蜡油王夫人又急又气一面命人来给　宝玉擦洗一面又骂贾环凤姐三
庚：只见宝玉满脸满头都是　油王夫人又急又气一面命人来　替宝玉擦洗一面又骂贾环凤姐三
戚：只见宝玉满脸满头都是　油王夫人又急又气一面命人来　替宝玉擦洗一面又骂贾环凤姐三

戌：步两步　跑上炕去给　宝玉收拾着一面笑道老三还是这　样荒脚鸡似　的我说你上不得
庚：步两步的　上炕去　替宝玉收拾着一面笑道老三还是这么慌　脚　是的我说你上不得
戚：步两步的　上炕去　替宝玉收拾着一面笑道老三还　这么慌　脚鸡似　的我说你上不得

戌：高台　板赵姨娘时常也该教　道教　道他才是一句话提醒了王夫人　王夫人便不骂贾环便
庚：高　抬板赵姨娘时常也该教　道教　道他　一句话提醒了王夫人那王夫人　不骂贾环便
戚：高台　板赵姨娘时常也该教导　教导　他　一句话提醒了王夫人那王夫人　不骂贾环便

戌：叫过赵姨娘来骂道养出这样　不知道理下流黑心种子来也不管管儿翻　儿次我都不理论
庚：叫过赵姨娘来骂道养出这样黑心不知道理下流　种子来也不管管儿　番儿次我都不理论
戚：叫过赵姨娘　骂道养出这样黑心不知道理下流　种子来也不管管儿　番儿次我都不理论

戌：你们到得了意了这不亦　发上来了那赵姨娘素日　虽然也常怀嫉妒　之心不忿凤姐宝玉两
庚：你们　得了意了　越发上来了那赵姨娘素日也虽然　常怀嫉　妒之心不忿凤姐宝玉两
戚：你们　得了意了　越发上来了那赵姨娘素日　虽然也常怀嫉妒　之心不忿凤姐宝玉两

戌：个也不敢露出来如今贾环又生了事受这场恶气不但吞声承受而且还要　替宝玉来收拾
庚：个也不敢露出来如今贾环又生了事受这场恶气不但吞声承受而且还要走去替宝玉　收　什
戚：个也不敢露出来如今贾环又生了事受这场恶气不但吞声承受而且还要走去替宝玉　收拾

戌：只见宝玉左边脸上烫了一溜燎泡　　幸而眼睛　没动王夫人看了又是心疼又怕明日
庚：只见宝玉左边脸上烫了一溜燎泡　出来幸而眼睛竟没动王夫人看了又是心疼又怕明日贾母
戚：只见宝玉左边脸上烫了一溜燎　炮出来幸而眼睛竟没动王夫人看了又是心疼又怕　贾母

戌：　问怎么　回答急的又把赵姨娘数落一顿然后又安慰了宝玉一回又命取败毒消肿药来敷
庚：　问怎么　回答急的又把赵姨娘数落一顿然后又安慰了宝玉一回又命取败毒消肿药来敷
戚：明日问怎　样回答急的又把赵姨娘数落一顿然后又安慰了宝玉一回又命取败毒消肿药来敷

戌：上宝玉道有些疼还不妨事明儿　老太太问就说是我自己烫的罢了凤姐笑道便说　自己烫的
庚：上宝玉道有些疼还不妨事明儿　老太太问就说是我自己烫的罢了凤姐笑道便说是自己烫的
戚：上宝玉道有些疼还不妨事明　日老太太问就说是我自己烫的罢了凤姐笑道便说是自己烫的

戌：也要骂人为什么不小心看着叫你烫了横竖有一场气生　到明儿　凭你怎么说去罢王夫人命
庚：也要骂人为什么不小心看着叫你烫了横竖有一场气生的到明儿　凭你怎么说去罢王夫人命
戚：也要骂人为什么不小心看着叫你烫了横竖有一场气生的　明　日凭你怎么说去罢王夫人命

戌：人好生送了　宝玉回房　　袭人等见了都慌的了不得林　黛玉见宝玉出一天门就觉得
庚：人好生送了　宝玉回房去后袭人等见了都慌的了不得林代　玉见宝玉出　一天门就　觉
戚：人好生送　去宝玉回房去后袭人等见了都慌的了不得林　黛玉见宝玉出　一天门就觉

戌：闷闷的没个可说话的人至晚正打发人来问了两三遍回来　　没有这遍方才说回来　偏生又
庚：闷闷的没个可说话的人至晚正打发人来问了两三遍回来不曾　这遍方才　回来又偏生
戚：闷闷的没个可说话的人至晚　打发人来问了两三遍回来不曾　这遍方才　回来又偏生

戌：烫了脸林黛　玉便赶着来瞧只见宝玉正拿镜子照呢左边脸上满满的敷　着一脸　药黛
庚：烫了　林　代玉便赶着来瞧只见宝玉正拿镜子照呢左边脸上满满的敷了　一脸的药　林代
戚：烫了　林黛　玉便赶着来瞧只见宝玉正拿镜子照呢左边脸上满满的敷了　一脸的药　林

戌：　玉只当烫的十分利害忙上来问怎么烫了要瞧瞧宝玉见他来了忙把脸遮着摇手　　　不
庚：　玉只当烫的十分利害忙上来问怎么烫了要瞧瞧宝玉见他来了忙把脸遮着摇手叫他出去不
戚：黛玉只当烫的十分利害忙上来问怎么烫了要瞧瞧宝玉见他来了忙把脸遮着摇手叫他出去不

戌：肯叫他看知道他的癖性喜洁见不得这　东西林黛　玉自己也知道　　有这件癖性知道宝
庚：肯叫他看知道他的癖性喜洁见不得这些东西林　代玉自己也知道自己也有这件癖性知道宝
戚：肯叫他看知道他的癖性喜洁见不得这些东西林黛　玉自己也知道自己也有这件癖性知道宝

戌：玉的心内怕他嫌脏因笑道我瞧瞧烫了那里了有什么遮着藏着的一面说一面就凑上来强搬着
庚：玉的心内怕他嫌脏因笑道我瞧瞧烫了那里了有什么遮着藏着的一面说一面就凑上来强搬着
戚：玉的心内怕他嫌脏因笑道我瞧瞧烫了那里了有什么遮着藏着的一面说一面就凑上来强搬着

戌：　脖子瞧了一瞧问　疼的怎么样宝玉道也不狠疼养一两日就好了　　黛玉坐了一会　闷闷
庚：　脖子瞧了一瞧问他疼的怎么样宝玉道也不狠疼养一两日就好了林代玉坐了一　回闷闷
戚：　勃　子瞧了一瞧问他疼的怎么样宝玉道也不狠疼养一两日就好了林　黛玉坐了一会　闷闷

戌：的回房去了一宿无话次日宝玉见　了贾母虽然自己　承认是自己烫的不与别人相干免不得
庚：的回房去了一宿无话次日宝玉见　了贾母虽然自己称　认是自己烫的不与别人相干免不得
戚：的回房去了一宿无话次日宝玉见一　贾母虽然自己　承认是自己烫的不与别人相干免不得

戌：　贾母又把跟从的人骂一顿过了一日就有宝玉寄名的干娘马道婆进荣国府来请安见了宝玉
庚：那贾母又把跟从的人骂一顿过了一日就有宝玉寄名的干娘马道婆进荣国府来请安见了宝玉
戚：那贾母又把跟从的人骂一顿过了一日就有宝玉寄名的干娘马道婆进荣国府来请安见了宝玉

戌：唬了一　跳问起原故　　说是烫的便点头叹　惜一回又向宝玉脸上用指头画了　几画又
庚：唬　一大跳问起原　　由说是烫的便点头叹息　一回　向宝玉脸上用指头画了一　画
戚：唬　一大跳问　　其缘由说是烫的便点头叹　惜一回　向宝玉脸上用指头画了一　画

戌：口内嘟嘟囔囔的　持诵了一回就说道　管保你　好了这不过是一当　飞灾又向贾母道祖宗
庚：口内嘟嘟囔囔的又持诵了一回　说道　管保　就好了这不过是一　时飞灾又向贾母道祖宗
戚：口内嘟嘟囔囔的又持诵了一回　说道包管　就好了这不过是一　时飞灾又向贾母道祖宗

戌：老菩萨那里知道那经典佛法上说的利害大凡那王公卿相人家的子弟只一生　下来暗中就
庚：老菩萨那里知道那经典佛法上说的利害大凡那王公卿相人家的子弟只一生长下来暗　里
戚：老菩萨那里知道那经典佛法上说的利害大凡那王公卿相人家的子弟只一生长下来暗　里

戌：　有许多促狭鬼跟着他得空便拧他一下　掐　一下或吃饭时打下他的饭碗来或走着推他
庚：便有许多促狭鬼跟着他得空便拧他一下或掐　他一下或吃饭时打下他的饭碗来或走着推他
戚：便有许多促狭鬼跟着他得空便拧他一下或　摺他一下或吃饭时打下他的饭碗来或走着推他

戌：一跤所以往往的那　大家子的子孙多有长不大的贾母听见如此说便赶着问道这可有　什么
庚：一跤所以往往的那些大家　子孙多有长不大的贾母听　如此说便赶着问　这　有　什么
戚：一跤所以往往的那些大家子　孙多有长不大的贾母听　如此说便赶着问　这　有个什么

第二十五回 魇魔法叔嫂逢五鬼 通灵遇蒙蔽遇双真

戌：佛法解释没有呢马道婆道这个容易只是替他多多做　些因果善事也就罢了再那经上还说西
庚：佛法解释没有呢马道婆道这个容易只是　他多　　作些因果善事也就罢了再那经上还说西
戚：佛法解释没有呢马道婆道这个容易只是替他多　做　些因果善事也就罢了再那经上还说西

戌：方有位大光明普照菩萨专管照耀阴暗邪祟若有那善男子　善女子虔　心供奉者可以永佑
庚：方有位大光明普照菩萨专管照耀阴暗邪祟若有　善男子　善女子虔　心供奉者可以永佑
戚：方有位大光明普照菩萨专管照耀阴暗邪祟若有　善男子信　女　人处心供奉者可以永佑

戌：儿孙康宁安静再无惊恐邪祟撞　客之灾贾母道到　不知怎么　供奉这位菩萨呢马道婆道也
庚：儿孙康宁安静再无惊恐邪祟撞　客之灾贾母道到　不知怎么个供奉这位菩萨　马道婆道也
戚：儿孙康宁安静再无惊恐邪祟撞磕　之灾贾母道　倒不知怎么个供奉这位菩萨　马道婆道也

戌：不值　什么　　除香烛供养之外一天多　使几斤香油　　添在大海灯里这海灯　就是菩
庚：不值些什么不过除香烛供养之外一天多添　几斤香油点上个　　大海灯　这海灯便　是菩
戚：不值些什么不过除香烛供养之外一天多添　几斤香油点上个　　大海灯　这海灯便　是菩

戌：萨的现身法　昼夜是不敢息的贾母道一天一夜也得多少油明白告诉我我　好做　这件功德
庚：萨　现身法像昼夜　不敢息的贾母道一天一夜也得多少油明白告诉我我也好　作这件功德
戚：萨　现身法像昼夜　不敢息的贾母道一天一夜也得多少油明白告诉我我也好做　这件功德

戌：　马道婆听　说便笑道这也不拘随施主　　们　心愿舍罢了像我们庙　里就有好几处的
庚：的马道婆听如此说便笑道这也不拘随施主菩萨们随心　　　像我　家里就有好几处的
戚：的马道婆听如此说便笑道这也不拘随施主菩萨们随心　　　像我　家里就有好几处的

戌：王妃诰命供奉　南安郡王　　太妃　有许多　愿心大　一天是四十八斤油一斤灯草那海
庚：王妃诰命供奉的南安郡王府里的太妃他　许多的愿心大　一天是四十八斤油一斤灯草那海
戚：王妃诰命供奉的南安郡王府里的太妃他　许多的愿心大约一天是四十八斤油一斤灯草那海

戌：灯也只比缸　小些锦田候　的诰命次一等一天不过二十四斤　再还有几家也有五斤的三斤
庚：灯也只比缸略小些锦田　侯的诰命次一等一天不过二十四斤油再还　几家也有五斤的三斤
戚：灯也只比缸略小些锦田　侯的诰命次一等一天不过二十四斤　再还有几家也有五斤的三斤

戌：的一斤的都不拘数那小家子　　舍不起这些就是四两半斤也少不得替他点贾母听了点头
庚：的一斤的都不拘数那小家子穷人家舍不起这些就是四两半斤也少不得替他点贾母听了点
戚：的一斤的都不拘数那小家子穷人家舍不起这些就是四两半斤也少不得替他点贾母听了点头

戌：思忖马道婆又道还有一件若是为父母尊亲长上　点多舍些不妨　像老祖宗如今为宝玉若
庚：思忖马道婆又道还有一件若是为父母尊亲长上的　多舍些不妨若是像老祖宗如今为宝玉若
戚：思忖马道婆又道还有一件若是为父母尊亲长上的　多舍些不妨若是像老祖宗如今为宝玉若

戌：舍多了　到不好还怕　他禁不起到拆　了福也不当家　　要舍大则七斤小则五斤也
庚：舍多了　到不好还怕哥儿　禁不起到　折了福也不当家花花的要舍大则七斤小则五斤也
戚：舍多了倒　不好还怕哥儿　禁不起　倒折了福也不当家花花的要舍大则七斤小则五斤也

戌：就是了贾母　道既　这样　你就　一日五斤合准了每月来打趸　关了去马道婆念了一声阿
庚：就是了贾母说　既是这样说你　便一日五斤合准了每月　打趸来关了去马道婆念　一声阿
戚：就是了贾母　道既是这样说你　便一日五斤合准了每月来打趸　关了去马道婆念　一声阿

戌：弥陀佛慈悲大菩萨贾母又命人来吩咐　道已后大凡宝玉出门的日子拿几串钱交给他小子们
庚：弥陀佛慈悲大菩萨贾母又命人来吩咐　　已后大凡宝玉出门的日子拿几串钱交给他小子们
戚：弥陀佛慈悲大菩萨贾母又命人来吩咐以　后大凡宝玉出门的日子拿几串钱交给　小子们

戊：带着遇见僧道　　窘苦之人好施舍的说毕那马道婆又闲话　了一回便又往各院各房问安闲
庚：带着遇见僧道 穷苦　　好　舍　说毕那马道婆又　　坐了一回便又往各院各房问安闲
戚：带着遇见僧道穷　苦　　好施舍　说毕　马道婆又　　坐了一回便又往各院各房问安

戊：逛　　了一回一时来至赵姨娘房内二人见过赵姨娘叫　小丫头倒了　　茶来与他吃马道婆
庚：逛　　了一回一时来至赵姨娘房内二人见过赵姨娘　命小丫头倒了　　茶来与他吃马道婆
戚：　间低了一回一时来至赵姨娘房内二人见过赵姨娘　命小丫头　　沏杯茶来与他吃马道婆

戊：因见炕上堆着些零碎紬缎湾角赵姨娘正粘鞋呢马道婆道可是我正没　有鞋面子　赵奶奶你
庚：因见炕上堆着些零碎紬缎湾角赵姨娘正粘鞋呢马道婆道可是我正没了　鞋面子了赵奶奶你
戚：因见炕上堆着些零碎紬缎湾角赵姨娘正粘鞋呢马道婆道可是我正没了　鞋面子了赵奶奶你

戊：有零碎缎子不拘什　么颜色　弄一双　　给我赵姨娘听说　叹口气　道你瞧瞧那里头还有
庚：有零碎缎子不拘什　么颜色的弄一双鞋面给我赵姨娘听说便叹口气说道你瞧瞧那里头还有
戚：有零碎缎子不拘　甚么颜色的弄一双鞋面给我赵姨娘听说便叹口气说道你瞧瞧那里头还有

戊：那一块是成样的成　样的东西也到不了　　我手里来有的没的都在　那里你不嫌就挑两块
庚：那一块是成样的成了样的东西也　不　能到我手里来有的没的都在这　里你不嫌就挑两块
戚：那一块是成样的成了样的东西也到不了　　我手里来有的没的都在　那里你不嫌就挑两块

戊：子去那马道婆见说果真　挑了两块　袖　起来赵姨娘问道可是前儿　我送了五百钱去在药
庚：子去　马道婆见说果真便挑了两块　袖将起来赵姨娘问道　前　日我送了五百钱去　药
戚：子去　马道婆见说果真便挑了两块收　将起来赵姨娘问道　前　日我送了五百钱去在药

戊：王跟前上供你可收了没有马道婆道早已替你上了供了赵姨娘叹口气道阿弥陀佛我手里但凡
庚：王跟前上供你可收了没有马道婆道早已替你上了供了赵姨娘叹口气道阿弥陀佛我手里但凡
戚：王跟前上供你可收了没有马道婆道早已替你上了供了赵姨娘叹口气道阿弥陀佛我手里但凡

戊：从容些也时常的上个供只是心有余力量不足马道婆道你只　放心将来熬的环哥儿大了得个
庚：从容些也时常的上个供只是心有余力量不足马道婆道你只管放心将来熬的环哥儿大了得个
戚：从容些也时常的上个供只是心有余力量不足马道婆道你只　放心将来熬的环哥儿大了得个

戊：一官半职那时你要　做多大的功德　不能　赵姨娘听　了鼻子里笑了一声　道罢罢再别说
庚：一官半职那时你要作　多大的功德　不能　赵姨娘听说　鼻子里笑了一声说道罢罢再别说
戚：一官半职那时你要　做多大的功德也不　难赵姨娘听说　鼻子里笑了一声说道罢罢再别说

戊：起如今就是个样儿我们娘儿们跟的上　　　那一个　也不是有了宝玉竟是得了个活龙他还
庚：起如今就是个样儿我们娘儿们跟的上这屋里那一个儿也不是有了宝玉竟是得了　活龙他还
戚：起如今就是个样儿我们娘儿们跟的上这屋里那一个儿也不是有了宝玉竟是得了个活龙他还

戊：是小孩子家长的得人意儿大人偏疼他些也还罢了我只不　服这个主儿一面说一面又伸出两
庚：是小孩子家长的得人意儿大人偏疼他些也还罢了我只不伏　这个主儿一面说一面　伸出两
戚：是小孩子家长的得人意儿大人偏疼他些也　罢了我只不伏　这个主儿一面说一面　伸出两

戊：指头　　来马道婆会意便问道可是琏二奶奶么赵姨娘唬的　忙摇手儿走到门前掀帘子向
庚：个指头儿来马道婆会意便问道可是琏二奶奶　赵姨娘唬的　忙摇手儿走到门前掀帘子向窗
戚：个指头儿来马道婆会意便问道可是琏二奶奶　赵姨娘唬　得忙摇手儿走到门前掀帘子向窗

第二十五回 魇魔法叔嫂逢五鬼 通灵遇蒙蔽遇双真

戌：外看看无　　人方进来向马道婆悄悄的说道了不得了不得提起这个主儿这一分家私要不
庚：外看看无　　人方进来向马道婆悄悄　说道了不得了不得提起这个主儿这一分家私要不都
戚：外看看无一个人方　来向马道婆悄悄　说道了不得了不得提起这个主儿这一分家私要不都
————————————————————————————
戌：　教他搬送了　娘家去我就　不是个人马道婆　　　　　　　道我还用你说难道
庚：　斗　他搬送　到娘家去我　也不是个人马道婆见他如此说便探他口气说道我还用你说难道
戚：　教他搬送　到娘家去我　也不是个人马道婆见他如此说便探他口气说道我还用你说难道
————————————————————————————
戌：都看不出来也亏你们心里都　不理论只凭他去到也妙赵姨娘道我的娘不凭他去难道谁还敢
庚：都看不出来也亏你们心里　也不理论只凭他去到也妙赵姨娘道我的娘不凭他去难道谁还敢
戚：都看不出来也亏你们心里　也不理论只凭他去到也妙赵姨娘道我的娘不凭他去难道谁还敢
————————————————————————————
戌：把他怎么样　马道婆听说鼻子里一笑半晌说道不是我说句造孽的话你们没　本事也难怪
庚：把他怎么样呢马道婆听说鼻子里一笑半晌说道不是我说句造孽的话你们没有本事也难怪别
戚：把他怎么样呢马道婆听说鼻子里一笑半晌说道不是我说句造孽的话你们没有本事也难怪别
————————————————————————————
戌：　明不敢怎么样暗里也就算计了还等到这　　时候赵姨娘　听这话　有道理心里　暗暗的
庚：人明不敢怎　样暗里也就算计了还等到这如今　赵姨娘闻听这话里有道理心　内暗暗的
戚：人明不敢怎　样暗里也就算计了还等到这如今　赵姨娘闻听这话里有道理心　内暗暗的
————————————————————————————
戌：欢喜便问　道怎么暗里算计我　到有这　　心只是没这样的能干人你若交　给我这法子
庚：欢喜便　说道怎么暗里算计我　到有这个意思　只是没这样的能干人你若　教给我这法子
戚：欢喜便　说道怎么暗里算计我倒　有个　　心只是没这样的能干人你若　教给我这法子
————————————————————————————
戌：我大大的谢你马道婆听说这话打拢了一处他便又故意说道阿弥陀佛你快休来问我我那里知
庚：我大大的谢你马道婆听说这话打拢了一处　便又故意说道阿弥陀佛你快休　问我我那里知
戚：我大大的谢你马道婆听说这话打拢了一处　便又故意说道阿弥陀佛你快休　问我我那里知
————————————————————————————
戌：道这些事罪过罪过赵姨娘道　又来了你是最肯济困扶危的人难道就眼睁睁的看着人家来摆
庚：道这些事罪过罪过赵姨娘道你又来了你是最肯济困扶危的人难道就眼睁睁的看　人家来摆
戚：道这些事罪过罪过赵姨娘道你又来了你是最肯济困扶危的人难道就眼睁睁的看　人家来摆
————————————————————————————
戌：布死了我们娘儿两个不成　　还是怕我不谢你马道婆听　如此说便笑道若说我不忍叫你娘
庚：布死了我们娘儿两个不成难道还　怕我不谢你马道婆听说如此　便笑道若说我不忍叫你娘
戚：布死了我们娘儿两个不成难道还　怕我不谢你马道婆听说如此　便笑道若说我不忍叫你娘
————————————————————————————
戌：儿们受人委　屈还犹　可若说谢　的这　个字可是你错打了法马　了就便是我希图你的
庚：儿们受人委曲　还　由可若说谢我的这两个字可是你错打　　算盘了就便是我希图你
戚：儿们受人委　屈还犹　可若　谢　的这　个字可是你错打　　算　了就便是我希图你
————————————————————————————
戌：谢靠你又有　什么东西能打动了我赵姨娘听这话口气松　了些便说道你这么个明白人怎么
庚：谢靠你　有些什么东西能打动　我赵姨娘听这话口气松动了　便说道你这么个明白人怎么
戚：谢靠你　有些什么东西能打动　我赵姨娘听这话口气松动了　便说道你这　个明白人怎么
————————————————————————————
戌：也胡　涂起来了你若果然法子灵验把他两个　绝了明日这家私不怕不是我环儿的那时你要
庚：　　糊涂起来了你若果然法子灵验把他两个　绝了明日这家私不怕不是我环儿的那时你要
戚：　胡　涂起来了你若果然法子灵验把他两　人绝了明日这家私不怕不是我环儿的那时你要
————————————————————————————
戌：什么不得马道婆听　说低了头半晌说道那时候事情妥当了又无凭据你还理我呢赵姨娘道这
庚：什么不得马道婆听了　低了头半晌说道那时候事情妥　了又无凭据你还理我呢赵姨娘道这
戚：什么不得马道婆听了　低了头半晌说道那时候事情妥当了又无凭据你还理我呢赵姨娘道这

戌：　有何难如今我虽手里没什么也零零碎碎攒了几两梯已还有几件衣服簪子你先拿　了去下
庚：又　何难如今我虽手里没什么也零　碎攒了几两梯已还有几件衣服簪子你先拿些　去下
戚：又　何难如今我虽手里没什么也零　碎攒了几两梯已还有几件衣服簪子你先拿些　去下

戌：剩的我写个欠银子的文契给你你要什么保人也有到那时我照数给你马道婆道果然这样赵姨
庚：剩的我写个欠银子　文契给你你要什么保人也有　那时我照数给你马道婆道果然这样赵姨
戚：剩的我写个欠银子　文契给你你要什么保人也有　那时我照数给你马道婆道果然这样赵姨

戌：娘道这如何　撒得谎说着便叫过一个心　腹婆子来在耳根底下喊喊　喳喳说了几句话那
庚：娘道这如何还撒得谎说着便叫过一个心服　婆子来　耳根底下　戚戚喳喳说了几句话那
戚：娘道这如何还撒得谎说着便叫过一个心　腹婆子来　耳根底下　戚戚喳喳说了几句话那

戌：婆子出去了一时回来果然写了个五百两　　的欠契来赵姨娘便印了手模走到　厨柜里将梯
庚：婆子出去了一时回来果然写了个五百两　　欠契来赵姨娘便印了手模走到橱　柜里将梯
戚：婆子出去了一时回来果然写了个五百两银子　欠契来赵姨娘便印了手模走到　厨柜里将梯

戌：已拿了出来与马道婆看看　道这个你先拿了去做　香烛供奉　使费可好不好马道婆看看白
庚：已拿了出来与　　　　　　　　　　　　　　　　　　　　　　　　马道婆看看白
戚：已拿了出来与马道婆看看说道这个你先拿　去做个香烛供　养使费可好不好马道婆看看白

戌：花花的一堆银子又有欠契并不顾青红皂白满口里应着伸手先去　接了银子掖　起来然后收
庚：花花的一堆银子又有欠契并不顾青红皂白满口里应着伸手先去抓　了银子　拽起来然后收
戚：花花的一堆银子又有欠契并不顾青红皂白满口里应着伸手先去抓　了银子　拽起来然后收

戌：了欠契又向裤腰里掏了半晌掏出十几个纸铰的青脸红　　发的鬼来并两个纸人递与赵姨娘
庚：了欠契又向裤腰里掏了半晌掏出十　个纸铰的青　面白发的鬼来并两个纸人递与赵姨娘
戚：了欠契又向裤腰里掏了半晌掏出十　个纸铰的青　面白发的鬼来并两个纸人递与赵姨娘

戌：又悄悄的　　道把他两个的年庚八字写在这两个纸人身上一并五个鬼都掖在他们各人的床
庚：又悄悄的教他道把他两个的年庚八字写在这两个纸人身上一并五个鬼都掖在他们各人的床
戚：又悄悄的教他道把他两个的年庚八字写在这两个纸人身上一并五个鬼都掖在他们各人的床

戌：上就完了我只在家里作法自有效验千万小心不要害怕正才说　完只见王夫人的丫环进来找
庚：上就完了我只在家里作法自有效验千万小心不要害怕正才说着　只见王夫人的丫环进来找
戚：上就完了我只在家里作法自有效验千万小心不要害怕正才说　完只见王夫人的丫环进来找

戌：道奶奶可在这里太太等你呢二人方散了不在话下却说　　黛玉因见宝玉近日烫了脸总　不
庚：道奶奶可在这里太太等你呢二人方散了不在话下却说林代　玉因见宝玉近日烫了脸　揔不
戚：道奶奶可在这里太太等你呢二人方散了不在话下却说林　黛玉因见宝玉近日烫了脸总　不

戌：出门到　时常在一处说说话儿这日饭后看了　二三篇书自觉无味　便同紫鹃雪雁做了一回
庚：出门到　时常在一处说说话儿这日饭后看了两　篇书自觉无　趣便同紫鹃雪雁做了一回
戚：出门　倒时常在一处说说话儿这日饭后看了两　篇书自觉无　趣便同紫鹃雪雁做了一回

戌：针线更觉得烦闷便倚着房门出了一回神信步出来看阶下新进出的稚笋不觉出了院门一望园
庚：针线更觉　烦闷便倚着房门出了一回神信步出来看阶下新进出的稚笋不觉出了院门一望园
戚：针线更觉　烦闷便倚着房门出了一回神信步出来看阶下新进出的稚笋不觉出了院门一望园

第二十五回　魇魔法叔嫂逢五鬼　通灵遇蒙蔽遇双真　477

戌：中　　回顾无人惟见花光柳影鸟语溪声林　　黛玉信步便往怡红院　来只见几个丫头舀水都在
庚：中四　顾无人惟见花光柳影鸟语溪声林代　玉信步便往怡红院中来只见几个丫头舀水都在
戚：中四　顾无人惟见花光柳影鸟语溪声林　黛玉信步便往怡红院中来只见几个丫头舀水都在

戌：回廊上围着看画眉洗澡呢听见房内有笑声林黛　玉便　入　房中看时原来是李宫裁凤姐宝
庚：回廊上围着看画眉洗澡呢听见房内有笑声林　代玉便　入　房中看时原来是李宫裁凤姐宝
戚：回廊上围着看画眉洗澡呢听见房内有笑声林黛　玉便进入了房中看时原来是李宫裁凤姐宝

戌：钗都在这里呢一见他　进来都笑道这不又来了一个林　黛玉笑道今　日齐全到像谁下帖子
庚：钗都在这里呢一见他　进来都笑道这不又来了一个林代　玉笑道今儿　齐全　　谁下帖子
戚：钗都在这里呢一见他时　来都笑道这不又来了一个林　黛玉笑道今　日齐全　　谁下帖子

戌：请来的凤姐道前　儿我打发　　人送了两瓶茶叶去你往那　去了　黛玉笑道　　可是
庚：请来的凤姐道前　儿我打发了丫头　送了两瓶茶叶去你往那　去了林代　玉笑道　哦可是
戚：请来的凤姐道前日　我打发了丫头　送了两瓶茶叶去你往那里去了林　黛玉笑道我　可是

戌：我到　忘了多谢多谢凤姐　又道你尝了可还好不好没有说完宝玉便　道论理可到　罢了只
庚：　到　忘了多谢多谢凤姐儿又道你尝了可还好不好没有说完宝玉便说道论理可到　罢了只
戚：　倒忘了多谢多谢凤姐儿又道你尝了可还好　没有说完宝玉便说　论理可　倒罢了只

戌：是我说不大甚好可也不知别人尝着怎么样　　　味到　轻只是颜色不大狠好　凤姐道那是
庚：是我说不大甚好　也不知别人尝着怎么样宝钗道味　倒轻只是颜色不大　好些凤姐道那是
戚：是我说不大甚好　也不知别人尝着怎么样宝钗道味　倒轻只是颜色不　狠好些凤姐道那是

戌：暹罗进贡来的我尝着也没什么趣　儿还不如我每日吃的呢　　　黛玉道我吃着好
庚：暹罗进贡来的我尝着也没什么趣　儿还不如我每日吃的呢林代　玉道我吃着好不知你们的
戚：暹罗进贡来的我尝着也没什么趣味儿还不如我每日吃的呢林　黛玉道我吃着好不知你们的

戌：　　　　　宝玉道你果然　吃着好把我这个也　拿了去　罢凤姐　道你真　爱吃我那里还
庚：脾胃是怎样宝玉道你果然爱吃　把我这个也　拿了去吃罢凤姐笑道你　要爱吃我那里还
戚：脾胃是怎样宝玉道你果然爱吃　把我这个　你拿了去吃罢凤姐笑道你　要爱吃我那里还

戌：有呢林黛　玉道果真的我就打发人　取去了凤姐道不用取去我　叫人送来就是了我明
庚：有呢林　代玉道果真的我就打发　丫头取去了凤姐道不用取去我打发　人送来就是了我明
戚：有呢林黛　玉道果真的我就打发　丫头取去了凤姐道不用取去我打发　人送来就是了我明

戌：日　还有一件事求你一同打发人送来黛　玉听了笑道你们听听这是吃了他　一点子
庚：儿还有一件事求你一同打发人送来　林代　玉听了笑道你们听听这是吃了他们家一点子
戚：日　还有一件事求你一同打发人送来　林　黛玉听了笑道你们听听这是吃了他们家一点子

戌：茶叶　就来使唤我来了凤姐笑道　到求你你到　说这些闲话　　　　你既吃了我们家的
庚：茶叶　就来使唤　了凤姐笑道　到求你你到　说这些闲话吃茶吃水的你既吃了我们家的
戚：茶叶便　来使唤　了凤姐笑道倒　求你你　倒说这些闲话吃茶吃水的你既吃了我们家的

戌：茶怎么还不给我们家作媳妇众人听了都一齐　笑起来　　黛玉便红了脸一声儿也不言语
庚：茶怎么还不给我们家作媳妇众人听了　一齐都笑起来林代　玉　红了脸一声儿　不言语便
戚：茶怎么　不给我们家作媳妇众人听了　一齐都笑起来林　黛玉　红了脸一声儿　不言语便

戌：回过头去了　　宫裁笑向宝钗道真真我们二婶子的诙谐是好的林　黛玉含羞笑道什么诙谐不
庚：回过头去了李宫裁笑向宝钗道真真我们二婶子的诙谐是好的林代　玉　　　　道什么诙谐不
戚：回过头去了李宫裁笑向宝钗道真真我们二婶子的诙谐是好的林　黛玉　　　　道什么诙谐不

戌：过是贫嘴贱舌讨人厌　恶罢了说着便啐了一口凤姐笑道你别　做梦　　给　我们家做　了
庚：过是贫嘴贱舌讨人厌　恶罢了说着便啐了一口凤姐笑道你别作　梦　　你替我们家　作了
戚：过是贫嘴贱舌讨人　压恶罢了说着便啐了一口凤姐笑道你　作　梦你给　我们家做　了

戌：媳妇你想想便　　　指宝玉道你　瞧人物儿门第不上还是根基配不上模样儿配不上是家
庚：媳妇　　少什么指宝玉道你瞧瞧人物儿门第配不上　　根基配不上　　　　　　　家
戚：媳妇　　少什么指宝玉道你瞧瞧人物儿门第配不上　　根基配不上模样儿配不上　家

戌：私配不上那一点　玷辱了谁呢林　黛玉便起　身要　走宝钗便叫道颦儿急了还不回来坐着
庚：私配不上那一点还玷辱了谁呢林代　玉　　抬身　就走宝钗便叫　颦儿急了还不回来坐着
戚：私配不上那一点还玷辱了谁呢林　黛玉　　抬身　就走宝钗便叫　颦儿急了还不回米坐着

戌：走了到　没意思说着便站起来拉住　　　　　只见赵姨娘和周姨娘两个人进来瞧宝玉李宫
庚：走了到　没意思说着便站起来拉住刚至房门前只见赵姨娘和周姨娘两个人进来瞧宝玉李宫
戚：走了　倒没意思说着便站起来拉住刚至房门前只见赵姨娘和周姨娘两个人进来瞧宝玉李宫

戌：裁宝钗宝玉等都让他两个　独凤姐只和　黛　　玉说笑正眼也不看他　宝钗方欲说话时只
庚：裁宝钗宝玉等都让他两个坐独凤姐只和　　林代玉说笑正眼　不看他们宝钗方欲说话时只
戚：裁宝钗宝玉等都让他两个坐独凤姐只和林黛　玉说笑正眼　不看他们宝钗方欲说话时只

戌：见王夫人房内的丫头来说舅太太来了请　姑娘奶奶们出去呢李宫裁听了　忙叫着凤姐等
庚：见王夫人房内的丫头来说舅太太来了请奶奶姑娘　们出去呢李宫裁听了连忙叫着凤姐等
戚：见王夫人房内的丫头来说舅太太来了请奶奶姑娘　　出去呢李宫裁听了连忙叫着凤姐等

戌：要走　　周赵两个也忙辞了宝玉出去宝玉道我也不能出去你们好歹别叫舅母进来又道林妹
庚：　走了赵周　两个　忙辞了宝玉出去宝玉道我也不能出去你们好歹别叫舅母进来又道林妹
戚：　走了赵周　两个也忙辞了宝玉出去宝玉道我也不能出去你们好歹别叫舅母进来又道林妹

戌：妹你先　站一　玷我合你说一句话凤姐听了回头向黛　　玉笑道有人叫你说话呢说着便
庚：妹你先略站一站　我　说一句话凤姐听了回头向　林代玉笑道有人叫你说话呢说着便
戚：妹你先略站一站　我　说一句话凤姐听了回头向　林　黛玉笑道有人叫你说话呢说着便

戌：把林黛　玉往里一推和李纨一同去了这里宝玉拉着黛　　玉的袖子只是嘻嘻的笑心里有
庚：把林　代玉往里一推和李纨一同去了这里宝玉拉着　林代玉的袖子只是嘻嘻的笑心里有
戚：把林黛　玉往里一推和李纨一同去了这里宝玉拉着　林　黛玉的袖子只是嘻嘻的笑心里有

戌：话只是口里说不出来此时林　黛玉只是禁不住把脸红涨起来了挣着要走宝玉　忽然嗳哟了
庚：话只是口里说不出来此时林代　玉只是禁不住把脸红涨　了挣着要走宝玉道　　嗳哟
戚：话只是口里说不出来此时林　黛玉只是禁不住把脸红涨起来　挣着要走宝玉道　　嗳哟

戌：一声说好头疼林黛　玉道该阿弥陀佛只见宝玉大叫一声我要死将身一纵离地跳有三四尺高
庚：　　　好头疼林　代玉道该阿弥陀佛　宝玉大叫一声我要死将身一纵离地跳有三四尺高
戚：　　　好头疼林黛　玉道该阿弥陀佛　宝玉大叫一声我要死将身一纵离地跳有三四尺高

戌：嘴里乱嚷乱叫说起胡话来了林黛　玉并丫　头们都唬慌了忙去报知贾母王夫人　等
庚：口内　乱嚷乱叫说起胡话来了林　代玉并丫　头们都唬慌了忙去报知　　王夫人贾母等
戚：口内　乱嚷乱叫说起胡话来了林黛　玉并　了头们都唬慌了忙去报知　　王夫人贾母等

第二十五回　魇魔法叔嫂逢五鬼　通灵遇蒙蔽遇双真

戌：此时王子腾的夫人也在这里都一齐来时宝玉　　　越发拿刀弄杖寻死觅活的
庚：此时王子腾的夫人也在这里都一齐来时宝玉　亦　发拿刀弄杖寻死觅活的　闹得天翻地覆
戚：此时王子腾的夫人也在这里都一齐来时宝玉益　发拿刀弄杖寻死觅活　地闹得天翻地覆

戌：贾母王夫人见了唬的抖衣　乱颤且儿一声肉一声　　恸哭起来于是惊动众　人连贾赦邢夫
庚：贾母王夫人见了唬的抖衣而　颤且儿一声肉一声放声恸哭　于是惊动　诸人连贾赦邢夫
戚：贾母王夫人见了唬的抖衣　乱颤且儿一声肉　一声放声恸哭　于是惊动　诸人连贾赦邢夫

戌：人贾珍贾政贾琏　贾蓉贾芸贾萍薛姨妈薛蟠并　　家中　一干家人　上上下下里里外外
庚：人贾珍贾政贾琏　　贾蓉贾芸贾萍薛姨妈薛蟠并周瑞家　的一干家　中上上下下里里外外
戚：人贾　政贾琏贾环贾蓉贾芸贾萍薛姨妈薛蟠并周瑞家　一干家　中上上下下里里外外

戌：众媳妇丫　环等都来园内看视登时　乱麻一般正都没个主只见凤姐儿手持一把明晃晃
庚：众媳妇丫头　等都来园内看视登时园内乱麻一般正　没个主见只见凤姐　手持一把明晃晃
戚：众媳妇丫头　等都来园内看视登时　乱麻一般正　没个主见只见凤姐　手持一把明晃晃

戌：刚刀砍进园来见鸡杀鸡见狗杀狗见人就要杀人众人　亦发慌了周瑞媳妇忙带着几个有力量
庚：刚刀砍进园来见鸡杀鸡见狗杀狗见人就要杀人众人　　慌了周瑞媳妇忙带着几个有力量
戚：刚刀砍进园来见鸡杀鸡见狗杀狗见人就要杀人众人益　发慌了周瑞媳妇忙带着几个有力量

戌：的胆壮的婆娘上去抱着　夺下刀来抬回房去平儿丰儿等哭的泪天泪地贾政等心中也有些烦
庚：的胆壮的婆娘上去抱　住夺下刀来抬回房去平儿丰儿等哭的泪天泪地贾政等心中也有些烦
戚：的胆壮的婆娘上去抱　住夺下刀来抬回房去平儿丰儿等哭的泪天泪地贾政等心中也有些烦

戌：难顾了这里丢不下那里别人　荒张自不必讲独有薛蟠　比诸人忙到十分去　又恐薛姨妈被
庚：难顾了这里丢不下那里别人慌　张自不必讲独有薛蟠更比诸人忙到十分去　又恐薛姨妈被
戚：难顾了这里丢不下那里别人慌　张自不必讲独有薛蟠更比诸人忙到十分　了又恐薛姨妈被

戌：人挤倒又恐薛宝钗被人瞧见又恐香菱被人燥　皮知道贾珍等是在女人身上做工夫的因此忙
庚：人挤倒又恐薛宝钗被人瞧见又恐香菱被人燥　皮知道贾珍等是在女人身上做工夫的因此忙
戚：人挤倒又恐薛宝钗被人瞧见又恐香菱被人　臊皮知道贾珍等是在女人身上做工夫的因此忙

戌：的不堪忽一眼瞥见了林　黛玉风流婉转已酥倒在那里当下众人七言八语有的说请端公送祟
庚：的不堪忽一眼瞥见了林代　玉风流婉转已酥倒在那里当下众人七言八语有的说请端公送祟
戚：的不堪忽一眼瞥见了林　黛玉风流婉转已酥倒　那里当下众人七言八语有的说请端公送祟

戌：的有的说请巫婆跳神的有的又荐什么玉皇阁的张真人种种　喧腾不一也曾百般的医治祈祷
庚：的有的说请巫婆跳神的有的又荐　　玉皇阁的张真人种种宣　腾不一也曾百般　医治祈祷
戚：的有的说请巫婆跳神的有的又荐　　玉皇阁的张真人种种　喧腾不一　百般　医治祈祷

戌：问卜求神　总无效验堪堪的　日落王子腾的夫人告辞去后次日王子腾自己亲　来瞧问接
庚：问卜求神恐　无效验堪堪　　日落王子腾　夫人告辞去后次日王子腾　　　　也来瞧问接
戚：问卜求神　总无效验　看看日落王子腾　夫人告辞去后次日王子腾　　　　也来瞧问接

戌：着小史侯家邢夫人　兄弟辈并各亲　眷　都来瞧看　也有送符水的也有荐僧道的　也都不
庚：着小史侯家邢夫人弟　辈并各亲戚眷属都来瞧看　也有送符水的也有荐僧道的总　　　不
戚：着小史侯家邢夫人弟兄　辈并各亲戚眷属都来瞧　望也有送符水的也有荐僧道的总　　　不

戌：见效他叔嫂二人　越发胡　涂不醒　人事睡在床上浑身火炭一　般口内无般不说到夜时
庚：见效他叔嫂二人愈　发　糊涂不　省人事睡在床上浑身火炭一　般口内无般不说到夜　晚
戚：见效他叔嫂二人愈　发胡　涂不　省人事睡在床上浑身火炭一般　口内无般不说到夜　晚

戊： 那些婆娘媳妇丫头们都不敢上前因此把他二人都抬到王夫人的上房内夜　间派了贾芸等
庚：间那些婆娘媳妇丫头们都不敢上前因此把他二人都抬到王夫人的上房内夜　间派了贾芸
戚：间那些婆娘媳妇丫头们都不敢上前因此把他二人都抬到王夫人的上房内夜晚　派了贾芸

戊：带着小子　们挨次轮班看守贾母王夫人邢夫人薛姨妈等寸地不离只围着干哭此时贾赦贾政
庚：带着小　斯们挨次轮班看守贾母王夫人邢夫人薛姨妈等寸地不离只围着干哭此时贾赦贾政
戚：带着小子　们挨次轮班看守贾母王夫人邢夫人薛姨妈等寸地不离只围着干哭此时贾赦贾政

戊：又恐哭坏了贾母日夜熬油费火闹的人口不安也都没　有主意贾赦还是各处去寻僧觅　道
庚：又恐哭坏了贾母日夜熬油费火闹的人口不安也都没了　主意贾赦还　各处去寻僧觅　道
戚：又恐哭坏了贾母日夜熬油费火闹的人口不安也都没　有主意贾赦还　各处去　觅僧寻道

戊：贾政见都不灵效着实　懊恼因阻贾赦道儿女之数皆由天命非人力可强者他二人之病出于不
庚：贾政见　不灵效着　是懊恼因阻贾赦道儿女之数皆由天命非人力可强者他二人之病出于不
戚：贾政见　不灵效着实　懊恼因阻贾赦道儿女之数皆由天命非人力可强者他二人之病出于不

戊：意百般医治不效想天意该当如此也只好由他们去罢贾赦也不理此话仍是百般忙乱那里见些
庚：意百般医治不效想天意该　如此也只好由他们去罢贾赦也不理此话仍是百般忙乱那里见些
戚：意百般医治不效想天意该　如此也只好由他们去罢贾赦也不理此话仍是百般忙乱那里见些

戊：效验看看三日光阴那凤姐和宝玉　倘在床上　一　发连气都将没了　和家人口无不惊　慌
庚：效验看看三日光阴那凤姐和宝玉　倘在床上亦　发连气都将没了合　家人口无不　慌
戚：效验看看三日光阴那凤姐和宝玉淌　在床上　益发连气都将没了合　家人口无不　心慌

戊：都说没了指望忙着将他二人的后世　衣履都治备下了贾母王夫人贾琏平儿袭人这几个人
庚：都说没了指望忙着将他二人的后世的　衣履都治备下了贾母王夫人贾琏平儿袭人这几个人
戚：都说没了指望忙着将他二人的后　事衣履都治备下了贾母王夫人贾琏平儿袭人这几个人

戊：更比诸人哭的忘　食废寝觅死寻活赵姨娘贾环等　　心中欢喜趁愿到了第四日早　辰
庚：更比诸人哭的忘　食废寝觅死寻活赵姨娘贾环等　自是称　愿到了第四日早晨
戚：更比诸人哭的忘餐　废寝觅死寻活赵姨娘贾环等心自是称　　愿到了第四日早　辰

戊：贾母等正围着他两个　哭时只见宝玉睁开眼说道从今　已后我可不在你家了快些收拾
庚：贾母等正围着　宝玉哭时只见宝玉睁开眼说道从今　已后我可不在你家了快　收拾了
戚：贾母等正围着　宝玉哭时只见宝玉睁开眼说道从今以　后我可不在你家了快　收拾了

戊：打发我走罢贾母听了这话就如同摘去心　肝一般赵姨娘在傍　劝道老太太也不必过　余悲
庚：打发我走罢贾母听了这话　如同摘　心去肝一般赵姨娘在　旁劝道老太太也不必过于　悲
戚：打发我走罢贾母听了这话　如同摘去心　肝一般赵姨娘在　旁劝道老太太也不必过于　悲

戊：痛了哥儿已　是不中用了不如把哥儿的衣　裳穿好让他早些回去罢也　免些苦只管舍不得
庚：痛　哥儿已　是不中用了不如把哥儿的衣服　穿好让他早些回去　也　免些苦只管舍不得
戚：痛　哥儿　也是不中用了不如把哥儿的衣服　穿好让他早些回去　已免些苦只管舍不得

戊：他这口气不断他在那世里也受罪不安生这些话还没说完被贾母照脸啐了一口唾沫骂道烂了
庚：他这口气不断他　那世里也受罪不安生这些话　没说完被贾母照脸啐了一口唾沫骂道烂了
戚：他这口气不断他在那世　也受罪不安生这些话　没说完被贾母照脸啐了一口唾沫骂道烂了

第二十五回　魇魔法叔嫂逢五鬼　通灵遇蒙蔽遇双真　481

戌：舌　根的混账　老婆谁叫你来多嘴多舌的你怎么知道他在那世　受罪不安生怎么见得不中
庚：舌头　的混　帐老婆谁叫你来多嘴多舌的你怎么知道他在那世里受罪不安生怎么见得不中
戚：舌头　的混账　老婆谁叫你来多嘴多舌的你怎么知道他在那世里受罪不安生怎么见得不中

戌：用了你愿他死了有什么好处你别　作梦他死了我只和你们要命素日都　是你们调唆着逼他
庚：用了你愿他死了有什么好处你别做　梦他死了我只和你们要命素日都不是你们调唆着逼他
戚：用了你愿他死了有什么好处你别做　梦他死了我只和你们要命素日都不是你们调唆着逼他

戌：写字念书把胆子唬破了见了他老子还不像个避猫鼠儿都不是你们这起淫妇调唆的这会子逼
庚：写字念书把胆子唬破了见了他老子　不像个避　鼠儿都不是你们这起淫妇调唆的这会子逼
戚：写字念书把胆子唬破了见了他老子　不像个避猫鼠儿都不是你们这起淫妇调唆的这会子逼

戌：死了他你们遂了心了我饶那一个一面骂一面哭贾政在　傍听见这些话心中　越发难过便喝
庚：死了　你们遂了心　我饶那一个一面骂一面哭贾政在　傍听见这些话心　里越发难过便喝
戚：死了　你们遂了心　我饶那一个一面骂一面哭贾政在旁　听见这些话心　里越发难过便喝

戌：退赵姨娘自己上来委婉解劝一时又有人来回　说两口棺　材都作　齐备了请老爷出去看贾
庚：退赵姨娘自己上来委婉解劝一时又有人来回　说两口棺椁　都做齐　了请老爷出去看贾
戚：退赵姨娘自己上来委婉解劝一时又有人来回话　两口棺椁　都作　齐　了请老爷出去看贾

戌：母听了如火　上浇油一般便骂道是谁做了棺　材一叠连声叫把做棺材的拉来打死正闹的
庚：母听了如火　上浇油一般便骂　是谁做了棺椁　一叠　声只叫把做棺材的拉来打死正闹的
戚：母听了如火烧　油一般便骂　是谁做了棺　材一叠　声只叫把做棺材的拉来打死正闹

戌：　天翻地覆没个开交只闻得隐隐的木鱼声响念了一句南无解冤孽菩萨又听说道有那人口不
庚：　天翻地覆没个开交只闻得隐隐的木鱼声响念了一句南无解冤孽菩萨　　　有那人口
戚：得天翻地覆没个开交只闻得隐隐的木鱼声响念　一句南无解冤孽菩萨　　　有那人口不

戌：　安家宅颠倒　或逢凶险或中邪祟不利者我们善能医治贾母王夫人等听见这些话那里还耐
庚：利　家宅颠　倾或逢凶险或中邪祟　者我们善能医治贾母王夫人　听见这些话那里还耐
戚：利　家宅颠　倾或逢凶险或中邪祟　者我们善能医治贾母王夫人　听见这些话那里还耐

戌：得住便命人去快请　来贾政虽不自在耐　贾母之言如何违拗又想如此深宅何得听的　　如
庚：得住便命人去快请进来贾政虽不自在　奈贾母之言如何违拗　想如此深宅何得听的这样
戚：得住便命人去快请进来贾政虽不自在　奈贾母之言如何违拗　想如此深宅何得听的这样

戌：此真切心中亦是希罕便命人请了进来众人举目看时原来是一个癞头和尚与一个　疲足道人
庚：　真切心中亦　希罕　命人请了进来众人举目看时原来是一个癞头和尚与一个跛　足道人
戚：　真切心中亦　希罕　命人请了进来众人举目看时原来是一个癞头和尚与一个跛　足道人

戌：只见那和尚是怎生　模样鼻如悬胆两眉长目似明星蓄宝光破衲芒鞋无住迹腌　臜更有满头
庚：　见那和尚是怎　的模样鼻如悬胆两眉长目似明星蓄宝光破衲芒鞋无住迹腌臜　更有满头
戚：　见那和尚是怎生　模样鼻如悬胆两眉长目似明星蓄宝光破衲芒鞋无住迹腌臜　更有满头

戌：疮看那道人又是怎生模样但见一足高来一　低浑身带水又拖泥相逢若问家何处却在蓬莱
庚：疮　那道人又是怎生模样　一足高来一　低浑身带水又拖泥相逢若问家何处却在蓬莱
戚：疮　那道人又是怎生模样但见一足高来一　是低浑身带水又拖泥相逢若问家何处却在蓬莱

戌：弱水西贾政问道你道友二人在那庙焚修那僧笑道长官不须多　言因闻得尊府　人口不利故
庚：弱水西贾政问道你道友二人在那庙焚修那僧笑道长官不须多话　因闻得　府上人口不利故
戚：弱水西贾政问道你道友二人在那庙焚修那僧笑道长官不须多话　因闻得　府上人口不利故

戌：特来医治贾政道　　到有两个人中邪不知　　二位有何符水那道　笑道你家现　　放着希世奇
庚：特来医治贾政道　　到有两个人中邪不知你们　　有何符水那道人笑道你家现有　　希世奇
戚：特来医治贾政道倒　有两个人中邪不知你们　　有何符水那道人笑道你家现有　　希世奇

戌：珍如何到还问我们有符水贾政听这话有意思心中便动了因说道小儿落草时虽带了一块宝
庚：珍　如何　还问我们有符水贾政听这话有意思心中便动了因说道小儿落草时虽带了一块宝
戚：　珍如何　还问我们有符水贾政听这话有意思心中便动了因说道小儿落草时虽带了一块宝

戌：玉下来上面说能除邪祟谁知竟不灵验那僧笑道长官你那里知道那物的妙用只因　如今被声
庚：玉下来上面说能除邪祟谁知竟不灵验那僧　道长官你那里知道那物的妙用只因他如今被声
戚：玉下来上面说能除邪祟谁知竟不灵验那僧　道长官你那里知道那物的妙用只因他如今被声

戌：色货利所迷故此不灵验了你今且取他出来待我们持　诵持诵　只怕就好了贾政听说便向宝
庚：色货利所迷故　不灵验了你今且取他出来待我们持颂　持　颂只怕就好了贾政听说便向宝
戚：色货利所迷故　不灵验了你今且取他出来待我们持　诵持诵　只怕就好了贾政听说便向宝

戌：玉项　上取下那玉来递与他二人那和尚接了过来擎在掌上长叹一声道青　　埂峯一别展
庚：玉　项上取下那玉来递与他二人那和尚接了过来擎在掌上长叹一声道青峺峰　　别展
戚：玉项　上取下那玉来递与他二人那和尚接了过来擎在掌上长叹一声道青峺峰下　一别

戌：眼已过十三载矣人世光阴如此迅速尘缘　满日　若似弹指可羡你当时的那段好处天不拘
庚：眼已过十三载矣人世光阴如此迅速尘　缘满日　若似弹指可羡你当时的那段好处天不拘
戚：转眼已过十三载矣人世光阴如此迅速尘缘　满　目若似弹指可羡你当时的那段好处天不拘

戌：兮　地不羁心头无喜亦无悲却因煅炼通灵后便向人间觅是非　　　　　　　　　　　可叹
庚：兮　地不羁心头无喜亦无悲却因煅炼通灵后便向人间觅是非所谓越不听明越快活是也可叹
戚：来地不羁心头无喜亦无悲却因煅炼通灵后便向人间觅是非　　　　　　　　　　　　可叹

戌：你今朝　这番经历粉渍脂痕污宝光绮椀昼夜困鸳鸯沉酣一梦终须醒　孽偿清好散场念毕又
庚：你今　日这番经历粉渍脂痕污宝光绮椀昼夜困鸳鸯沉酣一梦终须醒冤孽偿清好散场念毕又
戚：你今　日这番经历粉渍脂痕污宝光绮椀昼夜困鸳鸯沉酣一梦终须醒冤孽偿清好散场念毕又

戌：摩弄一回说了些疯话递与贾政道此物已灵不可亵渎悬于卧室上槛将他二人安在一室　之内
庚：摩弄一回说了些疯话递与贾政道此物已灵不可亵渎悬于卧室上槛将他二人安　一　屋之内
戚：摩弄一回说了些疯话递与贾政道此物已灵不可亵渎悬于卧室上槛将他二人安在一室　之内

戌：除亲身妻母外不可使　外人冲犯三十三天　之后包管身安病退复旧如初说着回头便走了贾
庚：除亲身妻母外不可使阴　人冲犯三十三　日之后包管身安病退复旧如初说　回头便走了贾
戚：除亲身妻母外不可使阴　人冲犯三十三　日之后包管身安病退复旧如初说着回头便走了贾

戌：政赶着还说　让他二人坐了吃茶要送谢礼他二人早已出去了贾母等还只管　使人去赶那里
庚：政赶着还说话让　二人坐了吃茶要送谢礼他二人早已出去了贾母等还只管着　人去赶那里
戚：政赶着还说话让　二人坐了吃茶要送谢礼他二人早已出去了贾母等还只管着　人去赶那里

戌：有个踪影　少不得依言将他二人就安　在王夫人卧室之内将玉　悬在门上王夫人亲身守着
庚：有个踪影　少不得依言将他二人就安放在王夫人卧室之内将玉　悬在门上王夫人亲身守着
戚：有个踪　迹少不得依言将他二人就安放在王夫人卧室之内将　王悬在门上王夫人亲身守着

第二十五回　魇魔法叔嫂逢五鬼　通灵遇蒙蔽遇双真

戌：不许别个人进来至晚间他二人竟渐渐的醒米说腹中饥饿贾母王夫人等如得了珍宝　一般旋
庚：不许别个人进来至晚间他二人竟渐渐　醒米说腹中饥饿贾母王夫人　如得了珍　玉一般旋
戚：不许别个人进来至晚间他二人竟渐渐　醒来说腹中饥饿贾母王夫人　如得　珍宝　一般旋

戌：熬了米汤来与他二人吃了精神渐长邪祟少　退一家子才把心放下来李宫裁并贾府三艳薛宝
庚：熬了米汤来与他二人吃了精神渐长邪祟　稍退一家子才把心放下来李宫裁并贾府三艳薛宝
戚：熬了米汤　与他二人吃了精神渐长邪祟　稍退一家子才把心放下来李宫裁并贾府三艳薛宝

戌：钗林　黛玉平儿袭人等在外间听　信　闻得吃了米汤醒　了人事别人未开口林　黛玉先就
庚：钗林代　玉平儿袭人等在外间听　信息闻得吃了米汤　省人事别人未开口林代　玉先就
戚：钗林　黛玉平儿袭人等在外间听消　息闻得吃了米汤　省人事别人未开口林　黛玉先就

戌：念了　声阿弥陀佛　宝钗便回头看了他半日嗤的一　笑众人都不会意　惜春问道宝姐姐
庚：念了　声阿弥陀佛薛宝钗便回头看了　半日嗤的一声笑众人都不会意　贾惜春　道宝姐姐
戚：念了一声阿弥陀佛薛宝钗便回头看了他半日嗤的一　笑众人都不会意惟　惜春　道宝姐姐

戌：好好的笑什么宝钗笑道我笑　　如来佛比人还忙又要讲经说法义要普　度众生这如今宝玉
庚：好好的笑什么宝钗笑道我笑　　如来佛比人还忙又要讲经说法义要普渡　众生这如今宝玉
戚：好好的笑什么宝钗笑道我笑弥陀　佛比人还忙又要讲经说法义要普渡　众生这如今宝玉

戌：　与二姐姐病　又是烧香还愿赐福消灾令　儿才好些又要管林姑娘的姻　缘了你说忙的可
庚：凤　姐姐病了又　烧香还愿赐福消灾今　　才好些又　管林姑娘的姻缘　了你　忙的可
戚：凤　姐姐病了又　烧香还愿赐福消灾今日　才好些又　管林姑娘　姻　緣了你说忙的可

戌：笑不可笑　　黛玉不觉　红了脸啐了一口道你们这起人不是好人不知怎么死再不跟着好
庚：笑不可笑林代　玉不　竟的红了脸啐了一口道你们这起人不是好人不知怎么死再不跟着好
戚：笑不可笑林　黛玉不觉　的红了脸啐了一口道你们这起人不是好人不知怎么死再不跟着好

戌：人学只跟　　那些贫嘴恶　舌的人学一面说一面摔帘子　出去了
庚：人学只跟着凤姐　贫嘴烂舌的　学一面说一面摔帘子　出去了不知端详且听下回分解
戚：人学只跟着凤姐　贫嘴　烂舌的　学一面说一面摔帘子走出去了不知端详且听下回分解

第二十六回　蜂腰桥设言传心事　潇湘馆春困发幽情

戌：话说宝玉养过了三十三天之后不但身体强壮亦且连脸上疮痕平服仍回大观园内去这也不在
戚：话说宝玉养了三十三天之后不但身体强壮亦且连脸上疮痕平服仍回大观园内去这也不在
庚：话说宝玉养过了三十三天之后不但身体强壮亦且连脸上疮痕平服仍回大观园内去这也不在

戌：话下且说近日宝玉病的时节贾芸带着家下小厮坐更看守昼夜在这里那红玉同众丫环也在这
戚：话下且说近日宝玉病的时节贾芸带着家下小厮坐更看守昼夜在这里那红玉同众丫环也在这
庚：话下且说近日宝玉病的时节贾芸带着家下小厮坐更看守昼夜在这里那红玉同众丫环也在这

戌：里守着宝玉彼此相见多日都渐渐的混熟了那红玉见贾芸手里拿　的手帕子倒　像是自己从
戚：里守着宝玉彼此相见多日都渐渐　混熟了那红玉见贾芸手里拿着　手帕子倒　像是自己从
庚：里守着宝玉彼此相见多日都渐渐　混熟了那红玉见贾芸手里拿着　手帕子　到像是自己从

戌：前吊　的待要问他又不好问的不料那和尚道士来过用不着一切男人贾芸仍种树去了这件事
戚：前丢的待要问他又不好问的不料那和尚道士来过用不着一切男人贾芸仍种树去了这件事
庚：前吊　的待要问他又不好问的不料那和尚道士来过用不着一切男人贾芸仍种树去了这件事

戌：待要放下心内又放不下待要问去又怕人猜疑正是犹　预不决神魂不定之际忽听窗外问道姐
戚：待要放下心内又放不下待要问去又怕人猜疑正是犹豫　不决神魂不定之际忽听窗外问道姐
庚：待要放下心内又放不下待要问去又怕人猜疑正是犹豫　不决神魂不定之际忽听窗外问道姐

戌：姐在屋里没有红玉闻听在窗眼内望外一看原来是本院的　小丫头　叫佳蕙的因答说在家
戚：姐在屋里没有红玉闻听在窗眼内望外一看原来是本院的个小丫头名叫佳蕙的因答说在　这
庚：姐在屋里没有红玉闻听在窗眼内望外一看原来是本院的个小丫头名叫佳蕙的因答说在家

戌：里你进来罢佳蕙听了跑进来就坐在床上笑道我好造化才刚在院子里洗东西宝玉叫往林姑娘
戚：里你进来罢佳蕙听了跑进来就坐在床上笑道我好造化才刚在院子里洗东西宝玉叫往林姑娘
庚：里你进来罢佳蕙听了跑进来就坐在床上笑道我好造化才刚在院子里洗东西宝玉叫往林姑娘

戌：那里送茶叶花大姐姐交给我送去可巧老太太那里给林姑娘送钱来正分给他们的丫头们呢见
戚：那里送茶叶花大姐姐交给我送去可巧老太太那里给林姑娘送钱来正分给他们的丫头们呢见
庚：那里送茶叶花大姐姐交给我送去可巧老太太那里给林姑娘送钱来正分给他们的丫头们呢见

戌：我去了林姑娘就抓了两把给我也不知多少你替我收着便把手帕子打开把钱　倒了出来红玉
戚：我去了林姑娘就抓了两把给我也不知多少你替我收着便把手帕子打开把钱　倒了出来红玉
庚：我去了林姑娘就抓了两把给我也不知多少你替我收着便把手帕子打开把钱到　了出来红玉

戌：替他一五一十的数了收起佳蕙道你这一程子心里　到底觉怎么样依我说你竟家去住两日请
戚：替他一五一十的数了收起佳蕙道你这一程子心里倒　底觉怎么样依我说你竟家去住两日请
庚：替他一五一十的数了收起佳蕙道你这一程子心里　到底觉怎么样依我说你竟家去住两日请

第二十六回　蜂腰桥设言传心事　潇湘馆春困发幽情　485

戌：	一个大夫来瞧瞧吃两剂药就好了红玉道那里的话好好的家去作什么佳蕙道我想起来了林姑
戚：	一个大夫来瞧瞧吃两剂药就好了红玉道那里的话好好的家去作什么佳蕙道我想起来了林姑
庚：	一个大夫来瞧瞧吃两剂药就好了红玉道那里的话好好的家去作什么佳蕙道我想起来了林姑

戌：娘生的弱时常他吃药你就和他要些来吃也是一样红玉道胡说药也是混吃的佳蕙道你这也不
戚：娘生的弱时常他吃药你就和他要些来吃也是一样红玉道胡说药也是混吃的佳蕙道你这也不
庚：娘生的弱时常他吃药你就和他要些来吃也是一样红玉道胡说药也是混吃的佳蕙道你这也不

戌：是个长法儿又懒吃懒　喝的终久　怎么样红玉道怕什么还不如早些　死了到　干净佳蕙道
戚：是个长法儿又懒吃懒嗑　的终　究怎么样红玉道怕什么还不如早些　死了倒干净佳蕙道
庚：是个长法儿又懒吃懒　喝的终久　怎么样红玉道怕什么还不如早些儿死了　倒干净佳蕙道

戌：好好的怎么说这些话红玉道你那里知道我心里的事佳蕙　点头想了一会道　可也怨不得
戚：好好的怎么说这些话红玉道你那里知道我心里的事佳蕙　点头想了一会道　可也怨不得
庚：好好的怎么说这些话红玉道你那里知道我心里的事佳蕙道我　想了　会子可也怨不得

戌：这个地方难站就像昨儿老太太因宝玉病了这些日子说跟着　服侍的这些人都辛苦了如今身
戚：这个地方难站就像昨儿老太太因宝玉病了这些日子说跟着伏　侍的这些人都辛苦了如今身
庚：这个地方难站就像昨儿老太太因宝玉病了这些日子说跟着伏　侍的这些人都辛苦了如今身

戌：上好了各处还完了愿叫把跟着的人都按着等儿赏他们我　算年纪小上不去不得我也不　怨
戚：上好了各处还完了愿叫把跟着的人都按着等儿赏他们我们算年纪小上不去不得我也不抱怨
庚：上好了各处还完了愿叫把跟着的人都按着等儿赏他们我们算年纪小上不去　我也不抱怨

戌：像你怎么也不算在里头我心里就不服袭人那怕他得十个分儿也不恼他原该的说良心话谁还
戚：像你怎么也不算在里头我心里就不服袭人那怕他得十　分儿也不恼他原该的说良心话谁还
庚：像你怎么也不算在里头我心里就不服袭人那怕他得十　分儿也不恼他原该的说良心话谁还

戌：敢比他呢别说他素日殷勤小心便是不殷勤小心也拼不得可气晴雯绮霰他们这几个都算在上
戚：敢比他呢别说他素日殷勤小心便是不殷勤小心也拼不得可气晴雯绮霰他们这几个都算在上
庚：敢比他呢别说他素日殷勤小心便是不殷勤小心也拼不得可气晴雯绮霰他们这几个都算在上

戌：等里去仗着老子娘的脸面众人到　捧着他去你说可气不可气红玉道也不犯着气他们俗语说
戚：等里去仗着老子娘的脸　众人　倒捧着他去你说可气不可气红玉道也不犯着气他们俗语说
庚：等里去仗着老子娘的脸面众人到　捧着他去你说可气不可气红玉道也不犯着气他们俗语说

戌：的　千里搭长棚没有个不散的筵席谁守谁一辈子呢不过三年五载各人干各人的去了那时谁
戚：的　千里搭长棚没有个不散　筵席谁守谁一辈子呢不过三年五载各人干各人的去了那时谁
庚：的好千里搭长棚没有个不散的筵席谁守谁一辈子呢不过三年五载各人干各人的去了那时谁

戌：还管谁呢这两句话不觉感动了佳蕙的心肠由不得眼睛红了又不好意思好端的哭只得　勉强
戚：还管谁呢这两句话不觉感动了佳蕙　心肠由不得眼睛红了又不好意思好端的哭只得　勉强
庚：还管谁呢这两句话不觉感动了佳蕙的心肠由不得眼睛红了又不好意思好端的哭只得免　强

戌：笑道你这话说的却是昨儿宝玉还说明儿怎么样收拾房子怎么样做衣裳　到像有几百年的熬
戚：笑道你这话说的却是昨儿宝玉还说明儿怎么样收拾房子怎么样做衣裳倒　像有几百年　熬
庚：笑道你这话说的却是昨儿宝玉还说明儿怎么样收拾房子怎么样做衣裳倒　像有几百年的熬

戊：煎红玉听了冷笑了两声方要　说话只见一个未留头的小丫头子走进来手里拿着些花样子并
戚：煎红玉听了冷笑了两声方　才说话只见一个未留头的小丫头子走进来手里拿着些花样子并
庚：煎红玉听了冷笑了两声方要　说话只见一个未留头的小丫头子走进来手里拿着些花样子并
——
戊：两张纸说道这是两个样子叫你描出来呢说着向红玉掷下回身就跑了红玉向外问道　到底是
戚：两张纸说道这是两个样子叫你描出来呢说着向红玉掷下回身就跑了红玉向外问道倒　　是
庚：两张纸说道这是两个样子叫你描出来呢说着向红玉掷下回身就跑了红玉向外问道　到　是
——
戊：谁的也等不的　说完就跑谁蒸下馒头等着你怕冷了不成那小丫头在窗外只说得一声是绮大
戚：谁的也等不　得说完就跑谁蒸下馒头等着你怕冷了不成那小丫头在窗外只说得一声是绮大
庚：谁的也等不的　说完就跑谁蒸下馒头等着你怕冷了不成那小丫头在窗外只说得一声是绮大
——
戊：姐姐的抬起脚来咕咚咕咚又跑了红玉便赌气把那样子掷在一边向抽屉内找笔找了半天都是
戚：姐姐的抬起脚来咕咚咕咚又跑了红玉便赌气把那样子掷在一边向抽屉内找笔找了半天都是
庚：姐姐的抬起脚来咕咚咕咚又跑了红玉便赌气把那样子掷在一边向抽屉内找笔找了半天都是
——
戊：秃了的因说道前儿一　支新笔放在那里了怎么一时想不起来一面说　一面出神想了一会方
戚：秃了的因说道前儿一枝　新笔放在那里了怎么一时想不起来一面说　一面出神想了一会方
庚：秃了的因说道前儿一枝　　笔放在那里了怎么一时想不起来一面说着一面出神想了一会方
——
戊：笑道是了前儿晚上莺儿拿了去了便向佳蕙道你替我取了来佳蕙道花大姐姐还等着我替他抬
戚：笑道是了前儿晚上莺儿拿了去了便向佳蕙道　替我取了来佳蕙道花大姐姐还等着我替他抬
庚：笑道是了前儿晚上莺儿拿了去了便向佳蕙道你替我取了米佳蕙道花大姐姐还等着我替他抬
——
戊：箱子呢你自　取去罢红玉道他等着你你还坐着闲打牙儿我不叫你取去他也不等着你丫环透
戚：箱子呢你自　取去罢红玉道他等着你你还坐着闲打牙儿我不叫你取去他也不等着你丫环透
庚：箱子呢你自己取去罢红玉道他等着你你还坐着闲打牙儿我不叫你取去他也不等着你丫环透
——
戊：了的小蹄子说着自己便出房来出了怡红院一　径往宝钗院内来刚至沁芳亭畔只见宝玉的奶
戚：了的小蹄子说着自己便出房来出了怡红院一　径往宝钗院内来刚至沁芳亭畔只见宝玉的奶
庚：了的小蹄子说着自己便出房来出了怡红院一迳　往宝钗院内来刚至沁芳亭畔只见宝玉的奶
——
戊：娘李　嬷嬷从那边走来红玉立柱　问道李奶奶你老人家那去了怎打这里来李嬷嬷
戚：娘李嬷嬷　从那边走来红玉立　住笑问道李奶奶你老人家那去了怎打这里来李　　嬷嬷
庚：娘李　嬷嬷从那边走来红玉立　住笑问道李奶奶你老人家那去了怎打这里来李　　嬷嬷
——
戊：站住将手一拍道你说说好好的又看上　了那个种树的什么芸　哥儿雨哥儿的这会子逼着我
戚：站住将手一拍道你说说好好的又看上　了那个种树的什么　云哥儿雨哥儿的这会子逼着我
庚：站住将手一拍道你说说好好的又看上来了那个种树的什么　云哥儿雨哥儿的这会子逼着我
——
戊：叫了他来明儿叫上房里听见可又是不好红玉笑道你老人家当真的就依　着他去叫了
戚：叫了他来明儿叫上房里听见可又是不好红玉笑道你老人家当真的就依　着他去叫了
庚：叫了他来明儿叫上房里听见可又是不好红玉笑道你老人家当真的就依了　他去叫了是遂心
——
戊：李　嬷嬷道可怎么　样呢红玉笑道那一个要是知道好歹就回不进来才是李　嬷嬷道
戚：李嬷嬷　道可怎　关样呢红玉笑道那一个要是知道好歹就回不进来才是李嬷嬷　　道
庚：语李　嬷嬷道可怎么　样呢红玉笑道那一个要是知道好歹就回不进来才是李　嬷嬷道

第二十六回　蜂腰桥设言传心事　潇湘馆春困发幽情

戌：他又不痴为什么不进来红玉道既　　是　来了你老人家该同他一齐来回来叫他一个人乱碰
戚：他又不痴为什么不进来红玉道既要进　来　你老人家该同他一齐　　来叫他一个人乱碰
庚：他又不痴为什么不进来红玉道既　是进来　你老人家该同他一齐回来叫他一个人乱碰
————————————————————————————
戌：可是不好呢李嬷嬷　　道我有那样工夫和他走不过告诉了他回来打发个小丫头子或是老婆
戚：可是不好呢李　嬷嬷道我有那样工夫和他走不过告诉了他回来打发个小丫头子或是老婆
庚：可是不好呢李嬷嬷　　道我有那样工夫和他走不过告诉了他回来打发个小丫头子或是老婆
————————————————————————————
戌：子带　进他来就完了说着拄着　拐　一迳去了红玉听说他　站着出神且不去取笔一时只见
戚：子带他进　来就完了说着拄着　拐　一迳去了红玉听说　便站着出神且不去取笔一时只见
庚：子带　进他来就完了说着拄着那拐杖一迳去了红玉听说　便站着出神且不去取笔一时只见
————————————————————————————
戌：一个小丫头子跑来见红玉站在那里便问道林姐姐你在这里作什么呢红玉抬头见是小丫头子
戚：一个小丫头子跑来见红玉站在那里便问道林姐姐你在这里作什么呢红玉抬头见是小丫头子
庚：一个小丫头子跑来见红玉站在那里便问道林姐姐你在这里作什么呢红玉抬头见是小丫头子
————————————————————————————
戌：坠儿红玉道那去坠儿道叫我带进芸二爷来说着　　　已经跑了这里红玉刚走至蜂腰桥门前只
戚：坠儿红玉道那去坠儿道叫我带进芸二爷来说着一迳　　跑了这里红玉刚走至蜂腰桥门前只
庚：坠儿红玉道那去坠儿道叫我带进芸二爷来说着一迳　　跑了这里红玉刚走至蜂腰桥门前只
————————————————————————————
戌：见那边坠儿引着贾芸来了那贾芸一面走一面　拿眼把　红玉一溜那红玉只粧作　　和坠儿
戚：见那边坠儿引着贾芸来了那贾芸一面走一面把　眼　向红玉一溜那红玉只　妆着和坠儿
庚：见那边坠儿引着贾芸来了那贾芸一面走一面　拿眼把　红玉一溜那红玉只　妆着和坠儿
————————————————————————————
戌：说话也把眼去一溜贾芸四目恰　相对时红玉不觉脸红了一扭身往蘅芜苑　去了不在话下这
戚：说话也把眼去一溜贾芸四目　却相对时红玉不觉脸红了一扭身往蘅芜　院去了不在话下这
庚：说话也把眼去一溜贾芸四目恰　相对时红玉不觉脸红了一扭身往蘅芜苑　去了不在话下这
————————————————————————————
戌：里贾芸随着坠儿逶迤来至怡红院中坠儿先进去回明了然后方领贾芸进　来贾芸看时只见院
戚：里贾芸随着坠儿逶迤来至怡红院中坠儿先进去回明了然后方领贾芸进去　贾芸看时只见院
庚：里贾芸随着坠儿逶迤来至怡红院中坠儿先进去回明了然后方领贾芸进去　贾芸看时只见院
————————————————————————————
戌：内略略的有几点山石种着芭蕉那边有两只　仙鹤在松树下剔翎一溜回廊上吊着各色笼子各
戚：内略略　有几点山石种着芭蕉那边有两只　仙鹤在松树下剔翎一溜回廊上吊着各色笼子各
庚：内略略　有几点山石种着芭蕉那边有两　支仙鹤在松树下剔翎一溜回廊上吊着各色笼子各
————————————————————————————
戌：色仙禽异鸟上面小小五间抱厦一色雕镂新鲜花样隔　扇上面悬着一个匾额四个大字题道是
戚：色仙禽异鸟上面小小五间抱厦一色雕镂新鲜花样隔窗　上面悬着一个匾额四个大字题道是
庚：色仙禽异鸟上面小小五间抱厦一色雕镂新鲜花样隔　扇上面悬着一个匾额四个大字题道是
————————————————————————————
戌：怡红快绿贾芸想道怪道叫怡红院可知原来匾上是恁样四个字正想着只听里面隔着纱窗子笑
戚：怡红快绿贾芸想道怪道叫怡红院　　原来匾上是恁样四个字正想着只听里面隔着纱窗子笑
庚：怡红快绿贾芸想道怪道叫怡红院　　原来匾上是恁样四个字正想着只听里面隔着纱窗子笑
————————————————————————————
戌：　道快进来罢我怎么就忘了你两三个月贾芸听的　是宝玉的声音连忙进入房内抬头一看只
戚：说道快进来罢我怎么就忘了你两三个月贾芸听　得是宝玉的声音连忙进入房内抬头一看只
庚：说道快进来罢我怎么就忘了你两三个月贾芸听的　是宝玉的声音连忙进入房内抬头一看只
————————————————————————————
戌：见金碧辉煌文章闪　灼却看不见宝玉在那里一回头只见左边立着一架大穿衣镜从镜后转出
戚：见金碧辉煌文章闪烁　却看不见宝玉在那里一回头只见左边立着一架大穿衣　　镜从镜后转出
庚：见金碧辉煌文章闪　灼却看不见宝玉在那里一回头只见左边立着一架大穿衣镜从镜后转出

戌：两个一般大的十五六岁的丫头来说请二爷里头屋里坐贾芸连正眼也不敢看连忙答应了又进
戚：两个一般大的十五六岁的丫头来说请二爷里头屋里坐贾芸　正眼也不敢看连忙答应了又进
庚：两个一般大的十五六岁的丫头来说请二爷里头屋里坐贾芸连正眼也不敢看连忙答应了又进

戌：一道碧纱厨只见　　一张小小填漆床上悬着大红销金撒　花帐子宝玉穿着家常衣服靸着鞋
戚：一道碧纱厨只见小小一张　　填漆床上悬着大红销金　洒花帐子宝玉穿着家常衣服靸着鞋
庚：一道碧纱厨只见小小一张　　填漆床上悬着大红销金撒　花帐子宝玉穿着家常衣服靸着鞋

戌：倚在床上拿着本书看见他进来将书掷下早堆着笑立起身来贾芸忙上前请了安宝玉让坐便在
戚：倚在床上拿着本书看见他进来将书掷下早堆着笑立起身来贾芸忙上前请了安宝玉让坐便在
庚：倚在床上拿着本书看见他进来将书掷下早堆着笑立起身来贾芸忙上前请了安宝玉让坐便在

戌：下面一张椅子上坐了宝玉笑道只从那　　日见了你我叫你往书房里来谁知接接连连许多事
戚：下面一张椅子上坐了宝玉笑道只从那个月　见了你我叫你往书房里来谁知接接连连许多事
庚：下面一张椅子上坐了宝玉笑道只从那个月　见了你我叫你往书房里来谁知接接连连许多事

戌：情就把你忘了贾芸笑道总是我　无福偏偏又遇着叔叔身上欠安叔叔如今可大安了宝玉道大
戚：情就把你忘了贾芸笑道总是我没　福偏偏又遇着叔叔身上欠安叔叔如今可大安了宝玉道
庚：情就把你忘了贾芸笑道总是我没　福偏偏又遇着叔叔身上欠安叔叔如今可大安了宝玉道大

戌：好了我到　听见说你辛苦了好几天贾芸道辛苦也是该当的叔叔大安了也是我们一家子的造
戚：好了我　倒听见说你辛苦了好几天贾芸道辛苦也是该当的叔叔大安了也是我们一家子的造
庚：好了我到　听见说你辛苦了好几天贾芸道　　也是该当的叔叔大安了也是我们一家子的造

戌：化说着只见有个丫环端了茶来与他那贾芸口里和宝玉说着话眼睛却溜瞅那丫环细　条身材
戚：化说着只见有个丫环端了茶来与他那贾芸口里和宝玉说着话眼睛却溜瞅那丫环细挑　身材
庚：化说着只见有个丫环端了茶来与他那贾芸口里和宝玉说着话眼睛却溜瞅那丫环细挑　身材

戌：容　长脸面穿着银红袄子　青缎背心白绫细折裙不是别　人却是袭人那贾芸自　从宝玉病
戚：　龙长脸面穿着银红袄子　青缎背心白绫细折裙不是别个　却是袭人那贾芸　只从宝玉病
庚：容　长脸面穿着银红袄儿青缎背心白绫细折裙不是别个　却是袭人那贾芸自　从宝玉病

戌：了　　他在里头混了两　天他　却把那有名人口认　记了一半他也知道袭人在宝玉房中比
戚：了　　他在里头混了两　天他都　把那有名人口　都记了一半他也知道袭人在宝玉房中比
庚：了几天他在里头混了两日　他　却把那有名人口　都记了一半他也知道袭人在宝玉房中比

戌：别个不同今见他端了茶来宝玉又在　傍边坐着便忙站起来笑道姐姐怎么替我到　起茶来我
戚：别个不同今见他端了茶来宝玉又在旁　边坐着便忙站起来笑道姐姐怎么替我　沏起茶来我
庚：别个不同今见他端了茶来宝玉又在　傍边坐着便忙站起来笑道姐姐怎么替我到　起茶来我

戌：来到叔叔这里又不是客让我自己　到了宝玉道你只管坐着罢丫头们跟前也是这样贾芸笑
戚：来到叔叔这里又不是客让我自己沏　罢　宝玉道你只管坐着罢丫头们跟前也是这样贾芸笑
庚：来到叔叔这里又不是客让我自己　到罢　宝玉道你只管坐着罢丫头们跟前也是这样贾芸笑

戌：道虽如此说叔叔房里姐姐们我怎么敢放肆呢一面说一面坐下吃茶那宝玉便和他说些没要紧
戚：道虽如此说叔叔房里姐姐们我怎么敢放肆呢一面说一面坐下吃茶那宝玉便和他说些没要紧
庚：道虽如此说叔叔房里姐姐们我怎么敢放肆呢一面说一面坐下吃茶那宝玉便和他说些没要紧

第二十六回　蜂腰桥设言传心事　潇湘馆春困发幽情　489

戌：的散话又说道谁家的戏子好谁家的花园好又告诉他谁家的丫头　缥致谁家　酒席丰盛又是
戚：的散话又说道谁家的戏子好谁家的花园好又告诉他谁家的丫头标　致谁家的酒席丰盛又是
庚：的散话又说道谁家的戏子好谁家的花园好又告诉他谁家的丫头标　致谁家的酒席丰盛又是
──
戌：谁家有奇货又是谁　有异物那贾芸口里只得顺着他说说了一回　见宝玉有些懒懒的了便起
戚：谁家有奇货又是谁家有异物那贾芸口里只得顺着他说说了一回　见宝玉有些懒懒的了便起
庚：谁家有奇货又是谁家有异物那贾芸口里只得顺着他说说了一　会见宝玉有些懒懒的了便起
──
戌：身告辞宝玉也不甚留只说你明儿闲了只管来仍命小丫头子坠儿送他出去出了怡红院贾芸见
戚：身告辞宝玉也不甚留只说你明儿闲了只管来仍命小丫头子坠儿送他出去出了怡红院贾芸见
庚：身告辞宝玉也不甚留只说你明儿闲了只管来仍命小丫头子坠儿送他出去出了怡红院贾芸见
──
戌：四顾无人便把脚慢慢的停着些走口里一长一短和坠儿说话先问他几岁了名字　叫什么你父
戚：四顾无人便把脚慢慢　停着些走口里一长一短和坠儿说话先问他几岁了名字　叫什么你父
庚：四顾无人便把脚慢慢　停着些走口里一长一短和坠儿说话先问他几岁了名　子叫什么你父
──
戌：母在那一行　在宝叔房内几年了一个月多少钱共总宝叔房内有几　个女孩子那坠儿见问
戚：母在那一行上在宝叔房内几年了一个月多少钱共总宝叔房内有几　个女孩子那坠儿见问便
庚：母在那一行上在宝叔房内几年了一个月多少钱共总宝叔房内有几人　女孩子那坠儿见问便
──
戌：一桩桩　都告诉他了贾芸又道刚才　那个与你说话的他可是叫小红坠儿笑道他到　叫小红
戚：一桩桩的都告诉他了贾芸又道　才刚那个与你说话的他可是叫小红坠儿笑道他　便叫小红
庚：一桩桩的都告诉他了贾芸又道　才刚那个与你说话的他可是叫小红坠儿笑道他到　叫小红
──
戌：你问他作什么贾芸道方才他问你什么手帕子我　到拣了一块坠儿听了笑道他问了我好几遍
戚：你问他作什么贾芸道方才他问你什么手帕子我倒　拣了一块坠儿听了笑道他问了我好几遍
庚：你问他作什么贾芸道方才他问你什么手帕子我　到拣了一块坠儿听了笑道他问了我好几遍
──
戌：可有看见他的　帕子我有那们　大工夫管这些事今儿他又问我说我替他找着了他还谢我
戚：可　看见他的手帕子我有那　大工夫管这些事今儿他又问我说　替他找着了他还谢我
庚：可有看见他的　帕子我有那　么大工夫管这些事今儿他又问我说我替他找着了他还谢我
──
戌：呢才在蘅芜苑　门口说的二爷也听见了不是我撒谎好二爷你既拣着了给我罢我看他拿什么
戚：呢才在蘅芜　院门口说的二爷也听见了不是我撒谎好二爷你既拣　了给我罢我看他拿什么
庚：呢才在蘅芜苑　门口说的二爷也听见了不是我撒谎好二爷你既拣　了给我罢我看他拿什么
──
戌：谢我原来上月贾芸进来种树之时便拣了一块罗帕便知是所在园内的人失落的但不知是那一
戚：谢我原来上月贾芸进来种树之时便拣了一块罗帕便知是　在园内的人失落的但不知是那一
庚：谢我原来上月贾芸进来种树之时便拣了一块罗帕便知是所在园内的人失落的但不知是那一
──
戌：个人的故不敢造次今儿听见红玉问坠儿便知是红玉的心内不甚　喜幸又见坠儿追索心中早
戚：个人的故不敢造次今　听见红玉问坠儿便知是红玉的心内不　胜喜幸又见坠儿追索心中早
庚：个人的故不敢造次今　听见红玉问坠儿便知是红玉的心内不　胜喜幸又见坠儿追索心中早
──
戌：已得了主意便向袖内将自己的一块取了出来向坠儿笑道我给是给你你若得了他的谢礼可不
戚：已得了主意便向袖内将自己的一块取了出来向坠儿笑道我给是给你你若得了他的谢礼可不
庚：　得了主意便向袖内将自己的一块取了出来向坠儿笑道我给是给你你若得了他的谢礼　不
──
戌：许瞒着我坠儿满口里答应了接了手帕子送出贾芸回来找红玉不在话下如今且说宝玉打发了
戚：许瞒着我坠儿满口里答应了接了手帕子送出贾芸回来找红玉不在话下如今且说宝玉打发了
庚：许瞒着我坠儿满口里答应了接了手帕子送出贾芸回来找红玉不在话下如今且说宝玉打发了

戌：贾芸去后意思懒　的歪在床上似有朦胧之态袭人便走上来坐在床沿上推他说道怎么又要睡
戚：贾芸去后意思懒懒的歪在床上似有朦胧之态袭人便走上来坐在床沿上推他说道怎么又要睡
庚：贾芸去后意思懒懒的歪在床上似有朦胧之态袭人便走上来坐在床沿上推他说道怎么又要睡

戌：觉闷的　狠你出去逛逛　　不是宝玉见说便拉他的手笑道我要去只是舍不得你袭人笑道快
戚：觉闷的慌　你出去　　佳佳不是宝玉见说便拉他的手笑道我要去只是舍不得你袭人笑道快
庚：觉闷的　狠你出去逛逛　　不是宝玉见说便拉他的手笑道我要去只是舍不得你袭人笑道快

戌：起来罢一面说一面拉了宝玉起来宝玉道可往那里去呢怪腻腻烦烦的袭人道你出去了就好了
戚：起来罢一面说一面拉了宝玉起来宝玉道可往那里去呢怪腻腻烦烦的袭人道你出去了就好了
庚：起来罢一面说一面拉了宝玉起来宝玉道可往那　去呢怪腻腻烦烦的袭人道你出去了就好了

戌：只管这么葳　蕤越发心里烦腻宝玉无精打　彩的只得依他恍　出了房门在回廊上调弄了一
戚：只管这么葳蕤　越发心里烦腻宝玉无精打　彩的只得依他　怳出了房门在回廊上调弄了一
庚：只管这么葳　蕤越发心里烦腻宝玉无精打采　的只得依他　怳出了房门在回廊上调弄了一

戌：回雀儿出至院外顺着沁芳溪看了一回金鱼只见那边山　坡上两只小鹿箭也似的跑来宝玉不
戚：回雀儿出至院外顺着沁芳溪看了一回金鱼只见那边山城　上两只小鹿箭也似的跑来宝玉不
庚：回雀儿出至院外顺着沁芳溪看了一回金鱼只见那边山　坡上两只小鹿箭也似的跑来宝玉不

戌：解何　意正自纳闷只见贾兰在后面拿着一张小弓儿进　了下来一见宝玉在前面便站住了笑
戚：解何　意正自纳闷只见贾兰在后面拿着一张小弓　追了下来一见宝玉在前面便站住了笑
庚：解　其意正自纳闷只见贾兰在后面拿着一张小弓　　追了下来一见宝玉在前面便站住了笑

戌：道二叔叔在家里呢我只当出门去了宝玉道你又淘气了好好的射他作什么贾兰笑道这会子不
戚：道二叔叔在家里呢我只当出门去了宝玉道你又淘气了好好的射他作什么贾兰笑道这会子不
庚：道二叔叔在家里呢我只当出门去了宝玉道你又淘气了好好的射他作什么贾兰笑道这会子不

戌：念书闲着作什么所以演习演习骑射宝玉道把牙栽了那时才不演呢说着顺着脚一径　来至一
戚：念书闲着作什么所以演习演习骑射宝玉道把牙栽了那时才不演呢说着顺着脚一径　来至一
庚：念书闲着作什么所以演习演习骑射宝玉道把牙栽了那时才不演呢说着顺着脚一　迳来至一

戌：个院门前只见凤尾森森龙吟细细举目望门上一看只见匾上写着潇湘馆三字宝玉信步走入只
戚：个院门前只见凤尾森森龙吟细细举目望门上一看只见匾上写着潇湘馆三字宝玉信步走入只
庚：个院门前只见凤尾森森龙吟细细举目望门上一看只见匾上写着潇湘馆三字宝玉信步走入只

戌：见湘帘垂地悄无人声走至窗前觉得一缕幽香从碧纱窗中暗暗透出宝玉便将脸贴在纱窗上往
戚：见湘帘垂地悄无人声走至窗前觉得一缕幽香从碧纱窗中暗暗透出宝玉便将脸贴在纱窗上往
庚：见湘帘垂地悄无人声走至窗前觉得一缕幽香从碧纱窗中暗暗透出宝玉便将脸贴在纱窗上往

戌：里看时耳内忽听得细细的长叹了一声道每日家情思睡昏昏宝玉听了不觉心内痒将起来再看
戚：里看时耳内忽听得细细的长叹了一声道每日家情思睡昏昏宝玉听了不觉心内痒将起来再看
庚：里看时耳内忽听得细细的长叹了一声道每日家情思睡昏昏宝玉听了不觉　内痒将起来再看

戌：时只见黛　玉在床上伸懒腰宝玉在窗外笑道为　什么每日家情思睡昏昏一面说一面掀帘
戚：时只见黛　玉在床上伸懒腰宝玉在窗外笑道为其　么每日家情思睡昏昏一面说一面掀帘子
庚：时只见　代玉在床上伸懒腰宝玉在窗外笑道为甚　么每日家情思睡昏昏一面说一面掀帘子

第二十六回　蜂腰桥设言传心事　潇湘馆春困发幽情　491

戌：进来了林　黛玉自觉忘情不觉　红了脸拿袖子遮了脸翻身向里妆睡着了宝玉才走上来要
戚：进来了林　黛玉自觉忘情不觉　红了脸拿袖子遮了脸翻身向里妆睡着了宝玉才走上来要扳
庚：进来了林代　玉自觉忘情不　竟红了脸拿袖子遮了脸翻身向里妆睡着了宝玉才走上来要

戌：搬他的身子只见黛　玉的奶娘并两个婆子都　跟了进来说妹妹睡觉呢等醒　了再请来刚说
戚：　他的身子只见黛　玉的奶娘并两个婆子　却跟了进来说妹妹睡觉呢等醒　了再请来刚说
庚：搬他的身子只见　代玉的奶娘并两个婆子　却跟了进来说妹妹睡觉呢等醒来　再请来刚说

戌：着　黛玉便翻身向外坐　起来笑道谁睡　觉呢那两三个婆子见黛　玉起来便笑道我们只当
戚：着　黛玉便翻身　坐了起来笑道谁睡　觉呢那两三个婆子见黛　玉起来便笑道我们只当
庚：着代　玉便翻身　坐了起来笑道谁睡竟　呢那两三个婆子见　代玉起来便笑道我们只当

戌：姑娘睡着了说着便叫紫鹃说姑娘醒了进来伺侯　一面说一面都去了黛　玉坐在床上一面抬
戚：姑娘睡着了说着便叫紫鹃说姑娘醒了进来伺　候一面说一面都去了黛　玉坐在床上一面抬
庚：姑娘睡着了说着便叫紫鹃说姑娘醒了进来伺侯　一面说一面都去了　代玉坐在床上一面抬

戌：手整理鬓发一面笑向宝玉道人家睡觉你进来作什么宝玉见他星眼微饧香腮　代赤不觉神魂
戚：手整理鬓发一面笑向宝玉道人家睡觉你进来作什么宝玉见他星眼微饧香腮带　赤不觉神魂
庚：手整理鬓发一面笑向宝玉道人家睡觉你进来作什么宝玉见他星眼微饧香腮带　赤不觉神魂

戌：早荡一歪身坐在椅子上笑道你才说什么　黛玉道我没说什么宝玉笑道给你个榧子　呢我都
戚：早荡一歪身坐在椅子上笑道你才说什么　黛玉道我没说什么宝玉笑道给你个榧子吃　我都
庚：早荡一歪身坐在椅子上笑道你才说什么代　玉道我没说什么宝玉笑道给你个榧子吃　我都

戌：听见了二人正说话只见紫鹃进来宝玉笑道紫鹃把你们的好茶到　碗我吃紫鹃道那里是好的
戚：听见了二人正说话只见紫鹃进来宝玉笑道紫鹃把你们的好茶　沏碗我吃紫鹃道那里是好的
庚：听见了二人正说话只见紫鹃进来宝玉笑道紫鹃把你们　好茶到　碗我吃紫鹃道那里是好的

戌：呢要好的只是等袭人来黛　玉道别理他你先给我舀水去罢紫鹃笑道他是客自然先　到了
戚：呢要好的只是等袭人来黛　玉道别理他你先给我舀水去罢紫鹃笑道他是客自然先　沏了
庚：呢要好的只是等袭人来　代玉道别理他你先给我舀水去罢紫鹃笑道他是客自然先倒　了

戌：茶来再舀水去说着到　茶去了宝玉笑道好丫头若共你多情小姐同鸳帐怎舍得叠被铺床林
戚：茶来再舀水　说着　沏茶去了宝玉笑道好丫头若共你多情小姐同鸳帐怎舍得叠被铺床
庚：茶来再舀水去说着到　茶去了宝玉笑道好丫头若共你多情小姐同鸳帐怎舍得叠被铺床林代

戌：黛玉登时撂下脸来说道二哥哥你说什么宝玉笑道我何尝说什么　黛玉便哭道如今新兴的外
戚：黛玉登时撂下脸来说道二哥哥你说什么宝玉笑道我何尝说什么　黛玉便哭道如今新兴的外
庚：　玉登时撂下脸来说道二哥哥你说什么宝玉笑道我何尝说什么代　玉便哭道如今新兴的外

戌：头听村话来也说给我听看了混账　书也来拿我取笑儿我成了替爷们解闷的一面哭着一面
戚：头听村话来也说给我听看了混　帐书也来拿我取笑儿我成了替爷们解闷的一面哭着一面
庚：头听了村话来也说给我听看了混　帐书也来拿我取笑儿我成了　爷们解闷的一面哭着一面

戌：下床来往外就走宝玉不知要怎样心下慌了忙赶上来好妹妹我一时该死你别告诉去我再要敢
戚：下床来往外就走宝玉不知要怎样心下慌了忙赶上来好妹妹我一时该死你别告诉去我再要敢
庚：下床来往外就走宝玉不知要怎样心下慌了忙赶上来好妹妹我一时该死你别告诉去我再要敢

戌：我嘴上就长个疔烂了舌头正说着只见袭人走来说道快回去穿衣服老爷叫你呢宝玉听了不觉
戚：　嘴上就长个疔烂了舌头正说着只见袭人走来说道快回去穿衣服老爷叫你呢宝玉听了不觉
庚：　嘴上就长个疔烂了舌头正说着只见袭人走来说道快回　穿衣服老爷叫你呢宝玉听了不觉

戌：的打了个焦雷　一般也　顾　得　别的　急忙回来　穿衣服出园来只见焙茗在二门前等着
戚：　打了个　雷　一般也　顾不得　别的疾　忙回　家穿衣服出园来只见焙茗在二门前等着
庚：　打了个　雷的一般也雇　不　的别的疾　忙回来　穿衣服出园来只见焙茗在二门前等着

戌：宝玉便问道　　　　　　　是作　什么焙茗道爷快出来罢横竖是见去的到那里就知道了一面
戚：宝玉　问道你可知道叫我是　为什么焙茗道爷快出来罢横竖是见去的到那里就知道了一面
庚：宝玉　问道你可知道叫我是　为什么焙茗道爷快出来罢横竖是见去的到那里就知道了一面

戌：说一面催着宝玉转过大厅宝玉心里还自狐疑只听墙角边一阵　　呵呵大笑回头　看时见是
戚：说一面催着宝玉转过大厅宝玉心里还自狐疑只听墙角边一阵哈哈　大笑回头只　　见
庚：说一面催着宝玉转过大厅宝玉心里还自狐疑只听墙角边一阵　　呵呵大笑回头只　　见

戌：薛蟠拍着手跳　了出来笑道要不说姨夫　叫你你那里出来的这么快焙茗也笑
戚：薛蟠拍着手跳　了出来笑道要不说姨　父叫你你那里出来的这么快焙茗也笑
庚：薛蟠拍着手　笑了出来笑道要不说姨夫　叫你你那里出来的这么快焙茗也笑道爷别怪我忙

戌：着跪下了宝玉怔了半天方解过来　是薛蟠哄他出来薛蟠连忙打躬　作揖陪不是又求不要难
戚：着跪下了宝玉怔了半天方解过来　是　哄他　薛蟠　打　恭作揖陪不是又求不要难
庚：　跪下了宝玉怔了半天方解过来了是薛蟠哄他出来薛蟠连忙打　恭作揖陪不是又求不要难

戌：为了小子都是我逼他去的宝玉也无法只好笑因说道你哄我也罢了怎么说我父亲呢我告诉
戚：为了小子都是我逼他去的宝玉也无法只好笑因　道你哄我也罢了怎么说我父亲呢我告诉
庚：为了小子都是我逼他去的宝玉也无法只好笑因　道你哄我也罢了怎么说我父亲呢我告诉

戌：姨娘　去评评这个理可使得么薛蟠忙道好兄弟我原为求你快些出来就忘了忌讳这句话改日
戚：姨　妈去评评这个理可使得么薛蟠忙道好兄弟我原为求你快些出来就忘了忌讳这句话改日
庚：姨娘　去评评这个理可使得么薛蟠忙道好兄弟我原为求你快些出来就忘了忌讳这句话改日

戌：你也哄我说我的父亲就完了宝玉道嗳嗳越发该死了又向焙茗道反叛肏的还跪着作　什么焙
戚：你也哄我说我的父亲就完了宝玉道嗳嗳越发该死了又向焙茗道反叛肏的还跪着　做什么焙
庚：你也哄我说我的父亲就完了宝玉道嗳嗳越发该死了又向焙茗道反叛肏的还跪着作　什么焙

戌：茗连忙叩头起来薛蟠道要不是我也不敢惊动只因明儿五月初三日是我的生日谁知古董行的
戚：茗连忙叩头起来薛蟠道要不是我也不敢惊动只因明儿五月初三日是我的生日谁知古董行的
庚：茗连忙叩头起来薛蟠道要不是我也不敢惊动只因明儿五月初三日是我的生日谁知古董行的

戌：程日兴他不知那里寻了来的这么粗这么长粉脆的鲜藕这么大的大西瓜这么长的一尾新鲜的
戚：程日兴他不知那里寻了来的这么粗这么长粉脆的鲜藕这么大的大西瓜这么长　一尾新鲜的
庚：程日兴他不知那里寻了来的这么粗这么长粉脆的鲜藕这么大的大西瓜这么长　一尾新鲜的

戌：鲟鱼这么大的一个暹罗国进贡的灵栢　香熏的暹猪你说他这四样礼可难得不难得那鱼猪不
戚：鲟鱼这么大的一个暹罗国进贡的灵栢　香熏的暹猪你说他这四样礼可难得不难得那鱼猪不
庚：鲟鱼这么大的一个暹罗国进贡的灵　柏香熏的暹猪你说他这四样礼可难得不难得那鱼猪不

戌：过贵而难得这藕和瓜亏他怎么种出来的我连忙孝敬了母亲赶着给你们老太太姨父姨母送了
戚：过贵而难得这藕和瓜亏他怎么种出来的我连忙孝敬了母亲赶着给你们老太太姨父姨母送了
庚：过贵而难得这藕和瓜亏他怎么种出来的我连忙孝敬了母亲赶着给你们老太太姨父姨母送了

第二十六回　蜂腰桥设言传心事　潇湘馆春困发幽情　493

戌：些去如今留了些我要自己吃恐怕折福左思右想除我之外惟有你还配吃所以特请你来可巧唱
戚：些去如今留了些我要自己吃恐怕折福左思右想除我之外惟有你还配吃所以特请你来可巧唱
庚：些去如今留了些我要自己吃恐怕折福左思右想除我之外惟有你还配吃所以特请你来可巧唱
————————————————————————————————————
戌：曲儿的一个小　子又才来了我同你乐一日　何如一面说一面来至他书房里只见詹光程日兴
戚：曲儿的一个小儿　又才来了我同你乐一日　何如一面说一面来至他书房里只见詹光程日兴
庚：曲儿的　　小儿　又才来了我同你乐一　天何如一面说一面来至他书房里只见詹光程日兴
————————————————————————————————————
戌：胡斯来单聘仁等并唱曲儿的都在这里见他进来请安的问　好的都彼此见过了吃了茶薛蟠即
戚：胡斯来单聘仁等并唱曲儿的都在这里见他进来请安的问　好的都彼此见过了吃了茶薛蟠即
庚：胡斯来单聘仁等并唱曲儿的都在这里见他进来请安的　瘂好的都彼此见过了吃了茶薛蟠即
————————————————————————————————————
戌：命人摆酒来说犹未了众小厮七手八脚摆了半天　才停当归坐宝玉果见瓜藕新异因笑道我的
戚：命人摆酒来说犹未了众小厮七手八脚摆了半天方才停当归坐宝玉果见瓜藕新异因笑道我的
庚：命人摆酒来说犹未了众小厮七手八脚摆了半天方才停当归坐宝玉果见瓜藕新异因笑道我的
————————————————————————————————————
戌：寿礼还未送来　倒先饶　了薛蟠道可是呢明儿你送我什么宝玉道我可有什么可送的若论银
戚：寿礼还未送来　倒先　扰了薛蟠道可是呢明儿你送我什么宝玉道我可有什么可送的若论银
庚：寿礼还未送来到　先　扰了薛蟠道可是呢明儿你送我什么宝玉道我可有什么可送的若论银
————————————————————————————————————
戌：钱吃　穿等类的东西究竟还不是我的惟有　或写一张字画一张画才算是我的薛蟠笑道你提
戚：钱吃　穿等类的东西究竟还不是我的惟有我　写一张字画一张画才算是我的薛蟠笑道你提
庚：钱吃的穿　　的东西究竟还不是我的惟有我　写一张字画一张画才算是我的薛蟠笑道你提
————————————————————————————————————
戌：画儿我　想起来了昨儿我看人家一张春宫画　的着实　好上面还有许多的字我也没细看只
戚：画儿我才想起来了昨儿我看人家一张春宫　尽的着实　好上面还有许多的字我也没细看只
庚：画儿我才想起来　昨儿我看人家一张春宫画　的着　是好上面还有许多的字　也没细看只
————————————————————————————————————
戌：看落的款原来是庚黄画的真真　好的了不得宝玉听说心下猜疑道古今字画也都见过些那里
戚：看落的款原来是庚黄画的真真　好的了不得宝玉听说心下猜疑道古今字画也都见过些那里
庚：看落的款　　是庚黄画的真真的好的了不得宝玉听说心下猜疑道古今字画也都见过些那里
————————————————————————————————————
戌：有个庚黄想了半天不觉笑将起来命人取过笔来在手心里写了两个字又问薛蟠道你看真了是
戚：有个庚黄想了半天不觉笑将起来命人取过笔来在手心里写了两个字又问薛蟠道你看真了是
庚：有个庚黄想了半天不觉笑将起来命人取过笔来在手心里写了两个字又问薛蟠道你看真了是
————————————————————————————————————
戌：庚黄薛蟠道怎么看不真宝玉将手一撒与他看道别是这两个字罢其实与庚黄相去不远众人都
戚：庚黄薛蟠道怎么看不真宝玉将手一撒与他看道别是这两　字罢其实　庚黄相去不远众人都
庚：庚黄薛蟠道怎么看不真宝玉将手一撒与他看道别是这两　字罢其实与庚黄相去不远众人都
————————————————————————————————————
戌：看时原来是唐寅两个字都笑道想必是这两字大爷一时眼花了也未可知薛蟠只觉没意思笑道
戚：看时原来是唐寅两个字都笑道想必是这两字大爷一时眼花了也未可知薛蟠只觉没意思笑道
庚：看时原来是唐寅两个字都笑道想必是这两字大爷一时眼花了也未可知薛蟠只觉没意思笑道
————————————————————————————————————
戌：谁知他糖银果银的正说着小厮来回冯大爷来了宝玉便知是神武将军冯唐之子冯紫英来了薛
戚：谁知他糖银果银的正说着小厮来回冯大爷来了宝玉便知是神武将军冯唐之子冯紫英来了薛
庚：谁知他糖银果银的正说着小厮来回冯大爷来了宝玉便知是神武将军冯唐之子冯紫英来了薛
————————————————————————————————————
戌：蟠等一齐都叫快请　话犹未了只见冯紫英一路说笑已进来　众人忙起席让坐冯紫英笑道好
戚：蟠等一齐都叫快请说　犹未了只见冯紫英一路说笑已进来了众人忙起席让坐冯紫英笑道好
庚：蟠等一齐都叫快请说　犹未了只见冯紫英一路说笑已进来了众人忙起席让坐冯紫英笑道好

戌：呀也不出门了在家里高乐罢宝玉薛蟠都笑道一向少会老世伯身上康健紫英答道家父　　到也
戚：呀也不出门了在家里高乐罢宝玉薛蟠都笑道一向少会老世伯身上康健紫英答道家父倒　也
庚：呀也不出门了在家里高乐罢宝玉薛蟠都笑道一向少会老世伯身上康健紫英答道家父　　到也

戌：托庇康健近来家母偶着了些风寒不好了两天薛蟠见他面上有些青伤便笑道这脸上又和谁挥
戚：托庇康健近来家母偶着　些风寒不好了两天薛蟠见他面上有些青伤便笑道这脸上又和谁挥
庚：托庇康健近来家母偶着了些风寒不好了两天薛蟠见他面上有些青伤便笑道这脸上又和谁挥

戌：拳的挂了幌子了冯紫英笑道从那一遭把仇都尉的儿子打伤了我就记了再不　泷　气如何又
戚：拳的挂了幌子了冯紫英笑道从那一遭把仇都尉的儿子打伤了我就记了再不呕　气如何又
庚：拳的挂了幌子了冯紫英笑道从那一遭把仇都尉　　　打伤了我就记了再不　　怄气如何又

戌：挥拳这个脸上是前日打围在铁网山教兔虎　　捎一翅膀宝玉道几时的话紫英道三月二十八
戚：挥拳这个脸上是　打围在铁网山教　　鬼鹘捎一翅膀宝玉道几时的话紫英道三月二十八
庚：挥拳这个脸上是前日打围在铁网山教兔　鹘捎一翅膀宝玉道几时的话紫英道三月二十八

戌：日去的前儿也就回来了宝玉道怪道前儿初三四儿我在　世兄家赴席　不见你呢我要问不知
戚：日去的前儿也就回来了宝玉道怪道前儿初三四儿我在沈世兄家　　去不见你呢我要问不知
庚：日去的前儿也就回来了宝玉道怪道前儿初三四儿我在沈世兄家赴席　不见你呢我要问不知

戌：怎么就忘了单你去了还是老世伯也去了紫英道可不是家父去我　无法儿去罢了难道我闲疯
戚：怎么就忘了单你去了还是老世伯也去了紫英道可不是家父去我没　法儿去罢了难道我闲疯
庚：怎么就忘了单你去了还是老世伯也去了紫英道可不是家父去我没　法儿去罢了难道我闲疯

戌：了咱们几个人吃酒听唱　不乐寻那个苦恼去这一次大不幸之中又大幸薛蟠众人见他吃完了
戚：了咱们几个人吃酒听唱的不乐寻那个苦恼去这一次大不幸之中又大幸薛蟠众人见他吃完了
庚：了咱们几个人吃酒听唱的不乐寻那个苦恼去这一次大不幸之中又大幸薛蟠众人见他吃完了

戌：茶都说道且入席有话慢慢的说冯紫英听说便立起身来说道论礼　我该陪饮几杯才是只是今
戚：茶都说道且入席有话慢慢的说冯紫英听说便立起身来说道论　理我该陪饮几杯才是只是今
庚：茶都说道且入席有话慢慢的说冯紫英听说便立起身来说道论　理我该陪饮几杯才是只是今

戌：儿有一件大大要紧　事回去还要见家父面回实　不敢领薛蟠宝玉众人那里肯依死拉着不放
戚：儿有一件大大要紧　事回去还要见家父面回实　不敢领薛蟠宝玉众人那里肯依死拉着不放
庚：儿有一件大大要紧的事回去还要见家父面回　是不敢领薛蟠宝玉众人那里肯依死拉着不放

戌：冯紫英笑道这又奇了你我这些年那一回　有这个道理的果然不能遵　命若必定叫我领拿大
戚：冯紫英笑道这又奇了你我这些年那一回　有这个道理的果然不能遵　命若必定叫我领拿大
庚：冯紫英笑道这又奇了你我这些年那　回儿有这个道理的果然不能　尊命若必定叫我领拿大

戌：杯来我领两杯就是了众人听说只得罢了薛蟠执壶宝玉把盏斟了两大海那冯紫英站着一气而
戚：杯来我领两杯就是了众人听说只得罢了薛蟠执壶宝玉把盏斟了两大海那冯紫英站着一气而
庚：杯来我领两杯就是了众人听说只得罢了薛蟠执壶宝玉把盏斟了两大海那冯紫英站着一气而

戌：尽宝玉道你　到底把这个不幸之幸说完了再走冯紫英笑道今儿说的也不尽兴我为这个还要
戚：尽宝玉道你倒　底把这个不幸之幸说完了再走冯紫英笑道今儿说的也不尽兴我为这个还要
庚：尽宝玉道你　到底把这个不幸之幸说完了再走冯紫英笑道今儿说的也不尽兴我为这个还要

第二十六回　蜂腰桥设言传心事　潇湘馆春困发幽情　495

戌：特治一东请你们去细谈一谈　二则还有所　恳之处说着执手就走薛蟠道越发说的人热剌剌
戚：特治一东请你们去细谈一谈一　则还有　可恳之处说着执手就走薛蟠道越发说的人热剌剌
庚：特治一东请你们去细谈一谈　二则还有所　恳之处说着执手就走薛蟠道越发说的人热剌剌

戌：的丢不下多早晚才请我们告诉了也免的人犹　　预冯紫英道多者　十日少则八天一面说一
戚：的丢不下多早晚才请我们告诉了也免的人犹　豫　冯紫英道多　则十日少则八天一面说一
庚：的丢不下多早晚才请我们告诉了也免的人犹疑　冯紫英道多　则十日少则八天一面说一

戌：面出门上马去了众人回来依席又饮了一回方散宝玉回至园中袭人正记挂　他去见贾政不知
戚：面出门上马去了众人回来依席又饮了一回方散宝玉回至园中袭人正记挂着他去见贾政不知
庚：面出门上马去了众人回来依席又饮了一回方散宝玉回至园中袭人正记挂着他去见贾政不知

戌：是祸是福只见宝玉醉醺醺的回来问其原故宝玉一一向他说了袭人道人家牵肠挂肚的等着你
戚：是祸是福只见宝玉醉醺醺　回来问其原故宝玉一一向他说了袭人道人家牵肠挂肚的等着你
庚：是祸是福只见宝玉醉醺醺的回来问其原故宝玉一一向他说了袭人道人家牵肠挂肚的等着你

戌：且高乐去也到　　底打发人来给个信儿宝玉道我何尝不要送信儿只因冯世兄来了就混忘了
戚：且高乐去　　了倒底打发人来给个信儿宝玉道我何尝不要送信儿只因冯世兄来了就混忘了
庚：且高乐去也到　　底打发人来给个信儿宝玉道我何尝不要送信儿只因冯世兄来了就混忘了

戌：正说着只见宝钗走进来笑道偏了我们新鲜东西了宝玉笑道姐姐家的东西自然先偏了我们了
戚：正说　只见宝钗走进来笑道偏了我们新鲜东西了宝玉笑道姐姐家　东西自然先偏了我们了
庚：正说　只见宝钗走进来笑道偏了我们新鲜东西了宝玉笑道姐姐家的东西自然先偏了我们了

戌：宝钗摇头笑道昨儿哥哥到　特特的请我吃我不吃他叫他留着送人请　人罢我知道我的命
戚：宝钗摇头笑道昨儿哥哥　倒特特的请我吃我不吃他叫他留着送人请　人罢我知道我的命
庚：宝钗摇头笑道昨儿哥哥到　特特的请我吃我不吃　叫他留着　请人送人罢我知道我的命

戌：小福薄不配吃那个说着丫环到　了茶来吃茶说闲话儿不在话下却说那林黛　玉听见贾政叫
戚：小福薄不配吃那个说着丫环　沏了茶来吃茶说闲话儿不在话下却说那林黛　玉听见贾政叫
庚：小福薄不配吃那个说着丫环到　了茶来吃茶说闲话儿不在话下却说那林　代玉听见贾政叫

戌：了宝玉去了一日不回来心中也替他忧虑至晚饭后闻得　宝玉来了心里要找他问　是怎么样
戚：了宝玉去了一日不回来心中也替他忧虑至晚饭后闻得　宝玉来了心里要找他问问是怎么
庚：了宝玉去了一日不回来心中也替他忧虑至晚饭后闻　听宝玉来了心里要找他问问是怎么样

戌：了一步步行来见宝钗进宝玉的院内去了自己也便随后走了刚到了沁芳桥只见各色水禽都
戚：了一步步行来见宝钗进宝玉的院内去了自己也便随后走了来刚到了沁芳桥只见各色水禽都
庚：了一步步行来见宝钗进宝玉的院内去了自己也便随后走了来刚到了沁芳桥只见各色水禽都

戌：在池中浴水也认不出名色来但见一个个文彩炫耀好看异常因而站住看了一　回再往怡红院
戚：在池中浴水也认不出名色来但见一个个文彩炫耀好看异常因而站住看了一会　再往怡红院
庚：在池中浴水也认不出名色来但见一个个文彩炫耀好看异常因而站住看了一会　再往怡红院

戌：来只见院门关着黛　玉便以手扣门谁知晴雯和碧痕正辩　了嘴没好气忽见宝钗来了那晴雯
戚：来只见院门关着黛　玉便以手扣门谁知晴雯和碧痕正　拌了嘴没好气忽见宝钗来了那晴雯
庚：来只见院门关着　代玉便以手扣门谁知晴雯和碧痕正　拌了嘴没好气忽见宝钗来了那晴雯

戌：正把气移在宝钗身上正在院内报　怨说有事没事跑了来坐着叫我们三更半夜　不得睡觉忽
戚：正把气移在宝钗身上正在院内报　怨说有事没事跑了来坐着叫我们三更半夜的不得睡觉忽
庚：正把气移在宝钗身上正在院内　抱怨说有事没事跑了来坐着叫我们三更半夜的不得睡觉忽

戌：听又有人叫门晴雯越发动了气也并不问是谁便说道都睡下了明儿再来罢林　黛玉素知丫头
戚：听又有人叫门晴雯越发动了气也并不问是谁便说道都睡下了明儿再来罢林　黛玉素知丫头
庚：听又有人叫门晴雯越发动了气也并不问是谁便说道都睡下了明儿再来罢林代　玉素知丫头

戌：们的情性他们彼此顽耍惯了　　恐怕院内的丫头没听真是他的声音只当是别的丫头们了所
戚：们的情性他们彼此顽耍惯了　　恐怕院内的丫头没听真是他的声音只当是别的丫头们了所
庚：们的情性他们彼此顽耍惯了恐怕恐怕院内的丫头没听真是他的声音只当是别的丫头们了所

戌：以不开门因而又高声说道是我还不开么晴雯偏生还没听出来便使性子说道凭你是谁二爷
戚：以不开门因而又高声说道是我还不开么晴雯偏生还没听出来便使性子说道凭你是谁二爷吩
庚：以不开门因而又高声说道是我还不开么晴雯偏生还没听出来便使性子说道凭你是谁二爷

戌：　分付的一概不准　放人进来呢林黛　玉听了不觉气怔在门外待要高声问他　斗起气来自
戚：咐　的一概不　许放人进来呢林黛　玉听了不觉气怔在门外待要高声问他逗　起气来自
庚：　分付的一概不　许放人进来呢林　代玉听了不觉气怔在门外待要高声问他逗　起气来自

戌：己又回思一番虽说是　舅母家如同自己家一样到　底是客边如今父母双亡无依无靠现在
戚：己又回思一番虽说是　母舅　家如同自己家一样　倒底是客边如今父母双亡无依无靠现在
庚：己又回思一番虽说是旧　母家如同自己家一样到　底是客边如今父母双亡无依无靠现在

戌：他家依栖如今认真淘气也觉没趣一面想一面又滚下泪珠来正是回去不是站着不是正没主意
戚：他家依栖如今认真淘气也觉没趣一面想一面又滚下泪珠来正是回去不是站着不是正没主意
庚：他家依栖如今认真淘气也觉没趣一面想一面又滚下泪珠来正是回去不是站着不是正没主意

戌：只听里面一阵笑语之声细听了一听竟是宝玉宝钗二人林　黛玉心中亦　发动了气左思右想
戚：只听里面一阵笑语之声细听　一听竟是宝玉宝钗二人林　黛玉心中　益发动了气左思右想
庚：只听里面一阵笑语之声细听　一听竟是宝玉宝钗二人林代　玉心中　益发动了气左思右想

戌：忽然想起　早起的事来必竟是宝玉恼我告他的原故但只我何尝告你去了你也不打听打听就
戚：忽然想起　早起的事来必竟是宝玉恼我告他的原故但只我何尝告你去了你也不打听打听就
庚：忽然想起了早起的事来必竟是宝玉恼我告他的原故但只我何尝告你　了你也　打听打听就

戌：恼我到这步田地你今儿不叫我进来难道明儿　就不见面了越想越伤感　也不顾苍苔露冷
戚：恼我到这步田地你今儿不叫我进来难道明儿又　不见面了越想越伤感起来也不顾苍苔露冷
庚：恼我到这步田地你今儿不叫我进来难道明儿　就不见面了越想越伤感起来也不顾苍苔露冷

戌：花径　风寒独立墙角边花阴之下悲悲戚戚呜咽起来原来这林　黛玉秉绝代姿容具希世
戚：花径　风寒独立墙角边花阴之下悲悲戚戚呜咽起来原来这林　黛玉秉绝代姿容具希世后貌
庚：花　迳风寒独立墙角边花阴之下悲悲戚戚呜咽起来原来这林代　玉秉绝代姿容具希世

戌：俊美不期这一哭那附近柳枝花朵上的宿鸟栖鸦一闻此声俱忒楞楞飞起远避不忍再听真是花
戚：　　不期这一哭那附近柳枝花朵上的宿鸟栖鸦一闻此声俱忒楞楞飞起远避不忍再听真是花
庚：俊美不期这一哭那附近柳枝花朵上的宿鸟栖鸦一闻此声俱忒楞楞飞起远避不忍再听真是花

戌：魂默默　　无情绪鸟梦痴痴何处惊因有一首诗道颦儿才貌世应希独抱幽芳出绣闺呜咽一声
戚：魂　点点无情绪鸟梦痴痴何处惊因有一首诗道颦儿才貌世应希独抱幽芳出绣闺呜咽一声
庚：魂默默　　无情绪鸟梦痴痴何处惊因有一首诗道颦儿才貌世应希独抱幽芳出绣闺呜咽一声

第二十六回　蜂腰桥设言传心事　潇湘馆春困发幽情

戌：犹未了落花满地鸟惊飞那林　　黛玉正自啼哭忽听吱喽一声院门开处不知是那一个　　来
戚：犹未了落花满地鸟惊飞那林　　黛玉正自啼哭忽听吱喽一声院门开处不知是那一个出来要知
庚：犹未了落花满地鸟惊飞那林代　　玉正自啼哭忽听吱喽一声院门开处不知是那一个出来要知

戌：　　且看　下回
戚：端的且　听下回
庚：端的且　听下回

第二十七回　滴翠亭杨妃戏彩蝶　埋香冢飞燕泣残红

戌：话说林黛　玉正自悲泣忽听院门响处只见宝钗出来了宝玉袭人一群人送了出来待要上去问
庚：话说林　代玉正自悲泣忽听院门响处只见宝钗出来了宝玉袭人一群人送了出来待要上去问
戚：话说林黛　玉正自悲泣忽听院门响处只见宝钗出来了宝玉袭人一群人送了出来待要上去问

戌：着宝　玉又恐当着众人问羞了　　他到不便因而闪过一旁　让宝钗去了宝玉等进去关　了
庚：着宝　玉又恐当着众人问羞了宝玉　　不便因而闪过一　傍让宝钗去了宝玉等进去关　了
戚：着宝玉　又恐当着众人问羞了宝玉　　不便因而闪过一旁　让宝钗去了宝玉等进去　闭了

戌：门方转过来犹望着门洒了几点泪自觉无味　便转身回来无精打彩的卸了残　粧紫鹃雪雁素
庚：门方转过来犹望着门洒了几点泪自觉无味方　转身回来无精打彩的卸了残妆　紫鹃雪雁素
戚：门方转过来犹望着门洒了几点泪自觉无味方　转身回来无精打彩的卸了残妆　紫鹃雪雁素

戌：日知道他　　　的情性无事闷坐不是愁眉便是长叹且好端端的不知为什么便常常的
庚：日知道　林代玉的情性无事闷坐不是愁眉便是长叹且好端端的不知为了什么　常常的便
戚：日知道　林　黛玉的情性无事闷坐不是愁眉便是长叹且好端端的不知为　什么　常常的便

戌：就自泪　　自干　先时还　解劝　怕他思父母想家乡受了委曲　　　用话来宽慰解劝
庚：　自泪道不　干　的先时还有人解劝　怕他思父母想家乡受了委曲　自得用话　宽慰解劝
戚：　自泪　　自　乾的先时还有人解劝或怕他思父母想家乡受了委曲只　得用话　宽慰解劝

戌：谁知后来一年一月　竟常常的如此把这个样儿看惯也都不理论了所以　没人去理由他去闷
庚：谁知后来一年一月的竟常常的如此把这个样儿看惯也都不理论了所以也没人　理由他去闷
戚：谁知后来一年一月的竟常常　如此把这个样儿看惯也都不理论了所以也没人去理由他去闷

戌：坐只管睡觉去了那林黛　玉倚着床栏杆两手抱着膝眼睛含着泪好似木雕泥塑的一般直坐到
庚：坐只管睡觉去了那林　代玉倚着床栏杆两手抱着膝眼睛含着泪好似木雕泥塑的一般直坐到
戚：坐只管睡觉去了那林黛　玉倚着床栏杆两手抱着膝眼睛含着泪好似木雕泥塑的一般直坐

戌：三　更多天方才睡了一宿无话至次日乃是四月二十六日原来这日未时交芒种节尚　古风俗
庚：　二更多天方才睡了一宿无话至次日乃是四月二十六日原来这日未时交芒种节尚　古风俗
戚：　二更多天方才睡了一宿无话至次日乃是四月二十六日原来这日未时交芒种节　上古风俗

戌：凡交芒种节的这日都要设摆各色礼物祭饯花神言芒种一过便是夏日了众花皆卸花神退位须
庚：凡交芒种节的这日都要设摆各色礼物祭饯花神言芒种一过便是夏日了众花皆卸花神退位须
戚：凡交芒种节的这日都要设摆各色礼物祭饯花神言芒种一过便是夏日了众花皆卸花神退位须

戌：要饯行然闺中更兴这件风俗所以大观园中之人都早起来了那些女孩子　或用花瓣柳枝编成
庚：要饯行然闺中更兴这件风俗所以大观园中之人都早起来了那些女孩子们或用花瓣柳枝编成
戚：要饯行然闺中更兴这件风俗所以大观园中之人都早起来了那些女孩子们或用花瓣柳枝编成

第二十七回　滴翠亭杨妃戏彩蝶　埋香冢飞燕泣残红　499

戊：轿马的或用绫锦纱罗叠成　　杆旄旌幢的都用彩线系了每一颗树　每一枝花上都系上了这些
庚：轿马的或用绫锦纱罗叠成干　旄旌幢的都用彩线系了每一颗树上每一枝花上都系　了这些
戚：轿马的或用绫锦纱罗叠成干　旄旌幢的都用彩线系了每一颗树　每一枝花上都系　了这些
———
戊：事物　满园　中绣带飘飘　花枝招　展更又兼这些人打扮的　桃羞杏让燕妒莺惭一时也道
庚：事物　满园里　绣带飘　飘花枝招　展更　兼这些人打扮　得桃羞杏让燕妒莺惭一时也道
戚：　物事满园里　绣带飘飘　花枝招贴　更　兼这些人打扮的　桃羞杏让燕妒莺惭一时也道
———
戊：不尽且说宝钗迎春探春惜春李纨凤姐等并　　巧姐大姐香菱与众丫环们都在园内玩　耍独
庚：不尽且说宝钗迎春探春惜春李纨凤姐等并　　巧姐大姐香菱与众丫环们　在园内玩　耍独
戚：不尽且说宝钗迎春探春惜春李纨凤姐等并同了　大姐香菱与众丫环们　在园内　顽耍独
———
戊：不见林黛　玉迎春因说道林妹妹怎么不见好个懒丫头这会子还睡觉不成宝钗道你们等着
庚：不见林　代玉迎春因说道林妹妹怎么不见好个懒丫头这会子还睡觉不成宝钗道你们等
戚：不见林黛　玉迎春因说道林妹妹怎么不见好个懒丫头这会子还睡觉不成宝钗道你们等着等
———
戊：我去闹了他来说着便丢下　众人一直的往潇湘馆来正走着只见文官等十二个女孩子也来了
庚：我去闹了他来说着便丢下了众人一直　往潇湘馆来正走着只见文官等十二个女孩子也来了
戚：我去闹了他来说着便丢下　众人一直　往潇湘馆来正走着只见文官等十二个女孩子也来了
———
戊：　见宝钗问了好说了一回闲话宝钗回身指道他们都　那里呢你们找　去罢我叫林姑娘
庚：　来　问了好说了一回闲话宝钗回身指道他们都在那里呢你们找他们去罢我叫林姑娘
戚：上来　问了好说了一回闲话宝钗回身指道他们都在那里呢你们找他们去　我叫林姑娘
———
戊：去就来说着便　往潇湘馆来忽　见宝玉进去了宝钗便站住低头想了一想宝玉合黛
庚：去就来说着便逶迤往潇湘馆来忽然抬头见宝玉进去了宝钗便站住低头想了　想宝玉　和
戚：去就来说着便逶迤往潇湘馆来忽然抬头见宝玉进去了宝钗便站住低头想了一想宝玉　和
———
戊：　玉是从小　一处长大他二人　间多有不避嫌疑之处嘲笑喜怒无常况且　黛玉素
庚：林代玉是从小儿一处长大他　兄妹间多有不避嫌疑之处嘲笑喜怒无常况且林代　玉素
戚：林　黛玉是从小儿一处长大他　兄妹间多有不避嫌疑之处嘲笑喜怒无常况且林　黛玉素
———
戊：习猜忌好弄小性儿　此刻自己也　进去一则宝玉不便二则　黛玉嫌疑到　　是回来
庚：习猜忌好弄小性儿　此刻自己也跟了进去一则宝玉不便二则代　玉嫌疑　罢了倒　是回来
戚：习猜忌好弄小性儿　此刻自己也跟了进去一则宝玉不便二则　黛玉嫌疑　罢了到是回来
———
戊：的妙想毕抽身　　要寻别的姊妹去忽见面前　一双　玉色蝴蝶大如团扇一上一下的迎风
庚：的妙想毕抽身回来刚要寻别的姊妹去忽见　前面一双　玉色蝴蝶大如团扇一上一下　迎风
戚：的妙想毕抽身回来刚要寻别的姊妹去忽见　前面一　只玉色蝴蝶大如团扇一上一下　迎风
———
戊：翩　跹十分有趣宝钗意欲扑了来玩　要遂向袖中取出扇子来向草地下来扑只见那一　双蝴
庚：翩　跹十分有趣宝钗意欲扑了来玩　要遂向袖中取出扇子来向草地下来扑只见那一　双蝴
戚：　蹁跹十分有趣宝钗意欲扑了来　顽耍遂向袖中取出扇子来向草地下来扑只见那一只　蝴
———
戊：蝶忽起忽落来来往往穿花　渡柳将欲过河　到引的宝钗蹑手蹑脚的一直跟到池中的滴
庚：蝶忽起忽落来来往往穿花度柳　将欲过河去了到引的宝钗蹑手蹑脚的一直跟到池中　滴
戚：蝶忽起忽落来来往往穿花度柳　将欲过河去了到引的宝钗蹑手蹑脚的一直跟到池中　滴

戌：翠浮　　香汗淋漓　娇喘细细　　也无心扑了刚欲回来只听　　亭子里面　喊喊喳喳
庚：翠　亭上香汗淋漓姣　喘细细宝钗也无心扑了刚欲回来只听滴翠亭　里　边喊喊喳喳
戚：翠　亭上香汗淋漓　娇喘细细宝钗也无心扑了刚欲回来只听滴翠亭　里　边　　　戚戚

戌：　　有人说话原来这亭子四面俱是　遊廊曲桥盖　在池中周围都是　　　　刁　镂隔子糊
庚：　　有人说话原来这亭子四面俱是游　廊曲桥盖造在池中　　　水上四面刁　镂隔子糊
戚：查查有人说话原来这亭子四面俱是游　廊曲桥盖　在池中　　　水上四面　雕镂隔子糊

戌：着纸宝钗在亭外听见说话便　站住　往里　听只听说道你瞧瞧这手帕子果然是你丢的那块
庚：着纸宝钗在亭外听见说话便煞　住脚往里细听只听说道你瞧瞧这手帕子果然是你丢的那块
戚：着纸宝钗在亭外听见说话便煞　住脚往里细听只听说道你瞧瞧这手帕子果然是你丢的那块

戌：你就拿着要不是就还芸二爷去又有一人　　道可不是　那块拿来给我罢又听说道你拿什么
庚：你就拿着要不是就还芸二爷去又有一人说话　可不是我那块拿来给我罢又听　道你拿什么
戚：你就拿着要不是就还芸二爷去又有一人说话　可不是我那块拿来给我罢又听　道你拿什么

戌：谢我呢难道白寻了来不成又答道我既许了谢你自然不哄你　又听说道我寻了来给你自然谢
庚：谢我呢难道白寻了来不成又答道我既许了谢你自然不哄你　又听说道我寻了来给你自然谢
戚：谢我呢难道白寻了来不成又答道我既许了谢你自然不哄你的又听说道我寻了来给你自然谢

戌：我但只是拣的人你就　不拿什么谢他又回道你别胡说他是个爷们家拣了我们的东西自然该
庚：我但只是拣的人你就　不拿什么谢他又回道你别胡说他是个爷们家拣了我　的东西自然该
戚：我但只是拣的人你　说不拿什么谢他又回道你别胡说他是个爷们家拣了我们的东西自然该

戌：还的叫我拿什么给　他呢又听说道你不谢他我怎么回他呢况且他再三再四的和我说了若没
庚：还的　我拿什么　谢他呢又听说道你不谢他我怎么回他呢况且他再三再四的和我说了若没
戚：还的　我拿什么　谢他呢又听说道你不谢他我怎么回他呢况且他再三再四的和我说了若没

戌：谢的不许　给你呢半晌又听答道也罢拿我这个给他就算谢他的罢你要告诉别人呢须说个誓
庚：谢的不许我给你呢半晌又听答道也罢拿我这个给他　算谢他的罢你要告诉别人呢须说个誓
戚：谢的不许我给你呢半晌又听答道也罢拿我这个给他　算谢他的罢你要告诉别人呢须说个誓

戌：来又听　道我要告诉一个人就长一个疔日后不得好死又听说道嗳　哟咱们只顾说话　看有
庚：来又听说道我要告诉一个人就长一个疔日后不得好死又听说道嗳呀　咱们只顾说　语看有
戚：来又听说道我要告诉一个人就长一个疔日后不得好死又听说道嗳呀　咱们只顾说话　看有

戌：人来悄悄的在外头听见不如把这隔子都推开了便是有人见咱们在这里他们只当我们说顽话
庚：人来悄悄　在外头听见不如把这隔子都推开了便是　人见咱们在这里他们只当我们说顽话
戚：人来悄悄　在外头听见不如把这隔子都推开了便是　人见咱们在这里他们只当我们说顽话

戌：呢若走到跟前咱们也看的见就　别说了宝钗在外面听见这话心中吃惊想道怪道从古至今那
庚：呢若走到跟前咱们也看的见就　别说了宝钗在外面听见这话心中吃惊想道怪道从古至今那
戚：呢若走到跟前咱们也看的见　说别说了宝钗在外面听见这话心中吃惊想道怪道从古至今那

戌：些奸淫狗盗的人心机都不错这一开了见我在这里他们岂不燥了况才说话的语音儿大似宝玉
庚：些奸淫狗盗的人心机都不错这一开了见我在这里他们岂不燥了况才说话的语音　大似宝玉
戚：些奸淫狗盗的人心机都不错这一开了见我在这里他们岂不燥了况才说话的语音　大似宝玉

第二十七回　滴翠亭杨妃戏彩蝶　埋香冢飞燕泣残红　501

戊：房里的红儿　　　　他素习　　眼空心大最是个头等刁　赞古怪的东西今儿我听了他的短儿
庚：房里的红儿的言语他素　昔眼空心大　是个头等刁　钻　古怪　东西今儿我听了他的短儿
戚：房里　红儿的言语他素　昔眼空心大　是个头等刁鑽　　古怪　东西今儿我听了他的短儿

戊：一时人急造反狗急跳墙不但生事而且我还没趣如今便赶着躲了料也躲不及少不得要使个金
庚：一时人急造反狗急跳墙不但生事而且我还没趣如今便赶着躲了料也躲不及少不得要使个金
戚：一时人急造反狗急跳墙不但生事而且我还没趣如今便赶着躲了料也躲不及少不得要使个金

戊：蝉　退壳的法子犹未想完只听咯吱一声宝钗便故意放重了脚步笑　着叫道颦儿我看你往那
庚：蝉脱　壳的法子犹未想完只听咯吱一声宝钗便故意放重了脚步笑　着叫道颦儿我看你往那
戚：蝉脱　壳的法子犹未想完只听咯吱一声宝钗便故意放重了脚步笑说　道颦儿我看你往那

戊：里藏一面说一面故意往前赶那亭　子里的红玉坠儿刚一推窗只见　宝钗如此说着往前赶两
庚：里藏一面说一面故意往前赶那亭内　的红玉坠儿刚一推窗只　听宝钗如此说着往前赶两
戚：里藏一面说一面故意往前赶那亭内　的红玉坠儿刚一推窗只　听宝钗如此说着往前赶两

戊：个人都唬怔了宝钗反向他二人笑道你们把林姑娘藏在那里了坠儿道何曾见林姑娘了宝钗道
庚：个人都唬怔了宝钗反向他二人笑道你们把林姑娘藏在那里了坠儿道何曾见林姑娘了宝钗道
戚：个人都唬怔了宝钗反向他二人笑道你们把林姑娘藏在那里了坠儿道何曾见林姑娘了宝钗道

戊：我才在河　边看着他　　在这里蹲着弄水儿的我要悄悄的唬他一跳还没　走到跟前他到
庚：我才在河那边看着　林姑娘在这里蹲着弄水儿的我要悄悄的唬他一跳还没有走到跟前他到
戚：我才在河　边看着　林姑娘在这里蹲着弄水儿的我要悄悄的唬他一跳还没有走到跟前他到

戊：看见我了朝东一绕就不见了必　是藏在这里头了一面说一面故意进去寻了一寻抽身就走口
庚：看见我了朝东一绕就不见了　别是藏在这里头了一面说一面故意进去寻了一寻抽身就走口
戚：看见我了朝东一绕就不见了　别是藏在　里头了一面说一面故意进去寻了一寻抽身就走口

戊：　里说道一定又是　　在那山子洞里去　遇见蛇咬一口也罢了一面说一面走心里　又好笑
庚：内　说道一定　是又钻在　山子洞里去了遇见蛇咬一口也罢了一面说一面走心　中又好笑
戚：内　说道一定又　　钻在　山子洞里去了遇见蛇咬一口也罢了一面说一面走心　中又好笑

戊：这件事算遮过去了不　知他二人是怎么样谁知红玉见　了宝钗的话便信以为真让宝钗去远
庚：这件事算遮过去了不　知他二人是怎　样谁知红玉见　了宝钗的话便信以为真让宝钗去远
戚：这件事算遮过去了不如　他二人是怎　样谁知红玉　听了宝钗的话便信以为真让宝钗去远

戊：便拉坠儿道了不得了林姑娘蹲在这里一定听了话去了坠儿听说也半日不言语红玉又道这可
庚：便拉坠儿道了不得了林姑娘蹲在这里一定听了话去了坠儿听说也半日不言语红玉又道这可
戚：便拉坠儿道了不得了林姑娘蹲在这里一定听了话去了坠儿听说也半日不言语红玉又道这可

戊：怎么样呢坠儿道便　听见了管谁筋疼各人干各人的就完了红玉道若是宝姑娘听见还到罢了
庚：怎么样呢坠儿道便是听　了管谁筋疼各人干各人　就完了红玉道若是宝姑娘听见还到罢了
戚：怎么样呢坠儿道便　听见了管谁筋疼各人干各人　就完了红玉道若是宝姑娘听见还到罢了

戊：林姑娘嘴里又爱　克薄人心里又细他一听见了倘或走露了　怎么样呢二人正说　着只见
庚：林姑娘嘴里又爱　克薄人心里又细他一听见了倘或走露了风声怎么样呢二人正说　着只见
戚：林姑娘嘴里又爱刻　薄人心里又细他一听见了倘或走露了　怎么样呢二人正说者　只见

戊：文官香菱司棋　待书等上亭子来了二人只得掩住这话且和他们顽笑只见凤姐　站在山坡上
庚：文官香菱司棋侍　书等上亭　来了二人只得掩住这话且和他们顽笑只　凤姐儿站在山坡上
戚：文官香菱司棋　待书等上亭子来了二人只得掩住这话且和他们顽笑只见凤姐儿站在山坡上

戊：招手叫红玉红玉连忙弃了众人跑至凤姐前　　笑问奶奶使唤作什么　凤姐打　谅了一打谅
庚：招手叫　　玉连忙弃了众人跑至凤姐前堆着问奶奶使唤作什么事凤姐打　谅了一打谅
戚：招手叫红玉　连忙弃了众人跑至凤姐前堆着笑问奶奶使唤作什么事凤姐打量　了一打

戊：　见他生的干净俏丽说话知趣因　说道我的丫头今儿没跟进　来我这会子想起一件事来
庚：　见他生的干净俏丽说话知趣因笑　道我的丫头今儿没跟进我来我这会子想起一件事来要
戚：量见他生的干净俏丽说话知趣因笑　道我的丫头今儿没跟进我来我这会子想起一件事来要

戊：使唤个人出去可不知你能干不能干说的齐全不齐全红玉　道奶奶有什么话　只管吩咐我说
庚：使唤个人出去　不知你能干不能干说的齐全不齐全红玉笑道奶奶有什么话　只管吩咐我说
戚：使唤个人出去　不知你能干不能干说的齐全不齐全红玉笑道奶奶有什么话语只管吩咐我说

戊：去若说　不齐全误了奶奶的事凭奶奶责罚　　罢了凤姐笑道你是　　　谁房里的我使
庚：去若说的不齐全误了奶奶的事凭奶奶责罚就是　了凤姐笑道你是那位小姐　房里的我使
戚：去若说的不齐全误了奶奶的事凭奶奶责罚就是　了凤姐笑道你是那位小姐　房里的我使

戊：出去他回来找你我好替你答应　　红玉道我是宝二爷房里的凤姐听了笑道嗳哟你原来是宝
庚：出去他回来找你我好替你　　说的红玉道我是宝二爷房里的凤姐听了笑道嗳哟你原来是宝
戚：出去他回来找你我好替你　　说的红玉道我是宝二爷房里的凤姐听了笑道嗳哟你原　是宝

戊：玉房里的怪道呢也罢了　　　你到我　家告诉你平姐姐外头屋里桌子上汝窑盘子
庚：玉房里的怪道呢也罢了等他问我替你说你到我们家告诉你平姐姐外头屋里桌子上汝窑盘子
戚：玉房里的怪道呢也罢了等他问我替你说你到我们家告诉你平姐姐外头屋里桌子上汝窑盘子

戊：架儿底下放着一卷银子那是一百　二十两给绣匠的工价等张材家的来要当面称给他瞧了再
庚：架儿底下放着一卷银子那是一百六　十两给绣匠的工价等张材家的来要当面称给他瞧了再
戚：架儿底下放着一卷银子那是一百六　十两给绣匠的工价等张材家的来要当面称给他瞧了再

戊：给他拿去再里头屋里床上　有　个小荷包拿了来给我红玉听　了撤　身去了　回来只
庚：给他拿去再里头　床　头间有一个小荷包拿了来　红玉听说彻　身去了一回　只
戚：给他拿去再里头　　床　头间有一个小荷包拿了来　红玉听说　抽身去了一回　只

戊：见凤姐不在这山坡　上了因见司棋从山洞里出来站着系裙子便　上来问道姐姐不　知道二
庚：见凤姐不在这山坡子上了因见司棋从山洞里出来站着系裙子便赶上来问道姐姐不　知道二
戚：见凤姐不在这山坡　上了因见司棋从山洞里出来站着系裙子便赶上来问道姐姐　可知道二

戊：奶奶往那　去了司棋道没理论红玉听了　又往四下里　看只见那边探春宝钗在池边看鱼
庚：奶奶往那里去了司棋道没理论红玉听了抽身又往四下里一看只见那边探春宝钗在池边看鱼
戚：奶奶往那里去了司棋道没理论红玉听了抽身又往四下里一看只见那边探春宝钗在池边看鱼

戊：红玉　便走来陪笑问道姑娘们可　看见二奶奶没有　　探春道往　大奶奶院里找去红
庚：红玉上　来陪笑问道姑娘们可知道　二奶奶　那去了探春道往你大奶奶院里找去红
戚：红玉上　来陪笑问道姑娘们可知道　二奶奶　那去了探春道往你大奶奶院里找去红

戊：玉听了才往稻香村来顶头　只见晴雯绮霞碧痕紫绡麝月　待书入画莺儿等一群人来了晴雯
庚：玉听了才往稻香村来顶头　只见晴雯绮霞碧痕紫绡麝月侍　书入画莺儿等一群人来了晴雯
戚：玉听了才往稻香村来顶头的只见晴雯绮霞碧痕紫绡麝月　待书入画莺儿等一群人来了晴雯

第二十七回　滴翠亭杨妃戏彩蝶　埋香冢飞燕泣残红　503

戌：一见了红玉便说道你只是疯罢　　　　花儿也不浇雀儿也不喂茶　罐子也不笼　就在外头诳
庚：一见了红玉便说道你只是疯罢院子里花儿也不浇雀儿也不喂茶炉　子也不　爖就在外头
戚：一见了红玉便说道你只是疯罢院子里花儿也不浇雀儿也不喂茶炉　子也不　爖就在外头

戌：　红玉道昨儿二爷说了今儿不用浇花过一日再浇　　罢我喂雀儿的时候　姐姐还睡觉呢
庚：逛　红玉道昨儿二爷说了今儿不用浇花过一日　浇一回罢我喂雀儿的时　候姐姐还睡觉呢
戚：　佂红玉道昨儿二爷说了今儿不用浇花过一日　浇一回罢我喂雀儿的时候　姐姐还睡觉呢

戌：碧痕道茶　垆子呢红玉道今儿不　是我笼　的班儿有茶没茶别问我绮霞道你听听他的嘴你
庚：碧痕道茶炉　子呢红玉道今儿不该　我　爖的班儿有茶没茶别问我绮霞道你听听他的嘴你
戚：碧痕道茶炉　子呢红玉道今儿不该　我　爖的班儿有茶没茶别问我绮霞道你听听他的嘴你

戌：们别说了让他　诳罢红玉道你们再问问我　诳了没有　二奶奶才使唤我说话取东西去的
庚：们别说了让他佂　去罢红玉道你们再问问我佂　了没有　二奶奶　使唤我说话取东西　的
戚：们别说了让他佂　去罢红玉道你们再问问我佂　了没佂　二奶奶　使唤我说话取东西　的

戌：说着将荷包举给他们看方没言语了大家分路走开晴雯冷笑道怪道呢原来爬上高枝儿去了把
庚：说着将荷包举给他们看方没言语了大家分路走开晴雯冷笑道怪道呢原来爬上高枝儿去了把
戚：说着将荷包举给他们看方没言语了大家分路走开晴雯冷笑道怪道呢原来爬上高枝儿去了把

戌：我们不放在眼里不知说了一句　半句话名儿姓儿知道了不曾呢就把他兴的这　样这一遭儿
庚：我们不放在眼里不知说了一句话半句话名儿姓儿知道了不曾呢就把他兴的这　样这一遭
戚：我们不放在眼里不知说了一句话半句话名儿姓儿知道了不曾呢就把他兴的这个样这一遭

戌：半遭儿的算不得什么过了后儿还　得听呵　有本事的从今儿出了这园子长长远远的在高枝
庚：半遭儿的算不得什么过了后儿还　得听呵　有本事　从今儿出了这园子长长远远的在高枝
戚：半遭儿的算不得什么过了后儿还听得　　么有本事　从今儿出了这园子长长远远的在高枝

戌：儿上才算得一面说着　走了这里红玉听说也不便分证　只得忍着气来找凤姐　到了李氏
庚：而　上才算得一面说着去　了这里红玉听说　不便分　争只得忍着气来找凤姐儿到了李氏
戚：儿上才算得一面说着去　了这里红玉听说　不便分证　只得忍着气来找凤姐儿到了李氏

戌：房中果见凤姐　在那　里　　说话儿呢红玉便上来回道平姐姐说奶奶刚出来了他就把银
庚：房中果见凤姐儿在　这里和李氏说话儿呢红玉　上来回道平姐姐说奶奶刚出来了他就把银
戚：房中果见凤姐儿在　这里和李氏说话儿呢红玉　上来回道平姐姐说奶奶刚出来了他就把银

戌：子收　起来了才　张材家的来取　当面称了给他拿去了说着说着将荷　包递了上　来又道
庚：子收了起来　才　张材家的来　讨当面称了给他拿去了说着　　将荷　包递了上去　又道
戚：子收了起来　才将张材家的来取　当面称了给他拿去了说着　　将　苟包递了上去　又道

戌：平姐姐　　叫回奶奶说　旺儿进来讨奶奶的示下好往那家子去的平姐姐就把这　话按着
庚：平姐姐　教我　回奶奶　才旺儿进来讨奶奶的示下好往那家子去　平姐姐就把　那话按着
戚：平姐姐叫　我　回奶奶　才旺儿进来讨奶奶的示下好往那家　去的平姐姐就把　那话按着

戌：奶奶的主意打发他去了凤姐笑道他怎么按我的主意打发去了红玉道平姐姐说我们奶奶问这
庚：奶奶的主意打发他去了凤姐笑道他怎么按我的主意打发去了红玉道平姐姐说我们奶奶问这
戚：奶奶的主意打发他去了凤姐笑道他怎么按我的主意打发去了红玉道平姐姐说我们奶奶问这

戌：里奶奶好原是我们二爷不在家虽然迟了两天只管请奶奶放心等五奶奶好些我们奶奶还会
庚：里奶奶好原是我们二爷不在家虽然迟了两天只管请奶奶放心等五奶奶好些我们奶奶还
戚：里奶奶好原是我们二爷不在家虽然迟了两天只管请奶奶放心等五奶奶好些我们奶奶还会了

戊：了五奶奶来瞧奶奶呢五奶奶前儿打发　　人来说舅奶奶带了信来了问奶奶好还要和这里的姑
庚：了五奶奶来瞧奶奶呢五奶奶前儿打发了人来说舅奶奶带了信来了问奶奶好还要和这里的姑
戚：了　五奶奶来瞧奶奶呢五奶奶前儿打发了人来说舅奶奶带了信来了　奶奶好还要和这里的姑

戊：奶奶寻两丸延年神验万全丹若有了奶奶打发人来只管送在我们奶奶这里明儿有人去就顺路
庚：奶奶寻两丸延年神验万全丹若有了奶奶打发人来只管送在我们奶奶这里明儿有人去就顺路
戚：奶奶寻两丸延年神验万全丹若有了奶奶打发人来只管送在我们奶奶这里明儿有人　就顺路

戊：给那边舅奶奶带去的话未说完李　纨笑道嗳哟哟这话　我就不懂了什么奶奶爷爷的一大
庚：给那边舅奶奶带去的话未说完李氏　道嗳哟哟这　些语我就不懂了什么奶奶爷爷的一大
戚：给那边舅奶奶带去　话未说完李氏　道嗳哟哟这话　我就不懂了什么奶奶爷爷的一大

戊：堆凤姐笑道怨不得你不懂这是四五门子的话呢说着又向红玉笑道好孩子到难为你说的齐全
庚：堆凤姐　道怨不　你不懂这是四　门子的话呢说着又向红玉笑道好孩子　难为你说的齐全
戚：堆凤姐笑道怨不得你不懂这是四　门子的话呢说着又向红玉笑道好孩子　难为你说的齐全

戊：别像他们扭扭捏捏　蚊子似的嫂子　不知道如今除了我随手使的这几个人　　　之外我
庚：别像他们扭扭捏捏的蚊子似的嫂子你不知道如今除了我随手使的　几个　丫头老婆之外我
戚：别像他们扭扭捏捏　蚊子似的嫂子　不知道如今除了我随手使的这几个　丫头老婆之外我

戊：就怕和　别人说话他们必定把一句话拉长了作两三截儿咬文咬字拿着腔　哼哼吸吸
庚：就怕和他们　说话他们必　把一句话拉长了作两三截儿咬文咬字拿着腔儿哼哼　唧唧
戚：就怕和　别人说话他们必定把一句话拉长了作两三截儿咬文咬字拿着腔儿哼哼　唧唧

戊：的急的我冒火　　　　先时我们平儿也是这么着我就问着他　　必定粧　蚊子哼哼难
庚：的急的我冒火他们那里知道先时我们平儿也是这么着我就问着他难道必　妆蚊子哼哼
戚：的急的我冒火他们那里知道先时我们平儿也是这么着我就问着他难道必　妆蚊子哼哼

戊：道就是美人了说了几遭才好些　　了李宫裁笑道都像你　破落户才好凤姐又道这　个丫头就
庚：　就是美人了说了几遭才好些儿了李宫裁笑道都像你泼　落户才好凤姐又道这一个丫头就
戚：　就是美人了说了几遭才好些儿了李宫裁笑道都像你　破落户才好凤姐又道这一个丫头就

戊：好方才　　说话虽不多听那口气　就简断说着又向红玉笑道你明儿伏侍我去罢我认你作女
庚：好方才两遭说话虽不多听那口　声就简断说着又向红玉笑道你明儿伏侍我去罢我认你作女
戚：好方才两遭说话虽不多听那口　声就简断说着又向红玉笑道你明儿伏侍我去罢我认你作女

戊：儿我　再调理调理你　就出息了红玉听了扑嗤　一笑凤姐道你怎么笑你说我年轻比你能大
庚：儿我一　　调理你　就出息了红玉听了扑　哧一笑凤姐道你怎么笑你说我年轻比你　大
戚：儿我一　　调理　我就出息了红玉听了扑　哧一笑凤姐道你怎么笑你说我年轻比你能大

戊：几岁就作你的妈了你别　作春梦呢你打听打听这些人　都比你大的大的赶着我叫妈我还
庚：几岁就作你的妈了你　还作春梦呢你打听打听这些人头　比你大的大的赶着我叫妈我　
戚：几岁就作你的妈了你　作春梦呢你打听打听这些人头　比你　大的赶着我叫妈我　不

戊：理　　　　呢红玉笑道我不是笑这个我笑奶奶认错了辈数了我妈是奶奶的女儿这会子
庚：理今儿抬举了你呢红玉笑道我不是笑这个我笑奶奶认错了辈数了我妈是奶奶的女儿这会子
戚：理今儿抬举了你呢红玉笑道我不是笑这个我笑奶奶认错了辈数了我妈是奶奶的女儿这会子

第二十七回　滴翠亭杨妃戏彩蝶　埋香冢飞燕泣残红

戌：又认我作女儿凤姐道谁是你妈李宫裁　　道你原来不认得他他就是林之孝之女凤姐听了十分
庚：又认我作女儿凤姐道谁是你妈李宫裁笑道你原来不认得他　是林之孝之女凤姐听了十分
戚：又认我作女儿凤姐道谁是你妈李宫裁笑道你原来不认得他　是林之孝之女凤姐听了十分

戌：咤意因笑问　　　道哦原来是他的丫头又笑道林之孝两口子都是锥子扎　不出一声儿
庚：　　　岔异　说道哦原来是他的丫头又笑道林之孝两口子都是锥子扎　不出一声儿
戚：诧　　异因说道哦原来是他的丫头又笑道林之孝两口子都是锥子札不出一声儿

戌：来的我成日家说他们到是配就了的一对夫妻一　双天聋　　　地哑那里承望养出这么个
庚：来的我成日家说他们到是配就了的一对夫妻一个　天聋一介　地哑那里承望养出这么个
戚：来的我成日家说他们到是配就了的一对夫妻一个　天聋一　个地哑那里承望养出这么　样

戌：伶俐丫头来你十几岁了红玉道十七　了又问名子　红玉道原叫红玉的因为重了宝二爷如今
庚：伶俐丫头来你十几岁了红玉道十七岁了又问名　字红玉道原叫红玉的因为重了宝二爷如今
戚：伶俐丫头来你十几岁了红玉道十七　了又问名　字红玉道原叫红玉的因为重了宝二爷如今

戌：　叫红儿了凤姐听了　将眉一皱把头一回　讨人嫌的狠得了玉的　宜　似的你也玉我也
庚：只叫红儿了凤姐听　说将眉一皱把头一回说道讨人嫌的狠得了玉的　依似的你也玉我也
戚：只叫红儿了凤姐听　说将眉一皱把头一回说道讨人嫌的狠得了玉的益　似的你也玉我也

戌：玉因说道既这么着肯跟我还和他妈说赖大家的如今事多也不知这府里谁是谁你替我好好的
庚：玉因说道既这么着肯跟我还和他妈说赖大家的如今事多也不知这府里谁是谁你替我好好的
戚：玉因说道既这么　肯跟我还和他妈说赖大家的如今事多也不知这府里谁是谁你替我好好的

戌：挑两个丫头我使他一般的答应　他饶不挑　到把他　这女孩子送了别处去难道跟我必定不
庚：挑两个丫头我使他一般　答应着他饶不挑　到把　这女孩子送了别处去难道跟我必定不
戚：挑两个丫头我使他一般的答应着他饶不挑倒　把他的这女孩子送了别处去难道跟我必定不

戌：好李　纨笑道你可是又多心了他进来在先你说话在后怎么怨　得他妈呢凤姐道既这么着明
庚：好李氏　笑道你可是又多心了他进来在先你说　在后怎么怨的　他妈　凤姐道既这么着明
戚：好李氏　笑道你可是又多心了他进来在先你说　在后怎么怨的　他妈　凤姐道既这么着明

戌：儿我和宝玉说叫他　要人叫这丫头跟我去可不知本人愿意不愿意红玉笑道愿意不愿意我
庚：儿我和宝玉说叫他　再要人叫这丫头跟我去可不知本人愿意不愿意红玉笑道愿意不愿意我
戚：儿我和宝玉说叫他　再要人叫这丫头跟我去可不知本人愿意不愿意红玉笑道愿意不愿意我

戌：们　不敢说只是跟着奶奶我们也学　些眉眼高低出入上下大小的事也得见识见识刚说着只
庚：们也不敢说只是跟着奶奶我们也学　些眉眼高低出入上下大小的事也得见识见识刚说着只
戚：们也不敢说只是跟着奶奶我们也学此　眉眼高低出入上下大小的事也得　见识刚说着只

戌：见王夫人的丫头来请凤姐便辞了李宫裁去了红玉回怡红院　不在话下如今且说林黛　玉
庚：见王夫人的丫头来请凤姐便辞了李宫裁去了红玉回怡红院去　不在话下如今且说林　代玉
戚：见王夫人的丫头来请凤姐便辞了李宫裁去了红玉回怡红院去了　在话下如今且说林黛　玉

戌：因夜间失寐次日起　迟了闻得众姊妹都在园中作饯花会恐人笑他痴癫　连忙梳洗了出来刚
庚：因夜间失寐次日起来迟了闻得众姊妹都在园中作饯花会恐人笑他痴　懒连忙梳洗了出来刚
戚：因夜间失寐次日起来迟了闻得众姊妹都在园中作饯花会恐人笑他痴　懒忙梳洗了出来刚

戌：到了院中只见宝玉进门来了笑道好妹妹　昨儿可告我　不曾叫　我悬了一夜心林黛　玉便
庚：到了院中只见宝玉进门来了笑道好妹妹你昨儿可告我了不曾　教我悬了一夜心林　代玉便
戚：到　院中只见宝玉进门来了笑道好妹妹你昨儿可告我了不曾　教我悬了一夜心林黛　玉便

戌：回头叫紫鹃道把屋子收拾了　　下一扇纱屉子看那大燕子回来把帘子放　下来拿狮子倚住烧
庚：回头叫紫鹃道把屋子收拾了撂下一扇纱屉　看那大燕子回来把帘子放　下来拿狮子倚住烧
戚：回头叫紫鹃道把屋子收拾了　下一扇纱屉　看那大燕子回来把帘子放了下来拿狮子倚住烧

戌：了香就把炉罩上一面说一面仍　　往外走宝玉见他这样还认作是昨日中晌的事那知晚间的
庚：了香就把炉罩上一面说一面　又　往外走宝玉见他这样还认作是昨日中晌的事那知晚间的
戚：了香就把炉罩上一面说一面　　　直往外走宝玉见他这样还认作是昨日中晌的事那知晚间的

戌：这段公案还打恭作揖的黛　　玉正眼也不看各自出了院门一直找别的姊妹去了宝玉心中
庚：这段公案还打恭作揖的　林代　玉正眼也不看各自出了院门一直找别的姊妹去了宝玉心中
戚：这段公案还打恭作揖的　林　黛玉正眼也不看各自出了院门一直找别的姊妹去了宝玉心中

戌：纳闷自己猜疑看起这个光景来不像　　昨日的事但只昨日我回来的晚了又没　见他再没有
庚：纳闷自己猜疑看起这个光景来不像是为昨日的事但只昨日我回来的晚了又没有见他再没有
戚：纳闷自己猜疑看起这个光景来不像是　昨日的事但只昨日我回来的晚了又没有见他再没有

戌：冲撞了他的去处　一面想一面　走又犹不得 从后面追了来只见宝钗探春正　在那边看倦
庚：冲撞了他　去处了一面想一面由　　不得随　后　追了来只见宝钗探春正再　那边看
戚：冲撞了他　去处了一面想一面由　　不得随　后　追了来只见宝钗探春正　在那边看

戌：鹤　见　黛玉来　了三个一同站着说话儿又见宝玉来了探春便笑道宝哥哥身上好　整整
庚：鹤舞见代　玉　去了三个一同站着说话儿又见宝玉来了探春便笑道宝哥哥身上好我整整的
戚：鹤舞见　黛玉　去了三个一同站着说话儿又见宝玉来了探春便笑道宝哥哥身上好我整整的

戌：三天没见　了宝玉笑道妹妹身上好我前儿还在大嫂子跟前问你呢探春道　哥哥　往这里来
庚：三天没见你了宝玉笑道妹妹身上好我前儿还在大嫂子跟前问你呢探春道宝哥哥你往这里来
戚：三天没见你了宝玉笑道妹妹身上好我前儿还在大嫂子跟前问你呢探春道宝哥哥你往这里来

戌：我和你说话宝玉听说便跟了他　　　　　　来到　一棵　石榴树下探春因说道这几天老爷
庚：我和你说话宝玉听说便跟了他离了钗玉两个　到了一棵　石榴树下探春因说道这几天老爷
戚：我和你说话宝玉听说便跟了他离了钗玉两个　到了一　颗石榴树下探春因说道这几天老爷

戌：可　叫你没有宝玉　道没有叫探春说　昨儿他恍惚听见说老爷叫你出去的宝玉笑道那想
庚：可　有叫你　　宝玉笑道没有叫探春说　昨儿我恍惚听见说老爷叫你出去的宝玉笑道那想
戚：可曾　叫你　　宝玉笑道没有叫探春　道昨儿我恍惚听见说老爷叫你出去的宝玉笑道那想

戌：是别人听错了并没叫的探春又笑道这几个月我又　　攒下有十来吊钱了你还拿　去明儿逛
庚：是别人听错了并没叫的探春又笑道这几个月我又　鐕　下有十来吊钱了你还拿了去明儿
戚：是别人听错了并没叫的探春又笑道这几个月我又存　下有十来吊钱了你还拿了去明儿

戌：　　　　去的时　候或是好字画　书籍卷册轻巧顽意儿给　我带些来宝玉道我这么城里城外
庚：出门诳去的时　候或是好字画好　　　轻巧顽意儿　替我带些来宝玉道我这么城里城外
戚：出门诳去的时候　或是好字画好　　　轻巧顽意儿　替我带些来宝玉道我这么城里城外

戌：大廊　小庙的　逛也没见个　新奇精致东西左　不过是　　金玉铜器　没处撂的古董再就
庚：大廊　小庙的征　也没见个　新奇精致东西左　不过是那些金玉铜　磁没处撂的古董再就
戚：大廊大　庙的征　也没见　过新奇精致东西　总不过是那些金玉铜器　没处撂的古董再就

第二十七回　滴翠亭杨妃戏彩蝶　埋香冢飞燕泣残红　507

戊：是　紬缎吃食衣服了探春道谁要　那些　　像你上回买的那柳条　儿编的小篮子整竹子根
庚：是绸　缎吃食衣服了探春　谁要这　些怎么像你上回买的那柳　枝儿编的小篮子整竹子根
戚：是绸　缎吃食衣服了探春道谁要这　些怎么像你上回买的那柳　枝儿编的小篮子整竹子根
———————————————————————————————
戊：抠的香盒　子胶泥垛的风炉儿这就好把　我喜欢的什么似的谁知他们都爱上了都当宝贝
庚：抠的香盒儿　胶泥垛的风炉儿这就好　了我喜欢的什么似的谁知他们都爱上了都当宝贝
戚：镂　的香盒儿　胶泥垛的风炉儿这就好　了我喜欢的什么似的谁知他们都爱上了　当宝贝
———————————————————————————————
戊：似的抢了去了宝玉笑道原来要这个这不值什么拿五百钱出去给小子们　管拉　两车来探春
庚：似的抢了去了宝玉笑道原来要这个这不值什么拿五百钱出去给小子们　管拉一　车来探春
戚：似的抢了去了宝玉笑道原来要这个　不值什么拿五百钱出去给小子们包管拉　两车来探春
———————————————————————————————
戊：道小厮们知道什么你拣那扑　而不俗直而不作者这些东西你多多的替我带了来我还像上回
庚：道小厮们知道什么你拣那　朴而不俗直而不作者这些东西你多多的替我带了来我还像上回
戚：道小厮们知道什么你拣那　朴而不俗直而不作者这些东西你多多的替我带了来我还像上回
———————————————————————————————
戊：的鞋作一双你穿比那　双还加工夫如何呢宝玉笑道你提起鞋来我想起　故事来那一回我穿
庚：的鞋作一双你穿比那一双还加工夫如何呢宝玉笑道你提起鞋来我想起个故事　那一回我穿
戚：的鞋作一双你穿比那　双还加工夫如何呢宝玉笑道你提起鞋来我想起个故事　那一回我穿
———————————————————————————————
戊：着可巧遇见了老爷　　就不受用问是谁做　的我那里敢提三妹妹三个字我就回说是前儿我
庚：着可巧遇见了老爷老爷不受用问是谁　作的我那里敢提三妹妹三个字我就回说是前儿我
戚：着可巧遇见了老爷老爷就不受用问是谁　作的我那里敢提三妹妹三个字我就回说是前儿我
———————————————————————————————
戊：的生日是舅母给的老爷听了是舅母给的才不好说什么　半日还说何苦来虚耗人力作践绫罗
庚：日是舅母给的老爷听了是舅母给的才不好说什么　半日还说何苦来虚耗人力作践绫罗
戚：　生日是舅母给的老爷听了是舅母给的才不好说什么的半日还说何苦来虚耗人力作践绫罗
———————————————————————————————
戊：作这样的东西因而我回来告诉　袭人袭人说这还罢了赵姨娘气的报　怨的了不得正紧　兄
庚：作这样的东西　我回来告诉了袭人袭人说这还罢了赵姨娘气的　抱怨的了不得正紧　兄
戚：作这样的东西　我回来告诉了袭人袭人说这还罢了赵姨娘气的　抱怨的了不得正　经兄
———————————————————————————————
戊：弟鞋搭拉袜搭拉的没人看　见且作这些东西探春听说登时沉下脸来道你说这话胡　涂到什
庚：弟鞋搭拉袜搭拉的没人看的见且作这些东西探春听说登时沉下脸来道　这话　糊涂到什
戚：弟鞋搭拉袜搭拉的没人看的见且作这些东西探春听说登时沉下脸来道　这话胡　涂到什
———————————————————————————————
戊：么田地怎么我是该做　鞋的人么环儿难道没有分例　的没有人　　的衣裳是衣裳鞋袜是
庚：么田地怎么我是该　鞋的人么环儿难道没有分例之　　人　一般的衣裳是衣裳鞋袜是
戚：么田地怎么我是该　作鞋的人么环儿难道没有分例　的没有人的一般的衣裳是衣裳鞋袜是
———————————————————————————————
戊：鞋袜丫头　一屋子怎么　报怨　这些话给谁听呢我不过　闲着没有事做　　一只　半双
庚：鞋袜丫头老婆一屋子怎么　　话这些话给谁听呢我不过是闲着没　事　儿作一　双半双
戚：鞋袜丫头老婆一屋子怎么抱　怨　这些话给谁听呢我不过　闲着没　事　作一　双半双
———————————————————————————————
戊：的爱给那个哥哥兄弟随我的心谁敢管我不成这　　也是他　气宝玉听了点头笑道你不知
庚：　爱给那个哥哥兄弟随我的心谁敢管我不成这　　也是他　气宝玉听了点头笑道你不知
戚：　爱给那个哥哥兄弟随我的心谁敢管我不成这有什么　他也气宝玉听了点头笑道你不知
———————————————————————————————
戊：道他心里自然又有个想头了探春听说　一发动了气把　头一扭说道连你也胡　涂了他那
庚：道他心里自然又有个想头了探春听说　亦　发动了气　将头一扭说道连你也　糊涂了他那
戚：道他心里自然又有个想头了探春听说益　发动了气　将头一扭说道连你也胡　涂了他那

戌：想头自然　有的不过是那阴微鄙贱的见识他只管这么想我只管认得老爷太太两个人别人我
庚：想头自然是有的不过是那阴微鄙贱的见识他只管这么想我只管认得老爷太太两个人别人我
戚：想头自然是有的不过是那阴微鄙贱的见识他只管这么想我只管认得老爷太太两个人别人我

戌：一概不管就是姊妹　兄弟跟前谁和我好我就合　谁好什么偏的庶的我也不知道　理论他我
庚：一概不管就是姊妹弟兄　跟前谁和我好我就　和谁好什么偏的庶的我也不知道论理　　我
戚：一概不管就是姊妹弟兄　跟前谁和我好我就　和谁好什么偏的庶的我也不知道论理　　我

戌：不该说他但他特昏愦的不像了还有笑话儿呢就是上回我给你那钱替我带那顽的东西过了两
庚：不该说他但　特昏愦的不像了还有笑话　呢就是上回我给你那钱替我带那顽的东西过了两
戚：不该说他但　特昏愦的不像了还有笑话　呢就是上回我给你那钱替我带那顽的东西过了两

戌：天他见了我也是说没钱使怎么难我也不理论谁知后来丫头们出去了他就　报怨起我来说我
庚：天他见了我也是说没钱使怎么难我也不理论谁知后来丫头们　去了他就抱　怨起　来说我
戚：天他见了我也是说没钱使怎么难我也不理论谁知后来丫头们出去　他就抱　怨起我来说我

戌：攒了　　钱为什么给你使　倒不给环儿使了　我听见这话又好笑又好气我就出来往太太
庚：　鑽　的钱为什么给你使到　不给环儿使　呢我听见这话又好笑又好气我就出来往太太
戚：　存的钱为什么给你使到　不给环儿使　　我听见这话又好笑又好气　就出来往太太

戌：屋里　去了正说着只见宝钗那边笑道说完了来罢显见的是哥哥妹妹了丢下别人且说梯
庚：　跟前去了正说着只见宝钗那边笑道说完了来罢显见的是哥哥妹妹了丢下别人且说梯已
戚：　跟前去了正说着只见宝钗那边笑道说完了来罢显见的是哥哥妹妹了丢下别人且说梯已

戌：己去我们听一句儿就使不得了说着探春宝玉二人方笑着来了宝玉因不见　林黛　玉便知他
庚：　去我们听一句儿就使不得了说着探春宝玉二人方笑着来了宝玉因不见　林　代玉便知他
戚：　去我们听一句儿就使不得了说着探春宝玉二人方笑着来了宝玉因不见　林黛　玉便知他

戌：是躲　了别处去了想了一想　越性迟两日等他的气　叹一叹　再去也罢了因低头看见许多
庚：　躲了别处去了想了一想索　性迟两日等他的气消　一　消去也罢了因低头看见许多
戚：　躲了别处去了想了一想　越性迟两日等他的气消　一　消再去也罢了因低头看见许多

戌：凤仙石榴等各色落花锦重重　落了一地因叹道这是他心里生了气也不收拾这花儿　了待我
庚：凤仙石榴等各色落花锦重重的落了一地因叹道这是他心里生了气也不收拾这花儿来了待我
戚：凤仙石榴等各色落花锦重重的落了一地因叹道这是他心里生了气也不收拾这花儿来了待我

戌：送了去明儿再问　他说着只见宝钗约着他们往外头去宝玉道我就来说毕等他二人去远了便
庚：送了去明儿再问着他说着只见宝钗约着他们往外头去宝玉道我就来说毕等他二人去远了便
戚：送了去明儿再问着他说着只见宝钗约着他们往外头去宝玉道我就来说毕等他二人去远了便

戌：把那花兜了起来登山　渡水过　柳穿花一直奔了那日同林　黛玉葬桃花的去处
庚：把那花兜了起来登山　渡水过树　穿花一直奔了那日同林代　玉葬桃花的去处来将已到了
戚：把那花兜了起来登山度　水过树　穿花一直奔了那日同林　黛玉葬桃花的去处来将已到了

戌：　　犹未转过山坡只听山坡那边有呜咽之声一行数落着哭的好不伤感宝玉心　中想道这不
庚：花冢犹未转过山坡只听山坡那边有呜咽之声一行数落着哭的好不伤感宝玉心下　想道这不
戚：花冢犹未转过　　山坡那边有呜咽之声一行数落着哭的好不伤感宝玉心下　想道这不

戌：知是那房里的丫头受了委屈　跑到这个地方来哭一面想一面煞住脚步听他哭道是花谢花飞
庚：知是那房里的丫头受了委　曲跑到这个地方来哭一面想一面煞住脚步听他哭道是花谢花飞
戚：知是那房里的丫头受了委屈　跑到这个地方来哭一面想一面煞住脚步听他哭道是花谢花飞

戌：飞　满天红消香断有谁怜游丝软系飘春榭落絮轻沾扑绣帘闺中女儿惜春暮愁绪满怀无释处
庚：　花满天红消香断有谁怜游丝软系飘春榭落絮轻沾扑绣帘闺中女儿惜春暮愁绪满怀无释处
戚：飞　满天红消香断有谁怜游丝软系飘春榭落絮轻沾扑绣帘闺中女儿惜春暮愁绪满怀无释处

戌：手把花锄出绣帘　忍踏落花来复去柳丝榆荚自芳菲不管桃飘与李飞桃李明年能再发明年闺
庚：手把花锄出绣　闺忍踏落花来复去柳丝榆荚自芳菲不管桃飘与李飞桃李明年能再发明年闺
戚：手把花锄出绣　闺忍踏落花来复去柳丝榆荚自芳菲不管桃飘与李飞桃李明年能再发明年闺

戌：中知有谁三月香巢已垒成梁间燕子太无情明年花发虽可啄却不道人去梁空巢也倾一年三百
庚：中知有谁三月香巢已垒成梁间燕子太无情明年花发虽可啄却不道人去梁空巢也倾一年三百
戚：中知有谁三月香巢已垒成梁间燕子太无情明年花发虽可啄却不道人去梁空巢也倾一年三百

戌：六十日风刀霜剑严相逼明媚鲜妍能几时一朝飘泊难寻觅花开易见落难寻阶前闷　死葬花人
庚：六十日风刀霜剑严相逼明媚鲜妍能几时一朝飘泊难寻觅花开易见落难寻阶前闷杀　葬花人
戚：六十日风刀霜剑严相逼明媚鲜妍能几时一朝飘泊难寻觅花开易见落难寻阶前闷杀　葬花人

戌：独倚　花锄泪暗洒洒上空　枝见血痕杜鹃无语正黄昏荷锄归去掩重门青灯照壁人初睡冷雨
庚：独倚　花锄泪暗洒洒上空　枝见血痕杜鹃无语正黄昏荷锄归去掩重门青灯照壁人初睡冷雨
戚：独　把花锄泪暗洒洒上　花枝见血痕杜鹃无语正黄昏荷锄归去掩重门青灯照壁人初睡冷雨

戌：敲窗被未温怪奴底事倍伤神半为怜春半恼春怜春忽至恼忽去至又无言去　不闻昨宵庭外悲
庚：敲窗被未温怪奴底事倍伤神半为怜春半恼春怜春忽至恼忽去至又无言去未　闻昨宵庭外悲
戚：敲窗被未温怪奴底事倍伤神半为怜春半恼春怜春忽至恼忽去至又无言去未　闻昨宵庭外悲

戌：歌发知是花魂与鸟魂花魂鸟魂总难留鸟自无言花自羞愿奴胁下生双翼随花飞到天尽头天尽
庚：歌发知是花魂与鸟魂花魂鸟魂总难留鸟自无言花自羞愿奴胁下生双翼随花飞到天尽头天尽
戚：歌发知是花魂与鸟魂花魂鸟魂总难留鸟自无言花自羞愿奴胁下生双翼随花飞到天尽头天尽

戌：头何处有香　坵未若锦囊收艳骨一坏　净土掩风流质本洁来还洁去强于　污淖陷渠沟尔今
庚：头何处有香丘　未若锦囊收艳骨一　堆净土掩风流质本洁来还洁去强于　污淖陷渠沟尔今
戚：头何处有香　坵未若锦囊收艳骨一　堆净土掩风流质本洁来还洁去强　如污淖陷渠沟尔今

戌：死去侬收葬未卜侬身何日丧侬今葬花人笑痴他年葬　侬知有　谁试看春残花渐落便是红颜
庚：死去侬收葬未卜侬身何日丧侬今葬花人笑痴他年葬葬侬知　是谁试看春残花渐落便是红颜
戚：死去侬收葬未卜侬身何日丧侬今葬花人笑痴他年葬　侬知　是谁试看春残花渐落便是红颜

戌：老死时一朝春尽红颜老花落人亡两不知宝玉听了不觉痴倒要知端　　底再看下回
庚：老死时一朝春尽红颜老花落人亡两不知宝玉听了不觉痴倒要知端详且听　下回分解
戚：老死时一朝春尽红颜老花落人亡两不知宝玉听了不觉痴倒要知端详且听　下回分解

第二十八回　蒋玉菡情赠茜香罗　薛宝钗羞笼红麝串

戌：　话说林黛　玉只因昨夜晴雯不开门一事错疑在宝玉身上至次日又可巧遇见饯花之期正是
庚：　话说林　代玉只因昨夜晴雯不开门一事错疑在宝玉身上至次日又可巧遇见饯花之期正是
戚：　说话　林黛　玉只因昨夜晴雯不开门一事错疑在宝玉身上至次日又可巧遇见饯花之期正是

戌：一腔无明正未发泄又勾起伤春愁思因把些残花落瓣去掩埋由不得感花伤已哭了几声便随口
庚：一腔无明正未发泄又勾起伤春愁思因把些残花落瓣去掩埋由不得感花伤已哭了几声便随口
戚：一腔无明正未发泄又勾起伤春愁思因把些残花落瓣去掩埋由不得感花伤已哭了几声便随口

戌：念了几句不想宝玉在山坡上听见是黛玉之声先不过是点头感叹　　听到侬今葬花人笑痴他
庚：念了几句不想宝玉在山坡上听见　　　　先不过　点头感叹次后听到侬今葬花人笑痴他
戚：念了几句不想宝玉在山坡上听见　　　　先不过　点头感叹次后听到侬今葬花人笑痴他

戌：年葬侬知是谁一朝春尽花　颜老花落人亡两不知等句不觉恸倒山坡之上怀里兜的落花撒了
庚：年葬侬知是谁一朝春尽　红颜老花落人亡两不知等句不觉恸倒山坡之上怀里兜的落花撒了
戚：年葬侬知是谁一朝春尽　红颜老花落人亡两不知等句不觉恸倒山坡之上怀里兜的落花撒了

戌：一地试想林　黛玉的花颜月貌将来亦到无可寻觅之时宁不心碎肠断既黛　玉终归无可寻觅
庚：一地试想林代　玉的花颜月貌将来亦到无可寻觅之时宁不心碎肠断既　代玉终归无可寻觅
戚：一地试想林　黛玉的花颜月貌将来亦到无可寻觅之时宁不心碎肠断既黛　玉终归无可寻觅

戌：之时推之于他人如宝钗香菱袭人等亦可以到无可寻觅之时矣宝钗等终归无可寻觅之时则自
庚：之时推之于他人如宝钗香菱袭人等亦可　到无可寻觅之时矣宝钗　终归无可寻觅之时则自
戚：之时推之于他人如宝钗香菱袭人等亦可以到无可寻觅之时矣宝钗等终归无可寻觅之时则自

戌：己又安在哉且自身尚不知何在何往则斯处斯园斯花斯柳又不知当属谁姓　己因此一而二二
庚：己又安在哉且自身尚不知何在何往则斯处斯园斯花斯柳又不知当属谁姓　己因此一而二二
戚：己又安在哉且自身尚不知何在何往则斯处斯园斯花斯柳又不知当属谁姓矣　因此一而二二

戌：而三反复推求了去真不知此时此际欲为何等蠢物杳无所知逃大造出尘网使可解释这段悲伤
庚：而三反复推求了去真不知此时此际欲为何等蠢物杳无所知逃大造出尘网使可解释这段悲伤
戚：而三反复推求了去真不知此时此际欲为何等蠢物杳无所知逃大造出尘网使可解释这段悲伤

戌：正是花影不离身左右鸟声只在耳东西那　黛玉正自悲伤　忽听山坡上也有悲声心下想道
庚：正是花影不离身左右鸟声只在耳东西那林代　玉正自　伤感忽听山坡上也有悲声心下想道
戚：正是花影不离身左右鸟声只在耳东西那林　黛玉正自　伤感忽听山坡上也有悲声心下想道

戌：人人都笑我有些痴病难道还有一个痴子不成想着抬头一看见是宝玉林　黛玉看见便道啐我
庚：人人都笑我有些痴病难道还有一个痴子不成想着抬头一看见是宝玉林代　玉看见便道啐我
戚：人人都笑我有些痴病难道还有一个痴子不成想着抬头一看见是宝玉林　黛玉看见便道啐我

第二十八回　蒋玉菡情赠茜香罗　薛宝钗羞笼红麝串　511

戌：当　是谁原来是这个狠心短命的刚说　着　短命二字上又把口掩住长叹了一声自己抽身便
庚：道是谁原来是这个狠心短命的刚说道　　短命二字　又把口掩住长叹了一声自己抽身便
戚：当　是谁原来是这个狠心短命的刚说　　到短命二字上又把口掩住长叹了一声自己抽身便
————————————————————————————————
戌：走了这里宝玉悲恸了一回　　　　　见　黛　玉去了便知黛　玉看见他躲开了自己也觉
庚：走了这里宝玉悲恸了一回忽然抬头不见　了代玉　　便知　代玉看见他躲开了自己也觉
戚：走了这里宝玉悲恸了一回忽　抬头不见了黛　玉　　便知黛　玉看见他躲开了自己也觉
————————————————————————————————
戌：无味抖抖土起来下山寻　归旧路往怡红院来可巧看见林黛　玉在前头走连忙赶上去说道你
庚：无味抖抖土起来下山寻躲　旧路往怡红院来可巧看见林　代玉在前头走连忙赶上去说道你
戚：无味抖抖土起来下山寻　归旧路往怡红院来可巧看见林黛　玉在前头走连忙赶上去说道你
————————————————————————————————
戌：且站　住我知道你不理我我只说一句话从今　已后撂开手林　黛玉回头　见是宝玉待要不
庚：且站　住我知　你不理我我只说一句话从今　　后撂开手林代　玉回头看见是宝玉待要不
戚：且站着　我知　你不理我我只说一句话从今以　后撂开手林　黛玉回头　见是宝玉待要不
————————————————————————————————
戌：理他听他说只说一句话从今　撂开手这话里有文章少不得站住说道有一句话请说来宝玉笑
庚：理他听他说只说一句话从　此撂开手这话里有文章少不得站住说道有一句话请说来宝玉笑
戚：理他听他说只说一句话从　此撂开手这话里有文章少不得站住说道有一句话请说来宝玉笑
————————————————————————————————
戌：道两句话说了你听不听　黛玉听说回头就走宝玉在身后面叹道既有今日何必当初林　黛玉
庚：道两句话说了你听不听代　玉听说回头就走宝玉在身后面叹道既有今日何必当初林代　玉
戚：道两句话说了你听不听　黛玉听说回头就走宝玉在　后面叹道既有今日何必当初林　黛玉
————————————————————————————————
戌：听见这话由　不得站住回头道当初怎么样今日怎么样宝玉叹道当初姑娘来了那不是我陪着
庚：听见这话　犹不得站住回头道当初怎么样今日怎么样宝玉叹道当初姑娘来了那不是我陪着
戚：听见这话由　不得站住回头道当初怎么样今日怎么样宝玉叹道当初姑娘来了那不是我陪着
————————————————————————————————
戌：顽笑凭我心爱的姑娘要就拿去我爱吃的听见姑娘也爱吃连忙干干净净收着等姑娘吃一桌子
庚：顽笑凭我心爱的姑娘要就拿去我爱吃的听见姑娘也爱吃连忙干干净净收着等姑娘吃一桌子
戚：顽笑凭我心爱的姑娘要就拿去我爱吃的听　姑娘也爱吃连忙干干净净收着等姑娘吃一桌子
————————————————————————————————
戌：吃饭一床上睡觉丫头们想不到的我怕姑娘生气我替丫头们想的到　我心里想着姊妹们从小
庚：吃饭一床上睡觉丫头们想不到的我怕姑娘生气我替丫头们想　到了我心里想着姊妹们从小
戚：吃饭一床上睡觉丫头们想不到的我怕姑娘生气我替丫头们想　到　我心里想着姊妹们从小
————————————————————————————————
戌：儿长大亲也罢热也罢和气到了头　才见得比人好如今谁承望姑娘人大心大不把我放在眼
庚：儿长大亲也罢热也罢和气到了　儿才见得比人好如今谁承望姑娘人大心大不把我放在眼睛
戚：儿长大亲也罢热也罢和气到了头　才见得比人好如今谁承望姑娘人大心大不把我放在眼睛
————————————————————————————————
戌：里倒　把外四路的什么宝姐姐凤姐姐的放在心坎儿上到把我三日不理四日不见的我又没个
庚：里　到把外四路的什么宝姐姐凤姐姐的放在心坎儿上到把我三日不理四日不见的我又没个
戚：里　到把外四路的什么宝姐姐凤姐姐的放在心坎儿上到把我三日不理四日不见的我又没个
————————————————————————————————
戌：亲兄弟亲姊妹虽然有两个你难道不知道是和我隔母的我也和你是　　独出只怕同我的心一
庚：亲兄弟亲姊妹虽然有两个你难道不知道是和　隔母的我也和你　似的独出只怕同我的心一
戚：亲兄弟亲姊妹虽然有两个你难道不知道是和我隔母的我也和你是　　独出只怕同我的心一

戌：样谁知我是白操了这个心弄的我有冤无处诉说着不觉滴下　泪来林黛　玉耳内听了这　话
庚：样谁知我是白操了这个心弄的　有冤无处诉说着不觉滴下眼泪米　代玉耳内听了这　话
戚：样谁知我　白操了这个心弄的　有冤无处诉说着不觉滴下眼泪　林黛　玉耳内听了这说话

戌：眼内见了这形景心内　不觉灰了大半也不觉滴下　泪来低头不语宝玉见他这般形景遂又说
庚：眼内见了这形景心内　不觉灰了大半也不觉滴下眼泪来低头不语宝玉见他这般形景遂又说
戚：眼内见了这形景心　中不觉灰了大半也不觉滴下　泪来低头不语宝玉见他这般形景遂又说

戌：道我也知道我如今不好了但只凭着怎么不好万不敢在妹妹跟前有错处便有一二分错处你到
庚：道我也知道我如今不好了但只凭着怎么不好万不敢在妹妹跟前有错处便有一二分错处你到
戚：道我也知道我如今不好了但只凭着怎么不好万不敢在妹妹跟前有错处便有一二分错处你到

戌：是或教　导我戒我下次或骂我两句打我两下我都不灰心谁知你总不理我叫我摸不着头脑少
庚：是或教道　我戒我下次或骂我两句打我两下我都不灰心谁知你总不理我叫我摸　着头脑少
戚：是或教　导我戒我下次或骂我两句打我两下我都不灰心谁知你总不理我叫我摸不着头脑少

戌：魂失魄不知怎么样才是　就便死了也是个屈死鬼任凭高僧高道忏悔也不能超　升还得你
庚：魂失魄不知怎么样才　好就便死了也是个屈死鬼任凭高僧高道忏悔也不能超生　还得你申
戚：魂失魄不知怎么样才是　就便死了也是　屈死鬼任凭高僧高道忏悔也不能超　升还得你

戌：伸明了缘　故我才得　托生呢黛玉听了这　话不觉将昨晚的事都忘在九霄　云外了便说
庚：　明了　缘故我才得　托生呢代　玉听了这个话不觉将昨晚的事都忘在九霄　云外了便说
戚：伸明了　缘故我才得脱　生呢黛玉听了这　话不觉将昨晚的事都忘在九　肖云外了便说

戌：道你既这么说昨儿为什么我去了你不叫丫头开门宝玉　叱意道这话从那里说起我要是这
庚：道你既这么说昨儿为什么我去了你不叫丫头开门宝玉诧异　道这话从那里说起我要是这
戚：道你既这么说昨儿为什么我去了你不叫丫头开门宝玉诧异　道这话从那里说起我要是这

戌：么样立刻就死了　　黛玉啐道大清早　死吓　活的也不忌讳你说有呢就有没有就没有起什
庚：么样立刻就死了林代　玉啐道大清早起死　呀活的也不忌讳你说有呢就有没有就没有起什
戚：么样立刻就死了林　黛玉啐道大清早　死　呀活的也不忌讳你说有呢就有没有就没有起什

戌：么誓呢宝玉道　实在没有见你去就是宝姐姐坐了一坐就出来了林　黛玉想了一想笑道
庚：么誓呢宝玉道是　在没有见你去就是宝姐姐坐了一坐就出来了林代　玉想了一想笑道是了
戚：么誓呢宝玉道　实在没有见你去就是宝姐姐坐了一坐　　　　林　黛玉想了一想笑道是了

戌：想必是你　丫头　懒怠　动丧声歪气的也是有的宝玉道想必是这个原故等我　问去问了是
庚：想必是你的丫头们懒　待动丧声歪气的也是有的宝玉道想必是这个原故等我回　去问了是
戚：想必是你　丫头们懒怠　动丧声歪气的也是有的宝玉道想必是这个原故等我回　去问了是

戌：谁教训教训他们就好了林黛　玉道你的那些姑娘们也该教训教训只是　论理我不该说今儿
庚：谁教训教训他们就好了　代玉道你的那些姑娘们也该教训教训只是我论理　不该说今儿
戚：谁　教训他们就好了林黛　玉道你的那些姑娘们也该教训教训只是　论理我不该说今儿

戌：得罪了我的事小　　明儿宝姑娘来什么贝姑娘来也得罪了事情岂不大了说着抿着嘴笑宝玉
庚：得罪了我的事小倘或明儿宝姑娘来什么贝姑娘来也得罪了事情　不大了说着抿着嘴笑宝玉
戚：得罪了我的事小倘或明儿宝姑娘来什么贝姑娘来也得罪了事情岂不大了说着抿着嘴笑宝玉

第二十八回　蒋玉菡情赠茜香罗　薛宝钗羞笼红麝串　513

戌：听了又是咬牙又是笑二人正说话只见丫头来请吃饭遂都往前头来了王夫人见了林　黛玉因
庚：听了又是咬牙又是笑二人正说话只见丫头来请吃饭遂都往前头来了王夫人见了林代　玉因
戚：听了又是咬牙又是笑二人正说话只见丫头来请吃饭遂都往前头来了王夫人见　林　黛玉因

戌：问道大姑娘你吃那鲍太医的药可好些林黛　玉道也不过这么着老太太还叫我吃王大夫的药
庚：问道大姑娘你吃那鲍太医的药可好些林　代玉道也不过这么着老太太还叫我吃王大夫的药
戚：问道大姑娘你吃那鲍太医的药可好些林黛　玉道也不过这么着老太太还叫我吃王大夫的药

戌：呢宝玉道太太不知道林妹妹是内症先天生的弱所以禁不住一点　风寒不过吃两剂煎药
庚：呢宝玉道太太不知道林妹妹是内症先天生的弱所以禁不住一点　风寒不过吃两剂煎药就好
戚：呢宝玉道太太不知道林妹妹是内症先天生的弱所以禁不住一点儿风寒不过吃两剂煎药

戌：　疎散了风寒还是吃丸药的好王夫人道前儿大夫说了个丸药的名字　我也忘了宝玉道我知
庚：了　散了风寒还是吃丸药的好王夫人　前儿大夫说了个丸药的名　子我也忘了宝玉道我知
戚：　疎散了风寒还是吃丸药的好王夫人道前儿大夫说了个丸药的名字　我也忘了宝玉道我知

戌：道那些丸药不过　他吃什么人参养荣丸王夫人道不是宝玉又道八珍益母丸左归右米　再不
庚：道那些丸药不过叫他吃什么人参养荣丸王夫人道不是宝玉又道八珍益母丸左归右　归再不
戚：道那些丸药不过叫他吃什么人参养荣丸王夫人道不是宝玉　道八珍益母丸左归右归　再不

戌：就是麦　味地黄丸王夫人道都不是我只记得有个金刚两个字的宝玉　扎手道从来也没听
庚：就是麦　味地黄丸王夫人道都不是我只记得有个金刚两个字的宝玉　扎手道从来　没听
戚：就是　六味地黄丸王夫人道都不是我只记　有个金刚两个字的宝玉拍　手笑道从来　没听

戌：见有个什么金刚丸若有了金刚丸也自然有菩萨散　了说的满屋里人都笑了宝钗　笑道想
庚：见有个什么金刚丸若有了金刚丸　自然有菩萨　丸了说的满屋里人都笑了宝钗抿嘴笑道想
戚：见有个什么金刚丸若有了金刚丸　自然有菩萨散　了说的满屋里人都笑了宝钗抿嘴笑道想

戌：是天王补心丹王夫人　道是这个名儿如今我也　胡涂了宝玉道太太到不胡　涂都是叫金刚
庚：是天王补心丹王夫人笑道是这个名儿如今我也糊　涂了宝玉道太太到不　糊涂都是叫金刚
戚：是天王补心丹王夫人笑道是这个名儿如今我也　胡涂了宝玉道太太到不胡　涂都是叫金刚

戌：菩萨支使胡　涂了王夫人道扯你娘的燥又欠你老子搥你了宝玉笑道我老子再不为这个搥我
庚：菩萨支使　糊涂了王夫人道扯你娘的燥又欠你老子搥你了宝玉笑道我老子再不为这个搥我
戚：菩萨支使胡　涂了王夫人道扯你娘的燥又欠你老子搥你了宝玉笑道我老子再不为这个搥我

戌：的王夫人又道既有了这个名儿明日　就叫人买些来　宝玉　道这些药都是不中用的太太给
庚：的王夫人又道既有　这个名儿明　儿就叫人买些来吃宝玉笑道这些　都　不中用的太太给
戚：的王夫人又道既有　这个名儿明　儿就叫人买些来吃宝玉　道这些药都　不中用的太太给

戌：我三百六十两银子我给　妹妹配一料丸药包管一料不完就好了王夫人道放屁什么药就这么
庚：我三百六十两银子我　替妹妹配一料丸药包管一料不完就好了王夫人道放屁什么药就这么
戚：我三百六十两银子我　替妹妹配一料丸药包管一料不完就好了王夫人道放屁什么药就这么

戌：贵宝玉　道当真的呢我这　方子比别　个不同这　个药名儿也古怪一时也说不清　只讲那
庚：贵宝玉笑道当真的呢我这个方子比别的　不同　那个药名儿也古怪一时也说不清　只讲那
戚：贵宝玉笑道当真的呢我这个方子比别的　不同　那个药名儿也古怪一时也说不　尽只讲那

戌：头胎紫河车人形带叶参三百六十两　不足　龟大　何首乌千年松根茯苓诸如此类的药都
庚：头胎紫河车人形带叶参三百六十两　不足　龟大　何首乌千年松根茯苓胆诸如此类的药都
戚：头胎紫河车人形带叶参三百六十两还不　够龟大的何首乌千年松根茯苓胆诸如此类的药都

戌：不算为奇只在群药里算那为君的药说起来　吓人一跳前儿薛大哥　求了我有一二年我才给
庚：不算为奇只在群药里算那为君的药说起来唬　人一跳前儿薛大哥哥求了我　一二年我才给
戚：不算为奇只在群药里算那为君的药说起来唬　人一跳前儿薛大哥哥求了我　一二年我才给

戌：了他这个方子他拿了方子去又寻了二三年花了有上千的银子才配成了太太不信只问宝姐姐
庚：了他这　方子他拿了方子去又寻了二三年花了有上千的银子才配成了太太不信只问宝姐姐
戚：了他这　方子他拿了方子去又寻了二三年花了有上千的银子才配成了太太不信只问宝姐姐

戌：宝钗听说笑　着摇手儿道　　我不知道也没听见你别叫姨　娘问我王夫人笑道到底　是宝
庚：宝钗听说笑道　摇手儿　说　我不知道也没听见你别叫姨　娘问我王夫人笑道到　的是宝
戚：宝钗听说笑　着摇手儿　说道我不知道也没听见你别叫姨妈　问我王夫人笑道到底　是宝

戌：丫头好孩子不撒谎宝玉站在当地听见如此说一回身把手一拍说道我说的到是真话呢　倒说
庚：丫头好孩子不撒谎宝玉站在当地听见如此说一回身把手一拍说道我说的到是真话呢到　说
戚：丫头好孩子不撒谎宝玉站在当地听见如此说一回身把手一拍说道我说的到是真话呢到　说

戌：我撒谎　　说着　一回身只见黛　玉坐在宝钗身后抿着嘴笑用手指　在脸上画着羞他
庚：我撒谎口里说着忽一回身只见　林代　玉坐在宝钗身后抿着嘴笑用手指头在脸上画着羞他
戚：我撒谎口里说着忽一回身只见　林　黛玉坐在宝钗身后抿着嘴笑用手指头在脸上画着羞他

戌：凤姐因在里间　屋里看着人放桌子听如此说便走来笑道宝兄弟不是撒谎　到是有的上月
庚：凤姐因在里间　屋里看着人放桌子听如此说便走来笑道宝兄弟不是撒谎这倒　是有的上
戚：凤姐因在里间房　里看着人放桌子听如此说便走来笑道宝兄弟不是撒谎这　到是有的上

戌：　薛大哥亲自和我　　寻珍珠我问他作什么他说是配药他还报　怨说不配也罢了如今那
庚：日薛大哥亲自和我来　寻珍珠我问他作什么他说　配药他还　抱怨说不配也罢了如今那
戚：日薛大哥亲自　　来向我寻珍珠我问他作什么他说是配药他还　抱怨说不配也罢　如今那

戌：里知道这么费事我问他什么药他说是宝兄弟的方子说了多少药我也没工夫听他说不然我也
庚：里知道这么费事我问他什么药他说是宝兄弟的方子说了多少药我也没工夫听他说不然我也
戚：里知道这么费事我问他什么药他说是宝兄弟的方子说了多少药我也没工夫听他说不然我也

戌：买几颗珍珠了只是定要头上带过的所以来和　你寻他说妹妹若　没散的花儿上也　得掐下
庚：买几颗珍珠了只是定要头上带过的所以来和我　寻他说妹妹　就没散的花儿上也使得掐下
戚：买几颗珍珠了只是定要头上带过的所以来和我　寻他说妹妹　就没散的花儿上也　得掐下

戌：来过后儿我拣好的再给妹妹穿了来我没法儿把两枝珠花　现拆　了给他还要了一块三尺
庚：来过后儿我拣好的再给妹妹穿了来我没法儿把两枝珠花儿现　折了给他还要了一块三尺上
戚：来过后儿我拣好的再给妹妹穿了来我没法儿把两枝珠花　现拆　了给他还要　一块三尺上

戌：　大红库纱去乳钵乳了隔　面子呢凤姐说一句　宝玉念一句佛说太阳在屋　里呢凤姐说完
庚：用大红　纱去乳钵乳了隔　面子呢凤姐说一句那宝玉念一句佛说太阳在屋子里呢凤姐说完
戚：用大红　纱去乳钵乳了　合面子呢凤姐说一句那宝玉念一句佛说太阳在屋子里呢凤姐说完

戌：了宝玉又道太太想这不过是将就呢正　紧按那方子这珍　珠宝石定要　　坟里的有那古时
庚：了宝玉又道太太想这不过是将就呢正经　按那方子这珍　珠宝石定要在古坟里的有那古时
戚：了宝玉又道太太想这不过是将就呢正经　按那方子这　珠珠宝石定要在古坟里的有那古时

第二十八回　蒋玉菡情赠茜香罗　薛宝钗羞笼红麝串　515

戌：富贵人家　粧裹　的头面拿了来才好如今那里为这个去　偷坟掘墓所以只要　活人带
庚：富贵人家　　妆里的头面拿了来才好如今那里为这个去　抱　坟掘墓所以只　是活人带
戚：富贵人家妆　裹　的头面拿了来才好如今那里为这个去刨　坟掘墓所以只　是活人带

戌：过的也可以使得王夫人随念　阿弥陀佛不　当家花花的就是坟里有这个人家死了几百年
庚：过的也可以使得王夫人　　道阿弥陀佛不　当家花花的就是坟里有这个人家死了几百年这
戚：过的也可以使得王夫人　　道阿弥陀佛　没当家花花的就是坟里有这个人家死了几百年这

戌：　如今翻尸盗骨的作了药也不灵宝玉向黛　玉说道你听见了没有难道二姐姐也跟
庚：会子番　尸盗骨的作了药也不灵宝玉向　林代　玉说道你听见了没有难道二姐姐也跟
戚：会子　翻尸盗骨的作了药也不灵宝玉向　林　黛玉说道你听见了没有难道二姐姐也跟

戌：着我撒谎不成脸望着　　黛玉说　却拿眼睛　飘着宝　钗　黛　玉便拉王夫人道舅母听听
庚：着我撒谎不成脸望着林代　玉说话却拿眼睛　飘着宝宝钗　·代玉便拉王夫人道舅母听听
戚：着我撒谎不成脸望着林　黛玉说　却拿眼晴瞟　着宝　钗林黛　玉便拉王夫人道舅母听听

戌：宝姐姐不替他圆谎他　　直问着我王夫人也道宝玉狠会欺服　　你妹妹宝玉笑道太太不知
庚：宝姐姐不替他圆谎他支吾　着我王夫人也道宝玉狠会欺　负　你妹妹宝玉笑道太太不知
戚：宝姐姐不替他圆谎他支吾　着我王夫人也道宝玉狠会欺　侮你妹妹宝玉笑道太太不知

戌：道　原故宝姐姐先在家里住着那薛大哥　的事他就　不知道何况如今在里头住着呢自然是
庚：道这原故宝姐姐先在家里住着那薛大哥哥的事他　也不知道何况如今在里头住着呢自然是
戚：道这原故宝姐姐先在家里住着那薛大哥哥的事他　也不知道何况如今在里头住着呢自然是

戌：越发不知道了林妹妹　才在背后以为是　　我撒谎就羞我　说着只见贾母房里的丫
庚：越发不知道了林妹妹绕　在背后　　　羞我打谅我撒谎　呢正说着只见贾母房里的丫
戚：越发不知道了林妹妹绕　在背后以为是　　我撒谎就羞我　正说着只见贾母房里的丫

戌：头找宝玉　黛玉　吃饭林　黛玉也　不见宝玉走便起身拉了那丫头就走那丫头说等着
庚：头找宝玉林代　玉去吃饭林代　玉也　叫　宝玉　便起身拉了那丫头　走那丫头说等着
戚：头找宝玉林　黛玉去吃饭林　黛玉也不叫　宝玉　便起身拉了那丫头　走那丫头说等着

戌：宝玉一块　走林黛　玉道他不吃饭了咱们走我先走了说着便出去了宝玉道我今儿还跟着太
庚：宝玉一块儿走林　代玉道他不吃饭了咱们走我先走了说着便出去了宝玉道我今儿还跟着太
戚：宝玉一块儿走林黛　玉道他不吃饭了咱们走我先走了说着便出去了宝玉道我今儿还跟着太

戌：太吃罢王夫人道罢罢我今儿吃斋你正　　紧吃　去罢宝玉道我也跟着吃斋说着便叫那丫
庚：太吃罢王夫人道罢罢我今儿吃斋你正经　你　吃　去罢宝玉道我也跟着吃斋说着便叫那丫
戚：太吃罢王夫人道罢罢我今儿吃斋你正经吃你　　的去罢宝玉道我也跟着吃斋说着便叫那丫

戌：头去罢自　己先跑到炕　上坐了王夫人向宝钗　道你们　只管吃你们的去由他　罢宝
庚：头去罢自己　先跑到　桌子上坐了王夫人向宝钗等笑道你　门只管吃你们的　由他去罢宝
戚：头去罢自　己先跑到　桌子上坐了王夫人向宝钗等笑道你们　只管吃你们的　由他去罢宝

戌：钗因笑道你正经去罢吃不吃陪着林　姑娘走一荡　他心里打紧的不自在呢宝玉道理他呢
庚：钗因笑道你正经去罢吃不吃陪着林　姑娘走一荡　他心里打紧的不自在呢宝玉道理他呢
戚：钗因笑道你正经去罢吃不吃陪着林妹妹　走一　淌他心里打紧的不自在呢宝玉道理他呢

戌：过一会子就好了一时吃过饭宝玉一则怕贾母挂二则　也记挂着黛　　玉忙忙的要茶潄
庚：过一会子就好了一时吃过饭宝玉一则怕贾母记挂二则他　记挂着　林代　玉忙忙的要茶潄
戚：过一会子就好了一时吃过饭宝玉一则怕贾母记挂二则　也记挂着　林　黛玉忙忙的要茶潄

戌：口探春惜春　都笑道二哥哥你成日家忙些什么吃饭吃茶也是这么忙碌碌的宝钗笑道你叫他
庚：口探春惜春却　笑道二哥哥你成　家忙些什么吃饭吃茶也是这么忙碌碌的宝钗笑道你叫他
戚：口探春惜春　都笑道二哥哥你成日家忙些什么吃饭吃茶也是这么忙碌碌的宝钗笑道你叫他

戌：快吃了瞧　　　林妹妹去罢叫他在这里胡羼些什么宝玉吃了茶便出来　直往西院走　可巧
庚：快吃了瞧　代玉　妹妹去罢叫他在这里胡羼些什么宝玉吃了茶便出来　直往西院　来可巧
戚：快吃了瞧黛　玉　妹妹去罢叫他在这里胡羼些什么宝玉吃了茶便出来　直往西院　来可巧

戌：走到凤姐　院　前只见凤姐　　蹲着门坎　子拿耳挖子剔牙看着　　　小子　们挪花盆
庚：走到凤姐儿院门前　凤姐　儿蹲着门　槛子拿耳挖子剔牙看着十来个小　厮们挪花盆
戚：走到凤姐儿院　前只见凤姐站着　蹲着门坎　子拿耳挖子剔牙看着十来个小　厮们挪花盆

戌：呢见宝玉来了笑道你来的正好　　进来替我写几个字儿宝玉只得跟了进来到　　房里
庚：呢见宝玉来了笑道你来的　好进来进来替我写几个字儿宝玉只得跟了进来到了屋　里凤姐
戚：呢见宝玉来了笑道你来的　好进来进来替我写几个字儿宝玉只得跟了进来到了　房里凤姐

戌：命人取过笔砚　来向宝玉道大红粧　缎四十疋蟒缎四十疋上用纱各色一百疋金项圈四个宝
庚：命人取过笔砚纸来向宝玉道大红　妆缎四十疋蟒缎四十疋上用纱各色一百疋金项圈四个宝
戚：命人取过笔砚纸来向宝玉道大红　妆缎四十疋蟒缎四十疋上用纱各色一百疋金项圈四个宝

戌：玉道这算什么又不是账又不是礼物怎么个写法凤姐　道你只管写上横竖我自己明白就罢了
庚：玉道这算什么又不是账又不是礼物怎么个写法凤姐儿道你只管写上横竖我自己明白就罢了
戚：玉道这算什么又不是账又不是礼物怎么个写法凤姐　道你只管写上横竖我自己明白就罢了

戌：宝玉听说只得写了凤姐　　收起来　　笑道还有句话告诉你不知你依不依你屋里有个丫头
庚：宝玉听说只得写了凤姐一面收起　一面笑道还有句话告诉你不知你依不依你屋里有个丫头
戚：宝玉听说只得写了凤姐一面收起来一面笑道还有句话告诉你不知你依不依你屋里有个丫头

戌：叫红玉　我合你说说要叫了来使唤　也总没得说今儿　　见你才想起来　　　　　宝
庚：叫红玉　我　　　要叫了来使唤明　　儿我再替　你　　挑几个可使得宝
戚：叫红玉的我　　　要叫　来使唤明　　儿我再替　你　　挑几个可使得宝

戌：玉道我屋里的人也多的狠　姐姐喜欢谁只管叫了来何必问我凤姐笑道既这么着我就叫人带
庚：玉道我屋里的人也多的　很姐姐喜欢谁只管叫了来何必问我凤姐笑道既这么着我就叫人带
戚：玉道我屋里的人也多的狠　姐姐喜欢谁只管叫了来何必问我凤姐笑道既这么着我就叫人带

戌：他去了宝玉道只管带去说着便要走凤姐　道你回来我还有　句话说　宝玉道老太太叫我呢
庚：他去了宝玉道只管带去说着便要走凤姐儿道你回来我还有一句话　呢宝玉道老太太叫我呢
戚：他去了宝玉道只管带去说着便要走凤姐儿道你回来我还有一句话　呢宝玉道老太太叫我呢

戌：有话等我回来罢说着便来至贾母这边　　　已经都吃完了饭　贾母因问他跟着　母亲吃
庚：有话等我回来罢说着便来至贾母这边只见都已　　吃完　饭了贾母因问他跟着你娘　吃
戚：有话等我回来罢说着便来至贾母这边只见都已　　吃完　饭了贾母因问他跟着你娘　吃

戌：　什么好的了宝玉笑道也没什么好的我到多吃了一碗饭因问林妹妹在那里呢贾母道里头屋
庚：了什么好的　宝玉笑道也没什么好的我到多吃了　碗饭因问林妹妹在那里　贾母道里头屋
戚：了什么好的　宝玉笑道也没什么好的我到多吃了一碗饭因问林妹妹在那里　贾母道里头屋

第二十八回　蒋玉菡情赠茜香罗　薛宝钗羞笼红麝串　517

戌：里呢宝玉进来只见地下一个丫头吹熨斗　炕上　二个丫头打粉线黛　玉湾着腰拿着剪子裁
庚：里呢宝玉进来只见地下一个丫头吹熨斗　炕上两　个丫头打粉线　代玉湾着腰拿着剪子裁
戚：里呢宝玉进来只见地下一个丫头吹熨斗坑　上两　个丫头打粉线黛　玉湾着腰拿着剪子裁
———————————————————————————————————
戌：什么呢宝玉走进来笑道哦这是作什么呢才吃了饭这么空着头一会子又头疼了　黛玉并不理
庚：什么呢宝玉走进来笑道哦这是作什么呢才吃了饭这么空着头一会子又头疼了代　玉并不理
戚：什么呢宝玉走进来笑道哦这是作什么呢才吃了饭这么空着头一会子又头疼了　黛玉并不理

戌：只管裁他的有一个丫头　道这　块紬子角儿还不好呢再熨他一熨　黛玉　把剪子一撂说道
庚：只管裁他的有一个丫头说道　那块　子角儿还不好呢再熨他一熨代　玉便把剪子一撂说道
戚：只管裁他的有一个丫头说道　那块紬子角儿还不好呢再熨他一熨　黛玉便把剪子一撂说道

戌：理他呢过一会子就好了宝玉听了只是纳闷只见宝钗探春　也来了和贾母说了一会　话宝
庚：理他呢过一会子就好了宝玉听了只是　闷只见宝钗探春等也来了和贾母说了一　回话宝钗
戚：理他呢过一会子就好了宝玉听了只是纳闷只见宝钗探春等也来了和贾母说了一　回话宝钗

戌：也进来问林妹妹作什么呢　见黛　玉裁剪因笑道　越发能干了连裁　都会了黛　玉
庚：也进来问林妹妹作什么呢因　见　林代玉裁剪因笑道妹妹越发能干了连裁剪都会了　代玉
戚：也进来问林妹妹作什么呢因林　黛　玉裁剪因笑道　越发能干了连裁剪都会了黛　玉

戌：笑道这也不过　撒谎哄人罢了宝钗笑道我告诉　个笑话儿才刚为那个药我说了个不知道宝
庚：笑道这也不过是撒谎哄人罢了宝钗笑道我告诉你个笑话儿才刚为那个药我说了个不知道宝
戚：笑道这也不过是撒谎哄人罢了宝钗笑道我告诉你个笑话儿才刚为那个药我说了个不知道宝

戌：　玉心里不受用了林　黛玉道理他呢过一会子就好了宝玉又向宝钗道老太太要抹骨牌正
庚：兄弟　心里不受用了林代　玉道理他呢过　会子就好了宝玉　向宝钗道老太太要抹骨牌正
戚：兄弟　心里不受用了林　黛玉道理他呢过一会子就好了宝玉　向宝钗道老太太要抹骨牌正

戌：没人　你　抹骨牌去　宝钗听说便笑道我是为抹　骨牌才来了说着便走了林黛　玉道你
庚：没人呢你　抹骨牌去罢　宝钗听说便笑道我是　抹　骨　才来了说着便走了林　代玉道你
戚：没人　你去抹骨牌　呢宝钗听说便笑道我是为抹那骨牌才来了说着便走了林黛　玉道你

戌：到是去罢这里有老虎看吃了你说着又裁宝玉见他不理只得还陪笑说道你也　去逛逛　再
庚：到是去罢这里有老虎看吃　你说着又裁宝玉见他不理只得还陪笑说道你也出去　佅佅再
戚：到是去罢这里有老虎看吃了你说着又裁宝玉见他不理只得还陪笑说道你也　去　　佅佅再

戌：裁不迟黛　玉总不理宝玉便问丫头们这是谁叫裁的　黛玉见问丫头们便　说道凭他
庚：裁不迟　林代　玉总不理宝玉便问丫头们这是谁叫裁的林代　玉见问丫头们便　说道凭他
戚：裁不迟　林　黛玉总不理宝玉便问丫头们这是谁叫裁的林　黛玉见问丫头们　更说道凭他

戌：谁叫　裁　不　管二爷的事宝玉听了方欲说话只见有人进来　说外头有人请你呢宝玉听说
庚：谁叫我裁也不　管二爷的事宝玉　方欲说话只见有人进来回说外头有人请　宝玉听
戚：谁叫我裁也不干　二爷的事宝玉　方欲说话只见有人进来回说外头有人请　宝玉听

戌：忙彻　身出来　黛玉向外　说道　阿弥陀佛赶你　回来我死了也罢了宝玉出　来到外头
庚：了忙彻　身出来代　玉向外头说道　阿弥陀佛赶你　回来我死了也罢了宝玉出　来到外
戚：了忙　抽身出来　黛玉向外头说道何　弥陀佛赶　我回来我死了也罢了宝玉出至　外

戌：　只见焙茗说道冯大爷家请宝玉听了知道是昨日的话便说要衣裳去自己　便往书房里来焙
庚：面只见焙茗说道冯大爷家请宝玉听了知道是昨日的话便说要衣裳去自己　便往书房里来焙
戚：面只见焙茗说道冯大爷　请宝玉听了知道是昨日的话便说要衣裳去自　已便往书房里来焙

戌：	茗一直到了二门前等人只见　出来　个老婆子　　焙茗上去说道宝二爷在书房里等出
庚：	茗一直到了二门前等人只见一　　个老婆子出来了焙茗上去说道宝二爷在书房里等出
戚：	茗一直到了二门前等人只见　出来了一个老婆子　　　焙茗上去说道宝二爷在书房里等出

戌：	门的衣裳你老人家进去带个信儿那婆子　　道你妈　的屁到好宝二爷如今在园子里住
庚：	门的衣裳你老人家进去带个信儿那婆子　说放　你　娘的屁到好宝二爷如今在园　里住
戚：	门的衣裳你老人家进去带个信儿那婆子道　放　你　娘的屁到好宝二爷如今在园　里信

戌：	着跟他的人都在园子里你又跑了这里来带信儿　　焙茗听了笑道骂的是我也胡　涂了说着
庚：	着跟他的人都在园　里你又跑了这里来带信儿来了焙茗听了笑道骂的是我也　糊涂了说着
戚：	着跟他的人都在园　里你又跑了这里来带信儿　　焙茗听了笑道骂的是我也　糊涂了说着

戌：	一　迳往东边二门上　来可巧门上小厮在甬路底下踢球焙茗将原故说了有个小厮跑了进去
庚：	一　迳往东边二门　前来可巧门上小厮在甬路底下踢球焙茗将原故说了　　小厮跑了进去
戚：	一径　往东边二门　前来可巧门上小厮在甬路底下踢球焙茗将原故说了有个小厮跑了进去

戌：	半日才抱了一个包袱出来递与焙茗回到书房里宝玉换了命　人备马只带着焙茗锄药双瑞双
庚：	半日　抱了一个包袱出来递与焙茗回到书房里宝玉换了命　人备马只带着焙茗锄药双瑞双
戚：	半日才抱了一个包袱出来递与焙茗回到书房里宝玉换了命了　备马只带着焙茗锄药双瑞双

戌：	寿四个小厮　　一迳来　到　冯紫英　门口有人报与冯　紫英出来迎接进去只见薛蟠早已
庚：	寿四个小厮去了一　　径到了冯紫英家门口有人报与　了紫英出来迎接进去只见薛蟠早已
戚：	寿四个小厮去了一　　径到了冯紫英　门口有人报与冯　紫英出来迎接进去只见薛蟠早已

戌：	在那里久候　还有许多唱曲儿的小厮并唱小旦的蒋玉菡锦香院的妓女云儿大家都见过了然
庚：	在那里久候　还有许多唱曲儿的小厮并唱小旦的蒋玉菡锦香院的妓女云儿大家都见过了然
戚：	在那里久候了还有许多唱曲儿的小厮并唱小旦的蒋玉菡锦香院的妓女云儿大家都见过了然

戌：	后吃茶宝玉擎茶笑道前儿所言幸与不幸之事我昼悬夜想今日一闻呼唤即至冯紫英笑道你们
庚：	后吃茶宝玉擎茶笑道前儿所言幸与不幸之事我昼悬夜想今日一闻呼唤即至冯紫英笑道你们
戚：	后吃茶宝玉擎茶笑道前儿所言幸与不幸之事我昼悬夜想今日一闻呼唤即至冯紫英笑道你们

戌：	令姑表　弟兄到都心实　前日不过是我的设辞诚心请你们一饮恐又推托故说下这句话今日
庚：	令姑表兄弟　到都心　是前日不过是我的设辞诚心请你们一饮恐又推托故说下这句话今日
戚：	令姑表　弟兄到都心实　前日不过是我的设辞诚心请你们一饮恐又推托故说下这句话今日

戌：	一邀即至谁知都信真了说毕大家一笑然后摆上酒来依次坐定冯紫英先命唱曲儿的小厮过来
庚：	一邀即至谁知都信真了说毕大家一笑然后摆上酒来依次坐定冯紫英先命唱曲儿的小厮过来
戚：	一邀即至谁知都信真了说毕大家一笑然后摆上酒来依次坐定冯紫英先命唱曲儿的小厮过来

戌：	让酒然后命云儿也来敬那薛蟠三杯下肚不觉忘了情拉着云儿的手笑道你把那梯　已新样儿
庚：	让酒然后命云儿也来敬那薛蟠三杯下肚不觉忘了情拉着云儿的手笑道你把那梯已　新样儿
戚：	让酒然后命云儿也来敬那薛蟠三杯下肚不觉忘了情拉着云儿的手笑道你把那梯已　新样儿

戌：	的曲子唱个我听我吃一坛如何云儿听说只得拿起琵琶来唱道两个冤家都难丢下想着你来又
庚：	的曲子唱个我听我吃一坛如何云儿听说只得拿起琵琶来唱道两个冤家都难丢下想着你来又
戚：	的曲子唱个我听我吃一坛如何云儿听说只得拿起琵琶来唱道两个冤家都难丢下想着你来又

第二十八回　蒋玉菡情赠茜香罗　薛宝钗羞笼红麝串

戌：记挂着他两个人形容俊俏都难描画想昨宵幽期私订在　荼蘼架一个偷情一个寻拿拿住了三
庚：记挂着他两个人形容俊俏都难描画想昨宵幽期私订在　荼蘼架一个偷情一个寻拿拿住了三
戚：记挂着他两个人形容俊俏都难描画想昨宵幽期私订在茶　蘼架一个偷情一个寻拿拿住了三

戌：曹对　桉我也无回话唱毕笑道你喝　一坛子罢了薛蟠听说笑道不值一坛再唱好的来宝玉笑
庚：曹对案　我也无回话唱毕笑道你喝　一坛子罢了薛蟠听说笑道不值一坛再唱好的来宝玉笑
戚：曹对案　我也无回话唱毕笑道你　嗑一坛子罢了薛蟠听说笑道不值一坛再唱好的来宝玉笑

戌：道听我说来如此滥饮易醉而无味我先　　吃一大海发一新令有不遵　者连罚十大海逐　出
庚：道听我说来如此滥饮易醉而无味我先　　喝一大海发一新令有不　尊者连罚十大海逐　出
戚：道听我说来如此滥饮易醉而无味我先嗑　一大海发一新令有不遵　者连罚十大海　遂出

戌：席外与人斟酒冯紫英蒋玉菡等都道有理有理宝玉拿起海来一气饮　尽说道如今要说悲愁喜
庚：席外与人斟酒冯紫英蒋玉菡等都道有理有理宝玉拿起海来一气饮干　说道如今要说悲愁喜
戚：席外与人斟酒冯紫英蒋玉菡等都道有理　　宝玉拿起海来一气饮　尽说道如今要说悲愁喜

戌：乐四字都　要说出女儿来还要注明这四字的原故说完了饮门杯酒面要唱一个新鲜时样的曲
庚：乐四字　却要说出女儿来还要注明这四字　原故说完了饮门杯酒面要唱一个新鲜时样　曲
戚：乐四字都　要说出女儿来还要注明这四字　原故说完了饮门杯酒面要唱一个新鲜时样　曲

戌：子酒底要席上生风一样东西或古诗旧对四书五经成语薛蟠未等说完先站起来拦住道我不来
庚：子酒底要席上生风一样东西或古诗旧对四书五经成语薛蟠未等说完先站起来拦　道我不来
戚：子酒底要席上生风一样东西或古诗旧对四书五经成语薛蟠未等说完先站起来拦　道我不来

戌：别算我这竟是捉弄我呢云儿　便站起来推他坐下笑道怕什么这还亏你天天吃酒呢难道
庚：别算我这竟是捉弄我呢云儿也　站起来推他坐下笑道怕　么这还亏你天天吃酒呢难　到你
戚：别算我这竟是捉弄我呢云儿也　站起来推他坐下笑道怕什么这还亏你天天吃酒呢难道

戌：连我也不如我回来还说呢说是了罢不是了不过罚上几杯酒那里就醉死了你如今一乱令　到
庚：连我也不如我回来还说呢说是了罢不是了不过罚上几杯　那里就醉死了你如今一乱令倒
戚：连我也不如我回来还说呢说是了罢不是了不过罚上几杯　那里就醉死了你如今一乱令　到

戌：喝　十大　杯下去给人斟酒不成　众人都拍手道妙薛蟠听说无法可治只得坐　下听宝玉
庚：喝　十大海　下去　斟酒不成　众人都拍手道妙薛蟠听说无法　　只得坐了　听宝玉
戚：　嗑十大海　下去　斟酒　过来众人都拍手道妙薛蟠听说无法　　只得坐了　听宝玉

戌：先说宝玉便道女儿悲青春已大守空闺女儿愁悔教夫　婿觅封，候女儿喜对镜晨粧　颜色美
庚：说　　道女儿悲青春已大守空闺女儿愁悔教夫　婿觅封侯　女儿喜对镜晨　妆颜色美
戚：说　　道女儿悲青春已大守空闺女儿愁悔教夫塔　觅封侯　女儿喜对镜晨　妆颜色美

戌：女儿乐秋千架上春衫薄众人听了都　道说得有理薛蟠独扬着脸摇头不好该罚众人问道如
庚：女儿乐秋千架上春衫薄众人听了都道说得有理薛蟠独扬着脸摇头不好该罚众人问　如
戚：女儿乐秋千架上春衫薄众人听了都道说得有理薛蟠独扬着脸摇头不好该罚众人问　如

戌：何该罚薛蟠道他说的我都　不懂怎么不该罚云儿便拧他一把笑道你悄悄的想你的罢回来说
庚：何该罚薛蟠道他说的我　通不懂怎么不该罚云儿便拧他一把笑道你悄悄的想你的罢回来说
戚：何该罚薛蟠道他说的我　通不懂怎么不该罚云儿便拧他一把笑道你悄悄的想你的罢回来说

戌：不出　才是该罚呢　于是拿琵琶听宝玉唱道滴不尽相思　泪抛红豆开不完春柳春花满画楼
庚：不出又　该罚　了于是拿琵琶听宝玉唱道滴不尽相思血泪抛红豆开不完春柳春花满画楼
戚：不出又　该罚　了于是拿琵琶听宝玉唱道滴不尽相思血泪抛红豆开不完春柳春花满画楼

戌：睡不稳纱窗风雨黄昏后忘不了新愁与旧愁嚥不下玉粒金莼噎满喉照不见菱花镜里形容瘦展
庚：睡不稳纱窗风雨黄昏后忘不了新愁与旧愁嚥不下玉粒金莼噎满喉照　见菱花镜里形容瘦展
戚：睡不稳纱窗风雨黄昏后忘不了新愁与旧愁嚥不下玉粒金莼噎满喉照不见菱花镜里形容瘦展

戌：不开的眉头捱不明的更　漏恰便　是　遮不住的青山隐隐流不住　的绿水悠悠唱完大家齐
庚：不开　眉头捱不明的更　漏恰便似　　遮不住的青山隐隐流不　断的绿水悠悠唱完大家齐
戚：不开的眉头捱不明的更满　恰便　以遮不住的青山隐隐流不　断的绿水悠悠唱完大家齐

戌：声喝彩独薛蟠说无板宝玉饮了门杯便拈起一片梨来说道雨打梨花深闭门完了令下该冯紫英
庚：声喝彩独薛蟠说无板宝玉饮了门杯便拈起一片梨来说道雨打梨花深闭门完了令下该冯紫英
戚：声喝彩　薛蟠说无板宝玉饮了门杯便拈起一片梨来说道雨打梨花深闭门完了令下该冯紫英

戌：听冯紫英说　道　女儿悲儿夫染病在垂危女儿愁大风吹倒梳妆　楼女儿喜头胎养了双生子
庚：　　　　　说　道　女儿悲儿夫染病在垂危女儿愁大风吹倒梳　妆楼女儿喜头胎养了双生子
戚：　　　　　说便道是女儿悲儿夫染病在垂危女儿愁大风吹倒梳　妆楼女儿喜头胎养了双生子

戌：女儿乐私向花园掏蟋蟀说毕端起酒来唱道你是个可人你是个多情你是个刁钻古怪鬼灵精你
庚：女儿乐私向花园掏蟋蟀说毕端起酒来唱道你是个可人你是个多情你是个刁钻古怪鬼灵精你
戚：女儿乐私向花园掏蟋蟀说毕端起酒来唱道你是个可人你是个多情你是个刁钻古怪鬼灵精你

戌：是个神仙也不灵我说的话儿你全不信只叫你去背地里细打听才知道我疼你不疼唱完饮了门
庚：是个神仙也不灵我说的话儿你全不信只叫你去背地里细打听才知道我疼你不疼唱完饮了门
戚：是个神仙也不灵我说的话儿你全不信只叫你去背地里细打听才知道我疼你不疼唱完饮了门

戌：杯　　　　　　说道鸡鸣　茅店月令完下该云儿云儿便说道女儿悲将来终身指靠谁薛蟠
庚：杯　　　　　　说道鸡鸣　茅店月令完下该云儿云儿便说道女儿悲将来终身指靠谁薛蟠
戚：杯便拈起一片鸡肉说道鸡　声茅店月令完下该云儿云儿便说道女儿悲将来终身指靠谁薛蟠

戌：叹道我的儿有你薛大爷在你怕什么众人都道别混他别混他云儿又道女儿愁妈妈打骂何时休
庚：叹道我的儿有你薛大爷在你怕什么众人都道别混他别混他云儿又道女儿愁妈妈打骂何时休
戚：叹道我的儿有你薛大爷在你怕什么众人都道别混他别混他云儿又道女儿愁妈妈打骂何时休

戌：薛蟠道前儿我见了你妈还吩咐他不叫他打你呢众人都道再多言者罚酒十杯薛蟠连忙自己打
庚：薛蟠道前儿我见了你妈还吩咐他不叫他打你呢众人都道再多言者罚酒十杯薛蟠连忙自己打
戚：薛蟠道前儿我见了你妈还吩咐他不叫他打你呢众人都道再多言者罚酒十杯薛蟠连忙自己打

戌：了一个嘴巴子说道没耳性再不许多说了云儿又道女儿喜情郎不舍还家里女儿　弄住了箫管
庚：了一个嘴巴子说道没耳性再不许　说了云儿又道女儿喜情郎不舍还家里女儿　弄住了箫管
戚：了一个嘴巴子说道没耳性再不许　说了云儿又道女儿喜情郎不舍还家里女儿乐　住了箫管

戌：　美弦索　说完了又　唱道荳蔻开花三月三一个虫儿往里钻钻了半日不得进去爬到花　上
庚：　美弦索唱　完　　便唱道荳蔻开花三月三一个虫儿往里钻钻了半日不得进去爬到花儿上
戚：　弄弦索　说完　　便唱道荳蔻开花三月三一　虫儿往里钻钻了半日不得进去爬到花　上

戌：打秋千肉儿小心肝我不开了你怎么钻唱毕饮了门杯　　　　　　说道桃之夭夭令完了下
庚：打秋千肉儿小心肝我不开了你怎么钻
戚：打秋千肉儿小心肝我不开了你怎么钻唱毕饮了门杯便拈起一个桃来说道桃之夭夭令完　下

第二十八回　蒋玉菡情赠茜香罗　薛宝钗羞笼红麝串

戌：	该薛蟠薛蟠道我可要说了女儿悲说了半日不　　　　见说底下的冯紫英笑道悲什么快说来
庚： 戚：	该薛蟠薛蟠道我可要说了女儿悲说了半日不言语了　　　　冯紫英　道　　快说来怎

戌：	薛蟠登时急的眼　睛铃铛一般瞪了半日才　　说道女儿悲又咳嗽了两声　说道女
庚： 戚：	么悲薛蟠　急的眼瞪的　铃铛　　　　　似的便说道女儿悲　咳嗽了两声又说道女

戌：	儿悲嫁了个　是乌龟众人听了都大笑起来薛蟠道笑什么难道我说的不是一个女儿嫁了汉子
庚： 戚：	儿悲嫁了个大　乌龟众人听了都　笑起来薛蟠道笑什么难道我说的不是一个女儿嫁了汉子

戌：	要当忘八他怎么不伤心呢众人笑的湾腰　说道你说的狠是快说底下的　薛蟠瞪了一瞪眼
庚： 戚：	要当忘八　怎么不伤心呢众人笑的湾腰忙说道你说的　是快说　来薛蟠瞪了一瞪眼又

戌：	说道女儿愁说了这句又不言语了众人道怎么愁薛蟠道女儿愁绣房撺出　马猴众人　呵
庚： 戚：	说道女儿愁说了这句又不言语了众人道怎么　薛蟠道　　绣房撺出个大马猴众人　呵 说道女儿愁说了这句又不言语了众人道怎么愁薛蟠道女儿愁绣房撺出个大马猴众人哈哈

戌：	呵笑道该罚该罚这句更不通先还可　恕说着便要斟　酒宝玉笑道押韵就好薛蟠道令官都准
庚： 戚：	呵笑道该罚该罚这句更不通先还可　恕说着便要　筛酒宝玉笑道押韵就好薛蟠道令官都准 　笑道该罚该罚这句更不通先还可恕　说着便要　筛酒宝玉笑道押韵就好薛蟠道令官都准

戌：	了你们闹什么众人听说方　罢了云　儿笑道下两句越发难说了我替你说罢薛蟠道胡说当真
庚： 戚：	了你们闹什么众人听说方才罢了　芸儿笑道下两句越发难说了我替你说罢薛蟠道胡说当真 了你们闹什么众人听说方　罢了云　儿笑道下两句越发难说了我替你说罢薛蟠道胡说当真

戌：	的我就没好的了听我说罢女儿喜洞房花烛朝慵起众人听了都叱意　道这句何其太韵薛蟠
庚： 戚：	我就没好的了听我说罢女儿喜洞房花烛朝慵起众人听了都　诧异道这句何其太韵薛蟠 我　没好的了听我说罢女儿喜洞房花烛朝慵起众人听了都　诧异道这句何其太韵薛蟠

戌：	又道女儿乐一根玌耙往里戳众人听了都扭着脸　说道该死该死唱了罢薛蟠便唱道一个
庚： 戚：	又道女儿乐一根玌耙往里戳众人听了都　回头说道该死该死快唱了罢薛蟠便唱道一个 又道女儿乐一根玌耙往里戳众人听了都　回头说道该死该死快唱了罢薛蟠便唱道一个

戌：	蚊子哼哼哼众人都怔了说这是个什么曲儿薛蟠还唱道两个苍蝇嗡嗡嗡众人都道罢罢罢薛蟠
庚： 戚：	蚊子哼哼哼众人都怔了说这是个什么曲儿薛蟠还唱道两个苍蝇嗡嗡嗡众人都道罢罢罢薛蟠 蚊子哼哼哼众人都怔了说这　个什么曲儿薛蟠还唱道两个苍蝇嗡嗡嗡众人都道罢罢罢薛蟠

戌：	道爱听不听这　个新鲜曲儿叫作哼哼韵你们要懒待听连酒底都免了我就不唱众人都道免了
庚： 戚：	道爱听不听这是　新鲜曲儿叫作哼哼韵你们要懒待听连酒底都免了我就不唱众人都道免了 道爱听不听这是　新鲜曲儿叫作哼哼韵你们要懒待听连酒底都免了我就不唱众人都道免了

戌：	罢　到别耽　误了别人家于是蒋玉菡说道女儿悲丈夫一去不回归　女儿愁无钱去打桂花
庚： 戚：	罢罢罢到别耽　误了别人家于是蒋玉菡说道女儿悲丈夫一去不回　躲女儿愁无钱去打桂花 罢　到别　耽误了别人家于是蒋玉菡说道女儿悲丈夫一去不回归　女儿愁无钱去打桂花

戌：油女儿喜灯花并头结双蕊女儿乐夫唱妇随真和合说毕唱道可喜你天生成百媚娇恰便似活神
庚：油女儿喜灯花并头结双蕊女儿乐夫唱妇随真和合说毕唱道可喜你天生　　百媚娇恰便似活神
戚：油女儿喜灯花并头结双蕊女儿乐夫唱妇随真和合说毕唱道可喜你天生　　百媚娇恰便似活神

戌：仙离云　霄度青年正小配鸾凤真也着巧呀看天河正高听樵　楼鼓敲剔银灯同入鸳帏悄
庚：仙离　碧霄度青春年正小配鸾凤真也着　看天河正高听樵　楼鼓敲剔银灯同入鸳帏悄
戚：仙离　碧霄度青春年正小配鸾凤真也着　呀看天河正高听　瞧楼鼓敲剔银灯同入鸳　莺

戌：　唱毕饮了门杯笑道这诗词上我到有限幸　儿昨日见了一幅　对子可巧只记得这句幸而
庚：　唱毕饮了门杯笑道这诗词上我到有限幸而　昨日见了一　付　对子可巧只记得这句幸而
戚：悄唱毕饮了门杯笑道这诗词上我到有限幸而　昨日见了一　　副对子可巧只记得这句幸而

戌：席上还有这件东西说毕便　饮干了酒拿起一朵木樨来念道花气袭人知昼暖众人到　都依
庚：席上还有这件东西说毕便　干了酒拿起一朵木樨来念道花气袭人知昼暖众人　倒　都依
戚：席上还有这件东西说毕便乾　了酒拿起一朵木樨来念道花气袭人知昼暖众人　　道都依

戌：了完令薛蟠又跳了起来喧嚷道了不得了不得该罚该罚这席上并　没有宝贝你怎么念起宝贝
庚：了完令薛蟠又跳了起来喧嚷道了不得该罚该罚这席上　又没有宝贝你怎么念起宝贝
戚：了完令薛蟠又跳了起来喧嚷道了不得了不得该罚该罚这席上并　没有宝贝你怎么念起宝贝

戌：来蒋玉菡怔了说道何曾有宝贝薛蟠道你还赖呢你再念来蒋玉菡只得又念了一遍薛蟠道袭人
庚：来蒋玉菡怔了说道何曾有宝贝薛蟠道你还赖呢你再念来蒋玉菡只得又念了一遍薛蟠道袭人
戚：来蒋玉菡怔了说道何曾有宝贝薛蟠道你还赖呢你再念来蒋玉菡只得又念了一遍薛蟠道袭人

戌：可不是宝贝是什么你们不信只问他说　着指着宝玉宝玉没　有意思起来说道薛大哥你该罚
庚：可不是宝贝是什么你们不信只问他说毕　指着宝玉宝玉没好　意思起来说　薛大哥你该罚
戚：可不是宝贝是什么你们不信只问他说毕　指着宝玉宝玉没好　意思起来说　薛大哥你该罚

戌：多少薛蟠道该罚该罚说着端　起酒来一饮而尽冯紫英与蒋玉菡等不知原故犹问原故云儿便
庚：多少薛蟠道该罚该罚说着　拿起酒来一饮而尽冯紫英与蒋玉菡等不知　　原故云儿便
戚：多少薛蟠道该罚该罚说着　拿起酒来一饮而尽冯紫英与蒋玉菡等不知　　原故云儿便

戌：告诉了出来蒋玉菡忙起身陪罪众人都道不知者不作罪少刻宝玉　席外解手蒋玉菡便随了出
庚：告诉了出来蒋玉菡忙起身陪罪众人都道不知者不作罪少刻宝玉出席　解手蒋玉菡便随了出
戚：告诉了出来蒋玉菡忙起身陪罪众人都道不知者不　罪少刻宝玉出席　解手蒋玉菡便随了出

戌：来二人站在廊檐底下蒋玉菡又陪不是宝玉见他妩媚温柔心中十分留恋便紧紧的　搭着他的
庚：来二人站在廊檐　下蒋玉菡又陪不是宝玉见他妩媚温柔心中十分留恋便紧紧的　搭着他的
戚：来二人站在廊檐　下蒋玉菡又陪不是宝玉见他妩媚温柔心中十分留恋便紧紧的捏　着他的

戌：手叫他闲了往我们　这里来　还有一句话借问也是你们贵班中有一个叫棋官的他在那里
庚：手叫他闲了往我们那　里　去还有一句话借问也是你们贵班中有一个叫　琪官的他在那里
戚：手叫他闲了往我们那　里　去还有一句话借问　　你们贵班中有一个叫　琪官的他在那里

戌：如今名驰天下我独无缘一见蒋玉菡笑道就是我的小名儿宝玉听说不觉欣然跳　足笑道有幸
庚：如今名驰天下我独无缘一见蒋玉菡笑道就是我的小名儿宝玉听说不觉欣然　跌足笑道有幸
戚：如今名驰天下我独无缘一见蒋玉菡笑道就是我的小名儿宝玉听说不觉欣然　跌足笑道有幸

第二十八回　蒋玉菡情赠茜香罗　薛宝钗羞笼红麝串

戌：有幸果然名不虚传今儿初会便怎么样呢想了一想向袖中取出扇子将一个玉玦扇坠解下来递
庚：有幸果然名不虚传今儿初会便怎么样呢想了一想向袖中取出扇子将一个玉玦扇坠解下来递
戚：有幸果然名不虚传今儿初会便怎么样呢想了一想向袖中取出扇子将一个玉玦扇坠解下来递

戌：与　棋官道微物不堪略表　　初见之谊棋　官接了笑道无功受禄何以克当也罢我这里也得
庚：与琪　官道微物不堪略表今日　　之谊　琪官接了笑道无功受禄何以克当也罢我这里　得
戚：与琪　官道微物不堪略表今日　　之谊　琪官接了笑道无功受禄何以克当也罢我这里　得

戌：了一件奇物今日早起方系上还是簇新　聊可表我一点亲热之意说　　　　着方系小衣儿一
庚：了一件奇物今日早起方系上还是簇新　聊可表我一点亲热之意说毕撩衣将　系小衣儿一
戚：了一件奇物今日早起方系上还是簇新聊　可表我一点亲热之意说毕撩衣将　系小衣儿一

戌：条大红汗巾子解　下来递与宝玉道这汗巾　是茜香国女国王　进贡来的　　夏天系着肌
庚：条大红汗巾子解了　下来递与宝玉道这汗巾子是茜香国女国王所　贡　之物夏天系着肌
戚：条大红汗巾子解　一下来递与宝玉道这汗巾子是茜香国女国王所　贡　之物夏天系着肌

戌：肤生香不生汗渍昨日北静王给我的今日才上身若是别人我断不肯相赠二爷请把自己系的
庚：肤生香不生汗渍昨日北静王给我的今日才上身若是别人我断不肯相赠二爷请把自己系的解
戚：肤生香不生汗渍昨日北静王给我的今日才上身若是别人我断不肯相赠二爷请把自己系的解

戌：　给我系着宝玉听说喜不自禁连忙接了将自己一条松花汗巾解了下来递与棋　官二人方
庚：下来给我系着宝玉听说喜不自禁连忙接了将自己一条松花汗巾解了下来递与　琪官二人方
戚：下来给我系着宝玉听说喜不自禁连忙接了将自己一条松花汗巾解了下来递与　琪官二人方

戌：束好只听一声大叫我可拿住了只见薛蟠跳了出来拉着二人道放着酒不吃两　人逃席出来干
庚：束好只听一声大叫我可拿住了只见薛蟠跳了出来拉着二人道放着酒不吃两个人逃席出来干
戚：束好只听一声大叫我可拿住了只见薛蟠跳了出来拉着二人道放着酒不吃两个人逃席出来干

戌：什么快拿出来我瞧瞧二人都道没　什么薛蟠那里肯依还是冯紫英出来才解开了于是复又归
庚：什么快拿出来我瞧瞧二人都道没有什么薛蟠那里肯依还是冯紫英出来才解开了于是复又
戚：什么快拿出来我瞧瞧二人都道没有什么薛蟠那里肯依还是冯紫英出来才解开了于是复又归

戌：　　坐饮酒至晚方散宝玉回至园中宽衣吃茶袭人见扇子上的扇坠儿没了便问他往那里去了宝
庚：躲坐饮酒至晚方散宝玉回至园中宽衣吃茶袭人见扇子上的　坠儿没了便问他往那里去了宝
戚：　　坐饮酒至晚方散宝玉回至园中宽衣吃茶袭人见扇子上的扇坠　没了便问他往那里去了宝

戌：玉道马上丢了睡觉时只见腰里一条血点似的大红汗巾子袭人便猜了八九分因说道你有了好
庚：玉道马上丢了睡觉时只见腰里一条血点似的大红汗巾子袭人便猜了八九分因说道你有了好
戚：玉道马上丢了睡觉时只见腰里一条血点似的大红汗巾子袭人便猜了八九分因说道你有了好

戌：的系裤子把我那条还我罢宝玉听说方想起那条汗巾子原是袭人的不该给人才是心里后悔口
庚：的系裤子把我那条还我罢宝玉听说方想起那条汗巾子原是袭人的不该给人才是心里后悔口
戚：的系裤子把我那条还我罢宝玉听说方想起那条汗巾　原是袭人的不该给人才是心里后悔口

戌：里说不出来只得笑道我赔你一条罢袭人听了点头叹道我就知道又干这些事也不该拿着我的
庚：里说不出来只得笑道我赔你一条罢袭人听了点头叹道我就知道又干这些事也不该拿着我的
戚：里说不出来只得笑道我赔你一条罢袭人听了点头叹道我就知道又干这些事也不该拿着我的

戌：东西给那　起混账人去也难为你心里没个算计儿再要说上几句又恐怕呕　上他的酒来少不
庚：东西给那　起混账人去也难为你心里没个算计儿再要说　几句又恐　沤上他的酒来少不
戚：东西给那些　混账人去也难为你心里没个算计儿再要说　几句又恐　呕　上他的酒来少不

戌：得　睡了一宿无　话至次日天明起来　　　只见宝玉笑道夜里失了盗也不晓得你瞧瞧裤
庚：得也睡了一宿无语　至次日天明　　方才醒只见宝玉笑道夜里失了盗也不晓得你瞧瞧裤
戚：得也睡了一宿无　话至次日天明　　方才醒只见宝玉笑道夜里失了盗也不晓得你瞧瞧裤

戌：子上袭人低头一看只见昨日宝玉系的那条汗巾子系在自己腰里　便知是宝玉夜间换了　忙
庚：子上袭人低头一看只见昨日宝玉系的那条汗巾子系在自己腰里呢便知是宝玉夜间换了　忙
戚：子上袭人低头一看只见昨日宝玉系的那条汗巾子系在自己腰里呢便知是宝玉夜间换了连忙

戌：一顿把　解下来说道我不希罕这行子趁早儿拿了去宝玉见他如此只得委婉解劝了一回袭人
庚：一顿把　解下来　我不希罕这行子趁早儿拿了去宝玉见他如此只得委婉解劝了一回袭人
戚：一　　头解下来说道我不希罕这行子趁早儿拿了去宝玉见他如此只得委婉解劝了一回袭人

戌：无法只得系　　上过后宝玉出去终久　解下来掷在个空箱子里自己又换了一条系着宝玉
庚：无法只得系在腰里　过后宝玉出去终久　解下来掷在个空箱子里自己又换了一条系着宝玉
戚：无法只得系　　上过后宝玉出去终　究解下来掷在个空箱子里自己又换了一条系着宝玉

戌：并　不理论因问起昨日可有什么事情袭人便回说道二奶奶打发了人叫了红儿　去他原要
庚：并未　理论因问起昨日可有什么事情袭人便回说　二奶奶打发　人叫了红　玉去他原要
戚：并未　理论因问起昨日可有什么事情袭人便回说　二奶奶打发　人叫了红　玉去他原要

戌：等你来　我想什么要紧我就作了主打发他去了宝玉道狠是我已知道了不必等我罢了袭人又
庚：等你来的我想什么要紧我就作了主打发他去了宝玉道狠是我已知道了不必等我罢了袭人又
戚：等你来的我想什么要紧我就作了主打发他去了宝玉道狠是我已知道了不必等我罢了袭人又

戌：道昨　儿贵妃差了　夏太监出来送了一百二十两银子叫在清虚观初一到初三打三天平安
庚：道昨　儿贵妃　打发夏太监出来送了一百二十两银子叫在清虚观初一到初三打三天平安
戚：道昨日　贵妃　打发夏太监出来送了一百二十两银子叫在清虚观初一到初三打三天平安

戌：醮唱戏献供叫珍大爷领着众位爷们等跪香拜佛呢还有端午儿的节礼也赏了说着命小丫头子
庚：醮唱戏献供叫珍大爷领着众位爷们　跪香拜佛呢还有端午儿的节礼也赏了说着命小丫头子
戚：醮唱戏献供叫珍大爷领着众位爷们　跪香拜佛呢还有端午儿的节礼也赏了说着命小丫头子

戌：来将昨日　所赐之物取了出来只见上等宫扇两柄红麝香珠二串凤尾罗二端芙蓉簟一领宝玉
庚：来将昨日的所赐之物取了出来只见上等宫扇两柄红麝香珠二串凤尾罗二端芙蓉簟一领宝玉
戚：来将昨日　所赐之物取了出来只见上等宫扇两柄红麝香珠二串凤尾罗二端芙蓉簟一领宝玉

戌：见了喜不自胜问道别人的也都是这个么袭人道老太太的多着一　柄香如意一个玛瑙枕
庚：见了喜不自胜问　别人的也都是这个　袭人道老太太的多着一个　香如意一个玛瑙枕太太
戚：见了喜不自胜问　别人的也都是这个　袭人道老太太　多着一个　香如意一个玛瑙枕太太

戌：老爷太太姨太太的只多　着一柄　如意你的同宝姑娘的一样林姑娘同二姑娘三姑娘四姑
庚：老爷　姨太太的只多　着一　个　如意你的同宝姑娘的一样林姑娘同二姑娘三姑娘四姑
戚：老爷　姨太太的只多的　一　个香如意你的同宝姑娘的一样林姑娘同二姑娘三姑娘四姑

第二十八回　蒋玉菡情赠茜香罗　薛宝钗羞笼红麝串　525

戌：娘只单有扇　同数珠儿别人都没了大奶奶二奶奶他两个　每人两疋纱两疋罗两个香袋儿两
庚：娘只单有扇子同数珠儿别人都没了大奶奶二奶奶他两个是每人两疋纱两疋罗两个香袋　两
戚：娘只单有扇子同数珠儿别人都没了大奶奶二奶奶他两个是每人两疋纱两疋罗两个香袋　两
————————————————————————————————
戌：个定　子药宝玉听了笑道这是怎么个原故怎么林姑娘的到不同我的一样到是宝姐姐的同我
庚：个　锭子药宝玉听了笑道这是怎么个原故怎么林姑娘的到不同我的一样到是宝姐姐的同我
戚：个　锭子药宝玉听了笑道这是怎么个原故怎么林姑娘的到不同我的一样到是宝姐姐的同我
————————————————————————————————
戌：一样别是传错了罢袭人道昨儿拿出来都是一分一分的写着　签子怎么就　错了你的是在老
庚：一样别是传错了罢袭人道昨儿拿出来都是一分一分的写着籤　子怎么就　错了你的是在老
戚：一样别是传错了罢袭人道昨儿拿出来都是一分一分　写着籤　子怎么　说错了你的是在老
————————————————————————————————
戌：太太屋里　来着我去拿了来了老太太说　明儿叫你一个五更天进去谢恩呢宝玉道自然要走
庚：太太屋里的　我去拿了来了老太太说了明儿叫你一个五更天进去谢恩呢宝玉道自然要走
戚：太太屋里的　我去拿了来了老太太说了明儿叫你一个五更天进去谢恩呢宝玉道自然要走
————————————————————————————————
戌：一　趟说着便叫紫绢　来拿了这个到林姑娘那里去就说是昨儿我得的爱什么留下什么紫
庚：一　趟说着便叫紫　绢来拿了这个到林姑娘那里去就说是昨儿我得的爱什么留下什么紫绡
戚：一淌　说着便叫紫　绡来拿了这个到林姑娘那里去就说是昨儿我得的爱什么留下什么紫
————————————————————————————————
戌：绢答应了便拿了去不一时回来道说林姑娘说了昨儿也得了二爷留着罢宝玉听说便命人收了
庚：　答应了　拿了去不一时回来　说林姑娘说了昨儿也得了二爷留着罢宝玉听说便命人收了
戚：　答应了　拿了去不一时回来　说林姑娘说了昨儿也得了二爷留着罢宝玉听说便命人收了
————————————————————————————————
戌：刚洗了脸出来要　往贾母那边　请安去只见林黛　玉顶头来了宝玉赶上去笑道我的东西叫
庚：刚洗了脸出来要望　贾母那　里请安去只见林　代玉顶头来了宝玉赶上去笑道我的东西叫
戚：刚洗了脸出来要　往贾母那　里请安去只见林黛　玉顶头来了宝玉赶上去笑道我的东西叫
————————————————————————————————
戌：你拣你怎么不拣林　黛玉昨日所恼宝玉的心事早又丢开只顾　今日的事了因说道我没这
庚：你拣你怎么不拣林代　玉昨日所恼宝玉的心事早又丢开　又雇今日的事了因说道我没这
戚：你拣你怎么不拣林　黛玉昨日所恼宝玉的心事早又丢开只顾　今日的事了因说道我没这
————————————————————————————————
戌：么大福禁受比不得宝姑娘什么金什么玉的我们不过是草木之人宝玉听他提出金玉二字来不
庚：么大福禁受比不得宝姑娘什么金什么玉的我们不过是草木之人宝玉听他提出金玉二字来不
戚：么大福禁受比不得宝姑娘什么金什么玉的我们不过是草木之人宝玉听他提出金玉二字来不
————————————————————————————————
戌：觉心动疑猜便说道除了别人说什么金什么玉我心里要有这个想头天诛地灭万世不得人身林
庚：觉心动疑猜便说道除了别人说什么金什么玉我心里要有这个想头天诛地灭万世不得人身林
戚：觉心动疑猜便说道除了别人说什么金什么玉我心里要有这个想头天诛地灭万世不得人身林
————————————————————————————————
戌：　黛玉听他这话便知他心里动了疑忙又笑道好没意思白白的说什么誓管你什么金什么玉的
庚：　代　玉听他这话便知他心里动了疑忙又笑道好没意思白白的说什么誓管你什么金什么玉的
戚：　　黛玉听他这话便知他心里动了疑忙又笑道好没意思白白的说什么誓管你什么金什么玉的
————————————————————————————————
戌：呢宝玉道我心里的事也难对你们说日后自然明白除了老太太老爷太太这三个人第四个就是
庚：呢宝玉道我心里的事也难对你　说日后自然明白除了老太太老爷太太这三个人第四个就是
戚：呢宝玉道我心里的事也难对你　说日后自然明白除了老太太老爷太太这三个人第四个就是
————————————————————————————————
戌：妹妹了要有第五个人我　就说个誓黛　玉道你也不用说誓我狠知道你心里有妹妹但只
庚：妹妹了要有第五个人我也　说个誓　林代　玉道你也不用说誓我狠知道你心里有妹妹但只
戚：妹妹了要有第五个人我也　说个誓　林　黛玉道你也不用说誓我狠知道你心里有妹妹但只

戌：是见了姐姐就把妹妹忘了宝玉道那是你多心我再不的　　黛　玉道昨儿　宝丫头不替你圆
庚：是见了姐姐就把妹妹忘了宝玉道那是你多心我再不的　　林代玉道昨儿　宝丫头不替你圆
戚：是见了姐姐就把妹妹忘了宝玉道那是你多心我再不的林黛　玉道昨　日宝丫头不替你圆

戌：谎为什么问着我呢那要是我你又不知怎么样了正说着只见宝钗从那边来了二人便走开了宝
庚：谎为什么问着我呢那要是我你又不知怎么样了正说着只见宝钗从那边来了二人便走开了宝
戚：谎为什么问着我呢那要是我你又不知怎么样了正说着只见宝钗从那边来了二人便走开了宝

戌：钗分明看见只妆看不见低着头过去了到了王夫人那里坐了一回然后到了贾母这边只见宝玉
庚：钗分明看见只妆看不见低着头过去了到了王夫人那里坐了一回然后到了贾母这边只见宝玉
戚：钗分明看见只妆看不见低着头过去了到了王夫人那里坐了一回然后到了贾母这边只见宝玉

戌：在这里呢　宝钗因往日母亲对王夫人等曾提过金锁是个和尚给的等日后有玉的方可　结为
庚：在这里呢薛宝钗因往日母亲对王夫人等曾提过金锁是个和尚给的等日后有玉的方可给　为
戚：在这里呢薛宝钗因往日母亲对王夫人等曾提过金锁是个和尚给的等日后有玉　方可　结为

戌：婚姻等语　所以总远着宝玉昨　日见了元春所赐的东西独他与宝玉一样心里越　发没意思
庚：婚姻等语　所以总远着宝玉昨儿　见　元春所赐的东西独他与宝玉一样心里越　发没意思
戚：婚姻等　话所以总远着宝玉昨　日见　元春所赐的东西独　与宝玉一样心里　愈发没意思

戌：起来幸亏宝玉被一个　　黛玉缠绵住了心心念念只记挂着黛　玉并不理论这事此刻忽
庚：起来幸亏宝玉被一个林代　玉缠绵住了心心念念只记挂着　林代玉并不理论这事此刻忽
戚：起来幸亏宝玉被一个林　黛玉缠绵住了心心念念只　挂着　林　黛玉并不理论这事此刻忽

戌：见　　宝玉　笑问道宝姐姐我瞧瞧你的那红麝串子可巧宝钗左腕上笼着　串见宝玉问他
庚：见　　宝玉便笑　道宝姐姐我瞧瞧你的　红麝串子可巧宝钗左腕上笼着一串见宝玉问他
戚：遇见宝钗宝玉笑　道宝姐姐我瞧　你的　红麝串子可巧宝钗左腕上笼着一串见宝玉问他

戌：少不得褪了下来宝钗原生的肌肤丰泽容易褪不下来宝玉在　傍边看着雪白一段酥背　不觉
庚：少不得褪了下来宝钗　生的肌肤丰泽容易褪不下来宝玉在　傍　看着雪白一段酥　臂不觉
戚：少不得褪了下来宝钗原生的肌肤丰泽容易褪不下来宝玉在旁　边看着雪白一段酥　臂不觉

戌：动了羡慕之心暗暗想道这个膀子要长在林妹妹身上或者还得摸一摸偏生长在他身上正是恨
庚：动了羡慕之心暗暗想道这个膀子要长在林　妹身上或者还得摸一摸偏生长在他身上正是恨
戚：动了羡慕之心暗暗想道这个膀子要长在林妹妹身上或者还得摸一摸偏生长在他身上正是恨

戌：没福得摸忽然想起金玉一事来再看看宝钗形容只见脸若银盆眼似　水杏唇不点而红眉不画
庚：没福得摸忽然想起金玉一事来再看看宝钗形容只见脸若银盆眼似　水杏唇不点而红眉不画
戚：没福得摸忽然想起金玉一事　再看看宝钗形容只见脸若银盆眼　同水杏唇不点而红眉不画

戌：而翠比　黛玉另具一种妩媚风流不觉就呆了　宝钗褪下　串子来递与他也忘了接宝钗见
庚：而翠比林代　玉另具一种妩媚风流不觉就呆了　宝钗褪　了串子来递与他也忘了接宝钗见
戚：而翠比林　黛玉另具一种妩媚风流不觉　呆了串子宝钗褪　了串子来递与他也忘了接宝钗见

戌：他怔了自己到不好意思的丢下串子回身才要走只见　　黛玉蹬　着门坎　子嘴里咬着手帕
庚：他怔了自己到不好意思的丢下串子回身才要走只见林代　玉　登着门　槛子嘴里咬着手帕
戚：他怔了自己到不好意思的丢下串子回身才要走只见林　黛玉蹬　着门坎　子嘴里咬着手帕

第二十八回　蒋玉菡情赠茜香罗　薛宝钗羞笼红麝串　527

戌：子笑呢宝钗道你又禁不得风儿吹怎么又站　在那风口里呢黛　　玉笑道何曾不是在屋里
庚：子笑呢宝钗道你又禁不得风　吹怎么又　跟在那风口里　　林代玉笑道何曾不是在屋里
戚：子笑呢宝钗道你又禁不得风儿吹怎么又站　在那风口里　林　黛玉笑道何曾不是在屋里

戌：　呢只因听见天上一声叫　出来瞧了一瞧原来是个呆雁　宝钗道呆雁在那里呢我也瞧　瞧
庚：的　只因听见天上一声叫唤出来瞧了　瞧原来是个呆雁薛宝钗道　雁在那里呢我也瞧一瞧
戚：的　只因听见天上一声叫　出来瞧了一瞧原来是个呆雁薛宝钗道呆雁在那里呢我也瞧　瞧

戌：　黛　　玉道我才出来他就　忒儿一声飞了口里说着将手里的帕子一甩向宝玉脸上甩来
庚：　　林代玉道我才出来他就　忒儿一声飞了口里说着将手里的帕子一甩向宝玉脸上甩来宝
戚：林黛　玉道我才出来他　说忒儿一声飞了口里说着将手里　帕子一甩向宝玉脸上甩来宝

戌：不妨　正打在眼上嗳哟了一声　　　　　再看下回分
庚：玉不　防正打在眼上嗳哟了一声要知端的且听　下回分解
戚：玉不　防正打在眼上嗳哟了一声要知端的且听　下回分解

后 记

本书是《红楼梦版本数字化研究》的下册，主要包括三部分内容，一是"庚寅本"整理本，二是"庚寅本"批语辑评，三是"庚寅本"和甲戌本、己卯本、庚辰本和戚序本比对本。整理这些资料的目的是为"庚寅本"等版本的研究，提供一套完整、全面的参考资料。

整理这些资料看似简单，但实际操作是很繁琐的。我是利用数字化完成的，即先把"庚寅本"批语和正文全部数字化，然后再和其他版本的批语和正文进行数字化比对。利用数字化整理可大大减轻工作量。

由于《红楼梦》各种脂本都是手抄本，有大量异体字和俗体字，给数字化带来很大麻烦。现有字库只有7万汉字，而且又是简化字，因此数字化后的文本不十分可靠。但这对"庚寅本"的研究影响不大。

第一部分是"庚寅本"的整理本，其名称《"庚寅本"石头记整理本》也颇费了一番心思。天津百花文艺出版社出版的"庚寅本"书名为《脂砚斋重评石头记（庚寅本）》。这是由于本书目录前的书名为"脂砚斋重评石头记"，和庚辰本书名一样。现在出版社出版庚辰本，一般就采用《脂砚斋重评石头记》为书名。但甲戌本、己卯本和庚辰本书名都是《脂砚斋重评石头记》，为区分这三种版本，一般就在其书名后再加"甲戌本""己卯本"和"庚辰本"。

"庚寅本"因为其中多次出现了"庚寅"字样，因此目前多以庚寅本为其书名。天津百花文艺出版社正式出版时，就仿照甲戌本、己卯本和庚辰本，在《脂砚斋重评石头记》后加（庚寅本）。但此本是否真和"庚寅"有关，证据还不足，因此本书就在庚寅本上加了引号，变为"庚寅本"。

《红楼梦》的书名实际是个统称，严格划分，各种脂本的书名应该是《石头记》，只有晚期的一些版本书名才采用了《红楼梦》。"庚寅本"虽然有甲辰本的批语，但从文本看，十分接近庚辰本，因此它肯定属于《石头记》系列。所以本书正式书名还是采用了《石头记》，而不用《红楼梦》。

如前所述，一般《红楼梦》版本书名，表明版本性质的"甲戌本""己卯本"和"庚辰本"，都标在书名《脂砚斋重评石头记》之后，作为正式书名《脂砚斋重评石头记》的附注。整理本的名称根据中州古籍出版社编辑张弦生的意见，把"庚寅本"标在书名《石头记》之前，其含义是，此整理本为"庚寅本"的《石头记》，这样使得"庚寅本"更为突出，也是为更吸引读者注意。

第二部分"庚寅本"批语辑评主要参考了俞平伯先生的《脂砚斋红楼梦辑评》和陈庆浩先生的《新编石头记脂砚斋评语辑校》。

但我对这两本辑评书名中都冠以"脂砚斋"有不同看法。现在各种版本《红楼梦》中批语很多，但署名"脂砚斋"的实际很少。我刚接触《红楼梦》时，看到有关《红楼梦》批语书都有"脂砚斋"字样，也以为这些批语都是脂砚斋所写。后来仔细研究后才知道，真正脂砚斋的批语很少。我们先不论"程前脂后"说是否合理，但把《红楼梦》批语都冠以"脂砚斋"肯定是错误的。因此本书这部分就只题《红楼梦》批语辑评，而不提"脂砚斋"，这是要特别说明的。

第三部是《红楼梦》几种版本的正文比对本。由于是为版本研究使用，不能像一般整理本那样做修订，即便是明显错误也要保留。这样已经出版的各种整理本都无法参考，只有根据原本逐字仔细整理，然后再用计算机比对。

比对本充分发挥了小说版本数字化比对功能，可以使读者清楚看出各种版本文字的差异，一目了然，这比冯其庸先生主编的《脂砚斋重评石头记汇校汇评》要清楚得多。但由于篇幅所限，不可能收入太多版本。考虑本书主要研究"庚寅本"，还研究了戚序本、庚辰本和甲戌本的关系，因此比对本也只收入这四种版本。

在古代小说版本数字化研究中，我得到了"中国古代小说网"主编苗怀明老师的大力帮助，我的文章一般都是在该网站上先发表，并得到苗老师的热心指点。他鼓励我将这些文章结集出版，他曾出版多部专著，对此书也提出一些具体建议，我对此非常感谢。

此书的出版还得到中州古籍出版社张弦生先生的大力鼓励和帮助。我不是学习古典文学出身，写这方面的专著没有把握。张先生审阅我的初稿后，认为有出版价值，大力支持此书和丛书的出版，逐字校对，并对排版格式等提出很多建议，对此我也非常感谢。

从1999年开展古代小说版本数字化研究以来，我得到了海内外很多朋友的帮助，对此我也深表谢意。

2015年3月22日